國家古籍整理出版專項經費資助項目
全國高校古籍整理研究工作委員會資助項目
河南大學中國古代史研究中心資助項目

湯子遺書【上卷】

【清】湯斌 著

段自成　沈紅芳　李正輝
王會麗　李璐　周荷　孫新梅　編校

人民出版社

目　録

上　卷

前　言

　　湯斌是河南睢州人，清初大儒，理學名臣，曾任潼關兵備道按察司副使、江西嶺北道布政司參政、江甯巡撫、經筵講官、禮部尚書、掌詹事府事、工部尚書。湯斌生前其文未能整理付梓，死後由子孫、門人相繼整理刊行。

　　最早出現的湯斌文集是五卷本《潛菴先生遺稿》。此書有田蘭芳輯本（田本）和閻興邦評本（閻評本）。田本卷一序 22 篇、記 14 篇，卷二書 44 篇、辨 1 篇，卷三賦 4 篇、論 2 篇、傳 6 篇、墓誌 12 篇，卷四雜文 17 篇、語錄 23 條，附《志學會約》，卷五詩 76 首、詩餘 4 首，前有田蘭芳序。田本現有康熙年間刻本（殘本）。閻評本卷次與田本同。卷一記增 1 篇，是為《泰山廟碑記》；卷四雜文增 1 篇，是為《諭奏記事》。閻評本《潛菴先生遺稿》有康熙年間刻本。

　　以《湯子遺書》為名的湯斌文集，有蔡方炳、張塤編的八卷本（蔡本），王廷燦編的十卷本（王本），蘇廷魁編的十卷本，以及吳元炳編的四卷本。

　　蔡本《湯子遺書》卷首是蔡方炳的序，卷一語錄 245 條，附《志學會約》，卷二賦 4 篇、詩 78 首、詩餘 4 首，卷三奏疏 16 道、告諭 4 通，卷四書牘 45 篇，卷五序 23 篇、引 1 篇、題跋 4 篇，卷六碑記 14 首、記事 1 篇，卷七論 2 篇、辨 1 篇、議 1 篇、露布 1 篇、頌 2 首、贊 3 首、啓 1 篇，卷八傳 6 篇、墓誌銘 9 篇、墓表 1 篇、行實 1 篇、事狀 1 篇、祭文 3 篇。蔡本《湯子遺書》有康熙年間刻本。

　　王本《湯子遺書》的出現大約與蔡本同時。此書卷一語錄 99 條，附《志學會約》，卷二奏疏 19 篇，卷三序 25 篇，卷四記 13 篇，卷五書 44 篇，卷六賦 4 篇、頌 1 篇、論 2 篇、辨 1 篇，卷七傳 6 篇、墓誌 10 篇、行述 1 篇、事狀 1 篇，卷八雜文 14 篇，卷九告諭 27 篇，卷十詩 54 首。王廷燦編的《湯子遺書》有《四庫全書》本和康熙年間刻愛日堂藏版本。這兩個版本卷一至卷十的篇目相同，但卷首和附錄所收之文差異很大。《四庫全書》本卷首無序，附錄湯溥等

1

述的《行略》、汪琬撰的《墓誌銘》、王廷燦撰的《祭湯夫子祠文》和沈佳撰的《祭座主湯潛庵夫子文》。愛日堂藏版本卷首增錄了宋犖、毛奇齡和徐釚的序,附錄增收了《潛庵先生年譜》、《輓詩序》、《輓詩》、田蘭芳和彭定求的序。

蘇廷魁輯《湯子遺書》雖然也是十卷本,但內容與王本差異較大。此書卷首有蘇廷魁、閻興邦和田蘭芳的序,《四庫全書簡明目錄》,《國史湯斌傳》,湯溥等述的《行略》,汪琬撰的《墓誌銘》,方苞撰的《湯潛庵先生逸事》,馮景撰的《馮中丞雜記》,王廷燦撰的《年譜初本》,楊椿撰的《年譜定本》。卷一語錄101條,卷二奏疏34篇,卷三序30篇、記19篇,卷四書56篇,卷五賦4篇、頌2篇、論4篇、辨2篇、議1篇、擬詔2篇、露布1篇、策1篇、考1篇、啟1篇、引1篇、題跋4篇,卷六傳7篇、墓誌10篇、墓表3篇、行實1篇、事狀1篇、像贊3篇、祭文3篇,卷七陝西公牘174篇,卷八江西公牘146篇,卷九江南公牘146篇,卷十詩76首、詞4首。附錄前賢各原序、原跋及蘇源生《嵩談錄辨》、《困學錄辨》二則。

蘇廷魁,廣東高要人,道光進士,曾官河南布政使、東河總督。蘇本是蘇廷魁在王本的基礎上編輯而成的,同時又根據田本和現已佚失的家刻本補充了王本沒有的內容。蘇廷魁在《重刻〈湯子遺書〉例言》中說:"王本編次始以語錄,終於詩詞,總目共分十卷。而各卷分目,因有續增,改作十四卷,未免自成體例,與四庫所載卷數不符。茲將雜文中《學言》移附於卷一語錄後,卷二奏疏照家刻本增訂,以卷四之記併入卷三序文以下,卷五之書牘改作卷四,家書附於其末,以卷六之賦、頌、論、辨改作卷五,而以卷八雜文中之擬詔、露布、策、考、啟、引、題跋附入,以卷七、八之傳、墓表、行述、事狀及雜文中之像贊、祭文改並作卷六。因告諭數目獨多,故以在潼關者分列作卷七,在嶺北者分列作卷八,在江南者分列作卷九,而仍以詩詞列作卷十終焉。蓋王本之十卷,久已進呈,不敢復改也。至所補入之田本、家刻本各篇,以類相從,即令分載於各卷,不另編。"蘇廷魁又云:"前賢各原序、原跋,彙作卷終,附存於全書十卷之後。至祭文、挽詩、建坊記之類,擬照王本,附於簡末。"由此可見,蘇本基本囊括了王本、田本和家刻本所收之文。但蘇本在編輯時並沒有根據蔡本補充內容,因而我們在蔡本中看到的一些篇目,在蘇本中找不到。蘇本原本於咸豐三年

（1853）毀於戰亂。同治九年（1870），直隸通州人劉廷相攝篆睢州，捐金重刻。河南大學圖書館收藏的蘇本《湯子遺書》，就是同治九年重刻《湯文正公全集》本。

　　湯斌文集還有趙汝明、趙汝弼編的《湯文正公（潛菴）全集》。此書卷首有趙承恩、閻興邦和田蘭芳的序，卷一至卷五實際就是閻評本《潛菴先生遺稿》的內容，卷末收錄有《困學錄》、《志學會約》、《志學會約補刊》、《潛菴先生疏稿》和胡介祉的跋。《湯文正公（潛菴）全集》有同治十年（1871）繡穀麗澤書屋刻本。此本後來被臺北文海出版社影印出版的《近代中國史料叢刊》收入，流傳較廣，本書參校的《湯文正公（潛菴）全集》就是《近代中國史料叢刊》本。

　　清朝光緒年間吳元炳所輯四卷本《湯子遺書》，實際是蘇本的節略本。該書卷首有《行略》、汪琬撰的誌銘、方苞的《湯潛菴先生逸事》、馮景的《湯中丞雜記》、《初定年譜》和《年譜定本》。卷一爲奏疏，囊括了蘇本卷二和續編中的所有奏疏。卷二、卷三和卷四分別爲陝西公牘、嶺南公牘和江南公牘，其篇目與蘇本《湯子遺書》中的公牘相同。此書現有光緒五年（1879 年）《三賢政書》本。

　　兩卷本《湯潛菴集》也是節略本，分爲上卷和下卷。卷首有湯斌的傳，卷上收錄語錄 23 則、疏 1 篇、書 30 篇、序 1 篇、記 4 篇、贊 1 篇，卷下收錄傳 4 篇、告諭 7 篇、墓誌銘 4 篇、行實 1 篇、祭文 2 篇。《湯潛庵集》現有福州正誼書院藏版《正誼堂全書》本。

　　另外，湯斌的文集還有《潛菴先生疏稿》，此書收錄了湯斌的 34 篇奏疏，並附有郭增光明朝天啟年間的《撫梁疏稿》。我們這次糸校的《潛菴先生疏稿》，是河南大學圖書館收藏的抄本。

　　總之，湯斌文集的版本比較多，不同人編輯的湯斌文集不僅刊刻精粗不一，文字難免互異，而且卷次、篇目也不盡相同。相較而言，蘇廷魁輯《湯子遺書》是最好的。田本和閻評本因明人之習，有評點，且內容不全。蔡本、王本遺收之文比較多。《近代中國史料叢刊》本的內容也不全。《三賢政書》本和《正誼堂全書》本都是節略本。《潛菴先生疏稿》的內容僅限於奏疏。同治九年重刻蘇廷魁輯《湯子遺書》，不僅收錄篇數多，而且各篇內容少有節略，倒訛衍脱最少,視列本略精嚴。故本書的點校以同治九年重刻蘇廷魁輯《湯子遺書》為底本,並參考其他各種版本,博採眾長。另外,本書將他本所收而底本未收之文勒為《補遺》。

　　《湯子遺書》中的語錄、書信、記、序、雜文等,集中反映了湯斌的理學思想,是研究其哲學思想及清代理學發展史的重要資料。湯斌在清初的學術界和思想界非常活躍,他師從孫奇逢,與宋犖、張伯行同鄉,與號稱"歸德三茂才"的劉榛、田蘭芳、鄭廉過從甚密,與當時思想界名人劉宗周、顧炎武、姚岳生、陸隴其、黃宗羲、耿介、劉心周、施愚山等人關係密切。書中關於他們的記載,是研究清代學術史和思想史的重要資料。湯斌任過經筵講官、禮部尚書掌詹事府事,他的文集對於研究康熙年間的政治史也具有一定的史料價值。湯斌在陝西、江西、江蘇做過官,對家鄉河南的情況也比較熟悉,其文集對這些地方的記述較多,因而對研究清代的地方史和社會史具有較高的史料價值。

馬懷雲　段自成

2016 年 3 月

凡　例

一、本書以河南大學圖書館藏同治九年刻《湯文正公全集》本爲底本進行校勘、標點和分段，文字採用繁體、橫排。

二、參校各本在《前言》中已有介紹，校勘記置於頁下。

三、它本記載與底本有異者，一律在校記中說明。底本脫、衍、倒、訛者，經補、刪、正、改後，在校勘記中注明根據。

四、書中各篇如本係刪節，一般保留底本原貌。節略之文，如無礙文意，則在校記中錄之。

五、顯係別字，如“已”、“己”、“巳”之類，徑改，不出校記；諱字徑改，也不出校記。

六、官員姓名空缺者，據上下文或《清代職官年表》補之，並用“〈　〉”標明，不出校記。

七、原書對於農民起義和少數民族的稱呼，不作改動。

八、標點符號一般只用逗號、句號、頓號、分號、冒號、引號、間隔號、括號和書名號，少用問號、嘆號，不使用專名號、省略號、破折號、着重號和連接號。

九、書中原注今置於相應正文後，用小一號字體。

十、卷首、卷十和補遺的目錄由點校者編排，其他卷的目錄係各卷的篇目彙編而成。

重刊《湯文正公全集》敘

　　睢州湯文正公,生鍾明季,長遇興朝,壯歲棄官,遺榮求志,晚以博學鴻詞徵直史館,出領使節,入傅青宮。二百年來,天下學士大夫,仰之若泰山北斗。我朝兩舉詞科,恢閎耆碩之彥以百數,其德望尊顯、中外交推爲醇儒者,惟公一人而已。

　　公之學,出於孫徵君夏峯,務堅苦自勵,不爲異同門戶之見。所爲文,奏議、條教,原本經術,碻可見諸施行;詩賦亦溫潤茂密,揚扢風雅,粹然一出於正。公之學行、職業不因文自見,或以出應詞科爲惜。余思立德、立言、立功,古稱三不朽,義無畸重。自宋賢倡道學,以經濟爲功利,文藝爲浮華,蓋疾承學之士不務本,希榮而無實,故痛切言之,非必謂文章、勳業爲吾道屬戒也。較而論之,詞科不足以病公,公之名足以重詞科。後生晚學不及見公,獲公單詞隻語,宜何如寶貴而愛慕之,況公所爲文多見道之言乎!

　　余自承宣陟巡河,來中州近十年矣。居公之邦,慕公之爲人,間取其遺書讀之。歲久漫漶,罕覯善本。前以《洛學編》模千本示諸生,未及其全。劉漢台大令權刺睢州,復於公裔孫家得公《明史藁》二十卷,家書、墓誌等文,都爲一編,慫恿付梓。中州理學名區,儒宗相望,入我朝必以文正公爲稱首。此邦人士景企前哲,讀公書必有繼公而興者。余老矣,猶冀旦暮遇之。刊既成,爰綴言於簡端,思古人,念來者,蓋不勝惓惓之意云。

同治庚午春,後學高要蘇廷魁謹敘

《潛菴湯大司空遺稿》序

襄陵潛菴湯先生,學術師洙泗,政事慕唐虞,發爲文章,應規中矩,心和而氣平,一代偉人也。余景行之有素。己未歲始,相見於朝端,得一謀面。而先生出入金閨,行有尺寸,歸卽閉門著書,修《明史》,日課數紙以爲常,凡飲食宴樂之會不與。以是獨受知於聖主,一歲三遷。晉閣學,贊襄密勿。人以爲景星慶雲,得覩之爲快。遂膺特簡,出撫江南。江南之人,如旱之有霖,喝之有蔭,赤子之有慈母,迄今俎豆之、謳思之不忘。未幾,以宗伯召入,掌詹事,遇益隆,操益勵,嚴嚴侃侃,不比不阿。旋晉大司空,卒於京邸。

閱明年,余奉命撫豫,駐省會,距先生之居不二百里,屢思登堂瞻眺其讀書樂道處,以職守未能已已。三月,因視河之便,始至錦襄。而先生之靈輀尚在,故廬蕭然四壁。余進而展拜,俯仰泣下。及回署,乃遣役束生芻致祭。適嗣君以《遺稿》五卷見投,整衣冠莊誦,先生之聲音、性情歷歷在於紙上,則見夫雍容端肅如大臣之垂紳正笏而立於朝也,則見夫莊恭靜穆如君子之齋居淵默而行於庭也,則見夫和平怡懌如賢人之詠歌風舞而悠然自得也,則見夫堅毅剛栗如大將之步伐止齊而刁斗無譁也。其凝以厚者如山之峙,其迅以疾者如水之流,其紆徐而含蓄者如太古之琴疏越而遠聞,其條暢而通達者如康莊之路交馳而直進。沉酣乎濂洛而不畸,咀味乎韓歐而不肆。美矣,備矣,文章之能事盡矣!然先生未嘗以文自耀也,欲使天下受其福而我甯居簡嘿之名,欲使後世宗其行而不矜著述之富。其文之傳者,蓋時至而物生,氣升而籟應,合天地之自然者而已。抑余有感焉,三代以下,所謂立德、立功、立言,能以一身兼之者誰哉?顏曾不遇,絳灌無文,馬班、潘陸言卽傳焉,而德與功無足述者。至若先生,其德則珪璋也,其功則鐘鼎也,其言則麟之炳而鳳之翽也。

天生聖君,必生一代之臣以佐之。先生弱冠登朝,仕十年而隱,隱二十年

1

復被徵。主①恩優渥，一德一心，人莫能間。雖天奪先生之速，然如先生之得君，不可謂不遇矣。因讀斯集而併及之，亦以慰先生於九原也。

康熙二十九年歲次庚午季冬，巡撫河南等處地方提督軍務兼理河道都察院右副都御史加四級年家弟宣鎮閻興邦拜撰

---

① "主"，《湯文正公全集》本誤作"王"，據《近代中國史料叢刊》本改。

《湯大司空遺藁》序

　　論君子者,貴求之於其大,尤貴求之於其深。大者,跡也,古今來功蓋天壤,言垂萬世,人人可指而稱、愛而傳,所謂放之彌六合者是也。若夫所以運此功之機,發此言之本,淵乎其不可測也,邈乎其莫之禦也,斯不謂之甚深甚深①者乎?

　　在昔孔子之聖,僅見行道之端於攝政之三月;正叔、元晦,卒未獲大用於當世;顏淵、閔子騫終身修德,求所謂著書立說以惠來世,無有也。將以功之未成,因病其機爲未神;言之未立,遂疑其本猶未裕乎? 千載而下,無不信孔子、程朱所以不有其功者,特有以抑之,爲斯世斯民之不幸,未嘗不爲之齎咨而涕洟。於顏、閔之無言,則知其培擁根本之詣遠而未暇及耳。然則得其培擁之裕而契其運用之神者,豈有他哉? 亦惟於已試之功、偶形之言,紬繹之以抽其緒,推究之以窮其涯。深者既得,而大者未竟,不過時命不齊與? 夫望道未見之心,豈其果有所弗逮也哉!

　　吾里大司空潛菴湯公,君子也。方入小學,卽以聖賢之學自力;自筮仕後,卽以行其所學自命。嘗小試於關陝嶺徼而效。解組歸田,年未②四十,輒抱無悶之志,日取先儒諸書而熟覆之,更就正孫鍾元先生於夏峯。久之,表裏洞徹,同異貫通。然冲默自居,卒不敢自名一說。及爲魏蔚州所推轂,受知聖主,癏瘰吾道之行,在史局則嚴是非,在講筵則恭啟沃,撫江蘇無念不以民生爲先,導青宮無事不以養正自效,矗矗焉必不願就三代以下之功名。人或迂之,忌之,以禍患怵之,不少沮也。及公卒,天下之人,知與不知,皆曰:"湯公不死,吾民

---

　　① "深",《近代中國史料叢刊》本作"大"。
　　② "未",《近代中國史料叢刊》本作"才"。

其康乎!"天下之士,知與不知,皆曰:"湯公不死,吾道其昌乎!"孰非以其必欲行決其能行,於其不敢易言信其能言乎? 其不然者,則公之不克自主與了公所有待而不欲遽出耳。

公卒之三月,其子溥搜得常所迫不得已者,凡爲詩文若干卷,在史局有《明史藁》若干卷,在蘇州有奏疏若干卷,屬余是正而刊之。公之爲德爲民,垂世立教之蘊,亦可考見於是編矣。讐校旣竟,各綴數語於篇末。蓋以知公之深,聊以質公於幽。而大者不得盡見於世之故,則又余之雪涕無從也。

同里田蘭芳拜撰

重刻《湯子遺書》例言

一、先生全集，經門人似齋王氏廷燦編輯，即今《四庫全書》所收《湯子遺書》十卷是也。先是，先生友人簣山田氏蘭芳嘗評輯《遺稾》五卷，閻梅公中丞興邦又加評梓行，先生裔孫又補刻疏稾、家書、年譜，均未進呈，茲并采入，以補未備。

一、卷首恭載《宸章》，謹案年月編次，紀崇儒之曠典也。次摹先生遺像，以申景仰。次《行略》、《墓誌銘》、《逸事記》、《年譜》，庶讀是書者，於先生道德、功業，開卷了然。至《年譜》內原載《宸章》，因改列於前，不重錄。

一、王本編次，始以語錄，終於詩詞，總目共分十卷。而各卷分目，因有續增，改作十四卷，未免自乖體例，與四庫所載卷數不符。茲將雜文中《學言》移附於卷一語錄後，卷二奏疏照家刻本增訂，以卷四之記併入卷三序文下，以卷五之書牘改作卷四，家書附於其末，以卷六之賦、頌、論、辨改作卷五，而以卷八雜文中之擬詔、露布、策、考、啟、引、題跋附入，以卷七、八之志傳、墓表、行述、事狀及雜文中之像贊、祭文改併作卷六。因告諭數目獨多，故以在潼關者分列作卷七，在嶺北者分列作卷八，在江南者分列作卷九，而仍以詩詞列作卷十終焉。蓋王本之十卷，久已進呈，不敢復改也。至所補入之田本、家刻本各篇，以類相從，即分載於各卷，不另編。

一、前賢各原序、原跋，彙作卷終，附存於全書十卷之後。至祭文、挽詩、建坊記之類，擬照王本，附于簡末，惟純疵迥殊，概從裁汰，識者諒之。

一、前明人文集每加評點，田本仍沿其習。先生著作，理明詞達。閱者見深見淺，各有會心，未可局於方隅之識。茲第照王本鐫刻本文而無評點，似較大方。

一、前賢詩文集之收入四庫者，類多頂格書。鐫遇應擡寫之字，不論三擡、雙擡、單擡，概用另行平擡，茲特仿成式付梓。

一、田本及家刻本字多俗體，偏旁筆畫半皆舛訛。是刻再四校讎，悉心糾正，雖不能盡免亥豕魯魚之誤，視別本略精嚴矣。

一、是書咸豐癸丑燬於兵燹，直隸通州劉漢臺大令廷相攝篆睢州，來諗於余。余為倡捐，屬令釀錢鳩工，重付剞劂。所有編輯、校勘，則浙江蕭山徐春矑大令光第專司其事，無間始終。又由江南甘泉李子衡觀察汝鈞、江南丹徒劉子恕觀察成忠覆核酌定，而浙江仁和陳雨蕳大令樹勛、四川涪州周子衡大令淦、湖南善化張蔭庭大令家槐、河南祥符王莘樵廣文儒行及先生甥孫春圃廣文樹茗，曾任分校，亦與有力焉。

廣東高要蘇廷魁識

重編《湯子遺書》總目

附錄前賢各原序、原跋及蘇源生《嵩談錄辨》、《困學錄辨》二則。

卷　首

宸　章

康熙二十七年戊辰五月初一日，皇帝遣河南等處承宣布政使司管理通省驛鹽仍以副使分守開歸河道加一級張司明，諭祭於經筵講官、工部尚書湯斌之靈，曰："鞠躬盡瘁，臣子之芳蹤；殉死報勤，國家之盛典。爾湯斌操守廉潔，才猷素著，克盡職掌，厥有勤勞。方冀遐齡，忽焉長逝。朕用悼焉，特頒祭葬，以慰幽魂。嗚呼！寵錫重壚，庶享匪躬之報；名垂信史，聿昭不朽之榮。爾其有知，尚克歆享！"

雍正十一年癸丑六月初六日，奉旨設位賢良祠，春秋二仲致祭。賜匾額"崇忠念舊"。

十一月十八日，皇帝遣分守河北兵備道加僉都御史駐劄武陟縣管轄彰德衛輝懷慶三府兼管河務河南布政司參議孔傳煥，諭祭於經筵講官、工部尚書、管詹事府事湯斌之靈，曰："翊熙朝之泰運，端重良臣；稽冊府之宏猷，宜崇元祀。蓋成勞茂著，生平之風概如存；斯盛烈昭垂，奕世之寵裒益篤。載申綸綍，式薦牲醪。爾湯斌行己端方，服官敬慎。出參方伯，已覘幹濟之才；入試鴻詞，允稱淹通之選。撫吳會而整躬勵俗，清德可風；涖卿班而勤職奉公，醇修益懋。於戲！流芳竹帛，卓然一代之完人；樹範巖廊，允矣千秋之茂典。列豆籩於祠宇，渥澤攸隆；布筵几於里閭，湛恩疊沛。靈其不昧，尚克歆承！"

乾隆二年丁巳三月二十日，賜謚文正。六月二十五日，御製碑文。八月二十八日，立於公祠，曰："朕惟人臣事君，忠清為重。其有原本理學，砥礪官方，

1

爲一代之純臣,接先儒之正脈者,則必溯厥彝徽,褒嘉美諡,升諸祀典,樹以豐碑,所以久而愈彰也。爾原任經筵講官、工部尚書湯斌,器資凝厚,品詣端醇。講學鄉邦,深體六經之蘊;歷官禁近,每持一介之操。膚節鉞以宣猷,膏流南國;矢寅清而典禮,望著中朝。冰銜兼領於宮端,水部仍趨於講席。秉剛方之直節,生被殊榮;錫文正之嘉名,歿垂永譽。功宗聿祀,琬琰爲昭。於戲!誠意正心,不負生平之所學;先憂後樂,如親當日之高風。視此貞珉,光於奕世。”

於十一月初三日,皇帝遣河南歸德府知府加一級紀錄二十次李閶林,諭祭於經筵講官、工部尚書、管詹事府事、諡文正湯斌之靈,曰:“國家褒賢勸善,首重眞儒;人臣佐化宣猷,尤崇廉節。祀功宗而允協,錫嘉諡以常昭。爾原任工部尚書湯斌,立品端方,當官清白。擢居館職,文名擅宏博之長;久直講帷,道脈得源流之正。自量才於兩浙,化雨無私;逮建節於三吳,甘棠垂蔭。超遷南省,銜兼宮尹之清;旋領冬官,望倚經筵之重。一代之儒風足式,千秋之祀典宜光。於戲! 廷議僉同,愈信清操於終始;老成不作,尚留遺愛於東南。特賜祭以錫名,庶來歆而來享!”

乾隆四十年,欽定《四庫全書總目提要》,御批:“《湯子遺書》十卷,國朝湯斌撰。斌有《洛學編》,已著錄。斌在國初與陸隴其俱號醇儒。隴其之學,篤守程朱,其攻擊陸王不遺餘力。斌之學,源出容城孫奇逢,其根柢在姚江而能持新安、金谿之平,大旨主於刻勵實行,以講求實用,無王學杳冥放蕩之弊,故二人異趣而同歸。今集中所載語錄,可以見其所得力。又,斌雖平生講學,而康熙己未召試,以詞科入翰林。故集中詩賦、雜文,亦皆彬彬典雅,無村塾鄙俚之氣。至其奏議諸篇,規畫周密,條析詳明,尤昭昭在人耳目者矣。蓋其著述之富雖不及陸隴其,而有體有用,則斌尤通達治體云。”

乾隆四十七年,欽定《四庫全書簡明目錄》,御批:“《湯子遺書》十卷,國朝湯斌撰。斌學出孫奇逢,主於堅苦自持,而事事講求實用,故集中語錄宗旨在朱陸之間。其奏疏皆規畫周密,條析詳明,不同迂論。文章雖其餘事,而具協雅音。康熙己未,召試博學鴻詞,以詩賦入高等,亦講學家所希有矣。”

乾隆 年欽定國史《湯斌傳》

湯斌,河南睢州人。母趙氏,明末流賊陷州城,殉節死。父祖契,攜斌避兵,流寓浙江衢州。世祖章皇帝順治二年,大兵定江南、江西,斌隨其父旋里。九年,舉進士,由庶吉士授國史院檢討。十二年二月,應詔陳言,請廣搜野乘遺書,以修《明史》,且言:"《宋史》修於元至正,特傳文天祥之忠;《元史》修於明洪武,亦著巴顏布哈之義。我朝順治元、二年間,前明諸臣,亦有抗節不屈、臨危致命者,與叛逆不同。宜令纂修諸臣勿事瞻顧,昭示綱常於萬世。"下所司,大學士馮銓、金之俊等,謂斌誇獎抗逆之人,擬旨嚴飭。世祖特詔斌至南苑①,溫諭移時。

九月,諭吏部曰:"翰林官員,讀書中祕,習知法度,自能以學問為經濟,助登上理。茲朕親行裁定十八員,皆品行清端,才猷贍裕,各照外轉應得職銜升一級用。"於是,斌為陝西潼關兵備道。

十六年,調江西嶺北道。甫至任,流賊鄭成功犯江甯,陰遣賊黨至贛州,流言煽誘。偽通海侯李玉庭,踞零都山寨,詐約降,實伺南安無備,謀陷城。斌廉得成功奸細,白巡撫蘇弘祖斬之,又請移兵守南安。玉庭果來犯,見有備,卻走。遊擊洪起元追逐數月,乃就擒。

斌以父老乞休歸里,尋丁憂。既服闋,聞容城孫奇逢講學夏峰,往受其業。

聖祖仁皇帝康熙十七年,詔舉博學鴻儒。尚書魏象樞薦斌"學有淵源,躬行實踐"。副都御史金鉉薦斌"文詞淹雅,品行端醇"。召試一等,授翰林院侍講,同編修彭孫遹等纂修《明史》。

二十年,充日講、起居註官,浙江鄉試正考官,轉侍讀。明年,為《明史》總裁官,並纂修太宗文皇帝、世祖章皇帝聖訓,遷左春坊左庶子。

二十三年二月,擢內閣學士,充《大清會典》副總裁官。時江甯巡撫余國

---

① "苑",《湯文正公全集》本誤作"院",據卷首《墓誌銘》、《年譜初本》、《年譜定本》和《正誼堂全書》本改。

柱內遷左都御史，調湖廣巡撫王新命代之，新命旋遷兩江總督。六月，九卿等會推學士孫在豐、浙江布政使石琳堪任江甯巡撫。上諭大學士曰："所貴道學者，在身體力行，見諸實事，非徒託之空言。今有道學名者甚多，考其究竟，言行皆悖。朕聞學士湯斌，曾與孫奇逢講明道學，頗有定行。前典試浙江，操守甚善，可補授江寧巡撫。"斌瀕行，上諭曰："以爾久侍講筵，老成端謹，江蘇為東南重地，故特簡用。居官以正風俗為先。江蘇風俗奢侈浮華，爾其加意化導。移風易俗，非旦夕事。從容漸摩，使之改心易慮，當有成效。錢糧歷年不清，督撫所奏錢穀、刑名大事，多有舛錯。爾能潔己率屬，自然改觀。"賜御書三，窐馬一，表裏十，銀五百兩。

十月，上南巡，至蘇州，諭斌曰："向聞吳閶繁盛，今觀其風土，大略尚虛華，安佚樂，逐末者多，力田者寡，遂至家鮮蓋藏，人情澆薄。爾當使之去奢返樸，事事務本，庶幾家給人足，可挽頹風。朕欲周知地方風俗、小民生計，有事巡行。凡日用所需，皆自內府儲備，秋毫不取之民間。恐不肖官吏借端安派，以致擾民。爾其嚴察劾奏。"駕至江寧，諭斌回署治事，賜御書及狐腋蟒服。

初，余國柱任巡撫，奏言淮揚二府屬水淹涸出者，令次年徵輸額賦。至是，斌以遣員履勘，仍然水淹，即涸出者亦未耕種。奏入，部議令再勘。斌仍以實奏，事乃寢。

二十四年四月，疏言蘇松等府賦額繁重，康熙十八年以來積逋，若同時並徵，民力不能兼完，知縣催科，幾敲撲不輟。請於二十四年起，分年帶徵，俾官無挪新補舊之弊，民無廢棄農桑之苦。疏下部議行。

是年秋，淮揚徐三府復水。斌條例蠲賑事宜以聞，請發帑五萬兩，糴米湖廣，先借所屬知縣倉穀散給。又言："災地百姓，餬口無資，恐入冬饑寒兼迫，流亡者多。臣與漕臣徐旭齡、河臣靳輔定議，二臣就近分董淮安賑務，臣即至清河、桃源、宿遷、邳、豐諸州縣察賑。"上命戶部侍郎素赫往助督賑，俾災民咸就撫輯。

斌先後奏劾蘇州知府趙祿星、揚州知府張萬壽、句容知縣陳協濟、宜興知縣蔡司霈、如皋知縣盧綎、睢甯知縣葛之英、江都知縣劉濤、金壇知縣劉茂位等貪酷劣蹟，並遞革勘治。常州知府祖進朝，以失察屬吏降調。斌奏留之，部議不准。得旨："祖進朝既經巡撫湯斌保奏清廉，可從所請，仍留原任，以勸廉吏。"

行取知縣為御史，斌疏："官行取定例，必錢糧胥完。而蘇州、松江二府，賦重役繁，甲於天下。銓選得此，輒謂遷擢難期，頹然自放，或竟罔顧官箴。臣受任巡撫，首以察吏安民為念，徧告屬員，聖上知人之明，出自天授，苟能潔己愛民，決不至久沉下位。故一時守令爭自濯磨，操守廉潔、政績表著者，實不乏人。然錢糧則萬萬不能十分全完。蓋勢處其難，智勇才力俱困。今若拘成例，勢必以僻壤小邑易於藏拙者塞責，未足以光鉅典。惟吳縣知縣劉滋、吳江知縣郭琇，廉能最著，乞俯准行取，以勵循良。俾繁劇與兩邑相符者，亦知有登進階，相率奮勉。"疏下部議，以二員俱有錢糧未完案，格於例。得旨："劉滋、郭琇，湯斌既稱為廉能最著，准其行取。"

二十五年三月，斌疏言："吳中風俗，尚氣節，重文章。而佻巧者每作淫詞豔曲，壞人心術；蚩愚之民，斂財聚會，迎神賽社，一旛之值，至數百金；婦女有遊冶之習，靚妝豔服，連袂寺院；無賴少年，學習拳勇，輕生好鬥，名為打降。臣嚴加訓飭，委曲告誡，一年以來，寺院無婦女之遊，迎神罷會，豔曲絕編，打降斂跡。惟妖邪巫覡習為怪誕之說，愚民為其所惑，牢不可破。蘇州府城西上方山有五通淫祠幾數百年，遠近之人奔走如鶩，牲牢酒醴之饗，歌舞笙簫之聲，無時間歇。諺謂其山曰'肉山'，其下石湖曰'酒海'。凡少年婦女有寒熱症者，巫覡輒曰五通將娶為婦。病者神魂失據，往往羸瘵而死。每歲常至數十家，視河伯娶婦為更甚。臣多方禁之，其風稍息。比因臣勘災至淮，乘隙益肆猖獗。臣遂收妖像木偶付之烈炬，土偶投之深淵。檄行有司，類此者盡撤毀之。其材備修學宮、葺城垣之用。民始而駭，以為從前曾有官長銳意革除，旋即遇祟而死，皆為臣危之。數月之後，見無他異，始大悟往日之非。然吳中巫覡最黠且悍，恐臣去任後又造怪誕之說，箕斂貲財，更議興復。請賜特旨嚴禁，勒石山巔，庶可永絕根株。"疏上，得旨："淫祠惑眾誣民，有關風化。如所請，勒石嚴禁。直隸及各省有似此者，一體飭遵。"

先自廷臣有言輔導皇太子之任非斌不可者，於是上諭吏部曰："自古帝王諭教太子，必簡和平謹恪之臣，統領官僚，專資贊導。江甯巡撫湯斌，在講筵時,素行謹慎,朕所稔知。及簡任巡撫以來,潔己率屬,實心任事。允宜拔擢大用,風示有位。特授爲禮部尚書,管詹事府事。"

閏四月,斌至。諭曰:"天下官有才者不少,操守清廉者不多。見爾前陛辭時言平日不敢自欺,今在江蘇克踐前言,朕用嘉悅,故行超擢。爾其勉之。"

初,河臣靳輔與按察使于成龍論河工事,久未決。命尚書薩穆哈、穆成額往會斌勘議。斌謂宜濬高郵、寶應諸縣下河,俾積水漸歸於海,開一尺有一尺之益,開一丈有一丈之益。薩穆哈等因靳輔欲於下河築隄束水入海,還奏開濬無益。至是,上詢斌,斌以前議對。上詰問薩穆哈、穆成額,各語塞,遂褫其職。特遣侍郎孫在豐督濬下河如斌議。

尋充經筵講官。時始設太子講官,以斌與詹事尹泰、郭棻,少詹事舒淑,中允閻世繩,贊善黃與堅充之。斌疏薦候補道耿介"賦性剛方,踐履篤實,潛心經傳,學有淵源。雖年逾六旬,精力尚健,乞徵取引見,以備錄用"。上遂授介爲少詹事,命斌與介輔導太子。

二十六年五月,因不雨,詔臣工直言得失。靈臺郎董漢臣以"諭教元長,愼簡宰執"奏。御史陶式玉劾漢臣摭拾浮泛之事,誇大其詞,欺世盜名,請逮繫嚴鞫。疏下內閣,集九卿議,有欲重罪漢臣者。尋奉特旨免議。而余國柱時爲大學士,以斌當九卿會議時有慚對董漢臣之語,傳旨詰問。斌奏:"董漢臣以諭教爲言,而臣忝長官僚,動違典禮,負疚實多。"上以詞多含糊,令再回奏。斌言:"臣資性愚昧,前奉綸音,一時惶怖,罔知所措。本欲自陳愆過,致語多牽混,罪何可辭?臣自念供奉以來,並無正經善言足以仰助萬一,而臣動違典禮,循省自愆,年來衰病侵尋,愆過叢積。乞賜嚴加處分,以警溺職。"上因其遮飾,具奏仍不明晰,降旨嚴飭之。左都御史璟丹、王鴻緒,副都御史徐元珙、鄭重等,劾斌奉諭申飭,不痛自引咎,並追論其於蘇州去任時巧飾文告,沽名干譽。會耿介以疾乞休,詹事尹泰,少詹事舒淑、開音布、翁淑元,劾介僥倖求去,實無痼疾,並劾斌妄薦如尸之人。

吏部尚書達哈塔疏言:"臣奉命輔導東宮,數日之內,負罪實多。以湯斌、耿介不能當其任,況庸陋如臣!乞准解退。"疏並下部察議,斌、介、達哈塔,俱應革職。上命斌與達哈塔仍留任。

九月，改工部尚書。未幾，疾作。遣太醫診視。十月，卒。年六十有一。

遺疏入，遣大臣奠茶酒。諭曰："湯斌任巡撫時，廉以自守，特加擢用。忽聞溘逝，深軫朕懷。"命由驛還櫬，下部議恤。部臣以斌曾降七級回奏。奉特旨，仍如尚書例予祭葬。後祀陝西、江西、江南名宦。

世宗憲皇帝雍正十年，詔入賢良祠。今上乾隆元年，賜諡文正。

所著有《洛學編》、《潛庵語錄》、詩文諸集。

按：道光三年，始從祀孔子廟庭。而史傳乃乾隆間史臣編纂，故從祀一節，尚未列入。此篇系從現行《滿漢名臣列傳》恭錄付刻。

乾隆　年欽定國史《湯斌傳》

湯斌，字孔伯，號潛庵，河南歸德睢州人。母趙氏，明末流寇破睢城，殉節死。斌隨父祖挈避兵河北，流寓江南。順治二年，始奉父還睢。

斌天性純孝，刻苦向學，中壬辰進士，選庶吉士，授檢討，出為潼關道副使。時方削平滇蜀，關中軍旅孔道，徵發旁午。斌辦給如法。簡差徭，嚴保甲，盜賊肅清。調嶺北道參政，其治所與閩廣鱗比，奸寇出沒。斌密布方略，擒渠魁李玉廷，斬之，餘黨悉定。尋以父病假歸。久之，用博學鴻詞薦，聖祖親試，置高等，補翰林院侍講，轉侍讀，直講筵。敷陳切摯，聖祖知其品行醇愨，由庶子擢內閣學士，命巡撫江蘇。

斌為治諳大體，恢廓不疑。以江南賦重逋多，議請分年帶徵。又請減明末所增餉額，除邳州版荒田稅，並報可。吳俗故奢，敝尤尚機鬼。楞伽山有五通祠，民間歲進子女禱賽。斌投其像太湖中，淫祀遂絕。開置社學，導以禮讓。身自布衣疏食，為百姓先。蒞吳三載，風俗丕變。

召為禮部尚書，尋改工部。卒，予祭葬如例。癸丑，祀賢良祠。

斌砥礪名節，剛方廉介，尤潛心理學，著有《洛學編》。乾隆二年，追諡文正。

按：公之三子沆，乾隆二年將《遺書》並家中所藏合為一集而續刻之。其原跋有"雍正十一年，蒙恩入賢良祠，命詞臣作傳"等語。此篇自其續刻本錄出，未知有誤否，存查。

道光三年癸未二月二十一日，奉上諭："禮部議覆，通政司參議盧浙請以湯斌從祀文廟一折。原任工部尚書湯斌，學術精醇，順治年間有旨襃其品行清端，康熙年間有旨稱其老成端謹。至其政績卓著，則禁侈靡，興教化，舉善懲貪，興利除弊。官嶺北時，擒獲巨寇，以靖地方。巡撫江蘇時，毀不經之祀，化鬬很之風，奏豁民欠，議減賦額。還京之日，部民送者十余萬人。其餘忠言讜論，剴切詳明。正色立朝，始終一節。所學主於堅苦自持，事事講求實用。著書立說，深醇篤實，中正和平，洵能昌明正學，遠契心傳。湯斌著從祀文廟東廡，列于明臣羅欽順之次，以崇實學而闡幽光。欽此。"

謹案：同治二年六月，禮部再合原定及續增從祀諸儒，各就時代、生年，一東一西，以次排列。奏改兩廡班位，改列在西廡黃道周之次。

湯斌像贊

卓哉湯子，一代偉人。挺生應運，嵩岳降神。皋夔稷契，濂洛關閩。庶幾媲美，兼備厥身。家稱孝子，國號名臣。出為觀察，敷政寧民。之綱之紀，克寬克仁。矯矯不阿，負氣嶙峋。用舍行藏，樂我天真。帝心簡在，召自楓宸。琳琅翰苑，黼黻朝紳。韓歐藻鑑，斑馬同倫。持衡東浙，桃李蓁蓁。澤被南土，望重北辰。追思風采，奕亦臣鄰。仰昭儀表，莫不尊親。

錢塘後學徐日焜

行　略

子溥、濬、沆、準①述

先考諱斌，字孔伯，號荆峴，一號潛菴。先世爲滁州之來安人。始祖諱寬，

---

① "子溥濬沆準"，《四庫全書》本作"子湯溥等"，愛日堂藏版本作"孤子湯溥濬沆準泣血"。

從明太祖起兵，積功至廣東神電衛世襲百戶。子諱銘，調中都金川門百戶。再傳諱庠，以功陞睢陽衛前所世襲千戶，遂家焉。三傳諱英，襲衛職。四傳諱卿，以平巨寇王堂功，陞世襲本衛指揮僉事，累功至驃騎將軍、中都正留守。五傳諱易，以功至明威將軍、陝西岷州衛守備，是爲府君之高祖。子三，次諱希范，以貢生任山西趙城縣縣丞，是爲府君之曾祖。子諱敏，爲州庠生，卽府君祖也，孝友寬仁，於兄弟、族人篤愛無間言，與人終身無忤色。又嘗以千金赴楚，爲趙城公購棺木，比至，歲大饑，遂傾囊賑之。再往，始獲木焉。子四人，我祖其季也，諱祖契①，庠生，慷慨明達，凡大義所關，介然不撓。鄉黨間每有所疑，或地方大事就正者，輒片言立決。府君既貴，惟諄諄以忠孝相勉勵。誥封中憲大夫、陝西按察司副使。凡三爲鄉飲正賓，崇祀鄉賢。子二，長卽先府君。

府君自幼不好嬉戲。八九歲時，耆儒王先生慕祥，開塾講小學。人皆憚其嚴正，府君獨侍坐，終日無倦容，歸卽見諸行事。遇貴冑輿馬赫奕者，泊然不以動念。王先生嘗謂先大父曰：“令子眞大器也。”爲制舉義，嘗不起草，宿儒多遜不能及。平日讀書外，無他嗜。家貧，常借人書。篝火讀達旦，率以爲常。

年十六，就傅北郭外。李自成寇睢城，府君聞變奔還。城已閉，乃繞濠痛哭。先大父及先大母趙恭人遣人從城上語使去。府君不忍遠違，伏近郭外斷蓬坑中。時州守遁，民開門納賊。先大父負曾祖母而逃。府君聞賊入城，冒難奔赴。至，則先大母已罵賊膺刃歿矣。府君號泣不欲生，絶食者六日。先大父強之，乃食。既殯，隨大父避難河北，舌耕以養。既而伯祖賁皇公卒衢州，有弱息留衢。大父率府君往，欲攜之歸。而李自成破北京，乃寓衢，讀書山中。每念先大母苦節，恐不聞於世，益自刻苦。嘗中夜大哭，哭已復讀。夜深，虎羣嘯林外，與書聲相間。久之，山中民皆感動，時時來餽燈油、米食。府君卻不受，日焚敗葉繼晷，飲泉水、咽糠粃而已。尋至南京，以流寓應試。七試，皆冠軍。已而有令，納軍需數兩，方許入庠。遂棄去。

乙酉，王師定中原，乃由江西泛鄱陽歸。丙戌，補弟子員。戊子，舉於鄉。己丑，會試中式。壬辰，成進士。世祖章皇帝親試，擬《御製大清會典序》及

---

① “諱祖契”，愛日堂藏版本和《四庫全書》本誤作“祖諱契”。

《送敬謹親王南征詩》，改弘文院庶吉士。邸舍不蔽風雨，閉門讀書，不妄交遊。甲午，授國史院檢討。學士山陰胡公兆龍欲屈致一見，終不肯往。

乙未，詔選翰林、科道出任監司，府君名在選中，有“品行清端，才猷贍裕”之諭，以應得職銜加一級用。明年，補潼關道副使。潼關自明季亂後，民多逃竄①，城中不滿三百家。是時，天兵下黔者屯成都、漢中，而經略洪公屯湖南。征調轉輸之眾，必經其地。官吏科斂以辦軍需，驛遞重困。府君戒屬吏曰：“毋科取民財，毋妄用驛夫。兵來，吾自應之。”自是大兵將至，府君使人迓之境外，與申約束，曰：“部文所需，有不給者，公請劾我。若於額外動民間一草，我亦當論公。”是後，兵至，肅然無敢犯者。屬吏皆兢兢奉法，撫勞備至。再閱歲，關城中流民歸者數千戶。府君見鄉大夫，惟問民疾苦及興革事宜。有某公比日三謁，無所言。府君甚異之。後聞其甥與人爭產，欲為私請。既見，終不敢出口也。行保甲，有盜即獲，自是四境晏然。又患民風強悍，為設學講律。有兄弟相訟者，府君收其詞不問，令於講鄉約時必至。凡三至，涕泣自陳悔過，遂出詞還之，卒相友愛。府君去時，猶追送數百里也。順治十四年，恭遇覃恩，階中憲大夫。封先大父如其官，贈先大母恭人。府君心稍慰。戊戌，撫軍陳公薦於朝。時在任未三年，民愛之如父母。偶因勘荒行屬邑，遇雨，止大樹下。既去，民以朱欄護樹，時人比之甘棠云。

己亥，陞嶺北道參政，轄贛、南二府，為治一如潼關時。甫三月，清積案八百餘件。贛據四省上游，地大山深，互稱巖疆。有李玉廷者，為明舊將，以本部萬人入山為盜。府君過南昌，巡撫張公屬之曰：“贛寇非君莫辦，勦撫惟所為。”府君至，以手書諭之。遂許降，約入山自招之。未及期七日，而海寇犯江甯。報至，府君夜見贛撫蘇公，請檄將士嚴城守，且曰：“玉廷許降，非心服也，今必變矣。某勅文當駐南安，南安無兵，必先被寇，請往。”夜馳至郡。設守甫畢，而寇果至。見有備，驚走，曰：“湯公預料如此，何可當也？”遂散兵焚掠。府君與撫軍密計擒玉廷，其弟秀廷以眾降。

① “竄”，《四庫全書》本作“散”。

當玉廷之初叛也，邸報斷者九日。人情洶洶，訛言江甯失守。蘇公將調兵防灘①。府君策海寇陸戰必敗，訛言必玉廷爲之，欲分我兵力耳。蘇公遽起，執府君手曰：“公言是也。”會捕得海寇諜者，蘇公以屬府君，一問卽承。撫軍曰：“此當繫獄候旨。”府君曰：“今人心搖動，請旨往返萬里，脱有變，奈何？”遂卽斬以聞。數日報至，海寇敗。

又，平南王旗軍孫大市馬過南安，殺二人。其帥董遊擊誣被殺者以盗。問官僅擬鬭殺律。平南王怒曰：“所殺者，盗也。當勿論。”切責南安守及推官。皆錯愕不敢問，乃援赦例以請。時府君初受事，白撫按曰：“勢相敵者，謂之鬭。孫大持刃在營，身無寸傷，而民以兵死。擬鬭不當，乞自審。”一訊得實，大止殺一人，其一乃陳報國殺也。遂坐大斬。而申請平南索報國，回稱報國攻文村死矣。然大竟抵罪，一時旗軍畏服，無敢犯者。

先是，府君由潼關移任，便道省親。值先大父病血痢，欲留養，例不可。抵任時，遂憂思致疾。會軍興，力疾視事。賊平，具呈乞歸。督撫按皆難之，駁再四。府君狀報曰：“某母趙氏，壬午殉難最慘，已負終天之恨。赴任時歸省，某父抱病。馬首南馳，方寸已亂，留之終無益於地方。且老父聞某病，病必劇。是某貽悞嚴疆，不可爲臣；病貽親憂，不可爲子也。”巡按見之惻然，乃代請予告。時年三十有三矣。是行也，不孝溥方九歲，與母俱未從。先府君攜二僕，往返八千里，平盗患。有馬一匹，歸時鬻之充資斧。百姓扶持相送，莫不歎息泣下，甚有痛哭者。

歸侍先大父，色養備至。繼大母軒愛府君如己出。府君竭誠盡孝，亦無異所生。每日暮，先大父遣就寢，猶讀書至夜分不輟。後課不孝溥等亦然，曰：“吾非望汝蚤貴，少年兒宜使苦。苦則志定，將來不至失足也。”授四書外，授《尚書》。已授昌黎文百篇，漸及《史》、《漢》、先儒諸書，最後課舉子業。曰：“汝將來長成，吾未必及教。汝先略讀諸書，知大義，庶無廢業。”嗚呼！府君之爲不孝等遠慮如此，今追憶之，其何能不仰天長號耶？

居之西百步，爲先大母趙恭人祠。每朔望謁家廟畢，必至祠肅拜。數十年

---

① “灘”，本書《年譜定本》、《墓誌銘》作“難”。

如一日。甲辰，先大父卒。府君哀毀骨立，席藁柩旁，晨夕號慟。既葬，數日一省視。墓樹數百株，一枝損，必欷歔不置。每遇先大父、大母忌辰，輒素服，終日色慘然不樂。即至起官後，亦題別主自隨。雖事至叢劇，不廢展謁。爲幼叔延師教誨，冀其成立，曰："以竟吾父未竟之志也。"

嘗受業孫鍾元先生之門。先生亟稱之，作詩以贈行。居家閉門，郡守罕識其面。今浙江巡撫金公鋐，與府君同年，壬子任河南布政使，相別二十年。見郡守，問府君。對言："睢州未聞有此人也。"金公以是益重之。會上諭舉外官告病者，州守程公以名聞，金公力主之。府君以母老懇辭者三，事乃已。

乙卯，上諭舉賢才赴軍前。大學士熊公賜履，詢之魏公象樞，曰："吾曩見某文，久欲薦之，然未謀面。"魏公曰："此山中學道人也，舉之誠當。顧其家貧甚，不能治裝。奈何？"遂止。

戊午，詔舉博學鴻儒。於是魏公、金公交章共薦，郡縣迫之行。乃駕牛車入都，止僧舍中，日杜門危坐，未嘗輕謁顯達。既試，上親第爲甲等。部議以原官修《明史》。上命補翰林院①侍講。編纂日無暇晷，爲《明太祖本紀》四卷，《列傳》十餘卷。

辛酉，充日講、起居注官，尋轉侍讀。典浙江試，所得皆孤寒士。雖下第者，皆嘖嘖稱道。事竣即行，撫軍李公本晟留之，終不可。

壬戌，充《明史》總裁。

癸亥五月，始日直講筵，纂修兩朝《聖訓》。五鼓入朝。講畢，侍起居。歸則裁定《明史》，成《曆法天文志》及英、景、憲、孝四朝《列傳》，考訂期於確核。時方酷暑，汗流浹背，不懈也。每日暮，正襟端坐，潛思經義，以備詰朝進講。不孝溥請稍息，府君不聽，曰："此君命也。"

是年，歷左、右庶子，嘗侍立。上顧問："汝平日有詩文乎？其繕寫以進。"歸寓，朝服手書，越日即呈御覽。上召至乾清宮，語良久，始出。嘗恩賜緞紗，先捧至大父主前，再拜，仍寄大母，以榮君賜。

甲子，超擢內閣學士兼禮部侍郎。在閣凡四月，公事外，未嘗與大學士接

---

① "院"，愛日堂藏版本和《四庫全書》本作"得"。

語。會江甯巡撫缺，廷推孫公在豐。上特擢授。陛辭，上深加獎諭，賜鞍馬一，綵緞十，白金五百兩。比行，又入見。上撤御饌賜之，復賜御書三軸，曰："今當遠離，展此如對朕也。"

時上將南巡，乃星馳赴任。受事後，文案山積。數日卽迎駕北去，乃就舟中批發，晝夜不假寐者六日。既見上於淮安城南，上顧問慰藉備至。遂前驅至蘇。蘇城道極狹，制府將毀舍廣馳道。府君曰："如此，則數萬人無所安息，非聖天子問民疾苦意。"遽下令止其事。上至，府君扈蹕至江甯。上再賜御書一軸，蟒裘一襲，羊酒珍羞。凱鑾日，傳旨令徑歸署。

時蘇松賦重，積逋相仍。官不滿三歲輒罷，以故皆不自愛而私規近利。上官陰持其短，索賂益急。虧庫金繫獄者纍纍。富商大賈聚處都市，以侈靡相競。男婦冶遊，巫覡奉妖祠，飾怪惑眾。民日趨奸利，訟師主誣詞興獄，輕猾少年懷刃嘯呼主打降。略識字，則造淫詞邪說；或結旗丁，爲主契券，以奪平民；或盤據各官署，舞文法，累世相承以擅利。淮揚十年昏墊，民不聊生，號稱難治。

府君至，則進州縣吏謂："若等以金事上官，本爲巧宦計。今官斯土者，既絕意陞遷，尚何復冀而以庫金媚人？顧汝等或爲所脅。今與若更始，苟稱職，吾力或能拔汝；卽不能，以考成罷歸，猶得守墳墓，樂餘年。奈何日坐堂皇，引前官妻子勘產，顧反蹈所爲？"皆頓首涕泣，曰："公活我！"又戒司、道、府官，不得責屬吏餽。皆指天自誓，曰："謹從公令。"於是，除耗羨，嚴私派，清漕弊，省獄訟，汰蠹役，杜請託，行保甲，革鹽商匭費，一切皆以身先。數月，劾其不奉令者已，又劾其陽奉而陰違者。於是，屬吏爭自濯磨。制府以下，相戒不受撫屬一錢。奉使京朝官迅棹疾過，地方官未嘗餽斗米。吏治大清。

府君愛民出於誠，爲政以寬民力、卹疾苦、興教化、培植根本爲務。嘗請改並徵積逋爲分年帶徵，免十八、十九兩年災欠，減賦額，寬考成，豁逃丁，調驛困，免蘆課買銅，除邳州版荒，捐明神宗朝所加九釐餉。前後疏數十上。部議或從或否，而府君未嘗以數爲嫌。聞有災傷，輒通夜不寐，疏立拜發。初至，報睢甯、沭陽、邳州災，蠲賦數千兩。又報泰州災，并蠲前二年賦，且入永蠲案內。次年，淮揚徐大水，奏報免賦十餘萬兩。又盡免高郵、寶應等州縣賦復幾十餘萬，發常平倉粟及丐將軍、提鎮權關輸粟往賑。又檄布政司以庫銀五萬兩告糴江西、湖廣,先發後聞。或以爲不可,府君曰:"候旨,然後告糴,民皆溝中骨矣!吾甯先發金,脫格部議,以所糴平糶,足償庫,何患?"乃遂遣兩府同知往,誡曰:"若至,極陳淮揚災狀,言米斗一金。購及半,運還,俟後令。"已而大賈爭集淮揚,斗米百錢而已。後糶米償庫,國帑無損,而民賴以活者數十萬。有司請報湖蕩蓮芡,府君駁還,曰:"朝廷任土作貢,未聞問諸水濱。"老吏叩頭以例請。府君曰:"例自人作。寬一分,則民受一分之賜。且蓮芡歲或不熟,一報部卽爲永額,後欲去之,豈可得乎?"

又禁冶遊,崇儉約,驅優伶,懲豪猾。淫詞邪說、馬弔博具,一切皆絕。又禁有喪者不得火化及久不葬。比一歲,報葬者三萬餘棺。

有五通神者,江以南崇奉數百年,禍福立應。歲娶民間子女爲婦,所娶婦皆立死。遠近奔走如鶩。督撫初至,謁畢,然後受事。府君取其像投太湖中,民大駭。已而妖遂絕。

廣立義倉、社學,聚生徒講《孝經》、小學。月吉,講上諭、律令。民間凡所爲稍不法者,輒恐府君知。風俗大變。時民見吏胥皆奉法惟謹,權貴絕口不敢請託,而民用日省,乃因府君姓爲諧語曰"黃連半夏人參湯"也,又以自奉儉約,謂之"豆腐湯"云。

吳縣監生王某者,文恪公裔也,有奴竊貲逃數年矣,突引弓刀數十騎來,自稱鬻身親王府,詬罵索金錢。官吏莫敢呵問,以告府君。立收送獄中,論如法。又常熟縣奴某,持其主之父國初受隆武劄,迫主遠出,欲據有主婦。府君廉知,大怒曰:"國家屢更大赦。此草昧時事,何足問,而豪奴以脅若主乎?"拘到,追劄付火,斃之杖下。百姓莫不稱快。

時海禁初開,浙江提督請遣將巡海中捕盜。詔下四省議。府君議曰:"盜聚,然後加兵。今兵加何所?而輕遣將,徒使寇掠海中,爲賈貿患,久之必成畏途。今當靜以待動,無爲事先。"督撫多如府君言。議上,遂止。

故事,印官委署,由布政使擬送,頗有用賄得者。府君謂未任而先有所費,何以責廉?令①掣籤如選例。

————————————

① "令",愛日堂藏版本和《四庫全書》本誤作"今"。

或請府君講學，府君曰："盡吾職卽學也。今人以講學釣名，隳本業而長奔競，吾未見其可也。"或請爲府君立書院。府君曰："吾不講學，安有書院？比者功令禁生祠，所在稱構書院，藉斂父老財，飾僞長奸，吾甚不取。"乃下令嚴禁。

吳有隱士徐枋者，居西山下四十年，人罕得見。府君重其品節，欲因以勵頹俗。嘗屏騶從，造其門。枋終不肯出。久之，府君乃去。時人兩高之。

夏月蟲盛，從質庫贖敝苧帳以自覆。錫山泉名天下，府君竟任未嘗酌杯水。朔望謁廟，屬吏至，不敢代市瓣香。署中秉燭治事，夜四鼓始假寐，日中始食。自此心血枯槁。嘗顧謂溥曰："古人云，食少事多，豈能久乎？"已而曰："君命卽天命也。"一歲嘗四至淮上。冬夜乘小漁舟渡江，幾覆。北風凛冽，背痛者數日。歸，值歲終封印，猶晝夜拮据。見屬吏，必反覆丁甯，告以君恩不可負，民命不可殘，諄諄如家人父子。

一時政績卓然，而府君意猶未愜。蓋經營厝設十未竟二三，且曰："吾自信者，心耳，安能保其必當乎？"時一切當奏聞者，皆有期會，過則奪俸。江蘇所屬北至豐沛千二百里，兼按察司在江甯，相去復五百餘里。殺人及盜質審，動輒逾限。故往日事，非不得已不奏。府君曰："是欺也，且奸盜復何畏乎？"乃悉具奏，雖罹罰不恤。然每奏，罰輒荷恩破格寬免。

府君之初受事也，值蠲漕四分之一，既而請分年帶徵。或以爲柄臣功，先後索金四十萬。府君禁使勿與。屬吏以民願輸告，曰："公不應，仇公必甚。"府君曰："民有錢，甯不以輸國賦而入私門乎？吾甯旦暮斥罷歸田畝，誠不忍見若等剝民媚權貴也。"將按發窮其事，屬吏叩頭謝罪良久，乃已。當是時，天下爭輦金錢入都，而府君屬無一人往者。屢有求，皆不行。

乙丑秋，戶部因奏銷劾府君。吏部奏奪俸六月，上復特免。比大計，藩臬空手入都。都門索府君一刺不可得，莫不竊恨。然以上知府君深，無如何也。

丙寅春，皇太子將出閣。上諭吏部："自古帝王諭教太子，必簡和平謹恪之臣，統領宮①寮，專資贊導。江甯巡撫湯斌在講筵時，素行勤愼，朕所稔知。

---

① "宮"，愛日堂藏版本和《四庫全書》本作"官"。

及簡任巡撫以來，潔己率屬，實心任事。允宜拔擢大用，風示有位。特授禮部尚書，掌管詹事府事。"聞召，卽議行。蘇城罷市十餘日，外郡之民亦接踵至，日聚轅門外號泣。伺府君出，羣擁馬首，甚欲閉城填巷。又設數匭，斂錢爲路費，將叩閽。一日，匭遽滿。府君曰："詔旨甯可違乎？"委曲宣諭，乃得行。及行，送者十餘萬人，自蘇至六合，不絕於道。

府君念大母年老，乃便道歸省視。會皇太子出閣屆期，兼程北來。

既見上，上喜甚，問路所由。具對，因奏鳳陽災狀，且言徐州雖已荷恩蠲賦，比入春，尚苦饑。上遽遣官往賑，活者無算。

上問下河事。下河者，本減出河中水，由高堰、漕隄諸壩入高郵、寶應、興化、泰州、泰興、山陽、邳州、沭陽等州縣，田廬皆沒。上諭開渠入海，以居黃河下，故謂之下河。初，安徽按察使于公成龍督理下河，估金八十萬兩。時于受總河節制，以圖議上。而總河靳公輔駁其議曰："吾以勾股法測，潮高内水五尺，河開必内灌。法當築丈五尺隄，起高堰屬之海，盡收各壩水入隄。束高丈餘，則潮不入而隄外可盡爲平田。須運土三百里外，築圍水中，涸，取圍中土築隄，非三百萬兩不可。隄成，墾涸地爲田，鬻之民，以償庫。"詔靳、于廷議，未決。於是上遣工部尚書薩公穆哈、侍郎穆公成格會漕運總督、江蘇巡撫詢問民情。民畏靳公，多言願罷工者。府君曰："是不可罷也。上水日增而下無所洩，不十年無淮揚矣！靳徒以海内灌故異議，海可内灌，甯俟今日？且吳淞、錢唐皆有潮，何獨淮揚而慮内灌乎？今兩府蠲災外，賦不滿三十萬，不若請盡乞民，令有司督民自開河。"薩曰："公言良是。第奉詔問民，疏中又可入公語耶？某見上，當面奏矣。"及見，遂不奏。至是，府君具對如前語。上詰問，薩等辭服，皆革職。自是，忌者衆矣。

是時，于已擢直隸巡撫，乃更用工部侍郎孫公在豐往督之。孫至，言開河三便。旬日，下河水驟長，疏鑿難施。上召靳公至，面諭塞河南岸及高堰壩。靳堅不肯從，曰："壩塞，隄必潰。"府君力爭殿上。已又及九卿爭午門外，凡兩日。絀其議，竟閉減水壩一年。

時上特命府君行坐講禮，尋充經筵講官。未幾，復總裁《明史》，已更兼詹事官。與會議，屢蒙垂問，恩禮殊異。人固忌府君且大用，而府君所執又數與要人忤。因共謀誣府君,誹謗構陷百端。一時仰其權勢、貪其賄遺者,皆從而揚其波。賴上聖明,終不信也。

丁卯五月,因旱,上使內閣聚,問九卿興革事宜。府君請復夏秋兩稅及罷蘆課買銅,曰:"春種未布而責民輸賦,比穫,盡一歲之入以償債,且不足。以故凶歲多逃亡逋賦,豐歲亦不能有所儲蓄。曩者國用不足,取濟一時。今內帑充積如山,何不復夏秋兩稅,使勤農者有所積,雖水旱不爲災,不國民兩利乎?至若蘆課新例,並令買銅,銅非市所常有,権關終歲專購,猶患缺額,奈何責職民事者辦此?此不科取均貼,必責成蘆戶。不若仍聽輸銀便。"時戶部某公遽起,曰:"公休矣!卽欲變此法,俟某去戶部乃可。今不能也。"遂罷會。

會五官靈臺郎董漢臣言十事,忤閣臣意。御史劾漢臣越職言事,希富貴。內閣欲因下刑部,究主使。上問九卿,獨府君白漢臣無罪。已內閣復稱旨傳問,府君未對。某公目府君曰:"幸勿違眾議。"府君厲聲曰:"上因旱求言,漢臣應詔言事,何罪?大臣不能言,反罪言者,如此心何?"某大慚,自是恨刺骨。

居一二日,上幸海淀,有輔導皇太子之命。數日,病,具疏辭。內閣欲因之加罪。上不聽,第責令回奏。而忌①者累章迭上,然亦不能有所指。上輒報聞而已。比府君回奏,事輒已。會詹事府復劾府君薦耿介老不稱職,部議革職。上薄其罰,削五級留任。而忌者愈益怒,謀中傷益力,日夜叢謀,必欲擠之死地。人或告府君當防患者,或勸府君委曲使人請諸公爲解者。府君笑曰:"吾生平以義命自信,且年逾六十,復何求?"時抱病杜門,伏枕讀《朱子文集》,丹黃點注,無異平時。

上終察知府君孤介,不容於時,特遣御醫診視。尋命改工部尚書。是日,九卿會議。府君入講,不至。科道卽又劾府君,部議降二級調用。吏部尚書陳公廷敬爭曰:"比者某等失朝,從嚴,乃奪六月俸。何至是?"然竟不能得。上復命留任。

先是,府君留溥等代養。是年七月,不孝沆來都。九月,聞府君病,不孝溥亦來。府君見溥等,心頗喜,曰:"我昨病幾危。上遣御醫診視,今漸愈矣。吾

----

① "忌",愛日堂藏版本和《四庫全書》本作"彈"。

勢不能去。倘不卽填溝壑,猶當勉報君恩。顧汝祖母年迫桑榆,心中若割,奈何?"不孝溥恐府君心慟,乃詭詞應曰:"祖母近稍健,故某來耳。"府君大喜,曰:"若此,母子相見,尚有日也。"

居數日,奉命詣潞河勘柟木。越三日,抵暮歸。感風寒,微嗽,言笑如平時。漏下二鼓,猶戒不孝溥等曰:"孟子言:'乍見孺子入井,皆有怵惕惻隱之心。'汝等養此眞心,令時時發見,久之全體渾然,便可上達天德。若但依成規,襲外貌,終爲鄉愿,無益也。"又粗問里中事,歎曰:"吾年少交遊,零落盡矣!"問夜何其,乃就寢,曰:"明朝尚會議也。"不孝溥等就枕,展①轉不能寐。聞府君漱聲轉急,披衣起視,則喉中有痰,疾呼尚能應。頃之,遂卒。嗚呼,哀哉! 天何不殞滅溥等而奪吾父之速耶? 家無新衣,敝衣以斂。束貼金銅帶,加朝服其上。朝服緞卽上賜也。嗚呼! 痛哉!

上聞,遣學士多奇、翁叔元以茶酒賜奠,命馳驛囘籍,照尚書品級頒賜祭葬,皆出自睿斷,非閣臣擬旨也。在京師,弔者莫不盡哀。扶柩②出都,道旁騎者多下馬,拱立歎息,以爲難得。所過州縣,莫不致祭。入睢境,紳士、父老白衣冠、涕泣郊迎者近萬人,相與扁其柩前曰:"忠臣孝子!"雖兒童、婦女,莫不唏噓沾襟也。

府君剛毅介直,忠孝原於天性。篤志聖學,潛脩默證,內體諸心,外見諸事。平易確實,不慕高遠,克勤小物,未嘗放逸。於性命之淵微,造化之精奧,雖探討窮索,而必以日用倫常爲可據;於古今之治亂,事機之得失,皆綜貫會通,而必以誠意、正心爲有本。生平無戲言戲動,好學深思。隨事體認天理,久之愈益精明。遇事坦然泰然,有自得之樂。明於審理而不惑利害,循分自盡而不希名譽,因事善處而不執成見,見義勇爲而不計③後功。處紛錯,心常甯一;遇患難,神色閒定。當幾立斷而未嘗後時,窮達一致而廓然無累,自治甚嚴而待人甚寬,宅心平恕而守法不阿。遇卑賤而不侮,對權貴而不懾。溫然而不可犯,侃然而未嘗激。故其居官也,未嘗有所與於人而人愛之,未嘗有所威於人

---

① "展",《三賢政書》本作"輾"。
② "柩",愛日堂所藏版本和《四庫全書》本作"櫬"。
③ "計",愛日堂藏版本誤作"繼"。

而人畏之。僚友不言而咸服，百姓聞風而革心。雖頑梗黠悍之徒，沈迷膠鋼之俗，莫不令之而卽行，教之而輒化。間有貪墨之吏，強暴之徒，不得已見之彈章、加之刑憲者，亦未嘗不以府君爲仁人也。人皆知府君剛正廉介，卓然有壁立千仞之操，而其所以感之而立應，旣去而民不能忘，至誠惻怛、痌瘝一體之心，有潛入人而人不覺者，世或未之知也。

生平居無廣廈，出無文軒，家無侍姬，食無珍羞。吳署多隙地，春月薺生，日採食之不厭。不孝等嘗從容陳說，以爲何太自苦，府君色戚然不答。不孝等數數言之。泫然流涕曰："吾非欲儉，汝祖母未殉難時，日食粗糲，我未逮養故也。"

生平無雜學。因先大父病，始學醫。卜葬地，學堪輿。占《易》以象象爲主。常曰："《易》非教人趨吉避凶，祇審理之當否。其進退存亡，介在幾微間，非沉潛玩味，不能得也。"人有一言中理者，輒心推遜之，且終身不忘。聞某處有賢人及文學之士，嘗以不見爲恨；見四方人，必問其土俗民情；遇節孝，孜孜惟恐其沈沒。所至興學育才，成就爲多。至人有負己者，過則輒忘，不留於心。在林下時，或勸之著書，曰："學貴日新。今之所是，異日未必不以爲非，何敢妄爲？"及再仕，雖欲爲之，不暇也。故著書最少。所著有《洛學編》二卷，《補睢州志》五卷，《詩文》二百餘首，《公移》、《條約》約十餘卷，未盡行世。

今江南常州府奉祀道南書院，蘇人特建祠於學宮，有司以時致祭惟謹。而紳士復肖像於懷嵩堂中，歲時瞻拜，數郡畢至。里中從祀鄉賢，建特祠奉忝嘗焉。

府君生於天啓丁卯十月二十日巳時，卒於康熙丁卯十月十一日卯時，享年六十有一。配我母馬氏，封恭人，州庠員、鄉飲正賓諱中駿公女。子四：長卽不孝溥，廩膳生員，娶王氏，壬辰進士、江西提督學政、僉事諱震生公女。次溽，廩膳生員，娶袁氏，國子監監生諱賦諶公女。三沆，廩膳生員，娶宋氏，巡撫江西都察院右副都御史諱犖公女。四準，娶侯氏，辛丑進士、中書科中書舍人諱元棐公女。女三：長適己丑進士、廣東韶州府知府趙公諱霖吉子監生登，先府君卒。次適己亥進士、湖廣當陽縣知縣李公諱遙子、廩膳生員中。三適廩膳生員張公諱銘鼎子、生員淑文。俱馬恭人出。孫五：之旭[①]，聘丁未進士、山西懷仁

---

① "之旭"，愛日堂藏版本和《四庫全書》本作"扶光"。

縣知縣崔公諱九嶷孫女、廩膳生員諱玳女;之暹①,聘江西提學僉事王公諱震生孫女、候選州同知諱組女;之晟②,聘當陽縣知縣李公諱遙孫女、監生諱初女。俱瀋出。之昶③聘壬辰進士、江南鎮江府海防同知吳公諱淇孫女、監生諱學頤女;之盼④,幼未聘。俱沉出。孫女七:長適當陽縣知縣李公諱遙孫、監生初子梁。次適戊戌進士、戶部右侍郎王公諱遵訓孫、考城縣儒學教諭諱光皋子、生員肇煒。三許字庚戌進士、原任內閣中書王公諱錞孫、監生諱涵子采。俱溥出。四、五、六、七,幼,未許字。四、五、七,瀋出。六,沉出。

康熙二十八年十月四日,奉窆於州城東南棘故城,賜葬新阡。

不孝溥等苫塊昏迷中和淚濡毫,語無倫次,惟冀大人君子哀而賜之銘,感且不朽!

誌　銘

墓　誌　銘

汪琬⑤　撰

康熙二十六年冬十月十一日,工部尚書睢州湯公斌薨於位,年六十有一。

公之病也,上遣御醫診視。及薨,又遣滿漢學士渾酪奠公柩,命其孤馳驛護公喪歸,詔予祭葬如故事,訃聞於吳。先是,公嘗駐節吳中。去逾年,而吳人追思不忘,爲公建生祠於學宮。至是,會哭祠下者,數千百人,悉號慟失聲。有識謂數百年來,自周文襄、王端毅兩公而外,巡撫未有如公者也。而前公巡撫江南者,方柄用,勢燄張甚,忌公聲望出己上,又嘗以事徵賄鉅萬於吳有司。有

①　"之暹",愛日堂藏版本和《四庫全書》本作"光裕"。
②　"之晟",愛日堂藏版本和《四庫全書》本作"傳臚"。
③　"之昶",愛日堂藏版本和《四庫全書》本作"進賢"。
④　"之盼",愛日堂藏版本和《四庫全書》本作"長眞"。
⑤　"汪琬",愛日堂藏版本和《四庫全書》本作"長洲汪琬"。

司議率民財以應，公禁不許。遂銜公刺骨。公旣去吳還朝，上眷注益厚。忌者日夜用蜚語讒公於上前，必欲擠諸死地。賴上神聖，稔知公無他，公故得保功名以終。迨公捐館舍，未逾月而忌者事敗，踉蹌出都門。凡都人士訖吳中父老子弟，咸指斥夫已氏姓名，戟手相詬詈，以其媒孽①公故也。由是朝野公論始大白，而公之志不獲伸於地上，庶幾其伸於地下矣。越明年，諸孤將卜葬州東南黃岡之阡，先期遣使以書及行狀來請銘。琬嘗與公同爲史官，又辱知交最深，乃覈其世次、官閥、事行之實，序而銘之。

謹按：公字孔伯，別自號荆峴，晚又號潛庵。先世由滁州之來安，以軍功爲金川門世襲百戶。其後調睢陽衛，遂家於睢。後又以功世襲指揮僉事。五傳至明威將軍、岷州衛守備諱易者，公高祖也。曾祖，趙城縣縣丞，諱希范。祖，州學生，諱敏。考，州學生，諱祖契，以公貴封中憲大夫、陝西按察司②副使。妣，趙恭人。李自成之亂，恭人被執，罵賊不屈死。琬嘗文其祠堂之碑。繼母軒太恭人。

公少不好弄，稍長，益以學自奮，於書無所不讀，而尤好習宋諸大儒書。年甫踰冠，舉順治戊子科鄉試。明年，會試中式。越三年，成進士，改弘文院庶吉士，授國史院檢討。時方議修《明史》。公疏言："《宋史》修於元至正而不諱文天祥、謝枋得之忠，《元史》修於明洪武而亦並列丁好禮、普顏不花③之義。陛下應天順人，而元、二年間前明諸臣猶有未達天心、抗節以死者，似不可槩以叛書。乞頒寬宥之詔，俾史官得免瞻顧，則諸臣幸甚。"政府見公疏，不悅。世祖召至南苑，慰勞再四。於是聲譽大著。居無何，詔選翰林官任監司，俾習知民事，以需大用。公與在選中，出爲潼關道副使。於是，中原初定，王師方下滇蜀。關中當用兵孔道，征調往還者旁午，頗驕橫不戢，民間苦之。加以差徭煩重，相率竄走山谷。公戒屬吏："毋科取民財，毋妄用驛夫。兵來，吾自應之。"已而駕馭有法，來者悉奉約束惟謹。不三年，流民歸復業者，踰數千戶。關中多盜。公嚴行保甲法，量地遠近，俾民間各設鉦鼓、礧石。盜至，卽以次傳警，

---

① "孽"，愛日堂藏版本和《四庫全書》本作"蝎"。
② "司"，《四庫全書》本誤作"使"。
③ "普顏不花"，《四庫全書》本作"布延布哈"。

頃刻數百里。近者赴救，遠者各阮①要地。盜故不敢發，發亦輒得。所屬遂大治。

陞嶺北道參政，公治所在贛。贛，四省上游，地窮②山深箐大。盜窟穴其間，時時出，肆焚劫。值海寇犯江甯，贛人騷然，各洶洶思亂。公密陳方略於上官，擒盜魁一人，誅海上諜者一人及城中姦民與盜通謀者又一人，而貰③其餘黨。贛人以靖。上官方倚公如左右手，而公念其父中憲公，竟乞假歸矣。自是里居將二十年，性故廉介，補衣素食，怡然自適。官吏不知公者，或相凌侮，亦置不校也。

中憲公服闋，聞孫鍾元先生講學蘇門，賃驢往，受業門下。每質所疑，先生亟稱之。歸而所得益邃，所行亦益力，屹然推中原巨儒，舉朝賢士大夫交口稱說。以薦舉復起，御試甲等，補翰林院侍講，與琬輩同入史館，充日講、起居注官。尋轉侍讀，出典浙江鄉試。還，充《明史》總裁官。既又直經筵，纂修兩朝《聖訓》。公在上前進退翔雅，敷陳詳盡，深契上意，超擢內閣學士兼禮部侍郎，遂以右副都御史巡撫江南。陛辭之日，賜鞍馬、綵緞、白金五百兩。繼賜御書三軸，諭曰："展此如見朕也。"其眷注多類此。

江南故習豪侈，而吳中尤甚。服食玩好多不節，又喜蒲博諸戲。歲時婦女爭炫妝冶服，嬉遊山水間以為常。而市井無藉子，率尚拳勇，用鬭毆恐愒④民財，事急卽恃勢豪為囊橐，不可究詰。其尤無良者，則鬻身旗下，借以修故釁。公悉禁之，不少貸。素多淫祠，事楞伽山五通神尤嚴。甚寒劇暑，載鼓吹、牲帛往賽，禱者駱驛相繼。奸巫淫尼，闌入人閨閣，競相煽惑。吳人以是益困。公廉得其狀，躬至五通祠，取土偶投諸湖中。眾始大駭，久而又大悅服。為政簡靜，然下令期於必行。賕吏蠹胥，悉搖手屏足，相戒不敢犯。重修泰伯祠，朔望必往躬謁。又謁范文正公及周忠介公祠，以為眾勸。數親詣學宮，命諸生講《孝經》，俾幼穉悉得列坐以聽。拊循細民，若惟恐傷之者。吳俗自是大變，雖

---

① "阮"，愛日堂藏版本和《四庫全書》本作"扼"。
② "窮"，《四庫全書》本作"穹"。
③ "貰"，愛日堂藏版本誤作"貫"。
④ "愒"，《三賢政書本》本作"喝"。

窮村僻壤，莫不感頌其政。里巷因公之姓，至以諺語呼公"清湯"云。

公屢上疏訴吳人疾苦，請改竝徵積逋爲分年帶徵，請捐十八、十九兩年災欠，請除邳州版荒田賦，又請捐明神宗朝所加九釐餉，又請免淮揚徐水災諸州縣賦。部議或從或否，而公初未嘗憚煩也。

二十五年春，有詔擢禮部尙書，掌詹事府事。吳人空一城痛哭，叩轅門留公。不得，則塞城闉，阻公行。又不得，則遮道焚香以送者亡慮億萬人，蹢千里不絕。及公渡淮，乃已。忌者覘知之，愈益憾公。上遇公厚，每會推、會議，必問湯某云何。公亦感上殊遇，凡是非可否，必侃侃正言，不婴不撓。忌者方力謀中傷，顧未有以發。而會五官臺郎董漢臣上書言十事，語侵內閣。或言漢臣本不知書，有代草者。御史受風指深文，劾漢臣。內閣擬旨，下部究主使。上乃命集九卿更議。眾咸欲抵漢臣罪，忌者逆沮公幸勿倡異議。公曰："彼應詔言事耳。大臣不言，將愧謝之不暇，而忍周內耶？"因舉手自指心曰："如此中何？"忌者大慚且憤，所以誣衊公萬端，且摘公去吳時教令中語，指爲市恩干譽。於是公已患病，竟爲讒言所中。有輔導皇太子之命，公以病辭。忌者欲藉是加罪。上不聽，僅令回奏。遂嗾廷臣交章劾公。又不聽，後先報聞而已。

先是，公病思歸，自以新被讒，不敢請告，乃薦前道臣耿公介侍皇太子講，冀以自代。耿公老儒迂謹，與舉朝不相得。復嗾廷臣劾公所薦非是。部議革職。上特寬其罰，鐫五級留任。猶不愜忌者意，羣謀中傷益急。

公適聞太恭人病，乃上疏乞暫歸省。上遣使齎手詔慰諭，且欲賜第京師，命公迎養。公叩頭，言老母萬不能來。奏上，有旨不允公去。當公之乞歸也，忌者宣言上怒，將隸公旗下。得旨，猶祕之。急召詣閣中，公以病扶挾上輿。道路譁傳湯尙書入旗矣，皆泣下。而蘇松諸郡客都下者數百人，竝集鼓廳門，將擊登聞鼓訟冤。聞公還，始散。是時微上保全，公禍幾不測矣。

已而皇太子見公羸瘠，大驚，曰："公果病至此耶？"越數日，命改工部尙書。忌者勢不得騁，更謀興大獄，羅織公罪。不數日而公病，遂革。方禍急時，或勸公委曲詣①諸公居間，俾稍解者。公哂曰："吾義命自安，六十老翁，尙何

---

① "詣"，《四庫全書》本作"請"。

求哉?"或又勸公發忌者陰事,以紓其禍。公又曰:"吾有老母在,未敢以此試也。"故士大夫咸以爲難。

配馬恭人,子男子四:曰溥、曰潽、曰沆,皆州學生,曰準。子女子三,適國子監生趙登,諸生李中、張淑文。孫男五,孫女七。

公平居潛心聖賢之學,其於性命之淵微、造化之精奧無所不探而一以誠正爲本,於古今之治忽、事會之得失無所不綜而一以忠孝爲先。所撰著《洛學編》一卷,《補睢州志》五卷,詩文若干卷。

琬前在史館,出入必偕,藉公淬礪。講貫者甚至不知公於程朱何如,以視眞、魏、許、姚諸儒,則當出其上矣。琬方請急,亦嘗諷公以歸。未幾,而公欲薦琬爲《明史》副總裁。自江南被召,又欲以宮寮薦。琬固謝不可,且曰:"願與公同其退,不願與公同其進也。"琬長於公三歲,訖今猶靦顏人間,而公不可作矣。每一憶公,輒淚涔涔被面,何忍執筆銘諸? 然琬雅以直諒,爲公所許,倘不能白公之志而暴其受讒始末,以示天下後世,不幾負我死友哉! 銘曰:

猗湯屢遷,肇興睢陽。逮公之身,彌久益昌。爲國純臣,爲世儒碩。道禰洛閩,志宗稷益。維我世祖,拔公妙年。起家内院,付以大藩。翩然引身,潛蟄閭里。世祖儲之,遺我聖子。入登侍從,出拊江淮。帝念疲氓,往哉汝諧。再期政成,遽蒙前席。遭彼含沙,伏機以射。何交之泰,而命之遭? 屢習於坎,出險斯艱。風雨露雷,罔非帝德。帝心簡在,甯虞叵測? 生榮歿哀,公奚憾焉? 天可必乎? 人定勝天。黄岡之丘,不騫不圮。癙是銘詩,以竢良史。

謹按:篇中所云忌者,指明珠、余國柱等而言。先生於康熙二十六年十一月卒。至二十七年二月,以御史郭琇參奏,明珠、余國柱皆革職。[①]

湯潛庵先生逸事

方苞 撰

睢州湯公内召時,吳人已建生祠,刻石紀德政。其歿也,巷哭里奠,薦紳學

---

① "謹按篇中所云忌者指明珠余國柱等而言先生於康熙二十六年十一月卒至二十七年二月以御史郭琇參奏明珠余國柱皆革職",愛日堂藏版本和《四庫全書》本脱。

士争爲誄表傳記。其家有狀,有誌銘,有編年之譜,而德教在民及詐不信之先覺,耳目眾著,足爲萬世標準者,尚逸四事焉。

公巡撫江蘇時,上言:"歲祲免租,民困少蘇而已。必屢舉於豐年,富乃可藏於民。免當年之租,半中飽於有司、胥吏。故每遇國有大慶,或水旱形見,不肖者轉急徵以待賜除。必預免次年,然後民不可欺,吏難巧法。"聖祖皇帝深嘉與之,遂定爲經法。康熙年間,特論户部:"自今以往,海内農田正賦編折銀,通三年輪免一年,周而復始。直省均以徧皆預免,不問豐凶。"其後,雖以西邊事起中輟,而大訓炳然籍藏於故府,聖子神孫,當重熙累洽之餘,必將繼志述事焉。是公之訏謨,實受其福者,非一世也。

淮泗漲漫,山陽、鹽城、寶應、高郵、興化、泰州、如皋七州縣,蕩析離居。上南巡,命濬海口以洩積水,勑于成龍主工植。尋以廷臣議,使受靳輔節制。成龍議工費八十餘萬。輔議海口沙淤,非起高郵車邏鎮築高隄,束内水高丈餘,不能出海,費二百七十八萬。上召輔及成龍面詢,成龍力排輔議。淮南士大夫懼傷墳墓田廬,亦廷爭之。乃命尚書薩木哈、學士穆成格會公及總漕徐旭齡合勘,兼問七州縣耆老云何。輔議本執政主之。至是,上心頗是成龍。廷臣知輔議勢不行,欲并罷成龍功役。淮南士民言海口不宜罷工者十八九,謂宜并罷者亦十之一二,使者意嚮之。公力爭。使者曰:"公言吾當口奏。"及公内召,上語及海口,公對:"開一丈有一丈之利,開一尺有一尺之利。"上愕然,曰:"爾時汝胡不言?"公乃具陳前事。詰旦,召二人與質對。二人強辨。公徐曰:"某故知有此,汝行後,卽彙士民呈牒並謀議,具文書印册,存漕臣所,漕臣亦如之存巡撫所。檄取,旬日後可覆視也。"二人語塞。上怒,立罷之,而發官帑,遣工部侍郎孫在豐往濬下河。

公里人有受業公門者,以黃門奉使過蘇,謁公,曰:"吾師方嚴,孰敢以事請? 但東南鹽政大病於商民,已聞知否?"公曰:"吾不知。"因條舉數事。每發,公詰難,正言其非。乃出,謝商人曰:"吾師素明達,獨於兹事未諳,見謂無一可行。"比使歸踰月,次第禁革,一如所言。黃門每語人曰:"吾師至誠,而或以術馭人。賢者固不可測也。"

蘇之巨室,有優倅容儀,每闖入民宅,多見貌相悅而與之私,或結黨行强,所犯累累。有司不敢詰。聞公至，數月不出。公使人微迹而得之，痛予杖，戒毋傷筋骨，嚴伺守。故瘡將合，更薄笞。朔望，縛載以徇於市及四郊。久之，膚剝見骨。逾半歲，始瘐死。由是，奇衺浮淫者心悸，相勸改前行。

蓋公之誠明仁勇，皆自學問中出，故道足以濟物而政無所偏。卽此四事，已足徵公治法之全矣。而記述者乃逸之，以是知紀事纂言，非於道粗有所聞，不能無失其體要也。

余遊吳門，與蔡忠襄之子方炳善，告余以勢家深心疾公之由。客京師，見四明《萬斯同傳》、慈谿《姜宸英逸事記》，備載搆公者之陰謀巧言，而狀誌、年譜皆闕焉。或事相牴，或大體合而節目有異同，乃徵於桐城張文端、安谿李文貞、長洲韓宗伯、錢塘徐冢宰，皆曰：“三君子之言，信而有徵。”蓋公未嘗以語家人，而士大夫各述所聞之顯迹，亦未能究悉其所以然，故語焉而不詳耳。乃並著之，俾公之子孫就而求索，以上之史館，而三家之子孫亦藉是以不歿其先人所傳述也。

湯中丞雜記

馮景　撰

予問黃進士春江：“湯中丞潛庵，自明至今，撫吳者誰比？”曰：“海忠介、周文襄，得公而三。”因言公涖任時，某親見其夫人暨諸公子衣皆布，行李蕭然，類貧士，而其日給惟菜韭。公一日閱簿，見某日市隻雞。公愕，問曰：“吾至吳，未曾食雞，誰市雞者乎？”僕叩頭曰：“公子。”公怒，立召公子跪庭下而責之曰：“汝謂蘇州雞賤如河南耶？汝思啖雞，便歸去。惡有士不嚼菜根而能作百事者哉？”并笞其僕而遣之。公生日，薦紳知公絕餽遺，惟製屛爲壽。公辭焉。啟曰：“汪琬撰文在上。”公命錄以入，而返其屛。及內擢詹事，將行，百姓號呼如兒失母，罷市三日，各繪像以祀。去之日，窮鄉下邑，士女童叟，手焚瓣香，咸來會送。民共闔城門，不得出。公勞且慰曰：“吾何德而勞父老乃至於此！”民皆羅拜涕泣，良久乃得行。敝簏數肩，不增一物於舊，惟廿一史則吳中物。公指謂道左諸公曰：“吳中價廉，故市之。然頗累馬力。”

嗚呼！清興以來，八座之中，一人而已。宋李及知杭州，在郡數年，不市吴中一物，比去，惟市《白樂天集》一部，當時賢之。然李則郡守，而湯公位開府，又賢於幼幾遠矣，宜其可以媲美周、海而三也。

謹記之，以備異日史官之闕。

年　　譜

年譜初本①

先生先世爲滁之來安人，以軍功爲神電衛世襲百戶，始調中都，後調睢陽衛，陞驃騎將軍、中都正留守②、世襲指揮僉事，因家焉。明威將軍、陝西岷州衛守備諱易者，先生高祖也。曾祖諱希范，貢士③、趙城縣縣丞。祖諱敏，州學生。父諱祖契，府④學生，以先生貴，封中憲大夫、陝西按察司副使。先生諱斌，字孔伯，別號荆峴，晚又號潜庵，故天下稱潜庵先生。

錢塘門生⑤王廷燦輯

紀年	時事	出處	奏疏詩文
故明天啓七年丁卯		十⑥月二十日，巳時⑦，先生生。	
崇禎元年戊辰		先生二歲⑧。	
崇禎二年己巳		先生三歲⑨。	

---

① “年譜初本”，愛日堂藏版本作“潜菴先生年譜”。
② “驃騎將軍中都正留守”，愛日堂藏版本脱。
③ “貢士”，愛日堂藏版本脱。
④ “府”，愛日堂藏版本作“州”。
⑤ “錢塘門生”，愛日堂藏版本作“門人”。
⑥ “十”，愛日堂藏版本作“十一”。
⑦ “巳時”，愛日堂藏版本脱。
⑧ “先生二歲”，愛日堂藏版本脱。
⑨ “先生三歲”，愛日堂藏版本脱。

续表

紀年	時事	出處	奏疏詩文
崇禎三年庚午		先生四歲。内難外侮，一時並至。有豪紳挾勢將城宅、田園盡爲夺去①。	
崇禎四年辛未		先生五歲。不好嬉戲。母趙恭人口授《孝經》②。	
崇禎五年壬申		先生六歲。母趙恭人紡績，命先生讀書於旁，月下爲先生講《孝經》③。	
崇禎六年癸酉		先生七歲。從伯賁皇公學。公諱允猷，爲州學生，品行甚優④。	
崇禎七年甲戌		先生八歲。耆儒王慕祥開塾講小學。先生侍坐，終日無倦容，歸卽見諸行事。遇貴冑輿馬赫奕者，泊然不以動念。王先生謂中憲公曰："令子真聖賢中人⑤也。"	
崇禎八年乙亥		先生九歲。自念世爲閭閻舊族，恐貽弓冶羞，遂篤志聖賢之學⑥。	
崇禎九年丙子		先生十歲。讀中憲公手抄《左》、《國》、《公》、《穀》、《史》、《漢》及《易通正蒙》諸書⑦。	
崇禎十年丁丑		先生十一歲。唐定州公鋐開館課士。豪紳偶至其處，問州中後進屬誰。唐公云先生氣度端嚴，品格不凡。豪紳與先生送果一盤，旁觀者羨之，先生竟拒而不受。豪紳遂艴然而去，將先生祖塋東鑿井，祖塋西修佛寺。同邑皆爲先生危，而先生夷然處之⑧。	
崇禎十一年戊⑨寅		先生十二歲。爲古文、詞、詩歌非所好也⑩。	

---

① "先生四歲内難外侮一時並至有豪紳挾勢將城宅田園盡爲夺去"，愛日堂藏版本脫。
② "先生五歲不好嬉戲母趙恭人口授孝經"，愛日堂藏版本脫。
③ "先生六歲母趙恭人紡績命先生讀書於旁月下爲先生講孝經"，愛日堂藏版本脫。
④ "先生七歲從伯賁皇公學公諱允猷爲州學生品行甚優"，愛日堂藏版本脫。
⑤ "聖賢中人"，愛日堂藏版本作"大器"。
⑥ "先生九歲自念世爲閭閻舊族恐貽弓冶羞遂篤志聖賢之學"，愛日堂藏版本脫。
⑦ "先生十歲讀中憲公手抄左國公穀史漢及易通正蒙諸書"，愛日堂藏版本脫。
⑧ "先生十一歲唐定州公鋐開館課士豪紳偶至其處問州中後進屬誰唐公云先生氣度端嚴品格不凡豪紳與先生送果一盤旁觀者羨之先生竟拒而不受豪紳遂艴然而去將先生祖塋東鑿井祖塋西修佛寺同邑皆爲先生危而先生夷然處之"，愛日堂藏版本脫。
⑨ "戊"，《湯文正公全集》本誤作"戌"，據愛日堂藏版本和《三賢政書》本改。
⑩ "先生十二歲爲古文詞詩歌非所好也"，愛日堂藏版本脫。

紀年	時事	出處	奏疏詩文
崇禎十二年己卯		先生十三歲。爲制舉義,不起草,宿儒多遜爲不能及①。	
崇禎十三年庚辰	流賊李自成寇河南,擁衆數十萬②。	先生十四歲。手錄《太極圖說》、《通書》、《定性書》、《東西銘》,沈玩潛思③。	
崇禎十四年辛巳		先生十五歲。應童子試,州守四川熊公渢奇其文,拔第一。十二月,娶馬恭人④。	
崇禎十五年壬午	流賊⑤李自成寇睢陽。	先生十六歲。就傅郭外,聞寇至,奔還。城門已閉,遶濠痛哭。父中憲公、母趙恭人遣人從城上語,使去。先生不忍遠遠,伏郭外斷蓬坑中。州民開門納賊,中憲公負母逃。先生冒險入城,趙恭人已罵賊膺刃死矣! 先生號泣不欲生,絶食六日。中憲公強之,乃食。既殯,隨中憲公避難河北,舌耕以養。	
崇禎十六年癸未		先生十七歲。中憲公往衢州,先生侍行。	
崇禎十七年卽大清順治元年甲申	流賊⑥李自成破北京。	先生十八歲。在衢州聞變,乃寓衢,讀書山中。每念母恭人節烈,常中夜大哭,哭已復讀。夜深虎嘯林外,與書聲相間。山中民皆感動,時來餽燈油米食。先生卻不受,日焚敗葉繼晷,飲泉水,咽粃糠⑦而已。尋至南京,以流寓應試。七試,皆冠軍。已而有令,納軍需數兩,方許與試。遂棄去。	
順治二年乙酉	王師⑧定中原。	先生十九歲。奉中憲公由江西泛鄱陽歸。	

---

① “先生十三歲爲制舉義不起草宿儒多遜爲不能及”,愛日堂藏版本脫。
② “流賊李自成寇河南擁衆數十萬”,愛日堂藏版本脫,《三賢政書》本作“時流賊李自成寇河南擁衆數十萬”。
③ “先生十四歲手錄太極圖說通書定性書東西銘沈玩潛思”,愛日堂藏版本脫。
④ “應童子試州守四川熊公　渢奇其文拔第一十二月娶馬恭人”,愛日堂藏版本作“爲制舉義不起草宿儒多遜爲不及家貧借人書籥火讀達旦率以爲常”。
⑤ “流賊”,《三賢政書》本作“時流賊”。
⑥ “流賊”,《三賢政書》本作“時流賊”。
⑦ “粃糠”,愛日堂藏版本作“糠粃”。
⑧ “王師”,《三賢政書》本作“時王師”。

29

续表

紀年	時事	出處	奏疏詩文
順治三年丙戌		先生二十歲。應童子試,州取第一,府取第一①,補弟子員。提學劉公慶②。	
順治四年丁亥		先生二十一歲。於書無所不讀,尤肆力經史及宋儒諸書③。	
順治五年戊子		先生二十二歲。舉於鄉,正主考吏部內江吳公允謙、副主考禮部吉水鍾公性樸、房考推官濟甯王公道新,批先生闈卷:"新采綴露,藻思傾峽。二三場端雅典贍,出經入史,體用兼備之士也④。"	
順治六年己丑		先生二十三歲。會試中試。總裁大學士南安洪公承疇、遼陽甯公完我、商邱宋公權、會稽王公文奎、房考兵科韓城李公化麟,閱先生卷至二三場,歎其淹博切要,曰:"必宿儒也!"榜發,知爲少年,驚喜,皆以塵外相期⑤。	
順治七年庚寅		先生二十四歲。杜門批閱《通鑑》《史記》諸書⑥。	
順治八年辛卯		先生二十五歲。在座主鍾學使處閱卷讀書。二月,長男溥生⑦。	
順治九年壬辰		先生二十六歲。成進士,授弘文院庶吉士。邸舍不避風雨,閉戶讀書,不妄交遊。學士山陰胡公兆龍欲屈一見,終不肯往。	《應詔⑧擬御製大清會典序》及《送敬謹親王詩》、《政貴知變論》⑨
順治十年癸巳		先生二十七歲。在館課⑩。	《歷代備荒考》、《諸儒問難論》⑪

---

① "應童子試州取第一府取第一",愛日堂藏版本脫。
② "提學劉公慶",愛日堂藏版本脫。
③ "先生二十一歲於書無所不讀尤肆力經史及宋儒諸書",愛日堂藏版本脫。
④ "正主考吏部內江吳公允謙副主考禮部吉水鍾公性樸房考推官濟甯王公道新批先生闈卷新采綴露藻思傾峽二三場端雅典贍出經入史體用兼備之士也",愛日堂藏版本脫。
⑤ "總裁大學士南安洪公承疇遼陽甯公完我商邱宋公權會稽王公文奎房考兵科韓城李公化麟閱先生卷至二三場歎其淹博切要曰必宿儒也榜發知爲少年驚喜皆以塵外相期",愛日堂藏版本脫。
⑥ "先生二十四歲杜門批閱通鑑史記諸書",愛日堂藏版本脫。
⑦ "先生二十五歲在座主鍾學使處閱卷讀書二月長男溥生",愛日堂藏版本脫。
⑧ "應詔",《三賢政書》本作"是年應詔"。
⑨ "政貴知變論",愛日堂藏版本、《三賢政書》本作"作政貴知變論"。
⑩ "先生二十七歲在館課",愛日堂藏版本脫。
⑪ "歷代備荒考諸儒問難論",愛日堂藏版本脫,《三賢政書》本作"是年作歷代備荒考諸儒問難論"。

续表

紀年	時事	出處	奏疏詩文
順治十一年甲午	上遣①學士傳至南苑,天語温然,謂可大用②。	先生二十八歲。授國史院檢討。上疏言史事,深爲政府所忌③。	《上④陳史法疏》,請表揚明末死難諸臣
順治十二年乙未	詔選⑤翰林科道出任監司。	先生二十九歲。名在選中,有"品行清端,才猷贍裕"之諭。	《擬漢文帝耕藉田詔》、《平湖南服雲貴策》⑥、《擬漢以禁囷假貧民舉直言極諫詔》⑦
順治十三年丙申		先生三十歲。以得職衛加一級用,補潼關道副使。九月,次男瀋生⑧。	
順治十四年丁酉	覃恩天下⑨。	先生三十一歲。階中憲大夫,封父如其官,贈母恭人。	《華嶽祈雨文》⑩
順治十五年戊戌		先生三十二歲。時,潼關自明季亂後民徙,城中不過十室。伐叛之師,一歲數至,驛遞極困。先生安置得宜,過者帖然。閲歲,流民歸者數千戶。先生⑪治行爲關中最。撫軍陳公薦於朝,例當入爲館卿。許公作梅貽書賀曰:"需稍費。"先生復書:"不可。"⑫	

① "上遣",《三賢政書》本作"時上遣"。

② "上遣學士傳至南苑天語温然謂可大用",愛日堂藏版本脱。

③ "上疏言史事深爲政府所忌",愛日堂藏版本脱。

④ "上",《三賢政書》本作"是年上"。

⑤ "詔選",《三賢政書》本作"時詔選"。

⑥ "擬漢文帝耕藉田詔平湖南服雲貴策",《三賢政書》本作"是年擬漢文帝耕藉田詔作平湖南服雲貴策"。

⑦ "擬漢文帝耕藉田詔平湖南服雲貴策擬漢以禁囷假貧民舉直言極諫詔",愛日堂藏版本脱。

⑧ "九月次男瀋生",愛日堂藏版本脱。

⑨ "覃恩天下",《三賢政書》本作"時覃恩天下"。

⑩ "華嶽祈雨文",《三賢政書》本作"是年作華嶽祈雨文"。

⑪ "時潼關自明季亂後民徙城中不過十室伐叛之師一歲數至驛遞極困先生安置得宜過者帖然閲歲流民歸者數千戶先生",愛日堂藏版本脱。

⑫ "例當入爲館卿許公作梅貽書賀曰需稍費先生復書不可",愛日堂藏版本脱。

续表

紀年	時事	出處	奏疏詩文
順治十六年己亥		先生三十三歲。陞嶺北道參政，轄贛、南二府。甫三月，清積案八百餘件。贛據四省上游，稱巖疆，有明舊將李玉廷以萬人入山爲盜。值海寇犯江甯，贛人騷然。先生密陳方畧於上官，擒玉廷而貫其餘黨，贛人以靖。上①官方倚先生如左右手，先生念其父中憲公，乞假歸養。有馬一匹，鬻之充資斧。百姓扶持相送，莫不太息泣下，有痛哭者。	《陳討叛民書》②
順治十七年庚子		先生三十四歲。里居，日侍中憲公、軒恭人，色養備至，竭誠盡孝③。	
順治十八年辛丑	奉旨建趙恭人節烈祠④。	先生三十五歲。日勸工修祠，立烈日中，永晝不懈。七月，三男沇生⑤。	
今上⑥康熙元年壬寅		先生三十六歲。每日暮，中憲公遣就寢，猶讀書至夜分不輟。先生嘗云："學者須要天理、人欲之間見得分明，方始有益。一毫相雜，則非學。"⑦	
康熙二年癸卯		先生三十七歲。中憲公感痰症。先生晝夜不安，延醫調治，稍愈則喜⑧。	
康熙三年甲辰		先生三十八歲。丁中憲公艱，席藁柩旁，晨夕哀慟，一遵古禮⑨。	
康熙四年乙巳		先生三十九歲。葬中憲公，數日一省視。墓樹數百株，一株損，欷歔不置。	
康熙五年丙午		先生四十歲。服闋，聞孫鍾元先生講學蘇門，先生賃驢往，受業門下。每質所疑，孫先生極稱之。歸而所得益邃，所行亦益力，屹然推中原鉅儒。十一月，赴內黃，訂《理學宗傳》。	《上孫先生書》⑩、《再上孫先生書》、《跋一樂堂卷》、《理學宗傳序》⑪

---

① "上"，《湯文正公全集》本誤作"土"，據《三賢政書》本和愛日堂藏版本改。
② "陳討叛民書"，愛日堂藏版本脫，《三賢政書》本作"是年陳討叛民書"。
③ "先生三十四歲里居日侍中憲公軒恭人色養備至竭誠盡孝"，愛日堂藏版本脫。
④ "奉旨建趙恭人節烈祠"，愛日堂藏版本脫，《三賢政書》本作"時奉旨建趙恭人節烈祠"。
⑤ "先生三十五歲日勸工修祠立烈日中永晝不懈七月三男沇生"，愛日堂藏版本脫。
⑥ "今上"，《三賢政書》本脫。
⑦ "先生三十六歲每日暮中憲公遣就寢猶讀書至夜分不輟先生嘗云學者須要天理人欲之間見得分明方始有益一毫相雜則非學"，愛日堂藏版本脫。
⑧ "先生三十七歲中憲公感痰症先生晝夜不安延醫調治稍愈則喜"，愛日堂藏版本脫。
⑨ "席藁柩旁晨夕哀慟一遵古禮"，愛日堂藏版本脫。
⑩ "上孫先生書"，《三賢政書》本作"是年上孫先生書"。
⑪ "理學宗傳序"，《三賢政書》本作"作理學宗傳序"，愛日堂藏版本脫。

续表

紀年	時事	出處	奏疏詩文
康熙六年丁未		先生四十一歲。孫徵君寄先生書云："江村旣沒，僕以骨脆膽薄，孤力肩承。三十餘年，未感輕付。何幸得道丈付之！天挺宏毅之資，是天之有意于斯文，豈偶然哉?"①	《答郡守宋公書》②
康熙七年戊申		先生四十二歲。斟酌先儒，定《易》、《春秋》各一編③。	
康熙八年己酉		先生四十三歲。訂《志學會約》。嘗云："士君子之行己也，皆如正考父之循牆而走，則傲慢之風漸息矣；其居喪也，皆如高柴之三年不見齒，則愼終之禮漸厚矣；其制用也，皆如晏子之濯冠澣衣以朝，則侈泰之習漸消矣。蓋矯偏以就中，其亦因時制宜、善體小過之義乎④!"	
康熙九年庚戌		先生四十四歲。二月，再過夏峰，留兼山堂，問答甚多。嘗云："人能自省察警覺，則高明廣大常自若，非有增損也⑤。"	
康熙十年辛亥		先生四十五歲。睢州學宮，舊在北城，壬午沒於水，遷於新城民舍，諸賢主無所棲。先生建議重修，晨夕必往指畫，制度皆按典則。嘗云："後學要知'敬'之一字有力，開卷如對聖賢，掩卷必根義理。"正月，四子準生⑥。	
康熙十一年壬子	諭⑦舉外官告病者病痊以原官用。	先生四十六歲。州守程公以先生應詔，布政金公鉉力主之。先生以母老懇辭再三，事乃已。	《與州守程公書》⑧

① "先生四十一歲孫徵君寄先生書云江村旣沒僕以骨脆膽薄孤力肩承三十餘年未感輕付何幸得道丈付之天挺宏毅之資是天之有意于斯文豈偶然哉"，愛日堂藏版本脫。

② "答郡守宋公書"，愛日堂藏版本脫，《三賢政書》本作"是年答郡守宋公書"。

③ "先生四十二歲斟酌先儒定易春秋各一編"，愛日堂藏版本脫。

④ "先生四十三歲訂志學會約嘗云士君子之行己也皆如正考父之循牆而走則傲慢之風漸息矣其居喪也皆如高柴之三年不見齒則愼終之禮漸厚矣其制用也皆如晏子之濯冠澣衣以朝則侈泰之習漸消矣蓋矯偏以就中其亦因時制宜善體小過之義乎"，愛日堂藏版本脫。

⑤ "先生四十四歲二月再過夏峰留兼山堂問答甚多嘗云人能自省察警覺則高明廣大常自若非有增損也"，愛日堂藏版本脫。

⑥ "先生四十五歲睢州學宮舊在北城壬午沒於水遷於新城民舍諸賢主無所棲先生建議重修晨夕必往指畫制度皆按典則嘗云後學要知敬之一字有力開卷如對聖賢掩卷必根義理正月四子準生"，愛日堂藏版本脫。

⑦ "諭"，《三賢政書》本作"時諭"，愛日堂藏版本作"上諭"。

⑧ "與州守程公書"，《三賢政書》本作"是年與州守程公書"。

紀年	時事	出處	奏疏詩文
康熙十二年癸丑		先生四十七歲。著《洛學編》,云:"此編原爲論學而作,非同史傳,故不敢泛入也。"①	
康熙十三年甲寅		先生四十八歲。立繪川書院,以興起後學。十月,長孫之旭生②。	
康熙十四年乙卯	上諭舉賢才赴軍前③。	先生四十九歲。熊公賜履欲薦之。魏公曰:"山中學道人也,家貧甚。"④	《與宋牧仲書》、《與楊樹滋書》⑤
康熙十五年丙辰		先生五十歲。修《睢州志》,旁參無人。十二月,次孫之遷生⑥。	《家居感懷詩⑦》三首
康熙十六年丁巳		先生五十一歲。閉戶潛修,有遯世無悶之志⑧。	《學言》、《四書偶錄序》⑨
康熙十七年戊午		先生五十二歲。總憲魏公象樞、副憲金公鋐薦先生,郡縣迫之行。先生駕牛車入都,止僧舍,終日杜門危坐。齋中題:"書中意味無窮,熟讀深思始自得;日用倫常難盡,隨時體認是躬行⑩。"	《應召入都留別里中親友詩⑪》二首,《途中苦雨詩》、《長垣北十里學堂岡有夫子廟相傳四賢言志處詩》、《趙憲清卷跋》、《鍾先生傳》⑫
康熙十八年己未	御試⑬博學鴻詞,取湯斌等五十二人。	先生五十三歲。御試,上親第爲甲等,補翰林院侍講,修《明史》。八月,三孫之晟生⑭。	《應詔璿璣玉衡賦》⑮、《省耕詩》、《御試恭紀四十韻》

① "先生四十七歲著洛學編云此編原爲論學而作非同史傳故不敢泛入也",愛日堂藏版本脫。
② "先生四十八歲立繪川書院以興起後學十月長孫之旭生",愛日堂藏版本脫。
③ "上諭舉賢才赴軍前",愛日堂藏版本脫,《三賢政書》本作"時上諭舉賢才赴軍前"。
④ "先生四十九歲熊公賜履欲薦之魏公曰山中學道人也家貧甚",愛日堂藏版本脫。
⑤ "與宋牧仲書與楊樹滋書",愛日堂藏版本脫,《三賢政書》本作"是年與宋牧仲書與楊樹滋書"。
⑥ "先生五十歲修睢州志旁參無人十二月次孫之遷生",愛日堂藏版本脫。
⑦ "家居感懷詩",《三賢政書》本作"是年作家居感懷詩"。
⑧ "先生五十一歲閉戶潛修有遯世無悶之志",愛日堂藏版本脫。
⑨ "學言四書偶錄序",愛日堂藏版本脫,《三賢政書》本作"是年作學言及四書偶錄序"。
⑩ "齋中題書中意味無窮熟讀深思始自得日用倫常難盡隨時體認是躬行",愛日堂藏版本脫。
⑪ "應召入都留別里中親友詩",《三賢政書》本作"是年作應召入都留別里中親友詩"。
⑫ "鍾先生傳",愛日堂藏版本脫。
⑬ "御試",《三賢政書》本作"時御試"。
⑭ "修明史八月三孫之晟生",愛日堂藏版本脫。
⑮ "應詔璿璣玉衡賦",《三賢政書》本作"是年應詔作璿璣玉衡賦"。

紀年	時事	出處	奏疏詩文
康熙十九年庚申		先生五十四歲。修《明史》。魏蓮陸至燕邸，見先生繩牀破被，數椽不蔽風雨，慨然曰："猶是山中面目也①。"	編《明太祖本紀》四卷、《列傳》十餘卷。《院中宿直八韻》②、《孫徵君詩③跋》
康熙二十年辛酉		先生五十五歲。充日講、起居注官，主浙江鄉試，轉翰林院侍講④。十二月，四孫之昶生⑤。	《二月初侍講筵紀事》⑥二首，《擬上賜大臣遊温泉詩》四首
康熙二十一年壬戌		先生五十六歲。充《明史》總裁。	《送陳別駕詩⑦》
康熙二十二年癸亥		先生五十七歲。轉左、右庶子，日直講筵，纂修兩朝《聖訓》。每當進講，常於書意之外，竭誠敷陳。日侍立，上顧問："汝平日有詩文乎？其繕寫以進。"先生手書進呈。召至乾清宮，天語良久。其中有《劉蕺山學案序》，先生分別學術。時方有議陽明者，謂陽明用力處在知而得力處亦在知，紫陽用力處在行而得力處亦在行。先生云："紫陽得力於行而要必先之以知，陽明得力於知而尤必推極於行。知行自不容分也。《大學》統論知行之先後，明知先行後而歸重於行。孟子析論智聖之始終，明聖終不離智始，與《大學》互相發也。"上獨然先生之論，於是時議衰息。十二月，五孫之盼生⑧。	裁定⑨《明史》曆法天文志，英景憲孝四朝聖訓

---

① "先生五十四歲修明史魏蓮陸至燕邸見先生繩牀破被數椽不蔽風雨慨然曰猶是山中面目也"，愛日堂藏版本脫。

② "編明太祖本紀四卷列傳十餘卷院中宿直八韻"，《三賢政書》本作"是年編明太祖本紀四卷列傳十餘卷作院中宿直八韻"。

③ "詩"，愛日堂藏版本作"詩卷"。

④ "侍講"，《三賢政書》本作"侍讀"。

⑤ "十二月四孫之昶生"，愛日堂藏版本脫。

⑥ "二月初侍講筵紀事"，《三賢政書》本作"是年作二月初侍講筵紀事詩"。

⑦ "送陳別駕詩"，《三賢政書》本作"是年作送陳別駕詩"。

⑧ "每當進講常於書意之外竭誠敷陳日侍立上顧問汝平日有詩文乎其繕寫以進先生手書進呈召至乾清宮天語良久其中有劉蕺山學案序先生分別學術時方有議陽明者謂陽明用力處在知而得力處亦在知紫陽用力處在行而得力處亦在行先生云紫陽得力於行而要必先之以知陽明得力於知而尤必推極於行知行自不容分也大學統論知行之先後明知先行後而歸重於行孟子析論智聖之始終明聖終不離智始與大學互相發也上獨然先生之論於是時議衰息十二月五孫之盼生"，愛日堂藏版本脫。

⑨ "裁定"，《三賢政書》本作"是年裁定"。

续表

紀年	時事	出處	奏疏詩文
康熙二十三年甲子	江蘇①巡撫余國柱陞都察院左都御史。睢寕、沭陽、邳州水災。皇上南巡。	先生五十八歲。陞内閣學士兼禮部侍郎。上以河南災，欲免歲賦之半，轉通倉二十萬石賑之。閣臣議遣官勘災。先生云："使者往往指青苗相脅，故郡縣聞勘災，輒不敢播種。其苦更甚於災。不若令地方官自勘爲便。"給事任辰旦疏論巡狩、封禪之謬，政府擬旨切責。先生謂垣中之言爲是。先生在閣凡四月，公事外未嘗與執政相款接。故每發大議，多不從，然心知其以古義相許也②。 江蘇巡撫缺出，上特簡先生③，賜鞍馬、綵緞、白金五百兩。繼賜御書三軸。先生十月初八日④到任。蘇州城内路甚隘，部文毀民居以除道。制府甚恐。先生曰："聖天子問民疾苦，故有是行也，若之何使民無甯居乎?"駕至，先生啓奏，天顏甚喜⑤。卽報蠲睢寕⑥、沭陽、邳州賦⑦數千兩，又報捐泰州前二年賦入永蠲案内。皇上⑧南巡，先生扈蹕至江甯，上再賜御書一軸，蟒袞一襲，羊酒珍羞。同鑾日，傳旨令徑歸署。其眷注多類此。	《睢沭二邑秋災情形疏》⑨《報泰州災入永蠲案疏》、《請改並徵積逋爲分年帶徵疏》、《請蠲十八十九兩年災欠疏》、《請除邳州版荒疏》、《請蠲九釐餉疏》⑩《請寬考成疏》、《請調驛困疏》、《請免蘆課買銅疏》

---

① "江蘇"，《三賢政書》本作"時江蘇"。

② "上以河南災欲免歲賦之半轉通倉二十萬石賑之閣臣議遣官勘災先生云使者往往指青苗相脅故郡縣聞勘災輒不敢播種其苦更甚於災不若令地方官自勘爲便給事任辰旦疏論巡狩封禪之謬政府擬旨切責先生謂垣中之言爲是先生在閣凡四月公事外未嘗與執政相款接故每發大議多不從然心知其以古義相許也"，愛日堂藏版本脫。

③ "江蘇巡撫缺出上特簡先生"，愛日堂藏版本作"尋陞江蘇巡撫"。

④ "十月初八日"，愛日堂藏版本脫。

⑤ "蘇州城内路甚隘部文毀民居以除道制府甚恐先生曰聖天子問民疾苦故有是行也若之何使民無甯居乎駕至先生啓奏天顏甚喜"，愛日堂藏版本脫。

⑥ "睢寕"，《湯文正公全集》本誤作"睢寕等災"，據愛日堂藏版本和《三賢政書》本改。

⑦ "賦"，《三賢政書》本作"等處災區賦"。

⑧ "皇上"，愛日堂藏版本作"未幾皇上"。

⑨ "睢沭二邑秋災情形疏"，《三賢政書》本作"是年上睢沭二邑秋災情形疏"。

⑩ "請蠲九釐餉疏"，《湯文正公全集》本和《三賢政書》本脫，據愛日堂藏版本補。

紀年	時事	出處	奏疏詩文
		江南故習豪侈。歲時婦女爭烜耀冶服，嬉遊山水以爲常。而市井無賴子，喜蒱博諸戲，又尚拳勇，相①鬭毆。先生悉禁止，不少貸。爲政尚簡靜，然下令期於必行。賕吏蠹胥，悉搖手屏足，相戒不敢犯。重修泰伯祠，朔望必往謁之②。又謁范文正公祠、周忠介公祠，以爲衆勸。數詣學，命諸生講《孝經》，俾幼穉悉得列坐以聽。拊循細民，若惟恐傷之者。吳俗自是大變。時人見吏胥奉法，權貴不敢請託，而民用日省，乃因先生姓爲諧語曰"黃連半夏人參湯"也，又以自奉儉約，謂"豆腐湯"云。	
康熙二十四年乙丑	淮③、揚、徐大水。行取天下知縣考選科道。	先生五十九歲。奏免淮揚徐賦十餘萬，又盡蠲高郵、寶應等州賦數十萬兩，發常平倉粟。　　吳中數多淫祠，事楞伽山五通神尤嚴，盛寒劇暑載鼓吹、牲帛往賽者無虛日。奸巫淫尼闌入人閨閣，競相煽惑。吳人以是益困。先生取土偶投諸湖中，衆始大駭，已而大悅。　　薦吳縣知縣劉滋、吳江縣知縣郭琇於朝。	《毀淫祠正人心疏》④
康熙二十五年丙寅	上⑤諭吏部："古帝王論教太子，必簡和平謹恪之臣，統領宮僚，專資贊導。江甯巡撫湯斌任講筵時，素行勤慎，朕所稔知。及簡任巡撫以來，潔己率屬，實心任事。允宜拔擢大用，風示有位。特授禮部尚書，掌管詹事府事。"	先生六十歲。陞禮部尚書，管詹事府事。先生聞命卽日行。吳人空一城痛哭，叩轅門留先生不得，則塞城門阻先生行；又不得，則遮道焚香以送者數十萬人，逾千里不絕。先生念繼母年高，便道歸省視。　　太子出閣，先生侍講。太子綠頭牌啓奏，上特命先生行坐講禮。尋充經筵講官，充《明史》總裁。每會議，上必問湯某云何。忌者恐大用，誹謗百端⑥。	

----

① "相"，愛日堂藏版本誤作"用"。

② "之"，《三賢政書》本脫。

③ "淮"，《三賢政書》本作"時淮"。

④ "毀淫祠正人心疏"，愛日堂藏版本作"請免淮揚徐民賦請毀淫祠疏薦劉滋郭琇疏"，《三賢政書》本作"是年上毀淫祠正人心疏"。

⑤ "上"，愛日堂藏版本作"皇太子出閣上"，《三賢政書》本作"時上"。

⑥ "充明史總裁每會議上必問湯某云何忌者恐大用誹謗百端"，愛日堂藏版本脫。

紀年	時事	出處	奏疏詩文
康熙二十六年丁卯	考①選天下行取官,以吳江知縣郭琇爲試監察御史。閣臣宋文恪公蕆,以余國柱爲大學士。五官靈臺郎董漢臣上書言事。以前道臣耿介爲詹事府少詹,選廷臣爲皇太子輔導官。少詹事耿介以原道銜致仕。	先生六十一歲。會董漢臣事起。漢臣上書言十事,語侵內閣。或言漢臣本不知書,有代草者。御史以深文劾漢臣,內閣擬旨下刑部,究主使。上問九卿,獨先生曰漢臣無罪。內閣復傳旨詰問。閣臣逆阻先生曰:"幸勿違衆議。"先生厲聲曰:"上因旱求言,漢臣應詔言事。大臣不能言,反罪言者,如此心何?"閣臣大慚恨。居一二日,有輔導皇太子之命,先生具疏辭。內閣欲因之加罪。上不聽,第責令回奏。一時詹事府、翰林院、都察院累章劾奏,然實不能有所指。上輒報聞而已。先是,先生病,思歸,薦前道臣耿介侍太子,冀以自代。耿公老儒迂謹,與舉朝不相得。廷臣劾先生所薦非是,部議革職。上薄其罰,削五級留任。適先生聞繼母病,上疏乞暫歸省。上遣使齎手詔留,且欲賜第京師,命先生迎養。先生叩頭,言母老不能來。奏上,有旨不允先生去。先生之乞歸也,忌者宣言上怒,將隸先生籍旗下,得旨,猶祕之。召公②詣閣中,先生以病扶掖上輿。道路讙傳湯尚書入旗矣,皆泣下。而蘇松諸郡客都下者數百人,並集鼓廳門,將擊登聞鼓訟冤,聞先生歸始散。是時,微上保全,禍幾不測矣。	
		皇太子見先生羸瘠,大驚,曰:"公果病至此耶③?"上察知先生孤介,不容於時,特遣御醫診視。尋命改工部尚書。是日,九卿會議。先生入講,不至。科道官又劾先生,部議降二級調用。先生題於齋中,有"君恩高似天,臣心直如矢"二語④。上復命留任,不數日而病革⑤。十月初六日,奉命詣潞河勘梆木。閱三日,抵暮歸。感寒微嗽⑥,言笑如平時。漏下二鼓,猶與二子溥、沆講"乍见孺子將入井"一章,問夜何其,乃就寝,曰:"明朝尚會議也。"夜,二子聞先生嗽聲轉急,披衣起視,疾呼尚能應。頃之,遂薨。此十一日卯時也⑦。家無新衣,敝衣以斂。貼金銅帶加朝服其上,朝服緞卽上賜也。	

① "考",《三賢政書》本作"時考"。
② "公",《三賢政書》本脫。
③ "至此耶",愛日堂藏版本脫。
④ "先生題於齋中有君恩高似天臣心直如矢二語",愛日堂藏版本脫。
⑤ "而病革",愛日堂藏版本作"而病革矣"。
⑥ "感寒微嗽",愛日堂藏版本脫。
⑦ "夜二子聞先生嗽聲轉急披衣起視疾呼尚能應頃之遂薨此十一日卯時也",愛日堂藏版本作"天明先生逝矣"。

续表

紀年	時事	出處	奏疏詩文
		上聞，遣學士多奇、翁叔元以茶酒賜奠，命馳驛回籍，照尚書品級頒賜祭葬，出自睿斷，非閣臣擬旨也。京師弔者莫不盡哀，扶柩①出都。道旁騎者多下馬拱立歎息。入里，白衣冠、泣涕迎者近萬人。先是，吳人爲先生建生祠於學宮。至是，會哭祠下者數千百人，有司以時致祭惟謹。常州奉祀道南書院，而紳士復肖像於懷嵩堂中，歲時瞻拜，數郡畢至。里中奉祀鄉賢，特祠奉烝嘗焉。越十八年癸未，門人王廷燦令吳邑，從士民之請，建坊胥門之澨，以誌追思云。	
康熙二十七年戊辰	陞試監察御史郭琇爲左僉都御史。余國柱罷②。		

年譜定本

　　壬戌春，桐城方望溪先生南歸，舉《湯文正公遺書》示椿，曰："前四十年，公門人錢塘王君廷燦爲公年譜，敘公講學頗悉，於立朝始末則語焉未詳。公子沇大懼不足闡先人德業，令姪孫嘉祥商譜於余。余老矣，且晚作歸計。嘉祥今有謁於君也，願先一言爲介。"椿謝不敏。嘉祥踵門者數四，椿不敢辭。

　　竊聞古之君子，學而後入政，未聞有不學之名臣，亦未聞名臣必以講學著者也。自帖括興，而世之儒者茫然不知五倫五事爲何物。一二大君子出，揭其要以示人，於是有講學之名。後人隨聲附和，上焉者高談性命，下焉者沈溺訓詁，伐異黨同，出奴入主，而於事上行己、養民使民之大道仍懵焉，皆未之講也。

　　公自幼即有志聖賢之學，年未三十，世祖以公爲可大用，由翰林爲副使，爲參政，所在著有聲績。其受業夏峰，尤切切以身體力行、見諸實事爲急務。再

①　"柩"，愛日堂藏版本作"櫬"。
②　"康熙二十七年戊辰陞試監察御史郭琇爲左僉都御史余國柱罷"，《湯文正公全集》本和《三賢政書》本脫，據愛日堂藏版本補。

召入都，敭歷中外，忠誠溫恪，不激不阿。生平所學，業已見之施行。惟聖祖亦深器之，嘗許公不欺，又目公有實行。迨公歿，而帝心軫悼，褒卹之甚。至世宗登極，命祀公賢良祠。今上諡公曰文正。蓋前代儒臣，或坎坷①以老，歿久始彰；或當時則榮，卒乃泯焉。惟公生受殊知於二祖，歿膺異典於累朝。其宦游所歷，尸祝公、俎豆公者，迄今如一日也。謂非公實學光孚於上下而能然乎？

方公巡撫蘇州，或請公講學。公曰："盡吾職卽學也。今人以講學釣名，隳本業而長奔競，吾未見其可也。"或請立書院，公曰："稱搆書院，藉斂父老財，飾僞長奸。吾甚不取。"然則公何嘗以講學名？而其事上行己、養民使民之實事，亦何一不自學出者哉？昔朱子爲伊川程子作譜，詳於出處，而論心性諸說則畧焉。公學本程朱，遭際則大過之。椿謹仿其例，採公舊譜並《行畧》、《墓誌》及他書之可據者，詳譜之如右。其講學諸語，有公《遺書》在，茲不錄云。

乾隆七年六月望日，武進楊椿

公姓湯氏，諱斌，字孔伯，號荆峴，晚號潛庵。先世滁州來安縣人。始祖寬，從明太祖起兵，以功授廣東神電衛世襲百戶。子銘調中都留守，司金川門百戶。子庠以功陞睢陽衛前所世襲千戶，遂家睢州。庠子英。英子卿，積功陞本衛世襲指揮僉事，官驃騎將軍、中都留守司正留守。子諱易，公高祖也，官明威將軍、陝西岷州衛守備。次子諱希范，公曾祖也，選貢生，官山西趙城縣縣丞。子諱敏，公祖也，睢州學生。子諱祖契，公父也，開封府學生，覃恩封中憲大夫、陝西按察使司副使，娶趙氏，公母也，覃恩贈恭人。

明熹宗哲皇帝天啓七年丁卯，是歲十月二十日巳時，公生。

明莊烈愍皇帝崇禎元年戊辰，公年二歲。

二年己巳，公年三歲。

三年庚午，公年四歲。

四年辛未，公年五歲。性不好嬉戲。母趙恭人口授《孝經》。

五年壬申，公年六歲。趙恭人紡績，命公讀書於旁。夜分不能得燭，則映

---

① "坷"，《湯文正公全集》本誤作"軻"，據《三賢政書》本改。

月爲公講《孝經》大義。

六年癸酉,公年七歲。從伯父賁皇學。賁皇名允猷,州學生,中憲公兄也。

七年甲戌,公年八歲。耆儒王公慕祥,開塾講小學。公聽講,終日無倦容,退卽仿而行之。

八年乙亥,公年九歲。

九年丙子,公年十歲,卽有志聖賢之學。

十年丁丑,公年十一歲。定州牧唐公鉉開館課士。豪紳偶至其處,問州後進誰屬,唐公云湯生其人也。豪紳致果於公,公不受。豪紳大怒,穿井於公祖塋東,建佛寺於其西。

十一年戊寅,公年十二歲。爲古文,詩歌旋屏去。

十二年己卯,公年十三歲。

十三年庚辰,公年十四歲。手錄《太極圖說》、《通書》、《定性書》、《東西銘》,沈思熟玩。

十四年辛巳,公年十五歲。應童子試,州守拔公第一。是冬,馬孺人來歸,州庠生、鄉飲正賓中駿女。

十五年壬午,公年十六歲。

三月,河南大亂,李自成破西華,數日陳州、太康皆陷。趙恭人謂中憲公曰:"州爲兵衝,未易保也。脫不幸,吾姑吾子累夫子,妾以一死謝夫子矣。"未幾,城被圍。公時從賁皇讀書於城北,聞變還,城門閉,不得入,徘徊郭外。中憲登城泣謂其兄曰:"老母在城中,我不可離也。我兄弟止此一子。今賊志在城耳,野外或可免,兄其率此子北行。先人有靈,無絕我嗣。亂定,徐求我音耗也。"言畢,大哭。賁皇遂率公奔龍塘。時三月二十日也。又二日,城陷,中憲負其母許孺人以逃。恭人經於梁,家人驚解之。復投井,井水淺,家人又出之。賊大至,露刃脅恭人。恭人厲聲曰:"若皆朝廷赤子,朝廷何負若,而甘心作賊。今大兵將集,當寸斬若,奈何刀鋸脅人爲?我雖弱女子,死當爲厲鬼殺若耳。"遂遇害。賊徙甯陵,公蒙難入城,則恭人殉節已三日矣,顏色不變如生時。中憲公殯之故居之寢。公不飲食者六日。中憲公強之,始啜粥。

十六年癸未,公年十七歲。賁皇游學浙江,卒於衢州。許孺人亦卒,葬畢,中憲公往衢視兄喪,公隨行。

大清世祖章皇帝順治元年甲申,公年十八歲。在衢讀書山中,念母恭人,常中夜哭,哭已復讀。夜深,虎嘯林外,與書聲相間。山民皆感動,餽公油與米。公不受,日飲泉水,咽粃糠,夜焚敗葉繼晷而已。

二年乙酉,公年十九歲。王師定中原,公奉中憲公由南昌泛鄱陽湖歸里。

三年丙戌,公年二十歲。州試、府試俱第一,學使劉諱慶試第三,補州學生員。

四年丁亥,公年二十一歲。

五年戊子,公年二十二歲。舉河南鄉試第三十四名。正主考吏部內江吳諱允謙、副主考禮部吉水鍾諱性樸、房考推官濟甯王諱道新,批公闈卷:"新采綴露,藻思傾峽。二三場端雅典贍,出經入史,體用兼備之士。"

六年己丑,公年二十三歲。舉會試第一百九十九名。總裁大學士南安洪公承疇、遼陽甯公完我、商丘宋公權、會稽王公文奎、房考韓城李諱化麟,批二三場,歎其淹博切要,曰:"必宿儒也!"

七年庚寅,公年二十四歲。

八年辛卯,公年二十五歲。二月,長男溥生。

九年壬辰,公年二十六歲。殿試第三甲第一百六十七名,賜同進士出身。世祖章皇帝親試,擬御製序、詩各一首,改弘文院庶吉士。公閉戶讀書,不妄與人交。學士山陰胡兆龍欲屈公一見,終不往。

十年癸巳,公年二十七歲。翰林曹本榮講學都門,公與之質疑問難。

十一年甲午,公年二十八歲。授國史院檢討。

十二年乙未,公年二十九歲。時方議修《明史》,公遵諭陳言:"修史止據實錄,恐有未詳,宜開獻書之令。凡紀載可信者,宜並許參考。明末寇氛既張,官紳、士女有抗節不屈、審義自裁者,請勅督撫訪實奏聞,宣付史館。《宋史》修於元至正三年,不諱文、謝之忠;《元史》修於明洪武二年,並列丁、普之義。今順治元、二年間,尚有未達天心,臨危致命,此與海內混一竊名叛逆者不同。宜下詔寬宥,俾史臣得免瞻顧。"疏上,政府不悅,幾得罪。世祖召見南苑,溫獎再三,以公爲可大用。未幾,選翰林科道出任監司,公與選中,世祖有"品行清端，才猷贍裕”之諭。

十三年丙申，公年三十歲。授整勅潼關兵備分巡關內道陝西按察使司副使。潼關爲用兵孔道，征調旁午，官吏科斂以應。公甫至，戒屬吏曰：“毋科取民財，毋妄用驛夫。兵來，吾自應之。”自是大軍至，公使迓之境上，約曰：“部文所需，有不給者，公請劾我。若額外動民一草，我亦當論公。”皆肅然莫敢犯。總兵官陳德之調湖南也，軍士八千人，家累滿萬。將抵關，陳母病，欲留就醫。公曰：“關城如斗大，以二萬人坐食於此，困必不支。”然母病，度不可强遣。時陳檄用車五千兩，偵者報曰：“陳將軍實用車二千餘，皆折銀。”公先集車二千兩，爲陳置酒，延之飲。陳使人覘車，車多匿河下。使者還，報車甚少。陳謂公曰：“盍畀我銀，令我自雇乎？”公曰：“善，但須以人量車。使民知不足，乃可。”陳傳令軍中。公坐關門上，俾以次升車，滿十兩卽遣出關。河下車皆集。漏下四鼓，軍盡出，無一人留者。公設祖道關門外，遣騎搥鼓傳報。陳大驚，欲追還軍。公曰：“吾民駕牛裹糧十餘日，一散不可復聚。且軍已出關，不可復入。”陳不得已，遂行。至洛陽，陳母死，治喪月餘。軍變，陳爲其下焚死。

九月，次男潚生。

十四年丁酉，公年三十一歲。歲大旱，麥不熟。兵餉春夏例支麥。公請發倉穀代之。軍帥利麥價，言：“若是，兵且變。”公言於督撫，曰：“麥苗不盈尺，民方無以餬口。而軍士必欲麥，此非兵變卽民變耳。請發倉穀，利害由我當之。”督撫曰：“然。”公召各營弁，諭之。皆喜曰：“願如令。”西安他屬有給麥者，麥不時至，兵遂變。其後督撫每稱公，謂僚屬曰：“作事如湯君，眞盡職，無遺憾矣！”

關中多盜，公嚴保甲，設鉦鼓、礮石。盜至，卽以次傳警，頃刻數百里。近者赴救，遠者各扼要地。盜故不敢發，發亦輒得，後幾夜不閉戶。

有兄弟相訟者，收其詞，不問。每於講鄉約時，令讀《常棣》之詩。如是者三，其人涕泣，自陳願改過。乃出詞還之。民兄弟遂相好如初。

公涖事精敏，案無留牘。關城五十里左右以訟至者，皆不齎宿糧，抵暮卽返。見紳士，惟問民疾苦及興革事宜。言可行，立行之。行之而善，曰某官教也。以故人樂盡言，然無敢干以私者。公清廉，文武屬化之，不敢妄取於下。

而上官亦戲謂公："君禮物有班數。"各諒之，皆一無所受也。

十五年戊戌，公年三十二歲。巡撫陳極新薦公治行爲關中第一。公初至潼關，城中居民不滿三百家。再閱歲，城中流民歸者數千戶。或問公何以爲政，公曰："吾惟於保甲、鄉約、義學、社倉四者加之意而已。"又問曰："得百姓心易，得僚屬心難。公兼而致之，何易也？"公曰："吾於屬吏，不惟無所取，且力成其善，故或不以爲苦耳。"嘗勘荒行屬邑，遇雨，止大樹下。既去，民以朱欄護之，時人比之甘棠。有自關中至睢州者，望公門則拜，經其祖塋，必再拜而後去。其得人心如此。

十六年己亥，公年三十三歲。陞分守嶺北道江西布政使司參政，轄贛州、南安二府。

贛爲四省上游，山高箐深，故明將李玉廷據其間，爲大盜。公過南昌，巡撫張朝璘屬曰："贛寇非君莫辦，勦撫惟所爲。"公至，手書諭玉廷，玉廷請降。未幾，海寇鄭成功犯江甯。公夜見贛撫蘇弘祖，曰："玉廷之降，非心服也，今必變矣。某奉勅駐南安，南安無兵，必先被寇，請往。"即夜馳至郡。設守畢，而玉廷果至，見有備，驚走。公復還贛，與蘇計分設屯兵，扼要害。玉廷所向與兵遇，戰輒敗，遂就擒。其弟秀廷，以眾降。

玉廷之復叛也，邸報斷者九日。人情洶洶，訛言江甯失守。蘇欲調兵防難。公曰："海寇陸戰必敗，訛言必玉廷爲之，分吾兵力耳。"蘇起，執公手曰："君言是也。"尋有持僞檄至軍門。蘇召公，食頃三至。公既見，命即賓館中訊之。百姓觀者如堵。其人昂首大言。公援筆擬立斬，入白蘇。蘇曰："當繫獄候旨。"公曰："候旨當往返萬里。脫有變，奈何？"令押赴市曹。其人大呼曰："兩國相爭，不斬來使。"公叱曰："汝賊耳，安敢言國！"遂斬之。百姓人人惴恐，道中行者悉偶語。公就輿，羽書適至。公閱之，遂從輿中大言曰："鄭成功敗死矣！"聞者轉相告，眾稍安。居數日，海寇果敗。

張熊者，居瑞金縣銅鉢山，謀爲亂，應玉廷。遣兵捕獲之，得僞勅一，劄數百，黃金侯印一。熊以金錢素結民，民訴熊無罪者數千人。蘇謂公："吾民皆黨叛，奈何？"公曰："此愚民，非黨叛也。若黨叛，將走匿，又敢連名來訴耶？"蘇曰："何爲而可？"公曰："燬勅劄銷印，以賞捕者，而以通盜論殺熊，則無事矣。"蘇從之。玉廷揚言："保熊者,悉坐黨叛律。"民聞公言,遂無有應者。

平南王旗軍孫大市馬過南安,殺二人。其帥董誣被殺者以盜。南安、南雄二知府訊之,擬鬭毆殺律。平南王怒,二守恐,援赦例請。公曰:"勢相敵,謂之鬭。孫大持刀肆威,民勢萬不相敵。且大被鞫時尚乘肩輿二守前,獄中所需皆鄉民供應,況昔現爲旗軍,手執利刃,而謂民敢與之鬭乎?按律,孫大罪當斬,與大同殺人之陳報國,當嚴緝正法。"由是旗軍過境咸斂戢,莫敢叫呶出聲者。

公尋病,告歸省父。督撫按俱不許。五請,乃許之。公臨行,請誅首逆以絕後患,慎招降以安人心,寬脅從以宥無辜,設防兵以靖反側。督撫按多從之。公初涖任,有僕二人,馬一匹,歸時鬻馬以充資斧。百姓扶持相送,歎息泣下,有痛哭者。

十七年庚子,公年三十四歲。家居,侍中憲公色養備至。繼母軒恭人愛公如己出,公事之無異所生。日暮,中憲公寢,公讀書夜分不休。課子溥、濬等尤嚴。

十八年辛丑,公年三十五歲。詔建趙恭人節烈祠。先是,順治五年,河南提學僉事李震成檄知州房星曄建祠故居之東,每歲率官屬祀之。十七年,巡按河南御史李粹然具事請於朝,詔旌門曰"節烈之門"。十八年,知州戴斌以故祠湫隘,改建今祠。既成,公奉主瞻拜,淚涔涔下。朔望謁家廟畢,必至祠肅拜,時刻未嘗稍異。

七月,三男沇生。

聖祖仁皇帝康熙元年壬寅,公年三十六歲。

二年癸卯,公年三十七歲。

七月,中憲公疾。公自是始學醫。

三年甲辰,公年三十八歲。

四月,中憲公卒。

四年乙巳,公年三十九歲。始學堪輿。

十一月,葬中憲公州北十五里澗岡東南。間數日,必往省視。墓木數百株,一枝①損,輒欷歔不置。

---

① "枝",《三賢政書》本作"株"。

五年丙午,公年四十歲。

七月,服闋。

九月,至夏峰,受業容城孫徵君奇逢之門。

六年丁未,公年四十一歲。自夏峰歸。

七年戊申,公年四十二歲。著《學言》一篇。

八年己酉,公年四十三歲。與州中同志訂志學會①。

九年庚戌,公年四十四歲。

二月,再過夏峰,留兼山堂,與孫徵君講學。

十年辛亥,公年四十五歲。修睢州學。先是,學在城北濯錦池上。壬午歲,沒於水,遷新城民舍,殿廡不全。公議遷,廟制始備。

正月,四男準生。

十一年壬子,公年四十六歲。同年金鉉與公別二十年矣,爲河南布政使。歸德府知府往謁,鉉問公起居,知府言睢州未聞有此人也。鉉益重公。會詔舉外官告病者,知州程正性以公名應,鉉主之。公以母老再三辭。

十二年癸丑,公年四十七歲。著《洛學編》。

十三年甲寅,公年四十八歲。建繪川書院,與同志講學。

十月,長孫之旭生。

十四年乙卯,公年四十九歲。詔舉賢才赴軍前。大學士熊文端公問左都御史魏果敏公曰:"吾往見湯某文,欲薦之,然未識其面。"果敏公曰:"山中學道人也,舉之誠當。顧其家貧甚,恐不能治裝。"乃止。

十五年丙辰,公年五十歲。修《睢州志》。

十二月,次孫之遄生。

十六年丁巳,公年五十一歲。與耿介論學。介號逸庵,登封人,壬辰進士,由翰林檢討爲福建巡海道,與公同受業夏峰者也。

十七年戊午,公年五十二歲。詔舉博學鴻詞,左都御史魏果敏公、副都御史金鉉薦公"居官清謹,二十年閉戶讀書。學有淵源,躬行實踐。爲文發明理

---

① "志學會",本書卷首《年譜初本》作"志學會約"。

趣,不尚浮豔"。命下,府州官詣門請行。公駕牛車入都。

十八年己未,公年五十三歲。

三月丙申朔,御試太和殿,賜宴體仁閣下。聖祖親第公詩賦爲一等,詔改翰林院侍講,纂修《明史》。

三月,三孫之晟生。

十九年庚申,公年五十四歲。分修《明史》。列傳成,公以本紀記一帝始終,卽位、册立諸詔,記其事,删其文可也。戰攻方略、訓戒臣民之辭,志傳不能載也,必採入本紀,事之本末始明。《唐書》以詔辭駢麗,椠削不載,王言無徵,史體爲之一變;《宋史》事加詳密,詔令多存,實兼左右史之體。今修明本紀,當以《宋史》爲法。

二十年辛酉,公年五十五歲。充日講官,知起居注。

八月,主浙江鄉試。所取多貧士之能讀書者,浙人謂孤寒吐氣。公聞之,語人曰:"人才原不盡在孤寒中。"事竣卽行。

十一月,省繼母軒恭人於家。在道,轉翰林院侍讀。

十二月,四孫之昶生。

二十一年壬戌,公年五十六歲。充《明史》總裁,侍日講《易經》。柘城竇克勤問講官何職,公曰:"講官所職者大。君心正而天下治,猶天之樞紐轉運衆星而人不之見,講官又是默令樞紐能轉運,底是何等關係?"

二十二年癸亥,公年五十七歲。日直講筵,歷左右春坊、左右庶子,纂修兩朝聖訓。五鼓入朝,敷陳剴切,務以誠意動上聽。朝臣有不能言者,公借書意闡發。聖祖每和顏受之。講畢,侍起居。歸則裁定《明史》列傳。日暮,正襟端坐,潛思經義,以備詰朝進講。

嘗在乾清門,親王見公,問從官曰:"誰也?"從官以公對。親王曰:"聞湯庶子者,落落勁抗,是其人乎?"

聖祖命公錄平日詩文進覽,公手書文十篇、詩十首以進。聖祖首閱《親耕籍田頌》,肅①然改容曰:"此世祖章皇帝事,汝爲庶吉士作乎?"對曰:"然。"次

---

① "肅",《湯文正公全集》本誤作"蕭",據《三賢政書》本改。

閱《春王正月辨》，命公陳大意。對曰："'春王正月'四字，先儒有言周改月兼改時者，有言改月不改時者，有言時月俱不改者。臣以本文斷之，時月俱改之說爲是。如冬十月雨雪，二月無冰，在夏時原不爲異。《左傳》僖公五年：'春王正月辛亥，朔，日南至。''日南至'者，子月也。此改月改時之證也。胡安國言聖人以夏時冠周月，臣以爲不然。行夏之時，聖人論道之言；《春秋》者，聖人尊王之書。以夏時冠周月，非爲下不倍之義。"上頷之。又次閱《擬漢以禁錮假貧民舉直言極諫之士詔》，上問："此詔爲何而作？"對曰："此漢元帝事。臣散館時，世祖章皇帝御試以此命題，臣蒙恩授檢討職。"又次閱《學言》，命述篇中大意。對曰："自周子至朱子，學皆純正精微。後學沈溺訓詁，殊失程朱本意。王守仁致良知之學，正救末學流弊，但語多失中。門人又以虛見失其宗旨，致滋後人之議。臣竊謂補偏救弊，各有深心。願學者識聖人之眞，身體力行，久之當自有得，徒競口語無益也。"上復頷之。又次閱《院中宿直詩》，問曰："'憂多道轉親'，何謂也？"對曰："臣幼遭亂離，半生在憂患中，嘗隨事體認，於道理轉覺親近。詩辭樸拙，不勝惶恐。"上賜公紗緞。公捧至中憲公、趙恭人主前，再拜，遣使歸奉軒恭人。

十二月，五孫之盼生。

二十三年甲子，公年五十八歲。

二月，擢內閣學士兼禮部侍郎。河南災，上欲免歲賦之半，運通倉米二十萬石賑之。戶部奏："半賦當一百五十萬。免之，恐國用不足。"大學士奏："當遣官往勘。"公曰："今天下所患者，官皆匿災徵賦，以收耗羨，萬無欺報理。且所遣官往往指青苗相脅，鞭笞長吏，搜括民錢。守令聞勘災者至，輒禁民播種，害乃十倍於災。不若令有司自勘便。"

工科給事中任辰旦疏議巡狩、封禪之非。大學士擬旨切責。公言："封禪固不可。巡狩若行，車駕將漸遍五岳。上德威遠播，自無所慮。要不可爲子孫法。公等宜審思之。"時有議變法者，公言："使天下官皆不以貨得，則法疏而弊自絕。今不澄其源，其究也上下相蒙而已。"

五月，命公爲《大清會典》副總裁。公在閣四月，遇事直言，退未嘗與用事者接一私語。諸公皆敬憚焉。

六月，江甯巡撫余國柱入爲左都御史，上時在安興，諭大學士曰："所貴道學者必身體力行，見諸實事，非徒託之空言。今有道學名者甚多，考其究竟，言行相違。學士湯斌頗有實行，典試浙江，操守甚善，以右副都御史補授江甯巡撫。"

九月，駕還，公陛辭。賜鞍馬一，綵幣十，白金五百兩。比行，入見，上撤御饌賜之。又賜御書三，曰："今當遠離，展此如對朕也。"

上時將南巡，公星馳涖任，旋迎上於淮安城南。文案山積，公卽舟中理之，不寢者六晝夜。旣見上，上命公還蘇。蘇城道隘，部文毀民居以除道，總督王新命將從之。公曰："如此，則數萬家無所安息，非聖天子問民疾苦意。"上聞，大悅。至江甯，復賜公御書一，蟒裘一，羊酒珍羞。

蘇松賦甲天下，積逋相仍。官不滿三歲輒罷，皆不自愛而私規近利。上官陰持之，索賂益急。虧庫金繫獄者纍纍。公進州縣官，訓之曰："君等以金事上官，爲仕宦計耳。今爲逋賦累，尚復何冀？我與君等約：能稱職，我分當拔汝；卽不能，以考成罷歸，尚得奉先人丘墓，奈何日坐堂皇，引前官妻子勘產，顧反蹈所爲耶？"皆頓首泣謝。又戒司道府官，不得責屬吏餽。皆誓曰："願從令！"於是除耗羨，嚴私派，清漕弊，省獄訟，汰蠹役，杜請託，行保甲，革匣費。數月，劾其不奉令者，已又劾其陽奉陰違者，官吏爭自濯磨。總督亦相戒不受一錢。奉使京朝官過者，迅棹疾行，未嘗煩斗米之餽。

吳民俗豪侈。服食器用多不節，又喜馬弔諸戲，造淫詞豔曲蠱誘人。歲時婦女炫妝冶服，嬉遊山水間。市井無藉子，尚拳勇，習鬪毆，恐喝人財物，急卽挾勢豪爲囊蠹，不可究。訟師誣辭興獄，或出入官署，爲奸利。公皆禁詰之。不三月，巷無游民，寺無游女，農租商課輸納以時，吏民狃法者咸洗手斂跡。民間所行或不善，父兄子弟相責曰："奈何尚爾爾，將毋我湯公知也。"

二十四年乙丑，公年五十九歲。爲政簡靜，令出期於必行。恤民隱，植綱常，興教化。州縣水旱，報夕至，朝卽拜疏，所請蠲諸郡賦數十萬。

淮、揚、徐水災民饑，公發常平倉粟賑之。不足，檄布政使以庫銀五萬兩，令兩同知糴米於江西、湖廣。或云："此大事，請旨乃可。"公曰："候旨，然後告糴，民皆溝中骨矣。吾甯先發後聞。倘格部議，吾以所糴者平糶，償庫金足矣。"戒兩同知曰:"若至彼,當極陳災狀,言斗米值一金。"兩同知往糶,未及半,大賈已爭集淮揚,斗米百錢而已。

或請報菱芡稅,公曰:"朝廷任土作貢,寬一分則民受一分之賜。菱芡歲或不熟,一報部即爲永額,欲減之,得乎?"

海禁初開,浙江提督某請遣將巡海捕盜。詔沿海省督撫議。公曰:"有盜,然後加兵。今盜在何所?而欲遣將,徒滋海賈患。"

公數詣學宮,令諸生講《孝經》、小學,童子悉得侍坐聽。重修泰伯祠,朔望必躬謁。又修范文正公、周忠介公祠,親謁之,爲眾勸。

吳士徐枋,文節公汧子也,隱居靈巖山四十年,未嘗入城市。公屏騶從訪之,枋不出。公久立其門,枋終不肯見。時人兩高之。

王文恪公裔孫某,有奴竊貲逃數年矣,一日引弓矢騎數十至主門,自稱鸞身親王府,索主金。主不應。大詬詈,勢洶洶。公聞,立收之,論如法。

常熟縣奴某持其主之父國初受隆武劄,迫其主遠出,欲據有主婦。公知之,大怒曰:"國家屢更大赦。此草昧時事,何足問,而豪奴以脅其主乎?"追其劄,火之,斃奴於杖下。

蘇州府城西十里有楞伽山,俗名上方山。山有五通神祠,遠近賽禱如鶩,歲費金錢數十百萬。諺謂其山曰"肉山",其下石湖曰"酒海"。少年婦女疾,必曰五通神將娶之。其婦女亦恍惚夢與神遇,羸瘵而死。一歲常數十家。公語其屬曰:"鬼神福善禍淫,治幽贊化。若祭者免禍,不祭者即降以災,此與貪官何異?若每歲娶婦,直一淫昏鬼耳。"命取像之木偶者火之,土偶者投於湖,撤祠材,以修學宮,葺城垣。民始而駭,繼而疑,終乃帖然大服。

無錫慧山泉名天下,公往來無錫,未嘗飲一杯。嘗夜燭治官書,四鼓始休,日中然後食。見人輒從容問近日所行果協人心否,有當行未及行者否。或以悉協告,公曰:"吾自信者心耳,安保其必協乎?"見屬吏,告以君恩不可負,民命不可殘,諄諄如家人父子。在任二年,前後疏數十上,皆爲民請命。部議或從或否,公未嘗以數爲嫌。時民俗大變,民用日省,乃因公姓爲諧語,曰"黃連半夏人參湯"也,又以公儉約,謂"豆腐湯"云。

公與前撫余國柱爲同年友,國柱後出閣臣之門。江蘇布政使某,以虧庫金爲御史所劾,因前撫行賄於閣臣,事得緩。公受命撫吳,前撫頻夜過,欲爲請,終不敢出口。公按某如律,二人心怨之。泰州民田爲水淹,會天旱,前撫以涸出報。公至,州民訴復淹。公遣官勘實。念請將累前撫,不請則爲民害無已時,因奏言前二年之水乍消乍長,撫臣未敢遽聞,今水更甚於前,乞並免前租。上從之,前撫得無恙。民德公,因怨前撫。前撫聞,不知公之爲己也,反恨公。

　　公初至,上命蠲漕四分之一。前撫時爲戶部尚書,遣人語公曰:"此皆北門力也,宜以金四十萬酬之。"前撫使先後至,公禁勿與。屬吏以民願輸告,曰:"公不應,彼仇公必甚。"公曰:"民有銀甯不以完國賦而入私門乎?吾甯旦暮斥,不忍見若等剝民媚權貴也。"將按窮其事,其人叩頭謝,乃已。時外吏輦金入都門者不絶,惟公屬無一人往。比大計,藩臬素手入都門。索公一刺不可得,益怒。而前撫忌公聲望,又以公諸事剛正不可犯,媒孽公於閣臣,思所以中之。會公以奏銷斗役食報戶部。斗役者,蘇松掌倉庫役,歲不下六七百人。舊計口支食,吳逆亂,裁以充餉。二十年,吳逆平,詔督撫議復。前撫及護撫王新命皆給之。至是,前撫見公奏,喜曰:"夫夫今自蹈矣!"因奏曰:"斗役支給口食,前兩撫請銷,俱臣部駁還。今該撫明知不應支給,乃①朦混奏請,宜勅吏部議。"吏部以朦混當革職,而前兩撫彼其一也。前撫懼,囑吏部止議罰俸。上閱之,曰:"爾等不欲世有清官耶?而尚議湯斌乃爾耶。"併前兩撫皆免之。

　　其冬,上命尚書薩木哈、學士穆成格會公及總漕徐旭齡勘下河。下河者,山陽、鹽城、寶應、高郵、泰州、興化、如皋地卑下,上流清口日淤,淮泗溢,總河多設減水壩洩之。海口沙壅,水不能盡出,七州縣田廬盡沒水中。上南巡,舟過高郵、邵伯,憫之。御史李時謙請濬海口,以洩積水。上命尚書伊桑阿、薩木哈往視,還奏當如御史言。

　　明年春,遣安徽按察使于成龍專督之。尋以廷臣議,命成龍受總河節制。總河以己乃河臣,開海口而成龍董其役,己僅綜理之,頗不悅。其冬,成龍議需銀八十餘萬兩,總河益愠,別具疏萬餘言,故爲難詞難之。其畧曰:下河海口高昂,內地低海潮五尺,疏海口則引潮內侵。請先築一丈六尺高之隄,束內水高

---

①　"乃",《湯文正公全集》本誤作"及",據《三賢政書》本改。

一丈，俾過海潮五尺。建二大石閘於高郵、邵伯，洩洪澤、天長、盱眙之水，俾入隄。自束邏鎮南，築橫堤，抵高郵。自高郵城東，築大堤二，歷興化、白駒場，至海口。又建二大石閘於白駒場南北岸，束所洩水入海。又先載遠土，築圍埝於水中，埝成，戽埝內水，取其土築堤。共需銀二百七十八萬兩有奇，先給帑，而徐取償於涸出之田及綱鹽所省之運費。又請設官二百七十餘員，擇才能者任之，俱優其陞轉。上命廷臣議，廷臣咸是總河言。上召總河及成龍至，成龍力排總河議，廷臣復多右總河。

上訊淮揚人官京師者，侍讀喬萊等十人皆言：“陛下行救民之事，總河建害民之議，斷斷不可行者有四。”上曰：“薦紳議如此，未知民間若何？”因命公會勘，兼詢七州縣耆老。耆老畏總河，多言願罷工者。公曰：“工不可罷也。上水日增，下無所洩，不十年無淮揚矣！靳公以海水內灌，故異議。海可內灌，甯俟今日？且吳淞①、錢塘皆有潮，不內灌，獨憂淮揚內灌乎？今兩府災，糧盡蠲，所餘不滿三十萬，不若盡乞與民，令民自開，州縣官督之便。”薩木哈曰：“公言良是。第奉詔問民，疏中又可入公語耶？某見上，當為公奏之。”

二十五年丙寅，公年六十歲。吳江縣知縣郭琇治行卓異，公特疏薦之。

三月，上諭吏部：“自古帝王諭教太子，必簡和平謹恪之臣，統領宮②僚，專資贊導。江甯巡撫湯斌在講筵時，素行勤慎，朕所稔知。簡任巡撫以來，潔己率屬，實心任事。允宜拔擢大用，風勵③有位。特授禮部尚書，管詹事府事。”公將行，吳民罷市。不數日，他郡民亦多至，聚哭轅門外，叩留公。公出，擁公馬，泣留之。又設數匭，斂錢為路費，欲詣闕保留公。公出示曉之，始止。比行，遮道焚香送者，無慮數億萬，踰千里不絕，公渡淮乃返。忌者覘知之，益內愧。而吳民追思公，以所斂路費，為公建生祠於學宮。

公以閏④四月癸酉至京，甲戌入見。上喜曰：“天下有才官多，清謹有守者少。卿前陛辭時，自言平日不敢欺，今在江蘇克踐斯言。朕用嘉悅，卿其勉

---

① “淞”，《湯文正公全集》本誤作“松”，據《三賢政書》本改。
② “宮”，《湯文正公全集》本誤作“官”，據《三賢政書》本改。
③ “勵”，《三賢政書》本作“示”。
④ “閏”，《湯文正公全集》本誤作“閨”，據《三賢政書》本改。

之。"因問途中年歲若何。公奏鳳陽災狀,且言徐州饑,入春尤甚。上遽遣學士麻某賑之。

先是,薩木哈、穆成格還,匿公語不奏,但言耆民願停工役。上覆命二人同成龍及廷臣議之。閣臣曰:"成龍議需金百萬兩。若工可成,卽千萬何惜!今乃以百萬帑金嘗試於必不可成之工,不如已。"上命暫止之。至是以問公,公對曰:"臣奉命至海口,見上流水滔滔而來,下流無所歸入,不但七州縣田畝可虞,三五年間,城郭、人民皆將有不測之患。"上曰:"卿意若何?"對曰:"淮揚天下澤國,開海口則水可盡涸,臣不敢爲此言。但開一丈則有一丈之益,開一尺則有一尺之益,浮水漸去,則舊日河湖之形可尋。請無多發帑,止於七州縣錢糧中量停起解,留爲治河之用。總之,以本地民力、本地錢糧,開本地海口,心旣專一,工不誤用,不作大舉,不設多官,久之自有成效。此意曾向薩木哈等言之。至海水內灌,臣謂可以無慮。海之潮汐,猶人之呼吸也,有一定時刻,有一定分量。平日海潮所及,原不甚遠。江河之水爲海潮所湧逆入者,乃江河水,非海水也。颶風海嘯,非常災異,豈可預計?"上曰:"此理朕所深明,人苦不知,故有此妄言耳。"明日,詰問薩木哈、穆成格,二人皆輸伏。乃罷二人官,發帑金,遣工部侍郎孫在豐往濬之。

時以諸壩所減水淹沒民田,而濬下河必先塞減水壩,特命廷臣議。廷臣言:"濬下河,民生自可樂業。但塞減水壩,恐一時潰決,受害更大。"上曰:"卿等意皆同否?"公曰:"臣前往徐州視河,見減水壩太多。聞舊時止有四壩,今增至三十餘。若不塞,恐水勢分散,河流緩弱,河底漸高,將來運道有礙。"前撫曰:"減水壩乃明臣潘季馴成法,行之有效,故靳輔則之耳。"工部尚書杜臻曰:"靳輔之減水壩,與潘季馴不同。季馴之減水壩放水出海,靳輔之減水壩放水入田,此其所以不同也。"

五月,上因皇太子出閣,命公行坐講禮。尋充經筵講官。未幾,總裁《明史》。每廷議,上必問湯某云何。公感上知遇,凡是非可否,必侃侃正言。而閣臣及前撫愈忌公,恐公發其私,謀去公益力。

是冬,在豐治下河,旬日水驟長數尺。在豐請勅總河盡閉諸壩。廷臣請召總河及在豐,俾各陳所見。上曰:"在豐不必來。在豐所請不過欲上河不放水耳。假令輔治下河,上流不塞,能於巨浸中從事乎?輔前欲閉諸口,今在豐爲之,又云不可,豈非有意阻撓耶?其召輔來京,朕自面問之。"

二十六年丁卯,公年六十一歲。

正月,總河至,言高郵諸壩可塞,高家堰壩不可塞。上曰:"今濬下河,不在高郵閘壩,而在高家堰之壩。若黃河南閘壩盡塞,則黃水不入洪澤湖,湖中止有淮水,然後將高家堰壩暫堵一年,下河自得成功。"總河曰:"黃水强則入淮,淮水强則入黃,非人力所能禁。"公曰:"今雲梯關與前不同。若塞高家堰壩,則淮水入黃,黃水無倒入淮之理。前者河隄單弱,不築減水壩,則黃河必致潰決。今隄既高堅,若塞閘壩,使水歸一道,則沙不停塞,河身漸深。今輔恐黃河潰決,於南岸毛成鋪、王家山、十八里屯、峰山、龍虎山,俱築減水壩,令黃水入洪澤湖;洪澤湖不能容,又於高家堰築減水壩,令入七州縣;今七州縣水無所歸,不但七州縣之民被災,二三年間,黃水、淮水、三十六湖之水,並皆停蓄泛濫,則漕運亦大可慮。今陛下令塞高家堰壩,修理下河,豈特七州縣民漸安生理,漕運亦永受其益矣。"總河曰:"濬下河,使積水入海,雖善策,然恐海水倒灌。"上曰:"下河濬,海水斷不內灌。朕可以理信之。今廟彎①口通海,海水並未倒灌。惟潮發時水或逆入,潮退水卽退矣,何慮耶?"

廷臣退,上命再議之。復多以總河言爲是。公語總河曰:"天下水未有不以海爲歸者,潘季馴減水壩建於黃河北岸,欲其從灌口入海也。今南岸減水閘壩之水安歸乎?歸洪澤湖耳。湖水日增日漲,河流帶沙,湖底漸高。昔潘季馴用高堰逼淮刷黃,不敢輕開尺寸者,今開六壩二閘矣。更加三十六湖之水盡注漕河,故又開一百餘丈之滾水壩以洩之。獨不思下河之地有限,上流之來水無窮,以有限之地供無窮之源,將來水無所容,一線漕隄勢必大壞。開海口,治下河,不特救七州縣民命,實爲漕運久遠計也。今欲閉漕隄之壩,必先閉高堰之壩;欲閉高堰之壩,必先塞黃河南岸之閘壩。公所以堅執不移者,不過以開閘開壩費帑金無算,今日可塞,昔日何以誤開,恐有議之者耳。夫治水如治病,因病立方,補洩隨時,不得以後日之用補咎前日之誤洩,又安用固執乎?"總河不

---

① "彎",《三賢政書》本作"灣"。

從。明日入奏，總河曰：“黃河南壩若塞，恐淮水弱，不能引入清口。黃水發，反逆灌入淮河。”上曰：“淮水不弱，或河南水少，以致淮弱耳。若僅塞高家堰壩，黃水豈能逆入耶？今欲濬下河，但塞高郵五壩而不塞高家堰六壩，所謂不揣其本而齊其末，於事何益？”總河語塞。

始，上發議時，廷臣悉主總河。惟通政司參議成其範，科道王又旦、錢珏、王成龍，後不敢堅對，餘皆莫敢異。自公還朝，終始與總河牴牾。上卒從公言，閉六壩。閣臣與前撫愈惡公，然以上知公深，無奈公何也。

三月，旱。上命大學士傳問九卿，政務有未合者，悉舉以對。公請復夏秋兩稅，罷蘆課辦銅，曰：“春種未布而責民輸賦，比穫，盡一歲之入以償稱貸，且不足。今國家內帑充盈，復夏秋兩稅，不上下兩利乎？州縣官以蘆課辦銅，銅非市所常有，榷關者終歲購之，猶缺額，奈何令司牧辦此？此不科取均貼，即責成蘆戶，不若仍聽輸銀便。”戶部某遽起，曰：“公休矣！即欲變此法，俟我去戶部乃可，今不能也。”遂罷會。

五官靈臺郎董漢臣應詔言十事，語侵內閣。閣臣懼，欲因服待罪。某曰：“何必是。漢臣，小臣也，敢言國是，直以妄言戮之耳。”御史某聞之，劾漢臣越職希富貴，且言漢臣不知書，必有代草者。內閣擬旨，下刑部，究主使。上遣問九卿，公獨白漢臣無罪。內閣復傳旨，令九卿更議。公未及對。前撫時已爲大學士，目公曰：“幸勿違眾。”公曰：“上因旱求言，漢臣應詔言事，何罪？且大臣不言而小臣言之，反罪言者耶？”舉手指心曰：“如此中何？”某大慚，益恨公刺骨。

居一二日，上幸海淀，命公輔導太子。公病，具疏辭。閣臣欲因此罪公。上不聽，僅令公同奏。前撫復嗾廷臣交章劾公。又不聽，後先報聞而已。左都御史某劾漢臣，前撫使人教漢臣即對簿引湯公。漢臣曰：“我安識湯公？我草疏已數年，三至通政司不得達，前後通政使可問也，奈何誣湯公？即訊我，我獨識御史江繁耳。”江繁者，前撫姻也。上遣禮部問漢臣，漢臣對如前。上意解。前撫憤且悲，謀所以傷公者，摘公出吳時示有“愛民有心，救民無術”語，誣公爲誹謗。後數日，奏事畢，上問公，公欲對，閣臣某遽從旁止曰：“上責問，當叩頭謝，奈何欲辨乎？”明日，左都御史某劾公辨非禮。上閱疏至“擇巡撫，涓埃莫報”語，大怒，抵其疏於地曰：“乃併其巡撫不善耶？”因顧諸大學士曰：“果爾,前擢用時,爾等何不言?"皆免冠謝。

公病,欲歸。自以新被讒,不敢言,乃薦前道臣耿介侍皇太子講,冀以自代。介至,上以爲少詹事。介老儒迂謹,同寮皆不悅。前撫喉廷臣劾介,並劾公。部議革職,上命降五級留任。忌者意不愜,朋謀中傷公益急。會公聞繼母病,疏請歸省。上遣學士德格勒齋手詔慰諭,且言:"卿何忍舍朕去?將賜第京師,命卿迎養耳。"公頓首言:"臣母老,萬不能來。上卽不舍臣,臣請暫歸省,復來以白衣領史事。"復不允。而忌者宣言上怒甚,將隸公旗籍。已得旨,猶祕之,急召詣閣中。會公入朝,以病扶掖上輿。道路讙傳湯尚書入旗矣,皆泣下。江南人客都下者,並集鼓廳門,將擊登聞鼓訟冤。聞公還,始散。

公病日甚,太子見公羸瘠,大驚曰:"公病至此耶!"上遣御醫來視,改公工部尚書。

是日,九卿議事,公以入講不至。科道復劾公,部議降二級調用。尚書陳廷敬曰:"比者某等失朝,僅奪六月俸,湯公何至是?"不聽,奏上。上命公留任,忌者及劾公者皆失色。二人既屢譖不得騁,將謀興大獄,羅織公。不數日而公病,遂革。

方禍急時,或勸公委曲詣諸公,必有居間解之者。公笑曰:"吾生平義命自安,今年踰六十,尚何求哉?"或勸公發二人陰事以紓禍,公曰:"老母在,未敢以此試也。"自講所歸,鍵戶讀書如平時。

冬,公往通州閱枏木,歸卽感寒疾,嗽甚。漏下二鼓,語二子溥、沇曰:"孟子言:'乍見孺子入井,皆有怵惕惻隱之心'。汝等當養此眞心,令時時發見,可上與天通。若但依成規,襲外貌,終爲鄉愿,無益也。"又粗問里中事,歎曰:"少年交游,零落盡矣!"問夜何其,曰:"明朝欲早會議也。"乃就寢。頃之,嗽聲轉急,遂薨。時十月十一日丙辰卯時也,享年六十有一。

上聞,遣學士多奇、翁叔元以茶酒奠公柩,旨曰:"湯斌爲巡撫日,廉以自守,屢加陞用,忽聞溘逝,深軫朕懷。著馳驛回籍,賜祭葬如故事。"吳民聞公訃,會哭生祠下,咸號慟失聲。常州府祀公道南書院,他①郡亦多祠公者。而

---

① "他",《三賢政書》本誤作"佗"。

忌者後公卒之一月事敗，踉蹌出國門，人咸謂天道不爽云。

公潛心性道，於學無所不究，而一以忠孝誠正爲本。嘗與崑山顧炎武書云："近日言學者，溺於空虛無當。竊謂孔門七十子，稱顏子最爲好學，孔子所與終日言而不違者。今《論語》所載，不過《問仁》、《問爲邦》而已。言仁則以視聽言動爲目，爲邦則以虞夏商周爲準，喟然一歎亦以博文約禮爲夫子之善誘，則聖賢之學非空虛無當也，明矣。"故公居鄉，鄉人服其身教；居官，未嘗有所與於人而人愛之，未嘗有所威於人而人畏之。間有貪墨之吏、彊暴之人，不得已見之彈章、加之刑憲者，亦未嘗不以公爲仁人也。生平居無廣廈，出無文軒，旁無姬侍。在江蘇撫署時，春月薺生，日採食之不厭。子溥等從容陳說，以爲何太自苦，公戚然不答。溥等數數言，公泫然出涕曰："吾非欲儉，汝祖母未殉難時，日食粗糲，我未逮養故也。"或勸公著書。曰："學貴日新。今之所是，異日未必不以爲非，何敢輕言著述耶？"公既卒，門人王廷燦集其語錄、奏疏各一卷，詩文七卷，公移五卷，告諭三卷，爲《湯子遺書》。

二十七年戊辰五月初一日，皇帝遣河南等處承宣布政使司管理通省驛鹽仍以副使分守開歸河道加一級張思明諭祭於家。

二十八年己巳十月初四日，子溥等葬公州城東南三十里棘故城之賜塋，旋入祀鄉賢祠及陝西、江西、江南名宦祠。

世宗憲皇帝雍正十一年癸丑六月初六日，命設公神位於賢良祠，春秋二仲祭之。

十一月十八日，皇帝遣分守河北兵備道加僉都御史駐劄武陟縣管轄彰德衛輝懷慶三府兼管河務河南布政使司參議孔傳煥諭祭於家。

高宗純皇帝乾隆二年丁巳三月二十日，賜諡文正。

六月二十五日，御製碑文。

八月二十八日，立於公祠。

十一月初三日，皇帝遣河南歸德府知府加一級紀錄二十次李闓林諭祭於家。

宣宗成皇帝道光三年癸未二月二十一日，奉上諭，從祀文廟。

按：此譜乾隆八年先生三子沆付刻，道光十九年元孫巡等增輯。

嗚呼！自道學之名立而門戶之局興，自門戶之局興而議論之塗裂，聖道之蓁蕪晦蝕亦已久矣。

湯文正公爲理學大儒，爲經濟名臣，雖三尺童子，皆知公爲泰山北斗、魯鄒嫡派也。雖然，舉世皆知公之功而不知公之學，舉世皆知公之學而不知公之志，舉世皆知公之志而不知公之所以光明磊落、純粹篤實也，夫固不可以淺測之。

今夫朱陸異同，自明正德、嘉靖以後，拾先喆之唾餘，樹黨援之赤幟，踵而傚之。其禍人心、風俗也，大矣。公有深痛於此，所以序《大學》，則曰：“後人詆朱子爲支離，病陽明爲虛寂，皆未覩《大學》之全者也。”又曰：“某妄謂今日無眞紫陽，亦未必有眞陽明也。”公蓋確有所見，因以力杜門戶之局，非如程篁墩《道一編》、徐文貞《學則》聊爲調停中立之說已也。公又專務力行，不尚著書，嘗曰：“學者著書，必眞有所得，能發前人所未發而後可。程明道、許文正公，未嘗有所著作，而道統必歸之。”嗚呼！公豈不能舉之於口、筆之於書哉？惟是循循焉日用倫常隨處體認，著力於身心意知之間，措施於家國天下之大。日月星辰，山川河岳，元元本本，活活潑潑。天不變，道亦不變也。以視一知半解，妄矜羽翼經典，軌範後進者，何如耶？是則公之學也，是則公之志也，是則公之光明磊落、純粹篤實，不求世之知而世之知之者固亦尟矣。且夫《魯論·志學》一章，是聖人紀年之牒也，始於《志學》，終於《從心》，其間下學上達，有條而不紊。若夫三年期月之效，刪定纘修之績，直如浮雲過太虛耳。聖人固不次及之，然則公之所志所學，意在斯乎？意在斯乎？爰敢略公之勳名，惟述公之不立門戶，不尚議論，綴諸年譜之末，以念後世志公之志、學公之學者。

乾隆五年庚申九月中浣，會稽後學魯曾煜謹識

跋

《湯子遺書》重刊跋

同治庚午春二月，祥年奉檄調任睢州。下車之始，湯生若珩來見，詢知生

爲文正公後裔。因述家藏公所著《明史稿》、語錄、奏疏，並古今各體詩文，又詩餘一卷，久已刊布海內，板存祠堂。咸豐己未，捻逆陷睢城，燬於火。賊平後，各大憲捐貲重刊，功虧一簣，尚未藏事。祥年聞而皇然。竊以公理學、經猷、文章、功業，雖片紙單辭，後人咸知寶貴，矧爲全集！苟能日置座右，精心體會，於立身行政之方，必多裨益。一簣之功，勉能任之。即囑湯生亟爲刊成，而謹識數言於尾。

抑更有言者，祥年，吳人也。公於康熙初來撫我吳，先六世祖隱居雞籠山。公徒步往訪，謝不見。請之再，隔籬談數語而別。時人兩賢之。其他興文教，燬淫祠，功澤不可殫述，民不能忘之。坊屹峙胥江，觀者咸深景慕。距今二百餘年，以吳人而牧公鄉土，縱不能媲美萬一，而讀公遺集，奉爲官箴，並思先世之感承知己而冀有以仰酬之。或以不負於公者，即不負於民，則亦公之所賜也。敢不勉歟！敢不勉歟！

同治九年歲次庚午春二月，候補直隸州知睢州事古吳沈祥年謹跋

卷　一

語　錄

人皆可以爲堯舜。要體察我之可爲堯舜者何在,識得工夫,自不容已。

問喜怒哀樂未發。曰:“當於人欲淨盡時驗之。”既而曰:“先儒教人看未發前氣象,正是教人下手做工夫最親切處。”

語姚岳生曰①:“鳶飛魚躍,如何是子思子喫緊爲人處?”答曰:“鳶魚上下,皆道之機也。吾人體道不可須臾離,亦是如此。”曰:“然滿前洋溢,俱是發育峻極。何處得箇空閒,容我②疏放耶? 然卻隨處自有箇恰好的道理。一切將迎、期必,總用不著,所以工夫正在勿忘、勿助之間。”

學者讀書,不務身體力行,專爲先儒辨同異,亦是玩物喪志。先儒之言,都是自己用工夫體認過來,無一句不是實話。總之,源頭澄澈,隨時立教,不妨互異,正當反求諸③身,識其所以同者。勿向話頭討分曉,始得。”

問:“仁之體,可④一言盡否?”曰:“仁體極難形似,如何一言可盡? 仁者,得天地生物之心。此言最宜體會。”

近代學者,皆以近溪爲禪。近溪蚤⑤於釋典、丹經無不探討,晚年語錄,一本諸⑥《大學》孝、弟、慈之旨,絶口不及二氏。其孫伯愚,嘗私閲《中峰廣錄》。

---

① “語姚岳生曰”,康熙年間刻蔡本、《近代中國史料叢刊》本作“問岳生”。
② “我”,《近代中國史料叢刊》本作“吾”。
③ “諸”,《近代中國史料叢刊》本誤作“之”。
④ “可”,康熙年間刻蔡本、《近代中國史料叢刊》本作“可以”。
⑤ “蚤”,《近代中國史料叢刊》本、康熙年間刻蔡本作“蚤歲”。
⑥ “諸”,康熙年間刻蔡本誤作“講”。

近溪一見輒持去，曰：“汝曹慎勿觀此！禪宗之說，最令人躲閃。一入其中，如落陷阱。更能轉出頭來，復歸聖學者，百無一二。惟究心《大學》孝、弟、慈之旨，足矣。”近溪世所號爲近禪者，其言如此，則沈溺詖淫者，可不知所戒哉？

夜坐，岳生間問。曰：“先儒有因人泛問，輒曰：‘汝輩是揀心中疑的問，是揀難的問？’蓋非誠心切問，先儒常不輕答。”

一日舉“必有事焉，勿忘，勿助長”以告。曰：“助長非必著力緊促，祇容些小私意便是。”

先儒嘗有言頓悟之非，不知悟未有不頓者。但必學問眞積力久，方有一旦豁然大悟處，是頓因於漸也。古人由悟而悔，由悔而悟，眞實用功，一日①憬然醒悟，渾身汗下，透出本來面目。從前誤，亦有益。若不痛不癢，剽竊聖賢言語糟粕，縱步趨無失，究竟成一鄉原。到對天質人處，心中多少愧怍。

時有以助長爲患者。曰：“心體原是天機，動靜內外，無不周流。但時時體認天理，不令昏散，亦不可躁迫。須知必有事焉，工夫原極精密，勿助長，非放鬆②之謂也。稍鬆放③便忘，非必有事矣！總之，一④涉有意，便是私心。”

人不患思慮不審，祇患心體未透。

學者最怕是以實未了然之心含糊歸依，以實未湊泊之身將就冒認。

小人祇是不認得“獨”字。

問：“事親從兄有許多儀節，亦不可不知。”曰：“如何可不知？但所謂儀節，如問安、視膳、昏定、晨省，此念從何而起？侍父母，而問安、視膳、昏定、晨省。有時離父母，則儀節於何處行？須要透得孝弟根源，則充之足以保四海矣。”

問何思何慮。曰：“何思何慮，非全無思慮也。觀同歸殊途，一致百慮，可見非無思慮。惟得其所謂一致者，雖千變萬化，而寂然者⑤自在也。”

心中有趣纔得樂。此趣從不愧不怍而生，不愧不怍從戒愼恐懼而出。學

①　“日”，《近代中國史料叢刊》本作“旦”。
②　“放鬆”，康熙年間刻蔡本、《近代中國史料叢刊》本作“鬆放”。
③　“鬆放”，《四庫全書》本作“放鬆”。
④　“一”，愛日堂藏版本和《四庫全書》本脫。
⑤　“者”，康熙年間刻蔡本脫。

者先有用力處，後有得力處。

凡人爲一善事，則心安而體舒；爲一不善事，則心不安而色愧。可見人一身內渾是天理，於此便見①人性皆善。人能隨事體察，勿虧此心本體，無爲其所不爲，無欲其所不欲，這便是盡心復性的眞實工夫。故格物是要緊事。

道在日用，任人一步一趨，無往不有天理流行之妙。舍②卻子臣、弟友，更有何道？故曰：中庸，不可能也。惟中庸，故難能。③ 故入其中，愈尋味愈樂。

爲學工夫，祇在當下做。如今日爲宰相，便有宰相當下該做底。推之他事，皆然。④

或問：“孟子言‘性善’，陽明言‘無善無惡，心之體’，何也？”曰：“此是對‘有善有惡，意之動’而言。心之體，不但惡非所有，卽善亦不得而名也。善亦不得而名，乃爲至善。孟子言‘性善’，究竟是於情上看出。性之善，如何可說下？言知善知惡是良知，這良知便是性之虛靈不昧處。惻隱、羞惡、辭讓、是非，皆從此出，是卽孟子所謂‘性善’。宋儒言主敬，陽明恐學者過於執著，反於心體上多一敬字，故教人祇提醒良知便是。其言無善無惡，祇是教人涵養未發，勿過執著而已。”田本作“這良知，便是善致良知，便是擴充惻隱、羞惡、辭讓、是非俱賅在內，故說智也賅四端。宋儒言主敬，陽明恐學者過於執著，呆守一敬字，反是不敬。”故教人云云。⑤

凡事功不從心性上發出，於自己毫無干涉。若於心性上毫無虧欠，顏子之疏水簞瓢⑥，便是禹稷事業。

聖賢學問，祇在心性上用功。譬如種樹，日於根本上培養灌溉，久之自然

---

① “見”，《近代中國史料叢刊》本誤作“是”。
② “舍”，康熙年間刻蔡本、《近代中國史料叢刊》本作“若舍”。
③ “惟中庸故難能”，康熙年間刻蔡本、《近代中國史料叢刊》本作“曰惟中庸故難能惟難能”。
④ “做如今日爲宰相便有宰相當下該做底推之他事皆然”，愛日堂藏版本和《四庫全書》本脫，“爲宰相”康熙年間刻蔡本、《近代中國史料叢刊》本作“做宰相”。
⑤ “賅在內故說智也賅四端宋儒言主敬陽明恐學者過於執著呆守一敬字反是不敬故教人云云”，康熙年間刻蔡本作“該在內故說智也該四端宋儒言主敬陽明恐學者過於執著呆守一敬字反是不敬故教人”。
⑥ “疏水簞瓢”，《四庫全書》本作“簞瓢陋巷”。

暢茂條達。縱未暢茂條達，根本自在。今人祇於枝葉上用功，外面雖①極好看，究之全非己有。

今人爲學，須持心堅牢，如鐵壁銅牆。一切毀譽是非，略不爲其所動，乃可漸入。若有一毫爲人的意思，未有不入於流俗者。

以上二十三條，門人仁和沈佳、柘城竇克勤、鞏縣姚爾申手述。

嗚呼，此先大夫②所嘗語也。先大夫與臣言③忠，與子言孝。平居講習討論④，有來問者，未嘗不竭誠而發其覆⑤。蓋言之可傳者百⑥此矣，惜乎未經裒錄，無一存者⑦。溥嘗有所誌⑧，先大夫見即⑨削去，曰：“此未必是。吾他日⑩稍自信，當筆以付汝。”其後領史事，任講筵，出撫江南，入爲東宮講官，日無暇晷，迄不能有所論著⑪。溥痛先大夫心得不傳於後。⑫此編爲姚岳生、竇敏修、沈昭嗣各因所聞而識之者。存⑬語雖少，皆先大夫躬行心得之餘也。⑭

戊辰三月十八日⑮，男溥敬識

---

① “雖”，康熙年間刻蔡本、《近代中國史料叢刊》本作“縱”。
② “大夫”，康熙年間刻蔡本、《近代中國史料叢刊》本、愛日堂藏版和《四庫全書》本作“大夫之”。
③ “先大夫與臣言”，康熙年間刻蔡本、《近代中國史料叢刊》本作“與臣言歸於”。
④ “孝平居講習討論”，康熙年間刻蔡本、《近代中國史料叢刊》本作“歸於孝平居講習討論以日求所未至”。
⑤ “覆”，康熙年間刻蔡本、《近代中國史料叢刊》本、康熙年間刻閻評本、愛日堂藏版和《四庫全書》本作“覆也”。
⑥ “百”，《近代中國史料叢刊》本誤作“在”。
⑦ “乎未經裒錄無一存者”，康熙年間刻蔡本、《近代中國史料叢刊》本作“無誌之者皆莫有存焉”。
⑧ “誌”，康熙年間刻蔡本、《近代中國史料叢刊》本作“誌矣”。
⑨ “即”，康熙年間刻蔡本、《近代中國史料叢刊》本作“輒”。
⑩ “日”，康熙年間刻蔡本、《近代中國史料叢刊》本作“年”。
⑪ “著”，康熙年間刻蔡本、《近代中國史料叢刊》本作“著也”。
⑫ “無一存者溥嘗有所誌先大夫見即削去曰此未必是吾他日稍自信當筆以付汝其後領史事任講筵出撫江南入爲東宮講官日無暇晷迄不能有所論著溥痛先大夫心得不傳於後”，愛日堂藏版本和《四庫全書》本脫。
⑬ “存”，愛日堂藏版本和《四庫全書》本作“然存”。
⑭ “此編爲姚岳生竇敏修沈昭嗣各因所聞而識之者存語雖少皆先大夫躬行心得之餘也”，康熙年間刻蔡本、《近代中國史料叢刊》本作“將追述緒論以行於世自居喪以來昏然如憶夢中將成而復悔曰心之精微口不能言今以無知小子追思其疑似仿佛毫釐千里爲罪滋大此編鞏縣姚岳生記者十之五柘城竇敏修記者十之二錢塘沈昭嗣記者十之三各因所聞偶爲爾然皆記於當時失焉者猶寡因稍加訂正質簣山先生而梓之嗚呼非知之艱行之惟艱先大夫存語雖少皆躬行心得之餘也苟於此躬行而心得之矣則亦可以無憾於其少也”。
⑮ “戊辰三月十八日”，愛日堂藏版本和《四庫全書》本脫。

學者須明義利之界①。孔子曰："君子喻於義。"又曰："富與貴是人之所欲也,不以其道得之,不處也;貧與賤是人之所惡也,不以其道得之,不去也。"能在此處立定,天下無事不可爲②。所以平天下,到底衹說到義上去。學者有自立之志,當拔出流俗,不可泛泛與世浮沈。

破除流俗,是學者第一關鍵。透出③便是豪傑。

日之行也,日復一日,總無一息偶④已。君子之爲學也,顧可息乎?一時息,則一時非學矣。曾子曰："仁以爲己任,死而後已。"朱子以爲一息尚存,此志不容少懈。其警惕學人,莫有痛切於此者。

大凡學人具剛勇之志量者,其造道恆深。《中庸》說知說仁,終必說勇。勇是收拾上面處。若無這箇,便不濟事。

顏淵問仁,夫子只教以克復數語,說得規模既極弘遠,功夫又極切實。顏子聞言,便直下承當,其大勇者乎!

事不論大小,衹論是非。學者須令事事合理,一事不可忽略。故曰:浩然之氣,是集義所生者。曰："集義是日積月累事,功夫不可一時息。一有息時,便與天行之健不相似。"

理流行於天地間,不有此身,則⑤虛而無著。此身關係最重,不可不敬其身。

天地生物,勢不能無闕陷。有闕陷處,端賴人以補助之。故人能贊天地之化育,方爲克⑥盡人道。

《中庸》之書,甚是整齊。初從天命說起,中間支派分明,末又自下學立心之始,說歸天命去。首尾一貫,甚好看。

問⑦士之守,曰："《中庸》說,不變塞,至死不變。⑧ 觀兩'變'字,可見人能

---

① "界",康熙年間刻蔡本、愛日堂藏版本和《四庫全書》本作"介"。
② "爲",康熙年間刻蔡本作"爲矣"。
③ "出",康熙年間刻蔡本作"此"。
④ "偶",康熙年間刻蔡本、愛日堂藏版本和《四庫全書》本作"而"。
⑤ "則",康熙年間刻蔡本、《近代中國史料叢刊》本脫。
⑥ "克",康熙年間刻蔡本作"全"。
⑦ "問",康熙年間刻蔡本作"論"。
⑧ "中庸說不變塞至死不變",康熙年間刻蔡本作"中庸說國有道不變塞焉國無道至死不變"。

自立①者不乏，而敗於末路者亦復不少。"先生曰："觀人全在末路上②。"

宋儒教人道理，說不盡③，留有餘，以待學人之疑。至明儒說得太盡，人反忽過，不能深入有得也。

斯道淪落，聖賢不數數見。三代而後，如漢僅一仲舒，隋僅一文中子，唐僅一昌黎④，然學未⑤必純。雖宋有濂洛⑥諸大儒，又不無生不同時、居不同地之感。大抵學道之事，能與大家講明，同歸於善，固其素心。若世人⑦不知而己獨爲之，亦惟躬行實踐，自盡其道而已矣⑧。

爲學於舉世講學之日，學之途或慮其雜；爲學於舉世不知爲學之日，學之事猶存其眞。故聖道沈淪，或一二知己散處四方，心期砥礪。吾道已處其孤⑨，天地間正不可無此眞修君子以爲維持⑩。

天下之理，感、應二者而已。

聖人之意，寄之於言，眞有言不能盡意處。學者讀書，當默識以求得。若徒泥乎詞以求之，則聖人之意亦有時而晦矣。如太極圖，周子欲顯其象以示人，勢不得不疊畫幾箇圈子。若論其理，則太極之中即有陰陽五行，如何可分？周子當日豈見不及此？祇是落到言語上，自須如此說；畫到圖樣上，自須如此畫。此際總在學者默識而心通之爾⑪。

先儒解《易》，特地創解，無所依據。後人觀玩甚省力，卻不加思索，祇據現成說⑫，粗心看去。此後人所以不及前人也。

問處世之道，曰："初之用潛，不成乎名。其處世而能善者乎？君子處世，

---

① "立"，康熙年間刻蔡本作"卓立"。
② "上"字之後，康熙年間刻蔡本有"說不變更思如何始能不變"十一字。
③ "說不盡"，康熙年間刻蔡本作"不說盡"。
④ "隋僅一文中子唐僅一昌黎"，康熙年間刻蔡本作"唐僅一昌黎隋僅一文中子"。
⑤ "未"，康熙年間刻蔡本作"且未"。
⑥ "濂洛"，康熙年間刻蔡本作"濂閩"。
⑦ "人"，康熙年間刻蔡本脫。
⑧ "矣"之後，康熙年間刻蔡本有"正不必求聖賢接踵有道同堂也"十三字。
⑨ "已處其孤"，康熙年間刻蔡本作"已幸其不孤"。
⑩ "以爲維持"，康熙年間刻蔡本作"共爲維持也"。
⑪ "爾"，康熙年間刻蔡本作"耳"。
⑫ "說"，康熙年間刻蔡本作"說的"。

不韜光晦顯，使人得以名之，則忌之者眾矣。"先生曰："作《易》者，其有憂患乎？其慮天下來世，無一不備，後人取而觀玩之，固無在不得處世之道也。"

君子愼言語，節飲食。見得明道者此言語，亂道者亦此言語，故愼之；養生者此飲食，害生者亦此飲食，故節之。

《漸》之進得位，以卦畫推之，似初上，未爲得位。問曰："進得位，以中四爻言也？"先生曰："何獨遺初上乎？"問曰："此自卦變而言，謂自渙而來，九進居三；自旅而來，九進居五。各當其位，故止以中四爻取義，而不及乎初上也。"先生曰："《程傳》於六爻，皆取之而謂初上。二爻陽上陰下，亦爲得位，似覺未安。"問曰："玩其象，又似少此一層，不得蓋總六爻論之。艮下巽上，有男下乎女之象分；初上二爻，觀之陽上陰下，又有夫婦尊卑之象。女未歸，則男先下乎女；女既歸，則婦不先乎夫。二者互相發明，義始備也。"先生曰："《程傳》不主卦變。今觀卦畫，皆是乾坤而來。三四陰陽相交，其女歸之日乎？上二爻皆乾，下二爻皆坤，其既爲夫婦之後乎？只將三四爻合看，上下四爻分看，自有精義可思。"

刑之一事，聖人每愼言之。《旅》之《象》曰："君子以明愼用刑而不留獄。"與《噬嗑》之"明罰勑"，《法貫》之"明庶政，無敢折獄"，同一愼重之意。曾子曰："如得其情，則哀矜而勿喜。"其萬世用刑之準乎！

《兌》之麗澤，何取朋友講習之義？程子曰："兩澤相麗，互相滋益。"妙在"滋益"二字，已與朋友講習之義相關切矣。

問："各卦爻取義不同，有取本爻者，有取他爻者。隨時而觀，各惟所適。如《兌》之三四五爻，皆在他爻取義。若執本爻，求之又不得。"先生曰："《兌》有相引而說之義。故聖人繫《兌》之本爻，多於他爻取義。"

問："人之德業，必資友而成。《兌》之'六三：來兌，初二'，豈不是他好處，卻繫之以凶。想是他陰柔不中正，祇是以非道說之爾。若剛柔得中正之位，聖人自不如此說。此際當隨其時以觀之。"先生曰："如此看，三百八十四爻皆活。"

包羞是小人之爻。若君子筮得此，必有自心歉然之事。

《春秋》之義，顯而可尋，人自不體爾①。如"公如晉"，胡氏亦未有傳。驟

---

① "爾"，康熙年間刻蔡本作"耳"。

讀之，幾不①知其何屬。一②取上文，連類考之，則書法自明。上文書："天王崩，公自宜如周，而乃如晉。"是忽天王而重霸國，其罪不言自見矣。

微子之去，止遯於郊爾③。後人妄以歸周爲言，不知微子商之④元子也，亦聖人也，豈有歸周之理？甚至有面縛銜璧之說，何其敢於誣聖人也？要知受封於宋，在武庚被誅之後。而白馬來賓之詩，亦周人誇耀之詞爾⑤，然究以客禮待之而不臣也。至於祭，又令得用天子之禮樂，其所以處之者厚矣。

商之天下已失，而武王於箕子之囚則釋之。此時爲箕子者，審乎天理、人情之安，惟不仕於周，即其所以報商者也。乃其時道統在上而不在下，箕子以一身荷堯舜以來相傳之道，不容泯沒無傳。王⑥訪於箕子，箕子安得不爲萬世存道統？爲萬世存道統，安得不爲武王陳《洪範》？聖人審天命、人事之歸，其心公天下，而不以一毫私意與於其間。道可傳則傳之，義不可仕則弗仕之。武王亦亟於訪道，而不强箕子以仕，故封於朝鮮而不臣也。嗚呼！可謂仁之至、義之盡矣。

齊家之道⑦，與治國不同。臣之在國也，有犯無隱。若以此道施之於家，則不可。家之中，不得徑⑧行其直，須有委曲⑨默爲轉移之法。

齊家之道⑩最難。周子云："家親而國與天下疏。"惟其親，故不可以義傷恩，又不可以恩掩義。然則教家者，亦惟漸漬化導而已，久當自變也。

論義門鄭氏，曰："禮義之心，必如此浹洽，方爲善道，然非一朝一夕之故。"先生曰⑪："家道惟創始爲難，久則相承。即間有不率，禮義之風已成，可

---

① "不"，康熙年間刻蔡本作"莫"。

② "一"，康熙年間刻蔡本脫。

③ "爾"，康熙年間刻蔡本作"耳"。

④ "之"，康熙年間刻蔡本脫。

⑤ "詞爾"，康熙年間刻蔡本作"辭耳"。

⑥ "王"，康熙年間刻蔡本作"至王"。

⑦ "之道"，康熙年間刻蔡本脫。

⑧ "徑"，康熙年間刻蔡本誤作"經"。

⑨ "委屈"，康熙年間刻蔡本作"委屈化導"。

⑩ "之道"，康熙年間刻蔡本脫。

⑪ "論義門鄭氏曰禮義之心必如此浹洽方爲善道然非一朝一夕之故先生曰"，康熙年間刻蔡本脫。

觀摩而化也。"

問胎教，曰："祇是無時不宜以正自處爾。"先生曰："古之言胎教者，原子之未生而言也。婦人以正自處，不言，可見意不重此。"

教子弟，祇是令他讀書。他有聖賢幾句話在胸中，有時借聖賢言語照他行事，開導之①，他便易有省悟處。

從來以女賈禍者，不可勝數，然非旦夕之故②。即如人家舊守家風，本無他事③，乃忽動念爲改觀之事，令④女子讀書習字，妄念一起，後患即伏，將來必有受之者矣⑤。

聖人之言，包舉無遺。試觀《九經》，始言脩身，次言尊賢，次言親親，以至臣民、百工、遠人、諸侯，無不處之，各得其道。聖人之學，通天徹地。後世之儒者，徒見迂疏淺陋而已矣。

節用最關治道。若經制不定，財用靡侈，未有能幾於治者。⑥

自聖人之道不明，至漢而人崇黃老之術。大抵亦是承秦攻伐之後，人心厭紛擾而思恬靜，固時會使然也。問曰："帝王之治天下，有禮以維持大綱，其間質文損益，隨時而變。亂極思治，治極思亂，考其時會可知也。當秦漢時，固動極思靜之會，但可動亦可靜者，莫如聖人之道，當時何無一人講明？與天下相休息，必崇尚黃老，何爲乎？"先生曰："聖人之道，與時消息，惜當時無人知之。故終漢之世，治術不純，至唐而益甚。"

古⑦之民有四。今之民有六，其耗財已至⑧，何怪匱乏相繼乎⑨？問⑩曰：

---

① "之"，康熙年間刻蔡本脫。
② "然非旦夕之故"，康熙年間刻蔡本作"夏以妹喜商以妲己周以褒姒吳以西施晋以驪姬非其微乎然女之覆人國也非旦夕傾覆之而其禍實基於此"。
③ "事"，康熙年間刻蔡本作"患"。
④ "令"，康熙年間刻蔡本作"或令"。
⑤ "矣"，康熙年間刻蔡本脫。
⑥ 此句之後，康熙年間刻蔡本有"又曰不節用便不能愛人"十字。
⑦ "古"字之前，康熙年間刻蔡本有"先生論貧民曰"六字。
⑧ "至"，康熙年間刻蔡本作"甚"。
⑨ "乎"，康熙年間刻蔡本作"也"。
⑩ "問"，康熙年間刻蔡本脫。

"古之①士爲眞儒,農皆樂業,商賈安居。今則士無眞修,農日困迫,富商大賈雖或相安,然亦坐而待敝。矧又益諸②僧道、諸游民從而耗其財,此皆本業不修之故也。"先生曰:"欲驅浮③惰而農之,惟在使民樂爲農。今之爲農者,力作不足供賦稅,不見其樂,而止見其苦。苦則思逃,逃則不復思返。如商賈之徒,固是奔競之心勝④,亦緣不能安業,故思他圖。又如僧道輩,其心豈不欲有父母、妻子之樂?多緣農困無以爲生,故逃歸僧道。既逸其力,又不匱於衣食,則亦安之不思返矣。是莫若輕徭薄賦,使民安於農而樂爲之,則游惰者不驅而歸農⑤矣。"問⑥曰:"游惰者歸農矣,其間貧富相耀,風俗終難整理,若何?"先生曰:"此最難處。今之時勢,與古不同。古之時,無甚貧甚富之俗,所以易治。今之富者田連阡陌,貧者至求數畝自給而不可得。此中甚費區畫。今但使一鄉之中富者明禮義,興仁讓,有以庇貧者而不至失業,則後此可以⑦徐圖矣。明太祖召江南父老,諭以至道,無欺凌貧民,亦此意也。"⑧

明太祖定制,令府州縣各有鄉長,總理一鄉之事。遇有祭孤魂等事,亦鄉長主其事。每鄉置亭,鄉長常至其處,稽鄉人之善惡而籍記之,以爲勸懲。小事直決之鄉長,大事方告有司。所以獄訟衰息⑨。又聞老人云:"洪武時⑩,每逢朝覲,令天下里老各赴京,詢以民隱。及歸,卽令掌社倉,積穀備荒,略倣古義倉之制。"及後在史館,閱明制,誠然。其立法甚詳密,後之愛民者,恐不能出此規模也。

湯淑原問⑪:"適所⑫論治道,就一邑論之,有司若立申明亭之類,專其責

---

① "之"字之後,康熙年間刻蔡本有"民有四"三字。

② "諸",康熙年間刻蔡本作"之"。

③ "浮",康熙年間刻蔡本、《四庫全書》本作"游"。

④ "固是奔競之心勝",康熙年間刻蔡本脫。

⑤ "歸農",康熙年間刻蔡本作"皆歸農"。

⑥ "問",康熙年間刻蔡本脫。

⑦ "以",康熙年間刻蔡本脫。

⑧ "明太祖召江南父老諭以至道無欺凌貧民亦此意也",康熙年間刻蔡本脫。

⑨ "衰息",康熙年間刻蔡本作"往往衰息"。

⑩ "洪武時",康熙年間刻蔡本作"明太祖時"。

⑪ "問",康熙年間刻蔡本、《正誼堂全書》本作"曰"。

⑫ "所",康熙年間刻蔡本、《正誼堂全書》本作"間所"。

於鄉長，令以時①書善惡，爲勸懲，未有不可成俗者。何有司莫②之行乎？"先生③曰："後世利欲浸漬，極重難返，留心治道者絶少。若有司有志復古，整理一方，儘可行去，初無難事。"

問④："鄉舉里選，雖不能復，似亦不可廢。"先生曰："明初極重此典。此典廢而專重科舉，亦慮賢否並進，名實混淆，不如舍彼取此爾⑤。"問⑥曰："只緣後世取士，除以言觀人，更無別法，故如此。然究其立法之意，亦是鄉舉里選之遺。但取士以言，與取士以德，收效不同。今科舉不能廢，若更兼德行之選舉，不亦可乎？此⑦事實與風俗相表裏，又⑧須將風俗整頓，如置鄉長、設義倉之類，措置得法，方可。"先生曰："然⑨！"

爲臣而不盡職，非君子也。爲臣而踰乎職分之所當爲，亦非君子也。欲不至於不盡職，任事必須做事；欲不踰乎職分之所當爲，多事不如省事。

官⑩無論尊卑，各有當盡之職。爲一官卽盡一職，便是天地位、萬物育的⑪氣象。至於司教一席⑫，培養人材，潛移世運，關係特重。時克勤將就教職，先生又曰："人有動念利祿者，當其始，君子已病其終。一心扶持名教，便無不⑬盡職之慮。"

---

① "時"，《正誼堂全書》本誤作"詩"。
② "莫"，《正誼堂全書》本、康熙年間刻蔡本作"憚而莫"。
③ "先生"，《正誼堂全書》本、康熙年間刻蔡本脫。
④ "問"，《正誼堂全書》本、康熙年間刻蔡本作"論取士曰"。
⑤ "爾"，康熙年間刻蔡本作"耳"。
⑥ "問"，康熙年間刻蔡本脫。
⑦ "此"字之前，康熙年間刻蔡本有"先生曰"三字。
⑧ "又"，康熙年間刻蔡本脫。
⑨ "然"，康熙年間刻蔡本作"此事實與風俗相表裏須將風俗整頓如置鄉長設義倉之類措置得法方可"。
⑩ "官"字之前，康熙年間刻蔡本、《近代中國史料叢刊》本有"竇敏修爲泌陽諭請問曰"十字。
⑪ "的"，《近代中國史料叢刊》本脫。
⑫ "司教一席"，康熙年間刻蔡本、《近代中國史料叢刊》本作"教之一事"。
⑬ "時克勤將就教職先生又曰人有動念利祿者當其始君子已病其終一心扶持名教便無不"，康熙年間刻蔡本作"曰司鐸一官無錢穀刑名之累而有教育人材之責如何便克副其職先生曰人有動念利祿者當其始君子已病其終若一心扶持名教何不能"。

　　儒者不患不信理，患在①信之過。而用法過嚴者，亦是一病。天地間法、情、理三字，原並行不悖。如官司有弗稱職者，若優容貽害固不可，必嫉之過而加以重罪，至隕命析產，亦不忍。有仁術焉，輕其罪，使之蚤去，則我亦②不流於殘，而民已除其害矣。

　　天下事，惟公而已矣。向在潼關時，惟於此字甚得力。

　　先生任潼關時，年饑，麥不熟③，兵餉匱乏，人心騷動。先生知之④，欲發倉儲秋糧以貸⑤，俟來年麥收，仍以兩季麥糧撥發。督鎮不可⑥。先生曰："今事變⑦倉卒，非可拘以常數。若以此安撫人心，利害由我而當⑧，何不可變通行之⑨？"督鎮⑩以爲然。及⑪召各營弁諭之，眾皆歡欣感謝，變遂寢。後督鎮⑫每謂僚屬曰："作事如湯公，眞可謂盡職，無遺憾⑬。有能倣而行之者，卽善類也⑭。"

　　先生在⑮潼關時，同列問曰："得百姓心易，得僚屬心難。公何兼而致之易如也？"先生曰："吾於屬吏，不惟不⑯取其財，且彼有善，吾力成之，以遂其願。故人或不以爲苦。"同列曰："無所取於彼，何所應於上？"先生曰："無所取於彼，亦無所應於上。交際之禮，不過尋常帛物四件。上官且戲謂吾禮物有班數，亦各諒之，無所受也。至往來過往之官，未有以金帛爲贈者。其於上下間，

---

① "在"，康熙年間刻蔡本誤作"有"。
② "亦"，康熙年間刻蔡本作脫。
③ "麥不熟"，康熙年間刻蔡本脫。
④ "知之"，康熙年間刻蔡本脫。
⑤ "貸"，康熙年間刻蔡本誤作"代"。
⑥ "督鎮不可"，康熙年間刻蔡本作"督撫持疑不可"。
⑦ "今事變"，康熙年間刻蔡本作"目今變生"。
⑧ "利害由我而當"，康熙年間刻蔡本作"利害我自當之"。
⑨ "何不可變通行之"，康熙年間刻蔡本作"曷不稍爲變通耶"。
⑩ "督鎮"，康熙年間刻蔡本作"督撫"。
⑪ "及"，康熙年間刻蔡本作"乃"。
⑫ "督鎮"，康熙年間刻蔡本作"督撫"。
⑬ "遺憾"，康熙年間刻蔡本作"遺憾矣"。
⑭ "有能倣而行之者卽善類也"，康熙年間刻蔡本作"汝輩有能倣而行之者乎"。
⑮ "在"，康熙年間刻蔡本、愛日堂藏版本和《四庫全書》本作"任"。
⑯ "不"，康熙年間刻蔡本作"弗"。

如此而已。"

先生任潼關時，無取於屬吏，屬吏不得肆暴百姓；無取於津吏，津吏不得貽害商賈；無取於武弁，武弁不得剋減軍糧。以此行之，人感德深至。所以自關中來者，有望門而拜者，有經過塋中拜其祖墓者。其得人心如此。

問潼關之政①。先生曰："惟於保甲、鄉約、社學、義倉四者加之意而已。"又曰："《實政錄》②，不可不讀也。"

先生時爲講官，曰③："講官所職者大，宜④從源頭上整理。古人正色立朝，其一段至誠感孚處，有格君心於不自知者。君心正而天下治，此猶天之樞紐轉運眾星而人不之見也。講官又是默令樞紐能轉運，底是何等關係！"

康熙壬戌⑤，春闈下第，將歸，先生畱止之。設榻齋頭，晨夕語對⑥，講論互發，答問無遺。因撮其語並事跡，約畧記之。凡三閱月而歸⑦。凡五十條⑧，柘城竇克勤記⑨。

課子溥等讀書，嘗至夜分不輟，曰："吾非望汝蚤貴。少年兒宜使苦，苦則志定，將來不失足也。"

"天理"二字，不可不時時體察。用力既久，愈見親切。從此行將去，自然仰不愧，俯不怍。

在林下時，或勸之著書。曰："學貴日新。今之所是，異日未必不以爲非。何敢妄爲？"

撫吳時，秉燭治事，四鼓始假寐，日中始食。或勸進藥餌，恐事煩心血漸槁，非暮年所宜。慨然曰："君命卽天命也。"且曰："吾自信者，心也。安能保其必當乎？"

---

① "政"字之後，康熙年間刻蔡本有"何以翕然稱善"。
② "實政錄"之前，康熙年間刻蔡本有"呂公"二字。
③ "先生時爲講官曰"，康熙年間刻蔡本脫。
④ "宜"，康熙年間刻蔡本誤作"直"。
⑤ "康熙壬戌"，康熙年間刻蔡本作"此康熙壬戌歲余與湯潛庵先生京師講習語也余"。
⑥ "語對"，愛日堂藏版本和《四庫全書》本作"晤對"，康熙年間刻蔡本作"晤對凡三閱月"。
⑦ "凡三閱月而歸"，康熙年間刻蔡本脫。
⑧ "凡五十條"，康熙年間刻蔡本、愛日堂藏版本和《四庫全書》本脫。
⑨ "記"，康熙年間刻蔡本作"識"。

占《易》以《彖》、《象》爲主。常曰："《易》非教人趨吉避凶，衹①審理之當否。其進退存亡，介在幾微間，非沈潛玩味，不能得也。"

臨歿時，自②潞河勘栬木歸，感風寒疾。漏下二鼓，猶戒子溥等曰："孟子言：'乍見孺子入井，皆有怵惕惻隱之心。'汝等當養此眞心。眞心時時發見，則可上與天通。若但依成規，襲外貌，終爲鄉愿，無益也。"

以上六條，男溥手述。

年少登科，切勿自喜③。見識未到，學問未足，一生喫虧在此。④即使⑤登高第，陟高位，庸庸碌碌，徒⑥與草木同朽耳。往往老成之人⑦，一入仕途，建立一二事，便足千古，由其閱歷深也⑧。

諸⑨生能喫苦否？喫得苦，無事做不來。死於安樂，生於憂患⑩，刻刻當存此念。

學問之道，全在收拾此心。此心不曾收拾，毋論聲色貨利，皆是戕害我身之具。即讀書誦詩，⑪亦爲玩物喪志。

讀書，遇古人疑難大事，先須掩卷靜思，如我處此，何以措置？然後看將下去，方知古人得失，學識方有長進。不然，一直看去，古人自古人，我自我，有何益處？⑫

①　"衹"，愛日堂藏版本作"祇"，《四庫全書》本誤作"祇"。
②　"自"，康熙年間刻蔡本、康熙年間刻閻評本、《近代中國史料叢刊》本和《四庫全書》本作"以"。
③　"年少登科切勿自喜"，康熙年間刻蔡本作"辛酉榜發燦謁先生於公署先生曰少年登科甚好"。
④　"見識未到學問未足一生喫虧在此"，康熙年間刻蔡本作"而古人以為不幸者年少之人侈然自足便不能再進一步"。
⑤　"即使"，康熙年間刻蔡本作"即或"。
⑥　"徒"字之前，康熙年間刻蔡本有"無一表見"四字。
⑦　"之人"，康熙年間刻蔡本作"者"。
⑧　"由其閱歷深也"，康熙年間刻蔡本作"無他閱歷深識力到也"。
⑨　"諸"字之前，《正誼堂全書》本、康熙年間刻蔡本有"又一日諭燦等曰"七字。
⑩　"死於安樂生於憂患"，《正誼堂全書》本、康熙年間刻蔡本作"生於憂患死於安樂"。
⑪　"學問之道全在收拾此心此心不曾收拾毋論聲色貨利皆是戕害我身之具即讀書誦詩"，康熙年間刻蔡本作"壬戌燦下第辭先生南歸先生曰不必以一時未遇扼腕我望諸生為好人不望諸生爲美官也歸去當閉戶讀書以收拾身心為主此心一放無論聲色貨利皆足戕身即誦詩讀書"。
⑫　"讀書遇古人疑難大事先須掩卷靜思如我處此何以措置然後看將下去方知古人得失學識方有長進不然一直看去古人自古人我自我有何益處"，康熙年間刻蔡本作"又諭燦曰讀史遇疑難大事須掩卷靜思設使我當此如何處置然後再看下去方知古今人不相及處不然泛泛涉獵古人自古人我自我識力終無長益"。

漢人全尚氣節。有鋒芒,有圭角,終非聖賢地位。聖賢非無氣節,卻從性分中發出,皆是天理流行,不可名之爲氣節。

以上五條,錢塘門人王廷燦手述。

景侍先生,問涉世之道如何。曰:"言忠信,行篤敬。聖人教人,不過如是。"

君子、小人在天地間,如陰陽之相乘。試看從古以來,雖極治時,舉朝皆君子,其間也有小人;就是極亂時,舉朝皆小人,其間也有獨爲君子的。有志者,正須自立。

先生撫吳時,聞有當事登壇講學者,慨然語景曰:"學當躬行實踐,不在乎講。講則必有異同,有異同便是門戶爭端。當初,孫夏峯先生爲一代大儒,未曾應聘開講,不過於一室中二三同志從容問答而已。若必登壇,南面聚衆而談,何異禪門家數?"

問:"爲政當以順民情爲第一義否?"曰:"然!"良久,又曰:"也有順不得的所在。卽如我當初在贛州作道時,正值海寇猖獗,忽有賊持僞檄到撫軍轅門。撫軍傳余甚急,食頃三至,余詣撫軍所①,以此賊付余。余在轅門訊之,百姓觀者如堵,頗多惶惑。余請撫軍急梟示,以絶賊人覷覦②。撫軍猶豫,欲監候上聞。余意不容稍緩,請益力,因令押赴市曹。百姓人人震恐,遮道而請曰:'殺之,則賊衆大至,百萬生靈不保矣!'余曉百姓曰:'殺之,則賊知我不懼而不敢來。卽賊衆果至,我自有方略保障抵敵。爾百姓無恐。'此賊亦大呼曰:'兩國相爭,不斬來使!'余呵之曰:'汝賊耳,安得云國?'亟斬之。尋賊敗去,竟無警。使是時稍順民情,不斷然斬之,奸宄生心,保無意外之變乎? 此豈不是順不得處? 非是當初年少氣壯,衹是明理耳。"

先生問:"聞吳中上方山神最靈,祭賽最盛,起於何時?"景對曰:"相傳是南宋時沿流至今。靈異之說,皆出鄉③里之傳說耳。"先生曰:"鬼神福善禍淫,

---

① "所",康熙年間刻蔡本作"署"。
② "覷覦",康熙年間刻蔡本作"窺視"。
③ "鄉",康熙年間刻蔡本作"間"。

治幽贊化。若來①祭享者方免其禍，不來②祭享者即降以災，直與世間貪官行事一般，定是邪鬼，決非正神。吾衹是不信。"

乙丑夏，候先生於院③署，因留宿署中。時已二鼓，先生猶辦事未寢，至景榻前，從容問近所施設④果允協人心否，抑猶有當行而未及行者否。蓋先生德愈盛而心愈下如此。

自古治日常少，亂日常多。要知亂日之所以多者，皆緣人之情欲相感，邪淫日生，其氣上通於天，故天降喪亂，日甚一日。然天心仁愛，常欲撥亂反治。故篤生聖人，以爲天下主。設不生聖人，則人之相殘相害，無有已時，非上天生人之意矣。

自古有爲之君，必親君子，遠小人。與君子日親，自與小人日遠。與小人日遠，凡聲色貨利之欲，土木興作之煩，奇技淫巧之物，俱耳目所不及見，心思所不及謀。君志清明，忠言易入，天下事可理矣。

天生民而立之君，人君之職在於安民，安民之道在於擇相。故曰：勞於求賢，而逸於得人。此總其大綱以御天下者，萬世人君之道也。

封建與井田相表裏，井田不可復矣。明大封同姓之制，使諸王散居於外而不假以權，卻最得法。

人君之所最重者，無如總憲。朝廷有違德，總憲則匡之；宰相有失政，總憲則糾之；六曹有不盡職，卿大夫有不守度，總憲則劾奏之。舉凡用人、行政，無一非總憲之責。職固若此其重也，而豈易副哉⑤？

學問之事，有爲己、爲人之別。眞修君子樸實做去，不求人知，人亦莫得而知之。直至逝世，不見知而不悔。此纔是眞實學問。故爲己之學，聖人有味乎其言之也。

《易》有象，必有理。數與理相因，非判而爲二者也。其斷以吉凶者，亦就

① "來"，康熙年間刻蔡本脫。
② "來"，康熙年間刻蔡本脫。
③ "院"，康熙年間刻蔡本作"撫"。
④ "施設"，康熙年間刻蔡本作"設施"。
⑤ "哉"，康熙年間刻蔡本脫。

一定之理以斷之。至孔子繫《易》，純是說理。雖周家卜世三十，卜年八百，若有定數，畢竟有文武詒謀之善，方能永久。若秦至二世而亡，亦似有定數。畢竟始皇所爲不善，以致此數，固不離乎理也。

《易》重陽剛，故成天下事者，必剛健中正。若柔順中正，必有相助者，始可成功。此陰陽之辨也。

問："《豐》之六五，柔暗之主。二三四爻之障蔽，皆由此爻不好。至此爻卻說'來章'，何也？"先生曰："他爻之障蔽，皆由此爻不好。若此爻能不使他爻障蔽，便是他大有好處。故祇以'來章'言之，亦見他是陰暗不能獨立，必借人而成。若不能'來章'，即不能有'慶譽'之吉矣，戒意已具詞中也。"

以上十五條，秀水門人范景手述。

事不論大小，祇論是非。學者須令事事合理，一事不可忽略。故曰：浩然之氣，是集義所生者。

理流行於天地間。不有此身，虛而無著。此身關係最重，不可不敬其身。

以上二條，由田蘭芳所編《遺稿》內補入。

志學會約

學者莫先於立志。孔子十五志學，便志到從心所欲不踰矩。我輩四十、五十尚未知志學，何以爲人？程子曰："言學便以道爲志，言人便以聖爲志。"今與諸君子立會，以志學名，欲先定其志，要識聖人之所志者何志，所學者何學。如適京師者，必先識京師之路。雖相去千萬里，畢竟路徑不差，漸次可近京師。否則，適北而南轅，用力愈勤，相去愈遠矣！後列會約數則，大約①本之馮少墟先生舊約，而稍稍增損，附以己見，亦藉以就正先生、長者焉。

一、會以每月初一、十一、廿一中午爲期，不用柬邀，一揖就坐。世情寒溫，語不必多。各言十日內言行之得失，務要直述無隱。善則同人獎之，過則規

---

① "約"，康熙年間刻蔡本作"略"。

正。所講以身心性命、綱常倫理爲主，其書以四書、五經、《孝經》、小學、濂洛、關閩、金谿、河東、姚江諸大儒語錄及《通鑑綱目》《大學衍義》等書爲主，不許浮泛空談，褻狎戲謔。凡涉時政得失、官長賢否，及親友家門私事與所作過失并詞訟請託等事，一概不許道及。違者，註冊記過。

一、會中崇眞尚樸，備饌多不過八器，圍坐，葷不許過素。若人少，則①四器亦可。飯罷，酒卽止，甚勿桮盤狼籍，飲酒笑謔，以傷風雅②。違者，註冊記過。

一、會中置一冊子，凡是日講論有能發明義理，或近③日有所心得，卽錄冊中，以便商訂。或有疑難，一時不能明白者，亦記冊中，漸次考正，亦日知其所亡、月無忘其所能之意。仍將所問答、參悟有合於道者，略爲綴記成篇，以存其說。

一、彼此講論，務要平心易氣。卽有不合，亦當再加詳思，虛己商量，不可自以爲是，過於激辨。舍己從人，取人爲善。聖賢心傳，正在於此。否則，雖所論極是，亦見涵養功疏，況未必盡是乎！尤西川先生云："讓古人，是無志；不讓眼前人，是好勝。"

一、學之不講，孔子且憂，況學者乎！人心易放，學問難窮。故親師取友，一則夾輔切劇，使不至放逸其心；一則問津指路，使不至錯用其功。總是④自己求益，非務外狥人也。鄒東郭⑤先生云："講學者，非以資口耳，所以講修德之方法也。聞義而徙，不善而改，便是講學以修德實下手處。"呂涇野先生云："學不講不明，非是自矜，將驗己之是非。"又云："學道⑥之名，亦不消畏避人知，方是眞做。"纔有避人知的心，便與好名的心相近。我輩浮沈世味，悠悠歲月，衰老將至，漫無心得，碌碌一生，草木同朽，豈不負父母生成之恩，爲宇宙間一大罪人？往者不可諫，來者猶可追。我輩大家猛省，非求名譽，非結聲氣，總

① "則"，康熙年間刻蔡本作"卽"。
② "風雅"，康熙年間刻蔡本作"雅風"。
③ "近"，康熙年間刻蔡本誤作"近近"。
④ "是"，康熙年間刻蔡本作"之"。
⑤ "郭"，康熙年間刻蔡本、《四庫全書》本作"廓"。
⑥ "學道"，康熙年間刻蔡本作"道學"。

要各完自己性分，各成自己。人品不致喪盡，幾希淪於異類。富貴功名，轉眼卽空。如不可求，從我所好。願同志者，相與精進勇猛，共證此事焉。

一、人非聖賢，孰能無過？吾輩發憤爲學，必要實心改過，默默點檢①自己心事，默默克治自己病痛。若瞞昧此心，支吾外面，卽嚴師勝友朝夕從遊，何益乎？每見朋友中自己吝於改過，偏要議論人過，甚至數十年前偶誤，常記在心，以爲話柄。獨不思士別三日，當刮目相待！舜蹠之分，祇在一念轉移。若向來所爲是君子，一旦改行，卽爲小人矣！向來所爲是小人，一旦改圖，卽爲君子矣！豈可一眚便棄，阻人自新之路？更有背後議人過失，當面反不肯盡言。此非獨朋友之過，亦自己心地不忠厚，不光明，此過更爲非細。以後會中朋友偶有過失，卽於靜處盡言相告，令其改圖。卽所聞未眞，亦不妨當面一問，以釋胸中之疑。不惟不可背後講說，卽在公會中，亦不可對眾言之，令彼難堪，反決然自棄。交砥互礪，日邁月征，庶幾共爲君子。改過遷善，爲聖學第一義。我輩勉之！

一、聖賢義理，載於五經、四書，而其要在②於吾身。若舍目前各人進修之實，不以改過遷善爲務，縱將《注疏》、《大全》辨析毫釐，與己終無干涉。聖學首重誠意。自欺自慊，皆在隱微獨知處勘證。若徒彌縫形迹，不實在心地打點，卽外面毫無破綻，總是瞻前顧後，義襲而取，苦力一生，究竟成一鄉愿。到對天質人處，心中多少愧怍。我輩著實用力，必期躬行心得。義利誠僞關頭，不可一毫將就混過。此日勉强，久之必有純熟境界。陽明先生致良知，爲聖學眞脈。各求所以致之之道，勿忽也。

一、近日風俗衰薄，巧詐滋起。凡我會中，各宜敦本尚實，力崇古道，不得概從流俗，苟且避謗。至於四禮儀節，亦當斟酌復古。有斷當改正者，亦不必因循隨眾。

一、善是大家公共的，不是一人自私的。爲善卻是自己擔當的，不是他人强攀的。既入會，必須實實照約行。否則，彼此無益。孟雲浦先生曰："學者

---

① "點檢"，康熙年間刻蔡本作"檢點"。
② "在"，康熙年間刻蔡本作"具"。

蹏兩家船不得。”新吾呂先生曰：“吾學工夫，祇有事心一著，最爲喫緊。若把一心被耳、目、口、鼻、四肢驅策如犬馬，役使如奴婢，男兒七尺之軀，不能爲他做一主張，發之言動，措之事業，縱有一二可觀，都是氣質作用，安得盡合道理？協於天，則必須大勇猛，振委靡之氣，堅果確之心，勿以戒愼恐懼爲桎梏，勿以怠荒淫①肆爲膾炙，於發憤忘食之中，嘗樂以忘憂之味，久則和順於道德，優游於矩度，馴焉安焉，纔是得力處。嗚呼！呼吸一過，萬古無輪迴之時；形神一離，千載無再生之我。悠悠一世，可爲慟哭！”又曰：“聖學入門，先要克己，歸宿只是無我。蓋自私自利之心，是立人達人之障。此便是舜蹠關頭，死生歧路。”又曰：“敬者，不苟之謂也。敬無他，攻擊此心之苟而已。故苟則不敬，敬則不苟。戒愼恐懼，心體不苟也；中規中矩，步履不苟也；無淫視，無側聽，耳目不苟也；安定辭，守如缾，聲音不苟也；無眾寡，無小大，無敢慢，與人不苟也；一息尚存，此志不容少懈，終身不苟也。敬外無聖人居，敬外無聖人之道。其始也毋不敬，終也恭而安，盡之矣。”又曰：“防欲如挽逆水之舟，纔歇手便下流；力善如緣無枝之樹，纔住腳便下墜。是以君子之心，無時而不敬畏也。”又曰：“學者要養心氣，心氣一衰，萬事分毫做不得。”又曰：“胷中只擺脫一‘戀’字，便十分爽淨，十分自在。人生最苦處祇是此心。沾泥帶水，明是知得，不能割斷耳。”又曰：“才能技藝，讓他占個高名，莫與角勝。至於綱常大節，定要②自家努力，不可退居人後。”夏峯孫先生曰：“靜坐讀書，須先澹其安飽之念，方稱好學。自世人以富貴爲性命，以貧賤爲讎敵，而壞心術，喪名節，祇③此欲惡兩念爲之祟耳。程子曰：‘大凡學者學處患難貧賤’。今觀孔、顏樂處，不出乎世情所謂澹泊憂愁中。卽伊川氣貌容色，逾勝平生，亦自涪川貶後見之，益信聖賢所謂樂，不於富貴得志時。學者正要於此處見得分明。”又曰：“世人不知，學者勿論，卽素有志於學，動輒曰目前爲貧所苦，爲病所苦，爲門戶所苦，爲憂愁拂逆所苦，不知學之實際，正在此貧病拂逆種種難堪處，不可輕易錯過。若

---

① “淫”，康熙年間刻蔡本作“恣”。
② “定要”，康熙年間刻蔡本作“則定要”。
③ “祇”，愛日堂藏版本、《四庫全書》本、康熙年間刻蔡本作“衹”。

待富貴①安樂時始向學，終身無學之日。學之晦於天下也，久矣。"又曰："大凡向學之人，獨立之意，多近於方，方之弊也，爲單板；隨人之意，多近於圓，圓之弊也，爲頓熟。初學宜以方入學，力深單板自化，斷不可失之頓熟耳。"新吾先生爲同郡先哲，夏峯先生爲今日先覺，故各摘語錄數則，與同志共勖焉。

學　言

周子得孔孟之傳，其說《太極圖》也，曰："聖人定之以仁義，中正而主靜，立人極。"此《中庸》戒愼不睹、恐懼不聞之旨也，而論者以爲易流於禪。竊謂不然。《記》曰："人生而靜，天之性也；感於物而動，性之欲也。不能反躬，天理滅矣。人者，天之心也；性者，天之理也。"天理非可以動靜言，而主靜亦不可以時位論。泥主靜之說而不得其義，固易流於禪。若昧主靜之意而徒事於標末補綴，則隱微多疚，人品僞而事功無本。此鄉愿之僞學，孔孟之所深拒也。程子曰："'天理'二字，吾體驗而得之。"又曰："學者敬以直內爲本。"朱子曰："靜者，性之眞也，涵養中體出端倪，則一一皆爲己物。"豫章、延平師友相傳，皆是此意。其曰窮理者，亦窮天所與我之理也，故可以盡性而至命。博學、審問、愼思、明辨，皆其功也。後人失其精意，遂至沈溺訓詁，泛濫名物，幾於支離而無本。王守仁致良知之教，返本歸原，正以救末學之流弊，然或語上而遺下，偏重而失中。門人以虛見承襲，不知所以致之之方。至王畿四無之說出，益洸洋恣肆，失其宗旨，其流弊有甚焉者。故羅洪先有世間無現成良知之說，而顧憲成、高攀龍亦主性善之論。夫儒者於極重難返之際，深憂大懼，不得已補偏救弊，固吾道之所賴以存。學者先識孔孟之眞，身體而力行之，久之徐有見焉，未嘗不殊塗②同歸。如顏曾爲大宗，而由賜、師商各得聖人之一體。若學力不實，此心無主，徒從語言文字之末，妄分畛域，根柢未立，枝葉皆僞。其所爲不

---

①　"貴"，康熙年間刻蔡本作"厚"。

②　"塗"，疑爲"途"字之訛。

越功利詞章之習，而欲收廓清甯一之功，恐言愈多而道愈晦，聖賢心傳不見於天下後世也。願學者捐成心，去故智，法古人爲學之誠而得其用心之所在，由濂洛、關閩以達於孔孟，則姚江、梁溪皆可融會貫通而無疑矣。

卷　二

奏　疏

敬陳史法疏①

　　奏爲敬陳史法以襄文治事。臣學識疏陋,備員史館,恭逢皇上虛己諮詢,臣敢不謬陳一得,以備採擇。臣②竊惟史者,所以昭是非,助賞罰也。賞罰之權,行於一時;是非之衡,定於萬世。皇上御極初年,卽命史臣纂修《明史》。仰見皇上留心文獻,與唐太宗勅魏徵等撰次《隋書》,明太祖勅宋濂等纂修《元史》,可謂千古哲王若合符節。但當時纂修,止據實錄,未暇廣採。臣愚,竊以爲③立法宜嚴,取材貴備。實錄所紀,恐有不詳。臣謹取其大畧,爲我皇上陳之。如靖難兵起,建文易號,永樂④命史臣重修實錄,則低昂高下之間,恐未可據。他如土木之變、大禮之議,事多忌諱。況天啟以後,實錄無存,將何所依據焉? 一也。二百七十餘年,英賢輩出,有身未登朝而懿行堪著,或名僅閭巷而至性可風,萬一軺軒未採,金匱失登,則姓字⑤無傳,何以發潛德之光? 前代史

────────────

① 　"敬陳史法疏",愛日堂藏版本和《四庫全書》本作"陳史法以襄文治疏",康熙年間刻蔡本作"敬陳史法疏官檢討時上"。
② 　"奏爲敬陳史法以襄文治事臣學識疏陋備員史館恭逢皇上虛己諮詢臣敢不謬陳一得以備採擇臣",康熙年間刻蔡本作"臣",愛日堂藏版本和《四庫全書》本脱,"奏爲"《湯潛庵疏稿》、《近代中國史料叢刊》本作"奏爲遵諭"。
③ 　"爲",《湯潛庵疏稿》脱。
④ 　"樂",《湯潛庵疏稿》誤作"錄"。
⑤ 　"字",《四庫全書》本作"氏"。

書，如隱逸、獨行、孝友、列女諸傳，多實錄所未備者，二也。天文、地理、律曆、河渠、禮樂、兵刑、藝文、財賦，以及公侯將相，爲志爲表，不得其人，不歷其事，不能悉其本末原委，三也。

臣謂今日時代不遠，故老猶存，遺書未燼，當及此時，開獻書之賞，下購求之令。凡先儒紀載，有關史事者，擇其可信，並許參考，庶幾道法明而事辭備矣。臣伏讀順治九年十一月十七日上諭云："明末寇陷都城，君死社稷。當時文武諸臣中，豈無一二殉君死難者？幽忠難泯，大節可風。"大哉王言，開一代忠孝之原，肅萬載臣子之極。一時在京諸臣，若范景文、倪元璐、劉理順等，皆被旌錄，自當照耀史册。但明末寇氛既張，蹂躪數省，或銜命出疆，或授職守土，或罷官閒居，以①至布衣之士、巾幗之婦，其間往往有抗節不屈、審義自裁者，幸遇皇上扶植人倫，發微闡幽，而忠魂烈節猶有鬱鬱寒泉之下者，則後世何勸焉？伏乞勅下各地方督撫，確訪奏聞，併將實蹟宣付史館，與范、倪諸臣並例同書，則闡幽之典愈爲光昭矣。

更有請者，宋臣歐陽修纂《五代史》，不爲韓通立傳，後世譏之。《宋史》修於至正三年而不諱文、謝之忠，《元史》修於洪武二年而並列丁、普之義，古今韙②之。皇上應天順人，救民水火，雲霓之望，四方徯蘇。然元、二年間，亦有未達天心，徒抱片節，硜硜之志，百折靡悔。雖逆我顏行，有乖倒戈之義，而臨危致命，實表歲寒之心。此與海内渾一竊名叛逆者，情事不同。伏望皇上以萬世之心爲心，涣發綸音，槩從寬宥，俾史臣纂修俱免瞻顧，則如天之度，媲美前王。於以獎勵臣子，昭示後世，其於綱常，似非小補。

臣在史言史，不識忌諱，無任戰慄隕越之至。③

題《明史》事疏

題爲請旨事。臣於康熙二十一年六月十九日，奉旨充《明史》總裁。臣與

---

① "以"，愛日堂藏版本和《四庫全書》本作"或"。
② "韙"，愛日堂藏版本和《四庫全書》本作"偉"。
③ "臣在史言史不識忌諱無任戰慄隕越之至"，康熙年間刻蔡本脫。

吏部侍郎臣陳廷敬、禮部侍郎臣張玉書、內閣學士臣王鴻緒、掌院學士臣孫在豐、侍講學士臣徐乾學公議，以《明史》事體重大，卷帙浩繁，其纂修草稾已完者，先分任專閱，後再互加校訂。臣分任《天文志》、《曆志》、《五行志》及正統、景泰、天順、成化、弘治五朝《列傳》，陸續刪改。臣凜遵諭旨，矢公矢慎，夙夜不遑，已經刪改《天文志》九卷、《曆志》十二卷、《列傳》三十五卷。《五行志》，檢討臣吳任臣見在纂修，未經送閱。臣於天文、曆法，學非專門，而五朝人物事蹟繁重，雖盡心筆削，恐舛誤猶多，斟酌論定，尚需時日。今臣恭承簡命，出撫江蘇，不能復與史事，除將改定志、傳繕寫成冊，付史館備諸臣參訂外，合行題明。

臣未敢擅便，爲此具本，謹題請旨。

恭報到任疏①

題爲恭報微臣到任受事日期，仰祈睿鑒事。② 臣於康熙二十三年六月二十六日，蒙皇上簡命，巡撫江甯。於本年八月初十日，恭領勅諭一道。九月初七日，陛辭，蒙皇上賜宴，面諭臣應行事宜。煌煌天語，如典如謨；吏治民情，炳若觀火。仰見我皇上神明天縱，睿慮周詳，宮廷之間，遠矚萬里。臣才雖駑鈍，敢不恪遵諭旨，精白一心，潔己率屬，副皇上愛③民圖治至意。更蒙恩賜白金五百兩，綵緞十端，內廄鞍馬一匹。寵賚優渥，逾於等倫。至十一日，復召入內廷，賜以珍饌，特頒御製詩章、御筆法書三軸。臣跪受展觀，卿雲絢爛，光采溢目。臣自念至愚極陋，蒙恩得侍講幄，日④承聖訓。今去天日遠，得奉御筆，晨夕瞻仰，如對天顏，臣不勝欣幸。即日出都，由陸路於十月初二日到臣屬淮安府清江浦登舟。准總督江南江西帶管江甯巡撫印務臣王新命委江寧府通判王祚永同臣標中軍遊擊李虎，齎捧欽頒關防一顆、令旗牌八面副及文卷等項，移

① “恭報到任疏”，康熙年間刻蔡本作“恭報到任疏以下皆巡撫江寧時上”。
② “題爲恭報微臣到任受事日期仰祈睿鑒事”，康熙年間刻蔡本脫。
③ “愛”，《近代中國史料叢刊》本誤作“受”。
④ “日”，《近代中國史料叢刊》本誤作“目”。

送到臣。臣恭設香案，望闕叩頭祗受。星夜兼程，於初八日至蘇州府到任，開印受事訖。

伏念臣一介寒儒，蒙世祖章皇帝拔置詞館，加級外用，兩任監司。奉職無狀，以病請休。家居二十年，自謂終老丘壑。蒙我皇上召自田間，復備員侍從，五年之內，進講內殿，記注聖政，纂修太宗、世祖兩朝聖訓，總裁《明史》，由宮寮超遷學士。臣自顧何人，遭逢聖主知遇之恩，亙古罕聞，感激涕零，常終夜不寐。今復蒙特簡，畀以節鉞。江蘇爲東南要地，財賦繁重，俗尚浮靡，號稱難治。臣才具短淺，受恩深重，惟有殫心竭力，圖報萬一。倘可少紓皇上南顧之懷，卽亦不負臣草茅誦讀之志。

至奉到欽件及應興應革事宜，容臣悉心料理、次第入告外，所有微臣到任受事日期，理合具本題報。伏乞睿鑒施行。①

報睢沭秋災疏②

題爲謹報睢沭二邑秋災情形，仰祈睿鑒事。③ 康熙二十三年十月初九日，據④江蘇布政司布政使章欽文詳爲水災奇降，地廢民逃，叩懇申詳，亟救殘黎，以裕邦本事：十月初八日⑤，據淮安府詳據睢甯縣詳稱：據本縣儒學生員魏奮翼等、鄉民夏王賓等稟稱：國以民爲本，民以食爲天，本固邦甯，食足民安，理⑥勢然也。痛睢節⑦年以來，非旱卽澇，災荒頻仍，百姓已不聊生，兼之地濱⑧黃河，夫役繁重，糜費過於正賦，所以上累考成，下致逋欠。此官民兩害⑨之原

---

① “至奉到欽件及應興應革事宜容臣悉心料理次第入告外所有微臣到任受事日期理合具本題報伏乞睿鑒施行”，康熙年間刻蔡本脱。
② “報睢沭秋災疏”，愛日堂藏版本和《四庫全書》本作“睢沭二邑秋災情形疏”。
③ “題爲謹報睢沭二邑秋災情形仰祈睿鑒事”，愛日堂藏版本和《四庫全書》本脱。
④ “據”，愛日堂藏版本和《四庫全書》本脱。
⑤ “爲水災奇降地廢民逃叩懇申詳亟救殘黎以裕邦本事十月初八日”，愛日堂藏版本和《四庫全書》本脱。
⑥ “民安理”，《近代中國史料叢刊》本誤作“安理民”。
⑦ “節”，《四庫全書》本作“積”。
⑧ “濱”，《湯潛庵疏稿》誤作“濟”。
⑨ “害”，《近代中國史料叢刊》誤作“言”。

也。況今歲春荒，糧食騰貴，率皆賣兒鬻女以活生命，吞草嚼葉以度朝昏。壯者散而老者絶，顛沛萬狀，慘不堪言。滿望麥秋收穫，以延殘喘，不意二麥成熟之後，五月五日大雨奇降，平地水深數尺，二麥朽爛。仍望秋禾活生，不意西水順流而下，縣治南北一帶，泛濫橫流，深者丈餘，淺者五、七尺不等。其秋禾登場者，被陰雨連緜二十餘天①，並未入倉，漂流而去。房屋潏頽②無數，遍野已成澤國，殘黎並無棲止。已種之麥，盡沈水底；未種之地，現今水沈。不惟今歲無賴，來歲更無所望。不惟已逃之民不興③思歸故土，卽未逃之民亦且樂奔他鄉。民逃則地荒，地荒則賦逋。士民危極情亟，公卬電憐百姓困苦，恩賜轉詳，得邀蠲免，則父母之仁，能轉河伯之虐矣。等情到縣。

　　據此，該卑縣竊查睢邑歷年災患頻仍，黎民塗炭。今春賣兒賣女者，有售無受。以故哀鴻遍野，碩鼠興歌。滿望麥熟或可少蘇，不意暴雨連旬，將麥損傷過半。復望秋粒，奈三伏不雨，禾黍④皆枯。入秋霪雨連緜二十餘日，黃水陡發。而睢邑里社坐落黃河南北兩岸，近年修築堤工，較平地約高丈餘，水無注洩，一經漫溢，卽如倒海。今⑤西水順流而下，遍地汪洋。故將已獲稭粒悉皆漂蕩，方種麥苗俱沈水底。屋廬衝決，民無定所，衆姓哀嚎⑥，傷心慘目。卑縣職司民牧，不得不據實陳情。仰祈軫念民瘼，恩賜轉詳，題請蠲免，或議賑恤，或緩催科，起瘡痍而肉溝瘠，萬姓皆沐洪恩於不朽矣。等情。據此，除一面尚員飛赴確勘另報外，事干災傷，擬合通報。等情。

　　又據該府詳爲黃水永注，沭邑災黎終絶更生，哀籲詳請亟賜拯救事：據沭陽縣詳稱，據本縣士民魏鯤等連名稟稱：沭居清、宿下流，幸蒙皇恩蠲除⑦，孑遺稍延殘喘。不意今歲入秋以來，霪雨連緜，晝夜如注。又兼山水暴漲，以及黃水由攔馬河泛漫，由邳、睢等邑直灌沭境。潏沒慘狀，惟見水天一色，百里無

---

① "二十餘天"，《近代中國史料叢刊》本作"天二十餘"。
② "頽"，愛日堂藏版本和《四庫全書》本作"倒"。
③ "興"，愛日堂藏版本和《四庫全書》本作"復"。
④ "黍"，《湯文正公全集》本和《三賢政書》本誤作"麥"，據《湯潛庵疏稿》、《近代中國史料叢刊》本、愛日堂藏版本和《四庫全書》本改。
⑤ "今"，愛日堂藏版本和《四庫全書》本脱。
⑥ "嚎"，愛日堂藏版本和《四庫全書》本作"號"。
⑦ "除"，愛日堂藏版本和《四庫全書》本作"免"。

煙，又不止積水漫漶與謹報安東等案沈田溺丁已也。竊①思糧從地起，無地何以徵糧？鞭自丁出，無丁何以輸鞭？若不叩天詳請畫一永久之計，不惟民命堪虞，亦且考成焉副？縱天臺視民如傷，其應徵額賦，果能一一問諸水濱乎？伏乞軫念水患益深，民生愈蹙，施拯溺救災之洪恩，思安上全下之至計，據實申詳，爲民請②命，陰功萬代。等情稟縣。

　　據此，該卑職看得沭邑謹報安東並③積水漫漶兩案沉田溺丁，荷蒙上臺題請蠲豁，災民幸得更生。於康熙二十二年冬，奉江撫都院委勘查報二案涸田陸④百一頃一十五畝二分五釐，題報陞科在案。第查田雖稍有露尖，實則沙荒，無人耕種。惟冀今歲招集流移，拮据播種，稍全國賦。不期自夏而秋，諸水泛漲，由宿遷縣等處而下，水勢溢流。沭邑爲滙歸之區，不惟去冬報涸之地復沈水底，卽未漶之田間亦浸漫。卑職南闈同縣，但見四野汪洋，目擊心傷。忝司民牧，不得不急⑤爲請命。合無⑥據實申詳本府，軫念沭民疊罹奇災，懇將涸地陞科漕糧正賦，亟賜具詳疏題蠲豁，末吏、災民兩佩洪恩於不朽矣。等情詳府。據此，除一面峕員飛赴確勘另報外，事干災傷，擬合通詳。各等情到司。

　　據此，該本司查得淮屬地處卑下，入秋霪雨連縣，諸水泛漲，積注未洩。今據淮安府將睢、沭二邑田地被漶、廬舍傾頹情形詳報前來。除一面飛行批飭淮⑦府迅行各該縣，加意撫綏，設法賑恤，並確查是否成災，及該府屬逾限日期查明另報外，事關⑧地方災傷，合卽通報。伏乞院臺⑨迅賜核奪會題。等情到臣。

　　據此，該⑩臣看得淮屬睢、沭二邑，地處卑窪，疊遭水患。荷蒙皇上軫念民艱⑪，

①　"竊"，《湯潛庵疏稿》、《近代中國史料叢刊》本、愛日堂藏版本和《四庫全書》本作"切"。
②　"請"，《近代中國史料叢刊》本誤作"情"。
③　"並"，愛日堂藏版本和《四庫全書》本脫。
④　"陸"，愛日堂藏版本、《四庫全書》本和《三賢政書》作"六"。
⑤　"急"，愛日堂藏版本和《四庫全書》本作"亟"。
⑥　"合無"，《近代中國史料叢刊》本作"理合"。
⑦　"淮"，《三賢政書》本作"淮安"。
⑧　"關"，《四庫全書》本、愛日堂藏版本作"干"。
⑨　"院臺"，愛日堂藏版本和《四庫全書》本脫。
⑩　"該"，《近代中國史料叢刊》本誤作"報"。
⑪　"艱"，《近代中國史料叢刊》本作"難"。

蠲賑屢施，災黎得以稍延。茲據布政使①章欽文詳報，今歲入秋，霪雨連縣，諸水泛漲，以致田地被淹、廬舍傾頹等情。除經飛飭該司迅委能員，親詣確勘果否成災，照例造具冊結，同報災違限日期一並扣明，另詳題報外，惟是據報秋災情形，例應先行入告。

臣謹會同總督臣王新命、總漕臣邵〈甘〉合詞題報②。伏乞睿鑒施行。

恭謝南巡蠲赦疏③

奏爲恭謝天恩，仰祈睿鑒事④。臣恭覲我皇上文武聖神，天錫智勇，史冊所載，亘古罕倫。中外臣民，沐浴聖化。八荒異域，罔不響服；重譯來朝，獻琛恐後。猶且聖不自聖，視朝講學，宵衣旰食，振肅紀綱，修明禮樂。謝絕封禪之說，舉行巡狩曠典。遠近聞之，無不踴躍懽呼，稱爲太平盛事。

鑾輿將出，宏頒恩赦，普天之下，共荷皇仁。而臣屬士民，被澤尤渥。蓋江蘇財賦當天下之半，年來水旱頻仍，逋欠日多，蒙恩蠲漕糧三分之一，舊欠分年帶徵。窮鄉下戶，咸慶更生。淮揚地患沮洳，皇上親臨河上，惻然恫瘝。遣大臣相視海口，疏通下流。更勞車駕循行堤堰，咨詢湖水源流，將見水土永奠，耕稼無虞。古帝王勤恤民隱，未有如我皇上者也。且沿途供應，悉出大官，約束從臣，秋毫無擾。山農野老，得覲天顏，焚香頂禮，忘其卑賤，熙熙皞皞。三代而後，無此氣象。

龍舟經過江甯七里洲，臣同督臣王新命、安徽撫臣薛柱斗，面承諭旨，仰見皇上體察民瘼，澄清吏治至意。臣才識庸陋，蒙恩最深，受任最鉅，於吏治民生責無可諉。敢不精白一心，以潔己愛民勗屬吏，以敦朴尚實教士民，仰副皇上諄諄教戒之意。謹於江甯、蘇州立石，大書深刻，昭示臣民，永永無極。又，皇

---

① "使"，《近代中國史料叢刊》本誤作"吏"。
② "臣謹會同總督臣王新命總漕臣邵〈甘〉合詞題報"，愛日堂藏版本和《四庫全書》本脫。
③ "恭謝南巡蠲赦疏"，《湯潛庵疏稿》作"恭謝南巡疏"，康熙年間刻蔡本作"恭謝天恩疏"。
④ "奏爲恭謝天恩仰祈睿鑒事"，《湯潛庵疏稿》、康熙年間刻蔡本脫。

上詣明太祖陵,躬行拜奠,禮儀優隆。仍諭臣等祭祀必虔,嚴禁樵①採,賞及陵戶。此又曠古希遘之盛舉。臣恭承聖諭,豐碑鑴勒,垂之奕禩。臣有榮施至。

臣備員巡撫,職當前驅。以受事之初,迎鑾僅至淮上。方懷悚懼,乃蒙溫諭重疊,體恤周至,復賜御書。聖藻光輝,照耀星漢。傳之子孫,永爲世珍。又賜蟒裘羊酒,上方珍食。臣何人,斯承此異數! 自念忠敬之②心,生平自許,敢不益加砥礪,冀報聖恩於③萬一! 至儀眞奉旨:"地方事務緊要,撫臣同署辦事。"臣遵旨南還,不得負弩境上,中心惶惶靡④甯。聖駕還宮,不能隨諸臣後恭候聖安,惟有夙夜瞻望闕廷,遙祝萬壽。謹具本陳謝。

爲此具本,謹具奏聞。⑤

題請蠲緩疏⑥

題爲積年未完之漕項已荷分徵五載,壓欠之正賦更祈蠲緩,以廣皇仁,以甦民困事。據江蘇布政司布政使章欽文詳,該臣看得⑦三吳賦稅甲天下,軍儲供億仰給⑧實多。我皇上智勇天錫,命將授鉞,淵謀睿算,威震海隅,而轉輸不匱。江南每歲本折五六百萬,較他省蓋數倍焉。我皇上念財賦重地,於軍需匱乏之際,猶蠲租賑饑,恩恤備至。迺者聖駕東巡,洪恩覃敷,蠲漕免丁,帶徵漕欠,除一時並徵之累。詔到之日,白叟黃童靡不舉手加額,感激而泣,以爲皇上如天之仁,軼唐虞而超三代,實亘古所未有也。

---

① "樵",《近代中國史料叢刊》本誤作"焦"。
② "之",《近代中國史料叢刊》本作"於"。
③ "於",《近代中國史料叢刊》本作"之"。
④ "靡",《近代中國史料叢刊》本誤作"摹"。
⑤ "爲此具本謹具奏聞",康熙年間刻蔡本、《近代中國史料叢刊》本作"爲此具本謹奏聞"。
⑥ "題請蠲緩疏",愛日堂藏版本和《四庫全書》本作"積年未完之漕項已荷分徵五載壓欠之正賦更祈蠲緩以廣皇仁以甦民困疏",康熙年間刻蔡本作"請蠲緩舊欠疏"。
⑦ "題爲積年未完之漕項已荷分徵五載壓欠之正賦更祈蠲緩以廣皇仁以甦民困事據江蘇布政司布政使章欽文詳該臣看得",愛日堂藏版本和《四庫全書》本脫,康熙年間刻蔡本作"該臣看得"。
⑧ "給",康熙年間刻蔡本作"藉"。

　　獨是漕糧雖荷天恩，而地丁錢糧自康熙十八年至二十二年五年並徵，民力猶苦不支。每臣一出，士民環馬首泣訴，求爲陳情者，殆①無虛日。臣以國課關係重大，隆恩未可妄邀，曉以大義，使各勉力輸將。而士民皇皇，哀求不已。既而思之，使並徵有益於國，臣何敢妄有所請？乃於國計無所補益，而下民實爲苦累，臣不爲奏陳，是爲溺職，上負聖恩矣。故敢冒昧爲我皇上言之。

　　臣按蘇松②等處，賦額繁重，雖在豐年，所入常不敷所出。乃十八、十九兩年，異常災荒，逋欠獨③多。今年之尾欠，即爲來歲之帶徵；下年之未完，又爲次年之並比。陳陳相因，日以增益。小民終歲胼胝，不過畝收石粟，欲正供之外，兼完積逋，勢必不能。且錢糧之在公家，雖有起存、漕項之分，而小民輸將，總一條編徵④，原無差別，未完起存錢糧之民，即是未完漕項之民。今計十八年至二十三年未完地丁並時追呼，而二十四年新糧又復起⑤徵矣。州縣比較，大率十日一限。假使每日輪比一年，則十日中僅三日空閒而七日赴比矣。近城附⑥郭，猶得稍息。其窮鄉僻壤，奔走道途，匍匐公堂，欲求盡力農桑，不可得已。設有司見⑦考成期迫⑧，不暇念及民生，或一日而並比數年，則先因某年之欠而敲撲⑨之，復因某年之欠而加責之，血肉淋漓，哀號之聲上干天和，亦所必至也。

　　臣仰體皇上視民如⑩傷之仁，時時告誡有司，既不忍使疾苦⑪遺黎受此摧殘，又不敢以定限考成爲之寬假。誠恐民知⑫積欠已多，剜補無術，惟有拌此

────────

① “殆”，《湯潛庵疏稿》誤作“始”。
② “松”，《近代中國史料叢刊》本脫。
③ “獨”，康熙年間刻蔡本作“實”。
④ “輸將總一條編徵”，康熙年間刻蔡本作“輸將總一條邊徵”，愛日堂藏版本和《四庫全書》本作“之輸將總一條編”。
⑤ “起”，《湯潛庵疏稿》、《近代中國史料叢刊》本、康熙年間刻蔡本、愛日堂藏版本和《四庫全書》本作“啟”。
⑥ “附”，康熙年間刻蔡本誤作“負”。
⑦ “見”，《湯潛庵疏稿》誤作“見者”。
⑧ “迫”，《近代中國史料叢刊》本誤作“道”。
⑨ “撲”，愛日堂藏版本、康熙年間刻蔡本誤作“樸”。
⑩ “如”，《近代中國史料叢刊》本誤作“而”。
⑪ “疾苦”，《近代中國史料叢刊》本誤作“若”。
⑫ “知”，愛日堂藏版本和《四庫全書》本作“之”。

皮骨以摧徵比;官知遞年壓欠,催科①計窮,亦惟拌一降革,以圖卸擔。究之,官之更代愈速,錢糧之頭緒愈亂。加以蠹役乘機侵欺,小民逃亡相繼,國課必至大絀。

臣愚以爲,民間止有此力,併徵數年,其輸納不加多;帶徵一年,其輸納不加少。而分年帶徵,則官免畏顧考成、挪新補舊之弊,民免累日並比、荒廢農桑之苦,所全實大也。故敢冒昧叩懇皇上,推廣帶徵漕欠之德意,俯俞臣請,除康熙二十三年錢糧尚未奏銷,不敢請緩,將康熙十八年至二十二年民欠地丁錢糧,俯照漕項一例,於康熙二十四年起,分年帶徵,以紓民困。臣又念此數年中十八、十九兩年水旱疊承,地多版荒,人多逃亡。今時②已五載,牽連親族者有之,遺累鄰戶者有之。所謂有糧無田,有戶無人者,實實不乏。倘蒙聖恩,將此兩年槩賜除豁,准自二十年後分年帶徵,務期③全完,在民既無並徵之累,在官又無虛懸之項,然後律以考成之法。小民亦各有心,既感皇恩④,又怵功令,誰不踴躍爭先,以完正供? 此實有裨公帑,無損國計,而江南士庶歌詠皇仁,億萬斯年⑤,永永無極矣。

臣受恩最深,身在地方,目擊情形,不敢隱默,並據布政使章欽文詳請前來,臣謹會同總督臣王新命、署理漕務總河臣靳輔,合詞具題,伏乞睿鑒施行⑥。

題請蠲恤疏⑦

題爲泰州災復加災,亟叩具題蠲恤事。據江蘇布政司布政使章欽文詳,該

---

① "催科",《三賢政書》本誤作"科催"。
② "時",康熙年間刻蔡本作"年"。
③ "期",《四庫全書》本誤作"祈"。
④ "感皇恩",《三賢政書》本誤作"感皇上",《近代中國史料叢刊》本誤作"敢皇恩"。
⑤ "年",《近代中國史料叢刊》本脱。
⑥ "臣受恩最深身在地方目擊情形不敢隱默並據布政使章欽文詳請前來臣謹會同總督臣王新命署理漕務總河臣靳輔合詞具題伏乞睿鑒施行",康熙年間刻蔡本、愛日堂藏版本和《四庫全書》本脱。
⑦ "題請蠲恤疏",愛日堂藏版本和《四庫全書》本作"泰州災復加災亟叩蠲恤疏",《湯潛庵疏稿》脱。

臣看得①泰州居高郵、寶應、興化等州縣之下流，素稱澤國。自康熙七年，洪水爲災，田地陸沈，民生昏墊。荷蒙皇上饑溺爲懷，蠲賑頻頒，孑遺獲存。復將澇田錢糧，於微臣目覩等事案內准予蠲停，令於每年冬勘明澇涸確數，分別蠲徵，歷年遵奉在案。至康熙二十、二十一兩年，該州田地陸續全涸，隨卽據②實勘報具題。是以微臣目覩等事案內，止存山陽、清河等七州縣，而泰州不與焉。臣於康熙二十三年十月內接任撫事，至十一月，據泰州里民呈控，該州田地自二十二年復被水澇，情詞迫切。臣卽備查卷案，該州田地已報全涸，何得妄稱復澇？且未據地方官申報，難以憑信。批行布政司轉委淮揚道副使多弘安親詣查勘，務在確實，不得稍有虛捏去後，續據該道將復澇田地情形，詳報前來。臣查田地疆界，豈無高下分別？冊內多有未明，恐有虛捏。復據該司詳委蘇州府同知金鑑，會同揚州府同知朱射斗前往覆勘，臣又諄切面諭，務須矢公矢愼，細加察勘，不得稍有扶捏。今據布政使章欽文詳稱："同知金鑑等履畝查勘，據稱泰州田地原分上河、下河，其上河田地久成膏壤，惟下河一帶，與興化接界，地最窊下，海口未開，高堰湖水時常漫溢，澇涸無定。迨二十、二十一年，歲值大旱，田中積水全涸。二十二年，雖涸田復澇，然雨水驟漲，尚冀旋消。是以前撫臣於彙題案內，未敢遽請蠲豁。至二十三年九月內，湖水暴發，橫流旁灌，宣洩無路，注而不流。至今田沉波③底，播種難施"等情。

臣惟澇田涸出，固宜隨時勘報起徵，以足額賦。如涸後復澇，亦應據實陳請，以邀寬恤。我皇上視民如傷，遠邁千古，巡幸經臨，見民廬舍、田疇被水澇沒，深軫聖懷，特遣大臣循海察勘，不惜經費，專官疏濬下④流，斯⑤民安土復業。萬姓歡呼，祝誦聖壽無疆。所有泰州康熙二十、二十一年原報涸出田地，旣經屢勘，實被澇沒，見在播種難施，應徵錢糧委難責令輸納，亟懇皇仁准予停

---

① "題爲泰州災復加災亟叩具題蠲恤事據江蘇布政司布政使章欽文詳該臣看得"，愛日堂藏版本和《四庫全書》本脱。

② "隨卽據"，《湯潛庵疏稿》誤作"卽遽"，《近代中國史料叢刊》本誤作"隨卽遽"。

③ "波"，愛日堂藏版本和《四庫全書》本作"水"。

④ "濬下"，《湯潛庵疏稿》誤作"下濬"。

⑤ "斯"，《近代中國史料叢刊》本、《湯潛庵疏稿》、愛日堂藏版本、《四庫全書》本作"期"。

緩。以後仍歸微臣目覩等事每年冬勘案內,與山陽等州縣一例察勘。如有①
涸出,另報起徵。浩蕩皇恩,非微臣所敢妄冀也。

惟是泰州見任知州郭傑,於高堰湖水泛濫之時,不行通報,直至里民赴臣
衙門呈控,批行查報,始行具詳。臣既無據呈具題之例,且已經報涸之田恐有
虛捏,不敢不細加察勘,則從前該州隱匿之咎難辭,合併指明,聽部議奪。除冊
結送部外,臣謹會同總督臣王新命、總漕臣徐旭齡,合詞具題。伏乞睿鑒勅部
議覆施行。②

代陳輿情疏③

題爲郡守因公降調,士民控籲迫切,謹代陳輿情,仰祈睿鑒事。據常州府
武進縣鄉紳、士民張祖留等具呈,該臣看得④臣屬七府,現缺知府者三。常州
府降調知府祖進朝,履任未及一載⑤,素聞其操持廉介,蒞事勤慎,臣私心重
之。頃緣失察法寶一案,部議降四級調用,銷去加一級,仍降三級⑥,奉有諭⑦
旨。乃常州五縣紳士、商民,不知朝廷功令,以爲進朝服官頗能潔己愛民,驚聞
解任,輒搶地呼天,號泣罷市,若一旦頓失怙恃者,奔赴臣衙門,請爲題留。日
不下數千人,街衢擁塞,哭聲震天。更有蒼顏皓髮,年逾八十,平日杜門靜修,
足不履公門者,亦至臣公堂,叩首求達天聽。臣諭以朝廷自有定體,保留之例,

① "如有",愛日堂藏版本和《四庫全書》本脱。
② "惟是泰州見任知州郭傑於高堰湖水泛濫之時不行通報直至里民赴臣衙門呈控批行查報始
行具詳臣既無據呈具題之例且已經報涸之田恐有虛捏不敢不細加察勘則從前該州隱匿之咎
難辭合併指明聽部議奪除冊結送部外臣謹會同總督臣王新命總漕臣徐旭齡合詞具題伏乞睿
鑒勅部議覆施行",愛日堂藏版本和《四庫全書》本脱。
③ "代陳輿情疏",愛日堂藏版本和《四庫全書》本作"郡守因公降調士民控籲迫切代陳輿情
疏",康熙年間刻蔡本作"題留郡守疏"。
④ "題爲郡守因公降調士民控籲迫切謹代陳輿情仰祈睿鑒事據常州府武進縣鄉紳士民張祖留
等具呈該臣看得",愛日堂藏版本和《四庫全書》本脱,康熙年間刻蔡本作"該臣看得"。
⑤ "載",《近代中國史料叢刊》本作"年"。
⑥ "降四級調用銷去加一級仍降三級",愛日堂藏版本和《四庫全書》本作"降調"。
⑦ "諭",《近代中國史料叢刊》本、《湯潛庵疏稿》、愛日堂藏版本、《四庫全書》本、康熙年間刻
蔡本作"俞"。

久已停止，爾等當靜聽部選新官，毋得瀆擾。士民愈加哀痛，以爲常州四十年來未有愛民如知府①祖進朝者，其減差輕耗、興學正俗、戢奸除暴、息訟安民，種種善政，窮鄉僻壤，盡沾惠澤；豪强蠹胥，不敢作奸。皇上軫念東南，如江甯府知府于成龍，蒙特恩超擢，吏治丕②變。今進朝操守、才幹實可與成龍頡頏，而獨以一眚被謫，萬民驚惶，殆不欲生。言畢，泣下不能止。臣再三撫慰，許以代題，皆望闕叩頭而後去。又聞赴督臣衙門控愬者，亦不下數千人。臣不知進朝何以感人之深如此！

臣查失察法寶一案，無錫縣知縣徐永言以協拿免議。進朝身爲郡守，失察之罪何辭？況部議察取督撫職名，臣受事四日，拿獲法寶，是受事之日，已爲失察之日，自當靜候處分，何敢代人瀆奏？惟是常州爲江南巨郡，一月以來，士不安於庠，農不安於野，商賈不安於市，行旅不安於途。臣蒙皇上特恩，簡畀封疆重③任。屬吏之敗檢者得而糾劾之，廉能者不能爲之一言，非公也；民情皇皇如此，而不爲之解慰安輯，非仁也；畏罪緘默，而使輿情不能上聞，非忠也。有一於此，皆負聖恩，無所逃罪。因與督臣熟計再三，敢不避斧鉞，爲之陳奏，實從通達民情起見，非敢違例題罣。

臣謹會同總督臣王新命，合詞具題。伏乞睿鑒裁察，勅部議覆施行④。

謝頒日講《易義》疏⑤

奏爲恭謝天恩事⑥。康熙二十四年五月二十四日，臣提塘李世昌自京捧齎⑦皇上頒賜日講《易經解義》到臣。臣隨恭設香案，望闕叩頭祇⑧受。恭惟

---

① “知府”，愛日堂藏版本和《四庫全書》本脫。
② “丕”，《近代中國史料叢刊》本誤作“不”。
③ “重”，愛日堂藏版本和《四庫全書》本作“大”。
④ “臣謹會同總督臣王新命合詞具題伏乞睿鑒裁察勅部議覆施行”，愛日堂藏版本和《四庫全書》本脫，康熙年間刻蔡本作“伏乞睿鑒裁察”。
⑤ “謝頒日講易義疏”，愛日堂藏版本和《四庫全書》本作“恭謝天恩疏”。
⑥ “奏爲恭謝天恩事”，愛日堂藏版本和《四庫全書》本脫。
⑦ “臣提塘李世昌自京捧齎”，愛日堂藏版本和《四庫全書》本脫。
⑧ “祇”，愛日堂藏版本作“秖”。

我皇上道協乾元,明符離照。正位凝命,秉剛中而六爻八卦之用全;富有日新,體《易》簡而三極兩儀之理備。奮神威於退旬①,日暄雷動,見萬國之咸寧;布愷澤於蒸黎,雲行雨施,與四時而合序。蓋顯仁②藏用,無非圖書未發之英華;而致遠鈎深,更窮河洛以來之理數。說諸心,研諸慮,參伍錯綜之必詳;樂而玩,居而安,象變意言之悉會。法天德以行健,既有自強不息之功;觀人文而化成,尤以教思無窮爲大。於是頒行《解義》,昭示臣工。範圍在一人,已通健順剛柔而敷治;推行先百職,俾體盈虛消息以宣猷。從此戶誦家傳,猶如觀法懸象。二五應而位當,上下交而志③同,容保無彊,有孚而化。

臣行多悔吝,識昧會通。曩者侍寶幄以敷陳,愧顓蒙未聞④道妙⑤。聆玉音之闡發,知神聖自有心傳。今茲職備封疆,時復神遊殿陛。瑤編下貴,恍依御座以趨蹌;奧義重披,宛接天顏於咫尺。敢不惕深覆餗,節勵匪躬?仰對時育物之淵懷,敬以訓規寮寀;承設教省方之至意,敢用告誡編氓!

臣謹具疏稱謝,伏乞睿鑒施行。爲此具本,謹具奏聞。⑥

題懇大沛蠲恤疏⑦

題爲聖駕巡幸,仰瞻曠典,懇憐積苦,大沛蠲卹,以惠要地事。據江蘇布政司布政使章欽文詳,⑧該臣看得⑨淮安府屬地方,居長河大湖之濱,民間田畝,多因積水未消,難施耕耨。地利既失,困苦日深。而土瘠地衝,民窮賦重,惟宿

---

① "旬",《湯潛庵疏稿》、《近代中國史料叢刊》本誤作"句"。
② "仁",《四庫全書》本誤作"行"。
③ "志",《近代中國史料叢刊》本誤作"至"。
④ "聞",《近代中國史料叢刊》本誤作"開"。
⑤ "道妙",愛日堂藏版本和《四庫全書》本作"妙道"。
⑥ "臣謹具疏稱謝伏乞睿鑒施行爲此具本謹具奏聞",愛日堂藏版本和《四庫全書》本脱。
⑦ "題懇大沛蠲恤疏",愛日堂藏版本和《四庫全書》本作"懇憐積苦大沛蠲恤以存要地疏",《湯潛庵疏稿》作"大沛蠲恤疏",康熙年間刻蔡本作"懇憐積苦疏"。
⑧ "題爲聖駕巡幸仰瞻曠典懇憐積苦大沛蠲卹以惠要地事據江蘇布政司布政使章欽文詳",康熙年間刻蔡本、愛日堂藏版本和《四庫全書》本脱,"惠"《湯潛庵疏稿》、《近代中國史料叢刊》本作"存"。
⑨ "該臣看得",愛日堂藏版本和《四庫全書》本脱。

遷尤甚。恭遇聖駕東巡,問民疾苦。而宿遷縣生員陸爾謐等、民張士弘等,以豁免暫加三餉、失額丁銀、失額糧地、曠土虛懸四款,具奏陳請。我皇上以巡幸宿遷,親見民生有窮苦形狀,特勅部①議行,臣確查據實具題。臣捧誦恩綸,仰見我皇上饑溺爲懷,遠邁千古。一夫不獲,皆廑聖慮。此眞宿民出塗炭而登衽席之時也。臣敢不仰體皇仁,悉心詳察,以副如天覆冒之心?隨行江蘇布政司逐細根查,毋虛毋隱,據實詳報去後。今據布政使章欽文②取結詳覆前來。

臣查陸爾謐等所③奏暫加三餉一款,卽係《全書》所載九釐地畝款項④,始於明季萬曆四十七年加徵。而宿遷⑤一縣,則派銀至四千三百二兩八錢六分零,併隨正編徵水腳。我朝定鼎初年,凡明末雜派,悉賜豁除。一切錢糧,俱準萬曆年間起科。而此項因係萬曆末年所加,故當日未邀特恩,仍舊派徵,相沿至今。惟念該縣地畝,非濱河傍湖,卽砂礫斥鹵,不但淤沒之地望涸無期,卽陞科之田亦荒瘠難墾。民生昏墊,實與他處不同。且田畝科則,又與鄰近之海、贛、邳、睢等州縣較重,故士民之呼籲倍切。仰懇⑥特恩,將宿遷縣九釐地畝一項破格全蠲,以廣皇上巡幸恩澤,實千載盛事也。

又,失額丁銀⑦一款,《全書》刊註該縣人丁,疊因兵火、水旱災祲,以致逃亡缺銀三千二百七十兩八錢,於順治十三年閏五月內,前漕撫臣蔡〈士英〉具題,部覆均於原額田地之內帶徵,仍嚴督設法招徠清補。此乃一時權宜之策,原非經久之計,尚冀流亡歸復,旋卽減除。豈期該縣田地沈廢屢屢見告,民無恆⑧產,見在者難免逃亡,欠缺者焉能復業?以致年復一年,因循包賠。

---

① "勅部",《湯潛庵疏稿》誤作"部勅"。
② "毋虛毋隱據實詳報去後今據布政使章欽文",康熙年間刻蔡本脫。
③ "等所",愛日堂藏版本和《四庫全書》本作"所"。
④ "項",《四庫全書》本脫。
⑤ "宿遷",《湯潛庵疏稿》誤作"遷宿"。
⑥ "懇",康熙年間刻蔡本作"冀"。
⑦ "銀",《近代中國史料叢刊》本誤作"徵"。
⑧ "恆",《四庫全書》本誤作"常"。

　　臣查民間完納錢糧，丁田原自有分。今以磽瘠之地責其按畝輸賦，尚苦①難支，況缺額丁銀，何堪久事攤賠？即該縣有續報墾田，皆地方官勸諭見在人丁勉力開墾，非另有逃亡復業人丁。況順治年間年遠缺額，豈能清補？合②請皇上將前項缺額丁銀暫行免徵，督令地方官盡心招徠。數年之間，流民知無攤賠之苦，庶幾漸歸故土。將來編審③案內陸續增補，以符原額，誠爲至便。

　　至失額糧地一千六百六十九頃五十八畝，蓋因該縣地處濱湖，坍塌失額。康熙三年丈缺前數，經前撫臣韓〈世琦〉於請除丈坍等事案內題請蠲免，奉旨行令督臣麻〈勒吉〉親勘確實，於康熙九年間部覆准將九年錢糧暫行停徵，而十年以後仍舊徵輸。

　　又，續報曠土六百二頃三十四畝一分，原因糧田永沈等事請蠲祠堂、駱馬湖等處水沈田地一案，前撫臣馬〈祐〉奉旨親往查勘，見有山岡荒廢之地，具疏題明，部覆招集業戶開墾。今該司、府雖經行縣查明，失額田地見沈水底，報墾曠土俱係石田，詳請豁免。臣因永蠲錢糧，務期詳慎。且該縣見有糧田永沈、決口地廢二案內奉旨停徵前項失額地畝是否即在其內，至續報曠土係於康熙十六年認墾，今稱實係不毛，有無④虛捏，復經飭行該司備移准徐道僉事常君恩親往宿遷，逐一詳詢。據稱，"失額糧地係於康熙三年丈缺，而糧田永沈、決口地廢二案，係於康熙十一、十六兩年報涸。其時里民各照被災區圖，開報前項坍田，實在二案之外另有坍塌。從前失額錢糧，未奉除豁，原案見在可核。其續報曠土，向因需餉孔急，部文招徠開墾，故將山岡版荒地畝報陞。不意既報之後，艱於耕鑿，依然榛莽。應陞之課，虛認均完"等語。

　　臣惟聖朝任土⑤作貢，必小民盡力畎畝，而後可責以輸將。今宿遷縣失額

---

① "苦"，愛日堂藏版本和《四庫全書》本作"且"。
② "合"，康熙年間刻蔡本作"仰"。
③ "審"，《湯潛庵疏稿》脫。
④ "有無"，愛日堂藏版本和《四庫全書》本誤作"無有"。
⑤ "土"，《近代中國史料叢刊》本誤作"事"。

糧地旣付波臣，續報曠土又屬砂礫難墾，歷經該府、縣査明，又委淮徐道常君恩親①往査確，具有不扶印結。② 旣無虛冒，所當一併題請豁免，庶包賠之累盡釋，積年之困頓除。萬姓歡呼，祝頌聖壽無疆。億萬斯年，皆知我皇上巡幸所至，有非常恩惠，不但如古昔省耕省斂而已也。

除將該道、府、縣印結送部査核外，臣謹會同總督臣王新命、總漕臣徐旭齡，合詞具題。伏乞睿鑒勅部議覆施行。③

報邳州水災疏

題爲謹報邳州水災情④形，仰祈睿鑒事。據江蘇布政司布政使章欽文詳，該臣看得邳州地勢低窪，叠遭水患，新舊錢糧，尚多懸欠，正藉秋熟，得以輸賦資生。茲據布政使章欽文詳報，該州自五月二十七日起，至六月初八日，大雨傾盆，又加山水漲發，以致各社田地布種秋禾盡被潲没等情。除批該司速委賢能官員飛往査⑤勘果否成災，照例取具冊結另題外，所有被災情形，合先循例題報。

臣謹會同總督臣王新命、總漕臣徐旭齡，合詞具題。伏乞睿鑒施行。

續報揚屬異常水災疏

題爲續報揚屬異常水災，仰祈睿鑒事。據江蘇布政司布政使章欽文詳，該臣看得⑥揚屬高郵、泰州、寶應等州縣，地居淮黃下流，諸湖交匯，素稱澤國。

---

① "恩親"，《近代中國史料叢刊》本誤作"親恩"。
② "具有不扶印結"，康熙年間刻蔡本脫。
③ "除將該道府縣印結送部査核外臣謹會同總督臣王新命總漕臣徐旭齡合詞具題伏乞睿鑒勅部議覆施行"，康熙年間刻蔡本、愛日堂藏版本和《四庫全書》本脫。
④ "情"，《近代中國史料叢刊》本誤作"請"。
⑤ "査"，《近代中國史料叢刊》本、《湯潛庵疏稿》作"察"。
⑥ "題爲續報揚屬異常水災仰祈睿鑒事據江蘇布政司布政使章欽文詳該臣看得"，愛日堂藏版本和《四庫全書》本脫。

自康熙七年遭堤①堰沖決以來，下河田地久已②陸沉，災民流離播遷，慘苦萬狀，素在聖明洞鑒之中。幸賴皇仁浩蕩，蠲賑頻頒，孑遺猶存，不致盡填溝壑。此皆我皇上深仁厚澤惠養之所致也。

邇年以來，天心效順，雨暘時若。高阜之田，幸③獲有秋。卽勘涸田地，災民莫不感奮，勉力④播種，冀有薄收，以輸國賦。不意今歲自夏徂秋，大雨傾盆，連綿月餘。先據興化縣詳報被災情形，已同淮、徐二屬邳州、山陽等州縣題報在案。今復據高郵、泰州、寶應並江都縣紛紛詳報，雨水日積，無路宣洩，更兼黃淮交漲，諸湖漫溢，萬壑沸騰，隄⑤堰難禦，致將熟涸田地，無論高下，盡被漰沒；所種秋禾，俱沉波⑥底。廬舍漂流，男女涕號。悽慘情形，鄭圖難繪。臣披閱之下，不勝蒿目驚心，一面飛飭⑦各屬設法撫綏，一面行令藩司確察⑧。今據布政使章欽文詳覆，被災情形無異⑨。除見在委官確勘災傷分數，另疏題請破格蠲恤。

惟是淮、揚、徐等屬，疊罹水患，民生昏墊，今歲水災更⑩非尋常可比。臣仰體我皇上視民如傷之仁，除經飭行各屬查明實在被水深重災民，將常平倉向存積穀動給賑濟，務令安集，不致流離失所，仍將動給過穀數及賑濟花名造冊另報外，所有被災情形，臣謹會同總督臣王新命、總漕臣徐旭齡，合詞具題。伏乞睿鑒勑部議覆施行。⑪

————————

① “堤”，《近代中國史料叢刊》本作“提”。
② “已”，愛日堂藏版本和《四庫全書》本作“矣”。
③ “幸”，愛日堂藏版本和《四庫全書》本作“已”。
④ “力”，《近代中國史料叢刊》本誤作“方”。
⑤ “隄”，《近代中國史料叢刊》本作“提”。
⑥ “沈波”，《近代中國史料叢刊》本誤作“沒被”。
⑦ “飭”，《三賢政書》本誤作“報”。
⑧ “察”，愛日堂藏版本和《四庫全書》本作“查”。
⑨ “今據布政使章欽文詳覆被災情形無異”，愛日堂藏版本和《四庫全書》本脫，《近代中國史料叢刊》本誤作“今據布政使司欽文詳覆被災情形祈無異”。
⑩ “更”，愛日堂藏版本和《四庫全書》本作“又”。
⑪ “伏乞睿鑒勑部議覆施行”，愛日堂藏版本和《四庫全書》本脫。

彙報淮徐秋災疏

題爲彙報淮徐秋災情形,仰祈睿鑒事。據江蘇布政司布政使章欽文詳,該臣看得淮揚濱河田地屢遭水患,民生困苦,已非一日。荷蒙皇恩,蠲賑頻頒,得以苟延殘喘。徐屬素稱荒瘠,全賴雨暘時若,年穀豐稔,庶能上完國賦,下資餬口。不意今歲江北霪雨爲虐,據布政使章欽文詳報:"淮安府屬之山陽、清河、桃源、宿遷、睢甯、沭陽、安東、贛榆等縣,揚州府屬之興化縣,徐州及所屬之豐、沛、蕭、碭等縣,及邳州併衛與大河衛地方,五、六兩月,天①雨連旬,禾苗悉被潏沒。初猶冀雨霽水退,補種晚禾,豈期河水泛濫,川澮皆盈,源源不息,水積難消,秋成絕望"等情。除經批飭該司星速遴委能員確勘果否成災,照例取具冊結另報,仍嚴檄淮揚、淮徐兩道轉飭府、州、縣、衛各官,多方撫恤災黎,設法賑救,毋致流離失所外,所有秋禾被災情形,合先題報。

臣謹會同總督臣王新命、總漕臣徐旭齡,合詞具題。伏乞睿鑒施行。

再報淮屬水災疏

題爲再報淮屬水災情形,仰祈睿鑒事。據江蘇布政司布政使章欽文詳,該臣看得淮、揚、徐三屬逼近黃河,地勢窪下,民罹水患,已非一日。今歲自夏徂秋,復遭霪雨,潏沒秋禾。先據邳州、山陽、高郵、徐州等處紛紛詳報,並據布政司陸續彙詳,臣經節次入告,請賜蠲賑在案。今又據布政使章欽文詳稱:"海州、鹽城縣並淮安衛,先於六月初旬,大雨連綿,禾苗被潏,猶冀晴霽,尚可補救。不意七月二十六日,颶風暴雨,河湖泛漲,民屯田地,悉付波沈②,秋成絕望。"等情詳報前來。

---

① "天",《三賢政書》本作"大"。
② "波沈",《湯潛庵疏稿》作"沈波"。

　　除批飭該司作速委官確勘①果否成災另報外，所有淪沒秋禾情形，臣謹會同②總督臣王新命、總漕臣徐旭齡，合詞題報。伏乞睿鑒施行。

賑恤淮揚災黎疏③

　　題爲淮揚水患非常，亟請皇仁賑恤，以保殘黎事。竊照④淮、徐地方，居黃河之濱，而揚屬州縣又在淮、湖下流。雍、冀、豫、兗之水，皆以黃河爲歸，而宛、汝、梁、宋、潁⑤、壽之水，又皆以淮、湖爲歸。是淮揚者，固天下之澤國也。自康熙九年隄堰潰決，而民不堪命矣。賴皇上蠲賑頻施，得有今日。上年恭遇聖駕東巡，覩水勢瀰漫，田廬淪沒，深懷惻惻，特簡能員，大加疏治。仰見我皇上不忍一夫不獲，欲起瘡痍而盡⑥登諸袵席，眞堯舜如天好生之心也，以爲從此立奏平成，永除昏墊。不意今歲五六月間，大雨連綿，經旬浹月，更兼河湖洶湧，川澮盈溢，禾稼淪沒，秋成絶望。臣備將被災州縣情形陸續入告，並分委府、廳等官，親詣各屬，確勘災傷分數，造具冊結，題請蠲恤在案。

　　惟是今歲之災，非尋常秋災比也。蓋山東、河南皆有異常水患，故河湖⑦之泛漲尤甚。而題報之後，霪雨不止，至七月二十六至二十九日⑧，大雨四晝夜，又遭颶風、海潮，萬壑沸騰，山水、閘水建瓴直下，舟行隄岸之上。城市之間，水皆數尺。扶老攜幼，上下奔逃，溺死者不計其數。悲號之聲，震動遠邇。奇災異慘，從來所未有也。

　　臣以庸菲謬撫茲土，痛自修省，寢食俱廢。隨卽移咨督、漕、河、鹽諸臣，馳

---

① “勘”，《近代中國史料叢刊》本作“查”。
② “同”，《近代中國史料叢刊》本脫。
③ “賑恤淮揚災黎疏”，愛日堂藏版本和《四庫全書》本作“淮揚水患非常亟請賑恤疏”，康熙年間刻蔡本作“賑恤淮揚水患疏”。
④ “題爲淮揚水患非常亟請皇仁賑恤以保殘黎事竊照”，愛日堂藏版本和《四庫全書》本脫，康熙年間刻蔡本作“竊照”。
⑤ “潁”，《湯潛庵疏稿》、《近代中國史料叢刊》本誤作“穎”。
⑥ “盡”，愛日堂藏版本和《四庫全書》本脫。
⑦ “湖”，愛日堂藏版本和《四庫全書》本誤作“朔”。
⑧ “日”，愛日堂藏版本和《四庫全書》本脫。

檄司道等官,博詢捍禦①拯救之方,廣募捐輸賑濟,共圖存恤。今失業之民,已有流入常、鎮等處者。臣嚴飭各地方官,隨處撫綏賑恤,勿令遠徙難歸。將來田疇永荒,必至大損國課。②

惟是淮、揚、徐三屬被災州縣,共計二十餘處。其被災稍輕者,拯救猶易。至於淮屬之邳、睢、山、鹽、海、安、清、桃、宿、沭等州縣,揚屬之高、寶、興、泰等州縣,俱屬積澇之餘。徐州及蕭、碭二縣,田地荒瘠,戶有逃亡,今更罹此奇災,慘苦倍甚。臣與地方諸臣,縱竭力捐輸、告糴、平糶,並動常平倉穀,稍資賑救③,然爲力有限,僅可暫濟目前。將來秋盡交冬④,饑寒愈迫,不能接濟,必至壯者流亡,老弱填於溝壑矣。

臣查康熙十八年各屬旱災,請賑饑民百萬;即十九年水災,僅高、寶、興、泰、鹽五州縣並江都縣邵伯一鄉,請賑饑民亦有三十餘萬,俱荷俞旨,特開事例,並准先動庫帑,買米發賑,得以源源相濟,饑民咸獲更生。今歲水患較十八、十九兩年更爲慘烈,被災地方更爲寬廣,饑民當亦不止數十餘萬。若不籲請皇仁,大沛恩膏,百萬生靈豈能全活?臣不早言,上負聖恩,罪無可逭。今事例久停,何敢妄請?但救荒無奇策,而拯溺勢不容緩。非有激勸之典,則人懷觀望,誰肯爭先?請勅部署倣往年賑濟事例,量行減數,或准士民頂⑤帶、貢監官員加級紀錄及抵罪遷級等項,則人知鼓舞,庶有實效。今時已秋深,寒冬逼⑥近,恐饑民難待。乞准臣先借司庫項銀,或撥鹽課銀兩⑦,遴委廉幹官員,前赴江西、湖廣採買麥米,分運各屬賑濟,事後另報請銷,或另議補還。爲國家保數十萬耕田輸賦之良民,即可培國家億萬載無疆之元氣。浩蕩殊恩,出自皇上,非臣所敢自必也。至於一應賑濟事宜,臣與總督漕河諸臣勘⑧酌緩急,議

---

① "捍禦",《湯潛庵疏稿》作"禦捍"。
② "今失業之民已有流入常鎮等處者臣嚴飭各地方官隨處撫綏賑恤勿令遠徙難歸將來田疇永荒必至大損國課",康熙年間刻蔡本脫。
③ "救",愛日堂藏版本和《四庫全書》本作"濟"。
④ "交冬",愛日堂藏版本和《四庫全書》本作"冬交"。
⑤ "頂",《近代中國史料叢刊》本誤作"項"。
⑥ "逼",愛日堂藏版本和《四庫全書》本作"迫"。
⑦ "或撥鹽課銀兩",康熙年間刻蔡本脫。
⑧ "勘",疑爲"斟"字之訛。

定規條,另疏報聞。事關地方異常災荒,特請破格賑恤。

臣謹會同總督臣王新命、總漕臣徐旭齡、總河臣靳輔,合詞具題。伏乞睿鑒迅賜勅部議覆行臣遵奉施行。①

先動帑賑饑疏②

題爲饑民望賑甚迫,謹先動帑買米,仰祈睿鑒事。③ 據江蘇布政司布政使章欽文詳稱:"竊照淮、揚、徐三屬,頻年昏墊,今歲復罹水厄。以皮骨僅存之衆,當此懷襄震蕩之凶,其顛連困苦情形,業經節次繪圖入告,固已不勝其慘矣。乃日來水勢不退,益加瀰漫。叠據各邑迫切號呼④,咸以颶風、霪雨接續摧殘,山瀑、河流交相泛濫,城垣到處傾倒,陸地成河,村墟一望汪洋,河隄如線,災黎扶老挈幼,道路⑤流離,乞食無門,棲身無地。目今漸次秋深,饑寒日迫,甯忍立視其死? 是發粟散賑,誠難須臾緩也! 而各縣儲粟無多,勸捐尤難猝辦。惟有動銀委官早赴江楚買米,分發賑濟,是爲要著。

本司伏查康熙十八等年,亦因災民絕食,賑救無資,於賑項無出等事案內,奉督撫部院題准部覆:'既稱江南省亢旱,蝗蝻繼起,饑民絕食,與平常荒歉不同,應如該督撫所題,照烏沙船工事例捐納,至次年六月初一日停止。將現存贓倉庫米麥、銀兩,酌量先行動賑,俟捐輸補還。奉旨:依議。欽遵。'行司遵照,當經陞任丁布政搜查倉庫,並無餘存銀米,隨詳准動支司庫正項,分頭散賑。又經詳題展限,計自康熙十八年冬季開例起,至二十二年春季止,共得銀四十七萬三百二十兩,內除康熙十八、十九、二十等年用過賑濟銀四十一萬六百一十八兩五錢零外,仍餘急公捐納銀五萬九千七百一兩零,於賑案報部可

---

① "至於一應賑濟事宜臣與總督漕河諸臣勘酌緩急議定規條另疏報聞事關地方異常災荒特請破格賑恤謹會同總督臣王新命總漕臣徐旭齡河臣靳輔合詞具題伏乞睿鑒迅賜勅部議覆行臣遵奉施行",康熙年間刻蔡本、愛日堂藏版本、《四庫全書》本脫。

② "先動帑賑饑疏",愛日堂藏版本和《四庫全書》本作"饑民望賑甚迫先動帑買米疏",《湯潛庵疏稿》作"買米賑饑疏"。

③ "題爲饑民望賑甚迫謹先動帑買米仰祈睿鑒事",愛日堂藏版本和《四庫全書》本脫。

④ "號呼",《四庫全書》本作"呼號"。

⑤ "道路",愛日堂藏版本和《四庫全書》本作"載道"。

考。而此捐納事例，隨於再陳水利案內，經前任撫院請濬白茆、孟瀆兩河，先動正帑濟工，望賑饑民得以赴工趁食，寓賑於工，請展事例捐納還項，奉部覆允，仍開此十二案事例捐納①。彼時復又溢收銀八萬三千二百五十兩，未經動用起解。夫此項餘存捐銀，雖屬公帑，然原係官紳生俊人等急公輸納溢收餘存之項，與已前捐賑准動倉庫存勝之例相符，且不係地丁正帑，合無於內酌量動支。

至於需銀數目，查淮、揚、徐三屬應賑被災州、縣、衛、所災黎，房產②蕩然，從何覓食？雖現在各屬查取眞正絕食男婦老幼確數，目下遽難懸定。應請自十月初一日開賑起，至下年麥熟之期止，總計二府一州州、縣、衛、所饑民，多寡不等，約畧不下數十餘萬，需米甚多。今惟有先儘本地捐穀，屆期先行放賑。續後買米，酌量運給。乘此新穀初登，應請先動銀三萬兩，遴委松江府海防同知李經政，再動銀二萬兩，遴委蘇州府海防同知劉三傑，前往湖廣、江西等處採買。仍請咨明兩省督撫部院，聽其與民間照時平糴，星速運囘，分頭酌發。仍照前項事例，捐輸補還。夫此流離瑣尾之災黎，卽異日耕鑿輸賦之赤子。頻年災沴，久荷皇仁破格蠲賑，囿此殘喘。茲當水患滔天，民皆艱食，委非平日尋常③可比。仰賴剴切陳請，大沛恩膏，起瘡痍於衽席，不致失所流離矣。"等因到臣。

據此，該臣看得臣屬淮、揚、徐地方，今歲夏秋④霪雨連緜，田禾渰沒。臣將各州縣被災情形節次入告，復將失業饑民亟需賑救，勸捐力難普遍，且恐不能接續，請准先借⑤庫帑，採買米麥接濟緣由，具疏題明。嗣據布政司將各委官勘明災田分數，造冊結，詳臣具題。見候部覆，分別蠲恤。

惟是被災州縣二十餘處，皆因五月至八月霪雨、颶風接踵肆虐，更兼河湖泛漲，山水驟發，以致田沉波底，廬舍漂流。失業窮民，無衣無食。老幼哀號，

---

① "納"，《湯潛庵疏稿》、愛日堂藏版本和《四庫全書》本作"補"。

② "產"，愛日堂藏版本和《四庫全書》本作"屋"。

③ "尋常"，《湯潛庵疏稿》、《近代中國史料叢刊》本、愛日堂藏版本、《四庫全書》本作"尋常災傷"。

④ "夏秋"，愛日堂藏版本和《四庫全書》本作"秋夏"

⑤ "借"，愛日堂藏版本和《四庫全書》本作"動"。

惟待①賑濟，稍延殘喘。況轉盼嚴冬，饑寒逾迫。若候部覆至日動銀採買，往返道途，緩不及事，勢必流離轉死溝壑，有負皇上如天之仁。今據布政使章欽文請於開濬白茆、孟河溢收捐輸事例銀內動支五萬兩，遴委蘇州府同知劉三傑、松江府同知李經政，前往江西、湖廣等處採買米石，以資接濟，仍俟捐輸還補。等情前來。

除嚴飭委官星夜起行，上緊採買，務毋浮冒②，作速運回，分發賑濟外，所有借動庫銀買米緣由，臣謹會同總督臣王新命、總漕臣徐旭齡，合詞具題。伏乞睿鑒施行③。

陳蘇松逋賦難清之由疏④

題爲詳陳蘇松逋賦難清之由，籲請睿鑒裁酌，定不易之規，以實國課，以遂民生事。⑤ 臣惟財賦爲國家根本之計，而蘇松尤爲財賦⑥最重之鄉。臣以庸碌謬撫茲土，見錢糧累年逋⑦欠，每當奏銷之期，多者嘗欠至五十餘萬，最少亦不下三四十萬，夙夜疚心，懼無以仰佐國計，恆惴惴不安。初疑官吏之怠玩，繼疑豪强之頑梗。乃一載以來，詢問者碩，體察民隱，間嘗巡行阡陌，訪田則之高下，考徵科之多寡，然後知蘇松逋賦實由民力維艱，斟酌調劑，貴在及時。敢悉心⑧爲我皇上陳之。

蘇松土隘人稠，一夫所耕，不過十畝，而倚山傍湖，旱澇難均，卽豐稔之歲，

---

① “待”，愛日堂藏版本和《四庫全書》本作“賴”。
② “冒”，《近代中國史料叢刊》本誤作“昌”。
③ “總督臣王新命總漕臣徐旭齡合詞具題伏乞睿鑒施行”，愛日堂藏版本和《四庫全書》本作“具題”。
④ “陳蘇松逋賦難清之由疏”，愛日堂藏版本、《四庫全書》本作“詳陳蘇松逋賦難清之由疏”，康熙年間刻蔡本作“蘇松逋賦難清疏”，《湯潛庵疏稿》作“蘇松逋賦疏”。
⑤ “題爲詳陳蘇松逋賦難清之由籲請睿鑒裁酌定不易之規以實國課以遂民生事”，康熙年間刻蔡本、愛日堂藏版本和《四庫全書》本脫，“民生”《湯文正公全集》本誤作“民主”，據《湯潛庵疏稿》、《近代中國史料叢刊》本改。
⑥ “財賦”，愛日堂藏版本和《四庫全書》本脫。
⑦ “逋”，愛日堂藏版本和《四庫全書》本作“拖”。
⑧ “敢悉心”，《湯潛庵疏稿》誤作“悉敢”。

所得亦自有限。而條銀漕白正耗以及白糧經費漕贈五米十銀，雜項差徭，不可勝計。而仰事俯育、婚嫁喪葬，舉出其中。終歲勤動，不能免鞭撲①之苦。故蘇松俗好浮華，而獨耕田輸稅之農民艱難實甚。兩府與常、鎮、嘉、湖皆壤地相接，而賦額輕重懸殊。卽江、浙、閩、楚竝號財賦之鄉，區區兩府，田不加廣，而可當大省百餘州縣之賦，民力所以日絀也。

夫兩府田賦之重，固起自明初。臣嘗考洪武年間，籍沒張士誠將士私產，號爲官田，賦額特重，而民田之起科較輕。永樂以後，漕運愈遠，加耗滋多。宣德、正統間，巡撫周忱奏減蘇州租七十餘萬石，松江租三十餘萬石，民困稍蘇。至嘉靖初，蘇州知府王儀請行均田之法，盡括官民田而衰②益之。當時稍救官田之敝，但正耗兼配，科則繁雜，吏易爲奸。其後以耗米作爲正糧，又運綱諸費，額外取之於民，因事派徵。又如所謂九釐地畝之類，日漸增③益，非復正嘉以前之舊。至啟禎時，軍餉孔殷，加派日繁，民不堪命矣。

本朝定鼎，田賦悉照萬曆年間則例，盡革明末無藝之徵，洵稱救民水火。近年因時制宜，如白糧經費、運軍行月、永折加價等項，載在《全書》。其官收官兌之法，最稱便民，不可更易。然亦因明朝賦重役繁，以耗作正，不得已爲此補救之計，而民力則已殫也。順治初年，錢糧起存相半，考成之例尚寬。後因兵餉急迫，起解數多，又定十分考成之例。一分不完，難逭部議。以四十餘萬錢糧之州縣，至與小縣錢糧不上數千或僅一二萬者一例考成，官斯土者，雖賢如黃霸、魯恭，何能自免譴謫？ 夫人千里而來爲吏，誰肯以催科無術甘心廢④棄？ 一存顧惜功名之念，則展⑤轉苟且之計必生。或以存留而抵起解，或以此項而借彼款，或以新糧而抵舊欠。參罰期迫，則以欠作完；賠補維艱，又以完爲欠。種種弊竇，莫可究詰。一經發覺，身家俱喪。官之更代日勤，蠹胥因之作奸，頭緒紛淆，侵漁任意。雖嚴加追比，究之款額空懸。惟二十二年適遇歲豐，

---

① "撲"，愛日堂藏版本誤作"朴"。
② "衰"，《湯潛庵疏稿》《近代中國史料叢刊》本作"衰"。
③ "增"，愛日堂藏版本和《四庫全書》本作"加"。
④ "廢"，愛日堂藏版本和《四庫全書》本作"自"。
⑤ "展"，《三賢政書》本作"輾"。

二十三年荷蒙聖恩蠲漕，故僅有一二縣地丁全完，而他項①仍多掛欠，又以年外報完，未副議敘之例。夫人才力不甚相遠，豈他省之吏幹濟獨優而蘇松之官催科偏拙？良以百姓之脂膏②既竭，則有司之智勇俱困③；而前涂之功名絕望，則官箴之砥礪難期。心已灰矣，地方何賴？吏治人才，皆足惜也。積欠年久，惟待赦蠲。我國家弘敷大賚，每一赦詔，蘇松免租多者百萬，少者七八十④萬。是糧額雖重，原非可完之數。與其赦免於追呼既窮之後，何若酌減於徵比未加之先，使得完肌膚而樂昇平，且無損國家歲入之實數乎？

蘇松版荒，所在都有。臣常委官履畝踏勘，非盡石田不可耕也。祇因田不抵賦，力難任役，一戶逋逃，數家株累，小民畏懼，不敢承佃。倘蒙皇恩稍賜寬減，其孰不踴躍復業？數年之後，按畝陞科，將見田額漸增，國賦日裕。是蠲無益之虛額，而收墾田之實課也。前此諸臣纍纍陳請，適當軍興旁午、餉需告匱之日，且俱言前朝苛政，欲復宋元之舊，事勢難行。今賴皇上德威遠播，海表日出之邦，絕域不庭之國，莫不稽首來享，奉琛恐後，斯正國家休養蒸黎、培植根本之時。上年鑾輿親巡，洞見村落蕭條，深軫聖懷，又蠲漕免丁，帶徵積欠。深仁厚澤，淪肌浹髓。白叟黃童，感極而泣，以爲生逢堯舜之主，視民如傷。若地方官能以民艱⑤上聞，必當大沛恩膏，起三百年之痼疾。

臣身在⑥地方，義無可諉，不敢遠引宋元之說，亦不敢比常、鎮、嘉、湖之例，惟叩懇我皇上⑦念民力之已竭，察虛額之無益，宸衷獨斷，煥⑧發德音。及此纂修《簡明全書》之時，博集廷議，將蘇松錢糧合盤打算，各照科則，量減一二分，定適中可完之實數，無存過重必欠之虛額。再將科則稍加歸併，使簡易明白，便於稽核。或將賦額最重州縣，另立勸懲之典，不與小縣一例考成，使守

① “他項”，愛日堂藏版本和《四庫全書》本脫。
② “脂膏”，《湯潛庵疏稿》作“膏脂”。
③ “困”，《近代中國史料叢刊》本誤作“因”。
④ “七八十”，《近代中國史料叢刊》本誤作“七十八”。
⑤ “艱”，《近代中國史料叢刊》本作“難”。
⑥ “在”，《三賢政書》本作“任”。
⑦ “上”，康熙年間刻蔡本作“仁”。
⑧ “煥”，《湯潛庵疏稿》、《近代中國史料叢刊》本、康熙年間刻蔡本、愛日堂藏版本和《四庫全書》本作“渙”。

令知可以久任,可以陞遷,不至苟且因循,事務廢弛。庶幾野無不耕之土,戶無不完之租,民力裕而吏治清,賦稅①充而國用足。億萬年太平無疆之休,端在是矣。臣非不知賦額久定,未便更張,但體國經野,貴永久而無弊。苟有未善,正宜變通,況前代②之苛政乎! 我皇上神聖立極,事事垂法萬世,此尤關國計民生之大者。宏謨遠算,總自睿裁,非微臣所能仰贊也。

臣章句腐儒,錢穀非所素諳。蒙皇上隆恩優渥,惟知夙夜飲冰,圖酬高厚。而心血耗竭,疾病侵尋,恐一旦溘先朝露,終負聖恩。因目覩逋賦難清,不敢不冒昧瀆陳③,字多逾格。伏乞聖慈睿鑒施行。④

聖德遠邁疏

題爲聖德遠邁千古等事。據江蘇布政使司布政使章欽文呈詳前事,該臣看得奉頒御書"萬世師表"四字,懸置扁額於各府州縣⑤學宮。臣接准部文,隨卽欽遵備行布政司轉行各屬遵照虔製去後。今據該布政使章欽文報稱,江、蘇、松、常、鎮、淮、揚、徐八府州並各州縣學,俱經欽遵製備龍邊金字扁額,懸置學宮訖。至於蘇州府學,先據該府知府胡士⑥威具報完工。臣恭率屬員,奉送懸竪⑦。洪⑧惟我皇上道協時行,功同天運,文章炳煥,闡乾坤經緯之奇;德教敷宣,大覆載生成之用。御筆特頒闕里,同日晶雲縵以昭垂;璇題徧揭黌宮,見鳳翥鸞迴之燦爛。蓋聖德爲生民所未有,而宸藻實亙古所希聞。縫掖歡騰,沐榮光於大造;臣鄰喜溢,瞻文教之丕興。

---

① "賦稅",愛日堂藏版本和《四庫全書》本作"稅賦"。
② "代",《四庫全書》本作"朝"。
③ "臣章句腐儒錢穀非所素諳蒙皇上隆恩優渥惟知夙夜飲冰圖酬高厚而心血耗竭疾病侵尋恐一旦溘先朝露終負聖恩因目覩逋賦難清不敢不冒昧瀆陳",愛日堂藏版本和《四庫全書》本脱,"瀆"《近代中國史料叢刊》本誤作"續"。
④ "字多逾格伏乞聖慈睿鑒施行",康熙年間刻蔡本、愛日堂藏版本和《四庫全書》本脱。
⑤ "縣",《近代中國史料叢刊》本誤作"懸"。
⑥ "士",《湯潛庵疏稿》《近代中國史料叢刊》本作"世"。
⑦ "奉送懸竪",《近代中國史料叢刊》本誤作"奉送懸監",《湯潛庵疏稿》誤作"懸奉送竪"。
⑧ "洪",《近代中國史料叢刊》本作"恭"。

臣謹具疏題明，伏乞睿鑒施行。

采買布疋疏

　　題爲外省採買解送布疋事。據江蘇布政司布政使章欽文詳前事等因到臣。據此，除辦解布疋已據該司填批送掛、解部交收外，該臣看得部行江南採買青藍布十萬疋，每年照限解部等因遵照在案。今康熙二十四年應辦布疋，先據江蘇布政使章欽文詳稱，往年例委蘇、松、常三府州縣佐貳辦解，微員稍不愼重，易至掛欠。今總委蘇州府督糧同知金鑑，於司庫支領見銀，前往產布地方採辦，以速起解。臣經批飭加意節省①，毋有虛冒。茲據該司詳稱，往年報銷青布每疋價染銀五錢二分九釐，藍布每疋價染銀四錢七分九釐，又每疋解運水腳銀五分四釐，已屬節省至極，一定難易。今金鑑禁絶奸牙釐剝包攬，裏糧減從，親與機戶覿面②交易，較之往年，每疋節省價銀二分八釐，計布十萬疋，共節省銀二千八百兩，呈請照例議敘，並將用過價銀、水腳銀數款項造冊前來。

　　臣查核無異，所有動用款項，應聽部臣核銷。至承辦之蘇州府督糧同知金鑑，實心任事，革絶陋規，似③與節省二千兩以上准予議敘之例相符，理合④一並題明，聽部核議。除冊送部外，伏乞睿鑒施行。

調劑驛站疏⑤

　　題爲謹陳調劑驛困之法，以杜耗費，以清款項事。⑥ 竊惟驛站之設，所以

---

① “省”，《近代中國史料叢刊》本誤作“雀”。
② “覿面”，《湯潛庵疏稿》作“覿面”，《近代中國史料叢刊》本誤作“覿而”。
③ “似”，《近代中國史料叢刊》本誤作“以”。
④ “理合”，《近代中國史料叢刊》本誤作“合理”。
⑤ “調劑驛站疏”，康熙年間刻蔡本作“調劑驛困疏”，愛日堂藏版本和《四庫全書》本作“謹陳調劑驛困之法以杜耗費以清款項疏”。
⑥ “題爲謹陳調劑驛困之法以杜耗費以清款項事”，康熙年間刻蔡本、愛日堂藏版本和《四庫全書》本脫。

通命令而速章奏,其重①也。仰賴皇上聖德天威,海宇甯謐,無軍機重務星夜奔馳之事,而皇華之使與海外殊域朝覲貢獻,未嘗不絡繹於道。臣屬江、蘇等七府一州,爲浙②、閩、江、廣之衝。所屬縣驛額編錢糧,先於敬陳減差案内裁減十分之四,後奉恩詔③准復二分,近於驛遞之差使甚少等事案内,將復二錢糧查明議裁,已經具疏題明,候部議覆矣。

惟是臣屬驛遞既號衝繁,而淮揚、徐州④等處復多荒缺。向例,凡災荒蠲停不敷之項,按年查明缺額數目,於司庫撥給,造冊咨部核銷。臣以平日所聞,參之今日目覩,知司庫支領不便者四,請約署爲我皇上陳之。

藩司駐劄蘇郡,而淮揚等屬近者五六百里,遠者千里,至於徐州屬縣,則有千二三百里者矣。渡黃河,涉大江,波濤之險,道路之虞,皆所不乏。此既赴司起解,彼又赴司支領,往⑤返徒勞跋涉。卽隨到隨發,當亦浹月經旬。設或稍有愆期,則守候更須時⑥日。夫馬嗷嗷⑦,豈能懸待? 此不便者一也。司驛各官,每日應付差使,勢不能親身赴領,或委家屬,或遣衙役。所委之人,豈皆忠信無欺⑧? 或有浪費⑨,或有⑩疏虞,或借衙門使用⑪以侵漁,或假長途水腳而那空。夫馬枵腹,何堪中飽? 此不便者二也。司庫撥補一應錢糧,雖臣再三嚴禁,不至⑫扣尅需索,然而耳目有所難周。況藩司事務繁冗,豈能一一覺察? 則投批領文之間,保無胥役作奸,揹勒使費,以打點之厚薄,爲給發之遲速者

---

① "重",《近代中國史料叢刊》本誤作"重地"。
② "浙",《近代中國史料叢刊》本誤作"折"。
③ "詔",《湯文正公全集》本和《三賢政書》本誤作"照",據愛日堂藏版本、《四庫全書》本、《湯潛庵疏稿》、《近代中國史料叢刊》本、康熙年間刻蔡本改。
④ "徐州",愛日堂藏版本和《四庫全書》本作"徐"。
⑤ "往",《近代中國史料叢刊》本誤作"行"。
⑥ "時",《近代中國史料叢刊》本誤作"將"。
⑦ "嗷嗷",《近代中國史料叢刊》本誤作"隊隊"。
⑧ "欺",《近代中國史料叢刊》本誤作"期"。
⑨ "或有浪費",《近代中國史料叢刊》本誤作"有浪費或有"。
⑩ "有",《近代中國史料叢刊》本脱。
⑪ "用",愛日堂藏版本和《四庫全書》本作"費"。
⑫ "至",愛日堂藏版本和《四庫全書》本作"致"。

乎？此不便者三也。驛站錢糧，係夫馬①計口之需，必須按日給發。荒缺之項，不得不隨時撥補。在司庫或因原款屬解不前，或因別項動撥已盡，往往不能按年按款，有以別年之銀而撥此年之用者，有以此款而應彼項之需者。每煩部臣核駁，經年累月，完結無期。此不便者四也。

臣查河工錢糧，經總河臣靳輔題明，凡荒缺不敷銀兩，得於起運銀內就近撥補。今驛站雖不敢比例河工，亦係按日給發、萬難②缺少之項。今既減定額數，所有原編不敷及荒缺蠲停應補銀兩，應請比照河工例，即於本州縣地丁實徵銀內就近撥足。如本州縣地丁偶遇災荒蠲免，不能足額，即於附③近鄰封州縣應解裁站銀內按數協抵，每年藩司會同驛傳道，預定確數，行各州縣遵依，一面報臣衙門察考。蓋鄰封州縣，體勢相等，無打點使費之需，無掯勒短少之弊，無跋涉險阻之虞。仍各於地丁、驛站奏銷冊內開列註明款項，既得清楚造報，亦易稽核，寔爲至便。

臣查淮揚、徐州等屬地丁錢糧，除④荒缺蠲停及應解河工、倉漕等款外，仍有應解司庫充餉之數。今以應解之銀扣抵本地應補之項，而將附近成熟州縣裁站銀兩應協別屬者，統歸司庫充餉。總之，各屬驛站錢糧解司者不必支領，支領者不必解司，既可免縣驛解領守候之苦，又可杜侵漁扣尅之弊，更可省牽混核駁之繁，一舉而數善備焉。如慮鄰封州縣勢位相敵，彼此膜不關切，或有愆期，不妨申請藩司行文嚴催。凡在屬邑，誰敢不遵？何必解司轉發，多此煩勞。

臣嘗以公事接見屬員，詢問地方疾苦。言及赴司解領站銀，莫不蹙額相向。即布政使章欽文，亦恐司役借端作弊，不能覺察獲罪，求歸各州縣自行支發。近又因裁減復二站銀，不堪再有旁費，致驛路頹弛，所關非細，故敢⑤比例題請。

---

① "夫馬"，愛日堂藏版本和《四庫全書》本作"馬夫"。
② "難"，《近代中國史料叢刊》本誤作"雖"。
③ "州縣地丁偶遇災荒蠲免不能足額即於附"，愛日堂藏版本和《四庫全書》本脫。
④ "除"，《近代中國史料叢刊》本誤作"徐"。
⑤ "敢"，康熙年間刻蔡本脫。

如果臣言不謬,伏乞睿鑒勅部議覆施行。①

特舉卓異疏

題爲特舉卓異教職,以示鼓勵事。竊惟三年計吏,乃朝廷激濁揚清之大典,卽唐虞三載考績黜陟幽明之遺意也。臣恭承簡命,鎮撫東吳,夙夜孜孜,以察吏安民爲念。每屬員公務接見,諄諄告誡②,以人臣幸逢堯舜之主,眞千載難遘之會,若不能潔己奉公,愛養斯民,有玷盛世,不但法所難容,卽夢寐何能自安?況我皇上巡狩江南,臣屬官員,皆得親見天顏,恭聆聖諭。一時羣寮莫不感激奮發,爭自濯磨,吏治頗稱丕變。

茲康熙二十四年奉旨舉行大計,臣一准部文,卽通行司道府州,將所屬大小官員,嚴加甄別,仰副我皇上澄清吏治至意。除貪酷不職有干八法者,另列露章糾參,並分別註册,聽候部院諸臣考察,請旨處分外,惟是薦舉卓異官員,必得才守兼優、政績超著者,方不愧斯選。而定例內又必本任並無未完錢糧、盜案,始得推舉。臣屬地方,繁劇十③倍他省,雖有練達之才,清謹之操,或掛議於考成,或戴罪於緝捕,得遄參罰者十無一二。如松江府知府魯超,品格端凝,才猷練達,剔漕釐賦,具有成績;吳縣知縣劉滋,才識通敏,繁劇裕如;吳江縣知縣郭琇,風節矯然,催科不擾④;上海縣知縣史彩,清潔自持,競絿俱化;通州知州邊聲揚,端謹飭躬,寬和敷政。各官皆品行卓然,而積逋未清,難登薦剡。又如高淳縣知縣張象翀,清靜爲理,撫字惟勤;六合縣知縣洪煒,居心愷悌,士習民安。雖無參罰之案,而二十三年奏銷赦前皆有微欠,續經完解,尚未報銷,一槩不敢正薦。

臣再三斟酌,既不敢濫及於例外,又不敢竟虛此大典。惟教職一途,士習

---

① "如果臣言不謬伏乞睿鑒勅部議覆施行",康熙年間刻蔡本、愛日堂藏版本和《四庫全書》本脱。

② "誡",《湯文正公全集》本誤作"誠",據《湯潛庵疏稿》、《近代中國史料叢刊》本和《三賢政書》本改。

③ "十",《近代中國史料叢刊》本誤作"士"。

④ "催科不擾",《近代中國史料叢刊》本誤作"優科不催"。

文風,所關甚重。邇來闒茸者多,人皆厭薄。然由人負官,非官輕人也。我皇上聖學淵深,文治休洽。各官亦多刻意砥礪。臣矢公廉訪,合之藩臬道府之揭報,堪膺卓異者一人,謹爲我皇上陳之。

計開:松江府儒學教授陸在新,由舉人,蘇州府長洲縣人。據松江府知府魯超考得本官"律躬造士,文教興行,才守兼優,允堪師表,宜膺循卓";蘇松督糧道副使劉鼎考得本官"課士克勤,律身有範,無忝藝林師表";江蘇按察使丁永譽考得本官"潔己誨士,文教聿興,堪稱司鐸良才";江蘇布政使章欽文考得本官"文行兼優,訓課有則,允堪多士師表";該臣考得本官"盡心職業,力行古道,庶幾蒲藿①之風"。

一、本官研究先儒性理之學,淡泊自甘,砥礪行誼。又喆心經濟,如水利農田,興除因革,皆能悉其原委,確有實學。

一、本官勤於訓迪②,每月集諸生明倫堂,課藝講解,寒暑不輟。更嚴飭諸生遵守學規,不許出入衙門,干預外事。

一、本官奉文講解鄉約,朔日在城,望日赴鄉,宣揚《上諭十六條》,兼講《孝經》、小學,刊刻善本,編散民間誦讀。風俗爲之頓改。

一、本官應本府知府魯超延聘,於義學講書課文,日有程課贄儀,一概不受,教化興行。

此一官者,爲學力追先型,司教克端士習,更能闡明《孝經》、小學之旨,使共識明倫敦本之修,有裨風化,不愧儒林,所當特舉,以備拔擢。仰請勅下部院察議。如果臣言不謬,將陸在新照例優敘,以示鼓勵,以光大典。相應具題。伏乞睿鑒施行。

欽奉上諭疏

題爲欽奉上諭事③。康熙二十三年九月,皇上特頒恩詔東巡。十月,渡黄

① "藿",《三賢政書》本誤作"霍"。
② "迪",《近代中國史料叢刊》本誤作"廷"。
③ "題爲欽奉上諭事",康熙年間刻蔡本脫。

河,歷淮揚,幸蘇州。十一月壬戌,朔,囬鑾,幸江甯,駐蹕二日①。初四日②,乙丑,聖駕出石城③門,御龍舟。天顏④甚豫,軍民數十萬,夾岸持香呼萬歲,直達七里洲。文武大小官員及鄉之紳衿,皆公服分班跪送至燕子磯,洵爲千載未有之曠遇。

　駕過下關,上諭停舟,諭總督臣王新命⑤,巡撫臣湯斌、薛柱斗等曰:"朕向聞江南財賦之地,今觀民風土俗,通衢市鎮似覺充盈,至於鄉村之饒,民情之樸,不及北方,皆因粉飾奢華所致。爾等身爲大小有司,當潔己愛民,奉公守法,激濁揚清,體恤民隱。務令敦本尚實,家給人足,以副朕望老安少懷之至意。欽此!"臣新命、臣斌、臣柱斗前跪奏曰:"江南風俗浮華,人心澆漓,誠如聖諭。今皇上巡行,洞悉民隱,天語申飭,仰見我皇上無一時一刻不以民生、風俗爲念,無一事一物不在睿鑒照臨之中,卽堯仁如天,舜德廣運,亦不是過。臣等自當欽遵,潔己率屬,加意撫綏,袪黜浮華,敦崇樸實。並遍諭百姓,務使窮陬僻壤,士敦禮讓,民尚涫樸,仰副皇上諄諄德教至意。"仍於江甯、蘇州、安慶三處立石,大書深刊,以垂永久。除江甯、安慶二處應聽總督臣王新命、安徽撫臣薛柱斗建碑另報外,該臣卽率江蘇布政使章欽文、蘇松道副使劉鼎並府縣各官,採石於山,得石碑一座,計碑身高一丈,闊五尺,厚一尺;交龍碑頭,高二尺五寸;全龜碑座,高二尺五寸。加之琢磨,表裏光瑩。謹諏吉日,恭捧⑥聖諭及督臣與臣等奏對緣由,擇素工楷書者書丹。更易數手,皆過於矜持,風度微減。惟原任戶部右侍郎臣李仙根所書,雖微帶行體,而筆勢遒逸可觀。遂遴選良工,飭令敬謹鐫刻。仍相度蘇州胥門外運河之上,地勢廣平,羣山環拱,清溪迴遶,遠通太湖,爲人煙輻輳、浙閩往來孔道,仕宦商賈舟楫絡繹。因於其地鼎建碑亭⑦一座,負坎面離,繚以周垣,樹以崇門。既嚴以肅敬,立穹碑於上。逯迤

----

① "二日",康熙年間刻蔡本脫。
② "初四日",康熙年間刻蔡本作"本月初四日"。
③ "城",《近代中國史料叢刊》本脫。
④ "顏",《湯潛庵疏稿》誤作"龍"。
⑤ "命",《湯潛庵疏稿》誤作"令"。
⑥ "捧",康熙年間刻蔡本作"奉"。
⑦ "亭",《近代中國史料叢刊》本誤作"停"。

瞻仰,萬姓歡呼。工費皆諸臣捐俸,不動正帑,不勞民力。已①於康熙二十四年九月二十四日告成。

伏惟天語煌煌,昭垂萬古,如堯典禹謨,同光日月。自今官凛典常,民遵彝憲。所謂皇極敷言,是訓是行,以近天子之光。聖澤汪濊,與滄海、長江永永無極矣!臣謹具疏併碑文摹搨裝褙長幅一軸,冊葉一函,進呈御覽。伏乞皇上睿鑒施行②。

災田漕③糧米色難期純一疏④

題爲災田完漕維艱,米色難期純一,謹請紅白兼收,以恤災黎事。⑤ 竊照淮屬邳州、海州、山陽、清⑥河、鹽城、桃源、宿遷、睢寧、沭陽,揚屬高郵、泰州、江都、寶應、興化,及徐州並所屬⑦蕭、沛、碭山等州縣,去秋霪雨爲災,更加黃淮交漲,田禾潚沒,秋成絶⑧望。臣經照例委官勘明會題,又經總漕臣徐旭齡⑨將漕糧、漕項會疏題請分年帶徵,荷蒙皇上軫念災民,特遣⑩戶部侍郎臣蘇〈赫〉等馳至察勘,確議賑濟。白叟黃童,靡不感頌聖德,靜候恩綸。於康熙二十四年十二月二十四日接到部⑪覆內開:"除漕糧、漕項例不蠲災外,地畝錢糧,被災九分、十分者,照例免其三分;七分、八分者,免其二分;五分、六分者,

---

① "已",康熙年間刻蔡本脫。
② "伏乞皇上睿鑒施行",康熙年間刻蔡本、《湯潛庵疏稿》脫。
③ "漕",《湯文正公全集》本誤作"糟",據《三賢政書》本、愛日堂藏版本和《四庫全書》本改。
④ "災田漕糧米色難期純一疏",愛日堂藏版本和《四庫全書》本作"米色難期純一謹請紅白兼收以卹災黎疏",《湯潛庵疏稿》作"完漕艱難疏"。
⑤ "題爲災田完漕維艱米色難期純一謹請紅白兼收以恤災黎事",愛日堂藏版本和《四庫全書》本脫。
⑥ "陽清",《湯潛庵疏稿》誤作"清陽"。
⑦ "所屬",《近代中國史料叢刊》本誤作"屬所"。
⑧ "絶",《近代中國史料叢刊》本誤作"總"。
⑨ "徐旭齡",《近代中國史料叢刊》本誤作"徐旭地齡"。
⑩ "遣",《湯文正公全集》本誤作"遺",據《三賢政書》本、《近代中國史料叢刊》本、愛日堂藏版本和《四庫全書》本改。
⑪ "到部",《近代中國史料叢刊》本誤作"部文"。

免其一分。"等因。災田地丁等項,已荷蠲免之恩。惟是漕糧、漕項,未允緩徵。臣卽飭行各屬,速催徵兌起運,以副漕限。隨據各該州縣紛紛申詳,咸稱今歲被災最重,汪洋千頃。今時已歲暮,卽敲骨吸髓,亦難副冬兌冬開之限。籲請再叩皇恩,緩至明春。

臣查宿遷、興化、邳州、鹽城、高郵五州縣,康熙二十四年下半年、康熙二十五年上半年地丁各項錢糧,特奉上諭豁免。其①被災州縣錢糧,亦已照例蠲恤。則淮揚士民,受災雖重,蒙恩已深。況漕糧例不蠲災,已奉俞旨②,凡在士民,自當勉力輸將,以報皇仁③,何敢再請寬緩?隨卽批飭設法勸徵,剋期兌運,毋得延緩去後。而各屬又復申請,以本處地產紅稻,向例納漕用純紅米色。今本地旣無收穫,勢必告糴外郡,安得純紅米色?請題明准其紅白兼收等情。

臣查本地無米,遠方採買,時日已迫,又責其一色徵收,此萬難得之於災民者也。查康熙十九年被災州縣漕糧,原蒙恩准紅白兼收,買秈搭兌,成例具在。今康熙二十四年分被災田地漕糧,仰懇睿慈准照十九年之例,紅白秈粳並收,俾災黎拮据措辦,告糴外郡,竭④力輸納,庶漕運不至遲誤。查江北漕糧,例限十二月以內過淮,今部咨於十二月二十四日始到。晝夜追呼,災民實屬無措,不敢不冒昧籲請皇仁⑤。

臣謹會同總督臣王新命、總漕臣徐旭齡,合詞具題。伏乞睿鑒施行⑥。

請免並徵陳賦疏⑦

題爲欽奉上諭事。據江蘇布政司署司事蘇松督糧道副使劉鼎詳稱,該臣看得淮安府屬邳州,素稱荒瘠,遞年水患頻仍,瘡痍未起。康熙十八年至二十

---

① "餘",愛日堂藏版本和《四庫全書》本脫。
② "旨",《湯潛庵疏稿》作"允"。
③ "仁",《湯潛庵疏稿》作"上"。
④ "竭",《湯潛庵疏稿》、《近代中國史料叢刊》本、愛日堂藏版本和《四庫全書》本作"勉"。
⑤ "仁",愛日堂藏版本和《四庫全書》本作"仁也"。
⑥ "臣謹會同總督臣王新命總漕臣徐旭齡合詞具題伏乞睿鑒施行",愛日堂藏版本和《四庫全書》本脫。
⑦ "請免並徵陳賦疏",《湯潛庵疏稿》作"錢糧緩徵疏"。

二年地丁民欠錢糧，業於理財①用人等事案內奉旨分年帶徵，小民獲免並徵之累。正藉年歲豐稔，得以按欠徵輸，早清夙逋，仰副朝廷寬恤之仁。不意上年復遭異常水患，田禾盡被渰沒，流離慘苦，不堪見聞。皇上勤求民瘼，渙發諭旨，准將康熙二十四年下半年、二十五年上半年地丁各項錢糧俱與蠲免，復准動支淮鳳等倉米麥，散給賑濟。恩綸下沛，萬姓歡呼。惟是康熙十八年未完錢糧，應於二十四年帶徵完解，屢據該府州籲請題蠲。臣念該州被災雖重，已荷特恩蠲免，未敢遽爲率請。今據署布政司事蘇松督糧道副使劉鼎詳議，請將康熙十八、十九、二十、二十一、二十二年未完錢糧，緩於二十五年起挨②次分年帶徵前來。

臣查該州田地，上年重罹水患，顆粒無收。被災遺黎，見在藉賑存活。應徵舊欠之小民，即係被渰之災戶，見徵錢糧尚蒙破格蠲恤，若此舊欠地丁不能免追呼之擾，是皇上浩蕩洪恩，災黎猶未盡沾也。仰懇皇仁俯將該州康熙十八等年未完錢糧，緩至二十五年起，分年帶徵完解。一轉移間，在國賦毫無虧損，而災民得邀寬恤，感沐聖恩無既矣。

伏乞睿鑒勅部議覆施行。

請節浮冒疏③

題爲驛遞之差使甚少，復二之站銀實多，謹陳管窺，節浮冒以裕國課事。據江蘇布政司布政使章欽文、江南驛傳道僉事范永茂會詳等情到臣。據此，除移咨事案內議裁站快等船水手工食銀九百七十二兩，先經會疏具題外，④該臣看得江、蘇等八府州屬驛站項下恩詔案內復給二分錢糧，先准部覆通行，照安徽議裁之處查明具題。行據各屬咸以下江驛遞衝繁⑤，萬難裁減，紛紛詳籲。

---

① “財”，《湯潛庵疏稿》、《近代中國史料叢刊》本誤作“才”。
② “挨”，《近代中國史料叢刊》本誤作“俟”。
③ “請節浮冒疏”，康熙年間刻蔡本作“酌留站銀疏”。
④ “題爲驛遞之差使甚少復二之站銀實多謹陳管窺節浮冒以裕國課事據江蘇布政司布政使章欽文江南驛傳道僉事范永茂會詳等情到臣據此除移咨事案內議裁站快等船水手工食銀九百七十二兩先經會疏具題外”，康熙年間刻蔡本脫。
⑤ “衝繁”，康熙年間刻蔡本作“繁衝”。

臣以部文通行議裁，且上江、下江同爲一省，豈得獨異？用是仰體撙節至意，議照安屬裁減具題。然酌六銀兩，誠難足用，臣疏已明言之。續准部覆，令將裁四酌六銀兩，造具衝僻清冊，送部查核。遵卽備行江蘇布政司、江南驛傳道，轉飭各屬查造去後①。

今據布政使章欽文、驛傳道僉事范永茂詳覆前來，臣反覆躊躇，不敢過執前說，以誤郵傳。竊以江、蘇、常、鎮、淮、揚、徐各府州屬爲②南北咽喉，九省通衢，今雖海隅蕩平，而各省解餉、外國貢獻與夫緊急章奏、勘合火牌，絡繹不絕。陸需馬，水需縴夫，往來奔馳，曾無甯晷。近又運送龍袍，改由陸路，更宜敬愼。故③與安徽雖同爲一省，而衝僻較若天壤。臣自議裁之後，隨有荒缺斃停就近撥補之請，蓋亦從萬難措處④中聊爲補救衝驛之計。部覆未允，則別無調劑驛困之法。司郵之官，恐致馬斃夫逃，公務廢阻，紛紛控籲，殆無虛日。況山東、河南驛站復給錢糧，俱奉免裁。臣屬之水陸交衝，較他省實難並論。若不據實上陳，倘致貽誤急差，爲罪非細。仰懇皇上俯鑒。

臣屬驛站較安徽繁簡實屬懸絕，准將極衝各驛恩詔案內復給銀兩照數仍酌，其次衝、稍衝、僻遞原復銀一萬一千九百六兩二錢，自康熙二十四年十月初七日奉旨之日爲始，扣算截裁，康熙二十五年以後照數充餉，庶節省冗費之意與調劑⑤驛困之法並行而不悖矣。

除將該司道造到裁酌款項清冊送部查核外，臣謹會同總督臣王新命，合詞具題。伏乞睿鑒勅部議覆施行。⑥

---

① "臣疏已明言之續准部覆令將裁四酌六銀兩造具衝僻清冊送部查核遵卽備行江蘇布政司江南驛傳道轉飭各屬查造去後"，康熙年間刻蔡本脫，《近代中國史料叢刊》本作"臣疏已明言之續准部覆令將裁四酌六銀兩造具行衝僻清冊部查核遵卽備行江蘇布政司江南驛傳道轉飭各屬查造去後"。
② "爲"，《湯潛庵疏稿》、《近代中國史料叢刊》本、康熙年間刻蔡本作"實爲"。
③ "今雖海隅蕩平而各省解餉外國貢獻與夫緊急章奏勘合火牌絡繹不絕陸需馬水需縴夫往來奔馳曾無甯晷近又運送龍袍改由陸路更宜敬愼故"，康熙年間刻蔡本脫。
④ "處"，康熙年間刻蔡本作"置"。
⑤ "劑"，《近代中國史料叢刊》本誤作"則"。
⑥ "除將該司道造到裁酌款項清冊送部查核外臣謹會同總督臣王新命合詞具題伏乞睿鑒勅部議覆施行"，康熙年間刻蔡本脫。

請旨行取疏

　　題爲請旨行取事。據署江蘇布按二司事蘇松督糧道副使劉鼎呈詳前事，該臣看得①行取官員，以備言路之選，誠聖朝用人之大典也。臣一准部文，隨行布按二司，選擇②開報。惟是部行必無錢糧、盜案官員，方准咨送。而臣屬地方，賦重役繁，甲於天下，實與他處不可同日而語。故銓選時，挈得此缺，便形神沮喪，親朋爲之惋惜，以爲半生功名，付之逝水。自非志趨③堅定，不以升沉利鈍介懷者，未有不頽然自放，甘心以不肖爲歸者也。

　　臣奉命撫吳以來，首以察吏安民爲念，無時不告誡屬員，以我皇上至聖至神，超逾百代，求賢圖治，宵旰弗遑，且知人之明，出自天授，爲臣子者，苟能④仰體聖心，潔己愛民，決不至沉埋下寮。反覆申諭，舌敝筆禿。故一時守令爭自濯磨，操守廉潔，政績⑤表著者，實不乏人。然稽其錢糧考成，則萬萬不能十分全完。蓋勢處其難，智勇、才力無所用也。今奉文行取，若拘定成格，必以合例之官咨送，勢必以僻壤小邑易於藏拙者塞責。此其人卽倖叨選用，未必能光大典，況斷不能逃我皇上之睿鑒，則臣濫送匪人之罪，無可辭矣。若眞知其人而隱不舉聞⑥，則蔽賢之罪與濫舉⑦等。

　　臣採訪再三，查有蘇州府屬吳縣知縣劉滋，操守端嚴，蒞事精⑧敏，興行教化，勸課農桑，廉能之績最著。又，吳江縣知縣郭琇，居心恬澹，風骨堅凝，撫字能勤，訓迪不倦，士民之稱頌如一。此二官者，並無未完承緝盜案，惟經徵、帶徵各年正雜錢糧，不能如額。臣於大計薦舉卓異疏中，亦曾列其廉能，祗以格

---

① “題爲請旨行取事據署江蘇布按二司事蘇松督糧道副使劉鼎呈詳前事該臣看得”，愛日堂藏版本和《四庫全書》本脫，康熙年間刻蔡本作“該臣看得”。
② “擇”，愛日堂藏版本和《四庫全書》本作“用”。
③ “趨”，愛日堂藏版本、《四庫全書》本和《三賢政書》本作“趣”。
④ “苟能”，《近代中國史料叢刊》本誤作“能苟”。
⑤ “績”，愛日堂藏版本和《四庫全書》本作“蹟”。
⑥ “聞”，愛日堂藏版本和《四庫全書》本作“用”。
⑦ “濫舉”，愛日堂藏版本和《四庫全書》本作“俱”。
⑧ “精”，《近代中國史料叢刊》本作“稱”。

於定例,未敢開入正薦,已荷皇上睿照。①

查吳縣、吳江縣錢糧,自康熙十九年起,至二十二年止,俱奉文停徵。至康熙二十四年始,分別按年帶徵。其康熙二十二、二十三兩年地丁錢糧,俱經奏報全完,止有康熙二十四年並帶②徵十八年地丁漕項及各年蘆課雜稅,與承追前任侵那各案,俱有尾欠,尚在年限之內。查二縣錢糧,歷年不能全完。今二官兩年地丁錢糧全完,則非二官之才短惰徵,可知也。

臣查前督臣阿〈席熙〉、前撫臣慕〈天顏〉任內,有常熟縣知縣林象祖、上海縣知縣任辰旦,亦以錢糧未完,與例不符,曾經會疏題請,奉旨破格擢用。今劉滋、郭琇二官,臣實真知其才品久洽③輿情。茲據署江蘇布按二司事蘇松督糧道副使劉鼎暨蘇州府知府胡世④威交薦,合以臣之見聞無異。然臣終不敢自信一己之見,違例輕舉,復又咨商督臣,隨准移覆。二官清操卓越,敷政精勤,堪膺行取之選,是亦從愛惜人才起見。

臣思以人事君,爲臣子之大義。用是冒昧比例具題,仰懇皇上俯鑒,准破格錄取。俾循良之官益知感奮,而地方之繁劇與兩邑相等者,亦知有登進之階,相率而爲良吏,以仰副我皇上圖治⑤安民之意,所關匪淺鮮也。

臣謹會同總督臣王新命合詞具題,伏乞勅部議覆施行。

再,照此案以准到部文之日爲始,內除年節封印日期扣,該康熙二十五年二月十六日限滿。因備細採訪,稍稽時日。逾違未及一月,相應一併題明。⑥

---

① "臣於大計薦舉卓異疏中亦曾列其廉能衹以格於定例未敢開入正薦已荷皇上睿照",康熙年間刻蔡本脫。

② "帶",愛日堂藏版本和《四庫全書》本脫。

③ "洽",愛日堂藏版本和《四庫全書》本作"協"。

④ "世",《湯文正全集》本、《三賢政書》本誤作"士",據《湯潛庵疏稿》、《近代中國史料叢刊》本、康熙年間刻蔡本、愛日堂藏版本和《四庫全書》本改。

⑤ "圖治",《近代中國史料叢刊》本誤作"治圖"。

⑥ "臣謹會同總督臣王新命合詞具題伏乞勅部議覆施行再照此案以准到部文之日爲始內除年節封印日期扣該康熙二十五年二月十六日限滿因備細採訪稍稽時日逾違未及一月相應一併題明",康熙年間刻蔡本、愛日堂藏版本和《四庫全書》本脫。

解送布疋疏

　　題爲外省採買解送布疋事。據江蘇布政司布政使章欽文詳前事，該臣看得青藍布疋原准部文，因在京採買皆係短窄粗糙，故行江南每年採買寬長細密好布十萬疋解部，業經轉行布政司遵照將康熙二十二、二十三兩年應辦布疋，分委蘇州、松江、常州三府官員照數採買，赴部交收。其青布每疋價染銀五錢二分九釐，藍布每疋價染銀四錢七分九釐，每疋各給水腳銀五分四釐，原係陞任撫臣余國柱、王新命核實無浮，具題在案。所有康熙二十四年應辦之布，臣以爲從前皆委微員採辦，恐此輩稍有不愼，必致有布疋掛欠、錢糧朦混等弊。故據布政司詳，總委蘇州府同知金鑑於司庫支領見銀，前往產布地方採辦，以速起解。臣經再三申飭，加意節省。續據開報，青布每疋價銀五錢一釐，藍布每疋價銀四錢五分一釐，每疋給水腳銀五分四釐，較之康熙二十二、二十三兩年之價，每疋減銀二分八釐，計節省銀二千八百兩。

　　臣見前兩年未經部駁，今次稍①稍節省，可以無過，隨據以題銷。今准部覆，青布每疋定價銀三錢四分，藍布每疋定價銀三錢一分，嗣後每年照此採辦解送，並將節年核減價值並水腳銀兩，速追解部等因，行據布政使章欽文具詳前來。臣查此布細密寬長，非比民間所用短窄粗糙之布②。別處之民，皆不諳織辦，惟松江府上海縣所屬三林塘地方出產。即京師百貨聚集之處，採買亦自難得。故仍行江南採辦。

　　夫物有美惡不同，則價有低昂不等。在康熙二十二、二十三兩年報銷之價，業已無浮，至二十四年更加節省，其所給之價俱係當日與民交易，按布給發。今部定之價核減幾半，欲追於民，則買布之時原未登記姓名，無可查追；欲追之官，則官之俸銀有限，將用何物包賠？當今功令森嚴，皇上視民如傷。有司日用蔬薪，擅用官價，即干吏議。若歲辦十萬疋細密寬長之布，而用官價勒

---

① “稍”，《近代中國史料叢刊》本誤作“銷”。
② “布”，《湯潛庵疏稿》作“布疋”。

取，民誰肯服？倘出產地方民畏賠累，相率遠逃，則以後應辦之布必致有誤，亦地方官之責也。至於水腳一項，凡長途挑運、僱船僱車、起剝添夫以及包索等項，無不取資於此。若盡行裁減，豈能神輸鬼運而至乎？

今據該司請將康熙二十二、二十三年原報布價，照依二十四年每疋亦減銀二分八釐，又共減銀五千六百兩。計青布每疋實請銷銀五錢一釐，藍布每疋實請銷銀四錢五分一釐，每疋給水腳銀五分四釐。以後各年價值，仍應照時確估報銷。

除據報核減銀兩，批飭該司速追另報外，相應據以具題。伏乞睿鑒勅部核銷施行。

再，照此案於康熙二十四年十月十八日准咨，除年節封印二十三日扣①，該康熙二十五年三月初十日限滿。合並陳明。

蠲免丁額疏②

題為丁額科則獨重，包賠苦累實深，籲懇亟賜題蠲，以安孑遺事。③ 據江蘇布政司布政使章欽文詳前事，該臣看得④山陽縣地最衝疲，而丁徭一項，又最為繁重。蓋淮屬最大州縣，不過六七萬丁，小者常不及萬。而山陽一縣⑤，原額人丁至一十六萬三千六百九十八丁，編銀至三萬七千二百餘兩，此諸屬之所未有者也。當年歲豐稔，得以按編徵輸，民力亦自無餘。迨康熙七年以後，疊罹河患，民生日蹙。康熙十五年編審，清查缺額至四萬二千六百餘丁。時因需餉殷繁，未敢遽請蠲除，仍照舊額徵收。小民包賠苦累，已非一日。至康熙十九年，前撫臣慕〈天顏〉飭司、府清查，除陸續招徠復業，並清出新丁抵補外，仍有實缺人丁二萬九千八百二十六丁，於淮民累苦已急等事案內具題，部覆奉

① "扣"，《近代中國史料叢刊》誤作"招"。
② "蠲免丁額疏"，愛日堂藏版本和《四庫全書》本作"丁額科則獨重包賠苦累實深籲懇亟蠲以安孑遺疏"，康熙年間刻蔡本作"請蠲缺額丁銀疏"。
③ "題為丁額科則獨重包賠苦累實深籲懇亟賜題蠲以安孑遺事"，康熙年間刻蔡本、愛日堂藏版本和《四庫全書》本脫。
④ "據江蘇布政司布政使章欽文詳前事該臣看得"，愛日堂藏版本和《四庫全書》本脫，康熙年間刻蔡本作"竊惟淮安府"。
⑤ "山陽一縣"，《近代中國史料叢刊》本誤作"山縣陽一"。

有俞旨，“自康熙十九年爲始，准照見在人丁徵輸”，積困頓甦。不意於康熙二十年編審案内，因部文駁查，至二十二年覆准仍照原額徵解。

　　查此項缺額丁銀，於二十年始奉准蠲，卽於二十年編審。一年之内，長養幾何？今二十四年應徵丁銀，已荷皇恩蠲免，萬姓感頌無斁矣。所有二十二年缺丁銀兩，應於二十八年帶徵。其①二十三年缺丁銀兩，在見徵未完數内。有司仰遵功令，非不盡力追呼，奈②徵比無人，勢必責令見丁包賠。連年水旱，疊告災傷異常，見在遺黎賴我皇上弘仁蠲賑得以僅存，應徵之賦尚苦③供輸維艱，此項缺額人丁，豈能責令包賠？況宿遷、桃源、安東、沭陽等縣澕溺、流移人丁，見於決口地廢等事各案内照舊停免。山陽故絶無徵丁銀，亦係尚案題蠲，事同一例。

　　仰懇皇仁垂鑒，山陽丁繁則重，災傷頻仍，卽今現徵④一十三萬三千八百七十餘丁，已屬艱難，將二十二三兩年缺額丁銀特賜豁免，其二十五年以後，俟今次編審明⑤有無增補，照實在見丁徵收，庶災黎獲免包賠，哀鴻得以安集。將來長養生聚，日漸殷繁，可以足額裕賦於無窮矣。

　　臣因里民控籲，該江蘇布政司布政使章欽文、署布政司事蘇松督糧道副使劉鼎先後詳議前來，除將印結送部外，臣謹會同總督臣王新命，合詞具題。伏乞睿鑒勅部議覆施行。⑥

詳陳蘆課辦銅之艱疏⑦

　　題爲詳陳蘆課辦銅之艱，仰祈睿鑒事。據江蘇布政司布政使章欽文詳，⑧

---

① “其”，《近代中國史料叢刊》本作“其有”。
② “奈”，愛日堂藏版本和《四庫全書》本脱。
③ “苦”，《近代中國史料叢刊》本誤作“若”。
④ “徵”，康熙年間刻蔡本作“在”。
⑤ “明”，康熙年間刻蔡本脱。
⑥ “臣因里民控籲該江蘇布政司布政使章欽文署布政司事蘇松督糧道副使劉鼎先後詳議前來除將印結送部外臣謹會同總督臣王新命合詞具題伏乞睿鑒勅部議覆施行”，康熙年間刻蔡本、愛日堂藏版本和《四庫全書》本脱。
⑦ “詳陳蘆課辦銅之艱疏”，康熙年間刻蔡本作“請停蘆課辦銅疏”。
⑧ “題爲詳陳蘆課辦銅之艱仰祈睿鑒事據江蘇布政司布政使章欽文詳”，康熙年間刻蔡本、愛日堂藏版本和《四庫全書》本脱。

該臣看得部行"於江甯撫屬蘆課銀內動支銀一萬一千五十兩,辦銅十七萬觔,解交寶源局"等因,案經轉行布政司遵照。續據該司以①江省非產銅之地,必採買於外省,定價不敷,請照各屬額徵蘆課多寡,分行州縣,多方購覓,以速起解,當經咨明部臣在案。除康熙二十四年所派銅觔,已飭各屬勉力採辦,赴部交收外,茲據江蘇布政使章欽文詳稱,康熙二十五年蘆課銅觔,飭行各屬遵照採買,各州縣咸以賠補艱難,籲請停辦前來。

臣查錢局需用銅觔,向於各關稅銀內動支辦解。因蘆課錢糧當年亦差蘆政部司經收,故照關差,一例辦銅。迨後蘆政衙門奉裁,課銀歸併有司徵解。時因銅價騰貴,外省停鑄。惟京局所需之銅,止令關差動支稅銀辦買,而不及於蘆課。誠以此項銀兩,在小民係計畝輸將,在州縣按則徵解,歲有定數,非若關稅按貨徵收,歲額之外稍有盈餘可以通融補劑者比。

今部定銅價,每觔止銀六分五釐。而各處時值,則有一錢五六分以至一錢七八分不等。是時價之與定價,不啻三倍。況江甯所屬,每年派辦十七萬觔。爲數既多,一時採買,價值更加騰湧。重以領解員役舟車盤剝,需費浩繁。雖康熙二十四年各州縣勉力捐賠,辦完起解,然後難爲繼。今康熙二十五年各屬紛紛具詳。臣查銅觔定價既有不敷,採買解交②更多賠累,若不變通,將來各官賠補無力,必至科派那移,官民交困。仰請皇上俯鑒蘆課與關稅不同,停其辦買銅觔。其應徵之銀,照舊充餉。如或錢局必需,萬不可缺,亦懇皇上勅部於每觔定價六分五釐之外,照依時值③,酌量加增。庶承辦之官不至有賠累之苦,則那移錢糧、科派州民之弊可免,而京局鼓鑄急需,亦得無誤矣。

臣謹會同總督臣王新命,合詞具題。伏乞睿鑒施行④。

---

① "該臣看得部行於江甯撫屬蘆課銀內動支銀一萬一千五十兩辦銅十七萬觔解交寶源局等因案經轉行布政司遵照續據該司以",愛日堂藏版本和《四庫全書》本脫。
② "解交",愛日堂藏版本和《四庫全書》本作"交解"。
③ "值",康熙年間刻蔡本作"價"。
④ "臣謹會同總督臣王新命合詞具題伏乞睿鑒施行",康熙年間刻蔡本、愛日堂藏版本和《四庫全書》本脫。

借帑買米平糶①還庫疏

　　題爲借帑採買米石，已經平糶還庫，臣謹會疏題明，仰祈睿鑒事。據江蘇布政司布政使章欽文詳前事，該臣看得淮、揚、徐三屬上年夏秋霪雨爲災，饑民載道。經臣會同督漕河諸臣節次具疏題報，併借動司庫開濬白茆、孟河溢收捐輸事例銀五萬兩，遴委蘇州府同知劉三傑、松江府同知李經政，前往江西、湖廣等處採買米石，運回賑濟。荷蒙皇上懷保之仁，特差部臣蘇赫來南察勘，同奏請動鳳、徐、淮三倉餘賸米麥並各屬節年積穀及勸捐銀米等項發賑。已奉俞旨，所有前動司庫銀兩，亟應補還原項。隨經飭行布政司，就見買米石，作速運回，照依江楚原買價值平糶。至未經買米銀兩，竟行齎回還項去後。今據布政使章欽文詳稱，原動司庫銀五萬兩內，未經買米銀二萬六千一百五十七兩一錢三分零，先經繳回還項外，其買米銀二萬三千八百四十二兩八錢六分零，已將買到米石運至重災地方，照依原價平糶，見銀俱經補還庫項等情前來。臣查動支司庫銀兩，原係再陳水利等事案內溢收捐輸之款，見於該案內准有部文，行令解部。今既照數還庫，應仍聽於原案內解部交收，相應題明。

　　臣謹會同總督臣王新命、總漕臣徐旭齡，合詞具題。伏乞睿鑒施行。

恭謝天恩疏②

　　奏爲恭謝天恩事。臣接准吏部咨文內開："爲欽奉上諭事。③ 康熙二十五年三月二十日④奉上諭：'諭吏部，自古帝王諭教太子，必簡和平謹恪之臣，統領宮僚，專資贊導。江甯巡撫湯斌，在講筵時素行勤慎，朕所稔知。及簡任巡

---

① "糶"，《湯文正公全集》本誤作"糶"，據《湯潛庵疏稿》和《三賢政書》本改。
② "疏"字之後，康熙年間刻蔡本有"陞任大宗伯掌詹事府事時上"十二字。
③ "奏爲恭謝天恩事臣接准吏部咨文內開爲欽奉上諭事"，愛日堂藏版本和《四庫全書》本脫，康熙年間刻蔡本作"臣接准吏部咨文內開爲欽奉上諭事"。
④ "日"，康熙年間刻蔡本作"二"。

撫以來，潔己率屬，實心任事，允宜拔擢大用，風示有位。特授爲禮部尚書，掌管詹事府事。其現任詹事郭棻，少詹盧琦、歸允肅，著照舊留任。其詹事朱瑪泰，著對品調用。少詹喇拔色度，著解任，照伊①原品隨旗上朝。爾部卽遵諭行。特諭。欽此欽遵。'”移咨到臣。准此。寵命自天，驚惶無地。當卽虔設香案，望闕叩頭謝恩訖。

伏念臣至愚極陋，蒙我皇上起自田間，俾列侍從，拔置講筵，記注聖政，編輯祖訓，總裁史局。數年之內，屢荷天恩，驟遷學士。自顧譾劣，深愧非分。乃蒙特簡，出撫江蘇。陛辭之日，天顏和霽，獎勵有加，賜賚優隆②，恩溢格外。臣負乘滋懼，覆餗是虞。受事以來，夙夜兢兢，惟思勉策駑鈍，以圖報稱於萬一。而才薄事繁，力輕任重，拮据雖勤，涓埃莫効，叢脞③屢見，俱荷④聖恩優⑤容。臣每捧接溫綸，感激涕零，以爲際遇之隆，千載難覯。而又自⑥念精力漸衰，心血枯槁，常恐終至隕越，孤負聖慈。何期復承⑦寵命，不次超擢，特旨褒嘉，榮逾華袞。臣何人，斯當茲異數。

敬惟皇太子徇齊天縱，敦敏日新。我皇上諭教宮中，寒暑罔間，神聖指授，自有精一心傳，豈臣下所能仰贊高深？況臣學識疏陋，尤在諸臣之下。乃荷茲重任，跼蹐屏營，罔知所措，敢不益矢恪恭，勉思襄贊？且臣職司封疆，心依黼座，茲得再瞻紫極，拜舞龍墀，犬馬微忱，不勝踴躍。

臣將屆限欽部事件逐一清理，卽交印督臣，星馳赴闕，另將起行日期題報外，謹先具疏，恭陳謝悃。伏乞睿鑒。臣無任惶恐戰栗之至。⑧

---

① “伊”，愛日堂藏版本和《四庫全書》本脫。
② “優隆”，愛日堂藏版本和《四庫全書》本作“有加”，《近代中國史料叢刊》本誤作“擾隆”。
③ “脞”，《湯文正公全集》本誤作“挫”，據愛日堂藏版本、康熙年間刻蔡本、《四庫全書》本和《三賢政書》本改。
④ “俱荷”，愛日堂藏版本和《四庫全書》本作“荷蒙”。
⑤ “優”，《近代中國史料叢刊》本誤作“擾”。
⑥ “自”，《湯潛庵疏稿》作“日”，《近代中國史料叢刊》本誤作“目”。
⑦ “期復承”，《湯潛庵疏稿》作“復期承”。
⑧ “臣將屆限欽部事件逐一清理卽交印督臣星馳赴闕另將起行日期題報外謹先具疏恭陳謝悃伏乞睿鑒臣無任惶恐戰栗之至”，愛日堂藏版本和《四庫全書》本脫，康熙年間刻蔡本作“臣卽交印督臣星馳赴闕另將起行日期題報外謹先具疏恭陳謝悃伏乞睿鑒”。

請錄先賢後裔疏①

　　題爲請錄先賢後裔，以彰聖化事。據江蘇布政使司②布政使章欽文呈詳前事，該臣看得③歷代賢主，莫不裒崇儒學，優禮先聖，而本朝尤爲明備。孔顏曾孟及先賢仲由、先儒朱熹子孫，皆世襲五經博士。我皇上崇儒重道，復錄程顥、程頤子孫；聖駕東巡，錄周公子孫；近又錄周敦頤子孫。皆世襲博士。聖賢後裔，盡承異數，其盛典也。

　　臣躬逢聖朝，愧無以仰④助文治。謹按，臣屬蘇州府常熟縣，爲先賢言偃故里。偃以文學著稱，絃歌之化，深契聖心。其"學道愛人"一語，可爲治行之準；所稱"行不由徑，非公不至"，可爲取人之法。蓋以《詩》、《書》、《禮》、《樂》爲教，孜孜以人才、風俗⑤爲先務，視有勇足民精粗不侔矣。嘗考《禮記·檀弓》所載，時人問禮者十有四，皆以子游一言爲可否。蓋其考禮論⑥道，必貴知本，不僅在器數、儀文之末，可謂得聖學之精華者矣。且孔門諸賢，多產魯衛，密邇⑦聖居，興起爲易。獨偃生長句吳，政教之所不通，乃能奮起遐荒，化學⑧洙泗，開東南數千年人文之盛。其功之所及，尤大且遠，而後裔未獲邀一命之恩，實爲闕典。恭惟我皇上神聖天縱，集堯舜⑨以來之大成，既已海內乂安，治化蒸蒸，更修明典禮，表章先哲，文治之隆，萬古爲昭。倘蒙聖恩，念偃之賢，比例仲由，錄其子孫，於以光大治化，昭示來茲，裨益良匪淺鮮矣。

---

① "請錄先賢後裔疏"，康熙年間刻蔡本作"請錄賢裔疏"。
② "布政使司"，《湯潛庵疏稿》作"布政司"。
③ "題爲請錄先賢後裔以彰聖化事據江蘇布政使司布政使章欽文呈詳前事該臣看得"，愛日堂藏版本和《四庫全書》本脫，康熙年間刻蔡本作"竊惟"。
④ "仰"，康熙年間刻蔡本脫。
⑤ "俗"，愛日堂藏版本和《四庫全書》本作"化"。
⑥ "論"，康熙年間刻蔡本作"問"。
⑦ "邇"，愛日堂藏版本和《四庫全書》本作"近"。
⑧ "化學"，愛日堂藏版本和《四庫全書》本作"學傳"。
⑨ "堯舜"，《湯潛庵疏稿》作"舜堯"。

抑①臣更有請者，孔門弟子如閔損②、冉耕、冉雍、端木賜、卜商、有若諸賢，其造詣雖不無淺深，要亦顏曾之流亞。若蒙③勅下禮部，會同翰林院，詳加酌議，行各直省，訪其子孫，量賜錄用，補前代未備之典章，實熙朝不朽之盛事也。

臣又考宋太祖、眞宗、高宗，皆嘗親製孔子及諸弟子像贊。故一代儒臣，號稱最盛。我皇上道本生知，學深④宥密，天文炳煥，暉麗日星。薄海臣民，莫不顒仰。倘萬幾之暇，揮灑宸翰，御製先聖先賢像贊，頒示天下學宮，傳之史冊，當與典謨並重。熙朝人文之盛，必將⑤駕漢逾唐，比隆三代，豈近世所敢望哉！

臣因諸生之請，據布政司呈詳前來。臣謹會同總督臣王新命，提督學政臣李〈振裕〉，合詞具題。伏乞睿鑒施行。⑥

請毀淫祠疏⑦

題爲淫祠敗壞風俗已極，請嚴綸申禁，以正人心，以維世道事。⑧臣才具庸劣⑨，奉命撫吳。陛辭之日，蒙我皇上諄諄誨諭，以移風易俗爲先務。聖駕南巡，又諭以敦本尚實，使民還淳返樸。臣仰承德意，月吉齊集士民，講解《上諭十六條》，又定期至學宮，講《孝經》、小學，使人知重倫常而敦實行。一年以來，風俗亦漸改觀。

---

① "抑"，愛日堂藏版本和《四庫全書》本脱。
② "損"，《近代中國史料叢刊》本誤作"捐"。
③ "蒙"，《近代中國史料叢刊》本誤作"家"。
④ "深"，愛日堂藏版本和《四庫全書》本作"稱"。
⑤ "必將"，愛日堂藏版本和《四庫全書》本作"將必"。
⑥ "臣因諸生之請據布政司呈詳前來臣謹會同總督臣王新命提督學政臣李〈振裕〉合詞具題伏乞睿鑒施行"，康熙年間刻蔡本、愛日堂藏版本和《四庫全書》本脱。
⑦ "請毀淫祠疏"，愛日堂藏版本和《四庫全書》本作"毀淫祠以正人心疏"。
⑧ "題爲淫祠敗壞風俗已極請嚴綸申禁以正人心以維世道事"，《正誼堂全書》本、愛日堂藏版本和《四庫全書》本脱。
⑨ "才具庸劣"，康熙年間刻蔡本脱。

　　竊以吳中之①俗，尚氣節而重文章，閭閻詩書②以著述相高，固天下所未有也。但其③風涉淫靡，黠者藉以爲利，而愚者墮其術中，爭相倣傚，無所底止。如婦女好爲冶遊之習，靚妝豔服，連袂僧院；或羣聚寺觀，裸身燃臂，虧體誨淫。至於斂錢聚會，迎神賽社，一旛之直，可數百金。刻造馬弔紙牌，編作淫詞豔曲，流傳天下，壞人心術。婚喪不遵《家禮》，戲樂參靈，綵服送喪，仁孝之意衰，任卹之風微。而無賴少年，教習拳勇，身刺文繡，輕生好鬪，名爲打降。如此之類，不可枚舉。臣皆嚴加禁飭，委曲告④誡。今寺院無婦女之跡，河下無管絃之聲；迎神罷會，豔曲絶編；打降之輩，亦稍稍斂跡。若地方有司守臣之法，三年之後，可以返樸還淳。且浮費簡則賦稅足，禮樂明而⑤爭訟息，固吳中之急務也。然此皆地方官力所能行，不敢上煩諭旨。惟有淫祠一事，挾禍福之說，年代久遠，入人膏肓，非奉天語申飭，不能永絶根株⑥。

　　蘇松淫⑦祠有五通、五顯及劉猛將⑧、五方賢聖諸名號，皆荒誕不經。而民間家祀戶祝，飲食必祭。妖邪巫覡，創爲怪誕之說。愚夫愚婦，爲其所惑，牢不可破。蘇州府城西十里，有楞⑨伽山，俗名上方山，爲五通所踞，幾數百年。遠近之人，奔走如鶩。牲牢酒醴之饗，歌舞笙簧之聲，晝夜喧闐，男女雜遝，經年無時間歇。歲費金錢，何止數十百萬！商賈市肆之人，謂稱貸於神，可以致富；借⑩直還債，祈⑪報必豐。里諺謂其山曰“肉山”，其下石湖曰“酒海”。耗民財，蕩民志，此爲最甚。更可恨者，凡少年婦女有殊色者，偶有寒熱之症，必曰五通將娶爲婦，而其婦女亦恍惚夢與神遇，往往羸瘵而死。家人不以爲哀，

---

① “中之”，愛日堂藏版本和《四庫全書》本脫。
② “詩書”，愛日堂藏版本和《四庫全書》本脫。
③ “其”，愛日堂藏版本和《四庫全書》本脫。
④ “告”，《近代中國史料叢刊》本誤作“古”。
⑤ “而”，《正誼堂全書》本、康熙年間刻蔡本作“則”。
⑥ “株”，愛日堂藏版本和《四庫全書》本作“枝”。
⑦ “淫”，《四庫全書》本脫。
⑧ “劉猛將”，康熙年間刻蔡本、《正誼堂全書》本脫。
⑨ “楞”，《湯潛庵疏稿》、《近代中國史料叢刊》本作“𡸁”。
⑩ “借”，愛日堂藏版本和《四庫全書》本作“重”。
⑪ “祈”，愛日堂藏版本和《四庫全書》本作“神”。

反豔稱之。每歲常至數十家,視河伯娶婦之說更甚矣。夫蕩民志,耗民財,又敗壞風俗如此。皇上治教,如日中天,豈容此淫昏之鬼肆行於光天化日之下?臣多方禁之①。因臣以勘災至淮,益肆猖獗。臣遂收取妖像,木偶者,付之烈炬;土偶者,投之深淵。檄行有司,凡如此類,盡數查毀,撤②其材木③,備修學宮、葺城垣之用④。民始而駭,繼而疑,以爲從前曾有官長,厭其妖妄,銳意除之⑤,神卽降之禍殃,皆爲臣危之⑥。數月之後,見無他異,始大悟往日之非。然吳中師巫,最黠而悍。誠恐臣去之後,必又造怪誕之說,箕斂民財,更議興復。愚民無知,必復舉國猖狂,不可禁遏。請賜特旨嚴禁,勒石山巔,令地方官加意巡察,有敢興復淫祠者,作何治罪;其巫覡人等,盡行責令改業,勿使邪說誑惑民聽。天威所震,重寐當醒。人心旣正,風俗可涫。更通行各直省,凡有類此者,皆行禁革,有裨世道非渺小矣。

爲此具題,伏乞睿鑒勅部議覆施行⑦。

恭報起程疏⑧

題爲恭報微臣交代起行日期,仰祈睿鑒事。准吏部咨爲欽奉上諭事內開:"康熙二十五年三月二十日奉上諭:'諭吏部,自古帝王諭教太子,必簡和平謹恪之臣,統領宮僚,專資贊導。江甯巡撫湯斌在講筵時,素行勤慎,朕所稔知。及簡任巡撫以來,潔己率屬,實心任事。允宜拔擢大用,風示有位。特授爲禮部尚書,掌管詹事府事。其現任詹事郭棻、少詹盧琦、歸允肅,著照舊留任。其詹事朱瑪泰,著對品調用。少詹喇拔色度,著解任,照伊原品隨

① "之"字之後,《正誼堂全書》本、愛日堂藏版本和《四庫全書》本有"其風稍息"四字。
② "撤",愛日堂藏版本和《四庫全書》本誤作"撤"。
③ "木",《正誼堂全書》本、康熙年間刻蔡本作"料"。
④ "葺城垣之用",愛日堂藏版本和《四庫全書》本作"並葺城垣"。
⑤ "除之",愛日堂藏版本和《四庫全書》本作"革除"。
⑥ "之",《正誼堂全書》本、愛日堂藏版本和《四庫全書》本作"至"。
⑦ "爲此具題伏乞睿鑒勅部議覆施行",《正誼堂全書》本、康熙年間刻蔡本、愛日堂藏版本和《四庫全書》本脫,《湯潛庵疏稿》誤作"爲此具題伏乞睿鑒勅部議覆行行"。
⑧ "恭報起程疏",《湯潛庵疏稿》作"恭報起行疏"。

旗上朝。爾部卽遵諭行。特諭。欽此欽遵.'相應行咨。爲此,合咨前去,
煩爲欽遵查照施行。"等因到臣。准此。除經恭設香案,望闕叩頭,具本謝
恩外,伏念臣才本疏庸,學復固陋,遭逢聖主,屢荷殊恩。撫吳以來,刻自砥
礪,冀圖報稱於萬一,而綆短汲深,勤不補拙,夙夜旁皇,懼負罪譴。乃更蒙
我皇上優①擢不次,驟列正卿。秩宗爲典禮之司,端尹實宮寮之長。以臣庸
碌處之,忝竊已極。循躬自思,惶悚無地。然臣久離闕下,今得瞻仰天顏,不
勝欣忭,敢不星趨就道,冀竭螢燭微照,仰承天光。臣將任內一切奉行欽部
事件文卷,逐一清理,並將欽頒關防、王命旗牌,於康熙二十五年四月十六
日,專差蘇州府同知賈光先,協同中軍遊擊李虎,齎送總督臣王新命暫行署
理。臣卽於本日束裝起行赴京,所有交代起行日期,相應具疏題報。伏祈睿
鑒施行。

特舉賢才疏

　　奏爲特舉賢才,以備聖恩簡用事。竊惟詹事官僚,翼導儲闈,職司綦重。
臣以疏庸謬忝端尹,夙夜孜孜,深懼曠官。仰惟皇上學符姚姒,道繼羲軒,聖德
神功,頌揚難罄。大綱細目,備舉無遺;諭教之道,盡善盡美。史册所載,亘古
無倫。皇太子睿哲性成,德修日懋。臣自愧樸魯,何能仰贊高深?

　　惟思古之賢臣,以人事君,圖報天恩,計無逾此。乃臣交遊既寡,聞見復
疏,聽言而觀行,卽事而察心,彌覺知人之難,恐蹈妄舉之罪。反復詳愼,不敢
自輕。茲於臣素所知者得一人焉,敬爲我皇上陳之。

　　原任翰林院檢討轉直隸大名道副使、丁憂同籍河南登封人耿介,賦質剛
方,踐履篤實,服官冰蘗自矢,家居淡泊自甘,潛心經傳,學有淵源,與臣舊爲同
官。相別多年,聞其造詣精進,心竊嘆服。今雖年逾六旬,精力尚健,老成宿
素,罕見其儔。邇者皇上念衛既齊之賢,復其原官,仰見皇上愛惜人才,不忍遐
棄。凡有寸長,誰不思奮? 臣才具最下,恩遇過隆,豈敢竊位蔽賢,自昧舉知之

---

① "優",《近代中國史料叢刊》本誤作"擾"。

義？謹冒昧上聞。倘蒙鑒臣愚誠，將介徵取來京，賜以引見，可否錄用，自有睿裁，非臣之愚所敢妄議也。

如臣言不謬，伏祈勅下該部議覆施行。爲此具本，謹具奏聞。

卷　三

序

擬御製《大清會典》序順治壬辰七月御試

朕惟一代之創興，必明一代之制度。蓋紀綱倫敘，千載維同，而規模品式，累朝各異。自唐虞以來，典謨大備。商著風愆，用儆有位；周垂官禮，具訓百[1]工。莫不煌煌巨麗，於今爲昭。然道取稽古，政貴因時，近代惟明。本朝所監，其設官分職，原本古昔，權殺於漢而董正之綱維自定，員省於唐而職任之貫理甚周，祿涼於宋而蠲復之恩禮愈渥。宏謨曲算，可謂博大精詳矣！

至孝宗秉睿哲之資，股肱多忠良之彥，於弘治十年，詔修《大明會典》。閱六年而告成。其後因時損益，每進加詳，制度文爲，於焉稱備。使其臣工克遵罔替，何難彷彿殷周、比隆虞夏哉？

朕於萬幾之暇，時一披覽。因念本朝受命九載於茲，而典則不章，臣鄰罔守，朕甚惡焉。用是特命諸曹纂輯舊章，別類編文，分年紀政，以官聯部署爲綱，以事物儀文爲目，同異兼晰，而無因革難通之患；巨細均該，而有本末咸宜之美。法則折衷於前朝，謨訓聿彰於昭代。誠至[2]治之良猷，實萬年之金鑑。

嗚呼！法難明而易昧，民難安而易危。寅恭協應，勿持祿以養交；成憲是遵，罔紛更而多事。使百姓聞令而心服，則朝廷無爲而日尊。百爾君子，尚其

---

① “百”，《近代中國史料叢刊》本誤作“旨”。

② “至”，康熙年間刻田本、康熙年間刻閣評本和《近代中國史料叢刊》本作“致”。

敬哉！世世子孫，尚其敬哉！

《理學宗傳》序

天之所以賦人者無二理，聖人之所以承天者無二學。蓋天命流行，化育萬物，秀而靈者爲人。本性之中，五常具備①。其見於外也，見親則知孝，見長則知弟，見可矜之事則惻隱，見可恥之事則羞惡。

不學不慮之良人，固無異於聖人也。惟聖人爲能體察天理②之本然，而朝乾夕惕，自彊不息。極之盡性至命，而操持不越日用飲食之間；顯之事親從兄，而精微遂至窮神知化之際。蓋其知明處當，乃吾性中自有之才能；參天贊化，亦吾性中自有之功用。止如其本性之分量，而非有加於毫末也。堯舜禹之相授受，曰：“人心惟危，道心惟微；惟精惟一，允執厥中。”其爲教之目，曰：“父子有親，君臣有義，夫婦有別，長幼有序，朋友有信。”此聖學之淵源，王道之根柢也。

由湯、文、武、周公、孔子，以至顏、曾、思、孟，成己成物，止有此道；在上在下，止有此學。秦漢而後，道喪文敝，賴江都、文中、昌黎衍其端緒。至濂溪周子崛起舂陵，直接鄒魯。程、張、邵、朱以至陽明，雖所至或有淺深③，氣象不無少異，而中所自得，心心相印，針芥不爽。蓋道之大原出於天，天不變，道亦不變。苟得其本心之同，然則千百世之上，千百世之下，固無異親授受於一堂者矣。如高曾祖禰與嫡子嫡孫精氣貫通，譜牒昭然，而旁流支派雖貴盛於一時而不敢與大宗相④抗，蓋誠有不可紊者在也。

近世學者，或專記誦而遺德性，或重超悟而畧躬行。又有爲儒佛合一之說者，不知佛氏之言心言性，似與吾儒相近，而外人倫，遺事物，其心起於自私自

---

① “具備”，康熙年間刻蔡本、康熙年間刻田本、康熙年間刻閻評本和《近代中國史料叢刊》本作“備具”。
② “理”，《近代中國史料叢刊》本誤作“地”。
③ “淺深”，康熙年間刻蔡本、康熙年間刻田本、康熙年間刻閻評本和《近代中國史料叢刊》本作“深淺”。
④ “相”，愛日堂藏版本和《四庫全書》本作“同”。

利,而其道不可以治天下、國家。吾儒之道,本格致誠正以爲修,而合家國天下以爲學。自復其性,謂之聖學;使天下共復其性,謂之王道。體用一原,顯微無間,豈佛氏所可比而同之乎?

容城孫先生集《理學宗傳》一書,自濂溪以下十一子爲正宗,後列《漢隋唐儒考》、《宋元儒考》、《明儒考》,端緒稍異者爲補遺。其大意在明天人之歸,嚴儒釋之辨,蓋吾儒傳心之要典也。八十年中躬行心得,悉見於此。

斌謝病歸田,從學先生之門,受而讀之。其折衷去取,精義微言,幸承面誨而得有聞焉。時内黄令張君仲誠①力任斯道,迎先生至署中,以此書②蠲俸付梓。先生命斌爲序。斌何言哉?惟願③天下同志讀是書者,無徒作書觀也,止由此以復天之所與我者耳。

吾之身,天實生之,無一體之不備;吾之性,天實命之,無一理之不全。吾性實與萬物爲一體,而民胞物與不能渾合無間焉,吾性未盡也;吾性實與堯舜同量,而明物察倫不能細大克全焉,吾性未盡也;吾性實與天地合德,而戒愼恐懼不能如乾健不息焉,吾性未盡也。

誠由濂洛、關閩以上達孔顔、曾孟,由孔顔、曾孟而證諸堯舜、湯文,得其所以同者,返而求之人倫、日用之間,實實省察克治,實實體驗擴充,使此心渾然天理而返諸純粹至善之初焉,則寂然不動,感而遂通,中和可以位育,而大本達道在我矣。不然,徒取先儒因時補救之言,較短量長,橫分畛域,妄起戈矛,不幾負先生論定之苦心乎?且亦非仲誠公諸同好之意矣。④ 陸子曰:"六經註我,我註六經。"學苟知本,六經皆我注腳。斌⑤惟與天下學者共勉之而已⑥。

---

① "時内黄令張君仲誠",愛日堂藏版本和《四庫全書》本脫。
② "力任斯道迎先生至署中以此書",康熙年間刻蔡本、康熙年間刻田本、康熙年間刻閭評本、《近代中國史料叢刊》本作"潛修默悟力任斯道迎先生至署",愛日堂藏版本和《四庫全書》本脫。
③ "蠲俸付梓先生命斌爲序斌何言哉惟願",康熙年間刻蔡本、康熙年間刻田本、康熙年間刻閭評本、《近代中國史料叢刊》本作"蠲俸付梓先生命斌爲序斌何言哉惟曰",愛日堂藏版本和《四庫全書》本脫。
④ "且亦非仲誠公諸同好之意矣",愛日堂藏版本和《四庫全書》本脫。
⑤ "斌",康熙年間刻蔡本脫。
⑥ "已",康熙年間刻蔡本、康熙年間刻田本、康熙年間刻閭評本、《近代中國史料叢刊》本、愛日堂藏版本和《四庫全書》本作"已矣"。

《孫徵君先生文集》序

昔文中①子生隋唐之際，佛老盛行，毅然以孔子爲宗。匹夫肩絕學之統，其有功於斯世甚大。朱子集羣儒之大成，其徒傳之金華諸子，遞相授受。至明初，制作一代典章，率本朱子之教。以是知大儒抱道空山，修明六經，非一世之業也。

容城徵君孫先生，登萬曆庚子鄉薦，與鹿忠節爲友，以躬行相砥礪。居親喪，結廬墓側，於憂戚孺慕中，悟心性本原②，慨然以聖人爲可學而至。天啓乙丙間，大興鉤黨之獄，左、魏、周三君子，橫被榜掠，故交避匿。先生獨上書樞輔，鳴鼓舉旛，爲之鳩眾伙助。生死禍福，不足動其中。其剛大之氣，復如此。

時會搶攘，保全危城，避亂山中，隱然負王佐之望。徵書屢貢，堅辭不應。晚年移③家蘇門，聲華刊落。生徒數百，結廬相就。其地自姚、許之後，稱再盛云。

先生於道，愼擇而約守之。發爲文章，皆躬行心得之餘，未嘗有新奇可喜。由其說而持循之，人人可以寡過。所著《四書近指》、《讀易大旨》、《尚書近指》，精義明前儒所未發。嘗以古今諸儒見有偏全，力有淺深，要以不謬聖人爲歸。慈湖以傳子靜者失子靜，龍谿以傳陽明者失陽明，儒而雜禪，不可不辨。苟無致知力行之實，徒憑揣摩億④度以軒輊先賢，先生之所不與也。

九十老人晨興拜謁家祠，獨坐空齋，終⑤日無惰容。事物之來，泛應曲當。濁⑥酒孤燈，對友談學，至丙夜不倦。自非功深於人之所不見者，烏能自彊不

---

① "中"，愛日堂藏版本誤作"仲"。
② "本原"，康熙年間刻蔡本、康熙年間刻田本、康熙年間刻閻評本和《近代中國史料叢刊》本作"原本"。
③ "移"，康熙年間刻蔡本、康熙年間刻田本、康熙年間刻閻評本和《近代中國史料叢刊》本作"攜"。
④ "億"，《四庫全書》本作"臆"。
⑤ "終"，康熙年間刻蔡本、康熙年間刻田本、康熙年間刻閻評本和《近代中國史料叢刊》本作"竟"。
⑥ "濁"，《近代中國史料叢刊》本作"酌"

息如此乎？

當草昧初開①，干戈未戢，人心幾如重寐。賴先生履道坦坦，貞不絕俗，使人知正心誠意之學，所以立天經、定民彝，不因運會爲遷移，振三百年儒者之緒，而爲興朝理學之大宗。其於文中、紫陽何如，非愚之所能知。其有關於世道，則一而已矣。

先生歿後三年，門人彙輯詩文、語錄②若干卷，屬斌爲序。不敢辭，謹述所見，附編末，使讀斯集者有所考焉。③

《蕺山劉先生文錄》序

《蕺山劉念臺先生文錄》，十八卷。斌奉使於浙，先生門人黃君太沖與其孫茂林見示，得受而卒業焉，喟然嘆曰：“先生之學，至矣！程朱以來，體道之精，未有過焉者也。”

蓋嘗論之，濂溪得孔孟之傳，其說《太極圖》也，曰：“聖人定之以仁義，中正而主靜，立人極。”此《中庸》戒愼不睹、恐懼不聞之旨也。而論者以爲易流於禪。吾謂不然。《記》曰：“人生而靜，天之性也；感於物而動，性之欲也。不能反躬，天理滅矣。”人者，天之心也；性者，天之理也。天理非可以動靜言，而主靜亦不可以時位論。泥主靜之說而不得其義，固易流於禪。若昧主靜之意而徒事於標末補綴，則隱微多疚，人品僞而事功無本。此鄉願之僞學，孔孟之所深拒也。

程子曰：“天理二字，吾體驗而得之。”又曰：“學者敬以直內爲本。”朱子曰：“靜者，性之眞也。涵養中體出端④倪，則一一皆爲己物。”豫章、延平師友

---

① “開”，康熙年間刻蔡本、康熙年間刻田本、康熙年間刻閻評本和《近代中國史料叢刊》本作“闈”。

② “先生歿後三年門人彙輯詩文語錄”，愛日堂藏版本和《四庫全書》本脫。

③ “若干卷屬斌爲序不敢辭謹述所見附編末使讀斯集者有所考焉”，愛日堂藏版本和《四庫全書》本脫，康熙年間刻蔡本、康熙年間刻田本、康熙年間刻閻評本和《近代中國史料叢刊》本作“爲若干卷屬斌爲序不敢辭謹述所見以附編末使讀斯集者有所考焉”。

④ “端”，康熙年間刻蔡本誤作“天”。

相傳，皆是此意。其曰："窮理者，亦窮天所與我之理也，故可以盡性而至命。博學審問，愼思明辨，皆其功也。"後人失其精意，遂至沈溺訓詁，泛濫名物，幾於支離而無本。

王文成致良知之教，返本歸原，正以救末學之流弊，然或語上而遺下，偏重而失中。門人以虛見承襲，不知所以致之之方。至龍溪四無之說出，益洸①洋恣肆，縱橫自如，儒佛之藩籬盡撤，其流弊有甚焉者。故高忠憲、顧端文以性善之說救之。

夫學②者於極重難返之際，深憂大懼，不得已補偏救弊，固吾道之所賴以存。學者先識孔孟之眞，身體而力行之，久之徐有見焉，未嘗不殊途同歸。如顏、曾爲大宗，而由、賜、師、商各得聖人之一體。若學力不實，此心無主，徒從語言文字之末，妄分畛域，根柢③未立，枝葉皆僞。其所爲不越功利、詞章之習，而欲收廓清摧陷之功。吾恐言愈多而道愈晦，聖賢心傳不見於天下後世也。

先生生文成之鄉，而與忠憲、端文遊。其學以愼獨爲宗，於天人、理氣、靜存、動察辨之不厭其詳，而終以靜存爲要。嘗曰："姚江之後，流於老莊。東林之後，漸入申韓。"故擇取中庸，以復先儒之舊。

平生於寂寞凝一中，發其聰明智慮。通籍四十年，敝帷穿榻，蕭然布素。其立朝也，秉義據經，難進易退。自曹郎以至總憲，前後章數④十上，大約志在振肅紀綱，敦崇廉節，重仁義而薄刑名。更欲申明祖制，寺人不得典兵、預政，廷杖、詔獄悉當報罷。甯人主見爲迂闊，而不敢貶道以從時；甯與執政相齟齬，而不敢容默以阿世。愼獨之學，以之自修者如是，以之告君者如是，以之勉寮友、誨門弟子者亦如是。遭際鼎革，拜辭家廟，絕粒空山。其從容堅定，視生死猶日用飲食也。觀其語門人曰："胷中渾無一事，浩然與天地同流。"蓋通微達性之學，至是而始得所歸宿焉。

---

① "洸"，《四庫全書》本誤作"恍"。
② "學"，康熙年間刻蔡本、康熙年間刻田本、康熙年間刻閣評本和《近代中國史料叢刊》本作"儒"。
③ "柢"，康熙年間刻蔡本誤作"抵"。
④ "數"，愛日堂藏版本和《四庫全書》本作"疏"。

植天經，扶人紀，固吾儒中庸之道，非老、佛之幻視君親與鄉願偽學依違①附和者所可假借。吾願學者捐成心，去故智，法先生爲學之誠，而得其用心之所在。由是上溯濂洛、關閩，以達於孔孟，則姚江、梁溪皆可融會貫通而無疑矣。

斌②有慨於聖道之失眞，微言之將墜，故不禁娓娓言之。且以夙昔景仰之私，得附名《文錄》，自託門下士之末，實平生之至願也。太沖力任師傳，海內人士宗之，先生之道將益光顯，亦藉是以就正云。③

《贛州府誌》序

順治十六年，余參藩嶺北，訪問兩府志書。兵火之後，板籍灰燼。④ 後得《贛州府志》舊本，將網羅軼事，補緝缺略。適以病請告，未遑竣事。恐原本散失，乃蠲俸付梓。⑤

按：贛之爲郡，處江西上游。漢唐以前，視若荒服。至宋，濂溪周子通判州事。其時趙清獻爲守，程大中令興國，識濂溪於南安，命明道、伊川受學焉。伊洛文獻之傳，實肇於此。文信公亦以守郡建大義，興勤王之師。故豫章理學、節義冠冕海內，而贛郡尤著云。然地大山深，疆隅繡錯，姦宄不測之徒，時時乘間竊發。疊嶂連嶺，處地既高，俯視各郡，勢猶建瓴。非得博大通方威信重臣鎮撫其地，則閩、楚、江、粤往往多事。故前代特命憲臣駐節於郡。王文成公授提督，專征伐，剗平山寇，厥勳爛焉。及宸濠逆命，天下震動。公率二三郡守，

---

① “違”，愛日堂藏版本和《四庫全書》本作“回”。
② “斌”，康熙年間刻蔡本、康熙年間刻田本、康熙年間刻閣評本、《近代中國史料叢刊》本作“斌末學固陋何足以知先生獨”。
③ “且以夙昔景仰之私得附名文錄自託門下士之末實平生之至願也太沖力任師傳海內人士宗之先生之道將益光顯亦藉是以就正云”，愛日堂藏版本和《四庫全書》本脫。
④ “順治十六年余參藩嶺北訪問兩府志書兵火之後板籍灰燼”，愛日堂藏版本和《四庫全書》本脫。
⑤ “後得贛州府志舊本將網羅軼事補緝缺略適”，愛日堂藏版本和《四庫全書》本脫，康熙年間刻蔡本、康熙年間刻田本、康熙年間刻閣評本、《近代中國史料叢刊》本作“悵然久之後購得贛州府誌舊本將網羅軼事補輯缺略適予”。

統兵數千,旬日之間擒俘宸濠,舉豫章數千里地歸之朝廷,豈非重地得人之明驗與?

而文成公學本周程,在贛日與洛邨、善山、南埜、東廓諸君子講明良知之學。天下儒者,以虔南爲歸,可謂盛矣。虔南盛衰,既關數省之安危,而聖學修明,又肇端於此地。故其山川磅礴鬱積、瀠洄①蜿蜒,非他郡所可頡頏也。

予既考閱舊誌,得其形勝扼塞之要。間嘗登城眺望,見崆峒、天竺萬峰迴合,貢水、章江雙流奔湍。北顧十八灘,巨石側立,如犬牙森森,想見清獻疏鑿之跡。謁濂溪書院,修其俎豆。信國、文成二祠,亂後焚燬。予移祀書院,廣集諸生,執經揖讓於前。念典型之尚存,思音徽②之如在,不禁爲之低徊流③連也。獨是山川如故,風俗漸漓,戶口消耗,賦役繁難,選舉應南宮試者,十二邑僅數人耳。何今昔之不同如此? 是非任旬宣牧守者之責與?

後之君子,撫覽茲編,尚加意綏輯,再見清獻之休烈。而與賢士大夫講明性道,尋墜緒於微茫,以上追濂溪、陽明之風,知必有洛邨、善山其人出而應之者矣。

勸 賑 序

順治十六年,歸德霪雨爲災。自夏徂秋,煙雲慘淡,洪流浩浩,彌望數百里。麥未登塲,黍稷弗播。睢州地尤沮洳,城郭傾圮。蓋父老傳聞以爲百年之內所未有也。

比冬,民將扶老攜幼,就食四方。郡司李饒陽符公慨然軫念,遍履部內,開誠勸諭,繼以涕泣。於是各邑聞命輸助麥穀者,皆以萬計。公之至睢也,揖知州事戴侯而言曰:“上天降災眚於茲土,惟我官吏罔獲辭咎,其曷敢弗欽?”既又進紳士、耆老,再拜而言曰:“《詩》云:‘凡民有喪,匍匐救之。’當茲荒歲,窮

---

① “洄”,康熙年間刻蔡本、康熙年間刻田本、康熙年間刻閣評本、愛日堂藏版本和《四庫全書》本作“迴”。

② “音徽”,愛日堂藏版本和《四庫全書》本作“徽音”。

③ “流”,康熙年間刻蔡本、康熙年間刻田本、康熙年間刻閣評本、《近代中國史料叢刊》本作“留”。

民流離盡矣。若珍此豆區之遺，倘變生意外，安能洗腆用酒而稱無事乎？"衆咸曰："唯唯。此流離民，誰非我之鄉里親戚，乃重煩明公憂！"於是鬻餼者、立粥場者恐後。自城市至四境村鎮，煙火相望。前此民之扶老攜幼奔走四方者，皆相告來歸。繼而河朔、淮泗之民，以梁苑爲樂土。越明年，麥登，乃止。

當斯時也，予方銜命嶺北。秋八月，請告歸里。入境，睢之父老曳箄跋履，率其子弟，遮道言公功德，曰："去年，微公，我聚已爲墟，我屬已爲魚矣。"予曰："然。"抵舍，則父老又曳箄跋履，率其子弟造於庭，曰："公大有德於我邦。父母兄弟，惟公之賜；春耕夏藝，惟公之賜。我民何以云報？願爲賦詩，以紀公功。詠而歌之，子子孫孫，俾勿忘。"予乃颺言於衆曰："公官以刑名，職在懲貪糾猾，非錢穀撫循之司也。然公學有淵源，故平日爲政，察奸惟明，去暴惟勇。豪民蠹吏竄伏如鼠，而疾痛負冤之民若承雨露。"

公方崇教化，日進譽髦而課藝之，未嘗恃桁楊之威也。予昔自潼赴潁，晤公於杞。公爲予言："刑以弼教，非以爲教也。然《書》不云乎，'既富方穀'。中州自兵火以來，家無蓋藏，民鮮二餔。設不幸有方二三千里水旱之災，不知何以禦之？往者天下常多故矣。其先由饑饉頻仍，縣令不上聞，藩臬不下詢，視民間欣戚漠然不關於心，以鳩形鵠面之人而催科是問。於是，民始忍以父母、妻子所仰賴之身而自棄於盜賊。夫養不遂，則教不興。教不興，雖有皋陶爲士，亦不可以理。此予鰓鰓然不能已於懷者。"噫！以公言觀之，可謂識治之本矣。予既感公之德，又重以父老之請①，乃拜手頓首而爲頌曰：

歲在己亥，商羊告災。梁園千里，蒼茫莫開。麥禾云腐，蒲葦塞路。末耜高懸，爭網魴鮒。夜吼蛟龍，庭遊梟鷺。苦雨名篇，愁霖綴賦。惟公曰："嗟！惟我赤子，兵火餘生，何以堪此？"乃檄守令，予親履野。時駕輕舸，時乘羸馬。皋陸湾泓，旌旗瀟灑。八邑咸臨，至睢之下。呼爾冠紳，拜手廣廈。毋吝爾有，哀此孤寡。紳士合言："惟公之命！惠我惸獨，敢不敬聽？"迺輸倉箱，迺助金甒。煢煢子遺，室如懸磬。聞公之命，交手相慶。廬幕周旋，炊煙繚繞。左餐

---

① "請"，愛日堂藏版本作"情"。

右粥，歌呼昏曉。我公之歸，雲霞縹緲。淮泗河朔，民欣再造。何況宋州，敢忘拜禱？春爾條桑，秋爾滌場。我公之功，高山蒼蒼。烝爾祖妣，洽爾鄰里。我公之功，河水瀰瀰。

《睢州誌》序

睢州處杞、宋之間，壤地不過百里。而春秋諸侯會盟、戰伐與漢唐攻守之跡，往往在焉。至宋爲神京左輔，稱雄郡。明代文物聲名①，甲於兩河。及其亂也，鋒鏑日聞，受禍倍烈。蓋地處中原之衝，世治則冠裳輻輳，有故則干戈相尋，勢使然也。

余少時，好從長者訪求郡中故實。壬午兵火之後，繼以河決。故家遺書，一朝俱盡。後於河北得李司空舊誌，手錄以歸。吾友吳君再渠，博學好古，又購得嘉靖間上黨程公本，手自校讐，網羅近事，捃摭遺文。功未告竣，會中丞賈公有修誌之檄，郡守取其槁以應，倉卒付剞劂。金根帝虎之譌，觸目皆是。田賦源流未詳，山川古蹟遺脫，附會爲多。名宦事實寥落，人物自漢魏至宋元，名臣高賢表表史冊者，姓氏湮如。入明以來，理學、勳業、忠節、文章，彪炳宇内、久列《一統志》者，皆僅於選舉表中一見姓名而已。使後生末②學至語及先輩行事，茫然莫知所從來，何由聞風而興起乎？大者如此，若幽貞之士、孤嫠之懿沉埋於荒谷、廬井者，又不知其凡幾也。余知非再渠定本。

林居日久，桑梓掌故，聞見漸熟。条稽前史，蒐獵散佚，復尋訪父老而折衷之。不敢自名州志，分爲數帙，曰《睢陽耆舊傳》，曰《風俗志》，曰《遺事考》。至理學，則附入《洛學編》，藏之篋衍久矣。

雲安程公守郡六載，建黌宮，立義塾，養士教民，具有成績。復③閱誌，病

---

① "名"，愛日堂藏版本和《四庫全書》本誤作"明"。

② "末"，康熙年間刻蔡本、康熙年間刻田本、康熙年間刻閻評本、《近代中國史料叢刊》本作"承"。

③ "守郡六載建黌宮立義塾養士教民具有成績復"，愛日堂藏版本和《四庫全書》本脫，康熙年間刻蔡本、康熙年間刻田本、康熙年間刻閻評本、《近代中國史料叢刊》本作"守郡六載官無秕政塗有輿頌既嘗創建黌宮設立義塾養士教民具有成績復"。

其譌陋①。不以予②空疎無似，委之重加叅訂。余惴惴以不克勝任是懼。時冉渠已歸道山，從其令嗣捃摭遺槖，更發予③敝笥而檢閱之，核僞黜浮，遠不遺而近不濫。時當溽暑，槐戶終日，目涉手抄，汗流接踵。較舊志事增十之五六，仍舊定爲七卷。公一一裁定，遂鑴金授梓。余於是益歎公之大有造於睢也。

睢之爲州，城郭遼④廓，土田、軍民繡錯，賦役叢雜，壤多沙鹵。黄河之患頻仍，民寡蓄積。一遇水旱，道殍相望。且界連曹衞，奸盜易滋，經畫調劑匪易。語曰："前事不忘，後事之師。"此編粗定，後來者不須旁詢掾史，而因革法戒，一展卷而得其大畧，豈特一二世之利哉？

吾又因之有所感矣。前代吾州盛時，世家者碩縹緗充棟，操觚之士比屋而居。自嘉靖以來，百有餘年，未聞以誌爲任者。獨賴劉教諭《人物》一編，存其梗概，於郡事則未詳也。今公於戎馬倥傯、征輸孔亟之時，毅然爲之，豈不誠識治要君子哉？

愧余謭陋寡聞，且隨繕隨梓，不暇廣質同人，舛誤缺漏，勢所不免。博雅君子覆加增潤，以成一郡之典，則兹編其前驅也夫，亦實余之所厚望也夫。

《孝經易知》序

《孝經》註釋箋註，凡數百家，近惟新安吕忠節公所著《本義大全》最稱詳備。吾友登封耿逸菴先生，家居講學，復著《易知》一卷。其言簡而盡明，顯而精切，與忠節所著互相發明，誠後學入德之津梁也。

余鎮撫吳中，見其士風文藻盛而實行衰，思有以挽之。乃聘耆儒於明倫堂講⑤

---

① "陋"，康熙年間刻蔡本、康熙年間刻田本、康熙年間刻閻評本、《近代中國史料叢刊》本作"漏"。

② "予"，康熙年間刻蔡本、康熙年間刻田本、康熙年間刻閻評本、《近代中國史料叢刊》本作"余"。

③ "予"，康熙年間刻蔡本、康熙年間刻田本、康熙年間刻閻評本、《近代中國史料叢刊》本作"余"。

④ "遼"，《近代中國史料叢刊》本作"寥"。

⑤ "講"，康熙年間刻蔡本、康熙年間刻田本、康熙年間刻閻評本、《近代中國史料叢刊》本作"聚生徒講"。

《孝經》、小學。適張君牖如舊爲登封令,與逸庵講學嵩陽,攜有《易知》鈔本①,屬余頒示諸生,俾朝夕肄業焉。余乃爲之言曰②:

古昔盛時,人重倫常,家敦仁讓。故風俗樸茂,治道還淳,太和之氣洋溢宇宙。輓近之世,教化不明,本實不敦,殫精竭思,皆枝葉浮華。雖名譽動人,而本心已失。象山有言:"親師取友,爲學力行,皆從好事中來,故虛而不實。"此言切中學者病根,而吳中爲甚。《經》曰:"天地之性,人爲貴。人之行,莫大於孝。"朱子少年讀《孝經》,題其上曰:"不如此,便不成人。"孟子曰:"人之所以異於禽獸者,幾希。"吾人奉父母之遺體,當思父母生我之身無一體之不具,生我之心無一理之不全,何以保守成其爲人,不至放失淪於禽獸?此不可不深長思也。

自學路久迷,陷溺日深。重以佔畢之習、淫佚之說、功利之謀,所知所行,皆人欲而非天理。夜氣之良,偶一醒悟,眞堪痛哭流涕而不能自已者,奚暇雕繪浮藻,馳求聲譽乎?

天下萬善同出一原。人能孝,則事君必忠,事長必順,交友必信,居官必廉,臨民必寬。故事君不忠非孝也,事長不順非孝也,交友不信非孝也,居官不廉非孝也,臨民不寬非孝也。進而言之,暗室屋漏,一念自欺,非孝也。應事接物,一念怠斁,一念刻薄,非孝也。事親能養矣而未能養志,知從令之非孝矣而未能諭親於道,養生送死盡禮矣而未能事死如生,事亡如存,其孝猶爲未盡也。故事親、事天,一道也;盡倫、盡性,一理也。孝之道,大矣哉!誠能盡孝之道,則精義入神,參贊化育,不外是矣。一人盡孝,則一家化之;一家盡孝,則一國化之。推之天下皆孝子,四海皆仁人,則民氣和平,災害不生,禍亂不作,尚何憂治道不唐虞、風俗不三代歟?

余因牖如之請,爲書簡端。讀者畧加省察,以無負逸庵註解之意與牖如鏤

---

① "鈔本",康熙年間刻蔡本、康熙年間刻田本、康熙年間刻閻評本、《近代中國史料叢刊》本作"鈔本乃鋟板"。

② "余鎭撫吳中見其士風文藻盛而實行衰思有以挽之乃聘耆儒於明倫堂講孝經小學適張君牖如舊爲登封令與逸庵講學嵩陽攜有易知鈔本屬余頒示諸生俾朝夕肄業焉余乃爲之言曰",愛日堂藏版本和《四庫全書》本脫。

版之心，其於立身爲人之道，未必無小補云。①

《劉山蔚詩》序

嘗聞，詩者，心之聲也。《尚書》曰：“詩言志。”孔子刪《詩》三百而蔽以
“思無邪”之一言，此千古論《詩》者之宗也。《騷》、《雅》而後，言《詩》者無慮
千家，我②所推重，獨靖節、少陵耳。靖節眞懷高寄，簞瓢宴如，蓋置身羲皇以
上而不知有漢魏者也。少陵間關氛祲，曾無虛日，而感時憂國，忠愛纏緜，卽一
飯一吟，不忘君父。故我③謂“思無邪”一言，惟二子足以當之，卽以之續三百
篇可也。

近代空同、大復，振衰復古，爲《風》、《雅》準的。或慷慨豪岸，或俊朗風
流，實各肖其性情。糾彈戚畹，中夜悲歌；抗表閶闔，脫屣簪紱。浩氣清風，至
今猶可想見於長歌短詠之間。故二子者，猶得靖節、少陵遺意。

中州爲空同、大復之鄉，蘇門、浚川諸君子，先後主盟詞壇。吾意今日必有
能似續《風》、《雅》者，求之同里而得簣山田子焉，又因田子而得商丘劉子山蔚
焉。山蔚温粹沖遠，嘗隱居南村，疎籬竹徑焚香，吟詠聲琅然達戶外，獨與簣山
往來唱和無間也。余從簣山處見其詩，春容蘊藉，如朱絃疎越，不作衰草寒蛩
之響；而天眞爛漫，深有得於言志之義，絕非雕繪纂組、佶屈纖巧者比。吾信其
能繼蘇門諸君子，而復見空同、大復之盛者也。

夫靖節、少陵同④時，詞章瑰麗，樹幟藝林，蓋不乏人，然或馳情富貴，濡跡
風塵，康樂、摩詰未免遺恨。二子窮愁著書，志意皭然，聲名獨翶翔雲漢星日之
表。石門、輞川舊蹟具在，後人過之，豈能與栗里浣花同其歆慕哉？

---

① “余因牖如之請爲書簡端讀者畧加省察以無負逸庵註解之意與牖如鏤版之心其於立身爲人
之道未必無小補云”，愛日堂藏版本和《四庫全書》本脱。
② “我”，康熙年間刻蔡本、康熙年間刻田本、康熙年間刻閻評本、《近代中國史料叢刊》本作
“吾”。
③ “我”，康熙年間刻蔡本、康熙年間刻田本、康熙年間刻閻評本、《近代中國史料叢刊》本作
“吾”。
④ “同”，愛日堂藏版本和《四庫全書》本作“當”。

山蔚孝友敦行，鄉黨無間言，其性情有大過人者。自此益加砥礪，感遇莫移①其志，拂逆莫動其心，蓄焉暢焉肆焉擇焉，且欲已之而不得焉。比興寄託，自合三百篇之旨歸。靖節、少陵，何難千載輝映乎？

山蔚將刻集問世，託簣山索余一言。余不敢以固陋辭，因爲序之如此。

《蔡氏族譜》序

昔三代之時多世臣，因生賜姓，胙之土而命之氏。子孫世守其家，數千年不忘其所自始。太史公之著《史記》也，公侯傳國，名曰《世家》，亦其遺意也。魏晉以來，九品中正之法行而世族益重，王、謝、顧、陸盛於江左，隋唐崔、盧、李、鄭號爲右族，至爲天子所稱歎。然其初類皆有公侯將相名聲顯赫所謂貴其姓者也，其後則皆以姓貴耳。自辟薦、科舉之政行，天子所與共天下者，皆誦習孔孟之徒，故旦白屋而夕朱戶，則其貴不在世族而在詩書。然又有官躋崇要，而後世不欲聞其姓字，或宦途顛頓，甚至終處岩②嵾，狎鷗鷺而採薇芝者，名震霄壤，則貴其姓又不在官爵而在德義矣。

蔡之先，出於周文王。蔡叔度既遷，其子胡率德改行。周公舉以卿士，復封之蔡，尚書蔡仲之命是也。後世往往爲將相名賢，史不絕書。如中郎之博藝也，子尼之雅正也，君仲、元應之教也，端明之政事、文章也，季通父子與介夫之學，皆照耀古今矣。

睢陽之有蔡氏也，自元季始也，世多名人。濟南、司馬兩公，父子相繼登巍科。濟南清介剛果，治行爲海內第一。司馬豐功偉績在馬端蕭、許襄毅之間，雲中兵變，談笑而定之，著在國史，班班可考也③。下此若懷甯君之執法卻賄，雁峰君之皷精著述，館陶、贛州二君之齊名文苑，此予④得之傳聞者也；月賓、

---

① "移"，康熙年間刻蔡本作"攖"。
② "岩"，康熙年間刻蔡本作"穴"。
③ "也"，康熙年間刻蔡本脫。
④ "予"，康熙年間刻蔡本、康熙年間刻田本、康熙年間刻閻評本、《近代中國史料叢刊》本作"余"。

懸圃兩君之文章才藝、蘊藉風流，則予①所親炙者也。然則天下之言蔡姓者，必歸重於睢陽，而睢陽世家亦必以蔡氏爲重，豈無故歟？

雁峰君始作《族譜》，亂後失散。我②師茂翁先生，窮搜博訪，得其原槀，續成之。《姓源》、《世系》、《塋域》各有圖，先世之有聞者爲《家傳》，女子以節著者爲《外傳》，《誥勅》、《祭葬》、《碑銘》附焉，可謂彬彬然詳且備矣。手錄一帙，命斌校正。斌旣素仰濟南、司馬之德業，而又有感於懷甯諸君之賢，與中郎、子尼諸君子相輝映也。且我③師採購之勤、紀述之精，皆仁人、孝子之用心，不可不亟表章。故舉人之所以貴其姓者，以告後之人焉。後之子孫觀斯譜也，尚思繩其祖武，勿墮家聲，以無負我④師之志，則孝矣。

《唐成齋制義⑤》序

吾嘗謂六經之文，體製迥別而義蘊無窮，千萬世文章不能外焉。下此如老莊、荀列、申韓之書，屈原、宋玉之騷賦，漢兩司馬、董仲舒、劉向、揚雄，唐宋韓柳、歐陽、蘇曾之文章，方其書之未成也，天下固不知有如此之文也。及其旣成而出之，雖純駁不一，皆爲天地間不可磨滅之文。何則？其學有本而發之性情者，眞也。

人必有眞性情而後有眞學術，有眞學術而後有眞文章。若徒剽竊摹擬，雖窮⑥極工巧，終爲陳腐，歸於澌盡泯滅而已。譬之草木，種種花實，各不相肖，皆含造化之生氣。剪綵爲之，何足貴也？

---

① “予”，康熙年間刻蔡本、康熙年間刻田本、康熙年間刻閻評本、《近代中國史料叢刊》本作“余”。
② “我”，康熙年間刻蔡本、康熙年間刻田本、康熙年間刻閻評本、《近代中國史料叢刊》本作“吾”。
③ “我”，康熙年間刻蔡本、康熙年間刻田本、康熙年間刻閻評本、《近代中國史料叢刊》本作“吾”。
④ “我”，康熙年間刻蔡本、康熙年間刻田本、康熙年間刻閻評本、《近代中國史料叢刊》本作“吾”。
⑤ “義”，《近代中國史料叢刊》本作“藝”。
⑥ “窮”，《近代中國史料叢刊》本誤作“竊”。

自有制義①以來，守溪、荊川，典型具備，當時之人固不意其後之有鹿門、震川也。鹿門、震川，變而之古，浩氣逸情，籠絡一代，不意後之又有正希大士也。數君子者，皆負孤特無所附麗之志，而又深以數年之學，故其文能自樹立，不謂前之人已極，後之人遂無以加也。

近日士子，不務爲有本之學，專一剽竊摹擬。入書肆，購決科之文數百篇，閉門而誦之。又擇其庸腐纖靡者以爲式，左割右撦。幸而獲第，取其所揣摩之技，鏤板傳布②。後生③又從而效之。所謂太倉之粟，陳陳相因，朽敗而不可食，而天下幾無眞性情矣。

予④方憪然憂之，而成齋唐子以平日所作制義見示。讀之，見其磊落宏肆，脫去畦徑，於古人之法無所不備。而欲摘其某字某句爲蹈襲某書某篇者不能也，其能繼正希大士而遠紹王唐歸胡無疑也。

成齋操履端潔，於人不妄交。見事之乖於義者，必正色爭之。司李撫州，持⑤法明允。決大獄，伸理沈冤，不畏彊禦，卒以直道獲戾。貧不能治裝，士民爭爲居停。及歸，杜門窮經，課里中子弟。選定古今文，手錄成笥。布衣蔬食，茅屋數椽，不能蔽風雨，泊如也。是其性情有大過人者，故爲文能自運機軸，不屑屑隨人步趨，而自與古人法度黍毫不爽，誠有其本也。

吾又因之有所感矣。富貴爵祿，賢者得之固多，而不賢者得之亦復不少。若天之所不甚愛惜，未嘗擇人而與⑥之也。獨於文章不輕畀人，故往往有享高爵厚祿，聲勢赫奕足以震動一世，而求一言之幾於道者，無有也。成齋之文如此，而不能博一第，甫仕卽蹶。輪囷⑦抑塞，殆終其身。而撫之人歌而思之，鄉黨後進無少長，皆知有唐先生也。彼貴倖一時、茫然無所自恃者，視成齋爲

---

① "義"，《近代中國史料叢刊》本作"藝"。

② "傳布"，愛日堂藏版本和《四庫全書》本作"布傳"。

③ "生"，康熙年間刻蔡本作"人"。

④ "予"，康熙年間刻蔡本、康熙年間刻田本、康熙年間刻閭評本、《近代中國史料叢刊》本作"余"。

⑤ "持"，《近代中國史料叢刊》本作"執"。

⑥ "與"，康熙年間刻蔡本、康熙年間刻田本、康熙年間刻閭評本、《近代中國史料叢刊》本作"予"。

⑦ "囷"，康熙年間刻蔡本、康熙年間刻田本、康熙年間刻閭評本誤作"菌"。

148

何如？

余序成齋之文，而必原本六經及歷代子史大家者，誠見文必有本而後可傳。更望成齋勉之，不僅以制義傳也，則庶乎不負天之所畀也已。

《黃庭表集》序

戊申，遇黃庭表先生於錫山，以所著《忍庵集》數卷見示。當是時，吳中文章家方以聲華浮豔相高，而先生獨原本經術，以古人爲繩尺，心竊重之。後十年，同應召至京師，有《明史》之役。遇休沐，輒相過從，遂得盡讀其近稾，益歎先生之學大而有本，非時賢所可頡頏也。

竊謂學者爲文，必內本於道德，而外足以經世，始不徒爲空言，可以法今而傳後。否則，詞采絢爛，如春花柔脆，隨風飄揚，轉眼蕭索，何足貴也？

西漢儒者，湛深經術，不爲百家所惑，莫如董江都；通達治體，議論深切於事情，莫如賈長沙；而好爲淫靡綺麗之辭，不根據理道，莫如司馬長卿。此固人所易辨，非甚深遠難知者。乃韓退之號稱“知道”，而敘述古今文章之盛，自孟荀、屈莊以至相如、揚雄之倫詳矣，而賈董曾不一及焉，何歟？宋儒以退之爲文人之雄，未可言“知道”，其殆以此歟？

夫相如之賦，義在①諷諫，有爲而作，君子猶有取焉。若近世自命作者，輕俳浮薄，摋集稗官野乘繁淫怪誕之辭，妃青儷白，補綴成篇，其意可數十字畢者，率衍爲千百言而不休，徒以示我②之高才博聞，爲嘩世取寵之具，將古人立言之體蕩然無復存矣，安能望相如之瞠睫哉？

今觀先生集中，圖書象數之奧，性命理氣之微，闡發幾無遺蘊；禮樂兵刑、漕渠水利、盛衰沿革、名物度數，無不究極原委，期鑿鑿可見諸施行。其斯爲體用兼全之學也乎！其爲文也，醇雅而不冶，簡質而不繁，謹嚴而不夸。吾不敢

---

① “在”，《正誼堂全書》本、康熙年間刻蔡本、康熙年間刻田本、康熙年間刻閣評本、《近代中國史料叢刊》本作“存”。
② “我”，《正誼堂全書》本、康熙年間刻蔡本、康熙年間刻田本、康熙年間刻閣評本、《近代中國史料叢刊》本作“吾”。

知其於先儒何如，要之爲董、賈①，不爲相如，有斷然者。

先生操履端靜，雖出入禁林，官稱侍從，而所居委巷版門，竟日無剝啄聲。凝塵蔽榻，寂寞著書，刻苦要眇，如窮愁專一之士，蓋其志量遠矣。其人如是，其文亦如是。是豈可僞爲哉？

余②夐陋無似，何足以知先生？而懇懇以序見屬，余不獲辭也，乃爲之言。③

《西澗集》序

予往在長安，晤王去非於慈仁僧舍，得劉子道力刻詩一卷。余④與劉子生同里，交遊頗久，而未知其能詩。竊歎天下恢奇⑤不羈之人，雖久與處猶未易盡識如劉子者，往往然也。及予自嶺北歸里，日偃臥茅齋，交遊鮮通問者，獨劉子時時過從。欹竹數竿，松陰滿徑，談詩竟夕，歌聲蕭然振林木。

劉子巨族，家故饒。少遭喪亂，不事家人生產，遂貧落。篤好吟詠，庭戶牖榻，題墨幾滿。家人或誚讓之，曰："此何物？曾不足⑥供饔飧。"劉子怡然不爲少變也。

家旣貧，達官貴人鮮稱譽之。而劉子負嶔崎歷落之骨，亦恥與達官貴人遊。時扶杖孤往，徜徉自放焉。或談及仕宦紛華、田廬貨財，昂首雲霞，弗屑也。

噫！今天下身世通顯者，莫不自托於歌吟聲詠，沾沾以爲能，而智懷齷齪，

---

① "董賈"，《正誼堂全書》本、康熙年間刻蔡本、康熙年間刻田本、康熙年間刻閻評本、《近代中國史料叢刊》本作"賈董"。

② "余"，愛日堂藏版本和《四庫全書》本脫。

③ "夐陋無似何足以知先生而懇懇以序見屬余不獲辭也乃爲之言"，愛日堂藏版本和《四庫全書》本脫。

④ "余"，康熙年間刻蔡本、康熙年間刻田本、康熙年間刻閻評本、《近代中國史料叢刊》本作"予"。

⑤ "奇"，康熙年間刻蔡本誤作"寄"。

⑥ "足"，康熙年間刻蔡本、康熙年間刻田本、康熙年間刻閻評本、《近代中國史料叢刊》本、愛日堂藏版本、《四庫全書》本作"足以"。

往往以半畝數椽爭競不息,宜乎？劉子之以白眼當之矣。

今劉子聞東南多佳山水,波濤洶湧,峰巒峭峻,將扁舟於采石、九華之間而肆志焉。乃集近詩,命余①敘之。余以江上②多隱君子,必有知劉子之詩者。故不具論,論其爲人大畧云。

《楊彭山春望詞》序

京口形勝甲東南。金焦、北固,其名特著。故畫舫籃輿,日萃其下,而未有知所謂楊彭山者。是山也,雖無奇峰危巘、深碙絶壑之觀,然登其上,而三山雲樹,環翠如屏,長江洶湧,風帆隱見,與潤州城堞樓櫓,煙火十餘萬家,無不近在几席。俯仰指顧,亦登臨之勝槩也。特其名不見於《山經》、《輿誌》,故騷人之遊屐不至。卽或至焉,而文字不足以發之,世亦莫得而傳焉。則山川之幸、不幸,豈不以人哉？

戊申三月,董子文友來自毘陵,與何子雍南、程子千一偶登此山。乘春騁望,各賦詩十章,曰《楊彭山春望詞》。三③子皆以詩文擅名當世,其詞雖記一時見聞④所及,而江山形勝如指諸掌。

吾聞京口盛時,名家巨族,競選山水靚冶之區,治園亭臺榭,極四⑤時遊覽之娛。自海艘告警,山川如故,風景頓殊。三子懷古睠今,感慨係之,宜其詞之婉麗而悽愴也。夫天下幽巖邃壑,徒爲樵夫漁子所棲遊者,多矣。此山南望則米元章之遺墓在焉,其西則昭明太子讀書處也。風流文章,彷彿想見其人,何從來遊者篇什零落乎？

---

① “余”,康熙年間刻蔡本、康熙年間刻田本、康熙年間刻閻評本、《近代中國史料叢刊》本作“予”。
② “江上”,康熙年間刻蔡本、康熙年間刻田本、康熙年間刻閻評本、《近代中國史料叢刊》本作“江上往來”。
③ “三”,愛日堂藏版本和《四庫全書》本作“二”。
④ “見聞”,康熙年間刻蔡本、康熙年間刻田本、康熙年間刻閻評本、《近代中國史料叢刊》本作“聞見”。
⑤ “四”,康熙年間刻蔡本、康熙年間刻田本、康熙年間刻閻評本、《近代中國史料叢刊》本作“歲”。

此詞①流傳於世，吾見尋奇探幽者，詫爲奇聞異蹟，必將載酒登高，窮極眺望，墨版淋漓，侈爲遊覽盛事。四方聞而不得至者，與金焦、北固同入夢想也。故我②謂仙宮佛窟，士女繽紛，不可言遊。遊楊彭山者，自三子始。書此所以慶此山之遇也。

《雪亭夢語》序

雪亭者，蓮陸魏君侍徵君先生於夏峰，自名其所居之室也。夢語者，記其所聞於師與夫讀書有得之言以自考也。

蓮陸受業先生之門，三十年中，頻遭喪③亂，患難與共。及先生遷夏峰，蓮陸自山右辭官而歸，率間歲一至。每至，必留數月。後構屋以居，爲先生訂正《年譜》。白雪盈山，孤燈午夜，上下古今，視千秋如旦暮。故及門問答之語，蓮陸爲多。庚申秋，余臥病燕邸，君自上谷策蹇來晤。見余繩牀破被，數椽不蔽風雨，慨然曰："此猶見雪亭風味。"因出《夢語》讀之，余病爲之頓減。

京師繁囂，余寓齋居闤闠間，車馬之聲不絕。而門內數日無一足音，蒼苔滿徑，槐落凝階。獨君時披戶入，掃敗葉，煮苦茗。君或攜酒至，則相對陶然共酌。而《夢語》首章敘豫章、延平結茅水竹，象山、白沙、陽明、念菴山居靜坐故事，又敘一峰留客荊川，青衣布履，臥處惟一板門，以爲諸君甘貧樂道，守孔、顏家法。

余因自念壯歲歸田，忽忽二十年。雖從遊夏峰，亦嘗設榻雪亭，與聞緒論，而因循玩愒，無所成就。今年逾五十，奉召史局，汗青無期。惟杜門絕應酬，稍存山中面目。視君蕭然世外，不及遠矣。故讀《夢語》，輒廢卷而歎，歎已復

---

① "詞"，愛日堂藏版本和《四庫全書》本作"詩"。
② "我"，康熙年間刻蔡本、康熙年間刻田本、康熙年間刻閻評本、《近代中國史料叢刊》本作"吾"。
③ "喪"，康熙年間刻蔡本、康熙年間刻田本、康熙年間刻閻評本、《近代中國史料叢刊》本作"變"。

讀，不自休，有以也。今衰病侵尋，行將乞休，與蓮陸相約，以餘年證明師門宗旨，無忘雪亭夜坐時。青松白石，實聞斯言。①

《西山唱和詩》序

宋子牧仲遊西山歸，示余詩一卷，而屬爲序。

余謂山水、文章，恒相因也。謝康樂《赤石》、《麻源》諸詩，岡嶺谿澗、松竹猿鳥，讀者歷歷如見。元次山道州諸詩，柳子厚柳州、永州諸記，亦然。獨怪終南去京兆爲近，唐世號多詩人，遊南山詩彷彿康樂、元柳者，殊不多見也。豈士大夫身處京華，日僕僕緇塵，遂不暇窮山水之勝與？抑或縈情圭組，不能心跡雙清，雖遊而詩亦不工歟？

牧仲官西曹，稱繁劇，更盡心職業，嘗爭疑獄數大案，似不暇遊，又清羸善病。而乃於休沐之頃，呼朋攜子，極登臨之樂。其詩與康樂、元柳不必盡同，要之蕭閒淡遠，無長安貴遊繁囂氣習。披覽一過，煙雲杳靄，繚繞几席間，信牧仲於山水、文章有深情也。

余入京師且數年，埋頭史局，忽忽無意緒。每薄暮下直，信馬垂鞭，望西山暝色，輒凝目久之，而不果一往。今序牧仲詩，余滋愧矣。

《王似齋詩》序②

詩以言志，而雜出於貞淫正變。上世採之以觀風，尼山刪之以垂教，誠謂本於性情而足以風化天下耳③。後之作者，非不研思搆彩、窮姿極情，或尚高華，或開奇奧④，要於風化亦⑤有補否？

---

① "斯言"，康熙年間刻蔡本、康熙年間刻田本、康熙年間刻閻評本、《近代中國史料叢刊》本作"斯言漫題以爲夢語序云"。
② "王似齋詩序"，康熙年間刻蔡本作"王孝先詩序"。
③ "耳"，康熙年間刻蔡本作"爾"。
④ "奧"，康熙年間刻蔡本作"宕"。
⑤ "亦"，康熙年間刻蔡本作"曾"。

王子似齋，辛酉科余①所取士也。承其尊人愼齋家學②，出其緒餘，發爲詩歌。《擬③古》、《懷親》、《送弟》、《憶昔④》諸篇，溫柔敦厚，最近風騷。以爲詩也，是名理也；以爲理也，是象趣也。求之也近，而卽之也遠。豈徒研思搆彩、窮姿極情而已哉？近時取青媲白與夫險仄僻拘⑤者，尤不可同日語矣。努力自愛，振起頹風，不無厚望。世其可僅以文人目之乎⑥？

送魏蓮陸歸保定序

昔孔門諸賢，惟顏子最爲好學。孔子稱之曰"一簞食，一瓢飲，不改其樂"，而不言所樂何事。及觀"喟然一歎"，然後知顏子之樂眞有不能自已者。區區貧富得喪，不足以易也。孔子生平心得，弟子不能傳而孔⑦子傳之。自十五志學，至七十從心所欲不踰矩，固夫子自述之年譜也。下學上達，知我其天與！夫發憤忘食，樂以忘憂，不知老之將至，亦卽夫子自傳之像贊也。孔子與顏子相知最深，所稱終日言而不違者也。而《魯論》所載，與顏子言者寥寥，豈其微言妙義，門弟子不能盡識，而顏子獨能默悟神會歟？因歎聖人之文，義蘊宏深。而喟然一歎，一聖一賢之精神，至今猶在天壤也。

吾師夏峰先生，平生大節偉然，其氣力足以砥柱兩間，而細行必矜，小物克謹，所謂豪傑而聖賢者也。其自述《日譜⑧》，凡日用、動作與應事接物，纖細必書。雖患難流離，人事繁沓，未嘗一日稍廢。晚年造詣益精，默契神化，超然獨得，非先生不能自知也。

蓮陸魏子從遊日久。庚戌冬，自上谷來蘇門。先生以《日譜》授之，使刪

---

① "似齋辛酉科余"，康熙年間刻蔡本作"孝先余辛酉"。
② "其尊人愼齋家學"，康熙年間刻蔡本作"尊人愼齋家學學有原本"。
③ "擬"，康熙年間刻蔡本作"其擬"。
④ "憶昔"，康熙年間刻蔡本作"憶友"。
⑤ "拘"，《湯文正公全集》本誤作"拘"，據康熙年間刻蔡本、愛日堂藏版本和《四庫全書》本改。
⑥ "世其可僅以文人目之乎"，康熙年間刻蔡本作"毋裨世僅以文人目之可乎"。
⑦ "孔"，康熙年間刻蔡本作"顏"。
⑧ "譜"，愛日堂藏版本誤作"講"。

定焉。雪夜挑燈,中宵不倦。爐火既熾,丹鉛未休。余以胃病,未得共事。明年春,將北歸,貽書屬余校正。余何敢辭？獨念蓮陸才大而養之以靜,學博而守之以約。嘗刺晉之大州,掺訪隱遺①,折節下士。去官之日,匹馬雙僮而已。世俗升沈得失,無足介其胷中者。後日爲師門顏子,必蓮陸也。譜中所載八十年來躬行心得,歷歷可考。蓮陸定有得於精神意氣之表,未可以言辭形容者矣。

昔朱子與呂成公輯《近思錄》於寒泉精舍,至今過者必徘徊想像其處。我②觀後之遊蘇門者,亦必將訪問魏子删述之所,低囘③流連而不能去矣。於其行,書以送之。

送宋牧仲分司贛關序

戊午,宋子牧仲以秋官尚書郎視榷贛關。於其行也,同朝士大夫贈之以詩,至盈卷軸。余於宋子,姻友也,適應召來都下,不可以無言。

贛州居江廣之交,地號僻遠。往時榷政以通判領之,歲時報成數而已。後用言官議,改部員,以重其任。軍興以來,嶺海多故,戈鋋④縱橫於蠻洞瘴貐之間。估客冒險往還,其難十倍於承平時。今國儲告匱,餉需孔殷,而商旅之難如此。牧仲茲往,其所以裕國課而恤商困者,可不加之意乎？然此固牧仲之所優爲者也。

天下事莫患於因時苟且而無眞誠之意,動輒曰時不可爲也,事多掣肘也。牧仲之在刑曹,一副郎耳。每慮囚,必細審其得罪之由,察其情僞,稽之律例。有求其生而不得則死者,與我俱無憾之意。有不合者,動色力爭。卽豐鎬舊臣,亦諒其眞誠,改容而敬禮之。雖不能盡如己意,其所全活者亦多矣。今其視榷也,由司寇推舉,天子臨軒而遣之,授以專勑。其體爲京朝官,與督撫藩鎮

① “遺”,《近代中國史料叢刊》本作“逸”。
② “我”,《近代中國史料叢刊》本作“吾”。
③ “囘”,《近代中國史料叢刊》本作“徊”。
④ “鋋”,《近代中國史料叢刊》本誤作“鋌”。

不相轄也，非若部郎之多旁掣其肘者也。

吾嘗謂司権政者，禁胥役之需索，信放關之期會，則商不病；杜豪強之夾帶，絕權貴之請託，則課不絀。而其要在律己嚴而綜核慎。此皆牧仲之所優為者也。而余之所望於牧仲，不盡於此焉。

人身之所重者，元氣也；國家之所重①者，人才也。古人宦轍所至，必以咨訪人才為首務。其所為人才者，非詞華藻麗馳聲藝苑之謂也，必經術足以明道，才畧足以匡時，有精苦之志，有沉深②之謀。此其人必不欲以浮華顯，往往在深山窮谷，可以遯世無悶；或浮③湛人間，落落穆穆，非得其同志，則不能相求也。西江自宋以來，名臣大儒，不可勝數。今豈遂無其人乎？

余昔糸藩嶺北，屬有軍旅之役。事定而疾作，請休歸里。甯都有魏冰叔兄弟，與彭躬菴、丘邦士方讀書易堂。余知之，未暇入山一訪，亦以諸子深藏交修，不求聞於世。余爾時雖粗知其姓氏，未能悉也。今得讀其所著書，想見其為人，屈指當日已二十年矣。河山阻修，光陰④荏苒，惟有浩歎而已。

天生人才，無間古今。往者已矣，來者未可量。牧仲更從冰叔益求知所未知焉，勿如我之過時而悔也。還朝以此為使歸之獻，則牧仲之所以報國者深⑤矣。

送汪檢討奉使琉球序

國家威德誕敷，臣服萬邦。大荒之外，日月之所出沒，罔不梯山航海，貢琛獻貝。象胥之傳譯為勞，鴻臚之贊引不給。

---

① "重"，康熙年間刻蔡本、康熙年間刻田本、康熙年間刻閻評本、《近代中國史料叢刊》本作"急"。
② "沈深"，康熙年間刻蔡本、康熙年間刻田本、康熙年間刻閻評本、《近代中國史料叢刊》本作"深沈"。
③ "浮"，《近代中國史料叢刊》本作"沈"。
④ "光陰"，康熙年間刻蔡本、康熙年間刻田本、康熙年間刻閻評本、《近代中國史料叢刊》本作"時光"。
⑤ "深"，《湯文正公全集》本誤作"淏"，據康熙年間刻蔡本、康熙年間刻田本、康熙年間刻閻評本、《近代中國史料叢刊》本、愛日堂藏版本和《四庫全書》本改。

琉球爲東南島裔①，奉職尤謹。自定鼎以來，朝會之使數至。康熙二十一年，中山王世子遣陪臣來，請襲封。天子嘉其守禮惟謹，下廷臣會推可使者，以名聞。僉曰："檢討汪某，學行足稱，儀度俊偉，以充正使，必能光照下國。"天子曰可，賜麒麟服、璽書、金冊，臨軒遣之。汪君既受命，上書陳使事，皆所以昭聖德，重國體。優詔悉付所司。

余方與汪君載筆史局，晨夕共事。今一旦傳乘②出都，宣佈天子威德於海外萬里之邦，公卿大夫相率餞焉。余何能無一言以贈？

竊以聖人論士，必曰：使於四方，不辱君命。春秋大夫如叔向、子產之徒，皆以辭令增重鄰國。夫友邦聘問，當時猶難之。至天王使於侯國，必大書特書，誠重之也。而二百四十二年無貶詞者，蓋鮮焉。

按，史稱琉球植棘爲藩，以盈虛爲晦朔，以草木爲冬夏。隋唐以後，屢興師討之，賓服無聞。至明初，不煩軍旅，遣③子弟讀書太學，策名朝著④，彬彬爲守禮之國。豈非文德來遠之效哉？

今天子⑤湛恩汪濊，不寶遠物。而汪公⑥學古通今⑦，識體得宜，尤長於辭令。廷臣此舉爲得人矣。夫叔向、子產皆以博物著聞，世固未有學無本原而能專對不辱君命者也。以汪君之學，茲行也，必能使其國君敬信而悅服，上以增天朝之重而益堅其服事之心；且使環海後至諸國，不煩樓船橫海之師而聞風景附，稽首來享。後世傳之，爲奉使者所取法焉。君之功，亦偉矣哉！

余株守史局，汗青無日。因念司馬子長周游天下，歸而作《史記》，然猶未

---

① "裔"，《近代中國史料叢刊》本作"夷"。
② "傳乘"，康熙年間刻蔡本、康熙年間刻田本、康熙年間刻閻評本、《近代中國史料叢刊》本、愛日堂藏版本和《四庫全書》本作"乘傳"。
③ "遣"，康熙年間刻蔡本、康熙年間刻田本、康熙年間刻閻評本、《近代中國史料叢刊》本、愛日堂藏版本和《四庫全書》本作"輒遣"。
④ "著"，《四庫全書》本作"廷"。
⑤ "天子"，《四庫全書》本作"國家"。
⑥ "公"，康熙年間刻蔡本、康熙年間刻田本、康熙年間刻閻評本、《近代中國史料叢刊》本作"君"。
⑦ "今"，康熙年間刻田本、康熙年間刻閻評本、《近代中國史料叢刊》本作"經"。

至海外也。君涉海萬里，而至於其國。波濤浩淼，極天下奇詭瑰瑋之觀，非僅僅空同江淮、會稽禹穴者比。歸而筆挾風雲，上下千古，當有過於子長者。余與同人執筆以俟之。

惠母陳太君七十壽序

余與長洲汪鈍翁先生同直史館，因得見其所與遊者，而惠元龍稱最賢云。

元龍博學高才，爲文章有榘度，交遊多名公卿。顧獨時時過余邸舍，論文常①至日昃不倦。將南歸，持鈍翁所爲《母陳太君壽文》示余，再拜言曰："吾母年七十。遊子入京華，欲有得而歸，以爲母榮也。乃今葛衣敝屨，持殘書數卷，登堂問起居外，愧無以爲母歡。吾母高節淑行，與吾師同里閈，知之爲悉。敢邀惠得君一言，以慰吾母，庶幾爲遊子進一觴焉，是君之賜也。"

余既雅重元龍，又嘉其意慇②懇，展卷讀之。既畢，而告之曰：太君之德盛矣。然元龍欲慰太君也，交遊中名公卿操文章之柄者眾矣。迂拙窮老，不合於時，莫余若也，何足爲元龍重？且自聖賢之學不明，而功利之習③日熾。父兄之望子弟者，不越富貴利達。使子弟登高科，躋膴仕，輿馬赫奕，賓從雜遝，遂快然自鳴得志，不暇問所從來。蓋世俗之陋久矣，婦人當尤甚。如此，則元龍以不遇歸，即攜名公卿文章數十軸，日誦太君之前，有拂然不樂耳，況迂拙無用於世如余者乎？

乃今觀太君，則有異。事姑孝謹，澣瀡必親，又有樛木逮下之德，斯已賢矣。前明之季，勸太翁律和公曰："時事可知，公能師伯鸞高義，妾請椎髻布衣以從。"遂偕隱龍山東渚，躬自操作，不謂尤難乎？

夫婦人盛年則以貴顯望其夫，晚年則以貴顯望其子，人情也。太君志行如

① "常"，康熙年間刻蔡本、康熙年間刻田本、康熙年間刻閻評本、《近代中國史料叢刊》本作"嘗"。
② "慇"，康熙年間刻蔡本、康熙年間刻田本、康熙年間刻閻評本、《近代中國史料叢刊》本作"懃"。
③ "習"，《近代中國史料叢刊》本作"學"。

此，若不知人世有富貴利達者①，豈以其子登高第、輿馬赫奕、誇耀閭里爲榮乎？元龍其可以無愧。

然吾謂從來母子之賢，亦交相成也。有陶母截髮而後侃功業聿著②於晉代，有歐母畫荻而後修文學冠於宋室，此有母以成其子也。然必有侃之功被八州而後陶母之截髮始顯，有修之德重三朝而後歐母之畫荻始聞，是又有子以成其母也。太君之所以教元龍者，余未及聞。然卽其勸勉太翁者觀之，諒必有在富貴利達之外者。旣已無慚於二母矣，元龍其益勉之。

元龍博學高才，譽望隆於時，貴顯行有日矣。他日立朝著，當思有所建樹，無愧陶、歐。則所以壽太君者，仍在元龍，而不在祝頌③之紛紛也。請以此言告之太君，或亦開顏而進一觴乎？

徵君孫先生九十壽序

康熙癸丑，徵君孫先生壽登九十。嘉平月之十四日，爲懸弧之辰。睢陽門下士暨平日私淑先生之教者若而人，將渡河稱觴於兼山堂下。斌再拜頓首而言曰：

人生百歲爲期。先生年踰耄耋，步履輕翔，神完而氣固，著書未嘗以寒暑輟。弟子執經請益者，趾錯於戶。應答終日，無倦容。竊念自古九十好學弗衰者，衛武公而後，不過數人耳。先生之壽，殆天之有意斯文與！

夫壽者，假百年以爲萬古者也。道體流行，萬古不息。非人則道無所寄，非聖人則道無以行，非天假之以年則聖賢凝道之功或未能深詣其極，而造化之流行於萬古者不能盡屬之於我。故此身者百年之物，迨功力積④深，充實光

---

① "者"，康熙年間刻蔡本、康熙年間刻田本、康熙年間刻閭評本、《近代中國史料叢刊》本作"事者"。
② "聿著"，康熙年間刻蔡本、康熙年間刻田本、康熙年間刻閭評本、《近代中國史料叢刊》本作"著"。
③ "祝頌"，康熙年間刻蔡本、康熙年間刻田本、康熙年間刻閭評本、《近代中國史料叢刊》本作"頌祝"。
④ "積"，康熙年間刻蔡本誤作"續"。

輝,上繼往聖,下開來學,則百年而萬古矣。

孔子以天縱之聖,自十五志學,猶必至七十而始能從心所欲不踰矩也。道無止境,則①學亦無止境。使更假以年,必有日進不已者。特後之學者,亘千百年不能證取從心不踰矩之真境,況能知其進此者乎?使孔子年未及七十而止,則後人必以知命、耳順爲學問止境矣。使顏子而有夫子之年,則所謂未達一間者,其終於未達歟?夫壽之可重也,如此哉!

先生蚤年潛心濂洛之學,以孝親敬長爲根基,以存誠去僞、戒懼愼獨爲持要。出門定交,與蒼嶼、廓園、蓼洲諸君子議論往復,以砥柱中流自任。浩然之氣,百折不囘。

會璫燄熾張,諸君子並罹鉤黨。平日交遊身都通顯者,皆閉戶掃軌,噤不敢出一言。而先生獨不避虎獲,力爲營救。當其時,岌岌濱於難矣,而卒恬然無恙也。

今氣運剝極而復,興朝定鼎,崇儒右文。先生讀《易》百泉,韜光斂耀,靜悟淵思,德益劭②而學益邃。徵書歲下,纁帛屢賁巖阿,至朝虛祭酒之席以待,而先生鳳隱愈高。公卿藩臬,擁篲到門,執弟子禮。先生與臣言忠,與子言孝。鮭菜苦茗,常至更闌燈爐,猶娓娓弗倦。或千里書札問難,爲之條分縷析③,無不人人各得其所求。有初接者,才品高下,即衡量不爽。與之言論,輒中隱微。若久與處,洞悉其生平者,即秦越人之視病,不是過也。囘視數年前,學問必有日進月長,可自證自勘,而非他人所能識測者矣。

今天下理學烝烝而起,詖行淫辭之習漸以消磨,謂非先生倡率鼓舞而然歟?蓋昔年處運祚之終,而今日當風會之始。處其終者,與羣賢聲應氣和,不能奏廓清維挽之功;當其始者,碩果獨存,靈光巍然,千百年正學之傳。手闢蠶叢而立登康莊,固知天之厚予④大年者,真非無意也。

---

① "則",康熙年間刻蔡本、康熙年間刻田本、康熙年間刻闓評本、《近代中國史料叢刊》本脫。

② "劭",康熙年間刻蔡本誤作"邵"。

③ "析",康熙年間刻蔡本、康熙年間刻田本、康熙年間刻闓評本、《近代中國史料叢刊》本作"晰"。

④ "予",《近代中國史料叢刊》本作"與"。

衛武公耄年進德淇澳，《抑戒》之詩，《風》《雅》傳焉。先生結廬蘇①門，與淇澳百里而近。請以金錫圭璧之章，爲先生一侑觴焉。是爲序。

募建六忠祠序②

睢城③西門內，舊有六忠祠，祀唐中丞張公、太守許公，以南、雷、姚、賈四公爲配。廟貌赫奕，春秋官屬奉祭惟謹。壬午，黃河決城，祠沒於水。後土人竊其地，改建尼庵。六公棲神無地，過者悽愴，於今二十有餘年矣。

唐自祿山犯闕，明皇西狩，令狐潮、尹子奇輩鴟張梁宋間，名城巨郡望風納款者恐後。張、許二公，獨率二④千殘贏之卒⑤，憑孤城，遏三十⑥萬之强敵，以保障江淮。其精忠大節，至今八百餘載，天下學士大夫以及牧豎耕夫，皆能道之。

吾州在唐爲睢陽屬邑。張公初守雍丘，移軍甯陵。許公以睢陽太守迎入，則我⑦州亦張公所往來提戈揮兵處。而廟祀不立，烝嘗無所，甚非所以妥侑忠魂、勸⑧獎人心之義也。況邇來琳宮梵宇，所在金碧莊嚴，而六忠祠無議及者。左道日盛，大義不明，有心世教者，不禁爲之長太息也。

今文學黃君，於舊祠之西，施地一區，謀建饗堂三楹、重門兩廡，期復舊觀。但⑨

---

① "蘇"，愛日堂藏版本和《四庫全書》本作"衡"。

② "募建六忠祠序"，康熙年間刻蔡本、康熙年間刻田本、康熙年間刻闇評本作"重建六忠祠募緣序"，《近代中國史料叢刊》本作"重建六忠祠募緣記"。

③ "城"，《湯文正公全集》本誤作"域"，據康熙年間刻蔡本、康熙年間刻田本、康熙年間刻闇評本、《近代中國史料叢刊》本、《四庫全書》本和愛日堂藏版本改。

④ "二"，康熙年間刻蔡本、康熙年間刻田本、康熙年間刻闇評本、《近代中國史料叢刊》本作"數"。

⑤ "卒"，康熙年間刻蔡本誤作"率"。

⑥ "三十"，《近代中國史料叢刊》本作"十三"。

⑦ "我"，康熙年間刻蔡本、康熙年間刻田本、康熙年間刻闇評本、《近代中國史料叢刊》本作"吾"。

⑧ "勸"，愛日堂藏版本和《四庫全書》本作"曲"。

⑨ "但"，康熙年間刻蔡本、康熙年間刻田本、康熙年間刻闇評本、《近代中國史料叢刊》本作"某樂聞此舉躬捐微資但"。

力薄費繁，尚賴羣公，共成盛事。人倫天道，明訓昭垂。凡具秉彝，應有同志。務俾規模閎敞①，俎豆一新。薦紳衿裾，登堂拜謁，見日星之常存，凜英魂之如在。四方君子，軒車過之，亦知吾州人士，識所重輕，不至崇異端而忘大義也。

賀王叔平進士序

余少時，聞先大夫言柘城雪園王先生，今之大人君子也，心竊嚮慕之。及通籍後，先生爲御史，按兩浙，余見於睢陽郵署。先生握手與語，娓娓不倦，所以訓勉之者備至，出所著《傳習錄》、《定志》諸論及詩文數十帙見示。余受而讀之，不敢忘。

前年遇先生子叔平於商丘，氣度渾金璞玉，不自矜飾，居然有道之容。其所爲文，高潔簡練，得大家之遺。余竊歎賢者之後必大，於先生益信矣。

己酉，叔平舉於鄉。明年，成進士。里中親知，將修羔酒之儀，而問言於余。余不佞，年來於世故酬贈之文謝絕久矣，顧以爲少時知敬愛先生，親聆欬謦②二十餘年矣。今幸見叔平捷南宮，何可無一言以賀？夫諸君以爲一第足重叔平乎？

自有制科以來，登高第者何限也。然有布褐終身而風采照耀今古③，或身躋巍科而碌碌無所表見，二者其爲人輕重何如也？從來言道德者，必推濂洛、關閩，五先生中濂溪、伊川未登進士。明代理學，推薛、王、陳、胡四先生，而白沙、敬齋亦未登進士。可見甲第者，特士子致主行道之階，而非所恃以不朽者也，何足以爲叔平重？

吾之所以重叔平者，亦曰能法雪園先生而已矣。先生之令交河也，畿輔近地。值貂璫④縱橫之日，他人皆束手不敢施爲。先生獨毅然不畏⑤彊禦，叕地

---

① “閎敞”，《近代中國史料叢刊》本誤作“宏厰”。

② “欬謦”，《四庫全書》本作“謦欬”。

③ “今古”，康熙年間刻蔡本、康熙年間刻田本、康熙年間刻閻評本、《近代中國史料叢刊》本作“古今”。

④ “璫”，《近代中國史料叢刊》本作“黨”。

⑤ “畏”，康熙年間刻蔡本、康熙年間刻田本、康熙年間刻閻評本、《近代中國史料叢刊》本作“避”。

畝,清郵傳,弭盜省刑,治行最著。及入掌柏臺,正色端笏,議論侃侃。按讞所至,奸弊杜絕,尤孜孜以延攬後進、講明性學爲務。自浙東歸,舟中惟圖書萬卷而已。叔平學行得於過庭者久,於書無所不讀而能守之以謙,於海内名士無所不交而必歸之於正。自茲以往①,必能舉先生之所蓄而未發者措之天下矣。是可賀也!

　　吾聞先生之學,以王文成公爲宗。文成良知,得於眞修眞悟。當其折權黨於方熾,定大變於呼吸,無非良知之妙用。羽書旁午,講書②不輟,是豈勉强者能之乎? 彼山農、汝元之徒,剽竊影響,張皇自恣,卒來世人之譏。夫文成平生行事,皆可對之天地。後之人果能彷彿萬一焉? 否也。叔平承先生之志,進而取法文成,必能躬行心得,一洗世儒之陋。今見用於時,天豈有意斯文乎? 是又可賀也!

　　余受先生指誨,稍知端緒。今之所以期望叔平者,亦所以仰答先生之意也。若侈揚家世門閥之盛,徒爲諛詞而已,則吾豈敢。

送徐電發序

　　徐君電發,以徵辟官禁苑,文章、詩賦在香山、涪翁之間。常請假里居,門庭蕭然。還署未匝③月,遽謫官去。同朝士大夫多太息,賦詩以贈其行。

　　余方病,杜門謝客,不能出郊一送。又怔忡不能爲詩,無以爲電發贈。乃强起,邀至小亭,酌酒而告之曰:"人生豈必以一官爲重哉? 古之賢者,宦跡落寞④而聲名表表於後世者,眾矣。如君之才,固不以官之崇卑論也。吳中山水清妍,多隱君子。君往從之,相與究性命之微,探濂洛之旨,必將斂華就實,超然自得。道德之歸,有日矣。豈止以文辭擅長乎? 余違夙好,潦倒中外,精力頹然,而勢不能遽去。即幸而得請,而舊學荒落,無所進益。百年碌碌,良可歎

---

①　"往",《四庫全書》本作"後"。

②　"書",康熙年間刻蔡本作"論"。

③　"匝",《湯文正公全集》本誤作"币",據愛日堂藏版本和《四庫全書》本改。

④　"寞",《湯文正公全集》本和愛日堂藏版本誤作"莫",據《四庫全書》本改。

也。人生絀於此，必伸於彼。君不得志於時矣，必有聞於後。君其勉之。"電發曰："諾。"爰書以志別。

賀佟撫軍壽序

自古國家當昌隆豫順之世，必有博大通方、敦厖魁碩之君子，膺股肱心膂之任，勳高帶礪，名著彝常，然後能奠萬世無疆之歷。而博大通方、敦厖魁碩之君子，往往斂遐福，享太平，慶衍後昆，澤施奕禩。蓋積厚者流光，德盛者報隆，理有固然，史冊所載，可考而知也。

我高岡佟公，稟川嶽之秀異，鍾星漢之精華。自建旄秉鉞以來，錦江、玉壘之鄉，牂牁、夜郎之域，固已鏤銘峻巘、播頌淵谷矣。聖天子念腹心重地，爲神京屏翰、函夏樞紐，特簡鎮撫，命公若曰："吏治刓敝，民生疲瘵。其悉乃心，懷柔輯和，俾克全濟。"

公拜命，夙夜飲冰。黃綬以下，擾吾民者，悉罷劾之。以兩河土地平衍，無崇山廣澤魚鹽、鐵冶、絲纊、梓漆之利，小民胼手胝足，以耕以食。而河夫柳樁困之，江南協濟困之，單丁獨戶豪右兼併困之。公一一疏請於朝。夫歸官雇，柳歸官買，而江南協濟俱停，均平里役，民慶更生。

頻年學校漸廢，絃誦幾於輟響。公創建書院，月課歲會。禮聘名士，講道論業。人文蒸蒸蔚起，豫民已家頌戶祝矣。

逮滇閩告變，六師南征，麾幢蔽日，戈戟曜雲。公送往迎來，控馭有方。儲偫糗糧必豫，軍士戴挾纊之恩，閭里無雞豚之擾。

省城軍府初立，率多市井儈黠寄名應募。奉文裁汰，嘩然叵測。時方疏濬池隍，俾歸就役。大工旣成，眾志咸定。於是申明軍制，翦蕘必嚴。春秋都試，鉦鼓淵淵。

荊襄餉需，取辦中州。急則病民，緩則病國。公發銀赴楚，就近採置，民免轉運之勞而士飽馬騰，敵懍自倍。

凡我士民，父兄閭黨，由公而親；室家田廬，由公而定。桑麻禾黍，公爲膏雨；波濤險阻，公爲舟車。試觀今日紳安冠裳，士安縫掖，蓑笠之夫安於隴畝，笄珥之婦安於織絍,靺鞈跗注之徒安於部伍,夫孰非我公之賜哉?

五嶽四瀆之居於方隅也,興雲致雨,胎毓寶藏,以給萬類之求。人莫不禱祀而祈福焉。何則?利賴焉故也。公之在中州,其猶泰岱河海乎!

陽月值公覽揆之辰,睢人士咸願匍匐轅門,申九如之祝,而屬言於余。余年來承乏京師,每讀公奏疏,不禁舉手加額,爲斯民稱慶,以爲此正所謂博大通方、敦厖魁碩之君子,爲我國家奠萬世無疆之歷者也。指日巢山駕海之羣,狼羉鳥章之眾,稽首來王,天子策勳廟堂,以鞏固中原、籌畫軍餉爲根本,功績第一,將入踐臺衡,贊襄密勿;手握大斗,斟酌元化;歌鐘侑食,劍履上殿。豈尋常祝頌之辭所能俾述萬一哉?

邠人之詩曰:"躋彼公堂,稱彼兕觥,萬壽無疆!"甚矣,邠人之善祝也。周公採之,夫子存之,以爲《風》《雅》之宗。余今日亦若是而已矣。謹序。

印　歸　序

六書惟篆最古,其用惟印章爲要。印篆雖爲小藝,然非精於書學,未免有古俗雜用之譏。即精於書學矣,而不博通羣籍,又或拘泥牽累,終愧大雅。即博通羣籍矣,而足跡不出里門,眼底無數千里名山大川,交遊非盡海內高人奇士,則亦不能超脫象外而得古人之精義,非若末技曲藝可以淺率從事也。

大麓叔企吳子,少負英異絕羣之賢。伯兄冉渠君學術淵邃,經史、天文、曆象、律呂,皆能窺其蘊奧。叔企家庭聚處,講習有素。閒則詩歌怡情,尤極研精六書。凡許慎《說文》、徐鍇《韻譜》及李燾、戴侗諸家之書,孰純孰駁,辨之必極其詳;秦漢小璽、鐘彝款識,唐宋名家私印,孰眞孰僞,考之必極其精;近世壽丞、雪樵、學山、賴古諸刻,孰雅孰俗,論之必極其確;碑碣篆籀,窮壑絕巘,攀蘿剝蘚,求之必極其備。

雍丘有秦子先者,以印章知名海內。叔企往從之遊,晝夜寒暑,盡得其微義。一切喜怒窘窮,憂悲愉佚,精神思慮,無不寄寓於此。無異僚之丸,秋之弈,伯倫之於酒,張顛之於草書也。

冉渠初仕潯江,再移京口,叔企皆從之。過漢江,上大別,泛洞庭、瀟湘。

探衡嶽之簡，摹岣嶁之碑。蠻風蜃霧，鮫人之宮，猿猱之宅，無不涉歷。金焦雲霞、北固煙雨、鐘阜雨花之松濤，又其所飫聞而厭見者矣。風瓢雪笠，扁舟布帆。凡幽谷隱士、名都韻人，無不縞紵締交，往來唱和。宜其胸中脫落無礙，而非淺見所能窺測也。

歸而家居，與余比鄰。石徑疏籬，老梅竹樹，坐對圖史萬卷。茗碗藥臼，錯置几案。間焚香吟詠，偃仰終日。世人聞其煙鬟亭、聽雨窗，輒作桃源、谷口之想，不復知爲人間也。

今輯其所勒印章，彙爲一冊。與擇木、陽冰高下何如，世必有能定之者。而余獨述其生平、學問、遊歷，以見叔企之精於篆刻，非偶然也。而其可傳者，又甯止篆刻也哉？

《松青堂集》序

余昔自河北歸里卜居，與趙子彥公比鄰。同人五六輩相繼來歸，衡宇在望，彥公年最長。諸同人聯社賦詩，每篇成，爭相稱許。彥公把酒望雲，振衣而起，伸紙疾書，腕動如飛，頃刻數十篇，鏗鏗作金石聲，無不人人自失也。

竊嘆天下中材之士，蚤致通顯者何限。彥公幼時，卽厭科舉、訓詁之學，肆力古文辭。每構一義，必曰："此與司馬遷、班固何如？"當明季時①，患制舉②之弊，特開拔貢，以③網羅奇士。於是，彥公首應明詔，公車入都。都人士詣門投刺操卷謁文者，趾相錯也。金忠潔公持風節，不輕許可，獨與彥公傾蓋定交。嘗語人曰："中州自李獻吉、何仲默爲一代風雅之宗，繼起者，其彥公乎！"當斯時，彥公名聞海內，有欲薦之於朝者，而彥公杜門高臥。縉紳大夫惠顧者，無所報謝，以此落落而歸。今老矣，屛居水濱，擁書萬卷，發爲詠歌，僅僅見於蟲魚草木，爲羈愁感憤之辭。豈所謂詩人少達而多窮，果信然與？

余幸謝病歸田，與同人復修舊事。囘思昔日，蓋已二十年矣。而彥公耳聰

---

① "當明季時"，康熙年間刻蔡本作"當明莊烈愍皇帝時"。
② "舉"，康熙年間刻蔡本作"義"。
③ "特開拔貢以"，康熙年間刻蔡本作"開拔貢一途"。

目明，長飲高歌，志氣未嘗少衰也。今刻其集，將以問世。讀者觀其筆墨馳騁，託興深遠，亦可以見其志矣。

《四書偶錄》序

自朱子《四書集注》成，而漢唐諸儒註疏幾廢。明永樂間，纂輯《大全》，以羽翼朱子。採攬宏多，純駁相半，後學不見要領。虛齋《蒙引》之簡確，涇野《因問》之質直，皆中有自得，非剽竊揣摩、尋摘章句者比。存疑淺說，辨析加詳，舉業家宗之，而義蘊寖薄。下此各逞臆見，不足道也。夫不求自得於心，而徒拘牽文義，雖字櫛句比，於聖學旨歸相去遠矣。

江村太常《說約》、夏峯徵君《近指》，皆從聖賢立言本意，指示學者，直截痛快，讀者躍然。二書發揮大義，爲入道準繩。世人狃於舉業之見，知深信篤好者鮮矣。上谷蓮陸魏君，從學兩先生之門。平居講習討論，指別同異，剖析源流，曠然有所自得。晚年深居精詣，負笈從遊者日眾。取朱子以來諸家傳註，採擇鎔鑄，必求至當，著爲《四書偶錄》，以惠來學。間入都屬余是正，余得而卒業焉。其書簡而明，質而通，雖直指原本或不若兩先生之超脫，而博洽者以爲知要之資，啟蒙者以爲養正之助，誠聖學之津梁，亦舉業之筏航也。學者由是上泝諸先正，而求其所以斟酌體認之功，庶乎知微言之旨無窮而入道之方思過半矣。

《題馮玉傳像贊》序

睢州馮玉傳，所居近白雲寺。寺創自唐貞觀間，廢興不一。明季寇氛充斥，遂就傾圮。馮君慨然興之。當修寺之初，適值歲飢，以所募金施粥。數百里內，扶老攜幼，就食者無算。病施藥，死施棺。至年豐，乃止。今鎮江少府吳君冉渠家在寺左，聞其事，作碑誌之。玉傳復介冉渠弟幼石，求余爲其像贊序。

余與君，蹤跡疏闊。且余儒者，所習者，堯舜、孔孟之書；所行者，人倫日用、修己治人之道。修寺造像之說，非所聞也。何以序之？且余亦偶博涉釋典，見佛刻意内治，以爲隨所遇而成形者，身也；歷千萬世而不滅、不昧者，心與性也。故其道嚴於治心與性，而舉人世聲名、富貴、飲食、男女之慾一切棄去，逃之空山，數十年而道成。夫聲名、富貴、飲食、男女，一切空之，何有於宮室？況於數萬里之外，數千年之久，其殿宇臺閣，豈其所意計歟？

又，達摩立教，直指人心，見性成佛。梁武造像寫經，不可勝計，皆斥爲人天小果，有漏之因。其言超出諸有，所謂不落言詮，不墮跡相，以爲迦葉以來正法眼藏。夫言詮、跡相即屬小乘，況持鉢建刹，豈其所重歟？而魏晉以來，服儒服而修儒行者，乃有捨宅爲寺如逸少、摩詰、介甫之徒，又獨何歟？豈祇樹園亦如來之所必須？而給孤長者，其功真不可沒與！

然吾儒之學，以濟世安民爲實用，非空談性命也。當歲歉民饑，流移載道，至坐視而不能救。馮君以一韋布全活數萬人，何其偉也！當是時，若坐擁修寺之資，日庀材鳩工，不暇他顧，使數萬人呻吟而死，即經樓禪堂高出雲霄，吾以爲非如來之所許也。馮君識所緩急，如此則逸少、摩詰諸人又當爽然自失矣。今觀其像，端然靜穆，似深於道者。則默契無言之教，證所謂正法眼藏者，意在斯乎？然吾不得而知矣。

記

乾清門奏對記[1]

康熙二十二年三月三十日，上御乾清門，斌侍直，命[2]錄平日詩文進覽。斌奏："近因纂修兩朝《聖訓》及《明史》，所作詩文[3]甚少。"上曰："即舊作

---

[1] "乾清門奏對記"，康熙年間刻蔡本、康熙年間刻閣評本、《近代中國史料叢刊》本作"遵旨進所著詩文記事"。

[2] "命"，康熙年間刻蔡本、康熙年間刻閣評本、《近代中國史料叢刊》本作"部院諸臣奏事畢上命斌"。

[3] "所作詩文"，康熙年間刻蔡本、康熙年間刻閣評本、《近代中國史料叢刊》本作"一切詩文所作"。

亦可。”

　　四月①初九日,斌遵旨進所著文十篇,詩十首。上召至②乾清宮,閲③首篇《籍田頌④》,蕭然改容⑤,曰:“此世祖章皇帝時事,汝爲庶吉士時⑥作乎?”斌對曰:“是。”次閲《十三經註疏論》、《二十一史論》。至《春王正月辨》,上命敷陳大意。斌對曰:“‘春王正月’四字,《春秋》⑦本自明顯,後儒議論不一。有言周改月兼改時者,有言改月不改時者,有言時月俱不改者。臣以《春秋》本文斷之,時月⑧俱改之說爲是。如冬十月雨雪,二月無冰,在夏時原不爲異。又,僖公五年,《左傳》:‘春王正月,辛亥朔,日南至。’日南至者,子月也。此改月改時之證也。胡安國言夏時冠周月,臣以爲不然。行夏之時,聖人平日論道之言。《春秋》者,聖人尊王之書。以夏時冠周月,非爲下不倍之義。”上頷之。又,《擬漢以禁囷假貧民舉直言極諫之士詔》,上問:“此詔何爲而作?”斌對曰:“此漢元帝時事。臣散館時,世祖章皇帝御試,以此命題。臣蒙恩授檢討之職。”

　　又命述《學言》篇大意。斌對曰:“自周子至朱子,其學最爲純正精微,爲儒者標準。後學沈溺訓詁,殊失程朱精意。王守仁致良知之學,正以救末學之流弊,但語多失中。門人又以虛見承襲⑨,失其宗旨⑩,致滋後人之議。臣竊謂先儒補偏救弊,各有深心。願學者識聖學之眞,身體力行,久之當有自得。徒競口語,無益也。”上復頷之。

---

① “四月”,康熙年間刻蔡本、康熙年間刻閣評本、《近代中國史料叢刊》本作“至四月”。
② “上召至”,康熙年間刻蔡本、康熙年間刻閣評本、《近代中國史料叢刊》本作“候於乾清門上命内侍召學士牛鈕同斌趨至”。
③ “閲”字之前,康熙年間刻蔡本、康熙年間刻閣評本有“内上取所進詩文展”八字。
④ “籍田頌”,康熙年間刻蔡本、康熙年間刻閣評本、《近代中國史料叢刊》本作“世祖章皇帝親耕藉田頌”。
⑤ “蕭然改容”,康熙年間刻蔡本、康熙年間刻閣評本、《近代中國史料叢刊》本作“上蕭然改容”。
⑥ “汝爲庶吉士時”,康熙年間刻蔡本、康熙年間刻閣評本、《近代中國史料叢刊》本作“是汝爲庶吉士所”。
⑦ “春秋”,康熙年間刻蔡本、康熙年間刻閣評本、《近代中國史料叢刊》本作“在春秋”。
⑧ “時月”,康熙年間刻蔡本、康熙年間刻閣評本、《近代中國史料叢刊》本作“以爲時月”。
⑨ “承襲”,康熙年間刻蔡本、康熙年間刻閣評本、《近代中國史料叢刊》本脱。
⑩ “失其宗旨”,愛日堂藏版本和《四庫全書》本脱。

《潼關城樓刻詩記》、《睢州儒學記》、《嵩陽書院記》、《贛州府誌序》①，上一一覽訖。詩十首，逐字看過。至末首，有"年老才將盡，憂多道轉親"二句。上佇思久之，曰："何謂'憂多道轉親'？"斌對曰："臣幼遭亂離，半生在憂患中。嘗隨事體認，於道理轉覺親切。詩詞樸拙，不勝惶恐。"

天②顏和霽，從容顧問，晷刻頻移。聖主優禮儒臣，爲國家重③事。微臣才力短淺，無由報稱，愧且懼焉。

睢州移建廟學碑記

睢州儒學，舊在北城濯錦池上。明末，黃河決，城遂淪於水。有司權奉先師主於城南④民舍。地甚湫隘，殿廡之制不備。堂齋皆缺，諸生無所肄業。屢議改建，以財用匱乏，莫有毅然任其事者。

康熙十年，知州事程公始至，慮無以興學育才，仰承朝廷德意。期年，政通事簡，乃相廟東有地，據岡面陽，水環如璧。羣情咸合，州之薦紳、諸生，量力捐助。先建大殿，次及兩廡、戟門、櫺星門，各如制。明倫有堂，啟聖、名宦、鄉賢有祠。樹以崇坊，繚以周垣。位序丹腹，應圖合禮。其相規制，稽出納，久而不懈者，學正魏君也。既訖工，公率鄉⑤大夫士行釋菜禮，而屬余爲記。余不獲辭，乃言曰：

修學，有司職也。諸生之遊於斯者，亦思所以爲學而求進於古人之道乎？抑徒飾文辭，溺訓詁，冀苟得利祿以夸耀一時已乎？

夫朝廷廟學竝建，固期學者以聖賢爲宗也。夫聖賢之學，其要存心而已。存心者，存天理而已。微而不睹不聞，顯而人倫日用，皆天理所在也。堯舜禹

---

① "睢州儒學記嵩陽書院記贛州府誌序"，康熙年間刻閭評本、《近代中國史料叢刊》本作"贛州府誌序睢州儒學記嵩陽書院記"。

② "天"，康熙年間刻蔡本、康熙年間刻閭評本、《近代中國史料叢刊》本作"是日天"。

③ "重"，康熙年間刻蔡本、康熙年間刻閭評本、《近代中國史料叢刊》本作"盛"。

④ "城南"，《正誼堂全書》本、康熙年間刻蔡本、康熙年間刻田本、康熙年間刻閭評本、《近代中國史料叢刊》本作"南城"。

⑤ "鄉"，康熙年間刻蔡本誤作"卿"。

之相授受，必致辨於人心、道心之危微。孔子十五志學，至七十始從心所欲不踰矩。然則聖人之異於人者，惟在朝[①]乾夕惕，自强不息，遂至與天爲一耳。成湯、文武之爲君，臯陶、伊傅、周召之爲臣，以及顔、曾、思、孟諸大賢，時至事起，功業各不相同，而其深憂大懼不得已之心，則千古同[②]揆也。是以行無轍迹，言無倣效，總以此心純一粹白，相證於於穆之表，而非從勳業文章一一較論也。

濂洛、關閩以來，大儒相繼輩出。風會所值，指授各殊。而道本於心，先後若一。學者不體驗於性情踐履，與古人相見於精神、心術之間，則爲己功疏，屋漏難慊，即著書滿家，於道無當也。惟知道之大原出於天而體用具於吾心，存養省察，交致其功。信顯微之無間，悟知行之合一，喜怒哀樂，必求中節；視聽言動，必求合禮；子臣弟友，必求盡分。藴之爲天德，發之爲王道。此學問之極功，而尊信聖人之實事也。

然有難言者，正學不講，俗痼日深，利欲之根難斷，巧僞之術益工。苟非乘本體之偶露，急加體認、擴充之力，悠悠[③]玩愒，歲月幾何，轉眼遲暮，躊跼同歸。大禹之所以惜寸陰，而《尚書》有取於若藥瞑眩，豈不以此歟？若曰吾志在於科名，惟事揣摩帖括，他不暇[④]計焉，是視聖賢六經祇爲富貴利達之資，異日備朝廷任使，安能秉道絶欺，憂國奉公，不幾負朝廷建學立廟之意乎？

余，鄉人也，誠願與鄉之後進互相砥礪，使賢才輩出，以報君恩。敢述所聞以告之。遂爲記。

公名正性，鄉貢士，四川萬縣人。魏君名湛，順治戊子舉人，河南孟津縣人[⑤]。

---

① “朝”，《近代中國史料叢刊》本誤作“實”。

② “同”，《正誼堂全書》本、康熙年間刻蔡本、康熙年間刻田本、康熙年間刻閻評本、《近代中國史料叢刊》本作“一”。

③ “悠悠”，《正誼堂全書》本、康熙年間刻蔡本、康熙年間刻田本、康熙年間刻閻評本、《近代中國史料叢刊》本作“如火始然泉始達悠悠”。

④ “暇”，《湯文正公全集》本誤作“假”，據《正誼堂全書》本、康熙年間刻蔡本、康熙年間刻田本、康熙年間刻閻評本、《近代中國史料叢刊》本、愛日堂藏版本和《四庫全書》本改。

⑤ “遂爲記公名正性鄉貢士四川萬縣人魏君名湛順治戊子舉人河南孟津縣人”，愛日堂藏版本和《四庫全書》本脱。

重修蘇州府儒學碑記

康熙二十三年，歲在甲子，天子以治定功成，行古巡狩之禮。冬十月，車駕至蘇州，詢問民俗，告誡有司。還至曲阜，祭先聖廟。拜獻之儀，視前代有加。親灑宸翰，題其廟額。詔天下修葺學宮，頒賜御書。海內蒸蒸，罔不從義。

時斌①奉命撫吳，祇②謁廟學，見殿廡門垣日就頹圮③，明倫堂岌岌欲傾，慮無以仰承聖天子興學重道之意。受事方新，未遑興作。明年二月，蠲俸倡始。藩臬庶僚，飭材鳩工，黽勉襄④事。宗棟櫨桷楹礎之殘缺者易之，丹臒髹漆之漫漶者新之，祠齋庖庫之久廢者興之。締搆堅貞，典制具備。泮水疏通，遠接太湖。松、檜、椅、桐之屬，種植千本。閱十月而訖工。於是躬率僚屬，行釋菜禮。定期講學於堂，諸生執經問業，遠近咸集。又明年三月，斌奉輔導東宮之命。瀕行，進諸生而告之曰：此地自范文正公建學，胡安定立教，於今六百餘年矣。名卿巨儒，項背相望。諸生肄業於斯，其所以紹述先哲，仰答天子作人雅意者，果安在乎？國家興治化在正人心，而正人心在崇經術。漢儒專門名家，師說相承。當《詩》、《書》煨燼之餘，儀文器數之目，刪定傳授之旨，猶存什⑤一於千百。且其時選舉⑥不以詞章，通經學古之士，皆得上聞。朝廷定大議，斷大疑，博士據經以對。故其時士大夫勇於自立，無苟簡之心。孝弟廉讓之行，更衰亂而不變，此重經術之效也。其後虛無寂滅之說盛，聲律駢儷之習工，而經學荒矣。宋濂洛、關閩諸大儒出，闡天人性道之源流。故天下知性不

---

① "時斌"，《正誼堂全書》本、康熙年間刻蔡本、康熙年間刻田本、康熙年間刻閻評本、《近代中國史料叢刊》本作"斌時"。
② "祇"，《湯文正公全集》本、《近代中國史料叢刊》本誤作"祇"，據《正誼堂全書》本、康熙年間刻蔡本、康熙年間刻田本、康熙年間刻閻評本、愛日堂藏版本、《四庫全書》本改。
③ "圮"，《正誼堂全書》本、《近代中國史料叢刊》本作"弛"，康熙年間刻蔡本、康熙年間刻田本、康熙年間刻閻評本誤作"馳"。
④ "襄"，《正誼堂全書》本、康熙年間刻蔡本作"從"。
⑤ "什"，《正誼堂全書》本、康熙年間刻蔡本、康熙年間刻田本、康熙年間刻閻評本、《近代中國史料叢刊》本作"十"。
⑥ "選舉"，愛日堂藏版本和《四庫全書》本作"舉選"。

外乎仁義禮智而虛無寂滅非性也，道不外乎人倫日用而功利詞章非道也，所謂得六經之精微而繼孔孟之絕學，又豈漢以後諸儒所可及歟？《宋史》道學、儒林釐爲二傳，蓋以周、程、張、朱繼往開來，其師友淵源不可與諸儒等耳，而道學、經學自此分矣。

夫所謂道學者，六經四書之旨，體驗於心，躬行而有得之謂也，非經書之外更有不傳之道①學也。故離經書而言道，此異端之所謂道也；外身心而言經，此俗儒之所謂經也。宗洙泗而禰洛閩②，人心之所以正也；家柱史而戶天竺，世道之所以衰也。

今聖朝尊禮先聖，表章正學，士子宜知所趨向矣。吾恐朝廷以實求，而士子終以名應。苟無騖乎其名而致力於其實，則亦曰躬行而已矣。故學者必先明義利③之界，謹誠僞之關，則富貴貧賤④之非道不處不去，必割然也；造次顛沛，生死禍福之間不可移易者，必確然也。毋爲枉尺直尋之事，毋作捷徑苟得之謀。甯拙毋巧，甯朴毋華，甯方毋圓。戒懼慎獨之功無時可間，子臣弟友之職不敢不勉，不愧於大廷，亦不愧於屋漏。如此，則發爲議論，自能息邪距⑤詖，而鄉愿楊墨之教不得騁也；出爲政事，自能尊王黜霸，而管、商、申、韓之政不得施也。其斯爲眞經學，其斯爲眞道學也已。否則，剽竊浮華，苟爲譁世取寵之具，講論、踐履析爲二事，卽誦說先儒，世道亦何賴乎？

當文正公時，《中庸》猶雜《戴記》中。公獨舉以示⑥橫渠，則公之深於經學可知矣。安定之教，以經義爲本，當時太學取以爲法。宋世人才之盛，實基於此。諸生爲鄉邦後進，來遊來觀，其亦有所興起乎？蘇郡人文，實四方所則

---

① “道”，《正誼堂全書》本、康熙年間刻蔡本、康熙年間刻田本、康熙年間刻閻評本、《近代中國史料叢刊》本作“遺”。
② “洛閩”，《近代中國史料叢刊》本作“閩洛”。
③ “利”，《近代中國史料叢刊》本誤作“理”。
④ “富貴貧賤”，《正誼堂全書》本、康熙年間刻蔡本、康熙年間刻田本、康熙年間刻閻評本、《近代中國史料叢刊》本作“貧富貴賤”。
⑤ “距”，康熙年間刻蔡本誤作“詎”。
⑥ “示”，《正誼堂全書》本、康熙年間刻蔡本、康熙年間刻田本、康熙年間刻閻評本、《近代中國史料叢刊》本作“授”。

傚也。所以佐成聖朝之治化者,余①實有厚望焉。諸生請書其言爲記。

斯役也,江蘇布政使章欽文、蘇松督糧道副使劉鼎、蘇州知府胡世威,或總理工費,或分司督察,而心計指授,巨細不遺者,鼎之力爲多。司學事者,教授吳世恆、訓導張杰也,例得並書。②

潼關衛儒學重建啟聖祠記

潼關,用武之地也,然以文教爲先,衛學之設舊矣。崇禎末,燬諸兵。重葺於順治之十有一年,而規模猶多未備。越三年,予蒞關,朔望謁廟。見啟聖祠獨闕,大懼無以妥先聖之靈而仰副朝廷明倫教孝之意,鳩工③庀材,建祠三楹,前列門坊。工訖,偕官紳曁士子行祭告禮,咸請予④記。

竊惟⑤學宮之有啟聖祠也,蓋本宋熊禾、明宋濂諸公之議,而嘉靖間張孚敬請而行之者也。父子祖孫,德不紊倫,祀不紊序。其於典禮,可謂至矣。然吾於從祀諸賢,猶不能無議者。考之《家語》,七十弟子中,孔弗字子蔑,《史記》作孔忠,《通典》作孔患,大抵字畫之譌,自爲一人,本孔子兄之子,於子思爲從伯叔行。今子思配饗堂上,而子蔑列之廡下,於禮⑥未協。程敏政曰:"學宮雖傳道之地,未有外人倫而言道者。"則子蔑當從顏、路、曾、皙之後,移祀於

---

① "余",《正誼堂全書》本、康熙年間刻蔡本、康熙年間刻田本、康熙年間刻閻評本、《近代中國史料叢刊》本作"予"。

② "斯役也江蘇布政使章欽文蘇松督糧道副使劉鼎蘇州知府胡世威或總理工費或分司督察而心計指授巨細不遺者鼎之力爲多司學事者教授吳世恆訓導張杰也例得並書",愛日堂藏版本和《四庫全書》本脫。

③ "鳩工",康熙年間刻蔡本、康熙年間刻田本、康熙年間刻閻評本、《近代中國史料叢刊》本作"巫鳩工"。

④ "工訖偕官紳曁士子行祭告禮咸請予",康熙年間刻蔡本、康熙年間刻田本、康熙年間刻閻評本、《近代中國史料叢刊》本作"既訖工偕官紳曁博士弟子行祭告禮咸請予文以爲"。

⑤ "潼關用武之地也然以文教爲先衛學之設舊矣崇禎末燬諸兵重葺於順治之十有一年而規模猶多未備越三年予蒞關朔望謁廟見啟聖祠獨闕大懼無以妥先聖之靈而仰副朝廷明倫教孝之意鳩工庀材建祠三楹前列門坊工訖偕官紳曁士子行祭告禮咸請予記竊惟",愛日堂藏版本和《四庫全書》本脫。

⑥ "禮",《近代中國史料叢刊》本作"理"。

啟聖祠，雁行伯魚可也。

又，聖道傳授，獨稱曾子，而名不列於四科。蓋四科十子，皆陳蔡相從之徒，《魯論》追而記之。自唐宋以來，顏子配饗，因進曾子以補其末。後以曾子配饗，復進子張以補其末。則是四科諸賢，後之人皆得下而上之、出而入之矣。然傳記所載，有若立言明道，動協規矩，孔子既歿，弟子欲事之如師。公西華嫺於禮儀。原思清靜守節，貧而樂道。宓子賤愛人親賢，名齊君子。子羔克執親喪，遇變不惑。南宮适捫舌慎躬，世清不廢，世濁不污。孔子俱亟稱之。夫六子之賢，不下於冉有、宰我輩，而終不得列於十子之後，陸沉七十子中，側居廡下，吾不知其相安否也。蓋四科十子，既爲陳蔡相從之徒，原非杏壇一定之格，以之進曾子可也，以之進子張可也，以之進有若等六子亦無不可也。

余①記建啟聖祠而並附其議於後，亦以備兵茲土，不敢不加意文教，釐正祀典，然而非其職也。潼關天下之衝，輪蹄往來。旁采芻蕘，獻諸當甯，議而行之。② 竊自附於洪、熊③二君之後，庶幾於典禮少有裨哉。若以其言之無當而曉曉斯記云也，予滋思矣。

工始於二月甲戌，成於三月戊午。襄斯役者，撫民同知劉蕭之、衛守備楊文彩，例得併書。④

嵩陽書院記

嵩陽書院，在登封縣城北，建自五代。宋初，與睢陽、白鹿、岳麓號四大書院。其地負嵩面潁，左右少室、箕山諸峯，秀矗雲表。中天清淑之氣，於是焉萃。至道中，賜九經子史，置校官，生徒至數百人，稱最盛。二程子嘗講學於

---

① "余"，康熙年間刻蔡本、康熙年間刻田本、康熙年間刻閣評本、《近代中國史料叢刊》本作"予"。
② "並附其議於後亦以備兵茲土不敢不加意文教釐正祀典然而非其職也潼關天下之衝輪蹄往來旁采芻蕘獻諸當甯議而行之"，愛日堂藏版本和《四庫全書》本作"及茲議"。
③ "洪熊"，康熙年間刻蔡本、《近代中國史料叢刊》本、愛日堂藏版本和《四庫全書》本作"熊宋"。
④ "若以其言之無當而曉曉斯記云也予滋思矣工始於二月甲戌成於三月戊午襄斯役者撫民同知劉蕭之衛守備楊文彩例得併書"，愛日堂藏版本和《四庫全書》本脫。

此，後人因爲建祠。明末兵亂，傾圮殆盡。國朝崇儒右文，知縣事黃州葉侯封，建堂三楹，祀二程、朱子。而以地鄰崇福宮，凡宋臣之帶崇福宮銜者，皆祀之。葉侯既遷京職，邑人大名兵備副使逸菴耿先生介，家居講學，以程朱爲道統所宗，不當與諸賢列，復捐貲建堂三楹，遷主崇祀。又作講堂三楹，顏曰麗澤。旁署兩齋，曰博約，曰敬義。書舍若干楹，庖湢、門垣具備。自康熙十八年春，至次年秋訖工。知縣事長洲張侯壎，以興起斯文爲任，月吉講學課藝其中。多士彬彬向風。逸菴作書，屬余爲記。

余適承乏史局，方恨不得從事几席，與聞緒論，其何敢辭？然逸菴之意，豈欲余記營建歲月而已乎？或欲有言以告多士也。

竊以孔子教人之書，莫詳於《論語》。當時，及門稱顏子爲好學，嘗與終日言而不違者，今所記不過《問仁①》、《爲邦②》二章而已，然天德、王道備矣。顏子謂夫子循循善誘，博文約禮。今他無可考，卽二章思之，意者虞夏商周之禮樂制度卽所謂博文，而克己復禮之訓卽所謂約禮歟。特學有體用，問有先後耳。

《中庸》言明善誠身，而列其目亦自博學、審問始。孔子言知，不廢多聞多見，而語子貢以一貫，則又以多學而識之者爲非。其所以一貫之旨，終隱而不發。卽與門弟子言求仁之方、爲仁③之要多矣，而仁之體則罕言也。豈聖人之過爲隱與？及讀《易·乾卦·象傳》與《中庸》首章，而後知道之大原，莫明於斯也。蓋道之大原出於天，而仁者天道之元也。知天人同原，則知吾④心與天地流通而往來無間，民胞物與之念油然而生，而戒愼恐懼自不容已。故程子謂學者須先識仁，以此也。

然仁之爲體，非可口傳耳授也，在人之默識耳。孔子自十五志學，至能立、不惑，五十而後知天命⑤，則知命亦難矣。今之講學者，聚數十百人於堂，而語

---

① “仁”，《近代中國史料叢刊》本作“爲仁”。

② “爲邦”，《正誼堂全書》本、康熙年間刻蔡本、康熙年間刻田本、康熙年間刻閣評本作“問爲邦”。

③ “仁”，愛日堂藏版本誤作“人”。

④ “吾”，《正誼堂全書》本作“人”。

⑤ “命”，《正誼堂全書》本、康熙年間刻蔡本、康熙年間刻田本、康熙年間刻閣評本、《近代中國史料叢刊》本作“命也以大聖人而若此”。

之曰天命云何，心性云何，將大本大原皆爲口耳影響之談。學者於俄頃之間，與聞性道之祕，其不至作光景玩弄，視詩書爲糟粕，禮儀三百、威儀三千爲粗迹也，幾希矣。斯亦講學者之過也。

夫道無所謂高遠也，其形而下者，具於飲食、器服之用；形而①上者，極於無聲、無臭之微。精粗本末，無二致也。孔子語顔子曰：“非禮勿視，非禮勿聽，非禮勿言，非禮勿動。”而語樊遲曰：“居處恭，執事敬，與人忠。”聖人與上智、中材所言，皆不越是。蓋以天命流行不外動容周旋，而子臣弟友即可上達天德。所謂無行不與者，此也；所謂知我其天者，此也。今功利、詞章、舉業、技藝之習陷溺人心，士子窮年矻矻，志在利祿名譽，而天之所與我者茫然也。是其學迥非聖人之學矣。

夫《中庸》之博學，將以篤行也；顔子之博文，將以約禮也；大《易》之窮理，②將以盡性而命也；《大學》之格物，將以修齊治平也。今滯事物以爲窮理，未免③沈溺迹象，既支離而無本；離事物以言致知，又近於墮聰黜明，亦虛空而鮮實。學路久迷，習染日深。偶爾虛見，未爲眞得。非默識本體，誠敬存之，緜緜密密，不貳不息，前聖心傳，何能會通無間？故曰：“苟不至德，至道不凝焉。”嗚呼！豈易言哉？

逸庵之學，以主敬爲宗，以體天理爲要，可謂得程朱正旨矣。吾④懼學者之易視之也，故因記書院而詳言之，欲其深思而自得之焉。張侯明經起家，治行多可紀，於逸庵相與有成，尤足嘉也。吾又懼來者之不能繼，故備書之，以告後之君子。

慶都縣堯母陵廟碑記

堯母陵在慶都縣城東門内，封之⑤盈丈，陵之前有廟焉。慶都於漢爲望

---

① “而”，愛日堂藏版本和《四庫全書》本作“於”。
② “將以篤行也顔子之博文將以約禮也大易之窮理”，《正誼堂全書》本脱。
③ “免”，《近代中國史料叢刊》本誤作“克”。
④ “吾”，愛日堂藏版本和《四庫全書》本作“我”。
⑤ “之”，康熙年間刻蔡本作“域”。

都。張晏曰：“堯山在北，慶都山在南。登堯山見都山，故以爲名。迨金源①，乃更今名。”考秦始皇七年，攻龍孤、慶都，還兵攻汲，則其名邑古矣。

堯母陳鋒氏，或曰陳酆，或曰陳隆，爲帝嚳第三妃，見於《史記》，見於《世本》，見於大戴氏《禮記》。堯以唐侯升爲天子，始封於唐。皇甫謐謂：“中山，唐縣是也，故山曰堯山，水曰唐水，城曰唐城，池曰唐池。”謐又言：“望都山，堯母慶都之所居邑。”既有堯祠，思堯之德，畏其神，追祀其母，固其宜爾。歐陽修以《史記》、《地志》諸書無堯母葬處，得漢建甯五年成陽靈臺碑文，曰：“慶都仙沒，蓋葬於茲。欲人莫知，名曰靈臺。上立黃屋，堯所奉祀。”遂定堯母葬處在成陽。而郭緣生《述征記》有云：“成陽縣東南有堯母慶都墓，上有祠廟。”酈道元注《水經》，亦云：“成陽城西二里，有堯母慶都陵。”審是，則堯母之葬在濟陰，可據矣。雖然，成陽之碑，稱“蓋葬於茲”。蓋也者，未敢信之辭。堯既封於唐矣，母之終，安知不於唐葬之故土而妥其魂魄焉？此亦事理之可信者也。

廟凡三楹，列以兩廡。康熙二十四年秋，天久雨，廟圮，水穿陵露穴。知縣事錦州蔣侯國楨，出俸錢治之。以甎築陵之四旁，外設重垣，塗飾廟貌，建坊於前，題曰堯母陵。余自江南奉召入都，過之。請余爲文，勒之石。

余按：帝嚳妃十人，堯母之外，其著者有邰氏、有娀氏。《詩》言“赫赫姜嫄②，有娀方將”是已。娵訾氏常儀生摯，鄒屠氏生八英，羲和生晏③龍。當時，卜其四子，皆有天下。而有邰生棄，則云履大神跡；有娀生卨，則云鳦遺卵吞之。其事甚怪，或以爲釋經之誤。至於堯母，更謂其觀於三河，感赤龍而生堯，何其誕也！以堯之神聖，則其母之遺蹟，固不可以不治也。因侯之請，述所聞於古者，兼爲神絃詩，俾侯歲時授工歌焉。辭曰：

帝④高辛兮⑤十其妃，伊堯母兮降斗維。歲閼逢兮湣灘，丹陵側兮三河。干震夙兮生子，望舒盈兮十四。析土兮陶唐，望都山兮母之鄉。千秋兮萬歲，

---

① “源”，《四庫全書》本作“元”。
② “嫄”，《近代中國史料叢刊》本誤作“拾”。
③ “晏”，愛日堂藏版本和《四庫全書》本作“宴”。
④ “帝”，康熙年間刻蔡本作“維帝”。
⑤ “兮”，《近代中國史料叢刊》本作“氏”。

思帝懷兮罔替。列俎兮執籩，薦馨香兮母前。靈之來兮繽紛，覆輪困兮黃雲。靈之逝兮婀娜，從彤車兮駕白馬。覡舞兮巫歌，會鼓兮傳芭。陵不崩兮廟不改，邦人祀事兮永久。

重建漢太尉楊公饗堂碑記

　　華陰城東三十里，有漢太尉楊公墓。按本傳，公於延光中爲太尉，以忠直被放歸，飲酖，卒於夕陽亭。順宗①卽位，門人虞放、陳翼詣闕追訟公事。詔以禮改葬公於華陰潼亭，祀以中牢。此卽其地也。

　　予②以丙申備兵潼關，獲展謁墓下。見兵亂之後，堂基頹廢，周垣盡圮，蔓草荒煙，碑版縱橫，憪然而歎者久之。會歲歉，未遑興作。越明年，謀於縣令劉瑞遠③，起而新之。爲饗堂三間，峻其垣墉。旁廡屛門，渠渠巖巖。碑碣之仆者起，泐者續。役罔妨農，財匪帑出。兩閱月而告成。

　　予④嘗讀漢史至公事，未嘗不嗚咽流涕云。蓋漢至安帝而亂甚矣。王聖以保姆之勤，與女伯榮出入宮掖。金吾、常侍，轉通貨賂。至劉環一配阿母女，得襲侯封，下詔爲起津城。門內第舍，連楹刻⑤棟，窮山採石。車駕東巡，宴⑥然不顧。當是時，公卿大夫奔走貴戚，惟恐不及。而公欲以區區一掌，力挽頹波，抑亦難矣。

　　夫地震星變，天之所以告⑦誡人主者。乃反借以收太尉印綬，何其謬也！或有咎公以不早去者。嗚呼！大臣之義，不可則止，豈公之賢而不明此乎？蓋公以自高祖來，楊氏世有功於國，而公位列上相，職匡社稷，誠不忍見主心惑於羣小，冀殺身而君或悟也。當其時，去光武、明帝之世未遠，使帝側席悔過，慨

---

① “宗”，愛日堂藏版本和《四庫全書》本作“帝”。
② “予”，愛日堂藏版本和《四庫全書》本作“余”。
③ “劉瑞遠”，愛日堂藏版本和《四庫全書》本脫。
④ “予”，愛日堂藏版本和《四庫全書》本作“余”。
⑤ “刻”，《近代中國史料叢刊》本作“列”。
⑥ “宴”，愛日堂藏版本和《四庫全書》本作“冥”。
⑦ “告”，愛日堂藏版本和《四庫全書》本作“誥”。

然於建武、永平之丕績，屏絕寵倖，委任忠直，則東漢之隆，尚或未艾。觀其語門人、諸子“雜木”、“布被”數言，千載而下，誰不爲之感泣者？乃能致大鳥之祥，而卒不能回安帝之聽，此漢祚所以不永，而公之無可如何者也。於戲！傷乎①！

雖然，公歿後，子孫相繼爲太尉，若秉、若賜、若彪，並著清節，衛主於崎嶇危難之際，使卓、操覥睆神器而不敢舉。直至剝撓數極，潛移運祚，士君子猶有感其遺教、甘覆折而不悔者，謂非公之餘烈使然與？儒者不察，猥以潛身遠害之道議王臣匪躬之節，吾未見其可也。

夫太華、函谷之間，由漢以來，勳業著於當時，名字勒於彝鼎者眾矣。然皆湮滅，無復睹記。所遺墓宮，至有牧豎箕踞嘯傲於其上，鄉里後進不知有斯人之墓，四方遊士驅車過之，亦無有蕭然而起敬者。公自改葬以迄於今，雖屢經變革，祠宇常有傾圮，而子孫環廬錯處，歲時祭祀不輟。今予②一倡，而鄉士大夫響應恐後。四方君子，登其堂，覽其跡者，想見公之風聲氣烈，猶低徊流連③不能去。嗚呼！是可以知公矣。

工起於丁酉仲冬，成於戊戌孟春。予因縣令、鄉士大夫之請，乃爲之記，並論公事，以刻石。④

潼關樓刻詩記

潼關，古桃林地也，太華峙其西，崤函踞其東。秦山迴合，萬峰刺天；河渭屈盤，千壑奔會；厓谷岡嶺，環抱叢倚；道路狹峻，車馬如束。眞天造奇險，爲秦闈閾。且南控武關之隘，北扼蒲津之阻，握函夏之樞紐，鎖川隴於堂奧。⑤ 漢

---

① “乎”，愛日堂藏版本和《四庫全書》本作“哉”。

② “予”，愛日堂藏版本和《四庫全書》本作“余”。

③ “流連”，愛日堂藏版本和《四庫全書》本作“囬之而”。

④ “工起於丁酉仲冬成於戊戌孟春予因縣令鄉士大夫之請乃爲之記並論公事以刻石”，愛日堂藏版本和《四庫全書》本脫，“刻石”康熙年間刻蔡本、康熙年間刻田本作“刻於石”。

⑤ “且南控武關之隘北扼蒲津之阻握函夏之樞紐鎖川隴於堂奧”，愛日堂藏版本和《四庫全書》本脫。

唐以來，莫不倚爲巨鎮，以資藩屏①。兵火之後，城垣傾圮，樓櫓半缺，廢址荒煙，過者爲之躊躇而悽愴。

順治十三年，斌奉命飭兵兹土。自顧庸菲，不足當斯重寄，恒惴惴自恐。仰賴朝廷德威遐被，數千里外如在輦轂之下。故承乏三年，兵强吏馴，士習民安。乃謀寮屬，重建城樓。貲皆蠲俸，役罔妨農。工既成，集古人過關題詠之詞，自唐明皇以下，凡一帝十有八人②，爲詩二十九首，刻於東門樓壁。

嗚呼！當明皇停鑾關上，與侍從唱和，其時君臣樂豫，海宇清宵，登嵩③躡岱，勒石銘功，可謂極盛。未幾而漁陽變起，雄師告潰，關塞失守，六龍西幸。豈山河之險不足恃與？抑成敗之故皆④自於人也？孟子曰：“地利不如人和。”吳起曰：“在德不在險。”有國家者，修德以懷遠，和人以守國，則雍容樽俎，偃戈休甲。彼放牛歸馬之盛，此非其故墟哉？

後之君子，登斯樓也，眺山川之雄勝，覽昔人之詠歌。古今興衰之感，制治保邦之要，亦可以慨然而思矣。

重修乾明寺碑記

睢州城西北隅，有寺曰乾明。按《通誌》，元至正元年建。考元人碑記云：“國初寺基，河患方橫。”則在元卽重修，非初建矣。或曰：“寺在唐宋爲楞伽禪院，蘇文忠公於紹聖元年將適嶺表，遇雨信宿於此，書《松醪賦》。後人爲之建亭刻像，鐫賦於石。文士往往構別業於旁，其地有林木、水竹之勝。河屢遷，湮沒不常，其沿革未能盡考也。”

余幼時來遊，見壁間有高子業、吳明卿題字，皆擘窠大書，遒媚可觀，餘不能盡識。意以坡公遺蹟，故來遊者眾歟！寺東南有斷塔，欹側如將傾者。明崇禎末，以寇亂毀塔，得石記，言塔去則河當徙，城當廢。土人異之。未幾，壬午

---

① “藩屏”，愛日堂藏版本和《四庫全書》本作“屏藩”。
② “人”，康熙年間刻蔡本作“臣”。
③ “嵩”，愛日堂藏版本和《四庫全書》本誤作“高”。
④ “皆”，《近代中國史料叢刊》本作“蓋”。

三月，闖賊破睢州。九月，河決汴梁，水由寺北隄口入，直灌州城①，舊城遂廢。石記歷歷皆驗。豈區區一塔果關興廢歟？抑偶然歟？或物之成毀有時，精《易》數者類能爲之，非甚異事歟？

城陷後，值鼎革，未暇言治河，遂爲巨浸者七載。吳越荆楚之賈，高檣巨帆，出入城郭闤闠間。余嘗乘舟過此，見蒲葦、蓮芡一望無際，白鷺飛鳴，與漁歌②相答，鐵佛像斜立波濤中，嗟嘆者久之。

順治十七③年，河治地出，僧眞元募資建大殿三間。棟楹堅壯，像設具備。僧院禪堂，次第畢舉。介袁進士炌生請記。久未及爲，其請益力。

聞形家言，此寺於州風水有裨。余未習其說。然州地最窪下，寺當河衝，巋然峻峙，有獨障狂瀾之象，形家言或不謬。又州以屢湮故，古蹟蕩然。此寺建立數百年，滄桑陵谷，變幻無常，而樓閣莊嚴，壞而復新。當紹聖改元，正坡公遭讒放逐之時，游戲翰墨，不怨不戚，風流猶可想見。彼張商英、趙挺之輩，果安在哉？其荒墳斷碣，亦有過而留④連者乎？

寺東錦水淪漣，西則古城長堤，煙柳映帶。南望雉堞樓臺，參差如畫，可以備詩人之吟眺。而鐘魚磬板、經聲梵唄繚繞於曉風殘照之間，於以消塵慮而發深省，不可謂非眞元之績也。若其年逾七十，精神强健，事必期其成，功必要其久，乞言專誠，十載弗懈。此亦足激發吾黨，何忍以廬居火書之論卻之？故爲之記。

田烈婦孫氏殉節碑記

烈婦孫氏，歲貢生胤光之女。性貞靜，通《女誡》大義。年十七，歸處士田雲龍。雲龍躬耕自給，烈婦荆布操作，相對如嚴賓。康熙六年夏，酷暑。雲龍行吟潭上，解衣游泳。雨後水大漲，遂溺死。烈婦撫尸長號，盡鬻簪珥之屬，治

---

① “城”，愛日堂藏版本和《四庫全書》本誤作“郡”。
② “歌”，康熙年間刻蔡本作“鼓”。
③ “十七”，康熙年間刻蔡本作“十四”。
④ “留”，愛日堂藏版本和《四庫全書》本作“流”。

二棺。先以一斂雲龍，遂自縊。家人嘔救，得甦。其父勸慰曰："汝父在，獨不相念乎？"烈婦曰："在家事①父，既嫁事②夫，禮也。從一而終，有死無二③，古之訓也。夫亡與亡，計之熟矣。"其父無以難，第令諸娣姒防護之。烈婦哀泣，勺水不入口。見防衛且密，乃紿曰："我今不死矣，須葬後再爲計也。"與諸娣姒營喪事。至夜分，諸娣姒大半睡去。烈婦呼之醒，曰："若不懼我死乎？"因與之長談。至四鼓盡，諸娣姒困不能支，皆熟睡，烈婦遂自經夫柩④側。蓋六月十九日也。

睢陽之人，無遠近，皆知田氏之有烈婦也，孫氏之有賢女也。搢紳、儒林歌詠之，郡大夫式其廬。里人相與醵金立石，而請余一言傳其事。

竊惟夫婦大倫，一醮不改，名之曰信，是謂庸德，宜若非人所難者。然《詩》三百篇，以節著者，共姜一人而已。《春秋》去古未遠，二百四十年之間，全節不失婦道者，惟紀伯姬，何寥寥也！茲觀烈婦，亦何忝焉？

今朝廷方敦崇節義，佇看太史採風，綸音寵賁，勒之青史，以爲彤管光。或輏軒失採，而刻銘道周，芳魂靈氣猶將翱翔茲地，土魖木夔⑤亦知呵護。此石永不顚蹈，卽星霜遷易，歲月滋古，蔦蘿蒙翳，苔蘚剝蝕，好古之士摹而傳之，可以補史氏之闕。而烈婦姓氏終以不没於世，則世之砥行礪節者，無慮湮滅不彰矣。

重修中州會館記

中州會館在宣武門之左，舊爲梁司徒公別墅，所謂銀灣曲也。順治十四年，同鄉官都下者，捐貲購得，改建會館。宗伯薛公爲記其事。歲久漸頹。屢議修治，以艱於費，弗果。越康熙十八年秋，地震，傾圮殆盡。時都諫王君子厚方主館事，蠲俸以倡，同籍各輸金有差。鳩工庀材，中翰王君三雪身董其役。

① "事"，愛日堂藏版本和《四庫全書》本作"從"。
② "事"，愛日堂藏版本和《四庫全書》本作"從"。
③ "有死無二"，愛日堂藏版本和《四庫全書》本脱。
④ "柩"，愛日堂藏版本和《四庫全書》本作"棺"。
⑤ "土魖木夔"，《近代中國史料叢刊》本作"木魖土夔"。

再閱月，而訖工。於是，鄉之諸大夫士置酒其堂，謂不可以無記，而屬文於余。

余謂國家畫十五方域，而京師其都會也。凡鄉之仕於朝者，官階之崇卑、職掌之鉅細、繁簡不侔也，分曹治事，有朝會而外終歲未嘗過從者矣；其官於外，或數百里，或數千里，聲問①不相通，有一旦以奉表述職而至者矣；有貢舉於鄉，以應試謁選而至者矣；亦有京朝官出秉節鉞，備藩臬、郡守之任，倏而數百里、數千里，聲問不相及者矣。幸而聚於一時，則歲時伏臘會集讌饗，於同朝事主之時，修親睦鄉曲之義，豈不謂行古之道乎？都諫斯舉，洵爲知所務也。

余更三復宗伯之記，稱述吾鄉先哲，若李文達②、劉文靖③之相業，顧、軒兩都憲之清直，馬端肅、許襄毅之事功，何文定、崔文敏之文章氣節，屬望後人，希慕風烈，交相砥礪，不在飲食燕衍相徵逐，用意可謂深且厚矣。

余謂諸公德業，蓋有所本，亦在其學而已。中州文章，莫盛於昌黎。其學闢佛老，崇仁義，得聖道之大端。論者以爲精微之蘊，猶有未究其極者。至兩程子出，獨深探原本，窮理盡性，接千古不傳之統。故程子者，實儒學之大宗，而鄉之後進所當奉爲準的者也。若許文正、姚文獻，講學蘇門，佐元興④太平之運。而明之曹正夫，倡道崎灑，距邪間正，居一代理學之冠。其後尤季美、孟叔龍紹述於洛西，魯正卿、呂叔簡振興於宋郡。呂忠節闡繹《孝經》，賀景瞻發明《春秋》，劉文烈力任風教，大節皎然。數君子皆不惑於功利、權謀、詞章、技能之習，而確然有以自信者也。誠得其所以爲學，以之事君必忠，以之事親必孝，以之交友必信。於前修之事功、風節，不規規求合，吾見其無不合也。

夫程子之學，以至誠爲聖功之極，以主敬爲入德之要。凡與斯會者，揖讓進退，必準於禮；可否然諾，必揆諸道。敬存於心，貌恭非敬也；敬而後能誠，非敬無以爲誠也。以此交修弗怠，庶不墮先哲之遺教，於以勉盡職業，報朝廷之知遇，非徒講鄉曲之情，歲時伏臘聚會燕好之數數也。古人無在而非學，故敢推廣前記，與諸君子共勉之。

---

① "問"，愛日堂藏版本和《四庫全書》本作"聞"。
② "達"，《湯文正公全集》誤作"遠"，據《正誼堂全書》本、康熙年間刻蔡本、康熙年間刻田本、康熙年間刻閭評本、《近代中國史料叢刊》本、愛日堂藏版本和《四庫全書》本改。
③ "靖"，《正誼堂全書》本、康熙年間刻蔡本作"靜"。
④ "元興"，愛日堂藏版本和《四庫全書》本作"興元"。

重建信陵君祠記

開封舊有信陵君祠,在上方寺之右,雲杜李本寗宗伯宦梁時所建也。崇禎壬午,沒於河。今國家承平三十年,廢典漸次修復,而信陵祠獨缺。永平韓子客遊梁,嘆曰:"兹非魏都耶?夷門之墟,猶有侯嬴、朱亥若而人乎?使當時無信陵,則侯嬴、朱亥亦以監門、市屠老耳。巖穴不乏人,能識人不恥下交者,世不數見也。"於是,偕寺僧卽其祠地土中,求得雲杜故碑,醵金建祠,以侯、朱配,仍舊也。

韓子又曰:"侯生,猶魏產耳。若毛公、薛公,固生於趙,爲平原所簡賤而羞與爲伍者也。信陵何自而得之,卒賴其言,趣駕救魏,率五國之兵,敗秦師,至函谷關而還。信陵之終不失臣節於魏者,二公力也。徒以非魏產而不祀,非闕典歟?補主列侯、朱之次,旌功也,所謂禮以義起者也。"

工既訖,請於官,春秋致祭。復選石,刻《史記·魏公子列傳》,立祠中。過睢陽,請余爲之記。

余酌酒與韓子曰:"君,燕趙①布衣也,未嘗縉綏分符,有修復舊典、表章古烈之任者也,何汲汲爲此?得無悼淪落之難偶,慨知己之莫遇,與信陵曠世而相感乎?"

夫信陵豈獨以好客重乎?秦之併六國也,此古今一大變局也。趙與魏爲脣齒,而魏與五國爲藩維。信陵用兵,雖太公穰苴無以加焉。使當時不以讒廢,則秦不得滅魏。魏不滅,則五國不至折而入於秦。卽信陵一旦以老病死,其知人下士如此,必能得如信陵者而託國焉,暴秦之虐不能及於天下矣。其以毀廢也,飲酒、近婦人而卒。其亦不忍見天下之遽歸於秦,而求速畢一朝之命乎?李牧死而趙亡,信陵死而魏亡。始皇之肆威於海內,天也。漢高過大梁而以太牢祠②之也,其亦有見於此乎?

---

① "趙",愛日堂藏版本和《四庫全書》本作"市"。
② "祠",愛日堂藏版本和《四庫全書》本作"祀"。

信陵墓在揚州門外，河流變遷，湮沒不可問矣。此祠之建，其不可已也。遂爲之記。

韓子名鼎業，字子新，博學好古，慷慨多①大節。此祠之建，其一端云。

星聚堂記

昔東漢陳太丘過潁川荀朗陵家，太史奏德星見，其占曰："五百里內，有賢人聚。"至今載諸史冊，千古傳爲盛事。吾謂太丘修德清靜，進退合度，可謂賢矣。至荀淑博學高行，其子號曰八龍，然爽、或並濡跡亂時，有遺議焉，何至上動天象哉？疑當日諸公雅負重望，一時傅會爲之。蓋東漢標榜之習則然，未必盡有其實也。

徵君孫先生，隱居蘇門之夏峯，天下望之如泰山喬嶽。夏峯去孟城里許，郭子騶臣別業在焉。當風日清和，先生命駕往遊。諸門人執經問難，郭子載酒具饌以從，蓋若堯夫之行窩云。堂舊有題扁，以避御諱，先生爲更之曰星聚，顧謂斌曰："汝其記之。"

斌謂先生孝友篤行，當逆閹竊柄，正人淪陷，先生周旋其間，脫然黨錮之禍，似有類於太丘。而道德純備，不樂仕進，不爲僻②隱，憂天憫人，守先待後，則非太丘所能彷彿萬一也。

郭子先世宗伯、大条兩公，清德直道，炳耀前朝。公隆公望，克紹家學。兩河詩禮名族，首推郭氏，亦似非荀氏所敢望。

昔漢高入關，五星聚於東井。宋太祖時，五星聚於奎井。秦分也，奎爲文章之府。漢宋兩朝人文最盛，已見於此。

儒者師弟相聚，洙泗而後，一聚於河汾，再聚於伊洛。至元初，姚公茂、許平仲、趙仁甫、竇子聲，共聚百泉之上。獨劉③靜修家容城，然聲氣亦相往來，

---

① "多"，愛日堂藏版本和《四庫全書》本作"有"。
② "僻"，《近代中國史料叢刊》本、康熙年間刻闇評本作"避"。
③ "劉"，康熙年間刻蔡本、康熙年間刻田本、康熙年間刻闇評本、《近代中國史料叢刊》本脫。

不可謂爲①非聚也。

　　先生生靜修之里而隱於蘇門，一時學士負笈從遊，無異隋之河汾，宋之伊洛也。夫天人一理，人之精神，原與天地流②通。故嚴陵動客星之象，處士應少微之占。賢士聚於下，則德星聚於上，理固然也。將見司天占象，室壁奎婁之間，當有五星聚矣。彼潁川之事，何足云云③。斌庸陋，無足比數，追隨杖履於斯堂之上，以與郭子遊，亦不敢不自勉焉。

《石塢山房圖》記

　　吳郡山水之佳，爲東南最。而堯峯名特著者，則以汪鈍翁先生結廬故也。鈍翁文章、行誼高天下，嘗辭官讀書其中。四方賢士大夫過吳者，莫不願得其一言以自壯，而鈍翁嘗杜門謝客，有不得識其面者，則徘徊澗石、松桂之間，望煙雲杳靄，悵然不能去也。以此鈍翁名益重，然亦有病其過峻者矣。

　　王子咸中，舊家吳市，有亭臺池館之勝，一旦攜家卜鄰，構數椽於堯峯之麓，曰石塢山房，日與鈍翁掃葉烹茗，歌歌晏息。鈍翁亦樂其恬曠，數賦詩以贈之，稱相得也。鈍翁應召入都，咸中復從之。舍舟登陸，千里黃塵，追隨不少倦。蓋其有得於鈍翁者深矣。

　　余嘗過吳門，晤鈍翁於城西草堂，讀其所爲《堯峯》、《山莊》諸詩，慨然欲往遊，未果。至京師，始與咸中相見。叩其所學，大約以鈍翁爲宗。間出其《山房圖》請記。余既心儀其爲人，而又自悔不獲身至堯峯，以觀其所謂文石、乳泉者，猶喜得於圖中想見其藤門蘿逕、芒鞋竹杖相過從吟詠時也，乃撫卷歎息者久之。

　　昔王摩詰輞川別業，山水踞終南之勝。時有裴迪以詩文相屬和，至今覽其圖畫，所謂斤竹嶺、華子岡，彷彿猶想見其處。摩詰在開元、天寶間，立身不無可議，徒以文辭之工，猶爲後人所豔慕如此。鈍翁品行之高潔，學術之正大，有

非摩詰所敢望者。咸中志趣①卓然，其所進未可量，或亦非僅僅裴迪比。後人見之而嚮慕，當何如也？故爲之記。

三聖廟碑記

睢州城東南三十里，曰黑龍王廟，不知所自始。相傳昔時黑龍見，因廟祀，雩禱輒應。萬曆中，河水暴溢，有關帝像沿流而至，土人祠於其左。後又立廟祀眞武。三廟鼎峙，而黑龍王廟最久，故名特著。

廟旁村逕窈折，茅屋數十家，務農桑，無市販之習。茂樹千章，幽若林麓。從叔父九式公愛之，遂卜築②焉。嘗攜門人、子弟讀書廟中，覩棟宇毀頓，醵貲新之，時順治十四年也。今二十餘載，叔父墓木拱矣，從弟鎬慮無以承先志，礱石請余爲記。余承乏史局，編摩無暇。秋月，臥病經旬，懼負夙諾，乃馳書告之曰：

叔父卜築③於此也，固愛其土風樸厚，勤耕鑿以供賦稅也。而其人知讀書，重禮義，則叔父之功實多。其新此廟也，所以聚一方之心志，而使之爲善去惡也。夫讀書以明禮義，力田以給公上，而又處乎遐陬僻壤，無紛華市儈之習以誘其心，則必能孝弟睦婣④，恭敬信讓，爭競不作，鄉里無怨。如此而受多福，宜也。

昔之盛時，有司常令里民擇寬敞⑤祠宇，講鄉約，讀律令，禮法以匡迪之，神明以感動之。故荒村野叟，皆有士君子之風。今軍興旁午，不暇修舉墜⑥典。賢士居其鄉者，倣而爲之，固令甲之所不禁也。鎬欲承先志，亟亟⑦於斯，

---

① "趣"，康熙年間刻蔡本、康熙年間刻田本、康熙年間刻閻評本、《近代中國史料叢刊》本作"趨"。
② "築"，《四庫全書》本作"葬"。
③ "築"，愛日堂藏版本和《四庫全書》本作"葬"。
④ "睦婣"，愛日堂藏版本和《四庫全書》本作"婣睦"。
⑤ "敞"，《近代中國史料叢刊》本誤作"厰"。
⑥ "墜"，愛日堂藏版本和《四庫全書》本作"隆"。
⑦ "亟亟"，康熙年間刻蔡本、康熙年間刻田本、愛日堂藏版本和《四庫全書》本作"故亟亟"。

是不可以無記。

重修玉帝廟記

　　睢州南城舊有玉帝廟，余童時數數過之。明崇禎乙卯、庚辰間，開州刺史唐節玉先生於此立社，課郡中子弟。余年十四，從諸生後，執卷屬文。暇則共二三友人，坐東廊，談論古今，薄暮而返。

　　壬午三月，闖寇陷睢城。至秋，黃河南決，廟沒於水。節玉先生移刺定州，同人亦各散去。余自河朔歸里，偶過廟地，惟見荒煙寒流，斷碣衰草，輒不禁盛衰之感。

　　順治初，里人釀金重建殿三楹。周垣未具，畜牧往來無禁。先大夫見之，嘆曰："廟制不備，何以妥神祇、肅瞻仰乎？況此地昔年文事之盛，結社是中者，或至登巍科、入直承明，列郎署、出備牧守者，往往有之。奈何聽其蕪穢也？"乃約諸耆老爲會，鳩工庀材，建門三間。左右廊廡以及榱楹櫺檻之具，靡不森鮮。既成，余復立社，聚里中俊秀而肄業焉。

　　惟昔睢陽盛時，衣冠文物甲於兩河，絃誦之聲相聞。北城則有若二程書院、孟子在宋書院，然皆在水中央，非扁舟不能至。又南城路遠，故士子多就所近寺廟，爲敬業樂羣之地。而搢紳先生亦樂獎借後進，嘉與有成。後進循循雅飭，守約束惟謹，無敢有喧譁自外聲教者。若斯廟社事，尤其最盛者。今天下脫離兵革，士子修復故業。書院之在北城者，盡付波濤。讀書會友者，悵悵無所歸。今兹廟既興，借此課文講學，庶幾復見昔日之盛乎！

　　余既立文會於此，能文之士，來者日眾。喜先大夫之志有成也，於是乎記。

睢州[1]泰山廟碑記

　　睢州東關泰山廟，先祖留守公所建也。其旁白衣庵，爲大司馬袁公所施

---

① 　"睢州"，《近代中國史料叢刊》本脫。

地。順治丙申，僧覺正於後建大雄殿，僧徒百餘，戒規清嚴。康熙庚戌，居民於舊城得銅佛五尊。鄉耆楊國禎等，裝金捐貲，迎奉殿內，求予文記之。

予謂佛教自漢永平時入中國，初不過白馬一寺。自今千百餘年來，通都大邑，名山幽壑，莫不有寺，其爲像不知其幾千萬億也。世人以建一庵、造一像卽獲無量福德，此理之不可信者也。佛經初至中國，止《四十二章》耳。凡人事天地鬼神，不若孝其二親，非《四十二章》之言乎？天地，萬物之本；父母，吾身之本。故孝者天經地義，百行之原也。人能孝，則必敬長上，睦鄉里，教子孫，守禮法，內不欺心，外不欺人，和平篤實，福不求而自至。否則，本實先剝，而徒建刹造像，口誦般若，以此求福，是適南而北轅也。

予嘉鄉耆之好善，因其請，告以是言，亦與人爲善之意云爾。時主庵覺正弟子眞清也，苦行爲人所重，能繼師業，並記之。

內陞奏對記[①]

康熙二十五年[②]閏四月二十一日，禮部尚書、掌管詹事府事臣湯斌，由江蘇巡撫升任，至京陞見。上曰：“汝在江蘇，能潔己率屬，實心任事。天下官有才者不少，操守謹慎者，未能多見。汝前陞辭時，自言平日不敢自欺。今克踐此言，朕用嘉悅，故行超擢。爾其勉之。”臣斌奏曰：“皇上簡任江撫，奉職無狀，惟隕越是懼。乃蒙皇上不次超擢，臣敢不勉竭心力，以圖報稱萬一？”

上問：“江蘇風景何如？”奏曰：“蘇松去年頗稱豐稔。淮、揚、徐去歲異常水災，蒙聖恩蠲賦賑恤，民慶更生。邳、宿等五州縣，蠲舊年一半、今年一半錢糧，萬姓歡呼。惟徐州所屬，地最荒瘠，水災之後，今春民困較甚。”

上曰：“一路風景何如？”奏曰：“臣經過地方，畿輔廣平以北，麥田豐收。開州以南，稍旱。鳳陽、蒙城一路，饑民甚多。聞宿州、靈壁一帶，去年水災，今春麥尚未熟，民間謀生無策。”

① “內陞奏對記”，《近代中國史料叢刊》本作“內陞陛見諭奏記事”。
② “康熙二十五年”，《近代中國史料叢刊》本脫。

上曰："鳳陽地瘠民貧，饑荒自是難堪。"聖意惻然久之。

又問："江蘇風俗如何？"斌奏曰："前年臣陛辭時，蒙皇上面諭，蘇州風俗奢侈浮華，當以移風易俗爲先。聖駕巡狩，諭臣民敦本尚實，返樸還淳，萬姓無不感動。臣仰奉皇上德意，朝夕告誡，風俗亦漸改觀。"

上問："吏治何如？"斌奏曰："江南吏治，自于成龍、余國柱後，有司已知守法。臣遵奉功令，復多方勸誡，吏治漸歸醇謹。"

上問："有司中有好官否？"斌奏曰："松江知府魯超，才具亦優。"

上曰："祖進朝何如？"奏曰："祖進朝樸實人，操守眞廉，士民愛戴。前議降調時，民間罷市，羣聚臣署，號泣乞留。臣敢據實上聞。"

上問："高成美何如？"斌奏曰："其人亦有才。"

上曰："作官有才固好，若操守不謹，恃才多事，反爲民累。"斌奏曰："誠如聖諭。"

上問："總督王新命何如？"斌奏曰："事體曉暢，與地方安靜。"

上曰："操守能彷彿于成龍否？于成龍之廉，世間原不多見，亦難以此律人。但能與地方相安，亦足矣。"

又問："今直撫于成龍何如？"斌奏曰："成龍曾爲江甯知府，臣知其人清而不刻，且有才畧，有擔當。用爲巡撫，天下服皇上知人之明。"

上曰："往日聞吳中鄉紳多事，近日何如？"奏曰："蘇州鄉紳，如大學士宋德宜，居鄉最善。"上曰："朕知之。"奏曰："汪琬養病山中，不與外事。繆彤亦杜門讀書。其餘俱謹愼。臣在任年餘，實未見鄉紳以私事干瀆。彭定求之父彭瓏，彭甯求之祖彭行先，皆年高，品行甚端。臣於朔望集士民講解上諭，二人必來叩拜龍①亭，爲士民之倡。"

上曰："有博學好古之人否？"奏曰："吳俗素重文學，隱居著述者，亦頗有人。"

上問："下河開海口事如何？"奏曰："皇上命尚書薩穆哈、學士穆成格等與總漕徐旭齡及臣詢問下河民情，臣等遍歷海口各州縣。初來人衆，言語嘈雜，

---

① "龍"，《近代中國史料叢刊》本脫。

不能歸一。卽各州縣水道海口,亦不相同。大約其言以開海口,積水可洩,但四分工銀,今年荒歉,恐不足用。惟高郵、興化之民,聞築隄開河毀其墳墓、廬舍,皆甚言其不便。部臣公議,以築隄取土艱難,工必不成,且毀人墳墓、廬舍,非皇上軫念民生之意;開海口,工亦浩大,恐多費帑金,不能奏績,不如暫停爲便。臣與徐旭齡議,以目下遍地皆水,工力難施,暫停未爲不善,遂同具題。但念此事乃我皇上巡狩江南親見民間房屋漲沒水中,聖主恫瘝念切,隨命大臣相視海口,簡選賢能,開海洩水,眞堯舜之心也。今議暫停則可,若竟中輟,非臣子所敢擅議。且上流之水滔滔而來,下流無一出路,不但民間田地永無涸期,且恐城郭、人民將有不測之患。如興化去年城內水深數尺,萬一三五年間再遇水災,一城付之巨浸,臣等何所逃罪?"

上曰:"汝意云何?"斌奏曰:"淮揚實天下澤國,若曰開海口則水遂盡涸,臣不敢爲此言。但水有去路,開一丈則有一丈之益,開一尺則有一尺之益。使浮溢之水漸去,則舊日湖河之形可尋。再加疏濬築防,工夫自有次第。然舉事當念民生,尤當重國計。若多費帑金而水不能盡涸,非長策也。請無多發帑金,止於七州縣錢糧中,酌量款項,暫停一二年起解,留爲修河之用,此外再議設處之法。總之,以本地民力、本地錢糧開本地海口,心旣專一,工不誤用。不作大舉,不多設官,漸漸做去,當有成效。"

上曰:"此意曾與薩穆哈等言之否?"奏曰:"臣與總漕臣徐旭齡,曾向薩穆哈等言之。"上曰:"本內何未敘及?"奏曰:"當時先起清字稟,不便繁①瑣。薩穆哈以奉命詢問民情,止當以民間口供開列具聞。此言俟上問及,當面奏,候皇上睿裁。又海水內灌壞田之說,臣以爲無慮。臣詢之土人,當日范仲淹築隄時,海水與隄甚近。今海水遠者百里,近者六七十里。海之潮汐,猶人之呼吸也,有一定時刻,有一定分量。平日海潮所及,原不甚遠。江河之水,爲海潮所湧,乃江河之水,非海水也。颶風海嘯,非常災異,豈可預計?"上曰:"此理朕所深明。人不知潮汐之理,故有此言耳。"遂命至內廷,賜食。謝恩而出。

是日也,臣斌自彰義門外趨朝,未及轉奏。因九卿奏事有言臣斌至者,卽

---

① "繁",《近代中國史料叢刊》本作"煩"。

奉旨傳見。顧問慇慇,奏對恩遽,語無倫敘①。仰蒙聖恩優容,臣不勝惶恐。謹紀其大畧,以識恩遇云。

睢州泰山廟碑後記

康熙庚戌之夏,予方讀《易》潛陽書屋,泰山廟僧真清造門,請曰:"郡有某氏拖欠國稅,借鼓鑄銅本若干兩。及期不能還,將燬家堂所供佛像,以償銅價。居民楊國禎等捐貲代還其價,迎佛安置廟內。敢求文以記。"

予曰:"佛,方外之教,庵寺供奉,固其宜也。乃始祀之於家者,何意? 今一旦欲燬之以付鼓鑄,又何心也? 居民代爲償債,迎像供養,可稱義舉。必求文以記之,無乃有名心歟?"

真清默然良久,而後言曰:"所爲某氏者,故黃門公子也。當其盛時,田廬萬頃,樓閣如雲,輿馬僮僕,聲勢赫奕,可謂極矣。復於居第內構精舍,造佛像,窮極工麗,朝夕祝拜,蓋欲長有此富貴也。曾幾何時,而子孫不能守,向之田廬、樓閣已易他姓,卽至佛像亦幾不免燬廢。盛衰倏忽如此,豈不深可嘆哉! 且當時之勢與區區市廛之民相去甚遠也,今反賴其力以完逋負,豈富貴之不可長保而貧賤之有餘力歟? 抑鬼神不可妄干而害盈福謙亦理數之必然歟? 是廟也,在通衢之會,固冠蓋之所絡繹也。倘進觀廟像而詢所由來,必將感廢興之無常,識威勢之難恃,當有悄然而思、憬然而悟者矣。此居民之所欲書也。"予聞其言,以爲庶幾近道者。遂述之,以爲記。

---

① "敘",《近代中國史料叢刊》本作"次"。

卷　四

書

上孫徵君先生書

去冬得侍几杖，蒙指誨眞切，佩服無斁。昔豫章見龜山，曰：“不至此，幾虛過一生。”誠哉，是言也。

亦虁來晤，得拜手教。期望之意，懇懇彌篤。自顧何人，敢不勉勵？

君山至，備詢起居，知道履康勝，盛暑註《易》，孳孳不倦。非仁智合德、純一不已者，能之乎？今精神益健，眉壽無疆，孔子曰“仁者壽”，於今益信矣。

亦虁見示《格物說》，眞千古定論。斌①竊嘗三復古本《大學》，此謂知本，此謂知之至也。在本亂而末治節下，蓋修身爲本之本，卽物有本末之本；格物之物，卽物有本末之物；致知之知，卽知所先後之知，卽知止有定之知。格致誠正，所以修身，所以明德。明德爲本，新民爲末；修身爲本，家國天下爲末，一也。此卽示人以格物致知之功也。下接“所謂誠其意者”一段，中間反覆“明德”、“新民”，止“至善”而終之，以此謂知本。可見聖學②入手，惟在誠意，而致知格物，則誠意之功也，原不得分爲二事。所謂格物者，格明德、新民之物也。明德、新民雖並舉，其實總是明德。明德卽是仁，仁者以天地萬物爲一體。

---

① “去冬得侍几杖蒙指誨眞切佩服無斁昔豫章見龜山曰不至此幾虛過一生誠哉是言也亦虁來晤得拜手教期望之意懇懇彌篤自顧何人敢不勉勵君山至備詢起居知道履康勝盛暑注易孳孳不倦非仁智合德純一不已者能之乎今精神益健眉壽無疆孔子曰仁者壽於今益信矣亦虁見示格物說眞千古定論斌”，愛日堂藏版本和《四庫全書》本脫。
② “學”，康熙年間刻蔡本作“賢”。

一民未新，即吾①德有未明處。故曰：明明德於天下者。明德新民，必止於至善，則格物爲聖學②徹始徹終工夫，可知矣。又舉聽訟一事，蓋新民之一端。而大畏民志，即明明德也。故曰：此謂知本。

古本原自明白直截，非有錯文，亦無勞補義。後章如"好而知惡，惡而知美"，"若保赤子，心誠求之，雖不中，不遠"，"所惡於上，毋以使下"云云，皆格物致知之最明白易見者也。故一部《大學》，皆格物，特未處處明言格物二字耳。

千古聖賢，心心相印，毫髮不爽。《大學》之格物，即《中庸》之明善，《孟子》之集義，理一而辭異。不然，若數聖賢各有心得，漫不相合，所謂傳心者，何事哉？唐虞授受十六字，辨晰危微，精以察之，一以守之，格物也；非禮勿視聽言動，與夫非禮之禮，非義之義，大人不爲，格物也；親親而仁民，仁民而愛物，各有差等，不同兼愛，格物也；即至演《易》繫辭，窮神盡變，禮儀威儀，三千三百，無非格物也。故曰：道外無物，物外無道。

朱子以古本有錯簡，爲之改正補傳，心良苦矣。然《明德》《新民》《止至善》各爲一傳，《本末》《格致》《誠意》各爲一傳，文義似爲明晰，而下手頭緒反不如古本之直截歸一。此陽明古本之復，誠不容已，而非有意多事，起後人之爭端也。

格物之說，陽明以朱子窮至事物之理爲偏屬知。程子曰："窮理亦多端，或讀書講明義理③，或論古今人物而別其是非，或應事接物而處其當，皆窮理也。"又曰："致知之要，當知至善之所在，如父止於慈，子止於孝之類。"朱子曰："或考之事，爲之著；或察之念，慮之微。或求之文字之中，或索之講論④之際。"此與孔曰"博約"、孟曰"詳說"同義，固非徒求之外物而不驗之身心。以親還父子，以義還君臣，以序還兄弟，以別還夫婦，以信還朋友，可謂眞切簡當矣。然亦未有不稽之往哲，考之經傳，遂能處之咸宜者也。其或泛覽博觀，弊

① "吾"，愛日堂藏版本和《四庫全書》本作"我"。
② "學"，康熙年間刻蔡本作"賢"。
③ "義理"，愛日堂藏版本和《四庫全書》本作"理義"。
④ "講論"，愛日堂藏版本和《四庫全書》本誤作"文字"。

195

精耗神，本性汨沒於汗簡竹冊之中，此則不善學者之過。陽明大聲疾呼，拯其陷溺，泝流窮源，不得不歸咎朱子。然究其爲説，正以救其流弊，而非操戈。後人不察，或詆朱子爲支離，或病陽明爲虛寂，皆未覩《大學》之全者也。

陽明以良知倡天下，功信偉矣，但言"無善無惡，心之體"，而龍谿遂併意知物皆爲無善無惡，則覺有刺①然不安者。孟子②因性善二字，費無數精神，正學始賴之以明。此正示人以大本大原，令其在在時時，兢兢業業，爲天下後世慮者誠遠也。陽明"無善無惡，心之體；有善有惡，意之動"，此言本自精確。而龍谿之言，則恍惚茫蕩，與禪學何異！恐後學爲其所誤，君子未免歸咎陽明也。

愚陋之見，不知有當否？乞直示之。

家居人事紛擾，兼差繁賦急，無子弟可託，不能時常相從於百泉、夏峰之間。又學識疏陋，不足鼓舞同人，振興吾道，負諄諄提誨之意，實切悚懼。

韓子新約明歲請台駕過河，爲嵩少之遊。伊洛之士，皆將負笈相從。倘如其請，眞千古盛事也。

《宗傳》、《念庵》諸文，愚意止存其論學語，前後敘次，皆可刪去。蓋此書原爲明道，非選文也。如何？

里中有田生，名蘭芳，字梁紫，習古文辭，近復潛心理學，久欲摳衣從遊，以舌耕商丘，未得如願。謹先以姓名達之座右。

《睢陽人物志》，繁雜已甚，失實者多，未敢呈覽，止摘出數公皆學問、事業確然可入《中州人物考》者寄上。

商丘劉山蔚，名榛，好古君子也。寄其《家傳》二冊。其意欲《人物考》附以《列女》，庶閨芳藉以不朽也。

舍親袁生名賦諶，字仲方③，嚮慕高風，慨然有立雪之意。賦詩四首，呈覽。觀之，亦足見其志矣。

---

① "刺"，《近代中國史料叢刊》本作"剌"。
② "子"，康熙年間刻蔡本作"氏"。
③ "方"，康熙年間刻蔡本誤作"芳"。

臨啟不盡瞻依。①

在內黃寄上孫徵君先生書

斌庸陋無似，得侍起居。仰見先生動靜語默無非道妙，一堂之上，太和元氣。朱公掞見程子，如坐春風中景象，不是過也。更蒙提誨諄諄，示之以體用之大全，勖之以責任之難諉。自此以後，夙夜砥礪，斷不敢時刻稍懈，以負眞切指授之意。

別後三日，至內黃，晤仲誠②。任道之勇，求道之切，今日罕見其匹。得此良友，殊爲欣慰。

與君僑同訂《理學宗傳》，挑燈商確，常至夜分。窺管之見，不敢不竭。但學識疏淺，錯謬恐多，爲惴惴不安耳。

《先妣傳》刻完，呈上十本，附此陳謝。

臨楮不盡瞻依，悚切之至。

《星聚堂記》，錄稾奉覽，乞付之駁臣。③

上④徵君先生書

春仲在夏峰，承先生飲食、教誨，感何可言？近覺從前悠忽度日，未有精進

<hr>

① “家居人事紛擾兼差繁賦急無子弟可託不能時常相從於百泉夏峰之間又學識疏陋不足鼓舞同人振興吾道負諄諄提誨之意實切悚懼韓子新約明歲請台駕過河爲嵩少之遊伊洛之士皆將負笈相從倘如其請眞千古盛事也宗傳念庵諸文愚意止存其論學語前後敘次皆可刪去蓋此書原爲明道非選文也如何里中有田生名蘭芳字梁紫習古文辭近復潛心理學久欲摳衣從遊以舌耕商丘未得如願謹先以姓名達之座右睢陽人物志繁雜已甚失實者多未敢呈覽止摘出數公皆學問事業確然可入中州人物考者寄上商丘劉山蔚名榛好古君子也寄其家傳二冊其意欲人物考附以列女庶閨芳藉以不朽也舍親袁生名賦諟字仲方嚮慕高風慨然有立雪之意賦詩四首呈覽觀之亦足見其志矣臨啟不盡瞻依”，愛日堂藏版本和《四庫全書》本脫。
② “仲誠”之後，愛日堂藏版本和《四庫全書》本有“張進士名沐”四字。
③ “先妣傳刻完呈上十本附此陳謝臨楮不盡瞻依悚切之至星聚堂記錄稾奉覽乞付之駁臣”，《正誼堂全書》本、愛日堂藏版本和《四庫全書》本均脫。
④ “上”，愛日堂藏版本和《四庫全書》本作“又上”，《正誼堂全書》本、康熙年間刻蔡本作“寄孫”。

工夫。遇事拂亂，不能做得主定。痛自警醒，總是集義工夫有疏應事接物，以至暗室屋漏一念之動，不合於義，則此心不能快足而氣餒矣。

學者上生千古，下生千古，總要復得本體，與天命流通。若稍有夾雜便成①隔礙，稍有虧欠便不充滿，安能上下古今貫通一氣？古聖賢千載而下，光輝發越，如日月經天，正是真精神不可磨滅。然真精神正是戒慎，不睹恐懼，不聞所生。此道見得真，自無歇手處。

孔子至七十從心所欲不踰矩，亦未嘗住手。若説有住處，便非乾健不息之體。學者讓第一等人不做，做第二等，便是自暴自棄。然工夫談何容易，人自有生以來②，俗根習氣，漸染日久，時俗乖正，抵當最難。一事有失，終身莫救；一念不謹，遂成墮落。爾室有愧，夢寐難安。《孟子》、《牛山》諸篇，真令人如冷水澆背也。

此斌近日體察，較前稍真。不知有當否？乞明示之。

過陳雷，晤心周，設榻爲竟夜之談。言言真切，不作一體面浮游語，而善氣虛懷，令人佩服，真悔過之已③晚。同志之友，最爲難得，相去百餘里，便同咫尺。相約以後不時往來，互相砥礪。夾輔有人，不勝欣躍。

先生五世一④堂，大德遐福，古今罕覯。俚言一幅，自愧淺陋，不足稱揚萬一。⑤ 適遇蓋臣之便，藉手獻上。

臨風依依，不盡鄙懷。⑥

---

① “便成”，愛日堂藏版本和《四庫全書》本誤作“稍有”。
② “工夫談何容易人自有生以來”，愛日堂藏版本和《四庫全書》本脱。
③ “已”，《正誼堂全書》本、康熙年間刻蔡本、康熙年間刻田本、康熙年間刻閻評本和《近代中國史料叢刊》本誤作“之”。
④ “一”，《近代中國史料叢刊》本作“同”。
⑤ “此斌近日體察較前稍真不知有當否乞明示之過陳雷晤心周設榻爲競夜之談言言真切不作一體面浮游語而善氣虛懷令人佩服真悔過之已晚同志之友最爲難得相去百餘里便同咫尺相約以後不時往來互相砥礪夾輔有人不勝欣躍先生五世一堂大德遐福古今罕覯俚言一幅自愧淺陋不足稱揚萬一”，愛日堂藏版本和《四庫全書》本脱。
⑥ “適遇蓋臣之便藉手獻上臨風依依不盡鄙懷”，《湯文正公全集》本、愛日堂藏版本和《四庫全書》本均脱，據《正誼堂全書》本、康熙年間刻蔡本、康熙年間刻田本、康熙年間刻閻評本和《近代中國史料叢刊》本補。

再上①孫徵君先生書

去歲侍几杖，甚蒙策勵。別來倏復一載，未能峕使修候。瞻仰函座，不勝依依。

某賦質庸劣，年來因敝州苛政，駭人聽聞②，人心洶洶，不能自安。既挽回無術，而又不能漠然，此心遂爲所動。思以魯齋之賢，當時河內有苛政，惟有避地一法。既力不能爲，徒累心無益。又思孔子③畏匡，尚不動心，何況今日？總由見理不明，故主心不定。杜門靜坐，體察天理，久之覺一切外事，可驚可駭，皆屬平常。如疾風陰霾，不過一時，卽至變出不測，亦自有道理處置。此心遂覺灑然，拂逆之來，漸漸不至擾亂。至若遊行自在，獨往獨來，斷斷不能。每見先生事務繁沓，天眞湛然，因物付物之妙，心甚企慕，不知何以臻此也。

今章君攝篆，以經術爲吏治，中州人心稍安，奈不能久借寇君何。④

承諭《洛學編》，前河道邵公亦有字言及⑤。某近苦經書訓註太繁，論説不一，雖反復翻閱，終無心得。欲斟酌先儒之説，平心理會聖人立言之意，不穿鑿，不附會，定爲一編。五經中《易》與《春秋》爲難，故先治其難者。此非數年工夫，不能草草脫稿。今奉先生命，欲暫輟經書，從事洛學。但敝州書籍甚少，恐有遺漏，且義例體裁，未奉明示。前君僑曾言及此⑥。如有稾本，乞發下參酌，庶可早竣事也。

去歲歸家，作《五世一堂》古詩一篇。適高蓋臣至，言卽往謁，隨託代獻，不知曾塵覽否？

---

① “再上”，愛日堂藏版本和《四庫全書》本作“三上”，《正誼堂全書》本、康熙年間刻蔡本作“再寄”。

② “聽聞”，愛日堂藏版本和《四庫全書》本作“視聽”。

③ “子”，愛日堂藏版本和《四庫全書》本作“氏”。

④ “今章君攝篆以經術爲吏治中州人心稍安奈不能久借寇君何”，愛日堂藏版本和《四庫全書》本脫。

⑤ “承諭洛學編前河道邵公亦有字言及”，愛日堂藏版本和《四庫全書》本作“承諭洛學編”。

⑥ “前君僑曾言及此”，愛日堂藏版本和《四庫全書》本脫。

十一兄命作先生像贊。先生道德純備，非末學所能窺測。勉構數言，伏求教正。天氣漸暑，惟節勞怡神，爲道保重是望。①

與田箕山書

歲前聆雅誨，甚慰渴懷。以節近怱怱，未得久留。期新正奉邀茅齋，樽酒細論。至今未見惠臨，不勝企望。②

某庸劣無似③，昔與曹厚庵、魏環極諸先生遊，稍稍聞其緒論。謝病歸田，實欲與同志共證斯道。吾州英俊頗衆，肯④究心聖學者，亦未多見。夾輔無人，遂因循偷惰，幾至淪落。時一猛省，爲之惕然。蓋師友講習，爲益最多。孔子曰："學之不講，是吾憂也。"此道與師友講明一番，則此心光明一番。蓋講學爲己，非爲人也。古人尊師取友，豈徒爲聲氣哉？

近世聖學不明，談及學問，便共非笑，不以爲立異，卽以爲好名。不知立異好名，誠學者之弊。而本體不明，工夫無序，雖剽竊前言往行，終是不著不察，終不免爲義襲而取。今世功利、訓詁、詞章之習，陷溺人心。天之所與我者，幾不可問。訓詁、詞章，固是害道，而功利之害爲甚。今人起一念，舉一事，微細追求，未有不從功利起見者。若不細細講明，未免認賊作子。

足下篤學力行。某遊歷中外，求友四方，所中心嚮往者，足下而外，無多人也⑤。惜相⑥居稍遠，不能時時請益。恐志氣昏惰，無人警策。行年四十，已非少壯可比，實實⑦望足下脫去形跡，不時鞭策。來州則設榻茅舍，面賜指誨，

---

① "去歲歸家作五世一堂古詩一篇適高蓋臣至言卽往謁隨託代獻不知曾塵覽否十一兄命作先生像贊先生道德純備非末學所能窺測勉構數言伏求教正天氣漸暑惟節勞怡神爲道保重是望"，愛日堂藏版本和《四庫全書》本脫。
② "歲前聆雅誨甚慰渴懷以節近怱怱未得久留期新正奉邀茅齋樽酒細論至今未見惠臨不勝企望"，愛日堂藏版本和《四庫全書》本脫。
③ "庸劣無似"，愛日堂藏版本和《四庫全書》本脫。
④ "肯"，愛日堂藏版本和《四庫全書》本作"惜"。
⑤ "所中心嚮往者足下而外無多人也"，愛日堂藏版本和《四庫全書》本作"中心嚮往"。
⑥ "相"，《湯潛庵集》、康熙年間刻蔡本、愛日堂藏版本和《四庫全書》本作"所"。
⑦ "實實"，愛日堂藏版本和《四庫全書》本作"實"。

勿存一毫情面。卽不能常會，手札相商，亦不得將就許可。孔子曰："朋友信之。"面是退非，非信也；一毫不信，非友也。君臣、父子、兄弟、夫婦，非朋友講明，不能各盡其道。故朋友之倫，所以經緯夫四倫，猶五行中之土，五常中之信。故願與足下存此一大倫，勿如世俗但有朋友之名而已也。

吾郡先哲，如軒介肅、呂司寇、沈文端、宋莊敏、楊晉庵，皆一代偉人，海内共知，孫先生已採入《人物考》矣。外此或德行、節義、文章、政事雖不能如數公之顯著，亦不可沒沒者，皆乞多爲搜採，但期眞確，不可如郡志之濫耳。《人物考》内，原無烈女，欲請孫先生增入。如得其詳，更乞錄示。此亦某之所急欲得者也。

草草奉復，不宣。①

答田梁紫書

昨承台顧，恩恩言別。居止稍遠，不能時聆教益②。每有晤會③，又常④草草錯過，未獲實實考究身心，與世之往來徒了人事者，無大差別。遠如朱陸，近如龍溪、念庵，析疑辨惑，絶無一毫蓋藏。我輩似⑤當體此意。

仲誠《爲學次第書》，呈覽。餘容面悉。⑥

與劉心周書

昨過莘野，連牀對語，永夜忘倦。年兄⑦體道切深，氣象光風霽月，而論學⑧

---

① "吾郡先哲如軒介肅呂司寇沈文端宋莊敏楊晉庵皆一代偉人海内共知孫先生已採入人物考矣外此或德行節義文章政事雖不能如數公之顯著亦不可沒沒者皆乞多爲搜採但期眞確不可如郡志之濫耳人物考内原無烈女欲請孫先生增入如得其詳更乞錄示此亦某之所急欲得者也草草奉復不宣"，愛日堂藏版本和《四庫全書》本脱。
② "昨承台顧恩恩言別居止稍遠不能時聆教益"，愛日堂藏版本和《四庫全書》本脱。
③ "晤會"，愛日堂藏版本和《四庫全書》本作"會晤"。
④ "又常"，愛日堂藏版本和《四庫全書》本作"常"。
⑤ "似"，愛日堂藏版本和《四庫全書》本脱。
⑥ "仲誠爲學次第書呈覽餘容面悉"，愛日堂藏版本和《四庫全書》本脱。
⑦ "年兄"，愛日堂藏版本和《四庫全書》本作"足下"。
⑧ "學"，愛日堂藏版本和《四庫全書》本作"道"。

真切懇至，不作一體面浮游語。

弟骨力脆薄，正苦夾輔無人，日就昏惰。乃於同里同年中，得同志良友，可以時常切磋，何幸如之！以後凡遇便，即求賜數言策勵。弟偶有所得，亦隨便求教，必實實體勘入微。① 江村先生曰："不敢以實未了然之心含糊歸依，不敢以實未湊泊之身將就冒認。"八字著腳，真實理，會做工夫。晦翁於象山之外，不再許人，良有由也。

《白鹿講義》一冊，呈覽。

臨楮瞻企不盡。②

答褚懷萬書

此道無古今，無聖凡，人人可以自盡，然須先識本體。識得本體，工夫已在其中矣。不然，終是習不著，行不察，終是義襲而取。孔子曰："學之不講，是吾憂也。"今人以講學爲立異好名，不知師友講論一番，則此心光明一番，乃爲己，非爲人也。古人尊師取友，豈徒爲聲氣哉？

胡敬齋先生，踐履篤實，與月川可相上下。至於發明道體，有功聖學③，似難與考亭、姚江並。故孫先生列之《明儒考》中，與康齋、白沙同爲一編，位置或亦不錯。

上郡守宋公書

秋深氣爽，萬寶告成。執事福履其旋，應與歲功並茂。託在蚌蠓，殊切

---

① "以後凡遇便即求賜數言策勵弟偶有所得亦隨便求教必實實體勘入微"，愛日堂藏版本和《四庫全書》本脫，"即"《湯潛庵集》康熙年間刻蔡本作"則"。
② "白鹿講義一冊呈覽臨楮瞻企不盡"，《正誼堂全書》本、康熙年間刻蔡本、愛日堂藏版本和《四庫全書》本脫。
③ "學"，康熙年間刻蔡本作"賢"。

欣慰。①

繕冊一事，仰荷嘉意釐剔，眞利澤無窮，睢士民銜恩不朽者也。報竣之後，聞復駁回，卽向趙尉處取鈞票公閲。仁言利溥，不禁加額相慶。吾睢何幸得執事直究利弊之源，爲吾儕子若孫計永久也。

獨至“徭役、大軍不折”一語，則不能不竊有請者。睢陽衛地，共有四項，曰大軍、曰新增、曰餘屯、曰徭役。弓口惟徭役以二百四十步爲一畝，其起科獨少。大軍、新增、餘屯三項，總以三百步爲一畝。約計小地十畝，折行糧地八畝，猶之州地之二畝折一畝，商丘等縣之或四畝折一畝，或三畝折一畝之不同。雖創始莫能詳求，而奉行業已久遠。此前代二百餘年之遵循，亦我皇清定鼎來所率由而未改者。

迨庚子、辛丑間，蠹書詭影過多，錢糧難敷，遂有以大軍三項强作小畝派糧者，是名爲擠地。年來追比不前，逃亡相繼，上以誤官，下以病民。幸執事犀照破奸，杜絶永弊，眞萬民更生之會也。而衛書輩久蠹其中，視爲利藪，擠地旣久，而詭影愈便，故朋②謀密議，必不肯盡行清楚。今乘鈞票一言，遂公然號於衆，曰大軍與徭役一同不折，已奉本府明文矣，竟將肆行徵派。士民嘵嘵，莫知所由。某等深知執事軫念窮黎之慈衷，與釐奸剔弊之盛心，必不令蠹書假借，使版籍紊亂，士民無所控愬。故敢合札奉啓，以仰副見委諄切之意。乞發鈞示，令各項地畝槩從舊例，不得③挪移紛更，庶里役無以藉口矣。

總之，衛地自經丈量之後，花戶與地數，皆可按籍而求。除徭役一項外，凡軍、新④、餘屯，查繕冊內小地十畝者，赤歷內註地八畝；小地一頃者，赤歷內註地八十畝。則從前之擠地自去，而當年之舊例自復。在蠹書之言，必曰依小畝則足額，依舊例則不足額。不知地猶昔日之地，本朝《賦役全書》額地額糧，悉依故明之舊，昔何以大畝而足額，今何以必擠地而後足額。此非詭影之地多，

<hr />

① “秋深氣爽萬寶告成執事福履其旋應與歲功並茂託在蚨蠓殊切欣慰”，愛日堂藏版本和《四庫全書》本脱。
② “朋”，愛日堂藏版本和《四庫全書》本作“明”。
③ “得”，康熙年間刻蔡本作“敢”。
④ “新”，《近代中國史料叢刊》本誤作“興”。

卽繪外餘地之未報。

前屢奉明示，令花戶自首，四鄰舉報，不啻墨盡穎禿矣。今竟有花戶報冊在官，而里書遺失無存者。夫欺隱而不報者，責在花戶；已報而遺失者，責在里書。里書所司何事？託言遺失，果否出自無心？總之不欲地畝清楚耳。某等以爲詭影之地，繪外未報之地，未有里書不知者。總責里書勒限清報，期於大畝足①額而止。既無虧於國課，復有利於民生，澤及千家，恩流弈世。州士民惟有焚香頂禮，效九如三多之祝而已。

事關民瘼，伏惟鑒照。②

上糧道張爾成公祖③書

客歲奉謁，荷蒙雅愛。古道交情，近今罕覯。④

漕米舊例，官收官解。去年蒙執事軫念煢黎，准解原徵漕銀，發灘役代買。官吏省盤費之累，士民免接濟之害，造福地方，功德無量。格外之恩，何敢再望？然今歲時勢更有不同，某誼切桑梓，不能不再爲禱籲也。

去歲止州判丁憂解任，今歲史目亦緣事斥逐，衙官之署，空然無人，萬不能官買矣。外此里丁⑤代買，既干功令，惟有差役買米一法耳。凡茲胥役，有何才識？見利忘身，比比皆然。若領銀到灘，任意花費，正額漕銀，必至不敷。欲另行賠補，官吏無點金之術。卽追比原役，而花費者不能復還，敲扑⑥終屬無益。若加派接濟，則旱蝗告災，窮黎難堪再剝。況目下協濟桃源派柳六萬，隆冬守候河干，顚連萬狀，眞仁人君子所惻然憫念者。接濟之說，固執事之所嚴禁，卽時勢亦所萬萬不能者也。

---

① "足"，康熙年間刻蔡本作"定"。
② "事關民瘼伏惟鑒照"，愛日堂藏版本和《四庫全書》本脫。
③ "公祖"，愛日堂藏版本和《四庫全書》本脫。
④ "客歲奉謁荷蒙雅愛古道交情近今罕覯"，愛日堂藏版本和《四庫全書》本脫。
⑤ "丁"，康熙年間刻蔡本、康熙年間刻田本、康熙年間刻閣評本、《近代中國史料叢刊》本、愛日堂藏版本和《四庫全書》本作"下"。
⑥ "扑"，康熙年間刻田本、康熙年間刻閣評本、《近代中國史料叢刊》本誤作"朴"。

伏乞准照去歲例，將額銀解上，發灘役代買，庶胥役不得①借端分費，里甲不至重累。卽某伏處鄉間，亦同農夫野老歌頌弗諼矣。

與管河郡判馮公書

桃源協柳一事，蒙執事嘉惠窮黎，就近設廠，省轉運之勞，九屬受恩無量。睢州派柳六萬，遵奉嚴檄，俱已星速上納。但梢數繁多，限期迫促，採辦運送，晝夜拮据，亦不能給。某等誼切急公，反覆籌畫，有一通融之術，實官民兩便之道。敢冒昧瀆陳，希賜採擇焉。

睢州舊有柳梢，約四萬有奇，久貯河干。年來疏濬得宜，宣房無恙。今協工告急，似宜載運前去，那緩就急，旣以慰河臺西望之意，復以見執事救助之功。新派柳梢，接續上納報完。協工之數旣足，仍補完河上舊稍，以備萬一之用。在執事不過罢爲通融，而民間稍緩須臾，遂可免典妻鬻子之苦。不然，限期逼迫，勢難周轉；鞭笞②雖施，亦鮮成效。執事天地父母之心，諒必惻然動念也。如曰枝梢各年派定，不便挪移，竊思枝梢與他項錢糧不同，堆貯河濱，日久亦漸糜爛，存之數年，竟歸烏有。誰非百姓脂膏，何忍聽爲棄物？若一通融，不但有益東工，且本地收以新易陳之效。執事福德鴻厚，自是平成永賴。卽或培固隄堰，爲預防之計，而舊數依然，新陳較勝。況士民孰無本心，感恩圖報，方銜結不遑，踴躍歡呼，上納更自敏速。

某等窺管之見，不敢不竭。伏惟慨諾，幸甚！幸甚！

答耿亦虁書

昨辱賜顧，言下直截了當，無葛藤回互之病，眞任道之器也。復承手教，字字眞切，且虛懷可挹，不勝佩服。③慮把持不定及事物罣滯累心，具見工夫。

---

① “得”，康熙年間刻蔡本作“能”。
② “笞”，康熙年間刻蔡本作“策”。
③ “字字眞切且虛懷可挹不勝佩服”，愛日堂藏版本和《四庫全書》本脫。

近裏著力,非從事口耳者比。

愚以爲學者當先明心體。心體既明,日用間祇用提醒法,使心常在,莫令昏去,自無閒思雜慮,不用把捉。若把捉,反添一念,越見雜亂矣。朱子曰："人祇一心。識得此心,使無走作,雖不加防閑,此心常在。"又曰:"心祇是一個心,非是以一個心治一個心。所謂存,所謂收,只是喚醒。"又曰:"學者常用提醒此心,使如日之升,則羣邪自息。他本自光明廣大,只著些子力去提醒照管他便了,不要苦著力。著力,則反不是。"合三説觀之,大要可覩矣。

朋友講習,最爲得力。常常對正友講論,妄念自無由而生。朋友難得,又不能常相會。同里有一田梁紫,又設教商丘,數月不能一面①。此君是眞用功心身者。異日相遇②,幸莫錯過耳。

孟尹玉年翁見賜《雲浦先生年譜》,深感厚意,幸代致謝。③

臨楮不盡願言。④

答耿亦蘷書

茅齋一晤,忽忽又復經年。相去不過兩舍,不能時時請益。每一念及,爲之惘然。足下英毅篤實,吾黨領袖,同人仰慕實殷。⑤

承教"檢得愼思"一語,時爲照對,具見工夫之密。此道惟在人所不見處用功。離了事親從兄、處事接物,何處討本性著落?離了戒懼内省,何處討復性工夫?打併此心歸之一路,久久自有宇泰天空景象。不然,欲治私而萬起萬滅之私愈不可治,何由見甯帖時乎?文章千古事,得失寸心知,況心性之學乎?

---

① "面",康熙年間刻蔡本和《正誼堂全書》本作"晤"。
② "遇",《正誼堂全書》本、康熙年間刻蔡本作"逢"。
③ "耳孟尹玉年翁見賜雲浦先生年譜深感厚意幸代致謝",康熙年間刻蔡本、《正誼堂全書》本脱。
④ "朋友講習最爲得力常常對正友講論妄念自無由而生朋友難得又不能常相會同里有一田梁紫又設教商丘數月不能一面此君是眞用功心身者異日相遇幸莫錯過耳孟尹玉年翁見賜雲浦先生年譜深感厚意幸代致謝臨楮不盡願言",愛日堂藏版本和《四庫全書》本脱。
⑤ "茅齋一晤忽忽又復經年相去不過兩舍不能時時請益每一念及爲之惘然足下英毅篤實吾党領袖同人仰慕實殷",愛日堂藏版本和《四庫全書》本脱。

又答耿亦麓書

前屢承手教,知用力眞切①。循環讀之,不勝佩服。吾輩處世,無無事之時,亦無皆如己意之事。事物拂亂,正學問得力處。定靜安慮,總由知止。知止工夫,在格物致知。此知之本體,是天所賦我的。能致知的本領,亦是天所賦的,但人不肯用力耳。能致知,則意可誠,心可正,廓然而大公,物來而順應矣。此事未可騰口説,亦難求②速效。

答施愚山書

去歲秋杪,接手教,浣露讀之,如侍左右。至仲冬,吳冉渠公郎於書笥中得年兄先生寄札一函,乃庚戌六月二十五日書也。以時計之,在枉駕敝廬之先,蓋六閱春秋矣。三月之內,兩拜大教,曷勝欣慰!③

年兄④道德、文學,爲海內所宗。齊魯西江,壇坫相望。遊屐所至,摳衣受業者甚衆。倡明吾道,非年兄⑤其誰望乎?弟材質駑下,不能日承鞭策,此中徒懷鬱鬱耳。

孫徵君先生,天不憖遺,已於乙卯之夏捐館舍。以時方多難,卽歸窆矣。遠承慰存,併眖雙金,卽托友人寄之蘇門。其家偶有因人受過一事,長者皆出門經理,未得報書。俟寄到,當另覓便奉上也。⑥

子完深荷高誼,感頌不容口。子完樸實長者,熱心爲人,多受人負。誠如

---

① “切”,《近代中國史料叢刊》本誤作“功”。

② “求”,愛日堂藏版本和《四庫全書》本脱。

③ “去歲秋杪接手教浣露讀之如侍左右至仲冬吳冉渠公郎於書笥中得年兄先生寄札一函乃庚戌六月二十五日書也以時計之在枉駕敝廬之先蓋六閱春秋矣三月之內兩拜大教曷勝欣慰”,愛日堂藏版本和《四庫全書》本脱。

④ “年兄”,愛日堂藏版本和《四庫全書》本作“足下”。

⑤ “年兄”,愛日堂藏版本和《四庫全書》本作“足下”。

⑥ “其家偶有因人受過一事長者皆出門經理未得報書俟寄到當另覓便奉上也”,愛日堂藏版本和《四庫全書》本脱。

台教,可謂相知之深。

聞耕巖先生即世,此弟仰止數十年者,不得一遂問字之願。先生晚年,遯迹空山,造詣益深,必有遺書可紹先哲。年兄①自當爲之表彰。若有付梓者,求示一二。

施兄虹玉,工夫篤實,有眞精神。鼓動後學,未易及也。聞之,不禁②嚮往。吾道衰頹,總由躬行實踐者少。利慾之根難斷,巧僞之術易工。苟非察識③本體,擴而充之,終日終身,緜緜密密,曾無滲漏,何由對天質人,不愧不怍? 一切聰明意見,門面格套,皆是的然日亡,誤人一生。惟年兄從直賜教,千里如同堂也。

孫先生誌銘,冢嗣委弟爲之。草草不文,奉寄一冊,求斧削爲感。欲言百端,不能備悉。④

答姚岳生書名爾申⑤

舍弟西旋,承寄手教。敘性道大原,歸於太極。累累千餘言,詳且盡矣。又惠《社藝》九篇,皆醇正雅當。反復讀之,知⑥河洛之間復⑦有如月川、雲浦者出焉。吾道之幸,不勝喜躍。獨其文辭過恭,若欲問道於盲者,則何敢當? 此道無古今,無人我。象山謂:“東西海有聖人出焉,此心此理同也;千百年⑧上下有聖人出焉,此心此理同也。”學者必求得於心,證其所謂千聖同原者,勿牽滯⑨於文義訓詁之末,則善矣。

---

① “年兄”,愛日堂藏版本和《四庫全書》本作“足下”。
② “禁”,愛日堂藏版本和《四庫全書》本作“勝”。
③ “察識”,愛日堂藏版本和《四庫全書》本作“識察”。
④ “孫先生誌銘冢嗣委弟爲之草草不文奉寄一冊求斧削爲感欲言百端不能備悉”,愛日堂藏版本和《四庫全書》本脱。
⑤ “名爾申”,《正誼堂全書》本脱。
⑥ “知”,《正誼堂全書》本誤作“如”。
⑦ “復”,康熙年間刻田本誤作“後”。
⑧ “年”,愛日堂藏版本和《四庫全書》本作“世”。
⑨ “滯”,《近代中國史料叢刊》本作“制”。

　　來書引朱子言："人須是於大原本上看得透,仁義禮智,每日開眼便見四字,則世間道理,若決江河,沛然莫之能禦。"此言最爲眞確。仁義禮智,開眼便見,則應事接物,無非天理流行。此不是尋常①摘句得來,亦不是空空思索可至,必須日用倫常隨處體認天理,久久純熟,自有得力處。識得本體,好做工夫。做得工夫,纔算本體。先儒立論,各有所重。心之精微,口不能言,況筆之於書乎? 惟好學深思,心知其意,始爲善領略。

　　近代一二名儒,辨析②極其精詳,不爲無功,而分別過甚,反滋後學之惑。本體未明,工夫無據,卽闡盡道理,終屬門外漢。周子所謂太極,豈徒索之天地、陰陽乎? 亦證取人之所以爲人耳。

　　登封與貴里密邇。逸庵造詣篤實,近聞仲誠僑寓超化。試過而問焉,必有相發明者。道不遠人,學有餘師。努力精進,仰望實切。

　　行人勒彎相待,恩恩不盡欲言。③

與耿逸庵書

　　初春有小札併致仲誠一函,想久達座右矣。嵩少之約,二十年未得一遂。今四方多故,不敢輕言出門,正未知何日能踐耳。

　　鞏縣姚岳生,端謹好學,志向頗正,不遠數百里,問學於某。詢及道履,頗能言其大槩。雖未得④立雪門下,而仰止甚切。某以岳生密邇講壇,宜奉教左右,不宜問道於遠。相晤二十餘日,以聞兵亂辭歸。今後學苦於無志,言及此道,不驚駭,則非笑之矣。能徒步往返八九百里,降心執弟子禮,此其虛懷,非近世士也。愧某無以益之。先生學術、行誼,爲人倫模範。鄉里後進,尤宜獎掖。惟進而教之,異日當有成就。

―――――――――――

① "常",《正誼堂全書》本、康熙年間刻蔡本作"章"。
② "析",愛日堂藏版本和《四庫全書》本作"晰"。
③ "登封與貴里密邇逸庵造詣篤實近聞仲誠僑寓超化試過而問焉必有相發明者道不遠人學有餘師努力精進仰望實切行人勒彎相待恩恩不盡欲言",愛日堂藏版本和《四庫全書》本脫。
④ "得",《近代中國史料叢刊》本誤作"肖"。

徵君夫子夏峰建祠，某有小引，奉啓同人，想已傳致。惟鼎力倡率爲荷。

《志學會約》，呈覽。敝郡同志，如徐邇黃、田梁紫，工夫可稱精進。少年中如吳子涫、張珮行，皆穎悟非常。此①道似有興機。先生以數言鼓勵之，眞百朋之賜也。

臨楮不盡欲言。

答姚岳生書

去歲遠辱惠顧，自愧鄙陋，無以相助。別後未遇便鴻，音問疏闊。西望緱嶺、洛浦，時切伊人之想。

足下天資穎異，志趣高明，且與逸翁壇坫近在咫尺，朝夕質證，其進自不容已。②

來教慮外物牽泥、私念起滅，疑本眞未透、涵養未熟，具見進修之功。愚意二者實兼有之，外物亦不能卻，私念③亦未易滅。此中主腦，惟在“必有事焉”一句。若丟卻“必有事”功夫，萬起萬滅之私，何由可止？

昔王心齋先生一念愛親，出於眞誠，久久純熟。忽心量洞明，悟性無礙，遂覺天地萬物爲一體。自此行住語默，皆在覺體中。

足下今高堂眉壽，兄弟怡怡，此人生最難得事。於事親從兄之際，時時要見眞性發露。推之應事接物，處處著痛癢，久之自見全體渾然物我無間時④，不可徒向古人窠臼作一場好話説過也。

初入道，怕抵當流俗不過，一切世情紛華念頭，纔起便當斷卻。貴莊在山中，人情樸厚，勝敝地數倍，爲學較易。

---

① “此”，《近代中國史料叢刊》本誤作“之”。
② “去歲遠辱惠顧自愧鄙陋無以相助別後未遇便鴻音問疏闊西望緱嶺洛浦時切伊人之想足下天資穎異志趣高明且與逸翁壇坫近在咫尺朝夕質證其進自不容已”，愛日堂藏版本和《四庫全書》本脫。
③ “念”，康熙年間刻蔡本、愛日堂藏版本和《四庫全書》本作“意”。
④ “時”，《湯文正公全集》本誤作“特”，據康熙年間刻蔡本、康熙年間刻田本、康熙年間刻閭評本、《近代中國史料叢刊》本、愛日堂藏版本和《四庫全書》本改。

藥餌之賜，深荷雅意。逸菴一札，求面致。①

與李襄水書

足下正學强骨，清操長才，天下無其倫比。蒞任以來，一塵不染，興利革弊，造福百姓。聞之，殊爲欣慰。

近聞均役一事，本欲②拯民困苦，而守郡者輒爲中傷之端。賴洪都諸君子諒其苦心，公道猶存。然時至今日，作善良，非容易。天下君子原少，上官豈能盡賢？且人情難測，我輩愛民之心常切，而事上之才常拙；任事之意常盛，而弭謗之術常疏。萬口歡騰之時，忌者卽從中而起，往往然也。故今之吏，黜弊去其太甚，舉事必存小心，循規蹈矩，無露鋒芒。異日當國家大任，不茹不吐，正在此時磨鍊出來。勿謂異己者非我輩藥石也。

答廣文魏聞野書

聖政日新，比隆堯舜。待選者③鱗集闕下，猶念及告病官員，令保舉起用。皇上愛惜人才之至意，古今罕覯。臣子何心其忍恝然？地方官仰承德意，保舉人才，自是盛舉。被舉者不敢冒昧承當，具呈辭遜，亦是各盡其道。難進易退，古之人皆然，何足怪也？皇上本意憐才，而地方官不能相信，遂至夤緣干求，是此典徒開天下奔競之門。以此起用，欲受職之後清白無欺，豈可得乎？

州守程公，愛賢重士，卓有古風，某所深感。恐天下如程公者，不可多得耳④。軍政一案，本府駁語，隱隱爲此。既不能相信，而欲苟且求一轉詳，自處無乃太苟簡乎？

---

① “貴莊在山中人情樸厚勝敝地數倍爲學較易藥餌之賜深荷雅意逸庵一札求面致”，愛日堂藏版本和《四庫全書》本脫。
② “欲”，《正誼堂全書》本、康熙年間刻蔡本作“爲”。
③ “者”，《四庫全書》本作“之人”。
④ “耳”，康熙年間刻蔡本脫。

古之人未嘗不欲仕也，又惡不由其道。承諭程公難於具結。某以爲仍保舉，則難於具結。若以爲既有此事，免其保舉，竟行回銷，似無甚難。又承諭託人向郡守一言，此正某所以堅辭之意也。出處大節，三十年所學何事？十四年林下，衹如旦暮。過此再十四年，卽①成六十老翁矣。人生如白駒②過隙，安能枉道博一區區方面哉？某昨復具一呈懇辭，乞致意程公，卽據以回報。③

總之，臣子誼當報國，地方官相信而故辭之，不可也；功令甚嚴，地方官不相信而必强之，亦不可也。某之自處如是，惟足下教之。

草草具復，不宣。④

答張仲誠書

劉仲藏至，拜讀手教，甚慰渴懷。

聞先生久寓超化，往來嵩少，與逸庵印證所學，此吾道昌明之會。借保舉一事作合，眞奇緣也。⑤

來書云：“存心必實見所謂心而存亦不虛，養性必眞知所謂性而養自不眩。”諸語可稱透宗，佩服無量。某竊妄意五經、四書字字從原本發揮，今人惟不眞識所謂性，故以聖道爲平實者，多滯於形迹，而不知聖道不離日用飲食而非粗淺也；以聖道⑥爲高遠者，或涉於虛空，而不知聖人窮神知化而非虛空也。就虛空者，固茫無把柄矣。以日用飲食爲道而不明原本，則行不著，習不察，何由上達天德乎？程子之學在主敬，此自⑦己得力處，原有存養工夫在內。故其言曰“存養是主人，省察是奴僕”，非若世人把持裝綴之謂也。陽明“致良知”，

---

① “卽”，康熙年間刻蔡本作“則”。
② “駒”，《近代中國史料叢刊》本作“騎”。
③ “某昨復具一呈懇辭乞致意程公卽據以回報”，愛日堂藏版本和《四庫全書》本脫。
④ “草草具復不宣”，康熙年間刻蔡本、愛日堂藏版本和《四庫全書》本脫。
⑤ “劉仲藏至拜讀手教甚慰渴懷聞先生久寓超化往來嵩少與逸庵印證所學此吾道昌明之會借保舉一事作合眞奇緣也”，愛日堂藏版本和《四庫全書》本脫。
⑥ “道”，康熙年間刻蔡本作“賢”。
⑦ “自”，康熙年間刻蔡本作“乃”。

第①是就平日得力握要處舉以示人，卽誠正工夫亦在内，亦非世人重知遺行之説也。凡眞儒立言，雖若偏主工夫，俱包體用。惟《大學》、《中庸》首章，説得分明完全。人眞信得道，不可須臾離。何時可不戒愼②？何所容其襲取？

某才本③庸下，正賴良友夾輔。乃相別十載，夢寐依依，不得一晤。安得《嵩談録》三卷，盡付一讀，爲豁開茅塞之助乎？仲藏無事，可代爲抄寫。幸授原槀，不知可否？④

秦中近已大定，閩海又已⑤廓清，楚蜀蕩平，應在指日。此番劫運既過，廟堂當有一番久安長治規模，非大賢不能任此。且難進易退，固士君子之節。而仕止久速，又有非可用人意見者。以先生今日所處，似西行在所難已。兵火之後，撫綏殘黎，登之衽席，亦我輩快事。不知先生以爲何如？

答李襄水書

聞足下遂動拂衣之興，果爾使生民不得被大儒之澤，似不可也。然賢者出處，關係世道、天相、國家，恐有欲退不得者。以義論之，身在危疆，委曲擔荷，方圓並施，經權互用，總以保固地方、拯救殘黎爲念。古之君子，當此境界，儘有苦心不可告之人者，及事過險出，人皆服其深心大力足以弘濟時艱，物望愈重，鉅任將歸，此一道也；若事有難爲，奉身而退，以威武不屈爲高，此亦一道也。二者總内度之心而已矣。進退所關，要徹底打算。合乎天理，無一毫私心，則進退皆道也。出處二字，非人所得與？故某不敢爲執一之論。

署布區區，不盡⑥。

---

① “第”，康熙年間刻蔡本作“乃”。
② “愼”，愛日堂藏版本和《四庫全書》本作“懼”。
③ “本”，《湯文正公全集》本誤作“木”，據康熙年間刻蔡本、康熙年間刻田本、康熙年間刻閣評本、《近代中國史料叢刊》本改。
④ “某才本庸下正賴良友夾輔乃相別十載夢寐依依不得一晤安得嵩談録三卷盡付一讀爲豁開茅塞之助乎仲藏無事可代爲抄寫幸授原槀不知可否”，愛日堂藏版本和《四庫全書》本脱。
⑤ “已”，《近代中國史料叢刊》本作“加”。
⑥ “署布區區不盡”，愛日堂藏版本和《四庫全書》本脱。

再答姚岳生書

一別數易星霜，懷思殊深。

生自前歲奉召，恩恩北上。自揣疏庸，不足仰副盛典，不謂濫竽侍從。史局重大，編摩難就。入春以來，手不停筆，衰病侵尋，支綴不易。卷帙浩繁，載籍缺畧。幸同事人多，交相策勵。大約明歲春夏，草稿報竣，或可乞身耳。①

耿先生力任斯道，河洛正傳爲之大振，不禁神往。足下朝夕請益，當有心得。此道不在多言，惟時時刻刻將先聖先賢言語反復尋繹，一一體會上身來，久久得一貫通處，是眞主腦。先聖先賢無閒言語，句句是要義，祇被千百年來皮膚訓詁埋沒，令聖賢垂世立教、字字從誠意中發出來的，都晦昧不得顯現，亦散漫不得歸一。所以學者靠不得書冊，卻離不得書冊；離不得師友，亦靠不得師友。惟得之難，此理斯眞爲我②有。故聖人循循善誘也。觀夫子之③告曾子與告子貢一貫者，可識其旨矣。

答耿逸庵書

前歲得讀《爲學六則》，平正精實，次序分明，已勒之座右矣。去春復拜手教，兼惠佳詠。彼時卽銳意束裝，欲尋嵩少之約，偶以事阻④。未幾，任修誌之役。入秋，臥病兼旬，惟切馳仰耳。來札似有惠顧之意，同人無不踴躍。睢渙間得借大賢過化，何其幸也。佇望！佇望！⑤

---

① "一別數易星霜懷思殊深生自前歲奉召恩恩北上自揣疏庸不足仰副盛典不謂濫竽侍從史局重大編摩難就入春以來手不停筆衰病侵尋支綴不易卷帙浩繁載籍缺畧幸同事人多交相策勵大約明歲春夏草稿報竣或可乞身耳"，愛日堂藏版本和《四庫全書》本脫。
② "眞爲我"，愛日堂藏版本和《四庫全書》本作"眞爲吾"，《正誼堂全書》本作"爲我"。
③ "之"，愛日堂藏版本和《四庫全書》本脫。
④ "阻"，《正誼堂全書》本作"沮"。
⑤ "拜手教兼惠佳詠彼時卽銳意束裝欲尋嵩少之約偶以事阻未幾任修誌之役入秋臥病兼旬惟切馳仰耳來札似有惠顧之意同人無不踴躍睢渙間得借大賢過化何其幸也佇望佇望"，愛日堂藏版本和《四庫全書》本脫。

承教"道本中庸，作不得一些聰明，執不得一些意見，逞不得一些精采"三語，最爲精當。某謂人生一落軀殼，便有氣質。自有知識以來，各就氣質偏重處，積染成習①，未易脫離。必須消磨，不使乘機潛發。本性得以用事，方可言學。然習氣根株已深，力量最大，發不及覺，覺不及持，夾雜隱伏，消磨實非容易。方自以爲剛毅也，而中藏客氣；自以爲密察也，而實多粘纏。與人似恭敬也，而陪奉世情之意常多；論事似持平也，而依阿不斷之意時有。利心卽不動矣，而名心未必全消；邀福之念不生矣，而夭壽未能不貳。凡此皆非眞金經，不得烈火一煅。誠使日用動靜盡是天命流行，則本性自有明覺而非作聰明也，本性自有正見而非執意見也，本性自有光輝而非逞精采也。先生有過人志行，過人力量，某②所夙夜仰止者，不能時時就正，爲歉然耳。

張仲老《嵩談錄》，便中付岳生錄示爲感。家累衆多，婚嫁未畢；田薄賦重，追呼日迫。出門旣難，便鴻又稀。何時追隨杖屨，了此一段心願也？③

答耿逸庵書

劉生至，得接手翰，如侍函座。④

某前札請教，中多率易之言，所云日用動靜，盡是天命流行。工夫純熟後，當是如此。明得盡渣滓、都渾化，談何容易！我輩祇是懲忿窒慾，遷善改過，是切實用功處；時時見有善可遷，有過可改，便是學問進益處。此心不可令昏散，亦不可躁迫如養鷹，如馴雉。祇要耐心，久之上臂歸庭自有日也。

承教"未去窮理，便說涵養，卻涵養個甚的"，具見體認之精。某思窮理功夫，亦未易盡，必待窮理盡後，方用涵養。何時是涵養時？窮理非空空窮理。程子謂："或讀書講明義理，或論古今人物別其是非，或應事接物而處其當，皆

① "習"，愛日堂藏版本和《四庫全書》本作"疾"。

② "某"，《正誼堂全書》本誤作"其"。

③ "張仲老嵩談錄便中付岳生錄示爲感家累衆多婚嫁未畢田薄賦重追呼日迫出門旣難便鴻又稀何時追隨杖屨了此一段心願也"，愛日堂藏版本和《四庫全書》本脫，"日迫"《正誼堂全書》本作"日逼"。

④ "劉生至得接手翰如侍函座"，愛日堂藏版本和《四庫全書》本脫。

窮理也。"又曰:"祇整齊嚴肅,則心便一。一,則自無匪僻之干。"此意但涵養久之,則天理自然明。又曰:"若不能存養,祇是説話。"又曰:"敬以直内,是涵養事。"如此,則"涵養"二字,亦分不得①在窮理前後。今人把"涵養"二字看得空了,故易流於虛寂。窮理是零碎積累的工夫,涵養是主宰本原的工夫,固自無容等待,無容分析也。程子云:"涵養須用敬,進學則在致知。"朱子亦曰:"主敬以立其本,窮理以進其知,二者不可偏廢。"使本立而知益明,知精而本益固,二者亦互相發明②,固未③嘗截然分先後也。惟先生再詳示之,《六則》似無病也。

聞修葺嵩陽書院,此舉甚善。某林居二十年,因循頹惰,虛度光陰。今聖主下求賢之詔,大臣有以賤名誤塵天聽。部檄已到,不能辭免,進退維谷。料衰廢之餘,不堪振拔,放歸山林,踐嵩陽之約有日也。想榮補期近,遄駕北上,把晤長安,何如?④

答顧寧人書

前歲山史自關中見訪,詢及交遊名賢,卽曰:"吳郡顧先生,品高學博。國家典制,郡邑掌故,天文曆象,河漕兵農之屬,無不洞悉原委。坐而言,起而可見諸行事,眞當今第一有用儒者也。"復⑤晤甫草、元禮,往往言與山史同。某私心嚮往,冀或旦暮遇之。屏居丘園,過從稀簡,又足跡久不及四方,度無從奉教左右。一旦承先生手翰遠及,若以某爲可與言者,感愧何如!

---

① "分不得",愛日堂藏版本和《四庫全書》本作"不得分"。
② "明",《湯文正公全集》本、《正誼堂全書》本、康熙年間刻蔡本、康熙年間刻田本、康熙年間刻閻評本、《近代中國史料叢刊》本脱,據愛日堂藏版本和《四庫全書》本補。
③ "未",《近代中國史料叢刊》本誤作"宋"。
④ "惟先生再詳示之六則似無病也聞修葺嵩陽書院此舉甚善某林居二十年因循頹惰虛度光陰今聖主下求賢之詔大臣有以賤名誤塵天聽部檄已到不能辭免進退維谷料衰廢之餘不堪振拔放歸山林踐嵩陽之約有日也想榮補期近遄駕北上把晤長安何如",愛日堂藏版本和《四庫全書》本脱,《正誼堂全書》本、康熙年間刻蔡本作"惟先生再詳示之"。
⑤ "復",康熙年間刻蔡本、康熙年間刻田本、康熙年間刻閻評本、《近代中國史料叢刊》本、愛日堂藏版本和《四庫全書》本作"後"。

吾道之衰久矣，得大力闡明，豈非斯人之幸？承諭"近日言學者溺於空虛無當"，最中今日流弊。竊謂孔門七十子，稱顔子最爲好學，孔子所與終日言而不違者。今《論語》所載，不過《問仁》、《問爲邦》兩章①而已，言仁以視聽言動合禮爲目，爲邦以虞夏商周制度爲準，喟然一嘆亦以博文、約禮爲夫子之善誘，則聖賢之學非空虛無當也，明矣。至曰"一貫"，曰"無言"，總見聖學②全體大用，内外合一，動靜無非道妙，亦非虛空之説所可假借。陽明良知，實從萬死一生得此把柄，當時確有實用。今人不求所以致之之方，而虛作一番光景玩弄，故流弊無窮。某妄謂今日無眞紫陽，亦未必有眞陽明也。

大刻精確，有裨世道。敬服！敬服！惜不能得《日知錄》盡讀之。何時面③聆台教，聞所未聞乎？

與田箕山書

去秋匆匆北上，雖諸同人贈言多勸勉之辭，而弟自信疏庸，必蒙放免，不過數月，可以言旋，不成久别也。不意被命修史。此事古人所難，如弟即勉力爲之，不知可告無罪否。足下三長具備，無有爲朝廷言之者，可惜也。天下有司馬子長而使之逍遙局外，則其書亦可知矣。臨時有可以請教者，當詳細具陳，乞不吝指南。

今有求書之令。郡中故家，藏書尚多。有裨史事者，勸令出獻，當膺破格之賞。

徐遜老、張于老兩先生相繼作古，吾道何賴？徐先生平生不尚著述，如我子傅與足下論學諸札併制義數十篇，皆心力所在，可與同志商量付梓以永其傳否？此亦有關係事，似當圖之。

又，李澂野夫人殉節事，大筆定當爲之作傳，乞賜一讀。都下必有詠贊其事者，非有佳傳不可。

---

① "兩章"，愛日堂藏版本和《四庫全書》本脱。
② "學"，愛日堂藏版本和《四庫全書》本作"賢"。
③ "面"，《近代中國史料叢刊》本作"得"。

近日作何功夫，有何新作，便中統求賜教。

頃接公垂札，云道體稍稍違和，想已大康。伏惟爲道保重。臨楮依依。

與田篔山書

一別遂及兩載，悵望殊殷。①

山蔚見示徐先生《制義》，今又獲讀《論學》諸牘與足下所敘《行畧》。徐先生一生學力，具見於此，誠後學所當盡心也。

弟庸腐無似，濫竽史局，執筆爲之，始知才力不逮。馬班無論矣，陳承②祚、李延壽何可及哉？近見人侈口備責前人，皆坐不解事耳。張先生抱影河濱，三③十年聲光俱寂。其躬行心得之妙，豈外人所能及知？但史目斷限，尚未議定，即夏峰先生亦在商確，正可相例也。《忠節門》人物甚④多，不敢遺漏，無問於⑤在內在外。臺意具悉，無煩過慮也。

衰病侵尋，入春過甚。史事全無頭緒，而告歸者已多，近於自求便安，故有所不敢。若史事粗就，即可乞身，不能俟其成也。

"知行並進，敬義夾持。"千聖心傳，不外此八字。必須百情利落，方能證取。此非實歷過者，不能知聖賢妙諦，不可作語言⑥文字觀，正以此耳。

弟⑦以吾鄉禮多不經，妄欲作一通俗家禮。因循久之，未能脫稾。今在京，復不暇爲。乞足下慨然任之，弟得附名卷末。此亦明禮正俗急務也。

聞足下六忠祠前新置一宅，喜甚，喜甚！異日各各回家，衡宇相望，一大快事也。

《徐先生傳》，不敢辭。稍暇，草一稾請教。

---

① "一別遂及兩載悵望殊殷"，愛日堂藏版本和《四庫全書》本脫。
② "承"，康熙年間刻蔡本、康熙年間刻田本、愛日堂藏版本和《四庫全書》本誤作"永"。
③ "三"，康熙年間刻蔡本作"二"。
④ "甚"，康熙年間刻蔡本作"最"。
⑤ "於"，康熙年間刻蔡本脫。
⑥ "語言"，愛日堂藏版本和《四庫全書》本作"言語"。
⑦ "弟"，《近代中國史料叢刊》本作"第"。

爲道珍攝爲望。①

答田簀山書

六月二十八日，得接五月二十八日台函。言及禮文之編，謙讓過甚，引考亭云云，以爲必有積於立言之先者，然後可得而言。又云：“是書雖以通俗爲準，必當上溯古經，以窮其源，使人知禮所自來，爲吾日用之所不可缺；下酌時宜，以浚其流，使人於禮皆可盡，不苦吾財力有所不能辦。”旨哉言乎！非有道者，誰能爲此？此某之所以逡巡而不敢任，此某之所以謂非足下不足任也！中州之以禮自持，學博綜而審權衡者，足下之外，有幾人乎？

吾夫子曰：“立於禮。”又曰：“不學禮，無以立。”若平時未嘗講明，一旦臨事，卽平日知其不可者，亦隨俗行之。蓋中無所主，驟難執持也；卽欲執持，而嘩之者衆，卒亦變而從之也。倘如考亭言，慮後日爲此病敗，則亦求勿敗而已矣。若慮其必敗而不爲，非有志之士所敢安也。

凡著書，草創規模爲難。至斟酌損益，尚賴朋友。文②不必太奧，奧則人難曉也；亦不必太繁，繁則人難知要也。某展轉思之，終以爲非足下不能任，願足下留意勿讓也。不然，吾州幸有一好古秉禮之君子而不能成此書，則末流頹俗，誰與砥乎？亦可歎也③！

史事武廟以前，草槁粗就。總裁日事勸講，領事繁多，不能專及，未免有頭白汗青之嗟。承諭：“漸入所見所聞，不得誤於無稽。而各極深④趣，三復芳

---

① “弟以吾鄉禮多不經妄欲作一通俗家禮因循久之未能脫槀今在京復不暇爲乞足下慨然任之弟請附名卷末此亦明禮正俗急務也聞足下六忠祠前新置一宅喜甚喜甚異日各各囘家衡宇相望一大快事也徐先生傳不敢辭稍暇草一槀請教爲道珍攝爲望”，愛日堂藏版本和《四庫全書》本脫。

② “文”，《湯文正公全集》本、康熙年間刻閻評本和《近代中國史料叢刊》本誤作“又”，據《正誼堂全書》本、康熙年間刻蔡本、康熙年間刻田本、愛日堂藏版本和《四庫全書》本改。

③ “也”，《正誼堂全書》本、康熙年間刻蔡本、康熙年間刻田本、愛日堂藏版本和《四庫全書》本作“也已”。

④ “極深”，《近代中國史料叢刊》本誤作“深極”。

規,饒有餘味。"謝謝。①

張、徐兩先生傳,自不敢忘。細讀鴻篇,不減崔蔡,愈不敢草草。惟少寬以時日,當勉報命。

徐先生墓碣、序、《學後錄》,求賜一讀。

夏月與仲誠論學,此公眞不可及。崔玉階深於②易理,制行端方。此都門良友,敢附以聞。

餘不盡。③

上總憲魏環溪④先生書

先生道德、經濟,清操峻望,朝廷倚爲柱石,士林仰如斗山⑤。凡有奏⑥對,皆國計民生、賢才進退、治道升降所關,至誠剴切,足以感動天心。皇上虛懷採納,言無不從。明良相遇,天下拭目以觀太平。近復辭司寇之命,請畱總憲,以汲黯自擬。皇上亦嘉悅而畱之。君臣相信無間,三代而後,不多見也。

先生正色立朝,百寮嚴憚。所謂猛虎在山,藜藿爲之不採,固不在條舉一二事,糾參一二人,遂足盡職掌、稱報劾也。

而都下搢紳以及儒生不能盡明斯義,以爲翹首跂足,願聞讜論。而兩月以來,未聞有所論説,議論紛紛。近聞有江南⑦監生馮景,致書臺下,不知曾塵清

---

① "史事武廟以前草棄粗就總裁日事勸講領事繁多不能專及未免有頭白汗青之嗟承諭漸入所見所聞不得誤於無稽而各極深趣三復芳規饒有餘味謝謝",《正誼堂全書》本、康熙年間刻蔡本、愛日堂藏版本和《四庫全書》本脱。

② "張徐兩先生傳自不敢忘細讀鴻篇不減崔蔡愈不敢草草惟少寬以時日當勉報命徐先生墓碣序學後錄求賜一讀夏月與仲誠論學此公眞不可及崔玉階深於",愛日堂藏版本和《四庫全書》本脱。

③ "易理制行端方此都門良友敢附以聞餘不盡",愛日堂藏版本和《四庫全書》本脱,《正誼堂全書》本、康熙年間刻蔡本作"易制行端方此都門良友敢附以聞餘不盡"。

④ "溪",《四庫全書》本作"極"。

⑤ "斗山",愛日堂藏版本和《四庫全書》本作"山斗"。

⑥ "奏",愛日堂藏版本和《四庫全書》本作"進"。

⑦ "江南",愛日堂藏版本和《四庫全書》本作"錢塘",《正誼堂全書》本、康熙年間刻蔡本作"浙江"。

照否？① 某未見其書云何。又有云此書已達政府、呈御覽者，料此言必不確，而口語藉藉。至有公言於班行者，某實聞之。蒙先生下交二十餘年，又辱薦牘。知己之感，古人所重。若有聞不告，非事大賢之道，且非所以報知己。

蓋自請留任，爲近代不經見之事。故自處較難，無再拜他官之理。而總憲非久居之地。壯往直遂，非大臣之道；而委蛇順時，非自任之誼。盛名難副，晚節難保。先生詳審之，某不敢以此聞於人也。

己未六月十七日②

答劉叔續書

前榮任朱襄，即奉德音。旋應召北上，未得一晤清輝，抱歉殊深。

敏修入都，盛稱足下持躬教士，榘矱卓然，日切仰止。長安鹿鹿，未得修候。乃遠承手翰，謙沖過甚，令弟致命再三，嫌於自外，不敢不仰承③高誼。

僕學無原本，疏嬾自廢。二十年林泉，與漁樵爲伍，時人以爲淡於名利，似稍知道者，其實不然也。

竊嘗負笈百門④，側聞緒論。學者首在志道而遺利，重內而輕外。以聖賢大道爲必當由，異端邪徑爲不可蹈，其功在主敬窮理。程子曰："涵養須用敬，進學在致知。"此入道眞訣也，惟在細心體認。

今師道久廢，膠庠虛設，士風日頹，振興匪易。柘邑素習近古，足下一稟先型，以身爲教。敏修刻志躬行，精進匪懈。敝州田梁紫，踐履篤實，學極淵邃。此皆可與夾輔進德。十室必有忠信。惟要有眞精神，鼓勵多士。秉彝具存，必有賢者應之。胡安定、曹月川，豈異人任？君子思不出其位，毋以蘧齋冷局視爲不足爲，與世俗同類相效也。

---

① "不知曾塵清照否"，愛日堂藏版本和《四庫全書》本脫。
② "己未六月十七日"，愛日堂藏版本和《四庫全書》本脫。
③ "承"，《湯文正公全集》本、康熙年間刻田本、康熙年間刻閻評本和《近代中國史料叢刊》本誤作"成"，據《正誼堂全書》本、康熙年間刻蔡本、愛日堂藏版本和《四庫全書》本改。
④ "門"，《正誼堂全書》本、康熙年間刻蔡本作"泉"。

講學衹在當下所處之地、所處之時，舍此而談空説悟，直作一好話頭講過，終與自己無益也①。僕生平不敢爲此學，以爲今天下大病，總坐一"僞"字。有來相問者，惟欲先去此字②，然後有商量處耳。

與劉叔績書

前遠承手翰，更勞令弟賜顧。值史局初開，編摩無暇，未得少盡鄙曲，抱歉良深。

夏月，③張仲誠先生在京，時常晤對。其學眞腳踏實地，其要在於主敬。程子曰："整齊嚴肅，則心便一。一，則自無非僻之干。衹緣整齊處，便是天理，別無天理。衹常常整頓，思慮便一。"此一段，是仲老④得力處。

而⑤仲老⑥與崔玉階先生，皆精於易學，有心得，不依傍前人，制行皆端方，確有把柄。此當代眞儒也！惜仲老⑦不免西川之行。西川當有賢者待其陶鑄，不獨殘黎沐德化也。士君子行止，皆關天意，非人所能爲也。

因便附候道履。

拙卷本不足觀，因令弟前欲觀，今呈覽。⑧

答黄太沖書

戊申，承先生賜《證人會語》，又得讀《蕺山遺書》，知吾道眞傳實在先生。

---

① "也"，《正誼堂全書》本、康熙年間刻蔡本脱。
② "字"，《近代中國史料叢刊》本作"一字"。
③ "前遠承手翰更勞令弟賜顧值史局初開編摩無暇未得少盡鄙曲抱歉良深夏月"，愛日堂藏版本和《四庫全書》本脱。
④ "老"，愛日堂藏版本和《四庫全書》本作"誠"。
⑤ "而"，《正誼堂全書》本、愛日堂藏版本和《四庫全書》本脱。
⑥ "老"，愛日堂藏版本和《四庫全書》本作"誠"。
⑦ "老"，愛日堂藏版本和《四庫全書》本作"誠"。
⑧ "因便附候道履拙卷本不足觀因令弟前欲觀今呈覽"，愛日堂藏版本和《四庫全書》本脱，"前"字《正誼堂全書》本脱。

當時渡江匆匆，未得面悟①，至今歉然。戊午入都，於葉訒庵處讀《待訪錄》，見先生經世實學。史局既開，四方藏書大至，獨先生著述弘富。一代理學之傳，如大禹導山導水，脈絡分明。事功、文章，經緯燦然，眞儒林之巨海，吾黨之斗杓也。

承乏試事，擬撤棘後一登龍門，遂夙昔之願。乃蒙主一惠然遠臨台函，眷愛懇懇，若以爲可與聞斯道者，某何幸得此於先生哉！

竊以學者要在力行。今之講學者，祇是説閒話耳。詆毁先儒，爭長競短，原未見先儒眞面目。學者不從日用倫常躬行實踐，體驗天命流行，何由上達天德？何由與千古聖賢默相契會？如此，卽推奉先儒與詆毁先儒，皆無當也。

蕺山先生曰：“心體是圓滿的，忽有物以攖之，便覺有虧欠處。自欺之病，如寸隙當隄，江河②可決。”切至之言也。先生曰：“蕺山從嚴毅清苦中，發爲光風霽月，學問縝密而平實。《人譜》一書，眞有途轍可循，不患不至上達。”此善論蕺山者也。

承命作《蕺山學案序》，自顧疏陋，何能爲役？然私淑之久，不敢固辭。目下悤悤起行，不敢率爾命筆。舟中無事，勉擬一稿請教。得附名簡末，遂數十年景仰之私，爲幸多矣。

《忠端③公集》，盥手拜讀，如對道容。敬謝！敬謝！

臨楮瞻依④，言不盡意。⑤

與黃太沖書

去歲承乏貴鄉，未得一瞻光霽。幸與長公晤對，深思靜氣，具見家學有本，

---

① “悟”，康熙年間刻蔡本、康熙年間刻田本、《近代中國史料叢刊》本、愛日堂藏版本和《四庫全書》本作“晤”。

② “河”，愛日堂藏版本和《四庫全書》本作“湖”。

③ “忠端”，《近代中國史料叢刊》本誤作“瑞忠”。

④ “臨楮瞻依”，《近代中國史料叢刊》本誤作“臨臨楮依”。

⑤ “承命作蕺山學案序自顧疏陋何能爲役然私淑之久不敢固辭目下悤悤起行不敢率爾命筆舟中無事勉擬一稿請教得附名簡末遂數十年景仰之私爲幸多矣忠端公集盥手拜讀如對道容敬謝敬謝臨楮瞻依言不盡意”，愛日堂藏版本和《四庫全書》本脫。

爲之一慰。

《蕺山先生文錄》，承命作序。某學識疏陋，何能仰測高深？逡巡久之。竊以①先生忠誠憂國似司馬君實，奏對詳明似陸敬輿，骨鯁清直似汲長孺，雖未盡其用，而大疑大案，據經廷諍，維持國體，保護正人。世道人心，補益弘多。其學辨析義理②之幾微，究極天人之奧突，此孔孟之眞傳，濂洛之嫡派也。

某生也晚，私淑之誠，積有歲年。但識既污下，筆復庸俗，不能稱述萬一。惟望芟其蕪穢，正其譌謬，不至大有乖誤，受賜多矣。③

學路久迷，事事皆爲奔走聲利之場。詆譏先儒，樹立壇墠，雷同附和，不知身心安頓何處④。深懼吾道荊榛，雖勉自砥礪，獨行寡助，如瞽者之悵悵⑤無所適。伏望時賜指南，加以鞭策。倘有所進，飲水思源，敢忘所自？

《文錄》、《學案》，何時可公海內，蚤惠後學，幸甚！幸甚！⑥

答陸稼書書

先生正學清德，僕私心嚮慕久矣。承手教及大作，仰見崇正道、闢邪說至意，嘉惠良深。敬謝！敬謝！⑦

來⑧諭云：“孔孟之道至朱子而大明，學者但患其不行，不患其不明；但當求入其堂奧，不當又自闢門戶。”此不易之定論也。

再讀《學術辨》云：“天下有立教之弊，有末學之弊。”又云涇陽、景逸未能

---

① “去歲承乏貴鄉未得一瞻光霽幸與長公晤對深思靜氣具見家學有本爲之一慰蕺山先生文錄承命作序某學識疏陋何能仰測高深逡巡久之竊以”，愛日堂藏版本和《四庫全書》本作“蕺山”。

② “理”，愛日堂藏版本誤作“禮”。

③ “某生也晚私淑之誠積有歲年但識既污下筆復庸俗不能稱述萬一惟望芟其蕪穢正其譌謬不至大有乖誤受賜多矣”，愛日堂藏版本和《四庫全書》本脫。

④ “處”，愛日堂藏版本和《四庫全書》本作“地”。

⑤ “悵悵”，康熙年間刻蔡本作“悵悵”。

⑥ “文錄學案何時可公海內蚤惠後學幸甚幸甚”，愛日堂藏版本和《四庫全書》本脫。

⑦ “承手教及大作仰見崇正道闢邪說至意佳惠良深敬謝敬謝”，愛日堂藏版本和《四庫全書》本脫。

⑧ “來”，《正誼堂全書》本、康熙年間刻蔡本作“台”。

盡脱姚江之藩籬，皆極精當。非先生體認功深，何能言之鑿鑿如此。①

獨謂僕②不欲學者詆毁先儒，是誠有之，然有説焉。僕少無師承，長而荒廢，茫無所知。竊嘗泛濫諸家，妄有論説。其後，學稍進，心稍細，甚悔之。反復審擇，知程朱爲吾儒之③正宗。欲求孔孟之道而不由程朱，猶航斷港絶潢而望至於海也④，必不可得矣！故所學雖未能望程朱之門牆，而不敢有他途之歸。

若夫姚江之學，嘉隆以來，幾遍天下⑤。近年⑥有一二巨公，倡言排之，不遺餘力，姚江之學遂衰，可謂有功于程朱矣。⑦ 然海内學術，澆漓日甚，其故何與？蓋天下相尚以僞久矣。巨公倡之於上，隨聲附和者多。更有沉溺利慾之場，毁棄坊隅，節行虧喪者，亦皆著書鏤板⑧，肆口譏彈，曰："吾以⑨趨時局也。"亦有心未究程朱⑩之理，目不見姚江之書，連篇累牘無一字發明、學術，但抉摘其居鄉居家隱微之私，以自⑪居衛道閑邪之功夫，訐以爲直，聖賢惡之。惟學術所關，不容不辨⑫，如孟子所謂不得已者可也。今舍其學術而毁其功業，更舍其功業而訐其隱私，豈非以⑬學術精微未嘗探討，功業昭著未易詆誣，而發隱微無據之私，可以自⑭快其筆舌，此其⑮用心亦欠光明矣。在⑯當年桂

① "非先生體認功深何能言之鑿鑿如此"，愛日堂藏版本和《四庫全書》本脱。
② "僕"，《正誼堂全書》本、康熙年間刻蔡本作"某"。
③ "之"，愛日堂藏版本和《四庫全書》本脱。
④ "也"，愛日堂藏版本和《四庫全書》本脱。
⑤ "天下"，《正誼堂全書》本、康熙年間刻蔡本作"天下矣"。
⑥ "年"，愛日堂藏版本和《四庫全書》本脱。
⑦ "姚江之學遂衰可謂有功于程朱矣"，愛日堂藏版本和《四庫全書》本脱。
⑧ "板"，《正誼堂全書》本、愛日堂藏版本和《四庫全書》本作"版"。
⑨ "以"，愛日堂藏版本和《四庫全書》本作"將以"。
⑩ "程朱"，愛日堂藏版本和《四庫全書》本作"朱程"。
⑪ "自"，愛日堂藏版本和《四庫全書》本作"是"。
⑫ "學術所關不容不辨"，愛日堂藏版本和《四庫全書》本脱。
⑬ "今舍其學術而毁其功業更舍其功業而訐其隱私豈非以"，愛日堂藏版本和《四庫全書》本脱。
⑭ "可以自"，愛日堂藏版本和《四庫全書》本作"以"。
⑮ "此其"，愛日堂藏版本和《四庫全書》本脱。
⑯ "在"，愛日堂藏版本和《四庫全書》本脱。

文襄之流，不過同時忌其功名。今何爲也？責人者，貴服人之心。自古講學，未有如今之專以謾罵爲能者也。

或曰："孟子嘗闢楊墨矣。"楊墨何至無父無君？孟子必究其流弊而極言之，此聖賢衛道①之苦心也。何怪今之君子與？夫陽明之果爲楊墨否，姑未暇論。竊以爲孟子得孔子之心傳者，以其知言養氣、性善盡心之學，爲能發明聖人之蘊也。蓋有所以爲孟子者，而後能闢楊墨，熄邪説，間先聖之道。若學術不足繼孔子，而徒日告於人曰，楊墨無父無君也，率獸食人也，恐無以服楊墨之心而熄其方張之焰矣。孟子曰："今之與楊墨辨者，如追放豚。既入其苙，又從而招之。"則知當日之與楊墨辨者，亦不乏人矣。今無片言隻字之存，則其不足爲輕重，可知也。然則楊墨之道不傳於今者，獨賴有孟子耳②。今不務爲孟子之知言養氣，崇仁義，賤功利，而但與如追放豚之流相頡頏焉，其亦不自重也已。

來③諭云④："陽明嘗比朱子於洪水猛獸，是詆毀先儒，莫陽明若也。今亦黜夫毀先儒者耳⑤，庸何傷？"竊謂陽明之詆朱子也⑥，陽明之大罪過也，於朱子何損？今人功業、文章，未能望陽明之萬一，而止效法其罪過，如兩口角罵，何益之有？恐朱子亦不樂有此報復矣。故僕⑦之不敢詆斥陽明者，非篤信陽明之學也，非博長厚之譽也⑧，以爲欲明程朱之道者，當心程朱之心，學程朱之學。窮理必極其精，居敬必極其至，喜怒哀樂必求中節，視聽言動必求合禮，子臣弟友必求盡分。久之，人心咸孚，聲應⑨自衆，即篤信陽明者亦曉然知聖學

① "衛道"，《正誼堂全書》本、康熙年間刻蔡本脱。
② "之道不傳於今者獨賴有孟子耳"，愛日堂藏版本和《四庫全書》本作"之道不傳於今者獨賴有孟子爾"，《正誼堂全書》本、康熙年間刻蔡本作"不傳獨賴有孟子耳"。
③ "來"，《正誼堂全書》本、康熙年間刻蔡本作"台"。
④ "云"，《正誼堂全書》本、愛日堂藏版本和《四庫全書》本作"曰"。
⑤ "毀先儒者耳"，愛日堂藏版本和《四庫全書》本作"詆毀先儒者爾"，《正誼堂全書》本作"詆毀先儒者耳"。
⑥ "也"，愛日堂藏版本和《四庫全書》本脱。
⑦ "僕"，《正誼堂全書》本、康熙年間刻蔡本作"某"。
⑧ "非篤信陽明之學也非博長厚之譽也"，愛日堂藏版本和《四庫全書》本脱。
⑨ "應"，《正誼堂全書》本、康熙年間刻蔡本作"氣"。

之有眞也而翻然從之。若曰能謾罵者卽程朱之徒，則①毀棄坊隅、節行虧喪者，但能鼓其狂舌②，皆將俎豆洙泗之堂矣，非僕之③所敢信也。

僕④年已衰暮，學不加進，實深自愧。惟願默自體勘，求不愧先賢。或天稍假以年，果有所見，然後徐出數言以就正海內君子，未晚。此時正未敢漫然附和也。今天下眞爲程朱之學者，舍先生其誰歸？故僕將奉大教爲指南焉。

道本無窮，學貴心得。胸中欲請教者甚多，容專圖晤，求先生盡教之。⑤

答友論學書

某少遭喪亂，學無師傳。入仕與曹厚庵先生同直史館，得承指示。年少心粗，方匲意詞章，未能窮究根柢。泛濫先儒之説，時悟時悔。靜坐久之，覺喜怒哀樂未發時，眞與天地萬物同體，日用之間，四端隨時發見。但存養功疏，故擴充無力。

濂溪以來，師友授受，原有眞傳祕旨。不從本原透徹，不從存養得力，將先儒眞切指示之言，都作影響混過，何由融會貫通？

近世功利、詞章之學，陷溺人心。不知天之所與我者何在，徒襲取先儒形貌，妄分畛域，所言非所見，所見非所履，亦可怪也。

某日事編摩，心血枯槁。遙企函丈，恐終無緣面覿，爲此生缺陷事。更望時惠德音，臨風翹瞻。⑥

────────────

① “則”，《正誼堂全書》本、康熙年間刻蔡本作“彼”。
② “但能鼓其狂舌”，《正誼堂全書》本、康熙年間刻蔡本脱。
③ “僕之”，愛日堂藏版本和《四庫全書》本作“僕”，《正誼堂全書》本、康熙年間刻蔡本作“某之”。
④ “僕”，《正誼堂全書》本、康熙年間刻蔡本作“某”。
⑤ “今天下眞爲程朱之學者舍先生其誰歸故僕將奉大教爲指南焉道本無窮學貴心得胸中欲請教者甚多容專圖晤求先生盡教之”，愛日堂藏版本和《四庫全書》本脱，“僕”《正誼堂全書》本、康熙年間刻蔡本作“某”。
⑥ “某日事編摩心血枯槁遙企函丈恐終無緣面覿爲此生缺陷事更望時惠德音臨風翹瞻”，愛日堂藏版本和《四庫全書》本脱。

與宋牧仲書

閲《北闈題名録》,知令五弟介山高捷,不勝雀躍。俟入都,當恭賀也。

浙闈文章,素稱最盛,而亦弊藪也。以某庸碌,濫叨斯任。同考諸公,廣文幾半,且年皆遲暮,與此道茫然。闈中費盡心力,費盡脣舌。卷數八千二百有餘,限以半月。且瘧疾大作,不敢言勞,每日漏下四鼓始休。雖額數有限,不能無遺珠之歎,而入彀者皆苦志芸窗,且多藜藿不充之士。榜下皆嘖嘖稱歎,言此科孤寒吐氣。某聞之,殊不自安。天下才人原不盡在孤寒,某亦何所容心?或主司貧苦,氣類偶相感觸耳。出闈後,與撫軍諸公約,斷不敢一事相干瀆。公筵之外,無私會也,無私札也。浙中例,候舉人親供全,始解卷。舉人有遠者,一時不能至。詢之學使,言往科亦有不候親供之例。遂與撫軍言,於九月廿日解卷。某遂於廿二日遣牌,廿五日登舟矣。此某奉使之大畧也。

某離家三載,老母年高,借便歸省於子老。入都悤悤,漫陳一二,乞賜垂照。敝衙門諸先生與同鄉諸公,未敢一字相候,乞爲道意。

答閩撫金悚存書

先生邃學弘才,爲中朝領袖。頃者入境大疏,具見振刷實政,公恕、嚴明,兼而有之。長安道上,無不歎服。

竊以今日吏治壞極,百姓苦極,有司亦困極。不但八閩爲然,而八閩[①]爲甚。大賢風示於上,自應丕變。然事有難爲,不無阻礙,要在大力深心,且須去泰去甚。從來化否爲泰,固自有漸。惟大端既正,風行草偃,不勞而成,固不必事事改易也。

海上善後之策,爲今日第一要務。至尊明見萬里,廟算弘深,迥出恒人意表。但身在地方,倍爲親切,綢繆經畫,期於盡善。封疆重任,惟謀久遠,不在

① “八閩爲然而八閩”,愛日堂藏版本和《四庫全書》本作“七閩爲然而七閩”。

鋪張。聖主緩台衡之命，暫畀南服，宵旰籌度，良[1]有深意。固知姚、宋、韓、范
併於一身，非先生不可耳。

　　某才本庸菲，承乏史局，晝夜編摩，心血耗盡。自五月十三日復奉命進講
內廷，至七月內改講期於啟奏之前，每日五更入朝，昧爽進講。無論學術疏淺，
不能仰助高深，且年力衰憊，史事方急，形神交瘁，枝梧無術。雖一切應酬盡行
謝絕，恐終不能無負主恩。知己之感，切於中懷，故不禁言之覼縷。

　　南方風土異宜，伏惟珍攝。不宣。[2]

與楊筠湄書

　　向於邸抄讀大疏，以爲漢之汲長孺，唐之張曲江，於今再見。國有直臣，社
稷之福。傾心嚮慕，晤教無從。

　　近者秉衡三晉，人頌歐陽。某於各省學憲，槩不敢以一函相通，故不敢破
例達尺素於左右。然有一事欲聞於大君子之前，藏之胸中，逡巡而不敢者數
矣。既而思之，若於試事相干涉，則斷斷不可。若闡揚潛德，或亦大君子之所
樂聞也。

　　趙城同宗諱家相，字泰瞻，己丑進士，孝友廉介，本自性成；言規行矩，非由
矯飾[3]。筮仕常熟，惠政洽於人心，以催科政拙，例當左官。士民千里詣闕，號
泣請留；舉旛相約，輸納恐後。數載逋賦，一朝報[4]竣。三吳搢紳，嘆爲從來未
有。部議還職，再補南漳，地最荒殘，境逼巨寇。招撫流移，訓練鄉勇，養民教士，
具有成績。督撫擬舉卓異，而蒪鱸興思，遄賦歸來。居鄉杜門卻掃，絕跡公府。
宦既不達，家徒壁立。惟訓迪後進，敦尚躬行。誠盛世之循良，儒者之卓行。

---

① “良”，《近代中國史料叢刊》本作“恒”。
② “某才本庸菲承乏史局晝夜編摩心血耗盡自五月十三日復奉命進講內廷至七月內改講期於
　　啟奏之前每日五更入朝昧爽進講無論學術疏淺不能仰助高深且年力衰憊史事方急形神交瘁
　　枝梧無術雖一切應酬盡行謝絕恐終不能無負主恩知己之感切於中懷故不禁言之覼縷南方風
　　土異宜伏惟珍攝不宣”，愛日堂藏版本和《四庫全書》本脫。
③ “飾”，康熙年間刻蔡本、愛日堂藏版本和《四庫全書》本作“節”。
④ “報”，《正誼堂全書》本、康熙年間刻蔡本作“告”。

古者鄉先生歿而祭於社。若斯人者，以之俎豆鄉賢，使後人有所矜式，實大典之光也。門祚衰微，恐無由達之執事。某知之最深，故敢爲發微闡幽之舉。惟冀博採輿論，愼而行之，幸甚！

與王抑仲書

去歲以使事出都，未得少盡鄙曲，爲之歉然。

歸來①長安道上，有稱頌足下新政者，未得其詳。既而知立義學七十餘處，從學弟子六七百人；近且重農積穀，水旱有備。此漢代循良所爲，何幸於今日見之！

教養二字，王道之本，近日長吏不講久矣。某昔承乏潼關，亦力行社學、鄉約、義倉、保甲四事，頗費苦心。雖寮友承行不能盡如鄙意，然亦有效可睹矣。足下學有源本，才足經世，今日乃兼善天下之始也。某匏繫鉛槧，不能躬聆絃歌，此心飛越。②

聞以呂司寇公諸書課子弟。此書最善入人，化俗爲易。婦人女子，皆能於變，眞快事也。半載之後，似當課以《孝經》、小學。近世人才不古。若衹爲少此一段工夫，就中擇其才可大成者，進以經書，講明正學，三年之間當有大賢出而應之，有功吾道不小也。賢才不擇地而生，特振興無人，遂就頹廢耳。此亦天意之所甚惜也。

更聞勇於拔薙，疾惡過嚴，此自初政宜。然親民之吏，慈惠爲上。民既向風，威嚴宜弛。愚者千慮，或可一採。治行卓異，不拘俸次，且晚內召，梓里藉榮。翹望！翹望！

與宋牧仲書

都門奉送台旌，遂如三秋。足下壯猷偉略，爲三輔屏藩。輿頌一新，洋洋

---

① "去歲以使事出都未得少盡鄙曲爲之歉然歸來"，愛日堂藏版本和《四庫全書》本脫。
② "某匏繫鉛槧不能躬聆絃歌此心飛越"，愛日堂藏版本和《四庫全書》本脫。

盈耳。吏從冰上,人在鏡中,請以相贈。事繁而處之若簡,民詐而馭之以誠,在足下固自裕如,然努力加餐,實所願也。

某才本駑下,年來史事浩繁,心血耗盡。不意孫屺老榮轉閣學,某濫叨新命,同張素老進講內廷。學術疏陋,何能仰助高深? 且衰年多病,風雨寒暑不輟,豈能勝任? 聖主恩深,不敢控辭。足下何以教我?

茲因小价領米之便,奉候興居,附有請者。目下盛暑,每日進講瀛臺,苦於步履。急欲買一腳力,不得妥當。廄中良驥必多,求暫借一小而馴者。俟置得,卽還上。借乘之風,在春秋已歎其難。朋友與共,子路以之明志。或世人以爲不易者,而賢者可與言,情乎? 笑! 笑!

與杞縣令王愼齋①書

長安晤對,退而自喜,不謂斯世復見龔黃。別後音問疏闊,時切懷想。偶有便鴻,附候興居。

劉文烈公理學、節義,彪炳宇宙。後嗣守其家學,閉戶甘貧,文行可稱。曾孫忠昆,相見京師。接其言論,樸誠可掬,令人想見名賢家法。篤念賢裔扶植衰微古道,於今非大君子其誰望乎?

聖朝表勵忠節,卓冠百王。文烈公旣荷旌卹,輝煌史冊。四十年來,墓碑未立,後人過之,幾②不知有斯人之墓,亦地方之闕典也。伏望與紳士公議,勒片石以誌不朽。此近世所視爲迂闊不足爲,而先儒以爲知務也。伏惟垂察焉。

答沈芷岸書

去冬悤悤一晤,未得罄展積悃。別後企望雲帆,不禁耿耿於懷也。

---

① "王愼齋",康熙年間刻蔡本、康熙年間刻田本、康熙年間刻閣評本、《近代中國史料叢刊》本脫。

② "幾",愛日堂藏版本和《四庫全書》本作"竟"。

今春閱邸抄，知西闈得雋者六人，而道丈①拔幟先登，曷勝欣躍！更獨荷聖恩，簡授中祕。從此積學樹品，大用可期。不佞得以一日之雅，藉光無旣。

然初入仕途，擇守宜愼。長安名利之場，聞見繁難②，最易搖惑。三門急湍，砥柱良難。道丈③識力堅定，宜靜重養。望勿逐時好，相競躁進。前輩典型，昭然可見。署中堂聯"人重官，非官重人；德勝才，毋才勝德"，眞座右銘也。幸勉旃而已。

江左繁劇甲天下，衰年處此，實非所宜。夙夜鞅掌，日無甯暑。久欲修賀，遷延未皇，想蒙垂諒也。④

答王世兄書⑤

去秋遠承賜顧，怱怱言別，未能略展寸⑥心，愧歉何如！⑦

某謬以庸菲處第一繁難之地，救過不遑，惟恪遵功令，夙夜不怠。天鑒民瞻，時凜於懷。一載有餘，未嘗敢與鄉士大夫以書札相通。吳中多貴游，亦無以私相干者。某何敢以己所不欲，施之於人？且自破藩籬，將來何以自處？故萬萬不敢也。

今聖主振興文教，特簡學使。一時諸臣無不爭自濯磨。況貴鄉以名元賢侍御處孔孟之國，自當一秉至公，洗從前之陋，副當甯之心。士君子苦志誦讀，自能邀其鑒拔。若稍存他念，則志意不立，文筆必弱，反失之矣。故惟患學業不精，不患有司不明，專心致志，不爲詭遇。聖賢之道，實實在此。

---

① "道丈"，愛日堂藏版本和《四庫全書》本作"足下"。
② "難"，《正誼堂全書》本、康熙年間刻蔡本作"雜"。
③ "道丈"，愛日堂藏版本和《四庫全書》本作"足下"。
④ "江左繁劇甲天下衰年處此實非所宜夙夜鞅掌日無甯暑久欲修賀遷延未皇想蒙垂諒也"，《正誼堂全書》本、康熙年間刻蔡本、愛日堂藏版本和《四庫全書》本脫。
⑤ "答王世兄書"，康熙年間刻蔡本作"答某世兄書"。
⑥ "寸"，《湯文正公全集》本誤作"才"，據《正誼堂全書》本、康熙年間刻蔡本、康熙年間刻田本、康熙年間刻閻評本和《近代中國史料叢刊》本改。
⑦ "去秋遠承賜顧怱怱言別未能略展寸心愧歉何如"，愛日堂藏版本和《四庫全書》本脫。

某年來於千辛萬苦中，頗有得力，見此理頗明。因感師恩，不敢不以誠①告。惟世兄稍賜垂察，毋爲世俗之言所移也。

與魯敬侯書

吳門晤後，不謂遂成遠別。太翁先生台履康勝，道丈左右承懽，其樂何如！②

山中歲月，未可虛度。潛心經史，務求明體適用。濂洛以來大儒之書，細細窮究。蕺山先生典型尚在，梨洲、定庵學有淵源，虛心請教，必有所得。

古小學，先儒講學之地也，與同志君子相商興復。士大夫③居鄉，興學立教，變化風俗，是第一要務。但要實從立德明道起念，勿存聲氣名譽私見。成己成物，皆性分中事。不可錯過此生，負天地生成之德也。

子閎端品清修，眞誠君子，正當交相砥礪，以聖賢相期。士立志要高不要卑，要定不要雜，要堅不要緩。讓第一等人不做，做第二等，便是無志。今世士大夫以古道自持，不追④隨流俗者，如道丈⑤蓋不多見。不佞實有厚望，故敢略陳其愚。

不佞二十年林下，以文史自娛，實無心得。草草復出，謬承主恩，涓埃莫效，殊可愧也。每日黎明，侍青宮講席。風雨寒暑，未嘗少輟。學術疏陋，老病侵尋，何能仰助高深？擬於明歲舉賢自代，乞身而歸，未知能如願否耳。⑥

---

① “誠”，愛日堂藏版本和《四庫全書》本作“實”。
② “吳門晤後不謂遂成遠別太翁先生臺履康盛道丈左右承懽其樂何如”，愛日堂藏版本和《四庫全書》本脱。
③ “大夫”，《正誼堂全書》本、康熙年間刻蔡本作“君子”。
④ “追”，愛日堂藏版本和《四庫全書》本脱。
⑤ “道丈”，愛日堂藏版本和《四庫全書》本作“足下”。
⑥ “不佞二十年林下以文史自娛實無心得草草復出謬承主恩涓埃莫效殊可愧也每日黎明侍青宮講席風雨寒暑未嘗少輟學術疏陋老病侵尋何能仰助高深擬於明歲舉賢自代乞身而歸未知能如願否耳”，《正誼堂全書》本、康熙年間刻蔡本、愛日堂藏版本和《四庫全書》本脱。

答孫屺瞻侍郎書

淮陽水患，下民其咨。先生忠誠體國，正學弘才，爲聖主特簡，拯茲昏墊。君臣一德，動與天合，自當立奏平成，萬世永賴。

奉別數月，未敢以片牘上達左右，以先生勞心疏瀹，恐煩清聽也。① 遠接手教，仰見大君子愼始圖終，大業出於小心，非時輩漫無遠謀者所可同日而語。某愚昧無識，未嘗久習河務，何敢妄言②？然既承下問，不敢不竭鄙見。狂瞽之言，惟賜採擇焉。③

下河之患，固在海口壅塞。然海口之塞，匪自近年，祇因上流不治，河淮失其故道，漕隄潰決。因而閘壩多開，止求洩上流之水，以安暫時之漕，不爲水求歸宿之處，遂以七州縣城郭、田廬爲巨壑矣。

皇上南巡，親見下民④、婦子、田廬皆處洪濤之中，眞若痌瘝在身。此⑤天地覆載之心也，卽堯舜之憂勞洪水，大禹之饑溺由己，何能加焉？今欲開海口以治下河，皇上之意，固專在民生，然漕運久遠之計，實不出此。

蓋天下水未有不以海爲歸者。黃河北岸減水壩，由沭陽、安東等處，皆入海之路。潘、印川減水壩，俱建於河北岸，欲其從灌口入海也。

今南岸減水閘壩之水安歸乎？歸洪澤湖耳。淮、湖之水，日增日漲，河流帶沙，湖底漸高。清口太狹，則湖逼高堰。昔潘、印川用高堰逼淮刷黃，甯犯大忌，浮議沸騰而不敢輕開尺寸者，而今竟開六壩二閘矣。更⑥加以三十六湖之水盡注漕河，漕隄安得不危？故又開一百餘丈之滾壩⑦以洩之，其意以爲漕隄

---

① "淮陽水患下民其咨先生忠誠體國正學弘才爲聖主特簡拯茲昏墊君臣一德動與天合自當立奏平成萬世永賴奉別數月未敢以片牘上達左右以先生勞心疏瀹恐煩清聽也"，愛日堂藏版本和《四庫全書》本脫。

② "何敢妄言"，愛日堂藏版本和《四庫全書》本脫。

③ "狂瞽之言惟賜採擇焉"，愛日堂藏版本和《四庫全書》本脫。

④ "民"，《正誼堂全書》本、康熙年間刻蔡本作"河"。

⑤ "此"，愛日堂藏版本和《四庫全書》本作"眞"。

⑥ "更"，康熙年間刻蔡本作"然"。

⑦ "壩"，愛日堂藏版本和《四庫全書》本誤作"水"。

不潰，則河臣之事畢矣，七州縣之民命可無問也。獨不思下河之地有限，而上流①之來水無窮，以有限之地供無窮之源，將來水無所容，一線漕隄勢必大壞。由此言之，開海口治下河，非但救七州縣之民命已也，實所以爲漕運久遠之計也。

今欲閉漕隄之壩，必先閉②高堰之壩。高堰之壩不能全閉，欲閉高堰六壩之二三，必先塞黃河南岸之閘壩。黃河南岸有毛城③鋪，北岸有大谷山，徐城可無患矣。

王家山以下一路，減水閘壩不可稍閉，免洪澤湖之泛濫墊淤，且留以蓄水刷沙乎？自碭山以下，至清河南北，減水壩三十餘座。水分則流緩，流緩則沙停，將來正河運道不有淤塞之慮乎？又印川之減水壩，比隄稍卑二三尺耳，今與地平矣。昔云歸漕者常盈，今何能盈乎？此上河之可慮者也。

河督之堅執不移者，不過以開閘、開壩費帑金無算，今日可塞，昔日何以誤開，恐有從而議其後者耳。愚因於會議向中堂、九卿言之，治水如治病，因病立方，補洩隨時，難以執一，不得以後日之用補，歸咎於前日之誤洩。昔日開壩以保隄也，今日塞壩以刷沙也，猶先應用大黃、芒硝者用大黃、芒硝，後應用參耆、桂附者用參耆④、桂附，各有其宜，歸於愈病而已。此言實有至理，亦欲河督開豁疑衷，從長計議，爲國計民生圖永⑤遠之策。此出自誠心，而不謂河督之堅執如故也。

然今日下河工程，當在范公隄外，此非壩水所能到也。但於石䃔、丁溪等⑥口開通一二處，則浮水可去，內地水當漸淺，河湖舊形當漸露；再尋訪所謂射陽、德勝、平望、喜鵲諸湖舊迹，而以閘壩之水開引河以歸之；再由湖歸河，以

---

① "流"，康熙年間刻蔡本作"河"。
② "閉"，愛日堂藏版本和《四庫全書》本誤作"開"。
③ "城"，愛日堂藏版本和《四庫全書》本作"成"。
④ "參耆桂附者用參耆"，《正誼堂全書》本、康熙年間刻蔡本、康熙年間刻田本、康熙年間刻閻評本、《近代中國史料叢刊》本、愛日堂藏版本和《四庫全書》本作"參芪桂附者用參芪"。
⑤ "永"，愛日堂藏版本和《四庫全書》本作"久"。
⑥ "等"，愛日堂藏版本和《四庫全書》本作"二"。

入新開海口。條分縷析①，脈絡分明。卽大禹治水，亦不過如此。若曰一開海口，而遂使下河盡爲平陸焉，萬萬無此②理也。故曰③下不在減水壩之塞與不塞，而在地方官不肯盡心相助，呼應不靈，人夫、物料恐難湊手耳。若諸事湊手，卽當盡心嚴督工程，勿惑浮議。成大功者，小小順意不足喜，小小拂意不足懼，惟先定成局，持堅忍不拔之志。如行兵然，當有定算，偶爾勝負，何足憂喜？如弈棋然，當爭全局，一著二著，何足較量？下河苦水久矣，今歲之旱，乃偶然耳。若盡如今歲，則海口可以不開矣。前讀大疏，斷無海水高於內地之事。此先生親身閱歷之言，故鑿鑿如此，非如他人紙上談兵也。祇此一言，便是④治下河定算矣。

皇上神聖不世出之主，滇黔閩粵指顧蕩平，海外自古未入版圖之地皆立⑤郡縣，漢唐以來從未臣服之國盡來歸附。豈淮揚近地開一二湮廢之河道以救數城之殘黎，發自聖心，特遣部堂，爲臣子⑥阻撓而罷，以爲⑦聖主之心能晏然而已乎？故減水壩不可塞，則海口更不可不開；下河之水愈大，則開海口之功亦愈大。惟先生斷然持之耳，某以爲成功可操券而待也。

歲序聿新，藉便恭候景福。

臨楮恩恩，語無倫敘，伏惟鑒原。不盡。⑧

與王似齋書

足下有體有用，不佞所深愛。客冬晤尊公，知足下家學之有自也。頃札

---

① “析”，《近代中國史料叢刊》本作“晰”。
② “此”，愛日堂藏版本和《四庫全書》本作“是”。
③ “曰”，《正誼堂全書》本、康熙年間刻蔡本、康熙年間刻田本、康熙年間刻閻評本、《近代中國史料叢刊》本、愛日堂藏版本和《四庫全書》本作“目”。
④ “是”，愛日堂藏版本和《四庫全書》本作“見”。
⑤ “立”，康熙年間刻蔡本作“入”。
⑥ “爲臣子”，《正誼堂全書》本、康熙年間刻蔡本作“若臣子可以”。
⑦ “以爲”，《正誼堂全書》本、康熙年間刻蔡本脫。
⑧ “歲序聿新藉便恭候景福臨楮恩恩語無倫敘伏惟鑒原不盡”，愛日堂藏版本和《四庫全書》本脫，“不盡”二字《正誼堂全書》本、康熙年間刻蔡本脫。

至,詢爲學之要,見足下立志不凡。爲學不在語言文字之間,惟於倫理、身心無愧無怍,便是聖賢一路。足下勉之。

不佞生平從不代人作文,亦未嘗倩人代作。聞杞縣碑文借不佞出名。寒家無寸土在杞,豈可妄列邑人之末?幸爲改去,是所望也。

上虞撫討長甯縣叛民書

某章句儒生,不嫻軍旅。仰見明公德威遠播,發縱如神,且集思廣益,苟有一得,無不容納,用敢借箸前籌,以紓台慮。

伏以長甯之事,出自意外。叛狀已著,擒斬何疑?但兵凶戰危,談何容易!發兵剿捕,彼勢旣窮迫,必嬰城自守。雖一鼓成擒,而城中士民傷殘必衆。卽不然,或擁衆奔入五指石諸巢,地旣隔境,山勢險絶,兩省會剿,非可計日奏效也。以某愚見,彼方拘執縣令,脅討劄付,是其心自知罪不容誅,外以討劄緩我之師,實暗結粵寇,俟其信息,以爲擧動。然事犯大逆,衆中必不心服。此時尚在猶豫之際,宜急遣周縣丞持劄授彼職銜。明公寬大坦易,聞於遠近。周丞素有膽量才辨,使宣揚德意。賊旣請劄,必當出迎。卽曉譬利害,散其黨羽。鄰境諸縣,現今請兵駐防。一面密委彭遊擊率精兵千人,由山後間道,以駐防鄰縣爲名,俟周丞入城,衆志懈怠,疾馳而至,掩其不備,擒縛賊徒,不過力士之能耳。如此,則一城官吏、士民可保無虞。所謂不動聲色而定大難,計之上者也。

兵貴神速,又機事宜密,惟明公裁斷。

與耿逸庵書

自甲子秋奉撫江之命,寄書略陳鄙悃。抵吳後,以衰庸之才處天下第一繁劇之地,晝夜拮据,形神交瘁,孑然孤立。力挽流俗,與人落落,自分當難。合蒙斥譴,惟不敢時刻懈弛,上負君恩。屢承手教,有失裁答,知年兄必能心諒也。

聖主眷念講筵舊臣,特召還朝,眞希世遭逢,夢想所不及也。老母年高多病，便道歸省。抵家之日，一埽荒隴，卽兼程北上。一二老友，未得一面。入都每日進講承華，盛暑霖雨，未嘗間斷一日。皇上好學之勤，孜孜不倦。自古人主勵精圖治，未有如今日者也。某學識疏陋，萬萬不能仰助高深。且年力衰邁，心血久竭。又會議、會推，濫隨九卿之後，日無甯晷。六十老翁，實難勝任。君恩深重，未敢言去。且戇直與人多忤，夙夜危懼，不知作何稅駕？

年兄當代眞儒，講道名山，遠邇景從。長安公卿，想慕高風。何日安車蒲輪賁於丘園，海內蒼生當有起色也。

《孝經易知》，牖如刻於吳門。某遍頒學宮，諸生講習。潛附數言，稍稍闡揚大序之旨，非能另有發明也。山中功課，日加精進，註《易》成否？便中乞示一二。

南望嵩高，神思飛越。

與楊樹滋書

曩承乏貴鄉，過叨雅愛。識力未到，自審多愆。仰藉明誨，受益宏長。不謂一別遂逾廿載。雖瘝寐弗諼，而鱗鴻疏闊，諒在知己必能心照也。

老先生正學清修，超然物表；溜上之政，無愧龔黃。遽賦歸來，蒼生望切。今廟堂側席求賢，恐三峯雲霞，未能久戀也。

弟謝病歸田，自謂終老丘壑。不意奉詔下徵，有司敦迫，不能辭免。濫竽史局，晝夜編摩。衰病侵尋，心血枯槁。頭白汗青，祇堪浩嘆！近謬玷講筵，山林放廢日久，漫無實學，何足仰助高深？且晚乞身，庶了此蛇足耳。

拜讀手教，兼惠大作，深仞注存。今海內名賢，首推貴鄉。蓋山川雄勝，風氣完固，迥非他省所及。而先生其領袖也。二曲之精深，富平之英毅，山史之高潔，又有亭林先生千里卜鄰，天下望之，眞如鄒魯、伊洛。何時杖屨相從，嘯傲於渭川、二華之間乎？獨是年來轉運艱難，民不堪命。幸滇池奏捷，息肩有期。

前歲關門水災，驚人聽聞。知高居西莊，山水林泉，可稱福地，殊爲快慰。謹因便羽，恭候道履。

臨楮不盡依依。

與宋牧仲書

前擬過郡城，欲奉聆台誨。雨雪連緜，泥濘甚大，廐中止有一馬，亦供軍需，勢不得不禁足也。

保舉之典，乃皇上愛惜人才至意。地方官仰承德意，自當從實保舉。若不相信而冒昧登薦，與彼舉者稍有夤緣干求，均過也。近來每舉一事，皆徒爲天下開奔競之門。故受職之後，清白無欺者甚少。

弟前具呈控辭，實自揣庸菲，不敢冒昧承當，亦古人難進易退之意，非有他故也。弟與閔府尊素未謀面，何能相信？未相信而必苟且求一轉詳，失己失人，君子所不爲也。出處大節，三十年所學何事？十四年林下，祇如旦暮。過此再十四年，卽成六十老翁矣！人生光陰，不堪把玩，何必爲此蛇足事？惟望老親家知我，幸委曲爲我辭之。

聞在黃州刻《後赤壁賦》甚佳，如有，弟乞惠一幅，謝不盡。

臨楮如晤。

與張王士書

武林得晤清範，別來遂已三載。崇雅堂前，老桂偃松，青燈對雨，至今依依如昨也。

貴鄉才藪，兄高才博學，爲一時領袖。但學問之事，原無止境，稍有歇手，便是退步。孔子曰：「發憤忘食，樂以忘憂。」有憤便有樂。若平日無憤無樂，祇是悠悠，何可言學？學者讓天下第一等人不做，做第二等，便是無志。詞章、訓詁，皆爲聖學之蠹。一切塡詞小技，何須著意爲之？望兄屛去一切，潛心經學，爲近裏著己之功。

異日或掛帆南去，於兩高、天竺之間，芒鞋竹杖，重續昔遊，互正所學，不知能相視而笑，莫逆於心否？

答蒙城令書

前過貴治，荷蒙雅誼。輿人之頌，遍於境內。因得悉聞冰蘗之操，春溫之政，私心景重無已。入都爲快翁道之，共爲浮一觴也。

聖主加意吏治，凡廉介自持、治行可稱者，相繼拔擢。賢者幸遇此時，患實政之無聞，不患官階之不進耳。

鳳徐饑荒，道路所見，心目爲惻。陛見具陳，聖主饑溺由己，深爲軫恤，即日命官馳往發賑。史冊所載，勤恤民隱，未有如今日者也。

接手教，知麻老先生以聖主之心爲心，寢食不遑，事必躬親，饑民得霑實惠。又聞時雨立沛，秋禾茂盛。聖主一念，上格蒼穹，而又得賢臣宣布德意，斯民何幸得被堯舜之澤乎！

遠承垂注，南望依依。臨楮不盡覼縷。

答郡守宋公書

執事恩洽九城，某沐浴仁風，匪朝伊夕。身居倚廬，常愧疏節。而執事不棄葑菲，每賜優容。

即如地畝一事，數年來蒙加意釐剔，眞可謂費盡苦心。此番丈量，較之往年虛應故事者，大不相侔。從前奸書積弊，水落石出，何能自逃犀照？乃復蒙諭諄諄，惟恐包荒捏熟，虛名頂替，受賠累之苦。此誠仁人君子民胞物與之心也。且不以某庸陋，命同紳士公議良策，某何敢不竭芻蕘之見，以資採擇？惟是查核改正，造冊呈報，則有不敢冒昧承任者。州中地畝四十里及歸雎、宣武各衛屯、新、餘、徭、籽粒名色，頭緒可謂多矣。舊例弓尺大小折數之不同，里社坐落之不一，可謂煩矣。非集十數人之目力、心力，寬之時日，未能究其端緒。而某自居喪以來，五內荒迷，心血枯槁，稍有所思，即患怔忡。今復得胃痛之病，每發，數日不能飲食，又且健忘。至於算法，尤平生所未究心者。家中薄產不多，每日拮据辦賦，常恐錯誤貽咎，何敢旁及闔州之事？此不敢任者一也。

繕册數千本，必在官人役可以收掌，未有貯之私家，聽人改易者。憲示内云公所，而本州經承必欲委之寒舍。闔州紳士，誰非某之親識？繕册一到，則其門如市。改正之端一開，始慮其以荒包熟，繼恐其以熟改荒。身非官長，何能禁止？此不敢任者二也。

天下權之所在，方能集事。勢等編氓，何以率衆？時至今日，人心日巧，奸弊叢生。薦紳之體，陵夷已極。胥蠹之勢，幾成莫返。若不量時勢，冒昧任之，私宅固足招尤，公所亦徒滋築舍。議論多而成功少，反足取笑此輩，負執事破格委任之意。此不敢任者三也。

昨於正月初九日集紳衿於城隍廟僉議，以爲此番繕册，皆係花户自造，縱不能徹底澄清，亦不至大相懸絶。不必開花户以改易之門，但當嚴禁書手私更之弊。私更之弊不去，不過一載，繕册之面目全非矣。地畝則例額數、弓尺，悉遵舊規。赤歷盡依繕册，則從前之虛捏自去。至於二、三兩年所報新墾，其中不無虛捏，目下將次起科，伏乞嚴檄該房，責令里書另造清册，必要與繕册相符，不許册外妄報一畝。老公祖提册查對清白，仍將册内所報姓名、地畝明張告示，曉諭某年新墾若干，應某年起科。此外再私出地畝，即係里書作弊，許赴府陳告。如此，則包荒之弊可除，賠累之苦可免。繕册一樣用印，另存一部於公所，以防里書私改之弊。自今以後，民間買賣地畝，止許更名，不得過里，以防挪移增減、詭影飛洒之弊。徵收錢糧，立前件册，某里某人名下地畝若干，照本年易知由單應徵糧若干，令花户人人共見。每限完糧，許花户親自登册，以防櫃書侵欺之弊。如此，則後患可杜，法行可永。

此皆平平無奇。感老公祖懇懇下問之意，不敢不盡其愚，伏惟垂察。如有可采，祈賜酌行。高厚之德，睢民鏤刻金石，不能鳴其萬一也。

制中心緒迷亂，語無倫敘，統惟鑒宥。

臨啟曷勝悚切翹企之至！

與弟斑書

河上一别，遂已半載。屢接家報，知老母起居康勝，吾弟讀書靜修，殊爲喜慰。

趙親家至，得接手書。連日署中有事，僅得一拜。及投啟奉候，已行矣。此衷歉然！

新制每日入朝，不但人事廢絕，且精神疲敝，職業亦難周詳。家居優游自得，真神仙也。

吾弟細看書，勤作文，慎以持己，謙以與人。老兄數十年體認"天理"二字，愈覺真切。世俗浮薄之言，不足聽也。程子曰："吾學雖有所本，'天理'二字，實自己體貼出來。"顧諟天之明命，小心翼翼，昭事上帝，皆天理之說也。願共勉之。

寄示諸子家書

三場已完，遇合有數。文字工拙，可無論也。不能出省，不必強出。

聞晤張仲誠先生令郎，想是張二兄。前在內黃，極承仲老雅愛。二兄諱炳，字柴夫，天質清粹，穎悟非凡，又承家學。相別六載，學必大進。其姊丈王諱志旦，亦美才，不曾識面，不知近亦在省否？柴夫令婦翁亦潛心端謹之士。寄去書一封，寄候仲老，當親付之柴夫。仍問仲老近日作何工夫，圖書祕典有刻冊否。近日著述有攜來者，求一二種。仲老村居地名問清，以便後日或有相訪時也。

田梁老、李子金，聞其議論，皆長人識見，不可不常會。遇登封等處朋友，當問你耿年伯家居近況。此同年中大君子也。

我今奉召，不敢不進京。料衰庸之才，不宜時用。且久居林下，疏慵成性，萬難久居輦下。擬與諸老相見，懇求遂志。大約十月可望囬家，但不敢自必耳。

今將家下事略開數款，汝宜遵之，勿貽我慮。

一、潛心讀書。一、上緊完糧。一、謹慎門戶。一、慎交游。二三好學有品行朋友外，不必多交，甯少勿濫。一、體恤僕從。一、凡隨我赴京者，照顧其家。一、寬待佃戶。一、莊上不可容罣來歷不明及賭博、游手光棍。一、近有敗類之徒，不可容上門，界限不可不嚴也。一、莊上地土不可不䀆心。此差糧所出，一家養饍所資，關係甚重。一、遠方朋友，爲我所敬者，偶爾來州，當禮敬之。如不知來歷者，不必相會。一、朋友詞訟，不可干預。一、宅中草房甚多，要小心火燭。一、鄉親相與，以謙讓爲主，凡事忍耐。人有不及，可以情恕；非義相干，可以理遣。切不可躁動，致傷體面。

閱試錄，知你叔姪兄弟皆未入轂。看來此事固有定數，然亦人事未盡到十分。惟有用心看中式文字，勤作文。文字多做，機括自熟，平日弊病，自會變化。不可雜心他務。惟舉業一道，不是帶著做的。

薦舉除丁憂、物故、緣事外，共一百八十六人，已到者一百三十一人。吏部具題請旨，有到齊考試之命。九月初十日，皇上駕幸溫泉，約四十日回京。未到者，續催甚緊，大約十月內可到齊。天已嚴寒，試期想在明歲二三月矣。

京中珠米桂薪，如何支持？今寓華嚴庵內，杜門謝客，可以靜心讀書。明年回家，與一二知己大興文會，殊勝仕宦鹿鹿！今陝西李中孚、李天生、王山史、顧甯人聚集富平，魏叔子、彭躬庵讀書易堂，眞千秋盛事，令人健羨！

環老深相知，亦不相強也。環老疏報中所刻，止貼黃耳。及見原疏，乃累累近千言，每人俱列實事，甚詳。我名下有“居官清謹，二十年閉戶讀書，學有淵源，躬行實踐，爲文發明理趣，不尚浮豔”等語。“躬行實踐”四字，實深自愧，亦不敢不自勉。他人皆以詩文薦，猶可炫耀才情。環老負天下重望，以此等語相薦，可不自勉，重爲世所誚乎？但今長安以“理學”二字爲諱，人人以詩賦見長，耳中不聞“吏治民情”四字，可歎也！

家下糧速完，諸事以謝絕爲上。新中親友，賀禮不可失。明歲先生你二舅如不肯來，當速商量妥當，此事大有關係。三、四兩兒，萬萬䀆心，看他讀書不可忽。明年與你三叔、濬兒著實用工，遇題便做。此事不是說空話、耍空拳的。

吳逆已伏天誅，蕩平可期。千里寄字，不是容易，當逐字看過，仍與濬兒細看。寄京字亦要詳細，字跡不必太楷。矜持多，則有不盡之意也。

前劉光彩來，驟聞之，甚爲不喜，故字中最爲詳切。亦以我一時不能回家，恐你叔姪兄弟少不更事，再有他慮故耳。此事初本偶誤，不意遂幾難挽。此便是經歷一事，不可輕易放過。我平日常言："天大事，皆起於細微。"古人謹小慎微，正謂此。若謂無甚關係，事且放鬆，人家還有甚於此者，未見怎的，此大謬也。

近日都中應酬稍暇，血氣漸覺和平。聖意隆重，念應召諸臣多貧寒難支，諭戶部接①月量給食用。部議每月給米三斗，銀三兩。漫無事事，叨食天祿，感激愧汗。此出自睿慮，非由啟請，亦諸臣想望所不及也。

明葳讀書事要緊，三、四兒從師事尤要緊。家中八大家文四套，閒中可細看。此古文正派，粗心看之，無益也。

前以寓所窄狹，庭西向，無地可避烈日，移居松筠庵內。在接待寺對門，卽樊先生所寓之寺也。

近已議定，徐立齋爲監修，葉訒庵、張素存爲總裁。立老服闋，尚未起身。必候立老到，方開館，大約在秋末。三秋尚閒，欲將明朝書細看一番。京師不能尋買，前開去數種，除吾家所有外，你袁二叔、公垂、子濬，皆可借。此事上意在必行，眞千古文明聖主。有君如此，何忍負之？況各衙門事權盡在舊人，用兵在將軍，修史事非儒生之責而誰之責與？此事認眞做來，亦不難，而總裁謙讓未遑。然監修、總裁皆大手筆，與歐陽永叔、宋景濂相上下，書成或尚可觀。

前有字，託你李老伯起一文會，不知行否？你們做的文字，當送去，求實看。文字以顯亮、精采爲妙，不宜深晦刻峭。

家中有稍明白的人，尋一二個來。

文文山眞跡得了，甚好！朱子字原有二張：一"水源木本"四大字，一詩一首，"唐室遙遙孝義門，屹然雙闕至今存"云云。有便得了，不可要人臨摹的。

祠堂隔子當安鎖鑰，牆垣低，門戶當嚴謹。

家下以讀書、完糧爲主，外邊事，不要管。四兒讀經，可講書否？書不講，無由得通，且亦不得熟。但不必急急念文字耳。

---

① "接"，疑爲"按"字之訛。

　　聞田梁老近多病，偶然乎？常來州中否？你袁二叔有司馬公刻的大字《詩韻》，求一本。你們閭中《韻》也要晒心，文字不必多看，妄費精神可惜。從前，工夫亦太寬泛。有餘工夫，細看唐宋大家。經四書，再要細細理會。

　　鄭文十月十一日到京，知吾鄉霪雨爲災，不知麥種完否？

　　十月，殿試武進士，蒙皇上點用掌卷。自初六日入，初十日始出，宿殿前起居注館者四日，實無多事，日費光祿之宴而已。

　　徐立老已到衙門，增十六員纂修。王阮亭、李貞孟兩公，皆同事，已開館。吾州先輩李司空、蔡司馬、魯光祿、李恭敏、袁司馬、李通政併唐定州傳，查出與《呂新吾先生誌傳》、《憂危疏》寄來。立傳以實錄爲主，以諸家紀錄參酌。若諸本皆不載，未便以私稾作據。北人著述，少功業、理學表表者；南方號博學君子，皆未聞姓名。驟言之，皆愕然，可嘆也！

　　有一本《河南列女傳》，係你軒二叔送我的，可查來，大抵節義不容泯沒。《睢州人物志》，全寄來更好。家內有兩部，一部是抽過的，如前數公皆不在內，曾送孫先生故也。

　　汪苕老寄鄢陵梁曰緝書，前在省叫夏文英帶回，求趙老爺往鄢陵代致，不知曾寄到否？有回札否？如有，卽託公垂稍來。苕老相念甚殷。苕老人品、學問，迥非近今人物，且虛懷好善，出自眞情，與施愚山二公，皆與我甚投合，亦不知其所以然也。

　　聖主右文，四方漸定。你叔姪兄弟與公垂、子滄、元長、召虞諸君子，當奮興文事，不可委靡。

　　韓子新《信陵祠記》曾寄到否？田梁老近日有何著作，令人抄一二篇帶來看。

　　前《信陵君碑記》並寄韓子新札，不知曾寄到否？

　　三兒近老成，甚好。但文字更須用功，不必多讀理題，不必多讀長題，且將單句題八比文字明顯純正者讀熟，細細講與他。字要學寫端楷，疏朗點畫要講明。近科各省中式卷子，寫訛字甚多，磨勘甚費力，皆由平日不講明之過也。

四兒讀經,非先生本經。你與他正字正句讀,不可先念錯了,後難改。三兒讀的古文,不可放下,要常常溫熟。

河南近科,文字甚卑弱,恐學得壞了。要讀好文字。好文字也,非野路文字,衹要說理的確,不含糊。今科會試,題出的好,人多擬不著,俱是場中做的文字,較上科畢竟真切。總裁如楊、葉兩先生,公而且明。今科會墨,當細看。

四兒該講書,且不必念文。如念幾篇學規矩,且念張冲酉小文章。看來讀書循序,不可躐等,徒勞無益。

湖南蕩平,天下太平可望。可喜!可喜!

蔡師母幾時發引,不可失誤了,禮亦不可薄。

凡有一番家信到家,再有來札,俱要說明,防浮沈也。

邸報又兩寄家信,想俱到矣。病中悤忙,寄字過於迫急,遂令你三叔往返三千餘里,受多少辛苦。事之不可忙也如此!

聞四兒經已讀熟,可喜!當溫熟四書。古文必讀熟一部方好。四兒讀古文,以《左傳》、《國語》、《國策》、《史記》爲主。八大家正當多讀東坡文,韓、歐卻當緩之,不知亦有理否?東坡諸論,真至文也!子弟以詩書文章爲事,家不至敗。

聞你們病,心甚憂慮。幸俱痊可,可喜!此病不知是何証候?總之,愈後必百日方可復元。此百日內飲食起居,皆當謹慎,不可忽也。

三兒幼,恐不曉事。扶光尤弱,當教之。三兒入學,你當嚴訓之。謁見師長,拜答親友,勿疏簡失禮。

送學事,自當褚邁老爲首。或有分派事,勉力任之,但萬不可首事也。

田梁老似可補廩。一廩何足爲梁老重,而當事知重賢,可喜也。《禮書》之編,梁老與公垂所商最善。春初幸速成方妙。

病後稍瘥復勞,纏緜百日,心血枯槁,積下史槀併一切事料理不開。孔尚信不能久住,一槩回札,俱不能作,見時致意相諒可也。

《黑龍王廟記》,原是病中試筆。其中推初修廟之意,欲使一方之人爲善去惡。下分兩段文字,一段頂"善"字,一段頂"惡"字,而末歸講鄉約、律令,仍是教一方人爲善去惡的意思。恐你大叔誤以爲箴規之言，則失之矣。蓋鄉間草野市井之人多，故用刀錐之利云云。賢者居一方，便要化導一方，此讀書人之責也。見時幸致之，不暇另作札也。

寄來墨卷，大槩妥當。此部前集幽刻較多，正集光昌。其中有人未大讀者，儘有好處。

勿習作庸下。筆路也，文字也，須稍稍變動，不宜太拘謹。但不可破壞繩墨耳。且要多做便熟，機到神流。題情文境，在有意無意之間。汪苕老言："舉業做到十二分，便不中。"此言可味也。沆兒做的文，準兒寫的字，便中寄一看。

王親家至京，知家下平安。

四兒教他熟讀《孝經》、小學後，再讀古文一部，不必計時日也。明春當講四書，將小字點與他看。先輩名文，偶憶十數篇，抄與他讀。不必讀別的小文章。甯緩作文不妨。祇要慢慢講與他，心地明白，久之自能放筆作文。

聞家中衿紳公結，亦寫我名在內。此已往事，不足論，但從無此理。現任官身在一二千里外，家下與甘結，可乎？以後萬萬不可。慎之！慎之！

史事近分一代後妃傳與嘉靖各邊督撫數十人，蔡石岡先生正在分中。本紀、志、表與萬曆四十八年以前人物，俱分，大約明秋稾可完矣。

自入起居館，事漸繁，費漸廣，不如在史館猶從容暇豫也。

家中以完糧爲急務。約束僕從，不可犯法。近因蓮陸贈我戒食牛肉文，有動於心。食其力，更食其肉，忍乎？家中當永持此戒。事事以慈、儉、謙退爲先，老子所謂三寶也。

施、汪兩先生《繪川書院詩》寄去，可與簣山、公垂一看。

劉景多妄語，非可倚任者。遽使管莊，恐致誤事。慎之！

吾家男子，以讀書爲事；婦女亦要有常業方好。你宋二叔家，俱以紡績爲課，可法也。

書院大門，工料旣具，必當速成爲妥。

田梁老言："修《禮書》，如己任事，甚妙。"聞梁老近日亦多病，恐是心血過損。若未命筆，卽稍緩不妨。近日病中知精神不可過費也。面時致意。

外一札寄登封耿逸老，可送柘城劉先生處。

冬月小心門戶，夜間用心看家要緊。

九月內，葉訒老、張素老進講畢，上問："衙門中學問誰最好？"二公以徐健老對。上曰："湯斌何如？"二公曰："好。"既而以李石臺、潘次耕告，且曰："諸臣學術不同，有留心理學者，有留心詞華者，有留心經濟者。"上曰："學雖不同，義理則一。"此段載之《記注》。近日多病，惟欲乞歸。而姓名常在至尊意中，不知何故。健老精神、學問，超絕流俗。以迂疏無似之人與之較量，恐非好消息也。

正月二十七奉上諭，添設講官。二月初二，引見。初發上諭之時，卽諭閣臣曰："如湯斌，可引見之。"次日，上自宮中書八人姓名：湯斌、李來泰、施閏章、曹禾、秦松齡、朱彝尊、嚴繩孫、徐乾學。上曰："此朕所素知，皆學問最優者。內閣掌院再斟酌，如還有好的，開來看。"次日，掌院薦胡簡敬、盧琦邵、吳遠、徐秉義、彭孫遹、王頊齡、潘末七人。李來泰因甄別掌院以昔年在家被誣通賊一案，上曾問及，遂不敢注留，以"怠惰不謹"定考。

蓋甄別與添講官同時下，引見與注考一日，不知上以前事已往，無成心也。初七日，引見十五人，遂去來泰，而閏章以年老口吃亦去之。於後薦七人中用二人，孫在豐系舊講官補用，不在此例。此用講官起居注之始末也。

去秋病中分後半史傳，以爲史事可望就緒，不意分正嘉後，隆萬目錄至今未分。春月苔老已去，我亦決意請歸。以送皇后梓宮之役，不敢遽言。不意點用講官，難以病請，秋月又未必能出京。事事出人意外，所謂行藏由命不由人，自悔去秋歸計之不早也。

聞吾鄉旱甚，催科甚迫，何以支持？新州尊聞做官甚好，不知果否。總是完糧要緊，諸費儉用。京中盤費將盡，奈何家中諸事亂心，使你不得靜心讀書。惟勿雜看，精神專一方好。

家中年景飢荒，甚爲可慮。幸設粥廠賑濟，或百姓不致逃散。但不知何日開徵，河夫果停否。曾託儼齋向撫臺家報中言之，或可得當也。

管莊人容留匪類，大可恨，此當重處。各莊俱立法稽察，逃人、盜賊，皆不可忽。

京中無一老成人，甚不便，急望王奇速來。更得一騾子進朝騎方好，當勉力致之。

我歸山之意已決。今已講《中庸》，深秋可完四書，此其時矣。家下書籍用心收著，一本不可遺失。有人借，當定限取來。近來積書家如浙之天乙①閣、崑山徐氏，斷不借與人書。欲觀者，至其家觀之；欲抄者，至其家抄之。亂後舊書無板，即有新刻，字多差訛。書冊愈舊者，愈當珍之，不可忽也。我回家賴此延年，此要務也。

尊經閣如何修？與殿同向否？款製何如？櫺星門何時興工？

本擬九月初七日出都，因聖駕還宮，八月二十五日齋戒，至九月初五，始御殿，行謝恩禮。初六日，當陛辭。本日駕幸南苑，故至初七日始得陛辭，十一日出都。聖駕定九月二十四日東巡，至宿遷看河，祇得速行。十月初八到任後，仍星夜至宿遷迎駕。

家下事事小心，約束家人、佃戶。前字言家眷赴任，如已起行則已，如未起行，不妨從容，俟溥兒到任中面商。總之，諸事不必忙，家信中亦有不必盡依者。

發回書箱四個，細心照單點檢，用意收著，勿失落了。

江南官員、鄉紳萬一有至家相拜或送禮者，萬萬不可會面，萬萬不可受絲毫，亦萬萬不可與他一字。此身家性命所關，非止名節也。祇要州中若不知有一巡撫者方好。我受朝廷恩，非常知遇，廷臣不敢望。受恩深者，罪亦深。汝輩體諒，勿忽也。

出京忙甚，諸親友未及專致，見時統致意。

---

① “乙”，疑爲“一”字之訛。

前月二十日至京，以天晚不得見朝，遂宿彰義門外。次早入城，即日陛見。蒙上歷問江南風俗、吏治、大小官員、鄉紳賢否及下河開海事宜，一一具對。又問途中風景，具奏鳳徐災荒，即差學士麻馳驛往賑。聖主愛民之切如此。遂命至內閣，賜食。

二十四日，東宮出閣，講四書一章。二十五日，即赴皇太子宮，同郭快老進講。皇太子謙沖溫和，降階迎，自述誠心愛慕之意，復古坐講之禮。

上定東宮同講之例，講書事事從實，非比前代具文。皇太子聰明天縱，經書精通。自六歲學書，至今八載，未嘗間斷一日。字畫端重精楷，在虞柳之間。每張俱經上硃筆圈點改正後判日，每月一冊，每年一匣。今出閣之後，每早上親背書。背書罷，上御門聽政，皇太子即出講書。講書罷，即至上前，問所講大義。其講書即用上日講原本，不煩更作。自古來帝王教太子之勤，未有如今日者也。因思搢紳家能如此教子，便當世世名卿。國家億萬年有道之長，實基於此。自愧學術疏淺，不能仰贊高深，惟夙夜深勵，求不負知遇耳。

皇上聖學日茂，近來工夫更加精密。每日講《春秋》十條，《禮記》二十條，讀史五十頁，更研究性理之旨，詞臣不能望其厓岸。當今官之難稱職，未有如詞臣者也。

因以贊導東宮爲重，一切常朝會議、會推，俱至閣說明不與，省多少煩雜。精神頗專一，亦一快也。

皇上恩遇過優，舉朝外雖敬禮，中多忌刻。聖主體察，不遺秋毫。京中固當謹慎，你們家中倍宜小心。每日杜門整理舉業，按期作文。兄弟四人所作文字，註明日期，便中送至京師查閱。一切外事，不必預聞。勿遽求田問舍，即東房，亦徐議之。劉宅若要亦好。你們當見遠大，勿圖小利也。世俗之言，不足聽。

家中事，以溥兒爲主，諸弟敬聽，不得亂主。總以謹慎靜密爲要。切記，切記！

近見中牟冉解元永光刻《四書玩註詳說》一部甚佳，真有功正學，當買一部細看。

家人及佃戶有生事者否？當嚴禁之。如你不能禁，當寫字與我，請州尊禁之，不可縱他。

教四兒讀文，不必新科，新科殊無好文字。人要積德，子嗣必昌。實心教人爲善，教人讀書，卽大陰騭事，況兄弟叔姪乎？你大叔、三叔遣子來城讀書，可喜之甚！當細心教之，務令作上等人。

以後衣服不必多寄。

撫台情誼，猶有古道。家下倍當謹愼，約束家人，毋許放肆。違者，送官重懲。一切公事，不可干與。

十二月初十日，拜一疏，薦耿逸老。不知奉旨何如。

每日五鼓入朝。今《下論》已講《顓臾章》。封印在卽，不知封印後停講否。自古東宮講學之勤，未有如今日，乃知前朝具文，眞無益也。

至京七十餘日矣，未見一家報，殊爲懸掛老人，歸興益濃。若得家書數行，卽足消遣。數日而不能得，何也？

聞家下修城，州尊大有爲之才。但隨衆，不可立異，不可怠緩。

公垂近日字甚有法，鼎甲可望，吾州益生色矣。

移居教場二條衚衕，頗幽靜。車馬之聲不聞，亦佳事也。

此番進京之日，陛見啟奏鳳徐災荒，荷聖恩遣官賑濟。聞賑濟得宜，甚可喜。又啟奏下河事，聖恩遣孫老先生疏濬海口，但薩大司空、穆侍郎皆以同奏不實革職。其實二公久爲于振甲所奏。聖怒發於今日，未免爲人側目。

又，南中君子素不喜者，借無端空言造謗。今因郭快老缺選，擇講官，舉徐浩軒，大忤忌者之意。每日黎明，到瀛臺進講，又不能辭會議、會推。此時杜門緘口，人猶捕風捉影，欲加以罪。以疏直、孤立之人，遭逢異數，爲人所忌，欲免，難矣。且身任進講之事，無求退之禮，不知將來作何結局。惟忠誠自矢，謹言愼行，夙夜盡職，不敢負聖主深恩。

爾等家下諸事小心，以讀書爲主，不可一毫矜張，貽我罪戾也。

京中人多，柴米爲艱，發囘二人。廚子京中不可無，另擇妥者代之。

歲內封印，尚不停講。白雪盈階，青宮黎明御講筵，若不知有歲除者。直至二十五日祫祭齋戒，始停講。正月十九日卽開講，未嘗一日間輟。《論語》已講完，講《大學》矣。東宮聰明天縱，英氣煥發，書旨大有發明，出人意表，宗社之靈，億兆之福也。

正月初二、初三、初四，會議下河事。十七、十八，啟奏下河事，與靳總河面折廷爭。幸至尊洞晰上下河事宜，總河爲之詞屈，始願閉塞黃河南岸減水壩及高家堰閘壩，按月啟閉。蓋孫老先生文人未經歷事，惟使人進京求徹回。非聖主救民昏墊，念切痌瘝，舉朝誰肯贊襄此役者？

家下著實讀書，外事不得與聞。蔡老師居處定否？家下遠近刻碑者，不得借與官銜。

近移寓椿樹衚衕，卽魏司寇老先生宅也，較舊寓近二里餘。居賢者之室，益不敢自苟。

歲內二十五日，忽奉旨，令寫江蘇告示十餘篇呈覽。講鄉約碑文，京中竟無稿，便中速寄。

四兒旣能讀書，再讀幾部經。不通經，不可言學。時文何須多讀！諸孫中有好學者，令多讀經，勿虛費光陰也。

趙玉老急欲內陞。昨中堂、少司寇、少司馬皆力薦，未蒙點用。我去後未結之案，玉老皆一一照管，毫無差錯，具見周詳。但所行事似未得江蘇要領，聲名爲之頓減。幸京中有奧援，或一二月可陞去耳。不然，將來錢糧考成當累手耳！

劉滋因交代遲滯，考後始進京，已無及矣，祇待下次行取同考。然交代完，亦幸矣。

郭琇考下卷。八年衝繁勞吏，執筆作文，自不得佳。聖主以薦者秉公，定是廉吏，特拔起。卽王焞，亦因于振甲故拔之。有考在二等，以曾經崔澄薦，置之。聖主衡鑒如此，眞可感，亦可畏也。

聞亳人欲來樹旗，此斷斷不可。朝廷之恩，誰敢妄干？有人問及，但稱皇上聖明，自有見聞，與我無與也，萬不可領！若領而不樹，與樹無異。

每日未出，進朝講書。盛暑霖雨，水深三尺，未嘗間斷一日。加以會議、會推，日無甯暑。飲食不時，勞役過度。六十老翁，何以堪此？惟退直杜門謝客，不會一人，不言一事。惟會議有不得不言者，不敢默默耳。

《春秋》胡傳有我批點者，與公羊、穀梁傳俱送來。你李老伯病何如？附訊代我致之。

接家信，知大姊病逝，不勝傷感。又聞李老伯作古，此吾鄉搢紳之持古道者，何遽至此？慟悼之極，不能執筆作字。見趙姊夫、李元長親家、李姊夫，與我致意可也。

蔡老師進京，以馬琨已歸宗，老年無所倚，欲令琨次子爲嗣，爲終老之計。東頭房張家不能同，可暫借寓，俟同去再計較。便中嘗送些糧食，勿至缺乏。老年無嗣，原是最苦，用心照管可也。

四兒能讀書，勤督之。既好寫字，可將顏柳楷書與他看，不必學草。

蔡方麓《感應篇》，寄去。

東頭房大而不全，且無主樓，又經張宅另修，非我祖宗之舊。先人世爵，承平日久，積累最厚，故居第規模差大。

我係清署儒官，硜硜自守，一生貧苦。汝輩賢，師吾儉，即他日幸博一第，豈可改我家風？況士君子登一甲科，二十年不得一縣令。且甲科亦何容易？世風澆薄，若止一諸生，恐再爲勢家所奪，又多一番可笑。

如來札轉當之說，亦曲折，不爽利。汝輩讀書，不能費如許心。

若墳墓舊業，則不同耳。此事以速清楚爲妙。清楚之時，即當另置一莊，不可花費了。

聞你在駝嶺約分埋骨一事，甚善！子弟能孝友謙謹，讀書學古，又能存好心，行好事，久久不懈，家道自昌。天人感應之理甚微，毫髮不爽。人自心粗，不能見得。但遇好事便做，莫要放過。力不能，便罷了。“勿以善小而不爲，勿以惡小而爲之”，“積善之家，必有餘慶”，此理較然，仁者善之。

長人必寬厚慈祥，方是爲善之基，斷不可近於刻薄。即論人論事，皆要寬一步。此自關係陰騭,非細故也。

近讀《許魯齋遺書》,有云:"前人謂得便宜事,莫得再做;得便宜地,莫得再去。休說莫再,祇一次,已是錯了。世間豈有得便宜的理?你既多取了他人的,便是欠下他的,隨後卻要還他。世間都有合得的分限,如何多得他的便宜?"又曰:"責己者可以成人之善,責人者適以長己之惡。責己深者,不暇責人也。人欲爲聖賢,何暇工夫責人?見人片長便去學他,不見人之可責也。若氣不平,發言多失,又招患難。須於氣不平時堅忍不動,俟氣平審而應之,庶幾無失。"

薛文清公曰:"立定腳,卻須和平以處之。理順心安,身自安矣。"呂涇野曰:"父母生身最難。須將聖人言語一一體貼在身上,將此身換做一個聖賢肢骸,方是孝順。故令置身於禮樂規矩之中者,是不負父母生身之意也。"此段講與四兒聽。

王昶曰:"救寒莫若重裘,止謗莫若自修。"又曰:"是非之士,凶險之人,近猶不可,況較對乎?"

近來士君子看天下事皆可僞爲,舉人、進士、鼎甲、狀頭俱由力得。即要做聖賢大儒,祇要多著書,鬭倒一二先儒,便是有功聖學,便做了聖賢大儒。此等識見,認眞爲之,天下輕浮無志之徒羣歸其門,一倡百和,眞可怪也。聖賢自有眞脈絡,實實戒愼恐懼,體認天理,入手雖異,歸宿則同,原無分彼此。今人且不要說先儒是非,但能有所不爲,便是好的。故"行己有恥,有所不爲"二句,當時時誦之。

先文正公家書,遺失頗多。暄家藏數紙,每莊讀一過,儼然如接音容。因敬集各房所藏,彙爲一冊,以便朝夕捧讀,且貽子孫,永傳爲家法焉。往見宋漫堂先生梓明相國沈文端公家書一通,王阮亭先生採入《名臣言行錄》。蓋辭愈質,理愈切,譬諸布帛菽粟,其衣被養育之功,倍於錦繡膏梁①。故言之足傳,不必盡在鴻文鉅冊抶藻摛華也。

孫之暄謹識

---

① "梁",疑爲"粱"字之訛。

《傳》曰"家之本在身"，以家齊本於身修，而治國平天下因之矣。夫修齊之符，不必在鉅，即偶爾謦欬，一斑可驗其全。

睢州湯文正公生明季離亂時，於兵燹中克自淬厲。入國朝爲一代醇儒，勳在兩間，名標青史。溯其根本，蓋肇於身修家齊也。今讀其家書，知之矣。家書一冊，公官京師次第所寄。吾友滌齋之暄，公孫也，繕寫付梓，屬序於余。余曰："賓何人，斯敢序公書乎？"既思公之書不敢妄序，滌齋梓書之意，又不可無一言聞之。事無不可告人言，則事爲天下之至事。公之事無一不可見之言，公之言更無一不可徵之事，是即天下之至言！天下之至言當與天下共之，此滌齋梓是書之意也。

或曰：先人手澤，不可湮沒。梓，所以揚先德也。夫公勳在兩間，名標青史，何俟後人表揚？滌齋欲天下後世知公之功業，悉由身修家齊，俾有志者知所本。是書之刻，又何可少哉？至若欽祖訓，念先型，子子孫孫凜家規，無墜厥聲，尤滌齋不言之隱衷也。

乾隆辛未六月，考城後學梁賓頓首拜撰

言之垂世而行遠者，靳於旨遠辭文。顧君子道義蘊於胸，直攄其所見，而卒爲凡立言者之所莫能及。蓋操觚率爾，惟正之歸，自足以法天下而傳後世。故又曰："言不貴文，貴於當而已，當則文。"

睢州湯文正公德業彪炳海內，其遺書巋然與有宋諸大儒竝世既傳而習之矣，而公之孫滌齋復刻公官京師所遞家書一冊。調元受而讀之，見公之肫誠。上受國恩，惟懼不克報稱，而特以雝和謙謹飭後昆。凡師友親賓，誼從其厚。下至臧獲，亦罔不曲引之就範。微獨可爲家訓座銘，而官箴士誠，胥於是乎在。雖恆言俗語，不必綴緝章句，如執筆學爲文之所爲，而理精意摯，粹然儒者之言。嗚呼！足以傳矣！

周元公謂治天下有本有則，端本善則之道，在誠心充溢而灌注以和親。公家有雍熙之軌，而出撫江服，入侍禁闈，裨補於國是民瘼。顧乎其至之心漸涵朝野，尋常家郵所及，一字之濃漬乎楮墨，其根源之所從來者，深且沃也。吾嘗讀《周元公全編》，其家書具載不遺，語即米鹽，悉與《圖說》、《通書》相表裏。吾於公家書亦云。

乾隆壬申八月，錢唐後學桑調元謹書

卷　五

賦

璿璣玉衡賦 有序

　　臣聞，薁莢初生，古帝識明時之義；澤火成象，大《易》垂治歷之文。朝廷之政令未施，奉若之儀規先備。蓋敬天卽勤民之本，而法天實凝命之原。自容成定握算而①六術已昭，黃帝聽合宮而②五行較著。南正司天，北正司地，重黎釐職於陰陽；暘谷候春，昧谷候秋，羲和致嚴於分至。莫不仰觀俯察，上律旁羅。然存其理而缺其儀，未盡觀占之哲；有其數而無其器，難成察稽③之功。

　　《尚》考《虞書》，聿垂偉製。躔度窺於寸管，星文運於圜機，聚山澤之精華，極人工之賁飾，誠《授時》之要術，《步歷》之宏規也。然而至德難聞，成模漸斁。精思罕遇，不無章會之訛；參驗或淆，遂有統元之誤。以建申爲建亥，魯人之月令無憑；以食卯併食辰，齊廷之度數何舛？《太初曆》稱邃密，壽王猶議其非；乾象術號精深，韓翊尚指其短。固由天行之難定，實亦制度之未精。

　　觀④會通於古今，應彰明於昭代。恭惟皇上履端建極，麗正凝神，日就月將，光華協於天地；朝乾夕惕，奮迅象乎風雷。道在欽崇，凜曰明而曰旦；功深宥密，謹亦保而亦臨。時憲之曆久頒，永年之法新勒。合元會運世之終始，辨

---

① "而"，愛日堂藏版本和《四庫全書》本脫。
② "而"，愛日堂藏版本和《四庫全書》本脫。
③ "察稽"，愛日堂藏版本和《四庫全書》本作"稽察"
④ "觀"，《近代中國史料叢刊》本誤作"良"。

五十二家之殘叢，將見合璧聯珠，歲書太史；大章含①譽，日紀靈臺。乃復尚②稽典謨，究明遺憲；旁招庶士，敷奏宏詞。將假翰藻而明三才，藉筆泉而協五紀。

臣罔窺理數，素昧天人。幸際昌辰，敢辭蕪陋？謹獻賦曰：

緬鴻濛之初闢，邈莫知其紀極。仰遼廓而無垠，識蒼蒼之正色；渺終古而左旋，疇轉輪而不息。羅萬象於周迴，建極紐於南北。三垣表內外之宮庭，列宿畫中原之邦域。圜九重兮誰營？里九萬兮孰測？維邃古之神靈，肇觀天而作則。揆茫茫之元化，總睿聖之範圍；粵重華之膚錄，紹放勳之巍巍。

初受終於文祖，乃躬攬夫萬幾。方類禋之未舉，首申命於衡璣。蓋執中以體會於淵穆，自觀察而效法其精微。亦猶七十載之光被四表，其功用惟本天治人而不違。若夫魁衡招搖之密運，陰陽寒暑之潛移，非參稽之不爽，何庶績之咸熙？

矧乃天雞曉唱，曦馭晝跂。朝浴滄海，夕耀崑崙。景近極而炎暑，景遠極而易昏。居牽牛而一陽來復，舍降婁③而春風自④溫。燭龍⑤未足誇其光彩⑥，夸父無由效其駿奔。

至夫繼離宵曜，夜光融融；朒朓警闕，朏魄示沖。應潮汐之消長，從箕畢而澤風。日退度於十三，遂置閏而成功。

再如木德行仁，太白秉義，熒惑主禮，辰緯藏智；惟塡司信，位王四季。或期歲而周天，或累年而遷次，或方進而復留，或既分而忽會。信薄蝕之有常，乃伏見之難泥。初偶乖於累黍，久漸易其機樞。何以測算不失於晦朔，氣數罔愆於盈虛？惟至人德合蒼昊，制準乾圖璣運。外而規圜，衡當軸而虛中。兩極相望於直距，九行環繞夫紫宮。大梁實沈之周列，鶉首鶉尾之麗空。四遊兩環，

---

① "含"，愛日堂藏版本和《四庫全書》本作"舍"。
② "尚"，愛日堂藏版本和《四庫全書》本作"上"。
③ "降婁"，愛日堂藏版本誤作"婁降"。
④ "自"，愛日堂藏版本和《四庫全書》本作"易"。
⑤ "燭龍"，康熙年間刻蔡本、愛日堂藏版本和《四庫全書》本作"龍山"。
⑥ "光彩"，康熙年間刻蔡本、愛日堂藏版本和《四庫全書》本作"燭光"。

定經緯表裏之準;三辰六合,挈卯酉子午之鍼。運躔①離於晷刻,轉造化於尺尋。東作南訛,畢協於節序;攝提孟陬,宛肖夫天心。隨②波降升,似昭回之銀漢;與日環遶,象靈烏之迅③飛。晝晦重陰而儀度不愆,烈風雷雨而僭忒不讖。飾以弘珤④,綴以美璣。瓊璧精瑩,雲霞之色可挹;夜光璀璨,星宿之芒依稀。雖曰以管窺天,何能持小而測大? 要之,因衡察象,實可殊途而同歸。

　　後若萇弘、子韋之探賾⑤索隱,梓慎、裨竈之極渺窮工,殷周之巫咸、史佚,魏齊之石氏、甘公,王朔、唐昧之觀星候氣,尹臯、吳範之視日⑥覘風,漢唐則壽昌、一行之術密,宋元則沈括、守敬之業崇,其用器也,踵事而增華,敷衍而不窮。或造輪扇而刻木,或倚渾儀而鑄銅,或削蓮花以傳箭,或斲觚稜以盤龍。誰能不祖奧旨而述成規,遂可察氣數而合蒼穹? 豈若倚蓋彈丸、蟻旋磨轉,術家之微渺無聞,法象之探索猶淺? 彼張衡之藻翰稱工,洛下之經畫推善,靈憲之圖書猶存,歲差之考稽難舛。損益適宜,縮贏合撰,足以驗同氣於天人,通至誠於幽顯。

　　是以帝王俯察人事,仰觀天則,時幾必勅,視聽毋惑,常扶陽而抑陰,更緩刑而尚德。雨暘寒燠若其序,歲月日⑦星順其職。皇猷玉潤而東壁聯輝,帝典金清而左角不忒。煌煌乎執大象而撫地中,面稽天若卜年萬億。敬抽毫而作賦,若身隨臯夔之班而遊唐虞之世。

金臺懷古賦_{館課⑧}

冀野漫漫,燕雲莽莽。樓煩之碧岫崚嶒,易水之洪濤沆漭。北走紫塞、

①　"躔",愛日堂藏版本誤作"纏"。

②　"隨",《近代中國史料叢刊》本誤作"歐"。

③　"迅",康熙年間刻蔡本作"逆"。

④　"珤",愛日堂藏版本和《四庫全書》本作"瑶"。

⑤　"賾",康熙年間刻蔡本誤作"頤"。

⑥　"日",康熙年間刻蔡本作"月"。

⑦　"月日",康熙年間刻蔡本誤作"日月"。

⑧　"館課",康熙年間刻蔡本脫。

鴈門,南通恆霍、上黨。拖①以漕渠,軸以太行。誠帝王之都會,豈霸主之封疆?

乃若朝陽門外,桑乾河邊,如雪白沙,如山碧岸,岡陂陁而半罨,路逶迤而中斷。向秋野之蒼茫,對寒流之漫漫,尋昭王之遺②跡,懷昌國而浩嘆。不辨黃金之臺,焉知碣石之館?

當其戰國紛紜,燕趙雄武,西盪秦雲,東平海霧,戈鋋如鱗,旌旄如雨,固已俯崤函而淺衡湘,誚稷下而陋蒙羽。且其百里求賢,千金市駿;郭隗縮絹,樂生珮印;鳳不及棲,麟不暇伏;谷無幽蘭,嶺無秀菊。於是謝禮樂③之干櫓,閱武騎之輣衝,軾錦車而前鶖,驅魚軒而繼蹤。乃飛閣宏敞,高榭崢嶸。萬乘顧兮駐綵騎,旌斾翔兮進瑤瓊。故能設寶器於甯臺,陳大呂於元英,返故鼎於磨室,植汶篁於薊城。

至於臨淄有如霆之卒,邯鄲有執帚之賓,既刓有功之印,遂疑奇計之臣。實爲謀而不終,應感慨於斯晨。

若乃秋風暫起,百卉淒蒼;霜④封野樹,鴻雁南翔。則有壯士於邑,俠客魁壘,佩長劍之陸離,冠切雲之崔嵬。憑玉砌而唏噓,臨青松而浩慨。長嘯兮撫碧空,短歌兮凌滄海。

亦有簪纓公子,殿省名流,荒郊樽酒,南陌輕艛。看渾河而似帶,望山雲而如樓。撫石嶙而惆悵,悲望諸之不留。豈若凌霄飛雨、銅雀鳳凰、玉階金闥、雕柱錦牆?輝煌乎嶽瀆,照曜乎清漳,不過歌舞之美麗,非有賢俊之遺光;祇⑤響平陵之夜漏,空留荒苑之宿霜。過之者不思,居之者已忘。

嗚呼! 鐃鼓齊鳴,簫韶零落;騏驥奔馳,駑駘繾綣。庭有烏鳶,山有白鶴。

---

① "拖",康熙年間刻蔡本、愛日堂藏版本和《四庫全書》本作"柂"。
② "遺",《湯文正公全集》本、康熙年間刻閭評本、《近代中國史料叢刊》本脫,據康熙年間刻蔡本、愛日堂藏版本和《四庫全書》本補。
③ "樂",愛日堂藏版本和《四庫全書》本作"義"。
④ "霜",《近代中國史料叢刊》本誤作"相"。
⑤ "祇",康熙年間刻蔡本、康熙年間刻閭評本、《近代中國史料叢刊》本、愛日堂藏版本、《四庫全書》本作"衹"。

曲士升橋①，高賢負郭。曾霸圖之不如，況敢望乎鄗洛？

若夫伊傅爲楫，周召爲鐸，吟白駒之雅詩，奏雲門之翟籥。蘭臺、石渠之高楹，白虎、天祿之廣幕。聖澤雲飛，皇恩露灑；英華肆浮，麟鳳當道。不藏無用之器，不愛非常之寶，則亦有抵玉驚禽，揮金薙草。況乎鄰斗極之光輝，邇天漢之波濤，又何必徘徊幽咽，向兹臺而游敖哉？

懋勤殿賦擬館課②

黃扉日麗，寶笈雲開。帝座之光華正燦，東壁之淑氣迎來。道衍圖書，法象觀乎天地；學深墳典，奮迅擬乎風雷。

我皇上岐嶷敏睿，麗正凝神，本精一以立皇極，建中和而定彝倫。納諫不遺葑菲，招賢旁及隱淪。武庫森嚴，撻伐悉遵廟算；九功歌敘，民隱日達楓宸。固已樹儀型於百辟，貞仁壽於千③春。

若夫煥太乙之喬皇，曜句陳之暉麗。黃雲紫蓋，輪囷鬱其上浮；蘭杝金莖，灝渺翔於天際。珠宮貝闕，複道斜通；銀牓璇題，交衢迢遞。飛重簷以切霞，炯丹壁而流甀。龍舸泛萬頃澄瀾，長楊帶千章蓊鬱④。斯又足奠六鼇而鞏四極，應三垣而馭五緯。

爾乃廣闢別殿，宏貯縹緗。鴻濛蠢而竦峙，觚稜啟而景彰。揭⑤組幰於棼楣，垂⑥綺錦於虹梁。甲帳之月光如雪，祕幄之芸火生香。瑤函左列，竹素盈牀。五庫標目於西清，四類充帙於東廂。犀籤重積，玉軸焜煌。未足矜宛委之寶冊，何須論天錄⑦之蘊藏？

---

① “橋”，愛日堂藏版本和《四庫全書》本作“喬”。
② “擬館課”，康熙年間刻蔡本脫。
③ “千”，《湯文正公全集》本誤作“十”，據康熙年間刻蔡本、康熙年間刻閻評本、《近代中國史料叢刊》本、愛日堂藏版本和《四庫全書》本改。
④ “鬱”，《四庫全書》本作“薆”。
⑤ “揭”，愛日堂藏版本和《四庫全書》本作“結”。
⑥ “垂”，愛日堂藏版本和《四庫全書》本作“重”。
⑦ “錄”，康熙年間刻蔡本、康熙年間刻閻評本、《近代中國史料叢刊》本、愛日堂藏版本和《四庫全書》本作“祿”。

　　當夫金門朝罷，宣①政宴餘，鸞珮聲遠，鳳扇影徐。名儒招②從白虎，大雅延自石渠。究道系於洙泗，證心法於唐虞。無黨無偏，闡維皇之敷錫；天秩天敘，繹皋陶之訏謨。

　　既朝乾而夕惕，復無倦而有恆。顧民碞之可畏，識當位之利貞。尊所聞而行所知，高明光大；有治人斯有治法，深切著明。斯乃懋勤之實政，匪僅肇錫以嘉名。

　　矧夫歌叶《雅》、《頌》，文儷誥盤；懸鍼倒薤，戲鴻騰鸞。雲氣芝英之簡，淵渟岳峙之觀，漢武望而廢牘，章帝顧而輟翰。以此乘泰運而御六龍，映晨光而翔五鳳。采太史之陳詩，第羣臣之嘉頌。而時幾勅命，祁暑思艱，心游農野，道契先天。夜如何其夜未闌，瑤編萬卷寶炬殘。流月瞳瞳兮素華滿，北斗低昂兮殿閣寒。豈比夫甘泉暉章、長樂未央？

　　凌霄飛雨，茝若披香。九華仁壽，百福靈光。列棼橑以布翼，荷棟桴而高驤。雕玉瑱以居楹，裁金璧以飾璫。祇矜制度之煒煜，何敢希道德之輝光？況乎文教敷宣，天威遝被。都護方開劍閣雲，將軍已定三湘地。碧雞金馬之修祀無勞，蒟醬橦華之輸將遂易。百禮具興，萬舞咸備。皇情悅愉，羣臣既醉。降絪縕，調元氣，阜財解慍，薄賦寬徭。踰於穆之緝熙，耳擊壤之歌謠。天下棄僞而返本，敦樸而去澆。追太始之元化，偕華胥而逍遙。謹摛辭而頌聖主，微臣③敢自託於王襃？

長白山賦

　　維輿圖之廣大，山川鬱紆而蜿蜒。實融結於太始，乃通氣乎乾坤④。環九州而縣絡，類枝柯之敷宣。仰北條之崒嵂，望滄海而蟺延。根彌固於華岱，直嶤嶤而造天。雲中玉液，分派飛泉。鴨綠南迴而浩蕩，混同北遠而澶湲。若夫

---

①　"宣"，《近代中國史料叢刊》本誤作"賓"。
②　"招"，康熙年間刻蔡本作"昭"。
③　"臣"，愛日堂藏版本和《四庫全書》本脫。
④　"乾坤"，《四庫全書》本作"坤乾"。

石壁崟崎,嵯峨萬丈,檠太清,觸緯象,摘列宿於楯楣,邇天漢之灝曠。遠視則百嶺俱青,近循則一巖千①狀。決飛瀑於層厓,濘盤渦於疊嶂。映朝日②而如金,隔青杉而若嶂。既半散而照爛,輝天閶之閬閶。背藏太古之冰雪,面對神山之宕漾。乃其素煙晚拖③,白霧晨縈,或下橫而疑帶,或上冒而似縷。日月隱蔽以成陰,虹梁倒掛而崢嶸。二韭四明,五奧三菁,峨嵋太白,廣霞赤城,曾未足方其崇萃並其邃清也。

　　千里之內,萬山駢擁,劍戟排連,勢若相拱,擬④五瑞之偕來,望紫宸而遙竦。錫碧金銀,眾色炫動,遠近輕濃,窈蔚森聳,一旦觸膚寸而瀹然也;飛流崩塈,噴雪迅霆,蹴崖轉石,澎湃鏗鏓,不崇朝而雨天下也。豈比於峛崺之青青?其上則有猿猱狸玃、犴獌猂猩、紫貂白狼、狡⑤兔飛鼮、貙豹熊羆、獂麞麚麖,擲飛捷於窮巘,踔空絕於深硎,蹲谷底而長嘯,攀木杪而悲鳴。其下則有丹石白柎、琳瑤碔砆、縹青結綠、珹玏昆吾、磊砢磷爛、嶵嶸相扶,間以華芝靈藥,采色叢敷。醴泉涌出於其側,經崎嶇傾注而旁趨。至於鴻雁雕鵠,鷹隼鶹鷤,交精旋目,繁鶩競翔。更有珍異之鳥,彩翰朱裳,《禽經》不載,漢賦未詳。

　　巨樹陰林⑥,樛⑦枝叢倚,合抱連卷,形質峨嶉,垂條扶疎,落英幡纚。霜霰之所沍凝,風雨之所交砥。連醫間之暮光,接扶桑之晨菲。良眞宰之所寶護,故鴻厖於茲而初啟。遂誕毓乎神聖,同貞符於丹水。東燭員嶠,西耀崑崙,北熿幽崖,南震朱垠,陸礜水慄,無不奔走而來賓。皇帝儲精垂思,耀德布恩,翱翔乎書圃,逍遙乎禮園,歌《清廟》之雖雖,載洪頤之翻翻。望豐鎬而顧念,升肸蠁於帝閽,坐法宮,邇近臣,歷吉日,協良辰,乘星犯露,尋厓剪榛。靡薜荔以爲席,嗽流霞於通津。紛長松之謖謖,見仙鹿之甡甡。藹繽紛兮獻玉牟,闢天閹兮開地垠。光絢爛兮錫純嘏,秩俎豆兮千萬春。

---

① "千",《近代中國史料叢刊》本作"十"。
② "日",愛日堂藏版本和《四庫全書》本作"夕"。
③ "拖",愛日堂藏版本和《四庫全書》本作"施"。
④ "擬",愛日堂藏版本和《四庫全書》本作"凝"。
⑤ "狡",《近代中國史料叢刊》本誤作"佼"。
⑥ "陰林",愛日堂藏版本和《四庫全書》本作"林陰"。
⑦ "樛",康熙年間刻蔡本作"膠"。

頌

藉田頌有序順治甲午館課①

惟皇帝御極之十年，海宇底定，九州内外，畢獻方物。大功既成，禮文肇舉，郊壇辟雍，典章稽古。大小臣工，黽勉率職。皇帝覽圖數貢，慨然念曰："予一人受天明命，撫臨億兆。惟小民稼穡艱難，朕何敢宴然其上，以忝宗廟？聞古天子自耕千畝，以供粢盛。有司其具典制以聞。明年春，朕將親舉之。"

越明年，二月，宗伯陳期，司空除壇，皇帝齋祓三日。五更既興，斗牛當中。雲旗凝蔼，黛耜載輅。公卿庶官，翼翼恪恪，奔走厥職。庶民慶覯天顏，載欣載喜。既祭先農，牲肥醴潔，尊罍明備，解靮秉耒，具如儀式。

竊惟自古神聖之君，有盛德大業，必有奇文博能之士珥筆執簡，以昭鴻烈。故嘉禾獻瑞，載於《周書》；十千維耦，《周頌》歌之。煌煌煇煇，照耀竹册。千百年來，如耳聞目見，稱爲絕盛。

今②皇帝仁恩惠澤，翱翔海表。先是十日，親祭朝日壇，又遣官祭孔子廟，又親祭社稷壇。旬日之内，四舉典禮，而耕藉尤爲數十年未行之曠典。使撰次不得其人，是使聖德不彰於後世而大化湮如也，臣滋懼焉。然臣聞圖治以誠不以文，故耕藉之禮，代有舉行，而惟周之成王、漢之文帝爲昭者③。蓋二主④有仁心爲質，故天必應之。臣見皇上軫念民依，知非徒修太平之儀者。自兹以後，五穀兩歧之瑞，將繼周漢而興歌也已。臣謹拜手稽首而獻頌曰：

於爍皇運，萬邦攸承。海波宴然，典禮肇興。克敬昊天，嶽瀆式靈。辟雍廟社，鐘鼓維清。乃眷下土，小民之⑤依。載笠載襫，載耜載耟。露之方瀼，日

---

① "順治甲午館課"，康熙年間刻蔡本脱。
② "今"，康熙年間刻蔡本脱。
③ "者"，康熙年間刻蔡本作"著"。
④ "主"，《近代中國史料叢刊》本誤作"王"。
⑤ "之"，《近代中國史料叢刊》本脱。

也未晞。暑雨溟溟，冬雪澄澄。爰命宗伯，考禮以進。朕將親①耕，以倡田畯。羣臣稽首，恭承明問。敢不敬應，以襄解慍？日底天廟，順時覜土。晉告協風，工奏靈雨。司空掃壇，金吾陳輅。載耒車右，載履南畝。霓旌縹緲，旛②旐紛糾。雲日開朗，清霞出阜。帝乃三推，下則五九。各備其儀，逮於農叟。種稑既播，貽我來牟。乃獻先農，蒸蒸烰烰③。神農饗醴，后稷承羞。百神醉飽，庶姓歌謳。執爵太寑，勞酒是酬。帝乃眷命，毋螟毋螽，毋雹毋雺④，以報皇功。豐年穰穰⑤，頌聲洋洋。繼周越漢，奕世無疆！

勸賑頌有序⑥

順治十六年，歸德霪雨爲災。自夏徂秋，煙雲慘淡，洪流浩浩，彌望數百里。麥未登場，黍稷弗播。睢州地尤沮洳，城郭傾圮。蓋父老傳聞以爲百年之內所未有也。比冬，民將扶老攜幼，就食四方。郡司李饒陽符公，慨然軫念，遍履部內，開誠勸諭，繼以涕泣。於是各邑聞命輸助麥穀者，皆以萬計。

公之至睢也，揖知州事戴侯而言曰：“上天降災眚於茲土。惟我官吏罔獲辭咎，其曷敢弗欽？”旣又進紳士、耆老，再拜而言曰：“《詩》云：‘凡民有喪，匍匐救之。’當茲荒歲，窮民流離盡矣。若珍此豆區之遺，倘變生⑦意外，安能洗腆用酒而稱無事乎？”眾咸曰：“唯唯。此流離民，誰非我之鄉里親戚，乃重煩明公憂？”於是蠲輸者、立粥場者恐後。自城市至四境村鎮，煙火相望。前此民之扶老攜幼奔走四方者，皆相告來歸。繼而河朔、淮泗之民，以梁苑爲樂土。越明年，麥登，乃止。

---

① “親”，愛日堂藏版本和《四庫全書》本作“躬”。
② “旛”，愛日堂藏版本和《四庫全書》本作“旗”。
③ “烰烰”，《四庫全書》本作“浮浮”。
④ “毋螟毋螽毋雹毋雺”，康熙年間刻蔡本誤作“母螟母螽母雹母雺”。
⑤ “穰穰”，康熙年間刻蔡本、康熙年間刻閻評本、《近代中國史料叢刊》本、愛日堂藏版本和《四庫全書》本作“瀼瀼”。
⑥ “勸賑頌有序”，愛日堂藏版本和《四庫全書》本作“勸賑序”。
⑦ “生”，《近代中國史料叢刊》本作“出”。

當斯時也,予方銜命嶺北。秋八月,請告歸里。入境,睢之父老,曳筇跂屨,率其子弟遮道言公功德,曰:"去年,微公,我聚已爲墟,我屬已爲魚矣。"予曰:"然。"抵舍,則父老又曳筇跂屨,率其子弟造於庭曰:"公大有造①於我邦。父母兄弟,惟公之賜;春耕夏藝,惟公之賜。我民何以云報?願爲賦詩,以紀公功。詠而歌之,子子孫孫,俾勿忘。"予乃颺言於眾曰:"公官以刑名,職在懲貪糾猾,非錢穀撫循之司也。然公學有淵源,故平日爲政,察奸惟明,去暴惟勇,豪民蠹吏竄伏如鼠,而疾痛負冤之民若承雨露。"

公方崇教化,日進譽髦而課藝之,未嘗恃桁楊之威也。予昔自潼赴贛,晤公於杞。公爲予言:"刑以弼教,非以爲教也。然《書》不云乎,'既富方穀'。中州自兵火以來,家無蓋藏,民鮮二鬴,設不幸有方二三千里水旱之災,不知何以禦之?往者,天下常多故矣。其先由饑饉頻仍,縣令不上聞,藩臬②不下詢③,視民間欣戚漠然不關於心,以鳩形鵠面之人而催科是問,於是民始忍以父母、妻子所仰賴之身而自棄於盜賊。夫養不遂,則教不興。教不興,雖有皋陶爲士,亦不可以理。此予鰓鰓然不能已於懷者。"噫!以公言觀之,可謂識治之本矣。予既感公之德,又重以父老之請④,乃拜手頓首而爲頌曰:

歲在己亥,商羊告災。梁園千里,蒼茫莫開。麥禾云枯⑤,蒲葦塞路。耒耜高懸,爭網魴鮒。夜吼蛟龍,庭遊梟鷺。苦雨名篇,愁霖綴賦。惟公曰:"嗟!惟我赤子,兵火餘生,何以堪此?"乃檄守令,予親履野。時駕輕舸,時乘羸馬。皋陸淳泓,旌旆⑥瀟灑。八邑咸臨,至睢之下。呼爾冠紳,拜手廣廈,毋吝爾有,哀此孤寡。紳士合言:"惟公之命!惠我惸獨,敢不敬聽?"迺輸倉箱,迺助金甒。煢煢孑遺,室如懸磬,聞公之命,交手相慶。盧幕周旋,炊煙繚繞。左餐右粥,歌呼昏曉。我公之歸,雲霞縹緲。淮泗河朔,民欣再造。何況宋州,

---

① "造",愛日堂藏版本和《四庫全書》本作"德"。
② "臬",《湯文正公全集》本、康熙年間刻蔡本、康熙年間刻閻評本、《近代中國史料叢刊》本誤作"旬",據愛日堂藏版本和《四庫全書》本改。
③ "詢",《湯文正公全集》本、康熙年間刻蔡本、康熙年間刻閻評本、《近代中國史料叢刊》本誤作"信",據愛日堂藏版本和《四庫全書》本改。
④ "請",愛日堂藏版本作"情",康熙年間刻蔡本作"講"。
⑤ "枯",愛日堂藏版本和《四庫全書》本作"腐"。
⑥ "旆",康熙年間刻蔡本、愛日堂藏版本和《四庫全書》本作"旗"。

敢忘拜禱？春爾條桑，秋爾滌場。我公之功，高山蒼蒼。烝爾祖妣，洽爾鄰里。我公之功，河水瀰瀰。

論

《十三經注疏》論自注悉本先儒成說不敢妄出己見①

自伏羲畫八卦而象數著，唐虞垂典謨而道統開，姬公作《禮》、《樂》而制度備，孔子贊《易》、刪《詩》、《書》、作《春秋》而天人性命之理，修身齊家、治國平天下之道，昭於萬世矣。

秦火之後，六籍殘缺。漢儒收拾補綴，參互考訂，歷晉唐而十三經之注疏始定。及宋元，學道者益眾，經旨益明。其間得失詳略，可得而論焉。

言《易》始於田何，傳於梁丘賀，又有京房、費直之學，陳元、鄭眾傳之。凡以彖象、文言雜八②卦中者，自費氏始。費氏興，而田何遂息。梁陳以來，鄭康成、王弼二注，並列學宮。鄭則多參天象，王乃全釋人事。天象難尋，人事易習。故鄭學浸微，而王注獨盛。其析義精深，漢魏而降，罕出其右。而微雜老莊，爲兩晉虛無之祖，後儒譏焉。然欲一概廢置，則過也。韓康伯、邢璹之徒，因而疏之。唐孔穎達與顏師古撰《正義》，亦以弼爲本。程子曰："有理而後有象，有象而後有數。至微者理也，至著者象也。"體用一源，顯微無間，觀會通以行其典禮，則辭無所不備。善學者求言必自近。易於近者，非知言者也。朱子曰："秦漢以來，考象辭者，泥於術數，而不得其弘通簡易之法；談義理者，淪於空寂，而不適於仁義中正之歸。求其因時立教，以承三聖，不同於法而同於道者，惟伊川氏之書而已。"然伊川專於言理，而本義則又兼言象占。《易》有

---

① "自注悉本先儒成說不敢妄出己見"，康熙年間刻蔡本、康熙年間刻閻評本、《近代中國史料叢刊》本、愛日堂藏版本和《四庫全書》本脱。

② "八"，康熙年間刻蔡本、康熙年間刻閻評本、《近代中國史料叢刊》本、愛日堂藏版本和《四庫全書》本作"入"。

聖人之道四焉,合程朱之書,庶乎備矣。其他若李鼎祚之纂集《訓解》,熊過①、來知德之殫力象數,其亦輔程朱之不及者乎?

《尚書》則伏生口傳二十八篇,作傳授同郡張生。其後分爲歐陽、大小夏侯三家,而歐陽最盛。是謂②今文。魯恭王得壁中藏書,孔安國校之,得二十五篇。是謂③古文。自漢迄西晉,言《書》者惟祖歐陽氏。安國《訓解》,晚出皇甫謐家,雖當時大儒揚④雄、杜預之徒,皆未及見。故《左傳》所引者,預輒注爲逸書。獨其《訓解》頗多疏淺,往往與經旨不合。朱子疑是晉宋間人偽撰,有以也。孔穎達《正義》旨趣多乖,惟宋儒蔡沈《集註》頗得其要。金履祥《表註》,王柏《書疑》,魏了翁《要義》,亦多可採焉。

《詩》三百五篇,遭秦獨全者,以其諷誦不獨在竹帛故也。漢初,魯有申公,齊有轅固,燕有韓嬰。又趙人毛萇,自云子夏所傳,作詁訓⑤,是爲《毛詩》。鄭康成爲之作箋。齊魯《詩》亡。韓《詩》雖存,無傳之者。惟《毛詩》、《鄭箋》,至今獨立。其宣鬯正風,不可貶也。疏之者,惟劉焯兄弟爲善⑥。朱子博考諸家,斷以己見,取裁廣而立義卓,信超出百家矣,獨詆斥《大小序》最嚴。門人多有疑者。竊以爲《書》序可廢,而《詩》序不可廢。卽《詩》而論之,《雅》、《頌》之序猶可廢,而十五《國風》之序必不可廢。何也?《書》直陳其事而已,藉令深得經意,序不作可也。《雅》、《頌》之文,辭易知而意易明也。獨《風》之爲體,比興之辭,多於敘述;風諭之意,浮於指斥。蓋有反覆詠歎,聯章累句,而無一言敘作之之意者。而《序》乃一言以蔽之,曰爲某事也。且其說往往與《左傳》合。子夏、左氏皆親見聖人而聞其筆削之意,豈盡無據乎?朱子以《二南》、《雅》、《頌》祭祀、朝聘之所用也,鄭衛《桑濮》里巷狹邪之所作也。夫子於鄭衛,深絕其聲於樂以爲法,而嚴立其詞於詩以爲戒,其說誠正矣。然《左傳》記季札來聘,請觀古樂,而邶、鄘、鄭、衛皆在所歌。使其爲里巷狹邪

---

① “過”,《四庫全書》本作“禾”。
② “謂”,愛日堂藏版本和《四庫全書》本作“爲”。
③ “謂”,《四庫全書》本作“爲”。
④ “揚”,愛日堂藏版本誤作“楊”。
⑤ “詁訓”,愛日堂藏版本、《四庫全書》本作“訓詁”。
⑥ “善”,康熙年間刻蔡本誤作“人”。

之作，則魯之樂工安能歌異國淫泆之辭而季子又從而聽之乎？故《大小序》、《毛注》、《鄭箋》，與《朱子集註》並行可也。

夫子《春秋》本文，世所不見。所編古經，則皆自“三傳”中擇出耳。然“三傳”所載經文，多有異同。如“公及邾儀父盟於蔑”也，左氏以爲“蔑”，而公穀則以爲“眜”；如“築郎”也，左氏以爲“郎”，而公穀則以爲“微”；“會於厥憖”也，左氏以爲“厥憖”，而公穀則以爲“屈銀”。至於君氏、尹氏，一以爲男子，一以爲婦人，將以何爲是乎？此“三傳”經文之不能盡同也。漢初，胡毋①、子都傳公羊《春秋》，董仲舒以公羊顯於朝。至何休作《解說》，覃思十七年，可謂專矣，而多引讖緯，何可訓也？穀梁自孫卿、申公，五傳至宣帝，特好之。范甯父子，世守其業，創名例百餘條，以規諸儒同異之說，可謂善矣。而論者猶以其學不經師，毋乃刻與？況乎徐彥、楊士勛之疏，爲邢昺所是正者，又何足道也？永平中，能爲左氏者，擢高第，爲講郎。賈逵、服虔，並爲《訓解》，而杜預註盛行於時。預之言曰：“左氏受經於仲尼，故《傳》或先經以始事，或後經以終義，或依經以辨理，或錯經以合異，將令學者原始要終，久乃得之。”其論至精。且星曆、地理必考其詳，方言、謠辭皆窮其義，後人不能易其說焉。間有棄經信《傳》者，凡於《傳》例不合，不曰《傳》之謬，而曰經文闕漏，則其蔽也。其後沈文阿、蘇寬、劉炫皆據杜說，孔穎達《正義》則又依劉學而損益之。此“三傳”註疏之大略也。

至胡安國，始以其意探聖人之心於千載之上，其書固所以明綱常，正人心，定國是，垂法戒，非經生之作也。若其書字、書名、稱人、削爵之例，多有自相牴牾者，謂盡得聖人筆削之旨，不敢信也。古今治天下之理，盡於《尚書》；古今御天下之變，備於《左傳》。今取士專主胡傳，士子傭耳剽目，剽取左氏之字句，以充帖括。蓋有傳業爲大師，射策爲大官，而目不覩“三傳”之全文者矣。其陋不已甚乎？

六經之道同歸，而《禮》、《樂》之用爲急。漢高堂生傳《士禮》十七篇，又

有古經出魯淹中，然皆止於士大夫禮。其朝覲會同郊祀大享，逸而莫考。河間獻王奏之朝，合五十六篇。宣帝時，后蒼深明其業，爲《曲臺記》，以授戴德、戴聖、慶普，三家並立學宮。鄭康成宗小戴，作《儀禮註》。而慶氏之學，至曹褒失傳。夫克己復禮之功，不出視聽言動之間。而動容周旋之際，即性命精微所寓①。則《儀禮》一書，豈非學者最宜盡心者乎？獨其文辭質奧，韓愈猶病難讀，況下此者乎？

《周禮》之得入祕府也，亦自河間獻王始。獨闕冬官，取《考工記》補之。夫司空掌邦事，居四民，時地利。《考工》何足盡之？其得立學宮也，自劉歆始。杜子春因以授鄭眾、賈逵，厥後馬融作傳授康成。其有注也，自康成始；而其有釋有疏也，又自陸德明、賈公彥始。聖人致太平之迹，獨賴此編之存。漢武以爲黷亂不經，何休以爲六國陰謀，既不足知之；而劉歆用之以輔莽，王安石用之以變法，後人遂以爲《周禮》不足致治，亦已過矣。河間又得仲尼弟子及後學所記一百三十篇，上於朝。劉向檢所得，合爲二百十四②篇。戴德刪其繁重，爲八十五篇，謂③之《大戴記》。戴聖又刪爲四十六篇，謂之《小戴記》。馬融增《月令》、《明堂位》、《樂記》，合四十九篇。康成又爲之注。

康成於“三禮”功最深，考究名物、象數，曲盡其詳。朱子深許之。晉宋以來，皇侃、熊安生禮業最著，孔穎④達據以作《正義》。宋儒篤信遺經，淳熙有俞廷椿復古之編，嘉熙有王次點補遺之錄。陳澔採眾家以爲集說，吳澂合“三禮”以爲考註。其羽翼之功，固皆有可言者。

朱子欲考定“三禮”，請於朝，不果行，止修復王朝等禮。喪、祭二禮，付門人。黃幹紹成其書，曰《通解》。汪克寬又因其成法爲補遺。今之學者，倘以朱子之意折衷全禮，彙爲一經，俾海內獲誦習古禮之全，則諸儒衛翼之功，得收實用矣。《論語》則何晏集孔安國七家注成之，皇侃本衛瓘十三家說疏之。《孟子》則趙岐註之，張鎰、丁公著釋之，孫奭據以作《正義》，當時並稱精確。

---

① “寓”，愛日堂藏版本和《四庫全書》本作“遇”。
② “十四”，愛日堂藏版本和《四庫全書》本作“四十”。
③ “謂”，愛日堂藏版本作“爲”。
④ “穎”，愛日堂藏版本誤作“潁”。

由今觀之，於孔孟一貫忠恕、性善、盡心之旨，視程朱猶霄壤也。

《孝經》爲河間顏芝所藏，獻王得而上諸朝，凡十八章，所謂今文也。與《尚書》同出孔壁者，凡二十二①章，所謂古文也。孔安國尚古文②，劉炫宗之。劉向典校經籍，以十八章爲定。鄭衆、馬融、鄭康成皆爲之註。唐明皇取王肅六家之說，參倣孔、鄭《舊義》爲註。邢昺作《正義》疏之。司馬温公、范蜀③公，皆尊信古文指解。朱子爲刊誤，亦復多從古文。明呂維祺作《大全本義》，集諸家之大成。夫子曰："吾志在《春秋》，行在《孝經》。"當立之學宫，與《論》、《孟》並。

《爾雅》始於周公，而成於子夏，誠九流之奧旨也。自終軍豹鼠之辨，其書始行。郭璞究心十八載，草木、魚蟲④、名物、訓詁，昭然備晰。蓋古人之言所以難明者，非但古人之義理難明也，實古今之事物不同、名號各異爲難明也。明《爾雅》，則可以識箋注之旨歸也，可以尋古人之精義也。外此論體製則有《說文》諸書，辨音韻則有《四聲譜》諸書，皆所以輔《爾雅》而備同文之治者也。可以其爲小學而忽之哉？

總而論之，漢儒去古未遠，師友轉相傳授，淵源有自，後儒⑤多因之。若文質三統，馬融之說也；九六老變，孔穎⑥達之說也；河洛表裏之符，宗廟昭穆之數，劉歆之說也；五音、六律、十二管還相爲宫，鄭康成之說也。是知漢儒之學長於數，得聖人之博。宋自周、程、張、邵，逮於朱、蔡，天地、陰陽之奧，道德、性命之微，深究其妙，不泥前人之說。其學也，得聖人之約，合二者而一之，然後得聖人之全經。若偏主一家，是漢儒、宋儒之經，而非聖人之經也，豈深於經者哉？⑦

---

① "二十二"，康熙年間刻蔡本作"二十八"。
② "尚古文"，愛日堂藏版本和《四庫全書》本脱。
③ "蜀"，《近代中國史料叢刊》本誤作"肅"。
④ "魚蟲"，《近代中國史料叢刊》本作"蟲魚"。
⑤ "儒"，愛日堂藏版本和《四庫全書》本作"人"。
⑥ "穎"，愛日堂藏版本誤作"潁"。
⑦ "哉"，康熙年間刻閻評本、《近代中國史料叢刊》本、愛日堂藏版本、《四庫全書》本作"哉悉本先儒成說不敢妄出意見自注"，康熙年間刻蔡本作"哉悉本先儒成說不敢妄出意見自記"。

《二十一史》論館課①

蘇洵曰："經以道法勝，史以事辭勝。經非一代之實錄，史非萬世之常法。"是不明《尚書》之義、《春秋》之旨也。夫經史之法，同條共貫。《尚書》備帝王之業，經也而通史；《春秋》定萬世之憲，史也而爲經。修史者，蓋未有不祖此者也。故道法明而事辭備，此史之上也。事辭章而道義猶不悖焉，次也。二者皆失，斯爲下矣。嘗讀古今之史，約畧論之。②

司馬遷《史記》，創爲義例，上下三千餘年，爲五十餘萬言，辨而不華，質而不俚。其意深遠，則其言愈緩；其事繁碎，則其文愈簡。隱而彰，直而寬。非豪傑特起之士，其孰能爲之？

班固《西漢書》，自武帝以前，守其說而不敢變。其所自爲，贍而不穢，詳而有體，經緯錯綜，瞭如指掌，亦古今之良史，司馬之流亞也。然自謂漢運紹堯，以古今人物强立差等，居攝不附於漢平，孺子下列於新莽，安能逭劉知幾之所短哉？

王通曰："遷固而下，帝王之道，其暗而不明乎？天人之意，其否而不交乎？制理者，參而不一乎？陳事者，亂而無緒乎？"嗚呼！難言之矣。

范蔚宗《東漢書》成，自謂體大而思精。由今觀之，論竇武誅中官爲違天理，論班勇使西域爲《遺佛書》，抑節義之董宣於酷吏，升忍恥之蔡琰於列女，志王喬之《鳧履記》，左慈之《羊鳴》，詭譎不經，文辭繁縟。《春秋》之義，於斯盡矣。然論序詳明，不可誣也。

陳壽述事簡嚴，張華尤善之。乃以父髡之故，謂武侯不逮管蕭；以索米之故，而丁儀遂不得立傳。且帝曹魏而寇劉漢，所謂正大義以黜僭竊之義謂何？使非習彥威辨之，《綱目》正之，大統不幾終紊乎？

貞觀時，以何法盛等《晉書》未善，乃據臧榮緒書增損之。至宣武本紀、陸

---

① "館課"，康熙年間刻蔡本、愛日堂藏版本和《四庫全書》本脫。
② "嘗讀古今之史約畧論之"，愛日堂藏版本和《四庫全書》本脫。

王二傳，煌煌御撰，何其盛也！然而史官之事，至以天子臨之，且志傳分手，叢冗駢麗，《語林》、《世說》盡入青編，《幽明》、《搜神》咸被採錄，何可不辨也？

《宋書》本承天之舊，事雜魏晉①，失於限斷。沈約創志符瑞，不經甚矣。子顯《齊書》，實因江淹，《天文》但紀災祥，《州郡》不著戶口。思廉梁、陳二書，實卒父志。祖、父揚名，言多不典。然而倉皇變亂之際，鑒戒頗多，不可得而泯沒②也。收之後魏，借公報私，毀譽失實。百藥北齊，避諱略號，遷就弗端。後周牛弘，惟務清言。德棻繼之，率多牴牾。後之君子，何以覽觀焉？李延壽南北二史，刪略繁蕪，編摩簡淨③。比④之正史，實爲過之。魏徵《隋書》，本末備舉，倫貫有敍。陳壽以來，罕有其儔。

劉昫《舊唐書》，府兵無志，藩鎭無表，是昧制度之原，忘喪亂之本；長孫與敬宗並書，昌黎與禹錫同傳，則賢否無別，功罪等觀；目劉賁以文苑而直節泯然，例吳淑以外戚而卓行蔑著，則大節揜於細謹，高德蔽於閥閱。此曾公亮之所以致譏，而歐、宋之所以釐正也。

《新唐書》雖事增於前，文省於舊⑤，而削去詔令，王言無徵；多用奇字，讀者易厭；姓氏多訛，年月屢異。君子嘆之矣。蓋歐、宋平分，學術稍殊，固不若《五代史》之獨出一人也。其文簡遠澹宕⑥，當雲擾瓜⑦分之日，而君臣上下之交，治亂興亡之故，一唱三嘆，迴環不已，蓋與司馬相表裏矣。

史之有本紀，史之綱維也。古之史，本紀立而全史具。《宋史》舉駁雜細碎、志傳不勝書之事，羅而入之本紀，發凡起例，舉無要領；載事立傳，不辨主客；互紀則複累而無章，迭舉則錯迕而寡要；且卷帙最繁，而缺畧不少。如《韓琦傳》不載儀鸞司撤簾之事，《狄青傳》不記與曾公亮論方略之詳；又如《史彌遠傳》，但序官閥，兼載奏章，褒刺失據，衮鉞無憑。何其疏也！

① “魏晉”，愛日堂藏版本和《四庫全書》本作“晉魏”。
② “沒”，愛日堂藏版本和《四庫全書》本作“滅”。
③ “淨”，康熙年間刻蔡本、康熙年間刻閣評本、《近代中國史料叢刊》本、愛日堂藏版本和《四庫全書》本作“徑”。
④ “比”，康熙年間刻蔡本、康熙年間刻閣評本、《近代中國史料叢刊》本誤作“北”。
⑤ “舊”，愛日堂藏版本和《四庫全書》本誤作“後”。
⑥ “宕”，《近代中國史料叢刊》本作“古”。
⑦ “瓜”，康熙年間刻蔡本、康熙年間刻閣評本、《近代中國史料叢刊》本誤作“爪”。

《金史》簡潔，遠勝宋遼，蓋元好問之原本佳耳。

《元史》雖才集衆長，而削槀迫促。夫龍門、扶風父子相繼，《梁書》、《陳書》，十載告成。而今限以條例，要以時日，欲成一代良史，胡可得也？

史才實難，自古嘆之。揭傒斯曰："有學問文章而不知史事者，不可與；有學問文章、知史事而心術不正者，不可與。"然則必才備三長而克己無我、幽明不愧，乃①能誅姦諛而發潛德，安得司馬君實、朱元晦其人而與之議史事哉？

政貴知變論 館課

治天下者不察古今之變，則一代之體不立也；治一國者不察天下之變，則一國之體不立也。

蓋時有遷革，治化因之。夏商之忠質，成周之文物，非三代聖人之意也，勢也；太公治齊，報政三月，伯禽治魯，報政三年，亦非二公之意也，勢也。蓋惟聖人善於因時，而俗儒狃於聞見。安石行《周禮》而宋道衰，孔明用申韓而蜀幾霸。夫《周禮》，聖人之書也；申韓，刑名之學也。或以之亂，或以之治，此非《周禮》之過，襲《周禮》者之過也；非申韓之功，用申韓者之功也。趙廣漢之在穎②川也，鉏籥鉤鋸而奸豪息；韓延壽之治馮翊也，閉閣思過而良民輯。二者寬嚴異矣，而循良同聲，嘉績偕奏，卒不聞廣漢與酷吏同傳，而延壽與懦夫並稱。若此者，何也？治水者，必相山陵，度地脈，而後加疏鑿焉；治民者，必視風俗，察民情，而後加德威焉。此不可不知也。

嘗讀唐史，至文宗見崔郾初治陝不鞭一人，既遷鄂而嚴刑不貸，有"治陝宜寬，治鄂宜嚴，政貴知變"之說。噫，何明達若斯也！吾獨怪崔郾能明陝鄂之形，而當時朝廷獨不明天下之勢也。蓋唐至文宗而弊極矣，藩鎮恣橫于外，宦豎肆虐於內，皆手握王爵，口含天憲。而其初年，元老未隕，良將猶在，倘能奮然自勵，慨然於貞觀、開元之丕績，取元和以後之政令，煥然變革，與民更始，

---

① "乃"，康熙年間刻蔡本、愛日堂藏版本和《四庫全書》本作"後"。
② "穎"，疑爲"潁"字之訛。

天下治亂未可知也。而乃因仍弊習，顧以李訓、鄭注之流，謂可藉以驅除奸豎。噫，何其愚也！當甘露變起，禍及罘罳，唐之不亡，其間不能容髮，蓋亦危矣！至居深宮，自比桓靈，撫坐嘆息，泣下沾襟，何其戇也！使移崔郾治陝鄂之識以治天下，必不沿穆敬之餘而忘太宗之業、任近侍之臣而疏股肱之彥，吾知士良之徒可不勞而去也。不知務此，陵夷至於武、宣，雖欲振而不能矣。此則尚可爲也，而不知變。故曰：當更張而不更張，雖有大賢，不能善治也。

諸儒執經問難論<small>院試</small>

天地之理備於經，帝王之道本於學。學之不修，則治之隆替可知也；而經之不明，則學之純駁又可知也。歷觀《詩》、《書》所載，自堯舜、三代，何嘗有不學問之天子乎？其深居燕閒，几杖有銘；臨雍拜老，乞言有典。勤學好問，蓋有後世儒生所不及者，何其密也！而君臣之間，籲咈告誡，皆成訓典，又何盛也！

後世有言天子安事《詩》、《書》者矣，即有一二好學之主，亦或馳騖于黃老，或殫情於詞賦，雖文詞爾雅，亦可謂惑於流俗而不篤于自信者也。乃觀漢明帝養老禮成，引桓榮上堂，使諸儒執經問難於前，圜橋門而觀者億萬人。噫，此三代之遺風與！

夫漢之賢主，首稱文帝矣。世徒見文帝治貴清靜而比隆成康，武帝尊尚儒術而末年驕侈，遂以爲儒術寡效，黃老多功，不知文帝之賢明，得儒術之大端，而其不免於雜霸者，則儒行之不純。故賈誼陳王道，則謙讓而未遑也，禮樂庠序之事猶未盡興，而強秦之遺風餘俗猶未盡除也。夫文帝之賢者而若此，則學問之事蓋亦難矣。至於武帝，雖有表章經史之功，然亦好其文辭耳。不然，以雄才大略之主，當西京治安之隆，使誠慨然于堯舜文武之丕績，又有董仲舒諸人以爲之輔，則建元之隆可與三代爭烈，又何至興師邊鄙，失王師不戰之訓，骨肉殘忍，昧家人反身之義哉！由此言之，則孝文得其一二而未見其大全，孝武慕其虛名而未求其實效，二者均失也。

乃光武創業之際，投戈講藝；明帝承建武之後，戢武未幾而臨雍拜道。此可謂不惑乎流俗而篤于自信者矣。觀其東平來朝而詠及《采菽》，雒山出鼎而推及《易·象》，不亦渢渢乎先王之盛哉！東漢之世，節義章明，未必非光武、明帝父子倡率之功也。惜也文物雖盛而貽謀無術，一變而章、和，再變而安、順，經術不永，治道遂漓，君子悼之矣。且當時執經之徒，不過班賈諸人耳，要皆文章《爾雅》之流，非有明二帝三王之道。

天地之所以著，鬼神之所以幽，若曾參、孟軻之徒也。夫天下未嘗無大賢，蓋由士有志而上不重耳。使明帝果究其實而不慕其文，而曰天下無正誼明道之儒出而應之，吾不信也。其後諸儒碌碌無聞，而桓榮車馬印綬誇耀生徒，知當日之所問難者，亦祇太平之盛觀，而非究心經術之實也。

夫近代人主之學，莫盛於漢，而漢又莫如文、武、光、明，然所就皆如此，則欲求帝王之學者，舍《詩》、《書》所載，將何取法焉？

辨

春王正月辨

聖人之書，明白簡易。而後儒推求過甚，遂成不決之疑者，如"春王正月"之類是也。

注《春秋》者不下數十家，置"春王正月"四字不論者固有之，其以周改月兼改時者，則漢孔安國、鄭康成，至明趙子常、王陽明、賀景瞻也。以周改月不改時者，則宋程伊川、胡康侯，至明劉文成也。以周不改時兼不改月者，則宋蔡①仲默、魏華父，至明章本清也。

諸家引經據傳，自以爲確不可易，而余則直以《春秋》本文斷之而已矣。《春秋》："桓公八年冬十月，雨雪。"十月者，以周正爲建酉月，故雨雪爲非時。若夏之十月建亥，雨雪亦常耳，何足書？"成公元年二月，無冰。"此建丑月也。若建卯月無冰，又何異焉？"莊公七年秋，大水，無麥苗。"如周不改月、不改

_____

① "蔡"，愛日堂藏版本和《四庫全書》本脫。

時，麥苗何得至秋？“定公元年冬十月，隕霜殺菽。”若夏之十月，菽已穫矣，隕霜亦非失①時。如此之類，甚眾。更有可證者，僖公五年，《左氏傳》曰：“春王正月辛亥，朔，日南至。”“日南至”者，子月也。此又改月改時之的據也。夫子特書曰：“王正月。”而《左傳》亦釋曰：“王周正月者，蓋明其爲周天子之正月，非夏之正月、殷之正月也。”而又於二月、三月亦繫之王，見丑月爲周之二月，寅月爲周之三月，非同於《殷正》，同於《夏正》也。過此前代無以爲之正者②，則亦不必書王以別之矣。

或曰：“四時之序，《夏正》爲善。周公大聖人也，以冬爲春，可乎？”曰：陽明言之矣，陽生於子而極於己午，陰生於午而極於亥子。陽生而春始，陰生而秋始。自一陽之復以極於六陽之乾而爲春夏，自一陰之姤以極於六陰之坤而爲秋冬。此文王之所演，而周公之所繫，何不可之有？

胡氏泥於冬之不可爲春也，故有夏時冠周月之說。以爲孔子告顏淵以行夏之時，此爲見於行事之驗，則又謬甚。如胡氏之說，周改月不改時，是雖以子月爲歲首，而四時之序猶夫夏也。以冬爲春，乃自孔子始。以夏時冠周月，非所以尊周。以仲冬爲孟春，豈可謂行夏之時乎？不夏不周之間，孔子何以自處焉？夫行夏時者，師友平日論道之言，所謂損益百王，垂訓萬世者也。《春秋》者，聖人尊周室、明王制之書也。王制固未有大於正朔者。孔子爲當時諸侯強橫、大夫陪臣僭亂而作《春秋》，乃首改周天子之正朔也，恐聖人亦有所不敢矣。

或曰：“《孟子》不云乎，‘《春秋》，天子之事也。’庸何傷？”曰：所謂天子之事者，謂賞功討罪，以明天子之法，使諸侯不敢悖天子，大夫不敢悖諸侯耳。非必變易四時之序，改本朝正朔而後爲天子之事也。胡氏以此爲垂法後世，吾恐法未可垂，而先犯爲下不倍之戒矣。且此亦空言耳，烏在其爲見諸行事之驗乎？

故周不改月，則孔子必不敢以十一月爲正月。以十一月爲正月，則周之必

---

① “失”，《近代中國史料叢刊》本誤作“先”。
② “無以爲之正者”，康熙年間刻蔡本作“無以之爲正”，康熙年間刻閻評本、《近代中國史料叢刊》本作“無以之爲正者”。

改月可知也。周不改時，則孔子必不敢以周正月爲春。以周正月爲春，則周之必改時可知也。

曰："《豳風》亦周詩也，何以用《夏正》?"曰：周之先世，以農事開國。后稷、公劉以來，固虞、夏、商之諸侯也。爲虞、夏、商之諸侯，必用虞、夏、商之正朔。且《豳風》述民事，《夏正》爲切。而《春秋》明一王之大法，尊周爲重，未可以爲例也。

曰："諸家引《商書》'元祀十有二月'，以爲商不改月之證，何歟?"曰：《書》缺有間矣。商之時制，固無從得而考，要之不可以例周。與其雜引他書以釋《春秋》，固不若卽《春秋》以釋《春秋》也。左氏、公羊、穀梁，皆周人也，於此獨不加論焉，亦以爲不必論也。使當時以正月爲冬，而孔子獨書曰春，三子能已於言哉?

議

纏 地 議

睢州地畝，州衛錯雜，款項繁多。奉文行纏，查對數載。地畝有逾額、缺額之不同，弓尺有長短大小之不一，不能盡符原額，致稽轉報。

從來州縣地畝，各有則例。睢州畝數，不可比例商、鹿；睢陽衛弓尺①，亦不可比例歸德衛也。州地四百八十步爲一畝，本自清楚，無容置議。獨睢陽衛比例歸德衛弓尺②，不能無議焉。歸德衛弓尺③，較民弓大三寸八分，派銀三分六絲零。睢陽衛除徭役與民弓相同外，如屯地則派銀三分五釐零，新增餘屯④則派銀四分四釐零，較之歸德衛，糧數迥殊，弓尺⑤何得無異?

---

① "尺"，《近代中國史料叢刊》本誤作"矢"。
② "尺"，《近代中國史料叢刊》本誤作"矢"。
③ "尺"，《近代中國史料叢刊》本誤作"矢"。
④ "餘屯"，愛日堂藏版本和《四庫全書》本作"屯地"。
⑤ "尺"，《近代中國史料叢刊》本誤作"矢"。

當年按弓定糧，睢陽衛三項弓尺，每畝較民弓多地二分五釐，此從來定規也。今若比歸德衛弓尺，則每頃當減去九畝三分，另行起科。衛地糧已極重，何堪減畝？若依本衛弓尺，則各項之有餘，不能補衛地之不足。夫地猶是昔日之地，昔何以照本衛弓尺而足額，今何以照本衛弓尺而不足？非歸併衛所之時，州縣之移送未明，卽丈量田地之日，繩外之遺漏尚多。版籍之定例，未敢邊更；賦役之徵輸，理當愼重。若今日苟簡了局，後日之歸咎誰任？雖上臺之催提已久，而執事蒞任方新。合無申請寬限，設法查補。地在鄰封，則詢之舊衛旗丁；繩餘遺漏，則責之四鄰舉首。務期地無欺隱，糧無重累。然後按繩定糧，勒石垂後。國課民生，咸有賴矣。

至於目前急務，惟在後里有衛蠹張化鵬所報之無地懸糧六十餘頃，國課則年年缺額，徵比則無地無人。里書之敲撲①徒煩，官長之考成受累。似當速就各項逾額地內，仍照本衛弓尺撥補明白。目下無懸糧之累，後②可徐議總數之足額。此又今日最要之著，統候採擇焉。

本紀當法《宋史》議

本紀自晉宋以來，法漸詳密。《唐書》以詔辭騈麗刪去，僅存高祖一詔，亦多裁節；書法義例，務從簡嚴。前史之體，爲之一變。而王言無徵，後人譏之。《宋史》因事定例，不似《唐書》之嚴，而事加詳密。詔令言辭，亦翦裁載入，一代事跡，燦然完備。《元史》繁蕪，不足觀矣。

竊以本紀記一帝始終，非同《綱目》一書，原本《春秋》，義取褒貶，另有目以詳其事也。如卽位册立，諸詔記其事，刪其文可也；如戰攻方略，訓戒臣民，志、傳不能載者，必須總括數句，其事方明，則《宋史》可法也。《漢書》有一詔而本紀與志、傳詳略異者，知出史臣翦裁，非盡原文也。細看《宋史》，言動皆記，實備左右史之體，故本紀當以《宋史》爲法。

---

① "撲"，《湯文正公全集》本、康熙年間刻蔡本、康熙年間刻閣評本和愛日堂藏版本誤作"樸"，據《近代中國史料叢刊》本、《四庫全書》本改。
② "後"，愛日堂藏版本和《四庫全書》本作"而後"。

擬　　詔

擬漢元帝以禁囿假貧民舉直言極諫之士詔院試

詔曰：天生民而立之君，無非欲甚愛此民也。人主承天以致治，民有失所而不知省憂，則天示之以菑，所以警動人主而止其亂也。是天之愛人主，亦無窮矣。

朕紹先帝之緒，獲奉宗廟，夙寤晨興，祈與宇內共臻咸理。乃者陰陽錯繆，菑異並臻，朕甚懼之。方臨遣光祿，存問鰥寡，延登賢俊，使者冠蓋相望。今又地震於隴西郡，水泉湧出，其咎安在？夫歲比不登，民有饑色，天又動威，其何以堪？是朕躬不德，以累我烝民也。

古帝王山林池澤之饒，與百姓共之。朕縱未能力回天譴，奈何以歲時遊獵之區，使貧民不得耕耨？是重朕不德而示私於天下，非所以佐陰陽之道也。且吾貧民甚苦，而禁囿地稱沃澤，奇產異植不可勝原。此皆百姓所仰給，余一人豈敢有愛焉？昔先帝假公田，賦禁籞，賜高年布帛，朕常慕之。以禁囿假貧民，豈唯百姓之為，亦庶幾不忘先帝之詔也。

古者設誹謗之木，置敢諫之鼓。朝有直士，社稷之福。我國家百有餘年，骨鯁強立之士，項背相望。遠若賈誼、汲黯之儔，近若高平、博陽之侶，皆識體得宜，足裨廟算。今豈無其人乎？乃詔書數下，卒無應令，意眇躬不足以致之而君子多壅于上聞也。朕既不能遠德，故天降災於我國家，又使羣臣不得盡情而過失無聞。其若之何？

昔魯哀公時，天不降譴。今倘尚可為，百爾君子忍習諾諾之風而忘朕之惓惓乎？丞相、御史、中二千石，各舉直言極諫之士，徵詣行在所，務期盡言無諱，以佐朕克謹天戒之意。

擬漢文帝親耕藉田詔院試

詔曰：帝王之興，必以敬天、勤民爲首務。古者天子躬耕藉畝，以爲農先，與祈穀之典並舉，所以神倉豐裕而上帝時歆也，所以民咸力穡而嘉穀歲登也。

高祖受天明命，撫臨方夏。朕奉藩於代，以王侯吏不釋之故，嗣守歷服。天之所付予者甚厚，即位以來，除租稅，免徭役，復高年，舉孝弟、力田、三老，兢兢業業，不敢自宵，無非奉若天道，欲甚愛此民也。然郊祀之禮，皇皇惟慎。而粢盛之設，有司典之，虛帝藉而不舉，非所以敬郊廟也。且吾農民日夜襏襫以供賦稅，而朕宴然以處，是於勸農之道未備也，於爲民父母之義未周也，其何以對越上帝於圜丘哉！

夫高祖創業日不暇給，孝惠皇帝享國日淺，今四方漸定矣。昔周成王繼文、武之後，軫念民依，而姬公猶爲之陳《豳風》，進《無逸》，諄諄於稼穡之艱難。當其時，親履農郊，率公侯大夫秉耒三推，故天報以瑞。至今嘉禾之祥，著在簡冊，何其盛也！今承秦之敝，民不得休。數十年野不加闢，歲一不登，民有饑色。是何今昔之不同如此？此非獨百姓之過也。大君之率不先，細民之務不舉。故末作維勤而稼穡不務也。予一人何敢自怠以忝高祖之令聞？其以春初，朕親耕藉田，布詔天下，使二千石守令各率朕意，以道民焉。

露　　布

粵西平露布館課

臣聞版泉振旅於皇家，輝煌玉簡；苗野奮①戈於帝世，照耀金封。蓋文德

---

① "奮"，《近代中國史料叢刊》本誤作"田"。

丕播,不因秉旄誓鉞而增①崇;而聖武布昭,正兼執玉舞干而益大。滄海全歸禹貢,淪紋豈增萬里之波? 祝融久戴堯封,寸地亦尊②昊天之命。非臣猷之克壯,咸與維新;實聖德之如天,無遠弗屆。

恭惟皇帝陛下宣昭義問,敉甯武功,垂裳秉珪而天下嚮風,動顏變色而海內鎮定。黃旄右指,劍閣雲新;玉仗南臨,衡湘波静。白環西獻,流沙積石之鄉;楛矢東來,洧盤日出之郡。卿③雲爛漫④,山林無紫芝之歌;日月光華,太史著河清之賦。

獨此粤西,星分宿末,地近日南,白象陵山,孔禽蔽野。西京之王會不通,周禮之職方罔載。今河山奠矣,謂宜梯山航海而來王;豈日月出矣⑤,猶然鑽燧鑿榆而自照? 蒼梧慘澹,鮫人泣明月之珠;平樂蕭條,估客棄桃枝之簠。

臣等恭承璽命,遠播天威。組練發而星斗明,旌旗張而雲日曉。樓船輕度,細柳營開。大將某指麾明月,裨將某劍戟秋霜,皆右義左仁⑥,佩忠戴信。乃布德宣令而繡組來迎,韜戈束旜而壺漿恐後。桂林象郡,悉成饔鼓軒舞之民;瘴雨炎風,盡爲祝華呼嵩之地。日無私照,南邦永以無虞;海不揚波,北戶宴而不閉。幽荒絕壤,始知天子之爲尊;六慰三宣,共識聖人之在位。蓋王師無戰,龍城勒銅柱之勳;大武維揚,薄海靖兵戈之氣。此皆受成廟計,憑藉天聲。不然,何以熊旂未開,犀甲未振,而鵞山之險盡作藩籬,煙瘴之墟永無狐兔也? 君之德也,果如叔向之言。臣何力哉,豈曰郤縠之讓?

臣等無任慶忭,激切屏營之至,謹奉⑦露布以聞。

---

① “增”,愛日堂藏版本和《四庫全書》本作“尊”。
② “尊”,愛日堂藏版本和《四庫全書》本作“遵”。
③ “卿”,《湯文正公全集》本誤作“鄉”,據康熙年間刻蔡本、康熙年間刻閻評本、《近代中國史料叢刊》本、愛日堂藏版本、《四庫全書》本改。
④ “爛漫”,康熙年間刻蔡本、康熙年間刻閻評本、《近代中國史料叢刊》本作“熳爛”。
⑤ “矣”,康熙年間刻蔡本作“焉”。
⑥ “右義左仁”,愛日堂藏版本和《四庫全書》本作“右仁左義”。
⑦ “奉”,愛日堂藏版本和《四庫全書》本脱。

策

平定湖南收服雲貴策院試

　　竊聞聖王耀德,不勤遠大之功;而王師無戰,必尚萬全之計。文德誕敷,由來所重矣。昔趙充國曰:"兵難遙度,願至金城,圖上方略。"誠以疆埸重事,非可以千里之外安坐而論也。然廟堂無勝算,則疆埸之功不可得而立矣。故平吳之計定於元凱,而淮南之謀實由裴度。況今名邦大郡,久隸版籍,獨以湖南、雲貴頻勞王師,此何得不煩朝廷之慮也?

　　雲貴姑置無論,卽湖南處瀟湘衡霍之間,比之輿圖,所隸不過二三郡耳。而至興師動眾,往來數千里之外,士卒困於軍旅,老弱罷於糧餉,此非聖主所忍聞也。然而聖度如天,仁恩洋溢,使數郡之父老赤子日冒鋒鏑,內嚮而怨曰,"聞國中有聖人,物靡不得其所,獨此僻壤,不得瞻日月之光華",舉踵思慕,不敢休息,尤非聖主所忍聞也。故今日爲百姓而興師,非但爲疆域計也。爲疆域計者,何難以力爭? 而爲百姓計者,則湖南之土地雖若未歸下吏,而湖南之赤子已久爲盛世之編氓。夫以聖主而招徠編氓,此固非可以講兵力之强弱也。

　　所謂德義綏懷,雖若爲儒生之常談,而實爲當今之急務,不可不講也。昔羊祜作鎮荆襄,減汰戍卒,刈穀爲餉。吳人有饑,船粟往哺。吳人有疾,醫藥相通。至於軍士不聞甲胄之聲,而里間惟講耕種之樂。此其意若無意于平吳也,而吳卒以定。范仲淹經略西夏,城清澗,城大順,使軍不刺顪,民不饋輓。三年士勇邊實,恩信大洽,乃爲橫山、靈武之計。此其意亦若不亟亟於西夏也,而夏卒無事。由此言之,兵革者,勝敵之具,而非永清大定之本也。

　　以今天下虎賁萬旅,不爲不强;饋餉九州,不爲不富;樓船蔽江,不爲不眾。然而旌旗所至,則壺漿恐後;韜戈未返,而烽煙又警。則當今之所大患,固不任戰矣。且夫承變亂之後,固不可無異舊之恩也。使湖北之禾疇被野,枹鼓不驚,而後湖南之底定可期也;使湖南之雲霓入望,孔邇載歌,而後雲貴之蕩平可期也。況以三軍之眾，不尚攻擊之威，則用力必暇；不爭旦夕之功，則爲效必久。於是，於長沙、武岳之間，屯田以待其敝，德教以化其俗，威信以服其眾，令荷戈之士皆有翻然勃然之心，而逆我顏行者，亦皆有退然自悔之意。此所謂不戰而屈人之兵者也。

滇黔地接荒服，西京之王會不通，周官之職方不載；蠻洞之險不如劍閣，滇池之廣非若江漢。今劍閣爲平壤，而江漢爲安流，況煙瘴不毛之墟，遼絕殊黨之域，何足以煩王師、勞弧矢哉？蓋大武本於人心而不在鐘鼓旌旗之節，王略要於無疆而不在獻俘凱旋之觀也。夫三苗左洞庭，右彭蠡，此非湖南之己事乎？干羽兩階之事，唐虞行之矣。今日之計，固不得外此而別求奇謀耳。

考

歷代備荒良法考_{館課}

嘗讀《周禮》，見古先王制治，條貫詳明而經緯備具。如大司徒之所掌，其所以聚萬民、量豐歉者，何其詳！故天災流行而民不病。何則？其法素備也。蓋分溝浚澮，禦之周矣；嬰茅代犧，鑒之素矣。春官歲獻民穀之數，冢宰以三十年之通制國用，至餘十年之食，此量出入法也；遺人收鄉關之委積，以恤艱阨，養孤老，此待施惠法也；廩人數邦用，稽民食，食不能入二鬴，則令邦移民就穀，此時匪頒法也；旅師泉府積三粟，與斂不售者平頒而貸之，此貴國服法也。故其未荒也，先有以備之；將荒也，先有以計之；及其既荒也，則又有司救氏節巡郊國而以王命均惠焉。雖有所謂荒政十二者，竟設而不試，是周官遺人廩人之法無日而不用，無論荒不荒也。散利除盜，舍禁索鬼，竟世而無可用，即荒猶不荒。故曰：三代而上，有荒政無荒民，此之謂也。

周室既衰，徭役橫作。魯宣稅畝，《春秋》譏焉。其後李悝爲魏文侯作盡地力之教與平糴之法，以爲糴甚貴傷民，甚賤傷農。民傷則離散，農傷則國貧。善爲國者，使民毋傷而農益勸。必謹觀歲有上、中、下熟，上熟則糴三而舍一，中熟則糶二，下熟則糶一，使民適足，賈平則止。小饑則發小熟之所斂，中饑則發中熟之所斂，大饑則發大熟之所斂而糶之。故雖饑饉水旱，糶不貴而民不苦。取有餘以補不足，雖非三代之制，抑以補偏救弊。後世深思遠慮之士，猶祖其意而神明之也。

漢定天下，什五稅一，量吏祿，度官用，以賦於民。其後，賈誼上積貯之書，晁錯興拜爵之令，董仲舒有限民名田之說，趙都尉爲倣古代田之制，皆各取濟一時，而倉庾充實，民無菜色。至宣帝五鳳中，則有耿壽昌常平倉矣。穀賤則增價而糶以利農，穀貴則減價而糶以利民。故歲有豐歉而穀無貴賤，穀有貴賤而民無死生。是時，百姓殷富，擬於文景。至元帝而罷之，至明帝而復之。則常平之設，與漢相爲盛衰也。雖亦李悝之遺意乎，而規模則亦遠矣。

魏棗祇募民屯田，晉武帝布帛市穀，北齊置富人之倉以收義租，後周創六官之倉以辦九穀。至隋開皇二年，長孫平議諸州當社共立義倉。收穫之日，隨其所得，出粟及麥，於當社造倉窖貯之。社司執帳檢校。時有不熟，即濟當社饑饉。蓋取之不厚，則民既樂輸矣。貯之當社，則吏胥無侵矣。豈若後世牒狀反覆，給散艱難，鄉遂之遠，扶攜轉徙以求升合之食者比也？然行之十餘年，關中大旱，民猶有食粟秕、爭豆屑者。至親幸洛陽，率民就食，則知當時之法，亦微有不善矣。

唐則有戴胄之議。自王公以下，計墾田，畝稅粟麥秔稻，隨地所宜。秋熟，貯之義倉。歲不登，則賑民。或貸爲種，至秋而償。又置常平倉，粟藏九年，米藏五年。下溼之地，粟藏五年，米藏三年。商賈無田者，以其戶爲九等，出粟自五石至五斗爲差。高宗以後，遂給他費，至神龍中略盡矣。善哉！劉晏之言曰："王者愛人，不在賜予。"當使之耕耘、織紝，常歲平斂之，荒年賑給之，又時其緩急而先後之。蓋善治病者不使至危憊，善救荒者不使至賑給。賑給少則不足以活人，賑給多則國用闕，國用闕則復重斂矣。況吏胥因緣爲奸，強得之多，弱得之少，此謂二害。故於諸道各置知院官，每旬月具諸州雨雪、豐歉之狀，白使司。豐則貴糶，歉則賤糶。或以穀易雜貨，供官用，於豐處賣之。知院官始見不稔之端，先申救助之數。而句檢簿書，出納錢穀，事雖至細，必委士類。故諸州米儲三百萬斛，號稱最勝。此唐之善行其法者也。

宋則常平之倉遂爲定制。仁宗時，韓魏公請罷鬻沒官之田，募人承佃，爲廣惠倉。慶歷、嘉祐間，常平、廣惠、廣濟三倉並建。仁宗四十餘年，德澤休洽，蓋有力焉。後朱子爲社倉之法，夏受粟於倉，冬則量加息以償之。小歉則蠲息之半，大饑則盡蠲之。凡十有四年，雖遇凶荒，人不闕食。然是法得其人則善，不得其人，以聚斂亟疾之意而無惻隱仁愛之心，恐以公正之法流爲王氏之“青苗”也，可不愼哉？

明初，通惠、廣濟倉爲京儲也，郡縣預備倉爲賑給也。宣德十七年，立常平、義倉，損益古制。其後青徐有河水之患，吳越興雲漢之歌，卒賴其力，而民無彫傷焉。景泰四年，令山東、河南、江北各輸鍰贖，納米備賑。萬曆九年，張文忠講平糴之法令，江南則糴於江淮，山陝則糴於河南，各撫按互相關白，接遞轉運，於布政司權宜措處。河南、京畿如遇凶荒，以臨、德二倉平價發糶，此以達權濟變之法也。

統而論之，先王有素備之政，上也；李悝、耿壽昌之政，次也；所在蓄積，使之流通，又次也；咸無焉，設糜粥，下也。即不得已，能如富鄭公之在青州，趙清獻之在會稽，猶稱善也，亦在舉而措之而已。

啓

同門公建徵君孫先生夏峯祠堂啓

昔仲尼歿而微言絕，孟子出而楊墨之道熄。其後，濂洛、關閩繼洙泗之統，金谿、姚江闡心學之宗，聖道賴以章明，彝倫賴以不墜。故得從祀兩廡，俎豆千秋。至於所生之地，所居之鄉，與夫講學遊歷之處，後人必爲之建祠設位，歲時習禮。有司亦遂載之郡乘，列之祀典。四方君子讀其書，登其堂，慨然想見其爲人，低徊躕躇之不忍去，以此見天理常存而人心之不容泯沒也。

我徵君先師，生於容城，遷於蘇門，著書明道，立教淑人，抉性命之祕，定理學之準。上自公卿大臣以及儒生、隱士，近自畿輔、河洛以及齊魯晉楚吳越之間，有志斯道者，無不負笈從遊。見其語默動靜，天理流行，發微闡奧，透人心髓，皆踊躍興起，知聖賢之可爲，吾性之具足。其功眞可遠紹濂洛，近比姚江，非同山林獨善、無關世道之士也。

今國家崇儒興學，修明禮樂，廟堂之上，必當有易名從祀之舉。此非草野所敢擅議。① 獨是移家夏峯近三十年，與偶爾遊處者不同。松楸在望，祠堂未建。後學無所瞻仰，實爲闕典。今同門公議，卜地庀材，定期鳩工。但費用浩繁，非藉衆力，難成巨觀。② 用是遍啟羣公，共襄盛事。指日楹桷③森鮮，階序有嚴，與邵子洛陽、朱子武彝之祠並耀千古，於以報禮先儒，章示来學，所關匪細④。肩任師傅，固當努力。此舉乃尊師之大端，凡在門牆，應有同心。敬裁小啟，佇立以俟。⑤

引

《四書淺説》小引

四書爲聖賢傳心經世之典，備六經之旨奧。自漢儒以来，傳注純駁不一。至朱子註出⑥，集羣儒之大成，國家遂用以取士。永樂間，奉勅纂輯《大全》，採收宏備，審擇未精。虛齋、次崖諸先生繼之，而考亭之註益明。然爲書浩繁，初學未能得其要領。吾友成齋唐君憂之，手著一編，名曰《訓兒淺説》。言簡而意盡，文顯而旨深。篇章段落，聯貫如珠。童子可以成誦，卽宿學由博返約，亦有賴焉。其有功於學者大矣。成齋方病目，猶手自繕寫，其爲功甚勤。恨余力

---

① “今國家崇儒興學修明禮樂廟堂之上必當有易名從祀之舉此非草野所敢擅議”，愛日堂藏版本和《四庫全書》本脫。
② “但費用浩繁非藉衆力難成巨觀”，愛日堂藏版本和《四庫全書》本脫。
③ “楹桷”，《近代中國史料叢刊》本作“桷楹”。
④ “細”，《近代中國史料叢刊》本誤作“易”。
⑤ “敬裁小啟佇立以俟”，愛日堂藏版本和《四庫全書》本脫。
⑥ “出”，康熙年間刻蔡本作“釋”。

薄,不能付剞劂以廣其傳也。郎君穉年,聰穎非常,必能世其家學。謹書篇首以勉之。

題　跋

題一樂堂卷

余於丙午孟冬,由夏峯過内黄。時張起庵爲令,倡明理學,多士蒸蒸向化,居然鄒魯之鄉也。居二日,郭子非石自薄城來,攜容城先生所題《一樂堂卷》見示。蓋非石尊人衛寰君年逾古稀,起居康勝,非石有子有孫,一堂四世,萊舞蹁躚,左右奉養,眞足樂也。①

昔孟子論三樂,於父母俱存,兄弟無故,而即曰仰不愧,俯不怍。蓋父子、兄弟之間,必德行純備,俯仰無愧,而後其樂始眞。然欲不愧不怍,亦不必他求也,還當自父子、兄弟始。孔子曰:"天地之性,人爲貴。人之行,莫大於孝。"又曰:"孝弟之道,通於神明,光於四海。"世固有勛業冠天壤,而門内多慝德者矣,雖名列竹帛,能俯仰不愧怍,否乎?

非石遊起庵之門,講習有素,事親事天,同爲一理,其知之久矣。異日聲聞遐著,英俊景從,即以此堂爲三樂堂亦可。②

題趙憲清卷

戊午,余寓京師。吾師孫徵君先生之子君僑,數相過從,間告余曰:"先子之講學夏峯也,澟州憲清趙公方官許昌,遣其子介兹渡河從遊。先子與之語,

---

① "余於丙午孟冬由夏峯過内黄時張起庵爲令倡明理學多士蒸蒸向化居然鄒魯之鄉也居二日郭子非石自薄城來攜容城先生所題一樂堂卷見示蓋非石尊人衛寰君年逾古稀起居康勝非石有子有孫一堂四世萊舞蹁躚左右奉養眞足樂也",愛日堂藏版本和《四庫全書》本脱。

② "非石遊起庵之門講習有素事親事天同爲一理其知之久矣異日聲聞遐著英俊景從即以此堂爲三樂堂亦可",愛日堂藏版本和《四庫全書》本脱。

輒能默識不忘。其穎悟出人數等。及先子棄養，公移守磁。磁爲南北孔道，使車絡繹不絶，羽書旁午。軍出關隴、荆湖者，往來殆無虛日。官斯地者，疲於供億，日昃不遑食，簿書期會之繁不與焉。公乃單騎三百餘里，爲先子任執紼之役。時會①葬者近千人，咸嘖嘖嘆服其賢。先子所著《尚書近指》，公爲校正付梓。先子手澤不至泯没②者，公之力也。幼弟不幸罹難，橐饘周旋，不憚煩瑣。"言未既，淚涔涔下。既而曰："余兄弟感公厚誼，慮無以報，爲製③一卷，將求海内有文章、行誼者，爲之題咏，以表公德，且以見余兄弟之不敢忘也。請君一言弁其首。其無辭。"

余從先生遊最久，先生著《讀易大旨》，精義多前儒所未發。余曾請於先生，任剞劂之役。先生以此書當終吾身，未敢遽問世也。及先生殁後，適值軍興，追呼日迫，力不能獨任，欲求同志者共爲之，遲廻未能就也。聞公之義，其能無愧乎？

君僑又曰："公之爲政，寬大精明，吏不能舞文。署中樸被蕭然，寒窗竹几。簀燈課子弟，誦讀聲④琅然達户外。與文士談經講藝，握手勸勉。尤加意煢獨，不以擊斷爲威。蓋古之循吏不過也。"余謂當今世而知尊師重道，表章大儒遺文，急友之難，其賢於人遠矣，則其爲循吏也固宜。爰次其語，書於簡⑤首。

徵君先生詩卷跋

庚申冬，蓮陸魏君訪余於京師邸舍，持一卷，則徵君先生手書贈詩二章，蓋甲辰北上至容城時作也。先生身任絶學，憂患之來，衆人震慴不⑥遑者，獨能

---

① "會"，《湯文正公全集》誤作"曾"，據康熙年間刻蔡本、康熙年間刻閻評本、《近代中國史料叢刊》本、愛日堂藏版本和《四庫全書》本改。
② "没"，愛日堂藏版本和《四庫全書》本作"滅"，《近代中國史料叢刊》本作"歿"。
③ "製"，愛日堂藏版本和《四庫全書》本作"制"。
④ "聲"，愛日堂藏版本和《四庫全書》本作"書聲"。
⑤ "簡"，愛日堂藏版本和《四庫全書》本作"卷"。
⑥ "不"，愛日堂藏版本和《四庫全書》本作"未"。

坦坦如無事時。此足驗先生道力。而蓮陸以門人周旋患難，紫峯擬之蔡季通、冀元亨，良不誣也。

先生以明末寇變①內外臣工殉難者指不勝屈，慮事久湮沒，著書表章。此大義所關，何可磨滅？雖風波旋定，而先生猶自悔艾，無幾微不平之氣，且以得歸子舍、展先墓爲幸。而字法蒼秀堅老，如歲寒松柏盤紆竹墨間，眞可寶也。敬附數語而歸之。

省齋詞跋

省齋先生，文章風雅，爲詞林領袖。乘興遨遊湖山，六橋煙樹，雙峯白雲，杖屨幾遍。時同年不期而聚者六七人，攜酒登高，賦詩唱和，甚相得也。

追憶昔時長安並轡，忽忽三十年事。少壯者，今鬢髮種種矣。酒酣爲小詞數闋，壯涼高逸，與稼軒、放翁馳騁上下。

濟武先生將南遊太末，余以使事告竣，亦且北歸。嘆我輩相聚之難而後會之未可期也，不能不撫卷流連云。

---

① "變"，《近代中國史料叢刊》本作"亂"。

卷 六

傳

明兩浙運使儆轅張公傳

　　張公諱正學，字宗儒，號儆轅，睢州人，世居潮莊之南三里。父諱權，號樂庵，累贈中憲大夫、廬州府知府。母王氏，累贈恭人。

　　公丰儀秀偉，孝友天成。十歲授《尚書》，爲文落落有大家風。弱冠入府庠，食餼，名聲藉甚。

　　萬曆癸卯，舉於鄉。公車歸，樥戶著書，泊如也。

　　癸丑，成進士。以素恬淡，嗜讀書，請改教職。甲寅，補順天府學教授，董率維勤。乙卯，門下士獲雋者十餘人。是年，陞國子監助教。

　　丁巳，陞刑部主事，歷員外郎中。秉公執法，多所平反。時南皋鄒公爲侍郎，嘆服之，嘗云：“張君精神，收斂退藏，眞是歸根之學。”由是名益著。

　　辛酉，陞廬州府知府。下車，卽修學宮，鋤衙蠹。廬郡承平日久，城池頹壤，捐俸築濬。尤杜絕餽遺，有庫吏暮夜以金栖等物持獻，欲有所關説，面叱之，加以重法。於是，羣吏人人股慄。凡斷事，平心細訊，必得其情。時巡按某受重囚賕，欲盡釋之。公持不可。又票取無礙官銀千金，亦不應。巡按大怒，思借事中傷，搜索無隙，乃止。

　　稍遷兩浙都轉運鹽①使司運使，慨然曰：“古人急流勇退，吾可已矣。”遂致

---

① “運鹽”，《近代中國史料叢刊》本誤作“鹽運”。

政歸。里居，竿牘不入公庭，課子孫讀書，教以孝弟謹厚。每遇豪橫①不法事，輒爲之憤懣，至終夜不寐。嘗曰："凡做事，祇要自己心上打得過，便爲之；打得不過，卽毋爲。"睢之婦人孺子，無不稱之爲善張云。

是時，袁大司馬可立、楊大參堯華、余光祿化龍，皆以耆碩里居，相與聯席結社，碁酒娛樂，脩耆英、香山故事。鄉里榮之，至有傳爲圖繪②者。

年七十有七卒，崇祀鄉賢。配李氏，累贈恭人，早卒。繼配孟氏，累封恭人。男一，辰垣，生員。孫二：銘鼎，廩③生；銘旂，庚戌進士。

杞縣劉文烈公誌其墓。論曰：吾郡自萬曆以後，士大夫習爲驕奢，凌虐鄉里，至今道路以目。而公獨以善張著。今考其行事，蓋眞秉道絕欺，確乎不可拔者矣。其子孫皆恂恂善下人，雖通顯，猶杜門誦説詩書，無輇近憸薄之習。謂非公之留④澤遠乎？余故爲紀之，使後進有所觀法焉。

樊隱君傳

樊隱君，諱夢斗，字北一，號文成。明崇禎壬午鄉貢，廷試第二人。嘗上書闕下，請爲國家效力封疆，奉旨報可。稱隱君者，從君晚志也。其先世小興州人，明成祖時，奉詔遷文安，遂爲文安人。

高祖諱瑀，成化甲辰進士，筮仕浙川令。爲刑部曹郎日，逆瑾用事。平反主事安奎獄，面折瑾。因忤旨，酷暑跪午門三日。會瑾敗，轉四川順慶府知府，稱名臣。瑀生績，績生潤，皆長厚有隱德。潤生效才，萬曆癸巳恩貢，入太學。葉文忠公爲大司成，嘆賞其文，與閩漳蔡震湖、大名成文穆公、高陽孫文正公名相埒⑤。除知文縣，調靜海教諭，改建文廟，多士頌服。陞河南府學教授，致仕。隱君之父也。

---

① "橫"，愛日堂藏版本和《四庫全書》本作"强"。
② "圖繪"，愛日堂藏版本和《四庫全書》本作"繪圖"。
③ "廩"，愛日堂藏版本和《四庫全書》本作"庠"。
④ "留"，愛日堂藏版本和《四庫全書》本作"流"。
⑤ "埒"，康熙年間刻蔡本誤作"捋"。

君少穎敏，年十二，補博士弟子員，於書無所不讀。嘗①苦漢賦用事多隱僻，爲之音釋，句櫛字比，展卷瞭如。著《中庸講義》，原性道，究天人，精義入微。桐城左忠毅公見之，曰：“此洙泗眞傳也。”

當君應廷試時，國事孔棘。自以累世受君恩，且才可濟時，欲效尺寸力，率同貢十餘人上書。將受職矣，無何，以內艱歸。

君至性過人，平日事親，色養甚篤。至是，慟哭出都門，跣行三百里。襄大事，誠信備至；撫兄子，愛而能勞。舉人王膺，其姪壻也，殉寇難，遺孤呱呱。君收②養之，使與子翰同寢食，學同師。兩姊貧無所依，生死周卹，不遺餘力。論者以爲內行純篤，彷彿陽亢宗云。

邑中築城、濬河、賦役、鹽鐵諸大議，人所畏葸不敢言者，輒言之鑿鑿，可見諸行事。其《屯海八議》，侍御吳公稱爲經國碩畫，將上之朝，會亂不果。

值明末都城之變，俯仰唏噓，既力不能爲，遂絕意仕進。攜家入桐柏山中，偕二三老友，攀枯藤，捫蒼壁。翠屏、玉女、龍潭、石門，號淮源勝地，無不窮極幽絕。詩成，放歌浮白，慨然有超世之槩。病中遺命子翰曰：“死卽葬我山中。百歲後樵採茲③土者，指某丘某水爲隱居④樊某遊釣賦詩處，足矣。”

所著《駐槎亭詩集》，若干卷。

子翰，順治甲午拔貢，康熙丙午京闈鄉薦，今任睢州學正，以文章、行誼著。

湯斌曰：余官京師，與同門文安高君遊，詢其鄉里故實，輒娓娓談樊氏世德不衰云。後過蘇門，孫徵君先生授以高陽文正公藏槀，復得讀其所爲《樊氏家傳》。蓋自順慶公以直道著於弘正之間，二百年來，家學不替。三輔世族，莫敢望焉。隱君明經好古，博極羣書，孝友篤行，內外無間言。若夫磊落大節，盱衡時事，鬱鬱未能表見於世者，時人未能盡識也。後之君子，好學深思，讀其遺集，亦可慨然太息，想見其爲人矣。

---

① “嘗”，愛日堂藏版本和《四庫全書》本作“常”。
② “收”，康熙年間刻蔡本作“牧”。
③ “茲”，康熙年間刻蔡本作“此”。
④ “居”，愛日堂藏版本和《四庫全書》本作“君”。

王氏五節烈傳

山東新城王氏,有烈婦三,曰孫氏、于氏、張氏;節婦二,曰張氏、高氏。

孫氏者,浙江布政使象晉之家婦,生員與齡之元配也,事舅姑以孝聞。崇禎丁丑,與齡省布政公於武林,病卒。孫氏欲以死殉,既而顧念藐孤,謝簪珥,籌燈課讀,俾克成立。① 壬午十二月朔,大②兵破新城。家人勸避匿,孫氏曰:"婦人非傅姆,不下堂。我,未亡人也,有死而已。"遂投井死。

越三年,甲申,李自成陷京師,則有于孺人隨侍御公與胤夫婦殉節之事。時侍御方以建言左遷家居,聞變以死自誓。或言公無封疆、社稷之任,幅巾野服,可畢此生,無爲徒死也③。于孺人獨不言,既而曰:"妾從君,稱命婦矣。君爲忠臣,妾獨不能爲烈婦耶?"遂登樓相對自經死。子士和泣曰:"父死忠,母死節,兒何心獨生?"亦自經於其旁。而士和妻張氏,先於壬午城陷自經死。壬午城陷時,王氏父子兄弟殉難者,曰貢生與朋,與其長④子舉人士熊,次子⑤生員士雅。

士熊妻張氏,年二十一。士雅妻高氏,年十九。兩人同矢志守貞,事孀姑盡孝。兩家皆名族,高氏尤貴盛。布衣糲食,有人所不堪者。紡績自給,婣黨罕見其面,惟元旦一出拜家祠而已。守節十八年,張氏卒。又二十年,高氏卒。皆無子⑥。

湯斌曰:新城王氏,簪笏盈庭。以文章、勳伐⑦著聲當代者,踵相接矣,侍

---

① "事舅姑以孝聞崇禎丁丑與齡省布政公於武林病卒孫氏欲以死殉既而顧念藐孤謝簪珥籌燈課讀俾克成立",愛日堂藏版本和《四庫全書》本作"崇禎"。
② "大",愛日堂藏版本和《四庫全書》本作"賊"。
③ "幅巾野服可畢此生無爲徒死也",愛日堂藏版本和《四庫全書》本作"可無死"。
④ "長",愛日堂藏版本和《四庫全書》本脫。
⑤ "次子",愛日堂藏版本和《四庫全書》本脫。
⑥ "守節十八年張氏卒又二十年高氏卒皆無子",愛日堂藏版本和《四庫全書》本脫。
⑦ "伐",康熙年間刻閣評本誤作"代",《近代中國史料叢刊》本作"業"。

御公尤以忠烈著。一門之內，子孝臣忠，可謂極盛，而閫範尤卓卓①如此。豈正氣偉節有以相感耶？抑家訓之浸漬有素也？孫孺人爲婦、爲妻、爲母，皆有法則。而侍御公歷官清白，常巡茶馬釐政，稱臚仕矣②，家無長物，于孺人儆戒之力居多。世固未有平日不能盡道，而能自靖於患難之際者也。張孺人以少年慷慨殉難，兩節婦貞操久而彌堅，尤人所難者。士君子立名砥節，常壞於因循，卽或勉强於初年，而不能不渝節於末路。吾故合傳五節烈，爲世示法焉。

廣西僉議戴公傳

戴公諱璣，字利衡，號紫杓，福建長泰人。父封奉直大夫，諱烶，好義樂施，雖家世通顯，而布衣徒步，澹如也。

公與弟璐孿生，有異徵。少力學，厭時文熟爛之習，爲文原本理要③，涵演貫通，赫然有聲諸生間。弱冠領鄉薦。順治己丑，成進士，授戶部雲南司主事，出納惟愼。

辛卯，分較京闈，所得多知名士。榷關淮安，持大體，不尙苛細，商旅便之。調吏部驗封司主事，廉靜自持，人莫敢干以私，權貴有忌之者。

例轉湖廣按察司僉事，整飭上江防道。時滇黔未入版圖，軍書繹騷。公按部徧履山川，得其阸塞要害。乃自岳州至嘉魚立七汛，蠲俸造哨船，募兵巡邏，萑苻無警。洞庭湖盜賊出沒，糧艘賈帆，時多不虞。公復設三汛，申明法令，湖湘宴然。洪文襄公經略五省，統兵剿西山，羽檄旁午。公咄嗟立應，軍需無誤，而民不知兵。文襄公深器之，曰："此韓范儔也。"

尋遷陝西布政司右參議，分守西甯道。楚民號泣攀轅，至遮道不得④行。而封公訃音適至，公徒跣奔喪，哀毁盡禮。

---

① "卓卓"，《正誼堂全書》本、康熙年間刻蔡本、康熙年間刻閻評本、《近代中國史料叢刊》本、愛日堂藏版本和《四庫全書》本作"焯焯"。
② "常巡茶馬釐政稱臚仕矣"，愛日堂藏版本和《四庫全書》本脫。
③ "理要"，愛日堂藏版本和《四庫全書》本作"要理"。
④ "得"，康熙年間刻蔡本作"能"。

服闋,補廣西右江道,駐柳州。先是,東闌土酋韋①兆熊、土目龍苗、黄周等,搆亂日久。公宣布德意。不旋踵,投戈請命。嗣值大酋唐應元之亂,斬渠魁梁邦傑以殉。徭㣥②諸蠻,畏懷德威,頑梗盡化。柳堡屯田,寄佃於民,既輸軍租,復應民役,編戶苦之。公爲申請督撫具奏,獲免。復修葺文廟及羅池司戶二賢祠,柳人烝烝向學,遠近德之。公宦轍所至,多值繕兵庀餉、猺獞交雜之地,而寬猛相濟,先恩後威,無赫赫之名而能使反側歸心。蓋其本於學者,深非權術以就功名者比也。

會有裁併監司之令,因解任歸。杜門卻掃,足跡罕至郡城。課督諸子,教以忠孝大義。甲寅,耿精忠反,臺灣賊據海澄。有言於公者曰:"盍一見乎?可以免難。"公正色曰:"生平讀聖賢書,所學何事?"叱去。乙卯夏,賊圍漳州。時次子鏻爲海澄公裨將,守東門。賊劫公至城下,使招鏻降。公屬聲大呼兒,努力堅守,勿以老人爲念。賊怒,牽之而去。城破,鏻巷戰死,闔門爲俘。公曰:"鏻兒死王事,吾無憾矣。"丁巳二月,大兵復漳州,賊遁去。公與子③鐧等,乘間扶攜入山。而元配黄恭人併諸幼子,爲賊執赴臺灣。人以公且不能堪,而公壯志不少挫也。

戊午六月,海寇復犯澄邑及長泰,公再被執。渠帥曰:"崛④强老猶在乎?今日順則生,不順則死。"公慷慨曰:"吾年七十餘,死固其所也。"曰:"如諸兒何?"公曰:"兒曹死生有命。吾頭可斷,志不可奪。"目直上視,氣勃勃不可禦。賊本無意殺公,幽之密室。歷年餘,終不屈,朝夕誦文信公《正氣歌》以自壯。一日,顧謂子銑曰:"吾久辱,不死何爲?"遂不食。數日後,病甚。肅衣冠,命銑扶披,北向再拜曰:"臣死命也,當爲厲鬼以殺賊。"因慷慨悲歌,大書"惟忠惟孝,可以服人"數字,嘔血數升而死。時康熙十八年六月望日也,年七十有四。逾年,耿逆伏誅,臺灣相繼歸附。子鏻以殉難贈都司僉書。其孫瀠以別駕謁選至京,叙公行事,聞於朝。而睢陽同年生湯斌爲之傳。

---

① "韋",《近代中國史料叢刊》本誤作"嗣"。
② "徭㣥",愛日堂藏版本和《四庫全書》本作"猺獞"。
③ "子",《近代中國史料叢刊》本誤作"二"。
④ "崛",康熙年間刻蔡本作"崜"。

贊曰：公敭歷中外，所至具有聲績。年七十餘，已去官，而父子先後殉寇難，可不謂賢歟？公先世中丞公，當明嘉靖時，治河、撫軍，名業爛然。司馬公於萬曆間平岑溪、府江諸蠻，功最著，載在史冊，班班可考。他如太僕之剛直，方伯之清介，皆有足多者。而公父子以死事著，勳名節義，豈獨甲於閩南哉？

處士孫君傳

孫君諱博雅，字君僑，容城人，徵君鍾元先生之第四子也。

幼端重，不苟嬉笑。同學①生見之，輒爲斂容。

甲申，年十五，應童子試，提學御史陳公純德賞其文。將放榜，值流寇陷京師，陳公殉國難。君遂屏舉子業，絕意仕進，從徵君避亂於雙峯。一時同避亂者，皆弄弓矢刀劍，談兵事。君獨日攜書卷，坐古柏下。與人語，唯經史及古今忠孝節義事，娓娓不倦，曰：“他非我②所知也。”

徵君將遷居蘇門，道出祁州，刁君蒙吉留講學於家者三月。既去，而君與母楊孺人獨留。貧無以炊，賒柿餅以供母，徒步奉至蘇門。徵君撫之喜，作詩③勞之。

母病，君不解襟帶、不交睫者三旬餘。及卒，爲孺子泣，三年不見齒。

徵君年漸高，偕兄弟朝夕上食，祝哽祝噎。夜則更卧牀前，候其欠伸，未嘗少離。有所著④作，則侍筆劄。

時四方遊徵君之門者，屨交於戶，有數百里或數千里至者。君爲之設榻供食，各得其宜。徵君晚年重聽，諸弟子問難，必藉君轉達。雖反覆開示，不厭更端。間有未暢其旨者，君輒援據⑤經傳，發言外之意，聞者往往灑然解悟。故遠近來學之士，與君日親。君僑之名，遂滿天下。

徵君著書不下數百卷，編摩訂正，君之力爲多。嘗數易槀，皆手書，字體古

① “學”，愛日堂藏版本和《四庫全書》本作“年”。
② “我”，愛日堂藏版本和《四庫全書》本作“吾”。
③ “詩”，康熙年間刻蔡本作“書”。
④ “著”，康熙年間刻蔡本作“制”。
⑤ “據”，《近代中國史料叢刊》本誤作“踞”。

健，無一筆苟簡。蓋其孝謹、好學類如此。

己酉，詔舉山林隱逸。郡守程公啟朱曰："河北諸郡邑，吾所知者，獨①孫子耳。"以其名上之方伯、撫軍。君自陳："一介腐儒，學不通時。父年八十，安能違②親就徵？"諸公深歎重之，遂不相屈。亡何，徵君卒。哀毀骨立，喪葬以禮，觀者莫不感動。

君至性過人，漸濡家學，德氣日益純粹。與人交，和易可親。見人有善，贊揚不置口；人有過，不顯言，默然端坐，間引一二古語相感發，聽者爲之聳然，多見省改。問以時事，似不別黑白；至談古今成敗得失，瞭若指掌也。

丙辰，弟韻雅坐事被逮，繫司寇獄。君具橐饘以從。庚申夏，將遠徙，兼染時疫。君往來省視，僕僕於烈日黃埃中。守衛悍卒，咆哮怒罵③。君怡然受之，宛轉爲弟致藥餌、飲食，更周卹其同繫者，幸朝夕相顧視。君故貧，又竭產供給弟者已四年。故交欲有所贈遺，逡巡不肯受。旁觀者察其形容憔悴，勸之自愛，勿徒累死。君曰："吾弟行免矣，吾何病？"時方館於崔學士玉階家，每獨宿假寐，口中囁嚅。細聽之，皆其弟事也。頃之，竟病不起。彌留，猶張目曰："吾弟免矣。"遂卒。

當其弟之被逮也，君追送之，奔馳炎暑，策蹇驢，隨一蒼頭，遇暴風雨，失道幾溺死；後歸家，聞有赦，隆冬赴京，徹夜行，冰糊其口，呼不成聲，僵仆於路，幾死；又嘗讓蹇驢於同難之械繫者，徒步以從解役，疾驅百餘里，兩足皆腫④，不得休，幾困頓饑渴死。當是時，君惟痛念先人之積德不宜獲此報也，先人之家聲不宜自此墮也，弟之懵然驟遇此難，冀徼倖獲爲天所矜也，而不知己之憂勞可以死也。死後不數日，而弟事漸寬，竟免遠徙。於是，聞者無論識與不識，皆泣下霑襟，曰："孫君之死也，蓋死弟難也。其友也，本於孝也，精誠足以感通神明也。"年五十有五。所著詩文，曰《約齋集》，若干卷。子漢，有文名。

史氏湯斌曰：昔孔氏褒、融兄弟爭死，載之史冊，兩稱其義。若君僑之於其

---

① "獨"，愛日堂藏版本和《四庫全書》本作"惟"。
② "違"，愛日堂藏版本和《四庫全書》本作"遠"。
③ "罵"，康熙年間刻蔡本作"詈"。
④ "腫"，康熙年間刻閻評本和《近代中國史料叢刊》本誤作"踵"。

弟也，風雨慘淡，肝腸寸折，至於不自知有其身，憂愁況瘁，竟以客死。嗚呼！難矣！其詩曰："苦海無舟焉問岸，福堂有弟遂成家。"讀之，誰不酸鼻流涕者，而況平生交遊如余也夫！君僑德性學術，天假之年，必能昌大徵君之傳，而竟以此終，抑又悲夫！

封庶吉士李公傳

李公諱兆慶，字賴甫，閩之安溪人。初號漁叔，追思父念次公之德也，更自號惟念，故世稱惟念先生云。

公兄弟四人，並力學著聲。而公尤魁梧，多奇節。爲文不假繩尺，奧淹閎博，屢試輒高等。

明季閩海弗靖，甲族富室，畏縮伏草間，往往不能自保。公獨聚宗黨，擇山中高阜，鳩工築室百堵，守禦具備。巨寇突至，連日夜攻之，卒不得志而去。公復設立教條，鄉里兢兢奉約束，遠近賴以保全者甚衆。鄉人有淪於賊者，傾貲贖之，初不問其識與不識也。

歲乙未，家陷於賊。仲兄雅稱武健，持矛薄賊疊門，竟全其家屬而歸。人服其才且勇，謂亦公素德足以感之云。

亂定，歸舊居，樞戶卻掃。藏書數籠，幸無恙，詮次點定。課子弟誦讀，聲琅然達丙夜。今學士其長公也，辛丑貢於鄉，甲辰自京師還里，修宗祠，定春秋祭期。遠祖墳墓，久湮沒荊榛間，殆不可考。公按譜牒，徵隣翁，搜而得之者，凡四焉。更修緝家乘，訪求先世，贈[1]答遺文。凡所以爲祖考計久遠者，靡不殫力從事。蓋其誠孝如此。

庚戌，學士成進士，讀中祕書。遇覃恩，封公如其官。癸丑，請假歸。未幾，滇黔告變，八閩相繼逆命，阻絕聲教者三年。學士抗節不屈。王師南下，間關遣使，具蠟丸，密陳道里險易、進取機宜狀。卒成恢復之功者，學士稟公之教多也。

---

① "贈"，愛日堂藏版本和《四庫全書》本作"問"。

上以學士忠貞懋著，特晉①秩，命入都陛見。公促使叱馭，而學士念公年老，遲迴久之。不得已後行，至福州而公卒。公生平厭絕紛②華，嚮慕往哲，時有心得，與理學語錄默相契合，故能踐履篤實，大節不苟如此。年六十有七，子四人，學士名光地，次鼎徵、光垤、光坡。

贊曰：余與學士同官京師，以德業相砥礪。其學浩博淵通，而持守堅定，一遵程朱，不爲世儒游移之說，與余有乳水之合。後乃得聞封公之懿行，蓋家學淵源有自矣。當學士之奉命赴都也，宜星言夙駕。而公察其意，次且不果，知其以己老病，故外示躄躠，而私語其室曰：“度子行瀕至，我乃可死耳。”蓋生平重大義，家庭相勖，一然諾不敢宿，況君父之際乎！使學士顧戀親恩，愆期不進，雖奉含斂，非公意也。公卒後，又值海寇突犯，依阻憑險，盡有漳泉之地，撤晉江橋梁，自以爲天塹不可飛度。學士奮然墨縗誓旅，鑿山開道，仰請王師。椎牛醲酒，士馬飽騰，造舟爲梁，一日夜擣其巢穴。賊以爲自天而降，潰敗不可復支。盡復兩郡，還之朝廷。以文學侍從之臣，功在封疆，人乃知儒者之功用，果非虛談無實效也。至尊嘉嘆壯猷，行將做王文成故事。河山帶礪，以報殊庸，此固所以成封公之志，余亦拭目聿觀厥成焉。故因傳封公而併及之。

鍾文子先生傳

鍾文子先生，戊子典試中州。某受知遇，進謁百泉公署，先生誨諭諄諄。後得頻侍於左右，教愛之甚篤於門下士，受恩爲最深。竊窺先生學術之淵博，詞章之雄麗，政事之敏練，卓然足以追配古人。自司李入爲秩宗郎，視學山左，備兵曹濮，往來松藩、潯陽之間，所至皆有殊績可紀。傳中詳哉，其言之矣！

歷下文人，近代推華泉、于鱗。華泉位躋通顯，雍容廟堂，所不具論。于鱗視學關中，嘗登華嶽絕巔，其所爲記詩，奧淹雄渾，其光熊熊，與嶽相稱；先生視學山左，亦登岱宗絕巔，雞鳴觀海日，上蓬萊閣看蜃樓，所爲詩，空靈浩渺，如雲

---

① “晉”，《湯文正公全集》本脫，據《正誼堂全書》本、康熙年間刻閻評本、康熙年間刻蔡本、《近代中國史料叢刊》本、愛日堂藏版本和《四庫全書》本補。
② “紛”，康熙年間刻蔡本、康熙年間刻閻評本作“粉”。

霞出沒，不可端倪。于鱗傲岸一世，鮮當意者。坐小樓，望華不注、鮑山，曰：
"他無所溷吾目也！"先生乘興踞華不注，揮毫頃刻，得詩累幅，其胸懷亦正相
等，然則桷園與白雪樓固可千載相望也。馳驅於鼉叢玉壘、白帝錦江、彭蠡廬
阜，極天下瑰瑋奇麗之觀，宦跡較于鱗爲獨遠，而時運風會則有迥不相同者。
于鱗平生有弇州諸子聲應氣求，針芥相符，足以自快；而先生峻標孤詣，求所謂
弇州無之。後之君子遊濟南者，必將徘徊泉石，低徊歆歟，賦詩憑弔。況及門
之士，慨絳帳之銷塵，望墓木之已拱，其涕泗滂沱，更何如也？

　　某久臥林泉，與耕釣爲伍。師恩莫報，負疚良深。應詔入都，與次君相晤
邸舍，握手道故，不覺淚下霑襟。某自史館外轉，移病歸田，年甫三十，今且五
十餘矣！半生沉淪，名心都盡，待放南歸，擬終老丘壑，殊負夫子平昔期許。然
古人所以報師恩者，固自有在。倘天假以年，或於道稍有所窺，因得修明先儒
遺書，亦不至虛度此生。今之所謂道德者，功名而已耳；今之所謂功名者，富貴
而已耳。先生固未嘗以富貴望我也。

　　某方寄寓僧舍候命，遽爲此言，蓋自知才分於長林豐草爲宜，非爵祿之器
也。先生有靈，其許我乎？書傳後，付次君藏之。

墓　誌　銘

文學幼兆吳君暨魏孺人合葬墓誌銘

　　余初就外傅，則聞郡中有了疑吳先生者，中州名儒也，卽欲負笈往從，而先
生棄世。稍長，與先生冢君冉渠同研席。壬辰同舉南宮，賦詩論道，相得甚歡。
平居道其家世，數數稱大父幼兆公之賢與大母魏孺人之節，輒嗚咽霑襟，不能
自已。

　　幼兆公篤學好古，僅以博士弟子終，年止二十有六，葬大麓岡祖塋之次。
魏孺人守節三十六年，壽六十歲卒。會遭變亂，權厝故宅，不克合祔。

　　至康熙七年戊申春，冉渠自京口走使持狀請曰："先大父去世已七十載，

大母去世亦三十四載矣。中間滄桑變故，誠不自意有今日。今卜三月乙丑，奉大母柩合窆①於大父之阡。洪又羈靮王事，不敢以私情請，使子弟代襄大事。惟是壙中之石，不可以無銘。銘之，莫如子宜。"余生也晚，未及親炙公之懿行。然讀冉渠所自爲狀，與平日所稱述者甚悉。又孺人節行，考之令甲，當膺旌閭之典，適際鼎革，未有以姓氏聞之於上者。則紀述以詔來世，固余之任也。其何敢辭？

公諱與點，幼兆其字。先世籍晉之洪洞。明永樂間，始祖諱誠，徙睢陽，遂家焉。五傳至諱孜，是爲公之高祖。曾祖諱岷。祖諱將仕。考諱待價，娶袁孺人，是生公。

公生而穎異，七歲讀《尚書》。及長，善屬文，不假繩尺，而汪洋演迤，有大家之氣。督學使者按開封，拔置祥符縣庠。祥符爲中州首邑，試者常千人。公屢試輒居高等，一時名聲藉甚矣。

公宅在濯錦池上，而文昌閣前有別墅，東望駝峯，南眺襄臺，地頗幽勝。公鍵戶其中，圖史②充几，危坐靜對。時時至丙夜，猶燈火熒熒弗息也。經書之外，《左傳》、《國語》，老莊、太史之書，皆手錄評次，探究源委，採擷菁華。論者以爲與鹿門、月峰相上下云。又精書法，鍾、王、虞、褚、歐、顏、蘇、米諸家墨蹟，無遠近，必購求臨摹③，毫髮畢肖，乃已。是時，公方弱冠，蓋將進於古人之域而未已也。不幸而病，病數年，而讀書益自刻苦。人皆是④其志而憂其力之不繼，而病竟以是不起。

魏孺人雍丘名族，十五歸於公。公之歿也，孺人年方二十四，贈公方五歲耳，公祖、父母皆在。孺人上奉尊嫜，下撫弱子，鹽笥紡車，以供晨夕。舅姑相繼即世，經營喪葬，戚不廢易。伏臘祠蒸，手撫贈公，泫然淚下。贈公入庠，文聲日著。人且以公之鬱而未施者，當發於其子，卽孺人之志，亦庶幾可以少慰矣。無何，贈公又奄然長逝。嗚呼！可悲也已！弱孫煢煢無依，家業漸落。又

---

① "窆"，《近代中國史料叢刊》本作"窆"。
② "史"，愛日堂藏版本和《四庫全書》本作"書"。
③ "摹"，愛日堂藏版本和《四庫全書》本誤作"摩"。
④ "是"，康熙年間刻蔡本、康熙年間刻閻評本、《近代中國史料叢刊》本、愛日堂藏版本和《四庫全書》本作"畏"。

值寇氛，倉皇避難，憂悸感疾而卒。

嗟夫！世之學者，剽竊補綴，浮華無根，六經諸史，茫然不知其原委，而身都通顯、富貴赫奕者，何可勝數也？如公篤志古業，使學成獲用於世，必有大異於今之①人者，而鬱鬱不得志，年未壯而身歿。孺人苦節終身，死喪患難，無不備嘗，而哲嗣不得奉梧檟以老。有歐陽太夫人之節，不饗文忠之報，所謂天道不可問矣。乃今冉渠登甲科②，佐名郡，文章、清節爲海内推重；四方人士言學者，必曰中州吳氏；諸孫森森玉立，譽問霞起。然後知蓄之厚者發必達，造物固有深意也。嗚呼！仁者必有後，於今益信哉！

公生萬曆三年某月日，卒萬曆二十八年某月日。孺人生萬曆五年某月日，卒崇禎八年某月日。男即了疑先生，諱斯信，庠生，贈推官，娶泰初許公女，封孺人。孫男四：淇，進士，鎮江府同知；際隆，增廣生；代、訓，庠生。曾孫七。

銘曰：積之豐，用之嗇。德厚流光，孫謀燕翼。英英象賢，丕著鴻業。虎變龍騰，顯榮奕葉。峩峩大麓，永奠冥宅。松楸蒼然，山青雲白。其馴者兔，其翔者鶴。美哉佳城，蜿蜒磅礴。緜緜千秋，哲彦繼作。我今銘之，神其永託。

拔貢彦公趙君墓誌銘

趙君諱震元，字伯彦，一字彦公，睢州人，嘉靖癸卯舉人、東阿縣知縣諱誥之曾孫，隆慶辛未進士、大理寺左寺副諱舉廉之孫，贈中憲大夫、廣東韶州府知府諱夢日之子。母湯孺人，生彦公，甫七歲，而孺人卒。彦公少具才藻，踔厲風發。伯叔兄弟負文名者甚衆，而彦公尤表表云。

爲諸生，不能俛首帖括，就舉子尺幅。好讀左國、考工、楚騷、史漢之書。陳明卿《四部奇賞》出，獨深嗜之，伏卷誦讀不輟。爲文，初學孫樵、劉蜕，改而爲燕許，後稍稍規摹韓柳，得其大意，不求畢肖。晚年間倣元結，頗峭拔，有奇致。歐曾文雅，非所好。余每稱歐陽文忠公文，彦公因取閱之，嘗不盡卷而罷。

---

① “之”，《四庫全書》本脫。
② “甲科”，《四庫全書》本作“科甲”。

同時獨心師石齋黄先生，無論制義、策論、碑銘、記述，多方購求，繕寫丹鉛，未嘗有遺。爲詩自出杼軸，不拘一格。近代所謂北地、濟南、公安、竟陵，皆所不問也。寇變後，遊棗强歸，其詩悲壯蕭涼。晚年樸老疏宕，近陸務觀。

明崇禎己①亥，開②拔貢，依鄉試例而減其一場，彦公文爲成寶③慈公所賞。廷試入都，與金忠潔公共研席，最爲相知。兩公後皆以建言爲海内所重，每亟稱彦公，故彦公聲譽滿藝林矣。

壬午，棘闈移蘇門。彦公偕其姪陸對往，各爲《百泉賦》，辭采雄麗。登孫登臺，醉桃竹園，歌罷長嘯，聲振林木，時人莫測也。後屢試輒報罷。每遇秋闈，策蹇赴汴，貰酒艮岳、繁臺，憑弔信陵君、侯嬴④，澆酒杜甫、高適廢祠而還，不作遇合想。

庭中怪石數片，老樹桃花，參差映帶，茗椀藥臼，意況蕭瑟，所謂松青堂也。更闌燈灺，伸紙滌硯，作蠅頭細楷。臨文浮一大白，落筆若風雨，腕不暇停，頃刻數千言，拍案高叫曰："擲地可作金石聲，但恐腕折何？"雜及易卜，多奇中。時時寄興六博，以抒牢騷，非眞好也。見人無少長，煦煦親愛，不爲厓岸。遇親識尊行，恭敬盡禮。其弟一爲江甯別駕，一爲農部郎，出守韶州。雖情懷繾綣，終不一過其署。高風雅度，殆古隱君子之流歟！余自移病歸里，同人零落，惟彦公往來過從，談詩論文，相得甚歡。今出門漠然無所向。此余於彦公之歿，不禁流涕霑襟也。

君生於萬曆二十六年十一月初一日，卒於康熙九年八月三十日，得年七十有三。配李氏，繼徐氏，先卒。於康熙壬子十一月二十六日，卜葬於睢城北澗岡之新阡。子爾轍、爾軾，俱先卒。孫居易、居廣。曾孫⑤大升、二升。

銘曰：譬如木焉，或爲匠石所睨而爲棟梁，或輪囷⑥離奇而老泉石之旁，不

---

① "己"，康熙年間刻蔡本、愛日堂藏版本和《四庫全書》本作"乙"。
② "開"，愛日堂藏版本和《四庫全書》本作"間"。
③ "寶"，愛日堂藏版本和《四庫全書》本作"實"。
④ "嬴"，康熙年間刻蔡本誤作"贏"。
⑤ "孫"，《湯文正公全集》本、康熙年間刻閻評本和《近代中國史料叢刊》本脫，據康熙年間刻蔡本、愛日堂藏版本和《四庫全書》本補。
⑥ "囷"，康熙年間刻蔡本作"困"。

可謂棟梁之巍如而嘆泉石蕭涼也。嗚呼！如君之才，而止於斯。睢水之原，松檜蒼蒼。後有好古者過之，當駐馬而徬徨。

江南鎮江府海防同知冉渠吳公墓誌銘

公姓吳氏，諱淇，字伯其，別號冉渠。先世山西洪洞人，明初遷睢州，居大麓崗。高祖將仕。曾祖待價。祖與點，以文學名，余嘗誌其墓，所謂幼兆先生者也。父斯信，博學，工詞賦，以公仕，贈文林郎、廣西潯州府推官。母許氏，封太孺人。

公賦資穎異，好爲深湛雄偉之思。十五，習詩賦。清詞麗句，往往驚其長老。爲制舉義①，不拘尺幅，落落有奇氣。贈公卒，家業中落。事太孺人，備盡色養；撫三弱弟，讀書有成。孝友爲人所難。

補甯陵庠諸生，屢試高等。嗜讀書，日記萬言。喜怒窘窮，患難流離，未嘗釋卷。至盜賊縱橫，匿荒蓬斷垣中，生死倏忽，猶暗誦不休。秦漢金石遺編，海外重譯之書，讀之欣然自得。若平常淺易之辭，不屑意也。亂後，家鮮藏書。聞旁郡舊家有異書，數百里徒步往求之，累日夜抄寫，盡誦乃已。持論俱有根據，未嘗特創一說。讀書既多，時出其新奇者，資談柄。時人見其空曠奇肆，詫爲語怪，或操論闢之。公不與較也。

順治乙酉，登鄉薦。壬辰，中會試，不就廷對。里居六載，益肆力於學。天文、曆法、律呂、音韻、易占、勾股算術及西洋奇器之學，無不精詣。

戊戌入都，問曆法於欽天監，考樂器於太常寺。窮思幾廢寢食，一切應酬俱廢。

成進士，甲次例得京職。會改新制，授推官，得廣西潯州。時粵地初定，多封疆大案。公聽之，爲求生路不得，則坐臥不安。嘗舉歐陽崇公“求其生而不得，則死者與我俱無憾”之言自警。一日，斷事畢，一囚出而泣曰：“公，仁人也，而不能活我。誰復活我者？”

---

① “義”，《近代中國史料叢刊》本作“藝”。

巡撫行部，務嚴刻，博風力。公力爭之，曰："宦粵者，皆中土人，攜妻子，蹈萬里煙瘴地，謀升斗祿，一掛吏議，遂終流落。竊願明公愛惜士人。若有大奸惡，某亦安敢隱哉？"巡撫感公眞誠，嘆爲長者。察潯屬果無可糾者，以此益信公。

民朴事簡，無學士大夫遊處，惟讀書以自適。往來省會，山行水宿，蠻煙瘴雨，誦讀之聲達丙夜。家園萬里，宦況冷絕，幽憤無聊，一寓之於詩。

自粵西陞同知鎭江，軍府初立，事務殷繁。公職海防，應一切爲之綜理。時方視爲利藪，公悉推讓同官，故廳事寂然。雅重學校，賓禮寒素。市書萬卷，與文士校讐討論。夜則挑燈對讀，遇得意高叫長歌，胥吏皆驚起。至於簿書，寓目而已。

署丹陽，衝邑驛費浩繁，歲額不敷。公不欲累民，然亦坐是供應多疏，鐫二級歸。

公念太孺人春秋高，諸子姪皆善屬文，構書屋數楹，寢處其中。口講手批，至夜分以爲常。與二三舊友，結社賦詩。出則乘柴車，或徒步。仕進之念，泊如也。

工塡詞，晚年聲律益細。伶工奏伎，點拍失度，即笑語喧闐中，輒指其誤。更深於道家言，自謂《龍虎經》、《參同契》諸書，塵埋千年，無人識其要領，一旦爲之洗滌筋髓，丹學祕訣，悉傳人間。海內好道之士，當有知其所以然者。

古詩以《昭明文選》爲宗，近體初專師少陵，後遍究四唐。含咀菁①華，歸詣自然。論詩上下今古，升降正變，可出鍾嶸上。其辨議精詳，筆鋒清雄，識者以爲彷彿鄭夾漈云。偶爾撰述，信筆抒寫，連篇累幅。至其精神凝注，稾必數易，常有一字未妥、一韻未安，收視反聽，審諦推敲，必得當而後止。人知公之博綜，而不知其謹愼如是。獨不喜爲酬應②之文，如序記③、碑銘之類，爲人所強，偶一爲之，非其好也。

---

① "菁"，愛日堂藏版本和《四庫全書》本作"茹"。
② "酬應"，康熙年間刻蔡本作"應酬"。
③ "序記"，康熙年間刻蔡本作"記序"。

一日過余深談，余謂以君異敏，若專功學《易》，必能發前聖之蘊①。公遂盡發所藏諸家《易》説，約與余定期會講。無何，而公逝矣。嗚呼！惜哉！

公平生②篤於友誼，急人之難。初登第時，有友被誣，幾罹重典。公爲之遍謁當事，傾身營救，事卒得白。近世杯酒談笑，不啻骨肉，一旦失路，反眼若不相識，更爲之下石者，比比也。若公者，眞古人哉！余求於③天下，往往號宿學、負盛名者，叩其所得，輒不及公萬一。而公官不過郡佐，未嘗一登著作之庭。雖其言可以藏名山、信後世矣，而其志尚若有進而未已者。此余之所以咨嗟悼惜④、長慟而不能自止也。今其子請誌壙石，不一語粉飾，亦所以報吾友而存其篤信之志云。

所著《雨蕉齋詩集》、《選詩定論》、《唐詩定論》、《律呂正論》、《參同契正論》、《陰符經正論》、《龍虎上經》、《指月入藥鏡圖説》、《睢乘資》、《睢陽人物誌》、《雨蕉齋雜録》、《道言雜録》，共若干卷。

公生於明萬曆四十三年五月三十日，卒於康熙十四年二月二十五日，得年六十一。配沈氏，封孺人。子二：學顥，廩生；宗頤，國子監監生。沈宜人出。孫，元復，宗頤出。以康熙十四年月日，葬大麓崗先塋之次。

銘曰：羽陵宛委搜祕笈，續遺補亡人莫識。結繩掌故羲皇畫，地負海涵驚奇特。鏗鏘震曜貫冥賾，揚風扢雅追三百。胡⑤不覯飈丹陛側？百年禮樂會生色。功名遺愛在南極，灉江之水何湜湜。北固山頭一片石，至今父老淚霑臆。鄴架縹緗存手澤，有子文章壓元白。奕葉繩繩傳休德，舊史銘辭在幽宅。

徵君孫鍾元先生墓誌銘

康熙十有四年乙卯四月二十一日，前萬曆庚子舉人徵君孫先生，卒於輝縣

---

① “蘊”，《近代中國史料叢刊》本作“奧”。
② “平生”，愛日堂藏版本和《四庫全書》本作“生平”。
③ “於”，《正誼堂全書》本、康熙年間刻蔡本、愛日堂藏版本和《四庫全書》本作“友於”。
④ “惜”，《近代中國史料叢刊》本作“息”。
⑤ “胡”，康熙年間刻蔡本作“何”。

夏峯之居第。一時監司、郡縣之大夫,與方數百里鄉大夫士,哭弔屬路不絕。城內外市者罷①,耕者廢耒,里老嗟嘆,子弟輟誦絃聲,督學使檄郡邑列祀百泉書院。其冬十月十六日,葬夏峯之東②原。距生萬曆甲申十二月十四③日,享年九十二矣。

道學之傳,自濂洛、關閩諸大儒後,莫盛於明之河東、姚江。先生幼當梁溪、吉水講學都門之日,與鹿忠節公一室默對,以聖賢相期許。忠節既沒,獨肩斯道者四十載。年愈高,德愈劭④。眞積力久,篤實輝光⑤。四方學者不謀而合,曰:"夏峯,今之河東、姚江也。"兩朝徵聘十一次,纁帛貢於巖谷,守令敦趨就道者數矣。先生堅⑥臥不起,故天下稱爲徵君云⑦。

先生諱奇逢,字啟泰,號鍾元,保定之容城人。高祖端、曾祖廷寶,皆有隱德。祖臣,嘉靖辛酉鄉薦,任河東鹽運司運⑧判,以清愼稱。父丕振,庠員,授儒官,孝友著聞。母陳孺人。兄弟四人。兩兄奇儒、奇遇,俱⑨庠員。弟奇彥,以貢士任武城知縣。

先生少時,慷慨有大志。十四歲,謁楊尚寶補庭。補庭問:"設在圍城中,內無糧芻,外無救援,當如之何?"先生應聲對曰:"効死勿去。"補庭曰:"此足卜子生平矣。"補庭者,忠愍公子也。

十七,舉於鄉。私居不蓄一錢。兩居父母憂,治喪一準古禮。偕兄弟結廬墓側,飲食必祭。風雨霜雪,哀音動人。嘗語人曰:"少年妄意功名。自雙親見背,哀慟窮苦中,證取本來面目,覺向來氣質之偏。蓋學問實得力於此云。"居京師,見曹貞予公,舉仁體以告,恍然此心與天地萬物相通。時桐城左忠毅、嘉善魏忠節、長洲周忠介,以氣節相高,見先生,皆傾蓋定交。

---

① "罷",愛日堂藏版本和《四庫全書》本作"罷業"。
② "東",康熙年間刻蔡本作"柬"。
③ "十四",愛日堂藏版本和《四庫全書》本作"十二"。
④ "劭",愛日堂藏版本、《四庫全書》本誤作"邵"。
⑤ "輝光",愛日堂藏版本和《四庫全書》本作"光輝"。
⑥ "堅",愛日堂藏版本和《四庫全書》本作"高"。
⑦ "云",康熙年間刻蔡本、《正誼堂全書》本作"焉"。
⑧ "運",《正誼堂全書》本作"通"。
⑨ "俱",康熙年間刻蔡本、《正誼堂全書》本作"皆"。

　　高陽孫文正公督師關門，鹿忠節爲監軍，約先生同遊塞上。徧覽山海形勝，指畫如掌。孫公亟共襄軍事。急辭歸，語茅元儀曰："將相不合，未有能立功於外者。公信不愧吉甫，如時不可何？"

　　天啓末年，逆閹竊柄，左、魏、周三君子相繼逮繫。過白溝，緹騎森布。先生與門人張果中，拮据調護，供其橐饘。且告之曰："雷霆雨露，總是君恩。諸公主張，宜審定。"其子弟、僕從，廠衛嚴緝，莫敢舍者，先生與鹿太公爲之寄頓。左嘗督學三輔，又屯田有惠政，時誣①坐熊經畧贓，考掠備至。先生與鹿太公謀，設甌建表於門，曰："願輸金救左督學者，聽。"於是，鄉人投甌者雲集。左既考死，則又按籍俵散。去京師不二百里，舉旛擊鼓，不畏閹知，閹亦竟不知也。當事急時，遣弟奇彥同鹿公子馳關門，上書高陽公求援。公卽具②疏，以邊事請陛見，面奏機宜。都門喧傳公興晉陽之甲，閹夜遶御床而泣。公抵通州，亟降旨勒回③。公回，而諸君子不可救矣。蓋正人爲國家元氣，非但急友難也。事之不成，則天也。而世徒以節俠視之，過矣。

　　客氏弟光，先以時燄牢籠士大夫，介所知送名馬，以家貧不能具摧④秣辭；致摧⑤秣之需，以病羸不能乘辭。待小人不惡而嚴，類如此。

　　崇禎戊辰，督學御史李公蕃舉孝行，奉旨建坊旌表，給二丁侍養。

　　丙子，容城被圍，土垣將圮，窮七晝夜爲攻具。先生指示方略，士民協力捍禦，城賴以全。事定，巡撫都御史恤刑部郎，交章聞於朝，特詔褒嘉。兵部尚書范公景文聘贊畫軍務，固辭不就。

　　時寇氛漸逼都城，攜⑥家入五峯山，結茅雙峯⑦。親識從者數百家。修武備，嚴教條，所以整齊約束之法甚具。更日與其徒講學習禮，賦詩倡和，絃歌之聲相聞。當兵戈搶攘時，雍容禮樂，盜賊睥睨不敢犯。嗚呼！先生之不用於

① "誣"，康熙年間刻蔡本脫。
② "具"，愛日堂藏版本和《四庫全書》本作"上"。
③ "回"，愛日堂藏版本和《四庫全書》本作"令"。
④ "摧"，康熙年間刻蔡本、《正誼堂全書》本作"芻"。
⑤ "摧"，康熙年間刻蔡本、《正誼堂全書》本作"芻"。
⑥ "攜"，愛日堂藏版本和《四庫全書》本作"移"。
⑦ "雙峯"，愛日堂藏版本和《四庫全書》本作"山中"。

時,豈先生無意於世? 蓋亦知天意之不可回也。

國朝順治初,祭酒特舉長成均,以許文正相擬。中外大臣,推轂日至。先生絕意仕進,移家共城,闢兼山堂,讀《易》其中,率子孫耕稼自給。簞瓢屢空,怡然自適。遠邇負笈求學者甚衆,有大僚歸老於家,北面稱弟子者;有千里遣其子從遊者。公卿持使節,過衛源,不入公署,屏騶從,以一見先生爲快。先生涵養益邃,自强不息。每晨起,謁先祠畢,退居一室,澄心端坐,卽疾病未嘗有惰容。接人無貴賤少長,各得其道。與後學答問,隨人淺深,亹亹窮晝夜不倦。子孫甥姪數十人,揖讓進退,皆有成法。閨門內外,肅肅穆穆,寂若無聲,而諸事具有條理。婣族故舊,恩意篤厚。爲之經理婚嫁喪葬,惟力是視。聞節孝事,必爲之表揚。先賢祠祀廢墜者,必倡衆爲之修理。見人家庭乖違,與父言慈,與子言孝,緩譬曲喻,必歸於道而後已。故賢者悅其誠,不賢者服其化,卽兒童、牧豎亦知歡喜、尊敬。至於事變之來,衆人震撼不知所抵①者,處之裕如,未嘗幾微動於中也。

其學以慎獨爲宗,以體認天理爲要,以日用倫常爲實際。嘗言:"七十歲工夫,較六十而密;八十歲工夫,較七十而密;九十歲工夫②,較八十而密。此念無時敢懈,此心庶幾少明。"又曰:"生平所見,有時而遷。而獨知之地,不敢自欺。識得天理二字是千聖眞脈,非語言③文字可以承當。故言心卽在事上見,言己卽在人上見,言高遠在卑邇上見,言上達在下學上見。戰兢惕勵,不敢將就冒認,惟是慎獨而已。"

所著有《理學宗傳》、《四書近指》、《讀易大旨》、《書經近指》、《聖學錄》、《兩大案錄》、《甲申大難錄》、《歲寒居文集》、《答問》、《日譜》、《畿輔人物考》、《中州人物考》、《孝友堂家乘》、《四禮酌》、《乙丙紀事》、《孫文正公年譜》,共若干卷。

嘗歎世之學者,不務心得,株守籓籬,物我未化。先生眞見,道之大原,無建安,無青田,惟以庸德庸言,直證天命原初之體,可謂千聖同堂,造化與遊者

---

① "抵",愛日堂藏版本和《四庫全書》本作"底"。

② "較六十而密八十歲工夫較七十而密九十歲工夫",康熙年間刻蔡本脫。

③ "語言",愛日堂藏版本和《四庫全書》本作"言語"。

矣。程子曰："世無眞儒，天下貿貿焉莫知所之，人欲肆而天理滅。"自先生講道山中，公卿大臣、四方學士，聞風而起，皆知聖賢之可爲，異端邪説不足以亂孔聖之眞。其有功於斯世斯人大矣。若其自得之深，精微之蘊，非學問有得於心者，烏能測其所以然乎？斌何敢謂知足以知之？然奉教有年，竊觀其語默動靜，元氣渾淪，全體大用，光明洞徹，其斯爲凝道之君子何疑歟？哲人云萎，斯世何宗？故不禁涕泗無從也。

元配槐孺人，繼配楊孺人，皆有閫德。丙辰，先生下第，槐孺人慰之曰："下第何妨？卽終身不第，吾①未見布衣可輕，富貴可喜。"此豈婦人女子所及？當先生釀金救左、魏時，楊孺人出嫁時衣盦佐之。撫前子同己出，事槐孺人母如己母，奉養終身，皆人所難者。

子六：立雅，恩貢；奏雅，生員；望雅，增廣生。槐孺人出。博雅、韻雅、尚雅，增廣生，楊孺人出。女二。孫十二：瀾，增廣生；潛，生員；溥，生員；溶，生員；洤，舉人；湆，生員；漢、浩、沐、浴、湛、源。孫女八。曾孫十三：用柔、用霖、用梓、用枏、用桓、用模、用楷、用樞、用楨、用榦②、用樟、用柱、用棟。曾孫女五。四世孫一：熠。娶聘皆名族。

槐③孺人原葬容城先塋，今以衣冠祔。楊孺人原葬夏峯東阡，今移祔。

銘曰：至道浩浩，待人而行。貞元會合，大儒挺生。定交江村，志紹濂洛。奧旨微言，開關④啟鑰。窮理盡性，本於孝弟。表裏洞然，天空月霽。雲卧蘇門，韜光斂耀。安樂窩叟，千載同調。峩峩夏峯，萬仞其高。攀援莫逮，仰止爲勞。松楸鬱鬱，幽宫在兹。我銘不磨，永式來思。

前兵部尚書湛虚張公墓誌銘

皇清順治十有三年四月初三日，前明兵部尚書磁州張公卒於家。是年八

---

① "吾"，愛日堂藏版本和《四庫全書》本作"我"。
② "榦"，《近代中國史料叢刊》本作"幹"。
③ "槐"，《湯文正公全集》本、《正誼堂全書》本、康熙年間刻閻評本、《近代中國史料叢刊》本、康熙年間刻蔡本脱，據愛日堂藏版本和《四庫全書》本補。
④ "關"，《近代中國史料叢刊》本誤作"闔"。

月,葬於槐樹村之阡。少保劉公誌其墓矣。至康熙十八年,其子貢士沖等改葬於南城村先塋之次,遵治命也。公之孫翰林編修榕端,持其父故庶常君潛所作狀及沖敘改葬事始末來請銘。余與庶常君同舉進士,嘗以年家子謁公里第,接其狀貌,偉然巨公長者也。庶常君刻公《遺集》四十卷成,遣使渡河,授余校正,且屬爲序。余末學弇陋,逡巡不敢操筆者十年矣。反復熟讀,自謂知公生平大略,乃不敢辭。

公諱鏡①心,字孝仲,號湛虛,晚號晦臣。先世襄垣人,後遷磁。考諱仁聲,封通議大夫、兵部右侍郎。妣許氏,封淑人。公天啟二年進士,知蕭縣,調定遠,再調泰興。以治行高等,擢禮科給事中,掌大計。進太常寺少卿,遷大理,調南光祿寺卿②,擢兵部右侍郎,兼都察院右副都御史,總督兩廣軍務。召入爲兵部左侍郎。以薊遼總督張福臻未至,命公代之,加兵部尚書。俄福臻至,公議③別用。旋丁母憂④。弘光立,詹事漳浦黃公薦公老臣,宜大用。時馬士英、阮大鋮用事,黃公不能安其位,公因避去。國朝定鼎,大臣推薦,章數上。以丁父憂,固謝守制,遂終不起。

公負經世大略,其令泰興也,歲饑,代民完漕糧四千石,全活數千⑤家。

爲給事,當莊烈愍皇帝時,內外交訌,軍國積弊,臣下錮習,不可究詰。而天子求治過急,政尚操切。僉人⑥窺伺意旨,附會以作威福;而正人旅進旅退,不能盡⑦其謀國之忠。公首陳七要,繼陳十二事,大約請上靜正自治,推誠馭下,尤當愛惜人才,勿以一眚輒棄;更欲臣下破除偏黨,公忠廉直,佐成蕩平之治;慎刑罰,抑躁競,嚴保舉,以課成効;行蠲恤,以收人心;練兵核餉,委任樞輔。侃侃萬言,皆切中時宜。當國者撫卷歎息,至擬之魏徵《十漸》也。

畿甸失事,上震怒不測。公語政府曰:"主上嚴,則宜佐之以寬;臣下玩,

---

① "鏡",康熙年間刻蔡本誤作"敬"。
② "南光祿寺卿",《近代中國史料叢刊》本誤作"光祿寺少卿"。
③ "公議",康熙年間刻蔡本、《正誼堂全書》本作"議公"。
④ "憂",康熙年間刻蔡本、《正誼堂全書》本作"艱"。
⑤ "千",《近代中國史料叢刊》本誤作"十"。
⑥ "人",《正誼堂全書》本誤作"壬"。
⑦ "盡",《近代中國史料叢刊》本作"進"。

則宜防之以禮。邊境不戒,過在將領。文法交詆,大獄繁興,至使八座一空,衣冠囚首,猶得謂國有人乎?"政府雖不能用,時論韙之。會大風雨雹,上書言:"《春秋》'僖公二十九年,雨雹',《傳》言爲公子遂;'昭公四年,雨雹',《傳》言爲季氏。今日必有大臣擅權,以干天怒者。"嚴旨詰責,而公遂劾總制劉策、巡撫王從義、大帥侯世祿逗遛縱兵狀,更論吏部尚書王永光推薦高捷、史堃爲背公夤①緣,指斥尤切,未嘗以利害禍福自絀也。

掌大計時,閣臣温體仁有所屬意。公陽爲不喻,曰:"吾不能代執政②報私怨。"以此忤閣臣意。賴公素持正,爲上所信,不能間也。

禮部議舉謚典,訪冊至七百人。公上言,謚法甯嚴勿濫,因列陶安、方孝孺、鐵鉉、李巳等數人。上嘉納。又請出御史吳阿衡於獄,舉范景文知兵。未幾,范③公以閣臣殉國,而吳公亦以薊遼死事。世益稱公爲知人。

其總督兩廣也,濵海數郡爲島裔窺伺,蜑戶豪姓與之交通。公既嚴奸宄之禁,設柘林、黑石、虎門之防,發材官受賕之罪,誅連州妖賊及思明部民之戕土官者,規畫略定。

無何,楚寇圍韶,兩粵騷然。公遣將卻之。寇據郴、桂之間,高獠、紫獠二源,其窟穴也。自嘉靖以來,梗化且百年。公以爲非大創不可,奏請合沅、贛兩撫會勦。上以賊實在楚,客兵功當倍論。公聞命誓師,購猺獞,遠偵探,嚴壁壘,蒐討軍實。久之,沅、贛兵始集。公命粵兵披④堅深入,斬馘千計,下令乘勝直擣二源。諸將難之。公曰:"諸君不見漁獵者乎?池魚穽獸,一舉可盡也。楚寇卽粵寇,何疆域之足云?"分兵一自連州入,一自藍山入,扼其咽喉。主簿峒最稱⑤險峻,叱令捲甲疾趨,一戰而得之。憑高俯擊,高獠遂破。復依山縱火,分翼夾攻,紫源亦定。是役也,破峒源三十有六,俘斬三千,釋其脅從,

① "夤",《近代中國史料叢刊》本誤作"寅"。

② "吾不能代執政",《正誼堂全書》本、康熙年間刻蔡本作"吾不能代執事",愛日堂藏版本和《四庫全書》本作"我不能爲執政"。

③ "范",《近代中國史料叢刊》本誤作"臣"。

④ "披",《湯文正公全集》本、《正誼堂全書》本、康熙年間刻蔡本、康熙年間刻閻評本、《近代中國史料叢刊》本誤作"批",據愛日堂藏版本和《四庫全書》本改。

⑤ "主簿峒最稱",《正誼堂全書》本作"主簿峒最深",愛日堂藏版本和《四庫全書》本作"主簿洞最稱",《近代中國史料叢刊》本誤作"王簿峒最稱"。

流亡來歸。雖號爲三省犄①角，而先登奪隘，粵功實最。時武陵筦樞，曲庇楚撫，公僅賜級賚金幣而已。科道交章，言功高賞薄，使客兵倍論之旨不信。公曰："吾知平賊②耳，他何敢問？"

安南黎、莫搆兵。公上言，帝王詳內略外，當愼守關隘，兩存而弱之。廣西巡撫林贄請存莫圖黎，已有旨報可。公謂制外之道，宜彰大信，黎入貢而絕之，非所以懷遠人也。因輯《馭交紀》二十二卷以進。天子以爲然，勅公便宜從事。卒如公言而定。

至於平盤古十八峒之寇與崖州英乳，建署設防，立學置師，使黎人子弟皆通《孝經》，從來所未有也。

公爲政，博大而精詳。在粵五年，恩威並用，智勇兼施。凡所以爲地方經久計者，無不盡其力。後之人守其成畫，不敢變也。而張弛緩急之宜，卒莫及焉。

公平生篤於友誼。漳浦黃公建言，予杖，下詔③獄。知交不敢通問。公獨以三百金遺其子，供獄中晨夕。黃公寄詩謝，有云"患難勞相恤，妻孥感至誠。誰期今世界，更作古人情"。甲申以後，殉國諸臣，多生平故交。感舊懷忠，作前後九哀詩弔之。辭旨激烈，論者謂與謝翱《楚歌》相上下也。

晚年閉戶註《易》，究極性命之旨。與孫鍾元先生往復商榷，逍遙泉石，自稱雲隱居士。元老名臣，遭遇鼎革，完節令終，皭然不滓，可謂難也已。

公生萬曆十八年正月十九日，距卒享年六十有七。元配秦氏，累贈淑人，機杼佐讀，恭儉有禮，公未第時卒，年三十有一。繼配李氏，累封淑人，隨任兩廣，不市一珠。公之清德，相成爲多。先公一年卒，年五十有五。

子六：沅，官生；溯，歲貢生。秦淑人出。潘，壬辰進士，內翰林弘文院庶吉士，贈文林郎、翰林院編修；衍，廩生；沖，副榜貢生。李淑人出。瀚，貢監生，側室汪氏出。女一，適貢監生李轄，李淑人出。孫男十三：槐韓，廩生，沅子；楓

---

① "犄"，《四庫全書》本作"掎"。
② "吾知平賊"，愛日堂藏版本和《四庫全書》本作"我知平賊"，《正誼堂全書》本作"吾知平寇"。
③ "下詔"，《近代中國史料叢刊》本作"詔下"。

益、榆漢,溯子;榕端,丙辰進士、翰林院編修,椰璟、橋恒俱庠生,潛子;栭蓬,衍子;榑崑、樾康,沖子;柚雲,瀟子。餘尚幼。曾孫丙謙,庠生。四世孫一,賜講。

銘曰:行山鬱峙,漳水廻瀾。篤生偉人,國之屏翰。侃侃遺直,梧掖垂紳。風標嶽立,威鳳祥麟。臨軒授鉞,百粵蠻方。甲兵胸貯,嶺霧開張。薄伐楚寇,鉦鼓鼟鼟。緩帶輕裘,克奏膚功。日南波靜,蜑戶春耕。何不中原,滅彼欃槍?蹇蹇勞臣,鬢髮如雪。入佐中樞,朱弓玉節。晚年雲①卧,夢寐羲皇。象賢接武,奎壁烺烺。歸哉高原,松楸蒼蒼。銘石不泐,奕葉其昌。

砥園施先生墓誌銘

余同年友施君閏章,字尚白,文章、行誼高天下,然少孤,叔父砥園先生養且教之。尚白歷官中外,所至著聲績,嘗語人曰:"此叔父之訓也。"以此海内士大夫無不知砥園先生之賢。

余昔家居時,尚白自京師南歸,枉道視余。余欲少留爲一日歡②,不可得。曰:"夜夢叔父,爲之心動。"歸家十年,不復出。

戊午,應召入都。與余數相過從,語次輒忽忽不樂,曰:"余叔父年七十餘矣,疾病侵尋,常慮一旦不得③奉終事也。"輒泫然淚下。無何,訃至。尚白方奉修史之命,不得歸,號泣不能自止。既乃署次行事,隨書隨泣,以至於病。扶掖至余寓,再拜,請余銘其幽宮之石。尚白交遊中,操文章之柄者,指不勝屈。而獨以見屬,余何敢辭?乃爲序而銘之。

按狀,公諱譽,字次仲,砥園其號也。世籍宣城。曾祖諱志和,祖諱尹政,並有隱德。考諱弘猷,以理學著,世所稱中明先生者也。中明先生二子,長贈朝議大夫諱某④,次卽先生。

贈公學行純備,兄弟友愛最篤。贈公歿,先生喪祭盡禮。事母吳太孺人以

---

① "雲",愛日堂藏版本和《四庫全書》本作"高"。
② "歡",康熙年間刻閭評本誤作"觀"。
③ "得",康熙年間刻蔡本作"能"。
④ "某",康熙年間刻蔡本作"詧"。

孝聞。性亢爽,多智略。爲文敏贍,下筆滔滔數千言。用七藝受知督學御史,補郡諸生。每試輒甲等,而數困於秋闈。崇禎庚午,已中彀矣,坐一語見擯。時論惜之。好爲詩,不尚雕飾,而欹崎歷落,風格在孟東野、張文昌之間。都御史念臺劉公爲序之,且曰:"次仲言有本而行有式,非以詩炫者也,而詩固已不朽矣。"其見稱於先達如此。

中明先生當明神宗時,與焦文端、鄒忠介諸公講學東南。其時龍溪、盱江之學方盛,學者率以超悟爲宗。乃獨憂其流弊,立說主躬行,不爲過高虛無之論;至其眞誠惻怛,視萬物爲一體,則與盱江有相默契者。郡有同仁館、雲山書院,皆其講學處也。先生於兵亂後修復舊規,偕諸生習禮其中。時時稱引先訓曰:"先君子以躬爲教,吾不能及萬一。然願與同人勉之。"

與人交,洞見底裹。聞人一善,喜若己出;至其所不可,正色譙讓,雖豪右、貴人,無所鯁避。歲饑,節粟以贍族人,率舉家噉粥,十旬無倦色。助婚喪,置槥瘞殣,蝱亡友之無後者。與人通①有無,不責償。固其天性近厚,或亦本中明先生之教而力行之者與?

尚白初登第時,有於祖墳後開穴,欲壞其龍脈者,鄉黨皆爲不平。先生曰:"渠自喪心耳。吾家世有陰德,寧盡賴風水耶?"竟置不問。海寇陷京口,入甯國。鄉里亡藉子,欲因以爲利,聲言施提學叔厚積,可令出餉。禍幾不測,蓋是時尚白督山東學政云。會賊敗去,其人惴惴懼報復。先生曰:"此輩足相校耶?"終無一言。此二事,宣城人人能道之,以爲尤人所難也。

尚白幼羸疾,先生嘗手抱之驢背以就醫。行十餘里,涕淚霑衣。在官時,慮其善病,好苦吟,嘗望其來歸,爲構待歸之閣,作倚門之詩。尚白每言及此,淚淆淆不能止也。

所著詩二卷,尚白刻之京師。

公生明萬曆壬寅五月二十六日,卒於皇清康熙己未正月四日,享年七十有八。配馮氏。子三:闇嚴,郡庠生,馮氏出;闇阮,邑庠生,側室陳氏出;闇毓,側室韓氏出。以某年月日葬於雙溪之阡。

———————————

① "通",康熙年間刻蔡本誤作"交"。

銘曰：宛水如虹山如蓋①，風土清淯濬發大。世有哲人德未艾，紹先起後惟君在。惠及閭黨存遺愛，講堂復起儒行賴。猶子文章擅昭代，白虎談經家學邁。有崇者，丘雙流會，松栢丸丸過者拜，越惟奕葉長無害。

翰林院侍讀愚山施公墓誌銘

康熙二十二年閏六月十三日，翰林院侍讀施公卒於京師之寓舍。公知名海內者垂四十年，天下之士，或推其文學②，或高其行誼，或稱其治術。而余少同舉進士，晚年同事史館，相知尤深。公病，余往視之，握手熟視，曰：“平生知我之深無如子，立言能信於世亦無如子。”因欷歔不能語。既卒，葬且有日，其子彥恪遵遺命，來請銘其墓宮之石。余何敢辭？乃垂涕序而銘之。

公諱閏章，字尚白，號愚山，江南宣城人。大父弘猷，明萬曆間遊鄒忠介、焦石城兩先生之門，爲東南人士所宗。父𢤦，以公貴，贈奉政大夫、山東按察司僉事。叔父譽，余嘗誌其墓，所謂砥園先生者也。兄弟孝友，内外雍穆。江南言家法者，推施氏。

公少賦異資③，習聞家學，從沈徵君壽民遊。弱冠，工制舉業，兼治詩賦、古文辭。先達多稱之。順治丙戌，舉於鄉。己丑，登進士第，授刑部主事。天子大婚禮成，詔赦天下。公奉使廣西，因得遍遊粵西諸山水，著《粵江賦》以見志。

既歸，丁祖母艱。服除，補員外郎。引經斷獄，期於明允。有疑獄，反覆推求，常至夜分，曰：“如是則生者、死者可兩無憾也。”諸卿大夫素以公嫻文辭，或不習吏事，至是藉藉言公可大用矣。

當是時，世祖方興起文學，選尚書郎資望深者，御試高等，乃得補授提學使者。公名居第一，擢提調山東學政、按察司僉事。公既負文名久，士子爭自磨礪，冀得一當公意。而公教士以通經學古爲先，論文崇雅黜浮，風氣爲之一變。

---

① “蓋”，愛日堂藏版本和《四庫全書》本作“帶”。
② “學”，愛日堂藏版本和《四庫全書》本作“章”。
③ “資”，《近代中國史料叢刊》本作“姿”。

其應御試也，大學士安丘劉公實薦之。後屬其同年孤子，竟以文不入格被黜落。劉公語山東巡撫曰：「學臣不受請託，獨施君耳。」公之能舉其職，與劉公之能相與有成也。時人以爲兩難。

秩滿，遷江西布政司參議，分守湖西道。時軍餉嚴迫，屬邑多逋賦。追呼急，輒相聚爲盜。公作勸民急公歌，召父老垂涕而諭之。父老見公長者，相率輸租恐後。吉水有巨室依險自保，邑令乘間執之以叛聞。公察其僞，諭令輸租而①遣之。因遍歷崇山廣谷間，作《彈子嶺大阮》、《嘆竹源阮》諸篇②，以告諸長吏。讀者爲流涕，曰：「施使君，今之元道州也。」

暇日修景賢、白鷺洲兩書院，集多士講學其中。或屏車騎，往來金牛、石蓮諸洞，宴遊賦詩。耆舊逸民，亦樂就之。昔羅旴江嘗爲甯國守，以和易得民。公大父實③服膺其教。公之爲政，亦略相彷彿。而時事之難易，有大不同者。

無何，以裁併監司歸里。而叔父砥園先生年七十，老矣，公依依左右，有終焉之志。

又十年，詔舉博學鴻詞之士。三相國薦其才，召試授翰林院侍講，纂修《明史》。公素以文學④飭吏治，至是始得當著作之任，益自⑤發舒。考核同異，辨析疑譌，是非可否，無所回護⑥。而朝士大夫習其姓名，求碑版詩歌者，趾錯於戶。四方名士，負笈問業無虛日。公一一應之，不少倦。平日口期期若不能言，及談及⑦忠孝奇節，輒抵掌奮發，慷慨流涕，不能自已。遇羈人才士失志無聊，多方爲之延譽。死喪困厄，振卹不遺餘力。天下士以是益歸其門。入則盡力編摩，出則應酬賓客。又砥園先生已卒，格於例，不能請假，居恒忽忽不樂，而精力亦稍憊矣。天子知其學行，將用爲日講官，司記注矣，惜其老也而止。

---

① "而"，愛日堂藏版本和《四庫全書》本作"以"。
② "篇"，《近代中國史料叢刊》本作"編"。
③ "實"，愛日堂藏版本和《四庫全書》本作"嘗"。
④ "學"，《正誼堂全書》本、康熙年間刻蔡本作"章"。
⑤ "自"，《四庫全書》本作"足"，愛日堂藏版本作"是"。
⑥ "護"，康熙年間刻蔡本、康熙年間刻閻評本、《近代中國史料叢刊》本、愛日堂藏版和《四庫全書》本作"互"。
⑦ "及"，愛日堂藏版本和《四庫全書》本脫。

辛酉典試中州，稱得人。

又二年，進侍讀，充《太宗聖訓》纂修官，益恪恭不敢懈。吾見其貌加衰而[1]不自休息，私憂之。無何，病，遂卒。嗟乎！以公之才，使專精史事，久於其職，一代君臣事迹，庶有倫叙。乃事未竣而遽歿，不但平生交遊之情爲可慟，而國家失此良史才爲可惜也。悲夫！

公所著《書學餘集》八十卷，《年譜》四卷，《詩話雜著》二[2]卷。歿後，友人檢討高君脈[3]爲編輯，藏於家。

公生明萬曆四十六年十一[4]月二十一日，距卒得年六十有六。於某年月日，葬於宣城[5]某地之原。配梅氏，繼李氏，贈封並宜人。副室蔣氏、徐氏。子二：彦湒，恩貢生；彦恪，郡庠生。孫男女俱三，婚娶皆名族。

銘曰：儉以處身，惠以行仁。志希先民，敻乎絶倫。養其和平，發爲菁英。金石喤喤，大放厥聲。敬亭如蓋，宛溪如帶。丸丸松檜，勿翦勿拜。維兹幽堂，哲人之藏。青烏告祥，奕葉其昌。

翰林院提督四譯館太常寺少卿王君[6]墓誌銘

太常王君子厚，以省覲南歸，道病，卒於臨清之舟次。訃至京師，士大夫咸歎息泣下。

子厚在詞館，後余者十五年。余再起入都，相與爲忘年友。嘗觀其氣槩嶽嶽，不苟隨時趨，心竊儀之。

官諫垣十四載，前後章數十上，皆關國家大計。使一旦秉鈞軸，盡攄其生平所藴，必大有建豎。而今竟已矣。雖其所表見已自章章於世，而不能盡其才，使朝廷收得人之效，是可嘆也！

---

① “而”，愛日堂藏版本和《四庫全書》本脱。

② “二”，《正誼堂全書》本作“一”。

③ “脈”，《正誼堂全書》本、康熙年間刻蔡本、愛日堂藏版本和《四庫全書》本作“詠”。

④ “十一”，愛日堂藏版本和《四庫全書》本作“十二”。

⑤ “城”，《近代中國史料叢刊》本誤作“地”。

⑥ “君”，愛日堂藏版本和《四庫全書》本作“公”。

冢嗣延禧，卜葬且有日，迺奉其王父封公書來京師，以隧石誌銘爲請。余①不敢辭。

据狀，子厚諱曰溫，一字綠野。其先山西洪洞人也，明初遷尉氏之古三亭岡，遂占籍尉氏。傳十餘世，皆有隱德。

至芝童公，萬曆庚子魁於鄉，漢中推官，遷同知青州府。生子二：長鳴玉，次鳴球，卽封公也。封公中順治庚子鄉試第一，甲辰中會試。有子六人，子厚其長也。

子厚少負軼才，年十一，補博士弟子，有神童之目。癸卯，舉於鄉。丁未，會試中式，時年甫二十三。初，封公甲辰未與殿試。至是，父子同對策大廷，人以爲榮。封公考②授中書，需次里居。而子厚選弘文院庶吉士，慨然有志於經世之學。

己酉，授兵科給事中。遇事侃侃，無所阿附。時有旨甄別督撫而不及提鎮，疏言：“提鎮爲封疆大帥，權無異於督撫。今有歷任七八年或十餘年者，果人人稱職乎？請一體甄別，以肅軍紀。”是時，拜官甫數日，時論韙之。

詔赦軍犯，而地方官往往淹滯不遽釋。上言：“朝廷布宥罪之恩，而奉行者率至五六年之久。脫其中有客死異鄉者，如曠典何？”又言：“詔款內逃人、窩主干連人犯，俱准赦免。而直省地方，距京師遠者數千里，近者數百里，有赦前起解，而赦後猶械繫道路者。天時酷暑，銀鐺烈日之下，保無喝死道上者乎？臣以爲與其豁之於解到之後，曷若宥之於未解之前。請勅部飛檄各督撫，立釋歸農，使蒙赦者早慶生全③，幸甚！”皆奉俞旨。自是或密奏，或公陳，多見採納。蓋其意感朝廷知遇，思奮發以圖報稱，孜孜以清吏治，重人才，分別激勸，綜核名實，雅不欲以悻直債事。而忠愛惓惓，尤有人所難者。

間嘗有所搏擊，不避大僚，側目者衆。而卒安然無幾微震撼之虞者，仰賴皇上至聖大仁，優容諫官。故讀其奏疏，不獨可以見其志，亦足彰主聖臣直之治象也。

---

① “余”，《正誼堂全書》本作“予”。
② “考”，康熙年間刻蔡本、《正誼堂全書》本脫。
③ “生全”，愛日堂藏版本和《四庫全書》本作“更生”。

一日，上召集臺垣，策問進剿機宜、轉輸方略。子厚敷對稱旨，奉①"條奏詳明，克稱言職"之諭。蓋見知於上者深矣。數年之間，經筵侍班，掌印戶垣，凭登聞鼓者再，晉鴻臚光祿寺少卿，轉通政右參議，尋轉左，以至提督四譯館、太常寺少卿，駸駸大用矣。

壬戌五月，上念河工關運道、民生，簡公廉大臣往勘。會大司寇魏公以年老辭，則命偕少司寇宋公往。瀕行，陛見者三。單騎馳往，西至蕭、碭，北至唐宋山，東至海口，南至淮揚，周迴長堤三千餘里，尺計寸較，繪圖入告。蓋其勤慎如此。

甲子冬，遇覃恩，誥封父如其官，母某氏爲恭人。上將東巡，遣大臣祭告嶽瀆，而子厚分詣東鎮東海，將事惟虔。事竣，念封公家居日久，便道歸省。子厚性純孝，晨昏定省無間。封公促之入都，居常忽忽不樂。丙寅，復請假歸。初陸行，至松林店而病。乃買舟張家灣，走天津，轉劇。至臨清，遂不起矣。

生平友愛最篤，遇親戚故舊，咸有恩禮。課子諄諄，誡以守清白，勿驕溢以墮家聲。其他懿行如此類②甚衆，不暇著，著其大者。

生於順治二年乙酉閏六月十七日，卒於康熙二十五年丙寅閏四月十七日，享年四十有二。配蘇氏，封恭人，邑庠生光訓女。子五：延禧，拔貢生；延祐，候選州同；延祉、延祺，廩膳生員；延祚，附學生員。女一。康熙二十六年某月日，葬於某原。

銘曰：嗚呼！王君，邦之傑。楮柱言路羞蹴蹱，位躋奉常神人悦。藏骨於斯山巉嶸，後億千年視斯碣。

封文林郎翰林院庶吉士余君墓誌銘

浙有隱君子余君爾章，以仲子翰林院庶吉士泰來遇覃恩得封如其官。今仲子拜監察御史，而君以老疾卒於家。訃至，御史擗踊長號，勺水不入口者三

---

① "奉"，愛日堂藏版本和《四庫全書》本作"奉有"。
② "如此類"，愛日堂藏版本和《四庫全書》本作"類如此"。

日。京師士大夫聞之,走相弔。越七日,御史徒跣至予邸舍,長跪①號曰:"不孝泰來孤矣。方不孝需次里門,依依膝下。更寒暑,先君子趣裝就道,誠以服官圖報稱。不孝奉命行,先君子方健飯無②恙也。抵京,除目且下,聞先君子病,則擬請急歸省。無何,而凶問奄至矣。痛哉!今不孝奔喪,將卜葬。惟是幽宮之石,敢徼惠於大③君子而賜之銘,不孝死且不朽。"予愀然歔欷久之。蓋人子之善,譬諸醴泉、芝草,其來有自。觀御史平日行己與今居喪盡禮如此,卽君之生平可知矣。故不敢以不文辭。

據狀,余氏爲宋丞相忠肅公端禮之後。其居東浦村,自提舉良齋公始。良齋生某,某生某,某生立政,代有隱德。立政字華南,君之父也。

君諱維,字爾章,事父以孝聞。少時讀書有大志,治《毛詩》,有聲里中。所著《詩古文》暨注解《毛詩》,里人傳誦之。然數奇會,厥考下世,遂絕意仕進。而喪葬祭祀,悉稟朱文公《家禮》。盡誠備物,皆可爲鄉里法。

事母趙孺人,先意承志,得其驩。更置產,以贍舅氏。念祖若考單傳再世,遇再從兄弟殊厚也。東浦余,故著姓,而產業薄厚④嘗不齊。其貧而租賦殿者,槪久淹者,婚嫁乏具⑤者,咸仰給君所往往罄足焉。而自處常節縮,甘菲薄,飯糲茹蔬,布衣芒屩,有委巷中人所難者。

會歲荒,則傾困粟,設糜粥於路,以哺饑人。又嘗憐竇人子久負不能償,輒爲焚其券。諸凡橋道修築,率捐貲爲里人倡。里人以是稱余君長者,卽暴客兇人,過門搖手戒勿入。而豪少年忿爭訐誶,望見閭閈,輒愧悔去。當是時,論者比之陳太丘、王彥方矣⑥。

君蚤歲舉子泰徵,督課良苦,曰:"服田力穡,乃亦有秋。家世咿唔鉛槧,兒其爲蕕畬乎?"泰徵貢入成均,久未第。而晚年見仲子鵲起,弱冠舉於鄉,以禮闈第三人成進士,讀書中祕。當是時,北望京華,意陶陶自適也。然慮仲子

---

① "跪",康熙年間刻蔡本作"跽"。
② "無",《近代中國史料叢刊》本作"勿"。
③ "大",康熙年間刻閻評本、《近代中國史料叢刊》本誤作"先"。
④ "薄厚",康熙年間刻蔡本作"厚薄"。
⑤ "乏具",愛日堂藏版本和《四庫全書》本作"具乏"。
⑥ "矣",愛日堂藏版本和《四庫全書》本作"焉"。

年方少，數遺書，訓誡維謹。聞仲子欲省覲，輒舉柳宗元“思報國恩，唯有文章”語，馳止之。比仲子聽除臺諫，里居也，不以晨昏色養爲喜，而時時稱漢汲黯、唐陸贄立朝大節，以勉其樹立於當世。噫！績學砥行，厚積而薄發，要以忠孝仁讓之澤保艾爾後，其亦可謂賢也已。

東浦余氏，旣單傳兩世，至君乃有賢子二人。孫、曾男女，蟄蟄繩繩，且數十人，未有艾。《易》曰“積善餘慶”，有以也夫。

君生於明萬曆己酉十二月十四日，卒於皇清康熙二十五年丙寅九月初六日，享年七十有八。配丁氏，封孺人。子男某。以某年月日，葬於山陰縣麥塢山之原。

銘曰：山蒼蒼兮，厚以蠱也；水泱泱兮，清以曲也。没藏於斯兮，生所卜也。宜爾子孫兮，荷天祿也。億萬斯年眠厥辭兮，尚知生平之行篤也。

南羅武君墓誌銘

順治戊子，余與南羅武君同受知於少參濟甯王公。時公方司李天中，余與君數往來汝上，未得相遇。公嘗告余曰：“南羅議論侃侃，持己端嚴，卓然君子也。”余心儀之。長葛去睢不三百里，人士聲問相通，咸嘖嘖稱君之賢。余以他日嵩少之遊，當造門相訪，以遂平生之願。乃戊午三月，忽其子賮介吾友韓子新其書狀，爲君乞墓銘，則君已於去年冬杪卒矣。嗚呼！同門三十年而未得一識其面，尚忍爲之銘乎？子新爲之請甚切，不可以辭。則卽平日所聞於我師與鄉人士所傳述者，質諸嗣君之狀，相符，乃序而銘之。

君諱際盛，字亦隆，南羅其號也。先世居晉之洪洞。明初，徙長葛，遂家焉。曾祖諱世剛，有隱德。祖諱定國，好義樂施。值歲歉，蠲輸完漕，民不知役。出仕關中，俸餘盡給貧民。冬月，製緜衣，施及獄囚。四方歸仁焉。考諱尚文，庠員，以孝聞。母韓氏，生二子，君其次也。

君生二歲而孤，母年未二十，以《柏舟》自誓。君髫齔卽知勵志讀書，日誦數千言，嶷然見頭角。寇亂，避居覃懷，益自刻苦。補博士弟子，試諸生間，褒然舉首。溫、孟、河內之間，耆儒碩彥，多爲之避席矣。

戊子，闈中已擬首薦，總裁抑之，僅中副車。拔貢入成均，屢試冠多士。黃鷗湄太史雅器重之，以爲可與熊鍾陵頡頏也。太史謀爲設帳，館穀歲數百金，力辭不赴。太史曰："武君貧士，不愛數百金。此其志不可量也。"

歸家杜門卻掃，與里中一二名士晨夕過從，樽酒論文，商確古今。四方賓客至其邑者，輒爲之下榻投轄。月落燈殘，情懷繾綣，蓋其豪曠如此。

平生事親盡孝，於兄析產讓豐，喪葬一準古禮。亂後，宗族姻戚播遷他鄉者，招之使歸。貧羸者，助之。撫育孤幼，俾至成立，延師聘娶，數十年無倦也。嗚呼！此卽求之古人，豈易得哉？余未得杖履相從，而今已矣，不能不爲之痛惜也。

君生於前明萬曆甲寅，卒於康熙丁巳，享年六十有四。配朱氏。子一，贇，廩膳生員，娶內鄉縣教諭王愼女。女一，適廩膳生員王承乾子枚功。孫二：長大勇，聘廩膳生劉曰爌女；次人勇，聘庠生寇原勳女。孫女一，許聘增廣生劉曰煙子坔。

銘曰：扶輿湻淑，鍾於中土。哲人之生，爲時柱礎。胡不通顯，著勳天府？身老煙霞，名逾簪組。末俗頹靡，惟君楷柱；道派紛流，惟君愼取。岡阜盤迴，若堂若斧。松柏丸丸，亦莫或侮。我銘在幽，垂示終古。

墓　　表

陝西延安府靖邊同知陳公墓表

保定陳公諱寔，字郁文，少穎敏，好學，善屬文。年十九，補郡諸生，累試輒居甲等。崇禎乙亥，略倣鄉試例，特行拔貢。受知介休閻先生，益好學不輟①。

皇清定鼎，選知睢州。睢自流寇②殘破，繼以河患，城郭丘墟，田土蒿萊。

① "輟"，愛日堂藏版本誤作"輒"。
② "寇"，《近代中國史料叢刊》本誤作"盜"。

公至，寄寓民舍，布袍蔬食，招流移，勸墾荒，詢問疾苦，煦煦如家人狀。延請文士，立社課藝。暇時，輒與飲酒談詩，娓娓忘倦。嘗省耕，匹馬行鄉，一吏持印囊，老卒前導而已。撫按交章推薦，奉旨旌廉，膚白鎜之錫，陞陝西延安府靖邊同知。去之日，睢民攀轅遮留，至數日不能行，爲立碑。父老見之，至流涕。

延綏邊地，民强悍難治。公持己儉約如睢時，而不畏彊禦。署道篆，省冤獄，申①邊禁，兵民安堵。

丁母孫太宜人艱，扶匶②歸里。行李蕭然，惟圖書一篋。老僕二人，跨③驢隨行。逆旅咸爲嗟嘆。

服闋，慨然曰：“昔年捧檄而喜，爲親在也。今胡爲乎？”遂不起。僻巷數椽，以授徒爲業，薄田僅足饘粥。戴笠坐柳陰，與村叟譚説桑麻，不知其爲官人也。二三知友至，與論經義。酒後賦詩，天眞爛漫。旁及小詞，落落有宋人風致。不自收拾，門人手錄，得數百篇。

配某氏。子三人：繩武、繼武、紹武，能世其學。以康熙十七④年九月二十三日卒，年七十有三。

當公之治睢也，余應童子試。公獎拔冠多士，語人曰：“此生當聯第，然疏直，非善宦者。”既而曰：“急流勇退人也。”余別公後二年，捷南宮，授館職。年三十，以病請休，林居二十載。與公言若相符。今起自田間，濫充《明史》之役。然近年嬾漫益甚，行將乞身，不知能終不負公之言否？一日文字之知，公何以相識之深耶？

公既葬，其子繩武，衰絰至京，請表公墓。余既感公之知，又繫官於朝，不及拊棺一慟爲恨，乃不敢辭。敘次公之行事，不敢用浮詞以負公。蓋公治行無愧朱仲卿，而睢其桐鄉也，家居彷彿柴桑徵君焉。後之人過公之墓，當憑弔高風，低徊不能去也。

---

① “申”，愛日堂藏版本誤作“中”。
② “匶”，康熙年間刻蔡本、康熙年間刻閻評本、《近代中國史料叢刊》本、愛日堂藏版本和《四庫全書》本作“櫬”。
③ “跨”，康熙年間刻蔡本作“蹇”。
④ “十七”，康熙年間刻蔡本作“十九”。

江西廣信府推官雪潭任公墓表

康熙十八年十一月十四日，新鄉雪潭任公卒於里第。訃至，余偕丙戌同舉進士者凡若干人，哭於其子庶常璿京師寓所。庶常既奔喪歸，逾年，遣使持書來請，曰："先君子之葬也，幽堂之石，益都相國馮公賜之銘矣。墓上片碣未有刻文，敢請先生一言，以不朽先人於地下。先生平日直道，無詖辭，且知先君子久，當不至失實，庶可信今而傳後也。"

余與公同舉，三十餘年仕宦中外，相晤對之時絕少。然公江右之政風裁凜然，遭讒而歸，不得大用於時，此可爲國家人才嘆惜者也。居鄉行誼，中州人樂道之。余嘗想像其風度於行山衛水之間，微庶常請，猶將爲文以章之，其何敢辭？

公諱文曄，字聯璧，雪潭其別號。先世山西洪洞人，明初徙新鄉。高祖諱守志，祖諱國喜，皆有隱德。考諱道重，邑庠生，以力學聞。公幼貧困，耕且讀。孝友篤誠，不苟訾笑。世之徵逐聲利者，視之蔑如也。年二十三，補博士弟子員，聲稱藉甚。壬午，登鄉薦，而伯兄文朗先於丙子登賢書矣。

時寇亂河北，公淡於仕進，偕兄奉太公避難百門之耘斗峯。李逆僭稱關中，僞令迫公西行，中道碎檄而歸。時人偉之。

丙戌，捷南宮，以太公年老歸省，未及廷對。丁亥，成進士，授陝西鳳翔府推官。未之任，丁父艱。服闋，起江西之廣信。

當是時，江右伏莽未靖。有楊文者，據九仙山爲亂。撫軍蔡公提兵進剿，委公督餉。山水迂折，公乘小舸，或策單騎，晝夜轉運，芻茭充峙。文遂授首。後又偕諸將搜擒餘孽，令軍士裹餉先趨，舟粟繼之。深峒絕墅，訖爲樂土。撫軍嘉其績，上言於朝，曰："是役也，雖師武臣力，司李之功實多。"將校獲賊婦女，有贈公者，必詢問姓氏、居址，令其家領回完聚，將校亦爲感動云。

爲政則鋤强除暴，不避權貴。而遇疑獄，必虛心平反，未嘗以苛察爲明。時南昌郡守被誣通賊，法當族。其母年八十，詣公申訴。公力辨其枉，得減等。尤加意文學，月課獎拔，多知名士。甲午分校，得人爲盛。楊公廷麟遺孤廢學已久，公勸披讀書，列名膠序。至屬官借名餽遺者，必峻卻之。無不嘆公才足有爲，德能澤物，而守之堅確，更不可及也。

會當計期，衆咸以公治行當膺内召矣。無何，以爭疑獄，忤上官意，遂爲所中，至落職。公無幾微見於顔色。歸家奉母，晨昏定省惟謹。母卒，喪葬一準古禮。與兄同居五十余載，内外無間言。家居，不干謁有司。晚年結社百泉，與孫徵君、郭公望、劉一六諸君子，講論河洛奧旨。後進問業者，趾錯於戶。風日清美，杖履自適。賦詩飲酒，篇什甚富。卒時，年六十有六。

其子孫世系，詳《相國誌》中，不備書。獨紀其生平大者以告後之人，使知天下有清節雄才，不幸見忤於時，鬱鬱山林以老，而隱居積行，垂裕後昆。生平蘊而不得舒者，後人猶能昌大之，公亦可以無憾於九原矣。付庶常鐫之墓上，過而覽者，尚臨風想見其人云。

大梁處士王公墓表

歸德甯陵縣有合葬於某地者，爲余年友王抑仲之考妣，曰處士君暨配張孺人之墓。張給事越青誌其幽矣，余乃爲文，以表於其阡，曰：公諱誠，世爲祥符人，謹厚誠樸。雖貧甚至無以自贍，終未嘗不怡然也。天啟初，公攜家避歲於鹿邑。鹿邑水，又遷甯陵。屢經播遷，家業益蕭然矣。乃嘆曰：“嗟乎！我雖貧困，君子終當使顯。”於是，諄諄誨子以學，孺人紡績以助之。未幾，公卒。孺人益自刻苦。聞有名師，即慨然遣子從遊。其挾冊歸，必問其所業。孺人雖不識書，視口誦生熟以爲勸懲，未嘗有誤。是時，孺人年既高，長子更歿於寇，而抑仲甫十餘歲。連年盜賊紛紛，飢饉相仍。絣澼之餘，不能自給。午夜起坐，蓋嗚咽霑襟也。壬午遘年，遂不起。蓋自公歿後十年，而孺人卒。又六年，而抑仲以外姓舉於鄉。又七年，復本姓，乃得與公合葬。

自公歿至今，凡二十二①矣。嗚呼！予觀古之人，凡蹈履篤實者，必有以自見於世。如公得遇其時，惠澤所被，豈特一二鄉里哉？而竟落落韋布以老。

---

① “二十二”之後，疑脱一“年”字。

卽孺人煢煢寡居，撫垂髫弱息，卒至成立，此與古之畫荻、丸熊者何異？然古人初茹其苦者，終食其報，而孺人又以困窮終，悲夫！此如渡江河者，風波大作，舟中之人將登岸，而操舟者沒焉。嗚呼！可哀也已！

然今抑仲方振起家聲，異日舉公蓄而不得施者布之天下，後人追述先德必本於公，而孺人亦當與歐母並傳，則公與孺人亦可以少慰於地下矣！吾又以知有隱德者之必有後，而世之富貴而無以自樹，身歿而響微，子孫零落者豈少哉？覩公行事，亦可以自省與！

行　實

封中憲大夫陝西按察司副使先考府君行實

先府君諱祖契，字孝先，號命式。先世爲滁州來安縣人。明初，祖諱寬，從高皇帝起兵，授總旗，陞昭信校尉、廣東神電衛百戶。子諱銘，調中都雷守司金川門百戶。再傳至諱庠，正統九年，以北征功，陞睢陽衛前所千戶，遂家焉。庠生諱英，署衛事，才略甚著。英生諱卿，平巨寇王堂，築黃河隄百里。備禦宣府，定亂汝南，所至輒建奇功。陞指揮僉事、世襲驃騎將軍、中都正雷守，於先君爲高祖。是生岷州守備公諱易，居官焯有聲烈。岷州公二子：長諱希韓，蕭州參將；仲諱希范，以選貢任山西趙城縣丞。趙城公生我先大父諱敏，爲庠員，性寬厚，口不言人過。嘗之荊楚，適其地大祲，捐貲施粥，全活數千人，而內外親黨賴以舉火者，固甚眾也。初娶徐孺人，繼譚孺人，兩劉孺人，最後繼許孺人。生府君兄弟四人，府君其三也。

府君自幼穎異，習《毛詩》，精通大義。傳註之外，時時有所論說，咸出人意表。先大父撫之喜，曰：“大吾宗者，此子也。”弱冠，爲文峭健，有奇氣。應試，爲督學昭度潘公鑒拔，補開封學諸生。

時先大父年七十餘，嘗臥病。府君不脫衣冠，侍湯藥。傾貲延醫，籲天請代。不交睫者，四十餘日。及先大父捐館舍，哀毀骨立。附身附棺，靡不誠信，鄉黨翕然稱之。

　　奄歲甫竟，内難外侮，一時並至。有豪紳挾勢横噬州中，城居之第宅，負郭之田園，一旦盡爲奪去。府君曰："此先人之業，不可不直其冤。"走愬上臺，侃侃不屈。興化吳相國巡按河南，與渠同年友也，意不能無偏重。府君平立，睨之曰："明公奉天子命，代狩中原，甯爲同年來耶？"吳公奇其言，降階謝之。司李萬公元吉聞之，亟稱曰："國士！國士！"勸府君曰："彼勢方張，當潛身避害，勿蹈危機。彼勢可立待也。"自是厚自韜藏，凡出必卜而後行。

　　然家業蕭條，内外拮据，遂不得專事舉子業矣。念家世爲閥閱舊族，恐貽弓冶羞，爲不孝斌延師督課，手抄左國、公穀、史漢八家文數百篇及《易通正蒙》諸①書，分其句讀，正其韻解，授不孝斌。午夜燈火熒熒，不熟不休。曾②憶雨中一日寫漢文二十篇，腕爲之痛。時不孝斌方十一歲。此二十篇者，每讀之，未嘗不流涕也。同郡有獲嘉王先生者，學行爲士林宗。府君延之家塾，大集里中子弟，講《孝經》、小學。府君執禮甚謹，不孝斌亦循循不敢自外法度。王先生曰："湯氏世有令德，今命式好賢重禮，其終必顯。"

　　時府君卽貧困而施濟③未嘗少倦。冬月雪甚，有楊生者過門，衣冠腐敝。府君解衣裘贈之。楊生，故鄲下人也，負傲骨，不輕受人贈遺，獨數數受府君餽，語人曰："湯公，君子也。故受之。"

　　先大母年高重聽，府君日供甘旨。會寇氛洊熾，饑饉頻仍，早夜經營，備盡色養。事兄賁皇公甚恭謹。賁皇公工文詞，治生雅非所長。府君日爲具饌，使得專志下帷，不爲室家累心。姊遘危病，迎於家，親製藥餌調理之，復故始歸。内行之謹，蓋人無間言云。

　　至壬午，寇陷睢城，家園遂爲戰場。府君冒險，躬輿大母過河朔，往來曹衞、大名之間。顛沛流離，所以怡顔順志者，仍左右無方也。當是時，先母趙恭人已殉寇難，先伯父遊學於浙，先叔父卒於歸德。遺孤呱呱，撫恤備至。大母棄世，號泣擗踊，勉襄含斂。搶攘之際，奉柩與先大父合祔。繼有先伯母喪，竭

---

①　"諸"，康熙年間刻蔡本誤作"詩"。
②　"曾"，《近代中國史料叢刊》本、愛日堂藏版本和《四庫全書》本誤作"會"。
③　"施濟"，愛日堂藏版本和《四庫全書》本作"濟施"。

力殯葬。亂離中，眞嘔盡心血矣。

先伯父在浙，依衢州司訓孔公。病故，遺女十歲，無所歸。府君備歷險阻，攜回擇壻，資奩如禮。時值鼎革，往返六千餘里，波濤之洶湧，盜賊之出沒，身幾危者數矣。不孝斌實從行，至今憶嚴陵灘、彭蠡湖，猶心悸也。

先叔子流落曹南，府君百方贖回，爲之延師、娶婦，後又授以田二百畝。嘗語不孝斌曰：“同胞兄弟所存骨血①，惟此。”府君每一言，蓋未嘗不淚涔涔下也。

丙戌以後，河南兵戈甫定。田廬荒蕪已久，府君手闢蒿萊，定此室宇。猶籝燈市書，以課不孝斌誦讀爲事，曰：“我②備嘗艱辛，不以爲恨。振先人之緒，惟汝是望耳！”不孝斌夙夜識之，不敢怠③。

戊子，幸叨鄉薦。己丑，捷南宮。壬辰，廷對，讀書中祕。府君手書諭曰：“館職清暇，正當肆力古學，爲經世大業。勿得優游曠廢，有負遴選至意。翰苑天下名賢所聚，學問必有什倍汝者。虛心領略，庶有進益。仕路嶇嶮，從來可畏。惟敬以修身，儉以養德。名位素定，不必預計。古來賢豪，祇因腳根不定，隨風逐波，失其生平，甚可惜④也。”其他貽書訓戒之辭，皆類此。

甲午，不孝斌授國史院檢討。乙未，遵諭陳言，狂直幾得罪。府君毫無慍色。後召見南苑，天語溫然，且問曰：“汝父年幾何？今在京否？”斌據實以對，知聖度如天。遣使馳報，府君北向叩首，仍寄書勉斌恪供⑤職業，語最切至。丙申，蒙世祖親簡，加一級，備兵潼關。迎府君至署，府君曰：“我來非就養也，觀汝之爲政耳。今地方凋敝極矣，寬一分，則民受一分之賜。況君恩深重，綸音優渥，若不夙夜砥礪，使吏畏民懷，非但有玷官方，抑且抱愧清夜。楊伯起爲此地先哲，汝當敬體四知之訓。我不能久居此。”不孝斌謹受命。府君至潼，逾月卽歸。不孝斌送至境上，俯伏道左。府君反覆丁甯，至今歷歷如昨日事，眞令人一追憶一嘔血也。

---

① “血”，康熙年間刻蔡本、《近代中國史料叢刊》本作“肉”。
② “我”，愛日堂藏版本和《四庫全書》本作“吾”。
③ “怠”，愛日堂藏版本和《四庫全書》本作“忘”。
④ “惜”，《近代中國史料叢刊》本誤作“衊”。
⑤ “供”，《正誼堂全書》本作“其”。

丁酉,恭遇覃恩,封府君爲中憲大夫、陝西按察司副使。府君雖被恩榮,而自奉儉約。數椽僅蔽風雨,出入常徒步。地方有大役,輒身任之。睢城自闖寇拆①毀,繼遭河陷。時州衛分壞,郡守屢議修築。而衛中有欲簽報大戶,借名科斂者。府君建議,按畝出夫,爲力役之征,衆擎易舉。衛帥忿然見於詞色。後衆論僉同,卒如府君之議。城甫畢,而鄰封盜起,遠近洶洶。官府下令督民防守。府君曰:“市民日營升合,賊未至而使之先②困,非計之得也。”偕紳士晝夜宿城頭,居民賴以安堵。吾州額協宜溝驛站銀,而錢塘則協吾州。錢塘以隔省歷年不應,而宜溝驛奉上臺嚴檄提催,驛寖不支。府君言於憲使楊公,免協濟,驛困以甦。他如減柳梢之數,清里甲之累,皆不避勞怨,一力擔承。蓋府君盡心桑梓周且悉如此。又嘗修文廟,刊郡乘,請釋滯獄,禦水賑荒,諸善事尤爲彰彰。

高祖塋墓年久,不無荊榛樵牧之感。府君與族人約,歲時伏臘,拜埽必親,品物豐潔,祭畢爲讌。仍獎其孝弟、勤儉者,而責其不奉家訓者,必垂涕謝過乃已。時族中惟叔祖勉齋公最長,府君拜跪③侍立,禮節惟謹。家有旨蓄,必先進叔祖。叔祖亦怡怡然至府君第,或竟月忘歸也。平居嘗語諸子弟④曰:“吾家無甚疏族。自曾祖以上,則一父之子也。高祖以上,則一人之身也。一人之身而至若塗人,此蘇明允之所嘆⑤息也。”賙給困乏,或粟米,或布帛,歲以爲常。蓋府君敦本重族,原於至性故也。

平生英偉俶儻,洞晰⑥世務。遇大事,衆人錯愕不敢發一語者,府君片言立決。卽之溫溫,然初不見有峻厲之色。與鄉中父老時相過從,飲酒談説稼穡,較歲豐儉。間命巾車遊東郊之園圃,蒔花種竹,怡然自樂。人以爲有香山、洛社之風焉。

郡守戴公行鄉飲酒禮,采輿論,聘府君爲大賓。府君固辭不獲,凡三與賓

---

① “拆”,《湯文正公全集》本、康熙年間刻閣評本、《近代中國史料叢刊》本誤作“折”,據《正誼堂全書》本、康熙年間刻蔡本、愛日堂藏版本和《四庫全書》本改。

② “使之先”,愛日堂藏版本和《四庫全書》本作“先使之”。

③ “跪”,康熙年間刻蔡本作“跽”。

④ “子弟”,《正誼堂全書》本、康熙年間刻蔡本作“弟子”。

⑤ “所嘆”,《正誼堂全書》本作“所以嘆”。

⑥ “晰”,愛日堂藏版本和《四庫全書》本作“悉”。

席。圜橋觀者如堵，咸嘖嘖贊嘆，以爲府君克光大典云。

己亥，不孝斌量移嶺北，便道歸省。府君時患便血之症，神氣減於往時。不孝斌奉侍數日。憑限迫切，府君勉令就道，銜淚拜別。自此府君雖勉爲笑語，念斌遠宦，實多憂慮。又值中①子之變，哀痛過節，其病日深。斌在虔聞之，亦感危症。堅志請告，幸蒙題允。府君聞斌歸，喜見顏色，病漸愈，曰："我不幸薦經家難，繼遭寇變，盛衰感懷，骨肉②傷心。五十年中，言之令人欷歔。今幸叨恩盛時，汝以壯年勇退，我體氣稍健，父子聚首，閒耕東皋，課讀南軒，亦老年佳事也。"嘗錄馬援、柳玭戒③子書，揭之庭壁。斑甫七歲，學庸、《論語④》，皆口授。病中猶手抄古文數十篇教之。不孝斌請代，曰："我固樂此，不爲勞也。"不孝輩日侍膝下，以爲可以承懽百年。孰意昊天不弔，至癸卯七月，痰病陡作。延醫百方調理，痰嗽稍定。不孝輩私心禱籲，以爲庶幾痊可。而氣息漸弱，卒至見背。

嗚呼！痛哉！彌留之際，猶以斌硜執不能合時，斑年幼未能成立爲慮。我父眷念不孝，身有盡而心無窮。言念及此，能不令人心肝屠割哉！嗚呼！痛哉！天乎！何不殞滅斌等而奪我父之速耶？嗚呼！痛哉！

府君生於萬曆三十二年甲辰十月初七日卯時，卒於康熙三年甲辰四月初五日辰時，享年六十有一。配我前母劉氏，廩員公諱升女，德性温淑，生於萬曆三十三年乙巳五月初三日，卒於天啟二年壬戌六月初四日，享年一十有八。繼配我先母趙氏，誥贈恭人，廩員公諱尚敬女，孝慈勤儉，明於大義，寇變殉節。巡按御史李公粹然題請，奉旨旌表，建坊立祠，春秋祭祀。事具祭酒吳公偉業修撰《鄒公忠倚傳》中。生於萬曆三十四年丙午十一月二十六日，殉節於崇禎十五年壬午三月二十二日，享年三十有七。再繼我今母軒氏，儒士公諱光里⑤女。子二：長卽斌，江西分守嶺北道布政使司右參政，娶馬氏，封恭人，庠員公中駿女；趙恭人出。斑，聘廩員袁公鴻烈女，軒孺人出。女三：長，趙恭人出；

---

① "中"，愛日堂藏版本和《四庫全書》本作"仲"。
② "肉"，康熙年間刻蔡本作"血"。
③ "戒"，愛日堂藏版本和《四庫全書》本作"教"。
④ "語"，愛日堂藏版本和《四庫全書》本作"孟"。
⑤ "光里"，愛日堂藏版本和《四庫全書》本作"里"。

次、三，軒孺人出。孫男三：溥、濬、沆。孫女二，俱斌出。

今擇康熙四年乙巳十一月初二日申時，奉葬於城北十五里澗岡東南之新阡。苫塊餘息，語無倫叙。惟大君子哀而賜之琬琰，先府君歿且不朽。即不孝兄弟，藉以少解終天之恨，亦且不朽。

事　狀

贈恭人先妣節烈事狀

先妣姓趙氏，外祖廩員公諱尚敬，外祖母褚氏，世爲睢陽名族，以萬曆三十四年十一月二十六日生。先妣孝慈勤儉，明於大義。幼讀書，通《孝經》及《列女傳》。年十三，外祖母棄世，哀毀備至。

十七，歸於先君。四年生女，又二年生斌。是時，先大父母春秋高，大父常病。先君晝夜侍側，不交睫者四十餘日。先妣治羹粥，奉湯藥。凡大父所嗜物，皆先意以待，隨呼卽應。大父喜①。病少間，乳者抱斌立於旁，大父泫然流涕，謂先君曰：“汝與汝婦孝謹。我先人世有令德，至汝身將顯。否則，亦在汝子。”踰年又病，且篤。衣巾衾帽，皆手自縫紉。自含斂以至窀穸，經畫周密，必誠必信。親黨謂先妣嫺於禮。

自先大父捐館後，家益貧。先妣事大母益謹，鬻簪珥，市甘胞，以爲饋養。烹飪澣濯，雖盛暑隆冬，未嘗假人。會歲祲，率女紡績，易粟以奉大母。私則嚼藜藿，雜糠粃。斌見輒爲嗚咽，而先妣戒勿令大母聞。又素多病，默坐室中。厨竈蕭然，見者爲淚下，而先妣怡如也。

斌初就外傅，歸必問所讀書。背誦不錯一字，乃喜；或不能誦，則垂涕刻責。夜則紡績，而命斌讀書於旁。燈火熒熒，常至夜分。或不能得燭，則月下爲斌講《孝經》，爲女講列女故事。一日，斌偕同學生出城外，抵暮而歸。先妣

---

① “喜”，愛日堂藏版本和《四庫全書》本作“善”。

端坐不食，切責之，曰："汝年少，志趣①未定而樂嬉遊②，吾將何③望？"斌長跽④，因姊謝過，良久乃免。

崇禎庚辰，河南大亂。李自成擁⑤衆數十萬，縱橫開歸間，且連年旱蝗。常對先君嘆曰："我爲婦人，天下事固不敢知。今四方重困，盜賊蜂起，而天又旱且蝗如此。脱有不幸，吾姑、吾子以累君，請以一身謝夫子矣。"明年，爲女治嫁。斌年未可娶，亦令娶，曰："我素病，令代我事吾姑。"既而曰："子女婚娶已完，志願畢矣。"

明年，壬午三月，賊潰西華。數日，陳州、太康皆陷。睢距太康僅九十里，城旦暮且破，人心洶洶。而先妣閒定如平時，戒家人"勿驚吾姑也"。

先是，命斌從伯父賁皇公讀書城北莊上。倉猝聞亂，則城門閉，不得入。伯父率斌徘徊郭外。先妣聞之，告先君曰："來則俱死，無益。"於是，先君登城而望，相對痛哭。謂伯父曰："城中有老母在，我不可離也。母在與在，母亡與亡。夫復何言？我兄弟獨此一子耳。且賊志在城，野外或可以免。兄其率此子北奔。先人有靈，無絶我嗣。亂定，徐求我音耗也。"言畢，復大哭。城外⑥避難來者數百人，聞之亦皆大哭。伯父遂率斌北奔龍塘。時三月二十日也。

又二日，早，城陷。大母病甚，且重聽，家君倉皇負之逃於蘆葦中。先妣乃謂家人曰："嗟乎！吾家累世名門，事至今日，義無苟全，獨念姑年老不得終事爲恨。若爲我謝夫子，善自保重。吾兒遙遙懸隔，汝曹當有脱者，見吾兒，爲語善自立身，勿忘母平日言也。"遂整衿，經於梁。家人爲解之，復入井。井水淺，家人又出之。先妣怒曰："若教我偷生乎？賊至而不死，非節也。死不以時，非義也。"於時，賊已環至，露刃相向。先妣乃厲聲曰："若等皆朝廷赤子，食德三百年，何負於若而作賊？今大兵將集，當寸斬若卽。奈何以刀鋸嚇人

---

① "趣"，康熙年間刻蔡本、康熙年間刻閻評本、《近代中國史料叢刊》本、愛日堂藏版本和《四庫全書》本作"趨"。

② "嬉遊"，愛日堂藏版本和《四庫全書》本作"遊嬉"。

③ "何"，愛日堂藏版本和《四庫全書》本作"安"。

④ "跽"，康熙年間刻蔡本誤作"巽"。

⑤ "擁"，康熙年間刻蔡本作"有"。

⑥ "外"，康熙年間刻閻評本、《近代中國史料叢刊》本脱。

爲?"遂大罵嬰刃。

　　嗚呼！痛哉！三日顏色不變。賊中有羅拜者，有嘆息去者。實惟崇禎十五年三月二十二日，享年三十有七。

　　越三①日，賊徙甯陵。大母、先君僅免於難。不孝斌乃得歸，斂而殯於故居之寢。九月，黃河南決，城郭、廬舍盡爲洪流，殯堂竟沒②於水。嗚呼！痛哉！

　　自壬午至今，每歲忌辰，必陰雲四合，風雨悲鳴，波濤有聲，震驚永夜。居人聞之，無不墮淚，共傳其期，至比寒食云。

　　順治五年，河南提學僉事李公震成至歸德，有司上其事。公命知州事房公星曄建祠於故居之東，春秋率官屬往祭。順治十七年，巡按御史李公粹然具題，奉旨建坊旌表。知州事戴公斌，以舊祠湫隘，改建新祠。先妣卒後五年，斌補學官弟子。七年，登鄉薦。八年，中會試。十有一年，成進士，改翰林院庶吉士。又二年，授國史院檢討。至順治十三年，陞陝西按察司副使，整飭潼關兵備，兼分巡關內道，恭遇覃恩，贈先妣恭人。後斌再陞江西分守嶺北道布政使司右參政，請告歸里。至康熙三年，先君棄養，乃得合葬澗岡之阡。世系子孫，見先君行實，茲不備書。③

像　贊

孫徵君先生像贊

　　當代儒者，誰稱先覺？允惟哲人，光輝孔倬。敦行孝弟，修明禮樂。由忠

① "三"，《近代中國史料叢刊》本作"二"。
② "沒"，《近代中國史料叢刊》本和《四庫全書》本作"歿"。
③ "順治五年河南提學僉事李公震成至歸德有司上其事公命知州事房公星曄建祠於故居之東春秋率官屬往祭順治十七年巡按御史李公粹然具題奉旨建坊旌表知州事戴公斌以舊祠湫隘改建新祠先妣卒後五年斌補學官弟子七年登鄉薦八年中會試十有一年成進士改翰林院庶吉士又二年授國史院檢討至順治十三年陞陝西按察司副使整飭潼關兵備兼分巡關內道恭遇覃恩贈先妣恭人後斌再陞江西分守嶺北道布政使司右參政請告歸里至康熙三年先君棄養乃得合葬澗岡之阡世系子孫見先君行實茲不備書"，《湯文正公全集》本、愛日堂藏版本和《四庫全書》本均脫，據康熙年間刻蔡本、康熙年間刻閻評本和《近代中國史料叢刊》本補。

貫恕，既博歸約。日新又新，鳶魚飛躍。默契先天，聲臭寂寞。蘊涵元氣，發越磅礴。譬彼星漢，終古昭灼。易傳者像，難盡者學。仰止夏峯，泰山喬嶽。

王山史像贊

蒼然如深谷之松，矯然如晴天之鶴。絕慮寡營，素懷寂寞。凝塵滿席，濁酒孤酌。寄志羲皇①，吟詠間託。著述歲久，光氣磅礴。相彼畫史，含毫綽約。七絃靜張，古音淡泊。手拂緗帙，陶然自樂。開卷視之，想見其胸懷之淵穆，與立行之介確，蓋具經綸天下之才而退藏不見其崖略也。

毛會②侯戴笠垂竿圖像贊

溪水洋洋，似君之清也；碧石嶙嶙，似君之貞也。默然垂釣，宴坐若忘，游魚過之而不驚也。君非山澤之癯而廊廟之英也，胡爲乎芰荷之與處而鷗鷺之與盟也？意者家近富春，思羊裘老子之高節逸情。而余之少也，亦嘗扁舟過之而愛③瀧水之澄泓也。倘君他年得垂竿於茲，余亦將戴笠相從於煙雲杳靄之間而世人莫得而名也。

祭　文

祭華嶽祈雨文④潼關道任內⑤

惟神體函金德，位列兌方，功配兩儀，澤潤萬類。惟茲關輔，實處神宮牆之

---

① "皇"，《近代中國史料叢刊》本誤作"里"。
② "會"，《近代中國史料叢刊》本作"惠"。
③ "愛"，《四庫全書》本誤作"受"。
④ "祭華嶽祈雨文"，康熙年間刻蔡本、康熙年間刻閻評本、《近代中國史料叢刊》本作"華嶽祈雨文"，愛日堂藏版本和《四庫全書》本作"華嶽禱雨文"。
⑤ "潼關道任內"，康熙年間刻蔡本、康熙年間刻閻評本、《近代中國史料叢刊》本、愛日堂藏版本和《四庫全書》本脫。

下，雨暘寒燠，咸賴神休。乃自去歲三冬無雪，入春恆暘轉亢，雲興斯飆，塵霾晝曀，麥苗涔槁，百姓無所歸命。

夫休咎徵事，祥異從人，良由斌等奉職無狀。或政乖刑濫，而獄有冤民；或吏墨兵驕，而里盈怨氣；或單丁獨戶窮苦，重其租徭；或鰥夫孤兒死亡，莫之振救。以故感動天威，召致災眚。然神目孔明，官之不職，宜明賜誅殛，奈何舍其有罪而殃我羣黎？

今斌躬率寮屬，早夜步①禱，數月於茲矣。呼神莫應，籲天則高。下民何知，遂妄疑神聽不聰，而欲求媚於淫昏之鬼。夫山魅澤怪，神之所宜屏斥；而淫昏之祀，明主之所宜禁也。若三日不雨，民奔走於淫昏之鬼，斌不能止也。倘氣極而通，偶與雨會，則民必②歸靈於鬼魅，將淫祠日盛，左道日興。雖告以名山大川澤被生民，其孰信之？

惟神念官吏、士民悔過之誠，敷奏上帝，屏風伯，招雨師，雲奔電趨，貽我來牟，使農夫饁婦知嶽瀆明神果能闔闢陰陽，吐納風雨，將益堅其畏信之心，而淫昏之鬼自不能惑我民志。是神之眷祐斯民，不但錫以有年之慶，兼賚③以正德之福。仰戴神休，永永無既。

祭孫徵君先生文

嗚呼！道之在天下也，如元氣之在人身。彌綸磅礴，上蟠而下際者，小不遺④乎日用，而大卽麗乎彝倫，斯誠須臾不可離矣。而胡⑤眞見而體備者之⑥難其人？卓哉！先生維德之純，博極造約，窮理識眞，以孝弟爲盡性之基，由忠恕爲達化之門。當蚤年辨志，定交江村，析義利⑦於秋毫，等富貴於⑧浮雲，固

① “步”，《近代中國史料叢刊》本作“祈”。
② “必”，愛日堂藏版本和《四庫全書》本作“將”。
③ “賚”，愛日堂藏版本和《四庫全書》本誤作“賴”。
④ “遺”，愛日堂藏版本和《四庫全書》本作“離”。
⑤ “胡”，《正誼堂全書》本、康熙年間刻蔡本作“何”。
⑥ “者之”，《正誼堂全書》本誤作“之者”。
⑦ “利”，《四庫全書》本作“理”。
⑧ “於”，《近代中國史料叢刊》本作“如”。

已抗志聖賢之途，溯洄洙泗之津。

及璫燄肆虐，禍逮清流，不避虎獲，力爲營救。雖運數難回，而天地正氣有所楷柱而長存。推其本志，固已視死生如旦暮。而恬然無恙者，以是知天之未喪夫斯文。

德盛道尊，徵書歲頻。衡門之間，安車蒲輪。而先生堅臥不起。天下想望高風，如泰山喬嶽之嶙峋。才本王佐而不用，學爲帝師而無民。天欲存斯人之命脈，故嗇碩果以至今。

晚年結廬百泉，嘯臺行窩，雲物一新。兼山堂上，彈琴鼓瑟，曾無間乎晨昏。四方學士，負笈摳衣；公卿牧守，擁篲乞言。而先生悉開導啟誨之懇懇。

家庭肅雍，孝慈睦婣，薰蒸涵育。而聞風興起者，莫不油然而相親。即頑梗之夫，澆薄之俗，皆一變而敦厚醇龐，又孰非先生之過化而存神？道隆益謙，業廣彌勤。朝乾夕惕，自強日新。通達物我而不滯，酬酢萬變而不紛。融朱陸之同異，與濂洛而爲①鄰，隱顯無間，體用渾淪。想像其所至，庶幾乎乾坤同其消息，造化合其屈伸，凍解冰釋而湛然不動者，如天空月皎，無纖微之埃塵。此固與道爲體矣，何尋常功業、文章之足云。

某從遊十載，提撕惟懃。日出而談，至於夜分。青燈白雪②，誨言諄諄。方恃爲斗杓之可依，豈期天不憖遺而兩楹之兆遽聞？嗚呼！年屆期頤，名垂後禩，生順歿甯，亦可無憾於蒼旻矣。而獨是微言既絕，聖道荊榛，異端日起，雜學紛紜，功利詞章之說惑於前，而虛無寂滅之教誘於後，更誰爲挽世風於既靡，疏長河於將堙？

今者奄忽在即，雞酒式陳，③音容依依而如在，旨緒茫茫而莫尋。傷儀型之永隔，悲卒業之無因。尚冀先生翼我冥冥之中，俾勿墮迷途，勉策駑駘之力而上臻。

---

① "爲"，《正誼堂全書》本誤作"不"。
② "雪"，愛日堂藏版本和《四庫全書》本作"雲"。
③ "今者奄忽在即雞酒式陳"，愛日堂藏版本和《四庫全書》本脫。

祭同年施愚山文

嗚呼！當世之有先生也，吾道之標準也，而今竟溘然長逝耶。哲人云亡，後學其何宗乎？

先生之鄉，爲盱①江敷教之地。而大父中明公倡教東南，與漪園、南皋爲師友。先生賦資中正，漸濡庭訓。孝友純懿，仁慈篤摯。見利斯②避，慕義若競。常以博愛弘濟爲心，會友輔仁爲樂。誾誾諤諤，不亢不隨。推挽名流，吹噓後進。是皆出自眞誠，非由矯僞。至矜恤困苦，如拯溺救焚，夙夜遑遑，猶恐不及。世之學者，高談性命，樹立壇坫，求其惻怛爲懷、渾忘物我如先生者，幾人乎？

又，宣城文章風雅，代有傳人，梅都官尤兩宋詞人之冠。先生爲文，不尚鉛華，醇深瀟灑，而精力所注，於詩尤深。都官詩歌，見稱廬陵。以今準昔，不啻過之。世之文人，學無原本，妃青儷白，補綴爲工，遂足取譽一時，自矜博雅，求其典型不墜、追配前哲如先生者，幾人乎？

晚歲出入承明，秉筆史局。老成宿素，典故熟聞；考据精詳，襃彈不苟。倘藉以告成，卽不敢遽言班馬，亦庶幾希蹤歐宋。而汗青無期，哲人凋謝，此又不能不爲之惜痛③也。

某與先生定交三十餘年，良友砥礪之情，知己存亡之感，言之不能盡，而獨舉其大者，以見先生所關於世，非偶然也。嗚呼！先生其以予言爲然乎？否耶？

---

① “盱”，《正誼堂全書》本誤作“其”。
② “斯”，愛日堂藏版本和《四庫全書》本作“思”。
③ “惜痛”，康熙年間刻蔡本、愛日堂藏版本和《四庫全書》本作“痛惜”。

卷　七

陝西潼關副憲公移

請修關城以重嚴疆事

竊惟潼關一城，環絛華而帶河渭，控崤澠而朝商洛，實數省之樞紐，三秦之門戶。自闖逆蹂躪，人民屠戮殆盡，廬舍灰燼無餘。幸賴皇清定鼎，恩德浩蕩，十餘年來，哀鴻漸集，茅宇漸修。惟是城垣傾頹，雉堞半缺，西北一帶，高僅盈丈，厚僅踰尺，牧豎可登，何以固圉？西門城樓爲前道陳副使重修，而東、南二城樓敝壞不任風雨，北城樓久付波濤。且城中潼水南北衝激，直達黃河，山雨驟發，聲若雷霆。北水關自明末爲潼水崩毀，久未修築。每遇陰雨暴作，卽撥營標兵丁，晝夜防護。年來嚙蝕幾盡，雖目前仰仗威靈，可幸無事，而外境鯨鯢，不無可慮。本道屢集在城官員、紳士，商議修理。以工程浩大，且屢年荒旱，民力凋瘁，休養不暇，何敢輕言興作？今屢奉部文，在外頹壞城垣，該地方官設法修葺，欽奉俞旨，遵行在案。如潼關城者，頹壞最甚，修葺誠難容緩。本道已捐俸倡首，議同潼關營參將劉道揚、撫民同知劉肅之，督率在城官員，量力捐輸，催覓夫匠，於秋成之後，漸次修理。紳衿急公者，各隨其便。務使樓櫓一新，金湯永固。但事關城工，相應呈請。伏乞憲示，擇期興工。

亢旱不雨急圖修省以祈有年事

照得本道蒞任方始，見關門以內，黎庶凋殘，里舍丘墟；星軺①絡繹，戎馬如織；學校不興，左道日盛；兵丁之紀律未嚴，衙蠹之刁玩滋甚。方圖振新滌滯，於民更始，乃災變日生，雨澤愆期。數月以來，亢旱彌甚。當此盛夏之時，正農民望秋之日，雲將合而風已至，氣欲蒸而日愈烈。槭槭青苗，漸至枯槁；芃芃禾黍，將爲萎黃。此皆本道德薄任重，致干天譴。煢煢小民，夫復何辜？除本道躬自修省，體察民隱，力囘災眚外，合仰所屬州縣衛所等官，各宜痛自省過，修舉職業，振興廢墜，存恤鰥寡，簡省詞訟，清理囹圄，懲創豪猾，暫緩催科，留心撫字，再潔誠齋戒，設壇步禱。如有良法美政應舉行者，卽時舉行；應申請者，卽行申請。務使膏澤及於下民，爲回天消災之圖，勿徒修具文，了故事已也。迫切籲告，幸勿套視。

禁止濫訟以厚風俗事

照得雍州之俗，素號淳樸，士樂絃誦，民歌桑麻。本道平日實懷企慕。乃自入境以來，詢問父老，採聽風謠，囂訟之習，所在皆然，殊於所聞大相剌②謬。豈今昔之不同？良由長吏教化不明，故令至此。嗟！嗟！不教民而欲仁讓成俗，亦不情之甚矣。

本道謁廟畢，例當省民詞，但恐爾百姓不達本道之意，仍因小忿駕誣於伏臘社中，親戚朋黨，囚首垢面，干冒桁楊，損傷世誼，敗壞行檢。故量遲數日，仍諭爾輩，回心省過，各安生理，各守本分。秀者肄業於齋，樸者力畊於隴，卽有小忿，亦當告之父兄，謀之良友，苟可已者斯已而已耳。愼勿冒炎暑，踚險阻，徒自勞苦爲也。如或不遵，本道秉持國憲，定行重懲，以爲亂法傷風之戒。爾勿後悔。

---

① “軺”，《湯文正公全集》本誤作“軺”，據《三賢政書》本改。
② “剌”，《三賢政書》本誤作“刺”。

申明畫一之規以振積玩以清案牘事

照得聽用各役，不過奔走禦侮而已。乃聞奉差催提事件，朝出關門，舉止遂異；暮宿縣郭，威福便行。本道下車方始，痛心疾首，嚴革此弊。非事關重大，決不差人催提。然恐各屬不相體諒，事無緩急，一味玩延，因循支吾，全憑衙役。一票到手，金錢滿志，任其脫迯。索詐罔獲，竟行沉閣。不論家之貧富，必欲滿其谿壑，故有遲之數月不報、經年不報者。上下廢弛，牢不可破。

本道於各州縣約，除欽件、大事刻不容緩外，凡於各院重大及一應錢穀刑名緊要諸項，初則斟酌路之遠近，量定限票。初限不應，則發“風”字憲簽行催。所行事件，倘能依限詳繳，經承吏書姑免解究。如“風”字過限不報，則發“火”字憲簽，一面速完前件，仍令經承吏書齎文赴道回話，以憑裁奪。倘此限猶然不覆不結，必發“雷”字憲簽，仍差役鎖提經承吏書正身解道，計事懲究。倘事關重大，併將本役解赴院責懲。如有捏文飾覆及藐抗不遵不解，以憲行爲故事者，除玩役盡法究處外，定將經行官員紀過，類詳裁處。官評賢否，卽從此定。法在必行，先行申飭，幸毋違玩。

天降災戾雨澤不時事

照得本道自關抵省，襜帷遙望，風砂所被，禾稼萎黃，耕夫饁婦，秉耒浩嘆。此正本道負罪引慝、痛自修省之時。乃旌蓋鼓吹，炫耀閭里；鋪陳供帳，擾亂居民。予罪益深，予心何忍？爲此示仰以後經過州縣，量備蔬菜數器，不得擅具葷酒，不得擅用鋪陳，不得借端科派。行戶旗吹等項，槩從減約，以昭本道思過省愆之意。

示諭嚴禁事

一、本道素性澹泊，凡日用米麪蔬薪，俱發現價紋銀，照依時值，兩平易買，並無官價賒取及低假銀色等弊。如買辦人役不體本道之意，不念窮民之苦，稽遲時日，虧損價值，及以低銀揸勒，許各行指名喊稟，以憑拏究。

一、本道吏書、快皂，俱遵經制額設定數，並不濫收一人。若有藐視法紀，或揸勒行戶，短少價值，或駕言鑽營，希圖詐騙，或路遇官長，不知迴避，或私自下鄉，嚇詐愚人，或假票假籤而挾持官吏，或打綱結會而羅織平民，如斯等弊，或經本道訪出，或經被害告發，輕則量事責處，重則照新例定擬轉報，決不令此輩作威作福，魚肉百姓。

一、本道職任方面，當攬持大體，表正屬員，非僅僅五聽三訊為事。今定於初二、十六為放告常期，除貪官酷吏、豪奸悍兵及眞正强盜人命者，特設告牌，許坐大堂之時，抱牌陳告。其餘一切細事，俱往該管有司辦理。若剖斷不明，聽於放告日明白控訴。不許一槩瀆擾，違者究治①。

一、本道秉性孤直，冰雪勵操，一言一動，皆可與百姓見之。若有鄉紳士耆留心民瘼，碩畫良謀匡我不逮，或直言正色箴規我過，本道當齋心掃榻，敬聽明教。至於封口私書，多非公事，上號吏役嚴加屏絶。近日有借府州縣印信封甬②，假作公文投遞者，封甬③內私書與公文自是不同，上號吏當細加查審。如朦朧暗投，當堂拆出私書者，除不收書外，先責上號吏，仍將輕借印信封甬④官吏揭參。

一、緊急公文，刻不容緩。近日有過期十數日者，有污穢損壞者，殊為怠玩。今量定限期，一日以百里為率，如違限三日及污損等弊，上號吏當堂稟明，以憑重究。至於解審人犯，隨到卽投批文，不許臥批延捱，致各犯久滯獄家。如違，許各犯喊稟，解役重懲。上號吏受賄暗投，一併責治。

一、本道上畏簡書，下畏民喦，夙夜兢兢，猶懼不給以貽曠官之咎。各屬州縣皆有民社之責，今地方多事，百姓凋殘，荒蕪未墾，流亡未歸，正我輩惕然省愆之時。凡賀節祝誕、出巡謝勞，一切縟文陋規，既行禁止，違者揭參。

---

① "治"，《湯文正公全集》本誤作"冶"，據《三賢政書》本改。
② "甬"，《三賢政書》本作"筩"。
③ "甬"，《三賢政書》本作"筩"。
④ "甬"，《三賢政書》本作"筩"。

一、司牧者愛養百姓，正供外分毫不宜朘民。今聞各縣陋規，凡上司安置，過客饋送，皆行戶見年輪值備辦。夫有司自愛惜功名，以結納當途，與百姓何與？喪亂以來，里民脂膏有幾而堪此橫剝也。本道公出，所過地方鋪陳安置，槩行禁絕；旗吹等項，盡從儉約。敢有借端科派，定行揭參。

一、本道夙興夜寐，勤撫字而理紛糾。一切詳驗文移，俱親自裁決。吏書人等，不過奉行號件、伺候簽押而已。事之曲直，訟之實虛，本道自有確見，並不假手此輩，彼亦無從啓口。敢有指稱打點，詐騙財物，許被害之人不時喊禀，以憑盡法究處。

一、本道職司風紀，有司賢否，俱以職業修廢、地方安危、民情向背定其優劣，並不傍寄耳目，以致顛倒是非。至於奉到各部院憲件，必事關重大，或呼應不靈，始不得已差役催提，卽嚴加禁約，不許生事騷擾。敢有詐稱訪事，嚇騙財物者，許各屬徑拏肘鎖，申解本道，以憑究遣。

禁　約　事

照得文廟創自歷代，朝廷極其隆崇。雖聖主之尊，猶必臨雍釋奠，豈梵宇玄觀所可比重？今聞有過往兵丁擅自入廟，以先師殿爲駐劄之所，明倫堂爲養馬之地，門窓漸被砍伐，墻垣漸被拆毀。本道聞之，實切痛心。殊不知至聖之靈，鬼神呵護，如混行輕褻，不有陽罰，必有陰譴。爲此特行禁約：以後兵丁過往，地方自有安置，不得仍前擅入毀壞，自取罪戾。如駐防標兵，更當恪遵法紀。敢有私自竊取，污穢作踐，定行重究，決不輕貸。

申嚴保甲之法使民自爲捍禦以安民生以靖地方事

照得勸善懲惡，莫如鄉約；緝奸詰暴，莫如保甲。此法廟堂之所建白，上臺之所申飭，行之已久，有司視爲具文，鮮有成効。今本道整飭是方，欲與父老子弟實實舉行。目今盜賊充斥，閭里驚擾，故略提保甲一法。先行曉諭各州縣，宜嚴加督察，毋假借奸徒，毋虛應故事，務使家自爲守，人自爲戰，不待調發而處處皆兵，不待屯聚而家家皆兵，不待畜養而人人皆兵，無餽運之勞而糧餉足，無關隘之設而守禦固，又可以稽查逃人，消弭奸宄。本道不時單騎查閱，非但因事以別勤惰，且將申報以明勸懲。無忽。

一、今之為鄉保等長者，多是地方舉報，善良而謹畏者潛藏，浮誇而縱恣者爭進。所謂一鄉情願保結，有司親為察驗者，不過手本開名，該房造冊而已。如此苟簡何益？蓋鄉長主教化，以正直、忠厚、德行足以服人者為之；訓長、保長主團練、譏察，必求有身家、心力而老成畏法者充之。蓋德行足以服人則觀感而化，有身家則不生漁利之私，有心力則足任董率之事，老成畏法則不敢剛愎自用、借端生事。若有武斷鄉曲，豪強自恣，里民畏憚，不敢不舉，及衙役通奸，朦朧報稱者，印官體訪得實，即行革黜重究。

一、鄉、保、訓長既定，即量免其在身一應褓項差徭，不許接官、派應夫役，使得盡意教訓保禦之法。若非輿論不孚，亦不可聽左右媒孽奸徒誣告，輕為拘繫，以沮賢豪任事之心。

一、每家門首置一木牌，上書某甲第幾家，某人某籍，作何生理，男婦幾口。如兵丁則云某營某標某旗某隊，衙役則云某衙門某官下書吏、承差、快手、皂隸，工匠則云某色匠役，商人則云作何生業、何處貿易，佃戶則云種某人田，客戶則云原籍某處某里甲下某色人，當某處差役，見住某人房。僦居則責之房主，佃戶則責之地主，除一體編甲外，仍令主家不時覺察。

一、戶口冊外，甲長另置一出入清簿，每日酉時，分到各家，照簿查問，某家今夜少某人，往某處，幹某事，某日當回；某家今夜多某人，是某姓，從某處來，係何親戚，幹某事。務要審問的確，親識於簿。若虛出實歸者，便同衆問所攜何物，得之何人。至於乍貧乍富，潛出潛歸，或消沮閉藏，或豪雄自詫，或舉止慌惚，或動作驚疑，即嚴加盤問，密告鄉、保、訓長，拘拏到官。如或容隱，查出一體治罪。

一、每甲除老弱不算外，其壯丁每州縣集鎮揀選五十人或三十人，各備鎗刀弓箭，分甲操演。冬月農隙，盡數赴操。其操日，以保長、訓長臨之。有留心武藝、精勤熟練者，彙報印官，另行旌賞。若自恃強梁，抗拒不赴，或懶惰爽約，再犯即協同送官，究其悖違。或疾病及吉凶不得已事，先一日赴甲長給假，亦不許借端勒索。其孤獨、殘廢、聾瞽之人，編入保甲，一體譏察。保長、訓長，不得混簽，以虐無告。

一、鄉保不出一里之外，惟令村舍相近者行之，不必拘數。鄉中有警，必有報警之號。一甲中或用大鐘，或用大鑼，取本甲便。一甲有警，卽擊鐘爲號。一甲擊鐘，各甲應之。但聞鐘聲，保長、訓長卽督率鄉勇，各執器械，齊出應援，並力夾攻。但有觀望不救及後期方至者，保長舉告印官，以通賊究治。若道里遼遠不與聞者，不可一槩株連，濫坐不救之罪。

一、此法行之數月，掌印官時單騎減騶，或因公出之便，卽赴某鄉觀其操練，閱其器械；卽爲勸①說，使之孝親敬長，教子訓孫，守望相助，患難相恤，息訟罷爭，講信修睦，且以作其踴躍之氣，振其猒怠之心。若委佐領查點，多帶虎役，搜尋事端，糜費酒食，分毫無益，所當痛戒！

一、凡盜賊，寺院菴觀、孤莊破窰，其隱窩之處；客舍酒肆、娼門賭室②，其招聚之地；乞丐壯丁、游食僧道，其窺探之人；平日把持衙門，挾制官府，欺占民產，抗逋國賦，結黨歃血，起滅詞訟，偷販茶鹽，開塲賭博，白蓮、無爲等教，其倡率之人；閒懶遊民，捕鳥鬪雞，飲酒宿娼，其合夥之輩。保長時加搜查，凡遇此等，力能驅逐者卽行驅逐，不敢驅逐者暗自報官，以憑提審究治。容隱之人，一體治罪。

一、鄉、保、訓、甲等長，除盜賊、人命、逃人、奸細、邪教重大事情，許不時禀官外，其羅織細事，張大禀官，騷擾居民，但受隻雞杯酒、斗穀分銀，被本鄉訐出，重責枷示，申明亭紀惡，良民不與爲禮。若有俵法奸民，不樂舉行此事，借端阻撓者，加等治之。

一、各州縣衛所有壤地犬牙相錯者，應聽附近州縣一體譏察操練。若借口異籍歧界，規避掣肘，及救護不前者，申解本道，以阻撓論罪。

一、一甲雖以十家爲率，然道里遠近，村落密疎，不妨通融。勿太拘執，以妨民便。

---

① "勸"，《湯文正公全集》本誤作"動"，據《三賢政書》本改。
② "室"，《湯文正公全集》本誤作"室"，據《三賢政書》本改。

申嚴軍法以新壁壘以壯金湯事

照得時維多事，捍衛需人，尚藉爾兵丁膂力强壯、精嫺韜鈐者，以備干城之選。關門四省咽喉，全秦門戶。銀鞘往來借爾擁護，遠征家口借爾送迎，城守賴爾防禦，盜賊賴爾剿除。夏日則暑雨濕蒸，不敢告勞；冬月則夜月刁斗，苦寒滋甚。兼之饋餉艱難，枵腹荷戈，奔走道路，日無甯晷。本道雖幼習俎豆，未學軍旅，然軍士之苦，實所洞悉。今蒞兹土，與爾輩有提調之責，晝夜思維，惟欲足其糧餉，時其操練，務俾人人嫺孫吳之略，個個中赳桓之選，方於地方有賴。今略列數欵，與爾輩相約。蓋體悉艱苦，既當如父母之於子女；約束豪縱，又當如弟子之於嚴師。職任所在，不得不然。令在必行，匪徒託之空言也。

一、行兵者，不恃寇有必敗之勢，而恃我無可敗之機。今孫吳兵法夢寐不聞，《六韜》《三畧》生平未見，即有驍勇，全無謀略，何益勝敗之數哉？今於諸軍士中，擇心機警敏、精采奮揚者，分隊教習。不拘戰兵、守兵，除《孫子》十三篇人人習讀外，其餘六書，各習一部，時常講說。除百戰奇法人人精曉外，其戰攻守禦諸法，立爲標式，時常體驗。中軍官朝夕勉勵，惰慢不學者，彙呈本營責治。每季將教過軍士姓名開列送道，聽候考試。弓馬之外，試以鎗刀火器。所習書內，任問幾條令之講說，任摘幾法令之試演。如果講習通明，武藝精練者，除重賞皷吹迎送外，仍申請軍門破格錄用。

一、身體雄大不如結實，結實更要有力，有力更要便捷，便捷更要勇敢，勇敢更要藝精。此極難得。百人中但得此等十數人，先鋒陷陣，直搗長驅，則九十人雖怠亦奮，雖懦亦勇矣。故鉦鳴而喘息不聞，皷動而精神倍壯；饑勞不出怨言，患難羞有懼色，有不戰勝攻取者乎？軍中有此等人，當舉報本道，破格優賞，以示勸勵。

一、戰陣之道，不難於繩墨而難於變化，不難於暇豫而難於倉卒，不難於平原而難於險阻，不難於旦晝而難於晦夜，不難於晴明而難於風雨，不難於輕健而難於饑疲，不難於攻堅而難於解圍，不難於得力而難於失勢。瞬目之間，生死便決；旋踵之際，勝敗已分。一有不慎，尚可言乎？今雖四方無虞，寇盜斂跡,然無事之時,不可一刻稍懈。萬一變起倉卒,芒然莫措,則平日之訓練何在?

一、軍中有老者、弱者、病者,悍不馴者,惰不振者,酒色奸盜者,無端造言惑亂人心者,不恤戰馬而暴棄甲兵者,管隊逐一報知本道,親自點驗。除老弱疾病卽與革退外,五過之中,果有精壯男子,另立改過簿,戒飭一番,取本隊保改結狀。半年無犯者,本隊舉報獎勸,准其收用。知過不改,仍應本隊訐出,命之曰:“念爾指軍馬養身家,革退,無所依歸,容爾改過。爾旣不改,辱我軍士,卽當出伍。我恩已盡,爾悔何追?”倘其哀告,再加重責,仍命本隊再限保改,則此人無不改之理,而感得媿心,當必更甚。是我成就一人,鼓舞衆心也。三限不改,然後出之。精壯難得,所以愛惜。

一、百姓俱設保甲,三軍豈容疎縱?且如本隊軍人,朝出暮歸,囘家所帶何物,本夜容留何人,家道乍貧乍富,衣服乍破乍整,作好作歹,自然知道。而今爲盜者通夥分贓,懶散者全不照管,殊干法紀。我潼營中素守軍律,自無此事,然亦不可不預爲禁約。以後隊中軍人,隨其居址,另編保甲。朝出暮入,所幹何事,所交何人,所得何物,如有可疑,甲長卽告管隊,管隊卽告把總、千總。果有通盜顯跡,不分強竊,先以軍法細打,仍發有司依律問罪。隊長知而不舉者,一體重究不貸。

一、清核冒濫,不許將家人、廚役、戲子等人充數食糧。屢奉明文申飭,本營恪遵功令,斷無此弊。然或錢糧一時缺乏,爾兵丁自當體念辦納艱難,少待一時。果係監收、出放、領解員役侵欺攪扣,卽當告於千把總、中軍,禀知本道,嚴查究治。蓋軍士之養贍不多,吏役之剝削可恨,上臺若知,自有處法。若合群發怒,亂出無狀之言,及生心潛逃者,定以軍法從事。

一、兵以衛民,民以養兵。營中銀一絲,米一粒,孰非小民胼胝汗血?營中步伍,誰非田間子弟出身?近見各處兵丁經過地方,假威肆虐,強入人室,不問有無,索酒索肉。稍有不給,卽鞭箠繼之。及至醉飽,復佯裝沉酣之狀,手足踉蹌,語言顛倒。酒飯之資,或明爲短價,或暗行圖賴。甚至拔劍擊刺,索討娼妓,調戲婦女;搶毀財物,拆人房屋,以供燎爨。雞犬羊豕,爲之一空。小民飲泣吞聲,莫敢誰何。一聞兵到,悄然而悲,蕭然而恐,攜妻抱子,避匿深山,殊非太平景象。爾等以後皆宜痛自懲戒,如敢效尤,訪出定送本營重處,決不輕貸。

一、本道將與關中父老子弟修復鄉約,講讀律令,使知孝親敬長,教子訓孫,講信修睦,息訟罷爭。爾軍士雖在營伍,家中誰無父母?誰無兄長?誰無子孫?誰無朋友?天理皆所當存,王法皆所當凜。今後凡遇朔望講戒諭、律令之時,如無遠差征剿之事,各宜齊集傾聽。平居仍互相規戒,曉然於朝廷之恩德、君父之大義,自然不敢藐視軍法,擅違節制矣。

一、軍中孤身無妻子而家有八十老親者,不使戰;孤身有妻而無子者,不使戰;大病新起,久有勞怯者,不使戰;父母新喪未葬者,不使戰。皆令闔隊舉報,暫免出征,留爲城守哨望之用。兄弟同在軍中,而父母年老無人養贍者,准一人歸養。不願歸者,聽。

一、軍士貧不能娶,喪不能葬者,果係平日孝親敬長、謹守法律,不醉酒、賭博、飄風、兇暴,三鎗中二、九箭中八者,許各隊公保,中軍核實,娶助銀三兩,喪助銀二兩,以旌其善。扶同濫舉者,管隊綑打革伍。

一、軍士有能仗義疎財,救災恤難,愛老憐貧,平和爭競,教導爲善,禁止爲惡者,管隊舉出,重加獎賞。

一、馬第一臕壯,器械第一整齊,勤謹小心者,賞銀二兩。臨陣當先、斬獲渠魁者,除破格重賞外,仍力請題敘,赴部選用。

申嚴門禁以固封疆事

照得門禁之設,所以詰姦宄,弭暴亂,安民居也。潼關爲全秦咽喉,往來絡繹,戎馬如織。茶馬商稅,俱關軍國重務。較之尋常郡縣,倍宜森嚴。況今地方多事,東人時有逃匿,盜賊時有竊發,尤不可一刻稍懈。本道下車初①始,特行嚴飭:以後守門兵丁,俱多備弓矢器械,晝夜防守。一切馬步面生可疑之人,嚴加盤詰,務要驗明印信牌票,方准放行。如有因循怠玩及受賄私縱等弊,本道不時察出,定以軍法從事,決不輕貸。

---

① "初",《三賢政書》本作"伊"。

本道倦懷古人，竊慕四知之操。今上凛王章，下恤民困，不敢自暇自逸，晝作夜思，手批目視，俱出獨裁。吏書人等，不過奉行號件、伺候簽押而已。官之賢否，訟之虛實，事之曲直，本道自有確見，遠邇自有輿論，並不授意此輩，令得讟張幻罔、熒惑聽聞，此輩亦無自開口。如有奸棍妄稱打點，詐騙民錢，許被害之家不時喊稟，定當立刻置之死地，三尺法決不爲此輩寬也。

體恤行戶特立印票以杜弊端事

照得本道素性淡薄，日用不過蔬菜，俱發現價紋銀，併無官價賒取及低假銀色等弊。但恐買辦不體本道之意，不念行戶之苦，或有遲留、短少、抵換種種弊端。是本道雖無尅減之實，而行戶實受尅減之害。爲此預行曉諭：以後買辦，俱當堂發價，仍給一票，付各行戶收執。本道每日取物若干，領價若干，或現價，或某日發價，或紋銀，或低色假銀，俱登記明白。每月共記完欠，詳開票後，逢月終繳道。卽一月全未取物，亦寫本道併未取物字樣繳上，以憑稽查究治。若聽用皂快人等，敢用低假銀色，賒取、短欠、虐苦行戶者，許不時喊稟。攔阻之人，一併重處不貸。

預查災傷分數事

照得本道昨閱邸報，見題爲恭報西、延府屬旱災事一本内，據該縣申稱："卑邑僻居山麓，土瘠民窮，所頼雨暘時若，畊農爲生。自今春正月以來，不雨頻風，旱魃爲虐，麥苗枯盡，糧價騰貴。四境之内，嗷嗷啼饑，鳩形鵠面，人人菜色，告賑告荒者，日無甯刻。卑職目擊心傷，不得不籲請"等情。皇上軫念殘黎，宵旰不遑。上臺體恤民隱，繪圖入告。蠲賑之典，當不崇朝而至。然恐不預查的確，必候文到之日，始履畝踏勘，則當日災傷之輕重了不可辦，而衙蠹之作奸以重爲輕者有之矣，甚至以有爲無者有之矣。不但踏勘不真，非該縣爲民請命之意，且申駁往返經年累月，朝廷浩蕩之恩不能實被閭閻，而哀哀窮民心枯眼穿，亦成畫餅。爲此仰縣官吏，文到卽將該縣災傷處所，務親履農郊，或委廉幹官員逐鄉細查,某鄉旱荒最甚,某鄉稍次,某鄉平收,分別輕重,一一酌量確數。則朝奉命而夕報,復足見該縣勞心民瘼,百姓得沾蠲賑實惠矣。本道深憂過計,實有見於往時查勘之弊,慎勿漠然視之。

申嚴緝捕逃人無悞地方事

照得隱匿逃人,法令森嚴。一有違犯,置之重典。惟有出首一途,可以免死,此朝廷法外之仁也。已屢奉明文,三令五申,不啻諄切矣。本道甫任斯土,惟恐各屬印官視爲故事,捕役慢無查緝,鄉約、甲長容隱未舉,致令民罹法網,官受參罰,貽禍受累,殊非渺小。合行申飭。爲此仰所屬官吏、軍民人等知悉:示後卽便嚴責捕役,飭諭鄉約、甲長,各顧性命,各愛身家,在於該管境內,時加搜查。但有來歷不明,異言異服之人,加意盤詰。如或蹤跡可疑,卽便擒拏到官,訊究明確,據實申報,以便詳奪。敢有容留窩藏,知情不首,事發一體連坐。本道泣罪有心,解網無術。各宜詳慎,勿貽後悔。

申嚴緝盜以靖地方事

照得秦俗素悍,奸宄叢生。本道甫任關門,立法伊始,聞屬境盜賊肆橫,非張弓挾矢,白晝截路,則明火持械,黈夜行刧。失主畏累而隱忍,印捕坐視以養癰。嗟! 嗟! 吾民何堪受此荼毒也! 若不嚴飭保甲,互相擒緝,惟恐有司印捕員役,仍前玩愒,縱寇遺患,殊爲未便。爲此示仰各屬鄉鎮堡寨鄉長、軍民人等知悉:以後各宜黽勉同心,守望相助。如有嚮賊白晝截路、黈夜行刧者,卽齊集鄉勇,號炮聲聞,互相追緝。不惟保甲立舉,卽地方獲以甯謐。如能當陣擒獲嚮①賊者,卽以所得贓物、馬匹,給賞有功。若退縮不前,觀望裹足,致賊逃遁者,卽以通賊究罪。如容留匪類,里鄰知情不舉,事發一體連坐,決不輕貸。

---

① "嚮",疑爲"響"字之訛。

詢訪職業以課實効事

照得本道到任甫畢，自省囘闕，將詢問父老，體察民間疾苦，勞長吏之勤吾民者，斥貪懲猾，救此一方。所過州縣，不得擅用鋪陳，不得擅備豐饌，不得借端科派里甲。旗吹等項，槩從儉約。唯將後開數欵，逐件從實陳對，勿以未行者槩作已行，未革者槩作已革，當申聞者壅不以聞，負本道切問至意。嗚呼！虛文盛而實政衰，人事精而民務疎，頹靡日甚而振舉難，身家念重而爲國輕。有肯實實舉行，不徒以遵依了事者，是眞民父母、眞古循良矣！

一、撫字百姓之方，作何設施？勸課農桑，有無實際？

一、錢糧有無火耗？有無徵收不入櫃、不給票？有無刁民包攬？

一、催科何法？係民自納，係差役催督？有無擾民？

一、逃人作何緝訪？有無隱匿？

一、鄉約、保甲作何舉行？有無實効？約長、甲長冊籍可備點閱。

一、城郭有無傾圮？

一、招徠流亡之民幾何？

一、盤詰私販茶馬幾何？

一、清理寃獄幾何？獄中有無輕犯當釋？罪名有無株連？獄卒有無尅減囚糧、苦虐囚犯？

一、開墾荒田幾何？清丈地畝有無不均？糧差有無賠累？

一、剔去本州縣宿弊何事？

一、革退弊吏幾人？犯法吏有無復入衙門？

一、佐貳有無濫准詞訟？

一、鋪陳安置有無科派里甲？

一、買辦有無官價賒取，苦累行戶？

一、捍禦四境，作何方略？盤詰奸宄幾何？剿捕盜賊幾何？

一、鰥寡孤獨、殘廢無告之人幾何？收養存恤之法何若？養濟院有無詭名濫冒？

一、常平、預備等倉積貯,可備饑歲?

一、驛站錢糧有無侵欺?

一、詞訟有無滯留? 有無輕拘婦女? 有無濫監家屬? 有無差役勾攝,詐害鄉里? 有無輕理粘單?

一、人命打傷,果否隨告隨撿①?

一、州縣中操履篤實、潛心聖學者幾人? 博通典故、留心經濟者幾人?

一、諸生中閉戶讀書、裹足公庭者幾人? 有無挾制官府,結黨唆訟?

一、遊食僧道、流來水戶及白蓮、無爲等教爲害惑民者,作何驅除?

一、民間俊秀,作養何法? 質美家貧,不能延師教訓者,何以資之?

一、孝子順孫、義夫節婦,未經表揚者幾人?

一、文廟、先賢祠宇,有無損壞?

一、鄉里親戚,有無招搖②生事?

特禁惡風以安良善事

照得聖賢語治,不過教以田里樹畜,申以孝弟禮讓,遂而比屋可封,刑罰可措。若今日教化凌夷,奸僞滋起,稂莠不剪,而遽言休息,蓋亦難矣。

關中之害,其在官吏、兵馬者十之七,而在刁惡遊民者十之三。在官吏、兵馬者,本道已嚴諭各州縣衛所次第革除外,其刁惡遊民最爲百姓患苦者,約舉數端,嚴加懲創。自示之後,凡以前違犯者,當思煥然省改,爲再生之年。勿仍舊執迷,理前身之業。如長惡不悛,三尺俱在,斷不寬假,毋謂本道不教而殺。

一、兇暴遊民,結黨歃血,或假稱欠債,或揑騙賭博,祭棍操刀。一人有讐,則聚衆同報;一人告狀,則彼此扛幫。甚至窺寡婦孤兒家道殷實而柔懦愚蒙,便指姦指盜,誘賭誘嫖,或強使揭銀,或唆調爭訟,又結交衙門皂快,挾同詐財,互相容隱。更有欺隱田糧,抗逋國課,窩盜窩訪,保官保吏,壞法亂紀,真堪痛

---

① “撿”,《三賢政書》本作“驗”。
② “搖”,《湯文正公全集》本誤作“瑤”,據《三賢政書》本改。

恨！自示後五日內不卽解散者，本道訪出，盡法處死。各重性命，其無後悔。

一、朝廷自有法律，一省多少衙門，果負冤抑，任憑申告，何氣不出？何冤不伸？有等愚民，因些須小忿，服毒、跳崖、自縊、自刎。屍親指死者爲奇貨，或抬屍上門，或錐棒刴打，或毀傷器物，或混檢家財，不知自殺人命，只該杖罪，追賠棺木耳。告狀牽連數月，所追不勝盤費，將自家身子換別人一頓杖條，有何便宜？以後自死人命，同居父母、伯叔、兄弟、妻子見死不救者，仍以重利輕倫、不孝不義，重責枷號。其屍親指倚人命，傷人搶財，一併重懲。愚民大家思想，自死有何益哉？

一、刁民心懷奸僞，志在得財。家中但無營生，就要搜尋告狀。或教唆別人，或投充勁證，或捏寫無影虛詞，或隱匿年月名姓，或以活人作死，或抱人墓檢屍，或混告二三十人，或牽連無干婦女，或假冒籍貫，或擅用粘單，或一狀未問，一狀又投，或上司衙門連遞數紙，以致批問紛紛，提人亂亂。有分毫小事而經年不結者，有東審西解，往返千餘里者。飢寒、疾病、老弱之人，連累常死；莊農、買賣、傭工之家，盡悞生活。及至事完之日，不過笞杖罪名，多半全無指實。如此奸詐之徒，擾亂民生，死有餘辜，往往反坐，通不知懲。以後各州縣置無恥刁民簿一扇①，除原因辨冤訴屈所告得實者，不分曾告幾次，免其登記外，其餘但係半虛者，卽登此簿。簿登三次，卽將本犯扭解本道，以憑盡法重治。所告多人，除緊關證佐外，其無干牽告之人所費盤纏，卽於本犯名下計日追銀二分，給牽告人收領。申明亭紀惡，鄉黨良民休與爲禮。教唆主謀之人，依律定擬重罪。

一、造言之人，無端捏事，見影生風，或平起滿街議論，或寫帖匿名文書，或擅編歌謠劇戲，或講說閨門是非，除致出人命者卽依律定罪外，鄉約人等但有指實者，卽便公舉到官，有司盡法重治，申明亭紀惡，良民不與爲禮。

一、賭博乃敗家之緣由，做賊之根本。開場者譬如窩主，束手分財；賭博者譬如盜賊，夥瞞癡幼。此徒若不嚴緝，地方安得甯謐？各州縣衛所官於所屬城市、鄉村印貼告示，但有拏獲眞正賭博者，除盡法究治外，仍於本犯名下追銀十

---

① "扇"，《三賢政書》本作"冊"。

兩充賞。

一、民間銀兩，上完國課，下資生策。前奉嚴旨，凡做造假銀者斬。赫赫皇言，欽遵在案。奈何奸徒恬不知畏，仍前做造？欺天罔人，莫此爲甚！夫小民終歲勤動，始獲些須土產，以萬不得已之費，赴市求售。又值神奸巧爲誘騙，愚夫愚婦驟墮其奸，號天呼地，申訴無門。於是，物價愈益騰湧，窮黎愈益湫隘，實堪憫惻。更有一等刻薄錢虜，故將紋銀兌易低假使用。如此損人利己，不有人禍，必有天刑。以後仍前不改，許被害舉首，即縛解本道，以憑按律定罪。

潼關城守要務事

照得潼關爲陸路通衢，今地方多事，城守最爲要務。前本道閱視，見東南一帶，在在傾頹，翹足可登。東北暴雨衝激，厚薄僅存三尺。水門可通行人，垛口多半缺毀。有城同於無城，其於固圉防奸何賴焉？已經責成該衛，親詣城頭，細加查閱，鳩工修理。誠恐視爲緩圖，任意怠玩，但憑工房漫無稽查，匠役工食任意尅減，或隨修隨頹，或築愁築怨，殊爲不便。爲此仰署衛事中軍杜茂仁從實料理，垛口、城墻等項，共缺壞若干，幾日可以完工，酌量申報，以憑查考。本道仍不時登城勞來，以示激勸。

謹倉廩以重軍儲事

照得潼倉米糧，所以資三軍飽騰之氣，以壯壁壘、防不虞也。司是倉者，收時要極乾極淨，量時要極早極平。倉中之地，務使乾燥，上防雨濕，下防水浸①。晾窗常要透風，又要編竹小孔，以防雀入。墻壁常要堅塞②，又要鋪板糯灰，以防鼠盜。盛暑連陰之月，稟討官鑰，將穀翻上倒下，務使薰蒸濕熱之氣

---

① "浸"，《三賢政書》本作"侵"。
② "塞"，《三賢政書》本作"實"。

得以宣洩。每歲如此三番，米穀自不紅腐。至發放之時升合不欠，出納之數册籍最明，如此方爲稱職。乃近日一味模糊，地濕房漏，全然不理；雀食鼠盜，竟不關心。收時刁難納戶，常例滿足，濫收濕秕。出放之時，零取碎侵，無所不至。獨不思朝廷錢糧，黎民竭力供納，軍士枵腹待命，浥爛拋棄，眞堪痛惜！本道親臨閱視，灼見此弊，故行禁約。爲此示仰司倉官吏，務要加意整頓，力革夙弊。如狃於積習，仍敢故違，定行重究，決不姑恕。

季 考 事

照得關中稱理學經濟之鄉，前代名公鉅儒，冠裳相望。當今之士，豈無有如古人乎？諸生中有博學躬行、闡濂洛眞傳者，本道當致式廬之禮。慨自聖學湮晦，士習乖謬。功利訓詁、辭章技能，陷溺人心，莫克自振。諸生苟能大疑深懼，體驗於人倫日用之間，務深思而自得之，則大道不孤，聖賢接踵。本道蒞任兹土，亦有厚幸焉。

今以文章問業，季有考，月有課，實互相砥礪，勿金玉爾音而有退心。今以七月初六日爲始，潼關儒學訓導卽傳會諸生，至期齊集明倫堂，候本道齋心臨校。各州縣俱守令、教官質明涖事，封鎖如闈，次早卽將原卷解道。疾敬行之，勿得視爲故事。仍將此意併附朱子《白鹿洞學規》一篇，傳示諸生，咸使聞知。

示諭門下各員役知悉：各役身家有無違礙，曾經犯法革處情故，俱限三日內五人互具保結，不得朦朧混餙。如有違犯，一體連坐。

示諭：本道蒞任方新，其門下聽用各項員役，法應清核，以便錄用。除王文炳因兄弟同在衙門，情願退出外，官快李延統、劉奇藴、劉起鳳、張冲斗、汪國禎、孫養振、車養進、鄭珍、李枝，有曾經犯事革去、夤緣復入者，有曾在下衙門辦事朦朧投進者，有籍貫隔省不便稽查者，有保結不公、肆行欺妄者，俱一槩革役，不准復入。其奉差下班，俟回日另行查考定奪。

示諭：凡遊食僧道、邪教傳頭、燒煉方士、流來水戶，籍貫不明，言語參錯，爲害惑民者，甲長卽時趕逐。不服者，送官究治。容留之人，一體重處。

申飭獄政以重象刑之典以廣欽恤之恩事

照得盜賊滋起，獄訟繁興。凡桎梏圜扉之徒，縱是刺配遣戍，誰非違條犯法？若係人命強盜，尤爲律所不貸。彼朝思暮想，只求撞網脫籠；得便乘機，便要刲囚反獄。司獄官若肯用心關防，晝夜輪流，嚴禁密鎖，三木被身，豈能飛翼騰空？

乃近日重犯脫迯，累累見告，獄官吏禁疎慢之罪，百喙何辭？至於囚犯發解出門，印官漫不經心，旣不堅牢鐐鎖，又不揀選兵夫，嚴加申諭。夫囚犯懷百計脫死之心，解夫無一念防奸之意，力倦心憊，情熟志懈，忽然迯走，盡坐受贓。疎虞失守，解夫固難辭罪，然賣放罪囚，與囚同罪，解夫豈不習聞？安肯以三五錢銀替人死罪？彼久囚窮困，又安得許①多財物買求性命哉？當發解之時，鬆羈絆之計，印捕、獄官，均不能辭其責矣。

至於牢頭獄霸行暴毆人，當衣奪食，放錢賣飯，或壺漿入門而本囚不得入口，或敝袴到獄而本囚不得被身，或臥之矢溺之中，或肘諸柱楹之上。甚至強盜初入，溫飽之家，無不唆逼誣扳。有要索不遂，凌虐致死者；有讐家買求獄卒，設計致死者；有夥盜通同獄卒，致死首犯以滅口者；有獄卒放債逼兌，滿監盡其驅使，專利坑貧囚而致死者；有無錢通賄，斷其供給，有病不報，待其垂死而遞病呈，或死後而補病呈者。倘係情眞罪當之囚，瘐死猶可，中間有抱冤待辯之人，株連未結之案，一斃死於囹圄，所傷天理不細。

夫于公治獄平恕，而子孫皆至公卿；歐陽夜燭檢書，而文忠遂糸政事。援古証今，報應如響。爲此仰所屬州縣官吏，惻念見燕而悲，聞蟬而吟，輕犯存哀矜之心，時加體悉；重犯嚴關防之法，勿使凌虐。凡例有口糧衣絮，嚴責獄吏勿得短少扣減，凌虐窘辱。或有疾疢，命醫調理。先取刑房吏併囚親告治結狀，詳開某囚感某疾，某醫調理。調治不痊，後取屍親告領結狀，併醫生病案，一同粘申，方准開除。嗣後獄犯再有死節不明者，定以凌虐罪囚歸咎。於該獄官

---

① "許"，《湯文正公全集》本誤作"詐"，據《三賢政書》本改。

吏，加等重治。各廣德心，無菅民命。文到，具遵依繳。

申飭祥刑以重民命事

照得自教化凌夷，頑悍成俗，衣食缺乏，姦盜滋起。此不獨百姓之罪也。故爲民之父母之道，不曰樂只，則曰愷悌；不曰慈衆，則曰親民。蓋雷霆霜雪在法司，而雨露陽春在守令。如有異常奸暴四境寒心，積年衙蠹萬民切齒者，間用重典以懲首惡，卽申呈戍遣，益見法紀嚴明。至於尋常過誤，自有常刑。要在以刑罰爲教化，於撫字寓威嚴而已。

《書》曰："刑期無刑。"又曰："宥失不經。"《易》曰："議獄緩死。"曾子曰："上失其道，民散久矣。如得其情，則哀矜而勿喜。"此皆古聖之懿規，良吏之箴誡也。夫德、禮、政、刑，猶分本末。今德、禮不敢問，設以政道之而民不從，卽用殺，吾猶忍。邇來只恃齊之以刑耳，以刑齊之而當其罪，卽用殺，吾猶忍。邇來鞫獄只恃嚴加拷掠一法耳，常事桚攢，動輒夾扛。一出門外，不似人形；一入獄中，或登鬼錄①。更有憑喜怒爲輕重，聽囑託爲曲直，使柔良抱寃，貧賤負屈。藉法市恩，難俾人心之服；狥情報怨，益傷天理之公。

本道謬膺方面，不敢置之不問。爲此仰所屬州縣體察父母之稱，父主嚴而母主慈。平日躬率良民，講明戒諭。擇律令中民間易犯當曉者，另刊大字條例，分佈鄉約，時常講解，使曉然知天理之昭彰，王法之森嚴。苟有不率，如律問斷，則雷霆之令，亦成雨露之仁。至於尋常過誤，或老幼殘疾，槩從寬宥。問斷勿至太淹，擬罪勿至太密，拘禁勿至太易，隸卒勿至太縱，則邁德降民，福積子孫。勿謂本道言之過迂，地方幸甚，民生幸甚！

招徠流亡修築故居以奠民生事

照得潼谷素稱雄關，陸路通衢，自應闤闠喧塡，貨物輻輳，成一都會氣象。

---

① "錄"，《三賢政書》本作"鐐"。

地方官生聚教養，卽從此覘見。乃自兵燹以來，富者不能自保，貧者無以自存，相率攜持婦子，蕩析離居。兼之兵馬絡繹，心懷疑懼，故卽鄉紳孝廉，青青子衿，亦皆星散遠方。關門之內，一望蕭條，惟有敗瓦頹垣，寒煙荒草。本道見之，殊切恫瘝。爲此示仰居民人等知悉：向日慮兵丁佔棲，故觀望不修。今兵丁住居已定，自不得踰越尺寸。城內房基，皆爾祖宗辛苦搆置，使爾子若孫有所託足。今地方稍甯，安忍久棄？合將舊時居址，隨其財力，鳩工修築。或有佃戶願租基地自創房舍者，聽其兩家議明，具呈給照；或有本主逃亡故絕，許鄰佑人等查明具結，聽人捐資築室，本道仍各給以有印執照，永禁兵馬侵占。庶幾漸去蕭索之景，浸臻蕃阜之象。愼勿自甘廢毀，羈旅草莽，負本道安輯撫綏之意。

曉　諭　事

照得據潼關衛儒學生員呈稱，某事已批行撫民廳查議外，竊照國家畫土分疆，自有定制，非奉明旨，誰敢擅自紛更？潼關、閿鄉雖壤地相錯，實隸屬兩省，分里編甲，數百年來從無異議，豈至今日遂能奪此益彼，變亂成章？今聞閿鄉指稱奉文定里，差役挐人，借端索賄，驚懼子弟，憂患長老，殊堪詫異！當今國課急迫，種地納糧，自難刻緩。至於割裂疆界，另定里甲，必兩省各臺會議具題，始可帖服軍民之心，安有本道絕不與聞而擅挐潼民編入閿籍之理？爲此示仰該衛軍民人等知悉：凡有寄莊閿鄉者，當應時辦納錢糧。若怠玩愆期，聽該縣提催，不得借口異界，以滋規避。至於擅定關東里名色以亂版籍，及黃夜打詐恐嚇愚民者，本道斷難坐視，各宜安靜，勿自驚擾。

功令森嚴諄諭士民速齎達部清冊早完欽件共保身家事

照得皇朝定鼎，廓清函夏。關中封藩設鎮，疆域遼闊。而西川氛祲未靖，兵戈未銷，不得不望百姓竭力輸將，以濟國用。故三晉、三吳、齊魯、梁宋，數千里外轉餉秦關，絡繹不絕。何況本省士民，自當曉然於踐土食毛之義，安居樂業之恩。若非朝廷威靈漸被遐邇，自兵燹以後，十餘年來，虎霸狼吞，不知幾人稱伯，幾人稱侯，千里蕭條，人煙斷絕矣。雖欲帶牛佩犢，輸納井稅，何可復得？今爾百姓各安爾居，各畊爾土，攜妻抱子，仰事俯育，莫非朝廷奠安而衽席之！

乃漁村一帶，士民昧於大義，妄以奉旨起科之灘糧，私懷忿怨，鎖拏里民，白晝拷打，毫無忌憚。夫灘地禾黍芃芃，豈得不納國稅？況所告事情，現奉各院批行兩司府廳會審，曲直真偽，自有公斷，何至士民蜂擁喧闐城市？且司駁改造清冊，勒限達部，欽件嚴切，急如星火。而灘民竟私自攜歸，抗不造報，致撫檄頻催，疾呼莫應。當今法令嚴明，凡有血氣，誰不凜凜？何爾等放縱無忌，以至如此？今國用孔殷，責成甚重。府縣官各有功名，各有身家，誰肯代爾受過？萬一三院具疏會題，將爾等抗違情由一達天聽，發尺一之檄，責以抗玩欽件，爾等區區村民，何以應之？

本道下車方始，詢問耆老，體察民間疾苦，崇教化，明禮讓，禁濫訟，革包攬，重鄉約，嚴保甲，弭盜賊，詰姦暴，明軍法，招流亡，飭祥刑，明獄政，凡所以察吏安民之事，無不集思廣益，為百姓請命。乃奉嚴檄查勘倡亂情狀，不敢憚勞，衝風冒雨，踰嶺涉谿，日行二百餘里，冀開導愚蒙，早知省悟，免令父子兄弟並受戮辱。而誨諭諄諄，但有忿戾之意，全無遷悔之誠，竟不知三尺凜凜，國法難貸。本道差役持票拘提，梁受命竟抗拒不至。復差典史往提，行至中途，數百人齊至，刦奪回村。本道聞之，不勝駭異。原其存心雖無倡亂之實跡，其行事實大犯不道無將之戒矣，無怪該縣之頻頻呼籲也！

今朝廷德威方盛，十餘年來倡亂橫行者，皆素統雄兵，一朝干犯天討，皆覆宗絕祀，白首父母盡膏斧鉞，幼弱妻子並為俘奴。此皆爾百姓耳聞目見者，奈何以區區村民而蹈此覆轍？本道秉憲一方，潼營原在掌握，柳溝亦屬提調。一旦申請上臺，分遣偏校，頓兵於芝川、薛峰之間，爾等敢一嘗試否？幸天誘其衷，闔村生員率領，受命赴道投見。本道姑從寬典，將受命量加責懲，餘黨嘉與維新。念爾等山野愚民，久失教誨，不忍任爾顛越，故再行曉諭。為此示仰沿河居民人等知悉：以後士為良士，民為良民，恪守子民之分，凜遵朝廷之法，息事甯居，築場納稼。達部清冊，非民間所可私藏，刻期齊出，造完送司，早結欽件。上不負國家胥匡之義，下不負本道休養之心。若執迷不悟，仍前抗法違憲，結黨行兇，本道固不敢令地方有冤民，亦不敢令朝廷有枉法，小則依律比例，大則馳檄揮戈。雖欲網開一面，禽縱三驅，亦不能矣。各重性命，其無後悔。

懇恩嚴檄修築事

照得韓城西山、柳溝一帶，重巖疊嶂，密林深谿。前數年來，人跡罕至，幾爲虎豹之窟而魑魅所宅矣。幸廟堂遠慮，設立重兵，通商安民，防盜固圉。從此薛峰川、朱砂嶺，西通甯夏，北抵榆林，商旅貿遷，無盜賊之虞。土人安居樂業，有所恃以無恐。本道下車未幾，即馳至柳溝校閱兵馬，見萬山之顛①，孤城蕭條，軍士披雲而宿，帶風而餐，霪雨連綿，屋不蔽膝，殊堪憫惻。秋霜以後，寒風凛冽，重裘不溫；苦霧蒼茫，沁入肺腑。人非金石，誰能堪此？乃韓城縣撥夫修置房屋，率皆苟且了事，隨修隨壞，又復陸續逃還，殊無同舟之義。夫本營軍士，副府法令嚴明，秋毫無犯。本道仍不時查點，簡汰老弱，亦以恩信約結，足服其心。爾等憚於勞役，欲其衝風冒雨，啼饑號寒，爲爾等防衛身家，揆之人情，能乎？不能乎？且各兵俱有家口，室人交讁，最隳壯士之心。爾等回思數年前道路梗塞，田疇荒蕪，今日高臥枕席，開墾土地，甯可不知其所自耶？爲此示仰夫役人等知悉：以後修理營房，俱要堅固寬敞，勿得因仍弊習，潛自逃回。兵丁亦不得借端苦虐，分外苛求。則兵民互相救濟，封疆永有倚賴。如或不遵，定當重究不貸。

敬陳理財管見仰祈採擇事

准按察司關布政司照會督撫案驗准戶部咨文。查得潼關道統轄潼關衛、同華九州縣並河南靈寶、閿鄉等處，壤界三省，爲全秦門戶，北通連洛，南接秦嶺，東控崤澠，西來涇渭，素號天險。且驛使紛紜，戎馬旁午，往來既爲繁雜，故

---

① "顛"，《三賢政書》本作"巓"。

盜賊奸宄，時防潛匿。凡操練兵馬，修濬城池，時刻難緩。況今楚蜀未靖，大兵絡繹，供應車船，皆費區畫。各省轉輸秦餉，必由關門。而茶馬商稅，俱係軍國重務。新又兼管屯田，招徠逃丁，開墾荒土，事務冗繁。且民風刁悍，最稱難治。未可輕議裁汰。爲此移文前去，煩爲查照知會轉報。

塘　報　事

據韓城縣申史維贊等倡亂詳由，看得百姓作亂，請兵勦除，關係地方安危，雖經撫民同知劉肅之申詳神道嶺副將左助手本，本道惟恐中有隱情，不敢憑信，仍於七月十六日單騎星馳，親詣該縣，詢問鄉耆，又躬歷沿河漁村一帶，周閱灘地，見桑麻遍野，人皆安堵，乃知果無倡亂之事。但愚民無知，昧於大義，祇因開報灘地，遂懷嫌怨，告訐縣官。夫灘地禾黍芃芃，自應申報，況尺地王土，誰敢隱匿分毫？據民口供，言自明季黃河西徙，民田雖涸，民糧未除。今一例申報，其中有重糧之累。又有數里舊爲黃河支流，今雖灘出，時防淹沒，不知照例起科。久奉俞旨，況奉明綸，清丈地畝，均平去累，指日可待。乃不知恪遵法度，星速造冊，完結欽件，遽而肆行兇悍，暴戾恣睢，鎖拏里長，白晝拷打，毫無忌憚。如該縣所申，史維贊、梁受命等群毆王秉權，則傷痕現在也。私鬮劉翼高父子，則帶村關王廟之道士可證也。尋打趙明運，至今逃出不知去向，則有明運之子生員趙鳳翔併鄉約王國蓋等之結狀可憑也。倡亂之申，該縣實爲過情。至於所揭三事，則一一不爽矣。

本道除將梁受命重加責懲，仍面爲誡諭，又出示曉之以大義，陳之以利害。又責令縣丞杜昌齡持檄沿河各村，限三日內造送清冊。惟是搆詞未結，終屬葛藤，何以肅官民之分而平上下之情乎？似宜歸併審官，速爲訊質早結。

擒獲響[①]馬事

據澄城縣申張操等詳，看得澄城縣塘報一案，屢蒙憲駁，必查二賊浮屍與

搶物姓名。蓋事欲眞確，功難冒稱。本道莊誦憲批，敢不恪遵，務求的據，復將張操、李守寬等親加研訊，審得當日孫永善被賊刦馬，隨同多人尾追，遇張格助之中道，張操截其前路，以鋭乘疲，故有斬獲，自非虛誑。二賊射傷，渡洛溺死。正值水漲，兩岸峽石，洪波浩蕩，不數十里流入黃河，安能浮屍本境耶？且彼時旣獲賊馬，愚民無知，爭奪什物，不暇覓屍，此亦當日實情也。若張格、張操等稍知詳愼，連馬匹解官，李守寬所得弓箭、鞍刀卽行出首，申請上臺，聽候定奪，上臺殷念殘疆，方懸賞示勸，何難照例賞給？乃愚民但知爭勝，自開疑竇，致煩憲臺詳駁，實不能爲若輩掩也。但地則委係三縣，人久星散各鄉，姓名難以辨認。且當日對壘，倉卒之際，不暇問其誰氏，情理近眞，似有可原。李守寬投首什物，已經詳明，寄庫候解。總之，鄉野之民，重利好功，其恆態也。盜行劫掠，鄉勇合擒，原奉憲臺鼓勵，故民敢奮勇爭先。不然，無所利而爲之，誰肯身試不測之禍乎？今地方稍甯，民得安枕，若搜查不已，恐民懼招尤，後日再有響①馬竊發，雖賞不勸耳。合無宏開湯綱，以示法外之仁。前署道事張糸議捐金十兩，已足酬功。三馬旣稱瘦損不堪，已變價銀二十兩，或解充軍餉。其張格分馬時原備鞍轡，亦併追出寄庫。合候憲臺姑念殘黎，俯准寬宥，無隳壯士之氣，足鼓將來之效，地方幸甚。

公　務　事

　　照得前朝大司成華州槐野王公，經濟、文章，彪炳一代，所著有《存笥稿》等書，傳誦藝林。聞兵燹之後，鐫刊雖燬而冊籍故家猶有存者，恐日久放佚，文獻不彰，亦有司之責也。爲此仰州官吏卽遍行購求，齎解本道，鐫貲刊布，公之海內。且地方之因革利弊、民情物宜，或有考焉，勿得怠緩取咎。

　　照得扶植人倫，必以表章節義爲首務。朝邑縣節婦張氏操勵冰霜，丸熊訓子，本族鄉黨靡有間言。誠宜申請題旌，以爲閨閫師表。合先給扁優獎。仰朝邑縣官吏卽將後開字式，選善寫者，務要端楷偉麗，置堅潤木匾，懸掛本婦門

---

① “響，《湯文正公全集》本誤作“䳦”，據《三賢政書》本改。

首。仍備幣儀羊酒,鼓吹往送,勿得輕慢取咎。

示　諭　事

聞道路之口言門下晚節稍渝矣。當今功令何等森嚴,身名亦當自愛,奈何於九仞之時而自放棄乎? 仁義村有號齊天大聖其人者,門下亦聞之乎? 左道之禁甚嚴,地方官不得辭其責也。銜蠹加意禁戢,不可庇也。遊容①太濫矣,刑獄不檢矣。民猶水也,水能載舟,亦能覆舟。愼之,愼之!

蒲城縣儒學生員原天章等呈爲乞恩軫恤窮苦事

據蒲城縣生員原天章、羅大初、屈迪呈爲乞恩軫念窮苦難堪。看得我輩不能嘉育英才,又無政刑德教以召和氣,致水旱不時,青青子衿,終寰而泣。三復呈詞,實深自愧。每生量助二兩,以爲燈油之資。仰縣仍勉以閉戶讀書,勿以貧故累志。繳。

神道嶺兵丁龐魁等懇恩嚴檄修築以免露宿事

呈修營房蒙批,本道親至柳溝,點閱兵馬,見兵丁皆露宿風餐,殊堪憫惻。秋霜以後,朔風凓冽②,苦霧蒼茫,身非金石,何以堪此? 仰縣卽撥夫修置,務期堅固,以見兵民互相救助之意。

潼關衛人姚平爲背父事

看得告男王朝鳳乃姚平之子,襁褓養育於王時化,遂爲王姓螟蛉矣。今三

---

① “容”,《三賢政書》本誤作“客”。
② “凓”,《湯文正公全集》本誤作“列”據《三賢政書》本改。

十餘歲，娶妻生子，皆成於時化。姚平夫婦貧窮，無以爲生，朝鳳身爲胥役，亦昧其木本水源之義，不但無孝養之誠，而欺凌毀罵，曾路人之不如。雖曰聽命於時化，而忍心害理，亦已甚矣。姚平年齒遲暮，無他子女，欲求親暱，反得凌辱，無怪其累累控籲也。朝鳳非時化無以至今日，義不可背；非姚平無以有此身，恩不容忘。今原情奪理，朝鳳自幼爲時化之子，理難斷歸。姚平夫婦令朝鳳以禮迎歸，生時致養，死後備衣衾殯葬，以報生身之恩。古人有生不識母，聞有似母者，遂迎養如禮，況爲身之所自出，受三年乳哺之恩者乎！如再不遵，是良心喪盡，定當服以上刑。

朝邑縣一件申報事

詳批：亢旱不雨，禾苗盡槁，自有山川城社正神爲官吏、庶民所當齋誠步禱。何物拜星業，妄稱齊天大聖？怪誕不經，誣惑愚民，斂錢修廟，殊爲不法！鄉約人等容隱不首，俱宜嚴懲。但念原從祈雨起見，惶惶奔籲，亦愚民恆態，非有左道倡邪之意。既已禁戢，前罪姑從寬免。所建神廟成功，不便拆毀。查此地在渭洛二河之間，名山大川，必能興雲致雨，捍災禦患。且關中之水，二川爲大，亦禹跡之所經營也。年來二川崩陷民田，不可勝計，不可無神以主之，宜改爲神禹廟。仰縣卽製神牌，親迎祭告。

嚴禁需索以恤衝驛事

竊照順治拾貳①年正月內上諭一款云："近來各處驛遞疲累至極，衝要地方，尤爲困苦，馬價、草料、工食等銀，不敷支用。民力既窮，馬亦隨斃，買補之費仍出於民。民困如此，至驛政盡壞，道路不通。其奉差員役需索騷擾，屢有嚴禁。着再行申飭，務革積弊。"煌煌天語，眞明見萬里。凡屬臣民，誰敢不凛凛遵奉？乃近見有等藐視綸音，驅迫郵傳，暴戾恣睢，橫索金錢，生立種種名

---

① "拾貳"，《三賢政書》本作"十二"。

色。馬匹之外，仍爲折乾。稍一不遂，鞭箠繼之。不分官民，一例辱詈，必欲滿
其谿壑。殊不知驛站錢糧，皆朝廷額課，黎民膏血。當喪亂之餘，小民筋力有
幾而堪此層層尅剝乎？況潼關輪蹄交錯，奔走供應，日無甯晷。若人人滿其所
欲，勢必馬盡斃於道路，夫盡死於鞭箠。民間典妻鬻子，不足供應，爲害可勝言
哉？本道昔備員史館，出入清禁，奉命之時，親承天語，責以飭法惠民，興利除
弊，故不敢愛惜情面，避辭怨嫌。若目覩地方困苦，容隱不言，不但上負君恩，
抑且自失本心。爲此，示仰州縣衛所驛遞人等知悉：以後兵馬差官過往，卽當
委曲開陳以地方荒殘，差使絡繹，錢糧匱乏，應付浩繁，公私疲困，民不聊生。
凡具愷悌之心，未有不惻然動念者矣。如或堅忍不聽，便告之以上諭，嚴切申
飭再三。我輩恪守法紀，不敢悖違。彼雖強悍，豈敢與功令抗乎？如果目無王
章，卽登記名姓報道，以憑申詳題參。愼毋隱忍緘默，徒累殘黎辛苦墊隘，無所
控籲也。

祈禱雨澤事

照得潼關地衝民貧，中人之家多鮮蓋藏，負販之子朝不謀夕。今歲春夏不
雨，民已艱食。入秋以來，少華以西，洽[1]水以北，甘霖時霈。而關門方域百十
餘里，亢旱彌甚，麥難播種，來春曷望？此本道奉職無狀，以累我烝民也。夫天
道不忒，乃不罰罷吏而移之歲。無歲無民，民則何罪？除本道側躬省過，仍當
停止屠沽，惕天之變，分民之憂，庶幾甘雨早降，不至薦於饑荒。

酌通水利以圖永賴事

照得畎畝之間，必有溝澮隨時蓄洩，以備旱潦。留心民瘼者，所當講求水
利，爲一方資灌溉也。今該州縣鄉民以爭水致訟者纍纍有徒，其中是非曲直，
自有公斷。然必躬歷其地，相其泉源，度其地勢，平心商酌，務求兩便無礙，方

---

① "洽"，《三賢政書》本作"洛"。

可永息爭端。又聞該州縣境內廢渠尚多，昔日皆清流涓涓，南畝賴以霑足。今湮塞已久，安能挹彼注茲，以備旱澇？爲此仰州縣會集父老子弟，細細籌畫，量物力而合人心，酌爲濬闢。愚民難與慮始，可與樂成。務須至公至平，委曲開諭，區畫得宜，卽刻詳道，以憑定奪施行。毋得疏慢，自取咎戾。

急釋幽閉稍舉修省實政事

照得長平獄氣得酒而後銷，東海孝婦因災而方雪。今天降旱虐，民將無所歸命，雖齋戒步禱，而天聽甚高，微誠難格。念彼圜土苟有冤抑莫伸，亦足乖和召戾。爲此仰州、衞、縣①官吏，卽親詣監中，除眞正人命、强盜及欽件、院件已成刑書通詳候決、候遣者照常堅錮②外，其有事可矜疑及一切輕事罪犯當援恩赦肆宥者，逐一查訊明白，取的當保家保出，開具節略文册，限日具文詳道裁奪。

禁　約　事

照得潼關爲全秦門戶，三省通衢，設立稅務，原以接濟軍需，疏通商旅，所係甚重。必遵照正額，公平徵③收，上不病國，下不病商，方稱無弊。久聞抽分人役，視榷關爲利藪，揹勒行商，巧立種種名色，分外需索。更有暗入私橐，不登稅簿。欺官玩法，莫此爲甚。商旅冒險涉阻，以求錙銖之利，反致逡巡不前，國課因而漸絀，殊可痛恨。屢奉部文，責成本道查核。合行禁約。爲此仰稅司人役併商客知悉：以後恪遵定例，商貨到時，報名照額完納，仍令本商親註納數於簿，卽刻給票放行。如有借端稽留嚇騙及隱漏不報，本道訪出，定行提究，決不輕貸。

---

① “州衞縣”，《三賢政書》本作“州縣衞”。
② “錮”，《湯文正公全集》本誤作“固”，據《三賢政書》本改。
③ “徵”，《三賢政書》本作“征”。

嚴飭茶馬之禁以重邊防事

照得茶馬係邊疆重務,潼關一帶,尤爲要地。近訪得有無籍①棍徒,罔顧身家,興販茶馬,展②轉貿易,或公行貨賣,或遞運西莊。更有潛通營伍,假充兵丁,操弓挾矢,明出禁溝,暗渡河濱。巡緝員役,畏憚而不敢言,止濫報小販以塞責,或甘受賄比而隱忍,以致茶法壅滯,馬政漸弛,殊可痛恨。本道屢奉茶臺憲檄,職任所關,合行嚴禁。爲此示仰巡茶員役知悉:務要多帶兵快,晝夜巡查。但遇前項茶徒馬販,不論營伍兵丁,即刻擒拏解道,以憑審究轉解。如敢徇情賄縱,訪出定行重究,決不輕貸。法在必行,毋貽後悔。

舉行鄉約以善風俗事

照得古昔盛時,士有庠序學塾以樂其羣,民有比閭族黨以萃其渙。觀俗於鄉,則里仁爲美;化行於下,則比屋可封。未有人各任情,家自爲俗,而能成遷善遠罪之治者也。

自教衰民散之後,惟鄉約之法最良。久奉明旨申飭,有司視爲具文,不肯力行。父老子弟所以訓誨戒飭於家庭者不早,薰陶漸染於里閈者無素,又或憤怨相激,狡偽相殘,以故靡然成俗,盜賊充斥,獄訟繁興。秉持國憲者,惟有三尺之法,輕則杖笞,重則絞斬,如此而已矣。不知先王以刑弼教,非以刑爲教也。道之以政而後齊之以刑,猶爲末務。矧一言不教而惟五刑是加,豈朝廷設官之本意哉?

積習既久,振舉實難。本道奉命整飭茲土,惟欲保全良善,惠愛元元。期盜賊甯謐,獄訟衰息,故與父老子弟實實舉行。爲此示仰所屬州縣衛所印官、儒學暨約正、約副、軍民人等知悉:以後朔望官吏謁廟畢,即會集在城士民於城

---

① "籍",《三賢政書》本作"藉"。
② "展",《三賢政書》本作"輾"。

隍廟內,鄉村各擇空闊祠宇,將本道所發的《鄉約訓解》、《感應篇》各講一段,再講新頒律令一條。務要明白痛切,人人可曉。平居無事,則互相叮嚀。一有過惡,則彼此詰責。共存天理,共守王法。孝弟忠信,深耕易耨。心要平恕,毋得輕意忿爭。事要含忍,毋得輒興詞訟。行之既久,地方庶幾可輯寧,百姓庶幾可寡過,刑清政簡之效可以漸臻,知禮畏義之風可以日長。倘以怠忽之心,應督責之令,混雜而來,飢疲而散,則此舉反為擾亂吾民,殊非本道諄諄敷教之意。

力行鄉約以善風俗事

照得潼關城內,居民近亦漸多,前已責令千總侯旬編立保甲,造冊呈道訖。今特舉行鄉約,使皆曉然知天理昭彰,王法森嚴,務為禮讓之民,共成仁厚之俗。為此仰衛掌印官即會同儒學教官,傳集各甲甲長,於關帝廟焚香盟誓,公舉年高有德、為眾所敬服者一人為約正,公直果斷、通曉法度者二人為約副,讀書能文、禮義習熟者二人為約講。不拘士民,限三日內赴道來見。逢月朔望,遵依本道所發告諭,講《鄉約訓解》、《感應篇》併律令一段。務要明白痛切,人人可曉。勿虛應故事,有負本道拳拳化民之意。

禁　約　事

照得城內舊有禁夜之規,所以消潛萌而杜奸宄也。屆茲秋冬,農務將竣,誠恐遊手之徒不遵法紀,酣飲六博,乘夜生奸。合行嚴禁。為此示仰在城軍民人等知悉:以後各安生業,靜礎之後,即閉戶晏息,不得往來嬉遊。犯者,許巡捕員役即刻鎖拏,解道究治。若有急病、生產二項,止登記姓名,次早取甲長、兩鄰甘結具報,不得借端擾害,重違民便。

勸諭流民急歸故業事

照得關中屢經寇殘,廬舍灰燼,田疇荒蕪。爾百姓或因避亂,或因逃荒,捨離墳墓,拋棄骨肉,千苦萬辛,離鄉越井,不知受多少奔波,尋一地方暫且安身,苟活性命。既然住下,或留戀他方,不肯歸來;或欠人錢債,不得歸來;或缺少盤費,不能歸來;或不知家下年景豐歉,不敢歸來。日復一日,久久男婚女嫁,牽戀因循,甘心做了流民,永無歸念。想爾等當日在家時,兄弟、子孫、女壻、外甥,終日聚會,本鄉本土,何等氣勢!六鄰親戚,四時八節,團頭聚面,何等懽喜!如今寄居他鄉,不是作奴爲婢,就是傭工佃田,低頭下氣,稱人爺娘,忍恥包羞,受人打罵。況今到處搜查逃人,誰肯輕易容留?縱敢勁氣高聲,動說解回原籍。做流民的有甚好處?你們家中房屋任人拆毀,地土任人典賣,祖宗墳墓到那寒食忌辰誰爲拜掃?兒女親戚每逢佳節良辰空流血淚!況關中連年盜賊甯息,田禾豐稔。今又天惠甘雨,來春麥田可望。且恩詔屢頒,普天同慶,爾等當日欠人錢財,誰人敢討?些須嫌怨,誰人敢告?爾等到家時,荒田地土,給與牛種,任爾開墾,三年纔准起科。就是傭工佃田,擔柴推車,也比流民光彩許多。

　　本道駐節關門,與爾百姓作主。恐爾百姓不能遍知,故張示通衢。往來客商,共相抄傳,凡遇同華九屬之民流落他鄉,俱向傳說速討本地州縣官印信執照、鄰佑保結前來。但無投充旗下情由,驗明卽行收留。倘有好義疎財之人,肯將買到流民子女,不要原價,給伊父母同還鄉里,或替人贖回子女,得還鄉里者,本道移文彼處州縣官,加等旌獎。或愛惜流民子女,不肯折磨,使得成人長大自還鄉里者,亦是上等陰德。本道諄切相諭,不暇修飾文詞。幸各遵依勿忽。

禁　約　事

　　照得潼關一帶,連年盜賊漸息,田疇漸墾,民間廬舍,謂宜漸次修復。乃本道行車所過,搴幃遙望,見沿途村落丘墟,蕭條景況,凛若霜晨。極力招徠,舌燥筆禿,居民皆觀望迴翔,莫肯依託。細詰其故,蓋由往來兵丁經過地方,假威肆虐,暴戾殊甚。常橫入人室,眉軒袂聳,不問有無,索酒索肉。稍有不給,卽鞭箠繼之。及至醉飽,復佯裝沉酣之狀,手足踉蹌,語言顛倒。酒飯之資,或明為短價，或暗行圖賴。甚至拔劍擊刺，索討娼妓，調戲婦女；搶毀財物，拆人房屋，以供燎爨。雞犬羊豕，為之一空。小民飲泣吞聲，莫敢誰何。一聞兵到，悄然而悲，蕭然而恐，攜妻抱子，避匿深山，殊非太平景象。夫兵以衛民，民以養兵。營中銀一絲、米一粒，孰非小民胼胝汗血？營中步伍，誰非田間子弟出身？今小民終歲勤動，不能供兵丁往來之一嚼，是衛民而反以厲民，民生安得不日蹙，里舍安得不日殘也！

本道整飭一方，兼治兵民，實痛心疾首。下車之始，即行嚴禁，不謂藐抗不遵，特再行禁約。為此示仰營伍兵丁知悉：以後當體朝廷設兵之意，恪守軍法。凡公幹經臨，勢不能枵腹奔馳。飲食酒飯，悉照民間價值，逐一算還。如仍蹈前轍，倚恃強梁，憑陵愚懦，許被害之家赴道喊稟，審明治以軍法。仍轉申部院，以憑定奪。三尺具在，幸無以身嘗試。慎之！慎之！

嚴飭整理營伍以壯軍威事

照得關門三秦鎖鑰，控制上游。設立營兵，原以資捍禦，備勤捕，非可有名無實，徒稱虛伍也。本道昨行親閱，見兵多靡弱，馬多羸瘦，器械不備，彼應此名，此借彼矢，互相朦混，殊可駭異！若不嚴飭整頓，誠恐日就廢弛，封疆何賴？為此仰中軍柳黃甲，文到即將該營戰守兵馬時加操練，務令紀律森嚴，器械堅銳，聽本道不時點閱，以壯雄關氣勢。如仍前苟且懈怠，徒應故事，以致士卒頹廢，伍籍子虛，本管官旗定當治以軍法，斷不寬徇，勿謂言之不早也。

嚴革提車夙弊以甦民困事

照得關中百姓疊罹兵荒，疲困已久。邇來征調殷繁，戎馬旁午；換班家口，絡繹不絕。催提牛車，動盈千百。小民竭力供應，日不暇給。耕耘之期，半為所誤。本道目擊傷心，實懷憫惻。乃近訪得州縣衛所胥役，竟有視牛車為奇貨，一聞兵到，攬票承催，結通兵吏、里長，朋比為奸，於原數之外，暗自增派，擅為折乾，自飽私橐。富家一而貧家五，閭右免而閭左遭，以致煢獨飲恨，自然先後參差。及至用車不足，又見在之人代受鞭撻，使費賠累，不可勝計。嗟！嗟！此小民之所疾首蹙額者，而若輩反借以爲利，蔑國法而戕民命，其何罪如之？爲此示諭官吏、軍民人等知悉：以後凡遇奉調官兵應用牛車，印官預差誠實、才幹人役，探聽的確，照里公派。仍開某里用車若干，用牛若干，張示通衢。毋得仍前朦混，使吏胥因緣作弊，小民無所控訴。敢有故違明禁，或人告發，或本道訪出，官以溺職申參，蠹役按贓究遣。國憲森嚴，斷難寬假。各宜猛省，毋貽後悔。

舉行義倉以備饑荒事

照得天災流行，何國蔑有？備荒之政，所當素講。今天下郡縣皆有常平、預備等倉，誠廣儲備災、惠民固本之大計也。然行之日久，鮮有實效。是以饑荒之來，小民則嗷嗷待哺，而官司則束手無策。欲發官廩，則所儲不給；欲勸輸納，則未免强取；專恃告糴，則遠不及事；務煮麋粥，則聚而交困。夫不於平日講求積貯之法，而因循怠玩，任民浪費，及至凶年轉死溝壑，爲民父母者，安能辭其責哉？

本道駐節關門，兼攝商雒，關內數百里之地，實所待命。除常平等倉已經遵奉申飭外，竊念倉立郡縣，官司主之，遇有災荒，文移申請，常防阻滯；駁勘反復，動經歲時。且戶口則待審於官府，貧富則顛倒於胥吏，豪强得多，懦弱得少，其爲弊端，不可勝原。又鄉野之民，百里就糧，旬日守候，田疇遂荒，生理幾廢。雖苟延一時之命，實誤其終歲之業。本道夙夜籌畫，倣隋唐義倉之法，略爲變通。不論鄉村城鎮，但係本地人民居址相近者，每二三十家約爲一會，共推家道殷實、素有德行者一人爲社首，處事公平、人所信服者一人爲社正，通曉文書、算法者一人爲社副。凡會中之人，酌定上、中、下戶，每於朔望講鄉約之日，照分別等第，隨其所有，出粟及麥。上戶四斗，中戶二斗，下戶一斗。務要乾圓潔淨、可以久貯者入倉。其所置倉，卽擇本村上等殷實信義之家，司其出納。此等人戶，富而有力，便於防守；亦且保無侵費。社首正副各執帳檢校。如此行之，日久所蓄必富。遇有荒歉，百姓自相計議而散，以濟當社饑饉。朝開倉而午卽得食，旣無官府編審之煩，又無胥吏顛倒之弊，無奔走道路之勞，無荒廢本業之患。賑恤不勞於上，實惠得沾於民，且以見講信修睦，患難相濟。揆之今日，實爲可行。

但小民難於慮始，可與樂成。作會之始，必須州縣官加意振興，化其偏私，作其信義。間或單騎盤查，懲其虛冒。有抗拒不遵者，重則責治，輕則罰米入倉。務使民間預有儲積，荒歲足以備賑，庶以佐朝廷常平之惠，副宵旰憂勞元元之心。若虛應故事，令吏胥擾亂其間，則良法美意，反覺煩苦吾民。國憲具存，決不輕貸。

義倉會勸詞

爾百姓識見短淺，不知遠慮，幸遇年景豐稔，便任情浪費，不肯撙節。試想十五年前連歲旱蝗，五穀不登，萬民艱苦，或逃亡載道，流落他鄉；或餓死溝壑，暴露屍體；或父母痛哭，易子而食；或聚衆劫掠，析骸而炊。當此之時，父不能救子，兄不能救弟，夫不能救婦。朝廷也遣①官賑濟，一人分一錢半錢，怎救得一家之饑？官府也開倉散穀，一人得一斗半斗，能喫得幾日飽？

想平日空修寺蓋廟，建醮迎旛，高棚唱賽，隨會進香，更且與人掛帳溫居，設筵賀壽，費了許多金錢，陪了許多精神，到此時誰來救得你？想那豐收時候，寬使綽用只嫌少，紬衣布裳只嫌麤，笙簫鼓吹只嫌不中聽，美酒肥肉只嫌不適口。若將那平日醉飽風流之餘積布積糧留在此時用，怎到得喫榆皮、草根還凍死餓死了？且如老鼠盜雜糧，積在穴中，沒時備用；烏鵲銜楝子，藏在樹裏，冬月防饑，幾曾見荒年餓死了多少鳥鼠？人生過日子，反不如鳥鼠見識，豈不可歎？

今各省水旱蝗蟲，黑霜冰雹，處處災荒。你這方圓數百里，怎保得年年豐稔？你們只顧眼前，不思後日。朝廷又經費告匱，不能有許多賑濟。所以教你們立個義倉會，大家隨貧隨富，除了納糧當差外，甯少使儉用，甯淡飯粗衣，多

---

① “遣”，《湯文正公全集》本誤作“遺”，據《三賢政書》本改。

積些穀入倉下窖。用心防護,不許輕自斂散。直至大歉之年,酌量戶口多寡,分領救生。你們會中積穀多者,州縣官查出來,分外加賞。其間有勢豪姦猾,不肯作會,阻壞義舉的,同村之人卽行呈告到官,罰米入倉,仍斷令入會。若有單貧最下之戶,與上戶不敢相敵,勢難入會者,社首、社正亦要書其姓名於簿,或附入本家上戶,或附入鄰家,雖不預坐,會時亦量收其斗米,凶年也隨衆給散。如此,則人人有救命之資,家家有備荒之策,自不致做賊犯法,自不至流離死亡。若百姓不肯遵依,到凶荒年景,家無分文升合者,不准賑濟。蓋百姓自家有一半,官再助些須,可以接濟成熟,救出性命。若空手單身,便與他三五斗穀、一二錢銀,終來也要餓死,不如攢將來救那一半的性命。我今日通行勸諭,到那時休要後悔。

呈酌定牛車等事

看得潼關爲全秦門戶,四省通衢,雖有額設屯丁,皆散處於各州縣之境,遠者二三百里。而關門無尺寸之土,東門外屬閿鄉,西門外屬華陰,南門外屬雒南,北門濱黃河。居民晨星落落,總而計之,不敵州縣之三四里也。每歲止額徵屯糧以供軍需,併無雜項銀糧。所以潼關驛遞運所夫馬站銀、官吏俸薪,皆隸華陰縣,潼關不得過而問焉。又且兵燹之後,屋燼民殘,城垣荒穨,兵民錯處,棲止無定,極力撫綏,猶慮逃亡。其不得與他州縣比較者,勢所必然,自久在上臺洞鑒中矣。

年來徵調頻繁,大兵時集。滿洲換班家口及土番喇嘛入貢,必由關門。用車多者至八九百輛,至於尋常一二百輛,則絡繹不絕也。前道議於所屬僻偏同、朝、韓、郃、蒲城各州縣通融協濟,衆擎易舉,以均勞逸。已經詳請,奉有俞示。繼而郃陽士庶以地遠道阻告免矣。韓城處郃之北,亦俱議豁免矣。夫韓、郃溝澗深峻,運車爲艱,且去關門稍遠。尋常二三百輛,朝邑、同州、蒲城共協關門,可無他議。獨至今歲五月間,張總鎮奉調南征,用車八百有奇,華州、華陰勢不能獨濟。奉上明文,蒲城暫協華州,同州暫協華陰,則協濟潼關止朝邑一縣耳。夫關門平日三縣協濟猶稱苦累,至大兵過往用車如此之多,乃反專累朝邑一縣，如此數次，富者傾家蕩業，貧者典妻鬻子，無怪朝民之痛切呼籲也。然同、蒲既協兩華，又協潼關，是有兩協之苦，亦無怪其繼朝邑而控陳也。

本道蒞任之始，潼關、朝邑、同州、蒲城紳衿百姓連呈屢詞，各求豁免。本道委曲慰諭，批行撫民同知會同各屬從公酌議，間又奉按院批蒲城民詞。而州縣各爲民稱苦，莫有肯輸心承任者。夫關門征車旁午，可槩置之不聞乎？各州縣均屬王土，此地偏苦難堪，大聲疾呼，而鄰邑旁觀坐視，同舟共濟之義謂何？韓、郃兩縣，雖有神道嶺運送草豆之苦，然神道嶺官兵保障一方，韓、郃實得其利。卽蒲城距省二百餘里，涉瀂渡渭，運納本色，何嘗敢有煩言冀全免協濟乎？如此，則韓、郃之不得坐視也明矣。

今通常計議，以後凡尋常提車，兩華自能供應，不必協濟者。仍著同州、朝邑、蒲城、潼關四處酌派相幫，在同、蒲無兩應之艱，在朝邑免獨支之苦。兩華不得援張鎮經過之例而妄扳同、蒲，同、蒲亦不得借口曾協兩華而遂求卸脫。韓、郃路遠，不必協濟，此平常遵行之例也。至於用車過五百輛之外以至千輛者，如平西王伐川及張總鎮南征之役，則華州、華陰勢不能獨力撐持者，則以蒲城協華州，同州協華陰，而潼關則以朝邑、郃陽、韓城協力供應。如云韓、郃溝深不能行車，不妨均出牛隻、驢騾、夫役，雇車相幫。蓋此等大差，七八年、三五年中偶有一次，安得執批免爲定例，視鄰邑之艱苦而莫救乎？此一時權宜之例也。既經該廳查議前來，相應呈請。伏乞憲臺軫念衝關疲邑繁苦莫支，俯賜明示，庶經久之例可定，而軍務免致諉誤矣。

復養濟院以恤窮民事

照得窮民無告，王政所先。各州縣俱有養濟院，該衛獨廢墜無存。豈該衛遂無鰥寡孤獨、疲癃殘疾之人乎？爲此仰衛官吏，卽查舊日養濟院坐落何處，自何年廢毀；今不能修建，查有見在空閒寺廟報道。仍令鄉約、地方確查關城內外有眞正殘廢、無所依靠者，造冊申報，以憑酌量設處廩穀救濟，不得以游手好閒、賭蕩傾家之徒混雜其中，以妨無告。速！速！

餉需日迫功令日嚴諄諭士民速完賦額① 以裨國計以安身家事

　　照得國用浩繁,兵餉告匱,不得不望爾百姓竭力輸將,以濟軍需。近見該衛錢糧拖欠獨多,百姓恃刁梗之風,踵頑逋之俗,名下稅糧竟不完納,彼此相效,恬不知悔,累及官長席不暇煖,被參削職。夫人數千里外逾限②涉阻,不知受多少艱辛,苟得一官,輒因考成拖欠,一生功名盡付東流。賢者義命自安,固不難爲百姓受過,然爾等亦失一慈父母。倘或富貴熱中,身家念重,誰肯甘心代爾受罪? 終不免嚴刑敲撲爾等。思念及此,亦應刷其舊習,如限爭完。況今功令森森,已奉文查取頑戶姓名,若別行處分,恐爾等雖欲保全身家,亦不可復得。

　　本道蒞任一載,惟以安民爲心,稔歲爲望。凡所以安民祈歲之事,不憚筋力,爲百姓請命。爾等亦當共鑒此心,好義急公,上不負朝廷胥匡之義,下不負本道休養之心。合行勸諭。爲此示仰該衛軍民人等知悉:凡應納稅糧,無論本色折色,乘此雨落穀賤之時,及早輸納。既無逋抗之罪,又免鞭撲之辱,安家樂業,稱爲良民,豈不甚善? 若能倡首先限全完十分,併無積年拖欠者,該衛報名優獎。遇有詞訟干連,不犯重罪,即行免究。如有仍前頑梗,任催不應,即行解懲,以警刁俗,仍將姓名報院究擬。若胥役借端需索,斗級高量,擅加火耗,經承挪移完欠,顛倒多寡,許百姓赴本道門首擊鼓喊稟,以憑挐究處死不恕。

嚴飭速結詞訟以清積案事

　　照得獄貴不留,案美無牘,蓋日伸民寃,不無覆盆之民;日達下情,猶有向隅之泣。乃近來怠頑成習,文移詞訟,任吏胥沉閣躭延,致持票鱷役恣意騷擾,

---

① 　"賦額",《三賢政書》本作"額賦"。
② 　"限",《三賢政書》本作"險"。

不餍不休。或禀人犯不齊，或稱關提未到，放趙甲而留錢乙，責正犯而拘家屬。小民一詞牽連，累月守候。八口供給，不足當市肆一飽；終歲勤動，不足充胥吏一飽。刁民借詞訟以報仇，愚民因詞訟以傾家，皆問官怠慢之過也。甚之曠日遲久，則勢要囑託，紛雜而至。所以是非不明，良懦短氣。興言及此，可爲痛恨。爲此仰州縣官吏，照牌事理，將本道徑批、轉批未完詞訟逐一確查，應勘詳者作速勘詳，應招解者作速招解。如或刁民借籍人犯無處提拏及曾告院司久經問結者，卽具由申繳，限本月終日責差經承赴道聽比。以後每遇季終，除事件全完，准入遞齎簿外，如有三件未完，不論詞訟牌案，俱差經承親齎聽候發落。如仍前朦朧入遞，差役違抗不赴，定差人鎖提，重究不貸。文到，先具遵依查考。

卑員越例煩瀆嚴行戒飭以肅法體事

　　准驛傳道關據西安府呈。看得潼關爲三秦第一衝途，驛站孤懸衛境，錢糧額設州縣，原與他處不同。年來荒旱頻仍，豆草騰貴，馬斃夫逃，委難支應。前詳議委撫民廳兼理，而該廳復詳請統歸華陰。查華陰距關四十餘里，該縣設有潼津一驛一所。若再將此驛歸併，此彈丸小邑，差使旁午，縣官豈能分身兼顧？固斷斷不能行者。據該府詳稱，再四確查，以潼關驛昔年原係同、朝、澄、郃四處分協應差，每年應食草料與馬夫工食，俱在四州縣額設站內各照額數支領。本州縣站銀，通融銷算。欲仍復舊例，責令撫民廳嚴爲稽查，爲眾擎易舉之計。本道以奉旨官養已久，四州縣協濟潼關乃係往例，又驛站爲驛傳道專司，本道未敢擅議，駁令覆查通詳驛傳道會議去後。今該府以此責在官，原非累民，眾擎易舉，莫便於此。而驛傳道亦云，新定奉旨衝僻冊內，各州縣原額協濟股項，尚存未改，如府議移關前來。相應呈請。伏惟憲臺軫念殘驛倒廢已極，時難容緩，或姑照府議，飭令四州縣官吏查照遵依，以濟目前之急。

　　再，查四州縣中，朝邑亦係次衝，而澄、郃去關頗遠，又錢糧已歸華陰，事權紛紛不一。其動支站銀，必仍責撫民廳嚴加查核，勿使胥役借端冒破，勿使鱣差濫行需索，勿令各州縣擅開私幫，重困里民。其火牌勘合等項，必先抄白該廳，然後行驛應付。其循環簿，亦由該廳稽查明白後齎。且該廳統轄各州縣，其各州縣豆草豐歉,價值貴賤,自無不周知。亦當令各州縣大破畛域,通融市糴,酌量豐歉,預爲儲蓄,互相救助,或可令衝驛既傾復甦乎!

總之,事處極難,不得已而爲補偏救敝①之術。惟在奉行者痛除積習,精白一心,視公事如家事,乃能弊端不生,民艱稍舒耳。其中或有未盡事宜,仍祈批行驛傳道,再爲詳議請示定奪可也。

申 飭 事

照得節屆隕霜,農功既畢,雖今地方稍甯,然當荒歉之後,恐姦宄乘機竊發,根本之圖,不可不愼。凡應行事宜,合行申飭。爲此仰州縣官吏,先查境內家無蓋存者鰥寡若干,孤獨、疲癃、殘疾未收入養濟院者若干,務要查確,或酌量賑濟,或煮粥贍養,或施棉衣,或倣古人冬生院之法,置煖炕長被,男女別室,自相存活。文到,卽日詳議,妥確申報。如慮無堪動錢糧,然贖穀原以備賑,今歲大旱,前蒙上臺奏聞,海內共知,則施賑無過今歲者。卽具詳本道,轉請三院,務俾境無饑餓,民無流亡。其養濟院中,勿令詭名濫冒,虛糜廩糧。奉文月米,勿得令奸役剋減,有名無實。嗚呼!有司者,民之父母也,彼其呼爺孃於街市,忍凍餒於簷窖,而我襲裘擁火、飫鮮饜釀之時,亦曾念及否?查《大清律》內一款:"凡鰥寡孤獨及篤廢之人,貧窮無親屬依倚,不能自存,所在官司應收養而不收養者,杖六十。"法律之嚴如此,可不畏哉?境無饑民,則盜賊自少。再申諭百姓,謹蓋藏,收積聚,戒門閭,築牆垣,申明保甲,操練鄉勇,患難相恤,守望相助。其店舍集鎮,各置柵欄,地方司其啓閉。客商往來,不許夜行。違者,不論有事無事,提地方重責勿恕。

再,查城郭之薄缺者壞補之。修關鍵,愼倉庫,築圄圇之頽敝者。獄內非重罪不得濫禁。詞訟拘到人犯,不得淹留三日。不得擅拘婦女。夜巡當嚴,不得令兵快、地方借端送人冷舖。凡此皆順時行令,各宜恪遵,俱勿違錯,自曠職守。愼之!愼之!

---

① "敝",《三賢政書》本作"弊"。

湯子遺書【下卷】

【清】湯斌 著

段自成　沈紅芳　李正輝
王會麗　李璐　周荷　孫新梅　編校

人民出版社

目　録

下　卷

《湯子遺書》續編

再飭祥刑以重民命事

照得居官所慎，民命爲先，所關刑獄爲重。有司出入人罪，無論受賄、徇情，罪當不赦。卽或識見之誤，或念慮之疏，或任性忿狠，或忌諱嫌疑，或恥無摘伏之明以成鍛鍊之罪，遂有情未眞、招未具而死於杖下者，有不申詳、不定案而斃於獄中者，有因追抵贓而濫監家屬者，有元宵告訟、除夕仍繫之獄而不爲審結者，有任憑佐領妄動酷刑而若罔聞知者。嗚呼！有司司民之命，假令不得正命而死，民奈爾何？祇恐天道有知，善惡不爽，閻羅一本帳簿，良可畏也。

至於人命盜情，奉批駁覆勘，不肯虛心平反，或恐前官怨恨不敢異同，或因犯者富豪不肯開釋，或觀望上官之批語以爲從違，或描寫歷來之成案以了己事。不知衆官同勘一事原爲此事虛實，同勘一人原爲此人生死，豈以求媚人、求勝人哉？如此存心，倘有冤抑，與故殺等耳！《書》曰："罪疑惟輕。"又曰："與其殺不辜，甯失不經。"夫皋陶爲士，安有疑失，然猶過愼如此。吾輩萬不及皋陶，而牽合羅織以成人之死，其罪將何如哉！

仁人心苦，智者識精。本道識淺而心苦，然一年以來，疏忽不少，恆默默自訟。又有表率屬員之責，屬員有不重民命、任性自肆者，本道不能辭其罪。故諄切勸勉，或牌票，或批答，或面談，眞筆欲禿、口欲破矣！恐各屬猶有未盡遵依者，合再行申諭。爲此仰廳官吏轉行州縣，州縣官吏查照牌內事理，實心體察。自今以後，每逢朔望，俱倣趙淸獻焚香告天之遺意，將半月內行過事實有關係者，直書一疏，焚之城隍廟中，庶幾明畏功令，陰畏鬼神。其有非義干瀆者，不妨以此卻之。此亦本道躬率寮屬，精白一心，互相砥礪之意。

附頒鄒南皋先生所刻《刑戒》一章，令善書者置之座右，朝夕省觀，勿得視爲故事。

申飭職業事

照得盛德在木，農功伊始，正布德施惠、導迎天和之時。所有應行事宜，合行申飭。爲此仰州縣官吏,循行郊野,勸課農桑。其糞多力勤、田禾暢遂者,酌量賞以酒紅,以示鼓勵;其地之肥瘠相等而懶惰、禾苗不茂者,撲戒之。田間隙地及道旁,皆令樹桑。有能種桑三百株者,給扁優獎。一切詞訟,非人命、盜情,暫停勾攝。其已拘到人犯,卽行審結釋放,不得淹囿時刻。稚子幼婦,不得擅收監倉,省囹圄之冤滯者。不得興作土木,以妨農務。嚴禁宰殺耕牛。申諭地方人等,掩骼埋胔。勿令民間粘鳥羅雀,燒荒田獵,以乖天地之和。此皆有司先務,各宜恪遵,毋得或惰,自曠職守。愼之!

再行申飭事

照得商雒各縣,疊經寇亂,一二殘黎,皆灰燼之餘。官斯地者,當加意拊摩,庶幾漸覩甯止。不意猶有罔念民艱,任情恣肆,擬罪不論當否,科罰不論貧富,拘禁至於太易,隸卒至於太縱,有聾瞽顛連、鳩形鵠面之人而吹毛求疵、不稍寬假者。獨不思天理昭彰,功令森嚴,一旦民怨沸騰,川壅而潰,白簡如霜,凜凜難貸,功名已矣,獨不爲身家計乎?合再申飭。爲此仰雒南縣官吏,照票事理,虛心體察。朝而蒞事,夕而省愆。察閭閻之疾痛,視若子弟;禁吏胥之恣睢,勿結腹心。寬一分,則民受一分之賜。民猶水也,水能載舟,亦能覆舟。可不愼哉!如不省悟,本道秉性硜硜,不能博包荒之虛名而付民怨於不聞也。文到,具遵依報查。

叩天俯行權宜以米代麥上濟國需下便民情事

看得潼關衛屯糧,徵收本色,夏麥秋米,支給兵餉,此舊例也。祇緣連歲荒歉,今春亢旱彌甚,二麥盡皆枯槁。又地枕山帶河,市糴不通,小民饑餓顛連之狀,眞有不堪圖繪者。況今餉需日迫,考成之法至嚴至密,又兼以新舊併徵,急如星火。在衛官職司催科,勢不敢專言撫字;在屯民分切奉公,亦何敢妄冀寬徵?但力有萬萬不能者,恐鞭撲徒施,終屬無濟。且恐拖欠未能全完,而新糧又復拖欠矣。幸賴朝廷恩德,化災爲祥,秋田頗茂,此該衛士民所以有以米代麥之請也。

本道行衞確議，今據詳稱，十三年曾奉各部院批，允以麥代米，遵行在案。今援引前例，議將十四年新糧，勒令遵限完納，不必紛更。其十年、十一年、十二、十三各年拖欠舊糧，於秋米收成之日，照數代徵。俟營兵領餉，通融搭散。此亦權宜一時之計，軍需民情兩有所便，似可允其所請者也。

屯　務　事

看得潼關衞應徵屯糧拖欠本色，該衞申乞以米代麥。本道業已備詳憲臺，蒙允飭行，軍民咸沐鴻恩矣。茲復蒙憲票行查，該衞應徵屯糧坐落道轄州縣，倂今歲應徵夏秋本色，時值荒歉，果否便民，或輸小麥、莞豆艱難，應否以粟米、雜豆代納。本道捧讀之際，仰見憲臺上軫國計，下念民生，思慮周詳，恩澤渥厚，敢不備細詳陳，以副德意？

竊以潼關地最磽薄，軍屯散處各州縣，如晨星落落，遠者二百餘里，甚則坐落別省，遙隔山河，聲聞不通。緩之則輸納不前，急之則民困難堪；馳催則無分身之術，坐待則有鞭長之慮。徵比之法，萬難與州縣同日而語也。況連歲荒歉，旱災頻仍，自冬無雪，徂夏不雨，麥豆枯槁，民有並日而食者。此皆本道奉文履畝踏勘，最眞最確。若非憲臺爲民請命，上天降康，此煢煢孑遺，止有轉死溝壑耳。幸蒙憲檄下詢，此眞屯糧可完、民生可甦之一大機會！故敢再爲籲請。倘邀破格之惠，將今歲夏糧比例暫准以米代輸，是於百姓筋骨俱盡之日，稍存休息之意。既有裨於軍需，復有便於黎庶，誠一舉兩全之道也。至於莞豆艱難，應否以雜豆代納，查得本衞原無產豆之地，並未曾徵收莞豆，無容議覆。據該衞備詳造冊前來。相應呈請。合候憲示。

申　飭　事

照得歲屆三冬，農務既畢，雖萑苻漸靖，而固圉防奸，不可不愼。合行申飭。爲此仰州縣衞官吏，趁此農隙，查城垣之頹壞者，緊要橋梁之傾圮者，酌量修補,務使完整;嚴門禁,重夜巡,謹倉廩,固囹圄;申諭鄉、保、訓長,操練鄉勇,修飭武備。巡捕員役盤詰奸宄,較之三時,倍加嚴密,毋得疏玩,以致不虞。責任有歸,慎勿套視。

酌裁冗員以佐軍需事

據西安府呈:"看得潼關衛經歷一員,設自前代,相沿已久。邇來該衛徵收錢糧、均徭與夫城守諸務,俱守備、千總分任其事,而經歷全無職掌,委係冗員。再查該衛知事,久未選補,亦無職任。當今兵餉告匱,措辦維艱。似此坐糜廩祿,莫效尺寸,似宜一併裁汰,將俸薪佐充軍需者也。其見任經歷虞光澄,照例咨部改選,似亦可從。"今據該府詳議前來。相應呈請。伏候憲裁。

教職遠任艱難乞賜酌議申請就近推選以免曠職事

據西安府呈,看得教職一官,奉旨專用本省人選授,不但人地相習,且寒官免跋涉道路之艱、措辦盤費之苦,法誠至善。獨潼關衛昔屬直隸管轄,故儒學教職,悉以外省銓授。自我朝定鼎,衛改屬西安府,而教官仍照舊例除授。每每遠隔幾省,計程數千餘里,寒官望而卻步。卽或間關遠來,行橐既空,稱貸無門。近如教授辛調羹,竟飄然長往,不獨寒氈末路付之東流,卽泮水芹宮遂成空署,所藉以培養士類,何賴焉? 合無呈請具題,以後潼關衛教職,照依本省之例,就近銓補。庶朝聞命而夕受事,學政、士習皆有賴矣。

禁 約 事

照得本道賦性孤介,登第以後,恪守典常,茹蘗飲水。蒞任以來,上畏簡書,下畏民喦,親識交遊,音問疏絕;星相術士,尤素所厭惡。此關中士民有耳有目所共聞見者。近訪得有無藉棍徒,假借本道相識,在屬邑招搖恣肆,變亂黑白,目藐三尺。而屬縣或不察來歷,傾身延接,致國憲不靈,官方不肅,民冤不伸，殊爲可恨。今功令森嚴，民生凋瘁，卽夙興夜寐，勤撫字而理紛糾，猶懼不給以煩刑書。若疲精耗神，以小民之脂膏，供刁棍之欺騙，恐此等不法之輩，實繁有徒。窺官長之易朦，遂連軸而至，能一一結納之乎？卽一絲一毫，何非出之民間，豈得輕視至此？本道肝膽如雪，自以爲可視天日，凡察吏課屬，惟以職業之修否，從不敢以私意爲喜怒。若違道干譽，竊所不取。合通行曉諭。爲此示仰所屬城市鄉民人等知悉：以後凡有假借本道名色招搖，希圖詐騙者，卽稟該縣鎖①拏押解本道，以憑盡法懲治。該縣亦當體諒本道眞心，事事如青天白日，勿爲魑魅所罔。卽此一節，足卜他日立朝梗楘。若徇庇縱容，是以本道之言爲不足信，便當據實呈究，以明己之無私。愼之！勿忽！

嚴禁加耗以速國課以安民生事

照得潼關屯地磽薄，又兼今春亢旱，二麥不登。新糧舊逋，一時並徵，民力艱苦已極。而該衛昏昧罔覺，以黠僕爲腹心，供蠹役之驅使，不畏功令之森嚴，不念民生之凋瘁，恣意加耗，希圖肥己。及輸納不前，復差鼉役沿屯催逼，需索無厭，致國課愈絀，民生愈困，殊爲可恨。除嚴加責懲外，合行曉諭。爲此示仰官吏、斗級、花戶人等知悉：自今以後，凡上納本色，俱要乾淨顆粒。斗級執斛，花戶執量，務期至公至平。折色俱要足色紋銀，花戶自封投櫃，各記姓名於封上。拆封時，掌印官會同兩千總，當堂驗對。如果銀不足色及短少絲毫者，許提花戶重究添補。如敢擅加絲毫火耗者，官以悖旨虐民揭叅，吏役立刻處死不恕。

飭修先賢遺蹟以重風教事

照得該縣城東三十里，有漢關西夫子之墓。自兵燹之後，饗堂傾圮，祭告無所，樵牧不禁，纍纍七塚，狐兔宅之。先賢遺蹟廢棄如此，亦有司之過也。爲

---

① “鎖”，《湯文正公全集》本誤作“銷”，據《三賢政書》本改。

此仰華陰縣官吏，卽速酌議應作何修整，申報本道，以憑捐俸發縣，共成盛舉。庶往哲丘壟不致泯滅，且使今日有操凛四知之君子，知百世之下猶有聞風而俎豆者，將益堅其氷蘗之心，而冥冥墮行者亦默生其愧悔之意，於以激勸人心，風示當世，誠非小補。勿得怠忽。愼之。速！速！

嚴禁城門事

照得城門之禁，所以詰奸宄，防暴亂，最宜謹愼。近閱邸報，見河南郾城縣之事，祇因門禁不嚴，操弓騎馬者，手持假票，公然入城，遂致大變。鑒戒烔然，豈可不爲警惕？況同華一帶，或路處衝繁，或城郭空虛，衝繁則過往必雜，空虛則提防宜固，誠不可不晝夜凛凛也。合行嚴飭。爲此仰州縣官吏，申諭守門兵役，嚴加盤詰。凡遇騎馬帶弓箭者，非有事本州縣，勿得擅令入城，宿歇必在關外。夜間尤當謹愼，切不得輕發鎖鑰，致滋不虞。甯無事過防，不可有事失備。愼之，愼之！

公舉殉難烈臣等事

看得疾風勁草，固忠臣所以報朝廷；而俎豆馨香，尤明王所以礪臣子。自皇清定鼎，褒崇節義，善無微而不彰，凡以激勸一代之士氣人心，非徒使既歿之幽魂凛凛生色於九原也。

據潼關衛廩學生員劉育民等公舉故明監軍道、按察司副使喬公遷高，潼關衛儒學教授許公嗣復，潼關衛指揮使張公爾猷。三公者，操凛氷雪，志扶綱常，平日惠民飭戎，明倫訓士，善政懿矩，稱述難盡。獨是逆闖猖獗，豫省蹂躪，長驅西來，所至瓦解。當斯時也，關門之雄師宵遁，大將之前旌披靡。而三公自矢孤忠，同殉大義，魂乘箕尾，氣壯河山。一代之臣節克全，千秋之英風如在，眞可以比肩顔段，並駕南雷矣！十餘年來，鄉國之俎豆未聞，朝廷之褒寵猶缺，斯地方有司之過也。

竊嘗流覽史册，蓋無不贊羨張、許守睢陽故事。然張、許守睢陽以障江淮，三公守潼關以障全秦,其志同也。及救援不至,而北面叩關,誓死孤城,其節又同也。然睢陽之守,張、許實爲專主,故羅雀掘鼠,而士無變志。潼關之事,握符者有人,秉麾者有人,三公事權不在也,然皆能從容就義,視死如歸,是非講明孔孟成仁取義之學者而能如是乎?至今青衿父老指其殉難之處,述其罵賊之詞,猶有嗚咽流涕者,而謂强勉者能之乎?

查喬公定襄人,許公井陘人,並仕於潼。張君雖生長於潼,然亦世職也。合無准並祀名宦,似於明倫教忠之典補益非細。事關從祀,爲貴道專司,相應移請。爲此合關前去,煩爲查照,再加確訪裁奪。

申嚴城守以重封疆事

照得城池爲有司第一重務,官民性命係於斯,倉庫錢糧係於斯。況該州縣城垣頹敝,房舍空虛,居民鮮少,若不嚴加防守,誠恐萬一姦宄窺伺,患生不測,深爲可慮。爲此仰州縣官吏,文到卽責令巡捕官役,會同駐防官兵,晝夜防範,城頭更鼓巡鑼,時常戒備,不得偷安怠玩,致滋不虞。愼之!愼之!文到卽具遵依報查。

再行諄飭防守以備不虞事

照得華州地方遼闊,南山北渭,姦宄易於藏匿,盜賊易於竊發。本道申飭防範,嚴督捕緝,眞舌敝筆禿矣。無奈積玩成風,如聾如瞶,緝拏杳無一獲,失事屢屢見告。縱盜殃民,深爲可恨。爲此示仰華州官吏、巡捕、防兵及各鄉保長、地方、堡頭人等知悉:當此隆冬,除城池照另牌事理遵行外,其各鄉堡寨,俱嚴飭堡頭、寨頭晝夜防備,更鼓巡鑼,達旦勿懈。如有强盜竊發,務要合力救援。每堡各置信炮一座,遇警卽放炮一聲。各堡聞炮接聯傳炮,防兵星速馳追務獲。一家有事,闔堡救之;一堡有事,各堡救之。百姓之心齊,則盜賊之勢孤。且夜靜傳礮,瞬息達於城內。若俟報至,然後發兵,賊已飽颺而去矣。如抗違不遵,一家失事,鄰佑不救護,堡頭、寨頭不傳信礮者,俱以通賊治罪。法在必行,決不輕恕。該房抄謄二百張,遍行曉諭,勿得違錯。

禁 約 事

照得禮儀,人生之大閑;儉約,居家之至寶。今習俗流弊已極,本道下車一載,三令五申,不啻筆禿舌敝。無奈愚頑之輩,勸諭不醒。豈無一二老成心知其非? 然俗尚已久,不能遽變。夫風俗紀綱,本道之職也。兹再舉兩端,頒示禁約。如仍不從,則有朝廷之三尺在,不敢相寬,其勿後悔。

一、鄉社報賽,祀有常典。乃里中好事少年,藉年例爲名,斂錢聚會,遂使父老不敢異。高搭棚臺,演搬雜劇,男女狎俏,街市擁擠。不但褻瀆神明,耗費財物,且盡賭者於斯,飲者於斯,甚至劫盜之徒聚謀引類亦於斯。而地方多事,率從此生。至於元宵盛造花燈煙火,尤爲無益。以後除鄉社土穀、祖先墳塋,遵依典禮,齋戒祭祀外,其演戲娛神,槩行禁止。違者,許鄉約、保正糾舉,從重懲處,收其會錢,糴穀備賑。

一、婚喪大事,自有文公《家禮》可以遵守。乃習俗薄惡,婚嫁不尚令德,專講財幣,已屢經禁飭。至於喪事厚死,主於哀戚,自衣衾棺槨之外,惟有朝夕哭奠、上食而已。近日有喪之家,親友搭臺演戲,殯葬綾羅收頭,女壻外甥飲酒懽呼,浮屠黃冠喧闐雜鬧,揭借錢財,專悅耳目。既使孝子忘哀作樂,自陷十惡之罪,又使盜賊乘機竊發,猝致意外之虞。如蒲城張生員家可爲鑒戒。今後如不遵禁約,仍然用娼優演戲,綾羅收頭,飲酒喧闐者,許鄉約、保正糾舉,以不孝論罪。

欽奉上諭事

上諭:"諭禮部:朕惟治天下必先正人心,正人心必先黜邪術。儒釋道三教並垂,皆使人爲善去惡,反邪歸正,遵王法而免禍患。此外乃有左道惑衆,如無爲、白蓮、聞香等教名色,起會結黨,夜聚曉散,小者貪圖財利,恣爲姦淫;大者招納亡命,希謀不軌。無知小民,被其引誘,迷罔顛狂,至死不悟。考歷往代,覆轍昭然,深可痛恨。向來屢行禁飭,不意餘風未殄,墮其邪術者,實繁有徒。京師輦轂重地,借口進香,張幟鳴鑼,男女雜揉,喧填衢巷,公然肆行無忌。若不立法嚴禁,必爲治道大蠹。雖倡首奸民罪皆自取,而愚蒙陷網罹辟,不無可憫。爾部大揭榜示,今後再有踵行邪教,仍前聚會、燒香、斂錢、號佛等事,在京着五城御史及地方官,在外着督撫按道有司等官設法緝拏,窮究奸狀,於定例外加等治罪。如或徇縱養亂,爾部即指參處治。特諭。欽此。欽遵傳諭。"

示仰所屬州縣衞所軍民人等知悉:各宜欽遵上諭內事理,恪行正道,謹守法紀,爲善去惡,共臻仁壽。若以前被人引誘,迷誤罔覺,宜蚤自改悔,反邪歸正。若堅執不悟,仍然踵行邪教,聚會燒香,斂錢號佛者,許鄉約、地方、甲長、鄰佑合詞舉首,立刻緝拏,窮究奸狀,比照定例,加等治罪。若鄉約人等互相容隱,或經本道訪出,或被旁人告發,一體連坐,決不輕恕。每月朔望,仍各赴該營官投遞有無左道甘結,用該州縣衞官印信齎道,以憑立案。如或徇縱養亂,定行申參。法在必行,慎勿忽視。

急救水災以拯殘黎事

照得秦地連歲亢旱,麥穀不登,煢民嗷嗷,室如懸罄。今歲兵餉急迫,民皆竭盡骨髓,以完國課。本道日夜私祝,惟望雨暘時若,以待麥穫,庶殘黎猶或少甦。不期甫交[①]初夏,月離畢宿,滂沱累旬。澗溪橫流,膏田爲沼,農夫浩嘆,士子悲涕,本道實切痌瘝。

昨按部行至該州縣,被災士庶擁馬首而陳詞,言該州東西羅汶、沙河諸水,該[②]縣華山、九峪水口,或流下淤塞,或隄岸潰敗。山水一時暴漲,被淹者數十餘村。芃芃麥豆,盡付汪洋。本道目擊心慘,已面諭官吏及時督工修濬矣。誠恐強梗不法之徒,借端阻撓,致衆心惶惑,績用不成,大爲不便,合發示曉諭。爲此示仰華州、華陰縣軍民人等知悉:各宜齊心協力,相機修理。隄堰應築塞

---

① "交",《湯文正公全集》本誤作"下",據《三賢政書》本改。

② "該",《湯文正公全集》本脫,據《三賢政書》本補。

者築塞,河道應疏濬者疏濬,務要刻期興工,勒限報完,毋得因循觀望,自貽後悔。如有姦宄之輩挾私阻撓,奸避夫役不聽官長約束,不顧衆民生死,許被災士民卽馳赴本道衙門,擊鼓喊稟,以憑提拏重究,枷示不貸。

築修舊河除民大害事

案照先據該州申前事,已經批令會集鄉紳士民從公商酌,仍移文同州會議妥確詳報去後。乃延半載,未見如何會議,如何舉行。值今大雨滂沱,河水泛漲,潯沒民田,不可勝計。該州爲民父母,甯能漠然處此?昨本道經臨該州,被災士民,遮道泣訴。因循之罪,應有所歸。本應提究經承,姑且嚴催。爲此仰州官吏查照,作速督工,應修築者修築,應疏濬者疏濬。仍專委佐貳官一員躬親料理,務要勒限報完,具文申道查考。如再仍前延緩,定行提究經承不貸。

再行嚴禁邪教以正風俗以遏亂源事

照得左道之禁,特奉上諭嚴飭。本道遵奉部文,已不啻三令五申矣。今訪得境內仍有不法奸民踵習邪教,煽惑鄉愚,自稱經主居士,男女促膝淫穢,等於禽獸;里黨成羣招集,眞若嘯聚。愚民誤墜其術,迷罔顚倒,至死不悟。以此徧境成風,牢不可破。而有司因循玩愒,不肯以正風俗、靖地方爲急,任憑蚩氓無禮無法,罔知有廉恥畏憚,止每月朦朧具結,遂了奉行之事。萬一此輩結連日久,一旦釀成禍亂,如平山、洧川故轍,不知地方官何以自解乎?

本道秉憲一方,以扶正驅邪爲己任,務必設法擒緝,靖其根株,永絶亂萌。恐該州縣仍襲往套,一味優柔,悖嚴綸而養禍亂,殊爲不便。爲此仰州縣官吏,文到照牌內事理,大書告示,遍貼城市鄉村,使曉然知正之爲正,邪之爲邪,各親其親,各長其長,秀者安於詩書,樸者安於耕鑿,勿得踵習無爲、白蓮、大乘、聞香諸教,自干憲典。如執迷不悟,卽嚴行緝拏,申解本道,以憑窮究奸狀,明正典刑。如該州縣漫無稽察,本道另有訪聞,或經人告發,定指名揭報參處。

總之,此輩煽惑之術最詭,愚民迷錮日深,鄉約、地方多其黨類,方傾心信服，誰肯輕易舉首？若非該州縣設法體訪，痛加懲創，則邪教無日可息，風俗無日可正，變亂無日可止。關係世道人心，地方安危，實非淺鮮。慎之！慎之！

文到，具遵依併發過告示張數及村堡地名、每月結狀，併書解散過邪教姓名，以憑查考。勿得違錯。

行查均平里甲事

照得本道三月內按臨該縣，鄉紳士民公以均平里甲爲懇，已經面飭速行均平去後。至今一月，曾否舉行？此事久奉明綸，又兼以民間偏苦已極，該縣爲民父母，豈容避辭勞怨、漠不關心？合行查催。爲此仰朝邑縣官吏，卽將該縣里甲矢公矢慎，速行均平，務使大小適均，苦樂無偏。事完造簡明冊，報道查考。勿得遲違不便。

申飭恪遵恩詔事

照得皇仁浩蕩，恩詔屢頒，天下臣民，皆當遵守。近見各屬呈問事件內，有應赦免者，竟不援引，殊非奉行之體。合行嚴飭。爲此示仰廳州官吏，卽轉嚴飭道屬州縣，凡奉本道赦前批發過一切詞訟，盡數查出。除十惡大逆等罪不應援赦者，照常審理，速行招解，以憑轉報外，其餘俱限文到日盡行繳銷，一槩不許追究。其在赦後批發詞狀，或事果在赦前者，審問旣明，卽援赦速具由申報，以憑查銷。如再故違，除提究經承外，仍以悖詔呈參不恕。

申嚴河防以固封守事

照得黃河襟帶三秦，潼關以北，龍門以南，在在險要。近閱邸報，晉中盜賊猖獗，剿捕方亟。恐不軌之徒，乘間渡河，蔓延地方，爲患非細。合行嚴飭防守。爲此仰各縣衛官吏，照票事理，嚴督巡捕官役及大慶關巡檢，併移會駐防官兵，晝夜隄防。凡過往之人及攜帶弓矢、馬匹者，必須細細根究，驗明引票，方許過渡。若蹤跡稍有可疑,即稟明該縣,審究詳確,申解本道。勿得朦朧疎誤,貽害地方,大爲不便。慎之。

再行嚴禁私販茶馬事

照得茶馬關邊疆重務,嚴緝私販,不啻三令五申。誠恐法久生玩,合再嚴飭。爲此仰潼關衞巡捕千總侯旬,即督率兵快人等,務要晝夜盤查。凡關城內外河濱、禁溝等處,遇馬販茶徒但無部單引票者,無論係何衙門差遣,係何營兵丁,俱即刻擒拏申報。如敢藐視法紀,受賄徇縱,令匹馬封茶暗渡津關者,本道一有訪聞,定轉報參拏,按律重懲,決不輕貸。文到具遵依外,仍備抄出示,遍行曉諭,咸使聞知。

嚴飭塘報賊情以便勦捕事

照得弭盜安民,地方官第一急務。近來所屬州縣率視爲緩圖,漠不關心。平日防範之法既疎,事後緝捕之術又急。更且遲延不報,三日後簽押,照尋常公文入鋪司投遞,五六日方到關門,十數日方達省城者。如此玩盜殃民,殊爲可異。今閱邸報,見宣督盧一本"爲汛地被賊"一疏,奉旨最爲嚴切。恐各屬仍前急緩,自干重譴,故特酌定限期,共爲遵守。爲此仰廳州縣官吏,查照後開塘報日期,如遇盜賊生發,一面照本道屢次申飭事理,星速緝捕,一面刻速差精健馬夫飛報本道,以憑發兵勦捕。報內併書時刻及經承、馬夫姓名,如馬夫遲誤時刻者罪在馬夫,簽押遲誤時刻者罪在經承。若隱匿不報者,訪出定指名揭報。功令森嚴,勿貽後悔。

軍民異籍約束難聯預鳴專飭以便協力防守事

據同州申。據此,爲照各州縣衞所,有壤地犬牙相錯者,應聽附近州縣一體譏察,協力防守。此本道下車時於申嚴保甲之法牌中已詳言之矣,何潼民悍然不遵也？除據詳批行該州外，合行嚴飭。爲此仰廳官吏查照來文内事理，一面嚴行潼關衛申飭各屯軍戶，坐落某州縣境内，應聽某州縣一體譏察，協力協禦①；仍行各州縣，凡衛屯坐落該州縣境内者，勿分州縣衛籍，一體約束。若敢借口隔屬，規避掣肘，不服稽②察，失事不互相救者，卽據實申報本道，以憑拏究懲處。如該州縣借口軍屯推諉，漫不查考，使奸宄潛跡，貽害地方者，事發一併揭報題參。法在必行，決不輕貸。仍令各具遵依報道查考。

公舉純孝精忠乞祀鄉賢以光大典事

看得同州前朝鄉宦太僕寺卿管永平道事加都察院右副都御史張公諱春者，性生忠孝，身荷綱常，筮仕堂邑，弭盜賑饑，戴生成者萬戶；建節永平，撫軍拒闉，頌德威者千家。居喪廢《蓼莪》之篇，抗表繼《出師》之志。問其節槩，實自處於孝肅、清獻之間；而考其生平，復共尊爲常山、睢陽之配。澤流山左，旣俎豆於黌宮；德著關西，宜馨香乎梓里。

再嚴保甲之法以安民生以靖地方事

照得緝奸詰暴，莫善於保甲。此法本非難行。本道三令五申，口欲破矣，呼籲心力已交窮矣，乃誨之諄諄，而聽之藐藐。本道不知何故也。

夫盜賊雖甚狡頑，彼能不與人同里而居、朝夕相見乎？其生理經營，里人甯不聞乎？所與交遊，面貌里人甯不識乎？縱令孤莊破窰，豈無親戚朋友之往來，其行藏能盡塗人之耳目乎？或平日飲酒、宿娼、賭博者，遊手好閒③而乍貧乍富者，夜去明來、潛出潛歸者，往來面生可疑者，神色恍惚、蹤跡詭祕、言語支吾者，所得非其所有而不知所從來者，聞盜犯而攜家以逃者，來路不明而潛寄菴觀酒肆者，朝傭工於此而暮竄身於彼者。此等之人，言動不同，狀貌自別。

① “協禦”，《三賢政書》本作“防守”。
② “稽”，《三賢政書》本作“譏”。
③ “閒”，《湯文正公全集》本誤作“間”，據《三賢政書》本改。

蓋誰爲盜,誰不爲盜,里人辨若黑白,日躡足附耳談之矣。

可恨者,有司不嚴保甲耳!惟有司不嚴保甲而盜賊敢公行,惟有司不嚴保甲而盜賊有淵藪,惟有司不嚴保甲而被劫無聲援,惟有司不嚴保甲而眞盜不敢舉。及至劫掠屢聞,捕官視爲故常,防兵忙若不知。上臺督責日嚴,始專靠快壯取無贓無証、影響疑似之人,嚴刑以定招案,深文以成大辟,殺無辜之人爲應捕免比較,爲經承了前件。冥冥之中,卷案不爽,能不爲之寒心乎?言念及此,怠荒之吏,眞難容於堯舜之世矣!

爲此仰州縣官吏,查照本道節次申飭事理,逐一恪遵,驅淫賭之徒,逐流來之戶,愼保長之選,練鄉甲之兵,重捕獲之賞,寬首盜之令,緝窩盜之主,密僻遠之防,嚴盤詰之法,責救護之疎,申傳警之令,明夜巡之約,實實舉行,勿事虛文。

自今以後,本道專以保甲之舉否,定有司之殿最。地方甯謐者,特揭請薦;地方失事者,立刻揭參。山西翼城、絳①縣革職拏解來京者,皆州縣官也。勿曰緝盜安民無關職掌,自誤功名身家。愼之,愼之!

褒舉異節乞請旌表以勵風化事

據該縣申,已故監生党廷彥妻張氏,截髮茹茶,丸熊訓子,簾邃冰清,始終無替,亟請旌表緣由到道。除批行西安府確查具結,以憑轉報外,合先給扁優獎。爲此仰縣官吏卽置木扁一面,務要堅潤精緻,上書“節比松筠”四字,用顏柳字體,前列本道銜名,迎送本婦門首懸掛。事完,開價報道發補。勿誤。

停止詞訟事

照得恩詔宏頒,普天同慶。凡有小過,咸與維新。一切詞訟,合暫停止。

---

① “絳”,《湯文正公全集》本誤作“降”,據《三賢政書》本改。

爲此示仰軍民人等知悉：各①宜仰體皇慈，解忿息爭。況今時令在木，農功伊始，本道方飭令州縣循行郊野，勸課農桑，分別勤惰，薄示賞罰。爾等皆當盡力耕耨，廣植桑麻，速完國課，以供軍需。勿得紛紛瀆擾，自干詔令也。

驛傳分協應差事

看得驛傳道議定四屬分協應差，原因舊例。但昔日錢糧俱在四屬，而今錢糧已歸華陰，本道前詳已言之矣。今事既責之四屬，則站銀似應撥囘，庶免往返支領之勞。但關門枕山帶河，地土鮮少，卽豐稔之年，草豆價值常倍他邑。四州縣既有額設站銀，或酌量多寡，買備草豆，赴關供給。仍令驛官司其喂養，該廳司其稽察。職掌各自分明，里民有何干涉？廉養棟等之控，未免畏累心迫，而不知此責在官，非以累民，驛傳道詳中已言之彰彰也。

查此事原因今歲荒歉，馬斃夫逃，故奉憲批查議。但不知倒斃馬匹曾否開報，應作何買補？自今以後，站銀不交付驛官，而四州縣額設錢糧多寡不等，買補之法，如何均平無弊？緣驛遞爲驛傳道專司，從來上傳部行有關郵政者及衝僻等冊錢糧股項，本道俱無案可查，不便懸空妄議。仍祈憲臺批行驛傳道，再細細確查，詳議明白，申飭該廳州縣，使遵奉畫一之法，庶不至推諉誤事而殘驛永甦矣。

頒發格言戒諭事

蒙撫治鄖陽軍門頒發功過格，禁殺牛犬，戒諭到道。除卽轉發商洛州縣遵依外，合廣行頒發。爲此仰州縣官吏，查照發去功過格刑戒，恭置座隅，朝夕省覽。日中所行事，或功或過，纖悉必記。勿以善小而不爲，勿以惡小而爲之。則催科聽訟，皆可坐證菩提。禁殺牛犬，戒諭遍貼通衢。今農務方興，宰殺耕牛，尤當嚴禁。嗚呼！牛犬猶不宜殺，況爲民父母者，不論眞僞，不分老幼，不

---

① "各"，《三賢政書》本作"務"。

擇婦女，一槩箠楚監禁，冤苦無所告訴，經月不得甯家，致農桑盡廢，性命殉之，其罪更當何如？愼之！愼之！勿負上臺告誡之意，本道諄諄丁甯之心。

申明農政以重本務事

照得本道欽奉勑諭，有勸課墾種之責，必令里無遊民，野無曠土，方不負委任之意。今當春和，農工伊始，恐各屬勸相不力，令惰農之民待命於天而負天時，責成於地而餘地力，稼穡不興，草萊如故，本道亦有曠官之懼。爲此示仰州縣官吏，卽曉諭境内軍民人等，趁時耕種，開墾荒土者，三年後方准起科。仍照後款内事宜，實圖舉行，勿以虚文塞責。本道將以農政之修否，爲有司之殿最。各宜恪遵，勿隳乃職。

一、守令專司牧民，宜倣古省耕之法，不時巡行郊野，躬親勸課。其糞多力勤、田禾暢茂者，酌量賞以酒紅。荒穢不治者，撲戒之。仍多方勸戒，務令鼓舞興作。曾孫嘗旨田畯教鎛，古人未嘗以爲勞也。

一、倣會典開載勸督農桑之法，鄉約點查，有懶惰不起者，記過。遇印官巡行到時，稟報定奪。但不許借端生事，以滋騷擾。

一、田中有木，古人所禁。除膏腴之田不可種樹，惟於界畔栽植外，至於薄地、鹼地，不生五穀，然土各有所宜，利在人興。沙薄者一尺之下常溼，斥鹵者一尺之下不鹹。可掘尺五，拽栽榆柳，以備材用。水澤可種蒲葦芰荷，可畜鵝鴨。山地可種柿棗梨栗。要令地無不興之利，里無不勤之民，自然比戸充盈矣。

一、民不植桑，何以飼蠶？莊園場圃，牆下道傍，俱宜廣種桑樹。有種桑百株以上者，酌量優賞；二百株以上者，報道奬勵。仍出示責令所屬軍民，五月半畦桑椹，六月半壓桑條，先期諭以親查。正當栽種時，印官不時帶二三人下鄉掣驗果否全活，不奉令者責。

一、野蔬木實，皆可救荒。如榆柳可食之物，藜藿可食之菜，豐年正宜多積。古人以百畝之家蔬果取足於市者，里正報罰。宋周沔爲郡，課蓄乾菜，所積數萬。復遇凶歲，民不流亡。近代同州一前輩爲令時，亦行此有效，可倣其意而行之。

一、聖賢言政，必及雞豚狗彘之畜。近日民間皆知生息，但防閑不愼，致傷田禾，鄉里深以爲害。今後生畜聽民多養，除偶然走失一次，情有可恕，但有縱放六畜傷人苗稼者，除照律追賠外，仍重責枷號。

一、三時之務，一日千金。故古人興作，必於農隙，且家不過一人，役不過三日，誠重之也。今當耕耘之時，凡不急土木，一切報罷；詞訟槩從停減，卽有勾攝，隨到隨結，不得淹留監禁，致廢農業；上司過往，亦不許催促鄉兵道傍迎送。至於民間釀飲賭博，斂錢結會，打醮進香，實召亂耗財之一大蠹，尤當嚴禁。游食僧道、娼優劇戲，皆三代之世所無，俱當驅逐。

總期人民樂業自然，禮讓興行，獄訟衰息，盜賊甯謐。故曰民事不可緩也，愼勿謂小人之事無關治體可耳。

禁　約　事

照得五嶽四瀆，神位尊崇，原非庶民所得瀆奉。華山爲雍州之望，每年會期，進香之人傾動數省，男女雜糅，旌旛蔽空，鳴鑼號佛，聲徹遠邇。甚至昏夜攀巖捫嶺，爭競恐後。一有失足，殞岸墮澗者，累累皆是。褻神明而輕軀命，莫此爲甚。今地方多事，且恐奸宄潛雜其中，釀生事端，貽害地方，所關非細。況結會進香，奉上諭嚴飭，法令森嚴，豈得借口往例，不爲禁止？爲此示仰各屬軍民人等知悉：但當保存天理，恪守王法，神目孔明，自蒙鑒佑，不必涉險履危，紛紛褻瀆。如以爲雨暘祈報，義不可止，卽赴該管州縣討印信路引，至華陰縣掛號，方准前來。亦但許在廟內叩頭，遠者莎蘿坪而止。併不許鳴鑼張旛，震驚閭里。至於婦女，無論老幼，槩不准擅給路引。如有來歷不明，該縣查審，明確申報，以憑重處。勿得輕縱。

嚴催拖欠錢糧以濟軍需事

照得錢糧關軍國急需，刻難容緩。該衛錢糧拖欠最多，嚴檄催督，抗玩如故。念今兵餉孔亟、匱乏日甚之時，朝廷猶軫念黎民，八、九兩年拖欠在民者奉詔蠲免矣，近十、十一兩年又奉詔豁免矣。朝廷子惠烝黎，恩德浩蕩，至於如此。凡我臣民，豈可自甘頑梗，仰負天恩？

前兩年災旱頻仍，麥穀未穫，非敢自怠國課，實由力不能給。本道具悉百姓苦衷。今歲上賴朝廷福澤，二麥豐登。若再以抗玩爲得計，是爾百姓自昧於踐土食毛之義。本道秉持三尺，便當痛繩以法，決不敢稍從寬假，自墮職業。爲此仰衞官吏，照依牌內事理，多寫告示，張掛通衢。仍遍諭各屯人等，於二麥收穫之後，各照名下應納本折錢糧，盡數赴衞上納。如堅抗不完及拖欠最多者，卽指名申報本道，以憑重處，仍解院嚴懲。該衞亦當思催督兵餉第一要務，愼勿怠玩，自取罪戾。

商洛中軍請募補標兵事

看得商洛萬山叢錯，壤連楚豫。昔年杆賊爲虐，殘毀最甚，彌望蒿萊，人煙稀少。防守偵探，時時難容疏忽。兼以密邇竹溪、房縣，正值義王歸順，郝逆驚惶靡定，有北逃華山之信，則商洛一帶，尤爲目前第一要地。且其地西通興、漢，入川逃兵，恐潛匿於叢嶺疊嶂之中，搜捕良非容易。此萬難與不要緊地方同日而論也。況額設兵原止三百，又皆步兵，併無一馬，此卽足額猶慮不足應用，而自奉部文以後，裁汰者未敢擅補。若不亟請憲示，速爲召募，恐營伍愈見單弱，甚非所以固疆圉而弭變亂也。旣經中軍官呈詳前來，相應呈請。伏祈憲臺俯念殘疆用兵正殷，營伍單弱可慮，將缺額准令募補。以後營中再有老弱疾病不堪捍禦者，不時裁汰更換，務令兵皆精強，庶巖疆有賴，而於核兵節餉之意兩得之矣。

衝關用兵正殷缺額可否募補希賜轉詳以便遵守事

據潼關營參將劉手本，爲照各營缺額兵馬，前奉部院明文，非係邊疆要地者，暫停添補，遵行在案。但查潼關一營處三秦門戶，路通數省，無論地勢險要控制晉豫，兵力單弱無以壯金湯而弭姦暴，且各省協餉必由關門，差使絡繹往來，護送日無甯晷，非僻緩者可同例而論也。

查該營經制額兵數止一千，除先奉文抽調各處駐防及新奉調貼防並要地安塘以及缺額未補者，存關之兵止四百有奇耳。不惟戰守單弱，巖疆可慮，恐遇緊要差遣，亦難分身四應。況前奉部文，原查係不緊要地方者暫停添補，非一槩不准添補也。特未經請明憲示，故凡裁汰兵丁，俱未敢擅補。今准該營移請前來，相應呈請。伏乞部院俯念衝關重地，留兵無幾，或將缺額兵丁准令該營陸續募補，以資戰守。其後營中如有老幼疾病者，不時嚴加裁革，即另選精健者充補，必使一兵足一兵之用，庶巖疆有賴而於廟堂核兵節餉之意亦無負矣。緣係兵馬地方事宜，統候憲裁。

衝關差使如織越境長途極苦
希詳照界安塘以專責任以保無虞事

據潼關營手本，看得潼關額設兵馬一千，前改撥神道嶺營二百，又分汛華州青岡坪二百、澄城縣五十，今歲又調防川兵七十，見在關者止四百八十名耳。除步兵外，馬兵止一百二十六名，可謂寡矣。而地處川陝門戶，輪蹄交錯，頒齎詔勅者，護送餉鞘者，搬移滿洲家口者，起解逃人者，種種絡繹不絕。每次用兵，多者百餘名，少者數十名，西抵渭南，北送蒲州，未有休息之時。獨是東往河南一路，直達洛陽，往返千餘里，動須十餘日。而十餘日之內緊要差使又不知凡幾矣。一差方發，一差又至。年來草豆騰湧，馬皆枵腹，奔馳倒斃，相望於路，言之實堪憫惻[①]。且張茅、峽石一帶，號稱險阻，人煙寥落。詔勅以及逃人等事，俱關係重大，越境五百里而代人應役，倘有踈虞，誰任其咎？此該營之所以不禁大聲呼籲也。合無祈請憲臺憫念衝關兵寡差繁，移咨豫中各部院，檄行河南守道，分撥營兵，駐防於陝西、靈寶之間，接替一應公差，庶免越境遠涉，且各有專責，而重務不致貽誤矣。不特此也，設兵原爲固圉靖亂，非專爲護送差使計也。今寥寥馬兵，終日往來豫境，竟無駐關之時，萬一關內偶有草竊，刻須

① “惻”，《湯文正公全集》本誤作“側”，據《三賢政書》本改。

發遣,而兵方奔走於伊洛崤澠之間,是地方養兵而不得兵之用,豈設兵之本意乎? 本道遵奉憲檄,申明紀律,加意操練,務求兵精馬壯,以固金湯。而目擊該營情形如此,故不敢不冒昧申請而仰冀憲恩也。既經該營移會前來,相應呈請。伏候憲裁。

申飭清獄事

照得時方盛暑,淫熱煩蒸,囹圄之中,慘苦倍甚。念此一切囚犯,有情可矜疑、駁批覆讞者,有黨羽實繁、差拘待詢①者,有波累株連、疑信相半、遽難輕釋者,有異鄉盜夥、遠核虛實者,寄命圜扉,呻吟痛楚,殊爲可念。本道政刑之不修,不能使草長羅張,冀望其明冤緩死。爲此仰廳官吏轉飭所屬州衛、州縣官吏,照牌內事理,即便親詣各監,查現在重犯實有若干名,每日口糧若干,足延喘息否,夜臥有無薦板,牆壁有無修築,污穢有無滌除,禁卒有無淩虐,疾病有無醫療,輕犯有無濫禁,贖鍰有無監追,事在赦前、應寬釋者有無淹滯不爲申請,有無濫囚婦女,佐貳官有無擅監人犯,一一查明,據實逐款回報。仍嚴飭獄中禁子多燃蒼术,貯涼水,以防瘟疫傳染。如漫不加意,視人命如草菅,本道體訪得出,或被人告發,定轉報各院,靜聽裁奪,恐不能自邀寬典也。慎之。速! 速!

經過兵丁不許入城已奉嚴旨申飭諄諭士民
速進城修築房舍以固封守以奠民生事

照得潼關城內昔年棟宇連雲,自兵燹以後,廬舍灰燼。兼以大兵經臨,進城歇宿,供應煩難,肆行無忌。因此,士民心懷疑懼,以堡寨爲安。城內房屋,任其傾圮,一望之中,惟見頹垣破壁而已。向因盜賊失事,多係遠鄉村堡,已屢諭修築城舍。近閱邸報,見兵部覆京畿道一本內議:"以後各該將領統兵防

---

① "詢",《三賢政書》本作"訊"。

勤，經過府州縣衞城，俱在城外駐宿，糧草運出城外支領。如有貿易事故，須稟明本將，移會地方官，量遣數人入城，公平購買，隨完隨出。如有違禁借端擾民者，該府州縣衞官申報督撫按題參重處。府州縣衞官容隱不報者，一併參處。仍刊刻木榜，通行曉諭，永著爲令。奉旨：'依議，通行申飭。欽遵。'"煌煌明綸，誰敢不遵？凡我百姓，豈可遺棄城業，自甘荒郊？爲此示仰潼關士民人等知悉：凡城內空房，皆爾祖宗辛苦構造，以遺爾子若孫，使有所託足，安忍終棄？況城內居住，可以衞朝廷之封守，可以免盜賊之窺伺，可永無兵丁之騷擾。如堅持成見，自甘廢毀，甚之拆取椽瓦，以資販賣者，印官申報本道，以憑重處。若日後兵丁不遵法紀，進城騷擾，本道定力請參，決不相負。

嚴禁行使低假銀色事

　　照得造做假銀，屢奉嚴禁，不意奸徒恬不知畏。關中連年荒歉，窮民病於穀貴。今歲麥禾稍登，農民又病於穀賤。小民終歲勤動，因國課急迫，負戴升合，入市求售，又值神奸將低假銀兩巧爲誘騙。愚夫愚婦，驟墮其術，號天震地，計無復之。興言及此，良堪痛恨！至於低下銀色，雖不若僞造者全無可用，然行使艱難，虧折不少。凡此刻薄錢虜，希圖自己便宜，不顧窮民生死，天理王法，皆難輕貸。合再行嚴禁。爲此示仰所屬軍民人等知悉：以後市肆交易，俱用紋銀、制錢。敢有仍前做造低假銀色及知情行使者，聽被害人指名訐告，或牙行據實舉首，定盡法懲處。如牙行通同阿隱，事發一體連坐。今低下銀色處處有之，至於朝邑之趙渡鎮、韓城之芝川鎮、蒲城之興市鎮等處，尤爲神奸造作假銀之藪。該管官仍當加意禁飭，訪確連人拏解本道，以憑重究。勿得姑息縱容，貽害良民，自干罪戾。

示　諭　事

　　照得賭博爲盜賊之源。新奉聖旨，嚴定條例："賭博正犯，杖一百，徒三年。開立賭場之人，杖一百，流三千里。如兩鄰人等知而不舉者，責四十板。"煌煌新例，遵行在案。爲此仰營標中軍及該衛印捕官，卽傳示兵民人等，共爲遵守。如有開場賭博者，兩鄰速行擧首免罪，仍重賞示勸。開場賭博之人，照新例處分。如通同容隱，被官拏獲，開場賭博及兩鄰人等，一併照例嚴懲。若中軍、印捕等官不行嚴拏，被人告發，係兵罪在中軍，係民罪在印捕。中軍、印捕官，仍每月各具兵民有無賭博甘結，投道查考，俱勿違錯。

盜賊橫行捕務日弛急圖振勵期觀盜息民安之効事

照得嚴保甲、防盜賊，爲地方官第一急務。本道蒞任兩載，申飭不啻數十餘次。近日各屬强竊屢見，緝捕無聞。本道大聲疾呼，終然如聾如瞶。兵快專司捕盜，今且通夥分臟，透信賄放，而妄拏平人，肆行嚇詐，本道不知咎將誰歸也。合行嚴飭。爲此仰州縣官吏，查照文內事理，卽加意嚴保甲，詰奸宄。沿鄉各堡寨，責令堡長、寨頭晝夜隄防，更鼓巡鑼，達旦勿懈。集鎮四頭，各立柵欄，地方司其啓閉。勿令客商攜資夜行，致冒不測。總要無事互相稽察，有事互相救護，照本道節次牌票申飭事款，一一遵行。仍挑選膽勇捕快人等，各備器械，時常操演，不時於四境荒僻地方巡邏哨探，或扮作諸色人等，分頭譏察訪緝，務得眞正窩家蹤跡。但不得鋪張聲色，借端騷擾。如遇有竊發聲息，卽電追颷馳，必期當下擒獲，勿使各盜出境遠遁。如敢隱匿欺飾，養癰貽患，及縱容捕快誣良民而放眞盜，法紀俱在，本道決不徇庇，以自溺督責之任。愼之！

祈　晴　事

邇來秋雨連綿，谿流暴漲，禾黍不得登場，麥田難以播種。哀哀我民，何堪如此災厲也？今本道閉閣思過，冀消變異，仍於次日黎明，赴城隍廟祈晴。官吏、師生人等，至期隨班行禮，勿得有誤。

諭各行戶知悉事

照得本道蒞任以來，日用蔬菜及布疋等物，俱發市價紋銀，當堂給散，爾行戶所共知者。但恐本道公出，不能當堂給散，買辦仍用行使銀色及扣除短少，致煢煢行戶虧折資本，敢怒而不敢言者有之。今已革除行戶及買辦名色，俱先發紋銀，著健役輪班平買。敢有執持行使低銀，口稱本道買辦者，卽跪門喊稟，以憑盡法懲處不貸。

申明主僕之分以正頹風事

竊照大清律內，凡奴婢告家長者，與子、卑、幼罪同，杖一百，徒三年，但誣告者絞；凡奴婢毆家長者皆斬，殺家長者皆淩遲處死，過失殺者絞，傷者杖一百，流三千里。主僕之分，其嚴如此。秦地自變亂以後，法紀陵夷，豪奴悍婢訟主毆主者，累累見告。甚至投充兵丁，招引無藉兇棍，肆行索詐，騙主之財，毆打鎖綁，目無天日，聞之令人髮豎。俱依律究治外，合再出示曉諭。為此示仰州縣衛紳衿士民家僕知悉：以後當念家長名分最尊，但告卽不誣亦當徒杖，但毆卽無傷亦當大辟。法令森嚴，凜凜遵奉，勿得故違。如有犯者，本道秉持國憲，不能稍從寬典，其無後悔。

再行嚴禁賭博以杜亂萌事

照得賭博者，破家之根本，盜賊之淵①藪。屢經嚴禁，不啻三令五申，奸民竟不遵依，不士不農，不工不商，專以賭博為事。聚一般惡少酗酒呼盧，窮日徹夜，開場抽頭，放梢②磊利，以致傾家敗產，為非作盜，深可痛恨。為此示仰該

---

① "淵"，《湯文正公全集》本誤作"源"，據《三賢政書》本改。

② "梢"，《三賢政書》本作"稍"。

州縣衛城市、堡鎮軍民人等知悉：各宜恪遵法禁，安分守己。如仍前不悛，恣意賭博，及聚衆十人以上飲酒至二鼓以後者，巡捕員役卽行鎖拏，照律究擬外，仍重責枷號。鄉約、地方人等舉首者，將所賭之物盡數充賞；容隱者，事犯一體連坐。如不肖劣衿及豪強、兵丁、衙蠹、鄉保不敢首，兵快不敢問者，印官不時察訪。如果得實，指名申報本道，以憑重處不貸。

申　飭　事

照得馬政關係最重，凡陞任、囘籍官員騎馬過關，非奉茶院號票，不得私度，嚴飭不啻再三矣。近日巡捕官役盤詰疏忽，致蒙院檄屢查。及行該廳究問，有囘稱遵奉前院木榜，入關馬匹曾登記號簿者，稱高腳馱騾，並無夾帶馬匹者。但入關馬匹未經預報，出關無馬亦未申聞。及行查之後，捕官怵於功令，朦朧囘報。是否眞情？有何的據？近見臬司袁、李相繼東行，至今未見該廳呈繳院票，不知何故。若不預先查明報院，致憲檄迅發，殊爲不便。合行嚴查，併行申飭。爲此仰廳官吏照牌內事理，卽查臬司袁、李出關曾否請有本院號票，有無騎從馬匹。如有號票，卽速繳道，以憑轉報；如無馬匹，亦具文從實報道，以憑轉報。以後凡遇入關官員騎有長馬，一面登記號簿，一面具文開列數目、毛齒，報院存案。至於出關官員騎帶馬匹，查有院掛發號票，照例驗明，馬數相符，方許放關，留票繳查；如有額外夾帶私馬，卽羈報院候奪外，若無請發號票，或係入關原騎長馬，登記有簿，毛片、口齒一一皆合者，或係騾驢車輿，並無夾帶馬匹者，俱要一一盤查明白，備述緣由，併取捕官、兵役盤詰無獎甘結，申道轉院裁奪。勿待奉查，方草草囘報。

該廳身膺重寄，籌畫有素。是否可行，或尚有未盡事宜，有益馬政者，詳議妥確呈報，以憑請示遵行。

摘催頑戶速完屯糧以濟軍需事

據潼關衛申報節年積欠糧銀花戶姓名冊。照該衛屯糧，關係軍需，考成之法,嚴切已極。不意竟有刁頑花戶,歷年不曾封納分毫,專以抗逋國賦。官吏不敢究問,屯老不敢追呼。此等之民,幾同化外,目中尚知有三尺乎?若不摘出姓名,勒限督比,是良善之民不免催科之擾,而頑猾之戶得遂刁奸之計也。合行出示曉諭。爲此仰闔衛軍民人等知悉:今麥穀豐登,開徵已久。除已前完糧累年不欠者,准照常徵收外,其十一年以前積欠幸邀恩詔蠲免,而十二年以後錢糧仍未完納者,俱勒限於本月二十日必要照數通完。如仍前堅抗不遵,卽著該衛差役拏解本道,以憑重懲。仍指名報院,嚴處不貸。

嚴剔衛役抗糧之弊事

照得屯糧關係軍需,嚴檄催督,拖欠如故。良由勢豪積蠹藐①視國法,屯老不敢追呼,糧頭不敢開報,以致官受參罰,吏受責比,深可痛恨。但該衛爲本道駐劄之地,官快人等多係該衛屯民,雖本道三令五申,不許怠緩國課,恐其中有奸頑之徒,以戒諭爲故事,仍然抗逋稽遲。該衛曲爲掩護,不肯指名申報,本道何由嚴懲? 今欲釐剔頑戶之弊,當先自本道衙門爲始。合行禁飭。爲此仰衛官吏查照票內事理,卽將本道現在書吏、官快各色人等,逐名嚴查其名下錢糧有無拖欠,備細造冊,限日內報道,以憑查核。如該衛代爲容隱朦溷,不肯從實查報,本道設法訪出,定治該衛以徇隱之罪。愼之。速! 速!

乞預嚴飭以便稽查以靖地方事

據華陰縣申稱,華邑東有岳廟,南有華山等情。據此,合行嚴飭。爲此仰廳官吏查照該縣申詳事理,卽便轉飭潼、商所屬州縣,張示鄉村鎮堡,如有朝謁華山者,各赴該管州縣討發路引,方許前來。仍飭該縣嚴爲稽察,不得縱容奸

---

① "藐",《湯文正公全集》本脫,據《三賢政書》本補。

究,致生事端。如無票引,即係來歷不明,便當法究,毋得輕恕。

禁　約　事

照得委官名色,本道屢經禁飭。今訪得有管鳴珂爲該衛拘喚,伺候過往上司,何得擅稱衛委官,公然列之門牌,登之簿籍,招搖鄉里? 殊可詫異! 除已薄懲,仍嚴令該衛改正外,合通行曉諭。爲此示仰軍民人等知悉:自示之後,敢有擅稱委官,招搖鄉里者,即扭稟本道,以憑重究,決不輕貸。

嚴飭茶馬之禁事

照得茶馬關邊疆重務,屢奉院檄嚴飭,如雷如霆。而所司官役竟若罔聞,一味徇縱,成何法紀。合行嚴飭。爲此仰廳官吏,文到即便嚴飭所屬州縣衛官吏,嚴責巡捕員役,在於該管境内扼要處所,時加巡緝。仍大張告示,嚴行禁飭。如有馬販、茶徒私入境内,即便擒拏申報。至於過關馬匹,非奉院號,不論係何衙門,俱要大破情面,細細盤查,報院候奪。如敢仍前疏玩狥縱,即申報本道,以憑轉報題參。茶馬事務,該廳尤有專責。當今禁令①森嚴之時,尤當力爲振刷,痛除積弊,以盡職掌。勿得稍爲包容,自蹈徇縱之咎。文到,各先具遵依報查。勿違。

申報盜情事

照得劉疇家失盜一事,已屢嚴行該縣,勒限緝捕矣。但盜賊關係重大,督捕之法不得不嚴,躧拏之法不容不密,審訊不可不細,起贓不可不確。蓋不嚴不密,則真犯免脱矣;不細不確,則無辜雉羅矣。盜不嚴刑,固不肯輕招,然嚴刑之下,何求不得? 爲盜所扳,固多非良民,然以宿仇扳誣,亦累累皆是。今之

① “今禁令”,《湯文正公全集》本誤作“令禁今”,據《三賢政書》本改。

有司，弭盜無術，緝盜無法，玉石不分，影響是執，致無辜含冤，元兇漏網。屢蒙嚴旨申飭，豈可慢①不加愼，致干功令？合行再飭。爲此仰朝邑縣官吏照票事理，嚴督巡捕員役，密密躧拏。務要最眞最確，不得捕風捉影，驚擾閭里。緝獲盜賊，詳審口供，刻速起贓，具招定案，不得逼令妄肆扳引。至於失主贓物，仍傳劉嶧到堂，細細開列。如金環、金簪等物，是何模樣，輕重若干；杭羅綾紬等物，是何花樣，有無記號。諸如此類，俱要備細抄來存案。即彼自己不能記眞，許囬家向經收婦女問明。庶後日失主認贓時，問官亦可心信。仍姑寬限二十日，緝獲究招解道。如有違錯，定行揭報題參。愼之！

申報病故監犯事

據朝邑縣申報，監犯苟得有病故等情。看得該縣劉生員家失盜一案，已嚴行該縣緝拏夥賊。爲該縣印捕者，當思弭盜安民，地方官本等職業。既平日疎防，使奸宄肆志，良民因劫殺而死，自當晝夜麾窘，設法擒獲眞賊眞贓，以正法典，以贖罪愆。乃半月有餘，杳無一獲，而無辜被繫者，累累有徒，夾桚盈庭，圄圉幾滿。苟得有亦未起獲眞贓，不數日而監斃獄底。今功令森嚴，非叛逆及眞命眞盜，不許擅用夾桚，亦不許立斃杖下；審盜宜速，不許久稽時日，不許株連無辜。久奉部文申飭在案，該縣竟視爲故紙耶！擬合行查。爲此，仰朝邑縣官吏，文到即查苟得有是否眞賊，有何的據，或係炎天夾桚立斃，或係禁卒凌虐致死，或係正犯贓買故殺滅口，從實查明囬報。凡獄中無贓無證、株連蔓引之人及續獲賊犯，俱即刻申解本道，以憑面問蹤跡。仍嚴責巡捕官役，設法密緝眞賊，毋得以地方失事爲奇貨，借端騷擾，令閭閻驚憂，眞犯賄縱。三尺凛凛，本道不能稍假情面也。愼之！愼之！

咎徵疊見諄諭寮屬共圖修省實政以囘災變以安民生事

照得秦中連年荒歉，五穀不升。嗷嗷窮民，室如懸磬。今歲仰賴天休，二

---

① "慢"，《三賢政書》本作"漫"。

麥稍登。方幸吾民有更生之望,不期入秋以來,霪雨累旬,冰雹疊告,城郭傾圮,廬舍漂沒。哀哀蒼赤,或畢命於巖牆,或殞身於波濤,靡室靡家,飄搖風雨。今秋云暮矣,雲霧千山,沸騰萬壑,秋禾不得登場,二麥難以播種,農夫束耜而隅泣,士子廢卷而坐嘆。

夫災不虛生,決由人事。此皆吾徒奉職無狀,民氣愁苦,蒸爲恆雨。而恆雨之殃,還屬民受。元元何辜,罹茲慘極!王嘉有言:"勤民以行不以言,應天以實不以文。"既不能崇德博施、承順天道於未有譴告之先,今災祲著見,猶不能恐懼修省,以囘神祇①之怒,則下民何賴焉?

爲此示仰道屬州縣衛官吏,各痛自修省,或催科無術、奸胥盈橐而良民賠累,或刑罰不中、豪強恣橫而愚懦含冤,或讞盜不察而雉兔同其罘羅,或防兵無律而荊棘生於市井,或暮夜之苞苴未除,或囹圄之淹滯未釋,或虎吏飛而食於鄉鄹,或鼉族坐而唼其比閭,或贖鍰無力而強追,或鰥寡死亡而莫救,但使冤含,匹婦便可霜實六月。俱要從頭檢點,加意諮詢。如大患在身,奮然立去,勿牽制於左右之口。至於本道申飭牌票,有不當者,徑行繳銷。允過罪贖,有無力者,徑行寬免。勿拘常格,以重興本道之過。如能相體諄切至意,有所省察,有所興革,下蘇民困,上囘天心,定據實轉報,以爲計實政,決不負良吏苦心也。

嚴飭審盜宜速不得株連無辜事

示諭。仰各州縣衛所軍民人等知悉:以後凡地方拏獲盜賊,該印官立刻審追原贓,具詳結案。不許久羈時日,誣害良善,及借端苛索,酷刑勒供。更不許緝捕員役私下拷嚇,妄拏平民,株連無辜。如有前項等弊,或經本道訪出,或經被害告發,定立刻轉報參處,不止去職革役而已。

———————

① "祇",《湯文正公全集》本誤作"祗",據《三賢政書》本改。

興利除弊之大莫若裁併衛所
丁田歸之州縣以足財用以甦民生事

　　據西安府呈詳。看得潼關一衛,設有專城,界連晉豫,爲三省之咽喉,實全秦之門戶。且屯田分隸兩省,地方最爲遼闊。又路處首衝,過往兵馬,輪蹏交錯;芻糧車牛,供應繁苦。況昔年設衛建學,文教武備,以屏捍川陝。而左右州縣皆相去遙遠,未敢遽議歸併,似當仍舊爲便也。

水利關國課民命乞批定奪事

　　看得華陰東南峪口,有水一渠,源發於楊村,環繞而下,經薛家河、金盆屯達於寺南,以入於渭。前朝萬曆年間曾爭水相訟,知縣王九疇斷明水歸寺南,原碑猶在也。今歲六月大旱,王欽、任應殿等爭水澆灌,互告紛紛。本道批行廳縣,兩經斷明,仍因舊案。蓋以寺南雖去水遙遠,而地勢平衍,阡陌相連,順流灌漑,爲力最便;因水科糧,輸賦獨重。蜿蜒細流,不得不歸之寺南者,勢也。楊村等處,雖係泉發之地,然夾磵而耘,鑿石開畝,多在山坡岡嶺之際,必須旁殺以費人力,灌漑匪易。故從前水利不歸,亦勢也。是從前之案非奪彼而益此,實因勢而導利。而任應殿等嘵嘵控籲不已,始而嚴行叱拒,旣而數村士庶合詞哀籲,言寺南土沃猶得用水,楊村地最薄瘠,亦有金銀糧,獨無涓滴之潤。

　　本道以水利關國課、民命,不敢執持成見,嚴駁該縣對冊履畝,逐段丈量。據稱,該縣親詣諸村,同居民踏勘,得楊村、薛家河共有金地一十八畝一分三釐六毫四絲,銀地四十六畝一分八釐,又金盆屯共銀地六畝八分四釐,坐落悉與冊合。夫以磽确薄瘠之地,曾錫鐵之不如,而派坐金糧,若無水力,何堪如此重賦乎?獨怪當日王令碑中何不言及,豈昔年原無金銀糧,果因底冊之失,故捏造報如該縣所云耶?但今坐落分明,與冊無異。糧旣不能爲之請減,烏可絕其灌漑?幸爲地不多,或如該縣所請,督令嚴立界限,非金銀地者不許濫用分毫,更不許堵截,使下流壅塞。蓋此水涓涓細流,若上用者多,則達於寺南者少。

仍候憲示,立石嚴禁,永爲遵守,則庶乎其可也。

前斷因地勢之自然而未查及金銀糧數,今日之議又從國課民生起見,可否飭行,是在憲裁定奪施行。

詳陳屯政等事

照得已行該州縣造冊墾荒及屢催去後。竊照兵燹之後,地方殘燬,驚鴻失所,田疇荒蕪,正供缺額,故特設屯道招墾。今奉旨責成本道兼理,殫精剔釐,必使戶口日增,野無曠土,方不負朝廷委任之意。

近日盜賊甯息,生聚漸繁。凡昔日流離外方者,誰無首丘之思?若地方官加意招徠,安有忍棄墳墓,拋骨肉,長作異鄉之客者?乃奉行已久,不啻三令五申,而該州縣荒地,多至千百餘頃。或招徠之道未盡得宜與?抑游食者多未盡歸農與?或豪奸將熟作荒,欺隱國課;或壞地磽确濕下,勢難耕耘,以致課額久詘。司農仰屋,國計民生,將何賴焉?況開荒三年,方准起科,目前現給屯本,朝廷恩意何等優渥!凡我百姓,及時開耕,坐享膏壤,子子孫孫,皆安居樂業,以視離鄉棄井、流離無告,不大懸絕耶?

今值西成種麥之時,故再行急勸。爲此仰州縣官吏,卽將牌內事理出示曉諭,速將所有荒地悉勸土著窮黎暨流亡歸業之民趁時播種,三年之後,方照民地納糧。中有隱熟作荒者,許①卽以首免罪,給照爲業。仍將開墾過地數,限九月終先造冊報道,以憑查核。愼毋怠視,自取咎戾。

禁　約　事

照得本道職任方面,當攬持大體,表正府縣,非瑟瑟五聽三訊、判斷曲直爲責。但恐百姓實有冤抑,全不受詞,非清問下民之意。故於初二、十六日定爲放告常期。今爾百姓甚不相體,一逢出署,隨街逐路,迎馬首而陳詞,動以十

---

① “許”,《三賢政書》本作“准”。

數,平政辟人之體安在？及審所告事情,多係小忿駕誑,甚可厭惡。今恩詔
遝頒,普天同慶,凡有小過,咸與維新。爾百姓亦當仰體皇恩,解忿息爭。如
有不得已事,有司剖斷不明,聽於放告日期,明白控訴。果贓官酷吏、豪奸悍
兵虐眾殃民及真强盜人命者,特設告牌四面於轅門外,許坐大堂之日,抱牌
陳告。敢有故違,仍前跪伏衢巷、喊鳴投狀者,巡捕官鎖拏,定行責治,決不
輕貸。

首嚴吏治以甦殘黎以奠封疆事

　　照得商屬屢罹兵燹,荊榛瓦礫,凋敝已極,一二遺黎,真膏盡髓竭之日。有
司不能噢咻撫循,以生此民,而反朘民以居,不但上違功令,抑且自失本心,甚
非朝廷設官之意。本道承乏代篆,期與二三守令互相砥礪,保此孑遺。今約法
四條,各宜實實遵行。若以為常談也,而土苴視之,本道秉性方嚴,畏此簡書,
斷不敢以五日京兆姑為曲狥也。

　　一、今日民窮財盡,正供尚難完納,乃有司貪墨成風,額賦之外,增加火耗,
以充私橐。且任憑總書飛灑詭冒,乾沒漁獵。甚之里老騙收,花戶重納,比限
不分多寡,一體鞭撲。豪猾竟不到官,專責下戶。或死丁荒地,逼見在攤包;或
詭隱田糧,致甲中受累。嗟! 嗟! 小民灰燼之餘,筋①力有幾,何堪如此剝削
乎? 以後州縣官吏,各宜猛省,痛改前轍。如有犯者,官員定行申參,蠹役按贓
究遣。

　　一、准理詞訟,原為分冤理枉,是非曲直,片言可折。自是有司職掌,佐貳
不得干預,久奉明文申飭矣。今訪得佐貳官員不守本職,私准呈狀,阿諛有司,
逢迎勢豪,以快壯為指揮,以夾打為上策,苟且公行,顛倒是非,以致柔良負屈,
貧賤含冤,殊干法紀。今後敢有仍蹈前轍及印官濫批佐貳代理者,本道訪聞,
一併呈報參處。

　　一、差役之設,不過奔走傳奉而已。邇來有司不遵經制,正差之外濫收副

---

① "筋",《湯文正公全集》誤作"肋",據《三賢政書》本改。

役,或催提錢糧,或勾攝人犯,動輒差人。不知此輩得票到手,勢如哮虎,百計酷嚇,不饜不休。小民終歲勤動,不足供賄賂之資,以致正賦愈虧,冤抑莫訴,真堪痛恨!以後州縣或行木皂催徵,或令原告拘喚,敢有擅差一役下鄉擾民者,官役一併申究不貸。

一、囹圄之設,原以羈囚重犯也。近來各官草菅人命,不知哀矜。無論事之大小,情之輕重,涇渭莫分,輒將婦女家屬一概溷寄監倉,久不審結。甚至借端索賄,充入私囊,方纔釋放。貧窮之家淹滯獄底,吞聲待斃。今後州縣除人命強盜、謀逆重罪、欽件院件外,如係戶婚、田土笞杖罪名,敢濫監一人,及將婦女家屬收監追逼者,以酷暴申參。

嚴禁左道以端風尚以弭亂源事

伏讀《大清律》一欸:"凡師巫假降邪神,書符咒水,扶鸞禱聖,自號端公、太保、師婆,及妄稱彌勒佛、白蓮社、明尊教、白雲宗等會,一應左道亂正之術,或隱藏圖像,燒香集衆,夜聚曉散,佯修善事,煽惑人民,爲首者絞,爲從者各杖一百,流三千里。"煌煌律令,天下臣民皆所遵守。近以平山之事幾致變亂,又新奉明旨,申飭極其嚴切。乃訪得朝邑、韓城、澄城等處有等奸民,專以邪說教門,燒香聚徒,坐臺持號,鳴鼓結旛,迎神建廟,明造妖言,暗操亂柄,以致蠢輩無知深信篤好,百順奉承,夜聚曉散,習以爲常。甚至婦女性惑,傾心聽講,竭力布施。騙財漁色,人心煽動,妨化亂正,莫此爲甚。爲此示仰軍民人等知悉:人倫之理,出自性真,而名教之中,自有樂地。自示後,凡以前不知誤犯者,各宜洗心滌慮,早求改絃,槩從寬宥。若堅執不悟,許地方、鄉保人等指實首告,以憑拏究,如律定罪。如敢容隱,或經本道訪出,或被旁人告發,一體連坐。三尺凜凜,決不輕貸。

申　飭　事

照得囹圄之設,原以繫重囚而申國法也。今恩詔屢頒,普天同慶,凡有小過,咸與維新,自非欽犯與情罪重大、例不應赦者,自當仰體皇仁,槩從寬宥。至於州縣詞訟,片言可折,朝服金矢,夕樂耕桑,乃不負子民之任。近訪得所屬州縣,無論事之輕重,輒將人犯繫獄,累月耽延,不行結止,以致無辜之民呼天搶地,獄吏之責拷無已時。本當卽行申究,姑行嚴飭。爲此仰官吏卽將監禁人犯,分別輕重罪名,作速審明,放歸農業。如仍前淹滯不結,致令冤民吞聲籲土者,本道定指名揭參,決不寬徇。愼之！愼之！

懇恩詳轉等事

據潼關遞運所、華陰縣申前事,驛傳道批一體遵行,因申轉到府。該府看得潼關所原無額設車價銀兩,獨以夫役工食那給情由,仰蒙憲示行據華陰縣所稱：計其所夫工食額銀,不足以抵家口用過車輛腳價。比照州縣,不給腳價,與例可原。但運用些須車輛,有似夫抬易車之類,難與大兵家口分派車輛一例全免。仍照該所先奉督撫兩院批示,每車腳價東送一兩,西送五錢,或按程每車十里腳價一錢,俾所夫去其太重,任其所輕,亦無空苦之怨。該縣詳議前來。合請上裁批示,以便轉飭遵照可也。等因。呈詳蒙批：潼關經過大兵與家口所用車輛,自應照各州縣幫協之例,免給腳價。其尋常運用些須,如詳於募夫額銀內按程算給,仰府飭行。繳。等因到府行縣,備仰到所。蒙此,該卑職遵照,一體遵行。等因申轉到道。看得潼關所協濟牛車,當時議定每車一輛,腳價往東一兩,往西五錢,已有定例。每遇提車,按數支給。祇因張總鎭經過用車爲數最多,該所站銀勢不能給,故比各州縣協濟之例,槩免支發。至於尋常用車,應於夫銀內按程算給,已奉貴道裁定。但以"尋常"二字未定額數,故數月以來,該所任意遷延,毫未給散。榮榮車戶,賠累何堪！蓋尋常車輛,原係所夫之差,民間代之應急,豈有不給腳價之理？況協濟該所者,乃朝、同、蒲城之人,皆涉洛渡渭,往返二三百里。卽潼關軍屯,零星四散,亦有在二三百里外者。自備餱糧,代授①鞭撻,有守候耽延之苦,有使費需索

———————————

① "授",疑為"受"字之訛。

之煩，往往資斧告匱，賣牛典車，僅以身歸。即次次給價，猶恐得不償失，若盡數停支，勢必難堪。怨憤愁苦，所必不免者也。然而地處極衝，輪蹄交錯，所夫嗷嗷奔命，日不暇給。況大兵過往，動輒數百輛，一月之內有至十餘次者。如一槩全給，勢必夫盡逃、站盡壞，星軺絡繹，誰爲供應？當此之時，所謂夫苦、民苦兩難之際，固知貴道前批府詳眞稱①碩算。但求②議定數目，或百輛以上免給，或幾十輛以上者免給，頒示畫一，移文過道，以便稽查，永遠遵行可也。

戢虎暴以除民害事

照得妖由人興，人無釁焉，妖不自作。本道暨各州縣刑之頗僻、獄之放紛，苛政之害，甚於猛虎，以致惡獸咸召而來，吞噬殘黎，攫噬牲畜。各官既不能希蹤古循良吏，增修德政，使虎類知感而渡河，自應責彼獸人驅除虎害。乃近見各屬有民間擒得虎豹，强徵其皮，獻之官府。是百姓冒死而得者，止供官府餽送之資，何所利而爲乎？爲此示仰州縣官吏，即傳諭有虎地方人等知悉：如有獵戶善於搏虎者，聽其捕逐擒獲。一切皮肉，任彼變賣，不得强行索取。更當洗濯其心，捐除苛政，勿蹈乳虎之誚。

再飭置簿以恤衝驛事

照得驛遞苦累至極，本道加意體恤，必係緊急軍情萬不得已者，方塡號票，量給一馬，仍嚴禁需索之弊。乃過往差役，郵符在手，鞭笞驛卒，勒索酒食，種種不法，難以枚舉。爲此仰州縣官吏，置立簿籍，赴道請印，每日應付過馬匹數目，差役姓名，有無需索威凌，一一塡簿，按季報道查驗。如隱漏不報，查出定提究不貸。

---

① "稱"，《湯文正公全集》本脫，據《三賢政書》本補。
② "求"，《湯文正公全集》本誤作"求稱"，據《三賢政書》本改。

禁　約　事

照得龍駒寨爲三省通衢，經商孔道。自兵燹以後，店舍丘墟，行旅斷絶。今草萊漸闢，貨物稍通。乃訪得店戶、集頭舊有供應道、州陋規，凡器具安置、操賞花紅等項，俱取給於此地，一年所費，極爲不貲。本道聞之，不勝駭異。居官者不能保障孑遺，與地方休息，而視坊甲爲外府，恣意以取，小民灰燼之餘，何堪如此剝削乎？爲此示仰該州各衙門官吏及本寨居民人等知悉：以後務要樽節民財。所需器用，俱照民間價值，不得再累店戶措辦。如敢故違，許居民據實赴道陳告，官以擾民申叅，衙役按贓究遣。本道斷不以五日京兆辭避怨嫌，徒託空言也。

禁革亂俗以正倫常事

本道省覽民詞，見凌孤逼寡、詐姦詐盜、愛富欺貧、逐婿停婚、兄弟鬩墻、婦姑誶語、悖倫傷化之事，累累見告。竊以三秦爲文武周召之地，何教化之凌夷至此？更可駭異者，兄收弟妻、弟收兄妻，法當兩絞，而鄉村愚人公然嫁娶。甚至父母主婚，親朋相賀，眞禽獸之行，恬不知怪。安望其禮讓興行，孝友成俗乎？爲此示仰軍民人等知悉：凡以前不知犯法者，即日離異改正。如瞞昧因循者，許鄉約、保甲合詞公舉，審明定按律處死不恕。

戶口凋殘已極窮黎苦累難堪請
勅部詳以昭畫一以垂永久事

照得編審均徭，上關國賦，下係民生，爲典甚重。今奉文責成本道總理其事。本道秉憲關門，去州縣頗遠，閭閻室家消長虛盈，應陞應擦，安能一一周知？州縣官身親地方，爲民父母，必深山窮谷之中無隱不達，婦人孺子之情無微不照，方謂知此州、知此縣。編審之時，一秉虛公，勿疎勿怠，勿偏勿私，庶幾賦役適均，貧富得所。若於百姓痛癢全不關心，專靠經承任意陞擦，賦多者減，囊空者增，豪猾巨富得遂其奸，單丁女口反罹其苦。私家之屋旣潤，朝廷之版遂虧。甚至暗通賄賂，明受請託，功令不畏，民怨莫恤。上天鑒臨，決難欺蔽。爲此仰州縣官吏，卽定日期，齊集里老、書手人等於城隍廟中，齋戒誓神，虛公編定，造簡明冊籍併里甲花撒，候本道再行親查。若士夫各有天理，各有子孫，必不肯妄自把持，自傷陰德也。

酌併潼關稅務等事

照得潼關稅務，昔無專官，致滋冒濫。蒙按院高題請，專責該廳抽收，按季類解藩司，以佐軍需。杜需索而清侵隱，法誠至善。但恐事久人頑，狃於故習，以致奸弊叢生，甚非朝廷裕儲通商之意。本道蒞任以來，已嚴飭該廳，極力釐剔。茲閱邸報，戶部題定事例，凡關稅諸差，設置循環空簿，先期赴部請印；商貨應納稅抄，令各商親填數目，按季報部科磨對，不許書役代寫，以防侵漁隱漏。該廳經收稅務，事同一體，宜遵畫一之法，以爲永久之計。爲此仰廳官吏，文到卽將該廳抽收商稅銀兩置簿，徑赴藩司請印。每遇商貨臨關，將應出稅抄，令各商親填寫數目，勿令書役代書。按季將簿齎司核銷，以課實効。如此，則關稅肅清，而軍需有賴。事切要務，愼勿以泛言相視。仍具遵依緣由報查。

窮兵枵腹堪憫等事

據潼關衛申，本道看得折衝禦侮在兵，而養鋒蓄銳在餉。兵餉半本半折，久成定例，諸營皆然，本道何敢破例妄請？但地方情形，各有不同。今餉銀告匱，湊處維艱，守候動逾半載，三軍日切呼庚，久勞憲臺之睿慮。苟本地尚可通融，不酌量申請，以濟緩急，不但貽誤封疆，且有負憲臺矣。

竊以潼關壤界三省，全秦門戶，地方最爲扼要，差使最爲浩繁。兵丁奔走供應，往返千里，不遑休息。又皆四方招聚之徒，非若土著防守，有田產貿易可以取資也。且地極荒殘，連歲旱歉，人民零落，借貸無門，專靠月餉以爲餬口。自八月以來，餉銀未領，各兵鶉衣菜色，哀籲迫切，殆無虛日。入春青黃不接，愈覺惶惶靡寧。擁集呼訴，驅之不去，不得已申以朝廷大義，諭以憲臺德威，始俛首聽命。夫百姓卽甚馴樸，饑寒切膚，猶有挺而走險者。況此强悍血氣之輩，枵腹荷戈，妻子啼饑，其爲隱憂，當不可測。

今據該衛詳稱，積貯本色，倉厫盈滿；節年舊欠，接踵完納，苦無別厫收貯。今春氣濕熱，陳陳相因，浥爛可虞。請將營標應領司庫折色，兌支潼倉本色，騰厫收放，既免庚癸之呼，更無朽腐之虞，似屬可行。本道復查潼倉麥米專支營標兵丁，過往大兵另有灘糧，不在此數。又查舊案，順治十二年四季皆支本色，十三年春夏又兼支本色，蓋亦那緩就急、營衛兩便之計也。今時勢迫切，俯祈憲臺軫念巖疆，破格優恤，准批明示，或每歲俱支本色，或支春夏冬三季本色，以便遵奉，免藩司兌發之勞，省營將守候之苦。兵丁無脫巾之虞，倉廩無紅腐之患，竭力捍禦，鞏固封疆，地方幸甚。況設兵原以衛民戢盜也。本道屢奉憲檄，加意清汰，申明紀律，禁戢强暴，一有違犯，繩以軍法，亦以餉糈不缺，約結其心。今衣食不足，誰肯枕戈待斃？ 萬一奪民間一斗之粟，一束之帛，激之則生變，縱之則殃民，是衛民而反以厲民，戢盜而反以生盜，此又本道所苦思熟慮而不敢不請命於憲臺者也。

嚴禁兵丁賭博以靖亂源事

照得兵餉告匱，撥發艱難。本道不惜筆舌，爲爾兵丁請命，惟望藉此飽騰之惠，養其身以有用。今聞兵丁得餉到手，相聚而博。勝者志得意滿，負者落魂喪魄，赤手而懊恨矣。囊空羞澀，則計賺平民，攘取財貨，自陷於兇人。禍亂大源，實階於此。若鬻器甲，逃營伍，又不待言也。夫爾兵丁苟有餘閒，何不善熲乃甲冑，淬礪乃干戈？ 習擊刺[1]，演騎射，投石超距，自有軍中之戲。顧就此游手之事，殊屬愚昧。爲此示仰營標兵丁知悉：以後各念領餉甚難，毫釐顆粒，

---

① “刺”，《湯文正公全集》本誤作“刾”，據《三賢政書》本改。

皆當珍愛，以爲妻孥飲食之費。敢有不遵，仍前竊習賭博，中軍等官訪拏申解，定以軍法從事，決不輕貸。

申明鄉飲以重大典事

照得鄉飲酒禮，所以表耆德，教萬民，甚重典也。近來有司多視爲故事，或廢而不舉，或舉而不得其人，曠墜大典，罪莫甚焉！本道謬膺方面，孜孜以敦崇教化、砥礪末俗爲務。因思古人如陳太丘、王彥方諸君子，皆望重閭里，使奸宄姓名畏爲所知。夫十室之邑，必有忠信；三人並行，厥有我師。今或有其人而壅於上聞，是守令之過也。爲此仰州縣官吏，即將數年來鄉飲賓介開具姓名、年齒、德行實跡，報道查考。以後務愼擇公論推服者，預期申聞，勿使田舍翁多收五斛粟而濫膺此數也。

申飭學校以端士習事

照得人才者，天下理亂之由；學校者，人才邪正之本。今蘇湖之風既遠，蒲霍之教無聞。即有司之賢者，拔英俊而厚加作養，分會約而嚴行督責，不過曰舉業云爾。夫朝廷懸賓興重典，諸士爭進取榮階，即不令有司提調，學官訓廸，寧乏鄉舉甲第哉？如曰學校惟爲舉業，舉業專以詞章，則經書垂訓貽後人利達之資，科目用人開天下富貴之路，於身家誠得矣，不知朝廷取富貴利達人安用也。堂曰明倫，不亦迂遠不情之甚乎？

夫特立之英，好修之彥，世不可謂無人。但自教指一迷，學政久廢，士終日聚談，無一語講求道義；終日誦讀，無一字照管身心。說正言者，則笑爲道學，吹求其短；不詭隨者，則惡爲古板，厭棄其人。不知世道人心，何所底止！余以爲當慟哭幾絕，而世終執迷莫悟也。夫諸生以教官爲師，而學校則守令提調。朝廷付之以滿庠青衿之士，望之以養賢待用之益，教授授以何道？學正正得何人？教諭諭以何事？訓導導者何說？提者提撕，調者調習，所提調者何効？朝廷命官之意，顧名而思之，清夜能無愧怍乎？

　　思昔盛時，學有崇禮義之風，人有士君子之德。修之家，則規言矩行，不以狎昵邪肆媿羞冠博帶之身；命之仕，則體國憂民，不以勢利紛華改羔羊素絲之節。今之人未必皆出古人下，不知當時郡邑師長果緣何道而臻此也。

　　夫秦古聖人之墟也，諸生中躬行實踐，究心洙泗、濂洛、關閩之學者定不乏①人。然數月來詢採風謠，省覽民詞，見其間父兄伯叔、鄉曲師長越禮爭訟者有之矣，淫邪婦女、官私娼優姦通包占者有之矣，鄰里地房、親朋財物侵奪騙賴者有之矣，鄉黨間人公門、政務干預請託者有之矣，逋負錢糧、交結黨與、挾制官府者有之矣，揑貼匿名、聚談邪僻、生事造言者有之矣，宮室車馬、冠履衣裳、豪奢敗俗者有之矣。或騙貨利，或報讐嫌，唆詞健訟者有之矣；或以貪財，或緣醉酒，晷眾毆人者有之矣；或包牙店，或領秤尺，把持行市者有之矣；或交結棍惡，或扛幫愚少，賭博傾家者有之矣；或搬弄是非，或起編綽號，浮薄敗群者有之矣。朔望視學，無一士從而禮先聖者。轓車所過，執詞喊稟者累累。放告之期，羅而跪拜者如林。嗚呼！學校之弊，至此極矣！

　　卽有號稱賢者，亦不過記誦詞章，揣摩舉業，剽竊糟粕，體貼訓詁。至於致知力行之學，經世安民之業，亦曾留心否？試問本州縣風俗如何轉移，倉廩如何充實，盜賊如何消弭，荒歉如何救濟，差役如何均平，地糧如何清楚，冠婚喪祭如何合禮，鰥寡孤獨如何得依？不悖於古、可行於今者，諸生亦曾留心否？諸生今日作秀才，他日登朝，甯一切責任皆平生夢寐不及，要作詳審精密之事，成光明俊偉之功，豈不難哉？

　　本道忝有風紀之責，所望諸生志伊尹之所志，學顏子之所學，人人有天下萬物各得其所之性分，有天下萬物各得其所之學問，勿視經史爲富貴資本，學校爲利達道塲，爲有道君子所笑，則幸甚。如有前項之徒，不遵約束，百姓皆吾赤子，忍令其抱寃負恨，以諸生爲寇讐乎？輕則發學夏楚，重則移文革黜。一學至五人者，教官立刻申糸；至三人者，改注下考。仰州縣官吏，卽照牌內事理，抄傳該學師生，一體遵依。仍具文報查，勿得故違。

---

①　“乏”，《湯文正公全集》本誤作“之”，據《三賢政書》本改。

勸諭平糶以濟窮黎事

照得關中兵燹之後，雨暘時若，民猶艱食。今歲旱魃為虐，穀價騰湧，窮民嗷嗷，無所歸命。本道消弭無術，日夜憂懼。訪得此地薄俗，每遇歲歉，富家封閉倉廩，散財增糶，以致市價益高，煢獨愈困。富家千倉萬箱，顆顆如珠，不知古人賑饑者大獲陰德之報，閉糶者遂罹奇異之殃。歷觀往跡，鑒戒炳然。凡我百姓，趂時平糶，陰受福佑，明獲利益，豈非甚善？若富獨有餘，貧獨不足，不但鄰里親識窮餓可憫，究至半菽不飽，誰甘轉死溝壑？萬一計無復之，自棄於凶人，富者又安能家累千金、洗腆用酒而言無事乎？除本道率屬痛自修省，冀回災眚外，合行勸諭。為此仰合屬紳衿士庶人等知悉：凡素封之家，酌算家口，蓄積僅可接濟麥熟者，照常存貯；有餘，盡數出糶，以濟窮黎。民氣既和，天行亦若，甘霖早沛，共享樂利之休。若慳吝固執，專圖網利，鄉約、地方公舉到官，重笞四十，罰穀備賑。如有廣出積貯平價市糶者，該州縣分別多寡，申報本道，酌量給扁獎勵，以為富而行義者勸。決不食言，慎勿違玩！

率屬修省以回災變事

照得關中連歲旱歉，去冬雨雪鮮少，入春恒暘轉亢，雲油油而颷興，雨垂垂而日出。近且狂風陰霾，發屋拔樹，麥苗漸槁，百姓無所歸命。本道表率一方，不能增修德政，以感天和，而吏墨兵驕，政乖法頗，閭閻怨而不聞，隴畝困而莫恤，是宜降疾咎於厥躬。乃反累我烝民，烝民何罪？古人有言曰：應天以誠不以文。今不能側躬修省，徒飭雩祝之儀，雖史巫紛若，終非所以消弭災患之道也。夫匹夫一念之誠，猶能上通於天，豈我十五州縣衛文武官吏無一人至誠能感格天心者乎？合行率屬修省。為此仰州縣官吏，當思吾人之大命在天，上天之至愛在民，閉閣循省，或政令乖宜，或刑獄煩苛，或賦稅失均，或私派太重，或蠹役作奸而不知禁，或苞苴公行而不知檢，實實體察，實實改悔。三日之內，得甘霖溥降，庶幾禾稼稍蘇，不至薦於饑荒。況天地之於人，猶父母之於

子，父母不棄改過之子，天道必不絕悔罪之人。各宜竭誠無飾，文到先具遵
依報查。

嚴禁私幫以申法紀以蘇民困事

　　照得驛站之設，原酌量衝繁，額定馬數，以供皇華之使。馬匹官買官養，
久奉明旨申飭。不意有藐視綸音，擅行私幫，如華州之甚者。前奉上臺明
文，議定州馬止留十匹入號，以助驛馬之不足，誠上不病國，下不累民。而該
州罔恤民瘼，輒將州馬私派里民至七八十匹，一切差使，皆取給於此。每遇
星軺絡繹，驛吏袖手傍觀，專一催督里下，甚則用至百十餘匹。需索賠累，不
可勝計。小民飲泣吞聲，莫敢誰何！不知額設驛站錢糧，侵沒何處。更可異
者，該州以驛馬止供兵部勘合火牌之用，卽撫督按各部院巡歷考審，亦專責
之州馬。驛吏以其無火牌也，而漠若罔聞，此眞不可解者。本道不知此例創
自何人，出何典制，何他邑之驛馬獨勞，而該州之里民獨苦也。且該州視里
民爲痛癢不相關，每遇各衙門差遣人役，手無馬票，濫行應付，以里民之膏
血，爲獻媚之先資。而衙蠹、劣衿、市棍、勢僕，盤踞其中，視爲利孔。若不急
爲釐剔，民艱何日得甦？合行曉諭嚴禁。爲此示仰該州驛遞官吏暨里民人
等知悉：斷自今日爲始，以後凡遇兵部勘合火牌，照常應付。本省各部院經
臨巡歷，俱照各州縣定例支應。州馬祇遵憲裁，十匹之外，不許擅增一騎。
其餘一切衙門差役，俱不得徇情濫給。如敢抗違，或經本道訪聞，或經里下
告發，官以冒破站銀、酷虐百姓揭報題參，挐問追擬，吏役照例流徙。三尺凜
凜，決難寬貸。

禁革陋規以蘇民困事

　　照得秦省自兵燹以後，灰燼遺黎眞膏盡髓竭之時，司牧者愛養百姓，除正
供外分毫不宜朘民。本道訪知各州縣陋規，凡上司過往鋪墊安置、薪水紙劄，
無不督責見年輪置備辦，糜費多端。而華州尤爲煩苛，僉派里民支應公館。某

公館屬某什排支應,凡家具、槽㵼①、氈蓆、綵帳,一一取之。事竣收領,多半毀壞。工房借端索賄,賣此害彼,任意去留。且賠納房租,日增價值。每歲所費,極爲不貲。嗟!嗟!朝廷建立守令,固望保障子遺,撙節民財,一切與地方休息。若視閭閻小民痛癢不關,則脂膏有幾,何堪此層層尅剝乎?除已往不究外,合行諭禁。爲此示仰該州官吏人等知悉:嗣後凡一切公館,毋得仍前僉派什排,需索無厭。如敢聽信奸胥,因循積弊,借端朘削里民者,或經本道訪聞,或經里民告發,官定揭報題叅,衙役按贓究遣,斷不顧恤情面,避辭怨嫌,令小民敢怒而不敢言也。

疏通糴糶急救民命事

據朝邑闆縣居民張守恩等連名稟稱:"時值亢暘,禾苗枯槁。本邑人稠地狹,卽豐歲尚賴郃、澄麥糧,今二縣阻斷興販,致令麥價日增。乞天恩准潼關廉道疏通糴糶"等情。照得出示曉諭,仰闆縣集鎮士民並各牙儈知悉:凡遇道屬商民攜貲告糴,務要照依時價,兩平易買,任憑轉運,毋得封倉閉廩,遏抑販糶,使窮民坐而受困。本道已躬率州縣官捐俸,差官往穀賤地方收糴。仍一面申請上臺,嚴禁駐防兵將借端勒索;一面移檄隣境,撤其藩籬。舟車轉運,絡繹不絕,庶幾米麥充牣,價值減損。若有富戶巨室,醵金隨糴,或發倉平糶,本道定給扁優獎,仍賞賜錢幣。既得厚利,又獲榮名,何憚而不爲此?如敢故違,仍前囤米閉糶,故昂市價,致貧民嗷嗷待斃者,是助旱魃爲虐。除抗法奸徒,許商民喊稟,本道依律拏究,將所囤米穀入官備賑外,仍將該管官職名揭報題叅,決不姑息。毋斷封殖一家,流離一路也。

卑員越例煩瀆嚴行戒飭以肅法體事

看得驛有衝僻,歲有豐歉,原難一槩並論。而潼關驛不隸衛轄,較之州縣

---

① "㵼",《三賢政書》本作"鐹"。

尤稱艱苦。且地通數省，爲全秦門戶，冠蓋之使，絡繹不絶。每遇大差遝至，所需馬匹或至數十，或至盈百。月無虛日，日無停轡。況今時值亢旱，不但豆草騰貴，抑且市肆一空，雖有價值，無處尋買。馬匹枵腹奔馳，倒斃顛躓，道路相望，誠不可不急爲調停也。爲目前之計，莫若暫寬七分之例，仍准照舊規，料豆草束，按時值給買，造冊報查。如有冒破等獘者，官吏按律究治，不少寬貸。待年稔價平之後，則七分已定，不煩稽核而侵欺可杜矣。

抑彼尤稱苦者，往往有悍卒差官，不畏明禁，需索無厭。郵傳任其逼迫，官吏供其鞭撻。揀選肥壯，勒令折乾。及至上路，惟知捶楚，不顧驛馬之生死。所以馬夫跪門擁訴，號泣不休。本道已張示通衢，嚴飭馹①官不得私以民脂獻媚差官。如彼不遵功令，强行需索，即稟本道具詳部院，請示定奪。或以過客一時捶楚不及稟，差官日後挾讐不敢稟，甯忍氣吞聲，不敢不曲意趨奉，此眞本道所無可如何者也。

且驛官職微人輕，愛鼎者少。驛站錢糧關係匪細，既非衛轄，似當彼此照州縣官養之例，責成就近專官料理其事，庶差官稍知謹畏，而錢糧亦不至朦涸矣。緣係院行會議事理，既經該廳詳議前來，相應移會貴道，煩照院牌情節，再爲詳議妥確，通詳督撫批示遵行。仍希文過道轉行該驛，遵照施行，毋得故違。

行查旱災事

照此件業已備行該府，速將所屬州縣衛所旱災大暑情形，先行馳報去後。至今二十餘日，屢經嚴催，未據前來。凡查勘災傷，當若救焚拯溺，況事關題請，何得怠緩從事？合行經催。爲此仰朝邑縣官吏，查照該府轉奉原行，即查該縣境內某處旱甚，麥苗盡枯；某處次之，或有苗可望。一面先將大暑情形，飛報該府彙齎本道，立等移送藩司轉院具題；一面嚴查輕重分數，造印載冊，由府報道轉報。愼勿刻緩，視民艱若罔聞，以負上臺軫恤災荒之意。先將報府日期，具文查考。

---

① “馹”，《三賢政書》本作“驛”。

撫民廳爲舉告逆子事

批:黨正民告其子不孝,行提日久未獲,復再三哀懇,自言誤聽後妻之言,求免拘拏。准註銷。昔魯人有父子相訟,孔子三月不別,既而釋之。人倫之訟,與他事固自不同。此繳。

華州詳吞業殺命事

看得秦民多因區區小忿,兄弟叔侄爭訟不已。風俗重利輕倫如此,眞堪浩嘆!惠自榮以數分遺田,兄弟操戈,同氣之義何居?至於動借人命,尤爲可恨。本當杖懲,但念無知殘黎,且修怨在宗族之間,望其式好,無尤紙牘,姑准寬免。以後凡遇此等事,皆當責令鄉約、族長,勸諭和息,動其天良。如怙過不悛,便非人類,當加倍重處,以爲鄉民之戒。

華州呈報打奪客人馬成貨物事

看得强盜截劫行旅,巡捕員役疎玩可知。仰州勒限嚴緝,務在速獲,依律究擬解報。該州盜賊屢見,多係五皷時分,且多在西十三里舖上下。五皷豈客商徑行之時?賊十餘人白晝窩藏何地?店家縱容早行,有無知情?賊無馬匹,攜贓豈能遠走?窩主定在該州境內。但能力行保甲之法,自然奸宄無所逃其情狀。而該州視爲故事,不肯澄清根本,捕役優游養奸,緝捕罔效,均難辭責。仰州速爲奮勵,徹底清查,務得根株而剪除之,不得優忽從事也。繳。

華州詳捉獲盜賊事

看得董豹當堂口供,與郝守才、李計冬、李文興同夥劫布,其爲眞賊無疑。

但該州初申四月三十日布客趙文友被劫，而所供事情俱在三月內，意劫掠習慣，不止一次，何三月內之失主竟茫無姓名耶？有無兇器，有無殺傷，仰州嚴審的確，按律妥招，勿枉勿縱。

蒲城縣懇討憲批彈壓以革積弊以懲刁頑事

看得錢糧自封投匭，各縣皆然，何獨蒲城有異於是？大凡包納錢糧，多非良民。兩季索討，保無分外賠償。當此凋敝之後，農民脂膏有幾而堪此輩剝削耶！

夫國家賦稅，踐土之民，義不容辭。雖甚黠頑，豈肯甘心梗化？若該縣嚴革積弊，勿差役驚擾，使得漁利其間，既有以感服其心，因而立後至之令，民獨何心敢不急公而自取罪戾乎？該縣涖任既久，土俗民情自能熟諳，務求上不病國，下不病民，夙弊既清，催科不煩，乃爲稱任。此繳。

華州詳詭滅吞殺事

看楊孺、楊珍身列青衿，一重妻族，一重田產，遂鬩墻生釁，肆意醜詆。朔望趨步明倫堂上，能無汗顏？本當如擬，恐爲黌宮之玷，姑從寬免罪，仍發學戒飭，逢朔望跪讀《常棣》八章，手書改過呈詞繳道。原地斷歸毓良，管業過糧摘契。繳。

詭滅吞殺事

據華州生員楊孺、楊珍告前事。本道因兄弟爭訟，已行儒學戒飭，逢朔望跪讀《常棣》八章，仍手書改過呈詞繳道訖。昨本道按臨華州，二生連袂糸謁，自陳悔過，情詞眞切。知其式好如初，殊爲欣慰。爲此仰州官吏，卽將原詳速繳，免具改過呈詞。仍申諭闔學諸生，不可誚其一行之錯，仍當服其從善之美，其敦古道以爲民先。須至票者。

澄城一件防兵盤獲等事

批:孫廉等爲盜多年,罪貫滿盈。殺人之祖而奪其畜,抑何狠耶！孫廉已服天誅。三接等當堂公訊,贓證皆確,俯首無辭,自當按律置之重典。仰縣卽轉解長安,歸結前件。

方今盜賊橫行,使爲盜者不誅,而擒盜者不賞,則地方永無甯日。況明設購賞,久奉院行。所獲騾馬,應賞塘兵馬一匹,以鼓後效。餘令失主認領,俱當堂親具領狀,仍候院詳行。繳。

華陰縣詳違憲覇水事

批:考縣誌,仙峪水利在紡車,蓋地勢自然,其來久矣。冊報水利,原因石捷漫溢之水五方里獨饒耳,非專指亢旱時言之也。使石捷可鑿,何不明鑿於九年報水利冊之時,而私鑿於十三年大旱之後？華令奉文開渠,而不敢輕鑿分寸,五方村民乃敢鳩衆行之,此紡車等村所以嘵嘵致控也。且天時無常,今年因旱而鑿潭,使隣村不得餘潤;若明年澇,又將何如？縣詳大槩已悉,但水道係民間久遠之利,必至公至平,方可永息爭端。仰府再行確審招解,以便轉報。

朝邑縣一件指官擾民事

批:望仙觀地居衝要,棍徒假稱兵役,詐騙貨物,勒令載送塘丁,逞意肆虐,均屬不法。除本道已經出示趙渡曉諭外,該縣仍備述此意,嚴示望仙觀,以後再有此等,卽指名告道,以憑拏究。至於塘報,事關重大,夜晚酌量護送。但需索等弊,萬難寬假耳。此繳。

華州詳報地方事

批：據詳，賈寰貴素行狂悖，酩酊歸來，操刃逞兇，破父之手，眞死有餘辜矣。但據寰父當堂口供，破手之說原無確見。而賈純厚素無義方之訓，乘醉刺①殺長子。次子撲救，亦幾不免。何殘忍至此？嗚呼！噫嘻！親殺其子而中情不怛，推此而昆季，豈不同犬馬？推此而族黨，豈不若土芥？卵翼之恩，禽鳥猶然，何人之無良反不如乎？按律委無別條，滿杖庶蔽厥辜。繳。

華陰縣詳西王等村爭水一事

前經本道、府、縣秉公審斷，久蒙撫院詳允，永爲定制。實因山勢自然，亦冊報水利之舊跡，非有一毫私心穿鑿於其間也。何五方村劣衿刁民仍强欲鑿潭？但知自私自利，不顧鄰里生死，且袖藏兇器，蜂擁喧鬨，天理於焉滅絶，王法視若弁髦，殊爲可恨。

彼動則借口水利冊，不知水利冊原因尋常自然之水，何常鑿開潭口始報上也？使天生石揵原塞於西王諸村之上，雖禾苗盡稿，止有望流而嘆耳，誰敢向五方村而問之？使當日造水利冊之時曾鑿潭口，今西王諸村雖禾苗盡稿，又誰敢向五方而問之？總之，潭水自然之利也，水利冊亦因其利而利之也。鑿潭者，刁民之惡習也；結黨狂肆者，頑梗之故態也。

今天氣亢旱，率由人事乖違。官吏不能宣流德教，使民遂生復性。而若輩又逞其强悍不法之氣，欲全專其利而不畏王章，其何罪如之？仰該縣備述此意，曉諭五方士民，各安分守法，平心靜氣。民氣旣和，天行亦若，甘霖溥降，共享樂利之休。若恃其刁野，堅執不悟，該縣卽速詳道，以便轉達各部院，請示嚴究，決不輕貸。此繳。

---

① “刺”，疑爲“刺”字之訛。

朝邑縣一件公舉節孝等事

生員雷開祉等公舉詳批：閆氏茹蘗飲冰，事姑訓子，誠足風勵人倫，儀型閨閫。仰縣先給扁優獎，仍具詳學道，以憑彙轉。此繳。

遵旨會選堪任鎮將①

照得節准驛傳道關蒙軍門憲牌行催陳鎮營兵家口經過應用車輛速備停當，以候應用情由到道。准此。除先已備行該州縣各照依分派車數催備去後，今據郃陽縣不思軍機急務，猶以詳請議幫，殊屬不諳。爲照各屬協濟牛車，原爲勞苦適均，業經各部院批允司道公議飭行在案。又，凡大兵經過，隣邑協濟，不得偏累一邑，新奉俞旨，通行欽遵。今陳鎮用車數多，原非尋常供應可比，自宜亟速備辦，照依分派原數協濟，庶裨軍務。若觀望議幫，勢必難行。

本道待罪茲土，事事從民情起見。今值亢暘爲虐，麥禾盡槁，修省步禱，爲民請命。而天聽甚高，微誠罔格。又值此異常大兵，目擊民情，惶惶晝夜靡寧，寢食俱廢。誰非本道赤子，豈忍見此荼苦？但事關軍機，刻難容緩。本道軫恤有心，寬豁無術，合再嚴飭亟催。爲此仰郃陽縣官吏，查照原行並今事理，卽備述此意，示諭士民，各宜體諒本道苦衷，速爲備辦。正當極難處之時，而奉令不居人後，愈見尚義急公之雅。如本地實不能出車，該縣卽酌辦牛驢，務求足原數之用，毋得悠忽遲延，希冀意外，以致臨時失悞軍機。責有攸歸，勿謂本道言之不早也。

再行嚴飭防禦以靖地方事

照得司牧以安民爲本，安民以弭盜爲先。今天道亢旱，疾苦百姓重以

---

① “遵旨會選堪任鎮將”，《三賢政書》本作“遵旨會選堪任鎮將等事”。

饑饉，缺餉兵丁恣其強悍，誠恐奸宄乘機，易於竊發。本道屢經申飭所屬，嚴查保甲以清其源，團練鄉勇以待其發，眞不啻舌敝穎禿，而各州縣視若罔聞。近如郃陽縣申報，強賊百十餘人操戈挾矢，燒房劫殺，不知印巡等官、駐防兵將所司何事。除已經本道申報，見奉嚴檄查取該管文武各官職名，合再通行申飭。仰州縣官吏查照先令牌內事理，卽督率巡捕員役，併移會駐防官兵，不時在於該管地方巡邏哨探，務得賊之來踪去跡，互相傳報。遇有竊發，相機邀截迎擊。仍飭保甲人等聞賊聲息，接聯傳警，協力夾攻，把截隘路，盡行殲滅，勿使出境遠遁。一應未盡機宜，悉聽從長區處。若該州縣能設布方畧，使盜賊落膽，疆圉甯靖，卽特揭請薦，斷不慳吝以灰任事之心。若駐防兵丁能電追颷馳，當場擒獲賊首者，飛報本道，重加獎賞，所獲器械、馬匹，盡數給領。若保甲、鄉勇人等能協力擒獲眞賊一名者，賞銀十兩，穀十石；告發窩主，得眞贓實犯者，賞銀二十兩，穀二十石。若其黨類眞心悔過，自行投首者，宥其前罪，一體重賞。該州縣卽將賞格明張印示，遍貼城市鄉村堡寨，仍將刻示齎道查驗，使人人知爲盜有必死之法，擒盜有必得之賞，窩賊者卽身亡家滅，告窩者獲榮名厚利，誰得誰失，宜何去何從也。

　　至於防守兵丁借端騷擾，狡玩捕役妄拏平民及容賊誣扳，嚇詐財物，併賣放眞賊，及遇盜逗遛畏縮者，訪聞得實，兵丁以軍法從事，捕役依律究治。印官養癰貽患，立刻申叅，決難寬貸。文到日，具遵依報查。

行查旱災事

　　查勘旱災大畧情形，業已備行該州縣踏勘造冊速報去後。今新奉部文，責成本道親詣踏勘，已發冊式造報矣。但恐視爲故事，或任憑里長開報，經承因緣爲奸，或置高閣，貽誤限期，均屬不便。合行亟催。爲此仰州縣官吏照依原行，卽便親詣四境，務要遍行查勘的確，分別輕重分數，照依原發冊式，星夜攢造印截冊五本，速齎本道，立等閱轉。本道仍不日親臨踏驗。如勘報不實者，查出疎玩官吏，定立刻申究不貸。

嚴禁差役下鄉擾民事

照得差役之設，不過奔走傳奉而已。邇來有司不遵經制，正差之外，濫收副役種種多人。且積年衙蠹，奸巧百端，有司爲其蒙蔽，或催提錢糧，或勾攝人犯，動輒差遣。不知此輩得票到手，勢如哮虎，百計酷嚇，不饜不休。小民終歲勤動，不足供賄賂之資。嗚呼！人當伏處草茅時，疇不腐心切齒於蠹役下鄉之苦，一行作吏，此事遂忘。如其愛之也，焉有不愛煢煢小民而反愛蠹胥？如其畏之也，焉有不畏凜凜王章而反畏黠吏？良由平日與之交通賄賂，倒授以柄，故不敢約束耳，亦不職甚矣！

本道下車時，即嚴行禁約，不謂視爲故事，竟不省改。因亢暘爲虐，又痛切勸勉，冀圖悔悟，不意猶有漠不關心者。今特出示曉諭所屬軍民人等知悉：以後各州縣衙印佐官再有擅差鯨役下鄉擾民、需索行兇者，即收其票籤，赴道衙門跪稟，審實定照新例計贓流徙，官吏立刻申糸，攔阻之人一併嚴懲不貸。

革長班以除弊端事

照得行省衙門原與京師不同，今聞各州縣皆無端設長班名色，殊可詫異。即曰報事不可無人，亦不過用馬夫輪班傳報足矣，何必長班爲？且此輩借端招搖，串通過往差役，作弊生事，甚至父子相襲，把持上下，牢不可破。故民間私相語曰：要去見州縣官，先來謁長班。爲官者聞此言，能無惕然乎？爲此仰州縣官吏，即將該州縣長班革去，仍復馬夫更換報事。如敢故違，是不遵經制而擅役私人也，自取罪戾，深爲未便。先具遵依報查。

諄諭屬員共保殘黎事

照得本道持廉秉公，正己率屬，惟望各州縣恪遵功令，子惠黎元，勤勤懇懇，申飭勸勉，眞不啻舌敝穎禿。乃賢者固多警惕，而不肖者置若罔聞。見百姓困窮,盲爾全不動色;聞民間疾苦,褒然了不關心。苞苴公行,簠簋有玷。吏書之奸弊叢生,皂快之詐索無忌。堂下喧嘩,無復一毫之懼;案邊撥置,不殊棰楚之咻。催科火耗太重,而寬士夫之包占;聽斷刑訊太酷,而受貴達之囑託。甚者以勢力之大小爲曲直,以私情之喜怒爲出入。暮夜之金,託腹心過送,貧而理直者吞聲;匹夫之璧,借題目索求,富而身卑者重足。些小之事,輒提婦女;偶爾之爭,累月繫逮。犯人本無力也,而強審有力,賣兒女以完單;問罪既納銀也,又分外罰銀,變產業以銷票。里甲多無名之供,夫馬多私幇之累。官價買物,久經嚴禁也,乃竟賒騙累年,而分文不給;官收吏解,恭奉明綸也,乃竟什排封納,而收頭起解。佐貳其寮屬也,公然准理詞訟,竟不約束;蠹棍其氓隸也,公然武斷鄉曲,毫無懲戒。獨不思朝廷張官置吏,責任何重! 小民稱父呼母,望惠何殷! 如此作官,不但上干憲典,抑且自喪本心。

今陰陽乖戾,雨澤愆期。本道備位茲土,閭閻怨而不聞,隴畝困而莫恤,皆本道之罪也。是用側躬修省,冀囘天譴。又以一人之精誠有限,故痛切呼我寮屬,共圖悔改。今又月餘矣,訪之輿論,似猶有漠不動心者。故明張示諭,與百姓共見之。若有前項等弊因循不悛,任憑申告。本道定據欵申叅,決不敢稍有徇庇,令小民之困苦無已時也。幸各珍惜,予言不再。

餉　務　事

准提督王手本等因。爲照兵馬糧餉,半本半折,久有成規,本道何敢違例妄請? 但查去冬原因藩司餉銀不足,潼倉積有餘朽,而兵丁枵腹奔馳,窮餓待斃,本道以封疆重寄,不忍坐視,申請部院暫改本色,以止庚癸之呼。旋蒙部院批司查議,司覆除去搭錢朋合外,餘銀以糧抵餉,以後每年仍以半本半折支放等情,呈詳部院,奉有允示。文到之日,軍士踴躍歡呼,無不祝頌部院之鴻恩者。

查搭錢既領,朋合既除,是一季未曾全領本色也。況去歲秋季八、九兩月雖准免支閿、靈二縣,彼稱舊欠已經解完,新糧尚未開徵,差催、檄催,藐無一應。是潼營秋季兵餉至今尚未全領也。今以應支本色之月再改折色,軍士失望，又不知守候何時？嗷嗷窮丁，似難責餓殍荷戈也。本道於邸報中伏讀部院協餉拖欠數多等事一疏內云："秦中三冬無雪，一春不雨。卽使月餉時給，猶恐不足以資餬口，況壓欠日久，雖慈母不能保其弱子，況三軍之衆乎？"本道每誦此言以告，群兵無不感激涕零，戴部院之高厚。

雖近來各省協餉轉運關門陸續不絕，但恐漢中、秦川各邊待餉者甚衆，未能遽及潼營。伏惟貴督慨爲轉請部院軫念潼關重地營兵差使浩繁，送詔護鞘，日無甯晷，冬季未全支本色，且係一時特恩，俯准春季仍照定例支給。在部院爲不費之惠，而實足鼓勵三軍之氣，使士飽馬騰，爲朝廷捍禦巖疆，地方幸甚。

既經該營復請本色前來，相應移會貴督裁酌轉達，詳示遵行。希文過道，知會轉移施行。

懇題速補要地道缺以理殘疆事

本道謬蒙憲臺委署商洛，自受事以來，屈指八閱月矣。夙夜兢兢，不敢辭避艱難，惟期殫智竭力，以仰副憲臺之德意。然而才力淺薄，識量有限，又兼時勢孔亟，若不早懇憲恩速賜題請，萬一貽悮封疆，雖加斥譴，亦何益焉？

竊惟商洛爲秦地東南門戶，壤界楚豫，層嶺疊嶂，虧蔽日月。自殘破以後，杆賊肆起，人煙斷絕，較之他屬，最久最慘。現今五州縣缺城者二，官吏棲遲山巔①，野無居人。卽有城者，亦皆雉堞頹敝，極目一望，惟見頹垣破壁而已。且密邇鄖寇，風鶴時警；西接興安，迯兵時聞。又值異常旱災，麥苗盡槁。入夏，風霾不息，秋種難播，人心惶惶靡甯。當此之時，操練兵馬，防禦城池，安輯貧民，盤詰奸宄，提調州縣，協力巖疆，實時刻不可乏人。而本道潼關又極衝極疲，大兵絡繹不絕，供應最爲繁難。澄、白、韓、郃一帶，皆昔年盜藪。遇此荒歉，百姓洶洶不定，恐萑苻乘機竊發。綢繆桑土，亦時刻難懈者也。況潼、商相去三百餘里，中隔華嶽、秦嶺，聲聞不通。當年設立兩道，去年並留不裁，知各憲臺已洞悉此情形久矣。

---

① "巔"，《三賢政書》本作"巓"。

　　去年十一月始補浙江提學道張僉事，至二月又因前任事被論，奉有察議之旨，至今尚未開缺。本省關內守巡、臨鞏、隴右各道，陞轉皆在張僉事被糸之後，久已銓補，將次到任，而商洛尚懸缺未補，則知內部以奉旨無"革職"二字，故必俟浙江督撫按察議具題始開缺也。伏讀禮科原疏①，糸張僉事列欵甚多，浙江上臺遵奉欽件，必詳細駁勘，得其確情，始敢會題，斷非朝夕可以結局。如必候彼地事結開缺，是商洛經年無官也。卽事結開缺，萬一再推陞一兩廣三閩之官，領憑到任，往返稽遲，是商洛年半無官也。商洛非無事之地，目下非無事之時，雖仰藉憲臺德威，幸而無虞，其事體之廢弛者，亦必多矣。懇祈憲臺垂念封疆爲重，慨賜題請，求就近銓補，星馳受事。如張僉事察議事結，不妨改補別道，庶不至懸萬難久缺之官，以待數千里外被論候議之人，則地方幸甚，本道幸甚。爲此今將前由理合具呈，伏乞照詳施行。

塘　報　事

　　看得秦地遼濶，盜賊時警。本道恪奉憲飭，申諭所屬，加意防範，嚴保甲以清其源，安塘兵以待其發，又明設購賞，操練鄉勇，眞不啻舌敝頴禿。今時值荒旱，人心惶惶，又疊蒙憲檄三令五申，乃不意猶有郃陽縣楊家坡之事。本道據該縣塘報，卽刻轉申憲臺，復一面細加查緝。續據該縣申稱，楊丕孟家原係小村，併無堡寨，離縣四十里，接壤同、澄。一②更，賊入家行刼，當被鄉民糾。衆救援者三人帶傷，並無刼去財物。而楊生初稱數十人，又稱百十人，蓋黑夜倉卒之際，莫能辨其確數。本道奉文踏勘災傷，親履縣境，卽拘楊家坡鄉保、地方嚴加親審，供吐一一相符。且稱衆人撲救，賊中亦有帶傷者，次早猶見血痕漓漓。草間所棄器械，多係棗柳等棍，大約皆鄉村無賴之徒也。使地方官平日恪遵申飭，嚴查保甲，禁戢姦宄，遇無賴不安生理之人，卽行驅逐，嚴加懲創，縱有一二不革心者，亦不敢公然結聚矣。況賊無馬匹，又兼帶傷，昏夜豈能遠遁？

---

① "疏"，《三賢政書》本誤作"蔬"。

② "一"，《三賢政書》本作"二"。

若平日申明號令，鄉保人等一面救護，一面傳警，坐塘兵丁電擊風馳，可以立刻全獲。而延緩過甚，致令兔脫。今嚴限已滿，杳無緝捕，踈玩之罪，誠不敢爲該縣印捕、防將寬也。但典史宋之龍委因陳總鎮兵經過協濟牛車，赴關支應兵馬，原未在縣；而賊未劫財、未殺人，鄉民力爲救護，縣官未敢欺隱；且地處三界，離城遼遠。或姑開一面，勒令會同隣①州縣文武官將，協力緝挐，務期必獲，以靖根株，是在憲臺詳示遵行。今將取獲職名，據實申報，統候憲裁。

欺君虐民極冤事

據府廳會擬呈詳兩司轉詳部院，已有成案。祇因黃河灘地未經丈量，而韓民陳三謙等呶呶控陳，謂其該縣虛報荒數重糧爲詞。本道茲奉上委，理宜親履河干，逐段清丈，與官民分剖是非。奈因關門兵馬絡繹，又兼代攝商雒，事務殷繁，日無甯晷，且現今各院巡歷考審集於一時，萬難速往。又查灘地爲數頗多，履畝清丈，非朝夕可完。若求速則未免錯亂，非所以仰體上臺之意，下服百姓之心；若曠日遲久，則關門重地，貽誤必多。今該廳奉文委署韓篆，合行就便委丈。爲此仰廳官吏，查照備云批示事理，卽將陳三謙所告謊②報灘地，照依批詳情節，親詣河干，逐段清丈，要見該縣原報過灘地若干，該起糧若干；今種地之民，要見某某現種地若干，該糧若干。通融清丈明白，合盤打算。其中果否有謊③報及隱種情弊，備細造具地糧花名印截清冊呈道，以憑覆核轉報。事關重大，務要至公清覈，毋得疎畧遲緩。

撫民同知呈詳爲欺君虐民等事

看得陳三謙等所告灘地一案，蒙憲臺批行："清丈者，原爲稽查虛報荒④

---

① "隣"，《三賢政書》本作"隣封"。
② "謊"，《湯文正公全集》本誤作"慌"，據《三賢政書》本改。
③ "謊"，《湯文正公全集》本誤作"慌"，據《三賢政書》本改。
④ "荒"，《湯文正公全集》本誤作"謊"，據《三賢政書》本改。

數,必求眞確,以服民心也。"本道仰體德意,敢不細加查鏨?隨督令署縣撫民劉同知履畝清丈,查得韓城縣東面距河,沿河上下土田崩灘無常。地既衝崩,而糧仍照常賠納,已稱苦累。地或灘出,而民有舊輸原糧,豈容重增?今逐村清丈,有地數足額者,如東院等二十餘村是也,彼既未控陳,又甘心具結,是與前報之數相符,故不必再有紛更矣。至稱地縮而苦累者,止此西院等六村。該廳詳稱,隨河流曲直,地勢灠長,段段躬親,共丈出縮地三十六頃一十六畝一鏨九毫六絲二忽,造冊呈齎本道。以事關國課民命,必求詳愼,再三駁查,俱無異詞。猶恐不確,因奉文勘驗旱災,躬履沿河一帶,詢問鄉民,逐畔查對,與該廳清丈所報地數一一相符。總之,林令原報灘地之中,除原地有糧者二百四十二頃,縮地三十六頃一十六畝一鏨九毫六絲二忽外,計實增地二百八十二頃二十畝六分七鏨二毫四絲八忽耳。則今日惟有按畝行糧,而重糧包賠之累自可免矣。

又,細閱縣詳內稱,"新奉憲檄,准戶部咨催黃河丈灘,以十三年爲始,照數徵解,以濟兵餉"等語。謹將丈明地糧數目,分晰造冊,相應呈請。憲臺憫念孑遺,或准照新增實數行糧,或別賜定奪。緣係清丈地畝事理,本道未敢擅專。

諮訪救荒實政以濟窮黎事

照得時已夏至,甘霖未沛,秋難播種,三農絕望,小民流離。饑餓之狀,將有不堪聞見者。爲民父母,遂恝然置之度外,坐視其死而不救乎?昔富鄭公之在青州,趙清獻之在會稽,皆歲逢奇災而民不病,豈異人任?若實有至誠惻怛之心,見民之無食猶己之饑,見民之無衣猶己之寒,蚤夜惶惶,不患無生全之法。合行諮訪。爲此仰州縣官吏,遵照牌內事理,仍轉行佐領、儒學師生人等,各抒己見。苟有救荒善策,務詳細條陳,具陳本道,以便採擇。若果良法美意足以救民禦災者,除嚴飭所屬遵行外,仍轉詳各院,通行全省,以濟萬姓。愼勿視爲故事,負本道誠求之意。速!速!

嚴禁溺殺子女以全天性以厚風俗事

竊惟人類莫親於父子，父子之親，本於天性。古人幼子不笞，壯子不罝，蓋以父子主恩，彝倫根柢於是，誠重之也。秦中民俗，大都驁悍而薄倫，常嗜利而輕骨肉。近日乃有殺子捏訟者，三月之內疊見。本道自嘆待罪茲土，不能宣流教化，因閉閤思過，不敢自逸。又訪得民間有溺殺女子之事。嗚呼！親殺其子而中情不怛，推此而昆季，豈不若犬馬？推此而族黨，豈不若土芥？獷狠嗜殺，亦復何極！安得不盜賊滋多、刑獄放紛乎？夫猛虎有顧子之情，牛羊有舐犢之愛，乃人之無良而反不如一物！其為妖孽機祥，莫大於是。而恬不為怪，不亦異乎？

本道廉其弊源，有因娶娉校量奩資，百端勒索，遂以生女為傷心而殺之者；有貧民子多，無力併育，因而殺之者。夫婚姻而論財，最為惡俗。除一面嚴行禁革外，今天道亢旱，恐透骨寒畯生子不存者必多。夫屠宰之細，尚在禁止，如此風不殄，上干天和，當無窮極。合行嚴禁。為此示仰城鄉軍民人等知悉：各念兒女皆祖妣枝葉，溺殺兒女不獨不慈，先已不孝。伐木殺獸，尚云暴殄天物，何況自己血胤！若真正一貧徹骨，子多不能自育者，許鄉保、鄰佑具結報道，本道蠲俸代為鞠養。其或預惜膰送，仍然葅殺，許鄉保、鄰佑出首，重責枷示，逐出境外。鄰里知情不首，事發一併重懲，決不輕貸。

目擊衝驛倒斃希速請示以專責成以通國脈事

照得潼關乃全秦門戶，四省衝衢，差使絡繹，輪蹄無甯。驛站孤懸衛境，錢糧出自華陰，非若他驛設在州縣，一年站銀不假外求，可以斟酌豐歉，自為補救者也。茲值歲歉，草料騰貴，站銀實不敷用。驛丞卑微之官，委難設措，冒死控陳，情非得已。前准移會詳議，奉有部院批示，責令撫民廳料理，已轉行該廳接管。而該廳亦因時艱申文籲請，意諉華陰兼管。府議請詳貴道，轉詳與否，未有確聞。

目今驛已倒廢，馬死多半，卽存者亦懸槽待斃，不堪驅策。而奉詔京官、滿洲部堂不時經臨。驛官聞信潛藏，馬夫逃避山外，隨風跟蹌之馬，一無可用，致累鄰封越站遞送。昨自漢中奉詔囘京滿洲兩部堂至，因驛官暗逃，中火未備，本道偕劉糸戎拜詔畢，各致羊酒果肉，僅僅一餐而去。雖兩公曲爲體諒，然豈所以待天使之道乎？

本道目覩顚危之狀，或行廳轉催，或徑行縣提預撥站銀，以濟目前之急，眞①不啻舌敝穎禿。而縣官職司錢糧，又丁艱候代，不敢透支挪借，自取罪愆。驛官點金乏術，束手待斃，大聲疾呼，廳縣貌無一應。若不急爲綢繆，衝驛立見倒廢，貽害地方，似匪淺鮮。爲此合關貴道，希速主持，或仍照部院批示，責令撫民廳接管料理，或照府議歸併華陰，速賜轉詳請示，急令專官加意整頓，庶殘驛復甦而國脈不至中阻矣。驛遞爲貴道專司，而本道待罪茲土，聞見頗確。至於斟酌救濟，惟在貴道裁轉。仍希文過道以憑施行。事在危迫，請勿緩視。

禁宰畊牛以重農務事

照得六畜之內，惟牛最有功於人，田地賴其犁轉，穀麥憑之播種。縱使毛齒衰殘，亦當念壯用其力，老棄其身，甚爲不仁，宜推敝帷敝蓋埋藏犬馬之誼。況正資畊耘之年，而橫加屠宰，毋論報生以死，冥譴必加，屠宰滋多，牛日少而價日踴，則地洊荒而民洊貧，理所必至者也。合行嚴禁。爲此示仰兵民屠戶人等，以後敢有仍前貪竊嗜利宰殺畊牛者，巡捕官及里保人等，卽行拏解重究。舉首者，卽將牛價充賞。除依律決治外，仍重責枷號示儆。如巡捕員役、里保人等互相賄庇，訪出一體連坐，決不姑宥。

塘報賊情事

本月初九日，據駐防華州千總劉彪報稱等情。據此，爲照杆賊結聚，殺人

---

① "眞"，《三賢政書》本脫。

擄妻,燒毀民房,地方非常之變。該州平日所爲何事？既無防範於前,又無緝捕於後,巡捕員役如此疎玩,深可痛恨。爲此仰州官吏,卽查龍嶺鄉民是何姓名,賊級三顆①現在何處,馬應庫、馬應秀帶傷生死何如,馬思臣果否已死,曹氏有無下落,杆賊果有若干人,向屯聚何處,今奔向何往。一面嚴督捕官,會同駐防千總劉彪等,奮勇協力進勦,務必盡獲,淨其根株,解道申請正法。仍一面確查前項情節,據實報道,勿得一字含糊,自取罪咎。如賊勢重大,卽速星馳報聞,以便另發精兵擒勦。若敢遲延矇矓,冀苟且揜飾,貽禍地方者,定指名揭糸,決不輕貸。愼之！愼之！

禁 約 事

照得本道職司風紀,表正屬員,必己公而後可責人之不公,己廉而後可責人之不廉。故蒞任以來,杜絶餽遺,嚴革請託,不敢稍有徇私,自玷冰玉。乃近日有等不肖有司,藐視憲綱,輒將公文封箭代人投遞私書,甚至擅具稟啓,借端餽送,深可痛恨。至於出巡按臨之地,一切鋪陳安置、小飯下程,俱屢經嚴禁,竟不遵依,違玩殊甚。爲此再行曉諭:以後如有公文封箭擅具私書稟啓請託餽遺者,上號吏不得矇矓上號。如違,當堂拆出,定指名揭糸,上號吏重法懲處。其經臨州縣違禁用鋪陳等項者,提該房吏重責,決不姑恕。

申飭刑名事

照得本道秉持國憲,爲民伸冤理枉,然不敢侵府縣之職,必事關人命、强盜、豪奸、悍卒、衙蠹、邪教重大等情,方准審理。乃近日刁訟成俗,往往些小事情,動借極大題目,希圖准狀。或本身理屈,反揑詞誣控,希圖摭掩。及至研審,多屬子虛。而承問官往往不能虛心執法,反曲意護惜。卽被告全然無過,亦必吹毛索垢,曰:"不合不善調停,致激某不甘。"告訟一例科罰,毫無懲創。

---

① "顆",《湯文正公全集》本誤作"頓",據《三賢政書》本改。

以致刁風愈熾，獄訟日繁，殊爲可恨。更有事極微小，律例當笞，亦必引"不應得爲而爲之事理重者"律，不知何說。甚至原被干證一齊問罪，黑白不分，曲直莫辨，令善良短氣，兇惡肆志。此等朦混，又不知何說也。笞杖罪名，可審實詳報。至於徒流以上，自當連人申解，以憑面審定奪。乃竟有擬絞、擬戍，止因本道批發原狀無解報字者，亦止以空文招報。觀其招案，似可允轉，而徐訪事情，實大相刺謬。蓋問官成見在胸，胥吏逢迎意旨，鋪敘成招，大半失實。或恣憑喜怒，或徇假囑託，得意者惟恐解審燭察其弊，問屈者雖欲求解亦不允從。此所以批詳甫下，而告辨紛紛。夫聽訟猶人，若果至公無私，何難令兩造輸服乎？更有詞意含糊，模稜兩可，覆閱再三，全無確據。夫詳者，詳細之義；審者，研究之義。大《易》雷電皆至，《豐》取威照並行。故曰："君子以折獄致刑。"若優柔蒙昧，徒懸嘉肺之石，不章雷電之令，成何法體？合①通行申飭。爲此仰廳、州官吏，卽照牌內事理，轉行所屬州縣，以後凡奉本道批詞，涉虛者卽照律反坐，事細者酌量笞逐，具由申報，不得一例引杖。被告無過，不得吹毛索垢。或事關重大，或罪輕而情可恨，或事尚可疑，不能信爲確案者，俱連人解道，以憑面審。勿得仍前朦朧，致民冤莫伸，囂訟愈盛，自溺厥職，大爲不便。文到，令各具遵依報查。

興復社學以端蒙養事

照得化民成俗，莫先於學。古者自國中至於閭黨鄉遂，皆有學。自少至老，未嘗出於學之中。故禮讓興行，風俗樸茂。自聖教湮晦，人心陷溺，士習日媮，風尚不振。有司粉餙文具者頗多，而身任教化者絕少。又兼以兵戈擾攘之際，士皆棄其故業，奔走四方。下邑窮鄉，豈無俊秀子弟？止爲訓導無人，觀摩無助，甚至衣食有缺，不能供給束脩，以致一字不識，一善不聞。椎魯愚頑，多以惡敗，眞可嘆惜！

本道奉勅潼土，練兵督餉之暇，孜孜以興學育才爲務，日進儒生，考德問

---

① "合"，《三賢政書》本作"合亟"。

業。年來風教漸著，嚮往頗多。近以攝篆商雒，稍稍考校文藝，乃應試者寥寥無幾。山陽等縣，一學僅一二人，餘皆寄居別境。本道竊爲慨然。昔文翁化蜀，令狐訓彝，俱成文物之俗。況商洛素稱文物之鄉，平定已十餘年。若有司加意文教，知必有少年俊秀蒸蒸興起者。爲此仰州縣官吏，文到將該州縣本城內外或鄉村集鎮大約二百家以上者，卽設立社學，令鄉約各查本里子弟年八歲以上、十六以下共若干人，報於該州縣。除能自備束脩外，如果家貧無資，該州縣申名報道，以憑量爲設處廩穀、束脩。再行儒學教官，通查該學諸生中有學問淵篤、躬修禮讓者，開送印官，聘以爲師。當此任者，須要端莊①敬慎，以爲後生模楷。先講明《孝經》、小學諸書，教之歌詩習禮、問安視膳、進退揖讓之德②，循循善誘，使知身心之學。勿玩愒歲月，虛應故事。

大抵社學非爲教習舉業，專以端養蒙習。其行止不端、曾出入衙門、囑託公事、不能安貧守道者，雖文詞優長，教官不得開送。其有剽竊異端邪說、炫奇立異、蠱惑後生者，卽革去館穀，另選教讀。其學規，遵本道頒發王文成公教條，勿得聽信流俗，妄自更改。然須該州縣誠愛惻怛，視民如子，勤勤懇懇，隆師重道，方克有成。數年之後，人文蔚起，禮教日新，庶不負本道興復社學之意。勿忽。

急查忠烈實跡以備表揚以範末俗事

照得節義，人之大閑；綱常，國家之命脈。世有忠臣孝子，天地賴以不壞，日月賴以常明。今聖主在上，旌廬表墓，發微闡幽，凡以激勸一代之士氣人心，非徒使既沒之幽魂凜凜生色於九原也。訪得故明潼關衛指揮使張爾猷，忠烈性成，韜畧夙裕。當逆闖入關，將吏披靡，獨本官③誓不偷生，血戰殉城。剛烈之氣，久而彌彰。然十載以來，地方之俎豆未聞，朝廷之褒寵未加，實爲缺④

---

① "莊"，《三賢政書》本作"肅"。
② "德"，《三賢政書》本作"節"。
③ "官"，《三賢政書》本誤作"道"。
④ "缺"，《三賢政書》本作"闕"。

典。爲此仰該衛官吏，卽將本官生平偉績及殉難確狀，俻查的實，取官吏、師生印結具報，以憑申請題旌，仍先立碑表揚。速！速！

查　議　事

照得地方之官，自當辦地方之事。潼關衛掌印官外，設千總二員，皆奉旨部銓，而職掌無多。至於灘糧、獄囚，或關係軍需，或關係重犯，責任匪輕。乃以委官楊祚昌管理，印官竟不稽察，二員不得過而問焉，殊不合理。合行查議。爲此仰衛官吏，文到卽查楊祚昌所管事務，年來收納有無加耗，支放有無朦混，獄囚有無疎忽，一一查明，各造交代清冊。卽於二千總，一經歷中，選擇老練勤愼、可分任其事者，一倂詳道，以憑酌委施行。

復鄉飲以重大典事

照得鄉飲酒禮，所以表耆德，教萬民，甚重典也。該衛久廢墜不舉，不知何故。或無堪舉之人與？夫十室之邑，必有忠信，豈該衛遂無正直醇謹、行著閭里者乎？年來額徵鄉飲錢糧，支銷何處？今十月屆期，合行預飭。爲此仰衛官吏卽查此典廢墜幾載，錢糧係誰冒破。仍確查鄉老有行孚月旦、可爲士民儀型者，舉爲大賓。卽額設錢糧不足應用，不妨量備盒酒，事事從儉。總以得人爲主，不在儀文之過豐也。

卷　八

江西嶺北參政公移

嚴禁參謁事

照得本道賦性孤介，夙夜飲冰，惟知上畏功令，下畏民喦，一切繁文縟節，深所厭絕。故途中屬縣具稟迎接，一槩原文發回。但本道蒞虔在邇，誠恐各屬不肯敦修實政，仍襲舊例，擅離城守，遠事參謁，妨廢政務，貽誤地方，殊為不便。合行嚴禁。為此仰府官吏，即轉行所屬各縣，當念地方遼闊，城有荊榛，山有伏莽，務要殫精惕勵，夙夜維勤，使民生日遂，民性日復，以副本道期望之意。憲綱冊、城圖、誌書，候本道到任之日，差人投遞。如有不遵禁約，仍來參謁，定提吏重責，決不相貸。文到，即令各具遵依報查。毋違。

曉　諭　事

照得南安為江粵要衝，往時商賈喧闐，貨物輻輳。今歲傳聞有靖南王移鎮西蜀，駕由豫章。故客商恐封備船隻，裹足不前；即居民亦慮供應繁難，惶惶靡定。今本道接閱邸報，見戶部一本“為移鎮在即等事奉旨：‘靖南王仍留廣東，已有旨了。欽此’”。合行曉諭。為此示仰客商、居民人等知悉：從前封船，皆因候迎王駕。今已留鎮廣東，此後縱偶有官兵過徃，需舟有限。況海氛蕩平，江淮宵謐，巨艫長帆，通行無礙。爾商民各宜安心樂業，勿得似前驚惶，自誤生理未便。

440

嚴飭防禦以靖地方事

照得司牧以安民爲本，安民以弭盜爲先，蓋萑苻之衆聚，則桑麻之野荒。虔南壤鄰閩粵，風鶴時警，且巖峒深密，奸宄叢伏。嚴查保甲以清其源，操練鄉勇以待其發，屢經各臺申飭，眞不啻詳且切矣。而所屬實心遵行者固有，虛應故事者實多。巨憝藏匿，漫無覺察。强賊操弓挾矢，燒房劫掠，頻頻見告。不知印捕等官、分防兵將所司何事。合通行申飭。爲此仰府縣官吏，查照牌内事理，督率巡捕員役，移會分汛官兵，不時在於該管地方巡邏哨探，務得賊之來蹤去跡，互相傳報；遇有竊發，相機邀截迎擊①，務期盡獲。仍飭保甲人等，體守望相助之意，平日互相稽察，聞賊聲息，接聯傳警，協力夾攻，把截隘路，盡行擒緝，勿使出境遠遁。一應未盡機宜，悉聽從長區處。若該府廳縣能設布方略，使盜賊落膽，疆圉甯靖，本道卽特報各院，力請薦揚，斷不慳吝以灰任事之心。若駐防兵丁能電追飆馳，當場擒獲眞正賊首者，飛報本道，重加獎賞；所獲器械馬匹，盡數給領。若係汛兵行劫，而能自相舉首者，准與紀功。若其黨類眞心悔過、自行投首者，宥其前罪，一體重賞。該府廳縣明張印示，遍行曉諭，使人人知爲盜有必死之法，擒盜有必得之賞，窩賊者身亡家滅，告窩者獲榮名厚利，誰得誰失，宜何去何從也。

至於防兵借端騷擾，擅拏良民希圖報功，包歇村婦，酗酒賭博，遇盜生發坐視不救者，軍法具在。若狡玩捕役妄拏鄉愚，及容賊誣扳，嚇詐財物，並賣放眞賊者，依律究治。若保甲人等不從公舉，挾私誣盜，審實以法懲處。印官養癰貽患，立刻揭參。功令森嚴，毋自貽誤。文到先具遵依，仍每月具有無失事印結投道查考，俱無違錯。

嚴禁溺殺子女以全天性以厚風俗事

竊聞人類莫親於父子，父子之親，本於天性。而五品三物，由此肇修；教化

---

① "擊"，《湯文正公全集》本脫，據《三賢政書》本補。

風俗，因之美厚。古人幼子不笞，壯子不詈，誠以父子主恩，彝倫根柢乎是。降及後世，乃有沈湛兒女之事。嗚呼！噫嘻！親殺其子，而中情不怛。推此而昆季，豈不可推刃？推此而族黨，豈不同寄物？獷狼嗜殺，亦復何極！安得不盜賊滋多，刑獄放紛乎？不謂虔南猶有此風。夫舐犢之愛不可割，乳虎之威不可犯，異類猶然，如人之無良，而反不如一物！失常尚謂不祥，今或父子相殺，其爲妖孽機祥，莫大於此。而恬不爲怪，不亦異乎？昔之賢大夫，所以不按城南殺人大盜，而先按城北殺子婦夫，誠知化理之本也。

本道已廉其弊源，起於習俗狃利。娶婦之家，校量奩資，人遂以女爲厭物。貧民恐其育鞠，復以減口爲添糧至計。除一面與賢士大夫酌定聘嫁之式，裁爲一書，與士民永守勿替外，合先立法嚴禁。爲此示仰城鄉各色人民知悉：嗣後各念兒女皆祖妣枝葉，溺死兒女，不獨不慈，先已不孝。伐木殺獸，尚云暴殄天物，何況自己骨血！如復安忍怙惡，預惜媵送之費而葅殺嬰兒，許諸人皆得公首，驗實以其家半入官，給養鰥寡。若透骨寒町子多無力併育，鄉約、地方具結報道，本道蠲俸酌恤。其有悍不遵教，非復吾民，重笞五十，逐之境外。仍每遇朔望日，責令保長將本里人戶有無溺死情由結覆該縣，一月一彙報本道查考。毋違。

崇祀先賢以昭景行事

竊照宋信國文山先生、明文成陽明先生，精忠大節，正學偉勳，立億萬載臣子之模型，開千百年聖道之眞統。虔州爲二公蒞政敷教之地，今祠宇傾圮，俎豆弗馨，甚非所以景仰前修而昭示來茲也。閱郡志，文山舊祀於清忠祠，陽明祠在府學之右，俱當漸次修理。但今聖廟尚未畢工，二祠力難並舉，而祀典不可一日廢墜。本道反覆思維，欲於濂泉書院堂上總立三龕，中祀周程三夫子，左置一龕祀文山先生，右置一龕祀陽明先生，於義爲當。

查清忠祠並祀清獻、信國二公，然書院以濂溪爲祀主，而濂溪兩爲清獻僚屬，又年少於清獻，位次不安，故清獻必另祠爲便。但事關大典，不便輕忽。爲此仰贛縣官吏，查照牌內事理，再加酌議，務要至當不易。如果可行，卽速命工選堅潔木植,修製三龕,置立兩先生木主。工完,具文報道,以便擇期迎神,牲帛恭祭,以妥先哲之靈,以昭景行之意。慎之! 勿忽。

遵諭敬陳南贛險隘並陳設防機宜事

據贛刑廳呈詳前事内稱:"奉本道查詢地方險隘、汛守方略,竊照虔之爲地,閩粤錯壤,江山環瀏,山必有峒,地必有坑,坑塹之外復有坑塹,峒壑之中又有峒壑。鬱爲盜藪,非始自今。屢發大兵攻圍搜勦,雖各破巢斬馘,終難草薙兔獮。卑職揆度形勢,莫若於雩之平頭砦,分設勁旅駐防,居中制外,勝算在我。既可彈壓瑞、雩、贛之智鄉、石崆、梓山、羅漢巖等處,又可控制興國之梅窖峒、五門峒、螃蟹藪等處。無事則守,有事則戰,扼閩粤之上游,聯江山之勝勢,將見半壁疆索永奠磐石之安。"等情呈詳到道。據此,爲照該縣石崆地方,叢谷疊嶂,鼎峙碁立,深溝密洞,歧路百出,已據該縣申請,蒙虔院檄發防兵汛守矣。今該廳所稱平頭砦坐落何處,果否可以控制各屬,與石崆誰爲險要,該縣久在地方,籌畫必確①。合行查議。爲此仰縣官吏,卽照牌内事理,細細查明平頭砦形勢扼塞果否可以控制各處,與石崆誰爲險要,或當兩處設兵,或止宜專防一處,一一確詳,併令善工繪圖,併申以憑酌奪。本道總從地方起見,該縣勿以議出府廳,不肯從實確詳,及草率遲延,俱非本道平心咨詢之意。速! 速!

急諭流民歸業開墾荒田以奠民生以足國用事

照得斯民衣食之源在田土,朝廷財用之本在賦税,田土荒蕪,則下民衣食不足,而賦税因之缺少,財用因之告匱。此國家根本之計,非細故也。本道奉敕兹土,夙夜思維,惟在宣布德意,綏輯軍民,尤先以招徠流亡、勸課墾荒爲第一義。昨自贛赴庚,搴帷遙望,惟見荆榛滿山,荒萊彌野,舊日村落今皆頹垣敗

---

① "確",《湯文正公全集》本誤作"催",據《三賢政書》本改。

壁,虎豹縱橫①,傷心慘目,不覺揮涕。念我百姓或因避亂,或因逃荒,捨離墳墓,拋棄骨肉,萬苦千辛,違鄉越井。今幸盜賊甯息,地方安堵,臨風懷想,應動首丘之思。況屢奉明綸,荒蕪田地,官給牛種,任民開墾,三年起科。恩德浩蕩,至於如斯。若地方官加意招徠,安有忍棄廬墓,離親戚,長作異鄉之客者?乃遵行已久,不啻三令五申,而佩襭杳然,石田如故,良由有司招輯不勤,勸課不力,以致衣食缺乏,賦稅告匱。國計民生,將何賴乎? 合行曉諭。爲此示仰官吏、軍民人等知悉:凡現在土著者,務宜及時耕耨;流亡他鄉者,務宜及時歸業。有田土者,當盡力南畝;無田土者,准令開無主荒地。無力開墾者,官給牛種,三年後方准起科。各地方有司亦當勞來,勸相鼓舞興作,勿使差役下鄉,騷擾里甲;勿濫准詞訟,妨廢農業;勿以荒報熟,致民賠累;勿加②耗科派,致民逃竄。有一於此,本道爲百姓保護身命,自不能爲屬官愛惜功名。若能使里無游民,野無曠土,本道不靳特揭薦揚優敘。成例具在,斷不負良吏苦心。各宜恪遵,毋得違誤。

嚴禁餽送請託以肅吏治事

照得本道謬叨方面,職在正己飭法,表率屬員,必己秉公而後可責人之不公,己持廉而後可責人之不廉。故夙夜兢兢,飲冰茹蘗,上凜天鑒,下畏民瞻,尤先以杜絕餽遺、嚴革請託爲第一義。今蒞任方新,誠恐各屬或因循陋規、借端餽送,或夤緣貴介、致書遊揚,俱無益實政,有乖治體。合行嚴禁。爲此示仰府縣官吏、軍民人等知悉:各宜精白乃心,滌除陋習;持身如玉,愛民如子;興利務勤,去弊務盡。天道最公,國憲最嚴。果操凜四知,政成三異,不煩奔競,自膺顯擢。倘或簠簋稍玷,桁楊不檢,本道念切民依,斷不徇假! 上臺白簡如霜,決難寬貸。平日枉費精神,究竟毫無効驗。何若殫精竭慮,恪供職業,省交際之煩,絕夤緣之私,上下風清,不愧不怍也。自禁之後,如以本道之言爲故事,

---

① "橫",《湯文正公全集》本誤作"摸",據《三賢政書》本改。
② "加",《湯文正公全集》本誤作"如",據《三賢政書》本改。

漫不遵依，仍循陋例者，定指名揭報，力請題參。幸各慎重，勿貽後悔。令各具遵依報查。毋違。

嚴禁邪教以正風俗以遏亂源事

伏讀《大清律》一款："凡師巫假降邪神，書符咒水，扶鸞禱聖，自號端公、太保、師婆，及妄稱彌勒佛、白蓮社、明尊教、白雲宗等會，一應左道亂正之術，或隱藏圖像，燒香集衆，夜聚曉散，佯修善事，煽惑人民，爲首者絞，爲從者各杖一百，流三千里。"煌煌律令，天下臣民皆所遵守。又新奉上諭："治天下必先正人心，正人心必先黜邪術。今後再有踵行邪教，仍前聚會燒香、斂錢號佛等事，於定律外加等治罪。欽此。"天語昭昭，炳若日星。乃近訪得虔南境內，仍有不法奸民，踵習邪教，煽惑鄉愚，自稱經主、傳頭，起會結黨，夜聚曉散。男女促膝淫穢，等於禽獸；里黨成羣招集，眞若嘯聚。愚民誤墮其術，迷罔顛倒，至死不悟。以此偏境成風，牢不可破。而有司因循玩愒，不肯以正風俗、靖地方爲急，任憑蚩氓無禮無法，罔知有廉恥畏憚。萬一此輩結連日久，一旦釀成禍亂，如平山、洧川故轍，不知地方官何以自解乎？

本道秉憲一方，以扶正驅邪爲己任，務必設法擒緝，靖其根株，永絶亂萌。恐有司仍襲往套，一味優柔，悖嚴綸而養禍亂，殊爲不便。爲此仰道屬官吏、士民、鄉約、地方人等知悉：人倫之理，出自天性，而名教之中，自有樂地。各親其親，各長其長，秀者安於詩書，樸者安於耕鑿，勿得踵習無爲、白蓮及近日大乘、聞香、祕密諸教，自干憲典。如從前不知誤犯者，各宜洗心滌慮，蚤求改弦，槩從寬宥。若執迷不悟，許地方官嚴行緝拏，申解本道，以憑窮究奸狀，如例定罪。如本地方官漫無稽察，本道另有訪聞，或經人告發，定指名揭報糾處。總之，此輩煽惑之術最詭，愚民迷錮日深。鄉約、地方，多其黨類，方傾心信服，誰肯輕意舉首？若非本縣印官設法體訪，痛加懲創，則邪教無日可息，風俗無日可正，變亂無日可止。關係世道人心、地方安危，實非淺鮮。特諭。

嚴禁假名營債倍利坑貧以甦殘黎事

照得虔南疊罹兵火，一二孑遺，僅存皮骨。卽百方撫綏，猶慮救死不贍。乃訪得所屬各縣有等奸棍，勾通雜弁豪兵，以放營債爲名，窺下戶逋欠錢糧，或窺愚民干連詞訟，情急時迫，便結連黨類，甘言美語，誘票揭紙券到手，倍利壓月，倒票換約，累利作本。有初揭不過數兩，展轉而至百餘兩者。逮至力不能還，則羣虎上門，擁逼打罵，無所不至，或折準其田產，或拆散其子女。愚民祇因一時誤墮其術，遂致傾家敗產，骨肉分離，有仰天號泣而忿然斃命者。

嗚呼！放債歲息三分，不爲無利。若貪圖非分之財，至逼傷人命，明有王法，幽有鬼神，恐兩不能逃避也。合出示嚴禁。爲此示仰軍民人等知悉：以後放債取息，止許三分。敢有視利若飴，如前項土棍、營兵不遵法禁者，許被害之家據實陳告。審實，按律究懲，追贓助餉。決不姑息，使小民飲泣吞聲，莫可如何也。愼之！愼之！

舉行月課以興學育材事

照得豫章爲理學、節義之鄉，自宋以來，名臣大儒冠裳相望。南贛處天圍僻坳，而崆峒、庾嶺之蟠廻，貢水、章江之環遶，周程過化於先，陽明敷教於後。山川之鍾靈旣異，往哲之遺範猶存，其間士子必多沉潛究性道之傳，平澹靜聰明之氣。但自變亂以後，城舍灰燼，士皆避居深山，敬業樂羣之事，久矣不講。本道忝分宣茲土，不揆淺陋，妄欲集多士於書院，仿朱子白鹿洞遺法，相與考德問業。故先取制舉業而課之，如有原本六藝，本道自具半豹之窺。其或瑕瑜不相掩者，本道亦可效他山之助。勿謂刑名錢穀之司，遂不暇論文講學也。爲此仰府縣官吏，卽轉行儒學教官，約城鄉諸生，告以本道虛心請教之意。每月擇期齊集明倫堂或清靜公所，該府縣同教官質明蒞事，封鎖如闈，開本道所發題目，面加課試，俾盡所長。卷完，該府縣先加評點，固封解道，以憑細閱。若童子中有秀心英姿可以遠到者，一體收試，勿得阻抑，以隘吾道。至於外府賢士流寓本地者，更宜敦請，不可固拒。各教官亦當相體，實實舉行，勿令諸生領題家作，或倩人錄舊，及苟且了事，負本道饑渴之懷。

嚴禁焚燬屍骸以厚風俗事

照得生養死葬，古今之定禮；掩骼埋胔，乃聖王之首政。不意此地猶有焚燬屍骸之俗。夫人死未幾，骸骨尚煖，一旦焚其屍而揚其灰，曾於敝帷埋狗之不若也。忍心害理，一至於此。甚至有力之家，施諸至親之內。充其心，尚何事不可爲？何惡不可忍與？此不仁之俗，必易於作亂。卽死而魂無所依，亦必釀而爲厲。腥穢之氣，上通於天，定降而爲水旱饑饉之災。傷敗風俗，召致禍亂，莫此爲甚。合行嚴禁。爲此示仰居民人等知悉：以後凡有死屍，毋論親疏，槩不許仍前焚燬。如有眞正貧窶不能備棺，併寄寓之人死無葬地者，許鄉約、地方結報該縣，轉報本道，以憑捐資設備棺木，於附城處所置立義塚瘞葬。敢有不遵明禁，仍前擅自焚屍，地方、鄉約公舉赴道，定按律重處，仍枷號示眾。如地方、鄉約互相容隱，查出一併連坐。至於有力者焚其至親，尤可痛恨。犯者，必立行處死，斷不姑貸。此本道諄諄以敦本厚俗相約，法在必行，愼勿以身嘗試。

招徠流亡修復故居以奠民生事

照得南安素稱雄郡，水路通衢，自應闤闠喧填，商賈輻輳，成一繁盛景象。地方官生聚教養，卽從此槩見。乃自兵燹以來，一二殘黎，萬死一生，相率攜持婦子，蕩析離居。兼之兵馬雲擾，心懷疑懼，卽紳衿巨姓，亦皆星散遠方。祖遺房屋，任其傾圮。治城之內，一望蕭條，惟有敗瓦頹垣、寒煙衰草。本道見之，實切痌瘝。合行曉諭。爲此示仰南安軍民人等知悉：城內房屋基址，皆爾祖宗辛苦構造，以遺爾子若孫，使有所託足，安忍終棄？向日慮兵丁占棲，故觀望不修。今兵丁住居已定，前此占棲，俱經退同。自今以後，誰敢違旨踰越尺寸？況過往兵馬不許入城，久奉明綸，欽遵在案。城內居住，可以衛朝廷之封守，可以免盜賊之窺伺，可永無過往兵馬之騷擾。我百姓俱當趁此機會，各將舊時居址，隨其材力，鳩工修築。或有願租地基，自創房舍者，聽其兩家議明，具呈給照。或有本主逃亡、故絕，許鄰佑人等查明具結，聽人捐貲築室，永遠爲業。本主宗族，不得爭論。如兵丁妄意侵占，許赴本道陳告，以憑究處。地方各官，務要加意招徠。庶幾漸去蕭索之景，浸臻蓄皁之象。慎勿自干廢毀，羈旅荒郊，負本道安輯撫綏至意。

修復書院以重道源事

竊照南安爲周程三夫子傳授道統之地，實稱東南鄒魯，與九江、隆興、吉州、贛郡偶而游寓者不同。府學東壁舊有道源書院，宋理宗宸書扁額，輝煌章江。數百年來，士子絃誦其中，相繼未衰。自兵燹以後，堂廡盡燬，遺像沉埋，蔓草荒煙，牌版縱橫。本道徘徊太息，深慮吾道荆榛，後進無所式型，合先蠲俸修葺。爲此仰府官吏，即移行各廳縣，先估計工料約費若干，量力捐助。趁此秋成之後，覓夫修理，務要堅整宏敞。庶濂洛授受之所彰明於天下，以昭聖朝崇儒之治，興後學景行之思，其於教化實非小補。速！速！

禁革陋規以甦民困事

照得虔南自兵燹之後，灰燼遺黎，膏盡髓竭。司牧者自當加意愛養，除正供外，分毫不宜朘民。本道訪知各縣陋規，凡上司過往，鋪墊安置、中伙下程、氈蓆綵帳，甚至過客往來酒席供給，無不督責現年輪置①備辦，糜費多端。氈條等項，事竣收領，多半毀壞。工房任意作奸，莫可窮詰。嗟！嗟！朝廷建立守令，固望保障孑遺，撙節民財，一切與地方休息。若視閭閻爲外府，痛癢不關，恣意以取，小民脂膏有幾，何堪此層層剝剝乎？合行禁諭。爲此示仰道屬官仰縣官吏查照吏里、民人等知悉：以後一切供應，不得仍前派鄉約、現年里長

---

① “置”，《三賢政書》本及本篇下文均作“值”。

輪值備辦。如敢聽信奸胥，因仍積弊，借端朘削里民者，或經本道訪聞，或係里長告發，官定揭報題參，衙役計贓按照新例流遣，斷難寬狥，令小民敢怒而不敢言也。愼之！愼之！勿貽後悔。

嚴禁停舟僻地以免盜患事

照得往來船隻，遇暮止泊，自應趨煙戶湊集、素無暴客之所。若山僻野地，卽爲維繁①，未免誨盜而生其戎心。合行嚴禁。爲此示仰客商、船戶、地方人等知悉：江干荒涼，盜賊易於竊發。上下船隻，必擇可泊之處，方許停宿。若地方僻險不利止宿者，舟子倦行莫前，致有疎虞，必以通盜治罪。該地方、鄉保、居民，停舟時不爲曉諭，劫舟時不爲救護，亦從重究處。一切乘船之人，亦須不惜小費，不辭辛勤，協同船戶，竭力駕至人煙衆多處所，庶免盜賊之患。勿與長年執拗，自貽伊戚也。

嚴飭操練以資守禦事

照得時方多事，捍衞需人。況南安處五嶺要會，尤藉膂力强壯、精嫻技藝者，以備指臂之用。昨本道較閱時，見標丁技無所長，力不能勝，有兵同於無兵，其於固圉折衝何賴焉？本當嚴加汰革，以肅軍伍，姑飭訓練，以觀後効。爲此仰中軍官周國璧，以後三日一次操②練，逢五日候本道親閱。如有精通技藝，堪資防禦者，本道不惜重賞，以示鼓勵。如仍前弓矢生粗，步伍散亂，將本兵當場重責革去。愼毋怠忽，自貽後悔。

申嚴城守門禁監獄以防不虞事

照得雩都、興國等縣，警報屢至。南安相去遙遠，勢難相機策應。本道擬

---

① “繁”，《三賢政書》本作“繁”。
② “操”，《湯文正公全集》本誤作“摻”，據《三賢政書》本改。

暫往贛城，面請方略，捕勦醜類，安定地方。但南安舊城有右協、府、廳、縣彈壓防守，可恃無虞。惟水城止軍廳一官，又赴甯都署篆。外此一二小吏，才力淺薄。恐獷悍之徒，不服約束，巡查不嚴，往來無忌。城守、監獄，關係重大，萬一稍有疎虞，地方官不能辭其咎也。

查得該府惟照磨職掌頗簡，合行責成嚴查照票內事理，飭令照磨孫希賢即日移駐水城，將城門鎖鑰交付收管，謹其啟閉；協同本道中軍、大庾縣典史，嚴加防範，晝則盤詰奸宄，夜則稽查更籌；督率標兵、民兵，照本道節次申飭，時常戒備，不得偷安怠玩，致滋不虞。司獄官王應宿，責令嚴查監犯，晝夜提防。飭令大庾縣官不時稽察，以防疎忽。該府師帥一方，責任尤重，當嚴督各官蚤夜惟謹，本道雖暫赴贛城，可無南顧之憂矣。愼之！愼之！

纂修郡乘以彰文獻事

照得各府州縣之有誌也，其所紀載不越四境之中，而實能備國史之所未盡。贛郡總江楚之樞鍵，扼閩粵之咽喉，山川險隘，視他郡爲重。名①宦鄉賢，指不勝屈。而兵燹以後，典籍盡付灰燼，各縣誌書，止有甯都、石城、定南數處，他邑蕩然無存。府誌止購得一部，條例分明，猶稱善志，但事止於萬曆末年，近今之事，闕焉未載。及今不圖，恐世遠言②湮，老成凋謝，雖欲從事，勢必更難。擬合先刊舊本，繼纂續編。爲此仰府官吏，即將發去贛州府舊誌一部十二本，轉發贛縣，選善書者謄寫精工，務要歐顏字體，校正無訛，同原本齎道以便發刊外，再行各縣印官、儒學，於故家宿碩採訪舊籍，網羅遺事，併各縣新定賦役之輕重、戶口之多寡、城衛之興革、官制之增減、選舉之姓氏、先達之藝文，俱博求廣攬，限一月內陸續徑齎本道。再令各屬各舉所知，有博通典故、精於史裁者，不拘紳衿、山林隱逸，俱敦禮延請，起送赴道。於濂溪書院開局衰輯，以補前誌之未備。庶幾可以昭鑒戒，明法制，不徒美文章之觀，爲黼黻之事已也。幸各

---

① "名"，《湯文正公全集》本誤作"各"，據《三賢政書》本改。
② "言"，《三賢政書》本作"年"。

祇愼，毋得怠緩。

查取先賢遺文事

竊照黃洛村、何善山兩先生，理學、文章得姚江心傳。雩都爲講學之地，語錄、文集板籍，必有存者。今正學湮晦，士習乖謬，正當表章眞儒，以獎勵後進。合行查取。爲此仰雩都縣，卽查兩先生語錄、文集等書。如原板尚在，印刷數部，齋道以憑頒發南贛各學，使諸生共爲傳習；如原板無存，卽多方購求善本，抄謄一部，校正無訛，齋道以憑考閱。毋得遲違。速！速！

援師大獲奇捷海逆殲遁無遺亟示曉諭以安民心事

照得本年九月二十五日，據提塘官周國佐報稱："八月十一日，奉江撫部院張出示前事，據安慶府塘撥千總何承統報稱：'七月二十三日，蘇州提督梁提兵援省，於觀音門頂馬大戰。賊衆手足失措，斬級數千餘，賊退四十里。操江總漕兩部院領兵援勦，取復瓜州，奪船數百隻。賊艘大敗。殺戮逆賊，精銳盡喪。鄭成功大哭而去，遠遁海口。兵馬過江，併無阻滯。蕪湖一帶，俱已安甯。'"等情塘報到道。據此，合行出示曉諭。仰道屬軍民人等知悉：當知皇運鼎新，綱紀彰明，將勇兵強，海宇底定，區區逆氛，指日淨盡。爾等各宜安心樂業，耕田輸賦。地方一切利弊，候本道與府廳各官商榷，次第興除，務令兵火凋敝之區，漸覩生養安全之效。毋得妄自紛擾，致干罪戾，貽誤身家。

戢虎暴以除民害事

照得虔南兵燹之後，人民凋喪殆盡，荆榛塞路，虎豹晝游，吞噬殘黎，攫齧牲畜。本道暨府縣各官，不能如古循良吏，增修德政，使虎類知感而渡河，自應責令鄉民，驅除虎害。乃近見各屬有民間擒得虎豹，強繳其皮，獻之官府。是百姓冒死而得者,止供官府餽送之資,何所利而爲之乎？合行申飭。爲此仰府縣官吏,即便大張告示,曉諭鄉民人等,如有獵戶善於搏虎者,聽其捕逐擒獲,一切皮肉,任彼變賣,不得强行索取。仍破格賞齎,以示鼓勸。各官更當洗濯其心,愼重刑獄,毋使人謂苛政之害甚於猛虎也。仍將行過緣由,回報查考。毋違。

塘　報　事

　　據該府塘報據該縣呈報李玉廷復謀不軌等情到道。查本道奉敕虔南,弭盜安民,與有專責。地方盜賊生發,即當飛報本道,以憑籌畫方略,此於下車後不啻三令五申矣。不謂該縣視本道爲贅疣,竟無一字相聞。初接府報,已不勝愕然,猶以爲差役之遲滯也。今數日杳無一報,豈該縣以地方安危本道毫無干涉乎？經承藐玩至此,眞堪痛恨,合行提究。爲此仰雩都縣官吏,即查李玉廷復謀不軌有何的據,該縣塘報不令本道與聞,是何意見。文到即日明白具文回報,併將藐玩經承一併解道懲處,勿得抗延。刻速！刻速！

嚴飭塘報賊情事

　　照得弭盜安民,地方官第一急務。近來屬縣視爲緩圖,漠不關心。平日防範之法既疏,事後緝捕之術又怠,且遲延不報,有三日後以驗文申報,照尋常入舖司投遞,六七日內始達穎城,十數日方達南郡本道者。更有上報虔院,下報該府,以本道爲贅疣,竟無一字通聞者。如此玩盜殃民,藐視法紀,殊可詫異！本當即行揭參,姑特酌定限期,再爲嚴飭。爲此仰府官吏,即轉飭所屬各縣印官吏,查照票內事理,如遇盜賊生發,一面照本道節次申飭,星速緝捕;一面刻速差得當健役,遵律例晝夜須行三百里,飛報本道,以憑轉請發兵勦捕。報內併書時刻及經承差役姓名。如差役遲誤時刻者,罪在差役;簽發遲誤時刻者,罪在經承。若隱匿不報者,訪出定指名揭報題參。功令森嚴,勿貽後悔。

開　報　事

贛州府詳犯人黃吉等招由。看得甯都縣私收幫運一案，前奉虔院憲檄，已行該府嚴審，隨據府詳，甯都幫運之需，係合縣紳衿士民會議，書立合同，每石幫運官盤費銀一錢，迺民間自願樂輸，非私行科派者可比，又稱"逐一研審，縣丞委無私派情弊"到道。本道恐其徇庇，復批駁嚴審，務得確情，以憑轉報。催據署府畢同知詳稱，"幫貼之議，實因一邑士庶思糧官解運萬不能賠，恐其終將攀己，故有此陋規。而效奭因循不改，原非良法，仍照原擬復詳"到道。竊以漕糧官解，自屬善法。糧官賠累難支，投江而死者，纍纍有徒。前虔憲請改省運爲贛運，路減三分之二，官民稱便。四分水腳之議，已奉部文，誰敢擅自改變？即果有不敷，仍當明白申詳，聽候上臺裁定，何竟違例私幫？乃借口士庶公議，官無染指，謂可以置身事外耶？當今功令何等森嚴，陳效奭身爲職官，豈不習聞？如此朦混，誠難一日留於地方，亟應斥逐，伏候憲奪。其黃吉駕船不慎，擬杖示懲。並應追救米工銀，及效奭借過賠米銀，俱如府議，蒙將黃吉取問罪犯報奪。

錢糧不容冒支懇准確查造報等事

甯都縣詳錢糧不容冒支由批：據詳，逃隸悍僕，掛名行伍，便不識主父，不畏官長，窩賭放頭，强買强賣，瑣吊禁毆，無所不爲，深爲可恨。仰縣卽出示禁約，以後如有此等，聽該縣嚴拏究解。稽察虛冒，汰革老弱，奉有部文，自當實心遵行。拘定每月十六日過堂查點，反覺煩瑣難行。至於支領月米，按季候虔院檄示遵照可也。此繳。

緝解賊總以靖地方事

贛軍廳詳賊犯伊福壽等由批：二犯既係異鄉流棍，先被賊擄，後被兵捉，其爲匪類無疑。當今地方多事，此徒豈宜輕縱？原奉院批，開明年分月日，備入原文，今詳仍然混混，何也？駁行已五閱月，甘結既未取獲，黎任我亦未提到。不知此案將來如何歸結？仰理刑廳嚴提任我併當日舉報之人，將二犯實跡根究明白，確招速報。繳。

弑叔異冤事

南刑廳詳犯人謝尚迪招由批：此案大槩已明，惟"毆叔"二字，大關風化，招中甚屬含糊，故駁行覆訊確招。毆叔有無的據，一言而決耳。今一言不問，豈該廳職司一郡刑名，而法不能行於劣衿耶？干証無一人解到，欲使本道何以究審耶？此係院件，耽延已久，且平反情罪，係該廳本等職業，惟欲草草了事，本道實不得其解。仰速確審妥招報繳。

殺死弟命事

潁刑廳造報譚良彥招由。看得譚良彥挾仇造款，與胞弟譚良奇謀殺，砍首棄於河，將屍抱於野，殺婢焚屋，以圖飾罪，死有餘辜。良彥處決，無容另議。

特申畫一之法以振積玩以清案牘事

照得本道衙門舉行事件，莫非重務。如錢糧則漕政、軍儲等事，如刑名則人命、強盜等情，皆關係重大，刻難容緩。本道蒞任伊始，稽查舊案，塵封卷宗，盈几充棟。多由奉行衙門一味怠忽，任憑經承因循支吾，竟致沈閣有數月不報者，有經年不報者。如此廢弛，成何政體！

今量定畫一之法，凡干欽件、院件及一切錢糧、刑名重大諸項，初則酌路之遠近，量定限票。初限不應，則發"風"字憲票行催。所行事件倘能依限詳繳，經承吏書姑免解究。如"風"字過限不報，則發"火"字憲票，一面速完前件，仍令經承執文赴道，面稟所以不能完結之由，以憑裁奪。倘此限猶然不覆不結，則發"雷"字憲票，提該衙門經承吏書正身解道，計事懲究。如竟抗違不來，必立差役鎖拏經承赴道，加倍嚴處。倘事關重大，併將本役解赴各院責懲。如捏文飾覆，及藐抗不遵不解，以憲行爲故事，除玩役盡法究治外，定將本官以疲頓揭參。仍先責令吏書造循環簿二本，限文到三日內赴道請印，發囘該府廳縣衛，將本道一切牌票批詳，按月逐日一一登記明白。每季終逐件開具已完、未完具結，差吏赴道齎比。如未完過多，及朦朧妄捏已完，或愆期不比，併事件遺漏者，定將經承從重責究，法在必行。爲此仰府廳縣衛官吏遵依施行。此本道因①積玩已極，不得不然，非過爲煩瑣也。速！速！毋違！

超豁罪贖事

照得新奉上諭，杖罪自三十五兩至二十兩止。蓋以從前罪贖太輕，民易犯法，故量加增益，以懲創奸惡，使民知畏，無非刑期無刑之意。然貧民無力完納，有司不加矜察，往往些小詞訟，監追經年，妨廢農業，殊爲可憫。故本道遇各屬呈詳招罪，必審奪再四，除情眞罪當者，照春夏贖銀充餉、秋冬贖穀備賑之例，盡數造冊，移司報院達部外，其情有可矜及貧窮不能完納者，俱行批免，以省牽累。

查得安遠縣於十六年十二月二十八日申招，林成力杖一百，罪銀三十五兩，本道已經批令照冬季例，買穀貯該縣倉備賑，取倉收報道，以憑補移兩司去後。至今二月已盡，尚未報到。冬季冊已達部，不便再補。本道念今農功方興，恐該縣拘禁追比，妨廢東作，以傷天和，合行豁免。爲此示仰安遠縣官吏，卽喚犯人林成力到官，量責三十板釋放，罪銀免追。如已經追完，卽發還本犯收領，不得令承隱匿侵欺絲毫。如違，許本犯赴道喊稟，以憑提究。按律計贓究追，決不輕貸。仍具遵依報查。速！速！

---

① "因"，《湯文正公全集》本誤作"因循"，據《三賢政書》本改。

銷算順治十六年分兵馬錢糧事

贛州府詳各屬逋欠十六年分兵餉緣由。據此,查兵餉爲三軍續命之膏,況虔南征勦方殷,營兵懸釜待炊,時刻難延。本道蒞任以來,無時不以兵餉爲第一義,望各縣解濟,何啻饑渴!嚴檄飛馳,手口交瘁。無奈各縣玩愒成習,如聾如瞶。至今奏銷期迫,仍然未能全完,致厪憲臺清慮,諄諄諭以上年處分龜鑑,是於催追兵餉之中,仍存愛惜屬吏功名之意。本道①未嘗時刻怠忽,或移檄切責,或提比經承,大破情面,罔避怨勞。今據陸續申解,仍未全完者,興國、上猶兩縣是也;執減編爲辭,堅不完解者,安遠是也;疊催杳無一應者,甯都、崇義是也。總之,各縣素稱疲玩,去歲或半載無官,或盜賊縱橫,或地苦民殘。本道督催有心,點金無術,此又無可奈何者也。現令一面嚴行南、贛二府並上猶、崇義、甯都、興國、安遠五縣勒催續完數目另報外,緣係奉催未完兵餉恐誤奏銷事理,合就據實詳報。

申嚴門禁以重城守事

照得城門之禁,所以詰姦宄,防暴亂,最宜謹愼。前閱邸報,如河南郾城等縣,祇因門禁不嚴,操弓騎馬者,手持假票,公然入城,遂致大變。卽近日吉水、新喻等處,或因城守不謹,或因盤詰疎忽,至於傷官劫獄。鑒戒炯然,豈可不爲警惕?況南、贛兩郡縣,或路處衝繁,或城郭空虛,衝繁則過往必雜,空虛則隄防宜固,尤不可不晝夜凜凜也。合行嚴飭。爲此仰府官吏轉行屬縣官吏,申諭守門兵役,嚴加盤查。凡有騎馬帶弓箭及形跡可疑者,必有眞正印票,有事本城,稟明該縣印官,方許入城。但不得借此擾害平民,使擔柴賣菜者受其需索,婦女往來遭其陵侮,大爲不便。夜間更當謹愼,切不可輕發鎖鑰,致滋不虞。該縣印官不時單騎查點,甯無事過防,不可有事失備。愼之!愼之!

---

① "本道",《湯文正公全集》本脫,據《三賢政書》本補。

急催官員賢否事

照得吏治清,則民生安。本道忝此方表率,下車之始,自當首詢吏治。況按院巡歷在邇,尤難容緩。爲此仰府廳查照原行,即將所屬文武各員逐一確加評隲,務期名實不爽,貞污昭然,刻速齎報本道,將藉手以庶幾知人之明。至於吏書臧否各册,一時不能全完,另文呈報可也。

下吏受過有由恩詔之赦款允協等事

贛州府詳原任同知朱之垣援例呈請開復由批:前奉各部院檄,轉行該府查前後任事各官,有與例相合,秉公確核,造册具詳,以憑轉請開復。若據"代申不參"一語,謂之確核,可乎? 原任朱同知奉撫院題參,部議革職,果否與註① 誤之例相符,仰府詳查原情,徑申布政司酌轉,仍報本道查考。事關題覆,毋得矇溷。此繳。

敬陳丈造之詳備述收歸之便等事

贛刑廳詳贛縣清查田糧歸戶完糧由批:閱贛縣歸戶册式,可謂備極詳明。各屬皆照此法行之,自足杜飛灑詭寄之奸,絶兼併包賠之累。欠戶無所影藏,徵收自易爲力。坵段既各分明,訟端亦可漸息。仰該廳即行各縣,照式造報,仍嚴飭不得借端科派,自干罪戾,以仰副按臺清賦至意。候院批示行。繳。

僉選殷丁等事

贛軍廳詳南安所僉選殷丁漕運由批:南安所舊無漕運之責,故前奉興利除

---

① 　"註",《湯文正公全集》本誤作"註",據《三賢政書》本改。

弊之大,莫若裁併衞所一案,已經署道據兩府詳議,以該所去贛衞二百餘里,輸納錢糧不便,應歸併大庾、上猶,轉詳四院矣。此議原奉部文甚合,自當候題覆遵行,恐未便擅議紛更也。況原以無漕運之責,故議歸附近縣。若比例僉旗,是有漕責矣,不幾於前議悖謬乎?南安同知攝篆甯都,相去五百餘里。就近僉選之説,豈該廳現署府事而屬縣之代庖未聞其姓名耶?仰廳仍遵定例僉選。該所歸縣與否,候會題也。

嚴禁行使低假銀色事

照得民間銀兩,上完國課,下資生策。做造假銀,久奉嚴旨,特設重典。赫赫皇言,欽遵在案。奈何奸徒恬不知畏,仍前做造?欺天罔人,莫此爲甚。夫小民終歲勤苦,始獲些須土產,以萬不得已之費,赴市求售,又值神奸將低假銀兩巧爲誘騙。愚夫愚婦驟墮其奸,號天震地,計無復之。興言及此,真堪痛恨。更有一等刻薄錢爐[1],故將紋銀兌易低假使用,止圖自己便宜,不顧窮民艱難。天理王法,皆難輕貸。合出示嚴禁。爲此示仰軍民人等知悉:以後市肆交易,俱用紋銀、制[2]錢,敢有仍前做造低假銀色及知情行使者,聽被害人指名陳告,或牙行據實舉首,定盡法懲處。如牙行通同阿隱,事發一體連坐。該管印官仍加意禁飭確訪,連人拏解本道,以憑重究。毋得故違。

申嚴城守以重封疆事

照得城池爲有司第一重務,官民性命係於斯,倉庫、獄囚係於斯。況虔南萑苻未靖,閩粵之寇,時切震鄰。而城垣頹敝,民居鮮少,若不嚴加防守,萬一姦宄窺伺,患生不測,深爲可慮。合行嚴飭。爲此仰府官吏轉行屬縣,責令巡捕官役,會同汛防官兵,晝夜防範城頭,更鼓巡鑼,時常戒備,不得苟且偷安,致

---

① "錢爐",本書卷七《嚴禁行使低假銀色事》作"錢虜"。
② "制",《湯文正公全集》本誤作"製",據《三賢政書》本改。

滋不虞。至於城垣有因霪雨傾壞者，該縣當親行查勘，估計丈數，作速設法修理。本道亦可蠲俸相助。不得科派里甲，自干功令。愼之！愼之！文到，卽具遵依報查。勿違。

申飭清獄事

照得時方盛暑，淫熱煩蒸，圄圉之中，慘苦倍甚。一切囚犯，有情可矜疑、駁批覆讞者，有黨羽實繁、差拘待訊者，有波累株連、疑信相半、遽難輕釋者，有異鄉盜夥、遠核虛實者，甚之有不肖有司監追贖鍰者，濫囚婦女家屬者，事犯在赦前、淹滯不爲申請者，無重無輕，寄身圜扉，呻吟痛楚，殊爲可念。本道政刑之不修，不能使草長羅張，冀望其明冤緩死。爲此仰府廳官吏，照牌內事理，卽親詣府縣監前，吊出現在人犯，逐一細問情節，開造清冊，某犯爲某事某年某月日奉某衙門發監，或候詳，或候決，或應討保，或應釋放，件件開具略節，不得遺落一犯。限日內繳道，以憑親行清理。仍查各犯每日口糧若干，足延喘息否，夜臥有無薦板，牆壁有無修築，穢污有無滌除，禁卒有無陵虐，疾病有無醫療，獄官有無違禁擅用拶枷、匣床、刑具，一一據實囘報。再嚴飭獄中禁作，多然蒼朮，貯清水，以防瘟疫傳染。如敢漫不加意，視人命如草菅，本道體訪得出，或被人告發，定提司獄禁卒嚴法重處。仍通飭各屬縣，俱照此例，細細從實查報，以後按季登塡循環簿，申報稽考，俱無違緩。速！速！

嚴禁宰殺耕牛以重農務事

照得六畜之內，惟牛最有功於人，田地賴其犂轉，麥稻憑之播種，縱使毛齒衰殘，亦當念壯用其力。老棄其身，甚爲不仁。況正資耕耘之年，而橫加屠宰，毋論報生以死，冥譴必加，且屠宰資①多，牛日少而價日湧，則地愈荒而民愈貧，理所必至也。合行嚴禁。爲此示仰軍民、屠戶人等知悉：以後敢有土棍串

---

① “資”，本書卷八《禁宰畊牛以重農務事》作“滋”。

通營兵,結黨窩宰,及貪竊嗜利、宰殺耕牛者,巡捕官及保甲、地方、鄰佑卽行赴道稟首,以憑拿解,盡法重處;仍枷號示衆,並將牛價盡賞舉首之人。如捕官、保甲、鄰佑人等通同賄庇,訪出一併嚴懲,決不姑貸。

曉　諭　事

照得南贛凋殘之後,一二遺黎,俱膏盡髓竭。司牧者必加意愛養,庶幾灰燼孑遺,可望起色。乃訪聞各屬凡上司過往中火坐飯,俱令現年里長備辦,差役就中需索,苦不堪言。違禁剝民,深爲可恨。本道經過地方,一蔬一米,俱發紋銀照時價兩平公買,中火坐飯,一槩未用。誠恐該房吏役仍指稱供應本道名色,苦累里甲,是本道有潔己之實,而小民仍受騷擾之害。合出示曉諭。爲此示仰南康現年里長人等知悉:如有假借本道名色,用現年一蔬一米者,卽赴道喊稟,以憑拿究,照新例流遣不恕。

申嚴城守以專責成以防不虞事

照得海氛蕩平,巨寇殲滅,而雩都、興國等處小醜竊發,擾害鄉民。本道以南安路遠,策應不及,暫赴贛城,面請方略,誓必滅此朝食。本道靜夜籌度天時人事,山澤伏莽,今歲合當殄滅。指日事定,卽返斾南安。但舊城有右協、府、廳暨縣官彈壓防守,而新城官少民多,特委府照磨專心料理。誠恐兵民之中有一二獷悍之徒,不守法紀,不遵約束,殊爲不便。合行嚴飭。爲此示仰各該官吏、兵民人等知悉:照磨孫希賢新硎初發,才力有爲,卽日移駐新城。城門鎖鑰,用心收管,謹其啓閉。協同大庾典史吳雄,嚴加防範,晝則盤詰奸宄,夜則稽察更籌,點驗柵欄。照本道節次申飭事理,時常戒備,勿以一時小康,遂偷安息玩,致滋不虞。監獄巨犯累累,關係最重。司獄王應宿晝夜點查,謹愼隄防。重囚嚴牢固之法,勿使禁卒踈懈;輕犯存哀矜之心,莫使禁卒凌虐。仍令禁卒每夜於獄中擊柝巡更。司獄官於三四鼓時或雞鳴時暗至獄前,察其更漏,如偷惰熟寐,卽重加責懲。爾各官受此委任,打起精神,以恪共職掌、保守地方爲務。本道雖在贛城，可無南顧之憂，當竭力薦拔，斷不相負。如強悍之徒，不守法紀，不遵約束，卽報該府法處，彙報本道，以憑拏究重懲。本道必不姑息徇縱，以灰各官苦心。若爾各官以本道之委任爲故事，任意悠忽，定揭報各部院，分別題參斥逐。若致有疏虞，爾身家性命不能自保，國憲凛凛，斷難寬貸。

大盜劫獄可駭等事

案照逆犯張熊窩藏會昌境內，搜獲僞勅銀印、僞劄關防，該縣毫無覺察，猶執稱守法無過，冒昧通詳，疎忽甚矣。據熊供稱，逆黨甚衆，且首逆方應佐係奉旨緝拏巨犯。屢蒙四院嚴檄，並准臬司、巡西道移會本道，俱經檄行該府通行各屬印捕、防弁等官密速躧緝，至今數月，杳無獲報。或該府之未加意督催耶，抑各該縣之玩愒從事耶？倘此日不加意嚴緝，異日別處供報，差官直赴該地方拏獲，又如會昌故事，文武各官不知將何以自解？合亟嚴行催緝。爲此仰府縣官吏，卽便嚴行所屬印捕各官，並移各該營協弁，勒令捕巡各官，併移會駐防備弁，多差捕快、兵役，遍境密探，如寺院庵觀、孤村密洞、客舍酒肆、娼門賭室、山僻河曲，盡力搜查。再嚴飭保甲，挨門逐戶，務將逆首方應佐卽萬雲龍並餘黨方甫廷、萬山藥、張文舉、張文相、俞①姓、閆姓、崔曾深、李夢育、蕭受、方義吾、方景容、蔡萃卿、蔡龍官、劉須友、賴俊德、鄭亨衢、陳君用、劉祖等，晝夜躧緝，期在必獲。毋得縱令兔脫，自干②功令；毋得聽憑各奉差員役虛應故事，怠玩延捱。並嚴諭不許波累無干，借端詐騙。如仍前玩泄，本道設法密訪，若得一犯蹤跡在該地方境內者，定將該縣文武官以庇縱大逆立行揭參，恐該府亦不能辭其責也，恐不止降級革職而已也。文到卽將設法緝訪方略，先報本道，以慰切切懸望之意。勿再視爲故事，自貽噬臍。愼之！愼之！

---

① "俞"，《湯文正公全集》本脫，據《三賢政書》本補。
② "干"，《湯文正公全集》本誤作"干俞"，據《三賢政書》本改。

查勘隘要地方量設官兵防汛以靖寇源事

看得贛、南二郡,當五嶺之要會,處四省之錯壤,層巒疊嶂,密菁深林。封豕長蛇,易爲巢窟。前代至今,時常跳梁。雖亦興師動衆,殲魁俘囚,而旌旆甫旋,餘燼復熾。且洞壑曲邃,隣境旁通,在此地則耕田輸稅,號爲良民;在彼地則揮刃操戈,即同叛黨。執之無從,搏之不得,終不能剗厥根株,空其峒壘,其地勢使然也。故爲今日之計,不當於盜賊已形之後擇險而出奇,惟當於盜賊未聚之先因險而預備,使彼不敢生發,發不得肆志,則勝算在我,可保無虞矣。

本道恭承憲檄查勘要隘,量設汛防,俟保甲効成,徐議撤回,仰見憲臺洞悉虔南情形,急爲桑土綢繆。本道凜遵指示,隨備行兩府,復遍檄屬縣,親詣要隘,相度地理形勢,酌量山岡平險,詢訪民情,籌度緩急。復嚴催不啻再四,據陸續報到,有稱各隘不隸本邑,所轄無憑酌議者,贛縣是也;有因士民遭寇亂兵蹂之後,願操練鄉勇,遵行保甲,家自爲守,人自爲戰,不願設立防兵以滋騷擾者,興國縣是也。贛邑爲院鎮駐劄之地,興國持地方無事之説,似不必再議矣。

甯都縣詳稱,大柏地有永鎮營官兵防守,又與鴨子嶺、佛婆嶂等處相近,該營可以兼顧甯都。惟清泰鄉離縣獨遠,懷德、黃陂村人情獷悍,鷹眼未化,而鄉民畏苦設兵,曾具呈前都院佟,准行停止。查該縣爲左協分駐之地,雖目下調援浙江,而存留兵力尚可肆應。宜嚴飭該營,謹設塘汛,嚴加隄防,遇變接連傳警,營弁率領健兵電[1]擊颷馳,與鄉勇協力固禦,不得推諉偷安,自取罪戾。似不必另設防兵,致事權不一,反多掣肘,庶與部文不許零星設防之意兩不相悖也。

惟雩都縣以葛坳、寬田二處路當孔道,爲數縣要衝,急宜設兵彈壓。龍南縣以新興保逼近粵寇,小醜伏莽,萬難缺兵駐防。周推官條議,以平頭寨分設勁旅,可以控制諸邑。本道復詢之城守營孔副將、鎮標中軍洪遊擊,圖繪平頭寨、葛坳、寬田形勢險夷,又檄行雩都縣覆行查勘,據稱寬田去石峼五里以北之

---

[1] "電",《三賢政書》本作"雷"。

韓婆嶂,以東之石井、木瓜,以南之龍泉,徑相連不過數里。石崠叢山狹路,難以安營,前奉發防兵,現今移駐寬田,則寬田、石崠應作一地論也。平頭寨爲雩、興、石、甯四縣之界,實屬要地,去葛坳止二十里,則平頭寨、葛坳應作一地論也。此二地或各設兵二三百名,領以守備、千總等官,必得愼密、知方略、能約束兵馬者,無事則靜以彈壓,有事則相機夾攻,庶克有濟。至於新興保,已奉院發兵設防,然其地與橫岡營相近,必與該營聲息相通,協力守禦,則兵不患寡而地方有賴。此數處兵旣設,犄角相應,則紫山、銀坑等處皆可鎭壓,足消反側之心矣。

抑本道參之衆論,尤有請者,兵合則強,兵分則弱;兵與將離則放恣易起,兵與民雜則騷擾易生。贛爲東南雄鎭,年來抽調防浙、防閩者,逃亡、裁汰未補者,爲數甚多,重地漸見單弱。若分防太衆,則兵力益薄,設有緩急,實爲可慮。則免其抽調,補其缺額,實鞏固根本至計。又兵丁強悍者多,安靜者少;末弁貓鼠同眠者多,秋毫無犯者少。如陳子龍、劉應虎輩可爲前鑒。今後分防各弁,當知地方無事卽爲上功,不必以斬馘俘囚爲能,使民知有設兵之利,而不見設兵之害,是在憲臺霜威震攝之耳。

瑞金縣杳無一應,俟報到另議外,緣奉憲行查勘要隘地方,量設官兵防汛事理,合就呈詳。伏候憲裁。

飛　報　事

據會昌縣詳報,張熊先年住居馬村耕田,今奉上拏,莫知其故緣由。看得會昌縣知縣王志鑒,司篆百里,當思緝奸詰盜爲縣令第一要務。以大逆張熊潛匿本境,漫無覺察,反聽關長、地方呈報之詞,輒信其歷年守法向善向化,冒昧申詳,疎忽之罪,實不能爲該縣解也。但察其原情,張熊蹤跡詭祕,王令履任方新,且陳士文原供首逆方應佐居在上猶縣營前,張熊居在瑞金縣銅鉢山,前道周參政以事關機密,恐防漏洩,故止密檄上、瑞兩縣協力緝捕,未嘗通聞該縣也。及至差官同鄉導至漁公埠江口擒獲張熊,實在會昌境界。該縣未奉檄文,止據關長、地方之報,見操弓挾矢,擁衆拏人,事出駭異,莫知根由,遂令典史、巡檢向前查問,亦勢所必至。若謂其有心傳關令方逆聞風而逃,及率眾追趕,希圖奪回原犯,該縣身爲民牧,凛凛王章,豈不習聞?況兩月新令,何所爲而干犯憲典,從井救人如此也。但既經查問,見兩道官役奉文緝逆,且現獲僞敕僞印,何等重大,該縣自當悚惕靡甯,深悔覺察無術,殫力搜緝餘黨,務靖根株,以贖前愆。以受事未幾,哀懇憲慈鑒宥,猶可言也。乃事在二月二十六日,遲迴月餘,猶持毫無違犯之説,申報撫憲,則該縣之膠滯固謬而不可解,亦已甚矣。平心定論,通同抗庇之情,該縣所萬萬不敢;蒙昧固執之愆,該縣所斷斷難辭也。其叛首方應佐,嚴勒該縣加意緝捕,務在必獲外,今據該府查明追趕差官有無抗阻庇縱情節,合就呈詳。伏候憲臺裁奪。

屬邑告警相仍郡城無兵可慮密請酌定碩畫以靖地方事

請詳院勦賊緣由。看得贛當四省之衝,所藉以建威銷萌,惟勁旅是賴。近因調援閩浙,又出勦饒州等寇,在贛之兵,誠屬單薄。今贛屬雩、興等縣,盜賊狂逞。洪、鄭、高、王四遊擊,俱已躬親戎行。又蒙憲臺垂念贛鎮兵少,移調汀師,互相夾勦。料此釜底游魚,蕩平定在指日矣。今據該廳具詳,風聞汀師旋汛,未知的否。竊謂此賊猖獗已極,非多集兵力,不足寒賊人之膽。恐汀兵一去,贛師單弱,賊乘其虛,必恣肆無忌。若退師以守城池,則鄉村任其擄掠。各縣之民,皆吾赤子,何忍見其荼毒?若窮兵進取,而賊勢漸張,曠日遲久,未見殲厥渠魁,安保無意外之變?以憲臺駐節之地,堂堂重鎮,山澤小蠢輒敢逆我顔行,不及歃滅此朝食,萬一狡賊計窮,遺一矢於屬縣之垣埔,不亦深可慮乎?祈憲臺密商總鎮,仍留汀師,會合贛師,協力夾勦。並祈預定方略,密飭各將,協心同力,如手足之互相救助,務期歃奏捷音,共成膚功,庶子遺之民獲以安枕,而封疆固於磐石矣。

時勢難支懇請防兵以保城池以固根本事

雩都縣請兵防守城池緣由。看得逆賊李玉廷嘯聚猖獗,業奉憲臺發兵進勦,深入巢穴,雖有擒斬之捷,渠魁猶未授首。今賊情叵測,星散流毒。征師在外,自是分道堵殺,不難旦夕就縛矣。但各營需用人夫、草束等物,所費浩繁,止以城内千家之士庶雇覓供應,又責以晝夜防守,勢必難支。怨聲盈耳,猶可諭以利害,若以老弱不經練習之民,徒以鈍刀、木棍恃爲可守,誠非長策。今該縣慮隆冬漸寒,恐難進勦,倘或班師,賊必攻城,以洩請兵之恨。詳請調撥大營中千把總一員,領兵一二百名,在於城東郊外駐劄,飭令與民無擾,一以備防禦城池,稍息城内久困之居民,一以備流潛之寇,聞報卽可堵禦,似屬可行。合無呈請憲臺,酌發一旅,以保封疆。理合具詳。

頒恩申詳留兵永鎮以固上游以靖地方事

呈詳院留兵鎮守龍南縣緣由。看得龍南新興、大龍、太平三保,接壤粤疆。盜寇竊發,皆由於此。前明曾有東桃戍兵防守,後營廢兵撤,寇復爲害。自戊子以來,歲歲擄掠,民無安堵。是以去年發兵鎮守,地方稍甯。因夏間兵去賊至,故士民欲爲預防,呈懇永留,今該縣爲之詳請。當此海氛震驚,伏莽思動之日,似應准留久戍,以固疆圉,以安人心可也。

請旨發審事

據南安府會同南雄府詳過兵孫大等殺死鄉民鍾應貞兄弟招由,看得孫大與陳報國因趕馬之役不遵法紀,擅離營伍,持槍帶刀,徑入中村,强取鄉民鍾應貞、鍾應光之鴨,按之軍令,已不能無罪矣。殊不思雞豚之利,細民資以爲生。及應貞向前索取前鴨,孫大遂執鎗刺胸,直貫後心,立刻殞命。應光見應貞被刺身死,喊衆救命,孫大、陳報國復鎗刃交加,不移時亦登鬼錄。當時,鍾應堯同嫂赴營哭訴。董遊擊親行往勘,初欲馬上拔刀以殺犯兵,繼則綑縛孫大,移送到府。且移會之詞,惟言據情定罪,二命合當抵償,此外無他詞也。兩屍業經相驗,致命傷痕,昭彰可據。孫大已經屢審,招供眞情,始終相符。前此,承讞官以索鴨必致爭鬧,疑於鬭毆,故依律擬絞。因奉平藩批駁,適逢赦例,援引招詳,致奉各憲嚴駁。復行二府會審,孫大口供毫無改易。詳閱律例,兩相角敵,方謂之鬭毆。今孫大等逞兇兵之威,應貞兄弟勢力萬不相敵。觀二府前招,孫大豐美優游,敢請轎於二府之前,入獄則苦主供食,乘轎則苦主承辦。是羈身囹圄之中,尚目無官長,殘虐鄉民。苦主甯鬻二子而不敢與抗,況昔現爲營丁,執持鎗刀,而謂鄉民敢與敵鬭乎?且當時執槍者止孫大一人,應光腰間之傷,報國未及面質,檢驗亦係鎗痕。是應貞之命斃於孫大之手,而應光之命,大亦當平分其罪。反覆審斷,恩例固不相符,即繯首亦未合律,擬以故殺,庶足昭三尺之法而瞑二魂之目也。至於錢糧、衣甲之失,董遊擊之呈報時日已不相符。若果稍有遺失,移解孫大之時,豈肯默默無言?陳印已囘廣東,金朝選之口供可憑;鄉民嘯黨圍廟,董懷德之飾詞無據。駁讞再四,字字眞確。按律定罪,孫大一斬允當。陳報國已經文村賊砲傷亡,免究。事關欽案,伏候憲裁。

打死人命事

　　贛刑廳詳劉大富打死蕭天標招由。看得劉大富堂妹劉氏,配與蕭天標之子蕭明爲妻。產後染疾,天標延醫調治。稍痊,大富接妹歸家,飲食過傷,夙恙復發,遂而物故。天標備棺收斂,情理盡矣。大富與其弟大祥,思借端嚇詐。未遂其欲,輒以孝禮爲詞,大富奮拳兇毆,致天標立刻殞命。屢經檢審,傷痕俱眞,證供皆確。按律絞抵,當偺首服辜也。大祥助毆,傷無致命,又非元謀,依餘人之律,似不爲縱。劉君祿疊審委係無干,應行釋放,免其拖累。

活活打死人命事

　　贛州府詳蔡達生打死鍾惟亮招由。看得蔡達生與營兵朱大奇有瓜葛之戚,遂假威逞兇,代其賣肉,橫行於館驛之前,置肉惟亮屠案。在惟亮情自難堪,彼此交毆。達生理已不直,乃復搆大奇,以圖報復。惟亮知係兵黨,潛藏三日,至十九日始敢出市,情亦可憐矣。而達生復偕大奇,以賤價强買起釁,協力毆打。後惟亮入城鳴寃,二兇又伏於城內觀音閣前,扭執惟亮,拳石交加,以致惟亮之命越宿而告殞。屢經檢審，傷眞証確，擬抵何辭？然達生雖甚兇悍，非倚恃大奇兵威，未必至此。推情理論，二犯厥罪惟均。但一命一抵，達生實爲首禍，按律縲頸，以謝幽魂。大奇依元謀城旦，似非枉縱。朱天同原未在場，朱心池在傍口叱，力不能救，俱應釋豁。蕭君甫等審係無干，仰體憲慈釋放，以免拖累矣。

土霸魁魊鄉民塗炭等事

據贛刑廳造報斬犯袁利亨招由。看得袁利亨、賴國材，焚屋殺人，劫財擄婦。受害之家，証供鑿鑿。且又藏匿僞印、僞劄，竟不焚毀，意何爲也？駢斬猶有餘辜。生景華、張明案附賊情眞，得財無據，改徒擬以實流，似非枉縱。禁卒張成防守不嚴，經承歐鴻不行通報，分別徒杖。逃犯劉清海等，仍行緝結。

出　巡　事

贛刑廳造報黃一鵬招由。看得黃一鵬乘亂立營，殺毆無忌。被害環攻，人怨已極。立誅以抒衆憤，誰曰不宜？第事犯在順治五年以前，至十三年始發覺揭報，其間相隔有八九年、十餘年之久。前此寂無一言，雖時當亂離或未暇攻訐，而辟案至重，不敢草率。況屢經恩赦，其兄弟三人，兩人斃命，今一鵬尚多矜疑，似未便輕議深入也。

飛報鄉兵奮勇等事

贛刑廳造報王鳳等招由。看得王鳳、陳尚元聚衆爲盜，夥劫官船，天網不漏，隨被鄉兵陣擒。同夥二十八人，被戮者張望天等十九名，脫逃者王得功等三名，生擒者王鳳等六名。內周二漢、曾成孔已經瘐死，夏元、蔡光與續獲之劉可任、夏清仔又挖獄脫逃。今鳳與尚元屢審已確，駢斬何辭！至脫逃之王得功等，穴獄之夏元等，仍嚴行緝結。其寫書覓寓之業林，與官守不謹之典史王萬鎮,擬杖示懲,似非過縱。盜妻三口,小子一名,雖與叛案不同,而逃賊未獲,難以議釋,奉虔院發監,應否的保?

堂上萬里下情難達等事

贛刑廳造報廖保貞招由。看得廖保貞與劉覽等同時陣獲,而不與覽等同赴市曹者,謂其藉口連斬三賊,故得肆其狡辯耳。然宋士達等業已投誠,而敢行誘殺及三人,族黨相率報讐。官兵一至,始來投見。未幾,又與劉、胡二賊挺身躍馬,身披虎甲,乃爲賈將所擒。此人生成盜骨,變幻無端,擬以一斬,似無容置喙也。

拏獲假冒大兵沿鄉淫擄事

贛刑廳造報曾喜等招由。看得曾喜與監故之陳瞻明等,假冒大兵,沿鄉劫掠,甚而擄婦強姦,恣意輪宿。朱氏年方十二,竟以淫斃。如此兇狠,何論得財與否!屢審已確,亟宜懸首,以洩眾恨。

申報逃兵等事

贛刑廳造報王先招由。看得王先與陳元押解逃人,自當恪守法紀,乃敢沿途殺掠。執棍先登者王先也,繼其後者陳元也,竟將陳壽綑縛打落水中,趕入深潭而死,舟中銀幣諸物悉搶而去。誠王法之所不容,並斬亦不爲過。既經臬司屢駁,復據刑廳議擬,斬爲首之王先,遣爲從之陳元,以慰旅魂,以彰法紀。

迅報畢亂事

贛刑廳造報方良甫等招由。看得方良甫等謀殺張泰吾兄弟也,設酒聚飲,立刃三命,而又抄其家資牲畜,擄其妻妾子女,殘忍狠毒,天日爲昏。屢經駁訊,良甫、聶科、林汝柏三犯,實爲首惡,均擬一斬,以慰幽魂,以彰國法。加功之張君融等,與淫婦聶氏,嚴提緝究,萬難容其兔脫也。

打死驛卒事

贛刑廳造報李長壽招由。看得李長壽毆斃驛卒謝勝也,因需索常例,言語相觸,拳腳石棍,致勝立時殞命。檢審已確,擬抵不枉。鬭毆縊項之條,似足蔽辜也。

活活踢死人命事

贛刑廳造報傅先招由。看得傅先差拘逃兵,自當照名緝解,何乃株連房戶,視爲奇貨,飽慾則釋,拂意則鎖？福吾貧無以應,竟怒踢腎囊而死。兇悍情狀,令人髮指。鬭毆原非本律,威縛似已得情。虔憲批駁再三,無非恐兇人漏網,悍兵肆志耳。然法實止此,仍照原擬,遇恩赦不減。該廳之議,似非枉縱也。

申報防兵殺死印官僕命事

贛刑廳造報王文見招由。看得王文見防守上猶,繫民間之豕於月城之內,已不遵紀律矣。縣官發鑰開門,收還原主,所開者內城門,非外城門也。使文見果以防守爲重,開門之時便當致詰,況持鑰而出,驅猪而入,明明稟命而來。大呼殺賊,胡爲乎？梓平自恃縣令家僕,立而抗語。一刀數刃,腸潰腦裂。慘毒至此,法豈容寬？縣令之僕,視如草芥,矧平民乎？故殺律例,似爲確當。此案奉撫憲屢駁,縣令久已離任,干証死亡無憑。該廳改絞擬流,本道未敢擅議。

移會查驗僞首事

贛州府造報王勇總等招由。看得王勇總等一案,初經前道會審,稱其張旗列陣,洶洶對敵,殺傷我兵,當陣擒獲,按律駢斬,自不爲枉。及奉虔院批行府廳會審,口供種種互異。狡賊時久飾辯,固難憑信其詞;招情前後矛盾,恐非如鐵之案。見駁府廳覆訊,俟招報查核具詳。

活活打死人命事

贛州府造報蔡達生招由。看得蔡達生與營兵朱大奇之毆死鍾惟亮也,事起於賣肉細故。惟亮知是營兵,藏避三日,情甚可憐。二犯兇狠性成,必欲毆死而快心焉。達生首禍,絢首不枉;大奇元謀,城旦猶幸。

緝解賊總以靖地方事

贛軍廳造報伊福壽等緣由。看得伊福壽、李奇珍,皆異鄉流棍,暫寓甯地,先爲賊擄,旋被兵獲,自屬匪類。但既非陣擒,又無苦主確証,故得肆其狡辯,而承讞官不能不爲之矜請也。乃鄰佑、田主不肯出結,審訊未明,不便輕爲發落。黎任我係原拏之人,拘提不至。已駁贛刑廳嚴提任我併舉報之人,根究明白,另詳酌轉今奉審錄。

移會查驗僞首事

贛州府造報陳廷甫等緣由。看得陳廷甫、陳相元與已故郭王才等,居鄰賊窟,見大兵征賊,捶牲餽米,以餉土卒。劉應虎疑係狡謀,誘而執縛,假稱各圍獻出,復捏賊首詭名,希圖要功,情罪顯然。屢經研審,出首縛獻,俱無的據。各犯獲於犒師,非擒於對壘,情俱可矜,宜暫羈候題。但此案與王勇總等一案,

奉有前虔院“一疏具報，仍同一時並題”之批，勇總情節未明，又各犯查取縣官
印結、親鄰保狀未至，致稽彙詳。

海逆肆犯有年訛言浪傳無忌曉諭官民
勿聽眩惑以定人心奉憲曉諭事

照得海逆猖狂，乘沿海一二郡縣一時疏防，肆行剽掠。江南重兵，滿漢數
萬，謀士猛將，如雨如雲。且部院身親督戰，屢奏捷音；禁旅遄發，不日可到。
此正天厭逆惡，掃滅兇氛之時。況我贛南雄兵勁旅甲於東南，金城湯池鞏如磐
石，又去江南數千里，區區逆艦，安敢望我旌旄，自求齏粉？但賊計最狡，先布
流言，不曰今日破某城，即曰明日攻某地，徃來之人因訛傳訛。我百姓皆兵火
餘生，驚魂未定，輕聽浪傳，遂生疑畏，甚至有欲攜家出城避匿深山者。本道已
檄行各屬，張示曉諭，使各安心樂業，不得妄自遷移，自取喪身失業之禍，已不
啻諄切矣。合再遍行曉諭。爲此示仰贛南軍民人等知悉：當思皇運鼎新，四方
底定，鄭逆海上飄忽，偷生旦夕，且所恃者巨艦長帆，不過出沒島嶼耳，安能遠
離巢窟，犯我豫章哉？爾等各安乃心，照常樂業，勿聽訛言，徒事驚惶。至於攜
家出城，尤爲非計。夫城池可以禦暴，官兵可以防奸。若播遷郊野，萬一土寇
竊發，殺身破家，實屬自取。敢有傳訛恐嚇，即係蓄謀不軌，鄉約、地方協擒赴
縣，審實解赴本道，以憑轉解部院，按律正法。如敢堅執不悟，仍搬移出城，守
門兵丁拏獲解道，亦決不輕恕。本道誠心相告，矢諸天日。各傾心諦聽，家喻
戶曉，立破狐疑，安守常業。勿得故違，自貽後悔。

恭陳裁併未當糧務遠攝非宜敬陳一
得仰祈睿鑒以重國計以安民生事

准司咨南安①所裁併，衛丁田歸之州縣等因，移咨復行確查，再詳繹部

---

① “南安”，《湯文正公全集》本誤作“安南”，據《三賢政書》本改。

文,細加酌奪。照得南安所歸併贛衛,其不便有五;而歸併附近州縣,其便有三。

南、贛相去二百餘里,山峻灘險,往返為艱。屯丁耕種南安,輸納贛衛,軍丁去官遙遠,辦納濡滯,呼應不靈。又道路荒榛,虎豹晝遊,身帶錢糧,非結伴不敢起行。至於單丁、女戶,稅銀不過數錢,往返路費倍於所納。脂膏有限,勢必因循掛欠;慮官提比,勢必逃亡他鄉。其不便一也。刁軍倚恃荒僻,抗糧不封,衛官鞭長不及,必至差役勾攝。差役奔馳數日,始見花戶之面,需索騷擾必甚。旬日之費,不足供胥役一飽。官受考成之累,民受追呼之苦,錢糧必至拖欠,國課勢難取足。其不便二也。南安控扼梅嶺,素稱重地。該所屯丁,原設以資守禦,漕運事務,例不與聞。今若歸併贛衛,必僉丁造船。其屯戶之殷實貧窮,官遠則聞見不確,必至假手書識,其中受賄作奸,賣富差貧,為弊多端。且平日槩無漕運之例,其人必不諳漕運之事,萬一違誤運期,雖罪有應得,終屬無濟。其不便三也。平時承辦錢糧,道路既苦艱難,一遇僉丁派役,農業必至盡廢。該所兵燹之後蒿萊盈疇,年來漸次開墾,其實十室九空。若再至荒廢,恐流亡又復載道。而南安極衝極疲之地,防禦無人,城守何賴?其不便四也。且當今逃人之禁甚嚴,保甲之法屢奉俞旨申飭。該所既附贛衛,則編牌立保,縣令不便約束,而衛官在二三百里之外,耳目難周。則軍屯必為藏垢納污之藪,盜賊竊發,逃人潛匿,縣衛互相推諉。其不便五也。

若准歸附近州縣,屬大庾者歸併大庾,屬上猶者歸併上猶,錢糧與縣民一例徵輸,無道路之費則辦納自易,無跋涉之勞則輸將必速,差役無煩勾攝,刁頑不敢抗逋,賦稅有濟,考成無累。此便於國課者也。僉造漕船,不致互諉。該衛官丁相近,貧富刁良,平日聞見必確,不致專倚胥役,致滋弊竇。此便於漕運者也。在大庾境內者盡屬大庾管理,在上猶境內者盡屬上猶管理,逃人一體稽察,保甲一體編定,無掣肘之虞,無抗拒之患,盜賊奸宄無所容匿,平日互相隄防,遇變互相救援。縣官則無旁諉,不敢泄泄從事,地方可奏甯謐之效。此又便於地方者也。

反覆圖維,正與部文相合。合就移覆。為此備咨前去,煩請查照酌轉。

敬陳鹽政壅滯之由併酌因時
疏通之法仰祈睿鑒以裕課餉事

准驛鹽道手本前事南、贛、吉三府議派應銷鹽引緣由。據此，爲照鹽法上關國課，下係民生，額數一定，難容缺少。茲當派引之初，必從長酌議，期於均平，方能商民交利，永久可行。本道反覆思維，惟計口食鹽，終屬妥便。如但論縣分，不論戶口，則是南安之上猶、崇義可與贛屬之甯都比論，而贛屬之安遠、長甯亦可與吉郡之廬陵並衡也。戶口浮於引數，辦納固有餘力。若引浮於戶口，或數倍於戶口，則民力有限，必致缺額，將來官受考成之累，民受追比之苦，脂膏既竭，國課何裨？今廣鹽額引一萬八千之數，惟有合吉、南、贛三府屬縣，總計戶口若干，每口應食鹽若干，每歲應銷引若干，照數均派，庶可經久。如三府之戶口不足銷此一萬八千之引，伏懇貴道據實請詳，酌量照減。俟流亡漸歸，荒蕪漸墾，再爲加增，庶三府受福無窮。如萬不能減，亦惟於三府戶口定額中稍爲均攤，尚不至偏苦懸絕也。如曰地荒而糧存，人逃而差在，此亦三府同病，不但吉郡爲然也。且鹽政係貴道專司，查照通省之例，可以一言而定，檄行三府照例遵依，似不必往返駁議，徒勞築舍也。

又覆鹽道應銷鹽引緣由。據此，爲照南、贛、吉三府歲額廣引一萬八千，道奉文酌派，事屬創始，必計戶口銷引，方可永垂無弊。今准大移，將三府實在人丁戶口通盤合算，計口銷引，甚爲均平。且九府行鹽成規具在，三府曷敢互異？如此，則國課無虧損之虞，民生無偏苦之患，有司亦不敢不恪遵成法，勉副考成也。今據兩府囘詳，皆無異詞，惟南安府稱上猶一縣新定《全書》戶口一千六百八十一丁，今貴道所開一千九百一丁口，則多三百丁口。或祈查照該縣實在戶口應銷引若干，餘賸浮引，仍於三府屬按戶口均勻增銷，庶該縣官民獲凜遵課程，不致隔越矣。統候貴道酌轉三院批奪賜示，以便行令三府恪遵，按年督銷。合就移覆。

移會查驗偽首事

　　贛州府詳賊犯陳廷甫等緣由。據此,看得見監陳廷甫、陳相元,與先故陳振華、續故郭王才等共一十二名,皆贛鎮守備劉應虎會剿長寗時被縛者也。當三協合師會勦長寗之時,奉兩省部院諄切申諭,令府佐縣官分別良盜,紀驗功次。又飭以嚴束兵丁,毋得因而生事,波累良善;毋得貪功生事,擄掠良寨;沿途經過,毋得騷擾;又必先行確查賊巢的據,賊首姓名,然後刻期出師。憲慮可謂周詳矣!

　　三協遵承方略,撫勦兼施,崔苻已見肅清。祇因難民胡大鉅有"賊百餘奔蒲昌"之一言,公議分道搜勦。而劉應虎則路由黃沙鎮進兵,途過田心等圍。陳廷甫等牽牲餽米,以餉師旅。應虎疑係狡謀,遂執而縛之。夫廷甫等卽居近賊巢,平日未必無染,而壺漿相迎,歡然恐後,在應虎就而撫之可也,何遂縛其身,破其圍?且假稱路獲一人,又稱各圍長獻出。路獲一人,是何姓名,何不令爲鄉導,而杳然不知其所之耶?各圍長係何姓名?長寗印官躬自隨營,分別良盜。此十二人者,何未經該縣一審耶?卽胡大鉅之言,亦止稱蒲昌,未嘗言及田心、田坑、飛龍寨也,止曰有賊奔逃蒲昌,未嘗指稱賊首也。今一一坐以都總、副總、神總、大總等名目,是誠何心哉?在應虎不過以出師後期,無所擒獲則羞於無功,擒非賊首則功亦不大,必欲加此十二人以賊首之名,以成克捷之報,無乃犯貪功生事之戒耶?況前憲行查賊首無十二人之姓名,三協塘報亦無十二人之姓名,則十二人之非眞賊可知矣。前虔憲之所以不卽正法,而令審明招詳,另題請旨發落,良亦疑其非眞賊而愼重之意也。

　　因事關重大,再三駁審,郭王才等十人相繼斃獄。及本道蒞任,接憲文,已止存陳廷甫等二人。行府廳確訊,又本道當堂嚴究,廷甫口供先當庫吏,見充里長,與原招無異。長寗縣印結,士民保狀,昭然可據。陳相元係廷甫之姪,素習農業,均非賊類。彼死者不可復生,存者審訊旣明,似不宜久羈囹圄,自當速請釋豁,以廣皇仁者也。劉應虎已經別案題參,見在候審,無容另議。

移會查驗僞首事

贛州府招詳賊犯藍桂等緣由。看得藍桂等一案，先經前道嚴參政會審，稱其甘心梗化，從逆不悛，當官兵追剿之時，敢於張旗列陣，汹汹對敵，殺傷我兵，當陣擒獲，擬以馘首。後經屢招，皆稱無容再議矣。奉憲批細加研鞫，仰見愼重刑獄、愛惜民人之盛心，敢不逐一細加確究，務令狡賊不至漏網，良善不至寃斃，以副朝廷欽恤至意。遂嚴行府廳，屢經駁訊，各犯口供與前種種互異。蓋初經擒獲，眞情難掩。而時日久遠，狡謀易生。然就其後來口供，亦俱言被賊捉去，旋爲大兵所獲，雖百長、先鋒名目與列陣對敵情狀堅不承認，要不敢狡飾爲未至賊營也。

當崔符肆起，地方雲擾，遣將出師，凡在賊營，自皆力而拘之，以奏廓清之效，何暇問其爲賊久暫。則王勇總等六名賊頭，未必盡確脅從，的有可據。但旣獲於賊營，豈敢輕開一面？仍照前擬，似不爲枉。劉赤仔供："打苧麻爲生，被賊挈去。逃出中途，過①兵擒獲。"藍桂供："挑油爲生，被賊挈去，鎖打望贖。路途遙遠，未曾來贖。大兵進勦，搜之茅蓬。"鍾大將供："強盜破圍，挈在賊營五日。逃出，於龍南地方，爲兵擒來。"此三犯從賊情非得已，被獲又非當陣，罪疑惟輕，似當末減。王丙仔年方幼穉，且父子被賊所執，父受刃而子被擄，情屬可憐，已奉憲批釋，本道無容覆議。事關重大，伏祈再加詳確，庶免出入之愆。

藩差騷擾驛遞兵丁凌辱印官仰祈睿鑒事

贛州府詳兵丁凌辱印官緣由。據此，本道看得曲龍隨從馬章京奉差過虔，勘合止開船九隻，水西驛驛丞王諫畏其凌逼，已應付至四十隻，驛中原簿昭昭可據也。曲龍又向縣索船，索水手、廚役供應等項，未滿其慾，遂辱罵印官，毆

---

① "過"，《三賢政書》本作"遇"。

打縣役。咆哮情狀，駭人聽聞。闔郡士民，忿恨驚惶，羣奔控憲。蒙憲臺親輿河干，馬章京始將曲龍送出，龍仍然踞傲。至理屈詞窮，馬章京用鞭責丐免。

使當時果有扯衣搶銀花船之事，不知有何如兇暴，豈肯默默北去，置搶奪之銀於不問乎？待數月之後，始爲此抵飾之計，其不足信也明矣。平藩法令嚴明，料遣發時必戒諭再三，而不意若輩之違犯約束如此。衝繁之驛，疲苦已極。騷擾之害，屢奉嚴諭申飭。遠方下吏凌辱不堪之狀，久在廟堂洞鑒中，而此尤其強橫異常者也。

據該府會同推官問明，將被毆之郭欽，併公呈貢生鍾元亨、生員鍾天裕，救証居民蕭君甫、郭之標、劉芳六人申解前來。相應轉解憲裁定奪。

錢糧不容冒支懇准確查造報設立良法以垂永久事

甯都縣詳杜兵冒支月糧籲規緣由。看得兵以衛民，民以養兵，兵民原屬一體。文官徵收賦稅以供兵餉，武官操練兵馬以捍封疆，文武官亦皆相資也。前因兵餉告絀，凡裁汰、逃故兵丁，奉旨槩停募補。後因營伍單弱，復奉旨募補足額。則知地方未安，不可一日無兵，卽不可一日缺餉。況虔南壤聯四省，密箐險谷，所在皆是，伏莽肆起，防勤正殷。催督虔餉，日勞憲臺清慮。地方官員值此風鶴告警、人心洶洶之時，竭盡心血，猶恐催科不足，是必一兵實有一兵之用，足折衝禦侮，而小民之胼胝汗血不至虛糜也。每歲兩季，本道奉憲行，出其不意密行查點，裁汰老弱①，稽察虛冒，造冊報憲達部，遵行在案。但贛之去甯四百餘里，雖單騎迅發，亦必四日始達該營，則老弱虛冒者，仍可預備頂替。是有點查之名，而未必有稽核之實也。但該縣請每月十六過堂查點，似又煩瑣難行，且拘定日期，仍可預備，非出其不意密行查點之意也。以後除兩季點兵仍候憲檄照常遵行外，合無行令該縣，就近或二月一次，或一季一次，不時馳赴該營，照平日領餉冊籍，對其年貌，查其腰牌，逐名稽察。如有老弱病廢，卽時申報憲臺汰除，另補精銳者充伍。如此，庶營伍無虛糜之餉，地方得實用之兵，於

---

① "弱"，《湯文正公全集》本誤作"羯"，據《三賢政書》本改。

以彈壓姦宄,消弭變亂,未必無小補也。

至於支領月米,向例係該營請詳,奉憲批允,方准就近關支,在甯都省解虗之費,在營伍省領運之苦,實爲至便。該縣請於候文准領之日,該營備造文冊,當堂給散,似屬可行。蓋公堂分散,自無剋減之弊。且領餉之人,即平日應點之人,亦無假冒之弊,又使兵丁知月米皆仰給於縣官,亦不至藐視邑令,凌虐鄉民。縣官畏兵丁之咆哮,自不敢不從公給散,而一顆一粒皆足資飽騰而結心膂矣。

若夫逃隸悍僕,一入營頭,掛名行伍,便爾不識主父,不畏官司,窩賭放頭,強買強賣,鎖串禁毆,無所不至。此係各營通弊,俱奉憲禁飭久矣。或營中仍有悍不遵依者,相應再請憲示。如以後有此不法,聽該縣指名申報,以憑提究可也。緣本批查報,理合詳議。呈請憲裁。

勸殺叛賊鄉勇姓名聽候獎勵以鼓人心事

長甯縣本城土叛作孽緣由。看得長甯縣叛賊曹子布、曹子粟等,向居城內,暗通粵寇,潛謀不軌。於十六年十二月二十七日,同夥賊傅豹等,忽起異變,殺死街民,逼官勒印。及該縣具文密報,請兵勸除,爲彼所獲,益加橫肆。眞逆天巨叛,罪不容誅。

幸虔院預念粵寇之害,先期移咨廣省各院,遣將發兵,勸破廣賊,遂使賊之外援不至。該縣密令典史鄭之鵬,巡檢王顯祖、徐良弼,鄉宦張問行,貢生張尚緯,生員曹世治等,督率各坊鄉勇,併傳外廂鄉勇進城,奮力救援。當即殺死賊首曹子布、傅豹等,鄉勇被傷者三人,餘賊奔潰。又經各保鄉勇沿途緝殺,奪獲偽示,曹子粟、陳彩等賊,亦俱授首。共斬賊級二十五顆,見今地方安堵。

此賊皆世居長甯,乃敢包藏禍心,謀逆作亂。若非憲臺頒行保甲之法、申飭有素,該縣仰遵德意、訓練鄉勇,紳衿明於大義、衆志成城、戮力剪滅,何能使渠魁盡殲,定大亂於呼吸?除仍嚴行搜勸餘黨外,今據該縣查明前來,相應轉請憲裁,將有功紳士、鄉民酌行獎勵,陣亡家屬酌賜優卹,以鼓忠勇,以勵後効。統候批示遵行。

盜犯越獄事

贛州府詳監犯苗應賓等招由。看得苗應賓厠跡營伍,與盜犯夏元等潛通線索,同謝袁太帶銀入監,暗行賄賂,密謀越獄。沙間之耳語,獄內之寄書,張勝之口供鑿鑿。問何以出監,則掘洞於後牆也;問何以出城,則從湧金門望江樓之中以布墜下,五犯先後次第,歷歷可指也;且夥賊買船由南安來接應,開船下儲潭,達柏家村,去路又甚分明也。應賓情節,屢讞已確,毫無疑竇。獨是原招引刼囚律,詳察情罪,細繹律文,則覺有未安者。蓋用強劫奪而後謂之劫囚。應賓通賄密謀,乘夜掘洞,情雖可恨,終無強劫之跡。該府廳改擬私竊之罪,當無所置喙也。但賊尚未獲,似難遠遣,監候以待罪人之得,庶法理不至枉縱。至於孔朝勝、孫許兒二犯堅稱係應賓仇扳,卽應賓亦供二犯實不知越獄情由,曾勝亦供應賓與袁太同進監門,未見兩人之面。翻閱原招,拏獲二犯時,亦未審問一語,並無口供可憑。如此遂擬駢斬,無怪二犯之曉曉呼籲也。本道初擬事久狡飾,兩駁研審,各犯供詞始終無異。此二犯者,應行釋放,以免無辜含冤。曾勝等俱如原議。伏候憲裁。

塘報擒渠斬逆事

贛刑廳詳賊犯陳元蚩等招由。看得鄧逢吉、陳元蚩久爲賊孽,地方受其荼毒,論平日罪惡,皆在不赦。巡檢陳正僉遵憲招令投誠,逢吉造冊報名,過堂領賞。回家之後,狼心不改,橫肆猶前。復爲陳子龍、郭滄所擒,且有旗幟、刀鎗、假刻關防一併解憲。但嚴駁兩廳,反覆鞫訊,令旗、令箭等物皆非當陣所獲,逢吉、元蚩等犯亦非一處被擒,黃廷佑、郭滄先後口供游移。細加推求,而知各犯列旗對陣之說,實塘報之飾詞也。既非陣獲,又經投誠,雖居民稱其做旗號,造軍器,而未有確據。至於劫掠何村,殺傷何人,亦無苦主的証也。

刑名以律例爲師,二犯實無死法矣。雖然,二犯鷹眼猶存,零民飲恨切骨。幸逢吉回家未幾,旋就束縛耳。若假以歲時,二犯終當嘯聚山林無疑。觀今海寇猖獗，而虔南遂伏莽蠢動，在在風鶴。二犯若引投誠之例釋放不究，是囹圄中少一賊犯，地方上多一土寇也，其不便莫大焉。該廳擬詳律流置遠方，似斟酌法理，庶幾不至枉縱也。至於黃六仔、陳應龍、林運衡、余繼倫，皆耕夫傭奴，委屬無辜，久羈獄底，淹淹待斃，似應卽速摘發，行該縣安插取結存案者也。陳正僉受賄，全無風影，相應免議。

逆賊蕩平在卽愚民迷錮可憫諄切
曉諭協心翦除以保全身家事

　　照得皇清鼎運維新，海宇底定，滇黔洞猺之地，皆歸版圖；南交西域之人，畢獻方物。去年海寇鄭成功以數萬之衆，舳艫蔽江，一旦大兵雲集，掃蕩無餘。況區區小醜，乃敢抗逆王師。逆孽李玉庭以山魈澤怪，憑恃險阻，攻劫鄉村，殺害人民，擄掠財畜，焚毀房屋。逆天滅倫，神人共恨。本道下車，奉各院明文，委曲招撫，無非仰體朝廷浩蕩宏恩，不忍檠行誅戮。不謂玉庭罪大孽極，迷錮日深，乘海寇變亂、民心惶惑之時，遂大肆兇焰，復行嘯聚。虔院震怒發兵，已經搗其巢窟，擒其黨羽。今已鳥散瓦解，正如入釜之魚，投罝①之兔，迷魂喪魄，死亡無日。是乃上天欲滅此賊之秋。但念地方百姓，或有從前被其迫脅，不得不從者；或有懼其兇暴，慮其未必遽死，日後報復，藏匿容隱，不敢與官兵通信者；或有父母、妻子被其屠戮，飲恨切骨，志欲報仇而孤立無助者。殊不知李賊此番勢窮力蹙，衆畔親離，天道人事，合當殄滅。況都院威令著於兵民，恩信洽於遠邇。今懸賞張示，炳若日星。若迫脅之衆能擒縛獻捷，或斬首報功，千金重賞，斷不少吝；從前過惡，盡行宥免。至於良民未到賊營者，尤當齊心同志，遠近傳訪。果得此賊蹤跡，一面飛報官兵，一面協力擒斬。料此時賊黨東奔西竄，爲數不多，斬勦亦易。但絕數擊之根，可洩萬姓之恨，則地方永免盜賊之殺擄，永免官兵之搜求。且爾等父母、妻子被其屠戮者，亦得瞑目九泉。孝子、義士，何憚而不爲此？試觀賊黨，如大張勝已就戎索，通謀窩隱者執縛纍

---

① “罝”，《湯文正公全集》本誤作“置”，據《三賢政書》本改。

縶，新經招安者分發各伍入册食糧，或給票回家歸農開墾。擒縛張勝者，即出於新降撫目王君寵之手，見蒙都院重賞題叙。明鑒不爽，孰得孰失，宜何去何從也？爲此示仰各縣鄉保居民及被賊脅從人等知悉：各宜仰體朝廷覆載宏恩，都院深仁厚澤，渙然醒悟，如寐忽覺，反邪歸正，棄逆効順，保全身家，專在此時。本朝之法，爲賊不悛，被官兵擒獲者，必誅無赦；窩藏賊犯及通同作亂者，亦必誅無赦；倒戈投順者，盡宥前愆；誅逆自効者，加等賞擢。本道念爾等皆吾赤子，不忍令執迷不悟，故剖白心腑，痛切曉諭。從吾言者爲良民，迷溺不醒者，指日盡罹鋒刃，血膏原野，後悔何及？思之！思之！

招輯殘黎及時歸耕共圖生全無誤身命事

照得虔南兵火，遺黎三空四盡。自去歲至今，復遭李逆蹂躙，焚劫屠擄，備極慘毒，以致田地不得耕種，不得收穫。窮民嗷嗷，無所控訴。幸虔院恭奉天討，遣將誓師，士勇兵强，踴躍用命，已擣其巢窟，俘其頭領。今賊抛家棄妻，東奔西竄，偷生於荆榛之中，搖尾於釜甑之内，指顧之間，必當授首。

今時方春和，正小民盡力南畝之時。恐心懷驚疑，仍然避匿，坐失良時，異日賊雖蕩平而稼穡無望，何以爲仰事俯育之資？況虔兵半載征勤，辛勤勞苦，兵餉仰給各縣，若田疇荒蕪，賦税缺額，豈能令彼枵腹荷戈爲民捍圉？合①諄切曉諭。爲此示仰頓屬軍民人等知悉：趁此東作之時，各宜歸尋南畝，加意耕耘。李逆殄滅在即，萬不能爲爾等之害。如爾等肯齊心協力，照本道前申飭保甲之法，實實遵行，區區玉庭，何難擒縛斬首，獻之轅門，以領重賞？而乃藏首遠避，荒廢田廬，殊屬愚昧。至於前此曾被迫脅者，今能豁然醒悟，棄戈歸農，與鄉民同力捍賊，共事耕作，地方居民不得追究舊惡，致復驚竄。虔院號令嚴明，官兵秋毫無犯，斷不分外追求，株累良善。總之，今日用兵，惟以定亂安民爲事，不以搜求黨羽爲功。稔惡賊魁，誓必勦滅；脅從餘黨，槩可宥免。但能棄戈歸正，當下即成良民。生死關頭，間不容髮。本道心事如青天白日，言無虚

---

① "合"，《三賢政書》本作"合行"。

假。各宜深思，毋貽後悔。

再飭招徠開墾以奠民生事

照得本道欽奉勅諭，有勸課墾種之責，必令里無游民，野無曠土，方不負委任①之意。下車以來，屢經申飭。今當春和，農功伊始，恐各屬勸相不力，令惰農之民待命於天而負天之時，責成於地而餘地之力，稼穡不興，草萊如故，本道亦有曠官之懼。爲此仰府官吏，即便通行所屬各縣，遍諭境内小民，趁此東作之時，如見在土著者，亟宜及時耕耨；流亡他鄉者，務宜及時歸業；有田土者，當盡力南畝；無田土者，准令開墾無主荒田，印官給照，永爲己業；無力開墾者，官給牛種，三年後方准照例起科。地方有司，亦當勞來，勸相鼓舞興作，不時巡行郊野，躬親督課。勿差役下鄉，騷擾里甲；勿濫准詞訟，妨廢農業；勿以荒作熟，致民賠累；勿加耗科派，致民逃竄；勿妄興不急土木；勿妄監輕罪人犯。至於民間釀飲賭博、斂錢唱會、打醮進香，皆召亂耗財、妨農廢業之大蠹，尤當嚴禁。本道專以農政之修否爲有司之殿最，若能使里無游民，野無曠土，本道不斬特揭薦揚優敘。成例具在，斷不負良吏苦心。仍將勸墾過荒田畝數造册報道，以憑查考。文到即令各先具遵依繳報。速！速！

塘報擒渠斬逆事

贛州府申詳賊犯陳元蚩等緣由。看此案奉院憲牌，陳元蚩等有馬匹、器械、關防。經前道會審，兵刃、旗幟、令箭、令旗、僞印、關防，確有可憑。各犯自認無辭，俛首服辜。今該府據供俱請矜釋。以家藏僞印之賊可以寬釋，則天下無不可釋放之賊矣！旗箭、僞印、關防，今見貯何處？僞印、關防是銅是木，係何官銜？既實心投誠，何不將此犯禁之物首之官府，或投之水火？而仍留於家，則存心不測可知矣。詳中並未究明，事關重大，不便草草。理刑廳專司刑

---

① "任"，《三賢政書》本作"之"。

名,仰提案內人犯,逐一窮究到底。勿得聽其支飾,致有枉縱。速速報!

禀 報 事

　　贛縣禀報殺死女人緣由批:據報,地方殺死人命,事關重大。但不知係誰氏婦女,年歲若干,因何至打船空廠,傷痕在何處,仇耶,盜耶,抑有別情耶?空廠左右有無鄰居,殺人必有喊叫聲息,鄰人豈得全無聽聞?忽有人報,是何姓名?仰該縣卽細細查驗明確,嚴緝眞正兇犯,究明如律招解。速!速!繳。

協濟之蝕侵已久等事

　　贛州府詳定南縣、龍南縣各屬協濟銀兩由批:此案兩奉院批,一據定南申,一據龍南申,俱經前道轉行該府查議,自當並叙緣由,何得將龍南一批全不提起?豈原行爲該房沈匿耶?定南荒殘最甚,協濟銀兩,拖欠如許。各縣稱皇恩赦免,不知果否拖欠在民,抑從前官役侵欺耶?新定《全書》果否全無款項?廬陵不在遐方,何至杳無囘報?院限十日全完,今已年半矣,該府猶未查明,止以驗文草草囘塞,不知該經承何以怠玩至此極耶?仰府逐一再加確查,應解者速行催解。屬檄廬陵勒限囘報,仍備叙原行詳報酌轉,勿再令經承覆瓿也。速!速!繳。

衙蠹玩法事

　　甯都縣詳書手玩法由批:勸墾荒土,上足國課,下利民生,爲今日第一要務。十五年開荒冊,屢經檄催,立等造報,何物曾學禮等敢藏匿原牌,科斂肥己,贓私纍纍,眞弁髦三尺矣!衙役犯贓,不准折贖,新例甚嚴,何得仍以贖請?仰贛州府嚴提確審,併緝葉國遴等,一併究明,照例分別招解。繳。

遵諭敬陳南韻險隘等事

韻刑廳詳設防虔南汛守等由批：覽詳，虔南山川險隘、汛守方略，指次如掌。伏波將軍聚米而談，不是過也。即當藉手轉達各院，以爲鞏固封疆之計。此繳。

逆渠投誠未出難民安插無緒等事

雩都縣詳李玉庭執迷不出由批：李玉庭依山負嵎，執迷不出，逆順禍福之機全然不知，可謂愚矣。且伊父見在省城，生殺惟部院之命。彼逡巡狡詐，不念及乃父乎？天倫恩義，恝然至此，真良心死盡，天理滅絶。恐深山大澤之禽獸，亦將羞與爲伍。黨羽苟有人心，豈肯從之趨死？

昨奉部院憲牌，剴切嚴明，已行該縣矣。仰遵依再行面諭，無負部院始終推心置腹之意。速速報。

久獄久冤四命哭超事

韻刑廳呈詳犯人鄧湛暘等招由批：此案兩家十八命，祇因該縣隱匿盜情，沈擱不理，遂玩延八載，竟成疑獄。當時，鄧純一與地方劉李朋等俱告報在兩日之後，十一人之屍骸俱存，使該縣留心民命，何難審定鐵案？乃竟置之不問。而承讞官又不能虛公研究，偏聽失入，殊可異也。

今是非大端已明，金壽之久已物故，郭氏之杳無蹤影，教化仔之信傳於兩年之前，其爲王起泰之借端起釁，毋煩再論。起泰率衆攻殺，出於鄧瑞貞之口，即鍾氏、曾氏等之哀訴，王調、王尚之干証，亦皆由於起泰之提掇，則起泰爲戎首無疑。鄰佑李舒庭、李德先俱供："九年四月十一日，強盜圍了鄧家房子。次日，廳、厨俱是死屍。"今北房被燬，而二屍現存，則王起泰之聚衆執械殺人圍屋是真。如是巨兇，捨其人命不究，僅擬誣告之條，當耶？否耶？

今功令森嚴,獄情久延不結,問官皆當任咎。擬罪不當,刑官尤有專責。該廳再細究眞情,查明確當律例,刻速招解。本道蒞任一月,遲誤之咎,不任受也。立候。繳。

夙疾舉發勢在莫支等事

石城縣詳患病由批:石城荒殘小邑,該縣飲冰六載,弭盜墾荒,備極苦心,本道素所深悉。卽偶有微恙,自當勉事藥餌,務求速愈,豈得興懷蓴鱸、遽賦歸來? 仰善自調攝,稍痊卽出視事。仍候院司詳行。繳。

活殺八命事

贛刑廳呈詳犯人廖養重等招由批:此案已經八載,若曰不係謀殺、故殺,則當援引恩赦,以蘇沈獄。然觀其白日揮刃慘殺八[1]命,卽三犯纓首,死者猶有餘恨。細閱招情,詳察律意,威力主死之條是否允協? 事關多命,不便草轉。該廳職司明刑,正於此等疑獄見折獄之能,務要究其眞正兇手。當抵者,當釋者,引擬妥律。報止具新詳,不必備錄前招,覤延時日。速! 速!

塘報擒渠斬逆事

贛刑廳詳賊犯陳玄[2]蜚由批:據鄧逢吉供,是被擒在九月初四日。而黃廷佑初供,九月十九日,石峋地方黃茂清同鄧逢吉數千人來衝營。陳子龍塘報稱,二十四日,范日星、黃茂清、管瑞明、鄧逢吉、李秀元等統兵厮殺。時日不符,豈逢吉被擒二十日,而子龍始假揑塘報乎? 抑逢吉狡供投誠,回家一日卽拏,以見反覆無據,爲後日脫網之地乎? 廷佑又供拏賊來歷,自有經手可鞫,經

---

① "八",《湯文正公全集》本誤作"七",據上下文和《三賢政書》本改。
② "玄",《三賢政書》本作"元"。

手的係何人？陳、鄧二犯俱供到營四五日，忽見有此器械，此器械的自何來？事關大案，狡賊飾辨與劣弁冒功，俱難輕輕放過。仰該廳再一確訊，連人解道，以憑面審定奪。

塘報擒渠斬逆事

贛刑廳詳鄧逢吉等由批：據審，黃六仔、陳應龍、林運衡、余繼倫，皆爲人傭工，口供甚確，斷非賊徒。仰該廳卽行各該縣，取其鄰里、田主甘結報道，以憑轉詳開釋。鄧逢吉、陳元蜚，俱係千總郭滄所挐，則滄卽爲經手之人矣。本道喚滄面訊，據稱元蜚獲於寒婆嶂，逢吉獲於芭蕉坑。而逢吉之居址卽在芭蕉坑，且併其妻劉氏一同俘獲，豈婦人亦能對敵乎？則滄之言不足信也明矣。但令旗一根，上有僞印一顆，篆文爲“建威將軍之印”，不知此係黃茂清之印否？茂清投誠，此印曾繳否？當今寇氛未靖，若借僞印以招搖惑亂人心，大爲不便，張熊可謂前鑒也。該廳仍喚郭千總細問此旗來歷，茂清投誠曾否繳有僞印，不得以“不知何來”四字遂爲的據也。原批府詳，仍未粘繳，何也？一併查繳。速！速！

移會查驗僞首事

贛州府詳犯人陳廷甫等由批：郭王才等與陳廷甫、陳相元俱係良民。劉應虎捏報要功，天理軍法滅絶盡矣。事關題奏，廳詳雖已明悉，該府未具勘語，不便轉報。藍桂一案，旣係一疏，自當一時併詳。虔憲原疏未得披讀，仰該府一併查呈，備入看語①，限次日卽報。

嗚呼，死者不可復生，本道三復此案，未嘗不爲之長嘆息也。十二人中止存二人，淹淹囹圄，豈堪再爲耽延哉？速！速！繳。

①　“看語”，《三賢政書》本和本篇上文均作“勘語”。

塘報擒渠斬逆事

　　贛刑廳詳犯人陳元蚩等由批：據郭滄供，未見陳玄蚩[①]拏旗，搶出物件，乃有供的菩薩。夫行陣豈供佛之地？則是得之房中，非得之陣上也明甚。但元蚩爲茂清之家僕，逢吉爲投誠之舊賊，元蚩於茂清就撫之後，逢吉於過堂同家之後，曾否劫掠某村，殺傷某人，該縣士民自有確論。如果有劫殺的據，又不在陣獲不陣獲也。總之，亂後餘孽，投誠則撫之，爲賊則誅之，無非爲民計耳。若就撫而後擒，是阻人投順之路；爲賊而不誅，是貽百姓無窮之殃。仰廳仍行各該縣，從公確查，不得以從前事跡溷入，亦不得曲爲徇縱。限五日內報廳轉報本道。同黃六仔結狀併繳。

移會查驗僞首事

　　贛州府詳賊犯王勇總等招由批：藍桂等一案，初經前道會審，稱張旗列陣，洶洶對敵，殺傷我兵，當陣擒獲。再經軍廳覆訊，又稱委無異詞。故後數招皆置之，無容再議矣。今據該府廳詳，口供與前絕不相合。及本道當堂研審，又與今詳互異。如藍桂初供係上下莊打仗，腳疼躲在屋蓬下拏住。既曰打仗，雖因腳疼潛匿，仍與陣擒無異。今稱挑油爲生，未言何時入營。大兵進剿，途遇拏來，不知係何地名？還是自賊營逃出被擒，還是途間挑油被擒？該府遽[②]擬減等，是否允當？劉赤仔初供賊拉去三年，歲時已久，則甘心作賊可知。今供在營止十日，是否的確？且各犯口供，皆被賊拏去，先從後逃，獨與赤仔一人改擬流罪，果否足服各犯之心？何前副將初供係南雄府始興縣人，今供原名陳多嘴，湖廣桂陽人。及本道面訊，又堅稱本名鄧家彥，叔名鄧思昌，實係始興人，併不知陳多嘴爲何人，從未到桂陽。何前後不侔如此？王勇總招頭稱惠州和

---

① 　“陳玄蚩”，《三賢政書》本和本篇下文均作“陳元蚩”。
② 　“遽”，《湯文正公全集》本誤作“據”，據《三賢政書》本改。

平人，廳詳稱南康縣龍囘堡人。本道面訊，又稱實非南康人。潘長仔亦非韶州人。此皆招中之粗節，便種種不合，可見諸犯形蹤詭祕，言詞閃爍，而欲執爲定案，本道惴惴不敢信也。鍾大將被兵拏於何地，或係先自賊營逃出，被擒於家，或係陣敗潛遁，次日搜出，此中亦當辨明，庶不至失出失入。事關題覆，各犯生死關頭，難容一筆草率，致有枉縱。仰府仍會同刑廳虛公再加研究，務要字字眞確，以成鐵案，毋得仍前游移未便。速！速！繳。

刼　殺　事

興國縣詳犯人王有寀等由批：據該縣前申稱，王有寀舊係王大勇黨羽，挾仇殺擄，王永冠等七人盡行殺死，婦女悉被擄去，胞嫂鍾氏迯囘説知等情。今鍾氏現在何處，何不提來一問？如果是眞，則有寀慘殺七命，豈得朦朧一杖了事？且王有寀先以本名告，後以王德魁名告，情詞閃爍，殊爲可疑。仰縣嚴提事內人犯，虛公確審招解。軍廳批詳何得混粘本道詳內？經承藐玩極矣，一併究懲速報。此繳。

行查荒熟事

南安府詳崇義縣荒熟田畝由批：南安各縣，兵火之後，荆榛塞路，佩犢無聞。招流移，墾荒土，自是縣令第一首務。屢奉明綸，有司勸諭開墾，豈容捏報開荒，希圖恩典？據詳稱，前任知縣朱組綬任內，奉莊知府吊取該縣經承謝家繡造報開墾。夫勸墾造冊，係縣官職掌，該府豈得不據縣冊，勒令經承造報耶？且開荒必有花戶姓名，豈家繡茫無憑據，任意分撒，而縣官亦付之不問耶？或係前官以荒作熟，捏報邀功；或係今日以熟作荒，希圖混免；或係先前開墾，後復荒蕪。必要澈①底澄清，方可據實轉報。如荒蕪是眞，自當力請豁免，以甦殘黎。若有未確，未得草草混請，致虧國賦。仰府遴委廉幹廳官，親詣該縣，履畝清查。

務要至公無私,取具糧戶認狀,與府廳縣印結一併粘申,詳明情由。速報。繳。

請旨發審事

　　南安府詳犯人孫大等由批:孫大等因搶奪鄉民之鴨,輒鎗刃交加,致鍾應貞兄弟斃命頃刻。明係故殺,與鬥毆殊科。各院批示,最爲嚴切。今詳仍照原擬。陳報國仍未緝獲,何以伸國法而瞑死者之目? 且非仰體平藩兵民一視之盛心也! 事關欽案,何敢失出失入? 況耽延已久,若再奉院駁,遲誤限期,誰任其咎? 仰該府再會同南雄府,再加確擬,務與律合。嚴緝報國,期於必獲,以正國憲。速速報。

塘報擒渠斬逆事

　　贛刑廳詳犯人陳元蚩等招由批:陳元蚩、鄧逢吉久爲賊孽,士民飲恨切骨。若受撫情眞,則法當從寬;如詐降仍叛,則憲典不赦。雩都地方居民,稱其過堂回來,做旗號,造軍器,仍同舊黨作亂。是陽撫陰叛,特未指實劫掠某村,殺傷某人耳。今以殺之無名,擬以實流,不知有成例可援否? 但降爲詐降,情更可恨,未可以“受撫”二字爲二犯祝綱也。況元蚩撫冊無名,茂清不認爲家僕,又何爲而牽從末減乎? 黃六仔等無人出保,押發原籍安插,是否妥便? 仰該廳再確議報繳。

議立社學以廣教育事

　　贛州府詳捐輸興立社學由批:江右爲理學之鄉,昔王文成公敷教虔南,一時黃洛村、何善山諸先生蔚然興起,海內之視南贛,稱東南鄒魯矣。近年以來,屬兵戈擾攘之後,下邑窮鄉,豈無俊秀子弟? 止爲訓導無人,觀摩無助,甚至衣食有缺,不能供給束脩①,以致一字不識,一善不聞。椎魯愚頑,多以惡敗,眞

---

①　“脩”,《湯文正公全集》本誤作“修”,據《三賢政書》本改。

可嘆惜！

　　今立社學以養童蒙，置義田以備館穀，誠今日第一要務。本道亦捐銀伍[1]十兩，助成盛舉。仍發去本道舊刻《社學教約》一册，卽王文成公《訓蒙條約》也。仰該府發贛縣照式刊刻，頒布學中，使教讀遵依，勿得聽信流俗，妄自更改。仍通行所屬各縣，俱要一體設立，必查訪學問醇正、品行端方者，聘以爲師。其行止不端，曾出入衙門，囑託公事，不能安貧樂道者，雖文辭優長，不許濫充師席。其有剽竊異端邪說，炫奇出異，蠱惑後生者，卽革去館穀，另選良師。爲師者須循循善誘，使知身心之本，勿玩愒歲月，虛應故事。然須該府縣誠愛惻怛，視民如子，勤勤懇懇，隆師重道，方克有成。數年之後，人文蔚起，禮教日新，庶不負本道興立社學之意。仍取各屬縣遵依報繳。

查明鋪兵身死等事

　　贛刑廳[2]詳雩都縣解張時宇監候病故由批：張時宇既審係無辜，未及具詳而畢命獄中，則長逝者飲恨無窮矣。二十五日至初三日，不過數日耳，該廳審時，本犯有無病症，得病於某日，係何樣病症，獄官曾否傳醫調治，或是禁卒酷刻，或係衣食斷絕，或有別項情故？夫殺人之賊，罪在不赦。今不應死而死之以獄，是何異於重囚處決者也。仰廳仍細心查明，併將獄官職名呈報，不但懲其已往，亦可儆其將來。毋得草草。其屍速令屍親領埋。取領狀報繳。

查明鋪兵身死緣由據實報明事

　　贛刑廳詳謝木壽、張時宇、鄒士先等招由批：張時宇因與樂安之謝木壽耕田相識，索其飯而斫其身，則非同黨可知，未可以窩論也。既係病死，委無別情，姑免深究，速令屍親領同掩埋。在官木壽之被執，姓名之誤也；鄒士先等之

---

① "伍"，《三賢政書》本作"五"。
② "廳"，《湯文正公全集》本脫，據《三賢政書》本補。

被誣,皆仇扳也。俱係無辜,自應釋放。獨是該縣拏獲木壽之時,何不請發時宇與之面質,而一味嚴刑,令良民受累?夫盜非嚴刑固不輕招,而嚴刑之下何求不得?此作吏者所當痛戒也。卽擬轉詳請示,但查縣文止稱拏邱足華、邱復初二犯,未言獲士先,卽鄉民保狀亦不及士先。解廳四犯則有士先而無復初,不知士先有無保狀,復初何以不解?仰廳一面查明,以憑轉詳;一面速行瑞金縣,勒限嚴緝眞賊謝木壽,務獲究明報。繳。

盜犯越獄事

贛刑廳詳犯人苗應賓等口供互異由批:苗應賓帶銀入監,付夏元分布打點,以圖越獄。沙間之耳語,獄中之寄書,掘洞後墻,布墜城下,且約王宇等買船,接下儲潭,此豈朝夕之謀也?原擬已確,無容再議。

查應賓係曾勝供出,而孔朝勝等係應賓扳出。當府廳與賈副將會審朝勝等,口供一字不錄。今已奉具題,而二犯曉曉稱辨,自非反覆詳審,最眞最確,未便輕爲祝網。閱招內稱,應賓三人帶銀二兩八錢,與謝袁太佈置入獄,是三人同入獄矣。如此,則曾勝、謝袁太耳目自不能掩,又何須拏獲?應賓嚴刑方始扳出,今日曾勝等具在,尚可細問也。獨是掘洞以至墜城,必非應賓一人。二犯供係仇扳,應賓亦供實不知情,恐係時久三犯又有情弊,冀求脫網,亦不可知。仰該廳再精心研鞫,無枉無縱。速報。繳。

籲憲恩准招撫以安庶類事

甯都縣詳難民復里供猺,招安逆黨由批:夏秋海寇猖獗,山澤伏莽,乘機蠢動。愚民無知,被其脅誘,未必出自本心。今四方底定,區區小醜,何難殄滅?但姦宄抗化,論法實難寬宥。而愚民陷網,論情不無可矜。今朝廷宥罪招降之典,炳如日星,若此徒果翻然悔悟,革心投誠,自可赦其旣往,嘉與維新。仰縣出示,推誠招撫,使彼共悉朝廷德意與各部院宏恩,返邪歸正,保全身家,入伍、耕田,隨其所願。如執迷不悟,大兵一臨,雖欲禽縱三驅,苟全性命,斷不能矣。

本道念彼皆吾赤子,故諄諄如此。勿忽。繳。

盜賊劫船事

南康縣驗報窩坑塘有賊二十餘人,搶劫廣東舉人陸光祥、客商黎世重等船四隻由批:陸舉人與客船黎世重等,倚塘泊舟,自謂可恃無虞。乃賊船假裝差官,持刀帶箭,乘夜劫掠。塘兵先無稽察,後無救應,所司何事?地在該縣上流,去縣五十餘里,順流而下,自由該縣城下經過。使聞報星夜追緝,豈能飛渡?不意該縣漫不經心,十六日晚失事,二十日晚始報到道,且驗文草草塞責,怠忽極矣。仰縣嚴督捕役,加意緝拏,務獲眞盜。併查陸舉人等見在何處,人口有無被傷,劫去贓物若干,一一查明。仍將違玩經承解道懲處。速速報。

盜犯越獄事

贛刑廳詳覆問過犯人苗應賓等議擬由批:苗應賓無劫囚之跡是矣,但身爲營兵,私通監內強盜,爲之布置接引,擅越禁城而去,較之平民,情更可恨。況今賊尚未獲,改擬戍邊,果否情罪允愜?孔朝勝、孫許兒,當時原未招承,草草遂擬駢斬,眞爲可異!但今時已久遠,遽議釋放,是否得情,事關欽案,不便草轉。仰贛州府會同刑廳,秉公執法,再隔別細加窮究,確擬妥招。限三日內報。

移解投順自願歸農事

龍南縣詳涂茂星等投誠由批:翁源縣小水、瓦全二圍,既係粵寇往來必由之路,居民供應酒食,情非得已。況奉院懸牌招撫,涂茂星等各率妻子,悔過投誠。自當赦其前罪,嘉與維新,以昭大信,不便復咎既往,阻人投誠之路也。應如何安插,仰該縣卽行確議妥當,造冊具結速報。繳。

移 解 事

贛州府詳賊犯周禮明等覆確由批：本道面審周禮明、鍾亥、吳長仔，口供無異，其爲眞賊無疑。獨劉元升供，"一家避賊於瑞金地方，囘家取稻穀，被大兵擒來，並未至賊營"，恐係時久狡辨，冀求倖生。但眞賊則當正法，不可不有以服其心。仰府再一細訊，務得確情。卽錄本犯口供，立刻具看語報道，以憑酌轉。速！繳。

遵化歸誠懇恩准撫事

甯都縣詳撫賊鄒嘉祥等由批：據報，鄒嘉詳等遵諭投誠，傾心向化，自當宥彼前愆，以彰大信。不得聽地方居民推求往事，爲之報復舊讐，沮抑歸降之路。仰卽令備造花名，盡繳器械，聽候院批示安插。

敬陳末議設鎮兵以防寇等事

雩都縣詳設防事宜由批：設立防兵，招徠開耕，洵今日地方急務。設防事宜，已牌行該縣查議，仰卽酌議妥確報道，以憑轉院。發兵設汛，招輯殘民，寬宥脅從，屢示不啻諄諄矣。旣經復請，候本道再示曉諭：自李逆猖獗，出師數月，已屢奏擣巢獻俘之捷。今釜底遊魂，勢窮力蹙，擒縛指日可待。若該縣眞有至誠惻怛之心，實實以宥脅安民爲務，境內良民人人親官兵而讐盜賊，不出一月，必有斬李逆之頭獻之轅門者。若一味虛應故事，使各院宏恩及本道眞心不能達於鄉曲，皆爲賊通信而不爲官兵嚮導，地方何時爲甯宇乎？該縣爲民父母，勿以虛文塞責，至望。此繳。

亟請多設禁卒等事

贛刑廳詳添設更夫禁卒由批：府監內重犯一百八十名，止以六名禁卒看

492

守,可謂疎弛極矣。且多係欽案大囚與近日陣擒賊犯,兇類聚於一處,防守無人,萬一奸究叵測,咎將誰歸? 獄中房屋不多,此一百八十名中,豈無一二情可矜釋者? 無重無輕,一入囹圄,數載不結。目今天氣漸熱,濕穢薰蒸,有罪不至死而死者,所傷天理不細。

　　該廳稱各邑例有額設禁卒,皆領工食;各邑動稱囹圄空虛,應照禁卒年貌册,坐名提取。此議似屬可行。蓋各重犯俱解贛城,俱繫府監,故各縣得以囹圄空虛。而禁卒冒濫工食銀兩,毫無事事,誠屬無益。仰該府卽坐名提取,勒限解到,毋許延緩時刻。俟重犯歸結漸少,仍行發回。仍速多撥健壯,晝夜用心防護;移行軍廳,添設更夫。

　　再,周圍細查,必須牆垣高厚,荆棘密樹,更鼓巡鑼,達旦勿懈。仍將各犯逐一查審,如有情輕可矜釋者,卽造册具詳報道,或徑報都院裁奪,討保寬釋。至於撥派營兵,候詳院飭行可也。事關重大,愼之。速! 速! 繳。

呈報人命事

　　贛刑廳詳犯人鍾曰奇等招由批:鍾曰奇窺堂兄鍾曰意積銀十五兩,遂與鍾伯元同謀殺死,支解其屍。兇慘異常,倫理大變。閱之而不怒髮切齒者,非人情也。彼狡飾爲報父仇,焉有同居共爨而有夙仇之理? 況曰意父死十餘年,曰奇父前年病死。鍾興會之口供,鑿鑿不誣乎? 本道面審,兩犯俛首服辠,已無疑議。但按律故殺人,殺死之後,欲求避罪,割碎死屍,棄置埋没,以故殺論。今於氣尚未斷之時,亂刀交下,支解七塊,與死後避罪者是否相符? 且故殺律在監候斬罪條內,此爲凡人言也。曰奇與曰意係同祖堂兄弟,似與凡人殊科,情罪重大,務求詳愼。兇器曾否拘獲,詳中未曾説明。仰廳一併查確,妥招速報。立等轉報。此繳。

開報事

　　贛州府詳甯都縣縣丞陳效奭、船戶黄吉等私派招由批:私派之弊,屢奉嚴禁,功令森森,難容假借。據詳稱,民自樂輸,非官科派。信如此言,當輸納恐後,何以尚有未完? 則知非盡民情之樂矣。如揭中所開,祭江用豬羊可矣,花紅布與江神何用? 差舍酒飯,俱用私徵銀兩,何可爲訓? 縣丞係職官,不可與小民徒步是矣。使縣丞不解糧赴府,其轎夫亦私派錢糧供用乎? 因損船而有蒸晒。使黃吉謹愼操①舟,無損舟濕米之虞,此三十三兩五錢者,不知歸之官乎? 仍還之民乎? 事關民間利弊,不便草轉。仰府會同軍廳,再加嚴訊,務得確情,如律招報。速! 速! 繳。

活活打死男命事

會昌縣申詳犯人锺時京、尹際漢告息由批:人命重情,豈容私和! 大凡地方有告人命者,該縣當卽刻赴屍所相驗,吊集一干人犯,審明起釁根由,有無夙仇;下手的係何人,執何兇器;打傷某處,是否致命之處;傷痕輕重若干,是否致命之傷;眼見的証何人。一一具詳,速報本道。如果係眞正人命,然後批令細檢確擬;如係屍親假命圖賴,自有本等律條。查此案在去年十月,今已八閱月矣,尚未檢審明確,止具文請息。不知此八月内所爲何事。本道大惑不解。且前道批有"張含委檢"等語,文中亦未叙明。事關人命,不便草草。仰理刑廳嚴究,依律確招報。速! 速! 繳。

緝解賊總以靖地方事

贛軍廳詳問過賊犯伊福壽、李奇珍口供由批:據審伊福壽口供,七月二十五日被賊拏去,二十八日走囘。李奇珍供,七月二十三日被賊拏去,二十五日走囘。是二犯爲賊驅使,不過三日耳,且係練總查報,非從賊營擒獲,情俱可矜,似應請釋。但查縣詳,福壽田主曾伯求今稱曾鳳廷,名字旣已互異,又詳云不識田主之面,田主亦不認識。則所供情節,明係二犯狡口飾辨,冀求脱網。

---

① "操",《湯文正公全集》本誤作"摻",據《三賢政書》本改。

事關盜情,務求詳愼。仰廳再加確訊,刻速招報。此繳。

營兵包船違誤軍機等事

南安府詳兵丁楊九龍包船辱官由批:據該府原詳,楊九龍包攬船隻,穢詈印官,大干法紀。及至奉批查審,復云未敢相詈,仍發營充伍。如此,則兵丁之驕橫者,復何所忌憚? 牧民之吏從此低眉下氣於悍卒之前,煢煢百姓又將何以自存乎? 事關營兵,不便姑息。仰府再確查解報,以憑轉達。速! 速! 繳。

呈報馬船朽爛等事

贛州府詳馬船朽爛由批:此船係何年打造? 何年解用? 如果年深日久,更造猶可;如視爲外縣之物,全不照管,任憑狂風飄蕩破壞,則求更造,何可爲訓? 且船必先損傷而後破爛,何不預請修理,猶易爲力? 必止存爛板舊釘而後求新造耶? 或應行更修,或應責令賠造,詳中殊屬游移,不便轉報,仰府再加確議速報。不粘原牌,何以稽查? 原行一併申飭。繳。

逆賊投誠未出難民安插無緒亟行等事

雩都縣詳李玉庭不出投見由批:李玉庭屢奉部院推誠招撫,自當傾心來歸,反邪歸正。轉禍爲福,正在此時。何乃稱病深山,坐失機會? 朝廷恩德浩蕩,凡革心向化,俱破格叙用,玉庭諒不聞知。部院心事,如青天白日。從前奉諭投誠,盡從優錄,一切前非,槪置不究。況免死之牌,已經給發。玉庭復何所疑畏? 即果偶有小病,所居之山去贛城不遠,不妨驅車至城投見本道,暫寓庵寺。本道朝夕遣醫致藥,病痊撥舟送至省城,叩見部院。若猶豫不決,恐將來後悔無及。本道蒞任方新,志在撫綏地方。若一人不歸王化,實切痌瘝。該縣備述本道推誠至意,再行婉諭,務令出山,方見眞心醒悟。如堅執不從,即報本道,以憑定奪。速！速！繳。

贛郡養馬獨苦等事

贛州府詳養馬由批：此事已經前都院具題，奉有俞旨。今南安以大庾地隘民貧，申詳控籲。若不詳議妥確，恐一旦養馬屆期，貽誤未便。仰府仍會同南安府，從長酌議，務要經久可行，詳報本道，以憑酌轉。勿得草草具詳，朝奉文而夕復申籲也。此繳。

活殺八命事

贛刑廳詳犯人廖養重等招由①批：廖養重等與姜公贊等，以爭禾細故，互相毆殺。觀廖姓悔過請謝，似與謀殺、故殺有間。但揮戈當市，立殺六命，被傷姜方新再宿而亡。當兵刃相接，天日爲昏，即曰心鏡斃獄，然姜姓亡命，豈一手一足之力乎？五徒七杖，可抵六命否？獄重初情，蘇司李原招何不備入口供？忽稱十月，忽稱九月，何爲確據？仰廳再細加研審，務要罪人輸服，死者瞑目。仍將招供查明，依律確擬速報。

民少荒多事

贛州府詳丁啟成熟作荒由批：據詳稱，丁啟等冒他姓之荒，掩在己之熟，捏告歸屯，希圖逋課。責令與嚴燦計畝分墾，按期升科足矣。但閱周刑官原詳，在十九年起科。查此案已奉撫部院憲牌於十七年升科，該府已具遵行緣由報道矣。何一事而兩易其說？欲本道何所據以轉報，該縣何所遵以奉行也。仰速再確議報。

---

① "由"，《湯文正公全集》本誤作"中"，據《三賢政書》本改。

咨請嚴鞫事

贛州府詳犯人李光啟由批：劉氏既果係王仁之妻，仰候轉詳部院移咨。李光啟强占遠戍兵婦，大干法紀。唐光印既係保人，何得縱令兔脱，且與之俱逝。此中情弊，明璽知之必確。甯都解役①何人，輒僉②生逃回。仰府逐一確查嚴緝，光啟務獲，候院批示至日定奪。繳。

屯糧全完懇查轉報以免遺累等事

贛州衛詳屯糧全完由批：該衛自稱屯糧全完，本道檄行軍廳，查取清冊轉報。該衛抗延不繳，經承藐玩極矣。今忽申齎冊卷，懇求轉報，何也？藩司承行恣意刁難，果有憑據，該衛即當直申本司，未有不盡法嚴處者，何嘵嘵向本道控籲耶？冊卷候查明仍同欽奉勅諭一案轉報可也。

查明鋪兵身死緣由據實回報事

雩都縣詳剃刀徑殺鋪兵易健由批：鋪兵易健送文被殺，地方大變。仰該縣嚴督巡捕員役，移會駐防將弁，勒限嚴緝眞賊，務要盡數擒獲。本道已檄瑞金縣協緝謝木壽矣。該縣再速密移，星夜躧拏，嚴究招解。毋得怠忽，自取咎戾。繳。

稟　報　事

贛縣稟報奸道劉德明、營兵宋子英揚旛鳴鑼由批：邪術煽惑人心，爲治道

---

① "役"，《湯文正公全集》本誤作"投"，據《三賢政書》本改。
② "僉"，《湯文正公全集》本誤作"檢"，據《三賢政書》本改。

大蠹，屢奉上諭嚴飭。本道下車，即以此爲首務，嚴督所屬設法緝拏，究奸狀，不啻三令五申矣。奸道劉德明倡率營兵宋子英等數十人，揚旛鳴鑼，直入縣堂，毆打守門人役，目無三尺，眞堪詫異！仰該府嚴拏重究，於定律外加等治罪，仍解道轉報。上諭煌煌，毋得徇縱。速！速！

打死父命事

贛州府詳犯人劉大富等招由批：劉氏產病身亡，乃翁生則延醫，死則棺斂。劉大富索詐不遂，輒逞兇痛毆，致天標殞命，很暴極矣。罪至繯抵，務求詳愼。仰理刑廳再細加研審，果否用拳毆死，有無兇器，傷痕是否的確。人命拖累多人，是一虐政。劉大祥等果係無干，應否釋放？確議妥招解報。速！速！繳。

嚴飭防禦以固封疆事

南安府詳兩城各官分守並捐資買穀由批：南安路當衝要，城郭空虛，未雨之防，不可不愼。據詳，會同協鎭及各官分汛督守，捐資買穀以備軍儲，具見固圉良謀，此本道所癙瘝企望者也。中軍已勒令星馳前去矣。此繳。

彙報有功官兵擒獲活賊等事

贛軍廳詳何石揚仔等緣由。看得擒獲活賊一案，共犯六名，難婦二名。其鍾過房、張先仔、鍾玉龍、李潔宇四名先後病故，現在監禁者止何石揚仔、張應我二人耳。應我屢經審訊，耕田爲業，口供鑿鑿。已行興國，取有田主王魁寰、鄰佑陳益貴等、甲長胡四我等甘結可據。張應我委係無辜，理應候示釋放。獨是何石揚仔因難民蕭富有見其與賊打旗之說，故承讞者不敢輕爲祝網。然細閱招詞，年方十八，正在愚蒙，六月爲賊所擄，七月大兵來勦，爲賊脅從，時日無幾。窺賊將潰，乘間潛藏，被鄉民擒獲於山上，未嘗有執械拒敵之實也。

兵將志在廓清，疑似者難容兔脫；斷獄貴在平恕，可矜者未敢深入。則該廳所稱寇盜蜂起，民不聊生，被擄之夫皆同難民，蓋亦仰體憲臺好生之德，冀邀寬大之政者也。本道三復此案，鍾過房等情多可矜，而死者不可復生，僅餘二犯，何敢再爲耽延，使圄圄之冤魂相繼不絶也。除蕭氏取有伊親夫郭柱廷、胞弟郭柱貞結狀在卷，楊氏仍嚴行該廳速催泰和縣著令原夫蕭海宇到日領回，取領狀另報，何石揚仔仍一面行該廳嚴催長甯鄰里甘結，併行甯都查其果否在田頭新坊耕田，有無鄰佑可憑，至日另報外，伏祈憲臺電鑒始末緣由①，或念張、何二犯事同一體，一併寬釋，或候何犯甘結到日另結，統惟憲裁批示遵行。

粤賊搶刼事

准嶺東道相移犯人李悦有等緣由。准此。看得李悦有之被龔慶吾誣盜也，禍起爭婚，事因圖賴。蒙憲臺矜察詳慎，檄發嶺東道查館卷之有無，以爲此案之確證，眞犀照之下無微不見，從此圖土無冤，良民有幸矣。本道遵示備移嶺東道，今准移覆情由併移送王昌瑞告生賣枕妻文卷到道。查詞内有李悦有之名，且慶吾所指爲盜之九人，皆館案昌瑞所告之被犯，則爭婚仇誣情弊昭然矣。嗚呼！隔省飛盜，安能遍識其姓名？無械無贓，何所據而誣之爲强劫乎？且此一案也，李惟高、李舒華斃命於先，鄧明瘐死於後，無辜冤魂，悲號獄底。三復此案，不禁爲之髮豎也。龔慶吾始而白奪人妻，既而誣良爲盜，陷殺三命，罪極難逭。李悦有應速行釋放，李毓明等應免緝究，龔慶吾應按律究擬，以爲誣良之戒。伏候憲臺批示。

嚴催奏銷軍器錢糧事

贛州府詳請留軍器錢糧製造火藥緣由。看得虔南總江楚之樞鍵，扼閩粤之咽喉。即在承平，難忘綢繆，矧今海警頻聞，伏莽思逞。折衝禦侮雖藉勁旅，

---

① 　“伏祈憲臺電鑒始末緣由”，《湯文正公全集》本誤作“緣伏祈憲臺電鑒始末”，據《三賢政書》本改。

而耀威制勝實資火藥爲長技。前此疊經大變，而金湯有磐石之固，戰伐著克捷之功者，悉賴火藥之力。是以前院佟具疏題請准於存留軍器項下動用，誠未雨徹桑之計也。若將存賸銀兩盡行解部，萬一小醜竊發，火藥不敷，且硝磺非本地所產，採買弗及，不亦深可慮乎？此存賸銀兩，亟應請留爲製造火藥之用，衆議僉同，皆從封疆起見，似不煩再計而決矣。至春秋二季操練，閱兵霜降，俱係大典，似難輕裁。惟開門、定更、迎送，火藥用過一千二百觔，自應照數賠補。今准總鎮移稱，本鎮用過者，捐資備補，似亦可行。伏候憲裁。

移解投順自願歸農事

龍南縣詳翁源逆民涂茂星等投誠，請示安插緣由。勘得翁源縣小水、瓦全壤聯龍邑，粵寇出沒，路必由此。彼地居民涂茂星等供賊酒食，罪固難辭，而情非得已。今因官兵搜勦，畏死來歸，不欲復囘原籍者，無非恐本地受賊害者不能忘情，復圖報復耳。當會勦時，原奉憲牌曉諭逆民有願投誠，亦准安插歸農。煌煌信義，素孚遠邇，自不便追究前惡，以阻歸降之路。但大兵會勦，勢窮來歸，安插之法，不可不善。該府議以當令附郭而居，勿使聚處。

查粵賊尚未盡誅，龍邑密邇翁源，若革面未革心，借招安之名仍暗通線索，則地方重受其害，亦非所以保全其身。似不若檄行龍令將涂茂星等並家口押送來贛查詢，願充伍者，發營補伍；願耕農者，分發離粵稍遠各縣安插開種，編入保甲，仍取鄰佑、保甲、田主結狀，著令不時密密體察，勿使暗出遠遊。庶潛①消不軌之心，共遵維新之化，反側歸誠，後患可杜矣。仰候憲裁批奪。

亟請多設禁卒更夫以防不虞萬難刻緩事

贛刑廳詳多設兵役防獄緣由。本道勘得贛州府獄內欽案大囚，與近日陣擒賊犯共一百八十名，止以六名禁卒看守。萬一奸謀叵測，關係匪細。今據該

---

① "潛"，《湯文正公全集》本誤作"潛藏"，據《三賢政書》本改。

廳詳稱,各邑例有額設禁卒,動稱囹圄空虛。蓋各屬重犯向例俱解贛城,皆羈府獄,故府獄幾於城市,而各縣圖扉羅雀,理固然也。

禁卒冒濫工食,毫無事事,固不若如該廳之議,照禁卒年貌册,坐名提取,解贛守獄。俟重犯歸結漸少,仍行發囬。是不必另募禁卒,另議工食,而各縣無虛設之役,重囚有防護之人。本道已行該府照行,並令多撥健壯防護,及移行軍廳,添設更夫。

再,周圍細查,必須牆垣高厚,荆棘密樹,更鼓巡邏,達旦勿懈,務保無虞。仍確查一百八十名中有情可矜疑者,立刻具詳請示,酌奪保候寬釋外,其派撥營兵防護,據稱有舊例可循。今日監內新①獲賊犯甚多,需兵防護尤不可緩。但未奉憲示,不便遽行。合就轉詳憲臺批示行營,照例派撥,庶監犯無意外之虞,而地方免疏玩之懲矣。

懇恩申文留兵鎮守以靖地方以安民生事

石城縣呈詳請留兵防禦緣由。本道勘得石城界連廣昌、甯化、甯都等處,因去冬寇賊充斥,民心驚惶,申請憲臺發兵駐防。因而賊聞風遠遁,不敢窺犯,地方稍獲甯謐之慶矣。今該縣士民以賊氛未靖,恐兵撤而賊復至,又該縣去贛窵遠,恐救應不及,殘黎難堪蹂躪,懇留久駐,以爲靖亂安民之計。且稱把總宋可林遵奉約束,與民相安,與其易以他將,則驟至地方,兵民未免猜疑,固不若仍留該弁,以安風鶴之人心可耳。但該弁所領兵數無多,若狡賊猖②狂,仍當飛報請兵應援,不可以些須防兵遂爲足當一面也。今准城守營移覆前來,合就轉詳憲裁。

呈報盜賊刼船事

南康縣報窩坑被盜刼船緣由。據此,查得陸舉人與客商黎世重等倚塘泊

---

① “新”,《湯文正公全集》本誤作“薪”,據《三賢政書》本改。
② “猖”,《湯文正公全集》本誤作“倡”,據《三賢政書》本改。

舟,賊黨假稱差船,結夥戎裝,持刀帶箭,乘夜劫掠,飛棹下流而去,見有遺落無號箭七枝。似此强賊橫行江湖,塘兵漫無稽察,客船勢必裹足。若非仰藉憲威,嚴飭營將塘汛併沿河府縣協力勤捕,以靖地方,奸宄何所畏憚也。況時已二更,非客船往來之時,飛棹而下,沿河塘兵何不攔阻?地在南康之上五十餘里,水路曲折,非二日不能抵贛關。若該縣一面飛報,一面星夜追緝,豈能飛渡?至於儲廳,雖職司商稅,然開關有時,併懇諭令以後於抽收客稅之中併嚴譏察之法,無令奸宄漏網,以爲客舟之害,似亦疏通行旅、安緝地方之要務也。據該縣申報前來。除一面行該縣勒令捕盜員役上緊緝拏務獲外,合就轉報。統惟憲裁。

又同詳三院前事

本道勘得窩坑地則南康縣所屬,而塘則贛鎮城守營兵丁之分汛也。十六年十二月十六日,廣東新會舉人陸光祥與客商黎世重等,黃昏泊舟塘下,被賊劫掠。塘兵事先漫不盤詰,事後漫不救援。本道據南康縣報文,具詳呈報憲臺,奉檄嚴查,遵移行協、營、府、縣查明被傷姓名、劫去貨物及塘兵人數,併飭沿途水陸挨緝眞賊,務在必獲,毋容漏網兔脫及受賄賣放去後。今據該府縣查明,舉人陸光祥,商人黃華曜、黎世重、酈瑤、唐御、黃啞五六人,各被刀箭中傷,並未死亡。其賊當晚遺棄棉布、皮箱等件及盤纏銀兩,俱係舉人挑囘,今已各歸廣東。至於客商貨物曾否盡獲,無憑查考等情。又准城守營孔副將移覆,塘兵原派二十五名,因調援江省,調勤雩都,囘府領餉,共去二十一名,故止存汛四名,併具有奉調塘兵姓名等由呈道。

總之,此一案也,賊船二十餘人,俱係戎裝,帶有弓箭,明係營中悍卒。捧讀憲檄,眞洞若觀火矣。塘兵雖止四人,當思設防分汛至意,倍加嚴謹爲是。既追至賢女鋪,何不呼鄰塘汛兵協力追緝?而優游復返,至十七日未時,始赴縣通報,何其漠不關心也!通賊之情雖無確據,怠玩之罪百喙奚辭乎?南康縣離窩坑五十餘里,路遠不及救應,但境內失事,責無可諉。相應嚴飭該塘百總程道成,管隊蔣元龍,併該縣巡捕典史趙洪猷,嚴督塘兵併捕快,勒限一月內緝獲眞犯，解審定招。但不得借拏賊名色，嚇詐鄉民。如有此等情弊，及優忽怠玩，過限不獲，應提究按律懲處可也。旣准據各協營府縣查明移報前來，合就轉報。伏候憲裁。

軍　務　事

奉虔院蘇憲牌，卽行贛縣，嚴飭查實詳報。今據該縣覆詳前來。據此，本道看得李賊以山魅澤怪，逆天作孽，鄉村被其蹂躪，人民被其殺擄。凡身任地方之責者，誰不痛心切齒，思欲滅此朝食？荷蒙憲臺恭奉天討，遣將誓師，信賞必罰，恩威並用，以故士勇兵強，踴躍用命。今賊之巢窟已經搗破，頭目亦被擒獲。李逆勢窮力蹙，東奔西竄，正如入釜之魚，投罝之兔，迷魂喪魄，指顧之間可以授首。若鄉民齊心協力，何難擒縛斬馘，獻之轅門！獨怪山野愚民昧於逆順之機，懼其平日之兇暴，窩藏容隱，不肯與官兵通信。及大兵聞信飛至，則又早已遁去，以致兵馬暴露半載，未有休息，而逆賊猶得偷生於荆棘之中也。

本道夙夜憂心，奉憲頒發明示，遍檄各屬，又大張曉諭，委曲勸導，使共知憲臺懸賞宥罪，恩信炳若日星。自謂愚民雖甚頑梗，亦當渙然醒悟，如寐忽覺，與官兵相親，而與盜賊爲仇，與官兵協力滅賊，以保全身家，而不與盜賊朋比爲虐，以自取誅戮也。而不意近在贛縣境內，猶公然藏匿李賊之眷屬及賊兄弟、黨羽如曲村一帶者，則該縣之不能仰體憲臺盛心，使鄉曲頑民洞曉無疑、反邪歸正，保甲盡成虛文，團練亦無實效，怠忽之愆，百喙何辭？今奉嚴檄，自知惶悚，以巡檢、典史不足寄任，欲奮身前往要轄地方以及窩藏處所，設法挨擠，多方搜緝，得其虛實眞僞，馳報撲滅，亦見悔悟振刷之意。但該縣地處衝繁，事務冗雜，且境界遼闊，難免疎漏。今旣欲親赴搜查，或可宥其徃愆，責以後効。是在憲臺垂鑒批示，非本道所敢擅便。

又查畢同知已奉憲委，隨營搜緝賊窩。該縣或應於兵所未到之處，分路搜緝；或責以嚴查保甲，整飭鄉勇，宣布憲臺德意，使民眞信無疑；或令其親赴梓山，催趲夫役。必令叢菁一空，賊無所匿。務要竭盡心力，共圖滅賊之事，以不負縣令之職。但倉庫、獄囚不能乏人料理，仍要速往速來，不得久延，以致疎虞，自取罪戾可也。統候裁奪。

禁革私收鹽税事

照得鹽課關係軍需，南、贛、吉三府例行廣鹽，邇來奉文派引一萬八千張，各官俱有考成。若無引私鹽得以橫行，則有引官鹽必至壅滯，國課告絀，考成受累，甚爲不便。則疏通官鹽，盤詰私販，誠今日地方官第一要務也。前據該府申詳大庾縣五里山肩挑無引鹽税委鬱林司巡檢李人龍徵收緣由到道，已經批發去後。但此例不知創自何時？原奉何衙門明文？署縣齊同知呈詳復税，曾否通詳？各院作何批示？此項銀兩每年若干，應解何衙門充餉？既曰無引，便是越境私販，緣何又公然縱放，抽收私税？功令森嚴，事非奉旨，不便因仍往規。合行查明禁止。爲此仰府縣官吏，卽查五里山鹽税起自何年，原奉何衙門明文，齊同知呈詳復税，各院作何批示，每年徵銀共若干，應解某衙門充餉，查明報道。如奉院憲行，卽候本道轉詳院請示裁革；如未奉院行，文到卽出示永行禁止。以後巡檢專司盤詰盜賊、奸細、逃人、邪教、私鹽等事，不得擅自抽税。如敢不遵禁革，仍前私收侵肥，致私販公行，官引壅滯，一有訪聞，定揭參究追，決難輕貸。文到，卽具該府縣並巡檢遵依具由報道，以憑查考。仍將前批申正職掌一詳申繳。

行查荒熟事

南安府呈詳崇義縣荒熟田畝緣由。據此，本道勘得自兵燹以後，人民流亡，田疇荒蕪，則招徠勸墾，上足國課，下利民生，自是有司職掌。但未有以蒿萊滿目之地，捏報開墾，妄希恩典，如原任南安府知府莊正中、原任崇義縣知縣朱組綬之甚者也。

據該縣見任知縣周維新申報捏荒作熟情由，蒙憲臺檄行本道隨轉行該府秉公確查，飭令不可一毫偏徇，致虧國賦。又慮申詳出自該縣，若仍委該縣查勘，恐有朦朧籲免、冀脫考成之弊，復委推官孫仁溶履畝踏驗。據稱，該縣七里荒蕪甚多，造冊報道，但其冊中捏報續墾及應蠲數目，未經開明，復駁該府覆核的確，詳審緣由。催提再四，今據詳稱：順治十一年內併無花戶開墾認結，經承謝家繡任意開造認墾一千八百五十石零二抄九撮九圭九粟一糁六粒。報墾之後，即以十二年起科，編入《全書》。繼朱知縣而來者病故知縣王宰，署縣訓導鄭孟焜，亦未詳明捏報數中自十一年至十六年陸續開墾過三百六十石六斗四升三合零，尚有未墾一千四百八十九石二斗九升零，此皆積歲老荒也。

慨念崇義昔年寇氛蹂躪，罹禍最慘，百姓或轉死溝壑，或身斃鋒鏑，迄今戶口蕭然，村落闃如。即有一二孑遺，亦皆半菽不飽，一枝莫棲。官斯地者，不能竭力休養，而反責令包賠荒糧，心何忍與？今勸諭新墾，三年後起科，煌煌特恩，沾被海宇。若不特請豁免，是朝廷軫恤之澤，爲一二守令壅蔽，不得下究於崇民也。且民皆慮開墾之後即追數年之逋欠，必以開荒爲畏，忍視棨棨之莠而不肯負耜南畮，諭之不從，督之不應，情所必至。則歲額正供斷不能完，考成日嚴，參罰必甚，是官之受累無窮也。若有司但知功名，罔念撫字，任意催科，鞭撲日加，是民之賠累無盡也。灰燼餘生，何以堪此？勢必爲驚鴻，爲駭鹿，轉徙他方，將見熟者漸次變荒，而荒者永遠不熟，所病者不但在官在民，而國賦不大虧不止。則今日仰懇憲恩特疏題蠲，一以副朝廷浩蕩之德意，一以收流離困苦之民心，而實亦足國賦、安地方之長算也。其捏報之田，責令該縣多方招徠開墾，遵照定例，三年起科，以信功令。從此崇義之民知無賠累之害，感被憲德，必鼓舞耕耨，地無遺利，國無逋租，所裨實非淺鮮也。

所有南安范知府、孫推官、崇義周知縣印結並荒熟冊及里遞結狀各二本，一併呈報。經承謝家繡見在府禁。伏候憲裁。

查勘要隘地方量設官兵防汛等事

呈詳七處要害設防緣由。本道看得虔南爲閩粵咽喉，江楚樞紐，層巒疊嶂，深峒險坑，奸宄之徒時常出沒，雖在承平猶煩兵旅，載在輿誌可考而知也。前蒙憲臺隱念伏莽未靖，鷹眼實繁，檄行查議要害設防。前道轉行各屬酌議，幾同築舍。本道蒞任，嚴催呈報。適值海氛告警，李逆復肆猖獗。憲臺秉鉞誓師,撫勦兼用,今已立見蕩平。然而地方險要,歧路百出,自非添設勁旅,駐守阨隘,以遏將來之患,恐此殘黎未得安然耕耨,終非靖亂甯民之長算也。兹復奉憲檄,念時異事殊,境地不同,再行從長參酌。本道豈敢拘泥成見,不詳加確議? 隨轉行府縣,又備移行間各將,相度地理形勢,熟察賊徑出沒,遵照憲示,細細商確。

今准據詳移,除龍南新興堡及甯都蕭田、黃陂已奉憲行設兵駐汛,無容再議外,今查贛縣之曲村,萬木陰翳,曲徑旁通,如湛田、蓮塘、九山、紫山、公埠、鴨公嶂、小禾溪及古徑、西嶺等處,左右前後皆今日盜賊出沒之地,而曲村爲其總會,則設兵未有急於此者。其次則均村,亦屬興、萬交界,山崗稍平,較之曲村似爲稍緩。興國則蓮塘、營前、陽平觀三處,接連永豐、萬安,上通六關、梅窖峒、樟木山等處。三處設兵,則諸險皆可控制矣。雩都則石峾、寬田與劉田尾、韓婆嶂相近,平頭寨、田屋與葛坳、銀坑、長樂里相近,石峾、平頭寨設兵,則諸險亦可控制矣。至於萬安交界之白羊坳,乃廬陵、泰和門戶,仍候憲臺行吉安營撥兵分防。如此,則要會阨塞,星羅碁布。然必擇營弁中愼密、守紀律、知方略、能約束兵馬、諳練軍機者統率,無事則靜以彈壓,耕鑿不擾。而各鄉堡遵行保甲條約,自相稽察,自相防衛。遇盜賊竊發,防兵勦捕於前,鄉勇協助於後,鄰近各營聲息相通,犄角互應,則奸宄無所容身,而地方可奏甯謐之効。

若夫應委何官,應設兵若干,雖洪遊擊與各縣俱有條議,然必酌量兩標兵馬實在數目,先除留鎮贛城,爲居重馭輕之計外,通融計議分撥。是在憲臺裁奪,或移商總鎮,酌妥議行。

飭保甲分別兵民以靖地方杜混害民事

詳贛縣四坊鄉約劉主器等具呈保甲分別兵民情由。本道看得贛城當四省之交,五方雜處,土著居民僅十之三四,而兵丁居其強半。然民有保甲,受縣令之約束;兵有伍籍,守營將之紀律。責任既專,稽察猶易。獨是有卸糧之閑丁,在營中雖已除名,而往來形跡無異平時,百姓何由覺知? 更有前院鎮長隨遺留不歸,問之營將則非兵,問之縣令則非民,鄉約不知其姓名,甲長亦畏其威勢者，比比也。於是有無藉光棍假冒營頭，以嚇詐鄉民者矣；甚之有旗下逃人改名易姓，錯居坊保，而無人覺察者矣；又有江洋大盜蹤跡詭祕，因與營兵親識而無人盤問者矣。奸宄之徒既有窟穴，平時鄉保、鄰佑不敢稽察，及事敗露，並罹法網，情實堪憫。此劉主器等所以激切陳控也。

今參酌府縣詳議，兵民各爲一牌。兵丁每家門首懸牌一面，上書本兵姓名，係某標某營某局兵丁，男婦大小幾名口，有無異姓親識同居，用本營關防鈐蓋。居址相近者，十家立一甲長，使互相稽查。仍嚴責成千、把、百總，各稽察本管兵丁，如營兵爲盜，自屬紀律不嚴之罪。又每兵入伍，必取營官並無逃人、逃兵、奸宄、匪類甘結存案，方准入伍。若其中仍有逃人、逃兵、奸宄、匪類，或招來蹤跡不明之人而不能覺察出首者，是從前既朦朧出結，後又通同徇庇，罪何容辭？若裁汰除糧及犯事革伍者，該營即將姓名移送府縣，另改編入民牌，不得含糊，令兩處影射，以滋奸弊。如此，則眞兵之保甲清矣。

若民則責成贛縣，令各坊居民，亦照前式，各置門牌，上書某人年若干歲，係某縣某里民籍，或某衛某所軍籍，男婦大小幾名口，作何生理，如係生員即書某學生員，如係衙役即書某衙門或書吏或快手之類，有無異姓親識同居。牌用縣印鈐蓋。其有外省流寓，或開鋪面，或係傭工，如居住已久，來歷分明，即取鄉約、地方認實保結，一體編入保甲。其門牌上併書保甲姓名，以便稽核。其十家長，俱照舊式遵行。如此，則軍民之保甲清矣。

仍責令十家長各置門簿一扇，如某家今日多某人，若係平常往來親識，不必盤問；如面目可疑，即同眾問是何姓名，現在何處居住，來此何幹，注之於簿，去後方銷；如某家今夜少某人，便同衆問往何處，去作何事體，亦註之於簿，回來方銷；若虛出實歸，乍貧乍富，形蹤閃爍，言語錯亂，便首之縣官，以憑查詢明白。若借端需索升穀分銀，許本人首告，從重追究。至於前院鎮長隨留住者，如年力壯健，願入伍者，仍收入營食糧。若年老力衰，不願充兵者，令討的當眞實保人，一體編入保甲。不得倚恃强梁，使鄉約、甲長不敢稽查，以爲地方之害。至於往來客商，許各店家每晚開列姓名、貨物及初到併起行日期，赴府縣投報，以備查考。如此，則不兵不民、流寓無根之徒清矣。

總之，功令至今日嚴切已極，一有疏忽，官民功名身家所係，甯過嚴，勿過寬。初行似近於繁瑣，行之既久，兵民不相妨礙，奸宄無所容匿，雖人煙雜沓，而綱維條條不紊，地方安堵，文武官皆無意外之累矣。

移 解 事

呈詳賊犯周禮明等案緣由。本道看得李逆倡亂，山澤愚民甘心從賊者有之，被其威脅者有之。論法則凡在賊營，皆難邀不法之條，然罪非首惡，情可矜疑。承讞者因不敢一筆註定，以傷朝廷浩蕩之恩也。

周禮明、鍾亥、吳長仔甘心從賊，屢審無異。惟劉元升因口供游移，隨駁贛府覆訊。據稱，與蕭瑞文對面相質，稱元升自九月十四日拏去，十月十三日拏間，在營二十日，始雖由於迫脅，繼則出於情願。事關賊黨，與周禮明等三犯難分差等，應候批示，移司成招定罪。蕭瑞文果年尚幼稚，全家殺戮，捆縛盜穴，非甘心從賊者比，所當與王元生一併超釋，先行縣取結安插，以弘憲臺解網之仁者也。合候批示遵行。

積病難痊懇恩速賜題請俯准休致無誤嚴疆事

竊惟本道一介寒儒，叨授史職，兩任方面，自以捐軀不足報稱萬一。受事以來，茹蘗飲冰，凡地方兵民疾苦，時事利弊，加意釐剔，不敢時刻懈怠。幸蒙憲鑒垂照，獲免罪戾。不期賦質薄脆，積勞成疾，平日怔忡時作，筋骨疼痛，飲食鮮少。醫生診脈，即言幼年思慮勞役，心血枯槁，脾胃損傷，肺火燥急，若不靜養調攝，恐一發不可救藥。本道以時方多事，夙夜憂心，何暇調攝。夏月瘧痢交作，猶抱病視事。不期南安月夜巡城，山嵐毒霧，最易侵人。虛損之後，感以瘴癘，夙病陡發。頭眩耳鳴，氣喘上湧，乾嘔不止。脊臂痛如刀刺[①]，心中怔忡不寧，潮熱盜汗。腹中塊痞，疼痛異常，飲食不進，竟夜不眠。聞人言語，則心神荒亂。醫生劉良相、劉應芳終日驗視，服藥竟無功效。

---

① "刺"，《湯文正公全集》本誤作"剌"，據《三賢政書》本改。

窃思南、赣两府爲四省咽喉，地重事繁。憲臺勵精圖治，昕夕弗倦。以本道駑鈍之才，卽竭盡心力，猶懼不能仰佐高深，而積疴在身，日事藥餌，雖憲臺過爲優容，本道何以自安？況五臟皆虚損已久，斷非朝夕可愈。調理不痊，所關本道一身猶小；事體廢弛，所關朝廷、地方實大。衷①懇憲臺垂念南、赣要地，非病軀可以料理，慨賜具題，准令休致。倘得謝事歸里，或可勉力調攝，稍延殘喘。情蹙詞迫，言無倫叙，萬祈鑒宥。

病勢愈加服藥罔効再懇恩憐畨賜具題休致生還故里事

窃照本道庸劣之才，荷蒙憲臺高厚深恩，受事以來，夙夜飲水，拮据不遑，弗敢一刻懈怠，以負隆恩。昨於本月初九日具有積病難痊等事一詳，懇請代題休致，未奉憲批示。每日延醫調治，務求速痊，一面扶病料理公事。不期病勢愈加日甚一日，湯水不進，晝夜不眠，痰氣上湧，嘔吐不止，百節痛楚，皮骨僅存。十六、十七兩夜，昏沉不醒人事，賴家人環救，至黎明方甦。二十二夜，又復如是。遙望家園，實有不獲生歸之慮，故不禁急切呼籲焉。目今病勢危篤業已至此，而簿書縈心，夢寐不甯，公務必至廢弛，骸骨恐難生還。憲臺栽培，眞同覆載，當必有惻然動念者。兹再懇洪恩，垂鑒眞情，慨賜具題。倘得生還故里，與高年父母一面，世世頂戴高厚矣。本道年甫三十，功名非易，況南安仰邀憲臺德威，地方粗安，若病勢不至急迫，誰肯輕解組綬？統祈鑒察，本道幸甚，地方幸甚！

直陳病源仰懇憲鑒以光大典事

窃照本道猥以庸菲謬當繁鉅，受事以來，飲水自誓，雞鳴而起，日昃不食，目擊疲頑，刻意興除，不遺餘力，務期振起夙弊，以仰答憲臺高厚之恩。無奈負質尪弱，積勞成疴，先瘧後痢，醫藥不痊。後因海氛告警，人心洶洶，晝夜綢繆，

---

① “衷”，《三賢政書》本作“哀”。

不敢時刻怠忽。虛損之餘,遂成篤疾。於九月十九日,奉虔院憲票:"爲調商機務事:照得贛當四省衝區,際茲多事之時,一切軍機重務雖由本都院籌畫,而彈壓兵民,綏緝地方,相商妥確,猶惟監司是賴。今該道遠駐南安,凡有機務商酌,必待文檄往返,致滋濡滯。合亟促回。爲此仰守北道官吏照依事理,文到卽便束裝起行,星速回贛,商酌地方機務,料理未完事件,共勷本院之不逮可也。毋得遲延。"奉此,本道卽日赴贛,星夜馳驅,毒霧侵傷,抵贛而病,遂不起矣。已兩次具詳憲臺,自當靜候批奪,何敢紛紛瀆請?但目下憲旌臨贛,一應囚犯審錄、錢糧綜核、官吏考察、操練監射以及隨巡二郡屬邑,皆係本道職掌。茲者呻唫床褥,百節痛楚,痞塊塞胸,醫藥無靈,偶披一文,卽時昏暈。本道曠職之罪,百口莫辭。其於憲臺代狩大典,未免隕越。若不先期陳明,必至臨期誤事。查本道同城知府范時秀,青年老成,事事振刷,吏弊民情,知之已熟。伏祈憲臺垂念隨巡大典不可缺官,暫將道篆批令代管。仍一面責令兩郡,一應緊要事件,刻期料理。本道得稍事藥餌,延殘喘以候會題,庶大典有光而疾不至驟殞朝露矣。

積病難痊懇恩速賜題請俯准休致無誤嚴疆事

蒙按院李批本道呈詳前事,蒙批:"虔南當地方多事之秋,正藉屏藩振刷,以起瘡痍。該道未可以病乞休也,宜力疾視事可耳。此繳。"又於十一月初九日,蒙本院批本道"詳爲病勢愈加,服藥罔効,再懇恩憐,畚賜具題休致,得生還故里事",蒙批:"該道照前詳,力疾視事可也。仍候撫院詳行。繳。"蒙此,本道捧讀憲批,不勝感激。竊自念賦性疏拙,才力短淺,仰蒙憲臺高厚生成,捐糜難報。況值代狩虔南,正百寮瞻仰德容,俯聽甄別之時,本道不幸久染沉痾,醫藥罔効,見風則體戰心搖,披文則頭眩目昏,腿頓筋縮,扶掖後行,不能匍匐轅門,一供鞭策,中心惶惶,癉瘵靡寧。然兩奉憲批,俱令力疾視事,又見憲件未完甚多,不敢以病自諉,於昏暈之餘,勉力料理。自謂一息尚存,此心不敢少懈。不意於本月二十三日檢點號件,差役齋比,遂頭眩眼黑,昏倒在地。家人灌以姜湯,許久方甦。故不敢不再懇切哀籲,仰冀憲臺垂察。

抑本道病源更有實情萬難自遣者,本道年十四歲卽遭闖寇破城,母仗節罵賊,殉難最慘,本道已抱終天之恨。嗣後流離間關,惟父子相依爲命。今父年已衰老,久患腸澼,家鮮良醫,藥餌毫無功效。左右伏侍,並無以次子姪。本道赴任時便道歸省,以憑限急迫,不敢久留,遂星馳就道。臨行之時,父執手涕泣,曰:"我病萬難支持,你今遠去南安四千餘里,不知何時得再相見。"本道聞之,心肝裂碎。馬首南馳,方寸昏亂。抵任以後,見諸事廢弛,竭蹶經營,心血損耗,終日忽忽,若有所失。兼以瘴癘交侵,水土不服,一病遂成沈痾。若溘先朝露爲異鄉之魂,老父聞知,病必愈加。是本道廢弛地方,不可以爲臣;病貽親憂,不可以爲子。午夜號泣,中心如刺①,情實急切,自非醫藥所能奏效。

前通詳四院,已蒙批委府廳行查,併取醫生甘結申報在案。恭念憲臺深仁宏恩,本道承被最深,未蒙批允,夙夜弗寧,敢冒威嚴,盡吐微情。萬懇垂鑒下悃,字字實出本心。病入心腑,實難排遣,非敢一言虛假,以誑憲聰。更望垂念嚴疆,難容卧理,貽誤地方,立賜題請罷斥歸里。倘得生還,與老父相見,世世頂戴高厚。外官告病,例不起用。本道非情不得已,寧不顧惜功名,自甘廢棄?卽此可察本道之心矣。情急詞迫,冒昧呈請。統惟鑒宥。

逆渠旣獲處置宜斷謹陳善後之計仰冀採擇以靖地方事

竊照本道以庸菲之才謬當重地,夙夜兢兢,未敢怠忽,不意夙疾陡發,醫藥罔效。今奉旨休致,候部文到,卽當卸事出疆。犬馬微軀,得以生還故鄉,實出萬幸。竊念本道一介書生,叨蒙天寵,讀書中祕,洊歷方面,君恩深重,涓埃莫報。今當沈痾呻吟之際,目擊地方大利大害,不敢以已去之身緘默不言,以負朝廷生成之恩,憲臺栽培之德。謹冒昧開列三四欵,伏候憲臺鑒奪。

一、誅首逆以絕後患。逆賊李玉庭依山據險,梗化有年,惡浮磻、跖,威比黃巢,潛通海寇,家藏僞諭,以人命爲草菅,以淫擄爲遊戲,鰥人之夫,孤人之子。今零、興之間,田疇荒蕪,人民死亡逃竄者,伊誰之罪也?幸賴憲臺神謀妙

---

① "刺",《湯文正公全集》本誤作"剌",據《三賢政書》本改。

算,就我戎索,似當立正典刑,懸首藁街,以洩萬姓之忿,以安反側之心。而久羈囹圄,與從前陸續擒獲賊黨併舊日欽案大犯,與夫株連未結之徒,同遊圜扉之內。且在外借名招安,鷹眼未化者,眈眈虎視。彼以應死之身,百計求脫,其心必專,晝夜經營,萬一變出意外,不知何以禦之。此切膚之患,不可不爲之蚤計者也。伏祈憲臺迅速會疏,以慰朝廷宵旰之憂,將李玉庭、李庭甫、張勝等逆蚤賜正法,庶渠魁旣滅,人心大定矣。

一、愼招降以安人心。宥過招降,朝廷浩蕩之典,炳若日星。然賊有不同,降亦各異。有原本良民,被賊迫脅,不得不從,大兵一至,倒戈投順者;有積逆稔惡,見大兵追勦,勢窮力蹙,假投降以延殘喘,而心仍不可問者。原本良民,其情可矜,以得生爲幸,永無他念矣。至於積逆稔惡,名爲投降而心仍不可問者,如李秀庭、張甯、嚴勝等是也。此輩罪大惡極,今旣投誠,自當寬宥前愆,然必當使知天恩浩蕩,徼幸得生,洗滌肺腸,革心向化,將從前所擄人之妻子,所勒人之田產、牛馬,盡數退還,方可准其安插。如仍前霸占,且勒逼重價求贖,威陵污辱,無所不至,是從前爲山賊,而今爲官賊也。小民之冤,何時可伸?伏祈憲臺垂念投誠之中等差各異,分別處置,勿使狡猾者遂其奸計,長其兇謀。至於被賊迫脅,情可矜憫,或年方幼稺,不堪荷戈者,直當放令歸農,復稱良民,不必強之入伍,徒糜糧餉,則地方可弭無窮之患矣。

一、寬脅從以宥無辜。李逆倚恃險阻,大肆猖獗,良民被其荼毒,誰不飲泣吞聲?然而勢微力孤,一與之抗,身家性命一旦灰燼。及至兵來,彼已遠遁。故良民雖視爲深讐,而不敢顯與之絕。此情較之與賊爲敵者更慘也。從前渠魁未獲,故搜緝黨羽,冀得李逆蹤跡。今李逆旣已成擒,凡從前緝拏各犯,似當詳審確情,如眞正通謀叛亂者,罪在不赦外,若屬影響無的據者,念其原屬吾赤子,槩從寬宥,以昭憲臺解網之澤,使民知賊無倖生之法,民無枉死之患,山澤遺黎,永戴隆恩矣。至於原報被獲難婦,尤當速行各該原籍,令親屬領回,不宜久羈。伏候憲裁。

一、設防兵以靖反側。贛、南二郡,當五嶺之要會,處四省之錯壤,層巒疊嶂,密箐深林。封豕長蛇,易爲巢窟。前代至今,時常跳梁。雖亦興師動衆,殲魁俘囚,而旌旗甫旋,餘燼復熾。且洞壑曲邃,鄰境旁通,終難劋厥根株,空其峒壘，其地勢然也。故於盜賊已形之後，擇險而出奇，不若於盜賊未聚之先，因險而預備，使彼不得生發，發不得肆志，則勝算在我，可保無虞矣。本道去年受事未幾，奉都院檄，行據各縣查勘要隘。方在呈詳，而海氛告警，李逆猖獗。使其巢穴前後盍設重兵，統以愼密將弁，可以朝發夕擒，何至勞師半載？今幸仗憲臺威靈，元兇被縛。恐餘黨未盡，善後之策，不可不爲之預計也。今各縣重地，除龍南之新興堡及甯都之蕭田、黃陂已奉憲行設兵駐汛，無容再議外，查贛縣之曲村，萬木陰翳，曲徑旁通，如湛田、蓮塘、九山、紫山、公埠、鴨公嶂、小禾溪及古徑、西嶺等處，左右前後皆盜賊出沒之地，而曲村爲其總會，此今日地之最要者。雩都則石岭、寬田，北有韓婆嶂，東有石井、木瓜，南有龍泉徑，相連不過數里。石岭叢山險峒，岐徑百出，然地隘難以安營。前奉發防兵，亦移駐寬田。寬田設兵，則諸險皆可控制矣。平頭寨爲雩、興、石、甯四縣之界，與葛坳、銀坑、長樂里相近，皆屬重地。平頭寨設兵，則諸險皆可控制矣。至於興國，則蓮塘、營前、陽平觀三處接連永豐、萬安，上通六關、梅窖峒、樟木山等處，羊腸曲徑，險陃最甚，此亦當設兵彈壓者。以上各汛，似各得兵二三百名，統以守備，或經制千總等弁。又，萬安交界白羊坳，乃廬陵、泰和門戶。前朝大司馬郭諱子章建議以吉安營兵分防其地。今仍懇憲臺檄行吉安或萬安營，酌量撥兵分汛，則要會陃塞，星羅碁布。然必擇營弁中愼密、守紀律、知方略、能約束兵馬、諳練軍機者統率，無事則靜以彈壓，耕鑿不擾，而各鄉堡遵行保甲條約，自相稽察，自相防衞；有事則相機夾攻，與鄰近各營聲息相通，犄角互應，庶奸宄無所容身，而地方可奏甯謐之效。又當戒諭各將，使知地方無事即爲上功，不得借端搜求，以滋騷擾，使民知有設兵之利而不見設兵之害。此實今日善後之要策，不敢不懇恩於憲臺者也。伏候憲裁，地方幸甚！

巨蠹蝗國劣衿抗官事

　　呈詳犯人湯吉先等招由。本道看得湯吉先以吏房書役承行援納銀兩，因司催緊急，商同本房書手吳元試借支存留庫銀，以完欽件。此移緩就急，原非侵欺可比。但承解獲批，不迅速回銷，以致該縣疑其侵盜。今所借銀兩，已經署印陳同知、去任吳知縣陸續追完,補歸正款。而吉先復稱清獄保外,兔脱無蹤。嚴催緝拏,兩載不獲。吉先愚而玩法,厥罪難辭。按律,那移出納,還充官用,以監守自盜論,所以重監守之防也。吉先與吳元試仍照原擬,於法不枉。其子湯大榮以青衿代母求寬,辭或過激,情非得已。世豈有身列黌序,坐視其母出官刑辱而不爲之分剖者乎?既無裂帶碎衣之事,明係該縣遷怒,妄申褫革,實爲太過。仍當還其衣頂,以伸士氣。但現今在逃,若准其復學,彼或聞風來歸;如仍遐遁不返,使彼以曠學見黜,庶諸生知不至以母獲罪,絃誦之地猶有彝倫也。

至於經承蕭應章,不諳律例,妄引贖條,與吉先族長湯達元、岳父廖迪如、保歇蕭德,分別擬杖,以儆怠玩。但事在十五年正月恩赦之先,今又逢新赦,應否援免?

呈報任內汰革冗役事

竊照裁汰冗役,屢奉嚴旨申飭,誠以衙門多一役則多一作弊之人也。本道欽奉勅書內云:"首在約束衙門官吏、胥役,使知恪遵法紀,毋致作弊生事,擾害官民。監司本源既正,方可表率屬員,克循職業。欽此!"本道自蒞任以來,夙夜砥礪,茹蘗飲冰,上畏功令,下畏民嵒,於內外衙役,繩約惟恐不嚴。雖官舍、民舍名色,前道久已裁革,而現在供役者,猶未能盡循經制。本道盡數裁汰,復查其有從前興詞被訟、逋糧曠役及辦事怠玩誤公者,隨卽責革,出示曉諭。仍行牌原籍縣分,照民一例當差,取結存案,不許假借衙門名色,招搖鄉里。

至於一切文案,俱本道親自裁定,併不假手書吏。與僚屬相約,惕以功令森嚴,民生困苦。欽件、憲件,關係重大,限期刻難違逾。其奉行遲滯,惟嚴檄催提,甚之破面切責,斷不輕差一役下縣。以此衙役叢奸者少,亦無差遣不敷之患。

今本道因病請休,出疆在邇,謹將汰革過各役姓名呈報憲聞。伏祈鑒照。

卷　九

蘇松告諭

關防詐僞事

照得本都院原籍中州，距江南二千餘里，家世清白，子弟閉門讀書，不與聞外事。本都院賦性踁踁，交遊寡少。星相山人，素所厭絶。一二親識，皆株守桑梓，總無往來江湖遊學、貿易之事。況本都院弱冠登朝，剔①歷中外，生平孤介自持，海内共知。今幸逢堯舜之主，知遇之隆，迥出尋常，即竭盡才力，何能報稱萬一？惟有精白一心，持廉秉公，期官吏守法，士民樂業，庶幾稍盡職掌，無負君恩。但撫屬地處衝繁，奸僞叢雜，往往有假借姓名，影射詐騙，巧變百出，如鬼如蜮。愚民無識，墮其術中，受害無量，深可痛恨。合行禁約。爲此示仰撫屬文武官員、軍民人等知悉：倘有遊學、經商、星相、墨客之流，假託本都院宗族、親識招搖生事者，該管官司立行拏解，以憑盡法究處。如地方、店戶、鄰佑人等容隱不報，事發一體治罪。若該管官失於覺察，與之通刺②往還，一併糾參。官箴所係，法在必行，愼毋套視。須至關防者。

欽奉上諭事

本年十月初八日，准戶部咨開等因到院。准此。合行出示曉諭。爲此示

---

① "剔"，《三賢政書》本作"敭"。
② "刺"，疑爲"刺"字之訛。

仰該地方官民人等知悉：皇上巡狩南行，原以撫恤編氓，觀風問俗，一應沿途供用，皆在京儲備，毫不取之民間。爾民務須仰體皇上愛養至意，照常寗處。士農工賈，各安本業，毋得聽信無知煽惑，遷移遠避，有負聖明軫恤之懷。如有不法官役，借名支應，悖旨私徵，及擅派民間一應物件，一經察出，定行題參治罪，蠹役立拏杖斃，決不姑貸。各宜凛遵！

曉 諭 事

照得皇上巡狩，原爲採風問俗、撫恤下民、周知疾苦之意。況續准戶部咨，奉上諭，凡一應沿涂供用，皆令在京所司儲備，毫不取之民間。惟恐地方官不能體悉，借端支應濫取，反爲擾累，業已通行大張曉諭。至於欽差部堂查勘路途，不過以所經之處崎嶇高下有礙乘輿者，稍爲削平塡塞，並未有毀垣壞屋之說。本院自出都歷山東抵境，見居民皆安堵如舊。近聞三吳刁詐成風，轟傳鑾輿經臨，通衢處所，必得寬大，坼廬壞舍。甚至深山窮谷，奸徒借端嚇詐，大非皇上巡行加惠元元至意。合亟通行禁飭。爲此示仰撫屬官吏、軍民人等知悉：自示之後，各宜凜遵，毋得借端生事，妄行坼毀民房。敢有不法奸蠹，仍前恐嚇愚民，希圖詐奜者，一經訪確，奸蠹立拏杖斃。地方官不行覺察，卽以悖旨虐民，飛章參處，決不姑貸。

曉 諭 事

照得本都院下車三日，例當放告，以通民情。但吳中健訟成俗，訟師、地棍表裏作奸，往往駕揑虛詞，教唆誣告，與本等事情毫無風影。及至准理，原被各受挾制，欲罷不能，皆至傾家乃已。本都院稔悉此獎，痛恨已久，亟欲涮除。今特酌定狀式，頒行曉諭。爲此示仰撫屬軍民人等知悉：嗣後務照所開條款，一體遵奉，毋得仍蹈前轍，聽信訟師簸弄，自罹法網。本院聽訟，惟以初詞爲主，不許續投稟訟。初訟一字涉虛，卽行反坐。各宜愼思，毋貽後悔。

一、民間事情，每先告本管州縣，如果審斷不公，情有冤抑，方許上控。如狀內不將某月日告過某衙門、如何審斷、不公情節開寫明白,朦混越告,一槩不准。

一、告貪官污吏,無贓跡實據、過付確證、年月日期者,不准。

一、告謀叛通逆、光棍冒旗、勢宦土豪、巨窩訪蠱等情,非確有實跡證據者,不准。如假捏倖准,審實照律反坐,決不姑恕。

一、告額外私徵苛派,無款項、數目、年月證據者,不准。

一、眞正人命、强盜,例由該管州縣通申批審,未經斷結,不許越告。如問官徇情枉法,必須開明月日、傷證、贓仗,據實陳告。違者,不准。

一、舊事翻新,及戶婚、田土、口角小嫌,捏裝重大名色,希圖誆准,審誣定行反坐。

一、一詞兩事粘連,款單牽累多人,及被證過三名,以至非關姦情,牽涉婦女者,不准。

一、不開代書、歇家各姓名、住址者,卽係匿名刁訟;並無副狀,字格逾式者,一槩不准。

清理監獄事

照得仲冬嚴寒,囹圄罪囚,凍餒堪憐。況今恩詔渙頒,小過咸與維新。爲此仰司、道、府、州官吏,卽行所屬,將監犯逐一確查。凡關欽案不赦重情,仍照常固監,囚糧、草薦均給,不許獄卒陵虐、扣剋、獄斃。其餘一切輕罪,分別保釋,候詔到遵行。仍將清理緣由呈覆。毋違。

觀　風　事

照得三吳素號人文淵藪,名卿鉅儒後先接踵,理學經濟彪炳汗青。本部院髫年受書,見聞所及,當年朝著建白大義,楮①柱國是,江南君子實爲眉目,中

———————————

① “楮”,《三賢政書》本作“揣”。

心不勝企慕。頃歲以來，備員史局，殫力編摩，江左名賢，傳述難盡。撫卷嘆息，以爲長江大海疊嶂洪浸，天地清淑之氣於是焉萃，故人文之盛如此，非他方所可頡頏也。今塡撫茲土，欲與多士講道考德，究明濂洛宗傳。受事以來，迎送鑾輿，案牘山積；督軍籌餉，日不暇給。今歲序方新，正多士奮發下帷之時，合先循例觀風。制義者，朝廷功令所在，諸生致身先資，且六經之微旨、聖賢之精義在焉。文恪、文懿、荆川、震川皆鄉先哲，制義爲海內所宗，未可視爲逢年之技也。又念諸生多博極經史，貫穿箋疏，辨異同於毫釐，窮制度之源流，含咀英華，馳驟《騷》、《雅》，故不敢以一格相繩於經書之外。更列論、表、考、議諸體，間附古風近體詩目，欲令各盡所長，以見一時之盛。合行傳檄。爲此仰該府、州官吏，查照牌內事理，卽轉行所屬州縣，出示曉諭，會同該學教官，擇期傳集諸生及苦志儒童，扃鐍嚴密，將本都院封發題目開示考試。務必黎明出題，薄暮收卷，使得盡一日之功。毋促期催迫，致妨慘淡經營。試畢，公同各官，鈐印固封，齎解本都院評閱。卽名列辟雍，願與者，不妨另封呈送。該府、州、縣須敬愼從事，毋散題徵文及漏洩題目，令抄謄代倩。本都院遴拔旣定，仍親加覆試。贗鼎混呈，捉刀必究。尚其愼之。

嚴禁徵收錢糧勒索火耗私派之弊以恤民艱以清賦稅告諭

　　江南財賦，甲於天下。小民輸將正供，拮据維艱。兼以遞年水旱頻仍，困苦尤甚。皇上軫念煢黎，宵旰不遑。額徵正賦之外，不得橫徵私派。多科勒索，定有處分嚴例。州縣有司，務宜潔己奉法，杜絕私派，痛除耗羨，俾民間省一分浮費，卽可完一分正供。司、道、府爲屬員表率，尤宜端本澄清，剗剔蠹弊，禁止苞苴，則州縣免分外之需，小民卽可受寬大之惠，額賦易於完辦，各官亦免考成之累，庶不負朝①廷簡任牧民之意。

　　乃有等不肖官吏，惟圖營私飽橐，罔顧功令民瘼，或於派徵之時浮額多科，

---

① "朝"，《四庫全書》本誤作"公"。

或於收納之際加勒火耗。如地畝錢糧,江南各屬額賦已重,每徵正銀一兩,部法之外多勒耗羨八九分至一錢不等,而江北州縣竟有加至一錢五六以至一錢七八分者。至於雜辦錢糧,如行夫、牙戶、匠班、漁課、碾餉等項,竟不開明每丁應徵數目,止開某戶應徵幾丁字樣,通同奸胥、蠹役,恣意橫徵。每丁止應徵正銀一兩四五錢者,竟徵二三兩,仍復加四、五勒耗。再如酒稅一項,原因用兵需餉,暫行徵收。爲民牧者,自應體恤民隱,照額收解。乃視同几肉,亦復加四徵收。更有並非額編,橫行派累。如田房稅額,既經按照業戶賣契計數徵收稅銀,復於田畝上按圖按甲加數派徵,及借稱某項公費並捐助名色,輒加派里遞。指一徵十,官蠹分肥。此皆州縣刻削下民脂膏之弊也。司、道衙門凡遇州縣交錢糧,則有坐平、耗羨名色彈兌陋規,庫官、胥吏、堂役以及把門、轎傘之夫,俱有收銀使費。種種錮習,難以悉數。此則司、道、府婪索州縣之弊也。此等弊寶,在從前督撫歷經嚴禁,稍爲斂戢者固有,而陽奉陰違者實多。本院未出都門,久已稔悉。及入境以來,見聞更有真切。嗟! 小民有限脂膏,上下官蠹如此層層剝削,無怪乎民生日蹙,朝廷正賦歲歲逋懸,動盈千萬。若不嚴行懲創,何以救民水火,無虧國儲? 除現在密訪參拏外,合行出示禁飭。

嗣後各宜洗滌肺腸,改絃易轍。凡州縣徵收正雜錢糧,務按由單科則應徵確數,如法驗派,明白開寫單票,令民通曉,毋容額外私加毫忽。仍聽納戶照依部頒法馬,按數稱兌,自封投櫃。櫃役止許登填流水截給串票,不許執戥秤收。司道衙門如遇州縣解交錢糧,一依部法,平準兌收明白,即便印掣批文,送院銷算,永杜積弊。如有不肖官蠹,怙惡不悛,仍蹈前項諸弊,許諸色人等不時赴院①具稟。一經察確,官則飛疏參拏,役則立刻杖斃。倘有奸頑里甲、劣衿、衙蠹輸納糧銀故爲短少,亦必查驗真實,申報究懲。不得窺視殷實之家,借名納銀輕少,籤提捉拏,飽其谿壑。如有此等,定行飛提重治。本院執法如山,言出必行,斷不寬假。各宜猛省,無貽噬臍。愼之,愼之!

---

① "院",《正誼堂全書》本、愛日堂藏版本和《四庫全書》本誤作"縣"。

嚴行設法催提永禁濫差滋擾以杜侵那告諭①

江南各屬，爲財賦重區，款目滋繁②。有一項之徵解，即有一項之考成。州縣印官固宜竭力徵輸，以副功令，毋容墮誤。而在上諸司各有督催之責，貴乎嚴立期限，以程完欠，不在濫差滋擾。乃向來司、道、府衙門，立法不善，惟以差提爲能事，不論刑名、錢穀，不計輕重緩急，動輒差催③。州縣甫及開徵，而司、道、府之差役接踵而至，更有一項錢糧而有守催④之名，不一而足。此輩一下州縣，惟知恣肆勒索，講說差規，需索酒食。谿壑既盈，即置公事於不問。稍不遂欲，非聳稟鎖拏，即私行毆辱。而州縣經承，率皆窮役，既無身家以應若輩無厭之求，欲冀一時稍⑤寬，不得不多方承順。因而那撮錢糧，侵蝕國帑，勢所必至。本院深悉此弊，屢經通行飭禁。近聞州縣仍有守催、坐催⑥等差，紛紛盤踞。在諸司之敢於玩違者，或以州縣徵解愆期，呼應不靈，謂差提可以速結，獨不思⑦司、道、府官爲屬員表率，若能設法催提⑧，嚴立程限，示以必信，別有⑨勸懲，下屬縱使⑩冥頑，亦必感而知奮，可以不煩差擾。何竟漫無區畫，惟以濫差爲事⑪！且差⑫往往不係公事，甚至有不行牌票，令書吏下縣口催，多係私意科斂。不肖蠹役，增飾恐嚇。有司心知其僞，不敢聲言，常至那借庫項，以應其求。錢糧虧空，都⑬由於此，尤爲不法。合再示禁⑭。

---

① "嚴行設法催提永禁濫差滋擾以杜侵那告諭"，康熙年間刻蔡本作"禁差杜擾"。
② "江南各屬爲財賦重區款目滋繁"，康熙年間刻蔡本作"照得江南各屬財賦重區款目最繁"。
③ "催"，康熙年間刻蔡本作"提"。
④ "守催"，康熙年間刻蔡本作"守催劃催"。
⑤ "稍"，康熙年間刻蔡本作"少"。
⑥ "近聞州縣仍有守催坐催"，康熙年間刻蔡本作"稍爲斂跡近聞州縣仍有各衙門坐催守催"。
⑦ "獨不思"，康熙年間刻蔡本作"遂爾悍然弗顧獨不知"。
⑧ "催提"，康熙年間刻蔡本作"行催"。
⑨ "有"，康熙年間刻蔡本作"以"。
⑩ "使"，康熙年間刻蔡本作"極"。
⑪ "以濫差爲事"，康熙年間刻蔡本作"事濫差殊爲可恨"。
⑫ "差"，康熙年間刻蔡本作"差催者"。
⑬ "都"，康熙年間刻蔡本作"多"。
⑭ "示禁"，康熙年間刻蔡本作"示禁爲此示仰撫屬官吏知悉"。

凡督催錢糧及一切欽部刑名事案,務須設法勉勵,分別勸懲,示以必信必從,不得輕差一役。州縣各官,亦宜仰體急公,上緊完結,勿以①不差催而忽②玩。如敢③仍前濫差下縣,致滋索擾侵那情弊,本院見聞所及,立卽密拏差役并經承重處外,定將違禁差擾緣由,特疏指參④。

嚴禁婦女入寺燃身以正風化告諭

婦職但司中饋,閨幼專習女紅,皆宜靜處閨幃,別嫌明微。卽異姓親戚,不得相見。乃聞開元等寺何物妖僧,創爲報母之說,煽惑民間婦女,百十成羣,裸體,然燃⑤肩臂,謂之點肉身燈。夜以繼日,男女混雜,傷風敗俗,聞者掩耳。而乃習久不察,視爲故常,良可哀憫。卽曰親恩當報,生養死葬,自有定禮。違禮辱身,是謂不孝,何名報恩? 合行出示。爲此示仰該管官吏及軍民、住持人等知悉:嗣後婦女各宜靜處閨幃,不得仍蹈從前惡習,入寺裸體點肉身燈。如有犯者,許地方附近居民稟官,嚴拏究處,女坐其父,婦坐其夫。僧道容隱不行舉發者,解院重責三十板,枷示寺門三個月不貸。

嚴禁請託以肅官箴告諭⑥

江蘇⑦地號繁盛,遊客所聚;風俗刁詐,人心險惡。官斯土者,往往以⑧情

---

①　"勿以",康熙年間刻蔡本作"不得以"。

②　"忽",康熙年間刻蔡本作"怠"。

③　"如敢",康熙年間刻蔡本作"如敢故違"。

④　"指參",康熙年間刻蔡本作"指參倘州縣官隋徵玩誤亦卽據實揭報以憑糸處各宜慎之毋自貽戚"。

⑤　"然燃",《正誼堂全書》本、愛日堂藏版本和《四庫全書》本作"燃燭",《三賢政書》本作"膚燃"。

⑥　"嚴禁請託以肅官箴告諭",康熙年間刻蔡本作"嚴禁請託"。

⑦　"江蘇",康熙年間刻蔡本作"照得江蘇"。

⑧　"以",康熙年間刻蔡本作"由"。

面請託,敗其官聲,得罪公論,禍不旋踵。本院廿載林泉,六年史局,茹蘗飲冰,甘之若性。奉命撫吳,誓之關帝①神前,斷絕交遊,不畏强禦;受賄徇情,神明殛之。將及一載,地方官民,頗能相信。

惟是積習日久,不肖小吏,猶多藐玩②,不知本院執法到底,輒欲自行③嘗試。有④一缺出,爭謀署篆,皆⑤素行貪惡、敗檢無恥之徒,不知世⑥有天理王法,雖本院大聲疾呼,猶然瞆瞆者⑦。此等奸徒,可以⑧百里相寄乎?夫百里之地⑨,錢糧刑名,皆國計民生所關。卽⑩部選非人,本院尚當白簡嚴糾。稍有徇縱⑪,便屬溺職。若委署⑫非人,罪何可逭?然委署重任⑬矣,而⑭署官不能盡職,是署官負本院也。若先徇情濫授⑮,是本院以朝廷⑯百里民命賣與匪人也。卽其人不至⑰大敗,而本院之心尚可⑱對上⑲天、告皇上乎?除凡⑳不自安分、妄行㉑營謀者另行糾處外,合行曉諭。爲此示仰大小屬吏㉒知悉:各宜體諒㉓本

---

① "帝",康熙年間刻蔡本作"聖"。
② "玩",康熙年間刻蔡本作"法"
③ "自行",康熙年間刻蔡本作"以身"。
④ "有",康熙年間刻蔡本作"遇"。
⑤ "皆",康熙年間刻蔡本作"此皆"。
⑥ "世",康熙年間刻蔡本作"上"。
⑦ "者",康熙年間刻蔡本作"若此"。
⑧ "可以",康熙年間刻蔡本作"豈可以"。
⑨ "之地",康熙年間刻蔡本作"以內"。
⑩ "卽",康熙年間刻蔡本作"若"。
⑪ "縱",康熙年間刻蔡本作"假"。
⑫ "若委署",康熙年間刻蔡本作"而況於委署乎若界"。
⑬ "然委署重任",康熙年間刻蔡本作"夫委署亦甚重"。
⑭ "而",康熙年間刻蔡本脫。
⑮ "先徇情濫授",康熙年間刻蔡本作"徇情濫委"。
⑯ "朝廷",康熙年間刻蔡本脫。
⑰ "至",康熙年間刻蔡本作"致"。
⑱ "可",康熙年間刻蔡本作"可以"。
⑲ "上",康熙年間刻蔡本作"皇"。
⑳ "凡",康熙年間刻蔡本脫。
㉑ "行",康熙年間刻蔡本作"引"。
㉒ "爲此示仰大小屬吏",康熙年間刻蔡本作"示仰大小屬吏人等"。
㉓ "諒",康熙年間刻蔡本作"貼"。

院誓神之意,恪守官箴,無①懷徼倖。如②本院不能愼終如始,一③有徇假,不妨公揭通衢,以彰本院負國之罪。如④本院清苦勞瘁⑤自甘,毫無私弊,亦求相諒,以全晚節。幸甚! 幸甚!

亢旱不雨急圖脩省以祈有年告諭

民間插蒔方畢,惟賴雨暘時若,可期豐稔。不意仲夏至今,雨澤愆期。近日亢旱彌甚,田禾將槁。本院念切民瘼,中心如灼。切思天道人事感應不爽,自非官墨兵驕,卽係政苛刑濫。除本院率屬痛自脩省外,仍建壇祈禱,禁止屠沽,清理刑獄。惕天之變,分民之憂,庶幾甘霖早沛,不致薦於饑荒。各宜虔誠,無飾具文。

嚴禁兵丁擾民以安閭屋告諭

江南財賦重地,民間一草一木,俱關國課。至於各營兵馬,自有額設糧餉料乾按月支給,豈容橫取? 況駐防兵丁違禁擾民,屢奉嚴綸申飭,犯者卽行參處。乃聞各屬有等不法營兵,每借砍馬草爲名,將民間田蕩所產蘆葦恣行樵採。稍或勸阻,卽逞兇暴。鄉僻小民,孰敢抗敵? 惟有飮痛吞聲而已。甚至縱放馬匹踐踏禾苗,糾合營使砍伐墳樹。種種肆惡,俱干軍紀。該管營弁漫無約束,亦屬不職。除現在察⑥訪拏究外,合行嚴禁。爲此示仰各營弁、兵丁知悉:嗣後務須嚴明紀律,約⑦束隊伍,毋得縱容兵胥在外生事,砍斫⑧民間一草一

---

① "無",康熙年間刻蔡本作"毋"。
② "如",康熙年間刻蔡本脫。
③ "一",康熙年間刻蔡本作"稍"。
④ "如",康熙年間刻蔡本作"若"。
⑤ "瘁",《正誼堂全書》本、愛日堂藏版本和《三賢政書》本作"悴"。
⑥ "察",《四庫全書》本作"密"。
⑦ "約",《四庫全書》本誤作"均"。
⑧ "斫",《四庫全書》本作"斫"。

木。如有不遵,卽便據實通報革治。倘該管將弁知情故縱,或經本院察出,或被告發,定以縱兵虐民會疏指參,并拏悍兵以軍法重處,決不姑貸。

嚴禁濫委家丁以肅吏治告諭

地方公務,該管官員各宜加意澄清,剔除積弊,使上不誤公,下不擾民,庶免咎戾。胥役不過供奔走、傳號令而已。至於家丁,乃本官私人,尤不得干預地方之事。本院下車之始,已經嚴禁。近聞各地方官抗玩不遵,以衙蠹爲腹心,視關防若具文,無論脩造、監工、開倉、監兌、造船、辦料等,一概倚任。家丁、胥役,互相結擾,狐假虎威,恣睢肆横,層層剝削。刁難需索,窘辱備至;賣富差貧,弊竇百出。一切公事,經此輩之手,盡爲吞噬之具。此等情狀,本官豈眞聾瞶不聞乎? 或以此輩爲誠信足仗乎? 抑假手攫金以自肥乎? 溺職若此,深可痛恨。合行出示嚴禁。爲此示仰撫屬官吏、軍民人等知悉:嗣後一切公務,如有仍前擅委家丁,出外招搖,刁難良懦,需索私費者,許被害人等不時赴院①控告。官卽參拏,役立杖斃。各宜凜遵,勿貽噬臍。

嚴行飭禁告諭

各項當官,久經禁革。白票取物,有干功令。不意蘇城尚有冰窖承值官府,相沿莫能革除。查設廠藏冰,蓋因春夏江海魚鮮遠來,非冰卽腐。窖戶在於臘月鑿窖收貯,待時發賣,以覓微利。而蘇州大小衙門,輒以冰爲驅暑納凉之具,每遇夏月,差票絡繹,恣意白取,供應上司,餉送知交,視爲應得。致窖戶雇夫雇船,挑運裝送,所費不貲。甚且各衙門搭蓋馬廠,與夫包束家伙需用草索,亦著窖戶出夫打造。卽或稍給工價,悉被胥差、兵役中飽,究竟不沾實惠。種種弊害,殊堪矜憫,合亟飭禁。爲此示仰蘇郡官役、軍民人等知悉:嗣後炎天用冰,務要給價平買,償其工費。至於搭廠夫役、草索,不得仍著窖戶備辦。如

---

① "院",愛日堂藏版本和《四庫全書》本作"轅"。

有奸役朦官白取，及混派夫役，致滋民困，或經本院訪聞，或被受害告發，定行官參役拏不貸。

嚴禁諱盜以靖地方告諭

吳下盜風日熾，由於地方官慮處分嚴切，遇有被盜，便與失主爲仇，逼令隱匿不報。其盜情重大，勢不可掩者，逼令改强爲竊，甚至昧卻良心，輒拏家屬婦女審詢，坐以是姦非盜，敲杸竝行。以致①失主畏其苦累，不得不隱忍緘默。卽申報矣，奉文勒緝，往來解比，差役盤費，悉出失主。盜之所餘，不盡不止。其意總要失主有不敢不諱之勢，而後官長得安然遂其諱盜之心。既助盜以虐民，實驅民而爲盜，是官長實盜魁也。如此作官，惟知有自己功名，不知有良民身家性命，不但上負朝廷，抑且絕滅天理。每日坐堂開衙，乘輿張蓋，何面目與斯民相對乎？合行嚴禁。以後當嚴查②保甲，以清盜源。如有失盜，不論是强是竊，俱限三日內拏獲眞盜、追出眞贓申報，分別照例定罪。如不卽行緝拏，數日之後，賊已遠遁，贓已花分，卽獲盜亦難定招。若以後仍前逼勒失主隱匿不報，及借端誣纏，酷刑勒供③，並緝捕員役索取失主盤費，及妄拏平人，私下拷嚇，株連無辜者，或經本院訪聞，或被失主告發，官員立刻題參，拏役杖斃。

舉行鄉約以善風俗告諭

古昔盛時，士有庠、序、學、校以樂其羣，民有比、閭、族、黨以萃其渙。禮讓興行，風俗樸茂。邇來教化不明，人心陷溺。父兄之訓戒不先，里黨之薰陶無素。因之一善未聞，多以惡敗，至於犯法。有司輒執三尺以繩之，輕則杖笞，重則絞斬④。每歲讞獄之章，常至千餘。

---

① “致”，愛日堂藏版本和《四庫全書》本作“故”。
② “查”，愛日堂藏版本、《四庫全書》本和《湯文正公全集》本誤作“禁”，據《三賢政書》本改。
③ “供並緝捕”，《四庫全書》本脫。
④ “絞斬”，《四庫全書》本作“斬絞”。

本院昔承乏綸閣，閱諸曹奏牘，每至大獄，輒反覆不置。竊歎孰無父母，孰無妻子，一旦身罹刑辟，莫能救助，爲之泣下。夫先王以刑弼教，非以刑爲教也。一言不教，而惟刑是加，豈父母斯民之意乎？今奉命撫吳，見俗尚浮華，人情嚚詐，訐訟見於宗族，仇殺起於比閭，泰伯、季子之風微，而專諸、要離之習勝。欲挽回末俗，馴致①醇良，條約頻頒，未見省改。中夜思維，人心本善，豈盡下愚不移？從容漸摩，自當感動。

鄉約之法，最爲近古。恭讀《上諭十六條》，聖人之言，廣大精微。脩身齊家之道，遷善遠罪之方，總不外此。撫屬府、州、縣、衛、所官吏，定期每月朔望，會集士民於公所。其鄉鎮等處，各擇一空闊祠宇，選年高有德、爲鄉人所重者，敬謹講說。務要明白痛切，使人感動。平居無事，則互相叮嚀。一有過惡，則彼此訐責。共存天理，共守王法，孝親敬長，講信修睦，敦尚樸實，解息忿爭，無負聖天子尚德緩刑、化民成俗至意。無徒視爲具文。

禁止船戶涉險夜行以弭盜賊以安行旅告諭

蘇郡爲南北通衢，商賈往來如織，又素稱澤國，河港繁多。經商貿易之人，皆賴舟楫以利攸行，應由官塘、大河而走，曉行夜泊，以保無虞。且沿塘各處，巡船汛兵聯絡防守，稍有警息，亦可呼應追捕。乃有無知船戶，或貪捷徑，或圖趕路，每每竟由荒僻冒險夜行，以致盜賊乘機竊發，莫能救援。至於客商雇船，俱由牙埠。此輩熟知船戶來歷，客商遠來投牙雇載，自無疏虞。常有貪鄙之夫，吝惜小費，不由船牙寫載，私自雇覓。遂致奸惡水手瞰有重資，故意行走僻路，勾盜劫掠。甚有亡命之徒，以舟爲餌，減價攬載，誘令入彀，行至中途，肆行謀害。不特資財一空，且有性命之憂。禍端莫測，深可痛恨。合行嚴飭示禁。自後凡客商雇船裝貨，務須著落埠頭，雇覓熟識船戶，寫立票約，仍由官塘、大河行走。遇晚停泊民居稠密、有兵所處，以便巡邏。不得貪走捷徑，越站夜行，致有失事之虞。如有牙埠不察船戶來歷，混將奸船催裝客貨，以及船戶違禁行

---

① "致"，《四庫全書》本作"至"。

走僻徑者，一經事發，提牙埠船戶①，一體嚴究治罪，斷不姑徇。爾等商民，各宜猛省，保全資本、性命，愼毋行險徼倖，自貽②伊戚也。

嚴禁阻葬惡習以弘孝治告諭

民間買地安葬，原屬各從其便。乃吳下惡俗，每有棍徒搆同勢豪，凡遇民間造墳，輒借稱妨礙風水，煽惑阻撓，肆行嚇詐。稍不遂欲，糾集打降。拳勇百十成羣，或毀撤甎石、灰料，或黃夜掘壞地脈，甚至掀翻棺木，打傷人命，肆橫無忌。遂至詬訟紛爭，拖累破家，安葬無期，終成暴露。言之眞堪髮指。本院稔③悉此等惡習，已經嚴禁。不謂蘇松屬縣其風猶熾，此皆地方有司奉行不力故耳。合亟嚴行示禁。爲此示仰撫屬官吏、軍民人等知悉：嗣後民間造墳安葬，聽從其便。如有不法棍徒，怙惡不悛，仍敢糾眾阻葬，許受害之人指名具告，地方官嚴拏解院，以憑盡法重處。如有司奉行不力，或經本院別有訪聞，定以溺職指參，決不姑寬。

嚴禁營債盤剝重利以除民害告諭

放債每兩三分起息，載在律令。近聞各處營兵不遵定例，當放債之時，先扣加一利息、加一折色，搭配低潮，短少分數，帶領保人又扣剋使用茶酒花費。名爲一兩，其實不過數錢④。及至還債，則利上起利，輾轉盤剝，動至數十倍。少或拖欠，輒行吊打凌辱，每致赴水、懸樑，或逼獻產屋、妻孥。又有印子錢名色，通計本利，逐日抽取二分，公然開店舖，勾引鄉愚。小民一時費用無出，圖濟目前，後卽竭力經營，每日所得些微，何能償還重利？一入陷阱，無計自脫。

---

① “戶”，《湯文正公全集》本誤作“來”，據《三賢政書》本、愛日堂藏版本和《四庫全書》本改。
② “貽”，愛日堂藏版本和《四庫全書》本作“遺”。
③ “院稔”，《四庫全書》本作“院深”，《三賢政書》本誤作“道稔”。
④ “數錢”，《湯文正公全集》本和愛日堂藏版本誤作“錢數”，據《三賢政書》本、《四庫全書》本改。

有限之脂膏,盡爲此輩吮噬。聞蘇城內外,開張此店者不下數十百家,民生安得不蹙?更有營旗兵丁等①肆行撞掠,與大盜等,尤爲暴橫。合行嚴禁。嗣後百姓各安本業,不得輕揭債銀。各營兵丁,亦各恪遵功令,不得身爲中保及租房與人開張債店,射利無厭。地方嚴加譏察,如有違犯,兵則拏解該管衙門究治,中保人等立行枷責。仍將利銀責令賠償,追券焚燬。如有折算子女、財產,逼人赴水、投繯,情罪重大,立卽具文申報本院,飛章請旨②,從重處分。

嚴禁營兵放馬斫③青以安民生以裕國課告諭

江南爲財賦奧區,寸土皆有課稅。民間藝植輸糧,非荒蕪廢地可比。凡營伍馬匹,自有額設草荳喂養。如有放牧,不許作踐禾稼。久奉嚴綸,孰敢違背?乃聞有不法營弁,縱兵結黨,成羣放馬出城,或囓食禾麥,或侵伐墓木,所遇無敢攖觸。如馬在田,偶或驅趕,卽以傷馬爲題,無端絮④詐。至於水鄉茭蘆草蕩,皆有賦之區。兵丁借名斫⑤青,縱令小厮擅捉農船,聯舫逐隊,夥結到鄉,將有課蘆葦肆行砍斫⑥,公然裝載貨賣,致民賠糧飲泣。又,草船所過之處,遇民船,則故意衝擊,毆奪篙櫓;傍村居,則徧掠雞豚,橫取柴草。更有地方棍徒,假作營裝,勾引暴戾。種種擾害,均干軍紀。向來提督、總鎮熟知其弊,嚴加禁飭,不啻三令五申。乃兵厮遠離部曲,罔知遵守將令。約束端在平時。方今東作將興,菜麥滿畦。茅簷蔀屋,力穡多艱,尤宜斂戢安農。除一面嚴飭各營弁⑦并密訪拏究外,合行出示。嗣後如有不法兵丁小厮借名放馬斫⑧青,傷殘

---

① "兵丁等",《三賢政書》本、愛日堂藏版本和《湯文正公全集》本誤作"苦獨力",據《四庫全書》本改。
② "旨",《三賢政書》本誤作"二旨"。
③ "斫",《四庫全書》本作"斫"。
④ "絮",愛日堂藏版本作"絮"。
⑤ "斫",《四庫全書》本作"斫"。
⑥ "斫",《四庫全書》本作"斫"。
⑦ "營弁",《四庫全書》本作"營弁兵"。
⑧ "斫",《四庫全書》本作"斫"。

禾麥,强砟①蕩柴,擅捉民船,擾害鄉村,及地方棍徒勾引生事者,諸色人等協力擒拏,解官申究,以憑軍法嚴治。

曉諭告報版荒

長洲縣版荒田地,本院因念里民包賠苦累,是以示令自行開報定奪。然功令森嚴,事干地畝錢糧,題報請豁,談何容易。必實係不毛絶地,方可據實報明,候委官察勘。若一毫虛假,萬一奉旨差官察勘,罪將誰歸?無奈里民良頑不等,竟將原有種植、可以供賦之田,一體混呈,妄希蠲減,以致荒數纍萬,眞僞難分矣。目今東作方殷,若委官履畝踏勘,必致妨誤農業,相應停止。爲此示仰長洲縣里民知悉:國課嚴急,無草草具題之理。俟秋穫之後,遴選清廉才能官員,確訪眞實不毛之地,另行分晰,緩其徵比,量充②雜辦差徭。不許指名造册等費,科派分文,以致重累窮民。如有故違,本院一有訪聞,定行從重究處。

嚴禁賭博以絶盜源告諭

士農工商,各有本業。賭博爲非,律有明禁③。吳下有等無賴棍徒,開賭塲,引誘良家子弟,羣集賭博,徹夜呼盧。良賤不分,兵民混雜。一入彀中,莫能悔悟。腰纏罄盡,流入匪類,穿窬掏摸,無所不爲。開賭棍徒,但知拈頭取利,孰論奸良?以致賭博之塲,竟成盜藪,貽禍地方,深可痛恨。至於紳衿讀書明理,尤當砥礪廉隅,戒絶怠荒。名教自有樂地,何乃亦以鬬馬吊爲事?總緣習俗已④成,莫能自振,甚至與士卒、細民爲伍,禮讓全無,惟憑機械惡習。久經嚴禁印造馬吊紙牌,令其改業,孰意瞽⑤不畏法之徒,仍不悔悟。除現

---

① “砟”,《四庫全書》本作“斫”。
② “充”,《湯文正公全集》本和愛日堂藏版本誤作“先”,據《四庫全書》本改。
③ “禁”,《四庫全書》本作“條”。
④ “已”,《正誼堂全書》本、愛日堂藏版本誤作“以”。
⑤ “瞽”,《正誼堂全書》本、愛日堂藏版本和《四庫全書》本作“慼”。

在查訪拏究外，合行嚴禁。爲此示仰諸色人等知悉：士農工商，各務本業，不得相聚賭博，陷人不義，甘蹈法網。如有不法棍徒，開塲糾賭，以及私造紙牌，暗行發賣，許地鄰、保甲人等協力擒拏，赴禀本縣印官，轉解本院究詢明白，按律從重治罪。如地鄰、保甲徇情容隱，事發一體究處。各宜猛省，毋自執迷。

禁略販子女以全人倫挽頹俗告諭

略販之罪，新例甚嚴。乃吳下惡俗，有等奸媒牙保，覷知貧人子女稍有姿色，輒巧言哄動，或稱官宦討取媵妾，或稱富豪收爲兒女。始以重價立成文券，及至攫金到手，半入奸囊。而爲父母者，止圖目前之貲財，不顧骨肉之分散。或父母稍有良心，不受哄騙，若輩即糾合黨類，俟候子女偶然出門，竟行誘擅入窟，輾①轉遠賣，得價瓜分。迨其父母告官追緝，其去已遠，杳然莫可根蹤。不獨骨肉分離，反多公庭拖累。言念及此，殊堪髮指。又有一等無賴之徒，嫖賭放蕩，衣食不給，被奸媒設騙，或將本身妻子自賣遠方，永離鄉井，甚至鬻爲水販，墮落娼家。更有爲富不仁之輩，收買人家子女，教習吹彈技藝，通同媒媼，誘紈袴子弟，婪取重價，賣爲姬妾。此種澆風，惟蘇郡、淮②揚、江甯爲甚。愚民誤墮其術，生離遠別，而若輩坐享其利。天理、王法，皆所難容。該管有司，身在③地方，視爲細事，漠不相關，全無禁戢，溺職殊甚。本院念切維風，合行嚴禁。爲此示仰撫屬官吏、軍民人等知悉：凡有前項奸媒、販棍以及收養瘦馬之徒，嚴行驅逐出境。如瞀④不畏死，潛頓境內，仍前拐販子女，許鄰里、保甲赴該管官據實舉報，解本院審明，題請正法。鄰甲容隱不報，一體治罪。至若窮民不惜兒女，遠賣他鄉，有司官務須多方勸諭，令其悔悟。如冥頑無知，甘心拋棄，一并照例懲處，決不姑貸。各宜猛省，毋蹈法網。

---

① "輾"，愛日堂藏版本和《四庫全書》本作"展"。
② "淮"，愛日堂藏版本和《四庫全書》本作"維"。
③ "在"，《三賢政書》本作"任"。
④ "瞀"，愛日堂藏版本和《四庫全書》本作"慇"。

嚴禁刁風以安良善告諭

聖賢語治,不過教以田里、樹畜,申以孝弟、禮讓,遂至比屋可封,刑罰可措者。今日教化陵夷,奸僞滋起,稂莠不剪,而欲休息,蓋亦難矣。吳中刁惡遊民,最爲百姓苦患者①,約舉數端,嚴加懲創。自示之後,凡以前違犯者,當思渙然省改。如長惡不悛,三尺具在,斷不寬假。毋謂本院不教而殺也。

一、奸暴遊民,結黨歃血,或假稱欠債,或揑騙賭博,持棍操刀,行兇打降。一人有讐,則聚衆同報。一人告狀,則彼此扛幫。甚至窺寡婦孤兒家道殷實而柔懦愚蒙,便指姦盜,誘賭誘嫖,或强使揭銀,或唆調爭訟。又勾引旗營機匠,結交衙門皂快,挾同詐財,互相容隱。更有欺隱田糧,抗逋國課,窩盜窩訪,保官保吏,壞法亂紀,眞堪痛恨。自示後,五日內不卽解散,本院訪出,盡法究處。各重性命,其毋後悔。

一、民間或因小小口角,邂逅身死,竝無致死情由。屍親指死者爲奇貨,或擡屍上門,或混搶②家財,或鎚棒剳打,或傷器物,勢同盜賊,不厭不休。以後如有此等,盡法重懲,枷示三月,決不輕恕。

一、刁民心懷奸僞,志在得財。家中但無營生,就要摻尋告狀。更有一種訟師,專一起滅詞訟,教唆愚民。或揑寫無影虛詞,或隱匿年月姓名,或以活人作死,或盜人墓檢屍,或造混告二三十人,或牽連無干婦女,或假冒籍貫,或擅用黏單,或一狀未問,一狀又投,或上司衙門連遞數紙,以致批問紛紛,提人擾亂。有分毫小事,而經年不結者;有東審西詳,往返千餘里者。飢寒、疾病、老弱之人連累常死,庄農、傭工之家盡誤生活。及至事完之日,不過笞杖罪名,多半全無指實。如此奸詐之徒,擾亂生民,死有餘辜,往往反坐,通不知懲。以後州縣置無恥刁民簿,除原因辨冤訴屈所告得實者,不分曾否告幾次,免其登記外,其餘但係半虛者,卽登此簿。簿登三次者,將本犯扭解本院,以憑盡法重

①　"苦患者",愛日堂藏版本和《四庫全書》本作"患"。
②　"混搶",愛日堂藏版本和《四庫全書》本作"搶"。

治。所告多人,除緊關重犯外,其無干牽告之人所費盤纏,卽於本犯名下計日追銀,給牽告之人收領。鄉黨良民,休與爲禮。

一、造言之人,無端揑事,見影生風,或平起滿街議論,或寫帖揑名文書,擅編歌謠、劇戲,或談說閨門是非,除致出人命者卽依律定罪外,鄉人等但有指實者,卽便公擧到官。有司盡法重治,枷示三月。本院記惡,良民不與爲禮。

一、賭博乃敗家之緣由,做賊之根本。開塲者譬如窩主,束手分財;賭博者譬如盜賊,夥瞞癡幼。此輩若不嚴緝,地方安得甯謐? 各州縣官於城市鄉村印貼告示,但有挐獲眞正賭博者,除照例盡法究治外,仍於本犯名下,追銀十兩充賞。

明正學勤課藝告諭

聖學明則風俗洆,蒙養正則士習端,訓練勤則藝業精。吳中人士,文章藻麗爲天下冠,而敦本正始、明倫敬身之道,猶有未盡講明者。夫本始之教莫重於《孝經》,而養蒙育德莫切於小學。合行定期開講。爲此仰該學教官,卽便聘耆儒每月十一日在明倫堂講《孝經》、小學之日,長、吳二縣各社學教讀,俱率生徒聽講。月課之日,教讀一體聽候課試。其供給,各衙門分日輪備,毋得違錯。

禁賽會演戲告諭

吳下風俗,每事浮誇粉飾,動多無益之費。外觀富庶,內鮮蓋藏。偶遇災祲,救死不贍。本院不勝痛惜。如遇迎神賽會,搭臺演戲一節,耗費尤甚,釀禍更深。此皆地方無賴棍徒借祈年報賽爲名,圖飽貧①腹。每至春時,出頭斂財,排門科派。於田間空曠之地,高搭戲臺,鬨動遠近,男婦羣聚往觀。擧國若狂,廢時失業。田疇菜麥,蹂躪無遺。甚至拳勇惡少,尋釁鬪狠、攘竊,荒淫迷

① "貧",《正誼堂全書》本、《三賢政書》本、愛日堂藏版本和《四庫全書》本作"貪"。

失子女,每每禍端難以悉數。本院竊爲爾民計,以此無益之費,而周恤鄉黨親族,刊布嘉言懿行,則人頌好善,積累陰功,何苦以終歲勤劬所獲輕擲於一日,曾有何益? 本院已屢次諄諄告誡,城市之間,稍稍斂跡。而鄉村僻處,曾未之改,深爲民病。合行出示嚴禁。

禁印造馬吊紙牌以正惡俗事①

民生於勤,荒於嬉。故禮有游惰之罰,律嚴賭博之禁。何意乃有馬吊紙牌一事! 士農工商,各有本業,一執紙牌,曠時廢業。無賴棍徒,引誘富豪②子弟。一副之內,動經數千;一夕之間,輸輒盈萬。夜以繼日,叫呼若狂。主僕混雜,上下無分,奸淫竊盜乘間而起,眞可痛恨。合行嚴飭。以後槩不許印造紙牌,如再不遵,立拏重究。

欽奉恩詔事

照得恩赦弘頒,普天同慶。凡司、府、州、縣獄中罪囚,除情最重大、赦例所不原者,照常監固,速行審明,通詳定奪外,其餘二十三年九月二十四日恩赦以前輕罪人犯,盡行釋放。如不遵詔款,濫行監禁者,許罪人家屬不時赴本院轅門稟訴,立拏經承重處,本官以抗違詔令聽候題參。

飭　查　事

據該縣申覆,修葺院署,並未撮動庫帑,亦無科派里下等情,並送原卷查核前來。據此,查閱卷內係本院未發票之先,奉前院檄行修理衙門。本院票到之後,卽行停止。既無撮動庫帑及科派里下情弊,姑准存案。所有卷宗,合行發

---

① "以正惡俗事",愛日堂藏版本、《三賢政書》本和《四庫全書》本作"告諭"。
② "豪",《四庫全書》本作"家"。

還。爲此仰縣官吏，卽將發囘公務事卷一宗查收。毋違。

示　諭　事

本院員役，繁雜殊甚，或犯事改名投入，或本身生監。抗糧、爭訟，班頭揭出。其餘五人，具結存案。違究。

禁龍舟告諭

習俗之奢儉，動關閭閻之肥瘠。吳民家鮮蓋藏，猶自浮費相尚。如午日競渡，其一也。合行嚴禁。自後毋論近城遠鄉，一切龍舟，槩不許集資脩葺。如有惡少棍徒，不遵禁約，倡議思脩，嚴拿枷示。爾民各當務本，凡遇令節，家庭之間洗腆用酒，以享高年，以娛婦子，旣無大費，又有眞樂。何苦以終歲勤勞所得，輕擲一旦！荷花蕩鬧會，亦與此同例。毋得抗違取罪。

嚴禁私刻淫邪小說戲文告諭

爲政莫先於正人心，正人心莫先於正學術。朝廷崇儒重道，文治修明，表章經術，罷斥邪說，斯道如日中天。獨江蘇坊賈惟知射利，專結一種無品無學、希圖苟得之徒，編纂小說傳奇，宣淫誨詐，備極穢褻，汙人耳目。繡像鏤版[①]，極巧窮工，致遊俠無行與年少志趣[②]未定之人，血氣搖蕩，淫邪之念日生，奸偽之習滋甚。風俗陵替，莫能救正，深可痛恨。合行嚴禁。仰書坊人等知悉：除十三經、二十一史及《性理》、《通鑑綱目》等書外，如宋元明以來大儒註解經學之書及理學經濟文集、語錄，未經刊板，或板籍燬失者，照依原式，另行翻刻。不得聽信狂妄後生輕易增刪，致失古人著述意旨。今當修明正學之時，此等書

---

① “版”，《四庫全書》本作“板”。
② “趣”，《三賢政書》本作“趨”。

出，遠近購之者眾，其行廣而且久，爾等計利亦當出此。若曰古書深奧，難以通俗，或請老誠①純謹之士，選取古今忠孝廉節、敦仁尚讓實事善惡感應懍懍可畏者，編爲醒世訓俗之書，既可化導愚蒙，亦足檢點身心，在所不禁。若仍前編刻淫詞小説、戲曲、壞亂人心，傷敗風俗者，許人據實出首，將書板立行焚燬。其編次者、刊刻者、發賣者，一併重責，枷號通衢。仍追原工價，勒限另刻古書一部，完日發落。

嚴禁奢靡告諭

衣食之原，在於勤儉。三吳風尚浮華，不安本分。胥隸、屠沽、娼優、下賤，無不戴貂衣，繡炫麗。矜奇文人，喜作淫詞。疾病之家，聽信巫覡欺誑，輒行禱禳，鼓吹喧闐，牲餼浪費，貧民稱貸於人。又有游手好閒之徒，或假神道生辰，或稱祈安保歲，賽會慶祝，雜扮故事，兒女溷淆，舉國狂鶩。爲首苛斂乾沒，或因酗酒聚博，致生事端。又有優觴妓筵，酒船勝會，排列高果，鋪設看席，糜費不貲，爭相誇尚。更或治喪舉殯，戲樂參靈，尤爲無禮。凡此種種，一皆百姓火耕水耨辛苦所致，恣其浪費，毫不檢恤，民力安得不竭？國税安得不逋？自後胥隸、娼優槩不許著花緞、貂帽、緞韡，犯者，許人扭稟，變價充賞。疾病祈禳，若有巫覡、賽會祈保，罪坐事主。尋常宴會，不過五簋。酒船、妓樂、高果、看席及喪殯戲樂，槩行禁止。如敢故犯，該地方官嚴拏究懲。

興復社學以端蒙養告諭

化民成俗，莫先於興學育材。合行出示，將本城内外及鄉區村鎮大約二十家以上者，設社學一處。查本鄉子弟年八歲以上、二十歲以下若干人，除能自備束脩外，如果家貧無資者，該府、州、縣量爲設處廩穀，本院亦捐俸相助。再行儒學教官，通查該學諸生中有學問純正、品行端謹者，開送聘以爲師。當此

---

① “誠”，《四庫全書》本作“成”。

任者，須要端肅謹慎，爲後生模楷。先講明《孝經》、小學，教之歌詩習禮、問安視膳、進退揖讓之節，循循善誘，使知存心敦行之學。然後進以四書五經，以程朱傳註爲主，勿玩愒歲月，虛應故事。

大抵社學爲教習學業，專以養蒙育德。其行止不端，及出入衙門，囑託公事，不能安貧守道者，雖文詞優長，教官不得開報。其剽竊異端邪說，炫奇立異，蠱惑後生者，卽革去館穀，另選教讀。須該府州縣誠愛惻怛，視民如子，勤勤懇懇，隆師重道，方克有成。數年之後，士習益端，禮讓可風，庶不負朝廷興行教化及本院樂育人材之意。果有實效者，本院不靳特疏薦揚。不然，雖有他長，無教育之實蹟，難登薦牘。

禁止參謁事

照得本都院恭膺簡命，撫治江蘇，期與諸司共圖實政，仰副宸衷。縟節繁文，本都院素所厭絕。茲當蒞任之初，誠恐各官因循故套，遠來參謁，有曠職守，無益官方。合先嚴行飭禁。爲此仰司、道、府、州官吏查照來文，卽便轉行所屬，一體恪遵，毋得循套遠謁，擅離地方未便。

嚴禁餽送請託以肅吏治事

照得本院鎮撫三吳，職在振肅風紀，激濁揚清，必持廉秉公，毫無假借，方能使貪吏革心，士民樂業。故夙夜兢兢，飲冰茹蘗，上懍天鑒，下畏民瞻，尤先以杜絕餽遺、嚴革請託爲第一義。今蒞任方新，誠恐各屬因循陋規，借端餽送，或夤緣貴介，致書游揚，皆無益實政，有乖治體。合行嚴禁。爲此示仰撫屬官吏、軍民，司、道、府官吏轉行所屬官員人等知悉：各宜清白乃心，滌除陋習，持身如玉，愛民如子，興利務勤，去弊務盡。果操凜四知，政成三異，不煩奔競，自膺顯擢。倘簠簋稍玷，桁楊不檢，白簡如霜，斷難寬貸。平日費盡心力，究竟毫無效驗，何如殫精竭慮，恪共職業，省交際之煩，絕夤緣之私，上下風清，不愧不怍也。自示之後，如以本院之言爲故事，是必本院素行未孚，故不相信。指名題条，勿貽後悔。

再飭實行裁汰以清蠹窟事

　　照得汰役之行，蓋因各衙門白役過多，非舞文弄法，卽藉端索詐，肆其荼毒，大爲民害，是以特檄清釐。在諸司自當以民生爲念，實加沙汰，將革過姓名呈報。據①該府、縣申報經制各役姓名冊到院，稱衙役俱遵經制，並無額外多設。本院閱之，甚爲詫異。蓋②近見各屬或稱恪遵經制，並無額外多留，或稱先奉前院行文，業已盡行釐剔，殊不知"經制"二字，原以塗飾耳目，額外貼役，天下皆然，江蘇尤甚。今云並無多設，悉遵經制，將誰欺乎？江蘇事務繁冗，盡遵經制，勢有不能。但一衙門多至千餘人，有至數千者，此輩衣食皆仰給於衙門，朝夕所謀、所爲何事？見事風生，借端詐騙，情弊多端。雖間或奉行裁革，此輩憑城倚社，百足不僵，央情行賄，朝出暮入，比比皆是，眞正歸農者有幾？本都院素所稔悉。況本都院凡有申飭禁革，皆知之眞而行之力，非虛文了事者。今竟全不奉行，惟以空文搪塞，卽此"遵照經制酌用"一語，其爲捏飾③顯然，深可痛恨。本應據文參處，姑再通行嚴飭。爲此仰官吏查照原今事理，卽將該衙門胥役愼選清白良民身家無碍者充當，凡係積年猾胥、奸棍白役、犯罪被刑、更名易姓之輩，務期用心覺察，盡數革逐。其革過姓名，造冊呈報。一面出示曉諭，使民通曉。本院但要該司、道、府、州、縣實心革汰，不究往日濫用多役。如敢陽奉陰違，朦朧混覆，察出官參役處，斷不寬假。愼之。速！速！

　　一、本院欽承簡命，巡撫江蘇，察吏安民，實爲首務。冀與諸司勉盡乃職，以仰副聖主愍愍圖治至意。屬吏果有操守潔白，惠政宜民，興行教化，剔弊釐奸，自當亟爲採錄，不靳薦揚。如有貪黷枉法、酷虐乖張及闒茸廢事、信任蠹役者，一經訪確，立行題參。白簡如霜，決難寬貸。

---

① "據"，《三賢政書》本作"乃據"。
② "蓋"，《湯文正公全集》本誤作"蓋乃"，據《三賢政書》本改。
③ "飾"，《湯文正公全集》本誤作"飭"，據《三賢政書》本改。

一、江南財賦甲天下，京庾、軍餉，藉給實多。連年水旱頻仍，民不聊生，剜肉醫瘡，情狀堪憫。全在司牧寓撫字於催科，徵輸有法，無事敲撲，庶窮民可望生全，國課不至虧欠。倘私勒增耗，侵漁那混，假手吏胥完欠，及擅用重刑，毫無矜恤，徵收悠忽，完解愆期，定行參處，決不姑容。

一、撫屬地方，襟江帶海，夙號巖疆。朝廷設官養兵，汛守綦重。必須平時操演，方可有備無虞。不得藉口昇平，逍遙河上。如有伐狐擊兔以逞雄心，投石超距致疏騎射者，一并參革。至於縱兵擾民，向有厲禁，各宜凜遵。

一、本院初由翰苑兩任監司，近復承乏內閣，與聞大政。諸司章奏，朝夕檢閱。吏治民情，刑名錢穀，留心頗久。文移稿案，無煩假手賓佐。敢有不法奸徒，指稱幕府知交，在外指騙，印捕各官不時查解。被詐之人，許擊鼓喊稟，以憑嚴拏究處。

一、封疆、民社各有責成，文武官弁，豈容擅離職守？況本院惟以職業修廢爲各官殿最，一切繁文縟節，槩行禁絕。賀節、祝壽陋套，尤種種可厭。有借名擅至院署請謁者，參處不貸。卽同城諸司，非關緊急事務，非時參謁，亦一槩不許傳稟。蓋省一刻應酬，便息一刻精神，辦一刻公務。至於遊客干謁，尤宜嚴禁。此輩有害民生，無益政事。本院賦性孤介，與人落落，斷不能以地方物力，結納私交。封口書函，毋得混投。惟京報會稿、塘報軍務，隨時擊鼓傳進。違者，重懲。

一、衙役借差肆詐，最爲屬民，本院素所痛恨。非至緊軍務、欽部重案，斷不輕遣員役下屬滋擾。諸司咸宜體恤，毋得違禁濫差，致干功令。如有不遵，察拏重懲，該管官飛章參處。

一、放告定於每月初二、十六兩日。果有重大冤抑事情、興革利弊，依期投告，查閱批審。如捏誣越訴，必行反坐。至巡歷地方及公出時攔街喊冤，甚至赴水、抹項，假裝膚愬情形，希圖誆准，明係催倩無賴之人。除不准收狀外，仍行責治，以遏刁風。

一、本院素甘淡泊，一應日用薪米等項，俱發現銀平買。倘買辦員役不照時值，強陵賒剋，許卽指告，以憑責究。至巡歷處所下程小飯、鋪設迎送，盡行禁止。如隨巡員役藉端不法，有犯必懲。

申嚴速結事件以免沈滯事

照得本院衙門一切奉行欽部事件，非關緊急糧餉，卽係重大刑獄。所屬諸司，自當悉心料理，上緊完結，庶幾無曠職守。況例限綦嚴，轉瞬卽已屆期。無如邇來積玩成習，一味就延。雖由吏胥茹賄沈捺，亦因本官利欲薰心，借端苛駁，不卽轉詳，竟爾高閣。直待賄賂到手，方始苟且塞責。倘誅求未遂，則諉稱某官遲延，某官怠玩，上下推卸，相率成風。蓋以定例違限處分專責督撫，而於下司無涉也。今本院倣照現行例，一催、二催之後，卽用飛籤按程計日，守提經承親齎①回話。其駁查事件，止催一次。如違限不到，亦卽飛籤守提，不許郵封遞繳。籤限有違，一面專責鎖拏經承重處，一面將該管官量其事之大小，輕則以才力不及，重則以罷頓無爲，分別指參，斷不止以遲延案件爲言，瑣瑣從事也。合行通飭。爲此仰司道官吏，照牌事理，卽便轉行所屬大小正佐各官，務須大破積習。凡有奉行事件，隨到隨行，隨行隨結。至本院牌籤，初次以半月爲限，一催以十日爲限，二催以五日爲限，飛籤以三日爲限，期於必行必信。所望諸司實心奉行，毋以套言泛視。倘仍踵積習，憲法昭然，斷難寬假。文到，先具遵依繳查。

嚴禁擅用非刑以重民命事

照得刑具之設，原以禁奸止暴，期於無刑，不得濫加以逞酷虐。卽如夾棍一法，原以處大盜、眞正人命及光棍豪蠹之堅不招承者，然猶再四審詳，不得已而用之，期於得情而止。歷經題請，不許擅用。功令昭昭，有如星日。

近聞有等官司，一逢審斷，不問事之大小，情之重輕，輒用夾棍，動輒拷掠。一出門外，不似人形；一入獄中，或登鬼籙。如此等官，眞天理滅絕，良心死盡，蒼鷹乳虎，未足云喻。此必是酷以濟貪，猛以極慾。民間但有小事，不能保其

① "齎"，《湯文正公全集》本誤作"賫"，據《三賢政書》本改。

性命,只得哀求衙蠹,私通幕賓。暮夜之金,充滿其家,官得其一,衙蠹、幕賓分肥其九。究竟貪酷之罪,自己承當。國憲森嚴,誰能相貸? 至於徵比錢糧,即有拖欠,亦不過量加責懲,僅以示辱。小民貧苦,力實有限,懲戒之中,常存哀矜。故吳中舊俗,謂杖之最輕者曰"比較棒"。今竟以夾棍等刑施之欠糧之戶,龍鬚大板,密拶重枷,無所不至。籤挐行杖,種種須費。竭歷得銀,僅支雜費。寡婦孤兒,亦所不免。如此作官,縱逃王法,難道天刑。從古及今,鑒戒昭然。

本院林居二十年,貪酷官吏行徑,聞見最眞,痛心疾首久矣。今訪聞吳中相沿成習,更出平日見聞之外。下車方始,姑行禁約嚴飭。爲此示仰撫屬官吏人等知悉:司道府州縣官吏,嗣後如非眞正人命、强盜、光棍、衙蠹、土豪,不許擅用夾棍。違者,定行參處,決不姑容。本院賦性耿介,執法如山,權貴請託,毫無用處。各宜猛省,無貽噬臍。

申飭學校以端士習事

照得人才者,天下理亂之由;學校者,人才邪正之本。今安定之風旣遠,蒲霍之教無聞,學路久迷,人心日壞,浮僞之習益甚,奔競之術益工。士子終日聚談,無一語講求道義;終日誦讀,無一字照管身心。爲正言者,則笑爲道義,吹求其短;不詭隨者,則惡爲古板,厭棄其人。不知世道人心何所底止!本都院承乏三吳,立意略浮華而重實行。諸生中有孝友禮讓、踐履篤實者,本都院當致式廬之禮;有研究濂洛、關閩之學,躬行心得者,本都院當執經問道,處之師友之間。此等君子,眞地方祥麟瑞鳳,提學宜勤加採訪,即時報聞。

本都院省覽民詞,見諸生中與父兄、師長爭訟者有之;奸通婦女,包占娼優者有之;侵奪房產,誆騙財物者有之;包攬錢糧,交結黨與,挾制官府者有之;充當地方、圖長、歇家、糧總,辱人賤行,恬不知恥者有之;捏貼匿名,生事造言者有之;身爲訟師,窩訪賣訪,各衙門線索在其掌握者有之;貪財報怨,聚衆毆人,爲打降主帥者有之;包領牙店,把持行市者有之;扛幫惡少,夥誘愚頑賭博傾家者有之；搬弄是非，起編綽號，浮薄敗羣者有之。春秋釋菜，禮先聖者寥寥；轞車所過，執詞喊稟者累累；放告之期，羅而跪拜者如林。三吳稱人文淵藪，前輩名賢，身列縫掖，頎然負公輔之望。何今日學校猥雜至於如此，殊可怪也。爲此仰提學道官吏，查照牌內事理，卽轉行本都院所屬七府一州五十二州縣，併金山衞、海門鄉等儒學教官，各嚴加戒諭諸生，如有前項之徒，輕則申該道革黜，重則按律定罪，報本都院題參。一學至五人者，該道立將教官申參；至三人者，注下考，候大計處分，愼毋寬貸。先令各教官具文報查。毋違。

嚴　飭　事

照得本都院頒發一切告示，俱關國計民生、地方利弊，務須實貼通衢，令民家諭戶曉。乃各屬有司玩忽成習，每有發到告示，竟不黏貼，任憑蠹役、地棍通同藏匿，以致興革之事，小民未及周知，蠹棍得以朦朧作弊，殊屬玩法。合亟嚴行飭查。爲此仰府州官吏，查照來文事理，卽將本院到任以來頒發各屬告示，何故竟不黏貼，立速逐一查明，據實呈覆。仍嚴飭所屬，嗣後如有發到告示，務須隨到隨行黏貼通衢，令民共曉。毋得仍聽蠹役作弊隱匿，有負本院爲國計民生至意。如敢故違，訪出定提經承究處。該管官不行覺察，亦難辭咎。愼之。仍具遵依報查。

嚴　禁　事

照得本院衙門職司風憲，燈旗牌額，豈容濫冒？近見河下官民船隻，竟有擅掛巡撫軍門燈籠，及豎立水牌，往來河口，假借招搖，甚至冒勢陵人，鬭狠生事，殊爲不法。除現在盡數查拏外，合行曉諭。爲此示仰各屬官民、船戶人等知悉：嗣後一切大小船隻，永不許設立本院衙門水牌、燈籠。如敢故違，卽屬假冒，許諸色人等執稟所在官司，轉報本都院，以憑嚴究。各宜凜遵，毋貽後悔。

訪拏積蠹光棍以靖地方事

照得三吳刁詐成風，沿襲有素。曩有一種奸惡積棍，把持衙門，交通胥吏，起滅詞訟，蠹害百端。百姓殞命傾家而莫能避其螫，有司袖手旁觀而不敢犯其鋒。見者心寒，言之髮指。本都院洞悉其情形久矣，蒞任以來，留心採訪，業已確聞一二。地方該管官親民有日，甯有不曉然在胸之理？意者恐搏虎不中，反爲虎噬，故逡巡退縮耳。合行查飭。爲此仰司、道、府，文到轉行所屬州縣，卽嚴加緝訪。如有元惡巨慝、人情共憤者，將惡款事蹟訪查明確，立刻具詳申報，以憑提拏，按律究治。不得徇縱渠魁，反以無知愚頑苟且塞責，亦不得寄耳目於吏胥，使得挾嫌乘隙，誣陷善良。其大奸大惡，或係院、司、道、府、鹽關蠹役，或係學校劣衿，一聽嚴加緝解，不得顧惜瞻徇。本院執法不搖，萬不至出柙漏網，使得反噬。以此靜地方之奸宄，卽以此定有司之賢否。若怠玩縱容，視爲故事，一經本院親爲訪拏，地方官一併飛章參處，決不輕貸。

咨訪民瘼敬求忠告以匡不逮事

照得本院謬膺簡命，填撫三吳，深懼黯劣無以仰副朝廷任使之意，俯答士民期望之心。念先儒爲政，署其門曰："求通民情，願聞己過。"本院竊倣此意，除地方文武官久任茲土，聞見有素，不時條陳外，鄉士大夫，耆儒碩學，留心民瘼，洞晰利弊根源，自爲桑梓謀，或本院興除不力、耳目不廣、昧於事機、不合民情者，幸盡言無諱。本院當齋心受之，次第施行。父老子弟，疾苦切身，熟思拯救之法，許於每月初三、十八兩日，隨投文進院，具詞條陳。但不許借題訐告，牽連人姓名，假公言洩私忿，負本院眞切求言之意。

飭　行　事

照得本院衙門所行事件，俱係欽部重案，統據司、道、府、州具詳咨題。如人命則訊其致死有無謀故以及爲從加功，口供、見證、兇器務要眞確有據，庶成鐵案，生者、死者兩無所憾；逃人則查明是何年月脱逃，是何月日盤獲，並本逃之旂色、主領；盜案則究其上盜情形，夥盜確數，並贓物的實，逐一研訊，取具供詞，不得聽經承改易口供，失主急圖了事，妄認贓物，捕役冀免責比，以他案充數。又將案内要緊情節，核妥敘詳，庶幾披閲之下，一目了然，據以咨題，方爲妥協。

近見該司、道、府、州申詳各案，細繹緊要處所，每多游移滲漏，而於絶不相關之處，反將閒①詞泛語鋪陳滿紙，爲奸宄開倖脱之門，良儒蒙覆盆之冤，殊爲可恨。合亟飭行。爲此仰司、道、府、州官吏，查照來文事理，嗣後呈詳本院文册，凡關咨題案件，該司、道、府、州務要躬親查閲，仍著令諳練經承逐一核對，應詳者詳，應略者畧，務必簡明切要。毋得仍前多入浮詞泛語，草率混淆。如事關重辟，必須連人解院，親審定奪，方繕疏具題。斷不能據紙上刀筆之詞，含糊入告。如敢故違，定將該管經承立提重懲，决不輕貸。文到，先具遵依報查。毋違。

嚴禁當官以除民害事

照得蘇郡賦重地狹，小民全賴日逐營運，以資餬口。又地處要衝，差使往來，絡繹不絶。乃奸猾胥役，擅立當官名色，凡遇兵馬差使經臨，一切需用物料，無不取之行戸。及至給發官價，又復從中扣尅，甚至指一派十。種種蠹害，難以枚舉。嗟！此小民有限資本，何堪如此剥削！雖經前院屢禁，但此輩饕餮性成，弁髦法紀，民累未除，派擾如故。除現據藩司詳請批令勒石永禁外，合行曉諭。爲此示仰該縣官役及牙戸人等知悉：嗣後凡有兵馬差使往來需用糧料，務須照依時價，現銀採買，不得仍借當官名色，恣意濫取，以及短價虧累，冒破開銷。如有此等，許受害人指名赴院控告，以憑嚴拏究審。蠹役按法處死，該管官從重糾參，斷不寬貸。爾等牙戸，旣無當官之累，其應得牙用，亦宜節減，

---

① “閒”，《湯文正公全集》本誤作“間”，據《三賢政書》本改。

使買賣均沾利益。毋得多行勒索，並干咎戾。

申禁佐貳受詞以儆官邪事

照得朝廷設官分職，各有專司。佐貳擅受民詞，久乖禁例。乃有等不肖廳官，利欲薰心，弁髦功令，每每私收狀詞，濫差恣擾，或者鑽通府正①，以獻媚爲縱貪之計。正②堂受其要挾，將批送爲酬答之文。甚至縣佐雜職、典檢微員，亦借命盜名色，擅收報單，不申正印，竟自差提審問，逞威拷掠，不論情理曲直，惟圖賄賂充盈。更有奸險訟棍，或因正官已經審結，難於翻告，或因廳衙易於准銷，起滅自由，遂視佐貳衙門爲捷徑，夤緣囑託，顛倒是非。種種弊端，莫可勝數。不特大玷官箴，實且重滋民累。雖前任督撫屢經禁飭，但恐日久玩弛，合行申禁。爲此仰司、道、府官吏，照牌事理，即便轉飭所屬府、廳、州、縣佐貳、首領等官，務宜洗心滌慮，痛自省改。糧捕巡防，各盡職業，不得違例越分，擅收民詞。倘有不肖佐貳，仍蹈前轍，正印官即行揭報，以憑從重糸處；縣佐雜職，本院先行拏究，然後咨部斥逐。倘印官徇情不舉，該司、道即將印官揭報，定照徇庇例，一併題參。各宜猛省，毋貽後悔。文到，先取各屬佐貳官遵依甘結送查。毋違。

申　飭　事

照得本都院職司風憲，所屬大小各衙門應行事宜，一切呈詳驗報，例有定體，無容紊越。如錢糧以藩司爲統會，刑名以臬司爲總持，學校以學道爲政，漕務以糧道爲政。解支銷算與承審招詳，以及舉節旌孝、懲治劣衿，自必由縣至府，經府詳司道，轉詳到院，查核定奪。即或間有緊要事件不及轉申，徑詳本院，此在正印衙門猶可變通，並無佐貳雜職等官可以越次亂詳。近來大使、巡

---

① "正"，《三賢政書》本作"縣"。
② "正"，《湯文正公全集》本脫，據《三賢政書》本補。

檢、驛丞、千總，動以瑣屑細事，具文申請，殊非政體。合行飭禁。爲此仰司官吏查照來文，卽便遵照轉飭，嗣後無論州縣佐貳及巡驛、千總等官，凡屬應行事宜，必須先向該管衙門呈明覆核，具文轉詳。廣文必事關風化，有裨勸懲，方由學道轉申，不得以瑣屑繁碎之事，輕行混瀆，有傷雅道。若各官地位卑微，或該管上司借事威制，胥吏需索嚇詐，寃抑莫可控訴者，不妨直達本院，當爲之申雪。如仍前小事越詳，先提經承重處，卽本官亦難辭躁妄之咎。文到，先取各官遵依報查。毋違。

嚴　飭　事

照得本都院秉性孤介，操凜冰霜，上畏功令，下畏民嵒，一切繁文縟節，槩行禁絕。況江南賦重事繁，風俗刁詐，官斯土者，晝夜拮据，猶日不暇給，安有餘閒精神作無益之事？乃近日以來，往往見各屬印信封甬內藏四六賀節稟啓，殊違禁例。除出示著掛號吏細加檢察，槩不許收外，合行嚴飭。爲此仰司、道、府、州官吏，遵照牌內事理，卽轉行所屬各州縣，嗣後務宜體諒本都院誠心相約之意，各守職業，殫心政教，期於返樸還淳。本都院專以操守清濁、政事修廢定屬員殿最，斷不以儀文疎密爲喜怒。此可質之天日，久而益信者。如仍蹈前轍，再以四六陋習藏印封內投送者，是以本都院之言爲虛僞也，立卽指參，決不稍爲寬假。尚各自愛，毋貽後悔。愼之。

欽奉恩詔事

准戶部咨開等因到院。准此。除行藩司、糧道通飭遵照，依由單每畝應徵漕糧若干，應免若干，細加分別，扣免帶徵外，合行出示曉諭。爲此示仰撫屬官吏、糧里人等知悉：康熙二十四年起運二十三年分漕糧，赦免三分之一。康熙十三年起至二十二年拖欠漕項錢糧，自康熙二十三年起，每年帶徵一年。此蒙皇上特恩，軫恤小民，務使得沾實惠。如有不肖官員少扣橫徵，乘機侵蝕，衙役借端需索使費，或經本院訪聞，或被告發，定卽從重題參擥究，決不輕貸。毋以功名、身命嘗試也。愼之。

申禁徵兌漕糧錮弊除民累以肅漕政事

　　照得漕糈額數，惟三吳爲重；蠹弊叢生，亦惟三吳爲甚。今本都院下車之日，正值徵漕之際，訪聞各屬罔遵功令，印官不行親自徵收，或旁委丞簿雜職代管，或濫差家人親戚經收，每致書役、倉蠹串通舞[①]弊。先借修倉鋪墊，擅行苛派，復指兌規耗贈，額外加勒。或藉稱篩颺，折算給串；或踢斛淋尖，分烹耗羨。甚有豪頑抗欠不比，本人混僉圖書、糧長、當年等項里役，責其帶催代比，偏累鄉愚。積奸盤踞，不行驅逐，混立倉夫、收書、摃夫等項名色，任其勒索使費，包攬折乾。若衛幇又有不法弁丁，借名指索。種種弊端，難以悉數。前任各院原經節次申飭，有犯必懲，未嘗寬假。但改過自新者固有，而怙終不悛者，亦復不少。除行糧道、府正監兌各官嚴加察禁外，合就出示曉諭。爲此示仰撫屬在漕官吏、弁丁、糧里人等知悉：康熙二十三年分應徵漕糧、南贈等米，統照由單科則，一條編徵。糧戶務將乾圓潔淨好米，依限完納。在官須照較定部頒制斛，平斛響攙。前項勒索諸弊，槩行禁除，不許多收毫勺。倉場冗役，盡行革逐，不得陽奉陰違。頑戶按欠摘比，不許偏累里役。至於領運弁丁，務將漕船預期修艙，報明監兌，編定先後，截廠配船。開兌之日，每船一綱一旗，赴倉點籌看斛，逐船挨次受兌，不許擁眾入倉、恃強多勒。倘有違犯，印官、運弁飛章參處，蠹役悍丁立拏杖斃。法在必行，斷不輕貸。各宜凜遵，毋貽後悔。

申禁徵兌漕糧痼弊除民累以肅漕政事

　　照得漕糧官收官兌，久有成例。漕贈銀米，業已隨正編徵，正數之外，毋許多加毫勺。在漕諸司，自宜遵法收兌，躬加料理，庶能弊絕風清。惟是江寗、江北各屬，名爲官收，實是民收。有等袊棍，充當糧里長、區頭，兜收包攬，輒借兌

---

① "舞"，《湯文正公全集》本脫，據《三賢政書》本補。

運腳費名色，串通官役，公然科派，無不指一派十，私贈幾及正供。至於弁丁受兌，又多借名掯索，誤漕厲民。本都院前在京師已知其槩，入境以來，訪聞最確。除行道府監兌各官嚴加察禁外，合就出示曉諭。爲此示仰撫屬在漕官吏、弁丁、糧里人等知悉：徵收康熙二十三年分漕糧，花戶各將乾圓米石，自行赴倉交納，不許插和糠粃、稻穀。印官須照部頒制斛，親身驗收，平斛響攬。不許糧里長、區頭串通蠹役，包攬勒耗。其領運弁丁，務將漕船預期修艁完固。開兌之日，每船止許一綱一旗，赴倉點籌看斛，逐船挨次受兌，不許擁眾入倉，恃强刁掯。倘有違犯，印官運弁飛章參處，蠹棍悍丁立拏杖斃。法在必行，斷不輕貸。各宜凜遵，毋貽後悔。

嚴禁官旗勒兌以速漕運事

照得省外各衛所領運弁丁，平日既有俸工屯田養贍，臨運又有行月安家月糧，猶恐其解比交收長途需費，故於正耗之外，復加五米十五[1]銀之贈，優恤可謂至極。民力已在不支，乃有漕船到次，先講私贈。各幫連結，不容先兌。經旬累日，不饜不休。有司恐誤漕限，只得勉遂其欲。此皆官弁染指分肥，故與旗軍貓鼠同眠，不行約束，一任運丁輾轉取盈，重困吾民。

現蒙朝廷浩蕩宏恩，特免漕糧三分之一，正當仰體皇仁，洗心滌慮，庶使積弊一清，閭閻生色。除經嚴檄該道通行轉飭外，爲此示仰在漕各官弁及旗丁、糧里人等知悉：凡幫船到次，即報監兌印官，編定先後，截廠配船。於開兌之後，挨次交兌，務期遵限開行。倘有悍弁奸旗勒兌需索，有米不肯受兌，既收不肯兌清，掯留通關，希違漕限者，監兌官即行查拏，申解嚴究。或糧道監兌各官扣剋銀米，勒索陋規，亦許旗丁據實呈告，以憑參處。法在必行，各宜凜遵，毋貽後悔。

曉　諭　事

照得康熙二十四年起運二十三年分漕糧，欽奉恩詔免三分之一。本院接

---

[1]　"十五"，《湯文正公全集》本誤作"五十"，據下文《曉諭事》和《三賢政書》本改。

准部文，隨經出示曉諭在案。惟是五米十五銀，詔款未曾言及，然屬隨漕給軍以資輓運之項，今正漕既免，似當一例扣蠲。現行藩司、糧道會查具詳，咨部請示。但恐有司橜行追比，糧戶觀望，反稽漕限，合再出示曉諭。爲此示仰撫屬官吏、糧里人等知悉：康熙二十四年所運二十三年分漕糧，欽遵恩詔，扣免三分之一，其應蠲漕糧項下五米十五銀，本院現行司道查詳咨部，著卽暫照三分之一扣徵，聽候部示。其餘實徵正贈漕米以及南白糧、鳳米、南軍、局恤等項米麥豆石，速行照數徵收，遵限解給，毋得觀望延挨，貽誤重運不便。

嚴飭催儧重事

照得康熙二十四年起運二十三年分漕糧，本院嚴督徵兌，有已兌完起行，有現在儧兌，不日開幫。但恐不法弁丁沿途逗留，遲誤准限，合飭驅催。爲此仰道官吏，查照來文事理，立卽轉行沿河文武各官，親往①河干，將重運漕船挨程催趲前進，不許延閣。將逐日催過船數，開明幫次，五日一報，聽候查核。倘有旗丁停泊攬載，生事擾民，卽許拏解究懲。如沿途各官催趲不力，或縱容兵役借端需索，該道察出，指名報參。毋違。

銷圩九年等事

前據昆山縣士民呼子谷等呈請丈量田地一案，本院以此事爲該縣未了之局，隨經批發該司。布政司轉飭該縣酌議應行事宜去後，至今未據申覆。地畝錢糧，關全邑利害。丈量之事，最爲繁難。且履畝施丈，非一手一足所能辦。呼生老儒，言之雖若鑿鑿，行之恐有未逮。呼生卽至公無私，所用何人，豈能盡公？且飲食、紙張之費，出在何處？事不博採眾論，以闔縣之事一老儒任之，誰能降心相從？且凡關大利大害之事，甯愼重，毋輕率；甯遲之歲月，毋責效旦夕。亦未有縣令充耳不聞而事能成就之理。合行查議。爲此仰布政司官吏卽

---

① "往"，《三賢政書》本誤作"住"。

行該縣,昆山縣官吏,查照原行,卽廣集紳衿、里民,會議妥確,務擇公正無欺、操守清潔、老成歷練、能耐煩勞、公論推服者若干人,或爲總領,或爲分任,有綱有目,同心合力。再將飲食、紙張等費,從長商議,然後舉行。毋得推諉,置之不問,使老儒坐困。亦毋聽其紛紛議論,事同道旁築舍,使田畝永遠混淆,民間受害無窮。限文到,半月內詳報。毋違。

曉　諭　事

照得本都院素甘淡泊,不尚浮華。今出境查災,誠恐沿途官員踵襲陋套,借名備辦下程、小飯及鋪設結綵等項名色,科派鋪戶,擾累窮民,深爲未便。合行曉諭禁止。爲此示仰該地方官民人等知悉:本都院經過地方,粒米寸薪,俱照民間時價,發現銀自買。下程、小飯、中火等項,槩不收用。至於鋪設綵帳,尤所厭絕。如有不肖官役,借名備辦供應,科派鋪戶,糜費民膏,一經訪出,定行官參役處,決不姑徇。愼勿泛視,自貽伊戚也。

示仰官吏兵民人等知悉事

照得本院秉性孤介,操嚴四知,上畏簡書,下恤民困,不敢自暇自逸。晝作夜思,手書目視,俱出獨裁。吏書人等,不過奉行號件,伺候簽書而已。事之行否,斷不授意此輩,令得譸張幻罔,熒惑聽聞。此輩亦無自開口。如有奸棍妄稱打點,詐騙民錢,或書吏下班借名招搖,指稱查算冊籍、簡點文移,索取賄賂,及漏洩機密事情者,許被害之家及旁人聞見眞者具狀陳稟,當立刻置之死地。三尺法決不爲此輩寬也。

嚴禁差役下屬擾民貽害事

照得差役之設,不過奔走傳奉而已。邇來各官不遵經制,正差之外濫收副役,副役之外各有黨羽。遇事風生,奸巧萬狀。本官墮其術中,或徵收錢糧,或拘提人犯，動輒差遣。不知此輩得票到手，便視爲奇貨，飛槳下鄉，索取規例。百計酷索，不饜不休。國課未完而民脂已盡，冤抑未伸而兩造如洗。卽欲急公完課，悔過息爭，差役逼勒，勢難自由，以致正供愈虧，民冤愈深。種種弊端，莫可究詰。又，司、道、府、廳，不分事之大小緩急，動輒差役下所屬州縣。此輩朝出署門，舉止便異；暮宿鎮店，威福卽行。直上公堂，與縣令分庭抗禮，鎖拏經承，咆哮放恣，莫可誰何！婪詐財賄，充囊無厭。遞相剝削，究竟皆屬民膏。

本都院下車以來，稔悉此等情狀，合亟行示禁。爲此示仰撫屬官民人等知悉：嗣後催科則用截票，聽其依限完納。所完偶未及分，量寬數日，聽其措辦。詞訟則票給原告，協同圖、區、甲長拘喚，不得輒用差役下鄉。上司行催所屬，俱由遞舖發票，定限嚴催，亦不得輒行差提。如有事關欽限，經承抗玩，三催不應者，止許正差一人搭附便舟，不得飛駕雙櫓快船，高懸水牌、燈籠，多帶水手、黨羽，沿途嚇詐，及故意遲延，恣行勒索。如有仍襲前弊，稔惡不悛者，許受害人等不時赴院呈控，以憑盡法究治，計贓定罪；仍將本官一併參處不貸。

嚴禁關蠹積弊以安商民事

照得設關司榷，原爲裕國通商。樑頭原分丈尺，貨物定有則例，毋許額外加收。乃年來關蠹作弊日甚，商民不得親塡紅簿，稅票又無數目，登查多立名色，層層勒取，朋比分侵，莫可究詰。如滿料船隻一倍，科至十倍；小船例不納稅者，亦一槩橫徵。往來商旅，飲恨吞聲，申愬無門。

夫設關收稅，貨物抵關，猶有成例。至於本地薪米，乃民間日用飲食之常；鄉僻小口，又居民往來之路。或有奸商越關取道小徑，果係漏稅犯法，懲處自有正條。豈容不分商民，盡爲網羅，無處不巡攔，無物不盤詰，直至較量錙銖，幾於①路斷行人？似此病商病民，其何以堪？

本都院奉命撫吳，志在剔弊除奸。除現在確訪拏究外，合亟示禁。爲此示仰該關各役知悉：嗣後商民凡有貨物到關，祇依本船樑頭丈尺，遵照部頒則例

---

① "於"，《湯文正公全集》本作"于"，據《三賢政書》本改。

完納。仍令本商親塡紅簿，給與稅票，登注數目，毋得仍前額外加收。其支河窄港巡船白拉諸弊，槩行革除。如敢故違，或經本院訪聞，或被商民首告，立刻鎖挐。究審得實，輕則按律治罪，重則請旨正法，決不姑容。愼勿陽奉陰違，以身嘗試。

嚴禁刁棍保債以杜擾害事

照得百姓各有本業，力作自給，勤勞節儉，皆可足用，斷不宜輕揭債銀，貽累後日。乃有一等無賴奸民，或串通營旗機局，或依附勢族大家，乘愚民偶爾空乏，或因婚嫁無資，或因賭輸致困，探知其家有房產可售，妻女可抵，或父兄可累，姻親可扳，輒身爲中保，多方鈎搭，誑其立券。迨立券之後，本利相生，輾轉無已，盤算幾時，則家產、人口盡皆折入，宗族、親戚無不受害。雖朝廷屢有嚴禁，律例森然，究之事發則放債者罹刑，事寢則揭銀者受累。而作保居間者，置身局外，安坐中飽，宜其敢於肆惡而無所忌憚也。合亟行嚴禁。爲此示仰軍民人等知悉：嗣後當思勤儉二字爲保家之要，勿奢靡，勿賭蕩，斷不可聽信奸詐之言，輕揭債銀。即刁棍奸徒，以後亦不得誑騙愚懦，爲之居間作保。犯者，先將保人嚴挐，盡法究治，責令賠償。其放債折準子女、產業者，依律治罪。揭債之人，一併究懲。法在必行，決不輕貸。特示。

欽奉上諭事

准咨，仰撫屬官吏、軍民知悉：今聖駕巡狩，萬姓共樂昇平。鑾輿經臨，毋得挾私誑告。故違挐究。

停止詞訟事

照得時當歲暮，士農工賈各有卒歲之謀，例應停訟，與民休息。況恩詔洪頒，凡在赦前之事，槩不准行，尤宜仰體皇仁，宏開法網。誠恐諸司違例准理，合行嚴飭。爲此仰司、道、府、州官吏,文到立刻轉行所屬,將一切詞訟槩行停止。有從前准過者,亦卽掣銷,不許濫行拘擾。其欽部命盜、叛逆重情,照常審理,速行詳結。著卽大張告示,曉諭通知。如敢故違,察出定行題參。愼切!

欽奉上諭事

康熙二十三年十一月初四日奉上諭:"諭總督王,巡撫湯、薛:朕向聞江南財賦之地,今觀民風土俗,通衢市鎮似覺充盈,至於鄉村之饒,民情之樸,不及北方,皆因粉飾奢華所致。爾等身爲大小有司,當潔己愛民,奉公守法,激濁揚清,體恤民隱。務令敦本尚實,家給人足,以副朕望老安少懷之至意。欽此欽遵。"擬合就行。爲此仰司官吏,卽便移行各司道並所屬府、州、縣一體欽遵,仍查照抄粘上諭及總督部院、安徽撫院、本都院奏對緣由,轉行蘇州府,遴取能書楷字之人並精工刻手,選石鐫刻,豎立圓妙觀,昭示臣民,世世遵守。工竣之日,將碑文呈驗。毋違。

禁 約 事

照得學宮爲教化原本,朝廷極其隆崇。聖主之尊,猶必臨雍釋奠,豈琳宮梵宇所可比重? 今聞有營兵牧厮,輒敢放馬牧牛,蹂躪穢褻,賭博戲侮,肆無忌憚,不法殊甚。合亟嚴禁。爲此示仰該學官役及兵民人等知悉:嗣後一切營兵牧厮,不許闖入學內賭博戲侮及放牧牛馬、污穢作踐。如敢故違,許卽扭稟,以憑重責枷示。該學夫役,亦當時常掃除。殿廡階墀,務要潔淨。本院不時察驗,以示勸懲。毋忽!

禁 約 事

照得周忠介公清忠剛介,正氣凌霄。聞其風烈足以廉頑立懦,祠堂遺像生氣凜凜。本院景仰有素,入祠瞻禮,想見當年節槩。但其地逼近府署,胥役人等往往借寓造册，褻穢侮慢，甚至賭博、飲酒，喧譁無忌。殊不知忠直之臣，生爲正人，殁爲明神。如混行褻瀆，不有陽罰，卽有陰譴。爲此示仰地方居民人等知悉：自後如有胥役入祠褻瀆及飲酒、賭博、戲侮、喧譁者，卽扭稟本院，重責枷示不貸。

清理監獄事

據該廳造呈蘇府長、吳二縣各監鋪人犯花名略節册到院。據此，查册內有關欽案及侵盜錢糧罪犯，並事在赦後者，應行監禁外，尚有赦前、輕罪人犯，應行省釋。合就飭行。爲此仰本官卽將發來①監犯略節册三本，查照粘簽，應保釋者立刻保釋，應查覆者立刻查覆。限文到二日內，將遵行緣由呈報，以憑覈奪。原册並繳。毋違。

再陳地方之害等事

據該縣條陳，請禁巡船白拉、賽會演劇、假命打搶、土棍把持，招徠墾荒各欵緣由到院。除經批開詳內各欵，俱切時弊，該縣果能力行禁革，亦可謂良吏矣。但借命抄搶、土棍把持及賽會糜費等項惡習，吳中在在俱有，不獨錫邑爲然。本院已有示禁，仰布政司會同江常、蘇松、淮揚、淮徐各道，再嚴行禁飭。其白拉害民一欵，前據長、吳各縣會詳，已批該司確議，勒石永禁。仰速照前批詳報等因批行外，合就行知。爲此仰縣官吏，查照來文事理，卽將本院批飭緣由，知照該縣，仍加意力行禁飭，出示城鄉，遍行曉諭。務使澆風漸息，民俗漸涫，於以見該縣之實心實政也。本院拭目俟之。

清汰衙門員役事

照得本院查點標員內有舍人俞六吉曾役過吳縣門子，違例投充，又効用林

---

① “來”，《湯文正公全集》本誤作“夾”，據《三賢政書》本改。

文彬,舍人姚起鳳、沈允仁,或點名不到,或來歷不明,同班不敢具結,俱經革除外,查各員皆係該縣人氏,誠恐仍冒標員名色在籍招搖生事,亦未可定。又承差吳九儀,舍人高煥、沈大經,俱情願歸農,亦准退役。合并行知。爲此仰縣官吏,查照來文事理,卽便知照。毋違。

申嚴[①]紀律以肅營伍事

照得姑蘇重地,特設三營兵馬,保固疆圉,護衛民生。各將弁自當申明紀律,教演士卒,務期兵民相安,隊伍整肅,始爲稱職。近聞營中老弱充數,虛糜糧餉,甚有驕悍不法之輩,生事擾民。此皆該管將領約束不嚴、訓練不勤所致。今酌定五款,再加申飭。爲此仰該將查照來文,並粘列款目,轉飭所屬弁兵,逐一凜遵,務期一洗舊習,嚴加約束,時勤操練。本都院不時點查較閲,大示勸懲。毋得違誤。仍出示曉諭兵丁,通知先具遵依報查。

一、營中有年幼識字、略曉文理者,令讀五經、四書,時常講說,使得通曉。仍一槩按期教演騎射,武藝不得生疏。

一、軍中老弱疾病,懶惰不振,酗酒生事,虛詐不實,好傳訛言,惑亂人心者,革退另補。毋許冗濫,虛糜糧餉。

一、百姓俱設保甲,軍士豈容疏縱? 如本隊兵朝出暮歸,回家所帶何物,本夜容留何人,家道乍貧乍富,衣服乍破乍整,爲奸爲盜,人誰不知? 以後千把總、管隊互相覺察,如有通盜顯跡,卽行申報本都院,先以軍法綑打,仍發有司依律定罪。隊長知而不舉,事發一體重究。

一、兵以衛民,民以養兵。營中兵餉,一絲一粒,孰非小民胼胝汗血? 如有放馬打草,踐踏民田,搶奪民物,酗酒聚眾,肆行打詐,及放債違禁取利者,痛加懲處革伍。

一、守、千把總,不許借名剋減兵糧。違者,許軍士控告,立行提究。

_____

① “申嚴”,《三賢政書》本作“申飭”。

裁汰冗役事

照得衙門胥役，定有經制，額外多用，即屬違例。況此輩本來白役，又鮮身家，朋比作奸，招搖生事，無所不爲。吏道弊壞，民生憔悴，率皆由此。本都院奉命撫吳，首在安民除害，業將本院衙門冗員冗役盡數除名，勒令歸農，仍行文各該原籍知照外，惟是各衙門不遵經制，濫行收用，全無定額，一衙門多至數千人，官長竟不識面，呼朋引類，以一充十。試思此輩有何志向？有何作爲？不過魚肉小民，弁髦法紀。撫屬衙門盈百，是千里之內有數百萬虎狼也。若不清釐，流毒何底？除惡跡最著者另行訪拏外，爲此牌仰司、道、府、廳、州、縣照牌事理，即將該衙門吏書、皂快等役，務遵經制，愼選謹愼無過、身家殷實者充當。其有奸棍白役、積年猾胥犯罪被刑，更名易姓，倚恃衙門圖飽谿壑者，盡行裁汰。先具遵依報查，限文到五日內，將汰過姓名，造冊呈報。仍出示曉諭里民盡知，以杜假借之端。如敢陽奉陰違，仍行濫留，致滋作奸害民，察出定以違例不職指參，決不姑貸。

申明弭盜之令以安民生事

照得三吳爲南北通衢，兵農商賈鱗次雜處，奸宄易於叢生，頑良難以辨白。本院下車之始，首以靖盜安民爲念，屢經查禁。不謂邇來盜案頻聞，閭閻驚擾，皆因法久廢弛，稽查疏懈。查蘇城內外街巷，向來設有柵欄，每夜定更之後，無分大小居民，輪流看守。詎意懈弛偷安，貧富不均，遂至所樹木柵頹者頹而缺者缺，地方有司亦聽其廢而不行修補。再如六門譙樓，自當責成守門官兵按時計刻，鳴鑼擊柝，以分更次，今乃竟爾寢廢，無惑乎盜風日熾，民患未除也。至於布坊踹匠，皆係異鄉窮徒，無籍可稽，日則踹布爲業，夜則聚黨爲非。大則明火執械，小則鑽艙挖壁，公行無忌。若輩備趁來蘇，投主踹布，原有保頭；領布踹踏，原有坊主。若不嚴行責成，爲害不淺。除出示曉諭，行道、府、廳遵照外，合行嚴飭出示曉諭。爲此仰道、府、廳、縣官吏，查照來文事理，示仰蘇城官吏、士民、商賈人等知悉：嗣後城內城外街市處所，凡有原舊設立柵欄，逐一稽查，傾頹者即爲修整，缺廢者照舊置立，責令居民查照往例，輪流看守，不許偷安。但不許差撥營兵，以致生事擾民。每夜放號礮之後，即當禁止夜行。如有各衙門員役奉差公事，及應比里甲、糧長，自有照票可驗。其民間婚喪、疾病、生產等事，俱應訊問居址，即行放走。其城樓更鼓，照舊舉行。若夫金閭一帶端布匠役，如一坊端匠，著落保頭、坊長。如內有酗酒、賭博及犯盜情事件，保頭、坊長連坐。其知情自首者免處，仍不許挾仇妄首。至於保頭之來歷，坊主尤當詳察，方可發布分端。遇晚責令保頭將散匠盡行收閉一處，不許聽其在外行走。至於地方遇有強竊失事，該印捕官尤須嚴督捕役，先將盜賊廣行緝拏，勒限追比，必俟獲日審擬追贓，不得預將事主拘攝拖累。倘地方有司奉行不力，及旁委衙官，濫差衙役，以致生事擾害，定以縱盜殃民，從重指參。

嚴禁容留匪類以靖地方事

照得蘇城商賈萃聚，五方雜處，常有遠方無賴奸徒，勾通本地市棍，潛藏境內，互相招搖，暗行詐騙。逃人、叛犯，舉雜其中，貽害地方，不可勝言。如閶關、楓橋、滸墅關，爲人煙稠密之地，尤易藏奸。而虎丘一帶，離城窵遠，遊手好閒之輩，往往結伴嬉遊，改名換姓，或詃稱勢要親識，或假稱官府族黨。客店、僧房，不察來歷，任其棲止，甚至信其誇大之言，傾身結納，希圖餘潤。此輩蹤跡詭祕，小則誘拐子女，大則玷污官箴，深可痛恨。合行嚴禁。爲此示仰該管官吏及軍民人等知悉：嗣後僧房、客店，凡有遠來投寓，或稱官宦親識，或稱候補職官，大言無忌，形跡閃爍，即係無賴光棍，一槩不許留歇。其茶坊、酒肆，亦各留心稽察。倘有此等不法之人，保甲、十家長即時舉報，有司嚴拏詳報，本都院盡法懲處，輕則遞解原籍，重則照光棍例治罪。如有容隱不報，事發一體拏究，決不姑貸。

欽遵上諭以明教化以善風俗事

照得本院撫治三吳，孜孜以化民成俗爲務。乃三吳風俗日敝，人心不古；

侈靡相尚,僭濫多端;囂訟益繁,豪棍遍地。孝弟禮讓之風陵替已甚,敦本尚實之意杳矣無聞。本院未能力挽積習,實深惶愧。因檢閱各部頒發上諭,見康熙九年十月內奉有上諭頒行十六條,曰:"敦孝弟以重人倫,篤宗族以昭雍睦,和鄉黨以息爭訟,重農桑以足衣食,尚節儉以惜財用,隆學校以端士習,黜異端以崇正學,講法律以儆愚頑,明禮讓以厚風俗,務本業以定民志,訓子弟以禁非爲,息誣告以全良善,戒窩逃以免株連,完錢糧以省催科,聯保甲以弭盜賊,解讐忿以重身命。"竊嘆聖人之言,廣大精微,修身齊家之道,遷善遠罪之方,盡於此矣。乃久經通行頒布所屬,務令實心舉行,而地方各官不能仰體上意,視爲故事。今十五年矣,問之父老子弟,竟未知十六條名目。鄉約不聞講習,士民何由傳誦? 壅閉聖教,罪莫大焉。但訓辭簡重,必須解釋。查有部頒浙撫陳《直解》,本院增補近年聖政,刻板已完,合亟定期開講。爲此示仰所屬官吏、士民人等知悉:蘇郡定於圓妙觀,按期本院親詣。其各府州縣城內或城隍廟,或擇寬敞寺院,於每月朔望,地方印官率領僚屬,傳齊鄉紳、士民,無論商賈、匠役、營中兵丁,盡來叩拜龍亭。選擇諸生中素行端方、不出入衙門者,分司講解。務要詳細闡發,使人聽之警醒,以仰副聖主敦崇教化、尚德緩刑至意。各宜敬謹奉行,毋得視爲虛文。

申嚴包納錢糧之禁以袪蠹安民事

照得額徵賦稅,每年刊有易知由單,預期頒布。在小民按畝輸納,完者歸農,欠者赴比,理法曉然。乃江蘇各屬相沿,立有圖催、圖識、保戶、歇家、公正、首名、區頭、區書、站櫃,種種名色,指難勝屈。統而言之,總係包攬錢糧之積蠹,吮吸民膏之蟊賊。蓋江南州縣,戶口繁多,科則龐雜。有司畏其瑣屑,視總比爲捷徑之方。經承藉稱造冊諸費,仗若輩爲聚斂之計。以致積年盤踞,甚至衙蠹、劣衿鑽營充當,錮弊相仍。凡合里合圖之田地、人丁,悉歸掌握,飛灑混淆,受其簸弄。卽有一二鄉民將應輸錢糧赴城投納,反指爲欠糧之人,搆同差役帶比。縣官不察,惟按通圖完欠,責其逋抗,橫加敲撲,致鄉民視縣庭爲畏途,而以賄託爲得計。於是,一應錢糧,莫不一網兜收,重勒火耗,恣意侵漁。

或賄囑經總,賣限寬比;或竟爾烹分,以欠作完。迨那新掩舊,莫可收拾,而此輩本無身家,飄然遠遁,拖累糧戶重復冤賠。

嗟! 此額賦繁重之區,十室九空之候,按則輸納已是艱難,何堪再供蠹役朘削? 無怪乎賦日絀而考成日累也。今新年地丁開徵伊始,若不窮流塞源,勢必因循陋習,貽害將何底止? 合行曉諭嚴飭。爲此示仰撫屬州縣官吏及糧戶人等知悉:查照來文事理,卽便轉飭所屬,嗣後徵輸錢糧,務遵截票按月稽比之法,諭令糧戶按限自封赴櫃完納。凡額徵完欠,尤須躬親綜核,不得假手胥役,致滋奸弊。其圖催、區差、保歇等項名色,一切害民蠹役,槪行革逐。如有不遵限完納者,止摘比花戶本身。若能遵限清完,免比歸農。間有頑戶,加以薄懲。則良者愈知爭先,頑者畏法勉勵。並不許復立糧里長、現年、圖書、總書諸役,及僉點糧戶輪當帶比,致令經承差役借端需索,谿壑難厭,正供愈虧。文到,將憿飭緣由,多書告示曉諭,仍先取具遵依呈報。若該州縣果能實力奉行,袪蠹安民,裕課足國者,本院不靳薦揚,以備優擢。如仍蹈故轍,陽奉陰違,或經本院訪聞,或被旁人告發,除飛提蠹役杖斃外,定將印官以溺職指參,決不輕恕。

再申嚴禁臥批之弊以清錢糧事

照得各屬解司錢糧號批,從前懸宕不清。雖因有司畏顧考成、捏填空批,報解差役中途侵蝕、彈兌缺欠,而該司衙門庫書、經承亦多指稱看平、估色、出收、掣批等項需索掯捺,以致經年沈閣,混淆日甚。前院有立法禁革,屢經通行申飭,凡係解司錢糧,務照批內填解之數兌付解差,責令將批投院登號之後,速赴司庫交收。如有欠平,卽照實收之數,填入批匣印掣,同庫收呈驗銷發,期於收掣迅速,不致差役守候,並杜胥役勒索之弊。法立至善,自宜永久遵循。

乃本院蒞任以來,檢查各屬號批,有不先行送院登號,徑赴司庫兌收者;有已經掛發該司,不遵定限掣銷者。揆厥所由,無非上下經承線索通同,藉此補掛稽延之漸,欲將號批仍前寢閣,得以從中欺隱,敗壞良法,殊爲可恨。除已掛未掣並越號各批見在徹底清查,另行提究外,合再嚴飭。爲此仰司官吏,遵照來文事理,嗣後本院掛發各屬號批,該司務須隨到隨收,隨收隨掣。如有欠平,卽照實收之數，塡入批匡，定限三日內印掣批迴，同庫收送院掛銷，轉發各屬備照。倘有捏塡空批，報解無銀，立卽據實呈報，以憑提究。如有未經送院掛號，徑赴該司交收者，仍將原批呈請本院登記發司收兌，亦不得竟行印掣，以致遲速難稽。此後再有違誤，定提庫胥、承發一並究處。至本院將批迴已經轉發各屬，亦限該屬於三日內卽具文報院查考，免差役中途不愼損壞遺落等弊。該司一併轉飭各屬遵依，仍先具文報查，均毋違延。愼之。速！速！

飭行徵糧要務永杜混冒積弊事

照得州縣徵收錢糧有一定之數，民間輸納錢糧有一定之額。自康熙十八年奉旨停止造送赤歷之後，凡徵糧之完欠，以流水爲憑；完糧之多寡，以由單爲據。久經申飭，乃該司與所屬府縣各官視爲具文。如年終查盤有司之完欠，未聞吊取流水一爲稽察，直至奏銷考成之時，行查分數，苟且塞責，以致那新掩舊，捏欠作完，上下相蒙，無從考核。至於小民完糧，向有易知由單通行頒布，必使家喻戶曉，庶幾弊端可絕。邇來司府不過算就科則，一總達部，而轉行下屬者，竟置①塵封，以致荒熟不分，輕重莫辨，甚至蠧胥私徵科派，豪猾飛灑隱漏，里下無由悉知。種種弊寶，從茲而起。該司爲錢糧總匯，亟宜實力舉行，難容膜視。合行申飭。爲此仰司官吏照牌事理，嗣後各屬徵收錢糧，務要逐季吊取流水印簿，躬親察驗，仍於年終彙齊考核。其每歲易知由單，務要刷印多張，不拘城鄉村鎮，廣行頒佈，必使人人共曉。不得因循陋習，優游從事，致生弊端。文到，先具遵依繳查。毋違。

立法嚴禁臥批之弊等事

照得州縣解司錢糧塡用號批，例應先送本院衙門掛號，發司兌收印掣送銷，以杜侵隱，以稽遲速。乃邇來各屬玩不遵依，將批徑投布政司收存，又不卽

---

①　“置”，《湯文正公全集》本作“直”，據《三賢政書》本改。

行兌掣,延至經年,始將批收補送掛銷。明係領解員役串通司胥,借端沈閣,希圖侵那。至本院銷發各屬號批,自應遵限即具收管呈送,庶遺落損壞得以稽查。乃亦故爲遲緩,或竟不申送經承。如此抗違,深屬不法。合再通飭。爲此仰府州官吏,查照來文事理,即便轉飭所屬,嗣後解司錢糧,務遵定法,責令解差將批先送本院登號,然後赴司交銀兌掣,不得仍前補送掛銷,致難稽考。至本院銷發各屬批收,酌量程途遠近,定限文到三日内,即具收管送查。倘此後仍敢玩違,定提經承重處。該印官仍聽指參,決不姑恕。慎之,毋忽!

禁收稅索詐之弊以安民生事

照得海寇蕩平,奉旨開禁,許民自造五百石以下船隻,編號,印烙,稽查,任其裝載往來出入,原以便民,非以厲民。經司道條議,劉河閘口委官收稅,止爲越省貿易而設。至崇明一縣,雖在海中,實蘇郡屬邑,官吏士民往來,勢不能免。故雖當禁海之時,未嘗不聽其往來也。乃近聞劉河閘口收稅官員,將崇明之民變運些須土產完納賦稅者,一槩照越省貿易例徵收。是各省受開海之利,而崇邑反受開海之害。且聞稅口初開,稅官、兵丁、衙蠹、地棍,無不視爲利藪,蠅聚蚊攢,加二戥頭,加一火耗。船至閘口,地棍、衙蠹百般索擾,私立掛號、盤艙、開閘、出票等項名色,恣行婪索,官胥分飽,以致民困不堪,道路側目。是竟不知有功令,不知有性命矣!除一面密訪參究外,合行出示禁革。爲此示仰該管官役並商民人等知悉:嗣後凡有民間越省貿易貨物,方許照額徵收稅銀,即便放行,不得額外需索陋規使費。至於郡城本地民間往來日用之物,不許一槩苛勒。如敢故違,或被旁人首告,或經本院察出,定將該管官以私徵糾參提問,蠹役土棍立拏杖斃,決不姑貸。

嚴飭三吳風俗浮薄事

照得三吳風尚,俗號浮薄。邇來假借條陳,紛紛亂道,大則謗議朝政,小則攻訐官長。不諳國體,罔識功令,但逞私臆,妄希品題,殊負本院眞切求言之意。況此地賦役繁重，水旱頻仍，年來戡定叛逆，供億維艱。仰賴聖皇淵謀睿算，四海廓清，正當返樸歸淳，休①養生息。凡好事紛更之說，一切報罷。今當春和，士則潛心誦讀，農則盡力耕耘，各安本分，共享昇平，不必千里奔馳，大言無當。如再故違，不能一槩包荒矣。

曉　諭　事

照得吳民尚爭好勝，訐訟成風。每逢告期，所投呈狀，動輒盈千。而公出之時，尚有攔街叫喊者，不計其數，哀號迫切，情似奇冤大枉。一經批審，半屬子虛，始知此輩非冤民也，乃刁民也。至於初三、十八兩日，原因下車之始，恐各屬利弊或未盡知，聽據實條陳以達民情，取其近理者稍示獎勵，冀開直言之路。近見所投呈詞，多挾私假公之事，甚至明開原被干証姓名，將爭訟事情一槩混投，殊負本院惓惓初意。已屢經曉諭，不啻諄切，而此番呈詞較前乃反更多。獄訟繁興，非地方之福也。本院欲一槩不准，恐實有冤枉，量准一二。批審之後，承問官不得以本院，原告稍存寬假、一字虛誣，卽行按律加等治罪。初三、十八日期，自今停止。如有公事，仍歸初二、十六兩日，本院分別閱之。總期息事平爭，安分樂業，毋以身家爲訟師所賣。

修葺古祠以崇聖德事

照得泰伯以天下讓，孔子稱爲至德。吳中數千年文物之盛，實自泰伯開之。狄梁公巡撫江南，毀淫祠千七百所，而此廟獨留。今淫祠遍境內，而泰伯廟傾圮最甚，以此見吳民之忘本而有司之不知務也。今已撤毀淫祠所謂邀聖堂者，取其材木，興復大殿，已屬布政司總理其事，將次興工。爲此仰府官吏遵照來文，卽於本都院寄庫贖銀內，先動支伍拾②兩，爲工匠之費，陸續再

---

① “休”，《湯文正公全集》本誤作“體”，據《三賢政書》本改。

② “伍拾”，《三賢政書》本作“五十”。

有設處。該府委員督工，留意稽查，不得浮冒，亦不得扣剋短少，更不得派取民間一木一瓦，以滋擾累。俟工料粗備，擇起工日期，本院親詣祭告。毋得違誤。

嚴禁停柩不葬以弘孝治以廣仁德事

照得人子事親，生養死葬，禮之當然。古者葬有定期，在禮未葬不除服，誠以父母窀穸未安，爲人子者悲情哀緒無一日可自釋也。在律經年暴露不葬者，杖八十，所以使人子及時舉葬，不忘其親也。

吳下風俗澆薄，俗多禁忌。或因費用艱難，或謂顯揚有待，或過信堪輿之說，非曰吉壤難求，則曰歲向不利，日復一日，遂有累世暴露，未封馬鬣者。不知稱家而葬，負土可成，種種繁費，原屬無益。窮通得喪，有命在天。身世浮名，誰能自必？至於青烏家說，渺冥何憑？富貴之家，遠卜牛眠，往往再世而衰；貧窮之子，偶爾安厝，每見子孫繁昌。古人云：「陰地不如心地。」奈何惑溺邪說，竟成棄置？甚至遺棺漸朽，枯骸零落，聞者慘戚，當之晏然。天性旣漓，人心且死。更有祖、父母、兄弟、夫婦連停數棺，一旦或因賦稅難完，或因債負相迫，輒變賣棲房以應急需，而遺棺纍纍，移厝荒郊，雨淋日曝，置之不問。甚至窮民無地葬埋，輒託名水葬，舉而委之深淵。古人於犬馬猶有帷蓋之義，今慘忍至此，眞犬馬之不如矣。合行嚴禁。爲此示諭撫屬軍民人等知悉：愼終追遠，先賢明訓。天性之良，豈容漸滅？詳繹示內事理，各自醒悟。如有祖父母、父母之喪，務要遵循禮制，確奉律令，按期卽行舉葬。如已過期，趁今春月清明前後，百無禁忌，立行葬埋。不得參靈張樂，廣招浮屠，糜費財物，自蹈非禮。更不得惑溺風水，拘忌時日，任意遷延，致成遺棄。

地方府州縣官，委賢能佐貳或廣文，通查境內寺廟山場有久寄棺木無人認視者，詢明來歷，著落地方、里老立行掩埋。仍用片石刻記，再另冊登記號數，詳注某寺某廟，某年某省人寄放，今葬某地第幾穴，俟其子孫來尋，不至迷失。若敢託言水葬，舉祖父母、父母、兄弟、夫婦遺骸委棄深淵者，查實拏究，立置重典，決不輕貸。

爲理財用人等事

　　准吏部咨內開吏部等衙門覆都察院左副都御史張題前事內一款："康熙十八年至二十二年止未完民欠錢糧，若一時並徵，恐民力有限，錢糧反不能得應。二十四年起，分年帶徵。仍行各省督撫，將各年未完錢糧數目，造報戶部查覈。奉旨：'依議。欽此欽遵。'"移咨到院。准此。除行布政司轉行各府、州、縣遵奉外，合行出示曉諭。爲此示仰撫屬各府州縣官吏、士民人等知悉：康熙十七年以前地丁民欠錢糧，已蒙恩詔蠲豁。十八年至二十二年，一時並徵，民生苦累。本都院已具疏題請分年帶徵，奉旨，該部議奏，適左副都條陳內一款係同一事，奉有俞旨，本都院疏無庸另議。此乃皇上軫念窮黎，特恩浩蕩，萬姓免並徵之苦，蒙福無量。恐地方貪官蠹胥仍行混徵，或指稱部費，妄行科派，上負聖恩，使小民不得實沾惠澤。又恐小民不明帶徵之例，妄以二十三年目下奏銷錢糧一槩觀望，或將帶徵十八年錢糧怠忽從事，仍不肯盡數全完，上負聖恩，自陷頑梗之罪，均爲不便。自示之後，如貪官蠹胥敢行混徵，及指稱部費科派絲毫者，許士民據實赴本都院控告，立行參處。爾士民亦當感戴皇恩，將二十三年目下奏銷錢糧星夜盡數全完。其分年帶徵十八年錢糧，務要照限輸納，年終全完。如仍前怠玩拖欠，自處頑梗，地方官據實申報，亦盡法懲處。國憲昭然，各宜祗遵，無貽後悔。慎之。

申飭獄政以重民命事

　　照得盜賊滋盛，獄訟繁興；重辟之囚，案卷充積。至於其中有情可矜疑駁批覆讞者，有黨羽眾多差拘待訊者，有疑信相半遽難輕釋者，有異鄉夥犯遠核虛實者，甚之有監追贖鍰者，濫禁婦女者，事犯赦前不爲請釋者，無重無輕，寄身圜扉，呻吟痛楚，殊爲可念。更有牢頭獄霸行暴毆人，需索銀錢，奪其衣食，或臥之矢溺之中，或肘諸柱楹之上，甚至有要索不遂，陵虐致死者；有讐家買求獄卒，設計致死者；有夥盜通同獄卒，致死首犯以滅口者；有獄卒放債逞兇，專利坑貧，因而致死者；有無錢通賄，得病不報，待其垂死而遞病呈，或死後而補病呈者。倘係情眞罪當之囚，瘐死猶可。若抱冤待辨之人，株連未結之案，一斃死於囹圄，所傷天理不細。合行嚴飭。爲此仰司道府照牌內事理，嚴加體察，轉行所屬。嗣後輕犯株連之人，及婦女非犯姦殺，皆不得囚禁。卽重犯關防當嚴，亦不得陵虐。凡例有口糧，嚴責獄吏勿使扣減。牆壁要修築，穢污要滌除。暑中多燃蒼朮，貯清水，以防瘟疫。或有疾病，命醫調理。先取刑房吏併囚親告治結狀，詳開某囚感某疾，某醫調治。果不能痊，再取屍親告領結狀，併醫生病案，一同粘申。尤必印官細心體察，毋以循例取結了事。嗣後獄犯再有死節不明，或一月之內連死三人者，定以陵虐罪囚嚴提該獄官吏究處，卽印官亦難辭咎。愼毋草菅民命，自傷陰功。愼之！文到，令各具遵依繳查。

禁 約 事

照得三吳風俗奢靡，人情刁悍。本都院下車之始，卽嚴行禁約，酒船優戲，斃行革除；土妓流娼，盡行驅逐；惡棍打降，嚴拏究治。數月以來，蘇郡近地漸漸改觀，民間歲省無數金錢，地方亦覺甯靜。

近訪得盛澤鎮地界江浙兩省之間，自恃窵遠，輒敢抗不遵行。酒船優戲，歌吹喧天；娼妓惡棍，叢雜聚集；鬭爭時聞，賭博日眾。殊爲可惡。該鎮地產紬絹，男婦則終歲罋織，商賈亦遠涉江湖，勤勞已極，贏利幾何，何必作此無益，耗費本業。況招集流棍，往往盜①雜處其間，尤爲地方隱憂。合行嚴禁。爲此示仰該鎮居民商賈人等知悉：嗣後各宜確遵禁約，敦尚滔樸，不得仍前酒船演戲。其娼妓、流棍，立刻驅逐。如有抗玩不遵，許該地方諸色人等不時舉報。該地方官亦當留心訪察，嚴拏究治。倘或視爲具文，本都院一有訪聞，除將本犯立拏責懲枷示外，仍將該地方官以才力不及參糾不貸。特示。

---

① "盜"，《三賢政書》本作"盜賊"。

嚴禁借端私派以除民害事

照得任土作貢，每歲各有定額，此外不許多派絲毫。煌煌功令，炳如日星。近訪得鎮江一府，私派種種。如聖駕南巡，不動民間一草一木，何擅派民間千餘兩？至修理金山，發織造銀兩，將軍督修，有司原不與其事，而按畝加派，各縣包賠，此奉何衙門明文？如此違旨害民，眞堪詫異！此外，修造舠船，採辦銅觔，無不加派民間。層層朘削，莫可枚舉！不知身爲朝廷職官，目無功令，惟以殘虐生民爲事，天理王法，誰能相貸？除另行查究外，合行嚴禁。爲此示仰官吏、軍民人等知悉：每歲除正供外，凡一應差役、興造，俱與百姓無干。其從前私派及自今再有借名索詐使費者，許受害人等據實控告，審確官即參拏，役立杖斃。本都院執法如山，令在必行。各宜猛省，無貽後悔。爲此仰鎮江府官吏，即查前項私派，如修理金山係奉何衙門明文，按畝科銀，各縣包賠，及修船辦銅等事種種，據實申報，以憑定奪。毋得含糊。

嚴禁左道兇徒以端風尚以靖地方事

照得江淮地瘠民貧，風俗澆薄，盜賊時聞，奸宄竊發，勾旗索詐，貽害地方者，指不勝屈。本都院特飭各屬嚴行保甲，冀望地方官實心奉行，庶幾盜息民安，風俗還醇。乃訪得淮、徐、邳、睢、蕭、碭、沛、豐一帶有等惡俗，專好聚眾燒香，糾錢賽戲。蚩蚩愚氓狃於邀福之說，而奸①猾之徒即藉爲射利之源，糾合遠近，置簿斂資，鳴鑼張幡，什百成羣。更有邪教傳頭，白蓮、無爲、聞香等會，夜聚曉散，男女雜遝，騙財漁色，習爲故常。蠢蠢無知，惑溺不解，百計承順，煽動人心，明造妖言，暗操亂柄。當其始事，則有會首、香頭，以一約十，以十約百，遂至接州連郡，蒂固根深。甲長、保長皆斂錢隨會、竭力布施之人，安望其有所稽察也。又有一般惡少，或因睚眦小忿，輒招集黨羽，角勢相攻；或遇公事

---

① “奸”，《三賢政書》本誤作“之”。

勾攝，卽呼朋引類，持械截奪，抗糧毆差，比比見告。凡此瞖不畏死之徒，愚懦者不敢望其鋒焰，彼卽窩隱匪類，肆爲不法，豈熒熒甲長所敢過問？夫保甲之法，原以稽察奸宄，弭盜安民。今惡俗不除，則保甲徒爲具文。合行嚴禁。爲此示仰該州縣軍民人等知悉：嗣後務須各務本業，共保身家。各親其親，各長其長，卽是眞正善人，卽是太平景象。如有前項聚眾燒香，糾錢賽會，邪教傳頭，男女混雜，及率眾打架，持械搶奪，種種不法，梗壞保甲之政者，該地方官訪確立拏，解赴本都院轅門，以憑盡法重處。自後地方、保甲如敢仍前容隱，定行一體連坐。三尺凜凜，決不寬貸。

嚴禁攤派輸穀以除民累事

照得朝廷重農積粟，原以豫備飢荒。常平、義倉、社倉，名目雖殊，無非加惠斯民之意。地方官吏必須仰體朝廷德意，善爲奉行，務令弊端盡絕，民生不擾，始爲稱任。近聞各地方官全無愛民實心，一任蠹役指撥，或稱輸粟數多，可以仰邀獎賞；或謂百姓刁猾，勢須坐額徵收。本官一入其說，牢不可破，不論歲之豐歉，家之有無，按戶均攤，逐畝簽派。殊不思此輩蠹役利慾薰心，平日尚假借官威詐害百端，遇有事機，指一科十。本官褒如充耳，甚至不肖自行染指。朝廷愛民仁政，反爲厲民之階，可恨殊甚。且丹徒一邑，絕不聞該縣官加意奉行，惟該府自爲舉報，與別府事例迥異。而民間怨讟之聲，亦歸該府，以爲府吏如虎，擇人而食。不知何以得此。除出示嚴禁外，合亟行查。爲此仰府官吏查照來文事理，嗣後每歲收成之時，止許地方官勸民隨意輸捐，不得按戶逐畝科派定數。所輸之粟，隨其多寡，卽爲登塡，儘數彙報，不得聽任蠹役恣意侵蝕。至如本院所行義倉，止許地方官勸諭民間自爲儲備，一切事宜悉聽民便，與常平倉重農積粟等案毫不相涉，更不得藉端滋擾。違者，許受害人等不時赴院呈控，官卽參拏，役立杖斃，決不姑貸。併查陽、壇二縣俱係該縣奉行而丹徒一縣何獨該府舉報，是否該縣官委卸不任，抑府胥藉此中飽？逐一查明，據實申報。以後仍歸該縣，以成畫一之例。毋違。

水災異常諄諭屬寮實圖修省以回災變事

照得淮揚兩郡夙稱澤國,民生昏墊已極。荷蒙聖恩,蠲免逋賦。孑遺僅存,尚望有秋,民得稍甦。豈期今歲霪雨爲虐,黃淮諸湖,波濤齊瀉,萬壑沸騰,廬舍飄蕩。男婦號泣,遠近聲聞。本院蒿目驚心,中夜不寐。

夫災不虛生,決由人事,此皆官吏奉職無狀,民氣愁苦,蒸爲恆雨。而恆雨之殃,還屬民受。元元何辜,罹茲慘極! 王嘉有言:"動民以行不以言,應天以實不以文。"旣不能崇德愼刑、承順天道於未有譴告之先,今災祲著見,又不能恐懼修省,以回神祇之怒,則下民何賴焉? 除本院已經具題,力請蠲賑,並行司道博訪紳衿、耆老,條陳救荒良策,迅速舉行外,合行曉諭。爲此示仰道府州縣營衛官吏知悉:當茲異災,各痛自修省。或催科無術、奸胥盈橐而良民賠累,或刑罰不中、豪强恣橫而愚懦含冤,或緝盜不嚴而拖累失主,或防兵無律而騷擾居民,或私派繁雜,或差徭急迫,或暮夜之苞苴未除,或囹圄之淹滯未釋,或虎吏飛而食人,或土棍坐而噬肉,或贖鍰無力而强迫,或鰥寡死亡而莫救,但使冤含匹婦,便可霜隕六月。俱要從頭檢點,加意諮詢。如大患在身,奮然立去,勿牽制左右之口。如能相體諄切至意,有所省察,有所興革,下蘇民困,上回天心,卽將所改事宜,據實申報,以爲計冊實政,決不負良吏苦心也。眞切呼籲,幸勿套視!

霪雨災患非常等事

照得淮、揚、徐三屬疊罹水患,今歲五、六、七月間,暴雨盆傾,河湖交漲,禾稼盡沒,廬舍飄蕩。城市之間,非舟莫通。兼以颶風海潮,溺死人民無數。據各屬申報及呈狀所陳,有婦子六七人共結一繩,繫於風車而死者;有一家崩屋壓死十餘人者;有人眾爭舟,舟小風大而覆者;有依附草木,身泊蒲葦上以死者;有飄居高岸,復爲蛇虺所嚙死者;有遷止寺塔,索救不得,饑餓而死者。傷心慘目,莫可名狀。嗟! 嗟! 吾民何遭此異劫? 惟此孑遺,遷身無地,餬口無食。目下秋盡冬來，饑寒交迫，若不設法賑濟，必致盡塡溝壑。誰非朝廷赤子，甯忍坐視不救？除本院題請大沛皇仁，廣賜蠲賑，仍動司庫正項錢糧，委官江楚買米分賑外，但庫項未必允銷，而杯水何能普濟？天災流行，何國蔑有？誼切鄰封，義難漠視。本院大聲疾呼，求將伯之助，至今惟據按察司捐穀一千石，此外各屬未有應者。豈本院愛民不誠，無以相動耶？合再飭行。爲此仰司道府官吏查照來文，卽便轉行蘇松所屬各官，竭力倡捐，並鼓勵紳衿、商民人等，量力捐助。先將捐數具文詳報，以憑撥發賑濟，彙疏具題。如捐數合於議敘之例，官員則請加級紀錄，商民則請頂帶榮身。如或力不從願，未合議敘之例，本院亦當從優旌獎，決不泯好義之誠。事關救荒重務，務宜實力舉行，多方鼓勸，愼勿泛視。速！速！

頒行賑粥條例以圖救荒實政事

照得今歲江北霪雨爲災，河湖交漲，饑民嗷嗷，朝不保夕。本都院日夜計念，寢食都廢，題請大沛皇仁，賜蠲賜賑，又告糴鄰省，求助巨室，不遺餘力。但被災之地旣廣，而待賑之日甚長，旣慮委任之非人，又患發賑之無策。除素有體面、家無升合，不肯同赴粥場，豈可閉門待盡？或賑穀，或賑銀，務有定數、定期，無使豪强串通衙役，假名虛冒，致廩穀不繼。至於老幼孤獨、顚連無告之人，必須煑粥，差有實惠。蓋粥場之內，眾目昭然，自非眞正赤貧，誰肯持盌就食？一便也。强梁者不過滿腹，而孤弱者亦得餬口，二便也。其中弊端，不過煑少報多及雜以腐壞之物二者而已。誠愼選謹厚生儒、殷實大戶存心仁慈、能耐煩勞者，每場委任二三人，使互相覺察，彼旣不缺衣食，孰肯侵蝕官糧，結怨饑民？三便也。隨處多立粥場，就食者不出一二十里之內，旣無露宿之苦，且得顧盼其家，四便也。倘有紳衿家道饒裕，及富商大戶好義樂施，力能獨任一場，卽使其人自監之，旣濟饑民，且可省胥役之擾，五便也。所有煑粥應行事宜，開列於後：

一、廣煑粥之地。查得饑民無定方，而煑粥有定處。若不多設處所，以粥就民，而但圖自己近便，使饑民就食於塲，歸宿於家，十里之外卽不勝其跋涉矣。壯丁赴場，猶可隨在歇止，至於衰老殘疾以及婦女、小兒，豈能遠來就粥？若令乞粥歸家，不惟道遠難攜，亦且稽察無據。今宜多設粥場，如城郭人民繁庶者，每城四門外各設一塲。其城郭人民不多者，於兩門之外各設一場。至於鄉間，相距十五六里，卽須於人煙稠密之處有寺廟、公所者，各設一場，至遠不過二十里。若荒野之地，則不拘，庶於人情爲便。

一、擇管場之人。每場應立監督二人，總管粥場事務，稽察一切奸弊。掌簿一人，主登記米糧柴薪出入數目，及每日食粥飢民名數。司穀四人，兩人收掌米糧，兩人收掌柴薪。各就立場處所，選擇殷實、忠誠、廉幹可託、素爲一方推服者充當。其人如果實心辦事，克稱任使，事後分別獎勵。倘有從中作弊，發覺者，計侵蝕米糧一斗，定罰還米十石。

一、計煑粥之費。一切官倉及樂輸諸米，掌印官酌量各粥場約需石數。每十日一發，差在官夫役分送，公同該場監督、掌簿，交明收掌米糧之人，積在該場嚴密處所，監督判封條，收掌人主鎖鑰。

至食粥飢民，各場每日人數多寡不齊。監督先期酌量該場應需鍋、竈、桶、杓若干，又酌定每鍋容米若干，編定字號。每晚掌簿報食粥人數於監督，監督視其人數多寡，計每日每人以官斗六合爲率，共需下米若干鍋。照依鍋數，各用刊刻小票，填註某月日某號鍋應領米若干，散給鍋頭。次日黎明，鍋頭執票赴收掌米糧處交票領米，卽刻攜注鍋中。不許先期支領，亦不許攜往他處，以杜侵蝕。其支柴薪，亦如之。

收掌米糧之人，每晚將收到小票交付掌簿登號。每月終，公同監督，清查一月內賑過飢民若干，用過米、柴若干，填單報明該州縣，以憑事後銷算。其應用器具，卽於附近處所隨便酌量借用，如有破損，事後補還。飢民有自攜椀箸者，聽從自便。

一、行勸輸之令。善不獨行，當與好義者共之。掌印官爲民父母，不得憚勞，宜親攜簿籍，減從裹糧，徧歷城市鄉村，親見紳衿富民，多方鼓勸。或願捐糧若干石，或煑粥若干日，飼養若干人，俱令自登簿籍，造册呈院，以憑獎勵。其各場需用柴薪，掌印官便宜設處。至有好義紳衿、富商大賈力能獨任一場者，卽令其人自爲監督。該州縣不須另行委任，致滋掣肘。仍將賑過飢民數目報查，以憑格外優獎。

一、別食粥之人。凡來食粥者，報明該場監督，立簿二扇①，分爲班次。老者不耐飢，爲一班，粥先給。有疾者，勿令雜處眾中，爲一班，粥先給。少壯者爲一班，最後給。造次顛沛之時，男女不可無別。令男坐左邊，女坐右邊，各以老疾少壯爲序。倘有遊閒棍徒假充饑民，雜入場內，調謔婦女者，該監督卽鳴官重懲。

一、定散粥之法。鳴鼓一通，食粥之人各依班次坐定，不許越次爭食。水火夫將炊熟粥擡桶偏向兩邊面前，各照盌數滿注。周而復始，大率每人止於兩盌。如有不遵條約，越次爭食者，定非眞正安分饑民，該監督卽行揮出。若聚眾搶奪，嚴拏加倍重處。治亂民以安良民，不得姑息。

一、課炊粥之實。每鍋四口，設鍋頭一名，著監督擇尚義好善之人充當。外設火夫二名，柴水夫二名，俱就饑民中選少壯者用之。每日責令鍋頭領米下鍋炊粥，務要稠熟，堪療饑腹。如有扣剋米糧柴薪，以致粥不如法及惰慢誤事者，輕則該監督自行驅逐，重則鳴官責治。

以上一切事宜，須掌印官留心料理，不時單騎稽察。至於揀選監督諸人，相度立場善地，並須廣詢眾論，曲體人情。不得偏執己見，亦不得輕信近習，以致奸棍營謀，就中取利。如果殫心任事，使饑民得均沾實惠，本都院不吝薦揚。如慢②不經心，任憑蠹棍侵擾，致饑民轉死十人以上者，一經訪聞，定以溺職題叅，決不姑貸。

禁止建碑立祠告諭③

據④蘇松兩府士民劉理、俞宗、張華等，又據蘇州府士民黃中堅、范汝瞻、許

---

① "扇"，《三賢政書》本作"冊"。
② "慢"，《三賢政書》本作"漫"。
③ "禁止建碑立祠告諭"，《三賢政書》本作"禁止建碑立祠以正惡俗事"，康熙年間刻蔡本作"禁止建碑立祠"。
④ "據"，愛日堂藏版本和《四庫全書》本脫。

元等，又據蘇松兩府士民陸吉、陳瑞、趙甫等①，紛紛具呈，妄稱頌②本院德政，請立碑，建書院，作生祠等情③。本院閱之④，不勝駭異。蘇松賦重役繁，民生困苦，上下掣肘，諸事維艱。本院夙夜拮据，叢脞實多⑤，捫心自揣，有過無功。況見任官輒自立碑，律有明禁。至於建書院，造生祠，尤爲末俗。諂諛之習，本院素所深惡。吳門生祠如林，豈必盡有功德？甚至過者指斥其姓名，歷數其劣狀，未嘗以其有生祠而稱美⑥之也。若周文襄、王端毅、海忠介三公，忠直、廉惠之名，表表天壤，史書⑦載之，兒童知之，今曾無半間之宮。本院欲爲存⑧俎豆之地，而苦於⑨工費，爲之中止。可見生祠之不足爲貴矣⑩。至於書院，原先儒講學明道⑪之所，今⑫因避生祠之名，而⑬槩稱講⑭院，尤屬無謂。此皆好事無行⑮之徒，借以媚官長，詐鄉愚，漁利行私。今欲加於本院，是以本院爲好諛喜諂之愚人也⑯，何待本院之薄也？合行嚴禁。爲此示仰兩府官吏⑰、士民人等知悉：各宜恪遵功令⑱，禁絕

---

① “劉理俞宗張華等又據蘇州府士民黃中堅范汝瞻許元等又據蘇松兩府士民陸吉陳瑞趙甫等”，康熙年間刻蔡本、愛日堂藏版本和《四庫全書》本脫。

② “頌”，康熙年間刻蔡本、愛日堂藏版本和《四庫全書》本脫。

③ “等情”，愛日堂藏版本和《四庫全書》本脫，康熙年間刻蔡本作“等因”。

④ “閱之”，愛日堂藏版本和《四庫全書》本脫。

⑤ “叢脞實多”，愛日堂藏版本和《四庫全書》本脫。

⑥ “美”，康熙年間刻蔡本、愛日堂藏版本和《四庫全書》本作“羨”。

⑦ “書”，康熙年間刻蔡本、愛日堂藏版本和《四庫全書》本作“冊”。

⑧ “存”，康熙年間刻蔡本、《三賢政書》本作“存一”。

⑨ “於”，愛日堂藏版本和《四庫全書》本作“無”，康熙年間刻蔡本作“乏”。

⑩ “爲貴矣”，康熙年間刻蔡本、《三賢政書》本作“貴矣”，愛日堂藏版本和《四庫全書》本作“爲貴重”。

⑪ “講學明道”，康熙年間刻蔡本作“講明道德”。

⑫ “今”，愛日堂藏版本和《四庫全書》本作“人”。

⑬ “而”，愛日堂藏版本和《四庫全書》本脫。

⑭ “講”，康熙年間刻蔡本作“書”。

⑮ “此皆好事無行”，愛日堂藏版本和《四庫全書》本作“此皆好事無恥”，康熙年間刻蔡本作“皆好事”。

⑯ “喜諂之愚人也”，愛日堂藏版本和《四庫全書》本作“喜佞之愚人”，康熙年間刻蔡本作“喜佞之人也”。

⑰ “官吏”，康熙年間刻蔡本脫。

⑱ “爲此示仰兩府官吏士民人等知悉各宜恪遵功令”，愛日堂藏版本和《四庫全書》本脫。

惡俗。前項具呈①士民,亦宜②各守本分,自安生業,毋③得踵習陋④套,上干律例。府縣官吏,著落地方、保長不時巡察,如有⑤不遵,卽行指名報院,以憑提究。無違。⑥

毀淫祠以正風化事

照得吳中素多淫祠,上方山尤爲最著,邪魅惑人已數百年。遠近男婦,晝夜奔趨。敗壞風俗,於斯已極。本院下車之初,卽行禁止,婦女進香者較前稍稀。不意本院因賑荒赴淮,適値會期,男婦又復叢集。本院念人心迷惑日久,非文告所能省悟,已將其像泥塑者投之太湖水中,木雕者投之烈炬,已成泥土灰燼矣。又慮其地尚存,數年後妖孽師巫必倡邪怪之說,仍舊興復。惟有另設剛大正直神像,庶足以鎮壓鬼魅,震懾人心。擬合飭行。爲此仰吳縣官吏,查照牌內事理,卽選匠役,擇期另敬塑關聖帝君神像一座,務要莊嚴壯偉,侍從如式。限歲內妝⑦成,本院躬詣祭告,毋得遲違。

申　飭　事

照得縣令一官,以潔己愛民爲盡職。興化地處河湖下流,民生昏墊已極,今歲更值異常水患,飢民嗷嗷堪憐。該縣蒞任方新,正當夙夜憂勤,撫綏殘黎,以副職任。本院因議賑往來淮揚,體察民情,詢問風俗,該縣重士愛民之績無聞,而乖張剛愎之名已著,怨謗沸騰,遠邇如一。本院始而疑,

---

① “禁絕惡俗前項具呈”,愛日堂藏版本和《四庫全書》本脫,康熙年間刻蔡本作“止絕惡習前項具呈”。
② “亦宜”,愛日堂藏版本和《四庫全書》本作“宜”。
③ “毋”,康熙年間刻蔡本作“勿”。
④ “陋”,愛日堂藏版本和《四庫全書》本作“舊”。
⑤ “府縣官吏著落地方保長不時巡察如有”,愛日堂藏版本和《四庫全書》本脫。
⑥ “不遵卽行指名報院以憑提究無違”,愛日堂藏版本和《四庫全書》本脫,康熙年間刻蔡本作“故違卽行指名報院以憑提究”。
⑦ “妝”,《三賢政書》本作“裝”。

既而不能不信。該縣爲雲朔名族,庭訓有素,何一旦不自愛重,欲與貪墨同轍,深爲可怪!或者悮聽左右之言,不察南北之宜,興革無漸,舉動乖方,未能收攬民情,驟欲剔除夙弊,衙蠹乘間進言,該縣罔知覺察。本當卽行司道廉訪實蹟,具疏入告,念方新任,特行申飭,以勵後效。爲此仰興化縣官吏照牌內事理,速猛然醒悟,洗滌肺腑,毋以衙役之言爲可信,毋以士民之情爲可拂。精白一心,潔己愛民,緩徵停訟,加意賑恤,務令災民得所,不至流離失業,轉怨誹爲祝頌,化仇讐爲腹心。困苦之民易怨易感,司牧之官甯寬勿刻。如仍不自改絃,穢聲一著,本院惟知功令,保全無策。該縣功名已矣,獨不爲身家性命計乎?獨不爲祖父師友地①乎?思之,思之。文到,卽具遵依報查。毋違。

嚴禁扒手以除民害事

照得京口爲南北通津、商賈輻輳之所,兵民雜處,奸宄叢生。向來地棍勾結旗厮並無賴惡少,投旗壞法。逐出無歸者,潛住鎮城內外,逐隊成羣,無惡不爲,名曰扒手。或揑放營債,滾折妻孥;或冒揑逃人,恣意詐騙;或駕舟引渡,至江心而乘機搜索;或攬挑行李,走空僻而勾黨截邀;或遇鄉農,攫抽柴米;或用假銀强買物件;甚至窩藏賊盜,劫掠分肥。種種流毒,實爲厲階。行旅往來,視爲畏途。除出示嚴禁外,合並飭行道府各官察訪拏究外,合亟示禁。爲此牌示,仰道府官吏,查照來文事理,卽便嚴行查察。該文武官吏、軍民人等知悉:如有前項扒手惡棍,在於江岸閘口等處,挑人行李、貨物,詐害商民者,該地方官卽便多差兵捕,盡數擒拏。如係旗人,徑解將軍衙門,一面詳報本都院咨會發落。如係冒旗棍徒,鎖解本都院軍前,以憑從重究處。地鄰、保甲容隱不報,事發一體治罪。地方各官徇情故縱,或經本都院訪實,或被受害人首告,定以溺職糾參,斷不寬假。各宜愼之。

① “地”,疑爲“计”字之訛。

嚴禁婦女入寺廟燒香以正風俗事

照得維揚風俗奢靡，流弊已極，婦女冶游惡習尤甚。本院下車之初，卽通行嚴禁。今吳門寺觀遊女絕跡，浮華之俗煥然丕變。獨維揚積習日深，恬不爲怪，皆地方官奉行不力，而富商豪右怙侈滅義、罔知省悟故也。合再嚴禁。爲此示仰官吏、各色人等知悉：以後婦女當靜處深閨，恪守女誡。如有豔妝冶遊，入寺廟燒香，與淫僧奸棍爲伍者，婦坐其夫，女坐其父，無父坐其兄弟。僧道尼姑不行拒絕，敢於招引者，該地方官一併鎖拏解院，盡法重處，枷示通衢，決不姑貸。地方官縱容不舉，或本院訪聞，或旁人出首，地方官以才力不及定考。各宜愼之，毋忽。

懇賜憲示以便封植事

據官屬汪義呈稱："竊先賢楊公諱循吉遺墓，坐落吳縣十一都三十五圖，乏嗣主祀，被地棍侵佔，私相賣買，已歷數姓。周圖鋤作菜地，棺骸暴露，家主翰林院汪目擊心傷。幸有從遊周生員等景仰前賢，捐銀一十四兩，契買居民丁程美、仇仲甫所佔地墓。現在培土掩棺，栽松植碑。恐有地方棍徒仍行親①佔，伏乞給示勒石永禁。"等情到院。據此，爲照楊南峰先生，文章品望表著先朝，祇因承嗣乏人，致墓田被地棍侵佔，棺骸暴露，殊可憫惻。今汪太史倡率後進，捐金買地，修葺墓道，高義足稱。誠恐仍有不法棍徒擅行侵佔，無知愚民樵採牧放，使先賢不能保一抔之土，後學憑吊，徒切感傷，深爲不便。合行禁約。爲此示仰該地方人等知悉：此係汪太史用價置買之地，爲先賢封植墓道，左右隣家不得妄肆侵佔，樵夫牧豎不得牧放牲②畜，剪伐樹木，致有損傷。如有故違，許墳丁赴有司稟控查處。情罪重者，具報本院，拏究不貸。

---

① "親"，疑爲"侵"字之訛。
② "牲"，《三賢政書》本誤作"牲"。

禁　約　事

　　照得長洲縣周莊鎮爲蘇松接壤之區,原屬僻地。向來提標兵馬俱由崑山官塘行走,近聞有等員役,往來蘇松不由大路,每每在鎮停宿,指稱糧餉軍需,傳喚居民支更,帶絆踏,捉農船,以致商賈貿易裹足不前,鄉鎮小民驚惶無措,殊屬不法。除移咨昭武將軍查禁外,合行曉諭。爲此示仰該地方居民人等及汛守弁兵知悉:嗣後一切標員人役,務各凛遵法紀。如有奉差公事往來郡城,仍由官塘行走,不得住宿僻鎮,騷擾居民,以及捉船帶絆,貽累農商。如有故違,許諸色人等指名禀控,以憑查拏,軍法重處,決不姑貸。

再飭訪拏以除民害事

　　照得三吳蠹棍,狼狽爲奸,生事詐贓,矇官肆虐,種種惡端,難以枚舉。本院留心體訪,業已得其一二。是以上年十一月間,通飭察拏解究。延今四月,尚無揭報。豈上下衙役盡皆改過守法,而地方豪棍遂能革心革面者乎? 顯係徇縱,合就飭催。爲此仰司道府州官吏,查照原今事理,即便嚴加緝訪。凡有前項著名蠹棍流毒民間、神人共憤者,無論院司道府鹽關蠹役及勢豪、劣衿、訟師、打降,逐一廉取確實款跡,具揭固封,星馳詳院,以憑提拏重究。但不得旁寄耳目,瞻①徇情面,輒以菜備塞責,致渠魁漏網,自干隱庇之咎。

嚴禁焚棺水葬以廣孝思以厚風俗事

　　據長、吳二縣在城居民呈稱:"吳民水葬,極爲慘痛。始舉肉屍火煅,繼埽骨殖投淵,形跡無存,莫可憑弔。今蒙憲禁停柩不葬,但宴尸無墓可瘞。查蘇城六門外向有廣孝阡,每處可容萬柩。伏乞一體施恩,出示招葬,不許將棺火

---

① "瞻",《湯文正公全集》本誤作"瞻',據《三賢政書》本改。

煅,違者治以重罪,並取各壇土工不燒執結呈遞,陰功無量。"等情到院。據此,爲照吳民罔知務本,每事不循古禮,親屬喪亡,不思竭力以營窀穸,始則停棺暴露,繼乃煅骨沈淵。此等惡俗,不知起於何代,言之深可太息。且舉屍焚煅,穢氣衝天,何忍聞見?此皆爲民上者教化不宣,以致相習成俗,陷民非義。茲據前情,除檄行長、吳二縣確查義塚處所,聽民隨便安葬外,合亟飭禁。爲此示仰蘇城内外居民人等知悉:凡有已故尊長及眷屬屍棺,一槩不許焚燒,俱於就近廣孝阡處所覓取一抔,開壙掩埋。或立片石爲記,或樹木椿存識,俾日後不致遺亡,便於祭埽。至此地原係公占無糧,如有指稱辦賦名色,需索阻撓,許卽指名控告。但此雖公所,爲數有限,止可尺土容棺,不許恃强多占,妨礙他人。嗣後如有仍舊不葬,將棺焚煅,一經查出,定行從重治罪不貸。除出示嚴禁焚棺,聽民安葬義塚外,合就飭查。爲此仰縣官吏照牌事理,卽查六門外廣孝阡共有若干處所,在於某某地方,每處若干畝數,約可容棺幾許,是否向係公占無糧,目今有無隙地可以廣聽貧民安葬。務須兩縣會同,逐處親臨勘確,繪畫圖式,開明畝數、界址。設或窄隘不敷,作何開拓,蠲除糧額,一並定議詳院,以憑閱奪。一面曉諭居民,各於就近義塚隨便葬埋,不許仍蹈故習,將棺焚煅,並取各壇土工不致燒棺遵依執結送查。俱毋違誤。

嚴禁借端私派以除民害事

照得任土作貢,歲有常額,易知由單之外,不得科取分毫。煌煌功令,炳如日星。鎮江修理金山,奉旨發織造銀兩,將軍督修。此與地方官有何干涉?近聞該府按畝加派,所屬各縣俱有包賠,殊堪詫異。此事可以私派,何事不可?豈以百姓愚懦,固可恣意剝蝕?上官槩是聾聵,全無聞見乎?除示禁飭外,合行嚴查。爲此牌仰司道官吏,查照牌内事理,卽將前項科派情由,銀數多寡,是否地方官自行入己,抑或蠹役蒙①蔽作奸,限文到三日内嚴查確實,具詳報奪。如或狥情容隱,本都院一有確訪,定將該司道一併糸處。慎之。

―――――――――

① "蒙",《三賢政書》本作"朦"。

速！速！

恭陳末議等事

　　據江蘇布政司詳覆泰興縣條議敬惜字紙、救育遺嬰、賑恤貧老、禁絕火債四款，逐一參酌加看，開列一冊到院。據此，除惜字、育嬰、賑貧三款係有司之事，無庸贅敘外，查該司冊開一據泰興縣原議，曰請禁火債剝衆云等情。據此，爲照江南各屬地窄人稠，務農者少，逐末者多，更兼荒歉之餘，閭閻十室九空。肩挑負販之徒，本少利微，日博蠅頭，猶艱餬口。全在休養生息，庶幾瘡痍可起。若再加以私債剝蝕，則窮民益無生計。查印債重利，最爲民害。蚩蚩之氓，偶因一時緩急，不覺墮其術中。稱貸之時，先去扣頭、折色、帶頭、保人等項，一兩實止數錢。及至銀方到手，而索債者已隨其後矣。按期取盈，聲勢相加，稍或愆期，利上起利。小民竭力經營，弗能塡其谿壑。甚有借債還債，層層滾算。有限脂膏，盡爲吮噬。迨力竭計窮，流爲匪類者有之，輕生以殉者有之。種種厲階，難更僕數。此皆無藉棍徒昧心射利者之所爲，而營兵旗胥罔知法紀、相率效尤者亦復不少。本院稔悉此弊，屢經頒示禁飭，諄諄劻諭在案。茲據該司議詳前情，除批令通行外，相應咨請貴鎮、將軍、織造，一體通飭各營將弁，嚴加禁戢。如有違犯，卽繩以法，仍責該管官以失察之咎。庶無知廝卒稍凜三尺，而殘喘孑遺亦可漸登袵席矣。除害安民，諒有同心也。

奇弊屠商號憲滅蠹事

　　案據附居長洲縣、原籍徽州府歙縣民方耀呈詞前事內稱："蘇州滸墅一關，止有量船納鈔之例，並無抽稅之款。設定則例，額無增減，正項錢糧四則，平料加平，補料加補。如船七尺起，一丈八尺止，上供十兩五錢爲滿。今被大蠹鄭國柱等違旨額外私立奇弊苛徵，加出、磨頭、高堆、提駁、腳駁、七新、八新、七尖、八尖、又七新、又八新、又七尖、又八尖、八二三入庫、九二三入庫、新興橋工、訟費、火耗、加平、照票使用、看船酒錢等弊，如一丈八尺，徵至九十九兩三錢九分。正餉十兩五錢外，其餘之贓，羣蠹朦官，上中下三等烹分。朝廷設櫃，令商自投填註。部頒堂簿，不容見面。紅單照票，不填完銀數目，止填丈尺。只此一弊，可謂悖旨屠商，明彰大弊。耀於八月初七日載米三百六十石，由關量船一丈三尺，舊例三兩一錢五分，被徵五十七兩二錢。船戶徐忠証印票據，復遭白拉。楊奉調丈量，王猷等看船，索詐使用，擁擠踏船沈米，血本無賸。情極①，告長洲縣，申蘇州府，轉申司道，俱准，總被蠹等財靈捨起，並未對簿一次。流落難歸，求食申冤。欣幸憲天冰心鐵面，三吳羣黎之生面已開。關弊未除，水陸商民之生機未判。叩憲親審，關弊立除。”等情前來。據此，隨經批行江蘇布政司嚴提究審在案。又據浙江紹興府會稽縣生員沈彪“呈爲漏蠹藐抗狡脫，潛浙愈狷，據實首明，號勒提究事”內稱云等情前來。據此，爲照鄭國柱一犯，盤踞滸關，罪惡貫盈。本院行司提審，遽爾脫逃，既於上年十二月二十一日潛回浙江紹興府山陰縣東光地方居住。本院又聞伊曾經捐納鴻臚寺序班職銜，輒敢自恃隔省藐抗，不行赴質。似此蠹國病商之積猾，豈容漏網？所當咨請貴院威靈，迅檄該地方官查確鄭國柱果否捐納京職，移示過院，以便題參。一面將本犯押解來蘇，俾得轉發究審。諒貴院除害安良，自有同心也。相應咨會。爲此合咨貴院，請煩查照②。

永杜夤緣請託之弊以肅官方事

　　照得朝廷設官置吏，專以牧養斯民爲主，必須奉公守法，庶幾不負職守。本院下車以來，聞吳中奔競成俗，請託之習牢不可破。每一州縣缺出，旋有無恥之徒鑽營委署，紛紛藩司之門。在上官雖不過曲徇情面，而此輩實係用賄行求。夫既以賄得篆，豈有潔己愛民之理？是以朝廷百里之地爲市也。但今可委之人原自無多，而能堅持靜聽者甚少。卽秉公遴委，亦半屬請託而得。人見

---

① “極”，《三賢政書》本作“急”。
② “請煩查照”，《湯文正公全集》本誤作“煩查請照”，據《三賢政書》本改。

其同用賄賂，同求情面，其不得者，衹以爲彼工我拙，因而奔競之風幾無底止。自後州縣正印缺出應委署官，該司務察所屬正途出身，先檢府佐貳，府佐貳無人，再檢州縣佐貳。除才品庸下、平日操守不謹有據可指者不得開列外，其餘開列可委者二三人，倣照吏部選官之例，令其親赴本院，當堂自行掣籤。如路遠、現有職守不便遠來者，聽蘇州府知府代掣。至於差委辦解顏料等事，如採買青藍布疋，已定三府同知、通判輪流辦解，當照蘇、松、常三府次序挨委。今爲期尚遠，即著爲定例。俾臨期人知有一定之例，不致羣起躁競，稍存恬退之風，以養廉恥之念。官箴無玷，吏治以肅。且署印者先無所費，則能潔己愛民；辦解者先無所費，則能潔己急公。其所關非細，合就飭行查議。爲此仰司官吏照牌事理，即將本院所行檄內掣籤輪委事宜，可否稍除弊端，再加確議，通詳總督部院暨本院，以憑會奪，著爲定例。毋違。

曉　諭　事

照得長、吳二縣役田花利、義租等銀，原係正賦之外另行派徵，雖曰公田餘租，然民間最稱苦累。本都院憫念爾民賦重役繁，除將舊例有應解充本都院吏書公費者，飭行司縣槩行豁免外，合行出示曉諭。爲此示仰長、吳二縣役田各戶知悉：花利、義租銀內向充撫院衙門吏書公費銀兩，自康熙二十四年爲始，盡行豁免。如有不法蠹胥借名濫徵，或指稱豁免使費，妄派絲毫，或經訪聞，或被告發，定行立拏蠹役處死，決不輕貸。特示。

曉　諭　事

照得蘇松等屬版荒田地錢糧，久奉恩綸豁免。惟長洲縣版荒昔年總歸清丈案內勘報，雖廢基絕塚已經豁除二十一頃零，其餘版荒田地，仍照舊完辦荒平米折，每荒平米一石，納銀五錢三分零，未得與太倉等九州縣一例邀蠲。其間產蘆荻可完正供者固有，而不毛頑土歷年賠累者亦多。本都院念切民瘼，除現在檄行布政司選委廉員查勘外，但版荒田地散處各圖，必須報明確數，庶便挨圖尋圲問號，察勘眞僞，以杜混冒。合行出①示曉諭。爲此示仰長洲縣士民、糧里人等知悉：凡有眞正版荒賠糧田地，各自開明坐落倉分都圖字圲，第②幾圲，計田若干；繪列圲形，註明四址及業戶姓名，現在完辦幾斗幾升，則荒平米折銀若干，或辦幾斗幾升，則熟田糧折造册，一樣二本，一投長洲縣，一投本都院，以備查勘。此册定限二月初一起至二十日止，許爾民逐日投遞。如過此期，不准收勘。至於產有蘆葦、茅荻等項可以樵採辦糧及有主墳地，不得槩作版荒開報。其已於清丈案內豁免者，亦不得重複混呈，妄希冒蠲。如有故違，一經察出，定行依律重處。設有衙役、地棍指稱請蠲版荒，科斂分文使費，爾民亦卽指名呈控，以憑嚴拏審實，立斃杖下，決不輕貸。各宜凜遵，毋貽後悔。

申明例限以清沉滯事

照得一應欽部事件，非關錢糧緊務，卽係刑獄重情，俱有一定例限，難容逾越。如人命事案，則以告發之日爲始，限六個月審招完結。盜案則以失事之日爲始，限四個月將失事緣由、疎防職名報參。至一切欽部事件，槩以本都院准到部文之日爲始，四個月內咨題。屢奉上諭，嚴行申飭，不准展限。如有逾期，以限滿之日爲始，扣至完結之日，按月處分，輕則降俸，重則鐫革。煌煌功令，刊刻甚嚴。凡奉行州縣，務必隨到隨行，各依定限，先期詳報，以便司府覆核轉詳。倘有未明未協，可以駁覆清楚，不致稽遲牽擾。

乃近來各屬罔知例限，因循積習，一味玩延。司道府官漫無程督，及至定限屆期，本都院籤檄催提，惟以屬員報參爲了事。而承審承查事案，一任經胥沈捺，或借翻駁株求，經年累月不能完結。墮誤職守，莫此爲甚。合行通飭。爲此仰司道府州官吏查照來文，凡一應欽部事件、人命盜案，各州縣務宜查審明協，預期申詳。該司、道、府、州卽行覆核妥確，於限內詳報

---

① "出"，《湯文正公全集》本誤作"由"，據《三賢政書》本改。
② "字圲第"，《三賢政書》本誤作"字第圲"。

本院，以憑依限咨題。如申飭之後，仍前惰窳，逾限不覆，及臨限草率具詳，致煩駁詰貽誤，除按件嚴提經承究處外，仍將該司、道、府、州從重指參不貸。慎之！

遵勅徵收等事

准督理海稅監督手本移稱云等因到院。准此。爲照孟河向無收稅之例，因丹陽一帶嚴冬水涸，漕船壅阻，恐違例限，是以議令商船暫走長江，遶道南來，仍由滸墅關納稅。此誠一時權宜，非定例也。今若再開稅務，則是由江頭以至蘇府兩處輸納，商民視爲畏途，勢必仍走丹陽。恐禁之則病商，聽之則誤漕，兩爲未便。

至於海關移文內有"捐納之事例已停等事案內條議一款'武進縣有孟河等口'，是孟河爲應徵海口無疑"等語，查原條議係布政司行各府縣查報，凡其境內港口，不論濱海濱江，盡行開列，共有六十餘處，非盡濱海也。故該司止定劉河、崇缺、黃田港、任家港、廟灣五處收稅。查黃田港亦非濱海，止因分府抽稅，而江陰縣在常府之最東，故酌定稅口耳。至於孟河等口，去海甚遠，至武進奔牛地方，仍入運河，歸滸墅關收稅。祗因疏通漕運，令商船迂道，由此與海口無涉也。

又，恭讀海關勅書云："其海口內橋津地方，船車貿易等物，槩勿徵稅。"是內地之稅，與海關無涉矣。海關受兹委任，似當廣示恩信，速行招商，飄洋貿捕。凡出海口貿捕者，照所定則例徵稅。如隱匿不報，及勢豪包攬侵剋，致虧國課，並夾帶禁物營船越界往來，夾帶貨者照例拏究，以仰遵勅諭。凡在官民，誰敢不奉行惟謹？客商聞風而至，海稅必至充盈。若海口內橋津地方，縱收稅，能有幾何？徒起事端，恐非朝廷開海之意。事關海稅，本院不宜與聞。但准海關移文有違勅之說，故敢略陳其愚。

至於奸棍毀滅膳黃，竊去稅旗等事，已行布按二司會同察明，通詳會奪。相應先將孟河不係海口、不應收稅緣由咨明。爲此合咨。

公籲憲恩始終請豁事

本年正月二十一日，據蘇松道劉副使詳稱："正月十九日，據蘇州府太倉州崇明縣進士吳標云，本道仰體惠愛邊黎德意，冒昧具詳，應否允行，伏候憲裁。"等情到院。據此，爲照海氛甯靖，皇恩大弛海禁，令民造船越省貿捕。濱海之民，莫不歡欣踴躍，感頌朝廷浩蕩之仁。前據司道條議劉河一口，議於此處設官收稅。又因崇明孤懸海外，恐商民不便輸稅，有令縣官就近經收之議。此皆指越省貿捕船隻而言，非謂崇明之民些微土產盡取而稅之也。蓋崇明雖居海中，乃蘇郡屬邑，士民往來郡城，勢不能已。當禁海之時，固未嘗禁其出入也，何也？崇明之於蘇郡，猶門庭之於堂奧也。今慮崇明之民或有越省貿捕者，或有他處奸民將越省貿捕之物影射崇明內地名色希圖漏稅者，遂併將真實崇明之人運變些須土產完納賦稅者，一槩與越省貿捕一例徵收，是崇民一出門即無不稅之物。各省蒙開海之利，而崇邑彈丸獨受開海之害。且崇民下海口必由施翹，上海岸必由劉河，今既稅施翹，又稅劉河，是由崇至蘇，即逾兩關。自來設關之密，未有甚於此者，豈朝廷開海禁之意乎？宜乎其紳士、軍民遑遑奔籲，遣之不去也。

兹據該道具詳，七了①口與施翹河對渡，令將原設划報渡船令該縣編號給票，往來裝運民間土產等物，河口驗票免稅。其越省貿捕船隻，仍歸劉河口出入，似爲妥便。查此案條議雖經據以會題，而崇明係蘇郡屬邑，民間土產微物，禁海時未嘗斷絕者，條議內原未議及起稅。且貿捕船隻必由劉河，其他港口甚多，亦不能禁。本地居民不許往來，七了②口與他港口等耳，何他港昔禁而今開，獨七了③昔開而今禁？稍一變通，與會題事宜毫無妨礙，而崇民生計不至阻滯，更於蘇郡各屬中亦無偏枯之嘆焉。貴部院愛民素切，諒有同心，相應咨商。爲此合咨，煩請查照裁奪示覆，以便轉飭遵照施行。

---

① "了"，《三賢政書》本作"丫"。
② "了"，《三賢政書》本作"丫"。
③ "了"，《三賢政書》本作"丫"。

咨會禁飭事

照得崇明一邑,孤懸海外。近奉皇恩,大開海禁,許民造船越省貿捕,誠以邊海民生非藉此無以樂利也。至若該地土產、貨物,必從蘇郡內地變售,而渡海往來,必由施翹河出口。已據司道會議,仍用划報渡船裝運,免其徵稅。蓋以崇明爲蘇郡屬邑,與越省貿捕不同,業經通行遵照在案。近聞有等不法汛兵,藉名盤查,遇商民裝運船隻,毋論土產、貨物,一槩需索。卽行人往來手攜肩負之物,錙銖不遺。且河口置有柵木,原以盤詰奸僞,非爲阻抑小民,乃每過一柵,必需索銀錢,方始放行。遂使此一方民舉足維艱,每日環遶公署,號泣盈庭。本院慰諭再三而去。貴鎮駐鎮海疆,戢兵安民,諒有同心。相應咨會。爲此合咨,煩爲查照出示禁戢,並轉行各營將領,一體遵照。仍祈示覆。

嚴禁强勒田租私債以拯殘黎事

照得淮揚地方災患頻仍,徐屬州縣土瘠民貧。今歲夏秋霪雨滂沱,河湖漫溢,田禾室廬,盡付洪波。失業災黎,流離顚沛,慘苦萬狀。本都院蒿目憂心,寢食俱廢,除災田應徵正賦已經題請破格蠲恤,並動支司庫現銀委員赴江楚購買米石,復又籲請各部院、將軍,檄行司道府,廣募捐輸,力圖拯救。本院會同總督漕部院,分路親賑,務期保此孑遺不至逃亡失所。

凡富家大戶,皆係比閭族黨,尤當相關相恤,敦親睦之誼。民氣既和,天行自若。一應田租利債,皆應暫緩,俟轉年豐稔償還。在富家好行其德,在貧民可保其生。豈意有等不法勢豪,昧卻天理,惟圖封殖。國課尚蠲,私租不免,喝縱惡僕,百般逼勒,至令投繯自刎,忿恨殞身。不思富家田地全賴佃戶耕種,佃戶逃亡,田疇荒蕪,縱有威力,亦何所施? 至於私債,尤當暫寬。惟此災民露處風飧①,饑寒交迫,雖加酷逼,有何抵償? 天道好還,從來不爽。爲富不仁,難

---

① "飧",《三賢政書》本作"餐"。

逃譴責。況貧者轉死溝壑，不能保其性命，甚或計無復之，甘自棄於凶人，富者安能家累千金、洗腆用酒而言無事乎？此又人事之昭然者，各當醒悟，不宜執迷。合行曉諭。爲此示仰該屬紳衿、富戶、商民人等知悉：今歲水災深重，民困實甚。大家巨室，積有餘穀，盡行出糶。本院江楚米至，價當自平。再鬻各色雜糧，分任粥場。趁此荒年，好積陰功。活及萬人，子孫當有福慶。佃戶應輸田租，從寬免追。保護佃戶，以俟豐年，田地不至荒蕪，租課依然尚在。不得縱容悍僕百端逼勒。至於乘其窘迫，折準子女，尤爲鬼神所不宥。若係熟田，仍照例完租，以資輸賦，亦不得希圖逋賴。一切私債，槩不許索。如不法勢豪罔恤災患，仍前恃强追呼，咆哮詬詈，驅迫窮民，至令逃亡自盡，一經訪出，大則題叅究擬，小則嚴提重處，斷不姑貸。慎毋抗違，自貽後悔。

再嚴濫差勒耗之弊以肅官方以甦民困事

照得揚屬地方災沴頻仍，水患未弭，民生困苦，較別屬爲尤甚。郡城闤闠之間雖足壯觀，四鄉僻壤以及高、寶、興、泰等處，或田沈水底，或棲止堤干，流離凋瘵情形，誠堪憫惻。全賴地方各官整躬率屬，潔己愛民，澌剔蠹弊，痛絕耗羨，俾小民省得一分浮費，卽可完得一分正供，庶幾稍培元氣，漸起瘡痍。

乃揚屬錢糧科則，正雜欵項繁多，地丁之外，則有另徵雜辦、牙餉、碾餉、行夫、單夫、行稅、坐稅之不一其名。而不肖官吏膜視民瘼，徵收之際，不行明白開列應輸科則，或額外私加，或倍勒耗費。如地丁錢糧，尚有易知由單刊布應輸數目，小民間有知識，猶不敢恣肆多科，然完納正銀一兩，重戥勒耗每至加二三不等。至於雜辦、行夫等項，民間既不知有額徵數目，縣官又不將每戶每丁應輸若干明白開寫，止列應完幾戶幾丁字樣，恣意橫徵。應輸正銀一兩，竟有徵至二三兩之多。如此蠹弊，府廳衙門不行嚴加察禁，反多借名稽查月報日報、掛號銷號、支存茶果等項名色，勒索州縣每兩二三分不等。復行每項濫設坐催、提催等差，一州縣不下二三十人，更番盤踞，索擾無休。是州縣官之敢於橫徵苛斂者，皆由府廳官褆躬不正，有以縱之。嗟！小民有限脂膏，何堪上下誅求,層層剝削！無怪乎民生日蹙而國賦日懸也。

　　本都院深悉諸弊,下車之始,卽首先嚴禁。今訪聞揚府所屬官吏悍然不遵,或有日暮途窮之輩,爲家人、衙蠹眩惑,不特踵襲舊弊,且更加甚。是將欲厚其囊橐,爲子孫身家之計乎？不知功令森嚴,白簡如霜,一旦敗露,身陷囹圄,求歸老首丘,何可得乎？合再嚴行飭禁。爲此示仰該屬官吏、軍民人等知悉:州縣官徵收正雜錢糧,務按由單科則及應輸確數,逐項明白開寫,令民通曉。不得仍前通同矇混,額外橫徵。正銀悉照部法,聽民秤準,自封投櫃。不許縱容胥蠹執戥秤收,加重勒耗。府廳各官,尤宜清愼自持,正己率屬,痛絕從前諸弊。不得止圖一時肥潤,罔知國憲難寬。其借稽查、掛銷及拘提人犯等項名目濫差滋擾,卽時盡數撤回。倘悍然故違,本都院耳目最眞,執法如山,見聞所及,定行飛疏糾參,斷不姑爲寬假。悖入悖出,經訓昭然。貪黷虐民,王章難逭。各宜洗滌,愼勿泄視。凜切！凜切！

地沈民逃殆盡等事

　　照得邳州一邑,今歲水患非常,災民疊遭困阨。雖六月內被淹之田已據勘明分數照例題蠲,但自七月以後,復據紛紛詳控,又遭大雨、颶風連縣匝旬,闔邑田地盡付波臣,四望郊原如同滄海,人畜淹沒,男婦啼號,洶洶思竄。本院披閱之下,痛心疾首,寢食靡寧,旣經批飭該藩司轉飭該州,力圖撫綏,暫停徵比,並令細加察議,將淹沈田地作何請蠲,被災遺黎作何賑恤,新舊錢糧作何寬緩,逐一酌議妥確通詳,大聲疾呼,已不啻至再至三矣,乃至今未據確覆。至查該州原報,殘邑已蒙糧田永廢、田地逾沈三案永沈、堤占等田五千七十餘頃,先據士民呈籲,並據該州申報,當卽批飭確勘議詳,乃竟任意遲延,旣不查勘明白,據實呈請,前報被災案內又不一並詳請題蠲,反行除去。是熟田被災,尚可望三分之蠲恤,而此積淹占廢之田,反不能一例邀蠲。此皆該司州玩泄從事,誤此災黎也。況該州併衛地在一方,又不一時具詳,致題報先後參差,不知該州身爲民牧,何漫不經心至此？今該州田地陸沈,幾成廢治,若不亟圖拯救,將來賦稅何出？民生何賴？本院日夜北望,焦心如焚。而該州又千里來蘇,任災民逃竄，置之不問，不知是何意見，令人大惑不解。合亟飭議。爲此仰司州官吏，文到立將邳州原報水災田地今又被淹緣由，遵照節次批飭事理，卽日逐一妥議，切實通詳。並將殘邑已蒙等事三案積淹、隄廢等田，或應一併彙請，或應另案詳題，亦卽確議造具冊結通詳，以憑會奪。事關國計民瘼，如再悠忽，定以溺職指參不貸。切速！切速！

再嚴徵漕之禁以清錮弊以除民累事

照得徵收漕糧，弊寶百端，皆由在漕道廳州縣各官，託胥役爲腹心，置民瘼於度外，因循苟且，視若固然。上負國恩，下慚民牧，莫此爲甚。本都院下車之初，已經嚴飭禁約，不啻舌敝穎禿。今又值開兌在卽，恐有不肖有司及瞽不畏死之胥役，日久生玩，故智復萌，除行糧道、府正監兌各官嚴加察禁外，合再出示嚴禁。爲此示仰撫屬在漕官吏、糧里人等知悉：康熙二十四年分應徵漕白、南贈等米，俱照由單科則，一條編徵。其勒索諸弊，概行禁絕，不許多收毫勺。如有違犯，許受害人赴院喊稟，官卽飛章參拏，吏則按律定罪。各宜凜遵，勿悔噬臍。所有應禁欸項，開列於後：

一、禁收糧委任衙役及差親丁之弊。訪得管漕書役及倉夫等類，名雖逐年更換，其實仍係老奸積棍鑽充，舞文弄法，無所不至。乃歷來印官以事冗糧多，不耐勞瘁，或委衙役監收，或差親丁管督。不知此等下役，罔顧民瘼，惟知剝削，每串通蠹棍，朋比侵漁。此爲百弊之源，首應禁絕。違者，參處不恕。

一、禁蠹役豪强坐完輕糧之弊。民間每歲完納糧米，有漕白之分，有南軍兵糧、局恤之別。蓋漕白爲運通之糧，必須潔白圓整。此外南軍等糧，則民間日食之米皆可上納。訪得江南積弊，蠹役豪强，串通經承，將自己糧米派完南軍等類，盡將忠厚零星細戶之糧派完漕白。是完納雖同，而苦累迥別，殊屬不公。各州縣官務嚴督經承，均平分派。如仍前縱蠹作奸，令百姓苦樂不均者，訪實官參役處。

一、禁經承受賄賣限之弊。訪得三吳民多怠玩，凡漕糧開徵，不思上緊辦納以完自己分內之事，乃任意遲延，臨限買囑經承，將額數改多爲少，完數捏少作多。苟免一時比責，不知轉盼①開兑，水落石出，完者自完，欠者仍欠。或鎖挈追比，或撥軍對夫，作奸自斃，何益之有？嗣後州縣官務將每圖甲應完原額及每比完數，親行核明，實填比較簿內，比畢即將此簿攜入內衙清查。欠者摘比，完者給串歸農。毋將比簿付經承收掌，聽憑揑欠作完，並揑不給串，致糧戶經日守候。如漫不經心，致滋前弊，一經訪實，除提經承重處外，本官定以曡職註考。

一、禁額外加收耗贈之弊。訪得收漕積弊，每多額外加收。小民終歲勤動，所獲無多，正供尚苦完納維艱，何堪分外苛取。嗣後凡民間完納糧米，著照由單刊載之數輸將，如有不法官役指名耗折，勒索加贈，或於額外科收，或在見收米內扣除者，察訪得實，參究不恕。

一、禁踢斛尖量之弊。訪得徵收漕糧，踢斛尖量最爲民害。所以本院上年蒞任，即通飭斛上釘㩧，公平收放。此法雖經遵行，不意其中又生奸計，每多釘㩧鬆寬，提起推去，尚留寸許，是徒存釘㩧之名，未除高斛之弊，殊爲可恨。嗣後各印官須一秉至公，另用檀木做造方平斛㩧，緊釘斛上，令斛手將斛平放曬盤上，勿許踢動，務期一推淨盡，不浮顆粒。如敢仍前釘㩧鬆寬，縱容踢斛高提，多收肥己者，或經糧里喊告，或經密訪確實，定行參究不貸。

一、禁糧斛暗藏襯木之弊。訪得三吳猾吏，止圖肥己，不顧王章。每於造斛之時，密囑奸匠，將糧斛牆底之間，預造襯木四條，斲削光平，渾無縫跡，起解印烙時，抽出襯木周圍包釘頓薄鐵皮，欺矇驗發。收米則啓鐵加襯，兑軍則去襯復元。每底藏分許，即抵面浮半寸。如斯奸弊，令人髮指。嗣後糧里完米，須看明收斛牆底間無弊者，方行起簧。如有暗藏襯木，著喊眾通知赴轅門控告，以憑立挈經承，盡法重處，仍究造斛奸匠。

一、禁索送開倉心紅、勒呈樣米之弊。訪得不肖有司專以收漕爲利藪，每於開徵時囑經承按圖索送心紅陋規，於收米時又按戶勒呈樣米。惟思填爾谿壑，不惜竭民膏脂，大玷官箴，曷稱司牧？嗣後各官須痛改前非，潔己自愛。民各有心，斷無不鼓舞輸將、早完正賦之理。如執迷不醒，仍行勒索呈送者，定行參處。

---

① "盼"，《三賢政書》本作"盼"。

一、禁各役勒索陋規之弊。訪得收漕各役，名色不一，總屬經承、催差、倉書、起籌之類。凡值百姓負運完糧，經承則勒索紙張規禮，催差則勒索人事酒食，倉書則勒索給串錢，起籌則勒索效勞錢，倉夫則勒索鞋脚錢，按石計算，害非尠小。民膏有限，何堪層層剝削！嗣後該州縣官嚴行禁革，時刻稽察。如本官徇庇縱容，許糧里赴院喊稟，以憑挐究。

一、禁勒取修倉鋪墊之弊。查得倉廠皆係建造堅固，鋪墊笘簟極爲耐久，非歲歲修換者可比。乃江南弊政，每年收米，印官狥縱書役勒取修倉、墊鋪[①]之費，皆按糧計派，深屬累民。嗣後嚴行禁革，卽遇倉廠滲漏，笘簟破損，該印官捐俸修補。如敢陽奉陰違者，定提經管書役重究。

一、禁道府廳官擅差索擾之弊。訪得漕糧一經開徵，道府廳官差票四出。初則守催開徵，次則坐催日報收數，次則取報全完，終則守取兌軍通關。每一差到縣，管糧經承始則有迎風酒，繼則有接待酒，每日則有供應飯食，終則有起程人事、送行酒席。計支應少需七八金，多至數十金不等。嗟哉！猾吏不特不肯捐自己之囊橐，派取糧里，抑且遇事生風，以一科十，爲害無窮。嗣後印官務將開徵日收以及徵兌全完、兌軍通關依期申報，如有怠玩州縣申報逾限者，道府廳官止許飛檄嚴催，不得擅差一役。如有故違者，許印官將差役姓名申報本都院，以憑挐究。如有經承藉稱各衙門差役供應酒席、起程人事名目索取糧里者，受害糧里卽赴院控告，立挐盡法究處，決不姑貸。

嚴禁旗丁勒索以紓官困事

照得三吳漕白官收官兌，民困旣蘇，爲有司者，未免增兌軍之累。況邇來一應徵收陋規，本院已禁革殆盡，則今日之有司更非昔日可比矣。倘不清釐兌軍之弊，有司其何以堪？素訪弁丁赴兌幫船之中，有旗甲，有伍長，有綱司，有管班，有舵工、水手等類，無一不朵頤漕糧。豺狼成羣，咆哮需索，先滿谿壑，方行受兌。及開兌之時，則又百般刁難，或米本乾燥也而藉稱潮溼，或米本潔白

---

① “墊鋪”，《三賢政書》本作“鋪墊”。

也而藉稱黃雜,或米本圓整也而藉稱碎小。講搊颺,講贈貼,有一不遂,不得起斛。及遂矣而起斛,而①兌完又揢通關,開幫又索花紅。種種陋弊,大爲有司之累。合亟出示嚴禁。爲此示仰各衛幫弁丁人等知悉:爾等領運赴通,沿途起淺盤壩,原有許多艱苦。但朝廷額設軍丁各有屯田領運,正改兌米各有定耗,行糧月米各有額編,此外蘇、松、常、鎮則有五米十銀,江淮等處則有五米五銀,若領給毫勺無虧,爾等尚有贏餘。惟是道役侵扣,州縣拖延,致爾等費用不敷,遂生奸弊。本都院久悉弊源,除另示禁飭糧道將折色贈銀足色足發,月糧五米隨漕撥給,使爾等得受實惠外,其前項勒索州縣兌漕陋規,盡行革除。各務恪遵,以保身命。如敢故違,許正印官指名飛報本都院,以憑專差拏究。運官則飛章參處,旗丁則按律定罪,決不姑貸。慎之,毋忽。

衝驛苦累申飭禁革陋規事

照得下江驛路衝繁,淮、揚、徐尤爲苦累。近奉部文裁減復二,錢糧不敷,處處告困。舊例蠲扣災荒及不敷缺額等銀,俱於司庫撥給,而各屬裁站等銀又應解司。此既赴司起解,彼又赴司支領,更有一處而有應領、應解之繁,往返徒勞,並有守候之苦,有扣剋之弊。

本院已經具疏題請,嗣後各屬驛遞凡有不敷荒缺蠲停應補銀兩,應照河工例,卽於本州縣地丁實徵銀內就近撥足。如本州縣地丁偶遇災荒蠲免,不能足額,卽於鄰封州縣應解裁站銀內按數協抵,而將附近成熟州縣裁站銀兩應協別屬者統歸司庫充餉,以免縣驛解領守候之苦,並杜侵漁扣剋之弊。但未知部覆何如,未便遽行知照。

昨本院因賑荒至淮,各屬俱陳驛困,且言丁藩司發銀,每百兩止八十兩,今該司每百兩止六十兩。本院不勝駭異。驛站錢糧,乃夫馬計口之需,如此剋減,衝驛安得不夫逃馬斃? 該司如此,若州縣官再加剋減,夫馬何以支應? 是部文議裁者二分,而該司剋減者四分也。若將剋減之數盡行給發,則是復二之

---

① "而",《湯文正公全集》誤作"面",據上下文和《三賢政書》本改。

外又復二也，驛站何苦之有？

昨據該司呈詳，徐屬二十四年災缺站銀，請於各屬本年解司裁站銀兩，先行酌給六分接濟。本院因念徐屬驛遞衝繁，已經批允給發。但恐錮弊相沿，胥役扣剋，衝郵夫馬不沾實濟，合就飭提驗給。爲此仰司官吏，文到卽將司庫撥補徐屬本年應給六分站銀，照數兌准解院，以憑當堂驗明，給發原差領回應濟。以後各屬領銀，俱報明本院，將所發站銀解院，當堂給付原差。候本院所請就近撥抵部覆到日，另行知照。毋違。速！速！

嚴禁徵收白糧積弊以恤民力事

照得起運白糧，係上供玉粒，自應悉心經理，先期運解。乃州縣印官每每私委佐貳，另欵徵收，致微員串同蠹役，設立驗米、給票、看斛、篩揚等項名目，恣意誅求，科索無已。如春辦折耗，業已隨正編徵，復私加贈費；包索人夫，原有糠粃抵用，又勒令捐輸。或米本乾潔，故稱花雜，勒揹不收；或運米進倉，刻意篩颺，浮高斛面。至於糯米，每縣不過數百餘石，乃檃云糯米價昂，內扣外加，任憑折算。更有迫令折銀，分肥入己。種種弊端，不可勝言。

是以本都院嚴行飭禁，務令印官隨漕收貯，痛除積弊。今二十四年分白糧正當徵辦之時，而各屬或稱倉厫不足，或稱包索無辦，紛紛具詳，無非欲踵陋習，冀吸民膏。除經嚴駁並出示曉諭外，恐不肖官胥瞀不畏法，陽奉陰違，合再申飭。爲此仰道州縣官吏，查照來文事理，本年白糧俱責成州縣官隨漕並徵，擇米色純一者，卽另厫收貯春辦，不得另立名色，濫委佐貳徵收，使民有分納應比之累。其租賃碓臼、包索人夫諸費，悉照原編，與糠粃資用，不許私加耗羡。如敢故違，縱蠹盤踞，及令內丁親戚借名看米，額外婪詐前項諸弊，本都院聞見所及，官卽糾參，役拏杖斃，斷不寬假。各宜凜遵，毋貽後悔。文到卽取遵依報查。

欽奉恩詔事

案照各屬孤貧，屢奉恩諭，令有司留心贍養，毋使失所，久經通飭遵照在案。惟是額編口糧柴布銀米，原爲矜恤無告而設，自應及時散給，使煢獨得沾實惠。恐州縣蠹胥冒濫扣剋，希圖中飽，以致皇仁不能下逮。合亟飭查。爲此仰府州官吏查照來文，卽查康熙二十四年分恤孤銀米曾否按數給足，有無冒濫扣剋，嚴行確查，取各屬遵依並孤貧領狀報查。如有仍踵前弊，該府州卽據實申報，以憑飛提重究。毋得徇延，取咎未便。

謹陳河工善後事宜等事

據淮揚道呈報，山陽縣運口地方應建石閘，及清河縣西建造雙金門閘一座，挑引河一萬餘丈，卽以挑河上之土築堤，束水順流，不致散漫緣由到院。據此，爲照山陽縣運口所建石閘，旣稱所洩之水仍入文華寺，與支河匯歸運河南下，並無淹漫民田之處，似無庸議。惟查清河縣西建造雙金門閘，下開挑引河，固洩水要道，但民間田地，俱關輸賦之區。今挑河一萬餘丈，由清河至安東，共若干里，旣非舊河，自是民田。今挑河築隄，計毀廢民田若干，應作何題請蠲豁，文中並未明言。若挑河之後，民間紛紛控籲，責將誰歸？事關會議具題事宜，豈容如此含糊？合亟飭查。爲此仰道官吏，文到立查清河縣西建閘挑河地方是否見係徵糧，民業有無損害之處，立刻據實回覆，以憑定奪。如與民田無礙，該道府縣卽各具印結，申報本院，藉以覆旨。如再含糊，先將該道指名題參。愼毋遲延。速！速！

嚴禁役滿戀棧以除弊源以信功令事

照得在外大小各衙門吏攢人等，向多役滿戀缺，叢弊滋害。是以定例五年卽行出缺，不許仍復盤踞，屢經奉旨通行。本院下車之始，卽於裁汰冗役內一併飭禁在案。誠恐各衙門陽奉陰違，不行覺察，而此輩鮮廉寡恥，罔知顧忌，仍然戀踞，作奸舞弊，蠹國害民，深爲未便。合再嚴行飭查。爲此仰司道府州官吏查照來文，凡屬吏書、攢役人等，一經役滿，卽便勒令出缺歸里，不許徇縱容留。衙門如敢故違，或經本院訪聞，或被旁人首告，定行照例參處，決不輕貸。

仍將實在現役若干,役滿若干,一併造册詳報,以憑稽核。文到先具遵依報查。毋違。

查修城內河道以通舟楫以便民用事

照得城內水道,猶人身之血脈也,貴於流通,不宜壅滯。蘇郡城內支川曲渠,源自太湖,吐納交貫,舟楫旁通,不但宣洩風氣,亦且便民往來。近年久不疏濬,人居稠密,灰土壅塞,可通舟楫者無幾。及今不行脩治,必至化爲平陸,民間完漕,巨室收租,皆須負戴,勞苦當倍。且水火常相爲勝負,官民房屋櫛次鱗比,水既淤涸,設有火災,何以禦之?舊歲賴天之佑,幸稍豐稔。今當春和,合行飭脩。爲此仰蘇松道查照牌內事理,卽轉行蘇州府及長、吳兩縣,速查城內大小河道共有若干,應作何修理,會同紳衿、耆老,酌議妥確,具詳定奪,以便擇日興工。毋得遲延。

請勅修先賢祠宇崇正學以維風教事

案准禮部咨前事等因,已行布政司轉行各府州飭遵查報去後。惟查江甯府先賢祠宇甚多,而明道程子祠在上元縣地方,文公朱子、西山眞子皆曾爲之記。宋理宗賜明道書院額,較之他祠宇更爲隆重。不知今棟宇垣牆尚堅固不至傾頹否?歲時祭祀不至缺失否?諸生尚有講習其中者否?合行飭查。爲此仰江甯府官吏,查照牌內事理,卽轉行上元、江甯兩縣,查明程子祠堂現今建在何處,曾否修整,歲時祭祀曾否舉行,諸生有無講習其中,先行具文報院定奪。如有傾頹,速行設法脩葺。其餘凡係先儒讀書講學之地祠宇、書院,另行查明續報。毋得遲延。速!速!

修復先儒書院以崇正學事

照得東林書院爲宋楊龜山先生講學之地。至明顧端文、高忠憲兩先生於此倡明正學，斯道如日中天。遠近名賢同時相應，搘柱國是，維持綱常，世道人心，匡扶實多。本院束髪①受書，即切景慕。今歲春初，親詣道南祠瞻拜，登講堂與諸生考德問業，徘徊久之。但見垣墻頹圮，景象蕭條，已面屬該縣加意整理。今准部文，各直省督撫學臣，查明所屬先賢讀書之所有傾頹者，設法修葺，令該地方官鼓舞儒生講習，奉有俞旨。本院所屬先賢讀書之所，未有重於東林書院者，興復自不容緩。除行布政司轉飭該府、縣遵行外，合專飭行。爲此仰司府縣官吏，查照牌内事理，即飭行無錫縣官，親詣東林書院，遍行閲視。如垣墻有傾頹、門窗有損壞者，即設法修葺。務要處處堅固，輪奐一新。仍約集鄉紳、耆儒，循仿顧、高兩先生講學遺規，定期舉行。庶幾眞儒輩出，正學日明，仰副聖主崇儒重道、興起斯文至意。毋得視爲具文，自干咎戾。

嚴禁汛捕指陷私鹽以除民害事

照得江陰地方濱臨江滸，爲淮浙引鹽分界之處，私鹽出没，所在不乏。汛捕人役，自應奉公巡緝，杜絶梟販，以疏引課，庶幾地方甯謐，閭閻安堵。乃此輩捕快，率多無籍之徒，一充此役，視爲利藪。眞正大夥私販，受賄徇縱，過而不問。其或貧民肩負少許食鹽，動輒指爲巨梟，拏解塞責。甚至抛撒私鹽，指陷窩家，肆行圖詐，拖累平民。種種不法，流毒無窮。合行出示嚴禁。爲此示仰該縣官役、商民人等知悉：嗣後巡鹽捕役，務須愼選誠實、有身家之人充當，令於境内巡緝。遇有奸梟興販，務須執法拏解。如有無籍不法棍徒冒濫此役，以私鹽爲囮，陷詐善良者，許諸色人等赴院指名具控，以憑嚴拏重懲。該管官不行覺察，一並參處，決不寬假。毋貽後悔。

嚴禁地棍假逃行詐以靖地方事

照得吳俗輕浮，務本者少。游手好閒之徒，資生無策，每每賣身旗下，旋復

---

①　“髪”，《湯文正公全集》本誤作“發”，據《三賢政書》本改。

背主逃回。即有一班無賴地棍，串通交結，以爲奇貨。凡有夙昔仇嫌，無不肆其詐害，或指窩家，或稱寄物，信口誣扳，拖累不已。甚有設心奸險，本非逃人，亦冒旗下詐騙。鄉愚莫知來歷，即或發覺到官，良民畏累隱忍，疇肯挺身出質？此等奸徒，恃逃人無刑訊之法，遂以旗下爲護身之符。殊不知定例內奸徒結黨，借逃詐害，無論旗廝民人，俱照光棍例治罪。煌煌功令，久經頒布。乃該地方僻處江濱，曁不畏死之徒，尚多流毒。除已往姑不究外，合行嚴示申禁。爲此示仰江陰縣官吏、軍民人等知悉：嗣後如有地方奸棍勾引逃人與假冒投旗詐害良民者，地隣、保甲人等協力擒拏，解送有司，究審得實，申報本都院，以憑照例具題，立置重典。倘該地方官因循膜視，故縱殃民，察出定行一併糾參，決不姑貸。各宜凜遵。

曉　諭　事

照得聖駕臨幸，宣諭臣民，煌煌謨訓，昭示千秋。建立碑亭，俱係各官捐俸脩理。一瓦一甋，一木一石，俱照時價發買。匠役工食，俱如數發給。誠恐不肖官員借名私派，或管工官役剋減絲毫及擅取民間一瓦一甋、一木一石者，非所以昭敬愼而宣皇仁也。合行曉諭。爲此示仰蘇屬官民人等知悉：如有不肖官役假借修理聖諭碑亭，擅派民間絲毫，及借取瓦磚木石，或扣剋匠役工食，虧累小民者，或經本院訪出，或被告發，官行糾參，吏役人等嚴拏盡法究處不貸。

飭查學宮事宜事

照得府學名宦祠久矣傾圮無存，今已鳩助重建一新。第查名宦神位，悉照府學舊志。而舊志凡另有專祠者，俱未載入。如范文正公、胡安定先生與韋刺史，皆專祠於學，自不必再入名宦祠矣。如狄梁公、文信公、周文襄、夏忠靖，功德昭著，舊祠皆不在學內，且多湮廢，使諸公竟不得與俎豆之饗，實屬缺典。合行飭查。爲此仰府學教官，即詳查漢唐宋明以來遊宦此地、功德最著、未入名宦祠者，備列姓名、官爵，以憑斟酌補入。其不甚著者，姑闕之可也。愼毋遲延。

申　飭　事

照得郡守職任方面，爲屬僚之師帥。該府操守謹嚴，心存慈惠，所以本院前據士民公呈，特疏題留，荷蒙宸鑒，准帶所降之級留任，自當倍加策勵，恪供職業，庶不負聖主俯採下情、破格使過之意。乃近見奉行一切事件，振作之氣全無，隳廢之狀日見，偏執怠惰，罔克虛公勤敏。凡有欽部事件，置之塵封，毫不理論，竟不知各有定限，難以逾違。如常熟、江陰二縣合界沙洲，紛爭已久，旣經會勘，自當平情公議，以便據詳咨部。乃仍行專詳，且詞氣忿激，全非持平息爭之道。不知事關題咨，司道府縣之詳，俱當全敘。若偏執己見，附會刁民，何以入告乎？此以彼爲勢豪，彼亦以此爲勢豪，是爭端無已時也，豈太守之言乎？又鹽梟王瑞徵等拒捕，溺死汛兵，係關具題重案，承審數月，供看游移，以致坐誤限期。又江陰縣主簿、把總，文武殊途，輒於元旦互毆訐控；宜興縣境內運丁沈漏漕船，强將汛兵鎖挈過淮。該府身在①地方，全無約束。又武進、宜興二縣正署各官交盤錢糧，或已經革職，或已經病故，一任行催，杳不清查報參。他如靖江縣土豪劉耀等抗糧辱官，竟置不理，及經批審，亦無回覆。武進縣蠹惡陶三疎縱脫逃，任其遠颺，久不執法拏究。諸如此類，難以枚舉。總之，居官全要心平氣和，秉公持正。良善者保護之，刁惡者懲治之。奉行案件，尤宜凜遵功令，依期完結。若自以官爲士民保留，輒違道干譽，事事因循，不敢執法剖斷，吏治民風，必至大壞。是該府先已自負朝廷，非本院之有負該府。憲紀昭然，斷不能一味涵容也。合行申飭。爲此仰該府照牌事理，嗣後務須大破積習，痛改前非，殫心政務。凡前項事件，卽速清理完結，毋得傲慢任性，毫不關心。俾本院樂觀成效，實所厚望。倘再仍前因循誤事，白簡具在，毋謂言之不豫也。愼之！愼之！

---

① “在”，《三賢政書》本作“任”。

酌定名宦祀典事

前行查名宦祠有應補入者,據該學開列唐李栖筠,後梁錢元璙,宋李禹卿、蔣璨、王遂、常懋,元帥朵列禿,明魏觀八人,皆政蹟卓卓,有功德於民,洵當補入祠內。再查《唐書》,狄梁公自冬官侍郎持節江南巡撫使,毀淫祠千七百所。該學開公爲河南道安撫大使。考公曾爲河北道行軍元帥,更拜河北安撫大使。今云河南道,不知何據。但唐初江南道所轄地廣,蘇非駐節之地。故郡志不載,似不便入祠。

夫名宦祀於學宮,必其人德業、文學足動後人之景慕者,方可入祠。若在郡雖政事少有可觀,而大節無稱,亦不便濫入。若有忠孝大節及德業、文學表表於世者,卽在任不久,而遺風餘烈猶足輝煌俎豆。本院備考舊志,文信公、周文襄、夏忠靖三公外,如唐韓滉、白居易、狄兼謨、李紳,宋滕宗諒、孫覺、王覿、莊徽、胡松年、洪遵、虞允文、張世傑①,明巡撫蘇松李秉、蘇松道凌義渠,或以忠節著,或以文學稱,或以功業顯,皆表表史冊,而在蘇宦蹟亦復班班可紀,似當一併入祠,以昭盛典。爲此仰蘇州府儒學教官,再博詢耆舊,參酌可否詳考諸公官階及在蘇原銜,造册報院,以憑置主,擇吉入祠。仍刊入郡志,以見宦蹟之盛。鄉賢既自巫咸、季札始,名宦可否自伍子胥始,一併確議具詳定奪。毋得遲延。

查取遺書事

照得吳中風俗澆漓,浮華盛而實行衰,彝倫攸斁,士習不端。本院思有以挽之,每月吉在明倫堂講解《孝經》、小學,發其本性之良,以正學術之本。江陰故戶部侍郎張公諱有譽所著《孝經義衍補》六卷,切實條暢,可資誦習。仰縣官吏卽備紙張,印刷五六十本,送院分散聽講各生。再,張公曾刻胡敬齋先

---

① “傑”,《湯文正公全集》本誤作“桀”,據《三賢政書》本改。

生《居業錄》，今板存否？如尚存，亦印刷十本。該縣前輩鄉先生更有何著述，有關經學、史書者，一併查明具報。又，張公亦嘗究心二氏之學，聞有刻過《經解》，各印一本，以備參閲。毋得遲延。

禁遏邪淫以正人心以厚風俗事

照得吳民好事鬼魅，俗多淫祠，而上方山爲最。邪魅惑人，其來已久。民間燒香趨奉，寒暑不輟。小而疾病貿易，大而冠婚嫁娶，莫不先事祭禱。畫舫戲筵，備極奢侈；牲肴羅列，耗費不貲。無論豪富之家窮奢爭勝，即負販餬口之徒朝不謀夕，每遇歲時，亦必稱貸質當，竭力諂媚。甚有國家賦稅未必能完，父母孝養未必能至，而於諂事邪鬼，則傾囊剜肉而不惜，其愚惑亦已甚矣。更有一班無恥奸惡婦人，名爲師孃，假稱上方五顯降附，妄言禍福，極其怪誕。愚夫愚婦，奉之如神明，羅拜聽從，兼行布施。惑世誣民，尤可痛恨！

此雖愚民執迷不悟，亦由爲民上者不知化導驚[1]醒，以致世風日下，民生日蹙。外負繁華之名，内抱空虛之病，良可慨嘆。本院下車之始，即行禁止婦女燒香。上年復將上方山五顯塑像投畀水火，改塑關帝神像以鎮壓之，自不致復興妖孽矣。但吳中淫祠在在不乏，今窟穴雖已蕩除，誠恐市鎮村落仍有奸徒煽惑，深爲民賊。除行蘇州等府通查境内淫祠，盡將塑像撤毀，酌議改立社學、義倉，或取其材料助修學宫、賢祠外，合行出示曉諭。爲此示仰蘇屬士民人等知悉：嗣後民間婚嫁大事，以及歲時伏臘，止須祭其祖先，不許備設茶筵，邀請邪淫鬼魅，恣意糜費。店鋪刷印紙馬，盡行毀板滅跡。如有故違，許地隣、保甲人等據實首報，以憑查拏枷責示眾。其師巫邪術，亦即報官驅逐，不許容留。至於地方祠宇，除歷代先賢忠孝及土穀正神仍舊奉祀不議外，其餘凡係淫祠，槩赴有司舉報，以憑委官勘明，酌議更改。如地方、保甲徇情隱庇，事發一體治罪，決不姑寬。各宜猛省。本院爲爾百姓惜無益之費，以期室家康阜，勿以迂闊視之。慎切！慎切！除出示曉禁外，合行飭查。爲此仰府官吏照牌事理，即

① “驚”，《三賢政書》本作“警”。

便轉行所屬,通查境內祠宇,何處正神應留,何處淫祠宜廢,何代先賢忠孝有功德於民,尚無崇祀,逐一詳查明白。將淫祠塑像盡行撤毀,或改作社學、義倉,或改作先賢祠宇,或取其材料充修學宮,會同紳衿、耆碩,從公酌議①詳奪。至民間婚嫁大事,以及歲時伏臘,止須祭其祖先,不許備設茶筵,邀請邪淫鬼魅,恣意糜費。店鋪刷印紙馬,盡行毀板滅跡。師巫邪術,驅逐離境,不許容留。責令地方、保甲稽查,如敢故違,一有發覺,即行據實申報,以憑查拏重處。通取遵依繳查。毋違。

名山苦累未除等事

據虎丘山僧廣巖等呈稱:"竊照本山零星茶地,祖業相傳,辦糧當差,並非官地。有茶樹百株,一歲所產不滿二十斤。每當清明時候,府縣發封封鎖園門,寺僧鳴鑼擊柝,晝夜看守。迨茗芽既抽,府縣親臨採焙,纖悉無遺。雖給官價,不足供製備傢伙、脩葺牆垣等費。其文武衙門,不知有限之茶已經採盡,或單或票,著僧要②茶。或紳衿到山購覓,不曰抗違,即曰盜賣。種種禍害,難以枚舉。"等情具呈到院。據此,照虎丘之茶有限,而僧人受害無窮。讀文肅公《蔬茶說》,不禁為之嘆息。本院撫吳一載,不知虎丘茶作何狀,以為蔬茶之後,山中遂無此種矣。據呈,府縣官役擾害如故,殊可駭異。合行嚴禁。為此示仰諸色人等知悉:嗣後各衙門不許指稱餽送上司名色,封鎖茶園,恣行採取,以及好事棍徒到山購覓,擾累僧眾。如有不肖官員仍前取用,一經訪出,定行從重指參。衙役棍徒立拏懲處,決不姑貸。

嚴禁貼揭騰謗以戢刁風事

照得奸棍張貼揭帖,禁例森嚴。乃吳下刁民弁髦王法,每因睚眦小怨、田

---

① "議",《湯文正公全集》本脫,據《三賢政書》本補。
② "要",《三賢政書》本作"交"。

土細釁，輒便裝架大題，撦拾浮詞，刊寫款揭，交相詆毀，玷人祖宗，污人閨閫。編成鄙俚不堪之語，砌入新奇駢麗之詞，遍貼街衢，聳動聽聞。甚至揭姦淫則圖人妻女淫褻之像，揭偷盜則圖人穿窬掘壁之形。種種刁誣變幻，眞可痛恨！此皆訟師奸棍設計詐人，理不能勝，借此誣衊之事，以圖陷害。究竟公道難泯，三尺具在，徒傷天理，何損於人？合行出示嚴禁。爲此示仰撫屬軍民人等知悉：嗣後各宜安分息爭，以保身家。不許造言①生事，刊刻謗揭，以及圖畫形像，污辱他人祖先、閨閫。如敢故違，或經本院訪聞，或被受害告發，定行立拏審實，按照光棍例治罪，決不輕貸。

嚴禁丐頭肆橫以除民害事

　　照得蘇屬地方，有等強悍棍徒，懶習手藝，罔知稼穡，甘入下流，管押乞丐，名曰綱頭。而綱頭之下又有甲頭，布散城市鄉村，各踞地界。凡係開張店鋪之家，每年勒取常例。探聽民間婚喪嫁娶之事，登門講折②使費，需索酒食，動至數千、數百文不等。卽貧窶之家，亦所不免。稍拂其意，則號召疲癃穢臭乞丐蜂擁其家，撒潑狂呼，不饜不止。甚至鄉僻窮民不幸而遇凶喪，衣棺尚苦無措，若輩喪心殘忍，猶復引類呼朋，索酒索錢，無不剜肉以遂其慾。種種詐害，難以枚舉。地方有司，全無禁戢。窮民飲恨，莫敢誰何！以致釀成其惡，肆無忌憚。此等惡棍，蘇松屬邑俱有，而各鄉鎮尤甚。除見在察訪拏③究外，合亟嚴禁。爲此仰軍民人等知悉：前項丐頭、惡棍，各宜洗滌肺腸，改邪歸正，以保軀命。如敢怙惡不悛，仍前詐害鄉民，勒索常例，許地鄰、保甲及受害居民指名赴院呈控，以憑嚴拏究審，重杖枷示。決不寬縱，長此惡風也。愼之。特示。

---

① "言"，《湯文正公全集》本脫，據《三賢政書》本補。
② "折"，《湯文正公全集》本誤作"炙"，據《三賢政書》本改。
③ "拏"，《三賢政書》本作"嚴"。

四哭奇冤事

據該道呈繳捐贖王勝身價銀兩緣由到院。據此,爲照王勝被誘賣身投旗一案,前因王勝不能備價,本院捐貲給發,該道著令原中取贖去後。今據回稱,王勝夫妻子女已經胡筆帖式家給領完聚,所發身價堅不收領,而原契稱係遺失無存。是否眞情,合再查給。爲此仰道官吏,卽將捐給銀兩,速著原中褚大等齎往胡筆帖式家收領,仍取原契繳查。如果遺失無存,亦當取具執照報院存案。若旣令其夫妻子女完聚,又不收領身價,不還原契,日後另起葛藤,則今日之舉,徒滋後日爭訟之端,是爲德不終,殊爲不便。本院不忍失信於匹夫匹婦,該道面諭原中褚大往達此意。如堅執不從,本院之意已盡矣,亦聽之而已。卽具文報奪。毋違。

禁 約 事

照得吳民聽信師巫鬼魅,俗多淫祠,耗費財物,惑亂人心,其來已久。本院蒞任之始卽行禁革,近復將上方山塑像俱行撤毀,禁革茶筵陋習。蘇郡士民,稍知醒悟。乃聞吳江城內灰一保地方,有五聖閣,名小上方,聚集尼姑,倡言惑眾。每逢新歲,舉邑若狂,男女混雜,耗財釀禍,深爲不法。合行禁約。爲此仰縣官吏,文到卽將小上方淫祠,並查該縣境內凡有五聖像,俱行立刻毀除,並禁茶筵邀請邪淫鬼魅。一體遵行,毋得故違。

嚴禁商綱指官箕斂以清積弊以肅醝政事

照得兩淮鹽場舊有匣費名色,皆商綱指稱各衙門官役及過往貴客使費,派斂不貲。小商隱忍賠墊,敢怒而不敢言。積弊久沿,殊可痛恨。本都院下車以來,一切陋規,盡行禁止。但揚屬去蘇窵遠,恐仍有不法奸徒或假借本都院衙門員役名色暗行索詐者,除見在密訪拏究外,合行示禁。爲此示仰兩淮商人知悉:如有商綱指稱本都院衙門員役名色派斂毫釐使費,或本都院衙門員役私自需索毫釐者,許受害商人不時赴院呈控,以憑拏究,審實立行處死。或司道等衙門有押派商綱勒出陋規者,亦許商綱控告,審實將本官立行參處。各商扶同隱諱,一並拏究不貸。各宜凜遵,毋得故違。特示。

曉　諭　事

照得本院秉持風憲,凡審理欽件、重大刑獄,皆關吏治民命,矢公矢愼,上凜天鑒,下畏民瞻,惟恐失出失入,致有冤枉。但上下相承,自有定體。司道府縣,輾①轉駁審,期於平允。不謂竟有不肖官員,假借欽件、院件,肆行嚇詐,廣納賄賂,駭人聽聞。以朝廷青天白日之法紀,爲貪吏肥飽身家之計,令人髮指。本當卽行查參,但蹤跡詭祕,難得確據,未便以風聞入告。合行曉諭。爲此示仰官吏、軍民人等知悉:以後如有此等弊端,許被害人等據實赴院陳告。本院親提審實,卽行列欵題參,決不寬假。勿得隱忍緘默,使法紀蕩然。本院賦性孤冷,不能包荒。各宜愼之!

嚴禁擾累鋪戶以甦民困事

照得江甯府城爲省會衝繁之地,官府經臨,使臣駐劄,絡繹不絶。每有衙門蠹役指稱借備鋪設及公館取用名色,動輒著落鋪戶供應桌橙牀椅等項,差票四出,恣行恐嚇,刻不容緩。至於文武科場、接詔拜表、習儀拜牌、祈晴禱雨、設局造冊等項需用床帳、桌椅、家伙,無一不取之鋪戶。甚至宴會遊樂,射箭飲酒,迎風送行,喜壽祭醮,一切私事,亦皆濫取於民間。漸至滿洲旗下見借辦成風,亦皆相率效尤。經紀小民,擾累多端,無有甯晷。取用之時,則僱人挑送,往返有腳力之費。及至事竣赴領,則衙門蠹役勒揹守候。更有借名多取,遺失損壞。種種疾苦,難以枚舉。小民隱恨吞聲,向隅無告。總督部院體恤民艱,

---

① "輾",《湯文正公全集》誤作"轉",據《三賢政書》本改。

已嚴行示禁。本都院雖駐節蘇城,而省會重地,尤爲關心。向聞省城沿習陋規不一而足,已節次飭禁,何竟抗不遵依,致令鋪戶賠累難支,資業消乏,日甚一日。不肖官役,弁髦功令極矣!合亟嚴示禁。爲此示仰該屬官吏、軍民人等知悉:嗣後各宜凜遵功令,一切公私事務需用牀帳、桌椅、家伙,不許白票濫取,擾累鋪戶。如有府縣各衙門胥役,仍敢指稱當官名色,肆行取用,許受害鋪戶指名稟控,以憑嚴拏重究。該管官失察,一併會疏參處,決不姑徇。愼之。特示。

欽奉恩詔事

據江蘇布政司章布政使詳稱,奉江撫都院憲牌開准戶部咨開云等情到院。據此,爲照康熙二十四年起運二十三年分漕糧,欽奉恩詔免三分之一。當卽通行遵照,並出示曉諭在案。續據該司道以灰石銀兩係漕糧內扣出折徵,而漕贈銀米及本折行月均屬按糧編徵贈貼運丁之用,詳請一例扣蠲,業經據以咨達,現候貴部示覆。惟是高淳、溧水二縣額徵漕糧,於順治年間題准改折;嘉定、安東二縣額徵漕糧,自明季改折,我朝照舊折徵。雖已統歸地丁起解,然原屬漕糧款項。是以康熙十三年地丁錢糧,奉上諭蠲免一半,而嘉定縣折漕先經一例扣免,續遵部駁,仍行補徵。是折漕原屬漕項,不得與地丁錢糧同邀浩蕩之恩矣。今奉恩詔,漕糧免三分之一,則嘉定等四縣改折漕糧,自應一例蠲免三分之一。但未奉部示,不敢遽行扣蠲。相應咨請貴部,迅賜裁示,以便轉飭遵奉者也。爲此合咨貴部,請煩查照施行。

理財用人等事

據江蘇布政司章布政使詳稱:"奉江撫都院憲牌,准吏部咨開文選清吏司案呈奉本部送吏科抄出吏部等衙門覆都察院左都御史張題前事,該臣等會議得都察院左都御史張疏稱:'直隸、山東、山西、河南所屬各縣俱有陞遷之員,而江南、浙江、湖廣、江西、福建、廣東、陝西,合七省共一百一十七縣,竟無陞遷一人。前開錢糧難完各縣種種積弊,皆有害於徵輸。行令各省撫臣確察繁劇屬縣,遴選本省廉能素著、熟知利弊之官,照直隷通州保舉例題補,内有人地相宜,照舊留任'等語。查此七省各縣錢糧難完,未必盡由民欠,皆因官不得人,徵輸無術,額外科派,胥役需索,以致小民受累,正項難完。應請勅下七省督撫,確查地方凋敝、錢糧難完州縣,開明緣由,將本省所屬州縣官員内循良慈愛、徵糧有法者保題調補,務使地方漸有起色,錢糧全完。其調補之官,三年内果能將該州縣經徵及分年帶徵錢糧全完,並興利除害,有益民生之處,該督撫據實具題,吏部准其即陞。如有錢糧不完,及希圖陞轉,生事害民者,將保題之督撫一併從重議處。

又疏稱:'積年拖欠錢糧,照詔款自康熙十三年起至二十二年止,江南拖欠漕項錢糧每年帶徵一年,以免小民一時並徵之苦。一例分年帶徵,有能於三年之内清廉愛民、勸輸全完者,不次優陞'等語。查江南等省十七年以前未完民欠錢糧,於康熙二十年十二月二十日奉恩詔蠲免。據各省督撫將實在民欠錢糧保題戶部,俱經豁免在案,應無庸議。其十八年至二十二年止未完民欠錢糧,若一時並徵,恐民力有限,錢糧反不能得。應自二十四年起分年帶徵,仍行各省督撫,將各年未完錢糧數目造報戶部查核。

又疏稱:'如有騷擾驛遞、豪強隱漏、蠹役包侵等弊,應嚴加申飭,以儆將來。如有前官捏墾虚糧,陵谷變遷廢地,責令該縣清丈明確,報部除豁'等語。查兵部例内差使馳驛行走官員,將州縣驛遞人員辱罵毆打,索詐財物,將領去之官革職。如係撥什庫差官,拏交刑部,從重治罪,通行在案。至開墾荒地例内,有未經開墾捏報者,督撫降二級,罰俸一年,道府降四級調用,州縣衛所官革職。且前官任内如果有陵谷變遷廢地,並捏墾賠補虚糧之處,接任官豈有不即行申報督撫請豁之理? 應將此二款無庸議,恭候命下之日,臣等遵奉施行。

康熙二十四年三月初七日奉旨:'依議。欽此欽遵。'抄部送司,相應行咨。爲此合咨前去,煩爲欽遵查照施行。等因到院,備行到司。奉此,隨經轉行各府州屬遵照在案。今該本使司查得部文内開康熙十八年至二十二年止未完民欠錢糧,若一時併徵,民力有限,錢糧反不能得,應自二十四年起分年帶徵等因。除現行各屬確查實在民欠錢糧數目,造册送部外,惟是部文内所開積年拖欠錢糧,原指一切民欠而言。則凡係拖欠在民之銀,自應遵奉部文,一例帶徵，以沾浩蕩。今查各年未完蘆課錢糧，原係民間按畝輸將之項，當日備陳舊欠無徵等事案內，奉旨將康熙十年至十二年地丁錢糧蠲免，十三年至十六年地丁分年帶徵，續將蘆課未完，請同地丁一例蠲緩，奉有部文允准在案。今康熙十八年至二十二年民欠既奉俞旨帶徵，所有各年課銀應否率循舊例，與地丁錢糧一並自康熙二十四年爲始，分年帶徵。其各年撫、司、府、州、縣催徵年限，統俟帶徵之年另將完欠造報。仍先確查民欠實數，造冊報部查考。相應仰請咨部示奪，以便遵循。"等情到院。據此相應咨達。爲此會同總督部院王，合咨貴部，請煩查照施行。

題明巡邏會哨之法永靖海氛仰祈睿鑒事

據蘇松道劉副使詳稱云統候會核咨題定奪等因到院。據此，爲照海禁已開，大海之中，奸宄易於竊發，或至擾害商民。官兵巡邏固不可少，然官兵出洋，借端生事，亦勢所必至。本院愚見，以爲承平之時，鎮定爲要。與其無事而滋擾，不若持重而有待。一循舊制，各安汛守，總要號令嚴明，操練以時。萬一奸宄竊發，可以一鼓成擒。平日出洋巡邏，恐致反生事端。鄙陋之見，自知無當。仰承咨詢，不敢不竭一得之愚。相應咨會。爲此合咨貴部院，請煩查照施行。

再行申飭獄政以廣欽恤之恩事

照得地方官教化不明，政刑不修，以致盜賊滋起，獄訟繁興，圜扉之內至不能容。夫有司既不能使囹圄空虛，猶當思議獄緩死。乃近來囚犯監斃纍纍見告，本院每省覽案牘，不覺廢卷而嘆。雖從前屢經申飭，而司獄之官，毫不加意。牢頭獄霸行暴毆人，或飲食入門而本囚不得入口，或敝袴到獄而本囚不得被身，或臥之矢溺之中，或肘諸柱楹之上。甚至強盜初入，溫飽之家，無不唆逼誣扳。有要索不遂，陵虐致死者；有仇家買求獄卒，設計致死者；有夥盜通同獄卒，致死首犯以滅口者；有獄卒放債逞兇，專利坑貧，因而致死者；有無錢通賄，斷其供給，有病不報，待其垂斃而遞病呈，或死後而補病呈者。倘係情眞罪當之囚，瘐死猶可。中間有抱冤待辨之人，株連未結之案，一槩死於囹圄，所傷天理不細。

夫于公治獄平恕，而子孫皆至公卿；歐陽夜燭檢書，而文忠遂參政事。援古證今，報應如響。爲此仰司、道、府、州官吏，查照牌內事理，卽轉行所屬州縣：今天氣漸暑，一切監禁人犯，凡關命盜、逃人等件重案，俱刻期審明詳結。倘輕事株連，及婦女非犯姦殺重罪，皆不得濫禁。至若斬絞、軍流重犯，照例均給口糧，毋許胥役扣剋，禁卒陵虐。其或原有獄田日久隱沒者，槩行清出；監房頹敝者，設法修整。暑中多然蒼术，臥所用板高鋪。或有疾病，印官必用心查驗，督醫診視。如漠不關心，病死數多，不但憲法難容，恐閻羅一本帳簿不能相恕，亦可畏也。各宜猛省，毋視具文。通取遵依繳查。

無錫縣東林書院呈詳事

看東林書院，龜山先生講學地。故當時從祀，皆門人相傳。卽忠定、南軒、象山、慈湖之賢，猶加釐正，蓋先儒之愼如此。顧、高諸先生，皆興復東林，同堂講習，其祀於東林，固宜啓、禎以後。仰再查確詳報。繳。

臨行曉諭士民[①]

本都院撫吳三載[②]，一飲一食，何莫非百姓[③]脂膏？而地方刑名錢穀[④]，簿書鞅掌，晝夜拮据，未嘗暇逸。心雖無窮，力實有限。今[⑤]蒙聖恩優擢，輔導

① “臨行曉諭士民”，康熙年間刻蔡本作“臨行曉諭”。
② “本都院撫吳三載”，愛日堂藏版本和《四庫全書》本作“本都院撫吳二載”，康熙年間刻蔡本作“照得本院撫吳二載”。
③ “莫非百姓”，康熙年間刻蔡本作“非爾百姓”。
④ “刑名錢穀”，康熙年間刻蔡本作“錢穀刑名”。
⑤ “力實有限”之後，康熙年間刻蔡本作“兼以功令嚴切有心知有利於民而事須題咨定例有礙心知有害于民而職掌各分掣肘殊多如長洲之版荒昆山之田糧崇明之稅務江海之坍田邳州之沉地或事尚有待或查報未明至於驛遞之復二蘆洲之辦銅山陽之缺丁皆新拜疏而未奉命者民生疾苦莫大于蘇松之浮糧淮揚之水患雖請命於朝而事關重大未易舉行此皆本院夙夜負疚者”一百三十九字。

東宮，職任重大。本當聞命就道①，因欽件部案限滿當結，稍稍料理，卽星馳北上②。爾百姓念本都院愛民有心，忘本都院救民無術，罷市挽③罟。數④日聚集院署，哀號之聲，至不忍聞。本都院與爾百姓一體相關，豈忍因本都院之行，遂⑤使爾等士廢讀⑥書，農廢耒耜，商廢貿易，本都院爲之寢食不安。

本都院於地方利弊、民生疾苦知之頗眞。入朝之後，或至尊顧問，或因事敷陳，或九卿會議，當盡力鑿鑿言之。況⑦聖主眷念財賦重地，必簡⑧公忠清惠、才德兼全之大臣十倍於本都院者來撫茲土。爾百姓何用多慮？

本都院平日告誠爾百姓之言，歷歷具在。卽朔望率爾百姓，叩拜龍亭，講解鄉約，亦欲使⑨爾百姓知君臣大義、朝廷⑩恩德。自今以後，願爾百姓孝親敬長，教子訓孫，忠信勤儉，公平謙讓。事要忍耐，勿得妄興詞訟；心要慈和，勿得輕起鬪爭。勿賭博，勿淫佚，勿聽邪誕師巫之說、復興淫祠。亟完國課，共享天和。此本都院惓惓望於爾百姓者。

本都院身在京華，此心尤當往來於此地。本都院見爾百姓如此情狀，旣愧平日救民之道未盡，又不忍遽恝然而去。但君命不敢留⑪，輔導東宮之任，誼不敢辭。惟爾士歸書舍，農歸田疇，商歸市肆，使本都院之心稍安，無復紛紛擾亂可也⑫。

---

① “輔導東宮職任重大本當聞命就道”，康熙年間刻蔡本作“君命召不俟駕此固臣子之禮輔導東宮尤與尋常職任不同豈敢遲迴以蹈不敬之罪”。
② “因欽件部案限滿當結稍稍料理卽星馳北上”，康熙年間刻蔡本脫。
③ “挽”，康熙年間刻蔡本作“扳”。
④ “數”，康熙年間刻蔡本脫。
⑤ “遂”，康熙年間刻蔡本脫。
⑥ “讀”，康熙年間刻蔡本作“詩”。
⑦ “況”字之前，康熙年間刻蔡本有“倘蒙聖主垂鑒鄙誠未必不大有造於爾百性若身在此地去天甚遠或有奏請格於部覆未必有濟”三十九字。
⑧ “簡”，康熙年間刻蔡本作“愼簡”。
⑨ “使”，康熙年間刻蔡本脫。
⑩ “朝廷”，康熙年間刻蔡本作“朝廷之”。
⑪ “留”，康熙年間刻蔡本作“違”。
⑫ “無復紛紛擾亂可也”，康熙年間刻蔡本作“毋得紛紛擾亂也”。

卷　十

詩

詠　史

崑崙有瑤樹,丹鳳翔其杪。朝餐玄圃露,暮宿星辰表。皓月滿晴空,羽翮何縹緲! 我愛徐孺子,清修自皎皎。韜精在南郡,高臥白雲曉。羣賢方碌碌,誰能測渺杳? 郭泰獎人倫,申屠尻林沼。浩然凌雲姿,豈復虞繒檄?

夏日詠懷

初夏朝氣清,綠陰映竹閣。好鳥時來集,微風散林薄。養疴豐暇日,坐臥對雲壑。圖書紛几席,茗盌常間錯。偶爾屬篇章,怡情忘①簡畧。採藥支短筇,尋泉踏芒屩。豈曰謝浮榮? 明志貴澹泊。世人逐妄跡,眞源誰啟鑰? 柱史崇虛無,金仙戒執著。大道本淵②微,會心在寂寞。矜智適成愚,要眇何由度? 鬱鬱南澗松,百丈巖如削。遙望浮③雲中,縹緲飛白鶴。於斯悟至理,俯仰增遼④廓。

---

① "忘",愛日堂藏版本和《四庫全書》本作"志"。
② "淵",《湯文正公全集》誤作"源",據康熙年間刻蔡本、康熙年間刻閻評本、《近代中國史料叢刊》本、愛日堂藏版本和《四庫全書》本改。
③ "浮",康熙年間刻蔡本作"白"。
④ "遼",《近代中國史料叢刊》本作"寥"。

金陵別姜西溟

憶昨桂發時,遇子梁谿上。攜手遊名園,登高共眺賞。我行到白門,夜月苦懷想。落葉禪房寂,忽聞扣門響。相見各歡然,秉燭對書幌。高樓恣嘯詠,古道互推獎。鐘①阜鬱嵯峨,秦淮平如掌。信美非吾鄉,茲晨理歸槳。送我大江濱,悲歌何慨慷!世事本浮雲,素心貴不爽。願言各努力,庶足慰吾黨。

贈李映碧先生三首②

蚤年登朝著,端笏拜彤闈。抗疏表孤忠,旭日麗黃扉。維時甘陵部,南北勢相違。正色兩不阿,嶽嶽世所希。元祐盛名賢,黨論多是非。玄黃未息戰,國是將安歸?惟有哲人在,秉道還識幾。石室匭諫草,夢囘尚依稀。

魯國遺經火,口傳賴伏生。九十秦博士,典謨亦已明。文獻歸靈光,斗杓示景行。著述藏名嶽,大義何崢嶸!虎觀待鴻儒,丹詔下江城。老夫難趨走,豈敢抗弓旌?抽書授使者,卷軸滿巨篆。白雲封巖谷,時聞鸞鳳聲。

向歆嗣經學,彪固續漢史。世業重蘭臺,千秋誰繼美?先生令子賢,載筆石渠裏。文藻曜朝華,持論平如水。衆人警③未聞,庭訓實爾爾。余也衰朽姿,追隨愧迂鄙。南望東海濱,丹霞明若綺。願言從執鞭,廁身堂廡底。恨無鴻鵠翼,翻飛平原里。

---

① "鐘",愛日堂藏版本和《四庫全書》本作"鐘"。
② "三首",康熙年間刻蔡本脫。
③ "警",康熙年間刻蔡本、康熙年間刻閻評本、《近代中國史料叢刊》本和愛日堂藏版本作"驚"。

題張鞠①存見示《鄉賢合祀傳》

　　昔明神廟時,海內正清宴,學術半瞿曇,文章競藻絢。淮上有張公,峩峩邦之彥。盃年登朝著,含香侍紫殿。典禮佐秩宗,矯矯人爭羨。抗疏定皇儲,慷慨淚如霰。藩封宗派清,文體爲一變。權貴咸側目,拂袖歸鄉縣。臥看東山雲,丹鉛手不倦。再世得農部,家學源流衍。經術接曲江,五車皆貫穿。姓字重賢書,才華一時擅。對策繼董賈,當宁②數稱善。

　　正值國步艱,中原日飛箭。誰爲籌軍需?飽騰資餉戰。辛苦期報國,家憂謝弔唁。墨縗更登陴,江淮明組練。至今鄉閭間,童髦頌德徧。俎豆並黌宮,春秋報祀延。

　　令子當朝傑,偕余南宮薦。聯轡趨金闕,情懷自繾綣。相別③二十年,尺素無由轉。奉詔徵文學,公名如雷電。更有嗣君賢,綵筆益蒨蒨。聯篇復累軸,字字重黃絹。父子登蒲輪,史冊亦罕見。

　　余也樗散姿,甘老農圃賤。濫竽④何悾惶!待放歸耕便。相見叙闊蹤,示我《鄉賢傳》。再拜⑤仰遺徽,偉績何能撰!他年過淮上,芳樽或可奠。

送黃俞邰⑥聞訃南歸

　　揮淚向河梁,燕山暮凝雪。握手送君歸,欲語聲嗚咽。定交十載餘,千里

---

① "鞠",《湯文正公全集》誤作"鞠",據康熙年間刻蔡本、康熙年間刻閻評本、《近代中國史料叢刊》本、愛日堂藏版本和《四庫全書》本改。
② "宁",《近代中國史料叢刊》本誤作"宇"。
③ "別",愛日堂藏版本和《四庫全書》本誤作"對"。
④ "竽",《湯文正公全集》本、《近代中國史料叢刊》本誤作"竿",據康熙年間刻蔡本、康熙年間刻閻評本、愛日堂藏版本和《四庫全書》本改。
⑤ "拜",《四庫全書》本誤作"邦"。
⑥ "邰",愛日堂藏版本和《四庫全書》本誤作"邵"。

音書闊。今夏再相遇，一見警①華髮。

君家書盈屋，石倉未足垺。縹緗充畫棟，一一爲我揭。編目近七萬，眞贋俱能別。太母年最高，賢明女中傑。喜君有良朋，美酒爲我設。時余憩僧廬，往來無間缺。攜書上小舟，高吟青谿月。樓頭相顧笑，笙簫爲暫歇。

是時有明詔，徵聘到巖穴。使者頻至門，敦趣日彌切。同人相勸駕，君懷獨惙惙。向予②垂涕言，老母年將耋。捧檄雖有心，中情難委決。惟母察其情，治裝勿使輟。讀書逢聖主，致身貴蚤達。何況旁求殷，乃自甘汩没。我力尚未衰，猶可自存活。君聞母訓言，躊躇未忍發。遲廻復浹旬，母意終難越。

予久臥煙蘿，才力最③薄劣。盛朝廣搜羅，亦預徵書末。先後至京師，相期砥素節。君文高揚馬，聲名動朝列。上卿求識面，招邀多賢哲。一日過余邸，顏色暗如鐵。云具陳情章，未得達天闕。出槖以相示，一字一泣血。三日不相見，麻衣腰垂絰。乃是凶問來，長號肝腸裂。唁賻自元宰，走弔冠裳白。余感賢母德，淚下不能竭。

憶昔十年時，君表我母烈。大筆眞如椽，幽冥亦感徹。我抱終天恨，較君更慘絶。今日送君歸，嚴飆正凜冽。瘦影何蕭條！黯淡桑乾陌。努力愼自愛，宗祊一身子。母志終當酬，毋使性空滅。遙望石城雲，愁暗爲君結。

賦得黃花晚節香

秋氣凜凜露爲霜，獨見孤英帶晚涼。絳葉飄零依碧澗，參差鴻雁滿寒塘。碧澗寒塘憶昔日，芳枝葳蕤④金莖密。雲錦高張霞霧擧，游絲搖曳花欲語。過眼繁華曾幾時，百卉具腓今何許？寒圃蕭條秋風淒，玉蘂繁香疏徑齊。自有高松同晚歲，還須竹影傍清畦。獨立秋光甘自媚，安能鬭彩桃李蹊？況得長近幽

---

① "警"，康熙年間刻蔡本、康熙年間刻閣評本、《近代中國史料叢刊》本、愛日堂藏版本和《四庫全書》本作"驚"。
② "予"，愛日堂藏版本和《四庫全書》本作"余"。
③ "最"，康熙年間刻蔡本誤作"勖"。
④ "蕤"，《近代中國史料叢刊》本、《四庫全書》本、愛日堂藏版本作"甤"。

人屋，霜根冷枝結幽獨。君不見梧桐百丈宿鸞鳳，金井葉飄空碌碌。

送陳別駕

自余結茅東磵側，往來車盖不相識。使君下馬入深林，高談蘿薜爲生色。大幅①長篇掛素壁，鄰翁相見各自失。平生性僻耽丘壑，十年未履郡齋闑。知君爲政最風流，雪苑桑麻清露溼。

忽傳使君聞雙訃，遠近父②老淚沾臆。云昔板③輿迎養時，萊衣進酒樂何極！高堂忽動枌榆念，萬里舟車隨不得。馬嘶嶺上白雲曉，帆落江邊村樹黑。此時海內尚昇平，游子南望情嘿嘿。一旦烽火照三山，關河咫尺分南北。梁園閩海春復秋，夢想何由生羽翼？

今年銀漢洗甲兵，家書纔到顏如墨。淚灑庭梧枝盡枯，童叟赴唁路途塞。更聞羣鳥百千翎，繞署哀鳴聲不息。古來④至孝格天人，冬筍江魚紀史筆。眼⑤見此事最分明，一時賦詠傾鄉國。我聞此言嘆且泣，送君南陌百端集。吳江水碧越山青，一路望君情惻惻。

長安春日行

錦繡山河千里壯，龍文氣結九重開。流雲遲日春光煖，御柳搖颺傍露臺。京都自昔稱佳麗，城中半是王侯第。峻閣重樓夾道懸，雲房霧宇相虧蔽。

上林更接西山色，峯疊翠黛煙凝溼。朝霞片片藹燕闕，照曜⑥金莖淑氣入。九陌三條香塵⑦起，萬戶千門春色裏。雕楹銀榜映花紅，光射御溝爛

---

① “幅”，《近代中國史料叢刊》本誤作“福”。
② “父”，《近代中國史料叢刊》本誤作“矣”。
③ “板”，康熙年間刻閣評本、《近代中國史料叢刊》本誤作“扳”。
④ “來”，《近代中國史料叢刊》本作“今”。
⑤ “眼”，《湯文正公全集》本誤作“言”，據康熙年間刻蔡本、康熙年間刻閣評本、《近代中國史料叢刊》本、愛日堂藏版本和《四庫全書》本改。
⑥ “曜”，康熙年間刻蔡本、《近代中國史料叢刊》本、愛日堂藏版本和《四庫全書》本作“耀”。
⑦ “塵”，愛日堂藏版本和《四庫全書》本作“雲”。

若綺。

是時至①尊坐玉清，柏梁賦罷奏《咸》、《韺》。爐煙縹緲鸞旂②動，晨旭黃扉瑞靄平。詞臣侍從承清宴，珥筆數上南薰殿。下直從容歸鳳池，傳呼應制文章善。

祇今海內正銷③兵，滇池劍閣掃欃槍。壯士不賦從軍樂，野老惟聞布穀聲。聖人制作追謨誥，一朝寮友似嚶鳴。微臣竊幸逢景運，願作衢謠隨玉笙。

祝總憲魏老先生壽

五嶽崚嶒鎮中域，恆山獨峙天北極。嵯峨萬仞倚寒空，鴻濛鬱積青蒼色。真氣磅礴偉人生，丰標直與嶽崢嶸。

弱冠鳳池勵素節，冰壺皎潔月輪清。梧垣夜半草封事，青蒲對仗百寮驚。深慮危言關大計，折檻批鱗非近名。上書辭闕奉母還，蹁躚綵衣畫堂前。子孫羅列誦書史，青筍白魚入饌鮮。

紫荊關外雲如屯，中有紫氣映朝暾。海內蒼生望霖雨，謝公東山道愈尊。元老推轂來帝里，詔下九重禮遇敦。豸冠峨峨柏臺上，感時補牘丹心存。至尊含笑納忠諫，主聖臣直古罕見。

致身八座位孤卿，班行藉藉人爭羨。一朝邊徼忽傳烽，軍儲轉運仰司農。羽檄紛紛遣調繁，白髮深坐見愁容。國計民情難兩便，盈庭聚議誰稱善？精誠癙痗與天通，汲黯在朝勝百戰。祇④今秉憲肅百寮，呵⑤藤倚戶影蕭蕭。

五緯芒寒欽正色，四時節序依斗杓。好士拳拳若饑渴，夾袋懷中字不沒。汝南月旦品題新，折節訪尋及短褐。狄相薦賢總為國，歐公宏獎老未歇。由來至性兼虛衷，門館寂寂絕干謁。

學問原期體用全，秉道絕欺重昔賢。退食鮭菜無兼味，幽獨盟心手一編。

---

① "至"，愛日堂藏版本作"王"。
② "旂"，愛日堂藏版本和《四庫全書》本作"斾"。
③ "銷"，愛日堂藏版本和《四庫全書》本作"消"。
④ "祇"，康熙年間刻闈評本、《近代中國史料叢刊》本誤作"衹"。
⑤ "呵"，康熙年間刻蔡本作"雙"。

子臣弟友期無愧，直從庸德識先天。先生嘗述西河教，篤信謹守是眞傳。生平學力從此入，月落光明照萬川。

余違講堂二十載，關山迢遞想丰采。今歲應詔舉賢良，燕臺市駿及郭隗。藤帽樱鞋舊業荒，牧豕寗堪拜廟廊？竊禄先朝無寸補，敢貪耕鑿臥滄浪？小臣有母年七十，獲終菽水主恩長。重得摳衣聆要旨，此行不至空悵悵。

高秋正值懸弧辰，旅次何能獻野芹？願體大易天行健，斯道斯民在一身。北嶽石樓瑤草秀，薄言採之祝千春。

送富雲麓請假歸閩

我昔退耕在南畝，先生聞望齊北斗。千里贈言古道存，朝夕奉持如瓊玖。重到承明又幾年，追隨劍佩良非偶。朝罷同看太液雲，五更聽漏闕門久。容臺政簡晝多閒，一卷青編常在手。探道欲過羲皇前，論詩不作《風》、《雅》後。聖①朝禮樂繼唐虞，夙夜寅清功不朽。月明紫帽動歸心，忍上離亭爲折柳。閩海迢迢萬里餘，勸公②更進燕山酒。至尊稽古資元臣，肯使山中遺壽耇？願公且莫戀雲松，經綸黄閣誰當右？倘過清溪遇李膺謂厚庵先生，爲問可御蒲輪否？

汪鈍翁六十初度

先生家鄰具區澤，萬頃琉璃界天白。異書捫腹五千卷，海内共推文章伯。六經同異識旨歸，妙義微言恣探索。

往余臥病睢陽城，南望茂苑風生腋。同時應召到京華，旅舍蕭條數晨夕。史局編摩一載餘，接③膝談讌曾莫逆。共抽金匱論興衰，獨秉霜毫判心迹。扶風筆削詎專長？龍門述作無殊格。

先生體貌清且癯，雙瞳鶄水神奕奕。閉戶文成三百篇，一朝紙貴長安陌。

---

① “聖”，《近代中國史料叢刊》本誤作“聞聖”。
② “公”，愛日堂藏版本和《四庫全書》本作“君”。
③ “接”，康熙年間刻蔡本、康熙年間刻閭評本、《近代中國史料叢刊》本作“按”。

塵埃難嬰曠士懷，片帆歸向五湖宅。幾回延佇想瑤華，路遠何由生羽翮？

昨年①奉使過浙西，迴艫暫作姑蘇客。先生高臥聞我來，披衣攜手話疇昔。月出三更虎阜曉，睥睨千秋興莫釋。扁舟送我上河梁，風苦霜清嘆暌隔。雲山有約計難成，惆悵高天空踟躕。

頭白汗青杳無期，浮生浪度竟何益？聞君甲子正初周，山中樂事良不易。雨後寒煙拂釣竿，花時芳草侵遊屐。河豚欲上鮆魚肥，子弟門生環講席。我欲從之路阻修，側身一望吳江碧。

祝王農山暨②夫人雙壽

燕山槲葉秋光曉，凝望吳淞風日好。舉觴再拜祝遐齡，月下雙鸞應難老。

憶昔射策黃金殿，同年盡是文章彥。解褐手摩石鼓篇，聯轡齊赴櫻桃宴。凌雲聲價重明光，一代才名惟君擅。五更入朝霜滿裘，明星高話玉河秋。余時好爲天官家言。先生入朝，指太白，問余躔度。當時意氣偏豪甚，睥睨古今誰與儔？

君乘輶軒漢陰還，我亦攜琴看華山。潦倒蚤著歸田賦，正直真宜獬豸冠。上書動關天下計，鳴騶遙識萬人看。功高度支令聞播，峻階行當陟八座。臣心如水聖明知，一朝清節誰能過？

拜表出都供帳榮，漢庭不數二疏行。水③落波寒鱸魚膾，蓴羹曾動去官情。況是高堂正健飯，繡衣舞罷獻瑤觥④。又聞清閨儆戒勤，昧旦雞鳴有少君。紫霞疊錫天邊誥，祁祁象服香氤氳。過庭更睹河東鳳，海上三山光氣分。

荏苒風塵二十年，我甘臥病梁園田。那知衰⑤白荊榛裏，隨風吹到玉堂前。汗簡編摩老眼花，兩郎才調重金華。追隨敢自嘆迂狂⑥，羨爾青箱本世

① "年"，康熙年間刻蔡本誤作"夜"。
② "暨"，康熙年間刻蔡本、康熙年間刻閻評本、《近代中國史料叢刊》本作"暨姚"。
③ "水"，康熙年間刻蔡本、康熙年間刻閻評本、《近代中國史料叢刊》本作"木"。
④ "觥"，《近代中國史料叢刊》本作"觥"。
⑤ "衰"，《近代中國史料叢刊》本誤作"衷"。
⑥ "狂"，康熙年間刻蔡本作"拙"。

家。鳴佩朝朝太液東,供奉日聞①長樂鐘。至尊尋名思舊德,三泖應見五雲紅。瑯琊賜第錦屏開,八珍還分御饌來。方朔、麻姑齊進酒,蟠桃花比海桑久。

順治九年七月二十日上駕親出郊外諭遣
定遠大將軍敬謹親王及諸將南征應制壬辰七月御試

聖主崇文德,宗臣事遠征。偃戈誠廟算,勤武豈皇情?爲廣薰風化,仍期瀚海平。曉雲隨鳳輦,秋月近龍旌。湛露分丹禁,彤弓錫漢京。投醪御酒徹,緝袞軍容清。湘野懷征斾,滄波待洗兵。應聞旄羽至,率舞拜干城。

中秋蘿翁齋中讌集

僻巷逢迎少,惟君得數過。爽秋今正半,高友意如何?卜宅門相望,論文興不磨。開樽臨紫桂,解帶掛青蘿。洗硯索②新賦,分題和舊③歌。隔籬見④怪石,轉徑踏深莎。樹杪宿鴉動,燈前墜葉多。舉頭看素魄,回盼失銀河。銅漏還傳箭,金烏漸耀波。百年日日醉,莫自歎蹉跎!

省　耕

夏甸傳遊豫,虞廷重省方。恤農煩徼戒,任土定輸將。往牒休堪著,興時⑤道自長。親推迴黛耜,祈穀卜年芳。鸑鷟乘春發,鳳旂拂曙張。屬車連迴陌,羽葆度橫塘。郡吏迎仙仗,遂師覲袞裳。風吹桃葉嫩,雲罩麥畦涼。曲水瀠軒蓋,晴林駐鸝鸙。咨詢保介切,申勸籽耘忙。聖澤霑原隰,龐眉樂帝鄉。

---

① "聞",康熙年間刻蔡本誤作"間"。
② "索",康熙年間刻蔡本作"題"。
③ "舊",《近代中國史料叢刊》本誤作"眚"。
④ "見",康熙年間刻蔡本作"窺"。
⑤ "時",《湯文正公全集》本誤作"師",據康熙年間刻蔡本、康熙年間刻閻評本、《近代中國史料叢刊》本、愛日堂藏版本和《四庫全書》本改。

寶歧含雨翠，高穗映霞黃。帳殿看馴雉，平田認遠楊。寶函欣亞旅，䓕屋富倉箱。無逸成天德，思艱邁古皇。寬徭恩屢紀，賜復史難詳。國步登涄古，民生①躋壽昌。舜絃聞慍解，堯酒醉衢康。共識氤氳氣，永覘嵗德祥。豳風今繼響，奕葉頌無疆。

應詔御試恭紀四十韻

虞帝闢門日，鎬京訪洛年。夔龍賡喜起，畢散接班聯。號令多師古，聲華重集賢。縹緗充玉几，冠珮秩經筵。天錫圖書祕，春呈雲漢鮮。體仁功自懋，建極道無前。制作開三統，清甯撫五絃。詩歌諧《雅》、《頌》，翰藻麗山川。游衍懷明旦，絲綸動象躔。鴻儒聚白虎，侍史撤金蓮。械樸功施久，鈞陶禮樂全。

旁招窮海澨，籲②俊及林泉。薦引甯論地？吹噓不計員。》公孤方拜讓，臺諫復駢肩。岳牧搜揚切，宰衡啟事連。雲巖鶴詔促，谷口蒲輪遄。緯度占文曜③，風雷起蟄淵。渥洼空駿馬，湘沚絕蘅荃。盛舉超曩代，曠逢豈偶緣？自當謹舞蹈，何敢尚迍邅？耆碩推轅固，妙齡儷仲宣。朔南咸至止，仕路各無偏。爭著京都賦，競裁羽獵篇。月分漕輓米，日費水衡錢。魚愧馮諼食，金羞④郭隗先。

霽陽當禁苑，芳樹映華斿。典禮臨軒重，工寮將事虔。瓊階聞曉奏，綵仗繞爐煙。五字英才著，一經舊學傳。文成獻黼帳，賦就立花磚。東壁霞光燦，少微淑氣纏。龍顏常自喜，鳳扇欲徐還。不數瀛州⑤宴，儼如紫禁⑥旋。同聲稱飲灃，野老羨登仙⑦。才豈馬卿亞？虛⑧承孝武憐。兩朝感際遇，一志矢貞

---

① “生”，愛日堂藏版本和《四庫全書》本作“風”。
② “籲”，康熙年間刻閣評本誤作“頷”，《近代中國史料叢刊》本誤作“侖”。
③ “曜”，愛日堂藏版本和《四庫全書》本作“耀”。
④ “羞”，愛日堂藏版本誤作“差”。
⑤ “州”，康熙年間刻蔡本、康熙年間刻閣評本、《近代中國史料叢刊》本、愛日堂藏版本和《四庫全書》本作“洲”。
⑥ “禁”，康熙年間刻蔡本、愛日堂藏版本和《四庫全書》本作“素”。
⑦ “仙”，《近代中國史料叢刊》本誤作“佃”。
⑧ “虛”，《四庫全書》本誤作“虔”。

堅。謳咏休明瑞,祈瞻歷數延。得賢摛漢頌,大寶續唐編。遜志期宗傳①,健行望體乾。昭回垂萬禩,奕葉奉堯天。

院中宿直八韻

清切推丹地,瞻依近紫宸。龍池鐘漏晚,鳳沼月華新。古木②流霜影,宮雲澹玉津。聖皇開治象,元化正含漉。幸備班行後,叨承異數頻。端貞期拜獻,樗散愧冠紳。年老才將盡,憂多道轉親。夜深星斗闊,始悟與天鄰。

送林玉巖奉使琉球十二韻

水國藩封遠,儒臣星使遙。鸞章頒絳闕,麟繡下青霄。嶺路秋花麗,閩③山宿霧消。前驅陳玉節,負弩簇金鑣。到海風常正,開帆浪不驕。扶桑看湧日,蜃市障迴潮。嶋嶼疑神岳,京華認斗杓。鮫人迎上客,卉服護仙橈。博望通殊域,陸生重漢朝。文章堪喻④蜀,干羽足征苗。不數樓船績,甯煩銅柱標?歸來王會日,拜手聽簫韶。

中秋陸處實同年畱飲齋中和吳見末韻⑤

相對話生平⑥,開樽聽雨聲。客中逢令節,林下見交情。白社風原古,柴桑世不爭。從來樂志者,非是愛逃名。

別墅仍畱憩,竹林笑語聲。兒童知客意,鷗鷺識秋情。天肯容吾嬾,拙能

---

① "傳",《四庫全書》本誤作"傅"。
② "木",愛日堂藏版本和《四庫全書》本誤作"水"。
③ "閩",《近代中國史料叢刊》本誤作"問"
④ "喻",《近代中國史料叢刊》本作"峕"。
⑤ "韻"字之後,愛日堂藏版本和《四庫全書》本有"二首"二字。
⑥ "生平",愛日堂藏版本和《四庫全書》本作"平生"。

免世爭。他年重過訪，不必更通名。

寄示兒溥①

浪跡眞無計，門庭汝暫持。雨多憐稼誤，地下慮牆危。官稅完應早，鄉租催漫遲。近聞文體變，前輩法須知。

汝祖墳前樹，今年看幾回。叔賢書共讀，弟幼酒同杯。藥裹宜常曬，柴扉莫浪②開。初冬當返櫂，候我竹林隈。

西湖聽莊蝶庵彈琴

繫纜③孤山下，石牀理素琴。嵐光千嶂滿，松影六橋深。古調傳天籟，清絃寄道心。曲終人俱④靜，明月照幽襟。

送陳別駕之南陽

送客宛中去，行吟驛路紆。浮雲高密宅，古木武侯廬。險隘商顏近，土⑤風京洛如。此鄉兵火後，邑井半丘墟。

家居感懷五首⑥

濫綴先朝供奉班，平明珥筆侍龍顏。辟雍進講華旂細，藉畝親推黛耜還⑦。

---

① "溥"字之後，愛日堂藏版本和《四庫全書》本有"二首"二字。
② "浪"，《四庫全書》本作"亂"。
③ "纜"，《近代中國史料叢刊》本誤作"續"。
④ "俱"，愛日堂藏版本和《四庫全書》本作"亦"，康熙年間刻蔡本作"境"。
⑤ "土"，愛日堂藏版本和《四庫全書》本作"土"。
⑥ "五首"，康熙年間刻蔡本、康熙年間刻閻評本、《近代中國史料叢刊》本脫，愛日堂藏版本和《四庫全書》本作"四首"。
⑦ "還"，愛日堂藏版本和《四庫全書》本作"旋"。

南國遠通瓊海貢，西羌不閉玉門關。滄江白髮君門遠，悵望高天未可攀。

巖關鎖鑰設咸東，指顧河山百二雄。華嶽崚嶒高漢苑，渭川波浪注秦宮。旌旗閃日①貔貅靜，冠蓋連雲隴蜀②通。自是太平多暇日，書生何以答皇功？

蕭條僕馬南安署，日倚江樓眺碧岑。瘴嶺朝昏雲似墨，蠻村草木桂成林。歸鄉幸慰趨庭志，臥病終違報主心。一葉扁舟還載石，片帆風正自長吟。

城隅小築避風塵，三徑茅齋可寄身。藥餌關心朋舊少，青編滿架校讐新。傍松疊石平如案，裹露看花折贈鄰。崖岸年來消減盡，莊生齊物不須陳。

滇南交北盡王封，誰道今爲塞上烽？壯士搥牛何意氣，將軍緩帶自從容。輓輸困苦追呼急，露布頻煩恩數重。獨喜臨邊老相國，招降十萬事春農。③

立　春

冬晴正覺日霜靜，風轉俄驚節④序新。倚檻臘梅香欲盡，隔溪官柳翠先勻。時艱可信滄洲穩，老去方知古道眞。擬待東林鶯語細，莫辭華髮醉芳⑤春。

春霽友人以詩相投書此謝之

春霽園林暖尚遙，石欄⑥殘雪未全消。同人詞賦相投贈，把卷吟哦慰寂

---

① “日”，《湯文正公全集》本誤作“月”，據康熙年間刻蔡本、康熙年間刻閣評本、《近代中國史料叢刊》本、愛日堂藏版本和《四庫全書》本改。

② “隴蜀”，康熙年間刻蔡本、愛日堂藏版本和《四庫全書》本作“蜀道”。

③ “滇南交北盡王封誰道今爲塞上烽壯士搥牛何意氣將軍緩帶自從容輓輸困苦追呼急露布頻煩恩數重獨喜臨邊老相國招降十萬事春農”，愛日堂藏版本和《四庫全書》本脫，“煩”康熙年間刻蔡本、康熙年間刻閣評本、《近代中國史料叢刊》本作“繁”。

④ “節”，《近代中國史料叢刊》本誤作“仲”。

⑤ “芳”，《近代中國史料叢刊》本誤作“若”。

⑥ “欄”，《近代中國史料叢刊》本誤作“瀾”。

寥。箕斗浮名終是幻，巢由高枕不須招。眼看藥筍沿溪綠，岸幘披襟酒一瓢。

春日卽事次信庵韻①

杜門久矣②謝繁華，不道春光取次奢。柳市煙籠含宿雨，桃村日照散明霞。舊藏褉帖時開翫，新註茶經可共誇。迸筍當階礙杖屨③，茅軒小徑不妨斜。

春日感懷兼呈仲方

漫説登臨春事饒，衡門兩版閉清宵。頻聞白帝烽煙暗，苦憶朱方鼓角遙④。憂世何妨同濁醉，畏人眞欲混漁樵。袁安小閣相⑤鄰近，箬笠往還何⑥待招。

崇禎壬午闖寇破甯陵文學翟先生仗節死之今督學使採輿論祀之鄉賢余感其事聊述短章紀之

成仁本屬中庸事，落落乾坤有幾人！天以三綱作砥柱，士將一死答君親。理無兩路須求是，節到當頭要認眞。我至沙隨吊往烈，頹宮俎豆肅冠紳。

新秋雨後抑莊西齋譙集

雨歇林溪煙未收，憑欄雲物見新秋。葉心果熟紅將綻，階面苔深翠欲流。

---

① “次信庵韻”，康熙年間刻蔡本脱。
② “矣”，《近代中國史料叢刊》本作“已”。
③ “屨”，康熙年間刻蔡本作“履”。
④ “遙”，《湯文正公全集》本、康熙年間刻閻評本和《近代中國史料叢刊》本誤作“搖”，據康熙年間刻蔡本、愛日堂藏版本和《四庫全書》本改。
⑤ “相”，愛日堂藏版本和《四庫全書》本作“知”。
⑥ “何”，愛日堂藏版本作“不”，康熙年間刻蔡本、康熙年間刻閻評本、《近代中國史料叢刊》本作“莫”。

棋局頻移竹映榻,酒壺好待月登樓。惟君最愛清狂客,塵世何人識醉遊?

飲張爾成少參署中

高齋竹柏漏聲殘,促席停杯興未闌。千里風塵驚短髮,十年供奉憶同官。霜清衞水雲帆壯,雪滿天雄玉塵寒。北斗共瞻新氣象,故人幾許在長安?

送王去非督學江西二首①

春日仙郎出鳳樓,錦帆雲樹下南州。龍門高倚章江曉,虎觀遙開廬嶽秋。且自瞻星知紫氣,何妨懸榻待名流! 起衰八代屬君任,莫倚登臨誇壯遊。

豫章講院凌雲構,鹿洞鵝湖天下稀。朱陸遺風今在否? 王羅盛事豈相違! 三江波靜涵明月,五老峯②高入太微。我昔扁舟曾繫纜,十年朋舊思依依。

送張少參內召二首③

雲霄供奉舊仙班,紫禁傳宣新賜環。十載使星高象闕,九天卿月照龍顏。斾旌載路秋光好,侍從重來玉佩閒。聞道至尊勤顧問,夜深前席莫虛還。

聯袂銅龍吟暮曛,廿年蹤跡歎離羣。世間嬾慢無如我,天下文章盡在君。別殿談經爐氣上,玉驄扈蹕曉光分。瀛洲舊侶如相問,三徑荒蕪未可聞。

---

① "二首",康熙年間刻蔡本、康熙年間刻閣評本、《近代中國史料叢刊》本脱。
② "峯",《近代中國史料叢刊》本誤作"風"。
③ "二首",康熙年間刻蔡本、康熙年間刻閣評本、《近代中國史料叢刊》本脱。

贈湖州①吳太守二首②

仙郎起草最知名，幾載褰帷雪上行。按部雨餘香稻晚，課農花發曉雲輕。南宮書畫添新譜，李相亭臺續舊盟。聞道賓朋常滿座，清③樽眞④見古人情。

行藏久矣付煙蘿，爲憶舊⑤遊買櫂過。兩岸蓼花窺客鬢，一江寒夢落漁蓑。水歸吳會疑無地，峯⑥入苕溪宛似螺。知爾登臨頻作賦，峴山高會近如何？

贈吳冉渠少府二首⑦

五月榴花照畫軒，一時人物壓中原。圖書鄴架雄東壁，金鼓⑧樓船控海門。月上晚湖⑨兩岸寺，雲生京口千⑩家村。傳聞漢殿虛青瑣，曳履風雲侍斗垣。

使君政簡坐東亭，遠郡青山似畫屏。座有詞人續楚頌，門迎仙客注丹經。當年百粵懷廉吏，此日三江識歲星。自笑⑪十年空白髮，扁舟湖海嘆浮萍。

---

① "州"，《近代中國史料叢刊》本誤作"中"。
② "二首"，康熙年間刻蔡本、康熙年間刻閻評本、《近代中國史料叢刊》本脫。
③ "清"，康熙年間刻蔡本、康熙年間刻閻評本、《近代中國史料叢刊》本作"青"。
④ "眞"，康熙年間刻蔡本作"直"。
⑤ "舊"，康熙年間刻蔡本作"佳"。
⑥ "峯"，《近代中國史料叢刊》本誤作"風"。
⑦ "二首"，康熙年間刻蔡本、康熙年間刻閻評本、《近代中國史料叢刊》本脫。
⑧ "金鼓"，《近代中國史料叢刊》本誤作"今古"。
⑨ "湖"，康熙年間刻蔡本、康熙年間刻閻評本、《近代中國史料叢刊》本作"潮"。
⑩ "千"，康熙年間刻蔡本作"萬"。
⑪ "笑"，康熙年間刻蔡本作"是"。

贈何雍南

江左風流迥不羣,蕭齋梧影坐斜曛。逸才自昔悲搖落,高志應堪寄野雲。入室兒童爭問字,到門賓客定能文。欲尋丁卯橋邊路,見說許渾能①似君。

京口贈友人

結宇三江紫岫間,薜蘿遶磴②俯澄灣。陸機《文賦》年方少,陶亮《閒情》興未慳。花滿芳樽留素月,窗明綵筆照青山。把君一卷吟蕭寺,夜雨孤燈好閉關。

錫山別賀天士

浪跡湖山求友聲,文章惟爾重西京。一時贈縞多名士,千里傳書動上卿。對酒方驚秋葉晚,登舟已掛片帆輕。莫愁別後雲鴻闊,梁苑吳江月共明。

東林寺二首③

踈雨松林白鶴棲,遠公精舍一峯西。青楓雲鎖談經洞,碧水蓮開送客溪。法相仍傳阿育記,殘碑猶是晉人題。石欄把酒懷元亮,煙邈柴桑望欲迷。

參差石勢抱禪扉,萬仞羣峯帶落暉。碧澗渟泓數磬響,白雲縹緲一僧歸。閒從苔壁識殘籀,靜愛風泉坐釣磯。五老青牛煙嶂外,明年策杖莫相違。

---

① “能”,康熙年間刻蔡本、康熙年間刻閔評本、《近代中國史料叢刊》本作“得”。
② “磴”,愛日堂藏版本和《四庫全書》本作“蹬”。
③ “二首”,康熙年間刻蔡本、康熙年間刻閔評本、《近代中國史料叢刊》本脫。

送李襄水赴楚幕

詔選名賢佐上游，一時賓客重荊州。論兵定憶羊公碣，作賦先登王粲樓。霜夜劍光高虎氣，暮雲畫角動江秋。甘泉佇望烽煙靜，漢殿銘勛第一籌。

戊午應召入都留別里中親友

蕭然蘿薜絕雙魚，雲外忽①傳有鶴書。學道原因息翮早，出山翻悔避名疏。幽花谷口遙相映，野鷺溪邊迴自如。龍尾班行眞濟濟，拙庸應許歸②茅廬。

簇簇郊關擁畫輪，臨河握手話酸辛。藝花選石多同調，待漏鳴珂少故人。倦鳥甯能歷遠岫，歸雲何意覆通津？入朝倘得辭簪紱，春水還期理釣綸。

途中苦雨

西風久雨苦淒迷，客子逢人問路蹊。遠浦暗雲藏古寺，斷橋平水接長堤。當車苦霧徵衣溼，倚岸高槐獨鳥啼。歲暮可能歸舊隱，村鄰濁酒正堪攜。

長垣北十里學堂岡有夫子廟相傳四賢言志處

廟內有党懷英篆書杏壇二大字

柳陌乍隨岡勢轉，杏壇忽傍柏林開。轍環魯衛行將老，道繼唐虞志未

---

① "忽"，康熙年間刻蔡本作"驚"。
② "歸"，康熙年間刻蔡本作"返"。

灰。蝌蚪文銷存贔屭①，蟻②尊歲久剝雲雷。階前風雨傳松籟，疑是瑟聲入座來。

送李子德奉旨歸養二首③

薊門疏雨澹秋陰，惟爾斯行重古今。賦就上林纔賜第，表陳東掖盍抽簪。關河落照鄉山迴，驛路鳴蟬野樹深。到日高堂應④戲綵，御香未散遍衣襟。

史才經術在關中，詔領羣儒集漢宮。瞻望白雲子舍在，拜違黃闕主恩隆。比鄰載酒東皋子山史先生，戴笠談詩甪里翁亭林先生。回首應憐同調客，編摩⑤寂寞老揚⑥雄。

辛酉二月初侍講筵紀事二首⑦

文華春殿旭光濃，帝簡儒臣侍九重。紫禁⑧天章詞煥爛⑨，紅雲寶幄語從容。細旃風定牙籤啟，袞袖香飄玉珮從。典學千秋際聖主，微臣何以稱遭逢？

御氣氤氳繞玉皇，西清霞彩映龍裳。經陳謨典天心正，學闡勳華帝道昌。敢向盛朝稱管晏，何須文藻繼班揚！恩深覆載安能報？誦讀《衡茅》志未忘。

---

① "贔屭"，康熙年間刻蔡本、愛日堂藏版本和《四庫全書》本作"屭贔"。
② "蟻"，愛日堂藏版本和《四庫全書》本作"犧"。
③ "二首"，康熙年間刻蔡本、康熙年間刻閬評本、《近代中國史料叢刊》本脫。
④ "應"，《近代中國史料叢刊》本誤作"因"。
⑤ "摩"，康熙年間刻蔡本作"摹"。
⑥ "揚"，愛日堂藏版本誤作"楊"。
⑦ "二首"，康熙年間刻蔡本、康熙年間刻閬評本、《近代中國史料叢刊》本脫。
⑧ "禁"，康熙年間刻蔡本作"錦"。
⑨ "爛"，康熙年間刻蔡本、康熙年間刻閬評本、《近代中國史料叢刊》本作"斕"。

擬上賜大臣遊温泉詩四首①

山陵疊翠倚層霄,瑞靄晴臨碧澗遙。石上泉聲隨玉漏,巖邊樹色映金鑣。雲峯遠結盤龍氣,瀑水近當踞虎橋。一奉恩榮歌鎬燕,長從仙蹕聽簫韶。

碧潭波遶翠微迴,帳殿紅雲覆綠苔。閬苑煙深朝絳節,華清春曉對蓬萊。山光獻壽天杯永,寶翰騰輝御牓開。萬國共瞻隆孝治,漫言驪阜重仙臺。

傍巖依岫敞離宮,詔賜恩波卿貳同。閣道周迴香溜裏,衣冠趨步綵雲中。不須雕斲傷元化,惟有眞澶表聖功。何事露臺誦②漢主？萬年儉德仰皇風。

薊北煙巒③俯大溪,甘泉春色接丹梯。曉來嵐氣當窗入,雨過花光拂座低。搖曳霓旌依澗轉,參差豹尾與雲齊。願將景物同民樂,薄海蒸生望紫泥。

祝金悚存侍郎

蚤歲文章動紫宸,丰標勛業重簪紳。臺端碩畫排羣議,樞府祕④籌仗偉人。鈴閣常閒還執法,牙籤滿座更囂賓。請看玉樹菁蔥色,直與喬松插漢津。

送王子言請假歸省

五載京華心事違,主恩今許覲庭闈。白雲路遠漕河轉,鄉樹陰⑤連岱色

---

① “四首”,康熙年間刻蔡本、康熙年間刻閻評本、《近代中國史料叢刊》本脫。
② “誦”,康熙年間刻蔡本作“稱”。
③ “巒”,愛日堂藏版本誤作“蠻”。
④ “祕”,康熙年間刻蔡本作“雄”。
⑤ “陰”,康熙年間刻閻評本、《近代中國史料叢刊》本作“影”,康熙年間刻蔡本作“雲”。

微。客裏詩成題驛壁,堂前花發待斑衣。故人潦倒長安久,何日如君賦曰歸?

贈柯素培右通①政二首②

垂紳梧掖正華年,幾載清卿侍御筵。折檻盡關天下計,伏蒲還使萬人傳。芰荷掩映吳江雨,鴻鴈飛鳴楚③澤煙。鼛鼓日聞勤廟算,正須舟楫濟洪川。

銀臺班近紫微垣,元老頻承異數恩。只爲思親懷故里,倏然拜表出都門。月明載酒④東山墅,花發詩成獨樂園。玉樹雙雙凌碧漢,德星常是照華軒。

人日和郭快圃作次韻⑤

椒花彩勝嬾隨人,閉戶攤書笑此身。白首校文嘗午夜,寒天點《易》及霜晨。節遲時未立春郊柳應含凍,雪少村梅可放春。稍待西山芳草綠,招邀朋輩醉芳辰。

題　　畫

秋林不厭靜,高士自能閒。鎮日茅亭下,開窗對遠山。

題觀音像

我本學洙泗,邀君來我軒。圓通有妙理,相對已忘言。

---

① "通",康熙年間刻蔡本作"參"。
② "二首",康熙年間刻蔡本、康熙年間刻闈評本、《近代中國史料叢刊》本脫。
③ "楚",康熙年間刻蔡本誤作"笠"。
④ "載酒",康熙年間刻蔡本、康熙年間刻闈評本、《近代中國史料叢刊》本作"酒載"。
⑤ "和郭快圃作次韻",愛日堂藏版本和《四庫全書》本脫,康熙年間刻蔡本作"和郭快圃作"。

西來庵題壁

禪門深鎖萬松間，江上白雲自往還。雨過捲簾無別①事，一編《周易》對焦山。

西來庵贈水齋上人_{上人舊爲甯夏總兵}

白馬西來掃野雲，居人誰識舊將軍？《楞嚴》讀罷焚香坐，一鉢江泉到夜分。

戲　　贈

飯辦松花芰辦衣，同羣鷗鳥渾忘機。駝岡不減柴桑社，擬剪蓬茅待汝歸。

贈懷慶太守二首②

野王山路曉雲橫，一水瀠洄③繞郡清。兩岸柳條凝露湮，年年常見使君情。

西門古廟鄩城陰，父老笙簫直到今。見說行山青似黛，濟源爭比濁漳④深。

---

① "別"，康熙年間刻蔡本、康熙年間刻閻評本、《近代中國史料叢刊》本、愛日堂藏版本和《四庫全書》本作"餘"。
② "二首"，康熙年間刻蔡本、康熙年間刻閻評本、《近代中國史料叢刊》本脫。
③ "洄"，康熙年間刻閻評本、愛日堂藏版本和《四庫全書》本作"迴"。
④ "漳"，《近代中國史料叢刊》本誤作"源"。

詞①

賀新郎秋思

雨②腳纔收了。竹簾③開，梧桐墜露，淡煙如埽。一派秋聲吹木末，況漸蘋衰楓老。問今歲，秋光多少？貰酒東皋凝望眼，看浮雲，變幻入④林杪。思疇昔，縈⑤懷抱。

空江採得蓴絲好。櫂⑥輕舠，遙峯隱約，放歌霞表。世事渾同蕉鹿夢，擬向華胥醉倒。更說甚，桃花源杳。白帢青鞵尋釣侶，待月生，一笛驚鷗鳥。悲歡話，付溪草。

滿江紅後池千⑦葉蓮盛開漫賦

藕葉鋪池，連陰雨，溪流青漲。東里⑧叟，扶笻還問，後渠無恙？隨地菰蒲雙鷺⑨宿，垂楊半掩波紋上。碧煙開，映曉弄新妝，輕盈狀。

---

① “詞”，康熙年間刻蔡本、康熙年間刻閻評本、《近代中國史料叢刊》本、愛日堂藏版本和《四庫全書》本作“詩餘”。
② “雨”，《湯文正公全集》本誤作“兩”，據康熙年間刻蔡本、康熙年間刻閻評本、《近代中國史料叢刊》本、愛日堂藏版本和《四庫全書》本改。
③ “簾”，康熙年間刻蔡本作“籬”。
④ “入”，康熙年間刻蔡本作“歸”。
⑤ “縈”，《湯文正公全集》本誤作“榮”，據康熙年間刻蔡本、康熙年間刻閻評本、《近代中國史料叢刊》本、愛日堂藏版本和《四庫全書》本改。
⑥ “櫂”，康熙年間刻閻評本、《近代中國史料叢刊》本和愛日堂藏版本誤作“擢”。
⑦ “千”，《四庫全書》本作“秋”。
⑧ “里”，《近代中國史料叢刊》本誤作“離”。
⑨ “鷺”，康熙年間刻蔡本誤作“露”。

廬山社，幽情漾；溢浦岸，清風宕①。似層層紅豔，美人堪餉。月下時聞芳露滴，呼兒學作漁郎唱。夢醒來，十里野塘中，遙相望。

千秋歲 八月十六日夜翫月

暮霞成綺，又送冰輪起。花影裊，簾波細。輕清河漢色，珍重嫦娥意。今歲好，今宵賒取明年醉。

玉笛情②堪寄，雲母屏還倚。瓜再削，杯重洗。紅牙翻舊譜，妙舞風吹袂。澄露滴，盈階桂落天如水。

滿庭芳 秋日閒居

雲澹霜洲，雁飛葭浦，兩行煙樹柴門。紙窗茅屋，秋氣映朝暾③。壯歲歸田作賦，十餘載，高臥④丘園。漁樵伴，時來問訊，紅葉認山村。

漫論今古⑤事，柴桑谷口，往蹟猶存。但茶香竹裏，酒沸松根。午榻清眠夢覺，看籬畔，菊蘂堪餐⑥。憑欄坐，《南華》一卷，朗詠到黃昏。

---

① “宕”，《近代中國史料叢刊》本誤作“岩”。
② “情”，《湯文正公全集》本誤作“清”，據康熙年間刻蔡本、康熙年間刻閻評本、《近代中國史料叢刊》本、愛日堂藏版本和《四庫全書》本改。
③ “暾”，康熙年間刻蔡本誤作“墩”。
④ “臥”，《近代中國史料叢刊》本誤作“歃”。
⑤ “今古”，愛日堂藏版本和《四庫全書》本作“古今”。
⑥ “餐”，愛日堂藏版本和《四庫全書》本作“飱”。

附　錄

原　序

　　自濂洛、關閩之失其傳也,著書立說者徒知尋章摘句,而身心性命之學莫或能言。余以爲與其口能言之,身不能行之,無甯不能[1]言者猶率其眞也。

　　大司空潛庵湯先生,文行久爲學者所宗,迹其生平,始而仕而已,已復仕[2]。入居匡贊,不亢不隨者幾何年;出任保釐,興利除弊者幾何年;其間閉戶藏修,大闡鵝湖、鹿洞之教者又幾何年。余景仰先生之爲人,其品高,其望重,言規行矩,津津乎與聖賢爲徒,然恨未得從先生游,猶未知先生深也。

　　乙亥春,令子濬以先生《遺集》五卷見示。余受而讀之,元元本本,理深而詞達,氣靜而神恬。凡道德之源流,經史之根據,上可以利國家,下可以福蒼生者,莫不丁甯反覆,洋溢乎簡端。間或寄情吟詠,託意歌詞,亦惟抒寫天眞,得詩人溫厚和平之致。以余思之,夫卽本諸身心性命而見之著書立說,則見之著書立說而自益有味乎身心性命也明矣,又豈徒能言之而已哉? 余乃今而後知先生深矣。

　　或曰:“至人無言。苟能行之,焉用文爲?”夫古今之理,道祕而不宣。自有言而羽翼六經,儀型百世,作者謂之聖,述者謂之明,言固不可以盡廢也。今先生雖歿,後之人誦其詩,讀其書,不啻親承謦欬,奉爲楷模,藉非言又何以啓

---

① “能”,《湯文正公全集》本脫,據《近代中國史料叢刊》本補。
② “仕而已已復仕”,《湯文正公全集》本誤作“仕仕而已已而復仕”,據《近代中國史料叢刊》本改。

之哉？余知溯濂洛、關閩之傳者，應爲先生屈一指矣。

康熙乙亥四月朔，燕越胡介祉①

余避入睢州，值潛庵先生以關西条政請十旬假，就之論知本之學。與關東賀靈臺先生知本說合，因留睢半月，且屬余記其太夫人殉節事去。既而舉制科，與先生作同年生，且同入史館，遂得辯前代得失並古今來禮教名法，知先生裕經術，外擴而中堅，體用具備，眞所謂應元運而興者。會天子重其學，進青宮保傅，兼領參知，入東閣，作宰官侍郎出，開府江南，使敭歷中外，爲聖朝儒術之冠。余乞疾南還，過其境，見關門坦坦，然農安畝而估習市，武吏與暴客刷跡而徙，閭樓夜鳴瑟，游媚貴富皆饗晦闛外巷。余顧之，歎曰："儒術之效，如此耶！"乃未幾還院，補冬官尚書，而驟遭棟折，先生且騎鯨矣。其在今距先生捐館舍將二十年，而京朝先後思之者如昨日，江南之民一若服稅服，雖相隔多歲月，而偶然斂衽，必哭泣。因有慕其人，稽其事，願讀其所遺書者，聞河撫閣君曾爲梓其集而未備也。王子似齋者，先生門下士也，家世習理學，蚤歲見知，而授受親切，其視扶風之於北海，不啻有過。然且筮仕吳城，正值先生所屬地，遂輯舊集所遺，軼購其全，捐俸而付之剞人。而以余爲先生友，並具書問，屬其同門沈子昭嗣踵余寓而請余以序。

夫世之所謂"三立"者，謂夫德與功與言也，而實則一立而無所不立。古未有聖賢而闕事功者，況文章乎！卽宣尼抱聖德，每傷世之不我用而退而著書，然而書既成而聖德愈顯，且有讀其書而謂功在萬世，雖堯舜莫能過，則是文章之無閒於德與功也。先生踐履篤實，務爲善去惡以求愼獨，而出而應世，則入參宰執，出領方州，明明有實效見諸成事。此其功德爲何如者！而卽以文論，與子言孝，與臣言忠，不必飾講席之跡，而發言中道，不偏亦不矯。其爲羣儒所取正者何限？然且言議慷慨，周旋政事堂，多所建白。而至於外臺入告，則請賑、請蠲，尤劇剴切。嘗曰："吾受天子命，以出爲民吏，目擊痌瘝，卽過爲

---

① "康熙乙亥四月朔燕越胡介祉"，《近代中國史料叢刊》本作"時康熙乙亥夏四月朔燕越胡介祉頓首謹跋"。

激鍥，甯得罪，死官下，亦何敢緘嘿，負天子命？"而天子神聖，亦卽以是優容之。然則先生之言，其有繫於世如此，若其高文典冊揚廟堂之盛，則綸扉判詞，槐廳起草，舉凡應制應試之作，往往而是。夫旣已舉於春官，橐筆三館，而復登制科，膺鴻儒博學之選，則文可知矣。

似齋輯其書，復爲編類：曰語錄，曰奏疏，曰序，曰記，曰書牘，曰賦頌論辨，曰碑版文，曰雜文，曰告諭，曰詩詞，而總附年譜、誌狀於其末。嗟乎！世之求先生書者，可以觀焉。

康熙四十二年癸未嘉平月，蕭山毛奇齡①

文不貴乎能言，而貴乎不能不言。六經爲亙古大文，然皆發於聖人之心所不容已，譬猶雲旣潏而靈雨不得不降，氣旣至而蟄雷不得不鳴。雨降而生物潤，雷出而地材奮。則夫大儒立言，以垂教來世，亦豈得已哉？如《湯子遺書》是已。

湯子爲誰？睢陽潛庵先生也。先生位至工部尚書，卒於官。乃天下之學者，以先生傳正學，紹絕業，力肩斯道之重，爲一代大儒，羣宗而師之，故稱子。始，先生從容城孫鍾元徵君講學於夏峰，以聖賢相期許。其學以愼獨爲宗，以體認天理爲要，而實踐於人倫、日用之間。自少至老，服官中外，時時以忠主庇民、澤及萬物爲心。而其撫吳二年，深仁厚澤，距今垂二紀，士民謳思之如昨日。非至誠感人，能至此乎？

予與先生，生同鄉，宦同朝，嘗申之以世講，重之以婚姻。予心欽其名德，嚴事之若師友。今又幸繼先生後塵，奉命撫吳且十三載，無日不遵前事爲後事之師，亦步亦趨，瞠乎恐後，守而弗失，幸免於戾。

先生純德豐功，炳麟史冊。至於文章爾雅，訓詞深厚，講學有規，化民有教，讀法於鄉，箴儆於官，皆發於中心之所不容已。今《遺書》具在也，其門下士王大令廷燦，表章師說，出奉金，鋟諸棃，可謂知所務矣。旣訖工，請予序。

---

① "毛奇齡"，愛日堂藏版本作"毛奇齡拜手謹題"。

予①嘗讀先生書，純粹以精，卽片言寸簡，無非卓然載道之文。誠若張子所云，“爲天地立心，爲生民立命，爲往聖繼絕學，爲萬世開太平”，庶幾近之。

烏虖！如先生者，豈非仁以爲己任者哉？是其爲文固實有諸其中，而非道不足而强言者所可幾也。遂序之，以行世。

西陂宋犖②

道學至宋氏而上接孔孟之傳，何傳爾？其世異，其理同也。然而朱陸異同，其說已紛如矣。時至今日，因攻詆陽明，並及象山。夫象山之教其徒，不無流弊。而朱子因其說之不相合，益深思致力，務求得其至，是以立教萬世。而小學、《近思錄》、《太極通書》、《西銘》之解義益出，則象山亦朱子之功臣也。

余少時曾聞吾師改亭計氏之說如此，近乃得親見之於潛庵湯先生。先生之言曰：“學者讀書，不務身體力行，專爲先儒辨同異，亦玩物喪志。先儒之言，都是自己用工夫體認過來，無一句不是實語。總之，源頭澄澈，隨時立教，不妨互異。”此固先生平日之言也，故能反身而求，隨處可以見諸施行。今觀先生之在史局則嚴是非，在講席則躬啟沃，巡撫江南則民生日裕，輔導東宮則睿德日新，勤勤懇懇，無一事不從身體而力行之。故其《遺書》不徒爲異同攻擊，直探濂洛、關閩之奧，於以垂世立教，爲千古孔孟之心傳也。至先生所蘊不獲盡見於世之故，則又天也，是非余之所得而言焉者矣。

往時豫省閭中丞曾爲梓其集而未備，今吳邑似齋③王君搜羅遺軼，捐俸刻之吳門。似齋固先生辛酉所得士也。余因識數語於簡端。

吳江徐釚④

潛庵先生清修粹德，儀型屹然。來撫三吳，風移俗易，比隆洰古；遺愛深

---

① “予”，愛日堂藏版本作“余”。
② “西陂宋犖”，愛日堂藏版本作“西陂宋犖撰”。
③ “似齋”，愛日堂藏版本作“令尹似齋”。
④ “吳江徐釚”，愛日堂藏版本作“吳江後學徐釚拜手書”。

長，耕夫牧豎，猶能頌說不衰。於是，學士大夫皆知先生之爲眞儒，可以明體達用，謂其生居伊洛，效法程朱，儼在姚文獻、許文正伯仲間也。雖然先生之表見於世者如此，而欲識其學所從入與所得力處，非讀其書，究其指要之所存，則猶涉於循牆捫壁之見，而先生之精神面目吐露幾何哉？

定求闇弱無能，蚤志於學，幸侍先生几席，稍聞謦咳。比先生歿，受其文集。迴環讀之，數年於茲，乃信先生之學純明篤實，非襲前人之皮膜、樹一己之藩籬者可與同日而語，所以表裏洞徹，足爲後生法程也。夫學之必宗程朱，固家喻而戶曉也。而先生之宗程朱，則能力踐乎程朱之行而會通乎程朱之言。程朱之言，居敬也，窮理也，未嘗不知行一貫，博約同歸，動靜互攝也。相沿相習於帖括、訓詁之徒，支分節解，脈絡壅閼，浸失程朱之本意。至於姚江喟然爲拔本塞源之論，揭致良知以爲宗，孜孜教人堨蕩人欲，擴充天理，則本體工夫包羅統括，直截簡易，始知程朱所謂居敬、窮理者，初非區爲之塗，繁爲之跡，正使程朱復生，當必引爲同心之助。而議者好爲排擊，坐以新學異門，卒之意見沈痼，功利潛滋，則亦自託於程朱，而實自絕之者矣。

先生邃資夙稟，甫入承明，日與同志切劘正學，淡於仕進。壯歲抽簪，復從孫徵君先生於百泉之上。青燈白雪，講習亹亹。灼見性天，無少間隔，一以躬行心得爲歸，絕不拘牽文義，競起戈矛。每曰：“姚江之學，反本歸原，正以救末流之弊而特嚴。其門人虛見承襲，流爲洸洋恣肆，致疑於以儒入禪者。此其善學姚江，正所以爲善學程朱也與！程子曰：‘百官萬務，金革百萬之眾，飲水曲肱，樂在其中。’是卽周子無欲故靜之說也。”先生體認眞切，灑然有吟風弄月以歸“吾①與點也”之意。故其視蘭臺石室也，細游廣廈也，縣牙樹戟而兵刑錢穀之紛紜也，皆鳶之飛、魚之躍也。極諸毀譽，利害當前，不動生我，順而沒我，甯一逝川之不舍、浮雲之太虛也。嗚呼！非深於聖學者能之哉？

今其文集具在，特節其要而錄之，非敢僭爲取舍，亦曰先生之言實先生之行也。若第以語言文字觀之，雖多亦何取焉？用是振綱挈領，奉爲箴銘之在側，庶乎從入之塗，得力之地，瞭然心目。由是知先聖先賢異世同堂，又何事羣

---

① “吾”，愛日堂藏版本作“我”。

言之聚訟也與？

長洲彭定求

先大人著述，崇明令王似齋刻於吳門，為《湯子遺書》。分類編輯，頗為詳審。但家藏所未刊刻者，中猶略焉弗備。沆幼承庭訓，長隨宦遊，於先大人嘉言懿行耿耿在心目間，迄今猶追憶之而不忘。自先大人之薨，屈指已五十年。雍正十一年癸丑，蒙皇恩，立賢良祠，祀於京城，祭於本籍，賜春秋特祀，命詞臣作傳。乾隆元年丙辰，又蒙皇恩，欽諡文正，頒碑文、祭文，賜碑價。奕世曠典，誠數百年所未有。於今賢士大夫以及搢紳先生過吾睢者，必索於先大人《遺書》。今將《遺書》並家中所藏，合為一集，已刻者存，未刻者補，仍似齋之舊名為《遺書》。首列宸章，重君命也；次載遺文，示不忘也。沆恐世遠言湮，先大人嘉言懿行猶有略而未備者，故詳志之如左。

乾隆二年丁巳八月望日，男沆謹識

湯文正公為一代理學名臣，至今學者宗之。而朝論歷數本朝前哲，每以湯、陸並稱，陸謂稼書先生也。竊謂兩先生品行略同，而所見微有別。陸一意謹守程朱，而湯則不擯陸王，觀集中《答稼書》一書可見；一則衛道嚴，一則見道大，識者必有以權之矣。雍正乙卯之秋，升恆方承乏河南學政，直新天子即位求言，臣升恆摺奏三事，皆蒙俞允。內論湯公宜補諡一節，天子覽之感動，更推廣大臣數人，皆一體補諡，而“文正”二字，特出宸衷。蓋自國朝以來，無獲此嘉名者。噫，亦盛矣！今《遺書》具在，學者景仰之餘，不徒誦其文，當師其品，師其學，庶不負文正公，不負聖天子鄭重表章之意也夫！

時乾隆六年歲在辛酉秋九月，錫山鄒升恆

困學錄辨

湯潛庵先生《志學會約》，曩由松江聞教授呈本刊，以遍給諸生。茲檢先生《遺書》原本，後無日記、條規，未知聞教授所據何本。其節錄文，概從畧。後引呂叔簡語，亦未標明。因取原本付蘇州書局重刊，不加增減，以存其舊。後綴《困學錄》一冊，系先生讀書劄記，語皆志學者所當循覽也。

先生倡明理學，恪宗程朱，於金溪、姚江之學兼有取焉。所著《語錄》，持論平正，約而可循。蓋實能以躬行徵講學而力去夫形體之私者，以黜浮華而懲怠棄，洵有功名教哉！

吳中爲先生舊治，相傳政事卓卓在人耳目間。其所設施，皆以正人心、端風俗爲務，足見學術之有本矣。學者讀先生之書，聞風興起，由志學以希賢聖，下學上達，日進無疆，所當與同志共勖之。

　　　　光緒四年九月，長樂後學林天齡題於金閶試院景範堂之東室

《湯子遺書》續編

卷　一

奏　疏

由蘇撫陞任至京面奏恭紀①

由江蘇巡撫陞任至京,奉上諭曰:"汝在江蘇,能潔己率屬,實心任事。天下官有才者不少,操守謹愼者,未能多見。汝前陛辭時,自言平日不敢自欺。今克踐此言,朕用嘉悦,故行超擢。爾其勉之。"臣②斌奏曰:"臣學識庸陋,蒙皇上簡任江撫,奉職無狀,惟隕越是懼。乃蒙皇上不次超擢,臣敢不勉竭心力,以圖報稱萬一?"

上問:"江蘇風景如何?"奏曰:"蘇松去年頗稱豐稔。淮、揚、徐去歲異常水災,蒙聖恩蠲賦賑恤,民慶更生。邳、宿等五州縣,蠲舊年一半、今年一半錢糧,萬姓歡呼。惟徐州所屬,地最荒瘠,水災之後,今春民困較甚。"

上曰:"一路風景如何?"奏曰:"臣經過地方,畿輔廣平以北,麥田豐收;開州以南,稍旱;鳳陽、蒙城一路,饑民甚多;聞宿州、靈璧一帶,去年水災,今春麥尚未熟,民間謀生無策。"上曰:"鳳陽地瘠民貧,饑荒自是難堪。"聖意惻然久之。

又問:"江蘇風俗如何?"奏曰:"前年陛辭時,蒙皇上面諭:'蘇州風俗奢侈

----

① "由蘇撫陞任至京面奏恭紀",據續編目錄增補。

② "臣",《三賢政書》本脱。

浮華,當以移風易俗爲先。'聖駕巡狩,諭臣民敦本尚實,返樸還醇,萬姓無不感動。臣仰奉皇上德意,朝夕告誡,風俗亦漸改觀。"

上問:"吏治何如?"斌奏曰:"江南吏治,自于成龍、余國柱後,有司知守法。臣遵奉功令,復多方勸誡,吏治漸歸醇謹。"上問:"有司中有好官否?"斌奏曰:"松江知府魯超,才具亦優。"上曰:"祖進朝何如?"奏曰:"祖進朝樸實人,操守眞廉,士民愛戴。前議降調時,民間罷市,羣聚臣署,號泣乞畱。臣敢據實上聞。"上問:"高成美何如?"斌奏曰:"其人亦有才。"上曰:"作官有才固好,若操守不謹,恃才多事,反爲民累。"臣①斌奏曰:"誠如聖諭。"上諭又問:"總督王新命何如?"斌奏曰:"事體曉暢,與地方安靜。"上曰:"操守能彷彿于成龍否? 于成龍之廉,世間原不多見,亦難以此律人。但能與地方相安,亦足矣。"又問:"今直撫于成龍何如?"斌奏曰:"成龍曾爲江甯知府。臣知其人清而不刻,且有才略,有擔當。用爲巡撫,天下服皇上知人之明。"

上曰:"往日聞吳中鄉紳多事,近日何如?"奏曰:"蘇州鄉紳如大學士宋德宜,居鄉最善。"上曰:"朕知之。"復奏曰:"汪琬養病山中,不與外事。繆彤亦杜門讀書。其餘俱謹愼。臣在位年餘,實未見鄉紳以私事干瀆。彭定求之父彭瓏,彭甯求之祖彭行先,皆年高,品行甚端。臣於朔望集士民講解上諭,二人必來叩拜龍亭,爲士民之倡。"上曰:"有博學好古之人否?"奏曰:"吳俗素重文學。隱居著述者,亦頗有人。"

上問:"下河開海口事如何?"奏曰:"皇上命尚書薩穆哈、學士穆成格等與總漕徐旭齡及臣詢問下河民情,臣等遍歷海口各州縣。初來人眾,言語嘈雜,不能歸一。即各州縣水道海口,亦不相同。大約其言以開海口積水可洩,但四分工銀,今年荒歉,恐不足用。惟高郵、興化之民,聞築隄開河毀其墳墓廬舍,皆甚言其不便。部臣公議:以築隄取土艱難,工必不成;且毀人墳墓廬舍,非皇上軫念民生之意;開海口,工亦浩大,恐多費帑金,不能奏績,不如暫停爲便。臣與徐旭齡議,以目下遍地皆水,工力難施,暫停未爲不善,遂同具題。但念此事乃我皇上巡狩江南,親見民間房屋澌沒水中,聖主痌瘝念切,遂命大臣相視

---

① "臣",《三賢政書》本脫。

海口,簡選賢能,開海洩水,眞堯舜之心也。今議暫停則可,若竟中輟,非臣子所敢擅議。且上流之水滔滔而來,下流無一出路,不但民間田地永無涸期,且恐城郭、人民將有不惻之患。如興化去年城內水深數尺,萬一三五年間再遇水災,一城付之巨浸,臣等何所逃罪?"

上曰:"汝意云何?"斌奏曰:"淮揚實天下澤國,若曰開海口則水遂盡涸,臣不敢爲此言。但水有去路,開一丈則有一丈之益,開一尺則有一尺之益。使浮溢之水漸去,則舊日湖河之形可尋,再加疏瀹築防,工夫自有次第。然舉事當念民生,尤當重國計。若多費帑金,而水不能盡涸,非長策也。請無多發帑金,止於七州縣錢糧中酌量款項,暫停一二年起解,囤爲修河之用,此外再議設處之法。總之,以本地民力,本地錢糧,開本地海口,心旣專一,工不悞用,不作大舉,不多設官,漸漸做去,當有成効。"

上曰:"此意曾與薩穆哈等言之否?"奏曰:"臣與總漕臣徐旭齡,曾向薩穆哈等言之。"上曰:"本內何未敘及?"奏曰:"當時先起清字稿,不便繁瑣。薩穆哈以奉命詢問民情,止當以民間口供開列具聞,此言俟上問及,當面奏,候皇上睿裁。又,海水內灌壞田之說,臣以爲無慮。臣詢之土人,當日范仲淹築堤時,海水與隄甚近。今海水遠者百里,近者六七十里。海之潮汐,猶人之呼吸也,有一定時刻,有一定分量。平日海潮所及,原不甚遠。江河之水爲海潮所湧,乃江河之水,非海水也。颶風海嘯,非常災異,豈可預計?"上曰:"此理朕所深知。人不明潮汐之理,故有此言耳。"遂命至內廷賜食。謝恩而出。

是日也,臣[1]斌自彰義門外趨朝,未及轉奏。因九卿奏事有言臣斌至者,即奉旨傳見。顧問懇懇,奏對匆遽,語無倫敘。仰蒙聖恩優容,臣不勝惶恐。謹紀其大略,以識恩遇耳。

敬陳春秋詣講疏

題爲聖主論教維勤,青宮典學日懋,請定春秋詣主敬殿講書之禮,以昭聖

---

① "臣",《三賢政書》本脫。

德,以光睿學事。

切①惟古帝王莫不以豫教太子爲首務,然皆選擇宮寮,委之輔導,或崇尚虛文,鮮有實效。未有以君父之尊,躬親諭教,慈孝之隆、作述之盛如今日者也。我皇上乾元首出,天德生知,契精一之傳,心學遠宗堯舜;闡圖書之祕,微言上接羲文。謹一二日兢業之幾,開億萬年昌隆之緒。皇太子岐嶷天縱,敏悟性成。我皇上聲律身度,言動皆師,復於聽政之暇,親行諭教。典謨訓告之文,明新中和之旨,罔不闡發精微。下及六書之細,亦皆日有程課。御筆指受,毫髮無遺。誦讀靡間於晨昏,步趨必準諸規矩。

臣等猥以庸菲備員講席,恭見皇太子研究經書,發明義理,睿識超卓,洞晰源流。雖曰粹質之本,然實由聖教之至善。臣等自媿疎陋,無以仰助高深。茲敢冒昧陳請者,本年閏四月二十四日,皇太子出閣,親祭傳心殿,卽於主敬殿開講。其後,臣等每日進講。皇太子宮諭臣等,從容坐論,優游探討。盛暑霖雨,未嘗少輟。視前代徒飾具文,風雨寒暑輒行輟講者,相去遠矣。惟是《明朝會典》載,東宮出閣後,每日文華後殿講讀。雖日講之外無春秋會講之儀,但今皇太子主敬殿開講,止於出閣一日。合無於每年春秋月,擇吉請皇大子詣傳心殿致祭,卽於主敬殿講官進講四書經義各一章。餘日,仍照常宮中進講。庶實學與典禮兼備,令模可垂法於無旣矣。

如果臣等所言不謬,伏乞聖鑒敕部議覆施行。爲此具本謹題。

奉旨:這本說的是。該部確議具奏。

據實囘奏疏

奏爲遵旨"明白具奏。欽此欽遵。"臣捧讀之下,不勝戰慄惶恐。蒙皇上不卽處分,令臣逐一具奏,臣敢不據實一一囘奏,聽候聖裁? 臣才質庸暗,蒙皇上拔置講筵,不次超擢。受恩之深,無如臣者。皇太子出閣,千里召臣,俾長宮寮。臣獨何心,敢不自勵? 如有一念一事忍負皇上者,卽皇上寬臣,臣何顏自

---

① "切",《三賢政書》本作"竊"。

立於天地之間？但賦性疎愚，暗於事機，惟知報國，不敢愛身。臣於六曹之事，一無所預。濫綴會議之班，議一事必究一事之始終，務竭一得之見，以聽任事者之採擇。而識體得宜，實有未逮。捧讀嚴綸，悚然自媿。皇上敬天法祖，崇儒重道，表章正學，軫恤民艱，蠲賦省刑，旌廉黜暴，裁決庶務，必期仁至義盡。萬幾餘暇，考古論經，披圖玩象，自朝至暮，曾無寸晷自逸。所謂聲律身度，言動可爲世法。乃臣以管窺天之見，皇上聖不自聖，臣益仰聖德難名矣。

又皇太子尚在冲齡，正當亹勉學問，誠如聖諭。臣備員講官，進講之際，皇太子嘗宣述聖諭，皆關聖學治道之精微。皇上諭教之嚴，臣久知之。見皇太子講解經書，言簡而理備，傳註數十言不能盡者，輒以一二言該之。時當溽暑，冠帶整肅，終日儼然讀書習字，無旁視，無倦容。故臣敢以“靜正端恭”四字擬之。蓋大聖心傳，自出尋常見聞之表，總非俗儒所能仰贊也。

至臣言動輕率，愆過多端，敢不據實陳奏？臣與耿介昔年同爲詞臣，其刻苦自勵，杜絕交遊，心竊重之，故冒昧薦舉。但自順治十二年外轉後，迄今三十二年竟未謀面，不知其衰老聾瞶，以至於此。以三十二年未見面之人遽列薦章，臣罪何辭？及介進京，臣一見驚其衰老，已自惶恐。介卽具呈吏部，自陳老病耳聾，不堪共職。皇上越次超擢，臣益加悚懼，猶勉其鼓勵精神，以圖報效。不卽具疏自劾，臣罪何辭？

又靈臺郎董漢臣，本市井無賴，妄肆條陳，中及皇太子講學事。其始也，旣以御筆刪除，而不敢議及。御史陶式玉糾其越職言事，奉旨下問。臣亦就疏論疏，以方今求言之時，越職罪似可寬。殊不思漢臣疏內各款皆抄錄舊文，語多浮泛。惟是皇上諭教皇太子何等精詳，小臣何知，輒敢妄議。臣不能請旨嚴究眞情，使狂妄小臣倖逭國憲，臣罪何辭？故臣自謂言動輕率，愆過多端，難逃聖鑒，臣不敢自諱也。

至供奉皇太子左右，皇太子法書“睿德謙沖”，諭臣詳校，賜臣雕管，臣遜謝不遑，冒昧從令，逾違典禮，不勝惶汗。雖曾面奏罪狀，而大失敬愼之道。臣衰病神昏，遂至失儀，又臣不敢自昧者也。敢一一聲明，惟有席藁待罪，請聽皇上處分，以爲溺職之戒。

臣原同耿介公疏,因詳陳認罪情節,介不便列名,相應一併聲明①。緣係遵旨逐一明白具奏事理,字多逾格,臣不勝戰慄待命之至。

爲此具本,謹具奏聞。

請解任疏

奏爲聖恩高厚未報,微臣積病日深,謹披瀝籲陳,祈賜解任囬籍,以免曠職事。

臣草茅愚陋,謬荷聖恩,起自田間,優擢侍從。三年講幄,五月綸扉,異數頻膺,涓埃莫報。三吳繁劇之地,尤非薄劣所堪,拮据不遑,叢脞疊見。豈期未承嚴譴,復邀曠典,入侍青宮,寵遇之隆無以加矣。乃臣智短學疎,咎深罪大。仰蒙我皇上聖度如天,曲從寬貸。高厚之恩,萬死難酬。何敢以犬馬之疾,上瀆宸聽? 奈臣草木末質,年逾六旬,精力衰憊,心血久枯。自六月內胃脘作痛,過服剋伐之劑,元氣益復虛損,飲食嘔吐,怔忡健忘,神思恍惚,頭目眩暈。因戀主上心切,猶强事藥餌,力疾趨朝,冀追省往愆,薄收後效。不意於八月初七等日,嘔血數次,病遂增劇。痰火上升,虛煩喘急。聞人聲則驚悸,感微風則戰慄。展②轉牀褥,形體僅存。延醫診③視,以爲元氣虧損已極,斷非旦夕可療。

抑臣更有苦衷,臣繼母素禀怯弱,夏月得家信,忽感半身不遂之症,臣方寸已亂。八月初十日,又接家信,言臣母病至委頓,四肢拘攣,轉側須人,晝夜涕泣,思臣一見面。臣聞之,肝腸迸裂,嘔血幾絕。按京臣省親,具有定期,臣不敢破例請假。惟是臣病勢危篤,萬萬不堪供職。仰祈我皇上聖心垂憐,賜臣解任囬籍,庶母子得一相見。倘臣母得保餘年,臣溘然長逝,亦無所恨。臣徼幸不卽塡溝壑,尚冀捐糜有日,亦不敢自圖便安。

臣受我皇上天地生成之恩,葵藿微忱依依,何敢言去? 但臣母景薄崦嵫,

① "明",《湯文正公全集》本誤作"名",據《三賢政書》本改。
② "展",《三賢政書》本作"輾"。
③ "診",《湯文正公全集》本誤作"胗",據《三賢政書》本改。

而臣復病侵膏肓，情實交迫，不得不冒昧籲陳。伏望皇上弘慈矜憫。

拜疏隕涕，不勝懇切戰慄待命之至。

赴蘇撫任陛辭恭紀

午門外賜鞍馬，乾清門賜宴畢，上命近御座前，問曰："爾有何啟奏？"臣奏曰："臣一介寒儒，學識淺陋，蒙皇上知遇之恩，高天厚地，未能圖報萬一。今更不由會推，特簡巡撫。命下之日，舉朝以爲異數。臣感極涕零，惶恐無地。一則聖恩深重；二則臣素性踁踁，不識時宜；三則地方繁難，倍於他省。今將遠離闕廷，不能常近天顏，應行事宜，求皇上教誨。"

上諭曰："朕以爾久侍講筵，老成端謹，江蘇爲東南重地，故特簡用。居官以正風俗爲先。江蘇風俗奢侈浮華，爾當加意化導。移風易俗，非旦夕之事。從容漸摩，使之改心易慮，當有成効。錢糧歷年不能清，亦須留意。爾在內閣，曾看諸部院章疏，刑名大案，失入失出者常多。此皆地方官聽讞不慎，不能使世無冤民。於此更當畱意。近日江南吏治稍稍就理，爾潔己率屬，庶幾改觀。"

斌奏曰："地方之事，臣未受任，何敢妄奏？據平日所聞，江蘇風俗吏治，誠如聖諭。但賦額繁重，歷年不能全完。聞每年新糧、舊欠一時並徵，頭緒繁多，官民交困，不知如何爲善？"上曰："賦額久定，但當清釐耳。"斌奏曰："臣才雖駑鈍，平生兢兢不敢自苟。況幸逢堯舜之主，眞千載際遇，何敢自負？惟有精白一心，潔己率屬，撫安百姓，仰副皇上愛民圖治至意。臣孤踪止知有君父，從此去天日遠，不勝感愴。"

上曰："江南人情澆薄，如于成龍居官廉潔，亦不免謗議。"斌奏曰："于成龍居官果廉。當時謗議沸騰，賴皇上聖明，得全始終。"上曰："汝勉之，無慮也。"

斌辭出，至後左門，內侍傳旨："湯斌在講筵日久，今以江南地方要緊，令之遠行，朕心亦所不忍。其賜白金五百兩，表裏十端。臨行之日，令再入朝，朕更有諭旨。"斌謝恩而出。

十一日辰時，上御乾清門。斌面謝恩，奏曰①："臣於本日起行，不知何日再覲天顏。惟謹遵聖訓，勉力以圖報稱耳。"上退，命侍講學士高士奇傳旨曰："乾清宮是汝講書之地，汝進來一飯。"遂引至南書房。賜食，曰："此御饌也。"

斌同高士奇、勵杜訥食訖，上命翟太監頒賜御書三軸。臣謝曰："臣遠離闕廷，瞻對御筆，如對天顏。臣本庸拙，惟不要錢。臣可自信以此報皇上可也。"

謹繕恭謝疏

奏爲聖恩高厚未酬，微臣賦命屢薄，伏枕哀鳴，仰祈宸鑒事。

臣一介草茅，以詞臣外用，因病囬籍幾二十年。荷蒙聖恩，起自田間，備員侍從。旋擢講筵，由宮寮超遷學士。異數隆恩，已屬過分，又蒙特簡，巡撫江蘇。皇上不以臣奉職無狀，更加曠典，温諭褒嘉，命臣入侍青宮，以禮部尚書管詹事府事。臣才短學疏，加以老病，精力昏憒，愆過叢積。乃蒙聖恩，曲加寬宥，復遣醫診視，諭臣在寓調理，又授臣工部尚書。臣感極涕零，力疾受事，思竭駑駘，勉圖報効於萬一。

奈臣福命淺薄，於本月初八日，偕同官臣阿蘭泰等，往張家灣查看楠木，感觸風寒。歸寓，痰疾陡發，奄奄垂斃。伏念臣至陋極愚，遭逢聖主寵賚，頻膺優擢。不次知遇之恩，曠古希覯。捐糜頂踵，不足仰酬高厚。乃未報涓埃，遽填溝壑。生負殊恩，死難瞑目。臣從此永辭聖世，不得復覲天顏。犬馬之報，願結來生。謹伏枕叩頭，恭謝天恩。含淚口授，臣男生員溥繕疏以聞。

臣無任感激，嗚咽之至。

---

① "曰"，《湯文正公全集》本脱，據《三賢政書》本補。

序

賀吳玉京先生陞冏卿序

國之大事唯兵，而兵之事，其大者，無逾馬。有虞以畜馬之責委伯翳。成周芻秣之式，掌之六官，而又有較人、庾人、趣馬、巫馬之屬，爲官最眾。則馬政之崇也，自古然矣。然而駃牝溯心於塞淵，駉牧詠志於無邪，其道又豈但在奔霄騰霧而已乎？

冏寺養天閑以備國家緩急之用，前代兢兢重之。自奉法者寖失，而法因以敝，馬亦隨之潛耗。璞夫妄議駕言病民，至欲革種馬者屢矣，其大意謂非其地耳。賴一二大臣如胡莊敏輩力爭之，卒以不罷。

予常反復古今已事，唐垂拱以王毛仲爲內外廄，使東幸之日，色自爲羣，望之如雲錦，不必皆出自月支而來於西極也。宋余靖亦言：“養馬在人，不在地。”彼豈耳不聞渥洼之產而目不識大宛之名乎？卽何得以李將軍之勒師萬里外者爲王制之經耶？

玉翁吳公以西屬碩儒，博綜典故，傾然負公輔之望。司銓之日，冰霜著節，常奉命典試中州，所舉多砥礪名行之士，蓋其精神相符合也。及副臬三吳，糸藩關右，車轍所至，輒敷徽猷。九華之野，岐陽之墟，其人于于睢睢而謳思者，彼誠有不能已於中者在矣。今天子念馬政至重，特簡任公。而公以外臺內擢卿貳，此異數也。余別公久，聞之竊有慶焉。夫馬政之敝也，以人更其敝而新之，非其人又奚賴？公誠足以服物，而才足以應變，所謂無往而不可，無施而不當者也。

嗟夫，相馬之於相士，其道一也。公持銓而天下應者共其職，衡文而天下應者樂其業，豈執策臨之而曰天下無良馬乎？會見六廄充盈，邊牧蕃息，追伯翳之勳，覩成周之盛，區區毛仲之事，何足爲公道哉？然予又讀《尚書》，穆王命伯冏爲大正，其命曰：“懋乃后德，交修不逮。”又曰：“僕臣正，厥后克正；僕臣諛，厥后自聖。"則豈特爲國家之重務？於以贊翊聖德，實嘉賴之矣。凡此皆非公莫克勝任。予旣爲國家得人慶，而又快予之獲從公遊也。

會憲副某君於公有永叔、子瞻之誼，千里丐文，以爲公贈，乃不辭而爲之序。

同社諸子文序

世之言文者，衆矣。然聖學不明，吾未見其能文也。古之學者，明道德，敍彝倫，平居師友所訓，弟子所習，無非誠意正心、修己治人之事。故其動靜語默，各得其宜。而天地事物之理，古今治亂之由，日月星辰之所以行，鬼神之所以幽，山川之所以久，風雷霜雪之所以變，無所不著。則天下文章，莫大於是矣。

孔孟旣歿，文與道二。秦漢以來，英華特出之才，瑰瑋奇麗，馳騁上下者甚衆，而未能折衷於六經。有宋濂溪崛起千載之下，明道、伊川、橫渠、堯夫、晦菴、象山數君子先後講明聖賢之道，而涑水、廬陵、南豐之屬始彬彬爲大雅之文。讀其書雖與古之作者未知孰先孰後，然考其指歸，不當於聖人之意者，蓋亦鮮矣。近世陽明出，而龍溪、心齋、東郭繼之，理學倡明於世，故一時荆川、遵巖、震川文詞比隆於嘉祐。由斯觀之，文章之得失，豈不繫於聖道哉？

吾郡文學，於中州稱盛。同志諸君子，皆鑱心六藝，尋墜緒於微芒，而復能瑰瑋奇麗，馳騁上下者也。余官京師四載，今承乏關中，便道歸省。諸友人將梓其近藝，命予爲序。予束載就道，未暇竟讀，然觀其平日之講訓肄習，其足以發明聖學，可知矣。夫班固《藝文志》、唐《四庫書目》所載，俱秦漢以來能文之士，今皆散亡磨滅，存者不能十一。而《易通》、《西銘》諸篇，幾幾與六經並傳。則言之不足恃，而道爲可貴也。諸君皆善爲文者，故莫若勉之以道，而告以是言。然予亦同學之士，亦將因此以自勵焉。

《四書偶錄》序

自朱子《四書集註》成，而漢唐諸儒註疏幾廢。明永樂間，纂輯《大全》以羽翼朱子，採攬宏多，純駁相半，後學不見要領。虛齋《蒙引》之簡確，涇野《因問》之質直，皆中有自得，非剽竊揣摩、尋摘章句者比。《存疑》、《淺說》，辨析加詳，舉業家宗之，而義蘊寖薄。下此各逞臆見，不足道也。夫不求自得於心，而徒拘牽文義，雖字櫛句比，於聖學旨歸相去遠矣。

　　江村太常《說約》、夏峯徵君《近指》，皆從聖賢立言本意，指示學者直截痛快，讀者躍然。二書發揮大義，爲入道準繩。世人狃於舉業之見，知深信篤好者鮮矣。上谷蓮陸魏君，從學兩先生之門，平居講習討論，指別同異，剖析源流，曠然有所自得。晚年深居精詣，負笈從遊者日眾。取朱子以來諸家傳註，採擇鎔鑄，必求至當，著爲《四書偶錄》，以惠來學。間入都，屬余是正，余得而卒業焉。其書簡而明，質而通，雖直指原本或不若兩先生之超脫，而博洽者以爲知要之資，啟蒙者以爲養正之助，誠聖學之津梁，亦舉業之葦航也。學者由是上泝諸先正，而求其所以斟酌體認之功，庶乎知微言之旨無窮，而入道之方思過半矣。

書

復同鄉爲程公立德政碑書

　　程公德政，膾炙人口。立碑銘功，未足稱述萬一。但見任立碑，禁例甚明，鄉紳豈得無聞？況程公榮陞在邇，何不稍待？君子易事而難說也，說之不以道，不說也。程公，君子也，我輩可不以道事之乎？非敢阻撓此舉，誠義有所不可耳。鄙見如此，惟諸公裁之。

與李襄水書

　　小兒北上，過承雅愛。感謝！感謝！

　　老親家暫樂丘園，讀書賦詩，著述等身。令子賢孫才名，冠冕一時，且鼎望甚重，廟堂當有弓旌之典。槐梧虛左，薛荔難畱。連茹之吉，自不筮而得。

弟賦性疎梗，杜門編摩，雖出入鳳池鸞渚，而心猶在駝峯菊泉。貴公勞心補袞，形影不及東觀。發凡起例無人，各家自立宗旨。成藁千餘，凝塵積網。評騭無聞，校勘何在？頭白可期，汗青無日。公私同異，總無論已。

昔劉知幾爲史官，與諸公鑿枘相違。故所載削，皆與俗浮沈。雖自謂依違苟從，猶大爲同時所忌。身當其職，而吾道不行，此所以發憤而作《史通》也。

弟作《太祖本紀》四卷，幸已成篇。五十年中武功文德如日月之光，豈俗筆所能圖繪？《漢》、《史》不敢同日語矣，較《唐書》則爲詳，擬《元史》則似潔。其他如後妃、武臣、儒林，皆粗具結搆，不足觀也。繕寫乏人，未能請教。

弟託梁紫定《禮書》。乞慫恿成之，更藉裁定方妙。

今是園竹木翁然可觀矣，池中藕如船否？牟山文思之佳，不知又當何如？不得一晤，夢寐及之。年來詩興頹唐，不能一詠志喜，慚愧，慚愧。

答耿逸庵書

八月初，有小札由柘城奉寄，附拙卷請教。想此時可塵覽矣。

接手翰，更拜讀《學記》，體裁①嚴整，論學切要，與考亭、西山諸作相上下，眞不朽之篇。歎服不盡。

脩建書院，會友講學。老年翁守先待後，遠紹關洛，功德最鉅。弟固陋無文，何能紀述？仰承臺命，不敢以辭。且景仰先哲，又當名嶽勝地，高賢遊止，倘得附名其間，以遂平生之志，幸莫大焉。卽欲具草，因史藁數篇正在經營，才短筆鈍，心思遂爲所羈。而應試人不能久待，稍遲脫藁，仍由柘城呈上，不敢久悮也。

嵩陽書院創自五代，前賢必有碑記。查《通誌》不見，《縣志》或《嵩山志》當有載者。便中惠教乃妙。聞子維言新刻《嵩山誌》甚佳，如得一讀，以當臥遊，眞大快事也。

秋雲落月，延佇何極！玉階先生報函，附呈。

———————

① "栽"，疑爲"裁"字之訛。

臨楮馳依。

答王介公先生書

自違臺範，歲月倏忽，修候疎濶，抱歉何如！

頻晤潘年翁，敬詢起居，知先生臺履貞勝，家庭雍肅，曷勝欣忭！欲遴一价，代叩崇階。鹿鹿緇塵，遂因循至今，惶恐殊甚。

三世兄遠臨，拜接華函，如覿函丈。先生德隆學邃，體用兼全；宦跡所至，功在生民；西臺奏章，錄在國史；久居東山，望重朝野。世兄文名奕奕，先生蘊蓄未盡展施者，世兄當益光大之。此天道之必然，無俟蓍蔡而知也。

斌伏處林泉二十年，耕讀之外，一無所問。同城官長，從無私謁；太守以上，不通姓字；村林老稚，形骸相忘。輿臺賤隸，橫加欺凌，受之怡然，不與校也。實願終老丘壑，不期聖主求賢，謬膺薦牘。長吏敦迫，倉皇就道。入都匿影僧寮，絕跡公卿。乃復蒙恩，濫竽史職。晝①夜編摩，心血耗盡。去秋一病，斷粒七日。一二老僕環侍，旁無期功之親。孤燈旅舍，萬念俱寂。危中幻景千狀，視此軀如空花陽燄。不謂一絲僅存，竟漸痊可。以史事未終，不能引歸。今春決意辭職，又以皇后山陵之役稍待。不期又蒙簡拔講筵，兼紀起居，不敢遽以私請。生平所學幾何，安能仰助高深？且賦性迂疏，交遊稀少。長安風景大異往時，事事不能偕俗，不知何時得返初服，了此一段蛇足也。

薄儀二種，聊以伴柬，伏乞哂存。更望寬懷加餐，爲世儀型。

曷勝瞻依，悚側之至！

與少司農魏環極書

曩在長安，承先生過愛，指誨懇懇，私心銘刻不盡。倏而一別，不意遂至廿載。所以然者，始則懷遵功令，未敢片紙入都；既而謝病歸田，鱗鴻無便，遂稽

---

① "晝"，疑爲"書"字之訛。

修候。疎濶之罪,可謂極矣。然精神向往,夢寐如在左右。每與友人論學,或教家之子弟,必舉閣下見誨之語以相勉。自謂欲報知己,惟在勉强學問。儻於斯道粗有所窺,固可千里同堂。儀文繁縟,非所以事大賢也。家居不能常見邸抄,聞有大疏,無遠近,必購求讀之,手錄成帙。竊以先生正色立朝似王沂公,而通達國體、忠誠篤摯卽司馬君實不能過也。向徒於簡冊中懷慕昔賢,何幸身親見之!

至於薦雪海年翁一事,尤有補牘之風。雪翁學識才膽,爲第一流人物,必有以報國不負知己之舉。斌拭目望之。

往來夏峯,讀手教及所寄文字,晤馬摛斯兄,得知家庭孝友、鄉黨信服之評。又王叔平中翰見示"聖人門、聖人家"六字箴諸大刻,仰見指示眞切,追踪濂洛。當今道統端有所屬,恨不日侍宮牆,親承緒論也。舍親唐峻甫家報中常述垂問厚意,叔平亦備述注念,知先生不以疎濶見罪,而雅愛之意懇懇,無異昔時。蓋大賢不忘愚賤,不責疏簡如此!若必拘山林,不通候長安公卿之義,是自外於有道君子也,是矯激不合中道也。今世兄高登賢書,名臣大儒復得賢子孫繼其家學,眞吾道之幸,非尋常科第之榮,聞之喜極欲舞。謹藉舍親北旋之便,恭候道履,併布區區之意。

斌賦質庸鈍,年來憂患困苦中煅煉,稍稍得力。覺前剽竊書冊語言,於性分終無干涉。惟求出不愧朋友,入不愧妻子,展卷不愧詩書。人生光陰,不可把翫。未知向後能稍有進益否? 尚祈不吝鞭策,俾勿墮迷途。雖不能日聆欬謦,領受教益,無異躬侍几席也。

前在夏峯讀尊札,有《日知錄》、《儒言錄》。渴欲一讀,不知今俱付梓否?

臨械北望,伏惟爲國爲道自愛。久居林泉,賤刺不敢驟從仕例,知先生以道相與,非以位相加也。

統惟尊照,原宥不宣。

答耿逸庵書

秋末偶患痰嗽,藥餌誤投,幾至困頓。蘇門之役,兒溥代往。歸來捧致手教,讀之如晤清範。嵩少之約,無時不往來於懷。以老年翁正學端品,交情眞至,一別廿年,弟何能恝然於中也?

頃聞搆斯兄述居鄉仁德,惠洽閭里,具見民胞物與之意。仲誠年翁僑寓,密邇同遊,相履之盛,令人健羨。又搆斯皆同門高賢,與年翁講堂相望。德星之聚,遠過陳、荀。春風詠歌,悠然可想。

昨讀《夏峯先生年譜》中載年翁證學數則,精進之極。佩服,佩服!

外有小札,希致之仲誠。

餘不宣。

答張仲誠書

壬子冬,得承手教,賜《爲學次第書》。捧誦數過,中正確實,學者有所依據,有功聖學大矣。昔乏便羽,未得奉謝,向慕徒殷。

聞僑寓嵩少,與逸庵年兄、搆斯、寬夫諸社翁快聚一堂,印證所學,無異鹿洞、鵝湖,誠千古盛事。此中會語,必有發先賢未發之蘊者。儻蒙便中寄示,使弟聞所未聞,眞大幸也。

秋末,病至纏綿。夏峯先生執紼之役,小兒代往。歸來得接手教,甚慰渴懷。弟與逸翁久有盧巖石淙之約,俗務牽羈,不能如願,徒增惆悵耳。

秦地正在搶攘,西行斷宜愼重。事權在人,籌畫非易。

書不盡言,統希神照。

與某給諫書

閱邸報,知榮補梧垣,歡忻累日。官階久定而獨稱賀者,以聖主治化熙洽、求言若渴,建白稱旨,輒膺不次之擢。一時相繼而起,言路大振。朝有鳴風,野無豺狼,眞士君子得志行道之日也。足下經濟實學,乘時展布。海內士人,仰望丰采。雖朝無闕事,不勞諫書,而嘉謨嘉猷,無妨入告。但事堯舜之主,以至誠不欺爲要。上關國計,下切民生,識體得宜,勿爲泛言,陸敬輿、司馬君實在

653

今日矣。

　　茲因便使附候，疏節之愆，幸惟原諒。

答戴嚴举司農書

　　老公祖先生閣下，心孚一德，道贊兩儀。曩在長安，得瞻風度。私心仰止，如泰山喬嶽。別來倏已廿載，未能具一函之問，疏越殊深。

　　前承乏西江，得叩經碧先生同舟之雅，荷蒙良誨，銘刻不盡。歸田已十六春秋，往來蘇門，見夏峯先生，屈指當代名賢，輒首推閣下。博大敦龐，足以翊運匡時。又知道履貞勝，耆年遐福，天相元老真儒，永斯人命脈，不勝雀忭。更得拜讀大刻《論學手書》，皆字字懇切，如聽招提晨鐘，恨不能負笈從遊，日聞所未聞。乃承臺翰猥及，獎藉慇慇，焚香盥誦，如侍左右，仰見誘掖後學盛心。謝謝！

　　侍斌迂鄙庸陋，不通世務，雖立志未敢後於恒人，而才力有限，實有綆短汲深之懼。伏望大君子陶鑄人倫，不遺凡近，時惠南車，俾勿迷歧路。庶不至虛度此生，感當何如也。

　　臨楮北望，可任翹企。

與張子友人書

　　武林得晤清範，別來遂已三載。崇雅堂前，老桂偃松，青燈對雨，至今依依如昨也。

　　貴鄉才藪，兄高才博學，爲一時領袖。但學問之事，原無止境，稍有歇手，便是退步。孔子曰：“發憤忘食，樂以忘憂。”有憤便有樂。若平日無憤無樂，祗是悠悠，何可言學？

　　學者，讓天下第一等人不做，做第二等人，便是無志。詞章、訓詁，皆爲聖學之蠹。一切塡詞小技，何須着意爲之？望兄屛去一切，潛心經學，爲近裏著己之功。

異日或掛帆南去，於兩高天竺之間，芒鞋竹杖，重續昔遊，互正所學，不知能相視而笑，莫逆於心否？

與王東皋書

曩在長安，把袂談心，相期千秋。別來倏及廿載，夙夜自盟，不敢一時苟且，有負知己。然未有一介之使，一函之問，上徹閽人之聽。非敢自疏，始則凜遵功令，未敢一字入都門；後以謝病歸田，戢影林間，又乏便鴻。經年不見邸報，榮假仙里，多不聞知，以此遂稀修候。而中心仰止，無異嵩衡。

老年臺正學清節，淵識宏才，爲當今第一等人物。居銓衡一塵不染，釐奸剔弊，胥吏如木偶，三堂拱手受成，卽舊人嗫不敢發一語以枉公道。此卽杜祁公猶難之，無論前輩雲浦、涇陽也。西臺丰裁嶽嶽，經國碩畫，確然可行，非大言鮮成事者。幸附交譜之末，無事愾慕昔賢於簡編之中，非甚快事也歟？

有人自京師來，知尚未榮補。近始聞里居，未赴京華。今國家多故，至尊宵旰不遑。老年臺清名久注御屏，正當入贊勿密，鴻猷碩謨，使海內收治平之効。天下事極難措手，必得二三正人，還可匡救。此山林耕夫日夜望之者也。

茲因舍親王映淇新授貴邑學博赴任之便，藉手恭候起居。舍親博學，嫺詞賦，爲文壇牛耳，弟共研席最久。幸在龍門之下，伏望時賜指誨，感珮當無既也。

臨穎神與俱馳。

答張上若書

前歲舍親北上，曾附小函奉候，兼爲長公高捷一陳賀私，不意以迂途未達典記。

我輩同館同年兄弟，如老年翁眞品邃學，篤論鴻詞，實未多得。弟私心仰止，形諸夢寐。相去數百里，不能時通尺素，矧把臂譚心如追隨禁院時耶！

老年翁金鍾玉衡之品，自當領袖朝端，贊襄盛治，乃久臥東山。今四方多故,聖主痞痗求賢,松菊恐未可戀也。

近見爲老年伯校正遺書,纘述盛事,具見大孝。古來名臣大儒,鴻德豐功,必得賢子孫繼其堂構,方能使精神與天壤同永。老年伯經術、事功,卓在諫垣,則魏文貞、陸敬輿也;秉節鉞,則韓襄毅、馬端肅也。而時勢之難,不啻過之。晚年讀《易》,上晤羲文,遠紹洛閩,出處皎然,爲一代完人,非近儒所及。

承賜《雲隱堂集》,弟每晨起,盥手捧讀如奉教。自愧才識弇陋,不足稱述萬一。旦自秋月一病百日,稍俟春和,當勉竭蕪思,奉請郢削。賤名得附卷末,亦大幸也。遠叨腆貺,不敢過卻。

拜登嘉惠,臨楮苑結。

與許典三書

別後倏復二載,懷仰彌切。

言路藉重名賢,世道人心端有攸賴,太平之運實肇於此,深可欣幸。

承教大刻,闡明吾道源流、聖教始終,立義不磨,眞足繼往開來。

今聖主懋學勤政,自朝至於日中昃,不遑暇食,不世出之主也。際此昌期,吾道當興。愧侍從之臣,學術淺陋,無能仰助高深。老年翁拜獻所學,正色昌言,必能大有補益。惟及時命駕,勿久戀丘園,幸甚。

玉峯朝拜官而夕上疏,丰裁甚可敬愛。任待菴一日五疏,啟奏之時,聲與淚俱。言路遂有起色,專望臺臺爲之領袖也。

《高子節要》卽致之啟南。此公素負英氣,近日學力更深,與博公皆天潢之瑞也。

使旋甚迫,率復不盡。

答小岑書

自別臺範,時切雲樹之思。遠承手教,言義理氣數甚辨。但以僕之淺陋,與祠部公並論,則過甚矣。祠部公蚤年學道,悟性命之旨,平生不肯稍自委蛇以取祿位，糾彈權貴，風裁嶽嶽。晚年託興聲律，心地空明，毫無罣礙。古人如淵明、逸少，皆負經世之才，遭時不偶，僅託詩酒、翰墨以自見。然當時富貴烜赫者，皆湮沒無聞，而二子高風遠韻，至今猶在人耳目間。識此，則可以論祠部公矣，豈後生末學所可同日而語哉？

長兄天賦異才，克承家學。向來著作，已足自名一家。《讀易近解》掃除訓詁家言，發明經旨，象數義理兼該無遺，不依傍前人，而又非有意標新立異，翻駁前說者。不意晚年見此奇特，真喜而不寐也。近日閣務殷繁，戴星出入，拮据不遑。稍暇擬作數言，附之卷末，藉以不朽。

《春秋志》，更得一讀乃快。

臨楮不盡依切。

答王繼祖書

都門晤教，見道丈英毅之氣發於眉宇，將來事業、名位皆未可量，快慰，快慰。

貴鄉山水雄秀，風氣完密，所出人物，必有非常建樹，不若他郡多以文藻著勝也。轉盼春期，仁望領袖禮闈，亟爲世用。幸磨礪以須，勿過讓也。

遠承手教，深荷注存。前拜讀令先祖家傳，即付之倪闇公。後闇公以讀禮南歸忩忩，遺失原藁。雖採他本載入，終恐紀述有誤。今正將合卷，幸再寄一本。忠直名臣，有光汗青，何敢不敬慎？伏惟迅發爲望。

臨楮依依。

寄丁景行巡撫書

洞庭衡湘，形勝甲天下，固南服重地也。節鉞鉅任，朝廷環顧藩臬而愼畀之，良以建威布德、鎮撫軍民，非大君子莫克勝任耳。太史王六翰奉命滇中，還朝當經貴治，藉便奉候。

濂溪周子爲理學大宗，開洛閩之傳，道州其鄉里也。程朱皆有博士，而周之後人，未得邀一命之榮以奉其祭祀，實爲闕典。儻蒙檄行郡縣，訪求後裔，援程朱二家例，爲之題請，眞千秋不朽盛事，但不可令匪人假冒耳。

萬里馳械，不盡瞻依。

答張承武書

前在史館，因施愚老疑“格物”二字止見於《大學》，而“格”字古經書無訓，窮至字者，歷舉諸說，而究歸於朱子之說爲正，未嘗疑朱子之說爲未盡也。先生坐稍遠，想未聽眞耶，乃煩臺札開示。敬謝，敬謝。

弟雖無所知，生平服膺朱子最切。陽明之學，當時爭論已多。近日名公卿聲名權力震天下，闢之不遺餘力矣。先生以孔孟自任，距邪衞道，以陽明爲少正卯、楊墨，自無不可。弟愚陋無似，不能測陽明之藩籬，實未敢，亦未暇也。

寄李襄水書

舟次高郵，知老親家駐蓋秣陵，以爲歲內返棹，相聚里門，一話積悃。壯遊正適，而弟忿忿北上，竟未能一瞻色笑，悵惘何如！

元長親家邀我芳園，醉我旨酒，且河梁把袂，情懷依依。老來歸興益濃，親交情重。每一念及，不禁黯然。

弟濫叨國恩，涓埃未報，冀圖稍盡寸心，便可自求遂初，復尋鷗鷺。而學術短淺，才力稀微，頭白如霜，論思何在？此中甘苦，未易言也。

每見卿貳會推大寮，輒興才難之嘆。弟謂當世有經國鴻才如襄水先生，而使之嘲雲嘯月，俯仰巖壑，乃反咎天之生才偏嗇今日乎？諸公未嘗不以弟言爲然也。

司咨已投，阮老以爲咨部必須親到。

千里酷旱，吾鄉爲甚。救荒之術，何以籌之？聞州尊銳意興革。前與蠻老所商，似屬可行。乞老親家大力贊成，亦佳事也。

牟山作何功課，便中示知爲望。

日日五更入朝，新例嚴切，精神困頓，諸事廢絕。南望秋堂，眞如蓬萊方丈矣。

臨楮不盡願言。

與汪苕文書

咸中兄入都，得拜手教。知道履康勝，欣慰，欣慰。

弟與澤州念史事重大，議奉強出山。臺意堅定，不敢重違。先生命世大儒，樂志山林，令人作天際眞人想。史事刊修甚急，今冬可以完藁，明歲再加改削，可以草草告成。世有班馬，乃得逍遙林下，史可知矣。

局中議論不一，錯互疊見。弟才識疎暗，分任正統後七十年列傳，兼天文、五行、曆法三志。此七十年中，人物最盛，藁最尤雜蕪穢。止《倪文毅》一篇，出之大作。其難何如！三志皆非素習，諸公以弟略曉一二相委耳。春間竭晝夜兩月之力，始完《曆志》。綆短汲深，卽專精殫思，尚不能勝任。又有《聖訓》、《會典》之役，辭之不得。然其事分任尚易爲力，不意陳、孫二公一時遷職，力薦代者，遂及於弟。初不相聞，至五月十三日，忽傳進宣旨，同新院長進講內廷。每日黎明，鵠立殿下，至午講罷方出。盛暑不輟，精神困憊，無復入人理，以此史事愈荒。講筵、史局，勢難相兼。館中濟濟多才，而求備於疏庸無似之一身，賢者處逸，愚者任勞，此何說也！弟迂拙不識變通，每敷陳經旨，常寓規戒，多至切直。同列皆以爲怪，以爲素無此風。聖度寬大，不以爲忤。久之必蒙斥譴，然弟之自處審矣。

澤州於史事不能得之先生，而弟於此事不能求免於澤州。然此命也，非澤州之所能爲也，惟於雲霄之上想慕先生已耳。

鹿忠節公尋聲譜，乞轉致周先生，以中有忠介公詩，恐其家無藁也。

敝門人范景密邇高齋，能常請教否？乞直教之，勿使爲習氣所染，習氣大可畏也。

餘情縷縷，不盡。

答耿逸庵書

前承示大集，純正精澈，得先儒眞傳。卽欲附數言於卷末，以誌同學之誼。況重以臺命，何敢遲延？祇因年衰，心血久枯。史事繁重，雖有多人，任事者絕少。謬叨總裁，義難他諉。幸未任《方略》。《聖訓》俱本《實錄》，爲力較易。近又進講內廷，每日黎明入朝，午後始歸，卽史事亦不得不放下。精神困憊，實不能支。況此非應酬文字，當立誠，不敢苟作。稍遲，卽具藁呈覽，斷不敢負臺命也。

張父母治行，近今罕覯。卓異之典，原以備臺諫、銓衡之選。而部中循例僅晉一官，何以待治行平等者？然學道君子隨地是學，遠近美惡皆於性分無干，非意計所及。聞張父母處之坦然，此正平日學問得力處。

粤民新離干戈，正儒者所宜盡心之時。頃喬石林自粤西囘，言彼地大吏甚賢，政教俱合理。賢者相得益章，當有顯功異擢。弟不能作文奉送，亦不敢以札奉瀆，乞叱名致意。

又聞撫臺請主大梁書院。省會四方之中，興教爲易。當事能敬賢崇學，此意不可不成之。

秋風漸厲，爲道珍攝是望。

臨啟依依。

記

睢城西關帝廟記

睢城西三十里，有廟祀青帝，不知所自始，土人號曰離蟻廟。於其前爲宮，奉漢前將軍壯繆關侯。稱帝者，從時制也。作之者，居民尚紀臣也。余舅之子趙祚昌來言曰："紀臣勤稼穡，好行善事，釀貲爲此宮，數年而後就。更募地五十畝,爲歲時伏臘祭祀之用,且以供守廟者之饘粥。敢請爲文紀其事。"

余告之曰:"今天下爲宮祀帝者,比閭皆然。若處處伐石爲碑紀之,則山爲之墮,而穎爲之竭矣。且帝亦何須於此?此地非若許昌、荆州爲帝立功建大節處,亦無容紀。若欲侈陳棟宇之閎麗,工役之勤勞,此不足明教而正俗。敢辭。"而祚昌請不已,曰:"無已則言事神之道,可乎?"

夫神,正直剛大,不可媚以私者也。事之之道,必孝以事親,敬以事長,信以處友,勇以徙義,直以距邪,剛以制欲,廉以居利。復深耕易耨,以供賦稅;勿妄交遊,勿信異教,勿以貪懦爲可侮,勿以隱微爲可欺。如此,行之不倦,神必佑之。苟或不然,卽日宰牲設醴,焚香呼號,非神意也。《易》曰:"積善之家,必有餘慶;積不善之家,必有餘殃。"夫亦先明所爲善而已矣。《詩》曰:"神之格思,不可度思,矧可射思!流動充滿,何時容吾厭斁?"此誠意之學,而事神之道在是矣。

朱晦翁不作祀廟文字,余何敢望晦翁?然懼鄉人不明乎爲善之道,願以此言告之。

志

通奉大夫陝西布政使司右布政使環洲成公墓表代作

公諱仲龍,字爲霖,成氏。其先世爲晉人,後爲大名之長垣人。祖曰宰,知睢州。父曰蓮,贈按察司副使。孝廉公三子:長曰伯龍,進士,爲按察副使;仲卽公;季曰季龍。

公幼好學,於古今書無不讀。爲人惇厚坦易,而遇事敢斷。好談兵,人莫能度也。

萬曆戊子,舉於鄉。越十四年,成進士,拜夏邑令。夏故僻邑,公簡省科條,豪貴不敢犯。盜猝起,蕭、碭人心洶洶。公統所部子弟,周旋矢石間,明設購賞,盜皆卻走。枹鼓稀鳴,民以安堵。逾年舉治,劇徙永城。當是時,巨寇擁衆數萬,屠掠梁宋。旁郡吏多棄城走者,公獨增埤浚隍,爲固圉計。乙亥,賊自會亭飛馳至,夾攻,用版毇實濠,以水縣翼木遮擁而進。公令以炬鈁投之,立爇。賊少卻,而環攻不解。公曰:“此非懸重賞,衆不鼓。”貯千金,募敢死士縋而掩擊之,禽俘以數百計。寇破走。時徐沛土寇,虎視永邑,聞公聲威,旋皆解散。吏民人人相慶。歲終,上計舉卓異,爲兩河第一。

戊寅,夏四月,召入京。上御中左門,詢公戡亂功次。公對稱旨。上以公能兵,遂擢兵科給事中。公以驟蒙主知,思傾身以報之,所持過峻,人且以公爲不得久居中。未幾,果出爲浙江參議,兵備台州。

台俗,生女多溺不舉,婢老有白髮弗偶者。公至,勒石垂戒:“凡溺女錮婢者,坐父母、家長以罪。”其法至今便之。

頃之,大陳海寇突入,瀕境劫掠。兩浙久安,初聞聲鬭,則掩耳走。當戍將校,皆紈綺兒,咋舌相戒,甯以法死。顧裨將曰:“上以我知兵,故授我兵垣。當太邺彈丸地,數萬巨寇,我率步卒卻之,何有此烏合之徒哉?”裨唯唯相顧不信也,然亦不敢言。公遂登楓山,遴戰艘五百,申明約束。軍容大振。即移檄溫、甯,夾擊之。寇窮,且食盡,縛其魁请降。亂遂定。捷功聞,上嘉悅之,擢陝西關內道參政。浙吏民以數萬挽車轀,且哭曰:“公幸活我,奈何我去?縣官獨不念東南百姓耶?”控籲中丞公,再借寇一年。中丞許之。疏上,不可。公遂行。

壬午,丁太夫人艱。乙酉,大清定鼎,詔求逸佚。用部使者薦,起公爲山西岢嵐道參政。二年,進秩陝西右布政使。未一年,入賀,遂致仕。

公所至,皆有善政。凡非關一方安危者,皆不載,載其大者如此。

噫!予中州人也,公簽仕中州,故知公最詳。往年予在京邸,寓石駙馬街,與公實比鄰,公數數過予。公敦厚誠愨,與人溫溫,不立崖岸。而遇事慷慨,言及古人忠孝抑鬱事,輒嗚咽太息,徙倚悲歌,不能自已。夫文墨吏能撫循百姓,抑已賢矣。一旦亂起倉卒,能從容定變,不動聲色,非至誠孚人而能如是乎?

今永、夏之民述公禦賊事,有至流涕者。台州繪像立祠,歲時曳節跂履若少壯不期自至,稽首祠下。嗚呼!使公得久於朝,尸而祝之者,當不止數郡。而僅僅以外藩終,悲夫!豈其時有幸、不幸耶?要之,其所建白亦弘矣。且子弟皆博學好古，能世其業，豈天故靳其施以待於後之人耶？吾蓋以此益知良吏之必有後，而天之所以厚公子孫者，詎可量哉？

配孺人殷氏，繼王氏，俱先公卒。今孺人李氏。男三人：一①象瑨，官生；象瑅，舉人；象珽，舉人。女三人。

公以萬曆辛巳六月二十九日生，以順治甲午二月十四日卒。墓在邑西十二里之畱村。

封建昌府推官王公墓誌銘

公諱某，字某，睢陽人，其先鹿邑徙也。高祖諱朗，重義樂施，常捐千金，修明倫堂。里有大差役，輒躬任之。郡守曰：“王君好義，必昌厥後。”朗生諱宗堯，國學生，是爲公曾祖。宗堯生二子：之賓、之佐，皆庠生。之佐以子逢元貴，贈奉憲大夫、邵武府知府。之賓生公考，諱承泰，積德累行，有古君子風，爲潁上訓導，士子奉爲典型。元配湯氏，次孫氏、竇氏、王氏。子七人：曰煜，曰燦，曰煒，曰輝，曰爆，曰炳，公其四也。

公偉軀幹，美鬚髯。幼穎②異，於書無所不讀，補開封府庠員。開封鉅郡，試者常千餘人，公每試輒冠軍。與人語，訥訥若不出口。及論文，則證據經史，踔厲風發，一時賢士皆傾慕之。然公淬志砥行，究心性命，不屑屑舉子業。會河南亂，所至無完堵。公先事而避不及，於險亂稍定，益勤勤課子弟以學。常謂諸子弟曰：“世之華膴者，不少矣。不務建豎，溝壑其心，雖躋通顯，何裨世道？吾實薄之。夫人亦在踐履何如耳，豈必登瑣闥，歷金門，始稱殊絶哉？”

己丑、壬辰，伯子、仲子相繼登進士，奉職內外。每遺書以宣揚君德、愛惜民命爲訓，語不及家私。某年以覃恩受仲子封爲文林郎、建昌府推官。冬，舉鄉飲酒禮，郡侯躬率師生，執纁幣，登堂以請。公固辭不獲。至日，子姪甥孫，扶持肩輿。鄰里無少長，曳節跋履，聚觀泮水者數千人，交口贊羨之。四方傳

---

① “一”，疑爲衍字。

② “穎”，疑爲“穎”字之訛。

繪，以爲榮。

公天性和樂，不爲崖岸嶄絕之行。年旣高，歲時與親友飲酒醉，呼詠調笑，歌以爲常。又精易數，常慨然曰："人生顯晦何常！吾辛苦數十年，不得一第。晚承恩榮如此，然大數有定。明年秋夏之間，吾當與古人遊矣。"會天子以災異渙發大赦，伯奉詔甘肅。明年夏，歸里。踰月，公果卒，享年六十有七。

嗚呼！予與公家世爲姻好，時常從公遊，伯子、仲子皆予同榜進士，故知公爲深。甲午，伯子與予俱官京師，恒邑邑不樂。叩之，則曰："予父年六十餘矣。予祿薄，不能迎養也，弟又遠任盱江，將奈之何哉？"及使甘肅也，奉尺一之詔，星馳萬里，度非所樂。乃抵家，幸遇含殮。以此見公之至德，故天若假之一時，使有子奉終事也。仲子聞訃，設位以哭。江右士民無遠近，爭購恐後。嗚呼！可謂賢也已。

公配高孺人。子二：長震生，壬辰進士，授中書科中書舍人；次嘉生，己丑進士，授江西建昌府推官。女一。孫三。

公以萬曆十七年己丑八月十七日生，以順治十二年己未八月卒，葬於夏陵七里厚臺崗之新阡。

銘曰：猗與懿德，令聞孔彰。不朽爲壽，耄耋非长。剞劂哲育，休命丕昌。綿紵奕奕，燕翼無疆。松柏翁鬱，迴流抱岡。爰卜玄廬，萬世有慶。

傳

文林郎江西廣信府推官雪潭任公傳

任公諱文曄，字聯璧，號雪潭。先世自洪洞徙新鄉，遂爲新鄉人。少好學，爲文驚動長老。弱冠，補博士弟子員，每試輒冠曹偶。壬午，登鄉薦。先是，丙子，伯兄文朗已登賢書矣。聯車入都，士林榮之。

當是時，李自成已踞關陝，震動畿輔。而太翁年高，公亦無意策名。歸，偕伯兄與太翁入百門，耘斗峯，拾橡栗，汲石泉，有終焉之意。而是時李逆設河北僞官,迫公入秦。公慷慨裂檄。人皆危之,公怡如也。

皇清順治丙戌,始捷南宮。念太翁年高,未就廷對。丁亥,成進士,授陝西鳳翔府推官。未赴任,丁太翁艱。服闋,補江西之廣信。執法不阿,屬吏奉如嚴師,而大意本於寬厚。南昌太守被劾,讞者坐以通叛。其母年八十,詣公申理。公力辨其枉,得減等。

時,九仙山賊楊文,踞險爲亂。撫軍蔡公提兵進勦,委公督餉。崎嶇岡嶺間,轉運不絕。文遂授首。又同諸將搜勦餘孽。公令軍士各帶糗糧,繼以舴艋。供饋充羨,遂成底定。蔡公舉酒勞之,曰:“地方敉甯,任司李之功也。”諸將獲賊妻女,必審問姓氏居處,令其家攜歸完聚,民有繪像以祀者。

尤加意文學,月課獎拔。及鄉試同考,所得多知名士,捷禮闈、入禁苑、以文章著稱者若而人,衆歸藻鑑焉。

清江楊機部公盡節灨江,其子貧困廢學。公訪致資之讀書,列名黌序。其高義如此。

公既久次,具有聲望,於例當內遷。竟以平反疑獄,忤上官意,中以考功法報罷。公曰:“吾以持法受過,夫復何憾? 且老母方倚閭,得歸依膝下,吾之願也。”抵家,承歡之餘,研究性理宗旨,課子弟以學。未幾,太孺人卒。公兩執親喪,哀毀盡禮。

暇時築東園,遠眺太行,近挹蘇門。與老友結社,飲酒賦詩,陶然忘世。後進執經問業者,戶外屨滿。子璿,己未進士,選庶吉士。寄書勉以上報君恩,無忘祖德,語不及私。喜讀《大易》、《老子》,自號襲常道人。所著《澤畔吟》、《清商曲》、《東園草》、《繁霜吟》,篇什甚富。卒年六十有六。

史官湯斌曰:余嘗往來夏峯,數過新鄉。見公長身玉立,美髯疎眉,巍然巨德長者也。因憶昔年官豫章,其鄉先生往往稱公司李時事。而成就機部,後人尤樂道之。世有名賢,哀郢沈湘,而子孫淪於耕牧,弗得與衣冠爲伍,誰有過而問者? 若公之所爲,眞可令聞者涕零矣。乃以直道忤時,不獲大用於世,惜哉! 然其居鄉厚德,里人奉爲典型,子孫砥礪名行,克光家學。天之報清白吏,信有徵矣!

同治庚午冬，重刻先文正公全集。史藁之外，統爲《湯子遺書》。其中編次視原刻少爲變易，而篇數則仍其舊云。慨自捻亂以來，節烈、賢良兩祠均燬於火，所藏集板蕩焉無存。亂定後，祠宇雖次第落成，而重刻全集，力有未逮。幸蒙河帥蘇賡堂先生倡捐重貲，各大憲慨分清俸，因得授梓開鐫。嗣以功虧一簣，久未告竣。適州尊夢榴沈公來牧吾土，詢知原委，捐貲以助，聿觀厥成。於戲！先文正公經猷、學術，卓然爲一代名人，雖片紙單詞，當世咸知寶貴。兹於全集之外，尚有家藏鈔本二卷，爲先曾伯祖蘭墅公手輯。若不同登梨棗，深恐散佚失傳，是後裔之責也。因復加校訂，附刻全集之後。庶先人手澤不至淪沒，亦以成蘭墅公未成之志云。

時在同治拾年，歲在辛未如月，六世孫樹茗謹跋

卷 二

表

擬 謝 表

上憫念畿輔災荒，特發帑金二十四萬兩，敕滿漢大臣，分郡賑濟，全活饑民無算。廷臣謝表。

順治十一年

伏以聖德象天，畿甸洽阜財之化；皇仁溥露，股肱襄解緼之施。海隅盡復旦之鄉，而敷惠宜先三輔；寮寀皆旬宣之吏，而作隣實藉六卿。輦轂無虞，輪裳攸慶。臣等誠惶誠恐，稽首頓首上言。

竊惟虞廷九載，洪流奠而四隩攸同；亳都七年，桑林禱而九圍咸式。蓋天災敷被，盛世亦有雲漢之歌；聖澤翱翔，窮蔀始免星罶之嘆。

若乃南有箕而北有斗，二東厪杼軸之空；釜無麋而桁無襦，九重鮮鈞駟之具。頌丹詔於關右，實賴長沙；移玉節於東京，爰崇汲黯。或發廩南郡，或止輦洛陽。常平之倉開，甘露神雀之盛；度支之奏成，永泰大歷之休。繪流民而爲圖，輝煌玉簡；開義倉而分社，照曜齊封。

至於醉酒風高，武德占豐年之瑞；桑耕日暖，杜陵慨盛世之春。均輸利析秋毫，滔夫之諫章維切；青苗等於商賈，眉山之奏草堪悲。聖徽云遙，仁風邈著。或因星使之至止，或因玉輦之偶經。采桑椹於嶧山，感太子而駐馬；供蒲葦於淮甸，逢御史而停車。令聞奕於百年，隆施止於數縣，從未有宣麻殿陛、授

667

節公卿、千里咸臨、八郡攸被如今日者也。

　　茲蓋伏遇皇帝陛下德同姚姒，道邁黃虞。長樂風清，薰絃來鳳儀之慶；金華漏永，雲旗表麟趾之祥。紫芝有歌，河清有賦，瞻雲日者十載；蠲租有詔，耕藉有文，定圖籙者萬年。日月明矣，凡鑽燧鑿楡之民咸厪宸慮；河山奠矣，豈捧輦服轂之地罔切皇情？

　　乃臨省闕而云懷，呼臣隣而予助。看渾河而如帶，兩岸寒煙；望嶽雲而如樓，千里哀草。蘇門易水，盡鳩形鵠面之夫；大伾淳沱，唯頳尾羵羊之詠。室如懸罄，空聞布穀之聲；野無青禾，誰憐載勝之羽？

　　興雲霓於天上，滋雨露於日邊。乃發帑金二十四萬，乃命卿佐一十六人。損尚衣以爲民衣，甯慕集囊於漢主？減玉食以爲民食，非僅假籯於古皇。分郡齊臨，豈誇金章紫綬？單車就道，誰同飲酒遊山？男耕女桑，盡饔飱而軒舞；燕雲趙野，咸祝華而呼嵩。

　　臣等濫綴朝班，伏承天寵，或俎豆罔習，從龍於豐鎬之前；或經濟無聞，拜贄於郊廓之後。旌旗縹緲，覷聖澤之雲飛；閶闔崔巍，感皇恩之露灑。伏望弘此帝德，懋乃神功。巽命時申，東連日出洧盤之郡；天顏常渙，西漸流沙積石之鄉。哀哀農夫，常歌含哺；粲粲公子，永無履霜。金甌固於周京，玉燭調於虞代。

　　臣等無任瞻天仰聖，激切屏營之至。謹奉表稱謝以聞。

頌

甘泉房中產芝九莖頌並序

　　臣聞聖世崇德，不侈祥瑞，而天休丕至，自表嘉徵。粵稽上古，卿雲著於闕庭，鳳凰巢於阿閣，猗與盛哉！至今輝煌玉簡，照曜竹書。蓋一代之興，有明聖顯懿之德，必有嘉符異祉。而文學待[①]從之臣，因珥筆以紀盛事，所以答天祥

---

① "待"，疑爲"侍"字之訛。

而昭國禎也。

今大漢隆興,蘊渥之覬,七十餘載。湛恩汪濊,洽被方外。是故命師西指,巴蜀獻琛;移節南臨,番禺入貢。天馬寶鼎之歌,薦於郊廟;麟狩雲封之事,著於紀年。蓋聖德廣布,西漸流沙之鄉,東被日出之郡,故能使山海祕珍應期而至。

乃於元封二年夏六月,甘泉房中產芝九莖。紫輝素質,炳燿絢爛,誠靈臺之所未覩,往牒之所希覯。夫白環楛矢,來自異域;素雉丹烏,徒侈奇文。然尚用勒青編,聿昭後世。況地出齋房,物稱靈產者乎?

且陛下元默爲神,澹泊爲德,軫念民依,夙夜不遑。乃今一莖五穗之祥,甘露和風之休,遍於郊圻。而元符所鍾,更在昭格神明之地。是陛下精誠交乎,而上帝來覬也。誠宜誕發大惠,以揚聖朝之令祉。微臣職居紀言,謹拜手稽首而獻頌曰:

大漢五世,皇風維潝。闓澤誕敷,日月爲隣。山來赤鳳,谷無隱麟。元鶴在沼,寶鼎出津。甘泉之宮,碧磵嶙峋。翠旌時御,玉節星陳。雲影糺縵,如菌如輪。爰有紫芝,爛然其榮。紛紛郁郁,碧葉金莖。紫霧如蓋,油油菁菁。考之古紀,蓂莢始生。用驗晦朔,曆象以明。屈軼之草,指邪是名。聖睿惟哲,賢愚必清。何須假草,乃奏昇平。惟此紫芝,零露瀼瀼。色連宮樹,影入梧篁。九華葳蕤,並茂齊芳。玉佩掩映,雲錦高張。氣非蘭蕙,王者之香。渥有寶馬,天子是歌。爰獻頌章,以續嘉禾。渭水湯湯,黃山峩峩。漢德無疆,永保天和。

雜　記

本紀條例

一、本紀自晉宋以來法漸詳密。《唐書》以詔辭駢麗刪去,僅存高祖一詔,亦多裁節;書法義例,務從簡嚴。前史之體,爲之一變,而王言無徵,後人譏之。《宋史》因事定例,不似《唐書》之嚴,而事加詳;詔令言辭,亦剪裁載入。一代事蹟，燦然完備。《元史》繁蕪，不足觀矣。

竊以本紀記一帝始終，非同《綱目》一書，原本《春秋》，義取褒貶，另有目以詳其事也。如卽位、册立諸詔，記其事，刪其文可也。如戰攻方略，訓戒臣民，志、傳不能載者，必須總括數句，其事方明，則《宋史》可法也。《漢書》有一詔而本紀與志、傳詳略異者，知出史臣剪裁，非盡原文也。細看《宋史》，言動皆記，實備左右史之體。故本紀當以《宋史》爲法。

一、皇后初立，得其正者，曰立皇后某氏。繼立，曰以某妃、某氏爲皇后。

一、皇子生，前史例不書。《宋史》惟書子構生，或以其爲南渡之主，故特書之。帝之生日，見於本紀；初生，可不書。諸親王封、薨，書；郡王，不書。皇貴等妃，書；太子、諸王妃，不書。

一、內閣、兩京尚書、都御史除拜，皆書；卒於官，書。其致仕大臣勳德著者，書。《宋史》大臣致仕，如富弼、歐陽修薨，皆書，不必卒於官也。

一、增設在京衙門及在外藩臬以上者，書。餘皆見志中，不書。其緊要衛所關邊防大計者，不在此例。

一、日食、太白經天、晝見彗孛，及京師地震、水旱、大雨雹傷稼，書。流星、月食之類，《天文志》詳之，不書。

一、外國朝貢，書。土司入貢，不書。一年之內，一國二三入貢，或諸國俱入貢，於月終、歲終彙書之。此沈約以來例。

一、勳爵初封，書。襲封，不書。既絕復封者，書。

一、賑饑，書。其遣官姓名，不書。“賑”，前史俱作“振”，今從之。

一、蠲租賦，書。夏稅秋糧等名，不必瑣書。

一、各帝后尊號，俱見各帝后紀傳。上尊號時，但書上某帝后尊號，不必詳書。

一、卽位、册封、除拜、頒詔、行幸等事，書日。攻伐、謀叛、書①反等事，皆不書日，以非一朝一夕之故，不可以日計也。

一、用兵兩相攻曰攻，以大加小曰伐，加有罪曰討，天子自征曰征。此歐陽

---

① “書”，疑爲“謀”字之訛。

公例。易得曰取，難得曰克，掩其不備曰襲。我戰退敵曰卻之，我勝追奔曰敗之，我戰敗曰敗績，小挫曰不利，未戰而奔曰潰，以身歸曰降，以地歸曰附。

一、書外國侵犯，曰犯；番、苗、猺、獞土司，曰叛；草澤特起，曰反。又叛者，背此而附彼，猶臣於人也。反，自下而謀上，惡逆之大者。造謀未行，曰謀叛。土賊無主名，曰作亂。破城，曰陷。

一、凡誅戮至凌遲曰磔某於市，斬曰伏誅，枉殺者曰殺。某官某人下錦衣鎮撫者，曰下詔獄；下刑部、都察院者，曰下法司。廷杖者，曰杖某於廷。定大辟，曰論死。謫降曰貶，革職曰削籍，軍流曰戍。當其罪，增“有罪”二字。

一、祭祀親祭，書。初定典禮，書。每歲春秋循例遣官，不書。

一、臨幸遠者，書車駕幸某地。車駕還宮，近者止書某地。此司馬溫公例。

一、殿試傳臚，書賜殿試舉人某等進士及第出身幾百人。

一、建言當見本傳。有大關係者，前史亦間載入。若泛常稱二事三事者，削之。

一、督撫初設則書，循例相代者不書。或有事績與除罷相關者，則書之。

一、大興作，如宮殿、城池，皆書。

一、遇難死得其正者，曰死之；才智不足衛身，曰遇害。

潼關署中記

外方面與詞臣大是不同，須辦全付精神。屬官、書吏、中軍，門下聽用，俱要持重謹密，顰笑不可侮人。不妨事事講究，但不可輕說一個是字，不可輕露意旨。蓋我們一言，彼遂記之終身，衙役遂借之出賣於人，不可不慎也。

此評文移，須要前後照管，要三年如一日。不然，前後自相矛盾，人便謂我夢昏，則乘閒思有以中之矣。

衙役、左右不可寄耳目。

上臺公差至，隨時打發，不停時刻，溫言諭之。或府官於州縣行提事件，亦不許過三日，不許帶副差騷擾地方。本城內凡有過往，不論兵馬、下吏、差官、差役，令地方、門軍、店家即刻報知，寫一字記之於壁。或過三日不去者，即查若人緣何久覊,隨便發付。

定官評,務要的確,要愛惜人才。功令森嚴,人家性命、家族所係,非小可也。慎之。

下官申文,照詳照驗。勿聽人言,分別卽照。驗者不當,祇管批駁。

坐堂。各處申詳,俱要當面批定。或允或駁,俱將緣由當面與犯人說出,原文卽交於本解子。一應文移,俱隨到隨批,勿落胥吏之手。

一日晚上將一日行過事件,細想一番。或有未妥,卽速改正。或寫一字記之,呈稿時量改之可也。

延見父老,勿令長跪。當溫言和氣,咨訪地方安危利弊與稼穡豐歉、米穀貴賤。且不可安坐,當降禮接之。

欽限不可下行。

行戶買辦,甯過費,勿刻減。必令月終本舖自具片紙,本道一月之内取物若干,發價若干。卽不曾取物,亦要具一帖,云本道併不曾取物。

與胥吏言,不妨及民間細事。但覊心察之,且以觀其人之邪正。

公生明,廉生威。

至誠勿欺,正己率屬。

約束兵丁、衙役。

勿用官價,勿多准狀,勿拏訪,以安靜無爲爲主。

喜怒不可形於色。見喜者,便妄作威福;見怒者,卽生防備。

和平和養,與民相安。

嚴禁茶馬。

勿已甚,勿多事。

立法宜嚴,用法宜寬。

訓練兵士爲要。

行所無事。

清廉勤愼,方嚴。

爽快,鎮靜,有條理。

"四衙門"三字,不可放在胸中。

凡事以難心處之,無不易;以易心處之,無不難。

本分之外,不加毫末。

事上官恭敬而勤謹。

持己端方,政令簡肅,不事苛察。

務持大體。

寬一分,則民受一分之賜。

勿作奇文字。

守拙。

因其勢而利導之。

以學爲治。

勿改平生。

講做官者,以鑽營爲上策,以權術爲得計。嗚呼!王政、聖學之不明也,久矣。

既往不究。

體卹屬吏。

事事在規矩之中,又當力任地方之事。

蒞官學道當漸修,不在事務之見美、名譽之速成也。若二三年在官,人不能指其過,亦復不能見其功,是卽爲眞學者、眞居士矣。

程子曰:"一命之士,苟存心於愛物,於人必有所濟。"

兵民不可偏重。失民心不可,然失兵心則失將心,失將心則地方安危係之矣。可忽乎哉?

禁邪教。

禁苛稅。

禁蒲城歇家納糧。

嚴禁賭博,以弭盜源。

立義學,設館穀。

不執己見。

解到人犯,隨到隨審。無干被累,立行釋放。解犯久滯歇家,解批過限五日,令上號吏扭禀重責。

語道務以德性爲先,而知能愛敬,不失赤子孩提之素;造道以中庸爲至,而聖神功化,咸歸百姓日用之常。至若多聞多見,而擇識《論語》,明言其爲知之次,而非虛靈之體;克伐怨欲,不行《論語》,重惜其用力之難,而非惻隱之良。雖學者全功,均所不廢。然老農之於田也,佳禾旣植,始事刈草之圖;場師之於圃也,芳林已樹,乃勤培灌之力。如或次第少差,畢竟徒勞無益。

課農桑。

興教化。

育人才。

重鄉約。

愼鄉飲。

立學校。

修先賢祠宇。

重祀典。

積貯。

立社倉。

招流移。

浚溝渠。

養濟院。

賑饑民。

禁火耗。

清錢糧。

簡詞訟。

禁濫監。

表節孝。

禁唆訟。

嚴注銷。

嚴關防。

禁遊客。

體行戶。

重保甲。

弭盜賊。

禁賭博。

覈軍餉。

重官評。

息奔趨流浪之志，以從事於愛親敬長之實。

日用之間，或誕謾恣睢而不知所學，或因循玩愒，坐廢時日。

無適而非道，無事而非理也；無事而非理，無事而非學也。維皇降衷以來，天道終，人道始，其源流內外一也。學也者，所由盡人以繼天者也。

顯之爲彝倫，徵之爲達德，發之爲言行，措之爲政教。道之大原，出於天，具於人心，散於萬事萬物。非格物致知，則不能明其理。然非此心虛明甯靜，則昏昧放逸，又無以爲格物致知之本。程子所謂“涵養須用敬，進學則在致知”者，正欲居敬窮理，交互用力，以進於道也。

人之所以異於禽獸者，倫理而已。何謂倫？父子、君臣、夫婦、長幼、朋友，五者之倫序是也。何謂理？即父子有親，君臣有義，夫婦有別，長幼有序，朋友有信，五者之天理是也。於倫理明且盡，始得稱爲人之名。苟倫理一失，雖具人之形，其實與禽獸何異哉？既得天地之理，氣凝合而爲人，其可不思所以盡其人道乎？

其或飽煖終日，無所用心，縱其耳目口鼻之欲，肆其四體百骸之安，耽嗜於非禮之聲色臭味，淪溺於非禮之私欲宴安，身雖有人之形，於禽獸何異？仰貽天地凝形賦理之羞，俯爲父母流傳一氣之玷，將何以自立於世哉？

人但充其治文章之心，而忠孝、廉節、智勇、功名不外是矣。修之則彝倫日用也，悟之則神化性命也。聖人所以下學上達，與天地同流，如此而已矣。

堯、舜、禹、湯以倫理治天下，夫子以六經治萬世。天下之治亂，由人心之邪正。人心之邪正，由學術之明晦。學術之明晦，由當事者之好尚。所好在正學，則正學明。正學明，則人心正。人心正，則治化洽。所好在詞章，則正學晦。正學晦，則人心不正。人心不正，則治化不興。蓋上之所好，下卽成俗。感應之機，捷於影響。

眞正豪傑，方能無待而興。其餘則全賴有位之人勞來匡直，多方鼓舞。陽明先生自爲驛丞，以總督四省，所在以講學爲務。挺身號召，遠邇雲從。當秉鉞臨戎而猶講筵大啟，指揮軍令與弟子答問齊宣，直指人心。一念獨知之微，以爲是王霸義利，人鬼關也。聞者莫不戚戚然有動於中。是時，士習蓁裂於辭章記誦，安以爲學？自先生倡，而天下始知立本於求心，始信人性之皆善而堯舜之皆可爲也。於是，雨化風行，雲蒸豹變，一時學術如日中天。

講學創自孔子而盛於孟子。至宋儒出，而始有以接孟子之傳。然中興於宋，而禁於宋。是宋之不競，以禁講之故，非講之故也。

彼此皆以忠孝大義相勸勉，使人人皆知正道，皆知君親之大倫，或可以少挽江河狂瀾於萬一。

人欲化爲天理，則身心太平；小人化爲君子，則天下太平。人皆可以爲堯舜，世豈不可以爲唐虞？

中之爲德，庸德也；中之爲言，庸言也。喜怒哀樂中節，子臣弟友盡道是也。於此一一中節，一一盡道，直至中和致而位育臻，然後可以合無聲無臭之妙，然後可以語盡性至命之學。

心不堅確，志不奮揚，力不勇猛，而欲徙義改過，雖千悔萬悔，竟無補於分毫。

名心勝者，必作僞。

呂新吾先生曰：「士君子要養心氣。心氣一衰，天下事分毫做不得。」

防欲如挽逆水之舟，纔歇手便下流；力善如緣無枝之木，纔住腳便下墜。是以君子之心，無時而不敬畏。無屋漏工夫，做不得宇宙事業。

孫夏峯先生曰：「大凡向學之人，獨立之意多，近於方方之弊也，爲單板；隨人之意多，近於圓圓之弊也，爲頓熟。初學，宜以方入。學力深，單板自化，斷不可失之頓熟耳。」

新吾先生爲同郡先哲，夏峯先生爲今日先覺。敬摘語錄數則，爲同志勸。惟共喬意焉。

姑蘇記事

蘇州田賦，宋三十余萬石，元八十余萬石，至明幾至三百萬。

按：洪武初，官田重額，止於七斗三升。而今民間乃有一石三斗、一石六斗或二石者。蓋莫知其所始，豈所謂抄沒官田者乎？固非定則也。且洪武中，正耗不過二百一十四萬，然猶屢下寬貸之詔。永樂以來，漕運愈遠，加耗滋多，乃至三百萬石。宣宗深憫斯民之困，特下詔蠲減官田重額，知府況鐘又累疏奏減七十余萬，吳民賴以稍甦。然民間重額，今猶未盡除，豈當時有司不能奉行詔旨之過耶？

淇①武初，七縣官民田地共六萬七千四百九十頃有奇。官民②田二萬九千九百頃有奇，起科凡一十一則：一則七斗三升，一則六斗三升，一則五斗三升，一則四斗三升，一則三斗三升，一則二斗三升，一則一斗三升，一則一斗，一則五升，一則三升，一則一升。民田地二萬九千四十五頃有奇，起科凡十則：一則五斗三升，一則四斗三升，一則三斗三升，一則二斗六升，一則二斗三升，一則一斗六升，一則一斗三升，一則五升，一則三升，一則一升。抄沒田地一萬六千六百三十八頃有奇，內有原額、今科之分。原額田，起科凡六則：一則七斗三升，一則六斗三升，一則五斗六升，一則五斗三升，一則四斗三升，一則四斗；今科田，自五斗五升至三升止，凡二十八則。崇明官田又有曰江淮田、江浙田、職田、學院田，俱科黃赤豆。抄沒田有曰故官田、江浙故官田、沒官田，俱稅米。

弘治十六年，一州七縣實徵官民抄沒田地、山蕩等項共九萬四千七百八十五頃有奇，官田、抄沒等項六萬五千三頃有奇，民田等項三萬四千六百九十七頃有奇。

嘉靖十七年，太倉等八州縣原額科糧官民田地等項八萬六千三百九十七頃有奇。

---

① "淇"，疑爲"洪"字之訛。
② "民"，疑爲衍字。

除崇明縣官民田地、塗蕩八千三百二十四頃有奇,今經清查,弊隱田二千八百三十九頃有奇,於內陰消過弊田四百五十三頃有奇。

府學延袤一萬九千丈,周一百五十畝地,故廣陵王錢元璙南園。景祐元年,范文正公守鄉郡,因州人朱公綽等請,始爲奏聞立學今所,仍給田五頃以贍①學徒,延安定胡先生主教事。嘉祐中,刑□郎中富嚴建六經閣。熙甯中,校理李綖又割南園地廣之。元祐中,生徒日眾,公綽之子長文掌教事,議欲盡南園餘地爲齋廬。會范公子純禮制置江淮漕事,過家,爲奏請,詔給度牒十紙充費。

巡撫行臺在南宮坊,即鶴山書院,自永樂、宣德來巡撫大臣治事之所。正統十年,知府朱勝建來鶴樓三間於後堂北。其東別爲公宇一區,即魏公讀易亭遺趾,舊爲刑部主事從巡撫官理訟所居,後革。今府官清軍居此,俗稱清軍館。

魏文靖公宅。宋端平間,公都督江淮。理宗賜第吳中,有高節堂、靖共堂、讀易亭,復親書“鶴山書院”四大字賜之,即今巡撫治所。王賓詩:“幾迴除拜到中朝,門徑於今草已饒。祇有聲名在人世,西山相並獨相高。”張雨題鶴山書院:“寂寂茅堂晝掩門,藤陰花氣野池渾。情知建業青精飯,不到臨卭白髮孫。”

減糧額。

蠲舊欠。

興水利。

舉義倉。

立社學。

淮揚水患。

江甯、揚州、鎮江等處涸田,緩報。

不可漏意於紳士。

不通屬員交際。

嚴禁藩司火耗。

---

① “贍”,疑爲“贍”字之訛。

嚴禁關差需索。

不差役，提事量力而行，見幾而作。

禁婦女遊寺院。

求通民情，願聞己過。

執事、床帳、卓圍以及薪米，皆預發價。

禁中軍不①干預政事。

不輕丈田，不爲已甚，不生事，因物付物。

禁光棍結黨打詐人。

禁旗丁奸暴，或詐作江頭夫，騙人行李。

傳宣已革，不可立。

衙役不必輕裁，有過勿補。

往來滿洲近侍優禮，槩不饋贐。

凡一切條陳紛更地畝者，勿輕許。一番紛更，弊益甚。巨家得利，不可究詰②。

嚴諭藩省清舊欠，勿妄出結。

不可露喜露怒，則人得窺之。

禁責青衿。

比較敲樸③無已，可恨。

關鹽大有關係，一毫不染指。

執事不過十對。衙役繁多，無所用之。槩免差徭，與鄉紳等，窮民愈苦。

嚴杜遊客。

均役。

待縣令宜平易。縣令官小，視督撫惴惴，恐得罪。宜稍寬假，使得盡其言，且察其人之賢否。

方面多有奧援，目無督撫，不可假藉。假借，則肆無忌憚矣。

---

① "不"，疑爲衍字。
② "詰"，疑爲"詰"字之訛。
③ "樸"，疑爲"撲"字之訛。

七八月收稻之時，當寬比。

兵馬過往，派夫船。大張告示，使民知確數，無使吏胥多派。且明示期會，免守候時月。

不輕批署篆官。立一定例，勿令司道賣印。

投河自盡人命，禁織造府挾屍親抄掠人家。

詞狀卽刻定限行提，勿聽下司受賄狥情，延推索詐。

禁打降。

禁以人命爲奇貨。

禁復房地價無了期。

事事澹人心，平虛張之氣，化大事爲小事，化小事爲無事。

簡以馭繁，靜以制動。

初至，以鎮定處之。稍示意旨，則人得而嘗之矣。欲釐弊而弊不可盡，是自亂也；欲釐弊而弊從此生，是自生弊也。

禁畫船簫皷。

禁浮誇。

文章行事，風俗民情，總是虛而不實。

枭司提人甚惡，當禁。

禁京口旗丁騙人。

禁州縣比較，不得用夾棍。

禁書手受賄，比簿改千爲百。

禁里長妄派使費，正賦愈不能完。

禁諱盜。

小事速結，大事甯愼重，毋急迫，一誤則不可悔矣。

內外線索不通，關防不可不愼。

不露端倪。

織造干預民事，藉端騙詐良善。

禁關吏暴橫。

偶爾喚取鹽商，隔別細問所費之詳，約定價值，再將所言與鹽道細商。各衙門除鹽院外，所費若干，皆與平氣商確減之。

學道進學補廩，不許有私。

臬司賢否，詞訟細心閱之，勿有一毫忽略。

勞民傷財之事，不可爲。

勇於任事而民不見德，安靜無爲而民思之。

細問客商關稅之詳。

我之所應有者去之，爾之所應有者不去，猶可言也。我之所應有，併爲爾
之所有，有是理乎？

嚴禁酒船、龍舟燃香放燈，迎神讌飲，教戲衣服過奢者。

貪官污吏，衙蠹豪奴，許人不時首告。攔阻者，罪之。

編淫詞戲曲刊印者，處。

編淫歌，污人閨門者，重處。蓋吳俗以譏訕品題人爲能事。

儲將不宜多設。

禁夜行船結盜圖財。

禁行家經紀動虧客本。

禁婦人入寺燒香看戲。

禁火葬、溺女。

舉孝子、節婦。

不尚遊覽，不尚詩文、交遊。

舉行社倉。

屬官朦蔽貪婪，塌茸錢糧，侵那預徵，私派地方，過往抽豐，關說鄉紳，把持
包攬，交通旗兵窩盜，句逃營債。

事來而順應之，不可無故而先生事端。

節名至大，不可妄交非類，以壞名節。

一言不妄發，則庶乎寡過矣。

少言沈默最妙。

不能感人，皆誠之未至。

覺人詐而不形於言，有餘味。

不必厲聲色於人，辨是非，較長短。

事已往，不追最好。

立定腳根，卻須寬和以處之。

凡所爲，當下卽求合理，勿曰今日姑如此，明日改之。一事苟，無不苟矣。

方爲一事，卽欲人知，淺之尤者。

凡事甯緩勿急。天下事，那不是忙中錯了？

人言多有說聞。斯行之，卻使不得。

勿爲赫赫之功。

禁開元寺婦女燃身燈，裸體，與僧爲伍。

本衙門人役，五人具保，不拘名次相連。但知之最眞者具保，如經事發，一併責革。

蠱藥迷人，殘折肢體，吳江爲甚。

京口撤兵，不可聽。松江兵，可量裁。

告衙蠹，勿批司道，恐藉以嚇官爲利也。親提面審，輕則責枷革役，重則參官。

不准詞狀，不必貼出，收入宅內，分府封記備查。

州縣解銀批迴，先到院掛號，後發司。如銀不足數，卽就所收實數給批，免解役守候。

截留漕糧，給兵餉。

禁織造府人指債騙人婦女。

禁幼童學戲。

禁窩賭。

江蘇刁惡成習。凡詞訟，初次狀子皆全無風影，虛張誇大，瞞天說謊。及至審理，再具投詞，始漸露端倪。承審官亦置初狀不問。以此刁風日熾，莫可究詰。今本院斷以初狀爲主，一字涉虛，卽行反坐。後具投詞，槩不准理。

地方大利大弊，應興應革，或本院行事未合民情，未符公論，或司道府州縣貪婪酷暴，重加火耗，衙蠹肆惡，隱匿盜情，兵丁、土豪、豪奴、市棍結黨聚眾打降、詐騙等事，皆得密封投遞，或明投，聽從其便。冀以兼聽並觀，通達下情。

若徇私害公,報復私仇,本院自有確見,不爲所惑。敢有攔阻,許喊稟,定行重究。

均田均役。官收官兌。

禁刁民誣告,挾制官府。

書吏三月換班。當更換時,自造號簿,已完若干,未完若干。未完者通作十分,下班三個月務要接管催完。臨換班,考其成。完至九分者免責,其餘以所欠分數責治。本班前兩月奉到號件,依限催結。後一月,准作下班督催數內。

赦前追比宜清。

題藁刪削潔淨,勿存疑竇。

部有馭本,毋輕許藩司打點,派費屬縣。

上方山、虎丘寺、荷花蕩遊船,婦女淫祀迎賽,禁之必嚴。

禁貧民賣子女,奸媒欺詆,轉賣遠方學戲。

禁院司書辦坐四轎,與州縣分庭抗禮。

江以南,率累世不葬,或溺風水,或苦於厚費。宜嚴查。

權柄要在手,不可授於人。

上疏宜簡宜愼,勿授部曹以柄。

待織造外寬和而內嚴峻,尋一府佐馭之。

逃人立刻起解,不許妄扳窩主。

禁揚州轉賣女子爲娼。

漕糧耗米近年太重,宜設法嚴禁。

輸納漕米,無故叵難刁蹬,不卽收支,及到有先後,主司不依原到次序收支,按律治罪。

興化縣民田,爲減水壩下流淹沒。當開支河,使歸海。

禁白捕打降。

勿講學。

勿作怪。勿欲速效。

不立意見。

自己不徇情,鄉紳、遊客不得妄干。恐詞訟批行屬下,仍不免情面請託,當體察之。

死罪改活,活罪改死,罪及應流徒人犯,過限或時不及熱審,而必待熱審後解,皆下查取職名。

生辰令節,當預期傳諭,不許祝賀,屬意絕之。

浮糧,當具疏。

累年帶徵,當具疏。

蘇松十年舊欠,在赦前應免者,約九十餘萬。部以太多,不肯免,駁回。當陸續分款言某頃與赦例相合,徐徐上去,或可寬免。

定斗斛,畫一關稅。不依,則收。告者,皆光棍,非商也,不宜輕准。

鹽中一名匭費,供各院司常例,當革。

下庫查盤,嚴其令,緩其期。

蘆洲數年一丈,率以糧道督之。實未曾丈,而使費無算。可令州縣日報,免科派。

一、刪招批允後,另敘簡招,以便具題。

一、援赦除應赦人犯卽行保釋外,大案引律例,加“應否”字樣,應聽部議。

盜案初參職名,止應簡略大槩,不備敘口供。

田房稅,儘收儘解。

免顧光祿義租五比。

驛遞歸本州縣,免協濟。

蘆洲白糧,當請豁免。

題孟陟公《虎丘三十詠冊》

陟公先生文章,風采照耀中州。甲辰之歲,掛帆江東。翠崖丹壑,筇屐殆遍。至虎丘,留連經旬。花晨月夕,與騷人墨客呼酒賦詩,興酣淋漓,題詠滿壁。吳下相傳,以爲京兆、衡山風流依稀猶在也。

庚戌,過余草堂,出手書《虎丘三十詠》見示。天眞爛熳,不染塵俗,而書法如飛鴻戲海，舞鶴翔空，眞藝林之寶也。

余嘗三過虎丘。數年以來，每當春花初敷，秋桂盈庭，猶時時夢在劍池、鶴澗之間。今聞陟公鐫石桀廊，他日策蹇相過，追念昔遊。

勉搆短章，附大雅之後，不知可當一噱否？

贈　言

徐君電發，以徵辟官禁苑，文章、詩賦在香山、涪翁之間。嘗請假里居，門庭蕭然。還署未帀①月，遽謫官而去。同朝士大夫，多賦詩以贈其行。

余方病，杜門謝客，不能出郊一送。又怔忡不能爲詩，無以爲電發贈。乃強起，邀至小亭，酌酒而告之曰：“人生豈必以一官爲重哉？古之賢者，宦跡落寞而聲名表表於後世者，眾矣。如君之才，固不以官之崇卑論也。吳中山水清妍，多隱君子。君往從之，相與究性命之微，探濂洛之旨，必將斂華就實，超然自得。道德之歸，有日矣。豈止以文辭擅長乎？余違夙好，潦倒中外，精力頹然，而勢不能以遽去。卽幸而得請，而舊學荒落，無所進益。百年碌碌，良可嘆也。人生絀於此者，必伸於彼。君不得志於時矣，必有聞於後者。君其勉之。”電發曰：“諾。”書以誌別。

示　溥　兒

予才本疏庸，性復嬾漫。五年史局，三載講筵，晝夜拮据，不遑寧處。蒙皇上特簡，贊襄綸扉。甫四閱月，出自宸斷，擢撫江蘇。聞命自天，驚惶無地。惟有飲冰茹蘗，潔己率屬。上下交際，盡行斷絕。一切陋規，徹底釐剔。卽過往奉差滿漢大小官員，絲毫無所饋遺。權貴豪右謗議阻撓，槪所不恤。然後，爲地方興利除弊，旌廉黜貪，知則必爲，爲則必力。仰報聖主知遇之恩，此予所自矢也。況總督于公芳規在前，豈可稍稍改變？使人謂宸斷不如會推，傷堯舜知

---

① “帀”，疑爲“匝”字之讹。

人之明，臣子之罪，尚可逭乎？

但江蘇財賦繁重，頭緒如繭絲牛毛。且風俗刁悍，獄訟繁興。即少年精敏，猶難措手。衰年多病，豈能勝任？欲聘取一二幕賓相助，而家無蓄積。數椽茅屋，幾頃薄田，不足供饘粥。幕賓束脩，從何處出？一人心血，能有幾何？刭枯槁之餘，勉強支吾，不過一年，乞恩還鄉，即萬幸矣。

自今以後，親戚交遊，年誼門牆，俱付之漠然若不相識，豈予之所樂哉？誠有所不得已也。汝輩幸遍告親友，俯察微情，曲賜體量。萬一有千里相訪者，一棨不能相面，或盤費已盡，不能歸家，非某之罪也。

直抒情愫，言之嗚咽。

功過定約

不肖幼遵庭訓，誦讀之外，原無他好。喪亂之後，流離四方，備嘗險阻。幸賴祖宗之德，蒙恩叨列史館。四載以來，布袍蔬食，杜門卻埽。獨念聖賢與人本來無二，深悔從前甘自暴棄。今奉命外遷，藉便歸省。承歡之餘，亦惟讀書學道。恐因緣陋習，不自覺察，開罪鄉黨，後悔何及？謹於《功過格》外，妄增數款，以自省戒，庶幾少免愆尤云耳。

既附鄉紳之末，或地方有大利弊，當請命於公祖父母官，自當隨諸公之後。若因自己私事、親友詞訟，妄發片紙，及輕入公署者，百過。

吾家自高祖相傳今日，不滿二十人，皆讀書耕田，兢兢自慎。或遠派別宗，不遵鄉約，嗜酒忿戾，觸犯親識，田產貿易希圖自便，負債不還，起端爭訟等事，斷不敢護庇，以枉公道。違者，百過。

既淺陋無似，正賴高賢時賜明誨。有肯以聖賢之道賜教，德業相勸，過失相規者，當長跪受之；或以詩文見教者，亦敬受之；或以稼穡相告者，亦敬受之。若有事欲求尺牘，及引人寄名奴籍，甚至求封條牌榜以誣鄉黨者，斷不敢聽。誤聽者，百過。

家居原無多事。老僕數人，足供薪水之用。田間止存舊佃數人，以給耕穫。無用者，盡行汰去。若有飲酒、賭博，放心無忌，得罪鄉黨，及假主人名色,賒取貨物等弊,知而不逐去者,百過。或妄收僕人,無論安分、生事,俱百過。

淡泊所以明志,紛華奢侈,易失本心。卽如宴飲一事,本以合歡。若宰殺過甚,以恣口腹之欲,恐有道尊客亦所不許。自今以後,亦不敢槩隨往例。

敝廬足以蔽風雨,薄田足以供饘粥。自今以後,不置一畝地,不買一間房,非敢矯一時之廉,庶幾免後人之危。

嗚呼!積善之家,必有餘慶;積不善之家,必有餘殃。天理旣明,王法復著。敢不惕諸?

乙未上冬,遜莽定約於京師之文昌閣

詩

奉贈孫徵君先生

太行之麓蘇門山,嘯臺萬仞不可攀。松栢櫄杉夾石路,清泉百道日潺潺。此地從來寓大儒,前有康節後姚樞。河內沁鄉相過從,談經學道足歡娛。四百年來講院虛,夏峯夫子此結廬。夫子家在容城北,白沙滱水遠門閭。十里江村老奉常,吟風弄月每迴翔。讀書共許追濂洛,文藻誰屑繼馬楊①?廬墓六年致馴免,及門爲廢蓼莪章。採風使者告天子,丹詔輝煌下未央。手挽松楸不忍去,路人相看淚千行。一朝常侍禍清流,寶武陳蕃枉見收。朝士閉門那敢問,橐饘夜向白河頭。海關波浪掀天動,燕喜當年推張仲。吉甫已乘紫塞雲,魂魄不時來入夢。自從世事變滄桑,躬駕柴車衞水旁。仲淹續經擬鄒魯,陶潛托興在羲皇。河陽薛公推祭酒,蒲輪下貢虛席久。徵書歲歲到山巖,手把遺編坐甕牖。多少生徒依絳帳,公卿劍珮遙相望。摳衣問字爭近前,子孫甥壻圍藜杖。晚來燒燭對醽醁,歌詩彈琴聲相續。微言妙旨共討尋,三尺雪深猶未足。有時

① "楊",疑爲"揚"字之訛。

藍輿梅溪上，有時著屐雲門嶂。春風時雨化工同，蔬水簞瓢樂難況。余也忝爲授經人，提撕語語傳其眞。斯文在天未墜地，敢不努力追前塵？大哉夫子眞殊倫，乾坤元氣在一身。兼山堂下梅花發，明月來時好問津。

過京口贈張公選學憲

十年同侍漢明光，江上欣瞻綠野堂。啟事共稱山吏部，傳經還比宋歐陽。紫宸獨賜金袍燦，丹禁雙標玉樹香。自笑疏慵空伏枕，漫從雲壑問行藏。

過　滁　州

澹煙疎雨過春城，無限幽花遶路生。竹外流泉歸遠壑，□間啼鳥報新晴。山僧攜笠穿雲度，田父荷鋤傍碉行。遙望西南深秀處，醉翁應自未忘情。

題李恒陽柳林巷

渾河一望柳煙青，十里濃陰護艸亭。月色滿床書萬卷，春風秋雨憶傳經。王恭閣下柳花開，搖曳千條傍水隈。更愛小堂雙粉壁，魯公筆跡照蒼苔。

祝吳太夫人六裘

華筵恰値坤元月，萊舞欣逢燕喜辰。子以慈恩成國士，天畱閫德報忠臣。廣陵入夢銀濤壯，芸閣聯輝玉樹新。早晚肩輿朝內殿，禮宗錫號太夫人。

題方渭仁健松齋

名園亂後百花稀，剩有孤松對落暉。歲久磻根渾似蓋，雲深霜幹漸成圍。月明鶴影迴庭際，風起濤聲入釣磯。有日傳經登講座，何須麈尾向人揮？

賦得火樹銀花合次與參韻

陡然寶樹萬株紅,枝葉繽紛鬪化工。無數瓊花齊放蕊,銀河光徹五雲中。朱霞綺麗散京華,結就光明殿上花。世界金銀非幻事,瞿曇親現演三車。赤光片片九衢中,炎帝移來海桂叢。開落無端人不測,仙葩非是藉春風。城傳不夜有還無,眼見奇花湧地鋪。一自開元曶異譜,昇平春夕足歡娛。

贈趙將軍

中原儒將擁貔貅,細柳新開控上游。緩帶輕裘羊叔子,綸巾羽扇武鄉侯。江南鼙鼓笑談定,海外煙雲指顧收。會見盛朝麟閣上,崢嶸圖畫照千秋。

湖上遇蝶菴

雨過登樓好,飛泉入座涼。竹深高士宅,蓮淨古僧堂。採藥穿雲渡,題詩滿客囊。湖山喜見汝,把臂臥滄浪。

金陵遇皆山宗兄

長安載酒尋花日,往事追懷意惘然。旅舍形容驚漸老,殊方兄弟倍相憐。天空雁度吳江月,露冷風高白下船。握手幾時復別去,臨歧淚落暮雲前。

寄　弟

老母高堂上,時時問起居。年衰宜強飯,秋冷勸添裾。友道敬能久,師傳習莫虛。家藏書萬卷,好自愛居諸。

壽胡母陳太孺人八十

宜家鍾郝素風存，江上欣瞻世德門。百歲熊丸稱大母，九霄鳳翮看文孫。仙源競獻方平脯，碧海遙傳玉女樽。雲裏婺星光正燦，年年常照彩衣翻。

祝戚价人同年暨夫人六十雙壽

嬾將身世老風塵，彭澤歸來五柳春。絳帳傳經白日靜，名山採藥道情眞。閨中喜對齊眉友，林下還攜偕隱人。更是今年同檢歷，笑看花甲又重新。

題趙水星畫卷

披圖忽見兩高峯，我昔凌風蹋幾重？有客水軒凝望久，青簾白舫漫從容。雨過六橋荷葉香，柳梢墻影對斜陽。看君着意孤山裏，可有鶴飛到草堂。

牛太翁六十壽

紫氣氤氳遶畫屛，方瞳如水醉芳醽。勛名盫歲傳鸞禁，著作千秋屬鯉庭。戲彩銅龍纔下直，賜尊白虎正譚經。老人星映臺垣裏，沆瀣平吞衍鶴齡。

送史子明令西鄉

聞君捧檄去，作宰漢南鄉。巴嶺晴巒近，班侯故壘荒。人煙兵後少，井稅逋難償。撫綏勞循吏，桓宣政莫忘。

程母康太夫人節烈詩

盛代定都日，關洛尚未收。風塵聚羣盜，殺戮遍林丘。節母秉大義，烈志凌高秋。投崖誓不辱，芳名冠中州。有子懷壯略，骨相當封侯。千里赴漢上，三日哭未休。將軍奇其表，慷慨矢同仇。縛賊如犬豕，長慚把吳鉤。從此事戎馬，登壇擁上游。書生遭喪亂，力不任戈矛。縱抱終天恨，空感逝水愁。三復節母篇，撫卷涕泗流。

題《風本圖》

巖巖岱宗石，白雲覆崇岫。南接徂徠松，嶂蒙煙霞富。汶泗會洙沂，蜿蜒如錯繡。造化鍾靈粹，賢聖自輻輳。丈夫由來傑，閫德亦天授。恭惟王太母，徽音垂宇宙。孝慈本性生，詩禮家聲舊。怡顏奉姑嫜，課讀勤宵晝。我師承慈訓，賦獻三都就。雙旌下中原，驄馬翔陝右。天子眷股肱，綸綍被堂構。方得辭圭組，修灝怡眉壽。一旦駕紫鸞，縹緲雲軿驟。士女景遺行，況乃念顧復。蓼莪爲廢卷，隴墓親封瓽。悲風吹高木，萬籟寒光透。白鶴唳清空，蕭然日影瘦。夜深星漢明，翹瞻婺女宿。

祝嚴灝亭太夫人七十壽

地接吳峯秀，星分婺女光。素風傳舊德，彤管著新芳。道蘊詩名重，大家垂範長。夜燈映畫荻，明月照流黃。令子爲房杜，賢孫繼馬楊①。直聲通禁掖，綵筆耀文昌。珂散蓬萊署，笏排玳瑁床。

九重頒鳳誥，奕葉荷龍章。玉露分仙掌，斑衣出尚方。鹿迴松影下，鶴舞芝臺旁。花裏板輿穩，雲陰翠蓋涼。安期方進棗，王母遞飛觴。南極頌爭獻，

① “楊”疑爲“揚”字之訛。

柏舟賦未央。四方同燕喜,巴句媿琳瑯。

祝同年沈繹堂母太夫人壽

寶曆重逢閏七月,南星光接斗三臺。熊丸久對青燈燦,豸繡今迎丹詔來。花近畫屏映彩袖,雲連嵩嶽照霞杯。請看此日長松下,仙鹿雙雙臥碧苔。

婁江佳氣錦雲舒,令子登朝慰倚閭。金馬門前裁紫誥,鳳凰臺下駐香車。稱觴共進麻姑酒,遠膝猶傳孟母書。西望長庚遙獻頌,擬尋丹訣供華裾。

賀李進士襄水

海甸入王會,旌賢重禮闈。馬從宮樹過,人醉曲江歸。射策通三殿,雄文達九閽。聖皇側席久,得爾慰宵衣。

贈　州　守

十載梁園慶有秋,偶逢積雨賴深謀。蠹臺霧鎖開官灶,駝皁雲屯駐旅舟。魚麥無煩元結賦,畫圖漫作監門愁。請看禾黍平疇綠,父老於今頌未休。

澤國蒼茫賦野鴻,使君高惠比華嵩。三春煙煖魚龍岸,萬戶歌吹蘆荻風。發廩何須推汲黯,濟荒今復睹文忠。共知紫陛憂民隱,臨御應旌卓異功。

禮部宴朝鮮貢使

遠臣萬里覲龍裳,御酒笙簫宗伯堂。禹貢由來列卉服,堯樽今更及扶桑。入朝幸聆南薰奏,過海猶傳湛露章。聞道舊封箕子國,好將《洪範》答明光。

挽逸士李胤繩

千年絕學歸江村，薪火傳來賴子存。落月荒山霜海地，不堪遠客賦招魂。峻節清風接靜修，漳濱雲物足淹留。自從應詔修文後，風到長林盡是秋。

金灘逢孟二清以詩見贈依韻奉答

當代論才子，君名重藝林。相逢驚歲晚，把酒快投簪。室掛遊山屐，囊存賣賦金。明年擬結伴，長嘯白雲深。

王君山自光州過訪

與君相別十年餘，千里攜筇問索居。盛代才名稱獨步，碧山著述近誰如？穿籬剪蔬雲浮樹，把酒談詩月到除。高枕衡門真病嬾，幾時還過野人廬？

和郡判遊駝岡書院作用原韻

駝峯蔥鬱峙中州，仙吏乘春攬勝遊。策杖莓苔尋斷碣，賦詩嘯傲蹋荒丘。排空襄皂雲常滿，遠岸湖光靜不流。從此誦絃同洛下，諸生莫漫重離愁。

王豸巖齋中瓶花

青郊芳豔倍常年，折向高齋朵朵鮮。勝友尋春豈在遠，名花對酒更堪憐。避塵渾似含朝露，隔幌猶疑帶晚煙。知爾詩情同給事，漫將別業認藍田。

693

喜　雨

萬物今逢雨，愁懷倏已空。堦添新葉翠，籬綻小花紅。農鼓邨邨動，漁歌處處通。登樓一眺望，天地總濛濛。

題季遠之像卷次周伯衡給事韻

偶到松前酒一卮，石床宴坐對彈棊。秋山漠漠幽人意，畫出風流是愷之。

送張敦復學士請假南歸

十年供奉主恩深，一表陳情重古今。經國文章罳祕殿，瞻雲涕淚見臣心。掛帆江路春生浪，駐蓋龍眠樹欲陰。模楷中朝誰得似？期君還斾馬駸駸。

送金悚存年兄赴京

重臣分陝鎮中州，日下聲名第一流。襟帶百城雄九域，句宣十載領諸侯。橫經舊譽鏤青管，述職新恩傍紫斿。聞道至尊前席待，蚤將姓字御屛罳。

送郡守解任歸里

停樽昨日夏雲過，北望燕臺送玉珂。渤海聲名同調少，中山書篋爲功多。歸旌惟載梁園月，野老猶傳叔度歌。聖主賜環今日事，行藏莫自嘆蹉跎。

吊尹烈婦詩

中州昔喪亂，千里無完堵。大將擁旌旄，聞風散部伍。守令攜印降，忠孝棄如土。而乃深閨人，秉義不可侮。許昌尹烈婦，抱兒守茅宇。倉皇賊騎來，驅掠似風雨。逼令舍其兒，從之赴汴滸。烈婦誓死殉，大罵嬰其斧。數載天兵臨，妖氛不復睹。安知非義魂，助我王師武？孤兒才且賢，文章重詞府。誦詩廢蓼莪，泣血永懷苦。投我沈公篇，悲風滿庭廡。我母同節烈，讀之心欲腐。

壽魏廣文

秋色淡明霞，長松映水面。遙見紫氣中，笙簫開廣宴。白鶴舞庭除，盈座羅群彥。共道先生賢，蘇湖未足羨。頖宮淪于河，時光倏若電。一旦凌雲構，藻荇何葱蒨。楹桷既堅良，尺度亦稱善。父老扶杖來，春秋看釋奠。先生懸絳帳，鐘鼓鳴講院。詩書與禮樂，啟迪未云倦。士習從茲正，文風亦丕變。今值懸弧辰，登堂各歡忭。屏繪嵩高圖，歌章皆新撰。我是同年友，聞之喜可見。憶昔蘇門遊，一榜多英倩。攜手嘯臺巔，峯壑蹋可遍。今日桂花開，相將呼親串。且看明年春，臚唱黃金殿。

再　祝

睢水之陽，有桂其香。攜我尊酒，言躋公堂。雍雍來賓，揖讓先後。載拜載祝，祝公眉壽。

公德云何，泮林斯作。有覺其楹，翬飛其閣。多士濟濟，歌豳吹雅。絳帳馬融，風流瀟灑。

何以祝之？如嵩如河。莪莪浩浩，不息不磨。北堂萱茂，棣華維繁。庭階葱蒨，玉樹芝蘭。

何以獻之？安期之棗。玉盤桃實，來自蓬島。笙簫既備，月明風細。維秋之中，乙卯者歲。

白　燕　堂

堂開白燕禁林西，傳道當年白燕栖。夜月入簾雲影亂，炎天出棟雪花低。仙郎載酒呼同社，詞客含毫和舊題。歲歲唧泥多紫翼，傍簷落水自萋迷。

贈無錫令吳伯成

江涵蓮影渡扁舟，行治聞君第一流。按部清風香稻暖，課農明月野塘秋。傳家帶礪功勳重，華國文章快勝遊。傳道中朝虛畫省，徵書仁下鳳凰樓。

初　雪

時序方秋盡，紛紜白雪輕。隨風葉應亂，帶雨花還成。雁影連雲涇，松光入夜明。菊殘猶淡蕩，竹老轉幽清。委積明鴛瓦，瀠迴點玉泓。祇疑梁苑裏，枚馬共逢迎。

賦得金闕曉鐘開萬戶

明霞隱映建章寒，九陌開時漏未闌。清響噌吰入太液，餘音縹緲近雕欄。浮空應與宮雲靜，帶曉猶看玉露漙。花底從容來上客，珮聲相續益珊珊。

雀　鷹

一脫臂韝去，飛飛暮雲平。霜氣心眸迥，秋風羽翮輕。逐禽凌紫塞，帶隼落金城。作賦愁看汝，長楊自有情。

祝大司馬張湛虛年伯

霖雨資賢佐,崧高降甫申。異人原有自,偉器固殊倫。磊落先朝事,崢嶸報主身。振衣登鎖闥,秉笏動朝紳。待漏珂聲迴,焚香諫草頻。朝廷推汲黯,帷幄藉陳遵。鉞指三苗靜,罋開五嶺春。羅浮雲飄緲,銅柱碧嶙峋。湛露分丹禁,彤弓錫紫宸。臨軒數召見,移榻每相親。曳履通星斗,抽簪思繪尊。蒲車看解綬,楊柳羨垂綸。謝傅東山臥,裴公綠野晨。芳蘭羅碧砌,玉樹插青旻。丹穴鳳皆好,瀛洲客又新。燕山高出地,東海闊無津。南望錦堂月,稱圭實比隣。

詩　餘

拜星月慢天絲

澹宕遙空,帶雲飄墜,正是三秋暮景。搖曳斜陽,看欲飛還住,隨風舞。掛向秦樓楚館,一任冥途忘去。惹起情懷,蕩漾知何處?

料天孫,織錦餘絲縷。到寒來,散作人間絮。望斷芳信天涯,倩繫縈雁羽。莫輕輕,放過層霄路。付琴軫,彈盡相思語。人世事,江月空花,似卿無憑據。

應天長壽菊泉

文章獨步,暫謝簪裳,管領藝林,除目堪羨門庭閒。靚高吟,倚松竹,麻仙洞,武夷谷,琴鶴到處傳清馥。看今日,玉樹籠蔥,牙籤盈屋。

開宴錦堂中,白雪梅花,恰值一陽復。刻羽引商,滿座賓朋,醉醺醁。勸君起,當國軸,行馬賜第歌鐘簇。那時節,採藥蓬壺,蟠桃正熟。

御街行 祝壽

薰風淡淡吹紅藥,看舞松陰鶴。綵衣戲罷寫《蘭亭》,潑墨煙雲飛落。馬卿作賦,少文山水,總是高人託。

尚書賜第多芸閣,長詠還深酌。哥窰杯裏乳泉茶,好友來時烹著。年年今日,彈棊分韻,說甚蓬萊樂。

醉蓬萊 賀端午日壽

畫橋人競渡,紈扇香羅,榴花如火。隔浦湘簾,見嘉賓盈座。錦字填詞,銀箏按譜,共舉南山賀。盤堆交梨,如爪仙棗,華筵眞可。

白社風流,似公有幾? 妙楷洛神,麗情江左。捧硯含毫,有箇樵青妥。鸚鵡桃笙,茗椀經卷,曲室風光大。句漏尋丹,天臺採藥,好來遺我。

四　書　文

君子無所爭

秉心無競,君子之性靜矣。夫求君子於爭,而其心果有競焉? 否也。謂非定性之學深乎? 且天地曠曠,爾何所容? 其激烈者,而無如性。學未優,輒自授之所也。雋解。若乃迪德於和平而與萬物相推胥,予以澹漠之意,豈猶有異同之未泯乎?

吾以是相君子,君子之心定矣,定故無欲。靜觀天下,安徃有求勝之私? 逼題甚緊。君子之性曠矣,曠故無蔽。游行宇內,何在有氣矜之累? 其無所爭也哉!

君子經綸出險,功名其所爭也。然功名之事,以學問深之則已,無功與名之可倚。沈着。而勒勳著績，一皆神明中事矣。倚名有爭，倚功有爭，而居學則別無可爭也，蓋澹澹焉爾。理解如畫沙印泥。剛正自持，節烈其所爭也。然節烈之事，以道德爭之則已，無節與烈之可恃。而言坊行表，一皆性情中事矣。恃節有爭，恃烈有爭，而考道則別無可爭也，蓋渾渾焉爾。

且所謂爭者，非止矜於其氣也。矜於氣者易治，矜於性者難治。君子不治氣而治性，久之而氣化矣，久之而治氣之性亦化。故爭者，其氣；所爭者，其性。探原之論。合氣與性盡攝於靜虛之內，而有何忿戾之未消？抑所謂爭者，非止競於其情也。競於情者易御，競於理者難御。君子不御情而御理，久之而情融矣，久之而御情之理亦融。渺衆慮而爲言。故爭者，其情；所爭者，其理。合情與理胥歸於渾穆之天，而有何風裁之過峻？

此非君子之不爭也。有意爲不爭，而爭已不能無；惟無意爲不爭，而爭已不知何有展矣。君子，吾不能不罜然高望矣。

以功名、節烈爲爭，所以性化理融。見爭之無所，恥於虛衍。其言有物，粹然儒者之文。

王延年識

德行顏淵閔子騫冉伯牛仲弓言語宰我
子貢政事冉有季路文學子游子夏

聖門備天下之材，惜其僅以從難著也。蓋德行、言語、政事、文學，皆盛世之選也，而乃爵爵若此哉！此夫子所以追思而太息耳。且從來富貴而名湮滅者，不可勝紀，惟倜儻非常之人稱焉。蓋一室而備公孤之選，草野而具廟堂之觀，斯其人甯可以感遇論哉？

雖然，天下之生此人也，意其甚難。生之也難，固必困之，抑且重困之，使後世之儒讀其書，懷其世，猶爲之廢卷而嘆息，況在師弟之間乎？昔吾夫子躬秉神姿，不幸而生亂世之末流，於是乎抱道東山，講學闕里。一時出其堂者，率皆公卿大賢之器焉。使其得時而駕，展翼采而籌司勳，雖所稱文王四友、周公萬人不啻過也，而夫子可以垂裳老矣。今卽其從遊陳蔡之間，科則惟四，人則惟十,追稽其時,抑何盛與?帝廷考績,必崇邁德之英;王室辨官,首登明良之佐。聖天子在上,斧扆而論道,秉圭而燮理,此其選也,而乃窮愁至此哉!且其爲窮愁者,又安在也?

或者曰:《春秋》以詞命爲盛衰,而學者以歷聘爲重輕。是以晋鄭之國,代有文人;齊魯之邦,不乏談士。自非華辨驚俗,烏足聲施當世乎?而吾黨之中,又不乏人也。馳才於魯衛,結駟於吳越,令譽煌煌,敵國雅望。言念君子,竟或去而或從矣。意以道崇行尊者,難免末世之疑;濶談高辨者,恐遭天地之妬。當今之世,晏嬰、公孫諸人,皆以政事自表,蔚然海内。而泗水文人,乃區區進退權門也。卽其後著績於清,敷勳於蒲,名業亦甚爛,然未幾而哲人隕落。嗚呼!傷已!

抑聞之,古人有道德隆備而詞章不少概見者焉。故《洪範》、《易象》、《箕文》不因以顯其聖,《夏貢》、《周禮》、《禹旦》不資以表其才。意功成勳爛不必以文章著見者乎?吾夫子刪定《詩》、《書》,而執簡著奇者,門弟子多事之。一時雅言所及,何彬彬質有其文也!一則以習《禮》而稱宗伯之材,一則以序《詩》而號良史之選。同堂之士,每宗焉。迄於今,有授教於西河者矣,有揚采於吳南者矣。而緬懷伊人,伊人竟安在哉?

試悉稽之德行顏淵、閔子騫、冉伯牛、仲弓,言語宰我、子貢,政事冉有、季路,文學子游、子夏。抑此數子,爲冢宰者有人,爲大司徒者有人,補《周官》之闕、緒東遷以後之《詩》者有人,惜也,不見於周京而聚於草野,不著名於太史之筆而但表稱於匹夫之書也。且其后《春秋》告成,弟子歸里,汶水湯湯,洙水洋洋,扶扙①逍遥,惟賜在也,而夫子泣下矣。

以周程張朱之品,而出以典謨訓誥之詞。當成童下筆時,已具内聖外王本領。

天下歸仁焉

合天下以爲復見仁,有隆業也。夫仁必及世而後全,自非天下之歸,不疑

---

① "扙",疑爲"杖"字之訛。

仁之量爲隘乎？嘗思潔清自治，飭士之雅材；懿德宏通，大儒之至詣。則一人好修而四國訓行，乃始全乎？的當。其爲夙夜之事，焉論爲仁？於克復之後，可進觀其量乎？飭躬謹而海隅不率，德雖美，勿美也。故清衷弘錫保之原，則羣黎已福於靜正。懋迪勤而黎獻罔懷，道雖善，勿善也。故當身劼毖之精，則謠俗丕變於神明。

天下歸仁，仁不有然與？海甸殷遙，殊其數者殊其志，仁者不慮此也。彼夫恭讓著有道之容，箴銘昭淑愼之意，不過自毖其彝衷。詞旨沈着，更妙在與題親切，不落膚泛。而聞風景悅，已共深其來思。蓋感以至性，則人與人無岐性；動以天良，則人與人同一天也。輿情紛頤，多所觭者亦多所事，仁者不慮此也。彼夫愆愿不形於動靜，莊敬日嚴於幾履，要止自謹其齋居。而承服謳吟，已旁孚於衆志。蓋覬以中心，則君子知慕；樹以德音，卽小人亦知化也。而仁者初不敢自恃矣，何也？天下雖大，藏於一身之中，藏於一念之中耳。則愼謠俗也，不如愼章程；愼章程也，不如愼嗜欲。精醇。固知保合各正原無挹彼注兹之勞，而仁者正不容自限矣，何也？吾學雖深，莫聰於天下之民，莫明於天下之民也。以爲著於獨也，而已彰於庭；以爲彰於庭也，而已歌於野。順逆洗發，理無滯機。更知服物匡俗，乃其徵心見性之實。王者有皇極之建而道路和恒，儒行無風謠之誌而懿德協應，誰無一日顧可緩於克復哉？

疏“歸”字，照註只作“許與”說，而意言深厚，自不落膚淺套頭。句向夜深得，心從天外歸。理題之能事，盡矣。

王延年識

俎豆之事則嘗聞之軍旅之事未之學也

聖人正時君之志，而自道其所學非所問也。蓋爲國重禮教，軍旅非所當志也，豈俎豆是學而樂聞此耶？是故必爲靈公正之也。意以君之以陳問於丘也，得無以軍旅之事，丘嘗學之，亦丘嘗聞之乎？豈知人各有能、有不能，若此者，非丘之所能也。

丘之所學而能者，蓋有在矣。丘惟以君子之爲國也，莫重於禮，而禮尤先於宗廟之祭；君子之議禮也，莫大於祭，而祭必始諸俎豆之陳。出語有根據，行文有次第。爲之稽其數焉，辨其等焉，完清“事”字。周旋於清廟明堂之中而秩然有節者，是則丘之所嘗講求而幸有聞者也；爲之正其器焉，修其紀焉，贊相於對越駿奔之時而燦然有文者，是則丘之所嘗究心而竊有聞者也。舉要。入祭於太廟，既得聞我魯之典儀；問禮於適周，又得聞一代之王制。“嘗”、“聞”畧施點染，不枯不濫。斯禮也，斯事也，丘敢自以爲無聞乎哉？

若所謂軍旅也者，則非丘之所知也已。三軍五軍之方，此惟爲君强戰者之所明習也，丘固未嫻其畧也；進旅退旅之法，此惟善爲戰陳者之所熟知也，丘固未講其術也。世雖方務於戰爭，然丘則以爲危事而弗之學也。況周自散軍以來，已示天下弗復用久矣。亦畧爲“未學”點染。丘將習禮之不暇，而何暇於詰戎兵乎？迴顧上截，從容大雅。時雖日事於征伐，然丘則以爲凶器而弗之學也。況周自武成以後，已示天下弗復試久矣。丘將修文之不遑，而遑於治武事乎？使以其所未學者嘗試於吾君之前，幾於誣君，甚矣！君必欲聞其說乎？則非丘之所敢知也。

明白疏通，醇雅樸茂，彷彿《近思錄》所採“政事”條中二程諸語。

王延年識

見善如不及一章

聖人述所聞而慨所見之不逮焉。夫好善、惡不善之誠，亦世之所謂難能而可貴者也，而求志達道者深遠矣，安得盡副其所聞耶？且夫觀古義之微，則思獨行之士；而感生民之變，時思命世之材。二者古今有同情也，而盛衰之感在是矣。

丘也網羅載籍，非獨太息於舊聞之墜，而實以尚友百世之人。凡其性情所近與夫學問所成至於度量、規模之相越者，蓋無一不在吾意中矣。丘也環歷諸邦，非徒有志於大道之行，而實以陰求天下之士。其自鄒魯從遊以及列國公卿與夫山林草莽之佚遺者，又無一不在吾目中矣。

夫觀人者，見善可以得其情，而見不善可以知其守。能好能惡，所謂獨行之士,名教之所宗也。置之鄉閭,可以表人倫而示之則;用之邦國,可以激末俗而使之清。吾目中蓋猶有斯人矣,而因思所聞,如不及,如探湯者,或庶幾焉。

若夫處則君子觀其志,而出則天下望其道,能求能達,所謂命世之材,天人之所賴也。樂行憂違而確乎其不可拔,時至事起而悠然若取諸懷,吾意中蓋久有斯語矣。而合之所見,爲隱居、爲行義者,孰是其人耶?天地抑邪與正之心,雖昏亂而不容盡泯。精理,不磨。故生民之秀,時出之以扶風教之衰。若夫天民大人撥亂世而反之正者,必先有一代之事功。數百年之平治而後,生是人焉以會之,雖彼蒼亦有不容輕假者矣。

聖賢側身修行之道,苟願學,而皆有可循。故自好之儒,常慨然以爲吾身之任。若夫可潛可見、運造化而生於心者,非《詩》、《書》所能啟牖,師友所能輔成。維孔明天分、胸襟,亦是如此。而常無所挾,焉以造之?則人力固有不可強齊者矣。

夫大道之行,三代之英,丘固有志焉而未逮也。乃今欲一見其人而亦不可得耶,而吾所得見者亦不可旦暮遇之者也。吾若今之天下何哉?

俯仰古今,深究天人之理,落落浩浩。而題中精蘊,包舉無遺。平生志事,於斯可見。

湯之盤銘 全章

歷稽新民之學,而君子之用宜全也。蓋身者,新民之本;而命者,新民之終。稽於商周,不可決其所用哉?且頌明德者,道不越乎自修之文;而考新民者,法必求夫古王之世。便逗末節意。嘗試論之。

昭明之頌,治隆商周;顯臨之業,義綜《詩》、《書》。自湯而文而武,非皆新民之君子哉?提筆高老。湯之新,不勝述,而銘於《盤》者,可誌也。迄今繹其詞,日新又新。湯若無意於及民矣,然內治之不淑,胡觀風而偕靖?緊甚。則言新者,此其一。武之新,不勝述,而見於《康誥》,其彰彰也。迄今讀其書,言作言新,武若皇然不自安矣。苟震勵之未昭,胡棄咎之可望?則言新者,此其一。文之新,不勝述,而見於《大雅》者,可紀也。迄今歌其篇什,舊邦新命,文之積累,爲有效矣。然孔邇之未普,曷丕休之滋至?則言新者,此又其一。

所慮者，天子深宮浴修，民愚未易承化。然且德一敷而師爽，教一行而頑率。古民不易爲民，古王亦不易爲王，漸漬在文告之間與。遞翻層趺，總爲末節。無所不用，作勢耳。所慮者，聖人大化濯俗，在上未易監臨。然且俗一變而上帝居歆，風一淑而昊天永佑。一聖作而化行，一聖繼而道立，盥孚在籩豆之列與。是故君子夙夜惕其志，廟堂弘其猷，一代之兵農禮樂煥然更新於先朝，而猶不敢以晏安稱足者自懈。頓佳。百年之圖，箴銘以毖之，誥訓以惕之。不脫全文，更見法密。朝廷之明，裡合漠釐。然自陟於天下而猶必以幾康允迪者永敦久大之業，無他，用其極焉耳。大學之道，如此。

提落收束，高老絕倫。頓挫波瀾，澤以古雅。以此追逼嘉隆矩矱，方當突過。

王延年識

其嚴乎富潤屋德潤身

獨之可畏也，慎之而德著矣。夫獨之嚴，不愼者弗克知也。而愼之甯無其效乎？則何不進富而觀德之所潤哉？

且誠意之學，祇此欺慊之兩途以聽人之取舍，求其謹凜於其際者，往往而鮮也。語必扼要。若夫中之所存旣無或恕之念者，而外之所著自有光昭之象焉。則戒欺求慊之際，豈外此誠形之理乎？曾子之致儆於指視，可思矣。意由心生，而視之者亦若隨意而至，則祇祇乎若或形之也。意緣幾動，而指之者亦若應幾而赴，則兢兢乎若或見之也。而猶得謂屋漏可欺不必存儆恪之心，大德可餂無煩凜明旦之惕也哉？映下無迹。

夫人之心多以斜繩之所未加，則相與忽之矣。茲當退藏之地，雖意之未起，而獨中之意已予我以不得不防之幾。則事境之危，尚有危於此者乎？危言聳聽。抑人之心恒以觀察之所不至，則相與玩之矣。茲當寂處之時，雖意之偶動，而意內之獨卽告我以不得或肆之端。則事幾之迫，尚有迫於此者乎？其嚴乎？以獨之嚴，不敢或欺也，不可無戒欺之功。彼終日勞勞自欺者，果何爲乎？以獨之嚴，不可不慊也。必將有求慊之事，則生平皇皇求慊者，甯無驗耶？

今夫千金之子，家溫食厚，固深藏若虛矣，而何以美輪美奐，必顯盈甯豐亨之象哉？直入，老勁。蓋富之潤屋然也。而德之潤身，豈異是乎？當求誠之初，未見寬假於吾身也。則其刻厲於幽獨之中，疑若危懼而無以卽安，而積厚流光亦若有藏之而彌著者焉。

温温恭人，維德之基，此豈幸致也哉？卽既誠以後，亦未嘗稍懈於吾身也。則其無愧於隱微之地，祇自快適而非以彰美，而由中達外亦自有隱之而彌宣者焉。

抑抑威儀，維德之隅，亦豈矯飾也哉？甚矣，德之潤身也。非知獨之嚴而兢兢以慎之，而何能意誠於中而德形於外也！收徽有力。而人可不慎獨哉？

清警疎快，恢恢乎游刃有餘地矣。

原評

爲之者疾用之者舒

調疾舒之平，爲與用皆生矣。夫以疾予爲，以舒予用，何一而非生哉？故曰：生財有大道。且財也者，造物之常生者也。帝王與造物爭衡，貴權其緩急。而調攝之務，使在下者作其必奮之幾，而在上者養其有餘之力，固不特眾寡得宜遂足盡生財之道也。

夫人亦知財不爲則不生乎？爲者，人之功也。惟善生者，能以人用天。精確。使時地之權亡於人力而滋生之途不廣矣，則當就爲而急策之，曰疾。今試思園圃有毓，虞衡有作，藪牧有養，蓄嬪婦臣妾有化，治疎材十二，職登萬民，誰非各出其經營以爲之者？雖然，水、火、木、金、土，其精與陰陽俱列，而怠者不克收其實。得班劉論之髓。彼夫今日不爲，明日亡貨，一日而息萬人之業，獨非爲也歟？是惟國去三滿，歲擅四秋，以至東作、西成、南訛，務爲天下先之。疾舒切貼。今而後，六府孔修，九職咸任，皆有以達物之性而相物之成。此其道，爲制尅於生。越稽古慎德，主所爲教；興鋤修稼，政命旅徇。詔地求者，其道具在也。

夫人亦知財不用亦不生乎？用者，消之數也。惟善生者，能以消爲息。使泉布之流滯於撲滿而化生之理不神矣，第當就用而徐商之，曰舒。今試思關市

705

待繢服，邦中待賓客，邦都待祭祀，家削幣餘待匪頒，賜予三十年制國用，誰非羣視其蓄積以用之者？雖然，吉、凶、軍、賓、嘉，其數與風會相循，而侈者多不如其則。堅對。彼夫貨門不閉，出孔漸豐，一民而兼四主之奉，獨非用也歟哉？是惟重則射輕，賤則泄平，爰及日成、月要、歲會，務爲天下後之。堅對。今而後，一年餘三，三年餘九，皆有以蓄於常盈而孕於不盡。此其道，爲畐生於尅。越稽古愼德，主所爲誅；辟名授式，法平興積。治豐凶者，其道具在也。

苟使當疾者反舒，則財之入者，僅取其半；使當舒者反疾，而財之出者，又耗其半。故必緩急相濟，而生財之大道斯盡耳。

精雅鍛鍊，字值千金。

原評

不察於雞豚

不勤小物，居官之箴也。夫雞豚是察，特庶人事爾。既從大夫，之後可不守官箴乎？且天子察天下，羣侯察其國，百爾有位以察其家，職固然也。日擒。乃以官司之任，下晰纖細之圖，惟是褊心，亦不知本計矣。問大夫之富，數馬以對，其可不自察耶？四牡修廣，亦既芻牧有餘糧矣，何至婁貧交謫而下侵細民？從上引入。兩驂雁行，亦既詔糈有厚祿矣，豈其肉食是謀而賤同養畜？儁妙，對精。雞豚之察，當不然爾。

《周禮》有雞人之職，以供王牲，此有司事耳。若靖共爾位，務存要畧，當不於塒於桀問雞棲於日夕也。至肥牡以速諸舅，不過藉此以聯朋舊之歡，而可自侈蕃息與？遞講更見流逸。《周官》有雞彝之司，以修祭器，此庶尹職耳。若夙夜在公，貴持大體，當不朝斯夕斯問雞鳴於風雨也。至燔炙以獻皇尸，不過藉此以隆神保之饗，而可私計孔皁與？

問雞戒旦，士人不遑暇逸，則聽司晨而知儆雞，亦可以比德，獨奈何爭雞口之雄而孳孳末利？才思瀋發，曲折多姿。博碩肥腯，民力告其普存，則睹備腯之咸有豚，亦所以布惠，獨奈何操豚蹄之祝而攘攘謀生？訓爾有家，毋以官爲市也可！

風雅之音，自饒刻摯。言言愷切，可作官箴。

王延年識

有餘不敢盡

從謹言而得餘，而謹之心無斁矣。蓋言既謹矣，何餘之有？正惟以謹之心，見爲有餘也。雖欲盡焉，得而盡乎？

且儒者立言於世，雖非獲己，要皆道之餘也。然尚口數窮，卒不知辭之費；括囊無咎，猶自懼語之煩。語妙。則非言之貽詬，而慎此言者自見爲詬耳。

庸言之謹，吾何以擬之？中正之論，原非覯奇可喜，而又申以金銘，雖有言，若無言也。甯有餘乎？然正惟有言若無言，而一言之簡，不啻千百言之繁，以爲謹也，忽已餘矣。解入微。平易之辭，原非大言夸世，而又惕以盤箴，雖多言，實寡言也。安有餘乎？然正惟多言實寡言，而一言必求其正以則時，若千百言之麗以淫，心彌謹也，言彌餘矣。

言之餘，何自有也？惟其謹之，是以有之。言之餘，原未嘗盡也。因其謹之，并不敢盡之。味無窮而炙愈出。或曰：無盡言，盡言多悔。夫必待悔而始謹，已無及矣。平居激發忠孝，其事何難慷慨直陳？但一言忠孝而内考爲臣、爲子之身，覺矢口無非踰分，尚思援乎古、證乎今、發攄中心所欲白乎？“有”、“餘”二字，看得妙，則不敢盡意自刻露矣。夫何敢！或曰：無盡言，盡言必敗。夫必慮敗而後謹，亦難追矣。生平感慕友恭，其說亦能曲折盡致。但一言友恭而自返爲弟爲友之己，覺啟齒每多溢美，尚思發其端、竟其委、罄寫意中所欲出乎？夫何敢！

戕口之戒，甯王之申，儆於丹書也，非以其盡言而儆之與！要之，儆盡言者，非儆於當言之時，而儆於未言之先。則其兢兢致凜者，蓋有本矣。捫舌之坊，叡聖之託，箴於白圭也，非懼其盡言而箴之與！要之，箴盡言者，非箴以不言之迹，而箴以無言之神。則其乾乾日惕者，意良厚矣。透闢。此非言之有餘而心見爲有餘也，亦非言之有所不盡而心有所不敢盡也，夫亦愈知謹矣。滴滴歸原。

細能切理，簡且會心。蘊藉風流，殊可想卽！

王延年識

本諸身徵諸庶民

建極以觀民，王天下之業昭矣。夫一人者，庶民之極，身正而民從，不胥天下而寡過也與？嘗謂王者創制顯庸，雖六服之內皆其修，而實宮庭之外無餘事。故玉藻無多誥，宣昭明以偕藏；匡俗無異理，偕平康而歙福。則方宇清燕之風何在？非朕躬之敷錫也。

吾是以觀三重之君子，執極綏猷，每多丕變四方之具，第恐筦簟之修不可詠歌，萬姓亦難以喻風雨之情；陳常藝極，恒有威望服物之勢，第恐沐浴之體不彰海甸，四海亦難以達鐘鼓之靈。古致紛披。則誠有以本諸身乎？建極維皇，若日月在躬焉耳。於以徵諸庶民乎？保極惟岷，若海宇在囿焉耳。

履崇高之地，嚬笑皆成風會。君子有厥位也，又殫厥心，恒深夙夜基命之志焉。嚴《周官》之典而朝儀允肅，明王制之條而軌物聿備。是豈爲民而允迪與？宥逸。擁尊巍之勢，率履皆關下土。君子有厥權也，又敦厥德，每凜昕夕罔怠之圖焉。《禮經》頒於更老而王路和恒，《史記》懸於天室而皇躬雍穆。是豈爲民而篤叙與？而此時之民風，亦甚徯應也。

民無常性，聽上推移。今而後，性良動焉。五禮之道明，司徒不必誥矣；三軌之制章，考工不必糾矣；六書之體著，太史不必督矣。筆筆雅切，可作實錄。翕然向風，何其捷也！布之門，不若行之朝；行之朝，不若修之躬。誰得而禁諸？

民無常俗，聽上蒸變。今而後，習俗美焉。文物秀於東南，無乖爾文矣；輸輿利於西北，無戾爾度矣；德行修於中土，無變爾禮矣。晏然安化，何甚速也！郊遂不如其辟雍，辟雍不如其性情。誰得而禦諸？

故觀於身而知三重之權大也，毖之深宮，九州如攜而如取；觀庶民而知寡過之機迅也，樹之風聲，牖民如圭而如璋。奈何不愼厥身哉？

言言實際，披抉欲盡。局法輕重，尤得題情。若其浸滛於古，言言不凡，典雅名貴，擬以商周法物，文品當居最上一流。

王延年識

子路人告之以有過則喜

　　聞過而喜，能補過者也。夫告以有過而思諱之，人情乎？子路則心喜也。以是補過，可謂加於人一等矣。

　　嘗尚論昔人而歎人之度量，相越豈不遠哉？以無過之聖人而論，則不自怙非者，誠非絶詣，然無如人之好匿瑕也。卽規以近修，而近修已渺，難卽矣。含毫悉然。吾乃思子路焉，聞之仲尼曰：“自吾有由，惡言不入。”微波宕漾。則抗直不阿，爲吾道之干城者，莫子路若也，而猶然有過乎？而猶然有過而待告乎？

　　雖然，人非祈無過之難，而知有過之難；非自知有過之難，而人告以有過之難；非告以有過之難，而告之卽喜之難也。大都過之所在，爲嚴師者直言無畏，徒曰：“人耳非，必師道臨之也。”以無所短長之口，而忽予以糾繩，曰：“子過矣！子過矣！”吾恐强者怒於言，卽柔者亦拂於色矣。翻處筆意雋妙。過之攸萌，爲良友者盡情不諱，止曰：“人耳非，必友誼親之也。”以漠不相識之素，而忽授以非謫，曰：“是爾之過也夫！是爾之過也夫！”吾知意氣之士艴然不悅，卽沉潛之子亦勃然不平矣。而子路喜甚。吾不知告之過者，當乎？否乎？當，則不啻藥石也；卽使未當，而突然相糾，其眞愛由也哉。是當固喜，否亦喜。總之，告以有過，則不論當否也。“則”字醒甚。吾不知告之過者，暱乎？仇乎？暱，則不啻知己也；卽使未暱，而非意相加，其眞厚由也哉。是暱固喜，仇愈喜。總之，告以有過，則不問其仇與暱也。

　　謂聆過而幡然改圖，故有此衍懷乎？然俟改圖而喜，猶後念也。喜則喜矣，何待異日之糾虔？挑逗處，添毫欲活。謂知過而徐爲補救，故有茲懌思乎？然思補救而喜，猶迂慮也。喜則喜矣，正在一時之虛受。由斯心以廓於善，雖禹與舜亦不過是矣。

　　筆情爽豁，理致沈深。非於進德修業、乾乾不息之功眞實有得，何能道隻字耶？

王延年識

昔者魯繆公

　　去齊而思魯，有今昔之感焉。夫有大不愜於今，而追念昔者也。魯繆之事，於去齊時倍傷感云。對客意謂，子齊人也，知有齊王已爾。予生長於鄒，接壤於魯，竊嘗景慕高風，低徊亶之不能去，然向亦罕記憶矣。悼今日之無聊，企矚昔其難再，不禁穆然有思於魯之令主焉。一折入韻，按下。

　　予嘗與王言：“湯、武，此昔者明王也。挑昔者。今予爲東海逋臣矣，而猶道莘野之聘、渭濱之招，則子當哂吾爲迂。襯繆公。”予嘗於王言：“堯、舜，此昔者盛帝也。今予爲臨淄逐客矣，而猶述元德之升、元愷之舉，則子當嗤吾爲愚。”乃歷世未遙，鄰封甚近，固有周公之孫繆公者，以齊與魯較，則泱泱大風，魯固不逮乎！襯筆。然何必揚扢及此？轉筆。惟念《緇衣》好賢既不得如溱洧之司徒，或得如龜蒙之冡君也，亦未可知，文情曲折。則且咨嗟愾慕於繆公矣。扣住題。以今者之齊與昔者之魯較，則堂堂千里，魯尤不足數乎？顧何暇論列及此！惟念干旄迂士既不得如楚宮之興主，或得如徯甫之嗣君也，亦未可知，則且神遊遐想於繆公矣。

　　稽其時，豈無由義居仁類今日之韋布而抱輔世長民之畧者乎？儻東國名侯情不深於《杕杜》，予何必憑而弔之？合具能，扣住①題位。曰：“此中心之好，在魯繆公也。”稽其時，豈無黜伯崇王類今兹之儒素，而韞數過時可之懷者乎？惟宗邦賢辟心常繫於《白駒》，予忍不仰而思之？曰：“此嘉客之畱，因魯繆公也。”以意中已不繫屬之齊而思及於魯，則反覺爲意中事；以目前漠不相關之王而念及於繆，則反覺如目前人。情致如生。噫！魯繆公之於子思，自有人在。如君輩者，決不令在子思之側也。冷然。

　　一唱三嘆，每從撫今追昔之下，時露忠君愛國之情，便覺語語悱惻。

王延年識

---

①　“住”，同治年間刻本《湯子遺書續編》誤作“佳”。

雖欲耕得乎后稷教民稼穡

二聖之於耕，已不自爲，而教民爲之也。夫耕非大人之爲也。禹治水而不得耕，稷教民而不自耕，二聖人曷嘗以並耕哉？

且昔堯之時，舜總敷治之權，益掌虞衡之職，此非無使民稼穡之心，然皆欲耕而不得矣。時又若禹也，稷也，皆有事於民者也。然以今考之，終有不與民並耕焉者。

方洪水之患未息，稼穡之利未興。禹也，承堯而往，八年不以爲勞，惟業業於在官，而初何事於田工之卽？嗣鯀而興，三過不以爲恝，惟兢兢於有位，而初何遑於百畝之憂？頓此二句，雖欲，得乎？有意在筆先之妙。非不容心於稼也，水患未平，舉天下之稼，且罔以播種焉。吾胼胝以爲之，猶懼其不給，雖欲親爲之稼，而可得乎？伏下總無痕迹，讀去只是鈎勒虛字。非不容心於穡也，水患未平，舉天下之穡，且罔以成功焉。吾夙夜以圖之，猶恐其不繼，雖欲親爲之穡，而可得乎？神理。是禹固無事於耕也。

稷之續禹而爲農師也，亦何嘗身爲之哉？直接。是先正手法，用經恰好。惟以此教民而已。以爲稼穡之事，小人之所依也，非大人之所親也。故勞力以自爲，反無以徧阻飢之衆；而勞心以教民，自足以致平成之休於焉。因禹功之旣施而貽之美利，導天下以粒食之源；乘中國之可食而錫之嘉種，開生民以奠麗之澤。句句與上節氣脉不斷，方是此題起止。

耕之事，始於稼也。吾不與民並之，而惟以教民稼焉。此教行，而天下曉然於稼，政之修矣。豈必其身親夫稼而后可以續禹之成乎？耕之事，終於穡也。吾不與民並之，而惟以教民穡焉。此教行，而天下曉然於穡，事之修矣。豈必其身親夫穡而后可以底禹之績乎？夫卽其有稼穡之教也。稷之欲耕，猶之禹也，卽其教民而不自爲也。稷之欲耕而不得，亦猶之禹也。顧上，自然。當時之不爲並耕者，豈獨禹哉？

噫！禹之不並耕也，與天下以可耕之地；稷不並耕也，教天下以可耕之方。雙收極合。彼倡爲並耕者，豈其功多於禹稷耶？

弔渡挽合,搭題陋訣;提挈迴顧,劃住聯絡。絕去俗套,而不踰於法嘉隆矩矱也。古樸親切,洗空膠粉,似薛敬軒手筆。

王延年識

仁義忠信樂善不倦此天爵也

著天爵之實,可無慕乎性外之事矣。夫言爵而推本於天,要不外仁義忠信。與樂善者近,是則內力,何可不敦哉?

今夫儒生窮理,每樂以性命之有本,而切言榮被之有據。軒然而來。蓋本之性者深,而一世莫能尚;原諸內者宏,而萬物莫能加。斯獨隆之業,爲不可企耳。

如所稱天爵者,天也,烏得而爵之?毋乃元蒼之上實有三德六德之明試而隱寄其闓門黜陟之權;爵也,胡尊而天之?毋乃慶賞之典實本於上帝冥漠之衷而顯示其翕受敷施之用。不然也。昊錫之理,不黼黻而榮;帝降之彝,不珩玉而貴。則仁義忠信,樂善不倦者,非乎?慈良本於性衷,則裁制各當;醇篤原於帝錫,則樸厚攸隆。直起,是古法。而復敦敏有作,不懈夫黽勉念茲之圖焉,是豈寵榮所能加與?乃知布衣有子諒易直之美,一代之功名莫與京爾。藹惻動於淵懷,則秩叙聿昭;誠樸發自聖性,則愿貞道著。而復懋勤罔斁,日凜夫大命原始之機焉,是豈軒冕所能加與?乃知韋素有名德馨香之具,上帝之寵荷爲獨隆爾。

蓋匹夫寡蓄,僉曰鮮德哉!然馳詔而至,無難馭富富之、馭貴貴之也。彼浩浩養眞者,本於天則,而性命之敦琢備焉。吾亦惟效天工帝載之文,以爲贊頌已耳,而敢輕自標置與?草茅無奇,咸曰涼德哉!然執玉而招,無難門左千之、門右千之也。彼藹藹天良者,奉厥性始,而神明之粹精毓焉。吾亦惟尊松川雲岳之靈,以爲揚扢已耳,而敢不重爲珍惜與?是以天爵足尚也。緬懷古人,實懷我心矣。一段情味深厚,原非小家數。

思致沉實,筆更雅健。昔人論公幹有逸氣,而猶未遒如此文,良無遺憾矣。

王延年識

奚有於是亦爲之而已矣

人之所以作聖者，不惟其形，惟其爲也。夫聖不係於形也，志於聖者，亦在爲之而已，可徒以形求哉？

孟子曉曹交若曰："天下之言踐形者，固必歸之聖；而天下之言作聖者，則不係於形。緊切，無膚泛習氣。據子之較形於湯、文，豈不以爲堯者亦形堯之形而已矣，爲舜者亦形舜之形而已矣。"以予觀之，形奚足拘哉？昔堯舜之大哉而君哉也，固非以形之超乎人也，惟在爲之以立其極。今吾人之希堯而希舜也，亦非以形之類乎聖也，惟在爲之以作其成。湯能爲之，則繼唐虞而聖於商，湯不徒以其形也。以湯、文作襯，仍頂"爲堯舜"，得旨。慕湯之能堯舜者，亦奚有於九尺哉？顧其能爲湯之爲焉，如此而已矣。"能"字出得有力。文能爲之，則繼唐虞而聖於周，文不徒以其形也。慕文之能堯舜者，亦奚有於十尺哉？顧其能爲文之爲焉，如此而已矣。由此奮然以必爲，則雖其形之遠乎聖，而聖可爲也。宛轉相赴，却極與"奚有"口氣相合。如其有不能爲者焉，亦惟人之自棄耳，於形何與乎？由此而退然以不爲，則雖其形之肖乎聖，而聖不可爲也。如其有能爲者焉，亦惟人之自力耳，於形何與乎？

蓋天以堯舜之理賦諸人、與之體，必有所以帥其體者，固有待於人之爲之也，而非徒形也。抉出"奚有"所以然，並"爲"之根本。故人以堯舜之理成諸身，有是形必有所以踐其形者，亦有在於我之爲之也，而非徒形也。求之以爲則人皆可爲，而求之以形則人不必皆可爲。與上"爲"字照應，是正脉。子誠恃九尺之長而莫之爲也，將不由食粟終哉。

伊川《顔子所好何學論》言："聖人可學而至，在力行以求至。信道篤則行之果，行之果則守之固。"是即題"爲"字義也。篇中講"爲"字處，精蘊不減伊川。若"是"字竟指形體說，認題更爲精細，是大儒講學之文。

王延年識

存其心養其性所以事天也

君子敬天之學,存養交致其功而已。蓋心性原於天,不第知之,而且有以事之,則存養之功何如哉?且儒者窮理而後,每樂觀學問之有本,以敬持神明之所自。來脉緊清。蓋覽徹元初而宏業日隮,其體備爲足恃耳。知天之後,可無所以事之哉?夫天烏得而事之?降衷有自,何以敦陰騭之靈?恒性克綏,何以篤維皇之錫?則其心其性,非乎存之養之,尚可已乎?

無謂天邈依心而處,故中材皆有其虛靈而每錮於情識之多,烏覩所謂淵淵者與?天固無以愚賤贈人之理,而人實以愚賤自待,則棄天殊甚。峭甚。毋謂天遠原性而居,故凡人亦有其秉彝而每斁於涵泳之疎,烏覩所謂優優者與?天實有以忠孝望人之心,而人不能以忠孝自敦,則褻天殊甚。故君子夙夜自嚴而几杖亦書古銘,朝夕悠悆而風雨不晷永思,卽出王游衍亦必凜以曰明曰旦之精。豈好爲是勤勞與?誠以此心一佚,則上帝之明威可畏也。大放厥辭,醇而肆矣。抑君子嗜欲必戒涵葆於動靜之間,仁義克全調攝於剛柔之際,卽視聽貌言亦必惕以五事三德之範。豈好爲是黽勉與?誠以此性一失,則維皇之明命堪凜也。

蓋人無一刻離天之時,麗於有生以後而仍通於無物以先,則其理不得以中斷;天亦無一刻離人之時,宅於無形聲之始而著於有形聲之中,則其功不可以不嚴。知此者,其於性善不動心之旨,思過半矣。

疏義切實,結體渾成,且能融貫儒先精蘊。探喉出之,畧無障礙。此種文字,當與傳註並垂不朽。

王延年識

先文正公著作,各體俱備,悉載遺書,獨制藝流傳頗少。蓋甫逾弱冠,卽入翰林,兩任監司,年未三十,抽簪歸里,閉戶讀書,專心性命之學,故制藝不多爲也。今從王似齋先生所緝本朝傳文中,得十數藝,亟登全集,並誌不朽云。

六世孫樹茗敬識

《湯文正公全集》重刊告成後，別駕余君魯巖謂其裔孫春圃廣文尚有家藏公《四書文》若干篇及在蘇撫任時條約數種，恐日久散失，亟應付梓，以垂不朽。祥年深韙其言。詢之春圃廣文，遂出以相示，且曰："此先曾伯祖某公手輯待梓者，藏之久矣。今全集既成，謹當續刻，以成先志。"祥年受而讀之，間有亥豕魯魚，卽爲校正。然聞尚有所著《太極圖說》，已無從搜輯。可見公著述宏富，當時遺棄正多。若不亟登梨棗，不將與《太極圖說》同爲《廣陵散》乎？

竊維公以理學發爲經濟，立德、立功、立言，三者兼備。故其立言，務在精當，不事立異矜奇，而與聖人中庸之旨，適相吻合。八股爲應試之作，時人謂之敲門磚，一得科名，輒卽棄去。若公之時文，非卽朱程精義乎？而謂獵取科名者所能夢見乎？卽條約數種，不外脩己安民。其責人也務寬，其律躬也務嚴。官吏果能仿而行之，雖兩漢循史之風，至今存可也。

祥年不得志於場屋，猥以館敍濫廁末僚。適又承乏公之鄉土，一歲之中，毫無建樹。讀公之集，抱愧不遑，又烏足以知公文？獨喜魯巖別駕留心文獻，春圃廣文克誦先芬，則是續刻也，雖碎璧零金乎，亦足爲錦襄之世寶云。

同治辛未仲春，知睢州事後學古吳沈祥年謹跋，

同治庚午春二月，祥年奉檄調任睢州。下車之始，湯生若珩來見，詢知生爲文正公後裔。因述"家藏公所著《明史稿》、語錄、奏疏並古今各體詩文，又詩餘一卷，久已刊布海內，板存祠堂。咸豐己未，捻逆陷睢城，燬於火。賊平後，各大憲捐貲重刊，功虧一簣，尚未蕆事"。祥年聞而皇然，竊以公理學、經猷、文章、功業，雖片紙單辭，後人咸知寶貴。矧爲《全集》，苟能日置座右，精心體會，於立身、行政之方，必多裨益。一簣之功，勉能任之。卽囑湯生亟爲刊成，而謹識數言於尾。

抑更有言者。祥年，吳人也。公於康熙初來撫我吳，先六世祖隱居雞籠山。公徒步往訪，謝不見。請之再，隔籬談數語而別。時人兩賢之。其他興文教，燬淫祠，功澤不可殫述。民不能忘之，坊屹峙胥江，觀者咸深景慕。距今二百餘年，以吳人而牧公鄉土，縱不能媲美萬一，而讀公遺集，奉爲官箴，並思先

世之感承知己而冀有以仰酬之。或以不負於公者，卽不負於民，則亦公之所賜也。敢不勉歟？敢不勉歟？

　　同治九年歲次庚午春二月，候補直隸州知睢州事古吳沈祥年謹跋

補　遺

《近代中國史料叢刊》本中的底本遺收之文

《湯文正公（潛庵）全集》序①

國朝理學之興，榕城則有孫子夏峯，平湖則有陸子稼書，而睢陽潛菴湯子尤為一代偉儒，其事業、聲光視孫、陸爲顯。先生同里簣山田氏既爲梓其集以行世，予嘗讀而愛之，欲以滿布天下，以公同好。適得其《全書》，爰亟爲命工鑴之版。

予惟學聖人之學者，求至於聖人而止，固未嘗操觚吮墨執筆。學爲之文，要其充溢於中，叢見於外者，亦自有所不容已。後之人手其書，猶得深思所以爲人，而想見其學問。湯子之文如化工至於物，妙造自然，適如其中之所蘊。讀之者，目霽心開，究莫得其擧似，第惟見其氣厚，其辭溫，其根柢則關閩諸子，其聲各則唐宋百家。予於序湯子之文，益深思湯子之人、之學，而不徒以句求字索者，遂謂足盡湯子於區區之楮墨間也。僅爲書之卷首如此。

時同治辛未暮秋，繡谷後學省菴趙承恩謹序

湯潛菴先生《困學錄》識

癸未，聯登既得讀先生遺書，適逢從祀鉅典，敬序而讚之，想慕無已。越丙

---

① 此篇名爲本書點校者所加。

717

戌，乃得理舊業也。將歸，其六世孫博士若軾來，以先生《困學錄》見示，曰：
"是先太高祖所以自勵而藏之篋中者。"敬受而讀之。

此先生之心學也，攷遺稿中有語錄二十四則。當時同人所記，固已言居體
要，功歸實踐，至此則愈鞭愈力，愈策愈密，不容一息少懈矣。孟子曰："盡其
心者，知其性也，知其性則知天矣。存其心，養其性，所以事天也。"性命於天，
天全於性，而具之於心。心之體最虛，虛則於物當無有不格；心之用最靈，靈則
於知當無有不至。由是而之焉之謂志，志於仁則無惡；由是而發焉之謂意，意
必誠則無欺。無欺則慊，天君為之泰然；無惡則善，天理所以常存。其操功也，
由不覩不聞而慎之於莫見莫顯；其極功也，由不二不息而全之於無聲無臭。此
其所以位天地、育萬物，即此心所爲，包涵孕育於其間也。

先生此編，錄於解組之後，性分中不使有一物之或遺，性量中不使有一體
之未備。既切復磋，既琢復磨。其志篤，故其意誠；其意誠，故其心正。異日建
致君澤民之猷，豎經天緯地之勳，為所當為而不計其功，則率性而行也；以人治
人而不違乎道，則本天而動也。斯真能盡其心、存其心矣。而其所得力，則從
朝乾夕惕，以貫乎夙興夜寐。名所錄曰"困學"，蓋存一理易，去一私難也，非
實致其功而能言之無隱乎？

先生當欲淨理純之候，而又時時操存，時時省察，其心猶歉然，不敢自是，
學者當如何己百己千也。是宜公諸同好，使有志治心者得取法焉，戰勝乎利欲
攻取之私，可以為入德之門，可以為立德之基，可以為成德之業。敢弗困而學
之光，尤其異者。

先生錄是編以自勵於百五十年之前，其孫攜是編以示登於百五十年之後，
讀一歸林下數語，適值仍理舊業時，自當愈鞭愈策，一息尚存，此志不容少懈。
先生真不我棄矣！虔奉瓣香，毋忘夙夜。謹施梨棗，咸冀脩來！

後學永春周聯登謹識

困 學 錄

學者莫要於存誠。

爲學莫先義利之辨。

立志便要爲聖人。以第一等人讓他人，而甘居第二等人者，皆無志者也。

孟子性善之說，最爲精微。學者須要認得真切。認得真切，工夫自不容已。人自受生以來，即有氣質之性。即堯舜同一大聖，氣質豈能無異？天理固是天命，氣質亦非人爲。天理純然至善，氣質純駁不一，皆是與生俱生，難分先後。聲色臭味，固是氣質。用事恰好處，便是天理。惻隱、羞惡、辭讓、是非，天理端倪，遇事隨時發露，但如電光石火，轉瞬滅沒。察識擴充，必須著力。此處若輕放過，人欲遂至滋長。天理終無滅絕時，但錮蔽日深，無能發現。堯舜尚致儆危微，吾人何可自懈？

人只爲有此形體，遂與天命間隔。然無此形體，則道無所寄。故君子重身，以爲道也；克去形體之私，以全眞我也。

靜中觀喜怒哀樂未發時湛然虛空，方知此身內外總是一天。鳶飛魚躍，形體毫無隔礙。

朱子曰："人者，天地之心。"此言精極。

錢啟新曰："心之理，便是性。"

人身之外皆天，人心之內亦天。故舉念即與天通，是以君子必慎其獨也。

禮樂不可斯須去，身無非爲。氣質之性，難以制伏。時時防閑，全此天理耳。

古人制禮，揖讓拜跪，至繁曲矣。即登階入門，舉足先後，俱有定式。豈過爲是瑣細哉？總要此心無時不存。一舉足之失，雖然無大關係，亦足見心之不在焉。故君子慎之也。

收心無他法，惟常提惺。纔提便在此。

莫冤屈了心，心原是知善知惡的。但令本心出來用事，莫遮蓋他，莫阻撓他，自然不差。

這工夫如挽逆水之舟，一息放下不得。

聖賢掀天揭地事業，總要暗室屋漏中工夫。暗室屋漏中有不慊於心，便與天理有虧欠，如何能做出光明俊偉事業來？亦有英雄建功立業而屋漏多虧欠者，雖於世未必無補，畢竟是無本之枝，轉眼萎謝，反不如布衣之士後世馨香也。

對人爲道義之言，暗室爲私利之事，其盜也歟？

人爲不善，最是閒居時。大庭廣眾應事接物，畢竟畏人指摘，言動不敢放肆。一至閒居，則弛然自肆，無復畏忌，種種邪妄念頭，相繼而起。不知人雖不知，吾心其可欺乎？天地鬼神其可欺乎？吾心不可質天地鬼神，胸中便消沮閉藏，不待見君子而後厭然也。

人言居官事務紛雜，學道倍難。以今觀之，居官時上有朝廷之功令，下有百姓之視聽，心思不得不細密，精神不得不振作。一歸林下，覺此身於世無責任，便易懈弛。若不倍加勤惕，散緩不可收拾，竟成天地間一廢人矣。當常如天地鬼神臨之在上、質之在旁，妻孥僕從皆如嚴賓畏友，此心庶不散失。

朋友講習，近於好名，易生謗議。吾謂好名與否，顧此心何如。如果從名起見，究竟成一偽儒，何益之有？若實從心身性命用工夫，不與朋友講習，此理何由得明？至於外人謗議，正可考證吾學是非。吾輩初學，自有行不掩言處。何妨任人議論，我輩亦有警醒。若有避謗之心，此心便不可人道，即非君子暗然之學。

遇橫逆之來而不怒，遭變故之起而不驚，當非常之謗而不辨，可以任大事矣。

學者志氣，常如朝日。孔子“發憤忘食，樂以忘憂，不知老之將至”，是何如精神！今人志氣昏惰，絕無精進勇猛之意，何由成得事？

五倫是人生合下具有底，聖人只是件件還他當然的個道理。君君臣臣，父父子子，兄兄弟弟，夫夫婦婦，何曾著一毫意見？佛氏棄父母，離妻子，是多少作怪！

不見己過，是心不存一。檢點來喜怒哀樂，多不中節；視聽言動，多不合禮。自己克治不暇，何敢責備他人？

陸子曰：“晝觀諸妻子，夜卜諸夢寐，兩無所愧，然後言學。”

禪家曰：“一翳在眼，空花亂墜。”此言卻好，可見心上容不得一物。

呂新吾曰：“‘忍’、‘激’二字，是禍福關。”

動時只見發揮不盡,那裏覺錯?事後追思,便渾身汗下矣。只大公了,便是包涵天下氣象。

講學非講書也,講學句句是躬行。今人以講書爲講學,大非。

君子待小人,不惡而嚴。從前誤認"不惡"字,未免近于不嚴。自今細體貼"嚴"字,庶幾成其不惡。

學者於義利之界,要一刀兩斷。天下有大於生死者乎?認得生死如旦暮,更有何事牽戀!

人生爲利,切而言之,不過怕餓死。乞兒猶有志氣。人試於不義之財一毫不取,看餓死餓不死。

孔子發憤忘食,樂以忘憂,不知老之將至,七十歲猶如朝日,覺至今精神現在。

學者動靜起居,雖暗室屋漏,常如天地鬼神臨之在上。應事接物,自然不須安排,隱顯一致。否則,雖勉強矜持,終不自然,必有手忙腳亂時。

小人不可與作緣。

涵養是主人,省察是奴僕。

人真明得性善,便真知堯舜可爲。

今人刻意詩詞,專精文章,焚香烹茶,鑒別古玩,自以爲雅,而身心不知檢點。見之事,殊多糊塗。聞堯舜可爲,則驚駭不敢信。此之謂俗人,非雅也。

日與俗人處,所言惟在計較利害,打算貧富。

恩怨最足壞人心術,墮人志氣。

"守本分"三字最好,堯舜事業,本分外不加毫末。

遇拂逆事,征聲發色,皆爲鍛煉、琢磨之助,不可草草過去。

馬文忠公曰:"丈夫處世,即壽考不過百年。百年中除老稚之日,見於世者不過三十年。此三十年,可使其人重於泰山,可使其人輕於鴻毛。是以君子慎之。"

人終日往來徵逐,陪奉世情,何時是料理真我的時候?

凡事以義爲主,不可徇人情,爲行止。

橫逆,吾性之藥石。

學者先須識仁。仁者,天地生物之心,而人所得之以生者。失此,則不可以爲人。仁者,以天地萬物爲一體,一有隔礙,便爲不仁。識得此體,日用動靜,無非天理流行,觸處皆靈,方可言不愧不怍。

《論語》首篇多言"信"字。蓋不信則事事皆假。巧言令色,只是假,故鮮仁。

人自朝至暮檢點,若愛人的意思多,則生意滿腔,便是上達機括;若惡人的意思多,則怒氣填胸,便是墮落的機括。當惡人時,止見其人當惡,不知此心一有所著,不能消化,或至遷怒不已,胸中便昏天黑地,且將見惡于君子矣,何暇惡人?

徇情欲而舍性命,圖安逸而忘遠大,無頂天立地志氣,無希聖希賢學問,不足以爲人也。

散軒先生曰:"第一要有渾厚、包涵、從容、廣大之氣象。"

道止在動止語默之間,身外求道,遠矣!

聖人一片實心。種種道理,皆從此出。

只於身心、耳目、口鼻、手足,動靜應事接物。至今至小處,看太極,尤分明,不必專論於千古之上、六合之外也。然近者、小者既盡,則遠者、大者可默識而一以貫之矣。

滿天地是生物之心,滿腔子是生物之心。

仁道至大,即天地生物之心也。

活潑潑地,仁之發也。

余思仁數日,未得其說。忽於惻然隱恤慈良之端,似可即用以窺體。有一毫忮害之心,即非仁矣。

知覺不可以訓仁。所以能知覺者,仁也。

仁,則滿腔子是惻隱之心,故有知覺。不仁,則此心頑然無知覺矣。

無我,則內外合而與天爲一矣。

天地以生物爲心。而所生之物,因各得夫天地生物之心以爲心,所以人皆有不忍人之心。不忍人之心,即天地生物之心,所謂元也。

充滿天地，皆元氣流行，此仁道所以爲大也。

萬物不能礙天之大，萬事不能礙心之虛。

心中無一物，其大浩然無涯。

人心貴乎光明潔淨。

人惻然慈良之心，即天地藹然生物之心。

天理浩浩無窮，惟心足以管之。

心者，氣之靈而理之樞也。

蔡本中的底本遺收之文

酌留站銀疏

該臣看得江、蘇等八府州屬驛站項下恩詔案內復給二分錢糧，先准部覆通行照安徽議裁之處查明具題，行據各屬咸以下江驛遞繁衝，萬難裁減，紛紛詳籲。臣以部文通行議裁，且上江、下江同爲一省，豈得獨異？用是仰體樽節至意，議照安屬裁減具題。然留六銀兩，誠難足用。今據布政使章欽文、驛傳道僉事范永茂具詳前來。臣反復躊躇，不敢過執前說，以悞郵傳。竊以江、蘇、常、鎮、淮、揚、徐各府州屬，實爲南北咽喉、九省通衢，與安徽雖同爲一省，而衝僻較若天壤。臣自議裁之後，隨有荒缺蠲停就近撥補之請，蓋亦從萬難措置中聊爲補救衝驛之計。部覆未允，則別無調劑驛困之法。司郵之官，恐致馬斃夫逃，公務廢阻，紛紛控籲，殆無虛日。況山東、河南驛站復給錢糧，俱奉免裁。臣屬之水陸交衝，較他省實難並論。若不據實上陳，倘致貽悞急差，爲罪非細。仰懇皇上俯鑒。

臣屬驛站較安徽繁簡實屬懸絕，准將極衝各驛恩詔案內復給銀兩照數仍留，其次衝、稍衝、僻遞原復銀一萬一千九百六兩二錢，自康熙二十四年十月初七日奉旨之日爲始，扣算截裁，康熙二十五年以後照數充餉，庶節省冗費之意與調劑驛困之法並行而不悖矣。

語　錄

聖人何嘗廢學？然緝熙敬止，非矜持也；由義而行，非行義也。思而無思，爲而無爲，是之謂聖學。

不曾去根本上理會，胸中淺狹。纔有一功一善，便無安着處，雖強遏抑，終止不住。

君子處世，不可使有咎，並不可使有譽，然却非是憒憒過日子。

《易》言"由來者漸"，在周子謂之幾，在張子謂之豫。

夫子三十而立。《易》云："敬義，立。""立"字難認。人心被許多人欲牽扯，便立腳不住。須是人欲旁引他不得，移動他不得，是之謂立。

人當以禮義自勝，不當以血氣勝。人內自訟，斯得之矣。

潛括是乾坤妙用。

心之不正，非獨有些苟且，凡急躁不寧耐亦是。

無競事而猶有競心，亦非也。競心之忘，即爲道心之正，爭心於是乎絕。

君子出處，全以道義。自主持命，固不足道也。

人生涉世，盡履危機。以和處之，則情相洽；以禮持之，則分相安。庸何傷？

和悅中仍不失剛強，有無限妙處。人能知此，足消磨天下之客氣，而天下無難處之人矣。

人有雅素之守，然後志不矜，行不污。此學者出門第一步。

果中有核曰仁，仁具生生不已之妙。故仁全而天地人之道歸焉矣。

聖人教人求仁，只是要人不壞心術。狂狷是不壞心術的，鄉愿是壞盡心術的。

毋意毋必，毋固毋我，是爲道心。着一念即爲人心。存心養性，脩身以俟，斯爲立命。紛一念，即墮巖墻。

人之心，只要得其所主，不以動而移，不以人而隔。

最初一念，動以天，不雜以人。

與物以實理者天,全物之實理者聖人。

人事外,豈復有天? 不盡人事,便是違天。

君子慎德,積小以高大。蓋不忽乎小,正以養大本大原也。

治心妙方,無過一淡。種種受用,都在淡中討出來。

人心公則一,私則殊。

朱子曰:“提空名以嚮道,而其實無以自拔於流俗之所爲,則亦君子所不取也。”余深有味乎其言。

脚跟豎立不定,總由自己放倒,不干他人事。

人豈有甘心爲惡者? 只爲善不力,便漸漸到甘心爲惡上去。

“無欲”二字,是一了百了工夫,然須從寡欲入手。

人之所欲,莫甚于衽席,莫甚於貨利。一順其欲,而害隨之矣。

請問《學》、《庸》宗旨。先生曰:“《大學》工夫約於誠意,誠意之極爲至善。《中庸》工夫約於誠身,誠身之極爲至誠。”

未有不正其學術而能正人心者也。

凡學問到透徹處,其言自都近情。

聖賢極平常語,若不曾在人情、物理、事變上做過工夫,便信不及。

必平居窮理明義,使中有定見而力足以守之,然後出而涉世應物,庶幾不失其正。

文章與事業,大抵皆氣之所爲。氣得其養,則發而爲言,成爲文章,皆充然而有餘。措而爲行形,爲事業,亦毅然而不可奪。

能不爲利害生死所移易,然後能斷然於取舍得失之際。

劉忠宣公曰:“居官以正己爲先。”我生平奉此語爲標準。

君親分上,苟吾力之所及,無弗爲也。若可以爲而不爲,便於忠孝之道未盡。

事之成否存乎天,惟盡吾力之所得爲者而已。

處事未必合宜,此心必有恝然不安處。此不安處,便是天理,便是良知。若心入於邪僻,肆然無不安之處,遂成其爲無忌憚之小人。

愚者必貪,貪者必愚。

以諂嘗者格以誠，以大投者化以小，以急授者持以緩，以氣淩者馴以和，以動迫者鎮以靜，然非平日有養不能。

偌大世界，全賴三綱五常爲之撐柱。除三綱五常外，別無道理。不從三綱五常上整頓，別無治法。

人臣欲行其志，全不可炫才使氣。惟敬畏，可以格君心。

立言行事雖有異於庸人，而其心竊有所私，雖義亦利。

作事之舛誤，多由於意氣之未平。意氣之未平，每起於存心之不恕。《大學》絜矩之道，即恕之道也。

君子小人之介，辨之於闇然、的然。彼的然者必有喧赫動人處而反目之爲小人，若闇然者不過循其日用常行而共信之爲君子。可知篤志潛脩，躬行實踐，與立異矯情以干譽者本來原自迥別，故究竟終必殊途。

用柔媚、貨財以邀非義之榮，及其敗也，必有奇恥。

或云："衡文以收羅名士爲要。"先生曰："使暗中摸索而得，則主司與名士共信文章有靈，寧不彼此兩榮？若有意求之，恐非朝廷命遣衡文之意。愛名士，何如尊朝廷也！"

人之家業，未有不勤成而侈廢者。吳俗好侈，壞在這幾隻酒船上。競勝嬉遊，已足廢業，而又加以祀神之費，畫船簫鼓，無一日休。此吳俗之大蠹也。

先生初撫吳時，每月放告。後於十有八日，許士民赴臺條陳。余曰："此先生下擇芻蕘之虛懷。但有學、有識、有品之人，豈肯輕至公庭？恐赴臺陳說者，未必盡正人，不無假公濟私之弊。"先生曰："我借此以周知此地民情土俗耳。其言之或公或私，或當或否，自須具眼辨別。平日無窮理工夫，鮮有不爲所眩惑者，所慮誠是也。"

問："從來官長告諭，未嘗不諄諄嚴切，而吏民皆視爲具文。獨奉先生告諭，咸覺厘然有動於中，凜凜不敢犯，且有互相誦述，誡以勿違，勉以必遵者。何以感孚群心若是？"先生曰："我亦不知官役、士民果遵信悅從否。但從來官長告諭，原未曾詢察民俗之宜、參酌事情之當，第用主文舊本套話寫來張掛。本是塗飾耳目之具，安望令行禁止？我之意，不開多事之門，不行寡恩之事，審利害之重輕，爲興除之緩急，示不輕發，發則必行，如是而已。昔人云：'爲治不在多言’。須識此意。”

先生從案牘中見寒家被竊，嚴批勒限獲賊。余進謝，因曰：“物已失，如甑已破，何敢望獲賊追贓？但失竊頻聞，閭閻殊未安枕。小民畏累，不敢報官，故未盡上達耳。然獲盜不如弭盜。弭盜之方，惟有保甲。昔王文成行之而效。近于制臺認真行之，民間叨二載安寧之福。今祗求飭行保甲，便是地方之幸。”先生曰：“我任潼關時，亦曾行保甲而效。及履任江南，聞前此於北山力行保甲，貴鄉縉紳頗不以爲然。曾請教汪鈍翁，鈍翁亦云不必行。故條約已具，未經頒布。畢竟江南地方應行保甲否？”對曰：“保甲何地不宜？鈍翁從未做外官，故不知保甲之有益耳。”先生乃頒布條約，務期力行。旋以内召去任而止。

炳最迂拙，荷先生引爲同志，目爲老友，得與聞反身脩己工夫、希聖希賢宗旨，服膺有日。昆陵拜別，相訂候先生宦成而歸，當負笈從遊，備灑掃於門下。孰意山頹木壞，不果所願。追憶訓辭，僅存銘心不忘者凡五十二條。其追憶不真不全者，寧闕焉。

平江蔡方炳識

小人不可與作緣，此須留意。一失身於匪類，後雖欲自拔不可得。《易傳》云“君子以遠小人，不惡而嚴”，極當，體貼。待之惡，則君子必爲小人所嫉而多所中傷；嚴，則小人自不能近。故不惡，又須嚴也。

問：“《周禮》是周公書否？”先生曰：“當出自周公，但未見施行耳。其中大經大法，委曲而詳盡，非聖人不能作。《冬官》闕者，蓋經秦火之後失傳耳，或公偶未完，不必以《考工記》補之。”

觀《儀禮》，便見一舉一動莫非天理之流行。

程朱教人主敬，真是徹上徹下。如《孝經》一書，只能敬其身纔是孝。服勞奉養，顯親揚名，豈不足爲孝？然必以立身行道爲本。若虧體辱親，雖日奉三牲之養，何益？《孝經》中“如臨深淵，如履薄冰”，“不敢慢”，“不敢惡”，“兢兢業業”，何等敬身！此是大本大源學問。

從古聖賢煞有手段，得志行道，便雷厲風行，不是一味退弱。看《大學·平天下》章可見。

自幼讀了四書，如今閲歷久之，覺得一句一字，不可移易。

“不畜聚斂之臣。”看上文“畜馬乘，不畜牛羊”下一“畜”字，聖賢分明把聚斂之臣，以異類待之。

讀書只管多讀，則文義自顯。蘇子瞻曰：“好書不厭千廻讀，熟誦深思旨自知。”熟讀深思是讀書要法。子瞻讀《漢書》，做數次看，亦是此法。看其作文甚飄逸，然一生文字，却從班椽來。

此道不在多言，惟時時刻刻將先聖先賢言語反復尋繹，一一體會上身來，久久得一貫通處，是真主腦。先聖先賢無閒言語，句句是要義，只被千百年來皮膚訓詁埋沒，令聖賢垂世立教，字字從誠意中發出來的，都晦昧不得顯現，亦散漫不得歸一。所以學者靠不得書冊，却離不得書冊；離不得師友，亦靠不得師友。惟得之難，此理始真爲我有。故聖人循循善誘也。觀夫子之告曾子與告子貢一貫者，可識其旨矣。

天地何時不生才？雖衰晚，亦有之，顧用之何如耳。明季如盧九台、孫白谷、蔡雲怡都是有用之材，萬吉人亦不易得。

一代文有一代習氣，必有大力者，方能挽廻。如唐之昌黎、宋之廬陵，方能獨辟風氣。元文平庸，姚牧庵亦好，然不耐尋繹；戴剡源清幽，能不爲時所轉。明初，宋文憲公是開代手，然有平弱處。方正學起手，氣勢雄勁。讀至後幅，每不稱。王文成不以古文名家，然只是理足而法自備，不易及也。震川味淡而旨永，似勝荆川。遵巖荆川，常極力摹畫，得之震川，如無意爲文而自然入妙。辟如黥、彭、樊、酈一般，都是名將，到韓淮陰便出奇無窮，多多益善，看他胸中便再有個項羽亦能滅的手段。今有千鈞之石於此，一人竭盡氣力而後舉之，一人從容輕舉如轉環弄丸，無他，力大故也。

人好聲氣，亦是病，將來仕途最難自立脚。

躬行固難，只是行得一寸是一寸，積累將去。

曾見某人言學，好奇怪，心疑其偽。後出來做事業，頗狼狽，以其心術不光明也。所以學問在心上做，終是不錯。

仁、智、勇，三者缺一不可。看甚事到面前，四方八面都要看得玲瓏透徹，毅然行將去。一味仁柔，亦不濟事。

闢陽明者，除非敢闢孟子。

佳性魯鈍，每有所聞精義微言，過輒易忘。今歲侍函丈，蒙指誨者，畧爲剳記，庶可反復玩味，有益身心，或不墮爲小人之歸耳。日久成帙，名曰《師說》。

丙寅春日，沈佳記

先生内召北上，於康熙丙寅四月十七日道經錫山。至東林書院，先謁道南祠，旋登講堂，拜燕居廟坐，再得草廬侍講諸生。首講《大哉聖人之道》一章，次講《尚書》全部大旨。講畢，先生乃徐申其說曰：

主敬一心，信是千古道學之要。自帝王、師相而下至於庶人，學以脩身爲本，即當以欽敬爲心。如今日一堂上下，卑以承尊，幼以從長，總是尊賢取友大道中人，總關切於學問大事。出則事君，入則事親，始基在此。所以古人希聖希天，必先從師問道，莫不原於主敬也。但今人視從師問道爲梯榮之途，往往借譽門墻，不求實益。此則於聖人之道，分毫無得矣。即如頃間所講《大哉》一章，開口說箇“聖人之道”，可見發育峻極都是聖人力量實實到此境界，可見三百三千都是聖人精神實實貫徹其中。所以大而天地清寧、山川奠定，細而草木咸若、蠢動舍生，其時主張造化統備三才者，聖人實實有功。若沒有聖人，將不成世界矣。考之唐虞三代，何以治而不亂？何以盛而不衰？崇恃有聖人耳。故曰：“待其人而後行。”其人者，至德之人也。必有至德，纔得凝聚至道。乃知上爲天地立心，下爲生民立命，惟賴有聖人。苟非聖人，則德不至，道不凝，天地萬物將何所恃哉？

然而聖人雖不能世出，至道不可一日而息也。孟子有云：“人皆可以爲堯舜。”蓋緣人性皆善，故各有大道之責。有志者起而脩德凝道，可不勉乎？是在君子。君子者，所以繼往聖、開來學也。惟聖人德性廣大、高明，故而且厚，此道之所以大而無外也，故君子尊之，則必致廣大，極高明，溫故敦厚，以完吾大而無外之力量；惟聖人問學精微、中庸，新而有禮，此道之所以小而無間也，故君子道之，則必盡精微，道中庸，知新崇禮，以全吾小而無間之精神。如此，則内聖外王之道，一身具備。以此居上則不驕，以此爲下則不倍。今之居上者，亦自謂之不驕；爲下者，亦自謂之不倍。要曉得不驕不倍，都是聖人地位的事。必如後章王天下者,考諸三王而不謬,建諸天地而不悖,以至鬼神無疑,百世不惑,如堯、舜、禹、湯、文、武,纔是個真能不驕;必如後章不好自用,不好自專,不敢作禮樂,吾從周如孔子聖人終其身只自盡其爲下之道,纔是個真能不倍。

由是而遇有道,則言以顯其道,典謨訓誥,見諸治功,是足興也;由是而遇無道,則默以藏其身,如文王、箕子養晦以自全,孔子固窮學《易》無大過,是足容也。足興足容,功用甚大,何故但引《烝民篇》"明哲保身"兩言以結之?須知保身不止知幾免禍而已,要見得此身原是堯、舜、禹、湯、文、武、周、孔之身,非等凡民軀殼,自然不敢不保護。果能位育參贊,功在兩間,便是天之肖子;或小心敬天,挽回氣運,亦是天之功臣。此乃所謂明哲之君子也。蓋從脩德凝道得來,所由時行時止、主持宇宙者也。意在推重仲尼,莫看小了。原與洋洋優優道理相配,方是能保也。大凡經書同是一理,糸得透徹,則左之右之逢其原矣。即今日講論,可以類推。

東林後學孫繹武、高菖生仝錄

《蔡忠襄公政書》序

吳郡蔡忠襄公,登萬曆己未進士,起家杭李,洊歷中丞,巡撫山右,殉闖賊之難。具匡時勘亂之才,僅酬成仁取義之志,千古英雄所俯膺太息也。猶憶先大夫言:"崇禎辛巳,河南大飢,斗米二金,人相食。司糧儲者,以不辦輸挽罷。時公以右藩攝糧道篆,慨然曰:'民無食,安辦課?賊方以不徵糧搖惑人心,我顧徵糧是急,是驅民從賊也。'擅檄州縣停徵,上疏自劾,落職七級。"歎公明於國家大計,有仁者之勇,余因心識其人。旋攷明季封疆大臣,能實心爲國任事者,惟公與盧公九台、孫公白谷爲最,卒皆舍生殉國,以結不負君國之局,未嘗不爲之盡然以悲也。及見汪鈍翁誌公墓稱公"素宗王文成公之學,幸而功成,則爲文成;不幸而身死,則爲公",始信公治術有本,非勞臣能吏可頡頏。先大夫之嘆服不置,良有以也。往閱陽明《文錄》,所載宰廬陵,撫南贛、江右,督兩粵,凡恤民訓俗、興利革弊、戢奸服叛諸政牘,無一非良知妙用。世徒稱其平濠偉伐,不知此特義所當爲,所謂幸而功成者也。

　　茲從公之子方炳讀公歷任政書,名其牘曰"問心",名其劄曰"勿欺",即其
所命之名,可以知公之所存矣。其告於君也,曰:"勘定必需經濟。經濟不本
聖賢大道,見小欲速,不足以撥亂反治。"又曰:"儒者心學不明,黨同伐異,禍
亂實基於此。"又面奏云:"治平要道,須從《大學》,提綱挈領。若節目上逐件
照管,便煩難了。"煌煌大儒之言,即程朱告君,不過如是。所以見諸政事,凡
決疑獄,遴真才,興正學,定大變,籌國是,恤民隱,飭吏治,一如陽明之從良知
流出。世徒稱其捐軀盡節,此特義無所逃,所謂不幸而身死者也。

　　嗟乎! 文成、忠襄學同,遭變同。文成遇荒遊之主,忠襄遇勵精之君,而成
敗較殊。蓋文成賴晉溪主持於內,故志得行;忠襄則獨力搘梧,連章告急而不
應。宸濠叛於人心固定、國運方隆之時,闖賊之肆則在人心瓦解、大廈將傾而
莫支之際。不濟則以死,濟之固聖人復起,不易斯言者也,豈容優劣於其間哉!
然其制治保邦之偉畧,可爲世之爲仕者法。試取忠襄之書與文成之牘比而觀
之,以任國家之事也,奚難?

《湯子遺書》書後

　　以明明德於天下爲願而世不我用,何由彰儒者體用之全? 故終其身,草野
潛脩,縱於道有得,縱貞教維風自任,而所謂成己成物、時措咸宜者,究托諸空
言已爾。所以見而知者,必皋伊、望散;係一綫道脈於漢唐之際者,必江都、昌
黎;大明斯道於宋,爲守先待後之宗主者,必周程、朱陸;追洙泗,接濂洛、關閩
而遞衍其傳者,元必許文正,明必薛文清、王文成。

　　夷考諸賢,周子則洗冤澤物爲己任也;二程子則天下以其進退卜世之隆污
也;朱子則孝宗稱政事却可觀也;陸子則荊門之政可驗躬行之效也;文正則教
行於國子,儒風賴以不墜也;文清則東魯諸生慕廚下老僕,哭奉使之,中官嘉歎
也;文成當日勦寇討叛,事功赫奕,特適逢其會耳,而闡聖賢心傳處即在此。觀
其爲令爲撫爲督所設施,與諸賢之幼學壯行無異,信儒者體用先後一揆,身用
而道行,斷非草野之士所能及。

或曰:荷道統者,詎以名位有無爲重輕? 子津津於諸賢之政事,是論治統矣。炳應之曰:子亦知道統、治統固合一而不可分乎? 世儒相傳,先則道統在帝王,後則道統在儒者,故疑道與治有二統。觀孔孟而後,周程以來,皆賴君上之尊崇而道統以垂,是道統仍在帝王也;皆出其學以報君上而治統以立,是治統亦在儒者也。

今天子尊儒重道,建業垂勳,兼古帝王道統、治統之盛,豈無見知之人興起其間? 睢州潛庵湯先生殆其人歟! 先生少壯登朝,中年解組,肆志問學,高臥林泉二十年,旋被徵用。列史館者五十人,獨先生被上知遇。弄中丞之印,非公不可。先生撫吳,著績果與文成比烈,是卽皇上所以立治統也。青宮有需輔導,又荷上知遇,以爲無以逾卿。先生侍直講筵,果與伊川媲娫,是卽皇上所以垂道統也。先生之荷聖道而佐盛治,固皇上立之、垂之而先生承之爾。

聞之,立教者,有言教,有政教。曉曉焉以空言覺天下,是謂言教;俾民服教畏神,入於善而不自知,是謂政教。今編次先生《遺書》,使讀者知所以爲學,先生之言教著焉。《遺書》間多論政。余吳人,目睹撫吳時不賞不怒之勸威,特表先生政教,以洗迂儒無用之譏。故爲道統、治統合一之說,以見先生紹先儒一脈者在,是未可與文人之集同類而觀也。

刻旣成,敢僭筆書其後。

平江後學蔡方炳拜手謹識

建 坊 啟

蓋聞表墓式廬,聖朝之盛典;稱功播德,里巷之殷情。指官道之槐,懷人出涕;過長安之塚,下馬興嗟。矧夫泛舟航於震澤,無非拯濟之恩;覿桃李於虎丘,盡屬栽培之德。豈徒一時眷戀,暫爾謳歌? 將使百世觀瞻,永垂天壤。

恭惟前大中丞湯公祥開天鳳,瑞啟人龍,數科名則玉鑾金馬讓先,談鉛槧而繡虎雕龍却武。膏流七郡,百萬頃禾黍桑麻悉歸灌注;仁覆三吳,億兆家樓臺烟火盡荷帡幪。叱詫而神鬼咸驚,洵由正氣;懷柔而吏民共惕,不用刑威。勞心未滿三年,兩袖清風,已徧蔀簷茅屋;去國已將廿載,一輪明月,常懸皓魄丹心。迄今《大雅》云亡，先型不再。嗟茲黃童白叟，願結草以無從；凄然綠水青山，縱銜環而莫報。此衆情之所以不能已，而建坊之所以有自來也。

鳳翔緬懷耿介，追慕仁風，隻手以擎天，威稜如在；埋輪而入地，勁節猶存。雖下吏未承德訓，而為模為楷，恪有可遵；在斯民親沐恩膏，則為雨為霖，難容忘報。欲垂永久，端賴題標。覯彼廟貌巍莪，已立欒公之社。於今民心鼓舞，再成叔子之碑。俾翹首而觀，音容如在；即俯躬而過，覆幬依然。業蒙各憲之允行，自應鳩工而速舉。然而千鈞之鼎，獨立難擎。還須布地之金，同寅共助。蓋為山由乎一簣，漸至嶐巃；而巨海積於細流，亦資涓滴。願勸斯舉，若庶民之子，來快覩樂成，等靈臺於不日。

謹啟

梁鳳翔

蓋聞褒功錄德，盛典著於朝章；咏澤懷仁，彝好存乎國俗。還珠渡虎，千秋政績猶新；飲水懸魚，百代風規未泯。因籍史書而流播，亦資金石以表揚。欲壯觀瞻，須閎建樹。蹟期不朽，人以永存。

恭惟前大中丞湯公，名世眞儒，格天良弼，潛脩樸學。蚤年領袖清班，勁節清風；中歲羽儀方面，再起在論思之地。特簡為柱石之臣，撫治南邦，還大化於隆古；保釐江甸，飲斯人以太和。不怒而威，積弊叢奸自革；不言而信，窮簷薄海交孚。惟正己而正人，風移俗易；以實心行實政，義洽仁漸。臨涖未及三年，人人愛戴；陞遷已逾十載，戶戶歌思。

治策聞聲在弱冠之年，久欽風範；作吏值建牙之地，私淑休光。為楷作模，雖未親承謦欬，謁祠拜像，有如肅對儀型。近披士子之呈，粵有建坊之舉。通衢高闕，俾行人翹首瞻依；綠字丹書，令百世聞風興起。洵屬不刊之盛事，業蒙各憲之允行。惟是鳩工伐石，措費維艱，所以陳牘擎鈴，孚號請助。俯慚末吏挹勺水以添流，仰賴同寅裒衆沙而成皋。式表懷賢之公好，勿虛戴德之輿忱。

謹啟

陳治策

竊惟兩間三不朽,道莫大於立德立功;五內萬難忘,誼最切於生我成我。以故懷仁慕義,每興百世之歌思;旌伐銘勳,恒著歷朝之優典。棠陰江漢,召公之膏雨常留;碑樹荊襄,叔子之流風勿替。何況興朝柱石,公忠卓冠乎臣鄰;當世楷模,德澤遍乎於士庶!縱使史編揚扢,眾耳皆聞,孰與道左標題?

舉目共見,如我大司空湯老夫子,道原洙泗,學貫天人。案積囊螢,時徹性命精微之旨;文成倚馬,弗尚風雲月露之詞。綺歲彈冠,還嘗藿食;華年釋褐,只事芸編。忠孝得之性生,經綸裕於夙抱。入則莪蒿負痛,臯魚泣不成聲;出則冰蘗堅操,伯起清堪自喻。勳階屢擢,服官騰惠愛之聲;敭歷頻經,率屬擅清剛之譽。平民受刃,取張朔於柱中;降賊操戈,戮盧循於海畔。至若才量玉尺,三吳歸歐冶鑪錘;鑑秉冰壺,兩浙盈狄門桃李。懸鮪有甑,克捐閭左官緡;養鶴無糧,不食公家羨粒。平反直追于杜貫,索春沉鈎;距不學趙韓,桁楊晝息。而且妖祠煽眾,逢龔令而冰清;墨吏營私,遇袁安而焰冷。嗣有九重之寵命,遂虛萬姓之攀留。乃進益盡忠,謇謇百僚之上;退思補過,循循三事之中。慷慨登朝,要在置身伊呂之列;憂勞盡職,總以致君堯舜為心。跡其康濟民物,綏乂家邦,生前碩德,既已浹髓而淪肌;歿後深恩,忍聽山頹而木萎?

廷燦以爨餘朽質既見材於推轂之年,機上殘絲復學製於建牙之地,感知彌切,圖報宜先。屬有建坊之請,敢辭負土之勞?但事易樂成,功難慮始。欲美觀於大壯,藉勷力於同人。甑即生塵,甯吝淵明五斗?山還資簣,祈開公瑾雙囷。

謹啟

王廷燦

《四庫全書》本中的底本遺收之文

祭湯夫子祠文

門人王廷燦

粵維嵩嶽,代生哲人。周多吉士,生甫及申。耆英宿德,宰相元臣。汝南論道,祕閣傳經。淵源溯接,惟公絕倫。

初遘奇剝,寇羝廬焚。貞母罹難,誓捐厥身。含悲厲志,嚴命是遵。流離東浙,備歷艱辛。依棲山竇,猛虎爲鄰。夜攻墳史,彼嘯我呻。採薇作飯,掃葉爲薪。或憐餒食,固却且嚬。義不苟取,自昔諄諄。

幸逢聖代,得返里閭。文明肇啟,應運攀鱗。南宮已奏,不肯垂紳。吾斯未信,強學席珍。多文爲富,志非飽温。學優則仕,乃達紫宸。校書虎觀,藜火夜昕。古今典故,縷晰釐分。

旋膺旟旐,藩守西秦。供輸約法,安集懷仁。瘡痍頓起,驕悍咸馴。繼遷南贛,撫叛綏循。靜弭風鶴,智掃烟塵。江南半壁,賴以甯氛。劬勞報國,輒念老親。陳情屢表,感動蒼旻。

去官就養,菽水非貧。五車博覽,三徑叢堙。匪耽巖壑,實慕昏晨。東山久卧,屬望彌殷。徵書驟下,敦促繽紛。重登天禄,經筵備陳。學惟誠正,治先耕耘。

帝念東南,賦重民屯。移風易俗,非公莫掄。澄清攬轡,至便埋輪。豺狼是問,狤獢是詢。暑不張蓋,寒不帷茵。食惟茶薺,飲則氷蓴。正己率屬,墨吏羣奔。屏興下士,道義知尊。吳民好訟,劍口鋒脣。公惟教化,告語閭閻。吳俗好巫,載鬼號神。公惟正直,投諸水濱。利興弊剔,刑簡政均。積澆仍陋,一旦還淳。

時惟胄教,急藉疑丞。去我父母,師保青振。干戈羽籥,輔導殷勤。詩書禮樂,恭敬温文。懋成睿德,寵錫彌頻。爰陟司空,夙夜惟寅。心勞力憊,一旦忽淪。吳民悲慟,罷市停昀。

公之德業,實比陽春,敷天均被,南國尤欣;公之節操,有似松筠,窮且益堅,顯則愈伸;公之立行,一本忠誠,求志行義,移孝事君;公之學道,遠紹關閩,祇期身體,不事諛聞。

廷燦不才,荷公陶甄。生我成我,欲報靡因。今來承乏,實公棠陰。勿剪勿伐,謳誦猶新。俎豆禋祀,永矢不泯。始知直道,乃在斯民。儀型匪遠,愧疢彌憝。拜公祠下,來格來歆。

祭座主湯潛菴夫子文

仁和受業沈佳

嗚呼！道歷千載，聖遠言湮。不有哲人，孰繼其傳？繄惟夫子，鍾嵩嶽之靈秀，紹伊洛之微言，力闡乎天人之祕，識參乎造化之權，以一心而爲百代斯文之寄，以一身而爲斯民社稷之攸關。

方年少而登巍科、躋膴仕，不數載而遂高蹈乎林泉。及再出而應徵召也，內侍講幄，外撫吳會，皆著其塞塞匪躬之節，而爲聖主咨訪之惓惓。繼拜司空之命，方簡畀以大任，夫何竭忠盡瘁竟溘焉舘舍之是捐？

嗚呼！夫子之心昭揭若青天白日，夫子之行和靄若霽月春溫，夫子之望尊嚴若北斗泰山。而其任道之勇也，不以一己之進退爲憂喜，每以一夫不獲其所爲恥；不以一善成名自足，常以望道而未見爲慚。其律身之嚴也，凜兮若秋霜之烈，毫無私欲之爲累；湛然如長江之灈，而人不得以私事相干。其與人之和也，儼然望而起肅，卽之如坐乎春風；秩然言之有條，使人皆足厭飫乎其間。故其論學，則大中至正，絕無門戶之同異，惟宗乎洙泗、濂洛爲正傳；其述經，則審端尋緒，沉潛涵泳，絕無意見之偏私，惟闡乎六經、四子爲淵源；其肆力乎文章也，旁搜遠紹，含英咀華，彙萃百家之旨，足以廻狂瀾而撝挂乎中天。

至於教人之方，以躬行爲要，以涵養眞心爲宗，因人而施，務循聖人之成法而不徒襲乎簡編。其用功之密，闇脩默識，體認天理，雖當事機之紛沓，而此心甯一，常覺其不愧不怍而恬然。於《易》以象占爲主，於《春秋》以經文爲正，於《詩》、《書》、《禮》、《樂》則有論述，皆以經解經，正大詳明。日新之學發乎心得，而不事穿鑿乎陳言。洛學有編，郡乘有志，而國史之輯，則期於確核。至曆法、象緯、輿地，下及醫卜之書，靡不爲之究晰而精專。是以德業、事功超軼乎百代，而大節偉行彪炳乎人寰。

若夫孝友篤於家庭，誠信孚於僚友，仁慈洽乎民物，自童穉以迄强壯，自窮居以逮仕宦，無一事不可告人而質諸天。雖細微之事，步履之間，有見其暉吉之流露，而好善之誠惟恐不及，疾惡之剛若將浼焉。又發乎至性之醇全，擬其遇事明練有更生、稚圭所未及，而立心正大則與彥國、君實相參。其志操澹泊有類乎諸葛忠武，而造詣純粹殆合乎明道、伊川。斯真聖朝之名世而得統於儒先者也。

　　佳荷蒙甄拔，久侍經帷，令季子準命從佳遊。愧難報夫埃涓，思立雪之有日，未罄乎仰鑽步趨之力，忽聞曳杖之訃，有失聲於山頹木壞之奚瞻。嗚呼！易名之典，崇祀之儀，方有俟乎天恩之寵錫。而仰止靡從，依歸無所，又不勝其寢門私慟之流連。然而不忘者德，不朽者功，不可泯者史冊之垂遠，克繼序者孝子之象賢。夫子其亦可以浩然含笑於九原。

　　嗚呼！尚饗！

愛日堂藏版本中的底本遺收之文

《輓詩》序

　　古來賢人君子有功德於民，其生而存也，則景行而則傚之；即不幸而歿也，咸嗟歎而詠歌之。自三代而下，垂諸史策者比比而有茲。惟吾潛菴湯夫子道高德厚，過化存神，固所稱有功德於民者也。自山頹木壞而後，天下之人靡不含哀茹歎，如喪考妣。吳中爲夫子駐節之地，風雅之士歌詠盛德而悼痛淪亡者，篇什尤多。廷燦既編輯遺書，付之剞劂，凡於吾夫子有所關涉，不拘頌言、輓章，罔不攟採搜羅，附於文集之後。所以明吾夫子深仁厚澤入人之深，且以見吳中人士愛戴之誠。不爲溢美之辭，而悉言夫踐履之實。俾後之閱者咸知觀感而興起，其於世道人心，補益殊非淺鮮。昔史稱荀叔慈歿，學士製誄者二十有六人。以今視昔，不更有光哉！弟隨到隨刻，編次無敘，惟望先輩達尊諒而恕之，幸甚！

錢塘門人王廷燦拜識

湯尚書遺愛坊成恭記二律以識盛事

長洲彭定求

陡見崢嶸柱石磐，尚書清德表千官。棠陰地在歌方續，峴首人來淚已殘。聲震山魈朝爽淨，光搖江練夜濤寒。坊在胥江之滸，正與公所撤毀上方淫祠相望。道旁遺愛碑多少，過此應教刮眼看。

誰能生死極榮哀，直在斯民亦諒哉！清獻政聲罾蜀道，文成講席布虔臺。當年尚冀遵鴻復，此日空瞻化鶴來。一簣搆基經歲月，只緣霖雨舊培栽。

睢陽道中再哭湯夫子

門人王廷燦

程門立雪六年餘，腸斷生前一紙書。今日睢陽城畔路，不教三步已廻車。至今四海仰人宗，莫歎當年道莫容。嵩嶽長留千古色，青天三十六芙蓉。

讀湯太夫子遺集

錢唐王延年

霜高月白雁聲初，小閣挑燈讀舊書。一代儀型今已矣，千秋俎豆果何如？程朱正學今方續，聞見真傳洵不虛。更有吳民思往事，峴山片石共欷歔。

至睢州謁湯潛菴先生祠堂

徐釚電發

大道已榛蕪，講學恒拘迂。偉哉湯先生！雪苑之醇儒。畫射金閨策，讀盡中祕書。許身於稷契，致主期唐虞。

敭歷外臺久，歸卧松陽廬。蘇門孫夫子，六經勤葘畬。先生往從之，沿伊而溯朱。學貫天人際,品超姚許餘。繪川築書院,弦誦惜居諸。遺榮謝簪紱,優詔復敦趨。載拜履彤墀,給札領石渠。才識冠三長,班馬爲前驅。不久直經筵,啟沃紹都俞。

撫綏迄三吳,中孚感豚魚。喁喁遍窮壤,化與三代俱。惟能本經術,澤遂被海隅。俄焉晉宮詹,輔導翊皇儲。稽古桓榮並,後學甘盤如。自蒙宣室召,駿機踵前途。履險而習坎,寧肯效囁嚅?抗論益蹇蹇,進退猶于于。天王固聖明,始終鑒臣愚。

哲人已云萎,正氣猶傍敷。嗟彼訓狐鳥,兩眼張睢盱。聚鬼興徵妖,震熠驚天衢。陽烏倏相照,僥倖仍須臾。曷若公精靈,千載恒不渝。

予本漁樵侶,曾接公襟裾。抽簡蘭臺側,執轡時相於。自愧眞不才,廿載賦歸與。俛仰瞻俎豆,髣髴奉盤盂。西州涕洟深,策馬爲躊蹰。

輓湯夫子八首

門人王廷燦似齋

不意光芒失宿雯,西風一慟淚沄沄。陳情有表思慈母,封禪無書答聖君。人望久期占夢卜,天心何故喪斯文! 六年函丈承恩切,築室松楸念袛殿。

瀛州領袖蘂珠仙,出守淮陽治行傳。二陝功成推鸑鷟,千秋志在薄貂蟬。直將濂洛眞儒續,不獨關西夫子賢。白鹿至今留講席,西門投策淚如泉。

生平小技薄雕蟲,翻以《長楊賦》薦雄。雅擅三長傳史筆,起衰八代仰宗風。丹書初命銅龍署,講幄仍兼《白虎通》。簪筆石渠如佩印,馬遷倘在更誰工?

儒臣暫借撫瘡痍,駐節吳中恰一期。學道愛人殊不易,改弦鼓瑟復何疑?虎丘歌舞停春舫,茂苑淫昏斥夜祠。況是新租蠲去後,至今淚墮峴山碑。

一生孤介絕人援,何意歌謠徹帝閽。少海光搖開講幄,九重眷重動文轅。名尊鄧禹因時詔,坐寵程頤以道掄。身到玉樓還進秩,寸棺抔土總君恩。

事業范韓眞足數,勳名周召可相於。宮中求諫時方切,殿上危言衆不如。共慶朝宗歌底績,豈令吾道笑迂疎?都俞正際明良盛,寧必遺言效史魚?

一年九轉被殊恩，更以清名動至尊。梁有懸魚慚吏饋，坐常息燭撤官爐。公私所寄惟經術，清白還留到子孫。死後不須來大鳥，親揮琬琰慰忠魂。

感舊彭宣不自持，青衫落拓淚如絲。未成國士羞言報，不遇名賢恥受知。地厚天高懷至德，讀書稽古慰前期。可憐隔歲閶門路，拜手終成生死悲。

湯先生輓詞

年家子范濬陶山

睢州先生世大儒，正己化物治化敷。至今吳民懷舊德，明禋俎豆情欲愉。先生之學宗閩洛，息邪斥偽剷蘗株。少登侍從著聲譽，襃忠志紹良史狐。既典大藩歷秦豫，詰奸禁暴民傒蘇。設施未竟拂衣去，旨甘養志歸休乎。素食里閭二十載，蘇門講學探驪珠。師錫宏材膺帝簡，紬書再上承明廬。講筵敷陳盡忠悃，羅珍宛委澄冰壺。超遷賚予隆眷注，往哉俾乂來三吳。習俗豪侈困凋瘵，燠休痛疾還其初。為政簡靜若飲醇，至誠下感豚魚乎。吳民苦承勝國賦，不憚請命蠲逋租。晉秩卿尹方嚮用，讒言指摘交相誣。羣飛刺天荷明聖，忽告起起命矣夫。吁嗟吳民失怙恃，聞赴老幼爭號呼。祠堂綽楔久彌光，先生正氣充寰區。嗟彼讒人旋被譴，瞬息曒日當天衢。憶昔荒祠佩明訓，名賢振古道自符。先生既喪失模楷，遺文把讀哀只且。摭拾生平陳敝帚，高山仰止微誠攄。

康熙癸未似翁老父臺為睢州湯大中丞建坊胥門作歌紀美

長洲顧嗣立俠君

睢州中丞一代儒，福星照耀來三吳。謳歌如新二十載，功德勒石臨通衢。念公挺生在德里，中原文物稱名區。夏峯負笈得奧奧，淵源直欲追程朱。玉堂篇翰乃餘事，乾清奏對相交孚。特命儒臣擁節鉞，閶閭城內來分符。

敦本務實正風俗，諄諄訓誡垂良謨。浮誇粉飾所不尚，游民奸暴爭逃逋。水花無憀六月靜，治平秋雨烟模糊。頓令繁華游俠窟，熙熙皞皞歌唐虞。又聞吳俗喜事鬼，五通作祟憑妖巫。肉山酒海變勝地，金錢費擲驚癡愚。公曰此事甚荒誕,穢迹豈可留斯須！木者付火土投水,邪氛一掃山形癉。更憐蘇松財賦重,敷陳入奏蠲浮租。聖心如傷動惻怛,青宮被命朝門趨。攀轅頓足集老幼,號咷慟哭聲呱呱。

白公隄畔多祠宇,雕楹画棟胡爲乎？列諸學宮輝俎豆,文學政事開生徒。榜題日久漸漫漶,恩澤猶自淪肌膚。近逢賢宰此踵武,門牆勵志思規橅。伐山採石樹坊表,經營不日爭投輸。清風鄰鄰動碧浪,胥江一掬天然圖。我公精誠在天地,感格初不遺一夫。我公功德被四海,惠愛幸得專我蘇。我公文章傳萬世,同時亦許窮精粗。凌轢坤乾擁山岳,磨刮日月縣衡壺。小子生晚沐雅化,敢以蠡見量江湖？聊採公論咏芳躅,告萬萬古言非誣。

恭輓湯潛菴先生四十韻

桐溪後學周旦齡漢紹

哲人久淪亡,大道長晦蝕。先生起洛下,仔肩實有力。巖巖孫徵君,理學程朱匹。夏峯傳絕業,彭戴皆入室。先生與之游,辨析義無窒。如澄去坥聹,百川彙爲一。愼獨裕其本,力行蹈其實。關閩濂洛宗,揭若中天日。發而爲文辭,喬皇富緗帙。貫穿經史腴,綜核百家籍。《春王正月辨》,千古垂不易。

伊昔筮仕初,承明常入直。綴輯前代史,風霜董狐筆。上御乾清門,宣召進著述。拜手凜靖共,對揚惟怵惕。詩文十餘章,爰達黼座側。從容沾寵渥,都俞動顏色。帝曰斌也才,無忝良史職。球貝儼高懸,鯤鵬競摩擊。特簡涖武林,掄文嚴甲乙。珉玉期必剖,殿最無少失。

转盼撫我蘇,黽勤勵軫恤。首陳逋賦疏,嬰鱗等藥石。痛念民瘡痏,何以登衽席？吳俗素澆漓,綺靡流蕩泆。先生能澡刷,不賤蔬薇食。以身率下僚,私謁胥盡黜。苗姆而發櫛,科條愼三尺。士敦仁讓風,家務淳朴質。囊封毀淫祠,鬼神亦戰慄。梁公欣再覿,文襄驚復出。唐虞三代理,由玆可漸格。

蕭謁先祖像,正氣凝松柏。清節與直道,大字銀鈎畫。先忠介祠,先生有"清節直道"四字題額。涖吳方二載,峻除遽敦迫。鰥惸爲泣下,父老滋歎息。鞠躬輔儲君,夙夜殫匡弼。旻天胡不弔？溘焉就奄歹夕。嗚呼房杜姿,遠溯孔孟脈。

賢豪不復作，悄愴何時釋？

恭謁湯潛菴先生祠并讀遺藁二首

吳門後學周用錫晉蕃

一代儀刑在，千秋俎豆光。危微宗聖學，廉潔肅官方。毀廟神靈震，崇儒雅化彰。涖吳纔二載，回首倍堪傷。

道爲東宮重，恩留南土均。一生空有作，天下更無人。經史存遺論，詩篇絕後塵。茂陵應詔取，憑仗戴彭身。先生高弟王似齋先生編集遺稿付梓。

謁睢州先生祠二首

吳郡後學范儀虞皆我

漠漠天心不可推，斯文既喪世同哀。反淳已是乖前志，抱道何堪向夜臺。造父御車遺輔軝，易牙烹鼎廢鹽梅。懸知英爽宜如在，雪涕靈祠奠一杯。

我公奚待爵爲榮？道學眞傳朱與程。籌國不知成白髮，出山原是爲倉生。咸思笑見羲皇世，誰料悲聽薤露聲？白日作心人盡識，那須插竹驗精誠。

讀睢州先生遺書有作

聞輯遺書意已欣，開編便覺氣氤氳。匡時盡是從心學，載道眞爲有用文。白玉皎然初剖璞，碧天湛若乍披雲。聖賢心印傳毫素，後代津梁翊典墳。

恭輓大司空睢州夫子二十韻

蔣桂馨

古道誰能復？斯文今則無。謳歌聯八郡，慟哭震三吳。平政眞如水，回奸不用鈇。澤流遐邇徧，誠至鬼神孚。風俗還淳樸，天心眷碩膚。北歸懷帝德，南望喜民蘇。詹事新恩降，司空衆議符。方期瞻相業，詎意喪鴻儒。疇昔存坊表，諸生學步趨。論文晨巳入，講道日將逋。點也聞長歎，參乎辱一呼。窮居甘蠖屈，侍坐拔泥途。三載留棠蔭，扁舟指上都。金山揮涕淚，銀管發琨瑜。先慈守節，蒙於舟中手書"柏舟遺範"扁額。緘笥光家乘，銘心泣藐孤。貞操蒙獎擢，大業竟须臾。聽鼓心猶切，升堂梦不殊。神傷憐父老，腸結况吾徒。道德丘山重，聲名日月俱。祠堂依學舍，公專祠在郡學中。每拜輒嗟吁。

戊寅春過睢州謁司空湯公祠

嘉定後學張大受日容

過宋頻登夫子堂，遺經猶訪鄭公鄉。曾遊朗月清風裏，蚤歎浮雲白日傍。衆母至今歌子產，伏龍疇昔起南陽。音容似昨人千里，赢得吳民淚満眶。

斯文天遣付秦灰，一老驚嗟泰嶽頹。桓傅幾聞加几杖，傅巖虚望作鹽梅。青蠅樊棘終俱滅，丹鳳梧桐斷不來。卹待祀官田主祭，可憐後死困蒿莱。

庚辰夏再謁司空公祠

氣與星辰迥，功仍竹帛宏。重升家廟拜，再展部民情。衆水須宗海，浮雲不蔽明。何時降綸綍？典禮備哀榮。

清白遺孫子，風流溯古初。頻蒙置尊酒，都喜說經書。日與公子彥深、稚平譚經。濟濟昔賢第，悠悠歸客車。相邀到南國，碑拭淚流餘。

過睢州恭謁大司空湯夫子祠

門人周南山臺

先祠數過志褒忠,竊愧微才備採風。寸進敢忘良樂顧,超遷咸望傅伊功。大賢難免羣邪嫉,正學從來舉世攻。路出睢州拜遺像,回思曩事嘅何窮!

謁府學湯公祠

長洲後學徐遵

虎丘片石才百畝,無有一吏無生祠。本朝六十一甲子,廢祠瓦礫盈階墀。先聖宮牆不易登,到今舍宅范公稱。後先輝映韋與胡,三祠奕奕何崚嶒!神京卿相集如雲,河南湯公寂不聞。一朝撫吳承大受,士民見公如見母。剔除積弊不終朝,孔席未暖還朝右。魑魅狐狸白晝行,騎箕天上淚橫肘。士民思公恒嗟吁,新祠鼎立同韋胡。吁嗟乎虎丘淫祠等螢火,我公千秋俎豆無時無。

巡撫湯公遺愛在吳建坊胥江之上吳邑王佚實爲相度經始於其落成也徐生喜而歌之

昔有高士爲梁鴻,賃舂廡下來吳中。伯通識之在傭保,死傍要離名不同。子胥抉目胥江上,蓋世雄謀自無兩。湯公遺愛樹此坊,剛節孤忠永相傍。

恭謁睢州湯大中丞祠

琴川後學嚴肇元尊始

帝簡金符節制雄,臣心如水聖恩崇。淫祠既去還醇俗,古廟斯新煥學宮。晨夕弦歌盈里閈,歲時講約走兒童。東南難解征輸力,拜手甘棠挹惠風。

謁府學湯公祠

長洲後學吳昌求

中丞德望許誰倫？事業文章獨老成。南國盡傳周召伯，經筵常憶漢匡衡。去留有道存高節，洛蜀何人擅盛名？祠廟遺編俱不朽，千秋感慨淚縱橫。

縣侯王父母刊前撫湯尚書遺稿成喜賦

長洲後學沈三復

大儒去後俗仍頑，賢牧臨吳雨露還。淑化漸看符舊蹟，《全書》更喜出名山。言詞不越倫常外，氣象如遊洙泗間。戶置一編同面誨，流傳師說賴曾顏。

謁湯大中丞祠

東吳里耆范炎鷟公

真儒民信易，直道史編遲。暮月能成化，千烁可作師。石廉遺愛戴，棠蔭動悲思。再拜爭流涕，紛紛說逴豈。

睢陽湯大中丞輓詩二首

雲間後學范旦勳書常

河嶽鍾靈間氣生，薪傳濂洛入承明。學先主敬專涵養，政絕浮華返樸誠。減賦不嫌呼籲切，焚祠能使鬼神驚。羊公遺愛三吳在，墮淚遙同峴首情。

玉局頻勞鉛槧空，講筵啟沃侍璿宮。聲華刊盡無枝葉，心性糸來辨異同。入奏讜言知愛國，出持使節徧春風。龍文百斛扶名教，讀罷方知我道東。

謁湯大中丞祠

長洲倪煒彤文

滄浪亭子畔，宣聖學宮傍。巍巍高祠在，遺容瞻此堂。念昔下車初，吳會奢華塲。士女逐飲食，子弟飾衣裳。世俗多澆薄，嗟嗟倫紀亡。公時倡鄉約，始得扶三綱。更見楞伽下，画船晝夜茫。一疏奏朝廷，精忠達帝旁。天子曰都俞，神鬼勿猖狂。非公回天力，安能靖一方？蠧奸與剔弊，匪類皆伏藏。兩年感道德，莠亦化爲良。一日九重召，鳳闕自飛翔。經濟展懷抱，蒼生遥相望。孰知天難諶，人事更靡常。脩文倏忽去，棟折榱崩傷。徽風流千古，名同日月長。俎豆永不朽，奕奕垂無疆。

恭輓湯大司空

長洲後學汪鶴鳴皐聞

兩年節鉞鎮三吳，竹帛留芳近代無。崇政不辭勤秉鐸，闢邪何惜學投巫。去官琴鶴同清獻，名世文章駕大蘇。最是民情關切處，嘉謨入告屢蠲租。

謁湯大中丞祠

吳門許璣漢儀

國家養賢重君子，抵①柱狂瀾維綱紀。篤生中丞不世才，黼黻太平存大體。直聲勁節古所嘉，文武作憲光邦家。下鍾河嶽之秀氣，上含日月之光華。建旟開府東南域，廉頑立懦懲惡慝。祥刑敬獄毀淫祠，頓化薄俗敦實德。嘉謨嘉猷動帝廷，詔書一夕下青冥。入侍禁近握樞密，至今父老思棠陰。吁嗟天道

---

① "抵"，疑爲"砥"字之訛。

不可測,泰山頹兮哲人沒。脩文已赴召玉樓,丹誠猶自懸金闕。巍巍祠宇傍宮牆,皋夔勳業輝穹蒼。岂無椽筆留信史,能令姓字千秋香?

謁湯大中丞祠

蘇州倪山堂紀鄰

　　我公去吳後,越廿載於兹。恨余生也晚,弗及一見之。爲到學宮側,再拜瞻高祠。父老爲余言,公眞王者師。涖吳不二載,頓教風俗移。申明鄉約禁,諄諄罔倦弛。說孝與說弟,天性遂勿漓。更能隆學校,弦歌三代遺。吳儂大堤上,出遊多女兒。焚香諸佛殿,清明寒食時。画船芳草渡,笙歌春日遲。總之僧尼輩,倚佛爲其資。古寺暨名山,識者空歎嘻。公欲革弊俗,一封聖明知。鬼神咸服教,咄咄尤稱奇。卓然曠達見,謂非公而誰!斯岂矯人情?於以復民彝。政成閭閻化,曷曾煩杖笞!可知民唯草,上唯風之吹。迄今已云久,還足動人思。賢哉吳邑侯!建坊勝立碑。如見其政蹟,彰彰日月垂。余聽父老言,深信不我欺。願效甘棠頌,聊歌下里詞。

恭謁睢陽湯潛菴先生祠五古一章

錢塘後學柴世堂陛升

　　軼近尚浮文,仕宦崇虛譽。山巓水涯間,所在盛祠宇。羊公墮淚碑,贔屭難勝數。我嘗三歎息,此義殊非古。所以過其間,項强不一俯。緊惟湯先生,聖學統鄒魯。發潛與闡幽,萬變而千舉。憶余當弱齡,謁公典籍府。道貌更巍峩,言論更和煦。手錄先子書,謂欲昭來許。公嘗手錄《先君家誡》一書,謂其門人沈昭嗣曰:"此匪柴氏一家言。凡在後學,皆當奉爲金鑑。"余至今誌之。體全用乃宏,道隆功益溥。開府三吳間,莫不藉霖雨。去今二十年,歌誦猶栩栩。愈久不能忘,崇祠祀林塢。丹楹間虹梁,綺牕映朱户。東風扇桃花,報享薦春醑。岂少生則榮,沒則棄如土?荒祠不再傳,蔓草平烟蕪。何似睢陽公,公尸永燕處。兹余謁堂皇,希鬝步階序。遠峯列層城,明河橫遠浦。山高而水長,矯首緬遺緒。哲人難可追,日暮尚延佇。

讀睢州先生遺文誌慨

韓金範

不宗洙泗總旁門,公獨尋源絕等倫。緯地經天儒者學,涵今茹古聖人言。
昧鄉得日昏蒙破,冰谷逢春氣象溫。若使秉鈞酬所願,普天澆俗盡還淳。

恭謁湯大中丞祠下里詞四章

菰蘆後學范振篤廬

稽首階前意最親,瞻公遺像假中真。真真假假知何處,不在存生在立身。

公亡已閱數干支,其奈民心久愈思。今日一時公再活,人人拍手又漣洏。

革薄還醇漸返初,狂瀾隻手障江湖。至今俎豆雖如在,安得公生再撫吳?

公去當年未建祠,人人心上有公祠。而今反懼公生慍,滿路皆祠我亦祠。

恭頌湯大中丞

松陵後學黃晟祖望

先生底蘊甚深醇,治術端由學業真。惟事躬行爲表率,遂移鄙俗沛然新。
儒風不愧江都茂,遺愛何慚召伯巡。可惜吳民福分薄,一年未久失仁人。

撫吳一載民風新,平易近人人自親。思昔去時盡下淚,目今迴念暗傷神。
禮賢下士由情愫,講法明倫善教申。倘若文襄歷任久,返樸還醇古道振。

撫憲湯公枉拜先忠介公祠述德陳情賦謝共成五百字

沐恩門人周廷煌明星

一統承恩遍，三吳惠澤偏。世風誠皥皥，王道正平平。遴選無中貴，推陞有十銓。公承聖眷矣，郡涖我吳焉。未至蜚聲遠，來臨德政傳。明倫親學校，察吏正常員。淫祀心都恨，先賢意獨專。功欽泰伯德，學重子游賢。節義相題拂，忠貞願寫宣。市廛吠犬少，薄俗飲羊蠲。金玉無瑕疵，脂膏豈橐饘？詐真清狀別，虛實譽冰堅。熟橘還應直，生魚受却縣。不然官燭儉，虛袖狄金權。身秉成廉性，唇乾飲盜泉。折轅塵迫路，飲馬水投錢。肺石懲奸宄，蒲鞭示過愆。四知猶可畏，三惑已多湔。

竹帛垂名史，銘勳鑄器鐫。錫龜榮九命，啣雀兆三鱣。德化行南國，弦歌達北燕。報功優德詔，益俸養廉田。近悅咸啣結，退歸願受廛。有心偏倒屣，無路可黃緣。豈意先公廟，鍾情肯惠然。登車殷軮輵，上馬若鳴翩。儀從瞻雲集，旌旗拂日鮮。驚聞州郡縣，駭目屬官聯。躬俯施深禮，心莊豈貌虔？依依瞻壁立，戀戀撫几筵。義氣悲鶺鴒，忠魂慰杜鵑。

題顏看黯淡，榱桷歎崩騫。世態爭羶蟻，人情坐破轀。貧窮堪拙守，富貴盡勞牽。故友零零落，寒門漠漠烟。拊膺腸肚裂，俯首涕洟漣。白面書生懦，青氈夜盜全。淒涼舊雨歎，形影竹窗眠。句讀生徒學，丹鉛蛾子研。啣鬚徒抱痛，咶血向誰憐？有志攀龍遇，無才附鳳緣。雞碑羞蔡智，鼠獄愧湯年。馬齒將成壯，麟經尚勉旃。愁無指劍日，恨有戴盆天。獻賦蓬萊遠，穿楊臂力縣。窮年身矻矻，矮屋草芊芊。慷慨看梁棟，沉吟數瓦椽。白駒光景促，清夜夢魂顛。喜遇公垂盼，欣從願執鞭。大恩還引領，小子拔重淵。

又謁湯大中丞祠

昔憶兒童竹馬迎，今瞻廟貌寸心傾。纔臨十郡聲無價，未滿三年治有成。學道愛人君子澤，畏威易俗小民情。千秋泮辟同爲奠，感激情深涕泗橫。

又《湯大中丞遺藁》聞已鐫板賦此志感

廿年回首歎秋風,擬向遺編得覿公。畿甸勤民憂赤子,艱難報主輔青宮。鳳皇未必飢思實,騏驥還從馭者雄。今日書成應獻納,舜衣垂處效奇功。

追輓大司空湯潛菴先生

後學楊繼光宣仲

河南道脈自來深,曾爲蒼生望作霖。天上九關餘血碧,吳中千祀惜棠陰。春風遍灑西州泪,秋實應傷北渚心。不是平生崇道力,狂瀾寧得整危襟?

大司空睢陽湯公輓詩

皐里後學楊繩武文叔

長儒厄湯弘,恭顯死望之。剛憤坐折辱,戇直蒙讒譏。忠佞不並立,讀史當鑒兹。嗚呼睢陽公,名與蕭汲齊。正色位師保,羽翼生光輝。誓將平生學,仰酬綺皓知。憸側更相搆,抱道生危疑。果然殺賢傅,千載同唧悲。憶公昔秉鉞,惠此東南陲。東南民力屨,賴公得撫綏。風俗返淳朴,教化起衰微。公至得所庇,公去何所依。父老擁馬首,願公行遲遲。生留益州像,死畱朱邑祠。至今道公字,如聞墮淚碑。新來有仙令,舊日叨傳衣。爲公誌遺愛,樹表胥江湄。胥江潮汐湧,彷彿公來歸。嗚呼公之神,靈無不之上。爲列宿身騎,箕下應川嶽。作雲雨覆被,吳民億萬斯。

讀湯大中丞遺文即事

吳門後學顧錦仲文

攀轅心未遂,景仰意仍縣。位育功能至,鳶魚理自全。眞儒雖沒世,大道在遺編。展卷如親炙,書紳爲慕賢。

湯大中丞牌坊落成感賦

賈生富經濟,董子究天人。我公兼二妙,到處庇斯民。教養脩王政,栽培盡席珍。巍坊同峴首,對此一沾巾。

恭謁湯大中丞祠兼頌建坊二十四韻

長洲後學周廷燿明揚

正氣凌霄漢,芳型著簡編。哲人其萎矣,吾道尚昭然。不任封疆重,安知儒術全?詔從金馬下,節擁大江偏。開府門羅戟,中台位列躔。驅邪神鬼泣,約法吏人駢。扈蹕麾旌鉞,回宮奏讜言。旂常功德銘,甲乙鑄書宣。俗尚還淳朴,情深解倒懸。此心圖報國,遑日賦歸田。甄別三千士,蒐羅什伯賢。乘船訪有道,御李歎神仙。只欠三年久,還期數世延。聖明深器重,廷議會鸞遷。詎料遭時詿,難邀當路權。匪躬心曲折,盡職事迍邅。直道行三代,愚民戴二天。僉謀成綽楔,不日上鏤鐫。夫子牆高峻,門人禮益專。丹楹依泮水,遺像想流川。景行於今烈,清風振古傳。冠裳同肅穆,文物自蹁躚。沐浴綱常化,謳歌《雅》、《頌》篇。春秋瞻俎豆,不愧是瑚璉。

丁卯十月十一日睢州湯夫子卒聞訃痛悼

爰誌輓辭四十言以述知遇之感

長洲博士弟子員高儕鶴

嗟嗟哲人萎,吾道何以傳?蒼昊不可問,泰山其忽顛。生俱失怙恃,夢亦墮迍邅。回憶撫循日,如遊皇古年。愚頑情共勸,飛躍化無邊。物力皆呈象,鈞陶幸有緣。相忘節鉞地,惟見福星躔。私擬蓬蒿質,時隨子弟肩。操觚勤跪問,秉禮若臨淵。月旦蒙優獎,瞻依近法筵。離階目送後,頻喚子來前。俗慮終身累,春風學士天。每聞三省愧,嘗歎一瓢賢。嗣此攀車罷,猶思叩闕還。大江嘔片語,長揖昐回船。永計民瘼切,那堪墓草芊。老人投杖泣,窮海望空憐。至德真難匹,斯文誰補偏?達焉名世貴,沒矣口碑鮮。俎豆千秋在,濡毫倍潸然。

再輓睢州夫子

陶成真梦感,大化盡忘形。日後思靈雨,生前見福星。有碑恆墮淚,無草不留青。江左祠堂在,千秋奉典型。賢宰登祠日,同人推似師。一官方下拜,萬姓共追思。碑字江心照,仁聲童子知。相沿二十載,誰不動悲辭?

與書湯公全集有感

古吳後學范君植稼菴

未盡孤忠答至尊,山頹木壞不堪論。峴山洒淚因懷德,澤國含悽爲感恩。自有遺模能作範,何須歌些更招魂。文章豈待他年重,蚤布人寰當格言。

後　記

　　《湯子遺書》是全國高校古籍整理研究工作委員會和國家新聞出版廣電總局資助的國家古籍整理項目。本書點校的分工是：周荷負責目錄、卷首和續編，孫新梅負責卷一、卷二，李璐負責卷三、卷四和補遺，沈紅芳負責卷五、卷六、卷十和附錄，王會麗負責卷七、卷八、卷九，段自成、沈紅芳、李正輝、王會麗負責統稿。

　　此書的整理，得到了河南大學圖書館、河南省圖書館、鄭州大學圖書館和鄭州市圖書館等單位古籍部工作人員的支持。此書的出版，得到了人民出版社趙聖濤先生和上海古籍出版社查明昊先生的鼎力相助。在此書即將付梓之際，謹向所有關心和幫助此書整理、出版的單位和人士，表示誠摯的感謝！

段自成　沈紅芳

2016 年 1 月

责任编辑:赵圣涛
封面设计:林芝玉
责任校对:吕　飞

图书在版编目(CIP)数据

汤子遗书:全2卷/(清)汤　斌　著;段自成　等　编校. —北京:人民出版社,
　2016.7(2024.4重印)
ISBN 978 - 7 - 01 - 016494 - 6

Ⅰ.①汤…　Ⅱ.①汤…②段…　Ⅲ.①古典文学-作品综合集-中国-清代
Ⅳ.①I214.92

中国版本图书馆 CIP 数据核字(2016)第 172347 号

湯子遺書
TANGZI YISHU

(清)湯　斌　著

段自成　沈紅芳　李正輝　王會麗　李　璐　周　荷　孫新梅　编校

人民出版社 出版发行
(100706　北京市东城区隆福寺街99号)

北京新华印刷有限公司印刷　新华书店经销

2016年7月第1版　2024年4月北京第2次印刷
开本:710毫米×1000毫米 1/16　印张:50.75
字数:747千字　印数:2,001-3,000册

ISBN 978 - 7 - 01 - 016494 - 6　定价:259.00元(上、下卷)

邮购地址 100706　北京市东城区隆福寺街99号
人民东方图书销售中心　电话 (010)65250042　65289539